文艺报 **70** 周年精选文丛

文艺报 70 周年精选文丛（7卷，12册）

《时代之思》（理论卷）（上、下）

《文学天际线》（文学评论卷）（上、下）

《艺术经纬》（艺术评论卷）（上、下）

《世界的涛声》（外国文学卷）（上、下）

《彩练当空》（作品卷）（上、下）

《未来永恒》（儿童文学评论卷）

《文学之思》（对话卷）

CAILIAN DANGKONG
ZUOPIN JUAN SHANG

彩练当空

作品卷 上

文艺报社◎选编
梁鸿鹰◎主编

时代出版传媒股份有限公司
安徽文艺出版社

图书在版编目（CIP）数据

彩练当空：作品卷：上、下/文艺报社选编；梁鸿鹰主编．—合肥：安徽文艺出版社，2020.12

（《文艺报》70周年精选文丛）

ISBN 978-7-5396-6989-2

Ⅰ．①彩… Ⅱ．①文… ②梁… Ⅲ．①中国文学－现代文学－作品综合集②中国文学－当代文学－作品综合集 Ⅳ．①I216.1

中国版本图书馆CIP数据核字(2020)第108815号

出 版 人：段晓静
出版统筹：刘姗姗　宋潇婧　周　康
责任编辑：汪爱武　张星航
特约编辑：明　江
装帧设计：张诚鑫　吴　臣

....
出版发行：时代出版传媒股份有限公司　www.press-mart.com
　　　　　安徽文艺出版社　www.awpub.com
地　　址：合肥市翡翠路1118号　邮政编码：230071
营 销 部：(0551)63533889
印　　制：安徽新华印刷股份有限公司　(0551)65859551
....
开本：710×1010　1/16　印张：46　字数：900千字
版次：2020年12月第1版
印次：2020年12月第1次印刷
定价：156.00元(上、下)
....

（如发现印装质量问题，影响阅读，请与出版社联系调换）
版权所有，侵权必究

回望如歌岁月　开创全新境界
——《〈文艺报〉70周年精选文丛》总序

梁鸿鹰

《文艺报》诞生于中华人民共和国成立的前夜，在第一次文代会筹备和召开期间曾经作为这次盛会的公报面世。1949年9月25日，《文艺报》正式创刊，这是新中国第一个以文学艺术理论评论为鲜明特色的文化园地。从此，文学艺术界有了一方自己的精神家园；从此，文艺报人有了一块忘我耕耘的花圃。

《文艺报》自诞生之日起，就得到毛泽东、邓小平等党和国家领导人的重视与关怀，茅盾、丁玲、冯雪峰、张光年、冯牧以及邵荃麟、侯金镜、陈涌等一批文坛大家曾领军《文艺报》。《文艺报》与作家、艺术家和理论评论家一道，共同见证了当代文学艺术发展，记录了新中国文艺理论评论走过的那些不平凡的历程。收在《〈文艺报〉70周年精选文丛》里的这些文字，无不凝聚着一代代作家、艺术家和学者朋友们对当代文艺的真知灼见，体现着《文艺报》70年来的独特追求。

这是一个有坚守、有卓见的文艺阵地。70年来，《文艺报》在党的领导下，坚持"二为"方向，贯彻"双百"方针，团结广大作家、艺术家，凝聚理论评论工作者，及时传递文坛资讯，热情评介最新佳作，积极活跃理论探讨，坚持多角度、多层面展现中外文艺态势，在对民族传统的深刻体认及与世界文学的活跃对话中，推动了当代文学艺术空间的不断拓展。

这是一个发先声、鼓干劲的园地。《文艺报》始终坚持正确导向，紧跟时代步伐，积极参与文学现场，活跃探讨学术风气，善于提出新的文学命题，设置新的美学议题，活跃理论争鸣与艺术探索，鼓励艺术探索与艺术创新，为文学发展注入思想与艺术引领，在学术讨论中推动文艺界思想解放，在社会进步中不断开拓学术境界，将新中国日新月异的发展进步，将当代文艺事业不断进步的新风貌展现出来，为出优秀人才、出优秀作品、促进社会主义文学的繁荣发展竭尽心力。

这是一个有立场、有情怀的精神家园。《文艺报》始终坚持党性和人民性的统一，不断探索社会主义文学艺术规律，积极将党的文艺方针政策转化为文艺界的自觉追求，团结带领广大作家深入生活、扎根人民，为建设新时代民族的大众的科学的文艺"鼓"与"呼"，引领作家、艺术家为人民抒写、抒情、抒怀，满足人民群众不断增长的精神文化需求，激励人们追求美好生活。

《文艺报》始终把团结和服务文学艺术界作为自己的宗旨，积极扶持培育文学新人,培养评论人才,团结引领广大作家遵循艺术规律,点燃文学之灯,照亮作家心灵,激扬文字,共同绘制一幅幅时代文艺发展的难忘景象。我们坚持专业品格,坚守中华美学自觉,推动创新性发展与创造性转化,推动时代精神与中国风格、中国气派有机融合,以时代精品讲述丰富多彩的中国故事,弘扬中华传统文化。

《文艺报》始终坚持兼收并蓄,以兼容并包的艺术敏感关注新现象、新经验、新问题,在坚持中国文学艺术主体性的同时,广泛介绍其他国家文学艺术创作现状和蕴含的新经验,促进作家、艺术家汲取各方面营养并予以中国化表达,拓展中国文学艺术的表现形式与艺术空间,推动中国文学走向世界,把当代中外文艺创造的崭新气象传得更广、更远。收在我们这套文丛里的文字,就鲜明地反映了文艺报人的追求,体现了当代文艺的多彩风貌。

文艺是国民精神所发的火光,同时也是引导国民精神前进的灯火。70载栉风沐雨,初心不变;70载春华秋实,砥砺前行。回首过往,我们充满自豪;展望未来,我们信心倍增。我们将以前辈报人筚路蓝缕的开创精神,我们愿与当代文艺发展一道,继续做好中国文艺代代相传、辛勤执着的持灯火者,呵护美善,勘探未知,指引心灵,用自己的绵薄之力,努力照亮民族和文艺的未来。

目 录

梁鸿鹰:回望如歌岁月　开创全新境界——《〈文艺报〉70 周年精选文丛》总序 / 1

上

1949 年
郑振铎:"中国人从此站立起来了" / 1
黄志　于永清:冰河夜渡 / 4
黄药眠　凌鹤　陈中凡　吴天:参观东北归来 / 9
唐　因:访鲁迅先生故居 / 13
叶　丹:工人说我演得不像 / 16
柯仲平:铁打的英雄 / 18
白　艾:我们的铁骑队 / 19
严　辰:我们是光荣的中华人民共和国的主人 / 25
马思聪:游苏联印象 / 29

1950 年
孙伏园:三十年前副刊回忆 / 32
巴　金:一封未寄的信 / 34

1951 年
唐　因:他们在艰苦中前进——朝鲜通讯 / 38
任迁乔:我走了弯路 / 42
〔苏联〕雅可夫列夫 撰稿　郁洁 译　刘辽逸 校:新中国的印象 / 45

1952 年

吴祖光:生活给了我教育 / 49
巴　金:我们会见了彭德怀司令员 / 53
曹克英:我是怎样学习写戏的 / 56
常香玉:永远记住这一天 / 59

1953 年

艾　青:白石老人 / 62
菡　子:回到祖国的怀抱——访首次回国的志愿军病伤人员 / 65
菡　子:使人们得到幸福是最高的道德标准——颂《婚姻法》/ 68

1954 年

李　纳:工厂的女孩子们 / 71
艾　芜:美好的日子 / 74
〔朝鲜〕洪淳哲 撰稿　李春柏 译:平壤的一天 / 76
茅　盾:斯德哥尔摩杂记 / 82
老　舍:提高质量 / 85
梅兰芳:我在平壤的时候 / 87
夏　衍:在欢乐的日子里 / 90

1955 年

唐　诃:浙东前线散记 / 92
艾　芜:田野在欢乐地笑着——家乡散记 / 97

1956 年

秋　耘:从契诃夫劝人坐三等火车说起 / 100
萧　乾:大象与大纲 / 102
小　牛:关于抄袭 / 107
邵燕祥:看苏联马戏 / 109
司徒乔:鲁迅先生买去的画 / 111
〔日本〕内山完造:思念鲁迅先生 / 113
袁鹰　马铁丁　袁水拍:作家们,掀起一个创作的高潮!——"万象更新图"解说诗 / 117
李霁野:忆在北京时的鲁迅先生 / 121

1957 年
杨　朔:把生命发挥得最有用 / 126
陈伯吹:父母们,乐观起来吧! / 128

1958 年
何其芳:悼念郑振铎先生 / 130
徐　迟:人民的歌声多嘹亮 / 132

1959 年
李　乔:创作的源泉——生活,生活! / 135
冰　心:关于散文 / 139
赵树理:下乡杂忆 / 141
李　季:我和三边、玉门 / 143

1960 年
老　舍:谈读书 / 145

1961 年
冰　心:玉工的启发 / 147

1978 年
李若冰:悼念柳青同志 / 149
巴　金:永远向他学习——悼念郭沫若同志 / 152

1979 年
沙　汀:安息吧,立波同志 / 154
陈白尘:哭田汉同志 / 158

1980 年
魏　巍:怀念小川——《革命风云录》代序 / 162
刘白羽:泥土气息与石油芳香——怀念李季 / 167
王　蒙:我在寻找什么? / 171

1981 年

邹荻帆:布谷鸟的歌唱 / 177

巴　金:悼念茅盾同志 / 181

铁　凝:还是要写人…… / 183

冯骥才:命运的驱使 / 185

孙犁、刘心武的通信 / 188

谌　容:痛苦中的抉择 / 190

秦　牧:我是怎样走上文学道路的 / 193

1982 年

牟崇光:来自人民,融于人民——记作家刘知侠深入生活的片断 / 198

叶　辛:谈怎样结构长篇小说 / 201

毛泽东同志给文艺界人士的十五封信 / 207

1983 年

胡　采:给贾平凹同志的信 / 214

冰　心:他还在不停地写作 / 222

黄秋耘:我所认识的韦君宜同志 / 224

张　洁:由小道姑把玩遮阳帽谈起 / 228

1984 年

文　椿:古稀之年,壮志未泯——记荒煤同志 / 229

梅绍武:梅兰芳和高尔基 / 233

高洪波:他瞩望着时代——访老诗人艾青 / 237

1985 年

姚雪垠:三毛其人及其作品 / 240

晓　蓉:陈伯吹老人和猫的故事 / 248

陆文夫:快乐的死亡 / 253

贾平凹:世界需要我睁大眼睛 / 254

铁　凝:又见香雪 / 255

莫　言:桥洞里长出红萝卜 / 258

康　濯:追念侯金镜同志 / 260

1986 年

林斤澜:旧人新时期 / 264

1987 年

艾克恩:老舍延安之行 / 266
萧　军:内山完造与内山书店 / 269
梁　斌:深入生活 / 271
白小土:谈作家的手稿 / 276
叶至善:我生长在一个编辑的家庭里 / 278
冯骥才:我为什么写《三寸金莲》/ 281
宗　璞:忆旧添新 / 286
昌　沧:忆赵树理 / 287
丁　宁:战火中的孩子剧团 / 290
黄　裳:中秋随笔 / 295

1988 年

张守仁:《十月》十年 / 298
艾　青:创作生涯 / 301
沙　汀:担任代主任后二三事 / 309
唐达成:悼念企霞同志 / 313
荒　煤:关于文艺工作团的回忆 / 315
冯　牧:黄昏 / 318
康　濯:鲁艺五十年之忆 / 322
吴祖光:叶圣陶先生不朽 / 325
汪曾祺:中国作家的语言意识 / 328

1991 年

杨　沫:往事悠悠——创作随想 / 331
刘季星:最后一件工作——巴金与现代文学馆 / 335

1992 年

扎西达娃:聆听西藏 / 341
草　明:亲切的关怀——忆邓大姐 / 344

沙汀　晓钟:深切的怀念／347
铁　凝:我看父亲的画／350
季羡林:延吉风情／352

下

1993年
高　平:1954:侯宝林在西藏／355
程步涛:苍然晚晖／357
侯宝林:毛主席听我说相声／361
朱子奇:缅怀阳翰老／363
凌行正:哦，飞鱼!——南沙纪行／369
王朝柱:潘汉年与左联／372
李　琦:我画毛泽东／383
罗　加:忆父亲罗广斌／386
吴洋锦:最高的奖赏——路遥逝世以后的点点滴滴／392

1995年
方　成:大师走了／395
艾克恩:丁玲:抗日潮头一女杰——"今日武将军"率西战团出征记／397
何立伟:马原这个人／401
郑荣来:做了北京人／403

1996年
龙汉山:《诗刊》复刊片忆——怀念李季同志／405
贺抒玉:柳青的幽默／408
苇　岸:我的邻居胡蜂／411
资华筠:我的散文世界／413
玛拉沁夫:想念青春——文学回忆录片断／416
乔　迈:指间老茧渐退时／426

1997年
敖德斯尔:乡情／427
尧山壁:忆贾大山／429

1998 年

艾克拜尔·米吉提:读书漫笔 / 432
萧　耘:父女恳谈录——萧军说萧红 / 435
冯其庸:看就是学 / 450
芋　岸:去看食指 / 453
新凤霞:我是戏包袱(续) / 457
苏叔阳:心灵的放飞 / 459

1999 年

马　烽:缅怀老舍先生 / 463

2000 年

马丽华:在西藏写作 / 468

2001 年

梁晓声:北京人速写之一 / 470
肖　杰:取经与贾大山 / 474
扎拉嘎胡:脚下的巨大移动 / 477
叶广芩:山乡的日子 / 479
吴泰昌:盛会之际忆茅公 / 481
何　申:文人相重——"三驾马车"中的你、我、他 / 486
方青卓:我的文学情结 / 489
周　明:一封"遗书" / 491

2003 年

吴泰昌:巴金亲临现代文学馆 / 495
吴泰昌　祖忠人:巴金与《文艺报》 / 498
端木蕻良:我和萧红在香港 / 506
毕淑敏:假如我得了非典 / 509

2004 年

徐光耀:我所知道的胡可 / 511
叶多多:怒江的期盼 / 516

陈忠实：柴达木掠影／519

2005 年

石　湾：陆文夫掘《井》／522

李　瑛：怀白羽／526

孙幼军：从听故事到写故事／532

红　柯：另一种生活及无限可能／534

阿　来：我是一个用汉语写作的藏族人／535

李健鸣：关起门来听／537

2008 年

李　瑛：生命的尊严如此美丽／539

阎　纲：《文艺报》的老师们／543

陈忠实：我的秦腔记忆／548

阿　来：一本书与一个人／552

2009 年

洪　烛：叔叔／555

乐黛云：魂归朗润园／557

雷抒雁：十月，祖国！不仅仅是在十月／559

邓友梅：中国作协引导我走上文学之路／566

2010 年

黄毓璜：怀念高晓声／569

王安忆：回忆文学讲习所／572

曹文轩：美比深刻更重要／574

王　蒙：秋水的余响／576

胡殷红：忘年之交吴冠中先生／579

陆天明：我和我的父亲和我的文学三十年／583

丹　增：笑脸与笑声／586

林那北：有一条路在内心蜿蜒／590

刘醒龙：在母亲心里流浪／593

葛水平：归于静的写作方式／595

鲁　光:苦禅先生送我一幅鹰／597

2011 年
顾　农:怎样为小说里的人物写诗／600
陈晓明:高考作文的人文情怀在哪里／604
张瑞田:老舍这个"画儿迷"／606
吴为山:我这个老人美在哪里——追忆费孝通先生／609
峭　岩:坐在沙滩晚照里／613

2012 年
贺捷生:1927:贺龙辗转香港途中／614
苗得雨:故乡的"李有才"／620
刘亮程:后父／623
王　彬:贾母拜月／626
鲁　敏:老宅里的庄市／629
张瑞田:牛在笔下／631
杨肇林:情系三沙(二)／633
王巨才:沉重的负债／635

2013 年
叶　梅:黎明穿过岗巴拉山口／639
陈建功:在汪曾祺家抢画／642

2014 年
陈世旭:避免抬杠／644
冯　艺:《文艺报》与文学梦／646
束沛德:一路相伴／649
黄传会:一不小心,我侵权了／653
王宗仁:冰天雪地芳草地——我和《文艺报》的49 年交往／658
铁　扬:往事今事　长话短说／661

2015 年
鲍尔吉·原野:课堂的母亲／665

李　冰：马识途的文学情怀／667
彭荆风：攀上哀牢山——边地生活记事／670
李　冰：说说杨绛的刚强／676
任溶溶：说一个句子的翻译／678
何　申：县城记忆／679

2016 年
陈众议：杨绛：永远的女先生／683
金炳华：回忆陈忠实同志／687

2018 年
赵德发：沟里沟外／690

2019 年
汪　砚：《文艺报》试刊十三期回顾／695
肖复兴：投稿记／700
蒋原伦：让时光停留在那些日子／704
杨匡满：我心目中的《文艺报》"三驾马车"／707

编者的话／711

1949 年

"中国人从此站立起来了"

郑振铎

"中国人从此站立起来了。"
中国人像一个钢的巨人似的,
挣断了一百多年来的帝国主义的枷锁,
伸出铁拳,将侵略者们击倒。
一百多年来,我们被打倒了,又站立起来,
站立起来,又被打倒。
但从今以后,我们不再倒下去了。
我们已经是恢复了力量的山荪。
我们不再在内海和长江里,
见到悬挂帝国主义者的旗帜的艨艟巨舰横冲
直撞;
我们不再在中国天空,
见到标记着帝国主义者的旗帜的飞机,在纵横
无忌地飞降;
我们不再在一尺一寸的国土上,
见到帝国主义者的军人们狰狞的踪影,在
徘徊、守望。
是独立、解放、民主的新中国,
是统一、和平、富强的新中国。
中国人像一个钢的巨人似的,
雄健地站立着,
面向着红光亮亮的太阳。
"中国人从此站立起来了。"
"中国人从此站立起来了。"

《文艺报》版头插图

中国人像一个钢的巨人似的,
摆脱了世世代代的封建束缚,
把那些魑魅魍魉加给我们的种种封建的魔术
一举廓清。
世世代代我们被那些魔术镇压住了,翻不了身,
但从今以后,我们是大翻身了。
我们已经是恢复了力量的山荪。
那些魔术曾使我们聋,使我们哑,使我们愚,使
我们世世代代做奴隶,
那些魔术会使我们孱弱,使我们服从,使我们年年月月地做着封建地主们的劳役者。
但土地改革像把一柄利刃似的,击中了封建恶魔的中心,
被压迫的农、工和妇女们都彻底地翻了身。
是自己土地的主人,
洗清了世世代代的罪恶的垢尘。
是独立、解放、民主的新中国,
是统一、和平、富强的新中国。
中国人像一个钢的巨人似的,
雄健地站立着,

面向着红光亮亮的太阳。
"中国人从此站立起来了。"

"中国人从此站立起来了。"
中国人像一个钢的巨人似的,
扫除了四大家族的剥削的毒网,
把那些在光天化日之下的横行着的强盗彻底肃清。
二十多年来,我们被那些强盗敲骨吸髓似的吸干了我们的血汗结晶,
我们的血汗养肥了他们。
但从今天以后,我们不再受敲诈了。
我们已经是恢复了力量的山荪。
那些强盗挟持着偷来的政权,做着亦偷、亦骗、亦抢、亦劫的勾当;
那些强盗鬼鬼祟祟地和帝国主义者勾结着,出卖了人民、出卖了祖国,只为了要养肥他们自己。
那些强盗时官时商,亦官亦商,为了那四大家族的利益,阻挠着中国的进步与发展。
但人民怒吼着站起来,
彻底地干净地把他们扫出了中国的土地。
是独立、解放、民主的新中国,
是统一、和平、富强的新中国。
中国人像是一个钢的巨人似的,
雄健地站立着,
面向着红光亮亮的太阳。
"中国人从此站立起来了。"

冰河夜渡

黄志　于永清

一

冬天——1947年11月11日。北风卷着尘沙,天是一片昏黄。

晚上,狂风赛过牛吼,干树枝在暴风中打战,在伸手不见掌的暗夜里,一支小小的队伍——十分区×团的一个半连,开到了永定河下梢的南岸。

百多个勇士从傍晚出发,三十里地急行军。一路上,寒风穿透了二指厚的棉衣,冷气从前心透到后心;沙砾像针尖,无情地刺在人们的脸上。他们沉重而吃力地迎着风头向北挺进,冲破了一切阻挡,开到了永定河边。

今夜,到处都在动。庞大的战役正进行在紧要关头,晋察冀的强大野战军,向石家庄发起最后总攻,在牵制敌人兵力的命令下,所有的地方团队,都在寻隙打击小股敌人。

对岸便是这支队伍执行任务的目的地,在高陵镇上驻着一股匪军,他们驱打着满眼热泪的居民,迫使居民拆了自己的房子,再叫居民们自己搬着砖去修岗楼;他们又抢麦子,又奸淫妇女。

当勇士们听说要拔除这一祸害的时候,都满怀信心,从出发就憋着一股打歼灭战的劲。寒冷、风沙都已突破,可是眼前这汹涌澎湃的永定河,却使人作难起来。

永定河水浪翻腾,前浪冲过去,后浪跟上来,激流夹着碎石,沙沙地冲打着河床。眼前,任务是紧迫的,但找船,又没有船。

风,叫得更响了。

突然,一个低沉的声音,在人群中传散开:

"同志们!今天我们遇到困难了,但我们有信心克服!……"

是政治委员何全智。当人们听到了他的声音,就仿佛看见他把拳头向半空里一挥。

一阵风吹过来,打断了他的话,稍停了一下,又透过风沙钻进战士们的耳朵里:

"自从清风店战役我们消灭了匪三军,敌人的疯狂大大地削弱了。今天党给我们的任务是要我们消灭高陵的敌人。同志们!我们不孤单,我们的野战军正在消灭敌人的主力!眼前就是我们立功的时候,王八窝就在对岸。可是,河水挡住了我们……"

人们都屏住了气。

"但是,我们不怕它,多大的风浪也挡不住我们!我们要渡过去,砸了王八窝,换上美国枪,要给大清河北的老百姓报仇,给家里人报仇,更有劲地打敌人。共产党员们!功臣们!全体同志!现在才是考验我们的时候……我们要蹚过去,一定胜利地完成这个任务!"

政治委员的话一字一句地打在战士们的心坎上,人们在昏暗中摩擦着手掌,互相点点头,心里说:"干啦!——"

"同志们!我们敢蹚不敢蹚啊!敢蹚的把枪摇一下!"

倏的一声,黑油油的枪口一齐摆动起来,像百多支在宣誓中高举起的臂膀。

风沙掩不住政治委员的笑容,他仔细打量站在他面前的战士一番,战士们也雄赳赳地朝他一望。

斜刺里值班员喊了一声:"同志们,脱衣裳,准备!"

二

从村里临时动员来了一辆牛车,大家把背包放下,解衣扣、脱裤子,寒风打在皮肤上,钻进毛孔眼,刺得骨头酸,人们咝咝呵呵地抽凉气,一边双手上下乱搓,一边不住地跳动。一部分人犹疑起来,缓慢地动作着,有阅历的人正把小便向肚皮上抹。

排尾跑上来一个人,一边跑一边喊:"同志们,脱——叫风刺刺就不冷啦!"这人早把裤子脱下来,搭在两肩上。

是一排副马海池,青年共产党员,肩宽体胖,真是个棒小伙子。他赤着两腿,正在冻硬了的地上来回奔跑,噔噔地好像打桩基。

原来的战斗互助小组大致又调整了一下,两个壮小伙子,照顾着一个体弱的。人们把衣裳束紧,狠命地跺着脚,前面传来了口令:"走!"

排头的尖兵把脚向水里一放,嗖地一下又抽了回来,一股寒气从脚心传遍了全身,不由得打了一个寒噤。没有容他站住,后面就拥上来:"走啊!""下!""一使劲就过去了。"

正当人们七嘴八舌的时候,在人们的近旁,河水哗的一声,一个人下去了,紧接着又一个下去了。

人群里有人喊出来:"是何政委,何政委下去啦!何政委下去啦!"

马海池把两只蒲扇般的大手,向空中一晃,喊道:"同志们,下呀。何政委下去啦!咱们可不能落后啊!"

他把身子一挣,大拳头一抢,像是要一下子粉碎一切困难,扑通一声也跳下去了。

水声、喊叫声震得人心发火,勇士们瞪起眼咬紧牙,三个肩并肩一抱,后头拥着前头,活似一条入水蛟龙,摇头摆尾地离开了沙滩。

水面受到压力,浪花激起多高,冲击得啪啪地响,激流打着人们的小腿,人们顺着水势,晃晃荡荡地向前进。

"冰!"不知是谁尖着嗓子叫了一声。

后面紧接着就有人说:"快蹚吧,刀山油锅咱们也敢闯!"

原来河心漂来一层薄冰,划破了人们的小腿,一条条的血线随流而去,但人们早已忘了冷和疼痛,三个人紧紧抱成一团,冲开一条冰路。

登上岸,人们顾不得擦干血水,匆忙地穿上棉裤,上下牙像连发的机枪,止不住地敲打。黑暗中传过来沈副团长的口令:"踏脚,跑步——走!"人们用力地抬着脚向前跑,火从脚跟往上冒。

前面忽然停下来,后面刚停住,又马上行动。有人在低声说:"前边不远有一道河沟。"但,人们已经冻得不能再脱棉裤了。

三

大小九道河沟,淤泥抓人脚,人们吃力地拔着,沈副团长蹚在前面。他曾经七次负伤,身体弱,常吐血,这次蹚河他拒绝了警卫员的搀扶,跟战士们一样地同淤泥决斗,他向两旁的战士们嚷着:"快呀,最后的一道困难就要过去了。"

"副团长,沈副团长……"一个呜咽的声音在呼唤。

他扭回头一看,原来是五连的通讯员小吴陷在泥沙里,他那拿着鞋的一只手因为沾满了水,手和鞋冻在了一起。他正在焦急地挣扎着,越使劲,越往下陷。

沈副团长急忙跑了两步,把手伸给小吴,沉着地说:"别嚷!不要紧。胆小了吗?小家伙!"说着他吃力地把小吴往上一提,两个人一块跳到岸上。

拥挤在岸上的人们,失掉了知觉,疾风把坐下的人盖上了一层黄沙。人们已经疲惫不堪,瞌睡沉沉;但寒风不让人们待一下,不断地有人在坚硬的地上来回踱脚,每个人的棉裤上结满了薄冰,直挺挺的,咔嚓咔嚓发响,好像穿上了沉重的铠甲。

马海池检查着本排人数,他把迷失的人找过来,搀扶起冻僵了的人,鼓励他们别泄劲。排长王哲仁冻坏了,两个战士搀着他来回遛。

一个战士在渡河中把棉袄掉到水里,水淋淋地就披在身上,冻得瑟瑟颤抖。马海池凑到近前看了看,便问:"怎么了?棉袄湿了?!"说着随手揭下那战士的湿棉袄,把自己的棉袄脱下,并亲手给他穿上。

"副排长,你这棉袄真赛小火炉啊!暖到了我的心里。"那战士不住地抽凉气,含着眼泪告诉他们的副排长。

"你站起身遛遛,搓搓手!"马海池一边嘱咐着他,一边披着一件薄薄的哨衣走向别处。

指挥员们像枪子一样,来回穿行在人群中,摸摸这个,问问那个,替冻木了手的同志结裤腰带。

在不远的河岸上,有人对着河心失声叫喊:"刘忠,王振和……我那个组呢?我那个小组呢?"焦急的喊声震荡在一阵大风里。

原来是特务连的战士柏玉峰。

渡河的时候,特务连随来的半个连也编成了互助组,柏玉峰自告奋勇当了一个组的小组长,他这个组,一个是党小组长刘忠,一个是新战士王振和。

柏玉峰曾立过两功。第一次是在全连的评工作团结大会上,全连同志一致通过给他立小功;第二次是在霸县南孟战斗,他带领全班爆破岗楼,又立了一功。这次,当政治委员号召渡河的时候,他是特务连里全体战士把大枪摇得格格直响里边的第一个。他微笑着低声向旁边的刘忠说:"伙计,又该咱立功啦!"

当他的小组渡第一道最宽的河水时,他用全部精力照顾新战士王振和,到岸上后他就把刘忠和王振和的大枪抢过来,一个人全背上,后面渡河沟时,王振和蹚不了淤泥,他就背着他,直到累得他再也喘不过气来,才把王振和让给抢了半天的刘忠背着。

这个热心肠的战士,刚腾下身子松口气,可是一看见别人陷在泥里挣扎,就忘了自己,就又去拉这个,帮那个,自己弄不动就张罗找别人,一道沟他拉上来十来个。等到上了岸,他才发觉,他的小组早已丢得看不见了。他脑袋嗡地一下热起来,他顾不得身子冻腿发僵,钻到人群里找了一阵,急得他两眼泪汪汪地直打自己脑袋,他想:"这回,我可没完成任务!"

他找到指导员报告了情况,要求允许他再蹚回去找他们。正在这时候,滩上有人喊:"谁在那儿?拉一把,拉一把!"他一听,是刘忠的粗嗓门,便急忙擦了两下眼泪,把大枪把顺过去,一鼓劲把他们拉上岸来。

"坏了,王振和冻疵了!"刘忠放下王振和,慌忙告诉他。

柏玉峰一下蹲下去,摸了摸王振和心口还有气,便叫刘忠:"嘿,先别蹀远啦,捆起他来!"说着,他猛地撕开自己的棉衣,把王振和那两只像冰块一样的脚夹在自己的腋窝里,冰得他紧皱双眉。

一股热,交流在两个阶级兄弟的身上。半天,王振和才哼了一声,苏醒过来。

检点了人数,前方传下了命令:"出发!"

指导员在低声给同志们讲:"咱们渡过困难啦,现在,还得发扬互助友爱精神,身体

7

壮的多帮着点弱的。走吧!"

人们整理整理衣裳。柏玉峰背着王振和,刘忠扛起了三支大枪。

刚走几步,前边排长王哲仁倒下来,他的腿再也迈不开步。人们忽地一下把他围上,他着急地说:"同志们,走你们的,任务要紧,别管我!"

人群里挤过来一个战士,他一边说着:"排长,到哪也不能扔下革命同志!"一边就把自己的棉袄给王哲仁披上,然后把他一背,对着围拢的人们,像发下一道命令那样严肃地说,"走,跟上,头里带道!"

冰冷的河渡过来了,勇士们向高陵镇扑去。

从远远的西南方隐约传来爆炸的隆隆巨响,那是兄弟部队的巨炮,正与这一行动遥相呼应。

四

这支队伍从千锤百炼中成长起来了。现在,他们已经光荣地升编为国防军,在千锤百炼中成长壮大的勇士们啊,你们的功绩永不磨灭,你们会感受到最大的荣誉。在辉煌的人民斗争历史的册页上,将会这样写道:

"祖国,我祖国的人民,在任何时候也不会忘记中国人民解放军的功劳!"

参观东北归来

编者按：中华全国文学艺术工作者代表大会结束后，一部分代表曾去东北参观，刻已返平。《文艺报》特请他们写一些参观感想。很多同志返平后即将他去，因此，所约稿子不很完全，未能反映参观团全貌，特向读者致歉，并向作者在忙碌中为《文艺报》写稿致谢。

东北的印象
黄药眠

东北，这是我们到北平以后，大家早就想着要去的地方。这一次我们的希望竟然实现了。

当火车一出关，看见一望无际的平原，黄的和黑的累累结实的苞米、高粱的时候，我们就快乐得好像把心都吐出来。这一个被日寇长期统治的被侮辱的土地，现在是真正地回到自己祖国的怀抱里来了；一向被地主土豪所糟蹋的土地，现在是真正地回到它们的主人手中来了。农民们现在已有了充分的自由来抚摸他们自己脚下的泥土。

火车快要到沈阳了，一眼望过去，所看见的，不是古老的城墙，也不是帝王的宫阙，而是像森林般的电线杆，和高耸着的烟囱，吐着迷离的烟雾。进了市区，广阔的马路上，街车在那里奔驰；早晚上下班的时候，车里是拥挤的，但平时，乘客总是十分稀疏。路两旁的洋房，透过玻璃窗，在车厢里打着照面。秋天的阳光，照在地上，行人是很少的。从学校里散学回来的小孩子们三五成群，苹果红的面颊上泛着一些微汗。到了夕阳西下，一群群的青年男女就围坐在草地上讨论些什么，时而歌声扬起，引动了路人。你想想吧，这就是一年前国民党统治下的饥饿的、地狱似的沈阳城啊，可是现在它已经是新中国的希望的光芒了。

沈阳是东北的中心，围着它有鞍山、本溪、抚顺的煤铁工业。向北望过去是哈尔滨——北满的仓库，向南望过去则是大连、旅顺走向海洋。两条铁轨，可以一直通到莫斯科。在过去，一提到东北，人们总以为这是寒冷和荒凉的地方，可是现在，观念应该改过来了，它是新中国的工业的心脏，它的粮食供应着遥远的前方。

是的，在东北，战争是过去了，黑暗的统治像是一场历史的噩梦，可是东北却并不缺乏战斗啊！成千上万的新的生产英雄正在踏上战场。他们有些是工作在矿井底下、有些是工作在悬空的吊车上头、有的是站在灼热的火炉旁边、有的是呼吸在灰尘里面,他们使机车转动,电火闪光。他们每个人都在热心地为增加生产而工作着、计划着。懒惰者受批评,勤劳的受奖赏。在这个新社会里,不是最善于挥霍的人最受人尊敬,而是最能够生产财富的人,才最受人景仰。也正是工人们的这种生产热情,推动着东北社会的整个向前。

在戏院里面过去演的忠臣、孝子、节妇,现在是逐渐被《王贵与李香香》《新贫女泪》代替;在茶社里,大家都在唾骂着过去腐烂的王朝,歌颂着新时代的新英雄的事迹。

是的,整个东北都在破坏后的废墟上复活起来了,在这里,我们可以看见未来的新中国社会的雏形。

第一次到东北来,这就是我的最初的印象。

苏联沿海剧团在大连
凌　鹤

在大连,我们看了一次苏联剧团的演出。

就我个人来说,许多年前,就想有机会从发挥了高度艺术性和思想性的苏联戏剧演出中学习,充实自己的艺术生活。可是,许多年来蛰伏在国民党统治的失去了呼吸自由的国土上,我要求进步只不过是美丽的梦想而已。

为了追求梦境的实现,我们从黑夜战斗挣扎到天明。今天,阳光明媚地照耀着大连碧绿的海湾,我骄傲地唱着翻身的歌曲。解放了的鲁迅街旁的夜花园吐出了清香,满天星星,那么有意思地照着我走进苏联剧团演出的剧场,在心坎里我满意地笑了。

虽然我们多不懂剧中人的言语,但通过高超的演技,我沉浸在舞台上所表现出来的温情里。那位老教授和真正能了解他的老妻,共披一张陈旧的毛毡在钢琴上共弹着单纯而凄清的音符,颤抖在暗淡的烛光里,度过他没有亲友共宴的生日,我不禁拭着润湿了的眼角。但当最后列宁给他打电话,要他恢复他所创办的大学的时候,他用那双天真狂热地拉着他那因革命而被捕过的学生的手,对着突然亮了起来的电灯,高呼"光明来了!",我又按捺不住心脏的搏跳了——《普曹夫教授》,这剧叙述了苏联的革命知识分子在革命前后忠贞坚毅的工作,它给予了我们有重量的启示与影响。

第二天下午,这个以高尔基命名的沿海剧团,邀请我们前往座谈,我们得以有机会了解苏联剧团内部情况。

座谈会由该剧团艺术指导员,当时的俄罗斯人民共和国人民演员苏非莫夫讲述苏联人民爱好艺术且尊重其他各国各民族的艺术,特别是中国人民的艺术更为他们所尊重,当它现在已经不是为反动统治所服务的时候。他深信为人民而斗争的中国的戏剧艺术,正如苏联十月革命后一样,将为中国人民所有,民族艺术家将领导着人民艺术向前发展。这友谊的鼓励,对我们是有力的鞭策。

这沿海剧团是属于海参崴市的,为苏联的第一级剧团(苏联剧团共分四级)。其中职员,多为国家剧校毕业的干部,除领导者外有三个人民演员及其导演,技术人员共五十三人,另有木工、裁缝、电气、理发等工匠多人。

该团薪给共分五级。每日工作八小时(四小时演出,四小时排演或工作),星期一休息,每年休息一月,工资照给。第一级演员每月出演十六场,二、三、四、五各级,逐级增多。规定次数以外的超额演出,则给领超额工资。年老退休则照领养老金。所有人员都参加职工工会组织。年老且有贡献者,逢生日则由公家举行庆祝会以资表扬。艺术工作者以优秀作品去领取斯大林奖金。该团经济状况,为核算制的自给自足,其利润则上缴国库。剧团中有三人是海参崴市的苏维埃委员,参与国家政治工作。剧本由莫斯科戏剧委员会供给,由剧团按照实际情况自行选择采用,照章缴纳剧本上演税,以保障剧作家权益。

该剧团是忠实地实践史坦尼斯拉夫斯基的表演体系的,更由于马列主义武装了演员的思想而使这种表演方法得以发展。他们深信必须掌握马列思想,才能有艺术。他们以斯大林的"艺术家是人类灵魂的工程师"的警语为最高原则,艺术家有责任改造人类思想与精神,在由社会主义到共产主义的进程中,要求戏剧艺术家起先导作用,故必须要求艺术家们学习理论、熟练技巧、热爱人民,才能完成任务。

从这次座谈会上,我们得益颇多,虽然这里介绍不详,但希望也能作为关心苏联戏剧的同志们的参考资料而已。

东北归来
陈中凡

我们这次到东北参观,往返四十余日,所见所闻,感想万千,容以后再做详尽的报道。兹以《文艺报》编者嘱略抒意见,如下:

首谈工业,我们看到东北的轻重工业设备,才知道东北物产丰富,真可谓新中国的仓库。经日寇多年开发,尚未及全量的十分之一,被蒋氏匪帮接收以后,竟破坏无余。现在中共中央东北局的正确领导之下,竭力恢复,虽还未到十分之三四,而生产量竟赶上敌伪时代,真令人感奋无已!各工厂的工人提出合理化的意见,使工业成本减低,产量增多。品质提高的事件,日有所闻。他们的发明,竟有使中外工程师叹服者,这不是亲自见到,几乎令人不敢置信。实则因为工人有了阶级的觉悟,才使他们的生产态度改变,尽量发挥他们的积极性和创造性,才有这样惊人的成绩。而政府和工会方面所办的劳动保险事业,也的确能改善他们的生活,使他们获得保障,因而也就更加强了他们生产的热忱。

工人因为生活改进,对于文化的要求,自然日益增加,各工厂都有文化俱乐部组织,提倡识字运动,学习技术、学习政治,"工人之家"更是把生活、娱乐、教育熔为一炉的最好的机构。

不止工厂如此,我们所到各地,在东北局和东北各地文协的辅助下,文化事业活动随处可以看到,尤其是旅顺、大连两市每一区都有文化馆的设立,每坊有文化站,有文化俱乐部,故能把文盲逐渐扫除,现在已做到全面无乞丐、娼妓、窃盗。

苏联在工业技术方面、工厂管理方面给我们的帮助非常之大,就在文化方面、社会事业方面,也多方设法从旁赞助。所以东北人民提到他们都称苏联为朋友、老大哥。中苏友好更有许多佳话流传,许多例证一时说也说不尽,只好容后再说吧。

感想
吴　天

这一次东北的参观,太使人感动了,特别是听了工厂修复生产的过程,有许多可歌可泣的材料值得我们写到作品里去。那些劳动模范、英雄、功臣,是最好的主角,他们将光荣地在新的历史舞台上登场。

还有一点,也是最让人不会忘的,那就是苏联同志的协助和他们工作的热情,我们需要学习。

比方在大连我们看到的一个苏联国家剧团,他们有极好的合理的制度:全团五十三人,有坚强的领导,每个演职员工作八小时(四小时排戏,四小时演出),每周工作六天,每年工作十一个月,薪给分级,超出演出规定的场数另加超额工资,整个经济不但自给自足,还可以有盈余交给国家,这种办法,虽然我们一时还做不到,却是我们的目标。

东北在全国是起着带头作用的,特别是生产建设方面,我们该把这种生产热情、经济建设体制带到新解放区去。

访鲁迅先生故居

唐 因

　　从前,每当拿起《野草》,读着那些愤怒沉郁,为血泪所凝成的诗篇时,在我眼前就会出现这样一幅图画:深夜,斗室中,昏黄的灯下,这位伟大的导师坐在桌前,正用他那支使敌人胆寒的、锐利如投枪的笔,不断地写着,写着。他的笔下,画出了封建暴君的狞恶血腥的脸,也刻画出了杀人的帮凶们卑污丑恶的灵魂;他的笔下,控诉着这古老民族无尽的灾难,也指明了为推翻"吃人的筵席"而抗争的道路。我仿佛看见了那只握着毛笔的刚强的手、紧蹙的眉额和愤怒坚定的目光,他的巨人一样的身影映在壁上。窗外,枣树的影子在浓黑的夜空中依稀可辨,而四周,是寂静,是秋虫的鸣叫……

　　每当这样想着的时候,我即刻觉得自己为一种巨大的力量所鼓舞,而变得勇敢、坚定了。今天,鲁迅先生一生为它们的实现而不屈地战斗的理想已经成为事实,他所教导的中国人民已经摆脱了重重灾难,英勇地站立起来的时候,我有机会拜访了鲁迅先生在北京的故居。在他那间名为"老虎尾巴"的斗室中默默站立,那幅图画又一次出现在我面前,我又仿佛听见一个深沉的、真挚的声音在告诉我什么是爱,什么是恨,和怎样去爱,怎样去恨。这声音使我有了更多的勇气、更多的欢欣。

　　这是一个晴天的早上。我找着了宫门口西三条二十一号的门牌,在黑漆小门的铜环上轻轻叩击,心里充满着对一位伟大的革命者的崇高的敬仰和无比亲切的情绪。"二十多年以前,"我想,"许多年轻人,为了听取他们所爱戴的导师的指示,向他学习战斗的方法,也是怀着这样的心情,轻轻地叩着门环的吧?"这样想着,门开了,一位看守房屋的老年人把我引进了一座小小的四合式的院子。

　　这个院子给我一个明亮的、温暖的感觉。院子里的砖地打扫得非常干净,四面的屋子都是照着旧样重新油漆过的,柱子和门窗漆成红色,椽子的梢却是绿的,玻璃窗擦得很亮,院子里的两棵丁香摇摆着发亮的叶子,另外是两棵枣树,黑色的枝丫默默伸向晴空,它们并不是"秋夜"中所说的那两棵,却使我想起了那时这院子里的景色。但今天,今天的"秋夜"里已不再有丝毫的寂寞和悲凉了。

　　北屋的门开着,从门外看见了许广平先生,她正在那里收拾些什么。原来她为了整理一下屋内的陈设,使它们一一安放成旧日的样子,以便人们的瞻仰,一早就到了这里,听见有人进来,便亲切地招呼。

　　北屋一共四间,鲁迅先生的居室是当中一间的后进,这是一间突出的屋子,许先生说,从整个院子的形式看来,它正如一条老虎的尾巴,孙福熙先生在一篇文章中提到过它,说鲁迅先生坐在"老虎尾巴"里鞭打反动派,以后这个名字就传开了。这个有着战斗意味的名字,使人想象到鲁迅先生在这里住着的时候的勤劳、战斗的生活。

这是一间很小的屋子。北窗下是鲁迅先生的卧床,床是木板搭成的,铺设着简单的被褥;床头是一口粗糙的木箱,书桌放在东壁下,西边放着一几两椅,再加上先生所坐的一张藤椅,屋里就没有什么空隙了。简单、朴素,标示着这是一位艰苦地战斗着的战士的住室。

我记起鲁迅先生在《华盖集》的《题记》中,曾称这间屋子为"绿林书屋",名以"绿林",是因为那位"陈源即西滢教授"曾无耻地骂先生为"土匪"之故。这使人们想起了在那些苦难深重的、黑暗的年月里,这位伟大勇猛的战士怎样与封建的官僚军阀和挂着"正人君子"招牌的走狗们进行了无情的搏斗。而今天,这搏斗,在先生的思想的指引下,由于他的战友和后继者的努力,已经得到了胜利。

许先生谈起了这座房子的历史,她说:"以前他们弟兄三人都住在八道湾,后来因为先生和周作人夫妇处不来,便借钱买下了这所房子,买来的时候十分破烂,现在这些都是先生重新修建的。"接着她又说,"先生在的时候,这里是不断人的,许多学生都来找他,床上常常坐满了人,先生对年轻人总是那么好,希望他们上进,许多人受了他的教导,进步了,战斗了,而且胜利了,但也有一些人,当初也常到这里来,可是他们走的却不是先生的道路。"

她这样说着的时候,我仿佛看到了当时的情景:床上、椅子上坐满了人,先生坐在自己的藤椅上,和他们热情地谈着话,告诉他们怎样锻炼自己,怎样去打击敌人。我又仿佛看见,在"三・一八"惨案后的一个夜里,先生就在这灯下,哀悼着死去的青年,愤恨着旧社会的凶残,而且做出了战斗的号召:"真的猛士,将更奋然而前行!"

东壁上,挂着陶元庆作的题为《四个警察一个〇》的炭画和先生在日本仙台医学专门学校时的教师藤野先生的照片。图上画着五个警察正在捕捉一个女人,她的小孩在一旁啼哭叫喊,题名中的"〇",是表示没有抵抗的意思。许先生说,鲁迅先生是很喜爱这张画的,因为这一辛辣的讽刺,表现了中国人民对封建军阀官僚无比的憎恨。

西壁上挂着孙福熙先生所画的山水和一幅小小立轴,集《离骚》句:"望崦嵫而勿迫,恐鹈鴃之先鸣。"这可能是先生所喜爱的字句。

书桌上的陈设也十分普通简单,瓷瓶、煤油灯、小钟和笔砚,这些东西都令人想到这位伟大的战士的刻苦、俭朴的生活。先生自己说过:"生活太安逸了,工作就被生活拖累了。"这种精神是先生留给他的后继者们的最好的榜样之一。谈起这间屋子的陈设,许先生又说:"鲁迅先生的屋子永远是收拾得很整齐的,报纸就叠着放在书桌旁的凳子上,箱子、网篮都收拾得很好,什么时候要走,卷起铺盖就可以走,先生永远是在战斗着,并不在自己的生活中希望有长久的安逸的日子。"

这屋子的外间是过去吃饭的地方,东壁上挂着周老太太六十寿辰时吴晓天画的观音像,题曰《大慈大悲》。东面一间是老太太的卧室,放着一张竹床,壁上挂着几张老太太的画像和照片。开开北面的小门,就是后院,有一口井,一棵胡椒树和先生手植的刺梅。

东面的一间是过去朱氏夫人的住室,房中还放着旧式的柜箱,西壁上则挂着她的照片,这使我想起先生在《热风》中所引用的一位不知名的青年题名《爱情》的诗,和先生对于造成"无爱的结婚"的封建社会的勇猛的抗争。

接着,许先生又引我看了这院子的东屋和西屋,西屋是过去的厨房,东屋则是贮藏室。南屋分成东西两间,东边一间较大,靠南墙放着玻璃书柜,北窗下有一个陈放古玩的架子,放着一尊铜佛和一些汉砖,以前凡是较生疏的客人来,就在这屋里接待。

许先生正在向我一一指点的时候,文物管理处的王冶秋和另外一些同志都来了,他们是来帮助许先生整理东西的,于是院子里便立刻充满了年轻的欢笑,大家一起动手,搬箱、抬柜,使它们照旧样子陈列起来。这时我看见了先生收藏的一些陶俑和铜器,其中有一种,就是鲁迅先生曾约一个朋友在西安的街上去买,而被人误听为"卤鸡"的"弩机",据说先生因为它"机械性十足,有近代军器之风",所以很为喜爱的。

鲁迅先生所喜爱的,往往都是有着战斗意义的、坚强的、有芒刺的东西。这种喜爱显示了这位伟大的导师的不妥协的、顽强的战斗意志。

当我向许先生告辞,走出院子的时候,我觉得已经和这几间屋子有着非常深厚的依恋的感情。到这里来,我又仿佛重温了一次先生给他的后代所留下的教导,同时,我也记起了毛主席讲过的话:"一切共产党员,一切革命家,一切革命文艺工作者,都应该学习鲁迅的榜样,做无产阶级和人民大众的'牛',鞠躬尽瘁,死而后已!"

走出门来,阳光正朗照着门外砌在墙中的"鲁迅故居"四字,大门里还不时传出年轻的欢笑。是的,我们要高声欢笑,这些爽朗的、胜利的笑声将是给我们伟大的导师鲁迅先生的很好的安慰。

工人说我演得不像

叶 丹

北京人民艺术剧院

戏演完了。卸装以后,我走到台后的广场上,轻松地吸了口气。

9月初的天气,草地上落满了露水,满天的星斗,显得深夜的工厂是那么恬静。我慢慢走到一排工人宿舍前,踌躇地不敢进去,早已准备好一套接近工人的计划,但怎样去做呢?怎样才能做得好呢?却有点担心。但我还是鼓起勇气,推开了门。他们正在一边脱着衣服,一边高声谈论着方才我参加演出的那个戏。

"简直是知识分子穿上工人衣服,换面没换里!"一个响亮的声音这样说,我打了一个寒战。

"哪有一点工人样?文文气气的像个妞。"另外一个工友同志一边说,一边还做出那种表情,我真没有勇气再往里走了,木然地站在那儿,一个出来解手的人差点没把我撞倒。起初,他们非常惊讶我的拜访,我被让座在床上,心里扑通扑通直跳,脸通红,头也抬不起来,倒真有点"妞气"了,但空气立时热烈起来,大家都围拢着我,既好奇又亲热。

"你就是在戏里演'好人'的那位吧?"不提防,他们倒认出我来了。

"演得还不错,就是有点不像工人。"我没想到他们这样直爽地提出来,我脸红了,说什么好呢?

"是的,我演得真糟,一点'生活'都没有。"我羞惭地回答。

"演得就算不错,你想人家是念大书出身,那能像咱们似的!"一个年老的工人解围似的说,我抬起头来,使我感动的是他们都很亲热地看着我。

"演戏是件好事。"另一个工人插嘴说。

"演戏和咱们一样也是劳动,他们是脑力劳动者。"一个年轻的工人很俏皮地说,同时看了看我,不知怎的,他们直爽的谈话,倒使我忘记了自己。他们要求我讲一些演戏的故事,要求我唱一首歌,我唱了一首民歌,大家都笑了。为了不妨碍他们睡觉,我告辞了,他们都送了出来。这样诚恳,使我感动。

第二天中午,我正在工厂散步的时候,碰见昨天晚上批评我最厉害的那位青年工人,他亲热地拉我坐在他的车上,为了怕煤黑了我的裤子,一定要把他的手巾给我铺上。我们谈到工厂的生活,谈到解放,谈到工人和共产党,最后我征求他对我们演戏的意见,他一点也不掩饰地告诉我,哪几个地方演得特别不像,哪几个地方比较好,"比方说吧!我们做事就不像你们那么斯文"。我们越谈越痛快,差一点误了他上班的时间。

下午,我把他提的意见整理一下,自己又排了一次,感到自然多了,晚上演出的时候,博得了几次的掌声。

等我们离厂的时候,除了工会同志送我们之外,很多休息的工人也都跑来欢送。那位青年工人也来了,我们又谈了起来,他说昨天晚上又看了我的戏,比以前强多了。"我给你鼓了好几回掌。"他高兴地说,后来谈到我们下厂的收获,他非常不愿意我们走,并希望我们常来,他很喜欢我唱的歌子,说时眼圈有些红了。当我们要上车的时候,他忽然抓住我的手,同时从口袋里掏出一个小皮夹,拿出一张半身相片,放在我的手上就走了。我呆呆地望着他的背影。

车子在不平的石路上行走,颤动得非常厉害,同志们正在唱着一首新谱的工人歌曲,我却想着那位青年工人,拿起他的相片,看见背面写着几个大大小小的字:

"送给叶丹同志　工人　王永胜"

从此,我不但在工厂有了朋友,在心里也有了朋友。那直爽热情的工人品质,永远鼓励和教育着我。

铁打的英雄
柯仲平

一

革命的火,越烧越红,
革命的人民,越来越众;
毛泽东,毛泽东领导我们烧火
又打铁;
我们勤劳,我们英勇,
中华人民共和国,
是我们铁打的英雄!

二

人民的花,开向太阳,
人民的力量,百炼成钢;
毛泽东,毛泽东指着我们努力
的方向;
我们勤劳,我们英勇,
我们努力建设好,
到社会主义的桥梁!

三

我们的国,山高水长,
我们的幸福,万寿无疆;
毛泽东,毛泽东永远是我们
人民的太阳;
我们勤劳,我们英勇,
我们创造着一切,
要一切创造都成功!

我们的铁骑队

白 艾

洪泽湖边,津浦道两旁,多产良马,这里的风景很好:有运河的水南北流,有陇海铁路东西走,洪泽湖里特产的高苗草,养壮了战马;有一望无际的江淮平原,任骑士们纵横驰骋。

八九年前,在这一带民间流行着这样的神话:

"新四军骑兵团的马队,丈把高的圩墙,一蹦就过去了!"

"新四军的马队,是在洪泽湖里操练出来的,骑士和战马都能游水。打水战的时候,马队能够在芦苇和荷叶上跳过去!"

神话传到敌人耳里,当时永城城里的伪军,连忙把护城河里的芦苇和荷叶,全部拔光了。

骑兵团五大队有猴子(骑士们养着让它管马的),于是到处又流行着"猴子队"的传说:

"马队攻据点的时候,先叫猴子带着炸弹,蹦到圩子里去扔,然后马队再跳进去,拔出马刀来砍得乱七八糟……"

于是敌人就到处打听着"猴子队"在哪里?老百姓见了骑士们也争着问:"猴子队来了没有?"

这些神话,是骑士们的光荣和骄傲。它正表示着:人民对于我们铁骑队的歌颂与热望。

于是,日寇"驰名"的骑兵第十六旅团,用"闪电战术"来袭击我们了。可是,袭击了一个星期左右,受到灾难的倒是敌人自己。骑士们每夜用出奇的远道奔袭、迂回、截击,打得敌人骑兵变成步兵,最后,这个"驰名"的骑兵第十六旅团,带着许多徒步的人回去了(因为他们的马不是给我们俘虏了,就是被打死了),而人民的铁骑队,从此却补充了一大批又高又大的日本洋马。骑士们立刻给这些才解放过来的日本洋马,起了个绰号叫"老洋同志",常常亲热地拍着这些洋马的脖子,乐哈哈地开玩笑说:"老洋同志,从今天以后,要丢掉坏思想,为人民服务了呵!"

江淮人民从此也就更加热爱着这支人民自己的铁骑队,亲切地称它为"我们的机械化部队"。他们情愿把自己的耕马,送给骑士们充当战马,有的甚至从几百里路以外,把自己的耕马送来"参加革命"。

这一支人民的铁骑队,就是今天第三野战军特种兵团的骑兵部队的前身。从1941年诞生那天起,骑士们就没有忘记江淮人民对于他们的热望与信任,他们从此便勇敢地肩负起保卫人民的任务,矫健地驰骋在这广阔的江淮平原上。

骑士们和他们的战马

在以往那些长年累月的战斗中,骑士们和他们的战马,由于一同作战,一同度过艰苦的日子,在漫长的冬夜,为了奔袭、抄袭、出击敌人,骑士们要接连几夜不能休息,不离坐骑,而战马所受的更是加倍的辛苦。因而,在骑士和战马之间,产生了一种极密切的革命友谊,骑士们对他们的马,真像对同志、对亲人一样亲热。平时,为它刮、洗、收拾、打扮,弄得干干净净、漂漂亮亮。一到操场上,便一同愉快地练习着卧倒、跳上跳下等战斗动作。游戏时,骑士们就牵着各自的马,在庄子外玩玩,闲散地走走,玩高兴了,把自己节省下来的津贴费,买些油条烧饼喂它。夏天,把自己的马牵到树荫下,一递一口地吃着西瓜。如果谁的战马病了,骑士们常常会几夜不睡,看着它,为它煎药,把它的牙齿撬开,亲自给它灌下去,牵着它找兽医看病,向上级领些保健费,买一只老母鸡或几个鸡蛋,煮给它吃,让它补养补养……不论在平时,还是在战时,都可以看到这种超乎骨肉的革命友情。

一大队长程朝先,在1944年荡南奔袭战中,他心爱的小"龙驹"(马的绰号)在冲锋时被敌人打死了,当时,他是何等伤心!他按不住心头的愤恨,跳上去便砍死了那个打死"龙驹"的敌人,他手里的马刀又接连挥过去,砍死了五六个不肯缴枪的敌人,然后,他跺着脚,再一直默默地蹲在自己的"龙驹"旁。

小战士匡红和他的战马,在一次激烈的战斗中,一道英勇地牺牲了。当时情况紧急,部队必须立刻转移,骑士们只好含着悲哀,把匡红和他的战马放在一起,埋在靠敌人据点附近的一个森林里,在坟头上插着匡红和马的名字的纪念牌。日后在频繁的战斗里,骑士们并没有忘记抽空到坟上来看望和悼念这个忠勇的骑士和他的战马。

在一个叫簸箕窑的地方作战时,战士马窝子(外号)受伤落马了,其他的骑士正散开在激烈的战斗里冲杀敌人,来不及救他。他的马见自己的主人掉下来,并不单独跑开,却一直停在他身旁,等候他上去,马窝子腿上受了伤,不能起来,他拍拍马的前蹄,马很懂事地将前蹄跪下来,好让他不费劲地爬上去。突然,敌人又是一阵机枪扫射,马被这突然的一阵机枪声,受惊地爬起来跑几步,但随即又跑回来,仍然跪在自己主人的跟前等他上去,等急了,用鼻子嗅嗅他,用蹄子拨拨他,直到发觉自己的主人已经牺牲了,再不会动弹了,它才跑回到自己的阵地这边来。

为了赞扬这匹马的忠勇,为了纪念死者,骑士们给这匹马起了主人的名字,每当叫起"马窝子"这个奇怪的名字时,骑士们就想起这匹忠勇的马的故事。

钢铁的骑士

在这支人民的铁骑队里,每一个骑士,都有着长久的革命历史。绝大部分的骑士,都完完全全地经历了八年的抗日战争,凡这一类的骑士,都有一个统一的称号:"一九三八的!"这无疑是一个光荣的称号。

有些骑士,由于长年累月地过着战斗的骑兵生活,他们的两腿已经起了生理上的变化,当他们手持马枪、腰挎马刀、翻身上马、松开马缰奔驰在原野上时,就显出一副雄赳赳气昂昂的英雄气概,但,走起路来时两腿就显得有些拐弯了。

三大队队副冯富林,远在十六年前,已在家乡甘肃参加了骑兵,他骑的战马,是全团有名的"小火车头",青青的毛色,半截鬃卷下来,直拖到大腿,骑士们往往在夸耀自己的战马时,总要拿冯富林的战马来作比:"连小火车头都蹚不掉它!"他的马术也算是全团第一,能够双手拿两把马刀,在马上双劈刀,当战马飞奔急驰时,更能马上独立,马上拾物,单双脚的跳上跳下,镫里藏身……每到打仗时,只要枪声一响,"小火车头"就把耳朵一竖,四只蹄子乱跺着地皮,急得"咴咴"乱叫。这时,他照例把"二十响"的快慢机朝天上一扬,一抖马缰绳,一磕镫,带着一个区队就冲上去了。敌人还没来得及拉开枪栓,他领的马队,已经闪出雪亮的马刀,在敌人头上飞舞着,喊着"缴枪不杀"了。

一大队于区队副,在某次战斗中,单枪匹马冲进敌阵,几十个敌人从前、后、左、右包围上来,正大呼小叫地喊着"捉活的"。于区队副不慌不忙,看准一个迎面扑来的敌人,把雪亮的马刀一扬:"看老子的飞刀!"马刀变成飞刀,从手里扔向敌人,敌人被这意外闪来的一道白光,吓愣住了,于区队副乘机一磕镫,杀开一条出路,从包围圈里冲了出来。等敌人从迷惑中清醒过来后,再找他时,于区队副和他的战马已远在五百米开外了。

1944年在津浦路西作战时,步兵把敌人包围起来,打了整整两天一夜,最后,一股敌人突围了,步兵追不上,眼看着敌人就要逃远了,突然,一阵尖锐的马号声吹起来,正掩蔽在森林里的战马,一听马号响,机灵地将两只耳朵一竖,"咴咴"地叫起来,骑士们紧了紧马肚带,跳上马,就从黑森林里"嗖嗖"地冲了出来,在一片烟火弥漫、泥土飞扬的原野上,骑士们闪出了雪亮的马刀,看准了前面的敌人,松开了马缰……

忽然从后面又冲出来一匹枣红战马,上面骑的是王成金,原来他正送饭来到森林里,一看大家都上马追赶敌人去了,他扔下了饭桶,跳上战马也追了上来。马在刚下过雨的"泡"地里,四只蹄子像不沾地似的直朝前边跑去,转眼已冲到敌人窝里,他扬起了马刀,左一刀、右一刀地砍下去,敌人就左倒一个,右倒一个。地上被马蹄子溅起的泥水,溅在敌人的身上、脸上;马刀砍在敌人的脑袋上,马刀染红了,血溅在他的脸上和身上……王上士突然看到前面几步远,有一个光着脊背的大汉,两手拿两支盒子枪,在顽强地抵抗,王上士随即一抖马缰,一磕镫,冲到面前就一刀砍下去,那家伙只一跳,却躲到马后边去了。王上士赶紧把偏缰一拉,马头刚拨转过来,又是一刀,那家伙又闪到左边去了,王上士气得两眼冒火,来了个马上拾物的姿势,将身子猛地朝前一探,马刀远远地伸出去,在那家伙头上擦了一下,帽子给砍掉了半拉,那家伙却把手里的盒子枪,对准王上士点了一下,一梭子弹正打在王上士的肚子上,肚肠子立刻朝外淌,王上士在马身上晃了晃,差点没掉下马去,他忍住了疼痛,一手将肚子按住,把露在外面的肠子,朝里塞了塞,右手又举起马刀,照准那家伙脑袋上又是一刀。马刀和他的身子几乎同时落下,最终他和敌人同归于尽了。

骑士们常以这类神勇的故事、革命的英雄主义而引以为自豪,他们厌弃那些战场上的怕死鬼,甚至连马也不能饶恕,为它们起一些难听的名字:"肉头""炮弹""胆小鬼"……而对于那些打仗时动作迅速勇敢的战马,就为它们起一些英雄的名字:"草上飞""火车头""火里钻""燕子"……"勇敢就是美,美就是刚毅",这是革命骑士中一致的看法和想法。

铁骑队的父亲

这支人民的铁骑队,是新四军第四师师长彭雪枫将军一手创立起来的,每一个战斗,每一个胜利,都与彭师长的名字分不开。骑士们怀念他,称彭师长为:"我们的父亲!"

彭师长更热爱我们的铁骑队,从铁骑队成长起来那天起,就亲自带着它南征北战,每一次大的战役和长途行军,都是彭师长亲自带着去执行任务的。师长消瘦的身影、围着一圈子弹的轮子枪、骑的被称为"火车头"的白马,以及师长骑在马背上的姿势、平时说话时独特的句子,都为骑士们所熟悉,骑士们对这些都有着深切的感情。

三天两天,彭师长就要和骑士们讲讲话,讲话前,他总是在马群里转来转去,看看马的装具,鞍子、嚼口、镫绳、马刀……对每个细小的缺点,都能关切地注意到,并提出来向骑士们发问:"同志,你的马叫什么名字?为什么这样脏呀?""同志,你的镫绳太长了吧?打仗的时候要唱落马湖的!"尤其是他更能了解老骑士们的心理,常在谈话中安慰和鼓励他们:"我们的骑兵部队,要变成骑兵学校,但不要急,要慢慢地来,不要学芦苇,一年就呼呼地长上去了;要学松柏,慢慢地,先把根基打好,打结实。"每当骑士们把师长的话重讲一遍时,听到的人都会笑笑,更起劲了。

在以往那些战斗的年岁里,彭师长和骑士们的友谊就是在战斗中培养起来的,世间没有比用战斗的血汗培养起来的友情再亲密和再崇高的了:1940年,当这支人民的铁骑队还是一个仅有八九十匹战马的小游击队时,国民党反动军队马彪的一个骑兵师包围了它,那是一个异常激烈的战斗。在一片辽阔的平原上,我们的战马和敌人的战马混在一起了,马撞马,马挤马,冲过来,跑过去,敌人手里的马刀和骑士们手里的马刀,被太阳光照耀得一闪一闪的;无风的原野上,掀起了漫天的灰尘,灰尘里,是一片马刀相碰的金属声,喊杀声,战马发出的嘶叫声……突然,彭师长骑的战马被敌人打死了,跟着师长一头从他的马上栽了下来。正当这时,四五个敌人的骑兵,扬着马刀向师长冲过来。骑士们看见这情形,心里像火燎着似的发急,机枪手一马当先,直朝师长身边冲过去,来到师长身边,他跳下战马,一手把师长抱起来,放在自己的战马上,先让师长突围出去,然后他独自一人,平端着机枪站在那里,看着渐渐近了的敌人骑兵,准准地一梭子扫过去,敌人的骑兵被打乱了;机枪手的第二梭子过去,只见敌人从马屁股上、马脖子上乱七八糟地栽下来。失掉主人的马,掉过头,撅着屁股,朝自己的阵地跑去了,马鞍子也滚到马肚皮底下去了……但,第一阵刚打下去,敌人的第二阵骑兵又冲上来了,机枪手只得边打边退,直打到最后机枪里还剩三发子弹时,敌人的骑兵还是一阵阵地冲上来,喊着要捉活的,机枪手看准一个骑着黑马的敌人,假装着交枪的姿势,把机枪举起来,递给他,这个敌人也当真从马上弯下腰来接枪,正在这时,机枪手的机枪响了,最后的这三发子弹,全部打在这个敌人身上。敌人一仰身,从马屁股上滚到马蹄子下边去了,机枪手抓住这匹黑马的马鬃,一个纵身跳了上去,狠狠地在马屁股上揍了一枪托子,像一阵旋风似的跑了。这个英勇的人民骑士,骑着这匹敌人的黑马,冲出了敌人的重围。

对于敌人,人民的骑士向来有无比的仇恨,而对于自己的战友,自己的上级——铁骑队的父亲,却不惜以自己的生命来保护他。

在1944年的一次战斗中,铁骑队的父亲——骑士们敬爱的彭师长牺牲了。为了这,骑士们流了多少眼泪,许多人放声大哭,有的几天不吃不喝,有的蒙头大睡,通讯员胡常功半夜里从睡梦中哭醒了:"为什么不叫我代师长牺牲呢?我一家子死光了,也没有这样难过呀!……"

一大队长程朝先时常对着师长送给他的盒子枪说:"盒子枪呀,我看见你就难受啊!"

新年来了,骑士们也没有心思娱乐,年初一一大早,班长方燕喜,带着全班站在师长像前,立正着说:"师长,我们没有忘记你。今天来给你拜个年,我们一定要给你报仇……"说着,大家的鼻子里一阵阵发酸。眼圈也红了……

为了这,有的骑士被悲哀压倒了,但大家记起师长常讲的话:"后死者的责任,不是眼泪，而是如何为死者报仇！"大家的眼睛又亮了，射出了光彩、愤怒的火，燃烧起来了，骑士们把各自的马刀刻上"雪枫"二字，称它为"雪枫刀"，骑士们又为"雪枫刀"写了一首快板：

  雪枫刀，明光光，杀敌不见血染上，刀刃快，刀身长，拿在手中气昂昂，骑上一匹枣红马，赛过三国关云长，打马磕镫扑到敌军阵，威风凛凛谁敢挡！杀他个东西南北趟，叫他刀下见阎王。

  从此，骑士们决心以"雪枫刀"来纪念彭雪枫师长，以"雪枫刀"来替铁骑队的父亲报仇。在八年的抗日战争、三年的人民解放战争中，骑士们一直肩负着保卫江淮人民的任务，转战在苏、鲁、豫、皖各个战场上。当1949年元月，淮海战役最后围歼杜聿明匪集团时，这支人民的铁骑队又回到自己的故乡，出现在江淮平原上，他们以纵马数百里的大追击，歼灭了由包围圈里突围出来的蒋匪第一战团最后的十五辆美式坦克，创造了历史上未曾有过的，骑兵追坦克，活捉坦克的奇迹。当解放军发起渡江战役，誓把光明与幸福带给江南人民时，这支人民的铁骑队，随着步兵、炮兵之后，也打过江南去了，在以往千百次的战斗中，这支小小的骑兵队，如今已变为第三野战军特种纵队中的一支强大的骑兵部队了。

  这次，当我乘车由上海来北京的途中，路经江淮大平原时，我伸头朝车外一看：我又看到这铁骑队的诞生地——淮北古战场了。这里是自古英雄发祥之地，十几年来，人民用自己的血汗，保卫了这片土地，如今才算真正建立了和平与幸福。

  夕阳西下，阵阵晚风徐徐吹来，我站在车窗前，眺望这一望无际的江淮大平原，想起了当时在这一带骑士中流行的一首骑兵战歌：

  江淮平原怒吼着江淮的好汉，
  祖国大地驰骋着祖国的铁骑，
  年轻的骑士，战斗在前哨，
  刀光剑影风萧萧，
  自古英雄胆气豪，
  迂回、追击、打包抄，
  冲锋陷阵马蹄骄，
  凭着三尺"雪枫刀"
  杀尽敌人把国保！

我们是光荣的中华人民共和国的主人
严　辰

一

我们是中国人,我们是光荣的中华人民共和国的主人!我们祖祖辈辈生根在这里,生根在这九百五十九万七千平方公里的土地上。大江大河滋润着我们,广阔的平原和波浪起伏的山冈,生长出五谷养育着我们。我们爱我们的祖国,就像我们爱自己的母亲。我们从苦难中长大,从血肉的斗争里长大,我们颠仆过、失败过,被人嘲笑、被人侮辱、被人奴役过,可是我们披荆斩棘地走过来了,我们从暴风雨的黑夜走过来了,我们承受了先人的勇敢和勤劳,我们的生命倔强而坚忍!可以骄傲的是,经过了长期血与火的考验,我们已经有了伟大的领袖;我们克服了千百样的艰难困苦,战胜了里里外外强大的敌人,终于迎来了光辉灿烂的新中国,我们成了自己祖国的主人!

二

今天,在纽约和伦敦的街道上,没有人再敢指着我们的背脊,用轻蔑的语调说:"这是支那人。"在那些冒险家的书本里、画片里,在那些宣扬帝国主义文化的电影里遇到了共同的战士,所以非常兴奋!文学这项工作在性质上讲是很重要的,它表现世界人民,它反映人类的灵魂,号召人类为共同事业而努力而战斗!一个新的作家他所说所写,不但要表现一定的东西,尤其应该表现应该是如此的,而不是别的。一个新的作家他所说所写所努力的是为了人类共同的幸福和前进而努力,因此一个新的作家应该使人类团结起来如一个大家庭。我们很高兴在社会主义首都莫斯科见到从中国来的作家们,现在相聚是为了作家,为了共同致力于人类的友爱,因为没有这个,大家不能了解,不能亲善!

西蒙诺夫夫人是一个有名的演员,她唱了一首歌表示欢迎我们,她一边唱一边表演。我们恍惚觉得像生活在另一世界一样。她使我们生无限羡慕,使我想起中国的妇女,中国妇女多多少少还残留着封建的束缚,还有苦痛的痕迹呵!

我一边喝酒,一边就想,很想把西蒙诺夫小说中的人物和他自己联系起来,他像沙伏诺夫吗,他是这一类人吗,他们有没有相似之处?他们是一个时代的人,他们受同样的教育,他们是在社会主义国家的气候里长大的,他们没有经过俄国革命,他们从小就是自由的人,自由地生长,因此他了解这些人。西蒙诺夫的天分很早就被发现,就被培养,他是苏联作家协会专门培养青年作家的文学研究院的学生,他接受了俄罗斯丰富的文学遗产,初期的作品《冰湖之战》的问世就得到极大的鼓励。他生活在前线,跑遍了全国,他以他的作品,对祖国对人类的贡献,他是苏联极被尊敬的作家中的一个,而他现在还是这样年少,这样强壮。他作品中的人物的确像他自己一样,那样鲜明!

要不是因为明天上午八点钟要到莫斯科大戏院去看戏,这顿晚饭还不知将要延长多久,宾主都是尽欢的,而且是使人不能忘的。

第二次见到西蒙诺夫是在布拉格的和平大会上,他是苏联代表团的首席代表,他是从法国巴黎来的,他迟到了两天。我记得当他走入会场时,全场起立鼓掌,群众给他的欢迎、尊敬和爱,比对任何一个代表都多。这是不奇怪的,因为人人在未见他之前已经对他有很深的感情,人人都读过他的出名的《日日夜夜》,都读过他的诗《等着我吧!》,都在电影上又重读它的《俄罗斯问题》。他的书被翻译成多国文字,他的电影在许多国家里放映,他书中的人物和他自己活在许多人心里。他一直都坐在主席台上,我看见很多人借故走过他的面前,以便更近地仰望他,有许多人请他签字,摄影记者也特别喜欢为他照相。主席台上坐了不少人,但他总特别让人注意和关心。大会闭幕的那天,他讲演了。他讲得实在生动,他的话像一把火一样,燃烧在每个人的心中。在听到他的那些警句时,每个人都好像自己的感情变得更高尚了起来,勇气更多了。这是属于保卫和平的决心更强,这是反对法西斯主义的战斗。他就拿他的话把人们更团结起来了,更团结在民主的阵营内,中国的读者一定不会一下就相信苏联的作家不只能写头等的作品,而且做政治活动也是头等出色呵!

和平大会完结后,我们比他先回莫斯科。但当我们到列宁格勒参观时,他也到了我们住的同一旅馆,列宁格勒有一个剧院在排他的戏,他来看看的,他特别向曹靖华同志说,他欢迎我们去看这个戏,可惜我们参观日期已满,不能逗留,没有能看成他的戏。但我们都想:"他真忙得很呵!"

法捷耶夫同志我只见过一次,我们谈了很久,他告诉我许多东西,我把他当成一个长者。而西蒙诺夫我见到次数不少,但因没有机会,没有翻译,我不能向他学到些东西,我只能默默观察,我对他的印象一定是不完全的,因为我了解他太少,却不妨记下来,作为我自己的纪念。总之,我的确认为他是一个才华横溢、不可多得的人物,他是一个使人喜欢并羡慕的人,他是一个少年英雄,他还有无限的前途!中国作家从各方面来谈,一定要向他看齐,将来的中国是会产生这样的人物的。决不再允许人家对我们曲解和侮辱,我们不再像猪仔一样被贩卖,"××"也绝不允许解释为落后愚蠢。谁敢再在我们祖国的土地上,烧杀我们,搜刮我们,大摇大摆地踩踏我们!谁敢再开着吉普车撞死我们的孩子！谁敢再喝醉了酒来调笑我们的姐妹！谁敢再把我们的兄弟活埋！谁敢再在树上吊死我们的父亲！谁敢指着我们的矿山、海港,说这些主权和利益应该属于他们！让帝国主义者在我们面前发抖吧！他们的侵略的梦永远破灭了！现在允许什么和禁止什么的,不是他们,是我们,是我们中国人,现在不是美国和英国人来审判我们的同胞,是我们审判他们,审判那些侵犯了中国人民尊严的帝国主义的代理人！告诉你们:中国人民已不可动摇地站直起来了！我们像雄鹰一样飞翔,像山岳一样兀立,像瀑布一样奔腾！谁敢来碰一下,我们就坚决地毫不客气地打击他们！

三

也让那些祖国的叛逆,那些帝国主义豢养的"白华",那些沾满人民鲜血的特务刽子手,在新中国的大门外哭泣吧！他们已不能再驱赶我们到前线,为他们在花旗银行的存折、公司的股票、古巴的树胶园、阿根廷的别墅去送死;他们已不能再向我们搜去一粒谷粒,剥去我们最后一条裤子;他们已不能再捧着祖国的地图,去献给华尔街和唐宁街的老板们。不能,再也不能,永远不能！他们把祖国和人民侮辱得够了,他们爱的只是血和黄金。新中国是属于工人、农民和劳动者的,他们却是罪犯和仇敌,四万万七千五百万里决不容许有他们一份！

四

我们的胜利不是轻易得来的,新中国是从血泊和火海里诞生的。我们的先行者和我们,已经付出了无法计算的代价,我们用血与肉体铺筑着道路,我们高举着生命的烈火在找寻,一千次跌倒,一万次又重新爬起来斗争。帝国主义的武器、干涉、白皮书吓不倒我们,破坏不了我们;反动派的集中营、绞刑架、大围剿磨损不了我们,消灭不了我们。白色恐怖曾经使我们的方向更加明确,反共阴谋曾经使我们的意志更加坚定。靠着我们的智慧和团结,靠着我们的勤劳和勇敢,我们终于把他们一个个击破了,我们胜利地强大地走过来,成了这新的国家的主人。

五

我们要竭尽一切力量来建设,使我们的祖国比想象的还要完美。我们要使得贫瘠的土地丰收,使得每一家谷仓里堆满粮食;我们要在被敌人破坏了的废墟上,盖起各种各样的工厂,机器紧张地转动,烟囱里喷吐着浓浓的烟缕……到处是绿色、黄色的庄稼,到处是马达的雄壮的歌声,到处是生产竞赛的欢笑,到处是积极的创造和发明。学习是我们每个人的权利,劳动是最普遍的道德标准。这是图画的国土,这是音乐的国土,这是具有高度文化的美丽的国土。而生活在这土地上的,正是我们,正是我们光荣的中国人。朝阳射来了万道光芒,鲜红的国旗在蓝天里升起。毛泽东——我们祖国最忠诚的儿子,四万万七千五百万中最优秀的一个,正高高地站在京城的广场上,用他正确的有力的手指引我们。让我们同心一意地紧紧跟随着他,向自由幸福富强的新中国稳步前进!

《祖国向工业化万进》(木刻) 彦涵

游苏联印象

马思聪

火车自满洲里开出，约十分钟，就穿过中苏两国国境交界地带的一道圆形石门，门就是国门，一出了国门，我们就置身在无边无际的西伯利亚平原——苏联国境内了。

11月5日到莫斯科，因为住在红场附近，所以第一个见到的就是红场。这里曾经掀起了人类历史最光辉的一页：十月革命。列宁的墓在红场中间，用红色大理石建成，像灯塔般给全世界人标指着光明的道路。一道高高的城墙围绕着克里姆林宫，那群大大小小像寿桃形的光顶闪着金光，使莫斯科显得分外庄严与美丽。

十月革命三十二年后的苏联人，今天是真正生活在幸福里，从民众爱唱的歌曲中，反映着对祖国热爱的感情，勇敢而奔放，热烈而严肃；也反映在美术馆的画面，和在地底电车站的英雄铜像上。苏联的艺术工作者都在诉说人民用英勇、勤奋和努力所获得的珍贵的幸福。

苏联人民爱自己的国家，同时对全世界各民族都抱着真挚的友情。他们在谈话中告诉我们对中国的关心，中国人民解放军的胜利给予他们的鼓舞是怎样不下于我们自己，因为："你们的胜利就是我们的胜利，如果你们失败，也就等于我们失败。"在庆祝11月7日的十月革命纪念日，数百万的民众从红场走过，广播机里不断地发出："乌拉！英勇的中国人民！乌拉！中华人民共和国，乌拉！乌拉！"群众也报以热烈的欢呼。

这一天，站在红场上的我们，中华人民共和国的代表，感到无比骄傲与光荣。因为我们是一个伟大国家的人民！许多苏联人跟我们交换徽章，甚至以劳动英雄的勋章来交换我们那刻着天安门的人民共和国纪念徽章。他们以伟大的劳力来建设一天比一天更幸福的国家，可是他们很清楚，要大家真正生活得好，是需要全世界获得巩固的和平的时候才有可能。这是小孩子都知道的道理，为着这个缘故，他们不惜牺牲许多今天所能享受的物质生活，虽然，一般来说，他们已经普遍地生活得很好了。

莫斯科的公共场所，都是值得留恋的地方：华丽的地底电车站、博物馆、美术馆、天文馆、戏院剧场等，尤其是那豪华的歌剧院，这是一个永远满座的场所，每天演两个歌剧或舞剧。柴可夫斯基的舞剧《天鹅湖》，和格里埃的《青铜骑士》都能在这里看到。《青铜骑士》是普希金的诗篇，是今年为了纪念普希金的百年纪念，由作曲家格里埃写成的一部很成功的舞剧。演主角的是卓越的舞蹈家乌兰诺娃，她超越了舞蹈技术之上，自由自在地诉说了人生的悲欢。

还有柴可夫斯基音乐厅,一个在或远或近的地方听到,为了音响效果的完满而特别建造的圆形的厅,在这里演奏,特别构造的音响可以完全不变质量。我们在这里看了民族舞蹈,这是一种生气勃勃、青春欢乐的舞蹈,是人民狂欢的表现,与古典舞蹈之典雅、轻盈,和足尖的舞姿是完全不同的艺术,在前面所提的《青铜骑士》舞剧中,古典舞与民族舞都得到平均的处理,各自不相矛盾地丰富了舞剧的内容。

我有这样的感想,苏联今天在艺术上光辉的成就,岂不是在传统上,几个世纪以来,俄国的艺术家们,没有偏见地,吸取了一切好的养料!只要想到普希金、果戈理、柴可夫斯基、莱宾这些榜样,就可以了解俄国文艺何以能在短短的期间,踏上了世界文艺的高峰。

在离开莫斯科前一天,我们参加了一个文艺座谈会,关于文学,他们说:"我们不局限于小范围的文学,全世界好的文学都要。诚然,俄国文学是我们的,中国文学是中国的,但同时全世界好的文学是属于大家的,不管它是美国、英国、法国、意大利,我们出版的英国文学书籍共三千万本,美国的四千八百万本,法国的五千万本,这就是最好的证明。"

表现在音乐上的情形也是一样,他们爱贝多芬、肖邦、许曼、莫札尔特、都培西、培辽奥士。在歌剧院里表演意大利歌剧:如《蝴蝶夫人》《杜士卡》《爱依达》等,他们爱好外国作品,不下于他们爱好自己本国的。苏联的歌唱家,似乎没有想到歌喉是本国或外国的唱法问题,只要声音好,他们就同时可以表现出本国或外国的歌曲的内容了。

苏联音乐已有百多年的传统,所以在创作上已经形成丰富的产业,在一个音乐中学的学生演奏会中,学生们全部演奏苏联作品,而内容是多么丰富与变化!前一代柴可夫斯基、格拉珊诺夫、林斯基、可萨可夫、波罗亭;这一代的普罗可菲也夫、萧士塔可维支、格里埃等,还有流落在美国多年的拉克曼尼诺夫,最近在他自己国家得到了最高的评价,而他的作品,除了柴可夫斯基之外,是最常演奏的。

但是从 20 世纪以来,所出现在欧美洲大陆的各种音乐上的流派,自从日丹诺夫加以严厉的批评后,已经在苏联绝迹,作曲家们重新在 19 世纪以前,优良的音乐传统上去找寻新的出路。这个运动目前正在开始,以后所产生的优良的新音乐方向,是值得我们注意的。

对于我特别愉快的事,就是和作曲家协会的一次座谈会,协会主席是赫连尼可夫,他很关心中国的音乐,问了许多关于中国的音乐情况,他告诉我苏联作曲家协会有会员一千三百人(音乐理论家在内),基金一千二百万卢布,作曲家都有生活、创作、演出、出版上的保障,甚至为了写某一遥远地方的史实,可以得到协会的帮助,到该地去取得更现实的生活,以便于更深入的写作。多数作曲家只管写作,不需去兼某一种职业,如教书、演奏等。一部分作曲家同时也是音乐运动的领导者。

我永远忘记不了在莫斯科参观天文馆的人造天空,观看着满天星斗,而天亮了,太阳渐渐地升上来,庄严的乐声响起,是铜号宏伟的声音,《国际歌》也断片地在黑暗的海上响起,越来越响亮,满天云彩,于是天大亮了,象征着普天下永久的快乐。

只有在社会主义国家,人们才可以发挥最大的智慧和才能,为人类创造更多的幸福。

《延安枣园毛主席故居》(木刻)　修军

1950年

三十年前副刊回忆

孙伏园

五四以前的日报中，《北京日报》有一张《消闲录》，《上海时报》有一张《小时报》，《新闻报》有一栏《快活林》，《申报》有一栏《自由谈》，内容可以用"消闲"二字把它们统括了，里面没有一篇严正的文字，也没有一点严正的态度。这种单张的小报，或大报中单辟的一栏，并没有一个通名，像五四以后二三十年来的一般，规矩一点叫"副刊"，调皮一点叫"报屁股"。

《北京晨报》在这消闲栏里面登载严正的文字，开始于李守常（大钊）先生。

那时《晨报》的第七版是消闲栏，李守常先生主编《晨报》，便在这里面介绍马克思学说，也登载一些其他严正的学术性的文字，但同时也并不完全废除消闲性的文字。第七版没有栏名，报馆内部只称第七版，也间或称为学术版。

李先生以后，当中经过一位张梓芳先生，以后便由我接编。我们都沿着李先生的传统，将稿件的内容逐渐地严正化，而把消闲性的文字全部肃清了。

登载严正性的文字，肃清消闲性的文字，在李先生时代是开山的工作。后来读者群众已经渐渐有了要求，所以在张先生和我的时代，却已经变成顺应读者的要求了。

既然顺应了读者的要求，一方面自然是读者领域的扩大，同时还有一个结果便是稿件的骤然增加。当时的《晨报》主持人蒲伯英先生，看见这稿件骤然增加的现象，主张把这第七版学术栏扩充成独立的四开一张的小报。既成了一张小报，随着大报刊行，报名便成为第一个必须处理的问题了。

我们左想右想，都想不出一个适当的名称，于是仍是蒲先生提议，由我去问问鲁迅先生，看他对于报名有什么意见。鲁迅先生也没有什么适当的名称，只就"随着大报刊行"一点而言，他主张就用"晨报附刊"四个字。

我把鲁迅先生主张用"晨报附刊"四个字的意见，口头告诉了蒲先生，并请他写一个报头。

蒲先生把报头写好送给我，却是古气盎然的四个砖文"晨报副镌"。

以后这个小报的名称，便有了三种写法：一种是鲁迅先生的原文"晨报附刊"，小报的四个报眉上便如此。一种是照着蒲先生的报头"晨报副镌",但连蒲先生自己也不严格地照用。还有一种是在头两种中各取一字作为"晨报副刊"。这第三种中的"副刊"二字以后便成了同类刊物的通名。"京报副刊"便是如此。甚至在大报上另辟一栏的《自由谈》方式的以后也统称为"副刊"。

副刊上登载严正性的文字,及"副刊"二字的来历,简单说来,大概如此。

那时的副刊有几件重要任务,现在已经不存在了的:

第一是大报改革的先驱。那时大报上的社论、新闻等文字,都是文言的。不但是文言,而且全没有标点。一行一行的文字,像一条一条的链子,什么地方是句,什么地方是逗,要让读者自己去摸索。能断句不能断句,像文盲与非文盲之间的分界。不能断句,根本上就没有读报的能力。那时我们已经决定改革了,但还有许多事实上的困难,所以只有在副刊上先加标点,先用语体文。这一点在三十年后的今日,全国报纸的社论和新闻等文字,已经全用带标点的语体文,问题早就不存在了。但是我们如果有一天要改用拉丁化新文字,照三十年前的老经验,各报副刊先行试用也是一个值得考虑的方法。

第二是为大报作学术上的解释。那时的报馆编辑部还没有图书馆、资料室等设备。新闻上的名词或史实,有需要向读者解释的地方,新闻编辑部还没有解释的余裕或可能。副刊的特约作家们,方面比较广泛,于是这个任务也由副刊担负起来了。在三十年后的今日,报纸学术化的工作已有极大的进步,专栏作品也起了广泛的作用,副刊的这个任务也已经不存在了。

因为时间关系,只能写出些零碎的情况,以后如有机会,当再写关于编辑经验及读者反映等。

一封未寄的信

巴 金

　　1949年7月23日全国文协总会在北京成立的时候,朋友们要我在大会中讲几句话,他们叫出了我的名字,但是我逃走了。我不会讲话,站在台上我讲不出一个字。我有过这样的经验,因此我不愿拿我的缺点再去折磨别人。那天离开会场以后我走在街上,忽然起了一阵抑制不住的感情的波动,我想写点东西,我想写一封信,我心里有许多许多话,需要找一个机会痛快地倾吐出来。我要写,我应该写。可是我一直没有工夫写。到8月初我就回上海来了。工作占据了我的时间,可是在偶尔不拿笔、不翻书、不听人讲话的时候,我会想到那一封未写的信,会想到那些我打算写信给他们的朋友。想到他们,我就有一种负债未偿的感觉。未写的信常常来折磨我,我现在更了解"欲吐为快"的滋味了。我对自己说:我一定想把那封信写出来,不是为那些收信的人,而是为我自己。好比一个人在无意间受到了别人的恩惠,他当时不知道,施惠的人也不曾觉得,可是有一天受惠的人明白了,他想表示一点谢意,也不过是为了使自己心安而已,对别人并无好处,对施惠的人更说不上报答。今天信是写出来了(自然还是照当时的口气写的),可是我无法抄到那许多收信人的确实地址。所以求编者给我一小块地位来发表这一封未寄的信。

朋友们:

　　我称你们为朋友,你们也许不认识我,或者从没有读过我写的东西,或者刚刚知道我的名字,但这没有关系,我认识你们,我认识你们的亲切诚恳的脸,我认识你们的简单朴素的服装,虽然我叫不出你们每个人的名字,虽然你们中间有的人我还是初次见面,可是站在你们旁边我没有一点陌生的感觉。

　　我说认识你们,虽然你们中间也有几位是我多年不见的老友,虽然我也曾听见别人讲过一些我并未见面的友人们的故事,可是我得说一句老实话,只有在最近我才更清楚地认识你们。由于你们,我看见了一个那么广泛的文艺活动,由于你们,我才知道有人用笔做了那么多的而且那么直接生效的工作。我说用笔,还不是正确的叙说,这减小了你们工作的艰苦,你们中间有的人用的是血,用的是生命。譬如说《第七连》的作者,《随粮代征》的作者,以及那许多我一时记不起他们的真实姓名来的……他们为着自己的理想(建立一个自由平等的新中国的理想),

贡献了自己的年轻的生命。他们的血灌溉了中国的土地,却不及看见从这土地上开出来的花朵。

而且由于你们,我才知道我们还有一个这么大的七万人上下的文艺军队。

我们同是文艺工作者,在一个大会场里我们像一群弟兄似的在谈笑、讨论;我们每天见面,我们呼吸着同样的空气,我们同样地拿着笔做武器。可是来到这会场以前以及离开这会场以后,我们却是生活在多么不同的地方啊!而且我的笔蘸的是墨水,而你们中间有许多人却用笔蘸着血在工作。你们消耗的是生命、是血。在你们的足迹经过的地方,你们都留下一点一滴的血。所以,在你们的脸上,血的颜色就少了,你们已经把你们的分给别人了。

我们同是文艺工作者。可是我写的书仅只在一些城市中间销售,你们却把文艺带到了广大的地方,让无数的从前一直被冷落受虐待的人都照到它的光辉、得到它的温暖。我好像被四面高墙关闭在一个狭小的地方,你们却仿佛生了翅膀飞遍了广大的中国,去散布光明。

你们是年轻的,从出生的年月计算,你们的确是年轻的。然而看你们额上的皱纹,我知道你们已经走过很长很长的艰苦的道路了。看你们的安静的微笑,我知道你们已经做过很多很多的有成绩的工作了。我知道你们是不会回顾的。倘使有人拉住你们回头看一眼丢在后面的"过去",我想你们仍然不会为那些你们抛弃了的富贵荣华起一个惋惜的念头。你们中间有不少的人真像20世纪80年代的"到民间去"的俄国青年那样抛弃了富裕的家庭和舒适的生活去冒危险、去尝艰苦,把自己的命运跟广大的同胞的命运结合在一起。你们比他们幸福,你们也许经历了更多的艰辛,可是你们看见了你们工作的成绩、你们理想的开花。而19世纪80年代的俄国青年则在监狱中和放逐地上憔悴地默默死去。

比起他们来,你们固然是幸福的。然而这幸福却是你们用了多大的代价换取来的啊。就是在感到幸福的时候,你们还是在带着微笑地忍受艰辛。而且前面还有更艰苦更繁重更危险的工作在等待你们。我知道你们不怕艰苦,不怕繁重,不怕危险,你们只怕把工作做得不好。你们每个人都是把几个人的责任放在一个人的肩上。你们在不可能做事的环境中做出了许多事情:你们在中国散遍了文艺的种子,不,可以说散遍了文艺的光辉。你们给一般在黑暗中过惯了的人,指示了一条光明的路,你们把风瘫的人扶起来,你们鼓舞起懦弱者的勇气,你们使愚昧的人了解生存的意义。你们安慰寂寞的心灵。你们用歌把人们的心连在一起,你们用戏教育了他们,你们用知识来减轻他们的痛苦,你们用善良和诚恳获得了他们的信任。你们给那班需要爱的人带来爱,给那班摧残爱的人带来恨。你们在每个地方留下爱的记忆,也带来爱的记忆。你们却从没有替自己取得一个荣誉。许多做别的工作的同伴都得到别的机会去更好地更大地发挥他们的能力了。你们却一直坚守着你们的岗位,切实地、安心地做你们自己的工作。在这样继续工作的中间,你们有的人从十四五岁的少年变成强壮的成人了,有的人由成人进到中年了。而中国的新生的力量也跟着你们的年岁一天天地在成长。你们从没有在什么工作上写下你们的名字,你们也从没有在什么地方夸耀过你们的功绩。

我一口气写了这几张信纸,我的手累了,我需要放下笔吐一口气,我想休息。可是说起休息来,我更不能不想到你们;你们常常是不知道休息的。你们常常是恨不得把一生的光阴在一个短时间里用尽,只为着想把工作提早完成,即使在并不顺利的环境里面,也是这样。然而中国是那么大,任务又是那么多,一个任务接连着另一个,剥夺了你们的休息时间。你们的坚强的心支持了你们的身体,你们的牺牲精神克服了各种的困难。为了万人的将来,你们忽视了个人的现在。为了万人的安乐,你们放弃了个人的幸福。你们的身子瘦弱了,可是你们的精神更强健了。你们知道你们并没有白活,最有力的证据便是各处都需要你们,每个地方都争着要你们去。就是这一点安慰、这一点鼓励,你们是安然地接受了。你们拒绝了其他的享受、其他的酬报。

在大会中我听到了关于你们工作的报告,在大会以外的晚会中,我看到你们的工作成绩。在将近一个月的直接和间接的接触中,我知道了你们生活的详情。对着你们的没有英雄气概的外貌,我说不出我心里的感动和敬爱。你们是那么平凡、那么朴实、那么纯真,而且那么谦虚。从外表看,你们彼此间似乎没有什么分别,除了身材的长短和年龄的差异。其实不单是你们彼此间,就是你们同别的穿制服的人站在一处,在外表上我也看不出你们和他们的差别。唯其平凡,你们更能获得别人的敬爱;唯其朴实,你们才能够把全中国人民的命运跟你们自己的结合在一起;唯其谦虚,你们在做过了那么多的工作以后还能够保持你们的纯洁。你们是不会骄傲的,是不知道骄傲的。

可是我今天却感到骄傲了。因为有你们这样的文艺工作者活在新中国的土地上,我才觉得做一个文艺工作者是一桩值得骄傲的事情。

大会已经完毕,分别的日期似乎也已决定,你们就要走了,任务在催逼你们。你们要回到你们的部队、你们的农村、你们的工厂、你们的机关去。你们要回到你们从那儿来的东北、西北、华东、华中、华南去(你们有的还要跟随部队打到西南和华南去)。你们要回到你们的工作岗位去,回到你们的工作同志那儿去。是的,还有几万个工作同志在等待你们。他们等着你们回去告诉他们北京的消息、新的消息。他们等着你们回去跟着他们一块儿进行新的工作、新的任务。工作需要你们、人民需要你们、新的中国需要你们、新的时代需要你们。

我在这最后说到的你们,是连你们的几万个工作同志也包括在内的。他们是跟你们一样的有着献身精神的文艺工作者,他们也曾,而且一直在为着新中国流血流汗。作为新中国的人民的一分子,我要求你们把我的问好和祝福带给他们。

《考考妈妈》 姜燕

1951 年

他们在艰苦中前进
——朝鲜通讯
唐 因

有些人,当他们在斗争中遇到困难和艰苦,就会唉声叹气,消沉动摇。而另外一种人,他们越是在极端艰苦的景况里,越能够显出他们的坚忍不拔,显出他们不可动摇的胜利信心和无限的乐观,他们永远生气勃勃,在生活和工作里充满愉快。

同志,我要再一次地说起朝鲜战地的志愿民工队,说起表现在他们身上的中国人民的英雄气概。

我走过一重重为早晨的雾所笼盖的山岭,到一个民工队去,在一间低矮的草屋里,我见到了这民工队的政委王树林同志。

虽然这是第一次见面,我却仿佛已经熟悉了他,从许多民工同志的口里,我曾经听到过许多关于他的事。这是一位四十多岁,在外表上质朴如一个普通农民的人。六个月以前,他和民工们一起,翻山越岭,走了一千多里路来到朝鲜。他像父亲一样地关心、照顾着他的队伍。一路上,他总是抓住每一件大家亲眼所见的事,来教育大家。他常常到民工们的住所去,问寒问热,在工作中,风里雨里,他总是和大家在一起,不管遇到什么困难,只要他在场,人们心里就有了底,有了勇气,经常在完成一件艰巨的任务时,他走在大家的前面。一个三九天,为了隐蔽一批物资,他首先跳进齐腰的结了冰的水沟里,很久很久地和大家一起工作,他的行动鼓舞着每一个人。严寒和潮湿曾经使他的腿关节剧烈疼痛,可是他从来不向别人提起,也从来没有因为这个而要求休息。民工们尊敬他,爱护他,在谈话里常常要说起"我们的王政委",他们在神色中显出骄傲,因为他们有着这样的一位政委。

我见到他的时候,他刚和一些小队长开过会,在会上商量怎样进一步发挥群众的智慧,提高工作效率。他告诉我,昨天夜里,他整夜在现场工作,天亮以前才回来,只睡了三四个钟头的觉。他的声音沉着、平静,在他的脸上没有一丝倦容。

他所住的草屋是破旧的,但当他拉开纸糊的门,让我进去的时候,我发现他的屋子里却布置得十分整齐。正面的墙壁上,贴着毛主席和朱总司令的五彩照片,靠左壁放着折叠得非常平整的铺盖;在右壁上,是一排用纸贴成的文件袋,上面标明着文件的类别;在它的旁边,是一条墨迹鲜明的标语:"为炸不断、炸不毁的钢铁运输线而斗争!"屋子的一角,用石块叠成一个架子,上面放着一瓶从附近山谷里摘来的杏花,花瓶是一个炮弹的空壳,那是"美国制"的。早晨的阳光照进来,使这个屋子里充满光亮和愉快。

屋子里的整洁和愉快的空气告诉我:这屋子的主人虽然在这样艰苦的工作里,但他的生活是这样地有条不紊,他始终能够清醒、沉着、坚定和愉快。

好像为了证实我所想的,王政委正在这时候向我说:

"乱七八糟是不行的,"他的脸上现出一种平静的微笑,"我们的生活很不好,常常吃不到菜,吃不到油盐,工作也实在很重,一直在同敌人的飞机和风雨冰雪做斗争,后方来的同志,往往不大容易想象我们所过的日子,可是我们不会叫苦。对,我们是艰苦的,可是我们相信一定能够最后胜利。我常这样想,什么都搞得乱七八糟,破破烂烂,并不能说明他们能吃苦,也不能说明他们战胜了困难。最能吃苦的人,是越遇到困难,越能够沉住气的。对吗?"

"在这里,"他用一种充满感情的声音继续说下去,"人人都希望得到一张毛主席的相片,后方送来得不多,我得了一张,大家都羡慕得很,你看,我就把它挂起来。有时候我在这里写一份报告,开一个小会,或者淋得浑身透湿地回来,我觉得毛主席就在旁边看着我们,鼓励我们。这时候呀,我心里头亮堂堂的,好像有了更多勇气。"

他的话,他的逐渐兴奋起来的声音和眼睛里的亮光,都这样自然地流露着对于祖国和领袖的感情,流露着一个革命者的充满自信的乐观。短短一席话,我似乎已经更多地懂得了他所想的和他所做的。以后,在许多民工同志的身上,我同样地感到了这些。

我到另外一个民工队去。他们在昨天刚刚完成一件严重的临时突击任务:帮助抢修一座被炸的桥梁。我见到他们的时候,他们刚吃过饭,准备着开始当天的工作。我走近他们的屋子,听见了一种类似大正琴的乐器的声音,随着琴声,有人在唱着一支非常熟悉的东北秧歌调,我听出了它的最后几句:"……冬天里,雪花飘,美国鬼子死期到,扛红旗,挂奖章,民工光荣回家乡。"同时,我还听见有人在叮叮咚咚地敲打什么,仿佛是这支曲调的伴奏。

我在他们哄然的笑语声中走进他们的屋子。看到来自祖国的人,他们分外觉得高兴。这时我有机会参观了他们的"乐器":一个装子弹的空木箱上,绷着几根从路上拾来的美国电线中的钢丝,这是弦,弦上还装有用美国罐头的铁片剪成的键,他们刚才弹奏的,就是这个,叮叮咚咚敲打的,则是一组美国罐头的空壳。一位民工同志向我说,这琴还应当有一个名目,最好叫作"抗美援朝琴"。

我不禁微笑,我想,只有最勇敢的人,才能像这样地在艰苦的生活里永远保持着愉快。

有一次,我和他们一起在现场。工作开始不久,天空便传来隆隆的飞机声,在附近的山头上,敌机投下了一串照明弹,把树木和道路照得通亮。"提溜灯来啦!"(民工同志们都把照明弹称为"提溜灯")他们中间有人喊了一声,但谁也没有显出一点惊惶,恰恰相反,他们许多人在高兴地喊着"借光""借光"。原来,借了照明弹的光,工作起来是更加方便的。在照明弹的青白色的光亮里,他们一个个像生龙活虎一样。有人当场就编了一首快板,这首快板说出了他们怎样地蔑视着敌人。

> 照明弹,白扯淡,
> 照得满地亮堂堂,
> 飞机还是看不见。
> 这边一梭子,
> 隔我几丈远,
> 那边一颗弹,
> 更是不沾边。
> 装卸货物更方便,
> 搬运那物资干得欢!

清早,我和他们一同回来。经过了四五个钟头的连续的紧张的劳动,他们是应当有些疲倦了,但迎着晨风,在田间的小路上走着的时候,他们仍旧在高兴地谈笑,他们新发的夏季制服穿得很整齐,有的人还扣上了风纪扣,亮晶晶的雕着毛主席像的纪念章挂在他们胸口。从他们的姿态中,人们看见了一个英雄民族无比乐观的气魄。

关于这些,一位姓韩的民工模范向我说起过:"要是碰到一点困难,就慌慌乱乱,蒙头转向,那就算他没有种!大家都有那么一股劲儿,什么苦也能挺过来了。"

那是一股什么劲儿呢?那就是不可动摇的胜利信心。他们都懂得,自己多出一分力,最后胜利会早一天来到。他们沉着地战斗着,愉快地生活着,在他们的行动中充满自信。在许多民工队的屋子附近,他们都种上了青菜,有的青菜已经长成,可以吃了。他们说:"抗美援朝又不是三五个月的事,要往长处想,没青菜吃,怕什么,自己种呀,吃得饱饱的,干起活更行!"

前方的不断胜利鼓舞他们。他们常常在搬运伤员的时候,从轻伤员的嘴里打听前线的消息。一些到过前线的民工同志,常常眉飞色舞地给大家讲我们的战士怎样打坦克、抓俘虏。他们活灵活现地形容着美国兵的丑态,引起了哄然的大笑。

他们接到祖国和别的新民主主义国家人民送来的慰劳品,有毛主席纪念章,有纸烟,有毛巾,有匈牙利的糖果,每一件东西在他们看来都是一种光荣的奖品。他们觉得,祖国和兄弟国家的人民是这样关心他们,使他们有了更多的勇气和精力。不仅这样,在艰苦的斗争里,甚至在死亡面前,他们能够视死如归,在他们生命的最后一秒钟,还坚守着自己的岗位。

有一天,一个民工队的小队长,共产党员,在工作的时候被炸弹炸伤了,伤势十分严重,可是他始终很平静,在他脸上没有表现出一丝悲苦。临死以前,他把他的小队的同志们召集在一起,对着那些从小一起长大,又在一起斗争过来的伙伴,他用平常一样的镇静的声音说:"不要见我受了伤,大家就难过,不要这样。要是我死了,大家要记住,要把这笔账记在美国鬼子头上,大家以后要好好干,保持我们小队的光荣,像我活着一样。"

他说得这样诚恳,当大家在他的身边悄悄地抹着眼泪,表示一定要为他报仇,一定要照着他的话去做的时候,在他的脸上现出了笑容,咽下了最后一口气。

就是这样,在这些可敬爱的英雄的身上,充满着战斗的乐观主义的气息,他们永远不会在任何严重的艰苦前面低下头来。因为他们是英雄祖国的优秀子民,是毛泽东思想教育下的钢铁战士,他们知道,胜利是永远属于劳动人民和伟大的祖国的。

我走了弯路

任迁乔

抗战初期的时候,我是一个战士,在战斗生活里,受到宣传画的鼓动,使我更加勇敢。有一次,我们在开赴前线的路旁,看到一张巨幅的漫画,标题是:"勇士们,你甘心让敌人蹂躏我们的国土吗?"我被感动得流下泪来,农民来送水给我们喝,我们说:"打了胜仗再喝!"当时我想:图画对抗战的贡献多么大啊!我将来要好好地学画,用图画教育战士勇敢杀敌。从此以后,我有空就学画。起先是在墙报上画些小连环画,后来也能在墙壁上画宣传画了。这时上级准备送我到山东鲁艺学习,我想,还是留在部队上一面作战一面作画好一些,同时战争情况也很紧张,所以没有去鲁艺学习。

1944年,我被派到乡下去参加减租减息工作,领导同志向我说明了这个运动对群众的解放和支援抗日战争的伟大政治意义,我感到责任的重大,愉快地接受了这个任务。通过群众诉苦,使我更深刻了解封建制度的惨无人道,因此我决定,要用我的图画唤起广大农民,向封建制度做斗争。那时我和工作队在一起生活,早上学习政策,白天就动员组织群众,晚上创作连环画,有时直到半夜才睡。画到群众受压迫的时候,眼睛含着泪水,用手擦擦再画。就这样不到二十天的工夫,创作了一册五十幅的连环画,名字叫《翻身》。出版之前,为了使它不出毛病,我把所有的画幅贴在墙上请群众提意见,他们都说这画本很好。许多佃农还要求我给他自己画一套。这些群众同时也教育了我:他们不仅指出人物的比例、季节与服装的不恰当之处,而且提出许多有益的意见。这套连环画有一幅描写佃户的女人被地主强奸,这个女人愤恨地跑到财主的门口服毒而死,她的丈夫把尸体抱起来,表示愤恨和悲痛。群众说:"这样不大合适,人家看了会笑。"我接受了这个宝贵意见,把它修改了。

这册连环画发行下去以后,起了很好的效果。有个战士恨得把每幅画上的地主的眼睛挖了去。有一个农民开始不敢和地主讲理,看了这本连环画后,拍了一下桌子说:"我要和地主算账!"他以后积极地参加了斗争。

以后我就长时期生活在农民群众中,和群众一起生活、劳动和战斗,从而吸取材料,进行创作。那时我知道:要创作必须了解政策,不然,我的作品就会发生错误,因此,当我要创作一本画册的时候,总要向区党委宣传部取得与创作有关的政策书籍,或者请教有关部门的负责同志,他们都很周到地帮助我。从原则到具体问题,给我指示,使我在了解实际情况和吸取形象进行创作时有了把握。

这些时候,我很明确地知道:我的创作是为人民服务的,而不是为了其他目的。我在创作《翻身》连环画的时候,有个曾在一个什么艺术学校学习过的地主,用讽刺的口吻说:"先生,你的画算是哪一派呢?"我回答说:"我不懂得什么派别,只要对群众有好处就成了!"就这样,我在党的培养和指导下,在群众的鼓励、教育下,前后共创作了十七本连环画册。这些画册也得到了群众的好评。《翻身》连环画出版后区党委宣传部长曾在报纸上鼓励这种创作方向。《人间地狱》连环画曾得到一等文艺奖金。

抗战胜利后,大批新的知识分子进入解放区,他们对我的作品也有两种不同的评价,有些同志肯定我的方向是正确的,并鼓励我发扬以往的成绩,继续前进,并认为技术问题在不断的创作和学习中可以得到解决。另外一部分人认为:我的作品虽然受群众欢迎,但不能作为艺术作品看待。他们说:"当群众饿着肚子的时候,粗糠也是好东西。""连环画在农村是可以的,但在都市里是最使人看不起的一种东西。革命眼看要胜利了,大城市眼看就要解放,要做一个名副其实的画家,非会画油画不可。"我听了这些话之后,开始对我的艺术事业动摇了。我想:我革命这些年,弄了个"一事无成",很不高兴。有时想:不如改行算了,但想来想去还是舍不得丢开它。我又去请教一位画家,问他我是否还能继续工作下去?他说:"老实告诉你,没有五年的素描基础,就别想创作。"我听了他的话以后,狠狠心,拿定主意:五年之内不创作,专门提高技术。当时我思想上曾作过一番斗争。我想:过去群众对我的作品是那样热爱,当他们看见我的时候,又是那样亲热,我能抛弃他们吗?可是我又为自己解释:我提高技术也是为了更好地为人民服务啊!于是我就关着门画石膏像或挟着本子到处乱画速写,热心执行别人建议,寻找所谓"曲线美",不愿意作美协的组织工作,也不愿意学习政治和政策,对一切事物都不发生兴趣,认为除了提高技术之外,别的事情都是额外的负担。

为了片面追求技术,把过去的成绩否定了。我曾把我过去的作品写上这样的评语:"技术低劣,幼稚可笑。"好像这些作品是一些不光彩的东西。就是这样从思想上逐渐脱离群众,脱离了正确的道路。这时期,有些群众和同志都问我:这几年为什么不创作了呢?莒南县拥军模范姚大娘写信给我说:"孩子,几年不见了,你一定画了很多的画,你给我捎几张来看看吧!"这说明群众多么希望我在正道上前进。但是,这些意见我一点没有采纳,这些话成了耳边风。我想:我现在的主要问题是如何提高技术,别的暂时不管它。特别是自从进入城市以后,产生了享乐思想,使我更加脱离群众。几次想下工厂或者下农村,都因怕生活条件不好而作罢。虽然曾经到过工厂和农村几次,但不过是走马观花地"旅行"一遍而已。

为了提高技术,我就不安心工作,要求离开工作专门学习技术。来中央美术学院的目的,就是为了想单纯提高技术。因此,来此以后,除学习技术之外,什么工作都不愿担任,选我担任什么职务,总想办法推诿。画素描很积极,甚至星期日都不休息。为了全校的事情参加两小时的会,都感到很大的苦恼。

别人批评我有单纯的技术观点,我就会说:"提高技术也是准备为人民服务!"其实我的想法是相反的。我想,在中央美术学院学习两年,不一定能达到真正提高技术的目的,学了两年以后,要求留在北京工作。因为北京的人才多,可以继续提高技术,个人成就就更大。至于学习到的东西是不是能够很好地为人民服务,我却没有很好地去想。

这些纯技术观点和个人主义倾向,到最近才开始动摇。前些日子看苏联电影《幸福的生活》,我觉得吴雅这个人有很多地方和我相像:由于自满自足,不学习政治而失去了对新鲜事物的敏感。我开始觉得:如果坚持错误,就会阻碍自己的进步。不久,学校举行了一次时事测验,我没有及格。这件事给了我很大的刺激。我觉得这些有关国家和全人类的大事,我竟一无所知,或者是一知半解,这不是落后是什么呢?后来听了乔木和周扬等同志在北京文艺界整风学习动员大会上的报告,心里非常惭愧,我觉得每句话都是指着我说的。因此我认识了自己错误思想的严重性。

我曾经走过正确的道路,为什么后来又走入错误的道路呢?这不能推到客观原因上去。主要由于小资产阶级的个人主义思想没有彻底清除,在后来就死灰复燃,甚至发展起来。我在少年时代,受了旧社会的影响,不满家庭生活的现状,幻想将来也能升官发财,光宗耀祖。但事实相反,不但没有爬上去,反而掉下来。碰了钉子之后,对旧社会不满意,因而又要求革命。这就是说:我参加革命一方面有一定的觉悟,另一方面却也多少带有个人主义的成分。在革命队伍中,没有很好地学习马列主义毛泽东思想,因而没有克服个人主义思想。当革命利益与个人的要求一致的时候,也可以做出一些有益于人民的事,没有脱离政治,没有脱离人民。当革命利益与个人利益相矛盾的时候,这种本质就原形毕露了。过去的成绩,主要是党和人民对我的教育和鼓励的结果。而我呢,当时只满足于自己的成绩,而没有去严格地检查思想,以至于使它发展到现在的严重程度。现在我要坚决改造自己,勇敢地改正错误。我知道技术是应当学习的,但是只有在正确的前提下,用正确的方法去学习,这种学习才是有意义的。我知道,片面强调技术的重要性而脱离政治、脱离群众,一定会被人民唾弃,结果也不可能真正学到技术的。

新中国的印象

〔苏联〕雅可夫列夫 撰稿　郁洁 译　刘辽逸 校

当我们回到苏联的时候,派遣我们到人民的新中国来的人将要问我们:你们在这个伟大的国家里看到了什么,你们给我们讲点什么啊?

作为应邀到北京参加中华人民共和国成立两周年国庆节的苏联人民观礼代表团的全体团员,将回答说:我们首先想和你们谈谈新中国的人民。摆脱了美英帝国主义长期压迫的和从国内的封建地主的奴役中解脱出来的中国的工人、农民以及爱国的知识分子,正在以无限的热忱亲手建设着自己的新生活。

中国男女青年为建设的热情所燃烧的目光,永远留在我们的脑子里,他们像得到自由的年轻的鸟儿,兴高采烈地唱着和平的歌曲,歌唱着自己新生的祖国,歌唱着各民族人民之间的友情。

政府举行的国庆节庆祝给了我们令人难忘的印象。先进的劳动模范和解放战争的战斗英雄成了政府的贵宾。我们在这个盛大的庆祝会上看见了毛泽东同志,握了他那健壮的手。

中国人民在天安门广场上的游行,人数的众多,行列形式的富于变化以及游行的组织者的无穷无尽的构思,使我们非常惊奇。然而重要的是阅兵典礼和游行鲜明而肯定地显示了中国劳动人民无限的热爱之情,体现了他们紧密团结在中国共产党和中国人民领袖毛泽东同志周围。

工人和农民已经感受到自己胜利的果实,并且认识到中国共产党领导他们获得了胜利,而中国共产党党员是忠实于祖国、奋不顾身地热爱人民,有着无限的英雄气概的模范。

在离上海不远的无锡乡下,我们访问了农民,他们第一次破天荒在归属于他们自己的土地上像主人似的接待我们。这是具有历史意义的土地改革在中国实现的结果。农民协会主席吴勉申(译音)同志对我们说,日本鬼子和国民党匪帮曾经两次把村庄烧光,农民们因受地租的盘剥过着饥寒交迫的生活。农民吴开顺(译音)五十六岁,我们拜访了他的家。他告诉我们,从前他要把一半的收成给地主交租。现在,他在自己的土地上过着幸福的生活了,他希望能够养一头耕畜。

我们回想起苏联农民开始走向幸福生活的时候,就遭受到国内外敌人的破坏。伟大的十月社会主义革命后爆发的内战的战火所烧夷了的土地,还留在我们的印象里。

我们又想起,六年前七万座以上苏维埃农庄曾被希特勒匪徒们烧抢一空。可是复活了的集体农庄的田野又繁盛起来了,强大的拖拉机群——这些苏联农民的朋友和助手,又在耕耘着肥沃的土地。伟大的列宁曾幻想交给苏联农民十万台拖拉机。现在,仅在最近五年计划期间,苏联工业已交给农村五十三万六千台拖拉机。

我们确信:刚刚把数世纪束缚住的创造力量展开起来,将要和兄弟苏联一样,聪慧而勤劳的中国人民建设起先进机械化的农业来。我们想,吴开顺老先生能够在自己的土地上使用拖拉机的日子已经不远了。中国工人阶级将把这些农业机械交给农民。

我们在很多地方与新中国的工人会见。苏联代表在上海纺织三厂看到了实行郝建秀(青岛女工)工作法的过程和初步总结,这个工作法使废品大大减少,使生产中次布率降低百分之五十。上海解放后两年来,工厂实行了百余条合理化的建议。在上海冶金压延工厂,我们看到了同样的劳动热情和对待生产的主人翁的态度。有一位在这个工厂里工作的工程师已经五十六岁了。他对我们说:"从前我迫不得已在英国公司的工厂里做工,可是我是个爱国者,现在我能把我的知识交给自己的人民,我是幸福的。"

工人们与爱国的技术人员们和工程师们的创造性的努力的结合,使得冶金压延工厂的生产量在新中国成立后的两年来提高了十四倍,工人的数量增加了,所增加的工人都是在国民党反动统治时期忍饥挨饿和失业的青年。我们到工厂的那一天,由于爱国公约运动,全厂工人创造了提高压延产品产量百分之十八的新纪录,驰名全国的劳动模范压延工人袁凯礼(译音)使自己装配的压延机出品的成本降低了一半。

两年来中国人民民主政权在工人生活和劳动条件的改善方面获得很大的成就。我们在工厂里看到了设备完善的工人食堂、会议厅、托儿所和诊疗所。中国历史上第一次实行了社会劳动保险法。我们在北京从前皇帝避暑的地方看到了工人休养所,杭州西湖湖畔设立了四个疗养院。星期天,我们划船到秀丽的西湖各岛游逛。在这辽阔的湖面上到处可以听见在游艇上休息的青年们的歌声。少年男女歌唱着祖国,歌唱着世界上他们最敬爱的人。于是我们也伴随着响亮的歌声和唱起来,中苏两国人民神圣的兄弟友谊以及为世界和平事业而斗争的意志,融会在毛泽东、斯大林的名字里。

杭州以往是富人的天堂,穷人的地狱。现在时代变了,这座美丽的杭州城和它的近郊很快地变为全中国劳动人民的疗养院了。

中国人民新民主主义的文化事业随着经济的繁荣发展起来。未到中国以前,我们就知道中国已经有三千一百万儿童在中小学读书,很多工人、农民和爱国知识分子的子弟都已进入高等学校。我们知道文学、艺术在这里都是为人民服务的。从苏联读者所熟悉的鲁迅、郭沫若、丁玲、赵树理等人的作品里,我们很好地了解了这一点。在这儿我们认识了几十位新作家,他们以自己的笔杆作武器献给人民,献给他们的革命斗争事业。毛泽东同志指示,"革命文艺是整个革命事业的一部分",它应当是团结人民、教育人民、战胜敌人的强有力的武器。这已经成为中国绝大多数文学家的行动纲领了。

苏联对新中国的艺术有极大兴趣。苏联的电影院里上演中国的影片获得极大的成功。影片《白毛女》尤其得到苏联观众至高的评价,这是一部中国现实主义艺术的真实的作品。中华杂技团最近在莫斯科和苏联其他城市的表演,是中国演员熟练的演技与对生活乐观的中国杂技艺术的真正胜利。

在中国短短的逗留期间,我们很幸运地看了京戏,梅兰芳辉煌的艺术成就和古典艺术的传统所保留下来的华丽奇异的京剧行头,使我们赞叹不止。我们又听了一出与京戏有着共同特点的越剧《梁山伯与祝英台》。这个歌剧的现实性使演员能够通过真正的悲剧把这个民间神话的珍贵思想传达给观众。它的曲调对于我们是理解的和接近的。我们回国的时候,将携带一些中国作曲家的新作品,这些作品把鲜明的民族旋律和新民主主义的内容结合在一起。我们确信:王莘同志的《歌唱祖国》,瞿希贤同志的《全世界人民心一条》和许多其他的作品,一定会得到苏联音乐界极大的称赞。因为这两首歌在中国非常流行,中国人民,尤其是青年到处都在热情地唱着它们。创作这样作品的作曲家是很幸福的,因为他们是被人民称赞的,而人民是一切艺术最严厉的批评家。

无论在什么地方,我们都能看见中国人民政府对于保存中国的古代文物和保留中国人民传统艺术的极大关怀。古代的宫殿变为参观者川流不息的博物馆。中国真正实现了文化属于人民这个原则。

在中国逗留的最后几天,苏联代表团在南京拜谒了中山陵。在一天晚上,我们拿着花圈在月光下沿着花岗石的阶梯往这位人民民主主义者长眠的地方走上去。我们站在孙中山的灵前鞠躬、静默。他曾幻想自己的人民能获得自由和幸福,他曾幻想那个时代到来——伟大的中苏两国人民携起兄弟友爱的手来。而现在站在灵前的我们,就是这个幻想实现的见证人。

在中国共产党的旗帜下,在毛泽东的领导下,中国人民粉碎了千百年来奴役的枷锁——驱逐了外国强盗,打倒了本国的封建地主和官僚资本家,使中苏两国人民疏远的那座被统治阶级人为地筑起的墙壁被推倒了。

在争取和平、争取民主胜利中团结一致的苏联和中华人民共和国,被永久的牢不可破的友谊紧密地结合起来。这个友谊任何人也阻挡不了,它给美国帝国主义及其他帝国主义妄想发动新世界大战的企图戴上了索缰。这两个伟大自由的人民的友谊,不论在苏联还是在中国,对于每个人都是珍贵的,因为这个友谊是建立在各族人民互相尊重、友爱、平等的共产主义原则上的,因为这个友谊被斯大林同志和毛泽东同志在莫斯科克里姆林宫中的握手而巩固起来。

编者按:雅可夫列夫同志是这次来中国参加国庆节庆祝典礼的苏联人民观礼代表团代表之一。这篇文章是他应本报之邀而写的。

《又增加了两分》 傅植桂 靳尚谊

1952 年

生活给了我教育

吴祖光

从四月到九月这一段日子里,我有将近半年的时间在钢铁厂里生活。

一个小资产阶级知识分子可能犯的毛病,在我身上几乎一样都不缺少。因此,三年以来,我没有做好我分内的工作,相反犯了不少错误,走了不少弯路。了解到这些错误发生的原因,对于我已经是太迟了。我必须加紧追赶上前,改造自己的思想感情。在大多数的同志们已经走了很远的路上,我却刚刚只是开始,我是带着焦灼的心情下厂的。

曾经有一个时期我凭想象来写我的作品,我常常欣赏并且追求那种在工作中从容不迫的雍容气度。我曾经坐在窗明几净的屋子里写些什么"生活即是战斗"的文章。但是到了群众的劳动生活中去,到钢铁工业的生产环境中去,到"火热的斗争中去",才发现我的"想象"的能力是多么贫弱。我自己的所谓"生活即是战斗"竟是没有根据的。可以这样肯定,我的所谓"从容不迫的雍容气度",本质上就是思想和行动上的懒惰。

在钢铁厂的炼焦部,我度过了整个夏天。赤日如火,焦炉的温度经常在一千三百度以上;太阳当头晒,炉子在身旁和脚底下烤,没有身临其境的人是不能体会那种艰苦环境的。这一个现场,焦炉比较其他的式样老,全部操作大半要靠人力:下煤、通气、出焦、抬焦,工人都在烟火中工作。由于焦炉的年龄老了,某些部分煤气伤人,有些工人患有相当严重的气管炎病。但工友们都能看到焦炉的发展,说:"将来咱们的新焦炉造好,就不用这旧的了!"对未来的希望是鼓舞他们的力量。因此他们精神抖擞,能克服困难,投向生产。他们的快板诗贴在壁报栏上,写的是:

你挑战,我应战!
生产好比上前线!

把现场比作前线,比作战场,是一点也不夸张的。在这样的艰苦环境之下,工友们每天八小时不停地流汗,无论是在竞赛中还是寻常的日子里,都完成任务,并且提高质量。

应该特别提出的是工友们埋头苦干、实事求是的精神。对于另外的一个同样性质的炼焦的现场——设备现代化，大半由机械操作，条件、环境远较优越——从不提出什么不平的意见。这在一般惯于和别人比享受、比待遇的小资产阶级的知识分子，是很难办到的。

我清楚地认识到：工友们所以能够克服万难，完成任务，长期地坚持工作，主要由于工人阶级在集体劳动中产生了组织性与纪律性。克服困难，完成任务，都出于集体的力量。以思想改造的具体例子来说，我们的重工业正在发展的时期，焦炉工人随时增加，很多工友新从农村和社会的其他阶层来，这样是难免有个别落后分子的。也经常闹许多思想问题，譬如"做一天和尚撞一天钟"的旧的农民思想、保守思想、本位主义思想，或由于生活方面的问题影响到工作等等。但由于集体的力量，再加上正确的领导，许多思想问题很快地得到解决了。落后分子转变为积极分子的过程，常常是非常迅速短暂的。不久以前还在说怪话、消极怠工，轻视别人劳动的工友，常在很短期间便以他的工作积极性而受到大字报的表扬。工友们本身集体劳动的工作方式就是进步的保证，也就是工人阶级之所以成为人民革命的领导阶级的主要原因。

由于个人主义、自由主义，使我在过去很长一段时期经常强调个人的兴趣。我曾经问过一个医生，说我假如在做一件自己毫无兴趣的事时，常常精神不振、感觉疲倦；相反，在做自己较有把握的、性之所近的工作时，便兴致勃勃、精神百倍。医生答复我说，这是正常现象，不是病态。如果仅凭一己的"兴趣"，那么，谁能想象，有什么人对热度在一千三百度以上，再加上阳光灼人的焦炉工作会感到"兴趣"？对煤烟中夹着足以致病的毒气的焦炉上层的通气工作感到"兴趣"？对于连续几小时不停地一筐又一筐地抬炭工作感到"兴趣"？在旧社会里，我们说工人做工是为了生活，但是新社会里工人们了解这样的工作是为了祖国的建设，是为祖国来日的社会主义社会创造条件，便充溢了当家做主的感情，不在任何困难之前低头，英雄地忘我地把全生命投入了生产。

当家做主的思想就是工人阶级的思想。检查自己，这样的思想，表现在我的对待工作的态度上，是非常缺乏的。这就严重地阻滞了我的进步，并且曾经影响了一同工作的同志们。

有一次，焦炉看火工人劳动模范老高约我在他家吃饭，吃过饭我们一同上班，他指着路旁一排一排的工人宿舍对我说：

"这么好的房子，这么好的享受！工人还不好好全心全意搞生产的话，可真是没心肝！"

我说："重工业工人这么吃苦，这可真说不上享受了。"

他反问我:"不用劳力就能得享受吗?"

我很久答不上话来。我立刻不由自主地把自己的生活及对待工作的态度和工友的对比起来,觉得惭愧。在我面前的这个身材高大、健康而爽朗的工人,他的话,他的行动,对我就是教育,就是启示。

在工厂里,国家给的任务和工人自身对于工作的要求,是根据目前的设备条件的具体情况提出来的;要在这样艰苦的环境之下,完成任务,并且要增加产量,提高质量。

无疑地,我们也要这么做。对于人民的电影工作,文艺工作者也应当同样地提出这么明确的严格的要求。

我参加过多少次工友们生活和工作检讨会,这样的会经常都在举行。这一回工友们对一个领班同志在工作中的疏忽提出了批评,因为他在工作中违反了机器操作规程。他自己做了检讨。但同志们认为他的检讨不够深刻,要求他做更深刻的反省,正视自己的错误,并改正错误。工友们说:

"你是领班,又是小组长。你是领导!你是旗帜!大家都向你学习啊!你不应当犯错误啊!"

"你应当起带头作用,但是你起了反作用了!"

"你以为你是老工友,摆老资格,太平观念,自己以为什么都没问题,就麻痹大意了!"

话是很简单的,道理也是平常的。工友们帮助了领班同志,但更帮助了我。我自己想:即是这么平常的道理,我在工作中也常常是没有给予足够的重视的。

工人宿舍的问题,有些地方在今天还是严重的。新屋的建造还远不足工人的需要,大多数工人都在离厂很远的地方居住。我曾经受工会的委托到一个小镇上去调查比较严重的几家工友的住宿情况,我在乡间来回走了几十里路。最艰苦的一家住在一座山上:一间房子破旧、狭小,除了一张土炕之外,屋角堆一堆煤,一只破水缸,便没有回旋的余地了。更严重的是屋顶已经残破倾斜,每到雨天,屋顶的雨汇注下来,比屋外的雨还大。有一次屋顶上落下一根椽子,几乎打中睡在炕上的孩子。我到他们家时,工友去上班了,家里只有他的爱人抱着孩子。她对我讲了这些情况,说到住在这里的许多不便处。譬如用水要到山下很远的水井去挑,一挑水得歇几次气才能挑到家,还得等孩子睡着了,才有一点时间去挑水。她丈夫每天总是在上班之前四小时便动身去工厂,路上要走相当长时间,下班后要开会和学习,又要很多时间。回家之后常常在夜晚借着山下公路的街灯的光读书练字。纵使如此,她听说厂里准备将工友住宿情况最为严重的一些家庭尽早迁住厂里宿舍时,她说:

"多苦的日子也熬过。不是在盖新房子吗?早晚我们都得搬到厂里去住的。"

话里流露着这样谦让的襟怀,愿意把提前住宿舍的权利让给同样艰苦的别人,新社会的新道德是这样在工人家庭中成长着的。这里面更有着多少对于未来的信心,"早晚我们都得搬到厂里去住的"。这是发展,这是现实。对于美好的前途的体会,战胜了目前哪怕再甚的艰苦。

　　我暂时离开钢铁厂回到工作岗位来了,这短短的半年工夫,我受到的好处是不能估量的。但从另一方面来说,我的努力和我的收获还远远够不上我所需要的。我还得回去,还得更长期地"到火热的斗争中去"。钢铁厂终日终年不停的轰隆声响,铁水出炉顺着地沟流泻;焦炭出炉推出一堵火墙,都把深夜的山村照耀得半天通亮。这样的工作哪能容得你"从容不迫"？在建设祖国的事业中,每一瞬的时间都是紧张的,都是要把全生命扑上去的。

《自己的事自己办》　贾鸿功　詹建俊

我们会见了彭德怀司令员

巴 金

我们在 1952 年 3 月 22 日上午会见了中国人民志愿军彭德怀司令员。

外面开始在飘雪,洞子里非常暖和。这是一间并不太大的会客室,在靠门一边的低矮的石顶盖下悬着两盏没有灯罩的电灯,灯下放了一张简单的桌子,桌上有几个玻璃杯,四把简单的椅子放在桌子前面,椅子后面有十多根白木板凳。

我们十七个从祖国各地来的文艺工作者坐在板凳上,怀着兴奋的心情,用期待的眼光望着门外半昏半暗的甬道。我们等待了一刻钟,我们等待着这样的一个人,他不愿意别人多提他的名字,可是全世界的人民都尊敬他为一个伟大的和平战士。全世界的母亲都感谢他,因为他救了朝鲜的母亲和孩子。全中国的人民都愿意到他面前说一句感谢的话,因为他保护着祖国的母亲和孩子的和平生活。拿他对世界和平的贡献来说,拿他的保卫祖国的功劳来说,我们在他面前实在显得太渺小了。所以在听见脚步声逼近的时候,一种不敢接近他的敬畏的感觉,使我们突然紧张起来。

他进来了,我们的眼睛并没有看清楚他是怎样进来的。一身简单的军服,一张朴实的工人的脸,他站在我们面前显得很高大和年轻。他给我们行了一个军礼,用和善的眼光望着我们微笑着说:"你们都武装起来了。"就在这一瞬间,他跟我们中间的距离忽然缩短了、消逝了。

我们亲切地跟他握了手,他拿了一把椅子在桌子旁边坐下来,我们也在板凳上坐下了。他拿左手抓住椅背,右手按住桌沿,像和睦家庭中的亲人谈话似的与我们从容地谈起来。他开头就说:"朝鲜人是可尊敬的和优秀的,他们勇敢勤劳,吃苦耐劳。我们来朝鲜以前,对这一层了解得还不够深刻。他们被日本帝国主义压榨了几十年,现在又遇着像美帝国主义这样残暴的敌人。他们在保卫世界和平的战斗中已经尽了他们的责任。"

从朝鲜人民他又谈到美国的侵略军,他说:"过去我们看惯了日本兵的暴行,美国军队的残忍凶狠只有超过日本兵。所以朝鲜人是那样普遍地仇恨美国侵略军。现在美国侵略者居然不顾一切用起细菌武器和毒瓦斯武器来了。苏联科学家说,我们科学家用种种方法要扑灭鼠疫,消灭害人的细菌;美国侵略者反而在各处散布病菌,这真是丧失了人性。我们的战士说,我们连飞机大炮都不怕,还会让这些蚊子、苍蝇吓倒?"

他的明亮的眼睛射出一种逼人的光,我们看出来他对美帝国主义者的憎恨跟他对朝鲜人民的热爱是一样深。他有点激动了，揭下军帽放在桌子上，露出了头上的一些很短的白发。这些白发使我们记起他的年纪，记起他过去那许多光辉的战绩。我们更注意地望着他，好像要把他的一切都吸收进我们的眼底。大部分的同志都不记笔记了，美术组的同志也忘了使用他们的画笔，为的是不愿意分散他们的注意力。

他又抓起帽子戴在头上，拿右手摸了摸嘴，然后把手放在膝上继续谈起来。他用关切的口气，用具体的例子谈到抗美援朝对祖国的关系；谈到抗美援朝的正义性和对美国侵略军作战的经验；谈到几次战役胜利的原因；分析帝国主义阵营中间的矛盾和美国统治阶级中间的矛盾；然后又谈到朝鲜停战谈判的前途。我们记牢了他的这样的话："我们的兵法家孙子说得好，'知己知彼，百战不殆'，相反地，敌人始终对我们摸不清楚。敌人愿意跟我们谈判，是因为我们把他们打痛了。在谈判中间他们还不甘心，又发动秋季攻势，结果还是吃了亏，伤亡十二万人，才又谈起来。现在敌人是进退两难：要打，他们得不到胜利，没有出路；要和，大资本家的暴利又没有了，经济危机也要来了。我们却不然，和是本来我们就愿意的，我们就是为了和平才来作战的；战，我们也不怕，我们是越打越强！"

听着他的浅明的详细的反复的解说，望着他那慈祥中带刚毅和坚定的表情，我感到一股热流通过我的全身。他的朴素的话语中流露出对民族对祖国的热爱。他的恳切的表情里闪露出对胜利的信心。他不倦地谈着，他越谈下去，这一切越是明显；他越谈下去，我们也越感到温暖，越充满信心。我的整个心被他的话吸引去了，我忘记了周围的一切，我忘记了时间的早晚……我只看见眼前的这一个人，他镇静、安详，他的态度是那么坚定。他忽然发快乐的笑声，这时候我觉得他就是胜利的化身了，我们真可以放心地把一切都交给他，甚至自己的生命。我相信别的同志也有这样的感觉。

我们的这种尊崇的表情一定让他看出来了，所以他接着说："作战主要的是靠兵。自古以来兵强第一，强将不过是利益跟士兵一致的指挥员。指挥员好比乐队的指挥，有好的乐队没有好的指挥固然不行；可是单有好的指挥没有好的乐队也不行。个人要是不能代表绝大多数群众的利益，他便是很渺小的。"

时间在不知不觉中过去了，他一直从容地谈下去，军事、政治、经济、文化各方面他都谈到了，他就这样生动、深刻而具体地给我们谈了三个钟头。他最后一次把左手从椅背上拿下，挺起腰来，结束了他的谈话。到了这时，我们才吐了一口气，注意到时间过得太快了。接着他听见副司令员跟我们的讲话中，最后讲到"欢迎"两字，他在旁边接下去说："我虽然没有说欢迎，可是我心里是欢迎的！"这一句话使我们的心激动胜过千言万语，我们能够用什么话来说明我们的激动的心情呢？

志愿军政治部甘主任在谈话中对我们说："彭司令员这句话里含有很深的感情

啊!"甘主任又说,"人都有感情,战士的心是更热烈和伟大的,有的战士背着炸药包把自己的生命跟敌人的战车同归于尽。他们是不简单的,他们是有深厚的感情的。牺牲自己并不是容易的事,这样的感情我们不应该让它埋没,我们有责任把它表扬出来,让祖国人民知道。"甘主任是个爱发笑的人,可是这时候他的声音抖得厉害,他很激动,他也有深厚的感情。我激动得说不出一句话来,我们文艺工作者也是有感情的人,接触到这样伟大的心灵以后,难道我们还不能够交出个人的一切吗?

晚上,我们走出洞来,雪落得更大了。汽车把我们送回到宿舍的山脚下,我们冒雪上山,好容易走到宿舍的洞口。这时雪花漫天,冷气扑面,我埋头看山下只有一片白雪,没有一个人家漏出灯光。夜并不深,北京时间不过晚上九点光景,在祖国的城市里该是万家灯火的时候,孩子安宁地睡在床上,母亲静静地在灯下工作,劳动了一天的人们都甜蜜地休息了。是谁在这遥远的寒冷的国土上保卫着他们的和平生活呢?祖国的孩子们是知道的,祖国的母亲们是知道的,全中国的人民都是知道的。

祖国的孩子们的梦中的微笑,母亲们脸上的满足的表情,全国人民的幸福的笑容,就是对中国人民志愿军和他们的指挥员彭德怀将军的感激的表示。

我是怎样学习写戏的

曹克英

在我学习写戏的初期,自己根本就不大相信一个评戏艺人能够写出剧本来,尤其是反映现实的作品。但几年来在党的直接教育下,我改编和创作(有些是和其他同志共同合作的)了十多本新戏,虽然它们还相当肤浅、粗糙,甚至有某些错误。这些作品所以能写成,据我个人体会,主要是因为领导和干部同志们对我的耐心培养和具体帮助。

我在评戏班子里做演员的时期,就很羡慕别人排演《血泪碑》《蒸骨三验》之类的连台本戏,我经常有意识地用脑子记忆其中某些主要情节,并抄写这类戏的一些提纲,以"摘星补月"(挑选相似的场子和台词互相摘用)的办法,模仿着排演。由此就逐渐学会运用一套所谓戏路子和戏扣子,写些关于好事多磨、悲欢离合、奸臣害忠臣、坏人害好人的戏。

一九四六年在齐齐哈尔市我参加了人民剧院的评戏《白毛女》的演出,扮演杨白劳一角。在排演和演出的过程当中,我在思想上得到了不少新的启示:过去评戏班子排戏,全是以"跑梁子"的方法挂提纲说戏,由戏班子说出戏的路子来,至于台词、表情、动作以及人物思想性格则由演员自己去揣摩。但在《白毛女》的排演中,首先我们讨论剧本,研究了剧中人物性格,而后再经过过排、响排、彩排等步骤,并且每一场甚至每一个动作都经过多次的排练,如我演杨白劳被摔倒的几个动作,会反复排了数十次。当时我觉着非常多余,心想:"我唱了十几年的戏也没这么排过呀!今天这是干什么呢?"经过领导上的耐心说服和帮助,终于坚持到演出了。《白毛女》的演出,博得了观众的热烈欢迎和领导的表扬。后来我们接着又排演了《血泪仇》《改邪归正》等新戏,到东北各解放区流动公演,也受到观众的拥护。由此,我开始在思想上起了变化,感觉到演新戏是有意义的,对新的表演方法,也有了初步的认识。

一九四八年我在哈尔滨剧院工作时,领导想根据小说《一个女人翻身的故事》的题材,将其改编为评剧,定名为《折聚英》。写出提纲后,大家分场执笔,我分到别家、行路、投亲等前三场的编写任务。当时我认为写戏很容易,还是用过去那种"摘星补月"的办法来编写,把"数九隆冬雪花飘,无吃少穿受煎熬……""忙把红军事,禀报爹爹知"一类陈旧台词,套在新的人物身上,很快交了卷,自己很得意。但经领导审阅后,给指出了很多问题,主要是陈旧的词句不能够表达出新人物的思想情感。在领导的帮助下,反复修改了好几遍才算完成了任务。在总结这次编写经验的时候,领导鼓励我说:"你有编写能力,好好地学习人民的意见。就以丑角而论,假如我们不把他单纯看作舞台上插科打诨的角色,一定能从他身上发现许多人民性的东西。我们有些同志不善于审定、修改旧剧本,不能创作更多的好的新剧本,一方面是马列主义水平低,对政策学习不够,没有掌握正确的观点;另外一个重要的原因,就是没有认真虚心地向原有的优秀戏曲作品学习。

中国戏曲大都采取歌舞剧的形式,各地的剧种,几乎没有不包含歌与舞的,它们紧密地结合在一起,生动地表现了人物的思想情感。有些人以为戏曲的舞蹈只是舞水袖、亮身段,那是错误的。戏曲舞蹈的优美,是在于它把人物的动作舞蹈化了,它是从生活中提炼出来,经过艺术加工的。不单是舞水袖、亮身段,而是一举一动都有韵律,都有舞蹈美;不苦学苦练,不体会角色,不与剧情结合起来,舞蹈是没有灵魂的。中国戏曲的歌唱之能够为成千成万观众所喜爱,最根本的原因是具备了民族的特色。戏曲中的歌唱曲调优美、吐字清楚、传送得远。许多歌唱,都是从生活中提炼出来的。戏曲中还有一部分白口戏,现在常常有人把它与"话剧加唱"混同起来了,认为那就是戏曲中的"话剧加唱",殊不知白口戏也有很强烈的音乐性,跟话剧对白加上伴奏基本上是有区别的。不理解戏曲的舞蹈性和音乐性,不从这些方面去分析、研究,在继承戏曲艺术遗产上必定会走弯路。

总体来说,我们如果不了解戏曲艺术的特点和优点,就不可能发掘我们遗产中的宝藏;不学习政治,不掌握历史唯物主义的观点,不坚持人民的立场,就缺少一把最重要的钥匙,来打开发展和创造民族新戏曲的大门。

过去在学习上,我们曾经有过一些偏向。有的死抱住自己的一点技术,不学习历史,不学习政治、文化,不能对旧的戏曲艺术进行批判,结果把一些不好的东西继续供给人民群众;或者一味强调政治,完全放弃业务的继续钻研和提高。今天,我们必须把政治学习和业务学习很好地结合起来。

我们的工作是艰巨的。但我相信在人民政府的正确领导和全国戏改干部及艺人的努力下,在广大新文艺工作者的关心和协助下,特别是通过这次全国戏曲观摩演出大会的举行,我们的戏改工作必然能克服过去的缺点,大踏步地向前迈进,在旧的民族艺术遗产的基础上,创造出为人民所喜爱的新的戏曲艺术。往编导工作上发展,这样一来,就加强了我的写作信心。通过这次编写工作,我初步认识到写戏应当真实地刻画人物的思想感情,对自己"摘星补月"的那套办法有了适当的批判。后来,我又参加了《红色女英雄》《小二黑结婚》等戏的编写工作。

1950年4月,中央人民政府政务院颁布《婚姻法》以后,领导上为了配合《婚姻法》

的宣传,分配给我创作任务,并提出在质量上超过《小二黑结婚》水平的要求。我立足于过去编写经验,到处搜集有关婚姻问题的材料,结果找到一本小人书《小丈夫》。当时我对这本书的内容非常感兴趣,认为故事生动,人物性格突出,戏剧性强,于是我就根据故事开始动笔了。一气写完初稿,交给领导审阅。领导指出了很多问题,主要是故事的时代背景与东北当时的实际情况不相符合,没有适当地表达出现实斗争中人物的思想情感。领导对我的工作很重视,曾为这个剧本的修改召集了好几次座谈会。在会上讨论了该戏的主题思想,并决定叫我下乡,深入群众的生活。当时,我还不大懂得深入群众生活对我的创作有什么帮助。心想:现实生活当中,能有像《小丈夫》这样的生动故事和这样的典型人物吗?可是事实都给了我正确的解答。

在实际生活当中,我纠正了过去轻视生活的错误思想。从农村回来,领导立刻召集有关同志,接连举行了四次座谈会,详细讨论了我所汇报的有关婚姻问题的原始材料。经过反复讨论,明确了主题思想和剧中人物的思想性格,构成新的故事梗概,最后才指定由我执笔写成了《小女婿》。

从创作《小女婿》的过程当中,使我在思想上进一步明确认识到:写现实生活中的新人物和新问题,必须要有丰富的现实生活作基础。像我过去单纯靠自己的想象,坐在屋子里根据小说故事,硬编出来的东西,是一定会脱离现实的。《小女婿》的创作,是我从旧的编写方法提高到认真地研究现实生活的一个开端。

1952年的6月间,东北各地区正轰轰烈烈地展开"三反""五反"运动,工作非常紧张,但领导并没有停止对我的创作的关心。他们派我和艺术剧院的同志们,一同下乡去体验生活。今年的农村比1950年的农村,有了很大的改变。当我在蛟河市韩恩合作社住着的时候,文化部刘部长曾在百忙中亲自到农村去帮助我们分析材料,考虑作品的故事结构。这些都充分说明了领导上对我的关心和帮助。

像我这样一个普通的评剧演员,今天能够在编写剧本上稍有成绩,这完全是党和政府帮助的结果。在我写的作品中,还存在不少缺点,我决心今后好好学习,进一步提高自己的创作水平。

永远记住这一天

常香玉

9月30日的上午,我光荣地接到了一个十分珍贵的通知,那就是让我出席毛主席的招待会,我的心突然像一朵花似的开放了。我怕是在做梦,但它是千真万确的,就在这个下午,我亲眼看到了我们伟大的领袖毛主席。他在如雷的掌声中走入了会场,他的伟大、慈祥而健康的神采,照耀着与会的各国和平代表和祖国的英雄儿女,每一个人都兴奋而激动地接受他亲切的颔首,倾听他的讲话。这时候,我觉得我的脉搏跳得很厉害。我在心里默念着:"亲爱的毛主席,旧社会给了我痛苦和灾难,共产党给了我幸福和光荣。我保证要好好听您的话,永远跟着您走,从今后要做更多的工作,决不辜负您对我的教导。"

从招待会回来,天已经很晚了,心想明天还要参加国庆节观礼,啥都别想,早点睡吧。但不知道哪里来的精神,躺在床上越睡越不瞌睡,后来干脆不睡了,索性尽情地想它一下。

我想起九岁的时候,有一天母亲噙着眼泪对我说:"孩子,咱家里少房没地,日子艰难,你父亲打算把你送到郑州的一个梆子戏班里学戏。娘知道学戏是要吃苦的,可是没有苦就不会有甜。好孩子,争口气去吧!好好地学,将来会……"我就这样地进入了戏班,开始了喊嗓练功的学戏生活。挨打挨骂,是学艺的家常便饭,老师说:"戏是打出来的。"在他这样的教育思想下,我在冰天雪地中练功,狂风暴雨里喊嗓。有一次他还教我从一丈多高的崖头上向下翻跟头,险些把我摔死。类似这样的事,我不知经历了多少,自己家里穷,不学戏又怎么办呢?同科学戏的许多兄弟姊妹们,不也是一样吗?母亲说的"没有苦就不会有甜"的话,时刻在我的耳旁响着。我下定决心,拼命干吧,戏是穷人学的,苦是穷人受的,我决不向艰苦和困难低头,我要争取将来的"甜"日子。

经过长期的苦学苦练,嗓子喊出来了,用低音也能送到戏园中的最后一排去。旧剧中的武功身段也没有能难住我的,因之从十三岁起,就开始在开封唱轴子戏。在唱腔方面很早我便感到豫剧的唱法太平淡、单调,因而尝试把它做了些改革,试图表现更多的思想情感,以求更生动地刻画出剧中人物的性格。我便吸收了梆子以外的曲调,来丰富豫剧的演唱。最早我把河南流行的坠子融化到唱腔中去。试唱成功后,又逐渐把大鼓、皮黄、京梆、河南曲子等唱法也都吸收融化到豫剧的腔调里。每吸收一种新的腔调,都经过了较长时间的研究和练习,才能结合豫剧的形式和剧情。我对豫剧唱腔的改革虽然也遭受到一些议论,如说我南腔北调,甚至说我是豫剧的叛徒。但大部分观众对我的大胆尝试是批准了,渐渐我就在豫剧的园地中有了一点小小的声名。

如果母亲的"没有苦就不会有甜"这一说法是正确的话,我想远在十数年以前,当我成为"角"的时候起,就应该开始"甜"了。谁知道恰巧相反,自从成"角"以后,我就和所有的生长在旧社会中的艺人们一样,遭受着国民党匪徒们的压榨和摧残,灾难侵袭和我艺术上的努力,恰恰成了正比例。因为不能容忍匪徒们对我的凌辱,我曾大胆地得罪了不少的特务暴徒,两次遭受到手榴弹的掷炸。我每次上街,同班的艺人怕我遭受意外,主动伴我外出,自己终日在恐怖和受气中过活。当匪徒们逼得我走投无路的时候,我曾经喝过煤油,吞过金子。我发誓不愿再登台演戏,但又没有不演的自由。老戏中有"象以齿焚,麝以脐亡"的台词,我觉得这话好像在说我,我后悔自己听了母亲"没有苦就不会有甜"的嘱咐,后悔自己不该那样热心学戏。当时我并没有认识到劳动人民和艺人遭受的压迫和剥削,乃是不合理的社会制度所造成的。

常香玉饰豫剧《新花木兰》中的花木兰

兰州解放以后,生活起了一个天翻地覆的变化。作威作福的人敛迹了,受苦受难的人站起来了,我被光荣地邀请参加了兰州市第一届妇女代表会议。革命干部们,他们都是那样和善可亲,对我们艺人不仅没有丝毫歧视,反而无微不至地照顾我们,帮助我们。通过土地改革、镇压反革命、抗美援朝等伟大运动,旧社会遗留给我的阴郁暗影消逝了,在我的心里又重新烈火样燃烧起对幸福生活的向往。伟大的共产党、毛主席,我应该以怎样的热忱来感谢您,您解除了我身上的枷锁,赋予了我新生的力量,我变得年轻了。

想到这里,我不由得笑了出来,觉得浑身上下热乎乎的。我扭亮电灯看了一下表,短针正指着凌晨四点。我估计自己三天不睡觉也不会累的,于是赶快又熄了灯,闭上眼睛,继续追寻美丽的回忆。

为了报答党和政府的培养和教育,为了遵从毛主席的为工农兵服务的文艺方针,为了支援保卫祖国安全与世界和平的志愿军同志,为了保卫我和所有与我一样曾经在旧社会受过压迫、今天刚开始过着幸福生活的人们,我和我们剧社的全体同志,计划用巡回义演的方式,要在半年以内为我们最可爱的人捐献一架战斗机。这一计划在党和政府的帮助与观众的支持下,按期超额完成。

我们原来只想完成捐献,便觉心满意足,谁知通过捐献义演,我们又受到了许多活生生的爱国主义教育。

郑州的儿童们节省了糖果钱来买捐献义演的戏票,开封的农民们卖了粮食,跑几十里路来看我们的捐献义演,广州的码头搬运工人免费为我们起卸戏箱,武汉的摊贩们集资包场看戏。在广州,有一位归国的华侨妇女,当场把她心爱的手表捐赠给我们,另外许多观众抢先出高价格来义购这只手表。此外,各地的许多观众尽管不一定听得懂我们的戏,也都争先恐后地来看我们的义演。我深深知道,这一切都是为了我们最可爱的祖国。从这许多活生生的具体的爱国事例中,我看到了祖国的人民在共产党、毛主席的英明领导下,保卫和平的力量正在突飞猛进地成长和壮大。

捐献演出归来以后,西北的党政领导,给了我们许多奖励;中国人民志愿军归国代表团和朝鲜人民访华代表团亲到我们剧社进行了访问;亲爱的志愿军同志和朝鲜人民军同志经常由朝鲜前线给我们来信;这次全国戏曲观摩演出,我们剧社又被光荣地指定参加。我们对国家和人民才不过做了这么一点儿工作,但党和政府给了我们这么多的光荣和鼓励。我保证要努力钻研业务,积极学习政治,向生产战线上的劳动英雄们学习,向反侵略战线上的战斗英雄们学习,在党和政府的领导下,在毛主席光辉灿烂的文艺旗帜下,当一名永不掉队的文艺战士,为配合祖国建设,保卫世界和平而努力战斗。

1953 年

白石老人

艾 青

在年老的画家当中,我经常想起毕加索和齐白石。尽管这两个老人一个在欧洲,一个在亚洲,互相也没有见过面,两人所继承的传统和所发展的道路也不同,但他们之间存在着许多共同的东西。他们都长期地以自己简单的工具、最节省的笔墨,描写他们自己对于外界的感受,对人生采取肯定的乐观的态度,以自己持久的劳动给人类创造精神的财富,以惊人的毅力从事艺术。

这两个老人都经历了这个世界的巨大的变革,经历了几次把整个人类都卷进去的战争,也都亲眼看见了人类光明的前途。

他们都关心和平,关心人民的幸福。

而他们在艺术上所达到的是这样高的境界,使我们觉得传统的艺术和未来之间有了联系。

白石老人已经九十三岁了。他已劳动了七八十年,还在继续劳动着。而像我们这样的年纪,至多也不过是他的孙子的一辈。这就是说,我们更应该好好劳动。

他所经历的是我们这个民族的最大激变的世纪,从最古老的、黑暗的年代,到一个充满新生力量的、光明的年代。

他以一个农村的牧童、一个捡柴的孩子,开始他的人生道路。他祖父死的时候,"家财仅六十千文,尽其安葬。于是吾父一人耕,儿女多,无计为活,令吾学木工"。

他没有机会念书,最初接触文化是"天寒围炉,王父(他的祖父)就松火光以柴钳画灰,教识'阿芝'二字……"("阿芝"是他的小名,后来大了,人家叫他"芝木匠")。

他以"松油柴火为灯",勤奋夜学,但他的家里缺乏劳动力,他的祖母看见他这样勤学,爱莫能助,不得不叹息:

"……三日风,四日雨,哪见文章锅里煮?明朝无米,吾孙奈何?惜汝生来时,走错了人家!"

这些话多么沉痛!

后来他跟当地的周之美学雕花木工,帮有钱人家制结婚用的嫁妆床橱之类,"矜炫雕镂,无不刻画入神"。

到二十七岁才学画,"家境奇穷"到了"灶内生蛙"。

他就是这样一直在困厄的境遇里成长,生活在劳动人民中,学会了刻苦勤劳,始终保留了劳动人民的气质。

他所画的大都是人民日常所见的和所喜爱的东西。这些东西,都是十分平凡的,但也是非常亲切的。

肥大的白菜和萝卜进入了他的画幅。他爱白菜,甚至在一幅画上题"牡丹为花之王荔枝为果之先独不论白菜为菜之王何也"。

成群的充满稚气的小鸡,有的站在刚打开的鸡笼的竹编门叶上,有的鼓着小翅膀,飞奔争吃地上的小虫。

三个两个抖动着尾巴的小蝌蚪,他从它们的形状联想到刚刚学写字的童年。

沉甸甸的谷穗,金黄的稻子,银白色的老玉米;绿到发黑的芋艿和慈姑叶子及在叶子下面活动的青蛙。

水中游动的半透明的虾,以细长的触须去测量自己的空间;静止着的和正在爬行的螃蟹。

各种各样的花和各种各样的水果。

各种各样彩色的草虫。他太喜欢这些东西了。他说家乡人叫黑蜻蜓是"黑婆子",叫红色的小甲虫是"红娘子"。他画这些东西,赋予生命。有的蛾蝶,工细到连翅膀上的绒毛都可以看见,蜻蜓和蝉的翅膀像细纱,但它们是活的、动的,不是生物学挂图上的标本画。脚上染有花粉的蜜蜂,翅膀在扇动着,使人看了,好像听见了嗡嗡之声。

他虽然很少画人物和山水,但在他的人物画里,也可以发现劳动的气息。而他所画的山水,也不像一般山水画那样堆砌一些根据空想所构造出来的世外的景色,而是平常所能看见的,简单的景色:树林里的弯曲的道路,村子旁边的小山坡和松树林,一片无边的荷池等等。

白石老人是歌颂生命的画家。他所喜爱的是正在成长的,充满希望的,力量充沛的生物。他歌颂旺盛。他的画叫人看了感到愉快、清新、有力量。他的这种健康的审美态度,是从劳动人民身上吸取来的,是从他早年所接触的民间艺术中吸取来的。正因为他的艺术具有这种健康的气息,才博得了广大人群的喜爱。

他作画的方法是独创的,别出心裁的。他继承了我们民族绘画中那些最杰出的巨匠的传统,经过自己不断探索,创造了新的画风。他主张"作画要在似与不似之间,太似为媚俗,不似为欺世"。这在我们解释起来,就是艺术必须从写实出发而达到高度的真实。他的写意画是有坚实的写实的基础的。而他所画的东西,总是比实物更单纯,更生动,这就是因为他在充分熟识了实物之后,再把特征集中地表现出来。

他的画,在繁复中有条理,在单纯中有变化。他的观察精细而又周密,嫌弃猥琐,他反对抄袭和一味地临摹,他勇于创造。他处理每一幅画的题材时富有想象——而这种想象又是以他的观察的经验的积累为根据的。

而他又是这样熟识工具的性能,熟识所描写的对象的特征,精心构思,大胆落墨,而能"形神兼备"。

年轻的画家们,应该学习他的对于对象细心钻研的精神,构图时的丰富的想象,熟识工具和运用工具的能力,以及不断地劳动和创造的毅力。

祝白石老人永远健康。

《在红军营里》(彩色石版画)　佛·塞得拉撒克

回到祖国的怀抱
——访首次回国的志愿军病伤人员
菌　子

正如我的愿望,最近我访问了不久前脱离"死亡之岛"投入祖国怀抱的人们。任何语言难以诉说他们在那黑暗的日子里对祖国的怀念,只有那被激动地提起的"祖国"字眼,和无法抑制的热泪,可以稍许表达他们内心的感情。……

不忍回忆那与祖国隔绝联系的不幸的时刻,他们尽量不使自己昏迷,熬着伤痛,在刺刀和铁棒面前,回答野兽们最初的审问:

"你怎么到朝鲜来的?"

"抗美援朝自愿来的。"

"你是哪一部分?"

"中国人民志愿军。"

"你看见有多少美军被你们部队俘虏?"

"许多,许多。我在公路上看见黑乌乌的一片。"

"你看见有多少美国飞机?"

"也很多,被打垮在山头上不动。"

"谁是民主国家?"

"苏联、中国、朝鲜……"

"谁是帝国主义?"

"还不是你们美帝国主义。"

"你知道我们怎么优待俘虏?"

"每顿半碗麦子饭。"

"毛泽东好还是蒋介石好?"

"毛主席万岁!"

接着被打昏了过去或打倒在地上,原来的伤口冒出鲜血,鲜血也增加了新的伤痕,但在他们还能说话的时候,他们总要坚决地重复这些答案。有一个同志在开赴"审查"的车中,被这连续的审问和连续的拷打弄得满脸是血,几次跌倒在车里,但他的回答仍旧没有一个字背叛祖国。

美方在板门店的谈判桌上提出所谓"自愿遣返"的同时,战俘营各铁丝网的上空,正笼罩着恐怖的大屠杀的空气,他们给统治战俘营的国民党特务,发了刻有 U·S 字样的八英寸洋刀,这些锋利的尖刀几乎在一天之内,都明晃晃地出现在手无寸铁的战俘面前。"甄别"一般是以简单的欺骗开始的:"愿意回中国大陆的站出来。"

在一秒钟内许多人面带喜色移动自己的脚步——这是走向梦境般的祖国的脚步呵!但马上这些骨瘦如柴的或裹着纱布的腿上,渗出了鲜血,敌人的木棒并没有给他们重返祖国的自由,不过这些伸出的腿也没有缩回。敌人的假面具揭下来了,他们凶恶地问道:"你们究竟还回不回你们的中国大陆?""不是中国人不回中国。"一个倔强的声音在回答他们。许多人则以怒目而视回答他们无耻的审问。

面对敌人的种种暴行,英雄们面无惧色,高喊着:"毛主席万岁!""共产党万岁!"为人们留下最壮丽的遗言。这时胆怯的不是被死亡威胁着的人,却是那提着英雄的心而手中发抖的敌人。终于他们无法可想,允许坚决要求回国的同志另编一个联队,不过在同志们走出帐篷时,还遭受到一次最后的袭击,等候在大门外的又是刺刀,挨了一阵乱砍乱刺,才算突破这个鬼门关。有些同志就在门前牺牲了,其余的人几乎没有一个未流血,他们按着伤口,却禁不住胜利的欢笑。虽然他们远离祖国千里以外,可是他们的心和祖国是多么接近呵!

拘在釜山各收容所的被俘的伤病同志,也同样英勇地回答了敌人的"甄别"和"审查"。在这里,美帝开了世界上虐待战俘的又一先例,以连续的断粮断水,想逼出因在铁丝网内的被俘人员,参加他们的"甄别",答应他们到台湾去。大家忍着饥饿,吃完了所有的草根、皮带……断粮由三天延续至十一天,即使他们时刻在幻想泥土变成食粮,可是他们从未向铁丝网外的粮包看过一眼。屋顶上每天升起国旗,她永远告诉敌人在她下面的战士不能屈服,几个面色苍白的人围坐在她的周围,他们誓愿以生命保护这些红旗。饥饿使他们爬不上屋顶,大家把仅有的力气献给他们,他们就在"人梯"上爬到了屋顶,庄严地执行自己的任务。在有些饿死了的同志的眼光里,也看到他们对祖国的憧憬之情,有些垂危的人无力地说过:"要能喝到祖国一口水,看到祖国一个人,真是死了也闭眼了呵!"

他们从来没有忘记新中国的诞生日,1952 年国庆日将近的时候,每五百人住在一起的铁丝网里,人们用各种方法做起国旗来,有一面旗子就是用每个同志身上的血染红的。10 月 1 日的早晨,就在敌人早有准备的武装面前,升起了红旗,人们仰望着她,向往着祖国。敌人违反《日内瓦公约》,居然向这些正对祖国怀着崇高的感情的人们开枪开炮,重型坦克也对将近糜烂的帐篷冲去,并在大门口任意刺死了几个同志,这次我们共有一百四十一人流了血,其中五十六人牺牲了自己的生命,不过那美丽的红旗,却始终没有落在敌人的手里。经过抗议和不屈的斗争,敌人允许我们举行隆重的追悼会,那些杀人的主使者也被逼在英雄的墓前低下头来,在没有听到我们的吩咐以前,竟也一直未敢动弹。战俘营的同志们，从此唱出了自己的歌：十月一日的红旗。

  十月一日的红旗，高空飘扬；
  英雄们的鲜血，写下了美帝的血腥罪状。
  敌人愈残暴，我们更坚强，
  拳头挡住刺刀，石头抵住机枪，
  臂膀靠着臂膀，胸膛筑成铁墙，
  保住了我们的红旗，打击了敌人的疯狂。
  仇恨结成力量，血账要用血来偿还，
  可恶的美帝，逃不出世界人民的手掌！
  新中国男儿英雄事迹天下扬，
  十月一日的红旗，高空飘扬，
  英勇的烈士，永远活在我们的心上。

  在那些黑暗的日子里，他们始终坚信伟大的祖国和世界人民保卫和平的斗争，终能使他们回到亲爱的祖国，他们知道祖国人民也正关怀着他们。在敌人严密的监视下，他们仍在偷偷地学习，许多人学完了"中国革命问题"，不识字的起码学了三百个字，识字不多的现在已能写信，他们记着不能落在祖国建设的后面。一张上海的报纸在各铁丝网内被秘密地传递了一个多月，他们曾为那上面的每一个字所激动，看到"三反""五反"的消息，他们一连许多天也在审查自己。有些同志计算着毛主席说过的祖国在大规模建设前三年准备时期的时日，模拟着祖国建设的图景。就是在敌人的报纸里，他们也能嗅到敌人前线失利的气息，为自己的战友祝贺。

  是这样激动地迎接归来的时刻呵，车上的窗户全被蒙住了，可是当他们中的一个，在司机的窗口看到志愿军岗哨的军帽，大家也都知道看到了什么，热泪哗哗地流下来，这时祖国对于他们，实在比他们想象的还要亲爱。

使人们得到幸福是最高的道德标准
——颂《婚姻法》
菌　子

　　有人说,妇女特别欢迎《婚姻法》。我不反对这种说法,正如农民特别欢迎《土地法》一样,这是因为她们特别需要这种法律的保护。在我们新国家公布的第一个大法面前,我不仅看见过她们的喜悦和兴奋,也看见过她们的艰巨斗争。许多人得到了幸福,许多人却在挣扎着,还有一些人流了血,甚至牺牲了自己的生命。我曾经在一个工厂里处理过二十几件女工的婚姻问题,我参加过多次幸福的婚礼,更多的却是陪着她们到法庭去,和她们一同哭过笑过挨过骂,但我们手里捧着一份庄严的《婚姻法》,我们知道自己能够胜利。有一个年轻的女工,因为家中逼婚,几天内急成疯子,至今我还能想起她变态的笑容。小姊妹们没有唾弃她,风里雨里给她送饭,而且终于因为大家的帮助,依靠《婚姻法》使她恢复了平静。《婚姻法》还使一个貌似老妇的女工,在脱离流氓丈夫的打骂后恢复了她的中年,当她第一次出现在秧歌队里时,我看见她和身旁的人都淌着兴奋的眼泪。只有那些因为争取婚姻自由而被虐杀和自杀的农村妇女,使我感到失去亲人的痛苦和遗憾,但我们拥护真理的人是并不消极悲观的,我过去接受妇联的工作,自然是服从组织的分配,但当时山东地区所公布的一年中因婚姻问题有一千二百四十五个妇女牺牲的事实,确实大大地加强了我工作上的责任心。我时时感觉到这么多的青年妇女,正排列在我们办公室外宽广的草地上,她们还是那么新鲜活泼,只是那愤怒和忧郁的眼光,要求我们做更多更深入的工作。

　　在接触这些工作的时候,我是有过愤怒和苦闷的。我统计过被虐杀的妇女有用针刺、脚踢、水淹、火烫、刀砍、棍打……以致断食致死等,她们是无罪的。但她们在失去自己的生命时,却遭受到世界上稀有的野蛮的酷刑,在这崭新的国度里,我们又怎么能相信这些事情正发生在我们生活着的时代,革命者的良心和人的尊严,都不容许我们忽视这样的虐杀!但是地方上的某些官僚主义者,是这样麻木不仁,山东苍山某户因干涉妇女参加工作,刀砍女积极分子七十二块致死的惨案,长久未受审讯;一脚踢死媳妇及其胎儿的老汉,还在公家穿上了"二尺半"(罪犯被县府接收为炊事员,作为处罚;而老汉却以此自夸),某些地方政府还对要求离婚的妇女采取比对待恶霸地主还严的管制,封建的旧观点,使这些人丧失了革命干部起码的责任心。他们容忍国家法律遭受破坏已无羞耻之感,这些人中更可恶的就是那些私设刑庭的凶犯和虐杀妇女的刽子手。我曾经注意过一种情况,1951年八九月份,华东地区正在重视《婚姻法》的宣传,但皖南专区因婚姻问题自杀和被杀的妇女,却突然超出以往月份的两倍。绝对不是《婚姻法》带来了横祸,令人深思的是这些被《婚姻法》唤起要求和反抗的妇女,却没有得到各方面,特别是乡村干部应有的支持。我忍不住做一个这样的比拟:这些正在逆流中淹着的妇女,忽然看见水上浮着救生圈(《婚姻法》),她们向它划去,唤起强烈的生之欲望,但是我们有些不能令人尊敬的同志,却拢着手站在岸上,不理睬她们的呼喊,也不打算拯救她们,甚至想用长竹竿把救生圈挑上岸来,忍看她们被更凶恶的浪头所冲击,终于淹死在水里⋯⋯这些屈死的人,永远不会饶恕我们这些干部的疏忽和歧视,她们的死实质上就是一种抗议。还有一种情况,也是值得我们注意的,这些被虐杀或自杀的人,大多数是勤劳和勇敢的青年,她(他)们究竟还幼嫩,经不起风浪,而这是怎样的风浪呵,正如前面所描写的,她(他)们不能不被夺去年轻而宝贵的生命。至于一般的家庭关系和夫妇生活,我们更不缺少鲁迅先生小说中所描写的故事;男尊女卑漠视子女利益的旧影响,还在破坏一个家庭的幸福。

  我并非只看见生活中陈旧的一面,我愿意重复说一说我在这个工作中所感受到的喜悦和感动。党和政府始终是关心和支持《婚姻法》的贯彻的,也始终没有忘记教育党员和人民。我正以最大的兴奋迎接已经揭幕的全国规模的《婚姻法》宣传月,并愿意向每一个为宣传和贯彻《婚姻法》尽力的党政干部、作家、画家、音乐家、戏剧家、演员、民间艺人、宣传员、报告员表示我的感谢和敬意。我还记得1951年秋天刘少奇同志和我们的谈话,在我们把各地发生严重的死人情况汇报以后,他是那样沉痛地也是坚决地要我们首先救人,要逐步做到没有一个为婚姻问题而屈死的人。他要我们相信被压在最下层的往往就是最有为的,她们的解放有待我们作最负责任和最大热情的努力。他充满感情地说起他看了话剧《龙须沟》以后的感想:"有人看了《龙须沟》以后,说那个新鲜活泼的小姑娘小妞子有些不真实,在那污水沟旁边长不出来这朵鲜花。这话很引起我的一点感触,我认为我们中国的妇女就都应该是这样新鲜活泼、朝气勃勃的。劳动妇女是善良而纯洁的,她们摆开了压迫和束缚,什么事都能做,我们很需要她们。"这个伟大的培花人给了我们很大的启示。在党、团教育下的男女青年,他们正举着《婚姻法》的大旗勇敢前进。不久以前闻名山东的青年邰秀英、孙田均,在重重的压迫和打击下经过百折不挠的斗争争到了婚姻自由,支持他们斗争的是:"真理总归胜利,我们要给全省的青年做一个榜样。"最后他们圆满地结婚了,邻近各村推出了八十几个代表参加他们的婚礼,有十几个乡因此开了婚姻座谈会,报纸给他们出了专刊,他们那封告全省父老兄弟姊妹的信,实在是具有历史意义的文件,是那样神圣而骄傲地被刊在党报重要的位置上。可爱的青年妇女于学琴,曾经在一个被封建气氛包围的小村里,敢于在自己的大门上公布自己的爱情,就这样争取了合法的地位。一个倔强的湖南妇女,为了争取婚姻自由,被乡、区干部关过,受过刑,但她都设法逃脱了,终于到了长沙,遇到公正的干部为她主持了正义。她在最痛苦和最失望的时候没有想到自杀,她只是想着:"现在是新社会,总有人会替我说话,北京有毛主席,不怕山高水深,我找到他老人家就有出头之日了。"山东哄传一时的残杀潘氏案件,终于由群众公审判决,泄了民愤;福建寡妇林美玲,和一个未婚的青年结合怀孕,本来照乡里的习俗,定要被活活打死,但是经县区干部的说服教育,连最封建的老头老妇,也承认她是一个规矩的女人。他们乡里马上有一百对自由结婚的夫妇,继续这个胜利。《婚姻法》使许多人找到了心上人,《婚姻法》也使许多穷困的家庭得到了梦想的媳妇,很多新的充满着爱情和幸福的家庭,开始诞生了。这就是我的喜悦和感动。

一切新生的现象正在萌芽和发展,它正在给人们带来幸福。让我再一遍提醒我们人民的干部们,让人们得到幸福是最高的道德标准!也让我特别祝福年轻的人们,幸福是属于你们的!让我们大家在贯彻《婚姻法》的工作中,来歌颂我们新的时代吧!

1954年

工厂的女孩子们

李 纳

站在我面前的这个女孩子,个子不高,头发短到刚盖住耳朵,穿着去年从乡下带来的衣服。前年冬天,她还住在乡下,不知从哪里传来一个消息:城里要建筑一座新型的大纺织厂。这消息比风还快。她像许多女孩子一样,再不愿安静地待在家里,要到工厂去"做一个工人——一个真正的工人"。

她以为每个人都会为她的这一决定鼓掌,她相信自己做得对,谁知她的妈妈却第一个不理解她。妈妈的理由是:新中国成立后,家里日子过得并不坏,用不着十八岁的女儿出去给全家挣饭吃。

但她是一个倔强的人,她说:"我要做的事,就一定要做到。"她四处打听,请区政府写介绍信。虽然她从来没有见过工厂,凭着她简单的经历,也想不出工厂是什么样子,可是她懂得,工厂能给人民带来幸福的生活。因此,她愿意将她年轻的旺盛的生命全部交给它。

她不顾妈妈的反对,把一切都准备妥帖,1953年春天,就和一些志愿相同的姑娘,走了四千里,从江西到青岛棉纺厂来学习,准备学好本领以后,回到江西家乡新建起来的工厂里,做第一批纺织工人。在学习中,她的进步是惊人的,半年时间,她和她的伙伴一样,掌握了使用车子的能力,已经和一个普通工人差不多。

在这里,像她这样的女孩子很多,她们来自全国各地。当你走在通向车间的路上,便会看到头发剪短的湖北人、身材高大的河北人,还有长辫子姑娘,那是从盛产葡萄和哈密瓜的新疆来的……有时,一个小组里就有好几个不同省份的人,彼此在吃力地倾听着对方的话,点着头。她们在一起相处都不久,有的也许还没有道过姓名,或者根本就没有交谈过,因为她们来得匆忙,去得也匆忙。但是她们的希望只有一个,这个希望把她们连在一起,使她们在各自回到故乡以后,彼此永远怀念着。

她们一来就热爱工厂,热爱喧闹的机器。车间温度很高,汗水常常湿透了衣裳,顽皮的白花,总是搔人的鼻孔和耳朵。但是她们并不在意这些。她们喜欢看那粗大的棉卷一下就变成均匀的细纱。她们佩服那些老工人,一个人管着那么多锭子——可就是那同样的锭子,却不听她们的话,总是欺负她们。这并不使她们害怕,她们的想法很单纯:要征服这些锭子。

生活很紧张。早上,月亮还高高地挂在天上,路灯还没有熄灭,正是年轻人好睡的时刻,这时,巨大的放送机的声音响起来了。只要她们当中有一个人醒来,喊一声,几乎全部都会像鸽子似的吵起来。于是歌声,带着感染性的大笑、有趣的谈话,就充塞在宽大的房间里。南方的姑娘们,因为是在温和地带长大起来的,不习惯北方的严寒,手脚都冻肿了。有人曾问过她们:"生活苦不苦?"她们回答得很干脆:"苦吗? 我自己乐意来,我就不嫌苦!"

常常在上第一个夜班时,老工人担心她们要打瞌睡,但担心是多余的。她们的眼睛睁得大大的,比白天更兴奋,思想比白天更集中。在学习中,碰到的困难不少,但是对她们说来,困难的事情往往就是有趣的事情。"多新鲜啊! 多有意思啊!"她们常常这样讲。

有人曾经说过:"人所最宝贵的是生活,第一宝贵的是他所愿意过的、他所爱的那种生活。"这些女孩子是如此热爱自己所选择的那种生活,总是按着一个——用她们自己的话来说——"真正的工人"来要求自己。她们经常反问自己:"工人阶级应该这样吗?""工人阶级没有这种缺点!"她们越发现自己的价值,就愈加对自己严格,她们自己也觉得自己变了,变得更丰富、更好。

开始学习国家在过渡时期的总路线之后,祖国的前途看得更清楚了。她们更爱谈祖国、自己和遥远的将来。谈到这些题目,她们是那么热忱。

"我乐意到新地方去,西藏、西康……越远越好,我乐意做困难的工作,等到那些地方盖起工厂来,我要求调去。我已经走了四千多里路,比我爸爸,不,比我爸爸加上爷爷见过的都要多……"

这是那个淘气的女孩子讲的。她刚来时,常常夜间躲在被窝里吃花生,结果生起病来。她知道自己声音很美,所以总提高嗓子讲话。仅仅来了半年,她也不知道自己为什么一下就"长大了"。

另一个女孩子接住这个女孩子的话。她刚到这里时还为着芝麻大一点小事哭过一场。现在她说:"我哪里也不乐意去,我就愿一辈子待在我的厂里。我的厂要成为模范厂,不论走到哪儿,都看到我们厂出的布……"

一个穿花棉袄的姑娘站起来,直截了当地宣布她要做第二个郝建秀。这个大胆的女孩子对人对自己都严格。乍来时,有人不大喜欢她,见了她就取笑:"又找到窍门了吗?"但她学习起来比别人快,掌握车子又好,手脚又勤,日子长了,大家都喜欢她的直率和勇敢。

各人有各人的理想,各人有各人的愿望。她们是多么自然地把自己和祖国融在一起。

她们不论见到什么,都有兴趣,都要打破砂锅问到底。看到桌上有本书,非拿起来大声念念不可。有时读不懂,一定要问问里面讲什么。等你讲给她听了,她越发爱上那本书,拿住它翻来翻去:"唉,我要能读懂这本书才好呢!"她们愿意花任何代价去获得知识和文化。每天只在晚上有较长的一段休息时间,本来疲劳的身体很需要休息,但她们舍不得"浪费",一个个坐在灯下,读书、写日记。偶尔有人给讲点没有听过的事,她们就会兴奋好几天,津津有味地谈不完,有时还会立刻写信告诉朋友和家人。

她们渴望知道许多东西,总嫌时间少,日子过得太快。我常常听见他们讲,到青岛学习时间短,回去怕挑不起祖国交给她们的担子。

站在我面前的这个女孩子,就是跑来告诉我说她快要回去了,她和我讲这话时,快乐得嘴唇发抖。原来是她的家乡来了信,是建筑工地的工人写来的,信上说,他们战胜一切困难,在荒地上盖起了大工厂,不久就要安装机器……

这女孩子和我讲了许多关于新厂房、新机器的事,她为她的厂房设想了很多样式,为她的机器设想了很多好处:它又不会断头,皮辊花出得又少,简直是世界上再也找不到的好机器。讲着讲着,她在我狭小的房里跳起舞来。不知为什么,一下又来扳住我问:"你瞧我个儿矮吗?"我忍不住笑起来:"这孩子难道疯了吗?"但她非常严肃地说:"我怕机器太高,够不着!"

祖国,是在以怎样巨大而深刻的力量改变着人们的生活和精神面貌,给每个人的未来提供了多么广阔的道路!

过去,占据这群女孩子的全部生活的是:为自己养几只鸡,等鸡生了蛋,攒起来,换成钱,向货郎担买点布,做点嫁妆;或者坐在老祖母留下来的纺车旁,借着昏暗的菜油灯,每天为六两线而辛勤操劳。今天她们的手,掌握着巨大的机器,今天,她们思索的是祖国,是祖国的未来!

美好的日子

艾 芜

1954年9月15日,我一早就起来,看见盆里的月季花开了,开得又红又鲜艳,不禁愉快地叫了起来:

"真好,你是为我们今天美好的日子开啊!"

天空蓝得没一片白云,金色的阳光,灿烂地照着。这是北京最好的秋天,同时也是我们最好的日子。第一届全国人民代表大会第一次会议,就在这一天开幕,我怀着激动和喜悦的心情去参加。怀仁堂还是带着传统的建筑色彩:金碧交辉,红绿争妍。它给人的印象并不显得古老,却是无比地清新、鲜丽,仿佛昨天才建起来似的。这是一个富有历史意义的地方,五年前,中国人民政治协商会议第一届全体会议在这里召开,现在,有史以来未曾有过的人民宪法,又将在这里,在全国人民代表大会上讨论通过。进一开始就踏着红色的地毯,闻着一股檀香的气味,朱红漆的圆柱、金蓝色花样的横梁、垂着红穗的宫灯,整个会场和我们大家今天的心情一样,分外美好和庄严。会场里坐满了来自全国各地的代表,这里有优秀的工人,工业生产战线上的革新者和发明家;有先进的农民,农业的互助合作运动的旗帜;有勋章挂满胸前的战斗英雄;有穿着自己民族的美丽服装的兄弟民族的代表;有老年人、妇女和青年……主席台上,绒幕当中挂着一个巨大的国徽,显得格外美丽明亮。这里我不止来过一次,但还是给我一种初次到来的感觉,庄严、肃穆、新鲜、优美,从心里激起很大的兴奋和喜悦。在这样的地方,在这样的日子,人们都感到应该把自己最好的衣服穿出来。好多少数民族的代表,无疑都具有这种欢悦的心情。彝族的青年妇女杨代蒂,前几天在我们的小组会上,还是拖着两条小辫子,照她在民族学院读书时候那样打扮,今天可就叫人认不出来了。她穿着绣花衣裙,颈上挂着珊瑚珠子,满头满身,都显出亮晶晶的各种银饰。苗族代表欧百川,以前我认识他的时候,总是穿着干部服,今天也叫人认不出来了,穿着红黄色的缎袍,又缠上红黄色缎子的腰带,显得异常庄严。

大家都怀着欢欣的心情,兴奋地等着,等着最好的时刻到来。这时候,我激动地想起我们多少先驱者用血汗浇灌出来的花朵,今天是这样美丽地盛开了。同时,我也仿佛听到了祖国的声音,她号召我们要为我们幸福的明天,去做更艰巨的斗争。……

忽然,听见座中彼此低声的私语:

"来了。"

全会场一千多代表，一下子一齐站了起来，立刻响起暴风雨似的掌声。

我们中国人民的伟大领袖毛主席来了！正像太阳出来一样，照亮了整个会场，照亮了每个人的心，大家的血都沸腾起来。

毛主席和中央人民政府的几位首长，在经久不息的掌声中走上主席台。毛主席身材魁梧，穿浅灰色制服，脸上带着太阳晒的黑红色，显出无比健康。

毛主席致开幕词的时候，会场静极了，每一个字每一句话，都深入人的心里，引起巨大的激动。

> 我们有充分的信心，克服一切艰难困苦，将我国建设成为一个伟大的社会主义共和国。
>
> 我们正在前进。
>
> 我们正在做我们的前人从来没有做过的极其光荣伟大的事业。
>
> 我们的目的一定要达到。
>
> 我们的目的一定能够达到。

这是历史的声音，这是祖国的声音！听了这样的话，谁不热烈鼓掌？谁不欢欣鼓舞？谁又不增加极大的勇气和信心？

毛主席庄严的姿影和坚决有力的声音，他的每一句话中的深刻的思想和无比的热情，深深印在我的心上，将永远鼓舞着我，也将永远鼓舞着在座的每一个人。

在刘少奇同志做《关于中华人民共和国宪法草案的报告》的时候，全场的人们是那样聚精会神地听着。这个报告是这样精辟地分析和总结了我们过去的斗争，也这样明确有力地指出了我们今天所走的道路。他的报告常常为雷鸣似的掌声所打断，在这掌声中，我感到它传达着在中国共产党领导和鼓舞下的人民的更加坚强的信心，和为社会主义事业而斗争的蓬勃的热望。

毛主席也一直凝精聚神地听，一面还望着稿子，用笔点着文句。那种专心的神情，极令人感动。人们都觉得毛主席的精神，实在太好了。

在休息的时候，一个和我熟识的工人代表，感动地对我说：

"看见毛主席身体那样健康，精神又那样好，真是我们人民的幸福。"

这话说得太好，正是我要说的话，全场代表要说的话，也是全中国六万万人民要说的话。

平壤的一天

〔朝鲜〕洪淳哲 撰稿　李春柏 译

到过我们朝鲜的外国人,都赞叹着这个国家的自然景色的美丽。

特别是平壤的春天,她美丽得像由某一个画家的手所描绘成的图画似的,更加显现了这个具有悠久历史的古都的深远的情调。

大同江清清的流水,环绕解放塔起伏着波浪,江边轻盈的柳丝,被四月的温暖的风吹动着。

牡丹峰虽然遭受过敌人炸弹的惨重创伤,然而杏花盛开,一片粉红色的花朵装饰着她。

我现在登上满布机枪弹痕和炸弹坑的乙密台,以保卫了这样美丽的国家的胜利者的骄傲,尽情地欣赏着这胜利了的英雄城市——平壤的春天。

曾经变成了荒凉的废墟和化为灰烬的平壤,现在她的面貌已焕然一新了。

在披着新绿的春装的东山上出现了牡丹峰剧场的雄伟的面貌,斯大林大街飞驰着流线型的"吉斯"(苏联大型公共汽车);中国人民志愿军修好了的大同桥上,汽车和市民们像河水般流动着。

在打着高层建筑物的地基、挖着土、砌着砖的工地上,飘扬着红的、绿的各种旗帜,被勤劳和创造的热情所燃烧的年轻人的沸腾的宏壮的歌声响彻云霄。

不停地锯着木材的沙沙声;满载着沙石和钢材的汽车的嗡嗡声;在金日成广场上,炸毁被破坏了的混凝土的爆破声;在建设工地上,中国人民志愿军和我们人民军的歌声,像交响乐似的回旋在牡丹峰上。

在朝鲜人民的领袖金日成元帅的"为恢复和发展战后国民经济、巩固民主基地而斗争!"的号召下,这个城市现在被光荣的胜利者的无限激情所鼓舞,庄严的恢复建设的铁锤声震撼着大地。

和敌人英勇奋战而获得胜利的人们,一清早,就打开宏伟的设计图,为了祖国的繁荣,纷纷走向工地。

今天是星期日,休息的日子。但是,平壤的千千万万的市民们,为了用自己的手建设民主首都——平壤,自动地投入爱国劳动,向着我们以最高的荣誉感来称呼的斯大林大街、毛泽东大街、金日成广场和牡丹峰奔去。

这一瞬间,平壤就像在举行游行似的,旗帜和人们像潮水般地流动。高高抡起尖镐争先恐后地劳动着的青年们,铲除瓦砾堆的战士和公安人员们,填平深深的废墟弹坑赶着修路的妇女们,和在牡丹峰上栽树的学生们……

我在博物馆旁边看见两个青年男女,他们填平了防空壕后,铺上一层茅草,坐在那里休息。他们揩着脸上的汗珠,亲密地谈着话,从他们交谈的神色和甜蜜的细语当中,我发觉他们在恋爱。

胸前挂着勋章的那个青年,一条腿跛着;姑娘的胸前也挂着功劳章。

我想,他们是用鲜血换来了这幸福的爱情的。

这两个青年男女的脸上洋溢着对祖国的爱所燃烧着的热情。

现在,在这对青年的胸膛中,充沛着在保卫了祖国和幸福后,能够用自己的手把祖国建设得更美丽的骄傲和幸福感。

我从牡丹峰下来,走向通往斯大林大街和金日成广场的毛泽东大街。

平壤的市民们每天早上怀着希望各自奔向工作岗位去时所经过的这条大街;每天傍晚愉快地完成了一天的工作后,回到温暖的家庭去的时候路过的这条大街——毛泽东大街,是象征朝中两国永久的友谊和团结的大道。

在充满着对毛泽东主席的热爱的歌声中,破坏了的混凝土、砖块和铁筋被铲除着;弹坑被填平着;新的房屋地基在压平;高层建筑物正在耸立起来。

为了建设沿着牡丹峰一直伸向嘎茹盖岭(译音)的毛泽东大街,在爱国劳动的号召下动员起来的人们,正在热火朝天地劳动着。

舞起尖镐的工人和职员,挥动着铁锹的姑娘,抬走碎砖的学生和驾驶着满装沙石的汽车的人民军……

我在这里看到了那用古铜色的胳膊抡起尖镐,刨着埋在土里的砖堆的矫健的金春实同志。

"春实同志,你辛苦啦!"

我这样对她道了见面礼。

"没有什么。"

充满骄傲和愉快,闪着栗色眼睛的春实,揩着满额的汗珠。

"同志,你在想什么呀?"

我又问了一句。

"没有想什么。"

春实很害羞似的回答说。

"我想到,来到这言语不通的地方,献出自己的生命来帮助我们的中国人民志愿军……"

说到这里,春实停了一会儿,又继续说,"我虽然没有见过毛泽东主席,可是他好像经常在我的身旁。"

春实感激着中国兄弟们在抗美援朝中的援助,脸上浮现出微笑和高兴。

"对,以伟大的苏联和中国为首的各兄弟国家的人民,任何时候都是在我们身旁的。"我为春实同志这种高尚的思念所感动而这样说了。

"当我想到修筑这条美丽的街道,自己也能献出一点微小的力量的时候,真不晓得怎样高兴才好呢!"

春实说完了这句话,又生龙活虎般地抡起尖镐开始工作。

我想,来到这里劳动的所有的男女,都会有和春实同样的心情吧。

我从春实的那双充满了骄傲和愉快的深栗色的眼睛里,看到了华丽的大厦和散发着浓香的绿荫路,以及向毛泽东主席和中国人民歌唱感谢和友谊之歌的这个国家的人民的形象。

同样,我又从那些冒着敌人的炮火消灭了敌人,今天在这条大街上铺着沙石的人民军的眼睛里看到了这一点。

金春实同志虽然是一个生手的土工,但是她今天又把工作定额超额完成了百分之二百二十,现在她的名字,在骄傲的和优美的歌声中传播着。

金春实在反对美帝国主义野兽侵略的激烈的祖国解放战争中,失去了母亲、丈夫和两个孩子。

她的丈夫朴昌熙是一个模范战斗员,在洛东江一带的激烈战斗中,英勇地把崇高的生命献给了祖国。

他们是在一九四五年八月十五日苏联红军响起解放炮声的那一年春天,在有悠久历史的古都——平壤牡丹东山举行结婚典礼的。

当在晴朗的天空下,清流壁(译音)上,草长花放的春天到来时,不能忘记的无数的回忆,使春实的胸腔沸腾起来。

过去,当春实和她的丈夫还在工厂工作的时候,早晚上下班时,并着肩亲密地谈着话走过的这条绿荫柏油路,就是今天的毛泽东大街。

他们在这条大街中间的小喷水池边上,互相倾吐过火热的爱情,也谈到他们未来的更美好的青春。

他们在这条大街上开始了灿烂的新生活,设计了未来的幸福。

可是,人类残酷的绞杀者——美帝国主义野兽们,把这条大街的一切,蹂躏和破坏得形影不存。

过着和平生活的他们富裕的家,变成了灰烬,耳边听惯了的孩子们的声音,永远也听不见了。

如今,春实回忆着当敌人向这一幸福的花园倾泻火雨的情景,对敌人的无限诅咒,使她猛抡起尖镐,开始了工作。

春实回想着这条大街上噙着母亲的奶头闭起眼睛的孩子们和现在仍萦回在耳边的可爱的声音,她不是在悲伤和叹息,而是充满了对敌人的愤怒——是从不知屈服的勇猛中涌现出来的激情。

牡丹峰好像在赞扬为了修筑在灰烬中站立起来的毛泽东大街而挺身以赴的春实的斗志,现在更高高地耸立于四月的天空。

曾经在这条大街上,亲手抱出不知道什么时候就要爆炸的定时炸弹的春实,今天又在沸腾的劳动战线上继续战斗着。

和不屈的城市——平壤的街道一样,在歌声中,从这块土地的每一个角落里,越发高涨起来的雄壮的铁锤声,经过山岳和大海,向全世界传播着!

平壤——就连在这条大街上诞生和生长起来的人们,也难以辨认出她的模样!

遭到无数创伤的这条大街,现在更宽阔地挺起她的胸膛,更雄伟地耸立起来,射出崭新的光辉。

在那激战的日子里,号召这个国家的人民在最危急的时刻走向最艰苦的考验中去的时候,这条街道如同朝中友谊之歌,未曾休息和停止过。

绫罗岛上初升的太阳,用它的金黄色的光芒照耀着大同江,滔滔的水面闪耀着万点金光;在高空飘扬着的朝中两国的国旗上所交织的爱,永远温暖着这块大地。

为了保卫这荣誉的土地而深入地下和煤层奋斗的人们!

为了支援前线,开垦荒地、收割金色谷粒的人们!

正是那些人,为了宽阔的街道——像飞机的跑道那样伸展着的毛泽东大街的美丽的明天,人山人海地涌到这里来。

被敌人滥炸而毁坏了的有悠久历史的古迹——这些地方,现在,已由这些高贵的人的手,像凯旋门那样华丽地把它装饰起来。昨天还密生着杂草的这条大街,今天正在治愈着战火的创伤,讴歌着胜利。

伟大的苏联赠给的十亿卢布和中国的八万亿元的热诚援助!

被这真诚的援助和亲切的关怀所感动的朝鲜人民的斗志和信心更加坚强起来。

春实的一段日记里这样写着:

"在长期的革命斗争中所凝结成的朝中两国之间的友谊和团结的强大力量面前,敌人将感到胆战心惊!在保卫和平的斗争中获得胜利的我们,应该把这民主基地像铜墙铁壁般巩固起来,以报答他们的恩情。"

这不仅是春实一个人的心情,而是这个国家的人们的共同意志和信心。

随着大同江的水流,

在建设和平的新国家的地方,

连破碎了的瓦片都充满着勇敢的

永远胜利的城市——平壤。

大同江啊,你讲吧,

在你的历史上,什么时候

出现过像今天这样翻天覆地的英雄时代!

每个车站,

已敞开了走向光辉的明天,

走向和平与幸福的宽阔的检票口;

在庄严的历史的轨道上,

载着领袖的指示和人民的自由,

响着车轮声和汽笛声,震撼着大地向前奔驰。

我们的面前,永远地,永远地,招展着绿色的信号旗。

全朝鲜的人民在列宁和斯大林的旗帜下,跟着党和领袖在获得胜利后更加坚强起来了!

其中,包括克服了一切困难,忘却悲伤,为祖国的爱所燃烧着的高尚的新的生命——亲爱的金春实同志。

不论在怎样严峻的考验面前,为了骄傲的光荣之歌——和平、统一与独立而前进——赞颂勤劳的荣誉而前进吧!

和平的春天和自由的歌声!在这南北三千里新的幸福的大地上,烟囱像森林般耸立着;肥沃的自由的大地无边无际地舒展着;在稻麦的金黄色的波浪当中,自由朝鲜的全体人民,团结成一体,为了创造未来的幸福,斯大林大街正和毛泽东大街一道,一天比一天地扩展着。

在不久的将来,这光荣的大街南端,在花园和绿荫丛里将耸立起一座座的大剧场。

在这里,骄傲的民族艺术,将开放出无数的花朵;在这里,人们将为保卫亚洲的安全、世界的和平和祖国的富强而高声歌唱。

任凭什么也摧毁不了这巨大的力量!平壤在载着数千年的历史和悠久的爱国传统的悠悠地流着的大同江和新的街道中间,宽阔地挺起胸膛,设计着更美丽的祖国的明天。

南山的脊背和山麓将披上新绿的春装,斯大林大街和毛泽东大街的两旁将竖立起一排排的高楼大厦,工厂的烟囱将会像森林般耸立起来。

　　平壤的市民们憧憬着斯大林大街、毛泽东大街、金日成广场被苍绿的树木和绚烂的花坛点缀起来的明天,在恢复建设的工地上流着雨点般的汗珠。

《瞧这两口子》　王乃壮

斯德哥尔摩杂记

茅 盾

6月的斯德哥尔摩盛开着各种各样的花,最惹人注意的是丁香。紫丁香和白丁香,花朵大而且密,可是不香。郁金香的艳红的花朵也够叫人流连:设想您面对着碧绿的海水,水那边是树木苍翠、野草鲜花的山,山上有些红瓦的小洋房,而在您身后,则是盛开的丁香,紫的白的丁香,在丁香树下是两三簇挺有精神的郁金香——您就会想到,住在这个城市的普通人,不能不感觉到和平对于他们的意义了。

6、7、8三个月,在斯德哥尔摩是所谓游览的季节。从欧洲,从南北美洲来的男女老少的游客,把这个城市差一点要挤破了。

在我们所住的旅馆里(据说这旅馆也是季节性的,它原本是工业高等学校的宿舍),有一帮拉丁美洲来的游客,大概是他们乘用的一辆游览车,也许还是他们带来的,车身上满是文字和漫画。他们是现在正值五十寿辰的大诗人聂鲁达的同乡。

斯德哥尔摩的商人们在这游览季节,做了一笔好买卖,年年如此,当然在战争年代就不会不是例外。

在两次世界大战中,瑞典的大资本家也做了好买卖——由于"中立"。有人说,别人打仗,他们"中立",做买卖,这是不坏的,所以,如果今天的瑞典大资本家表示了"中立"的愿望,大概是诚恳的。这和斯德哥尔摩的商人们之间影响到游客的战争也不愿意有,同样是诚恳的。

不过,战争的歇斯底里也没有全然敛迹。山明水秀的这个城市的中心,从两年前就已开始建筑的一道穿山的隧道,据说是可以抵挡原子弹轰炸的,现在,工程还没有完。

奇怪的是,这一个防空隧道,好像也和有名的"王子公园"一样,作为这个城市的胜迹之一,坐了游览汽车绕市一周的游客们,经常被指点着遥遥看它一眼。

斯德哥尔摩的市民们多半会觉得今年的游览季节比往年有些不同。突出的一点是:从亚洲来的远客,扬长过市,似乎比往年多。留心时事的市民们大概早就知道,这一个游览季节之所以不同于往年,以及亚洲客人之特别多,是因为有一个和人人的安全有关的——小言之,和斯德哥尔摩年年夏季的生意兴隆有关的国际会议在这里召开。后来,连烟纸店里的老太婆也会指着一位刚刚买了一包卷烟的东方顾客的背影,悄悄地说:"是来开会的。"也许她实在不知道,来开会的,还有欧、非、澳、南北美洲的客人,不过她不能像对亚洲客人一样从容貌上一眼就看出来罢了。

但尽管这个会议已是妇孺皆知,住在这个城市里的人们也还有故意装作不知道的,这恐怕是几个兴趣别有所在的记者。

这一个会议便是从6月19日开始的"缓和局势国际会议"。

这一个会议,以人数论,不算怎样大,可也不小:一百六十四人;以国论,三十一国。但是从到会代表们之包罗万象,也就是从会议的代表性的广泛而言,则是空前的。亚洲国家的代表总共七十一人,代表着八个国家(中国、朝鲜、越南、寮国、高棉、日本、印度、巴基斯坦),这也是空前的。

会议的结果是全体一致通过的九个文件,具有历史意义的文件(我猜想我们的读者已经从报上知道这个会议的进行过程,读过这些文件,恕我不在这里浪费时间)。

斯德哥尔摩是几个海岛连成的。在旅舍中,望得见山,出门不远就看见海,可以说,人是坐卧在山光水色中的。

隔着波罗的海,在欧洲大陆中心,在也是这样的风光明媚的环境中,一个决定着亚洲的和平或战争的国际会议,在日内瓦已经开了一个多月。这就是为了解决朝鲜和印度支那问题的日内瓦会议。

从日内瓦来的消息,对于斯德哥尔摩会议,经常起着鼓舞的作用。刊载着我国代表团团长周恩来总理兼外长的公平、合理的建设性发言的大陆报纸,在斯德哥尔摩会议的会场内外,人人抢着看。人们以万分兴奋的心情听着周总理将访问印、缅的消息。

所有这一切,读者们一定已经知道了,恕我不多说。所有这一切,对于斯德哥尔摩会议获得的成就所起的作用,读者们一定也想得到,也请恕我不多说。但是,我不能不说一说当我们祖国的一件头等重要的大事的消息传到了斯德哥尔摩时,我所偶然遇见的惊人的反应。

这就是我们的中央人民政府公布了宪法草案,我们的中央选举委员会公布了全国人口调查的结果。

一个中东国家的代表,在会场外的休息室看见我,就兴奋地伸出六个手指(他知道我不能说法国话,可是他在他本国语言外,就只懂法语),反复说着一个法国字:"好!好呵!"

旅馆的一个会说英语的女职员,当我告诉她我的房间号码而向她索取钥匙的当儿,她嘴里照例地复述那号码时似有所感,把那号码中间的一个"六"字连念两遍,然后一面找那钥匙,一面轻声地自语着:"六百个百万,啊哟,六百个百万!"而当她把钥匙递给我的时候,她忽然认真地说:"六百个百万,这样大的数字,我们瑞典人是有点难以想象的!"

一个欧洲朋友从外国通讯社的报道中知道了我们的宪法草案的要点,他很注意宪法草案序言的最后一段,他说:"具有悠久历史和文化的六万万人民亲密团结,在广大的、富饶的国土上,建设社会主义,保卫世界和平,呵,这是人类历史、世界历史不能不违反了战争贩子们的愿望而前进的一个决定性的因素!"

这位欧洲朋友的话,实在也就是世界上所有善良的男女心里的话。

六百个百万,是一个大数目,是全世界各国中独一无二的。但这个数目之所以在今天震荡了全世界,是因为这六百个百万的人民,在共产党领导之下,在取得革命胜利以后,现在正以它自己的宪法巩固这胜利并决心要建设社会主义社会,保卫世界和平。这一伟大的现实,在国内也许是习以为常而不自觉,但一旦到了国外,你就时时处处感觉着。乌拉!我们伟大的祖国,伟大的共产党,伟大的毛主席啊!

《哺育图》(木刻)　王叠泉

提高质量

老 舍

在第五届国庆这个大好日子,我愿检查检查五年来自己的工作。我不想算细账,算算自己都做了什么。我倒是要回忆一下,那些工作是怎么作的,并力求客观地看看做得好不好。这样,我希望,就能鞭策自己,把作品的质量逐渐提高,少出些毛病。

五年来,我写出了不少东西:长的短的,散文和韵语,自话剧到相声,我都试写过。从数量上说,我的确干了不少的活儿。我写得勤,写得快。

我勤,因为我心里高兴。中国人民站起来了,我怎能默默地低着头,不和昂首阔步前进的人民一同欢快地工作呢?虽然我不会生产一斤铁,或一斗小米,我可是会多写一点,多供给人民一点精神食粮。我不甘落后,也要"增产"。这种自觉的劳动是欲罢不能的。它使我感到光荣,得到愉快。

敌视中国人民的造谣专家亦可以休矣!他们总以为中国的亿万人民是被谁鞭挞着才去劳动,才会在短短期间创造了荆江分洪、官厅水库,和那么多大大小小的工厂。哪知道,正是因为中国人民有了自由,不再受压迫与强迫,所以才人人奋勇,个个当先,热情地去劳动。得到自由的人民才会出英雄。我自己也因有了自由,才起早睡晚地写作。政治觉悟催动着我去积极操作,我骄傲能够这样去劳动!

乍一看,这一点觉悟似乎并没有什么了不起。可是,假若没有五年来的经常不断的政治思想学习、前进的文学理论学习,和种种社会运动的参加与体验,这点觉悟一定无从得到。我今年五十五岁,前五十年生活在旧社会里,最近五年才看到了新社会。想想看,以五年的体验和学习去矫正五十年的积习,可真是不简单啊!因此,我非常珍视这点觉悟,并且要使它不断地提高。这点觉悟使我在五十岁后又有了活泼泼的写作生活。我切盼这个生活一天比一天活泼,越来工作得越好。

劳动带来愉快,可也使我越来越觉出自己的空洞无物。于是,我认识了谦虚。认识了谦虚,就得设法去更多学习,更多体验生活,弥补空洞。真的,专靠忠诚地去写作,未必就能如愿以偿地写出好东西来。假若不懂得谦虚,忠诚也许会变为顽固。光说,"我的确卖了力气"有什么用呢,假若写得并不好。是的,以前我常常强调自己卖了力气,不肯接受别人的好意见,去给作品再加工。这,对于我这样的人说,真是很难过的一关。只有过了这一关,才能胸襟开朗,不再只说自己卖了力气,便算完事;我还得去客观地检查自己的作品到底是好还是坏。在未过这一关之前,假若稿子被退回来,我就非常难过,噘着嘴闹情绪。现在,我想明白了:好作品是不会被人家退回来的。我应当检查自己的产品,而不应当闹情绪。这样,我体验到批评与自我批评的享受不尽的好处。我须不但勤于写,也得勤于改,勤于重新另写。我心里有了劲,不再管批评叫作"打击",而认清它是最有力的帮助。

是嘛,在新中国成立前,有谁帮助我呢?现在,我肯写、肯谦虚,大家就肯诚心地帮助我。我已不是孤立的一个山林隐士;我得到帮助、得到尊敬、得到新的生活。我能不高高兴兴地努力干活儿吗?

"勤"是好的,"快"可不永远好。五年来,我最大的毛病是往往只求快,不求精;只追求数量,忽略了质量。所以,五年来虽写了一大堆东西,可是并没有什么精彩的。这是个毛病,这应当矫正!

快和草率往往长在一块儿。草率不仅是一时的毛病,而也是轻视工作的坏习惯。以前,我常以为只要不动笔便罢,一下笔呀就可以万言立就!到现在,我还是往往只看了一点点新的事物,便以为够写一大本书的了。结果呢,写出来的东西必是不疼不痒,可有可无的!我肯学习,很好。但是,学习了一点就沾沾自喜,很不好。我勤,很好。但是只求急就,不细琢磨,很不好。

深入生活是解决写作困难的钥匙。我应当深入生活里去,然后不慌不忙地去写作。丰富的生活产生结实的作品。热情要高,写作要慎重,不光求数量,而须提高质量,这是医治我的毛病的良药。在这五届国庆的好日子,我愿意这么写出来,永远记住!

我在平壤的时候

梅兰芳

第三届中国人民赴朝慰问团到达平壤的时候，朝鲜人民在车站前面的广场上为我们举行了一个盛大的欢迎会。我从主席台上望过去，只见中朝两国的国旗，在广阔的天空飘扬，还有看不到尽头的来欢迎我们的人群。从广场走出来的时候，人们排成整齐的行列，和我们握手拥抱。一个不满十岁的朝鲜儿童，唱着《东方红》，把手里的鲜花送给我。朝鲜人民高呼"毛泽东万岁"和我们高呼"金日成元帅万岁"的声音，交织成一片。

我们总团部住的地方是在牡丹峰突出的一块平坡上。这里是著名的风景区，青松翠柏，绿遍山头。更上一层，箕子墓和牡丹台静静地隐蔽在陡壑密林里。往远处看，庄严雄伟的红军纪念塔矗立在山腰，它象征着朝鲜人民新的生活的开始，象征着国际主义的伟大胜利。山下围绕着的大同江，在阳光的照耀下，映射出千般光彩。英雄的平壤市的光辉，不是敌人的枪炮和炸弹所能摧毁的。

我们的卧室里，有温暖的卧具，桌上经常放着朝鲜特产——苹果，每餐有丰富可口的饭菜。招待我们的朝鲜同志时时刻刻关心我们的生活，使我们感到不安。他们为了适合中国人的胃口，向志愿军部队请了二十几位出色的炊事员来做菜；送饭端菜，都是从医院里调来的护士同志。朝鲜人民在物质条件非常困难的时候，尽了最大的努力来招待我们，这种深厚的友情，绝不是语言所能表达的。

在平壤，这个英雄的城市，到处都是颓垣破壁，一片瓦砾。偶然有几所比较完整的建筑物，但是上面找不到一块玻璃。许多学校、医院、庙宇、历史悠久的名胜古迹，都被炸毁了。当我第一眼看到这种景象，我对以美帝国主义为首的侵略者的灭绝人性的残暴行为有了更深一层的痛恨。但是，敌人的武力是摧毁不了中朝两国人民钢铁般的意志的。我们在瓦砾场中，常常看见朝鲜人民挺着腰杆，沉着地在修建一所一所的新房子。中国人民志愿军帮助朝鲜人民战胜了美国侵略者，现在又在帮助他们重建家园了。著名的内阁大厦，就是中国人民志愿军修建的。志愿军和朝鲜人民已经完全像自己一家人一样了，我亲眼看见朝鲜妇女提着水壶、端着饭罐送给正在修建工厂的志愿军吃。一位白发长须的朝鲜老人，用白布包着几个苹果，亲自送到工地，慰劳我们最可爱的人。

朝鲜人民正在不分昼夜地进行建设。我白天在广场参加慰问会，看见前面那座山腰中有一架德国的"建筑师"式起重机(这是我在国内参观民主德国工业展览会时认识的)忙碌地工作着。另一天晚上,我在那里演出,又看见那架起重机长长的臂上,有一盏大灯雪亮地向下照着,它还是在不停地工作。

朝鲜人民对于自己的恢复、建设工作,充满着高度的信心。平壤市市长陪我们游览市区,经过昔日最繁盛的斯大林大街,他指着马路两边的瓦砾场说:"三年里面,我们在这里将要修建一条宽广的大路,街旁栽种常青树木,两边建筑四五层的大厦,中央大剧院、金日成元帅的铜像、历史博物馆、美术博物馆这些规模宏大的建筑物,也将要陆续出现在中央广场的四周。"

在平壤,我们首先慰问了朝鲜人民,许多次的慰问演出,都得到朝鲜人民的欢迎。从他们热烈的鼓掌和一次又一次的叫好,可以看出他们对中国戏剧艺术的欣赏和爱好。

有一次在地下剧场招待朝鲜政府的干部,慰问团的文工团举行了歌唱、舞蹈、杂技的联合演出,我也参加了这个晚会,节目是《别姬》的舞剑,霸王并不出场。这一个节目,在前年我参加维也纳世界和平大会归途中,在莫斯科、彼得格勒的"演员之家"为苏联的戏剧工作者演出过。在这次演出时,为了适合慰问演出的要求,将原来虞姬在垓下绝望中的强作欢笑的舞剑,更改成一个单独舞蹈的节目,场面工作同志根据作为一个单独舞蹈节目的要求,在前奏和结尾上,也作了一些实验性的安排。

一位精神饱满、体格壮硕的年轻的领袖出现在地下剧场的前排沙发上,他的儿子女儿坐在他身旁,这就是几年来领导着朝鲜三千万人民与凶恶的敌人做英勇斗争的金日成元帅。看完戏以后,他对我说:"我听见你的名字有好多年了,这次才看到你的表演,想不到你这么年轻。"我回忆前年冬季在哈尔滨参观烈士馆时,在墙上挂着的照片上看见抗日战争时期金日成元帅和我们英勇的游击队并肩作战的情形,那时他似乎比较瘦些。这次我们到达平壤后,金日成元帅在党中央礼堂招待慰问团的全体团员,我们在一张长桌上吃饭,酒到半酣,金日成元帅站了起来,他举着杯子,走遍了三个餐厅,和同志们干杯。热烈的欢呼声、掌声充满了整个礼堂。这一晚,慰问团的每个同志都感到异常兴奋。

次帅崔庸健在党中央礼堂看了我的表演以后,他对我说,早年他到过中国,曾在云南讲武堂求学,二十年前就看过我的戏。这次又看到我的表演,他也说我还是这么年轻。

副首相洪命熹看了我的《醉酒》以后,写了三首诗送给我。

第二次从志愿军某部回到平壤,有一天晚上,在牡丹峰的广场上慰问中国人民志愿军和朝鲜人民。平壤的初冬,到了晚上是很冷的。没有台,也没有房屋,大家都在露天化装。朝鲜人民军为了照顾我们几个年纪大的,在戏台右面支起一个帐篷,生了一个炭盆。在这样的天气,夜晚在广场演出,大家都是初次。演员们都穿着行头,披着棉大衣,坐在戏箱上,看着天上的星星,都怪新鲜地想道:"怎么我等着上场的时候还看得见星星呢?"可是那天我们都异常兴奋地顶着有星星的夜幕,在一晚上,一连演出了七个戏(袁金铠:《乾坤圈》、李玉茹:《小放牛》、黄元庆:《狮子楼》、周信芳:《追韩信》、程砚秋:《刺汤》、马连良:《借东风》、梅兰芳:《醉酒》)。

11月3日,贺总团长和我们到大同江边,去慰问修桥的志愿军工兵部队。来到桥头,先就看见桥上桥下的战士,正在紧张地铺桥板、架桥桁。江面上运输材料的橡皮船,穿梭般一船来一船去。我们跟着欢迎我们的战士走进了工地,看见一个小棚,里面发出叮叮当当的声音,透出熊熊的火光。走进去看,原来战士们守着小煤炉,风箱呼呼地拉着,将一根烧得通红的铁条打成一个个长铁钉,旁边堆着一大堆刚打好还发着暗红色的铁钉。另一个棚里,有一座石磨,战士们正在用它磨豆浆做豆腐。我真惊异,我们的志愿军战士,是没有一件东西自己不会做的,食品自己做,铁钉自己打。他们只用十天工夫,就修好一座大桥。

战士们看见了祖国来的亲人,都围上来欢迎。有几位战士热烈地抓住我的手不放。我问他们看到了我的戏没有,他们说:"我们为了赶修江桥,所以没有工夫去看戏。今天看到你,我们高兴极啦,你们给我们带来很大的力量,我们一定争取在六号通车,来答复你们的慰问。"

我们第三次走进平壤,已经是灯火明灭、暮色苍茫的时候,地面上升起薄雾。司机同志是一直在公路上驾驶的,对于市内的马路并不熟悉。但我和京剧团的同志都自以为在这里前后来过两次,住过十多天,这条路已经很熟了,可以帮助司机同志找路。可是,车子在最后一个转弯时,大家都迷糊起来,摸不清路了。原来在这短短的十几天中,这条路已经变了样子,一片瓦砾的马路转角,新建了不少简单的住屋,改变了路旁的面目。平壤也就在我此行最后的一瞥中,显示了它是如何飞快地在恢复和重建。

在欢乐的日子里

夏 衍

我沉浸在欢乐中。

我忽然感到,自己的嘴和笔竟是这样笨拙,身经这样一个历史性的时刻,竟找不出一句恰当的话来表达我自己的感受。

年龄和经历使我不再像年轻时候那样容易激动了,可是在这短短的两星期中,不止一次我淌下了激情的眼泪。当我们国家的掌舵人——敬爱的毛泽东同志用庄重的声调宣布第一届全国人民代表大会第一次会议开会的时候;当他请全体代表起立,为在中国人民革命事业中牺牲的革命烈士默哀的时候;当我们依照人民的托付,投票通过了我们第一个人民宪法,和选出了毛泽东同志为中华人民共和国主席的时候;当我们投票之后从怀仁堂回到旅馆的途中,汽车被包围在天安门前面狂热的人民群众中间的时候……

这像是一个波涛汹涌的海洋。群众的海洋,欢乐的海洋,胜利了的中国人民从内心迸发出来的自豪之感和感激之情的海洋。以宁静著称的这座古城北京,今晚上变成了歌声遍地、狂欢热舞的城市。须发尽白的老大爷,穿着节日盛装的妇女和儿童,忘其所以地踏着舞蹈的步子、在人丛中找人握手的青年男女。欢乐使人年轻,欢乐使人忘却了矜持和拘谨。夜深了,北方的秋夜已经很有一些寒意了,代表中的一位教授还在怂恿他的同伴到北海白塔去瞭望北京的灯海:"同志,古人说,人生难得几回狂,还考虑什么。"我从他那双多纹的眼睛中看出了活跃的青春。

能够看到这些,经历这些,我感到了真正的幸福。作为一个能够享受这种幸福的人,作为一个后死者,我闭上眼睛,想起了无数为了争取这一种幸福而成仁取义了的战友和先人。我可以清楚地想起那些熟悉的同志的面影,可是今天,他们已经不在我们中间了。在困难的时候我们在一起,在这欢乐的日子他们已经不在了。他们没有能够参加这个庄严的会议,他们没有能够在群众的海洋中接受欢呼,我感到自己的渺小,我也感到了先行者们交代给我们的责任的重大。

在我们自己投票通过的宪法上,规定了"中华人民共和国保障公民进行科学研究、文学艺术创作和其他文化活动的自由。国家对于从事科学、教育、文学、艺术和其他文化事业的公民的创造性工作,给以鼓励和帮助"。在这次大会中,有八十多位从事文学艺术的代表。国家和人民鼓励着我们,期待着我们,而我们的工作,正如沈雁冰代表在大会发言中所说"还远不能满足人民的日益增长的要求"。一位新闻界的代表说"在文化部门尤其缺少创造性的工作,小说剧本少得可怜";另一位科学界的代表说"群众中存在着对新中国成立以来科学、文学、艺术工作太贫乏的感觉,也存在着对文艺作家及科学家殷切的渴望,希望他们能多做出些同国家进步相称的工作";一位年轻的女演员说"我作为一个人民时代抚育成长起来的年轻女演员,同所有的女演员一样,渴望着可能来发挥我们的表演才能,提高我们的表演艺术水平",因此她"希望剧作家们能够在毛主席文艺方针的光辉照耀下,创造更多的作品"。

这渴望是人民的渴望,这要求是人民的要求。

时代是这样飞速前进,生活是这样丰富多彩,英雄人物是这样层出不穷,新与旧的斗争是这样深刻尖锐,而我们写下来的却往往只是公式概念的故事,有气无力的人物,"干干巴巴缺少感情的文章"。有一位代表说,造成这种情况的原因之一是作家们存在着过分的持重和不敢下手,我想,这之间依旧还存在着思想问题,立场问题,对自己的工作没有高度责任感的问题,对人民、对祖国,对社会主义有没有真挚的爱的问题。为什么我们不能尽情地歌颂新的英雄人物?为什么我们不能狠狠地抨击落后的、有害于人民事业的现象?为什么作家一定要不休地去争辩英雄人物有没有缺点?为什么对日新月异的新人新事可以视而不见、无动于衷?为什么要战战兢兢、如履薄冰地把自己的作品写成"四平八稳、照顾周到"?我想,这依然是一个表面上似乎已经解决,而实践中始终还没有解决的思想问题。

我们找不出任何理由来原谅自己,我们不能用惭愧、自疚这些字句来轻减自己的责任。我们或多或少地还处身在人民之外,还没有真心诚意地处身在人民之中,我们对自己考虑得过多,对人民革命事业关心得不够,我们得老老实实地承认,在我们"灵魂深处"还有许多见不得人的东西!

毛主席在大会开幕词里说,"我们正在前进""我们正在做我们的前人从来没有做过的极其光荣伟大的事业"。

我们的事业是这样光荣,我们的工作却是这样贫弱!要怎样才能不辜负毛主席对我们的教诲,要怎样才能不辜负国家对我们的鼓励和帮助,要怎样才能在这极其光荣伟大的事业中贡献出自己的一份力量?我想,除去努力改造自己、提高自己,老老实实、勤勤恳恳地工作,写出更多更好的作品来为人民服务之外,是没有其他途径的。

探照灯还在天空照耀,未尽兴的人群还在天安门广场上欢呼舞蹈,全北京——全中国的人都沉浸在欢乐之中,而我的心却久久不能平静。

1955 年

浙东前线散记

唐 诃

某日,夜八时,我们登上头门岛。经过了一段崎岖的山路,九点半钟才到达某部队司令部。值班员听说我们是从大陆上来的,便立刻派通信员来接我们,并准备晚饭和房间。

第二天,我们一出房门,便觉得是另一个天地了:四面环海,浪花不停地撞击着海岸,海湾里停泊着大小船只。码头上战士和居民正搬运物资。公路像一条条绿绦环山缭绕,遍地是橙黄色的山栀。在北方,山栀是一种药材,而在这里却像野花一样遍地开放。战士们把它成捆采来,插在大炮和探照灯的旁边做伪装。没经验的人一眼看去,还会以为是专门开辟的花园呢! 新年,战士们用它扎成彩楼,并把完整的橘皮点缀其间,近看像花山,远看像果园。战士们还用土、木、沙、石在大炮旁边做了一个工厂模型。我们询问时,他们说:"看到它就想到祖国的工业化,我们就越打越有劲,我们每打一炮,都是为了祖国的安全和建设。"

有时,战士们也回忆起以前的艰苦日子。在几个月前,这里还是新解放的海岛。岛上没有码头,也没有公路和战壕,我们的大炮和物资运不上来。敌人的军舰和飞机每天晚上来扰乱。这里的雨水很勤,战士们睡在掩体里,有时一觉醒来已被水泡湿了。战士们睡不成觉,就起来加紧挖工事、修公路、盖营房。大家只有一个信念:总有一天,我们的大炮上来了,就会制服敌人,有了营房就不再露营了。碰上天旱,长期不下雨,岛上没有修起水库,就断了水源,只有到滴水的石缝处去接水,再就是从大陆运来。在这种困难的环境中,战士们创造了一水四用的方法:先洗脸,后洗脚,再洗衣服,最后还要用这盆水和泥盖营房(因为海水不仅不能吃,和了泥抹墙也永远干不了)。当地居民也在设法帮助我军一起克服困难。一天午夜,战士冯德全去换岗,见一位老大娘在山泉旁等水,下岗时,她仍旧蹲在那里。冯德全问她为什么这样晚还不回家,她就讲了一大堆话。可巧战士是苏北人,她的话他一句也听不懂,但是,领会了她的意思。她是说:"你们的衣服太脏了,明天我用这点水给你们洗衣服。"冯德全不禁落了眼泪,回去便写了一首歌词来描写这位老大娘的心情。现抄录于下:

夜风轻轻地洗浴着海岛,清朗的天空高挂着月亮,山泉旁,有一位老大娘,她眼望着泉水把话讲:

(副歌)水泉呀!为什么你还是那样不慌不忙,

一滴一滴,慢慢腾腾地往下淌?

为了给战士们洗衣裳,我哪怕等你到天亮!

解放军深夜还在挖工事,他们身上都沾满了泥浆,

汗水从头上流到脚下,衣服已脏得太不像样。

(副歌)水泉呀!为什么你还是那样不慌不忙,

一滴一滴,慢慢腾腾地往下淌?

为了给战士们洗衣裳,我哪怕等你到天亮!

月亮已抹过了山岗,老大娘半睡在山泉旁,

冷风吹动着她的白发,露水打湿了她的衣裳。

(副歌)水泉呀!为什么你还是那样不慌不忙,

一滴一滴,慢慢腾腾地往下淌?

为了给战士们洗衣裳,她情愿等你到天亮。

东方露出了鱼白的晨光,起床号声惊动了老大娘。

一觉醒来水桶已滴满,她笑嘻嘻对着山泉开了腔:

(副歌)山泉呀!任凭你还是那样不慌不忙,

一滴一滴,慢慢腾腾地往下淌,

为了给战士们洗衣裳,今晚上,我再等你到天亮。

经过了艰苦的战斗和劳动,终于修成了平整的公路、宽敞的营房和坚固的工事,大炮也拉上了阵地。这样,就把荒凉的海岛变成了一艘不沉的军舰。敌人的军舰再不敢露头,敌人的飞机被打落在海里。

1月18号,一江山岛战斗开始了。我们站在炮兵阵地上,亲眼看到我强大的空军成批地轮番向敌人阵地轰炸。我们身旁有千百门大炮也一齐怒吼,成百成千吨的钢铁向一江山倾泻。岛上到处冒着浓烟,燃起烈火,敌人的重炮被压得一弹未发。当步兵向一江山进发时,我强大的海军早把敌人海上的来路切断。步兵登陆时,炮声稍稀,但机枪和手榴弹声却炽烈了。我们从炮镜中清楚地看到一面面胜利的红旗,插上了每一个高地。至此,敌人的抵抗已土崩瓦解。战斗迅速结束,我各路船只均已返航。第二天晚上,我们乘一艘侦察船去一江山。当我们进入海湾时,才知道南岛、北岛只有一水之隔,故名一江山。这条江又是个避风良港。只见各种舰船都排在那里,码头上人来

人往搬运物资。岛上到处是挖工事的铁锹声,黑暗中有时还迸出火星。公路上正拉着大炮,人们吆喝着,呼喊着,简直比过年还热闹。

天亮后,我们才看到,岛上遍地是敌人的尸体和丢弃的弹药。战士们仍在挖工事。有人在改造阵地,把缴获的榴弹炮掉过头去,准备让它向大陈岛咆哮。有人在清查缴获的武器;有几位炮兵指挥员在检查我炮的命中率;有人在收集敌人的文件。文化科的同志早把扩音器运上岛来,播送着战士们爱听的歌曲。

一江山岛上,没有一个居民,也没有一滴泉水。新中国成立前,敌人早没有水喝了。据俘虏说,自从我海、空军炸毁大陈岛五条兵舰后,敌人白天怕飞机,晚上怕炮艇,哪里还敢给一江山送水!但是,一解放,大批饮水就源源从大陆运来了。其中有上海和宁波的自来水,有海门的井水,有其他岛屿的山泉水。每个连队伙房的储水桶,都装得满满的。

我们就住在参战的连队中,参加战斗部队的评功和战后的整顿工作,和他们在一起生活了一个月。在谈到一江山岛的战斗时,他们生动地介绍了战士们英勇战斗的情形:战士们在登陆艇里看到我海、空军和炮兵的压倒优势,一个个信心百倍,都要求给他们艰巨的任务。指挥员在船头不时向大家讲前面我们海、空军和炮兵轰击敌人的情形,战士们听着,不住地喊出一阵阵的欢呼。当步兵登陆时,只听得一片杀声,使顽抗的敌人魂飞魄散。

在战斗中,我们英勇可爱的指战员是那样乐观,对于祖国人民的责任感是那样强烈,少先队员要他们把马尾松子种在一江山岛上,他们也认真去完成任务。

战后,各地送来了大批慰劳品和慰问信。除了来自全国各地的以外,还有来自南洋华侨和欧洲兄弟国家的。有两位波兰作家还特地来访问,准备把一江山岛的战斗写成小说。在慰问品中,有一个日记本,上面写着几行字:

> 英勇的解放军同志:当我拿起这个笔记本的时候,我不能不想起它的来历……它是1952年我爱人谭煜同志出国临别时给我的。平日,我拿起它,就想到他是在怎样地为和平而斗争着。可是,今天当我把它送给你们的时候,我的爱人已在朝鲜英勇地牺牲了。
>
> 我激愤,我恨,恨战争刽子手——美帝国主义。但,我不应该悲伤,也不应该掉泪,应化悲痛为力量,更好地为党工作,全力支持你们收复台湾,向美帝国主义讨还血债。当我想起了你们,也就想到了他,使我更有力量。我在等待着你们的捷报。
>
> 广东省供销合作社粤中区办事处计划科　梁少娟

于是只要是看到这封信的人,都会被感动得下泪,悼念在朝鲜牺牲的谭煜同志,并从心中感谢和敬佩梁少娟同志。我们英勇的中国人民,就是这样地回答敌人的侵略,不惜献出最心爱的人和所有的一切的。

3月4号,我们登上大陈岛。大陈真是个宝岛。它有着良好的港湾,附近海面渔产极为丰富。在解放一江山岛之前,我们就听见渔民说:"你们解放了大陈岛,我们立刻过社会主义日子!"正因为敌人盘踞着大陈岛,使海门一带的渔民不能在近海出帆,却要冒着危险远渡外海去舟山打鱼。一江山和大陈解放后,在渔民中流行着"解放了一江,多了个米缸;解放了大陈,多了个谷仓"的话。在他们,这就和农民分到了土地一样。妇女们在河边给解放军洗衣服的时候,又说又笑,相互庆贺:你家分了多少"地",我家也分了多少"地"。

大陈岛的土地是很肥沃的。到处都是菜园,远远望去全岛都是绿色,每块地里都有积肥的设备和充足的水源。

大陈岛的风景也是十分美丽的,据说有十个风景区。但因岛上的居民全被美、蒋匪徒掳走,十景的名称也就不得而知了。在岛的东部,有一座亭台,我们叫它"望洋亭"。从那里可以看到黄色的海水和蓝色的海水的分界线,可以远眺阔的碧蓝的外海。亭子下面是几丈深的陡壁,对面海里有两块矗立的岩石,像两支蜡烛一样。上面长着花草,无数雀鸟栖居在石缝中。往南望去,海中有一条长长的岩石,和其他礁石连接起来,真像一座海上城堡。登上凤尾山,可以看到积谷山,那是一个小巧秀丽的海岛。它的头顶经常被裹在云里,在稀薄的雾气中,好像它头顶的是天,脚踩的也是天一样。

但是这美丽的海岛上的居民已经被蒋贼军劫掠净尽了,现在岛上,只留下一个八十多岁的老汉。我们访问了他,才知道当蒋匪逃跑时,他正病得奄奄一息,他的儿媳把一具棺材抬到床边,说:"什么时候你感到不行了,就自己爬到棺材里去吧!"这时,外面的保长正催她上船。他们全家就这样失散了。可是解放军来了,派军医给他治好了病,并供给他粮食。当我们去访问时,他已经能出门走动了。他悲痛地思念着子女们,愤怒地咒骂着蒋贼。

战士们非常喜爱这海岛,并誓为这海岛上的居民复仇,愿用生命来保卫它。某支队一连炊事班副班长夏少美同志,当上级让他复员时,他说:"我要求就地复员,我愿把家也搬来,一方面,替被掳走的同胞把土地经营起来;另一方面,如果有了战斗,我就立刻回到连去。"他的话,代表了战士们的战斗意志和热爱祖国的心情。

但是，祖国这么好的海岛却被美、蒋强盗破坏得不成样子了。市镇和山村都变成了一片瓦砾。医院、学校、造船厂被烧成灰烬。水库被炸毁了。两万名大陈居民，弄得背井离乡、妻离子散。这笔血债，我们一定要敌人加倍偿还！

《瞭望哨》（朝鲜前线速写）　西野

田野在欢乐地笑着
——家乡散记
艾 芜

夜来落过雨,稻田的秧苗和沟边的桤木树,都现出清新的绿色。强烈的6月的阳光,有时没遮拦地照了下来,稻田的水上,青色的叶上便颤动着金色的光波;有时又被云掩着了,绿色的田野里就东一片西一片地映着蓝色的阴影。没有什么风,水利测量的旗子,石油勘查的旗子,都是插在稻田里的,静静的没有飘动。就在这样的日子,走在清白乡李园村农业合作社的土地上,我们去访问一家农民。他叫傅云金,同他的妻带着五个小孩,住在有着竹树围绕的院子里。这是土改时候,同两三家贫农分得的。他一家人就住在大门旁边的三四间屋子里。大门像一间屋子,通风凉快,妇女平常日子坐在那里纳鞋底,男子休息的时候坐在那里吸烟。傅云金就在那里接待我们。门外是一片绿色的秧田,门内的空地上,立着几棵茂盛的李子树,还没有转成黄色的果实,累累地吊在枝头。旁边一座南瓜架,大的绿叶上边,开满了嫩黄的花朵。整个院子里,有着非常兴旺的气象。傅云金三十多岁,身体很结实,太阳晒红的脸上,洋溢着热烈的欢喜。他摘了许多李子来,把每个人的手上,都塞得满满的。他是合作社的生产组长,架牛犁田,非常出色。一个人劳动,要养活一家人。我问他粮食够不够吃,他欢笑着说:

"仅够吃了,单是米都够吃到出谷子了!我还节约得出一点粮来喂猪哩。你去看,三条猪,活溜溜的鲤鱼秧子一样。现在刚分了一千四百斤洋芋,堆得屋子里足都插不下,只好在这里接待你们。"

同我一道去的合作社长冯泽应,立即笑着插嘴说:"老傅以前可还是缺粮户哩。"

"哪里只是缺粮,人还会饿死哩!"傅云金反驳地说,接着又向我说明,"要不入社,我一家人早就活不出来。"

他土改时候,分了八亩二分田,女人要煮饭带孩子,不能下田工作,只有他一个人劳动,农忙时候,简直忙不过来,参加互助组就比较好了许多,但农具缺乏,又没有牛,耕田的时候,总要等人家犁完了田,才能借到牛来使用,种植方面,这就难免没有耽误。猪也养不起,肥料无法添多,生产非常不好,一亩田最多只能收四百五十斤谷子。每年秋收后,上了公粮,再卖些谷子还账,就只能吃到农历十二月的时候,春天夏天都靠借贷过日子。

新繁县清白乡李园农业生产合作社,在1954年1月28日成立,共有六十九户人家。傅云金便是最初入社的。他开始入社的时候就这样想过："管你把合作社的好处再说得天花乱坠，只要分到的米，吃到过年就完了，我是不相信的。假如是过了年，还能吃到二月间，我就说你合作社好。"那时候他对合作社的确是抱怀疑的态度的。

　　整个清白乡一共十八个村子，李园村的李园农业生产合作社和安阜村的安阜农业生产合作社是最初创办的两个社，当然入社的农民还没法亲眼看见合作社的好处，怀疑是可以理解的。何况社外还有些老年农民反对，他们说："一家几个儿子都闹分家，哪个能几十个人一道搞生产。"有些富裕中农也表示冷淡："团结我们啥子，只不过团结我们的耕牛农具罢了。"有些富裕中农又说："把田埂挖了，退社的时候，晓得还能不能够收回原来的田？"田好的农民说："我田里肥料用得少，又省工；田坏的人，他就占了便宜。"田不好的农民说："土改的时候，田就没有给我分好，现在又来合作化了，晓得又会搞出啥子？"老太婆说："我没有劳动力，咋个活下去？"年轻女人说："胡豆豌豆熟了，不许摘，娃儿哭着要吃，不好办。"没出嫁的姑娘说："到我结了婚，田还取得出吗？"一些贫苦的农民却是另外的说法，虽然没有亲眼看见合作社的好处，可是每天用不着焦心耕牛借不到，用不着忧愁肥料积不起，这就等于心上放下了大石头，他们说："反正有社长队长当家，我使劲干就是了。"傅云金就属于使劲干的这一类的穷苦农民。

　　李园农业合作社在中国共产党新繁县委会直接领导下，依靠贫农团结中农，执行自愿互利的原则，终于办好了社，生产都显著地增加。像菜籽一亩，单干户平均收一百三十斤，互助组收一百六十八斤，合作社收一百九十三斤。水稻的收成尤其相差得大，就单拿互助组来说，每亩平均只不过收四百六十斤，而合作社却能收到五百五十斤，傅云金一个人照劳动计算，他所分得的谷子，不仅如他所希望的，过了农历年再吃两个月，而且还能吃到今年合作社第二次秋收的时候。他猪喂得起了，去年卖了两条肥猪，今年又喂了三条，我去访问他的时候，都已长到八十多斤以上。今年收小春的时候，合作社的麦子、菜籽卖给国家，他分得现款三十多元。另外还分麦子七十斤，可以磨来吃，也可以由自己挑到初级市场去卖。又分菜籽一百四十斤，可以榨出七十六斤油，足够一家七口人一年食用了。一家贫苦农民，年年缺粮，常常忧愁吃不饱，忽然一年光景，就变成余粮户了，这不能不说是个天大的喜事。傅云金那副高兴极了的神情，真叫人难以忘记。其实坐着纳鞋底的女人，吃着李子的孩子，哪一个又不现出快活的脸色。

　　合作社主任冯泽应向我夸奖傅云金："老傅不只劳动好，还很爱社，洋芋收了，他去抄田，还捡了十多斤，自己不肯要，全交给社里。"

　　傅云金敛着笑容，很郑重地说："一个人好有什么哩！要大家好呢！"

　　他说的这一句话，深深感动了我，不只是这句话的含义，而且他那爱护公共利益的神色，是那样坚决，又是那样自然。走了一年多合作化的道路，竟然把一个只替自己打算的农民,改变得这么大,真是令人惊喜。

由于李园合作社和安阜合作社在1954年秋收都增了产,缺粮的农民改变成足粮余粮的农民,清白乡的合作化运动,便蓬蓬勃勃地发展起来,立即由两个合作社,一下就发展到二十一个,参加农户便有七百八十四户。如果不是领导上对合作社的批准、审查很严,一定还不止这么两个数目。我今年6月去访问的时候,准备条件希望转社的联组,就有三十二个。有些年纪大的农民,从来没有把自己的名字刻成图章的,听说入社申请书要盖图章,便也特别托人进城刻章子。入了社的老年农民,一向吩咐孩子努力读书,还说:"你不要再像我一样搞泥巴。"自从分红以后,晓得多劳多得,一见孩子放学回来,就叫去割青草喂牛,好挣一点工分。许多女人,从来不大下田的,入社后,也尽量抽出时间,薅秧扯草,打稻割麦,争取做田间各种活路。傅云金的女人,也在出力挣取工分,好增加她一家的收入。我看见他们夫妇和孩子们都穿得好,没有一个人的衣上有补疤,便问他们一家人一年要买多少布。她说:"去年接着买布的票子,哪家不说,这么多,哪个有闲钱来买。今年就嫌布票子少了。我们一家大小,每个人有一丈九尺布票子,总共起来,要买十达十丈布,好不吓人哪。"她说的时候,看一下她的孩子们,露出隐忍不住的笑容。

我又问到他自留地的菜够不够吃,傅云金兴奋地说:"够了够了,足够了,合作社种的菜,还要分给我们哩。像莲花白,尽你去挑,一分钱一斤,记在账上,比街上便宜一半。还有洋芋,哎呀,简直多得不得了。"

女人笑着说:"早上一下床,脚就碰着洋芋,心里想着:怎么搞起的,会这样发财。"

这是人民真正的欢乐,由穷苦变成富足的欢乐。这欢乐感染了我,我走在长满秧苗的田野里面,仿佛觉得稻田的水上,青色的叶上,给阳光照着闪动着点点金色的光波,都像是现出无数欢乐的微笑一样。

1956年

从契诃夫劝人坐三等火车说起

秋　耘

契诃夫曾经劝告过他的一个朋友，坐火车最好坐三等。他说，在三等车厢里可以看到更多的人情世态。

这虽然是一件小事，但也可以看出，作为一个伟大作家的契诃夫，决不放过任何一个机会观察多方面的社会生活、体验多方面的社会生活，跟各式各样的人交朋友，洞悉各式各样的人的心灵。他甚至在病重的时候，也被对生活的伟大热情和喜闻乐见新鲜事物的欲望所推动，仍然坐火车到库页岛去了。其实，这又何止契诃夫一个人，但凡从事写作这一行职业的人都大抵如此。高尔基在他写给朋友的书信中也曾如实自供："从十六岁到现在，我都是当作别人的私语的偷听者而过活的。"英国作家司各特本是一个贵族，但他常常独个儿跑到乡下去，出钱请乡下人跟他一道吃喝，酒醉饭饱后就请他们唱一个歌谣或讲一个故事给他听。巴尔扎克喜欢穿上褴褛的衣服、破旧的皮鞋，跑到巴黎郊外的工人住宅区，混进工人中间去，留心观察他们争论各种生意经，有时故意跟在工人夫妇后边，听他们谈家常话。

和这些古典作家比起来，今天我们作家的生活圈子就未免显得太狭隘，生活方式也未免太不社会化，或者可以说，太上层化了。我们天天鼻子碰鼻子的朋友，除了文化界人士，还是文化界人士，不是作家，就是编辑，至多加上几个机关干部和学校教师。在三教九流中，在各行各业中，我们几乎连一个谈得来的知己朋友也没有。我们当中有些人在北京待上好些年，却从来未住过前门外的鸡毛店，未逛过德胜门外的晓市（鬼市），未赶过白塔寺的庙会，甚至未观光过天桥的杂耍。我们的生活圈子竟是如此狭小，似乎只有在办公室里、会议室里的生活才算是生活，其他方面的生活都不算是生活。记得前些时候，我在农村里体验生活，曾经邀请过一个农民朋友到小酒店里喝了四两白干。事后有位同志批评我，说我生活不够"严肃"。我不否认，不喝酒自然要比喝酒更"严肃"些，但少了这四两白干，那位农民朋友就不会跟我说上那许多知心话。人就是那么奇怪的东西，有许多话，他在酒桌旁边可以说，可是在农业生产合作社的办公室里就说不出来。

广大的读者要求我们所描写的题材更加多样,要求我们所反映的生活面更加宽广,那么,首先让我们把生活圈子更扩大一些吧。就像契诃夫所提倡的那样,多坐几回三等火车,多见见世面,多了解一些群众的痛痒,也未尝没有好处。自然,这并不等于就是"深入"了生活。

《花和蜻蜓》(腐蚀版)　雅·佛德拉斯卡

大象与大纲

萧　乾

寓言里讲的事,一般都是编造的。这里讲的,大部分可都是我亲自经历的事实。不过正像寓言家一样,我也是"醉翁之意不在酒"。

前些日子,我有过一趟不平凡的火车旅行。不平凡倒还不是因为坐的那列火车是最新式的,而是因为同车的都是生产阵线上光芒万丈的先进人物。我的那节车离餐车隔得很远,每吃一顿饭总得穿过七个车厢:这是电机工业的工人,那是冶金的,然后又是纺织的,我简直不是在坐火车,而是在巡礼祖国的工业巨厦——只是呈现在这里的不是数字,不是机器,而是创造数字、掌握机器的人。

有些工人同志摊开随身带来的文化课本在埋头学习,有的从窗口出神地望着远方的景物,也有些用羡慕的心情琢磨着车上的一些电气设备。整个列车都是民主德国的出品,我坐过不少次的火车,有些设备对我也是蛮新鲜的。

在我那节车厢里,有个青年工人,看样子年纪不过二十三四岁,他对车上的一只真空吸尘器特别着了迷。他时常蹲在这个玩意儿旁边,贪馋地望着它、抚摩它,向乘务员打听着它的构造和性能。终于,他得到了乘务员的同意,就替代他在寝车里干起清洁员的活儿来了。这个穿花道背心的小伙子虔诚地攥着这条"电蛇",看着地毯上的碎纸头和火柴棍儿果然吱吱吱地都给这东西吞了下去,他那张颧骨微高、红润结实的脸上就闪耀出惊奇和喜悦来。他一边儿侍弄,一边儿自己咧嘴赞叹着:"科学这玩意儿可省老了鼻子事啦!"

晚上,大家常凑到一起,有的跨在上铺,两条腿像秋千一样吊在半空;有的像虾米一样弓着腰坐在下铺,那个青年工人盘着胳臂倚在门口,然后大家就扯开啦。这叫什么会呢?有时候他们津津有味地谈起技术,听起来有点像经验交流,过一会儿又扯到广和楼的戏上头去了。从那兴奋的谈话里,我听出他们大半都是头一回到北京,首都一些名胜在他们依稀的记忆里自由搬着家。忽然,北海的白塔好像上了景山,祈年殿和佛香阁的位置似乎也不那么稳固了。然而要是把他们那些你一嘴我一嘴的谈话记录下来,一定是一篇清新别致的文章。

说得挺热闹的是那个青年工人。他说话的特点是随说随指手画脚地比方着,而且惊叹字眼儿特别多。说起天安门,他先"哎哟"一声,然后把它形容成"一座老高老高的红城"。谈起中央体育馆,他也是先叫一声"好家伙",然后把它说成是"一只能盛一万个人的大海碗"。他人年纪不大,可是说话最好用"老"字,尤其好用"老了鼻子"这个词儿,我听了好半天才明白那就相当于北京话里的"厉害",或者"到了家"。譬如形容起动物园里象的鼻子,他就用手在下巴颏底下做了个卷动的姿势,然后说:"嗬,那鼻子长得可老了鼻子啦!"

也许因为他住的招待所离动物园很近,两个星期他连看了三回大象,临走还去告了趟别。我始终没机会去了解为什么那只庞然大物对他有这么大的吸引力。他勾起食指来比画它那"还没枣核儿大的"眼睛,然后弯下腰去,用一双巴掌学着它扇动那两片大耳朵。饲养员可能跟他谈了不少大象的来历,这小伙子滔滔不绝地讲着胡志明主席送的大象怎样突破法国侵略军的火线,又说印度、缅甸都送大象,看起来亚洲人跟咱们都很有交情。他还讲起:连大象住的房子都砌得那么考究,处处都是钢骨水泥的,咱们的工业可真叫棒。

夜深了,火车离终点越来越近了。这时候,机车鼓起丹田之气,在黑空里长啸一声,趁着那片火光望去,地平线上已经看到他们那座城市的剪影了。大家整理起在东安市场给老婆孩子买的一些蜜饯和泥人,看一下在新华书店给老师傅买的"手册"还在不在,手脚好像一下也安顿不下来。当然,真正叫他们坐立不安的不是这些,而是他们走了一个月,到过北京,见到那么多叫他们激奋的人和事物,如今,又回到原来的岗位。

晚十一点半,列车在一阵热烈的掌声里进了站。许多位领导同志已经等了好几个钟头。月台的柱子上横挂着红色的欢迎标语,记者同志的镁光灯在人丛里像萤火虫一样闪亮着。熬了这么久,他们也该抢几个好镜头了。车站栅栏外头还有代表们的家属和伙伴,不断听到有人扯开粗细嗓子嚷着"老李!"或者"爸爸!"从声音来判断,他们也直直等了好几个钟头。

大家没来得及跟栅栏外头的人们好好打个招呼,就背着包袱,提了行李卷儿,被领进车站上一间特别宽敞的休息室。休息室里靠墙放的全是皮沙发,在水月灯底下,滑溜得像刚从水底钻出来的水獭。

一位首长拍了拍手,非常殷切地说:"请同志们坐坐,好好休息一下,喝点儿水。"于是,穿白色制服的服务员开始给大家倒茶,那位首长接着讲下去了。

从前总以为"专车"开得一定特别快,这回才领略到:"专车"既然是额外加的,凡是火车时间表上的班车,它都得毕恭毕敬地让路,所以误了好几个钟头。在代表们全部行程里,几个钟头占的比重确实不算多,然而位置在"归心似箭"的最后一段,连那样舒服的皮沙发好像也不能减轻行旅的疲乏。这以外,有些代表心里还牵挂着等在栅栏外头的人。

"……最后,我代表市总工会向同志们致衷心的慰问!"

大家以为讲话结束了,呼啦一声就站了起来,这时候,一位嗓门儿特别大的负责同志赶快宣布:"现在请咱们宣传部部长讲话。"

宣传部部长诚恳地向大家道了辛苦(这时候,有一位上年纪的代表刚好用手遮着上唇,小声打了个哈欠,好像在证实部长的话)。部长手里拿着个鹿皮的小本本,大约是发言大纲。他第一点、第二点,提纲挈领地把大会的意义讲了一遍,他讲到先进要带动落后,号召大家展开社会主义劳动竞赛,向科学进军,要为了提前完成五年计划而奋斗。尽管这些话在小组里、在大会、在报刊上已经听到和看到好多遍了,然而在大家回到原岗位以前重复一遍,这也是必要的。

慰问完了以后,车站的大钟早已敲过十二点。各个单位用车子把代表们分别送回住处去了。

第二天早晨,厂里活跃起来了。打开报纸,头一版上登的就是代表胜利归来的消息。更引人注目的是办公室楼底下黑板报上的通知:今日上午九时,由本厂代表报告赴京观感,请全体职工准时出席。

不到九点,大礼堂就挤满了人。会场虽然是大清早才突击出来的,可是布置得蛮像个样子:柱子上横挂着红色的欢迎标语。词句跟车站上的大同小异:欢迎代表们胜利归来,号召大家向他们学习。

两个月以前厂里就掀起了选模运动,所以大家对这些代表的先进事迹都是熟悉的。在选模过程中间,对于北京这次会议的意义也都有了一定的认识。在会议期间,许多重要报告他们不是在报上看到,就是在广播里收听了。代表们到过北京,见过大世面,还跟毛主席握过手。如今,他们回来了。最吸引大家的,当然是代表们的"观感"。

九点半了,代表们还在二楼厂长室里开着小会儿,会场里看不到处一级以上的干部。正副厂长、办公室主任和工会主席全在那里。参加会的,有人好像预先估计到这种情况,就带书来看,或是掏出毛线来打。生产科科长带着"消息灵通人士"的神情小声告诉大家说:领导正在下面跟代表们研究发言大纲呢。

又过了一刻钟光景,坐在后排的同志有人零零碎碎地拍起巴掌,他们听到水门汀的楼梯上响起脚步声。随后,代表们进了会场,有的胸脯上还挂着一排排琳琅的奖章。

大家轰地站了起来,使劲地鼓掌。我又看到那个青年工人的脸了,还是那么红润,那么顽皮,那么快活,并且叫人快乐。有个跟他也许特别熟的工人还趁火打劫,从座位上伸出手来,在他肉厚的地方亲热地挠了一把,小伙子立刻摆出应战的架势。

会是厂长主持的。首先由工会主席把这次会议的意义重新第一点第二点地讲了一遍——内容尽管跟头天晚上在车站休息室里讲得差不多,但是作为代表们谈各人观感以前的一段序言,这还是必要的。

在主席讲话的时候,台底下的注意不是顶集中,一则他们对那些话太熟悉了;二则他们急着听代表们讲话。

第一位代表站起来了。在火车走廊里,我明白记得他是有说有笑的,可是一到台上,他好像完全变了个样儿。他很严肃地从口袋里掏出个红皮的小本本来,非常周到地说了"各位首长,各位同志",并且随说随朝有关的方向分别点了点头。那以后,他的眼睛就再也没离开那个红皮的小本本。他没提到中央体育馆,没提到怀仁堂,没提到见毛主席,没提到遇见的同行,他只是把那些抽象的话重复来重复去,说得有人掉过头去朝外头望,有的失望得皱起眉毛来,大家都把希望挪到第二位代表身上去了。

第二位年纪比较轻,一开口只说了声"同志们",而且说得很冲,他这股朝气燃起了大家的希望。可惜这股朝气没继续下去,因为很快他也从口袋里掏出个本本来,那以后,他也照样第一点第二点地讲开道理了。我记得在火车上谈起五一节的天安门的时候,他是十分兴奋的,如今那片红旗的海、鸽群和五彩缤纷的气球好像都从他的脑子里消失得一干二净,眼前他只看得见那个本本,所以他的声调是平稳的,听不出心的悸跳、血的沸腾。

好容易轮到那个青年工人了。我晓得他最近才开始学习文化,到现在写起自己的名字来还很吃力呢。他手里倒是没拿本本,可是站起来他却把他那张顽皮、活泼的脸绷成个本本。他僵直地站在那里,像背书一样地重复着旁人说了几遍的话,那些话看起来对他比对旁人还更吃力一些。他红涨着脸,偶尔还把个常用的名词说倒了,台下不免引起一阵笑声。这么一来,像三伏天闷热的晚上刮了阵风似的,会场上倒是有了些生气,然而这种生气只不过叫他心里更加紧张起来。

他紧张什么呢?这时候也许那只大象正在他肚子里跟他的大纲打着架。它扇着那两片大耳朵,抡着老长老长的鼻子,在他眼前晃悠着……

水烧到沸点总要开花的,那只大象终于从他嘴里冒出头来了。

从那以后,他的眼睛睁大了,亮了,脸上的筋肉也活动起来。他挥动起胳膊,比这比那的,他那些熟稔的惊叹词儿也回来了。用书籍来打比方,刚才他说那些大道理就好像是书前的"出版例言",现在正文才真正开始。当他提起(正如我所预料到的)那架真空吸尘器的时候,他缩了脖子,突出下巴,学着它那吱吱吱的声音,模仿着它怎样吞碎纸屑,说得大家又是惊奇,又是笑。

就在会场这种热烈的气氛里,他谈起他对"向科学进军"的体会。"科学——这玩意儿省老了鼻子事啦!瞧,又干净,使的人又有时间去学习……"

他讲的当然不只是大象和真空吸尘器,可是他是从那些开始的。如果他是一只帆船,那以后他才真正启了锚。

会后,不少人夸他讲得好,可是对他的发言难道就没人有意见吗?当然有喽!很明显,他这个发言是"十分不够全面的"。

第二天,我看到厂里出版的一种三日刊,那一期还是"欢迎代表返厂专号"。打开报纸,我很自然地先去找那个青年工人的发言。你猜怎么着?大象自然不见了,真空吸尘器也消失得无踪无影。换句话说,正文给删得一个字儿也没有了,只剩下一篇光杆儿的"出版例言"。

写到这里我必须重新声明一下,我想谈的绝不是厂矿领导应该怎么组织劳模做报告的问题。

那天坐在会场的一个犄角,我脑子里拉拉杂杂转的尽是一些关于文艺工作的念头。

尽管种子是地地道道的种子,可要是不把它种到地里去,没经过阳光的照耀、雨露的滋润,也仍然开不了花。

大纲——正如写作上的主题思想,就像种子。我们不能端着一盘种子对客人说,看哪,请赏花吧!要是客人掉过脑袋去,这也不能怪他们——不论盘子里的种子多么地道。它总归没有香味,也没有色泽。

大象当然是十分不够全面的,用肉眼看到的东西,时常就不很全面。大象只是一个花蕾,或是一片花瓣,然而它毕竟经过了感觉的滋润,给想象的阳光照耀过,在情感的土壤上扎下了根。它能叫大纲放出光彩,像花朵能叫种子放出光彩一样。而大纲呢,它却不能代替大象,正像种子不能代替花朵一样。

如果已经长成了花蕾,再去缩成种子,那就更痛苦、更傻、更冤了。

关于抄袭

小 牛

毫无疑问,抄袭人家的作品,是一种盗窃别人的劳动成果的极恶劣的行为。对这种行为加以揭发和申斥,是完全应当的。

但是,有些人把"抄袭"这个概念的范围弄得太宽泛了,以致有些不是抄袭的作品也被公开或背地里指为抄袭。

比如,有人指某人抄袭,是因为在某人的几十万字的长篇小说中,有那么几千字是根据别人所搜集的原始材料写成的。另一位指某人抄袭,则是因为某人的小说的故事跟他打算写的故事相类似。

把这些都算作抄袭,是显然不公平的。因为原始材料并不是既成的作品,作家把这些材料吸收到作品中,是要经过他自己的艺术创造的,何况在几十万字的长篇中,这一点点材料绝对起不了决定的作用。至于指别人所写的小说与自己想写的故事相类似为抄袭,那就更说不过去了。因为你的故事根本还没有变成作品,别人从哪里去抄袭呢?作家们完全可能从同一个来源得到相同的故事,甚至这一个作家也可以从另一个作家那里取得故事,只要是经过他自己的艺术构思而把这些故事写成作品的,就不能说是谁抄袭谁。据说果戈理的《死魂灵》的故事,就是普希金告诉他的,难道可以说果戈理是抄袭普希金的吗?

还有一些作品被指为抄袭,是因为它们跟外国的某一部作品在情节或结构等等方面有一些类似的地方。青年作者苓芳的独幕剧《最珍贵的礼物》就曾被指责为抄袭苏联的独幕剧《灯火辉煌》。不久以前,参加话剧会演的一个独幕剧,也受到过相似的指责。

一个作品同外国的某一部作品相似,可能有各种缘由。一种是纯粹的偶合,这当然不能算抄袭。更常见的情况,是作者确实受了那个作品的影响,因而有意或无意地模仿了那部作品的情节或套用了那部作品的结构。但只要这个作品中真正写出了我们自己社会的生活和人物,单是情节或结构的模仿,也还不能说就是抄袭。

当然,模仿并不是值得提倡的事情,但正如孩子跟大人学说话,青年作者在初学写作时候模仿某一个作家或作品是完全可以理解的。批评者的责任是帮助他更快地脱离这种模仿的状态,建立起自己的创作个性来,却不是粗暴地用"抄袭"的帽子来把他压碎。普希金是俄罗斯的诗歌之父,据俄罗斯的批评家说,就连他的某些作品也会使人想到多少是对于拜伦或莎士比亚的模拟。可是,即使是最愚蠢的人,也不会说普希金是一个抄袭者。

抄袭别人的作品,是盗窃劳动成果的卑劣行为;但不分青红皂白,随便说别人抄袭,也是一种不尊重人家的劳动的表现。我希望,无论刊物或个人,在指别人为抄袭者之前,都应该仔细地辨别一下,不要随便乱扣帽子。因为这个罪名不但可以使一部作品毁灭,连作者的人格也将因此扫地。这不是一件简单的事情。

当然,对于那些真正的"文抄公",那是不在话下的。

栏目插图 《文艺报》1956年第5期

看苏联马戏

邵燕祥

假如我还是维加·马列耶夫的年纪,看了苏联马戏团演出,即使算术能及格,也准会产生去当马戏演员的念头。

多少童心的异想,在舞台上实现了!

马列耶夫在家里训练他的爱犬,小心眼里一定并不以耍狗为止境。瞧,来自深山丛莽的狮子、浪迹冰天雪地的黑熊,本来岂不教人谈虎色变,一旦经过驯养,可又多富有人情味!小黑熊们穿着男孩子的海军服、女孩子的花裙子,手扣转环,扶摇直上,简直是儿童游戏场的镜头。当大熊拽着熊姑娘裙裾的时候,我脑子里忽然闪过"老鼠嫁女"的影像。凶猛的兽类,好像不再是可怕的童话的主角,而退到了臣仆的行列,平添着人们生活中的兴趣。

熊的跳舞也许还嫌笨重,摩尔达维亚的骏马应和着舞曲扬蹄驰奔,倜傥而又洒脱。制服这高头大马的,谁想到是披着彩衣、踏着红靴、挎着花篮的年轻的姑娘?又谁想到她有这样的绝技?马在疾跑,她从马背上倾身下来,谁不担心她坠下?可是她轻巧地顺手拾起遗落的鲜花。别怪我没说到具有精湛马术的"戴毡帽的少年"——罗加尔斯基,我凝视着他纵意驰骋的同时,沉进了忘我的境地,几乎觉得那就是我自己!

聚光灯一齐仰射,集中到大厅中央的上空。身穿雪白运动衣的涅姆钦斯卡娅升到离地五六丈高,空中体操开始了。她好像任意而为,飘飘欲仙,她那样镇定地指挥着柔韧的肢体,来对抗万有引力的支配。一个鹞子翻身,一个鲤鱼打挺,一个金钩倒卷帘。好一个金钩倒卷帘!没一个动作是粗暴的,一扬手一弯身全都不落痕迹,宛如百合花瓣徐徐舒展,在不动声色之中,使你感到一种征服人的力量。

扎帕什奈伊兄弟的武术是这种力量的另一个表现。他们向空中抛掷着自己,惊心动魄,也就在这一刹那,腾空的他们稳稳地落定在地面——横竖他们自己知道重心的所在。在这儿,人有广大的自由。这样的人可以掀动山岳,可以颠倒世界。屏息默想的七千观众,该是相信了这一点吧。

好书,好音乐,好戏剧,总是引起人设身处地的联想。马戏也有马戏的境界;它的近乎离奇的惊险抓住人的灵魂,不管你的灵魂是粗还是细。符·塞尔比娜的表演,一会儿让我忘记了她是在一根——仅仅一根钢丝上跳踢踏舞,跳乌兹别克舞,跳红绸舞,因为她是那样快活自如;一会儿钢丝抖颤,又让我如临深渊,如履薄冰,可她照样悠然自得。突然，她的脚滑落了……嘿，一个优美的舞姿——原来是预定的一着！

蹦床的弹簧把人弹到半空，演员们并不是仰赖弹簧和秋千，他们得力于锻炼有素的技巧。从蹦床上一跃而起，居然有片刻逗留在半空中，表演走路、跑步种种姿势，或者抱着双膝接续地滚翻，不是垫上运动，是悬空！难道他们周围的空气不同寻常？因为只有最熟练的游泳家在水里，才能有这样如鱼得水的从容啊！

力举一百二十公斤的赫列茨，也引起我的疑问：他的身体莫不是有一种吸力，不然几十斤的铜球怎么这样服帖地擦着他胳膊、脊背和胸前旋转？

切尔涅加·拉祖莫夫的"空中飞人"，再一次使观众由专注陷入迷惘。大厅中间吊下一条长线，线上带着两个人。长线绕场转动起来，一圈一圈，愈转愈快，愈转愈高。两个人随着线听其自然，凌驾在半空之上，周旋于瞬息之间。灯光变幻，人影闪烁，场内寂静无声。突然，那女的竟松开手，只是拉住男的手，塑成"飞天"一样的体态，仍然旋转，旋转，旋转。她两只手都松开了，但是又不乘风逸去；一根短木，两个人分衔着两端，他们继续旋转着，升腾着，翱翔着。什么是重量，什么是平衡？……不给你思索的时间。这时候你才感到地球也在旋转。直到他们缓缓着地，灯光通明，音乐休止，大家吁气，你才恢复平静。刚才还是想象中的在太空相追逐的日神阿波罗和月神狄安娜，此刻自信地笑容可掬地站在观众面前，频频地摇手致意。

不过，老实说，假如一直是这么紧张的节目，绷紧的神经可真有点受不了。感谢幕间滑稽表演者鲍里斯·维亚特金，他使我们不断失声大笑。他经常扮演一个东施效颦的角色，这在生活中虽然相当讨厌，在舞台上倒有了别样的寓意。还有伊尔马诺夫的滑稽音乐，讽刺了略无长技但是擅长作态的所谓音乐家，这使我想起了奥布拉兹卓夫在木偶戏中塑造的类似的形象。这一切又何止是教人一笑而已。

紧张，快乐，满足，三小时的马戏，健康的、高尚的技艺。演员们、艺术家们！一个已经不属于马列耶夫一代的观众，以被你们唤回的童心感谢你们，并且相信你们团里的小演员诺娜和萨沙将来会成为优秀的演员。他们还都不满十岁，已经表现出勇敢的性格和马戏演员特有的某些才能。虽然，可能因为他们幼小，我总不免有一点儿担心；这跟我不愿意铁球咚咚地落在赫列茨背上一样，大约同是出于外行人的胆怯。

散场以后的街谈巷议，拉杂不成文章；姑且当作献花一束，或者就算作笔录下来的"口碑"吧。

鲁迅先生买去的画

司徒乔

鲁迅先生住在北京的时候，人民生活万分穷困，乞丐充斥街道。记得 1925 年某一天，我在街头遇见一个乞丐，我觉得他面颊上的皱纹和眼睛里的怨愤，很能道出黑暗的社会的残酷性。我打算画他，跟随他走了一段路；忽然近两百乞丐都赶上来了，为了想得到那极微薄的报酬，每一个都要求我画他，他们把我挤到一小块空地上，以至于我无法动手。

也是那年的除夕，一位燕大同学请我吃辞年饭，我走到泡子河边，经过一间施粥厂门前，突然有四个全副武装的警察，高举着棍棒，手推脚踢把一个拖着两个孩子的孕妇扑打出来。问起原因，是那妇人讨了一碗粥给孩子们吃了，最后想为自己讨一碗，就是为这，四个大汉子扑打凌辱她。这灭绝人性的事件使我无法参与同学们的除夕宴叙，我跑回宿舍，把当时情景快笔记下，因为素描基础不好，又是凭记忆追溯，画得十分粗糙，怕只有自己才认得出那笔线所倾诉的东西。

这幅画连名字也没签上，连画题也不敢明写出来（当时只叫它作四个警察一个〇，〇代表那孕妇），却在 1926 年的展览会上被鲁迅先生买了去。

1950 年我回到北京，去访问鲁迅先生的故居，看管的人知道我是画画的，他把这画拿出来问我知不知道这是谁画的。说有人以为是鲁迅先生自己画的，有人以为是德国或苏联人画的。我笑着告诉他这是我画的。原来鲁迅先生生前把这画挂在书桌旁的墙壁上。

这幅画的艺术造诣，是丝毫也不值得鲁迅先生重视的。他买它无非是因为画中记录的恰巧是他最憎恶的事，是人吃人的社会的缩影，

四个警察一个〇　司徒乔作

影，虽然是十分简单而粗糙的缩影。在别人也许完全不知道是怎么回事，而关心人民疾苦和熟悉人民生活的鲁迅先生，却一眼就看了出来，而且拿来置于座旁。

另外鲁迅先生还买了我一幅《馒头店门前》。那是一幅水彩,画着一个半裸着的瘦削老人,在初冬的早晨,走过馒头店门前,刚出笼的馒头热气腾腾,面香扑鼻,但饥饿着的老人只好背过脸朝着深深的胡同走去。

从鲁迅先生买去的画,我得到这么一个启示:只有关切人民的画,才会得到鲁迅先生的喜爱。这个启示,一直指示着我的创作道路。

《雪景》(版画)　力群

思念鲁迅先生

〔日本〕内山完造

鲁迅先生逝世已经二十年,真是光阴似箭,过得太快了。鲁迅先生晚年在上海居住的十年间,同我非常亲近。缅怀往事,追加记叙,作为鲁迅先生逝世二十周年的纪念。

回想在 1936 年 10 月 18 日清晨六点钟的时候,夫人许广平女士送来先生的一封信。信里写着:

老板台端:

完全出乎意料,从半夜起,气喘又发作了,这样,十点钟的约会就不能来了,很对不起。

拜托您一件事,打电话请须藤先生来,希望快些。

草草顿首

L 拜

十月十八日

我看了这封信,立刻感到很大的不安。这是因为,先生不论在什么时候,有一点要紧事情就写在纸上送来,而先生这次让夫人许女士送来的信,字迹却非常潦草。先生的文字无论在什么时候,都是特别工整的,但今天早晨所写的信紊乱得很难读下去。虽然如此,在"老板"下面还写了"台端"二字,末尾还很完整地写着"草草顿首,L 拜,十月十八日",先生在痛苦之中握管,以书信(日文)来说,竟然写得很完整,我觉得,这是先生的意志坚如磐石的力证。

当时我立刻打电话给须藤医师。须藤医师是先生非常信任的医师,也是我十二分信任的秉有高尚人格的医师。他答应马上就去诊视,我也就立刻赶到先生家里。先生坐在藤椅上非常痛苦地喘息着,而且呼吸情况已经异乎寻常,只有吸气,没有呼气,成了气息奄奄的样子。尽管是这样,先生右手手指之间还夹着品海牌的香烟。

我告诉他,须藤医师马上就来,先生说了一声"谢谢",但是,我已经清楚地感觉到,他只说这句话也是很痛苦吃力的了。

先生的脸色非常不好,虽然他平素脸色就不很好,但今天早晨特别坏。

我家里时常制作一种治咳灵药"蛋黄油",每当咳嗽时就服用此药,所以我经常备有这种药品。

当时我在急切之间,将这"蛋黄油"也带来了。问先生"吃些'蛋黄油',怎么样"?以前,在先生咳嗽的时候,我曾几次劝他吃这种药,而他从没有表示要吃这种药,可是今天早晨经我劝说以后,先生说吃,于是我立刻把"蛋黄油"送到先生口边,先生用嘴凑近,一口便将全部吞下。"搁一搁吧",和平常完全不同,先生只说这一句,就不再言语了。我在心里默祷这药能够奏效,但是并没有发生效果。没有多时,须藤医师来到,轻轻地推开门,凝视着先生的神态,说:"怎么啦?"一边说着,走进房来。我在这时,又感到一种异常的不安。

须藤医师握住先生手腕诊视脉搏,已经准备让医师注射的先生,仍然喘息得很痛苦。医师劝他:"丢掉香烟吧。"他才把香烟丢掉。医师给先生注射以后,一秒、两秒、三秒、五秒,时间的缓慢,真使人等得心焦。我从来没有感到像今天这样,一分钟的时间是这样长久。两分钟过去了,先生的呼吸仍然一息仅存,只是吸气而已。显然,先生盼望针药发生效力,也盼得很心焦了。先生说:"怎么啦,还不见效啊?"须藤医师摇了一下头,说再打一针吧,于是又注射了第二针。先生两肩虽然微微地起伏着,但看起来好像好一些了。先生也说:"好像有点见效。"

这时,先生才离开藤椅,睡到床上,同须藤医师开始谈话。我也松了一口气。先生在这时说:"我的病究竟到了什么程度呢?"而我因为八点钟还有人来相会,所以先告辞回去。

不多时,须藤医师到我家说,先生安静一些了,不过,这种病叫作心脏哮喘症,情况是很严重的,希望再请福民医院内科主任松井博士诊视一下。于是,我立刻打电话给松井博士,但是不凑巧,松井博士不在家。当时,另外有一位医师石井政吉先生偶然来访,须藤医师就把鲁迅先生的病情告诉他,请他去诊视一下。石井医师说,就这样去吧。于是,三个人一同到了鲁迅先生家中。石井医师非常仔细地诊断以后,他说现在病情非常严重,今天一天需要特别注意,并且应该用氧气治疗器使病人吸收氧气。于是,我们三人又一起回到我家,石井医师就用电话通知护士携带药品立刻到这里来。

石井医师也是鲁迅先生以前相识的医师。这位医师曾在现任中国科学院院长郭沫若先生患斑疹伤寒入院时,为郭先生治过病的。

不久,石井医院的护士来到,石井医师把病情详细地告诉她,要她每两小时注射一次,并且要使病人充分吸入氧气。当下,我又和护士一道再到鲁迅先生家里。由于吸入氧气和每两小时注射一次药针的关系,鲁迅先生的病情好像大有减轻,但是,这也不过是一种暂时的现象罢了。

从那时起,先生睡在床上就没有再起来,只是昏睡,直到第二天早晨,也就是 10 月 19 日上午五时二十五分,先生最后只说了一句"我的病究竟到了什么程度?",就在夫人许广平女士和弟弟周建人先生等人的守护之下,与世长辞,结束了五十六岁的生涯。

鲁迅先生逝世前给内山完造的信

家里的人一齐放声痛哭起来。我立刻把先生逝世消息通知了各个报纸杂志。20 日各报全都以头条新闻报道了鲁迅先生逝世的消息:

文星陨落

全中国的青年都为先生的逝世悲痛不已。遗体移至胶州路万国殡仪馆,直到 22 日出殡时为止,前往祭吊的行列络绎不绝。下午二时出殡,但是,政府官员和官僚之类的人却没有送葬。六千男女青年和同志非常肃穆地送葬到万国公墓。沿途两旁有工部局派出的骑巡队担任"警戒"，童子军担任维持交通秩序，所以没有发生什么问题。

在万国公墓的灵堂中，由八位葬仪委员主持，举行了非常肃穆的告别仪式。仪式完毕以后，棺上复以黑底白字写有"民族魂"三个大字的天鹅绒，随即下葬墓中。埋葬完毕以后，群众哀哭的声音依然不绝。那时，玉轮般的明月皎洁地高悬在天空，映照着悲泣呜咽的人们。

从那时到现在，已经二十年了。先生生前曾经说过："如此下去，将来中国将会变成沙漠，到那时，四亿人民将陷入饥饿的境地。这不仅是中国的不幸，而且也是全世界的不幸。因为这种缘故，我要战斗。"先生使用了一百三十个笔名，一直战斗到最后。今天，先生奋斗的理想已经实现了，我想他会含笑于九泉之下的。

记得那时我在致告别词的时候，好像曾经说过这样的话：

鲁迅先生是涉猎极广的人，给予日本人的影响也是多方面的，但是我还觉得，先生是一个预言家。先生说过：道路并不是原初就有的，一个人走过去，两个人走过去，三个人、五个人，越来越多的人走过以后，才有了道路。

当我想到在一望无垠的荒野中孑然独行，而且留下鲜明足迹的先生的时候，我觉得，不能再让先生的足迹被荆棘所掩盖。

从那时起，经过十三年后，建立了新中国。中华人民共和国正以雄伟的步伐向前迈进。记得明治二十三年同志社大学的创建者——我们日本的伟大的先觉者新岛襄先生曾经预言说："中国将成为二十世纪的世界的中心。"同时我也记得鲁迅先生曾在卧病期间的一天对我说："我卧病在床时有一个发现，那就是中国四亿人民得了'马马虎虎'的病。不治好这种病，就不能救中国。可是，日本却有治这种病的灵药，那就是日本人的认真态度。所以，即使排斥整个日本，也要买来那种药。这次我病好以后，就打算这样说。"

鲁迅先生这话，是我永远不能忘记的。而且，在实际上，今天的日本，已经不再有这种灵药了。相反地，在新中国，到处都可以看到认真的态度这种灵药。而且是，正如先生所说，这种药拯救了中国。

我深切地感觉到，新岛先生的预言和鲁迅先生的预言，正是所谓：伟大的预言家的话如出一辙。现在，我要为曾经有过大预言家鲁迅先生的中国和六亿中华民族，举起双手，高呼万岁。同时，我对同样有过大预言家新岛先生的我们祖国的今天的现状，感到难以排遣的哀愁，不禁欲为之一哭。

作家们，掀起一个创作的高潮！
——"万象更新图"解说诗
袁鹰　马铁丁　袁水拍

恭贺新禧，恭贺新禧！作家们，1956年打算写些什么东西？伟大的时代在飞跃前进，我们也要为社会主义加一把劲！让我们付出辛勤的劳动，写出伟大历史变革的诗篇，工人农民以新产品献给祖国，我们的职责可绝不是交白卷。画家们在这里画了一些作家、诗人，有热情的赞扬，也有小小的讽喻。无论是赞扬还是讽喻，都是为了要我们百倍努力！

（为和平而奔走的诗人）郭老，郭老，哪个不知，哪个不晓：中国革命新诗歌的开山祖，文化学术界的元老。散文、戏剧、历史、考古……无所不通，无所不包。保卫和平，更是劳苦功高！亲爱的郭老，愿你响亮的正义的声音，永远压倒战争贩子的叫嚣！

（到工厂去！）我们的工厂整天冒着浓烟；我们的英雄和模范，每天每月出现。可是，我们的"时间呀，前进"呢？我们的"顿巴斯"和"茹尔宾一家"呢？我们的更多的反映工业化的小说和剧本呢？遗憾得很——少见。下厂，下厂，可不要只听见楼板响！到工厂去的同志，你们身上背负着多少人的期望！应该感谢漫画家，从鞍钢请来了王崇伦，——走在时间前面的人，为的是刺激一下作家们赶紧跟上！

（兄弟民族的作家们）从东方的大海里，金色的太阳升起来了；从各个兄弟民族中，珍美的文学的花朵开放了。铁石装进火炉能不红吗？珍珠出了土能不发光吗？兄弟民族优秀的作品，能不使我们欢喜吗？从天山脚下到海南岛，从呼伦贝尔到珠穆朗玛，说不完的诗人和歌手，数不尽的有才能的作家。玛拉沁夫走过草原，春的喜歌是悦耳的；韦其麟歌唱家乡，百鸟衣是人人爱的。在各民族的艺术的深山里，还有无数的待开发的矿藏：像泉水一般清清爽爽，像珠子一般明明亮亮。

（在铁路和黄河上）在交通运输战线上，也有我们的队伍；跟随着筑路勘测的大军，翻山越岭，吃尽辛苦。叫秦岭低头，叫黄河让路，说不尽的英雄气概，就等你们把它写成书！

（在飞机场）"天还没有亮，直奔飞机场，正要吃晚饭，又上火车站。谁不想多写些东西？可是我们懂得我们工作的重大意义！你瞧，我们一面鼓掌，拥抱，一面还写了不少的创作和总结，报告。"

（在电影制片厂……）是谁
坐在寂寞的摄影棚里
瞌睡又打鼾？是谁到处张罗，
满头大汗？电影厂老是停工待料，

怎么办？难道让亿万观众一年又一年

看不上影片？加把劲！

加把劲！赶紧为今年、明年、后年，为第二个、第三个五年计划准备下更多更好的电影剧本！

（在剧院的海报前面）在剧院的海报前面，出现了可喜的新气象：青年作者的处女作，同田汉、曹禺……的新作品一起出现在舞台上。这个新气象可要永远保持，老作家新作家一齐努力，到新春三月话剧会演，群英会上再来见个高低！

（从事翻译的作家们）当然，全国文艺翻译家多得很，可是，一间屋子怎么能装得下一支翻译大军？今天恰好是他们三位碰在一起，大概是商量什么翻译大计。大家希望在 1956 年，读到更多更好的外国作家的选集和全集。——此外，汉语规范化也需要翻译家多加注意！

（翻译家的几位邻居）"中心是创作问题"——这是作家的一句口头语，要解决它，先靠作家自己。作家中活跃着的和将要活跃的有的是，这里不过举两个例子而已。爱说爱笑又爱写的曹禺，"正在想"什么东西？是关于"明朗的天"的修改本，还是关于新作品的问题？北风（那个）吹，雪花（那个）飘，诗人贺敬之呵，愿你的毛病早些好。"白毛女"的头发，白了又黑，黑了又白，你的新作还不出来？

（在肇店门前）从前写过不少，现在写得不多。新中国成立初期，"等一等再说"；一晃六年已过，还是没个着落！不写文章的作家，不下蛋的雄鸭："嘎，嘎，嘎……可怜我没有闲暇！"乡乡合作化，人人学文化。那时候再拿不出作品来，只好眼看读者把脸皮刮。荒疏得太久，笔尖儿生锈。快上笔店去修！要不然，……但愿菩萨将你保佑！

（人民解放军的作家队伍）任何坚固的防线也经不起人民解放军的进攻，有什么创作的艰难队伍的作家们不能把它战胜？！愿你们以全部的智慧和英勇，像在战场上一样用笔当作枪去建立奇功。听！作家的脚步在轰鸣！老战士陈其通越过了"万水千山"走上广阔的前程；新战士的队伍密密层层跟着前进！陈沂少将发下了号令：到连队中去！到国防前线去！到雪山草地去！生活在群众当中！

战斗！学习！写作！

让我们的创作达到繁荣！

（在雪山草地）作家胡可、宋之的，他们的旅行倒很别致，不在农村也不在工地，而是在访问雪山草地。呵，那严峻的天气，该不会影响你们的构思？我们已经等急了，快快多写点特写、游记。至于你们的大剧本，也请不要出来得太迟！

（到农村去）毛主席在北京做报告，合作化像快马一样往前跑。下乡的队伍走得快，胶皮轱辘滚得欢，山一程、水一程，老赵把车赶。车上是何人？老少一大群，人人有大志，个个下决心。赶过三里湾，就到太行山。有的走蜀道，有的下江南。

宝塔高又高,塔下一柯老。河水清又清,水边有诗人。诗人写长诗,歌颂合作化;柳青写小说,西安市长安区安家。还有王老九,快板写不停;越写越带劲,越唱越年轻。

太阳出山红艳艳,诗人访旧到三边。大年初饺子下满锅,王贵香香款待李季哥。灯碗碗花来就地开,你有新诗快拿出来。

(作家协会的门口和会议室)浩浩荡荡的建设祖国的人群,潮水般涌进作家协会的大门,张开热情的手,发出洪大的声音:"我们的生活越来越好啦,我们要文化,我们要读书。快用你们的好书把黄色书刊驱逐!你们是作家协会不是'坐'家协会,不能老坐在'家'里等着我们催!"呵,朋友们,请看看吧!作家协会的人并没有"吃闲饭",他们个个都忙得团团转。主席茅盾正在写一本新书,还要经常到这里来主持会务,他的脸上已经累得流下汗珠。他热情地把来访者接待。他说:"为了跟你们的脚步合拍,我们一定要写得又多又好又快。"刘白羽站在会议室前的台阶上,把可敬的读者往里让:"来吧,批评吧,不要把我们的缺点原谅!"

(会议室左右的四个单间)周扬白天一面研究文学艺术理论一面和青年作者谈心,晚上还要开会直到夜深。老舍成天价忙得东跑西颠,新作品仍然是接连不断。刚写了《青年突击队》,又来了《西望长安》。巴金的两只手上拿着两支笔,一支笔写小说,一支笔翻译,眼睛还要看作家协会的"公事"。邵荃麟正在病中,还为文学事业操劳,好同志呵,愿你早些好!

(组织理论批评队伍)批评怪创作差劲,创作怪批评不行。两口子吵开了架,背对背噘着嘴唇。创作经不起批评,批评本身也害怕受批评。谁是批评家?谁都不愿意承认。纠正了粗暴倾向,却又来了个"不痛不痒",拐弯抹角,尽量斯文,五十度的水——微温!不过这是过去的事情,而且渲染得也许有点过分。应该说,去年的文艺思想战线,还是十分好年景。随着1956年的到来,批评和创作一样也要繁荣。别看张光年只登记了一对半人,这只是艺术上的概括和象征。

(学习鲁迅、研究鲁迅)是他,给我们留下一大笔遗产,好比祖国的地下资源,那是多么丰富,也需要多么辛勤的勘探:哲学思想、文艺理论、小说和杂文,阿Q、祥林嫂……一连串典型。1936—1956,鲁迅逝世已经二十年了!我们却还没有很好地研究他的著作,没有更高地举起这光辉的火炬!甚至,还被反革命分子来歪曲。让鲁迅思想、鲁迅精神发扬光大!让每一个农业合作社的图书室里,有《鲁迅全集》的书架!

(古典文学研究家们)多少专家们在辛勤采矿,从地下掘出祖国文化的宝藏,去掉杂质,淘尽泥沙,使古典作品像宝石一样发光!可是也有人在忙着肯定:李后主虽则生活荒淫,他的爱情却还专一、纯真;也有人在忙着去调查:刘姥姥有多少田地和骡马,要把她的阶级成分来划分……祖国文学遗产的研究家们,祝你们工作胜利和成功!但是也愿你们别只顾埋头研究,放弃了对错误思想做斗争!

(为儿童创作的作家们)一亿二千万小读者,如今有了大指望:二百多位作家叔叔姑姑,人人立下军令状。几员老将前面走,一群后辈后边跟;的的打,打打的,今年会有好收成。说来也许不相信,也还有人心发慌,想要不来没处躲,一掉掉下大水缸。掉下水缸爬不起,孩子学了司马光。这回想躲躲不了:"今年一定写一篇交账!"那边孩子捉迷藏,眼看快拉住一位作家的衣裳,作家叔叔一发急,胡子立刻三尺长。"啊哟,小朋友,赶快把手放!我已经老了,你们这玩意儿我可顾不上!"(此人现在还没注姓名,但愿永远不要添上。)

(作家协会青年作家工作委员会)这可不是作家协会的托儿所,原来是青年作家工作委员会在工作。他们的任务光荣得很,要建立作家的强大的后备军。所有作家都应当把这任务分担,不要怕新的一代跟你们抢地盘,只要我们的工作做得好,作家就不再是几百,而是几千几万。

(文艺报刊编辑部)文艺报刊编辑部,工作繁忙人辛苦。编辑的责任大得很,为文学事业开路。对新鲜事物要敏感,批评鼓励要大胆,帮助作者不烦厌——这是编辑的箴言。有的编辑不太好,对事业缺乏热诚,新生力量涌进来,他的态度冷冰冰。编辑部啊编辑部,别把人民的期望辜负,让社会主义的声音,充满你们的篇幅!

(在书店的门外)最后,可千万别忘记,要使书刊到达读者手里,还要靠成千上万人的努力。他们是书店的工作同志,光荣的文化信使。但是据说有些同志订货要挑书名,看它吸引人不吸引人;还有人专门讲究作者的姓名,一定要响亮,这才放心。有则改之,无则加勉……谨祝巴人、适夷今年的工作顺利!

旧的一年过去,新的一年开始。新的一年应该有新的气象,新的一年应该有新的成绩。拿出作品来,拿出好书来,拿出高度的劳动热情来,拿出社会主义的精神来。不要因循萎靡,不要墨守成规,不要闹无谓的纠纷,不要躺在旧作品上昏睡。祝祖国兴盛!祝创作繁荣!祝作家们健康!祝漫画家的笔日夜不停!

万象更新图(漫画)　　丁聪、叶浅予、华君武等

忆在北京时的鲁迅先生

李霁野

1924年冬天的一个下午，一位熟朋友领我到北京阜成门内西三条二十一号。这就是鲁迅先生的住处。

一位留着短短的胡须，上身穿着灰色毛线衣，裤脚仿佛还扎着腿带的人从书桌跟前站起来。不用介绍，从额角和那炯炯有神的眼，我便知道这就是我所景仰的鲁迅先生了。

我在阜阳第三师范学校读书的时候，从《新青年》上最初读到鲁迅先生的文章。我记得每月我们都十分殷切地期待着《新青年》寄到，吸引我的主要就是先生的文章。从那时起，我就有想见见先生的念头，可是，我觉得这个希望是很渺茫的。后来我到北京读书时，受到素园的鼓励和帮助，在1924年7月译完了俄国安特列夫的《往星中》。鲁迅先生在世界语专科学校所教的一个学生、我小学时的同学张目寒要我把译稿送给鲁迅先生看看。我很高兴，因为我很欢喜鲁迅先生所译的安特列夫的短篇小说，特别是《黯淡的烟霭里》，很乐意得到他的指教。我也很踌躇，因为拿这样不成熟的译稿去浪费鲁迅先生的宝贵时间，不免太冒昧。可是目寒说，鲁迅先生会高兴看到青年人的译作的，我也就让他拿去了。我想这译稿不进纸篓，也得放在那里吃一二年尘土吧。鲁迅先生对青年的热忱，我只间接地听到一些，并没有亲身的体会。

过不久，目寒便告诉我说，鲁迅先生不仅把译稿看过，并且记出一些有待商酌的地方，等有机会要和我面谈一下。这真是意外的喜悦！这就是我首次往访鲁迅先生的缘由。

先生的卧室兼工作室的陈设，先生所盖的被和所穿的衣服，都有一种农村的朴素风味，都异常整洁。这里有亲切的家常气氛，我一点不觉得拘束。谈话毫无虚套，不一会儿我就觉得和我对谈的是一个直直爽爽、诚诚恳恳的人，绝不是有丝毫架子的作家。从他谈话时的两眼可以看出他的观察是何等周密和敏锐。听到不以为然的事情时，他的眉头一皱，从这你不难看出他感到怎样的悲愤。笑话是常有的，但不是令人开心的笑话，那里面总隐藏着严肃和讽刺。他的谈锋和笔锋一样，随时有一针见血的地方，使听者觉得这是痛快不过的谈吐。而最重要的是，无论在什么场合，你都时时刻刻可以感觉到一颗火热的心。这是鲁迅先生所给我的最初的印象，在以后的接谈中，除了他有时偏于郁悒，有时偏于愉快外，我觉得没有什么大改变。

  鲁迅先生是不断吸烟的,所以小屋里早就充满了浓馥的烟味。看出我是怕烟的,他便笑着说:"这不免太受委屈。"随即就要去开窗子,我说不怕的,也就趁谈话告一段落,起来告辞,因为怕久坐耽搁他的工作。他说,既不怕,那就无妨再坐一时了。所以第一次的访问经过的时间颇长久,送我们走时他还叮嘱常去谈天。

  和他谈天是一种愉快的经验,我们看着他的心情的自然流露,比读文章更多一种亲切感。所以这以后,我们两三个熟朋友总隔几天去访他一次。先生是健谈的,往往一谈几点钟毫无倦容,我们也不到夜深不愿走。我们知道他的写作都在夜晚,有时我们稍谈些时便勉强要告辞,但是他说他唯一的休息和消遣便是谈谈天,我们若有闲暇,在他是并无妨碍的。我们自然乐于再坐下去。先生是爱吃糖食和小花生的,也常用这些来款客。有一回随吃随添了多次,他的谈兴还正浓,我料想两种所存得不多,便笑着说,吃完就走。他说,好的,便随手拿出一个没有打开的大糖盒。这以后,有一回打开盛小花生的铁盒时,里面适逢空无所有,他笑着说,这次只好权演一回"空城计"了。

  多次往访的谈话内容,现在自然无从一一记起了。谈话的范围是很广泛的,涉及人生、社会、文学、艺术、当时的人物事件和我们的学习和工作。因为我们几个朋友当时是喜爱文学的青年学生,他曾谆谆地教导我们,读书的范围要比较广,不应该只限于文艺作品,哲学、心理学、社会科学的书籍也要选读,使自己有比较丰富的常识。我对他说,我在中学喜欢过植物学,在大学一年级觉得生物学给我开辟了一个新的天地。鲁迅先生赞成学习自然科学,以为可以培养观察力。他以为学医学对于他有益无损。

  鲁迅先生多次谈到过读书问题。他很强调地说,多读文学大师的作品,是每个作家必备的修养条件。他说,这可以使作家眼界广,在选材、塑造人物、文学形式等等方面得到有益的启发。但是,创作往往容易受到所读作品过多的影响和局限,这在青年作家是尤其应当注意的。对我所写的少数短篇小说,尤其是《微笑的脸面》,他就会指出,安特列夫对我的影响,有好的一面,也有坏的一面。他说这会钻进牛角尖,最危险不过。他对素园抱着很大的希望,因此很惋惜他受了梭罗古勃的太大的不良影响。

  鲁迅先生在他的生活和思想的发展过程中,虽然并不是没有过彷徨和绝望的短暂时期,但他的精神是始终蓬勃充沛,斗争的意志是始终坚决不移的。他始终憎恶读后使人意志消沉的作品。这样意思的话,他向我们说过多次。他很早就劝我们读高尔基的作品,在我最后一次见他时,他还说到高尔基的作品未能好好译出来是很可惜的事。他说他自己从亲身的经验,觉得读中国古典作品,容易心情消沉,有沉下去的感觉,他重复说"沉下去"时的神气,至今我还没有完全忘却。先生劝我们先少读中国旧书,或竟全不读。他在文章中也说过这样的话。

  鲁迅先生是不是以虚无主义的态度,轻视并否定祖国的文学遗产呢?当然不是。

他是最能欣赏珍惜祖国优秀传统的人，他不仅在小说方面做过独到的研究，在其他许多方面都有非常渊博的知识。他用很大的力气校勘《嵇康集》，晚年听说有一种未会见过的刊本，他还设法借来校阅。在对待祖国文化遗产上，鲁迅先生是我们应该学习的楷模。

鲁迅先生劝我们和其他青年少读或竟不读中国古书，和他珍爱祖国文化遗产的精神是一致的，和他爱护青年的苦心分不开的。他的劝告是针对着当时的具体情况提出来的。当时，胡适别有用心，挂出整理国故的幌子之后，有不少青年知识分子钻进故纸堆里去。胡适的反动政治活动又把不少青年知识分子引入了歧途。鲁迅先生在谈话中表示过很大的悲愤。《呐喊》初版是新潮社文艺丛书之一，鲁迅先生对新潮社是怀过希望的。可是新潮社的成员康白情、罗家伦、傅斯年等都很快走上了堕落反动的道路。有的成员，在鲁迅先生看来，也走进了"国故"的死角。鲁迅先生向青年们提出劝告的心情和用意，我们是不难理解的。

鲁迅先生是意志刚强、热情蓬勃的人，在旧社会里他不可能不受到许多精神的创伤，不经历许多精神的痛苦。他在《呐喊》自序中所叙述的抄古碑时的悲苦寂寞心情，我们是可以了解的。在1927年以前，他虽然还没有将这种心情好好分析，但遇到有这种类似特征的青年，他的感觉就特别锐敏，他的关怀也就特别亲切。他在纪念素园的文章中说，未名社的几个人笑影少。这是真实的情形。沉钟社的杨晦、冯至、陈翔鹤、陈炜谟，他都常提到，很欢喜他们对文学的切实认真的态度。不过他也觉得他们被郁悒沉闷的气氛所笼罩。鲁迅先生对我们的劝告，和这些情况有密切的关系。他曾多方面地鼓励我们，不使我们陷入消沉悲观之中。

我们现在的工作条件，比当时有利得多了。我们有党的文艺思想作指导，有学习马克思列宁主义文艺理论的便利。可是，我们研究介绍文化遗产的工作，还不能说已经做得很好了。鲁迅先生是真正珍爱祖国文化遗产的。他在当时还未明确认识到需要用什么武器来做这个工作，为青年担心，现在看来绝不是杞忧。从他自己以后所念念不忘的中国文学史工作，和他对两个研究中国文学的朋友的指导和鼓励，我们知道他绝不是要人因噎废食。正相反，在他学习并掌握了马克思列宁主义之后，他在1929和1932年回到北京的时候，他都谈到要试用新的观点和方法来完成中国文学史的工作。只是因为更紧急的战斗任务，他没有实现他的志愿。

我们谈到过写作问题，他说过他做小说的经验，和他以后在文章里所写的差不多。他说，偶然有一点想头时，便先零碎地记下来，遇到或想到可写的人物特性时，也是如此。这样零碎的记录在心里慢慢融化，觉得人物有了生命，这才将片段的凑成整篇的东西。全篇写就以后，才细看什么地方要增删。最后还注意字句的自然韵调，有读起来觉得不合适的字眼,再加以更换。他又说,他的文章里写到自然的时候,他不欢喜大段的描写,总是拖出月亮来用一用罢了。

鲁迅先生有时也谈到别人对他的批评,他不欢喜不中肯的赞誉,也不重视不相干的指责。真能了解他的作品的文章,使他感到喜悦,仿佛是遇到了知己。误解了他的精神的评语,往往使他叹息。我记得他说孙福熙关于《示众》的短文,写得是中肯的。张定璜说他的特色"第一个是冷静,第二个是冷静,第三个还是冷静",他提起来就摇头。瞿秋白的评论,他认为最出色,是真正了解了他的。素园对《阿Q正传》推崇备至,常常给我们朗诵,说它融化了果戈理的精神,而具有特殊的风格。鲁迅先生去西山疗养院访他时,素园曾谈到《呐喊》和《彷徨》,认为后者在艺术上更为成熟,而不如《呐喊》受人欢迎,或者是因为更为严肃,更多忧郁成分的缘故。鲁迅先生是同意他的意见的。

对于"正人君子"之流的论敌,他是毫不妥协的。记得他常说,一见虚伪、卑污和其他令人作呕的世态时,心里的悲愤便觉得非吐不快。社会是冥顽的,先生常叹息着说。从这样谈话中可以亲切地感到一颗炽热的心。而有些论客偏偏说他刻薄冷酷,鲁迅先生觉得这是对他最大的歪曲。

1926年陈源在《晨报副刊》上发表一封公开信《致志摩》,除捏造事实攻击鲁迅先生外,并说他的"《中国小说史略》,却就是根据日本人盐谷温的《支那文学概论讲话》里面的'小说'一部分"。在这以前,陈源也在《闲话》里暗暗影射这本书是"整大本的剽窃"。当时许多读者不明真相,都急于要看鲁迅先生对于陈源加给他的罪状要怎样辩解。我们几个朋友去访问鲁迅先生,他的精神非常轻松愉快,将答辩文章的主要内容随谈随笑告诉我们了。他说原想将盐谷温这部分书翻译出来,让读者们去客观地明了真相;可是觉得不值浪费这样多精力,作罢了。他说陈源冒充学贯中西的教授,而先在《闲话》里关于西班牙作家塞万提斯闹了笑话,又对《四书》合成的时代信口胡说,是经不起一击的论敌。鲁迅先生笔战向无敌手,我们也问过他是怎样进行战斗的。他说要掘好防卫的战壕,经过周密的思考,击中敌人的要害。这篇驳斥的文章题为"不是信",在《语丝》上发表。《语丝》未到时发售处就挤满了人,《语丝》一到就抢购完了。

每次和先生谈话,我都觉得爽快,仿佛给清晨的凉风吹拂了一样。深夜走出先生的住处时,那偏僻的小巷里早就没有人声人影了,他总是望着我们走远了才进去。北京的冬夜有时是极可爱的,在那静寂的街道上步行着,先生的声音和容貌还萦绕在脑际,这珍贵的记忆是永远不会磨灭的!

我第一次在那里见到先生的小屋,不仅在整洁朴素上表现着先生的生活风度,有两件陈设也可以稍见先生的精神特征。靠着他的书桌的墙上挂着一张日本人的相片,我最初就注意到了,但较熟以后才问起是谁。鲁迅先生说,这是在仙台医学专门学校教他骨学、血管学、神经学的老师藤野先生,并谈了谈他教学和他自己学医的情况。鲁迅先生在《朝花夕拾》里说:"在我所认为我师的之中,他是最使我感激,给我鼓励的一个。"又说,"每当夜间疲倦,正想偷懒时,仰面在灯光中瞥见他黑瘦的面貌,似乎要说出抑扬顿挫的话来,便使我忽又良心发现,而又增加勇气了,于是点上一支烟,再继续写些为'正人君子'所深恶痛绝的文字。"藤野从头到尾细改鲁迅先生的听课笔记,连文法的错误也一一订正。这种严肃认真的态度也正是鲁迅先生的作风。

小屋左手的格扇墙上有一幅小小的对联,是鲁迅先生集《离骚》句,请乔大壮先生书写的:

> 望崦嵫而勿迫,
> 恐鹈鴂之先鸣。

先生一生的读书、工作和斗争,岂不都充分表现着这种精神吗?

1957年

把生命发挥得最有用

杨　朔

有一位极熟的青年来看我,可巧满架乍开着紫藤花。我知道他的性子爱花,就说:"多巧啊,藤萝花开了,你也来了。"

青年却说:"我对于花不感兴趣。"

他显得无情无绪的,样子很疲乏。谈不上三言两语,便透露出心事来:"今年夏天我该考大学了。党培养我这样多年,亲人们对我的期望又很高,万一考不上,我还有什么脸吃人民的小米?"

我听了,望着他问:"你说党和人民对你的期望究竟是什么?"

青年应道:"期望我变成个有用的人呗。我也不是不知道上进,总想发挥自己,把自己的生命发挥得最有用,可是现在,谁知道能不能考上大学呢?"

"考不上,就不能把你的生命发挥得最有用,是不是?"

"学到现在,一瓶子不满半瓶子晃荡,要本领没有本领,顶什么用?"

我们默默地对坐了一会儿,我改换话题问:"头两天放春假,你到八达岭去,觉得万里长城好不好?"

青年的精神一振,说:"好!你站在长城上,望着眼前那一片乱山,觉得我们的祖先能创造这样一个奇迹,真正惊人。"

我笑着说:"我们那些修长城的祖先是些提不出名道不出姓的人,就是那么一块砖、一铲泥,积年累月,终于把长城修起来的。比起长城,我们目前正在建设的社会主义大厦,不知更要伟大多少倍。俗语说得好:万丈高楼平地起——凡事总有个根,有个起点。工人生产的每个零件,集体农民收成的每颗粮食,就是我们事业的起点。不论是谁,只要他肯用手、用脑子,用整个生命投进劳动里去,他就能把生命发挥到最有用的地步,就能跟整个人民联结一起,创造出比长城还要伟大千万倍的奇迹。所以呀,不管你干什么,挽起裤脚耕田也好,抡起锤子打铁也好,为什么你不能把生命使用得最高贵、最有意义呢?"

青年沉吟着说:"不是不能,我是想总不及考上学校,多学点本领好。"

我说:"能考上学校,继续深造,然后再参加建设,当然好。考不上,就直接参加劳动建设,还可以在劳动当中继续提高自己,锻炼自己,这也不要紧。要紧的是千万别失掉勇气,失掉信心。"

青年不说话,眼睛望着窗外那满架藤萝花,好半天忽然说:"开得多好啊。"

我说:"正是我们祖国的春天呢。"

青年一下子站起来说:"我走了。"

我说:"再坐一坐吧,急什么?"

青年笑笑说:"不怕慢,只怕站——再坐,别误了青春。"便迈着结实的步子,朝外走去。走到院里,他顺手拿起把铁锹,铲起一锹土,往那架藤萝根上培了培。

《静物》(木刻)　罗超群

父母们,乐观起来吧!

陈伯吹

目前,在我们国内,可敬爱的父母们,有为数不少的人,他们怀着不安的情绪,跳动着一颗忧虑的心。

这种忧虑不是无端的,是由于对子女的爱,深情真挚的爱,无比地关切他们的少年、青年时代的学习生活,甚至认为这和未来的命运有关。

他们的忧心忡忡,是值得同情的。但是也值得加以研究讨论,明辨这个问题。

一般都以为如果小学毕业了不能升初中,或者初中毕业了不能升高中,那么,就没有学习的前途,也就没有生活的前途。这样的想法看法合不合逻辑,正确不正确呢?

肯定地说,这是一种似是而实非的错误。

首先,在新社会里,"万般皆下品,唯有读书高"的这种贱视劳动的封建传统思想,应该消除,"学而优则仕"的半山书人的特权已不再存在,而且不应该存在。在新社会里,优越的社会制度,保证了每个人的工作生活前途,"行行出状元",谁在工作岗位上,不论是体力的、脑力的,只要热爱劳动、刻苦钻研、要求进步,工作成绩优良的,没有不受人民的热烈欢迎和喜悦的歌颂。

那些各行各业的劳动模范和先进工作者,都受到了国家的奖励和表扬。

所以不能升学而就业,他们的前途也是光明万丈。客观的事实摆在人家面前,怎么会熟视无睹呢?还有什么值得怀疑而忧虑的呢?如果心里头还在忐忑不安,这可能是一种旧的思想意识、旧的观念在作祟吧,消灭它!

因此我们应该再做进一步的分析研究。

不升学而就业,是否就和学习断绝了关系。这个答案是否定的。

就业也是一种学习,只不过它不同于"课堂学习"的形式罢了。在工作岗位上,有许多业务知识,需要学习它,掌握它。而在工作进行中,有问题、有困难,需要研究它,克服它,这又可以从工作中得到了学习的机会,积累经验和知识,成为国家有用的人才。这不是学习又是什么?

古今中外,一些杰出的有成就的光荣人物,很多是没能受到正规的,由小学而中学、而大学的教育,可是他们在学校以外的工作岗位上,勤勤恳恳、专心致志,终于他们取得了辉煌的成就,创立了卓越的事业,流传了不朽的名字。

记得吗？承宫牧猪、匡衡勤学，虽然他们的苦学和我们的情况不同，但是直到如今仍传为美谈，而在我们历史上这样从小就业或自学而成功的人多到难以数述。在国外，伟大的高尔基不是一个最生动的好模范、好榜样吗？

其实，有许多少年儿童都挺能理解这一点的，倒是关心他们的父母们，整天流露着这种不安的心情和不很正确的思想影响了他们，感染了他们。

这样说，作为贤明的父母，首先要澄清自己的思想，起来协助老师们，对自己的子女做正确的开导，并且给予他们鼓励，树立他们万一不能升学，就参加自学或就业，从而边工边读，使自己得到成就的信心。

敬爱的父母们，请乐观起来吧！

《放花炮》（剪纸） 韩伟

1958 年

悼念郑振铎先生
何其芳

10月17日，我国前往阿富汗和阿拉伯联合共和国访问的文化代表团团长郑振铎，副团长蔡树藩，团员马适安、阿不都热合满、谭丕谟、刘仲平、林立、姜燕、陈重华、钟兆榕等同志，对外贸易部和外交部的出国工作人员肖武、李福奎、孙瑛璞、宁开逸、陈朔、刘崇福等同志，以及到我国访问后回国的外国友人和离华返国的外国专家49人，因飞机失事不幸遇难。我们深致悼念。

为建设社会主义、保卫世界和平而牺牲的斗士们永生！

真是意外的不幸。几天以前，我们还和郑振铎先生见过面。他的声音笑貌还在我们耳边目前。谁知道竟会来写悼念他的文章呢？

我做中学生的时候，就是郑振铎先生编的《小说月报》的读者。他翻译的泰戈尔的诗集《新月集》和《飞鸟集》，也是我当时喜欢的读物。我上大学的时候，他在北京和章靳以同志编《文学季刊》。我曾在当时靳以的住处三座门见过他一次。但和他有较多的接触是在新中国成立以后，在1952年筹备成立文学研究所和1953年文学研究所成立以后。

他已经快满六十岁了，却那样带有年轻人的气息。他对工作是热情的，他也精力充沛。有一个同志昨天对我说："他至少还可以为国家工作二十年。"他对人是忠厚的。谈到他觉得好的人，他总是不吝惜用热烈的话来称赞。

他的活动是多方面的。年轻的时候，他既创作又翻译，既编刊物又从事我国古典文学的研究。他还参加过历史上著名的五四运动和五卅运动。新中国成立以后，在党的领导之下，他更是做了多方面的工作，参加了许多国内的和国际的活动。文学研究所的工作不过是他的部分的工作而已。

虽然他没有较多的时间来参加文学研究所的具体的研究工作，但他对所里的工作一直是关心的。他提出了编写十余卷本的中国文学史的计划。他热心地参加了每一次讨论文学史的计划的会议。最近所里研究中国文学的同志们讨论他过去写的学术著作，他在忙于准备出国期间还来参加了会议。他给大家讲了他从事文学活动和政治活动的历史和他所受到的学术思想的影响。他对他过去的学术著作做了自我批评,并且希望所里的同人给他多提意见。我们对他抱着很多的期望。我们期望在未来集体编写中国文学史的工作中,他以他数十年累积的广博的知识和经过了自我批评后的新的学术观点,充分发挥作用。谁知道在编写中国文学史的工作中,我们竟不可能再得到他的帮助了!

他嗜书成癖。他以数十年的精力搜集了很多古籍,特别是小说、戏曲和版画方面的古籍,他也做了不少这方面的整理出版工作。新中国成立后由他主编出版的《古本戏曲丛刊》,规模之大,收罗之广,是从来未有的。这给研究文学史和戏曲史的人以很大的便利。他在这方面的工作是有意义有贡献的。我还建议过他编一部《古本小说丛刊》,希望他早日着手,现在都不可能由他来主持和完成了!

人是我们国家的最宝贵的财产,也只有我们这样的社会才能充分发挥人的作用。郑振铎先生在旧中国的许多活动都是受到很大的限制的。他和鲁迅先生一起编的《北平笺谱》只能印一百册。他过去编的《清人杂剧》只出了分量不大的两集,而新中国成立后编的《古本戏曲丛刊》才出版了一部分就已有三四百册之多。这个丛刊的全部计划是出一千多册。他热心提倡对我国古典文学的研究,他过去编杂志常常要出中国文学研究专号。然而我国古典文学真正成为广大人民的财产,并且有专门的机构来用新的观点研究它,却只有在新中国成立以后才有可能。正当他可以充分地发挥他的作用的时候,他却意外地离开了人间,这是令人悲恸的。我们纪念死者的最好的方法是大家来继续完成他未能完成的工作,尽早地完成,尽好地完成,这样来献给人民,献给死者。

人民的歌声多嘹亮

徐 迟

在这一届的人代大会上,一些人民代表报告了我们各地的生产建设的宏伟规模。然后,为了说明我们的劳动群众的情绪高涨,他们用"有诗为证"的方法,引用了一些歌谣。

这些歌谣是这样闪闪有光,是这样振奋人心!由各个民族、各个省市、各个地区的人民代表带到大会讲坛上来的这些歌谣,一念出口便有力地、鲜明地反映了我们气吞山河的建设生活和豪迈精神。

好像一座最丰富的矿藏突然被打开了一样,我们在怀仁堂上听到了最生动、最美丽的歌谣。诗人萧三搜集了、精选了其中的一部分,把它们发表在1958年2月11日的《人民日报》第8版上。这位诗人称它们为"最好的诗"。

确实是最好的诗,这些歌谣使我们许多诗创作相形见绌了。它们直接地传出了我们这个"大跃进"的时代的声音。

河南农民的歌谣:

青年劲头赛赵云,
壮年力气赛武松,
少年儿童像罗成,
老人干活似黄忠,
干部策划胜诸葛,
妇女赛过穆桂英。

这只能是我们自己的民族的感情,用的是民族的典故,显示的是民族的形象。这却又是一首革命的歌谣,它鼓舞群众去向传说中的英雄人物挑战,从而推动我们的历史向前进。

这样的歌谣,成千首、成万首地不断地创作出来,又到处在传唱。许多地方的报刊和地委、县委宣传部这些机关,知道它们的作用,已将它们收集起来,加以发表,或油印成册,再发到群众中去。全国各地,响彻了一片人民的歌声。请听人民的歌声多嘹亮!

湖北麻城的歌谣也印成了唱本。这是麻城的一首:

> 百亩沙滩变良田,
> 茫茫棉海滚雪团,
> 今年大旱九十天,
> 棉麦亩产到一千。

这个歌不仅生动而且用字准确。"棉海滚雪团"这五个字,创造了极其美丽的形象。

江西的一首歌谣娴熟而巧妙地运用了一个"天"字:

> 抓晴天,抢阴天,
> 小风小雪当好天。
> 大雨小干,小雨大干,
> 无雨拼命干。
> 赶早摸黑当半天,
> 汽灯底下当白天,
> 争取一天当两天……

其实,这个歌谣并不是写"天"的,却写的是一个"干"字。而所有的这些歌谣都是因为这个"干"字而显得动人的,它们歌唱了我们的革命干劲。正如从花朵里放出一股清香,正如从竹笛、喇叭中吹出来美丽的乐句,这些歌谣是从我们的社会主义大建设的伟大实践中,从我们改造大自然的伟大斗争中,流露出来的豪迈的气概。这些干劲并不是蛮劲。我们的干劲之中有着深刻的智慧。这一点也反映在歌谣中,如陕西的一首:

> 水上五丈原,
> 稻田飞上天,
> 赛过诸葛亮,
> 修成悬天堰。

我们不再在这里引用这些歌谣了。迟早,它们会编印成书,更广泛地流传的。随着生活的前进,新的歌谣还会不断地唱出来。这已经愈来愈明显了,我们的文化高潮正在涌来!

这些是没有问题的。问题在于我们的诗人,我们的职业诗人,面对着这样的歌谣,面对着这样的生活,将何去何从?

毛主席早就给我们指出了:人类的社会生活"有不可比拟的生动丰富的内容"。不待说,这些歌谣所以生动、美丽,正是因为它们来自这不可比拟的生动丰富的生活之深处。这些歌谣的每一个字都饱满地滋润着生活的水分! 毛主席又说过:"人民生活中本来存在着文学艺术原料的矿藏,这是自然形态的东西,是粗糙的东西,但也是最生动、最丰富、最基本的东西。"

当然,这些歌谣由于是大量存在的,初看去,未必能完全看出它们的佳妙。被带到怀仁堂来的歌谣,是经过挑选的。但是,在挑选的工作中,我们的诗人并没有做多少事。我们的诗人,我们的文艺刊物,特别是诗刊在搜集、整理人民的歌声这一件事上做得太少了。

不过,毛主席还教导了我们:"人类的社会生活虽是文学艺术的唯一源泉,虽是较之后者有不可比拟的生动丰富的内容,但是人民还是不满足于前者而要求后者。"人民还是要求"更高、更强烈、更有集中性、更典型、更理想,因此就更带普遍性"地反映生活的文艺创作。

虽然我们称这些歌谣为"最好的诗",但是,我们的诗人还是要进行创作的。产生这些歌谣的是生活,是群众性的水利工程,是被称为冬季生产战役、春耕战役的生产热潮,是热火朝天的建设工地,是全民性的运动。当这样的生活也反映到了革命诗人的头脑之中,也就必然会产生很好的诗篇来。现在我们的许多优秀的诗人已经去到生活之中。他们必定会写出很好的诗来的,如果他们确能"深入生活",而不是"浅入生活"。

生活自己已经唱出了这样多、这样好的歌谣。人民的歌声多嘹亮!它们是我们的诗人取之不尽、用之不竭的源泉。向人民的歌声学习吧! 振动我们的铃铎,向歌谣学习吧!

但是,还要说一句,要向生活学习。我们现时的诗人,对于生活的赞歌,还是唱得太少。生活! 永远唱不尽的生活,正在满怀着信心地飞跃。让歌声,让诗篇,从抒情诗以至叙事史诗,也随着它们飞跃吧!

1959 年

创作的源泉——生活,生活!

李 乔

我是一个半路出家的文学工作者,新中国成立前,在那黑暗的艰苦的日子里,我没有梦想到现在会从事本民族的文学工作,会做一个光荣的毛泽东的文艺战士,就像在过去没有梦想到现在的生活越过越甜蜜,越过越幸福一样。

是什么使我走上文学的道路的呢?若要我回答这个问题,我可以毫不犹豫地说,是生活,生活!

新中国成立后,在党的领导下,我做民族工作。我不能忘记:在1953年,我参加了中共云南省委会和云南省人民委员会所组织的一支民族工作队,冒着雨季中常常来临的倾盆大雨,冒着横断山脉峡谷中特有的酷热,在云南东部跋涉了十多天,到炎热的金沙江边,配合四川省开展凉山的民族工作。

凉山是彝族比较大的一个聚居地,面积约三万五千平方公里,人口八十余万,他们是中华人民共和国民族大家庭里的一个亲兄弟。但在1953年前,他们像新中国成立前的其他兄弟民族一样,受着历代反动统治者和本民族内部统治者的压迫和剥削。

大家都知道:在1956年前,凉山是一个古老的奴隶社会,各家支黑彝形成了许多部落,各自为政,没有一个统一的领袖。他们是彝族中的贵族,不从事劳动,不与其他阶层人民通婚,他们大多是奴隶主,有的因为打冤家,丧失了土地和奴隶,成为"干黑彝",但仍保持其尊严。黑彝各家支,彼此有联系,靠着家支关系,一方面镇压了被统治的奴隶和百姓,另一方面遇外来的敌人侵犯,不管平常有无冤家关系,都能团结一致对外,所以他们没有被历代的反动统治者征服过。在没有外来的敌人侵犯时,为了自己的利益,为了抢夺奴隶,即使一家人也会打得你死我活。

部落内被统治的人民,一部分是百姓,彝话叫"曲诺",是在一定程度上隶属于黑彝,并且具有某种程度的自由的农业生产者,百姓中也有奴隶主、地主,但百姓势力不论多么大,不能同黑彝结婚,不能把自己的土地卖出黑彝主子的家支范围以外,也不能随意迁徙。若死后无子,土地和财产即归黑彝所有。黑彝对百姓还有许多不合理的特权,百姓须绝对服从。

除百姓外，另一部分被统治的人民即是奴隶。奴隶有两种：一种在奴隶主家内的叫锅庄娃子，彝话叫"呷西呷洛"，无人身自由和财产所有权，都是独身男女。另一种由奴隶主配合，分居出去的叫安家娃子，彝话叫"岩家"。他们从主子手里得到一份耕食地，不能出卖或典当，常年须为奴隶主从事无偿劳动。他们的小孩，奴隶主可以出卖或陪嫁。

　　由于这种不合理的生产关系，束缚了生产力，又由于生产力的不发达，造成了凉山的落后和贫困。在新中国成立前，彝族人民交易须得走几天到附近的汉族地区去才能解决，外人不敢随便跨入凉山一步，那时，国民党反动派一手造成的民族隔阂是多么深啊！

　　蒋介石反动派集团，他们曾几次大举进攻凉山，并派飞机协助，然而都遭到了惨败。在失败后，他们利用以彝治彝的办法，挑拨各家支黑彝互相打冤家，因而凉山上的打冤家事件更是层出不穷。当他们最后失败时，有一小部漏网的胡宗南残匪，从成都逃到凉山上，他们洗去了沾在他们手上的少数民族的鲜血，像神话中出现的那些狡猾的魔鬼，摆出一副伪善的样子，假惺惺向某些黑彝和民族上层送枪送子弹，那些头人上了他们的当。于是，他们利用历史上的民族隔阂，进行欺骗，组织伪江防大队封锁金沙江，企图奴役凉山人民，把凉山作为他们的反共根据地，妄想将来死灰复燃，卷土重来。

　　然而这时，我们带着共产党、毛主席的民族政策，带着全国人民对凉山彝族兄弟的关怀和友爱，不远千里来到金沙江边了。

　　那时，由于历史上遗留下来的民族隔阂很深，我们暂时没有过江去，但伟大的党的民族政策却像长了翅膀一般，飞过了金沙江，飞过了那些悬崖峭壁，飞过了那些深山老林，深深印在彝族人民的心里。他们是那么激动和欢喜，把共产党、毛主席当作他们的大救星，他们痛恨胡宗南的那些残匪，在他们的推动下，那些被欺骗的民族上层觉醒了，他们脱离了那些狡猾的残匪，回到祖国的大家庭里来了。

　　这是历史上从来没过的事情！试想一想：新中国成立前反动派制造的民族关系，是多么恶劣啊！然而千百年来无法解决的问题，今天由党的民族政策解决了，我深深地感到党的民族政策的伟大。

　　当我见到以前被反动派挑拨，互相打冤家，打得你死我活的那些家支，经过共产党苦心调解，许多冤家和解了，他们喜欢得流出眼泪时，我也忍不住流下欢喜的眼泪。我想：要是没有共产党、毛主席，哪里会有这样的事情啊？

　　我不能忘怀那些忠心耿耿、为彝族人民不知流过多少汗的汉族同志，我也不能忘怀那些勤劳、勇敢的彝族同胞。他们时时在我的头脑里晃动着，我像欠着他们一笔债，非把他们写出来不可，不写，我感到难过，这便是我学习写作《欢笑的金沙江》的缘由。

所以我说,这是生活使我走到文学的道路上去的。

毛主席说,生活是文学艺术取之不尽,用之不竭的唯一源泉。这是至理名言,这由我的习作,完全得到了证明。要是没有参加凉山的民族工作,即使像《欢笑的金沙江》这样不像样的书,我也是不可能写出来的。

在我写《欢笑的金沙江》时,我没有写第二部的打算,但生活使我不能不写它。1956年,在党的民族政策的光辉照耀下,凉山实行了和平协商民主改革,我又参加了这场复杂而尖锐的斗争。我亲眼看到:千万奴隶挣断了锁链,昂然站起来了,凉山起了翻天覆地的变化,他们推翻了奴隶制度,做了凉山的主人。我还亲眼看到:以前被奴隶主东卖一个西卖一个,一家人不能团圆的奴隶,现在一家人得到团圆了;以前不能结合在一起的男女奴隶,现在已幸福地结合在一起了。这样的人不知有几千几万!我想:这是什么伟大的力量使这些数以几十万计的奴隶得到了自由和幸福呢?这不是神,这不是上帝,这是伟大的共产党、毛主席,要是没有共产党、毛主席,这些关在地狱里的奴隶怎么能见到天日?凉山彝族人民怎么能摆脱落后和贫困,踏上社会主义的光明大道?

这又使我深深地受到了感动。我永远记得:那些把自己的青春甚至生命献给了凉山彝族劳动人民的汉族同志,他们是党的好儿女,在艰苦的工作里,他们没有半点埋怨情绪,时时只为彝族劳动人民的利益着想,忠实地执行着党的民族政策,没有他们那种无私的慷慨帮助,凉山彝族劳动人民的解放,是很难想象的。

我也永远记得:那些受尽了痛苦的奴隶,当他们在党的领导下站起来时,就像山一般地坚强,无论受到什么打击,也毫不动摇。他们为了自己的解放,不屈不挠地英勇斗争,有许多人就像斯巴达克斯式的英雄,奴隶主用死威吓不了他们,用银子收买不了他们,他们努力于本阶级的解放。当汉族同志遭到危险时,他们宁愿牺牲自己,而不能让汉族同志牺牲,常常冒着生命危险去挽救自己的亲人,这是劳动人民的本色,这是彝族人民的光荣。

除此以外,我还有许多忘记不了的斗争生活,这些生活里浸透着我的欢乐,也浸透着我的愤恨,它们是我毕生难忘的事情。因此,我又写了《欢笑的金沙江》的续篇。

当然,我写的这两部作品还有许多缺点,甚至于错误,没有写得好,这是为什么呢?

我想:首先,主要是我的生活不够,我虽参加了以上所述的两段时期的民族工作,但并不等于我就熟悉了生活。生活是一个无边无际的海洋,有时,你熟悉这部分,并不熟悉那部分,或熟悉下层生活,不熟悉上层生活。当我未写作时,我感到自己生活相当充实,但一提起笔来,就感到捉襟见肘了。最显明的一个例子,是这次写《欢笑的金沙江》的续篇时,对领导人物不像对干部或劳动人民那么熟悉。我写的一个彝族领导人物丁政委,他在领导工作时,上级对他如何教育,同级党委对他如何帮助,由于我是做基层工作的,我简直无从知道。由此可见,一个人要完全熟悉生活,不是一件容易的事。你要熟悉领导与被领导、民族上层与劳动人民、干部与群众,是非如毛主席所说的长期深入生活不可!

其次是我的政治修养很差,头脑里缺乏马克思列宁主义的武装,因此,我在生活中,常常只看到生活的表面现象,看不到生活的本质,或只看到生活的支流,看不到生活的主流,不善于从复杂纷纭的现象中观察到生活的真实,常常拘泥于自己所见到的表面现象,认为这是生活的真实,像这样,怎么能写出思想性较高的作品来呢?

再次,是我的艺术修养太差,不善于概括集中塑造人物,不善于选择最典型、最能突出人物性格的细节来描绘人物,不善于如别林斯基说的"从生活的散文中抽出了生活的诗,用这些生活的忠实的描绘来震撼灵魂"。因此,虽然我们经历的斗争是重大的斗争,是伟大的变化,是一个民族新生的关键,但我没有写出比较优秀的能表现出我们这伟大时代精神的作品来,这有愧于党的培养和人民的希望。

若要说我的作品还有一点可取之处,对党的民族政策有了一些比较正确的描写,没有歪曲了政策,那是党的功劳,那是党教育我的结果。我不能忘记:我开始参与做民族工作时,对民族政策毫无所知。但党不倦地教育我,同志们不断地帮助我,使我慢慢地摆脱了许多错误思想,对政策稍有一些领会,即使如此,在工作中还犯过不少错误,经过许多次纠正,才进一步有了一些比较深刻的认识。

为了接受以上所述的失败教训,今后我决定把凉山作为我的生活根据地,踏踏实实地工作,同群众共甘苦,共呼吸,长期在一起。

除此,要加强马克思列宁主义、毛主席理论著作和艺术技巧的学习,只有如此,才能提高我的思想水平和艺术水平,才能有希望写出为人民所欢迎的作品来!

关于散文

冰 心

散文是我所最喜爱的文学形式。但是若追问我散文是什么,我却说不好。如同人家向我打听一个我很熟悉的朋友,他有什么特征?有什么好处?我倒一时无从说起了。

我想,我可以说它不是什么:比如说它不是诗词,不是小说,不是歌曲,不是戏剧,不是洋洋数万言的充满了数字的报告……

我也可以说,散文的范围包括得很宽,比如说通讯、特写、游记、杂文、小品文等等,我们中国是个散文成绩最辉煌、作者众多的国家。我们所熟读、所喜爱的《秋声赋》《前后赤壁赋》《陋室铭》《五柳先生传》《岳阳楼记》《陈情表》《李陵答苏武书》《吊古战场文》《卖柑者言》……不管它是"赋"、是"铭"、是"传"、是"记"、是"表"、是"书"、是"文"、是"言"……其实都可以归入散文一类。我们的前辈作家,拿散文来抒情,来说理,来歌颂,来讽刺,在短小的篇幅之中,有时"大题小做",纳须弥于芥子,有时"小题大做",从一粒沙来看一个世界,真是从心所欲,丰富多彩!

散文又是短小自由,拈得起放得下的最方便最锋利的文学形式,最适宜于我们这个光彩辉煌的跃进时代。排山倾海而来的建设事业和生龙活虎般的人物形象,像一声巨雷一闪明电在你耳边眼前炫耀地隆隆地迅速过去了,若不在情感涌溢之下,迅速把它抓回,按在纸上,它就永远消逝得无处追寻。

因此,写散文比作诗容易多了,诗究竟是"做"的,少不得要捉住"灵感",要注意些格律声韵,流畅的诗情一下子在声韵格律上涩住了!"冰泉冷涩弦凝绝,凝绝不通声暂歇"。这一歇也许要歇上几天甚至几十天,也许歇得只剩下些断句。

但是,散文可以写得铿锵得像诗,雄壮得像军歌,生动曲折得像小说,活泼尖利得像戏剧的对话。而且当作者"神来"之顷,不但他笔下所描写的形象会光华四射,作者自己的风格也跃然纸上了。

文章写到有了风格,必须是作者自己对于他所描述的人、物、情、景,有着浓厚真挚的情感,他的抑制不住冲口而出的,不是人云亦云东抄西袭的语言,乃是代表他自己的情感的独特的语言。这语言乃是他从多读书、善融化得来的鲜明、生动、有力,甚至有音乐性的语言。

我认为我们近代的散文不是没有成绩的,特别是新中国成立后,全国遍地的新人新事,影响鼓舞了许多作者。不但小说家、剧作家、诗人也在写散文,报刊上还有许多特写、通讯式的文章以崭新的面貌与气息出现在读者的面前。而且有风格的散文作者,也不算太少,我自己所最爱看的(以写作篇幅的长短为序),就有刘白羽、魏巍与郭风。

1959年7月14日北京,他们创作的新民歌形成了一个诗歌的海洋,这些诗歌闪耀着刚健清新的色彩,《红旗歌谣》就是劳动人民诗歌的精选本。一个是许多长期参与火热的革命战斗的人,写出千万篇革命回忆录,一下把那雄伟的战斗生活,鲜明夺目地呈现在我们眼前,丰富了我们的文学原野。《星火燎原》便是其中的一部分。这说明我们社会主义"文化革命"的高潮,我们的文学已经成为亿万人民自己的文学,这个雄伟的开端,将给社会主义文学带来无穷的希望、强大的生命,从人民中间将有无数新的人带着丰富的经历、饱满的热情涌进这个文学战线上来,他们是新世界的主人,也将成为文学的主人。

在这儿我特别想谈到社会主义文学的时代任务,这个任务就是写我们社会主义时代的英雄,新世界的英雄。任何时代的文学家都曾为了写出自己时代的英雄而贡献力量,我们社会主义时代的作家,有马克思列宁主义思想的武装,有党的领导,我们就更应自觉地为创造我们的时代英雄而奋斗。但要做到这一点,就需要我们的文学家真正看到我们沸腾生活中新的光芒,真正认识我们的时代的精神。正如柏林斯基说过的,"诗人比任何人都更应该是自己时代的产儿",否则,他以为就只能写出"冗长的、暮气沉沉的、枯燥乏味的书信诗,其中的格律构造像门轴上沉重的铁门那样吱嘎着,既谈不到情感的火花,也没有像样的思想"。而他渴望着"蓬勃有力,而且充满了光明的希望,胜利的预感"的文学,他希望"不但只有圆熟和铿锵的音调","只有感情","还必须有思想,正是思想构成了一切诗的真实内容"。这是一百多年前,被列宁称为俄国社会民主政治的前驱者的柏林斯基对文学提出的要求。在今天,在我们的社会里,这种要求也还有它的现实意义。一个文学家应当成为他的时代精神的代言人。我们的社会主义时代,需要这样的作家,也一定会培养出这样的作家:他无时无刻不注视着当前的现实生活的进展,注视着地平线上刚刚出现的新事物;对于他们来说,具有头等意义的事是作家对大众的关心,是作家为生活开辟道路的时代责任,是作家对于与群众利益有直接联系的事物,采取热诚的参与与帮助的态度。在这里,正说明这个作家与时代的关系。只有一个具有新时代精神的人,才能深切地理解新时代的英雄。我们的文学要求我们每一个文学工作者必须刻苦钻研与努力学习,这就是真正深入生活的海洋与文学的海洋。不要以为这只是一种风平浪静的航行,不,这往往是波涛汹涌的航行。因为在人的精神、时代的精神的成长过程中,是充满勇敢的战斗的。我们的文学是新世界的文学。它应当是最优美的文学,同时也是最战斗的文学。

下乡杂忆

赵树理

趁着一个隆重的节日回忆往事,已经成为人们的习惯。在我们中华人民共和国成立十周年的大庆之前,我想谈谈我的下乡。巧得很!我下乡的历史也恰好只有十年——因为十年之前我根本生活在乡间,无所谓什么下不下——自从1949年来到我们的首都北京,才把再到乡间去称为下乡。

到了北京之后,我曾担任过一点地方性工作。在这期间,我也曾想就地熟悉一些地方情况,把北京作为我新的根据地,可是略一试验,便觉得写作上的根据地不那么容易创造。不易办到的事,多加努力自然也可以成功,不过我觉着放弃一个自己已经熟悉的地方,再去熟悉一个不太容易熟悉的地方,事倍功半,无大必要,因此才又决定下乡。

我们政治文化中心的首都固然可爱,但粮棉油料产地的农村也是可爱的。假如要问二者相较哪方面更可爱,我以为这和问荷花与菊花哪个更可爱一样——不同类的事物不能作比较。一个写作者不应该是兴趣主义者,可是一个写作者总得对自己熟悉群众生活的根据地永远保持着饱满的兴趣。即从物质享受方面来说,城市和农村也是各有千秋的。例如农民晚上在打麦场上开会,坐在打过麦子的麦秸上,这种座位使人另有一种舒服感,要换成北京工人俱乐部的椅子,恐怕还要差一点——自然,要把北京工人俱乐部铺上麦秸,就不如椅子合适,不同类的事物不能互换。再如城郊农民头一天把青玉米掰下来,第二天到城里煮着卖,要是又卖到一个农民手里的话,这个农民啃第一口就知道这玉米是隔了夜的。可是城市人很难吃到当天掰下来的玉米,所以不易尝出新玉米的鲜味。城市人吃饭自然也吃得很细致,但是吃新鲜农产品的机会却少于农村。我从小曾锻炼了一个消化小米的胃和两条爬山的腿,这两种生理的性能,我将永远不让它退化。也许有人以为将来物质条件提高了,再用不着吃小米和爬山,可我想即使是那样,有爬山的习惯,吃炒小米捞饭的嗜好,也没有什么不好。

田园风趣固然使我留恋,但更值得留恋的还是和我们长期共过事的人。太行山是老解放区。这里的农民,在民族民主革命时期,和我们共同抵抗过国外、国内的敌人,共同消灭过地主阶级的剥削制度。我个人在这些时候曾和他们共过事,又曾写过他们这些斗争,所以才把这地方作为我熟悉群众生活的根据地。当我在1951年重新到了在抗日战争时期我们的机关驻扎过的一个山村的时候,庄稼长得还像当年那样青绿,乡土饭吃起来还是那样的乡土风味,只是人们的精神要比以往活跃得多——因为我们有了中央政府,老乡们都以胜利者的姿态来欢迎我这个回来的老熟人。

我曾在其他地方说过,我个人熟悉农村生活的方法就是和人"共事"。毛主席告诉我们说,"只有做群众的学生才能做群众的先生"。我觉着在共事中间,既好做学生,又好做先生。毛主席要我们到群众中去"观察、体验、研究、分析一切人,一切阶级,一切群众,一切生动的生活形式和斗争形式",这好多"一切",看来好像千头万绪,不易面面俱到,其实只要和群众长期共事,即使想叫哪一面不到也不行,现实的社会本来就是由千头万绪组成的。我在这十年下乡生活中,不过是和以前共过事的人们继续共事,不同的只是十年以前共的是民族、民主革命之事,十年以来共的是社会主义革命和社会主义建设之事而已。

和这种老战友们共事有个痛快劲儿,那就是他们在长期战争环境中养成了些不计个人得失的忘我精神。例如农业合作化在全国是1953年才开始大搞的,而在这个地区则是1951年试验、1952年推广的;越乡越县互相支援兴修水利在全国是在1958年"大跃进"中的事,而在这个地区则是从1956年就开始的。他们虽然都是不脱离生产的农民,但也是些革命的浪漫主义者。他们遇上了新鲜事物,不但顾虑不多,而且兴趣颇大。1947年刘邓大军从太行山南下大别山区做开辟工作的时候,曾组织过他们几万民工随军参战达一年之久。在这一年中间,他们曾拿过扁担押解过俘虏,有的干脆就留在那里做了地方工作,直到现在谈起这段事来他们还认为是很有趣的一段生活。

十年间,我又曾和这些老战友共过好多事。我们所共的事是:从互助组一直共到公社化,从栽接苹果树一直共到苹果上市场,从扫盲缺教员一直共到乡乡有中学,从两条腿爬山、交通员送信一直共到县县通汽车、村村安电话。和他们共的事多一点,写的作品就少一点,不过我觉着这也不是什么赔本的事——能在实际工作中贡献一点力量,所产生的社会价值不会比作品小。同时,凡是自己认真做过的事,过一个时期大部分都还会反映在自己的作品中,而且或许还会反映得更准确一点。我将长期地这样做下去。

我和三边、玉门

李 季

三边是我在抗日战争胜利前的三年中,和几乎整个解放战争时期都在那里工作和生活的地方。第一个五年计划开头的两年,我是在玉门度过的。一直到现在,每隔些时,我总要像回家探亲似的,回去住些时候。这两个地方对于我,真比我出生的故乡还要亲切。

我从来不掩饰这种心情。当天安门前响起第一声礼炮,宣告我们祖国诞生的时候,当我在红场上观礼,听到苏联人民热情地祝贺我们祖国伟大胜利的时候,我都想到了三边和它的人民。最近这六七年来,每当我听到石油战线上任何一个大大小小的捷报,甚至有时坐在公共汽车上,偶尔闻到石油的芳香时,我都情不自禁地想到玉门。我为玉门和石油工业给祖国的贡献,感到骄傲。我不止一次在诗里称自己是"玉门人"。

三边和玉门,是我的生活源泉,也是我的诗的源泉。回顾这十几年来,我所写的几百首短诗和几部长诗,几乎每一首都和它们有着直接、间接的关系。这些诗,大多是直接写它们的,少数吟诵其他地区生活的诗,也多半是以三边、玉门的生活为间接的基础。我曾在给一个同志的信中写过:"离开了三边和玉门,我几乎连一行诗也写不出来。"这至少是我过去一段创作生活的虽然稍有夸张,却不失为老实的自白。有人责备我的作品中所反映的生活面太狭窄了,事实的确如此。但是,这有什么办法呢? 也许这就是我的局限性所表现的一个方面吧。

我是一个创作才能不高的人,我缺乏一个作家所必须具有的敏感。熟悉和认识一件事物,我往往需要比别人多好几倍的时间。不但远离人民生活不能写诗(解放初期在武汉工作的几年,以后在北京工作的几年,我都写得很少,写出来的一些,也都缺乏光彩),就是对于接触不久的生活,我也缺乏描述它们的信心和勇气。我是在三边工作了整整三年之后,才开始写作反映三边人民生活的作品的。关于玉门的那些赞歌,也只是在我做了一年半到两年的"玉门人"以后,才敢拿起笔来写作的。

很早的时候,好像听人说过这样的话:你要描写什么人,你就必须变成这种人。这当然是一种不可令信的、近乎绝对化的说法。但从我自己和三边、玉门的关系中,我懂得了,从心里爱着一个地方,把你自己变成一个不折不扣的当地人,这一点,对于一个像我这样的作家,是多么重要。在三边工作的那些年,我还不是一个文艺工作者,在旁人眼里,在自己心里都只是一个普通的农村工作干部。到玉门去的时候,情况有些不同,因为在这之前,我已经是一个专业的文艺工作者了。总结了三边的生活经验,我尽力地忘掉自己的作家身份,从一切方面(从工作、生活到思想感情)把自己变成一个和当地所有人一样的"玉门人"。这当然是困难的,却不是不可能的。经过几个月的努力,连最熟悉我的同志,也不得不好心地告诉我说:"你简直一点儿也不像个作家,可不要忘了你的本行哪!"

采取了这种生活态度,你就会和周围的人们一起欢乐,一起忧愁,一起爱,一起憎恨。人们这时就会把你当作亲人,当作知心朋友,对你倾谈肺腑之言,为你揭开他们心灵的秘密。

根据三边、玉门的生活经验,我一直到今天,总是不能够完全没有保留地同意这样的意见:写诗和写小说不一样,可以不要在一个地方长期生活,只要到处走马观花,就可以行吟歌唱。柳树的根扎得越深,枝叶也就越茂密,白杨又怎么能够例外呢?离开了三边、玉门的生活基础,我是很难写诗的,我的诗就失去了光彩。三边的沙漠、小米,玉门的戈壁、石油,深深植根于我的心中,只要一有机会,我就会回到那里去,我坚信它们会是我长时期的取用不尽的诗的源泉。

当我在这普天同庆的伟大节日前夕,检视自己十年来的生活、创作历程时,我又一次遥望着三边、玉门,怀着深沉的感激,怀着热烈的期望,我默念着它们,祝贺着它们。随着祖国飞跃前进的脚步,我将可能继续在新的地方,建立新的生活基地。但是,不论到什么时候,我都不会忘掉曾经哺育了我的三边、玉门和它们的人民。三边牧羊人的淳朴,玉门石油工人的豪放,将永远是我心中不能磨灭的形象。就像我的不能改变的乡土口音一样,在我的诗里,也将永远带着三边、玉门的乡音。

1960 年

谈读书

老 舍

我有个很大的毛病:读书不求甚解。

从前看过的书,十之八九都不记得;我每每归过于记忆力不强,其实是因为阅读时马马虎虎,自然随看随忘。这叫我吃了亏——光翻动了书页,而没吸收到应得的营养,好似把好食品用凉水冲下去,没有细细咀嚼。因此,有人问我读过某部好书没有,我虽读过,也不敢点头,怕人家追问下去,无词以答。这是个毛病,应当矫正! 丢脸倒是小事,白费了时光实在可惜!

矫正之法有二:一曰随读随做笔记。这不仅大有助于记忆,而且是自己考试自己,看看到底有何心得。我曾这么办过,确有好处。不管自己的了解正确与否,意见成熟与否,反正写过笔记必得到较深的印象。及至日子长了,读书多了,再翻翻旧笔记看一看,就能发现昔非而今是,看法不同,有了进步。可惜,我没有坚持下去,所以有许多读过的著作都忘得一干二净。既然忘掉,当然说不上什么心得与收获,浪费了时间!

第二个办法是:读了一本文艺作品,或同一作家的几本作品,最好找些关于这些作品的研究、评论等著述来读。也应读一读这个作家的传记。这实在有好处。这会使我们把文艺作品和文艺理论结合起来,把作品与作家结合起来,引起研究兴趣,尽管我们并不想做专家。有了这点兴趣,用不着说,会使我们对那些作品与那个作家得到更深刻的了解,积累更多的营养。孤立地读一本作品,我们多半是凭个人的喜恶去评断,自己所喜则捧入云霄,自己所恶则弃如粪土。事实上,这未必正确。及至读了有关这本作品的一些著述,我们就会发现自己的错误。这并不是说我们应该采取人云亦云的态度,不便自作主张。不是的。这是说,我们看了别人的意见,会重新去想一想。这么再想一想便大有好处。至少它会使我们不完全凭感情去判断,减少了偏见。去掉偏见,我们才能够吸取营养,扔掉糟粕——个人感情上所喜爱的那些未必不正是糟粕。

在我年轻的时候,我极喜读英国大小说家狄更斯的作品,爱不释手。我初习写作,也有些效仿他。他的伟大究竟在哪里? 我不知道。我只学来些耍字眼儿、故意逗笑等等"窍门",扬扬得意。后来,读了些狄更斯研究之类的著作,我才晓得原来我所模拟的正是那个大作家的短处。他之所以不朽并不在乎他会故意逗笑——假若他能够控制自己,减少些绕着弯子逗笑儿,他会更伟大!特别使我高兴的是近几年来看到些以马克思主义文艺观点写成的评论。这些评论是以科学的分析方法把狄更斯和别的名家安放在文学史中最合适的地位,既说明他们的所以伟大,也指出他们的局限与缺点。他们仍然是些了不起的巨人,但不再是完美无缺的神像。这使我不再迷信,多么好啊!是的,关于大作家的著作有很多,我们读不过来,其中某些旧作读了也不见得有好处。读那些新的吧。

真的,假若(还暂以狄更斯为例)我们选读了他的两三本代表作,又去读一本或两本他的传记,又去读几篇近年来发表的对他的评论,我们对于他一定会得到些正确的了解,从而取精去粕地吸收营养。这样,我们的学习便比较深入、细致,逐渐丰富我们的文学修养。这当然需要时间,可是细嚼慢咽总比囫囵吞枣强得多。

此外,我想因地制宜,各处都成立几个人的读书小组,约定时间举行座谈,交换意见,必有好处。我们必须多读书,可是工作又很忙,不易博览群书。假若有读书小组呢,就可以各将所得,告诉别人;或同读一书,各抒己见;或一人读《红楼梦》,另一人读《曹雪芹传》,另一人读《红楼梦研究》,而后座谈,献宝取经。我想这该是个不错的方法,何妨试试呢?

1961年

玉工的启发
冰　心

好几年以前,在一个美术工艺社的玉器雕刻室,看见在外面车间里,有十几部用电磨雕玉的机器,在嚓嚓地细声响着,在工人手里转动的素材,很快地就磨成种种美丽的形象,切磋琢磨用了机器之后,工作程序就快得多了。

进到里面小一点的车间,有几位师傅正在画图构思。他们手里捧着一块块的玉石,反复地端详,默默地运思,在想象他们手里的这块玉石,它的大小、颜色、形状、纹理,最适合于雕成什么东西,怎样使这块玉石在他们的意想调配之下,变成最鲜明生动的形象。

看了桌上的成品,我们忍不住发出赞叹!比如说,有一块纯白的玉石,里面却有两朵大小不同深浅不同的红点,雕玉师傅把它设计成两只来亨鸡,大的红点变成公鸡的鸡冠,小的变成母鸡头上浅红的冠子,公鸡引吭高鸣,母鸡在低头啄食,真是栩栩如生!以此类推,花卉、草虫、人物,各尽其妙。

我当时就联想到,我们写文章的人,也应该这样地处理我们捉到的素材。只要一个作家有对新社会的热爱,有对自己工作的热爱,到处留心,到处发掘,材料会比山上的玉石还多的。问题就是怎样把它变成五光十色、多种多样、巧夺天工、生动鲜明、有鼓舞人教育人力量的作品。

我知道有一位著名的作家,他身上永远带着一个小本,看到一个典型的突出的小动作,或是听到一两句有力的生动的对话,他立刻就把它记在本子上,以备不时之需。他积累的零碎材料很多,但不是全用得上,因为他是写大块文章的,牵扯不上的东西,无论多么好,也只得割爱——我总觉得很可惜。

现在,我们需要各种各样的文学形式的作品,特别是小型的。现在,劳逸结合,大家读书的时间多了,但是看长篇累牍的大作品,拿起来放不下,心中总会歉然,不像看短篇文章那样爽快。《人民日报》改版后的那些短小精悍、鼓舞士气、增加知识的文章,受到普遍的欢迎,也是为此。

因此,我们希望作家们抖擞精神,不拘一格,素材拿到手,端详一下,考虑一下,适合于写独幕剧,就写独幕剧;适合于写童话,就写童话;适合于写小小说,就写小小说;适合于写短诗,就写短诗……不把它闭居深藏,等待人马来齐,才一同上阵。这样就使夏云、流星、火花一样的,在作家脑子里印象极深的零碎的素材,也可以随时送到读者的面前,让大家一同享受到我们的感动和快乐。

当然作家们都有自己熟悉的惯用的文学形式,不过这也不是一成不变的,写文章的人,往往是多面手,问题是在于素材。而且不习惯的文学形式,也会因为尝试而得到了味道,导致后来的得心应手,左右逢源,"有意栽花",同时也不妨"无心插柳",弄到绿叶成荫,才知道劳动永远是不白费的。

我们的时代,是百花齐放的时代,我们不但要盈亩满畦、一望无际的牡丹和菊花,我们也要树下的紫罗兰、草地边的蒲公英。世界上没有不爱花卉的人,但是每人的爱好不尽相同,我们的责任是不但让读者能兼收并蓄,还可以各取所需。

《从前没有人到过的地方》(木刻)　　梁永泰

1978年

悼念柳青同志

李若冰

1978年6月13日15时,柳青同志和我们永别了!

猛一听到这个噩耗,我们感到愕然、震惊。前不久,也不过一月零几天,我们才送他去北京住院,他和大家告别时,张嘴笑着的神态是自信的,那对圆眼睛里闪烁着炽热的生命的火花。因此,当听到他病危的消息时,我们一行人受陕西省委、西安市委和作协西安分会委托,赶上开往北京的列车去探望他的时候,大家的心情相当沉重,但仍抱着一线希望,甚至是一线强烈的希望。我们相信还能再见上他一面,他还会像以往有过的那样,再度从抢救中苏醒过来,仰卧在病床上沉思,再度操起那杆严谨的笔,去一句一句地抠掐,一行一行地续写他倾注了全部心血的长篇史诗《创业史》呀!

但是,竟没有想到,当我们来到柳青同志身旁的时候,他那颗为党的文学事业激奋了一生的心脏,已停止了跳动。也许,连他自己也没有料到会这么快离开人世,在他以过人的毅力和病魔相搏斗的同时,不也顽强地在病床上修改着《创业史》第二部下卷吗?也许,他早已料到这一天会提前来到,于是他像攻夺一座城堡那样,争分夺秒,拼命厮杀,英勇地进行着最后的冲刺,以完成长篇巨著的第二部。他曾向前来探望的亲友们说过:"我只要再多活上两三年!……"

当在北京八宝山和柳青同志遗体告别的时候,我们怎能不感到愤慨!这十多年来,柳青身体之所以垮得那么快,那么糟,完全是林彪和"四人帮"反革命路线无情摧残和迫害的结果。本来,他的身体底子并不算坏,虽然年轻时候害过肺病,到长安落户不久,也患有哮喘,但都是可以治好的。在20世纪50年代初,全国开展热火朝天的互助合作运动时期,他像小说里的梁生宝那般生龙活虎,顶风踏雪,冒雨入山,结实得可以熬上几个通夜,也不在话下。他写作《创业史》夜以继日、蚀心镂骨、一丝不苟、精益求精。他那时的年龄,只有四十出头,正是思想和艺文臻于成熟、创作精力旺盛的黄金年代呵!《创业史》的第一部发表之后,他随即又写第二部。他沉迷于深邃的艺术遐想的境界里,翱翔在长篇小说里中国农村发生伟大变革的历史画卷中。他不自我炫耀,只是埋下头写作。他还给自己定了三条戒律:不谈创作经验之类、不登报、不拍照。他珍惜时间如生命,绝不轻易放过片刻光阴。他像一座气势浩荡的涌泉,热情洋溢、光华四射。但是,正是在这样的时刻,他却突然遭到林彪和"四人帮"炮制的"文艺黑线专政"论的残酷迫害。只是粉碎了"四人帮",他才在党组织和亲友们的关怀下,住进医院治疗。但是,他的病早已由哮喘发展为肺心病,要治好已是很困难的了。

我们感到十分沉痛!对于一个有觉悟有党性的作家来说,精神上的打击使其更加坚毅,政治上的迫害使其更加倔强,唯独痛苦的是被剥夺了创作的权利。柳青同志就是这样的。他经受了各种煎熬和考验,活下来了。1972年,在他身体垮得最厉害的时候,传来了敬爱的周总理的批示。周总理十分关心他的创作和健康,让他好好治病,完成《创业史》。敬爱的周总理无微不至的关怀,使他异常激动,终生难忘,仿佛病也减轻了。随即,他就赶紧提起了笔。这时,在一间闷热的简易楼房里,你可以看见他拖着重病的身子,手里攥着哮喘喷雾器,十分艰难地伏在小桌上写着,哪怕每天写两三个小时、一小时。只是他实在支撑不住了的时候,才被送进了医院。他一被抢救过来,就又蜷缩在病床上,写起来了。这时,摆在他床边的不只是哮喘喷雾器,还增添了中国青年出版社给他买的雾化器,和挺立在床角的大氧气瓶。三件救生器具交替使用,以维持生命。即使这样,只要挣扎着能坐起来,他就写,只要还有一口气,他就写。近两三年,他就是在这样和病魔的激烈斗争中,修改和再版了《铜墙铁壁》,修订和再版了《创业史》第一部,新出版了第二部上卷,并在《延河》发表了下卷的几章。一个垂危的病号所能做的和难以做的,他都做到了。他为无产阶级文学事业,耗尽了生命里的最后一滴血。

我们感到极其惋惜!如果他再活上两三年,甚至活更多年,不仅可以完成《创业史》第二部,还会写完第三部、第四部。他去世时才六十二岁,不到古稀之年,本来还能为党和人民继续写出更多更优秀的篇章呵!每一个时代的文学,都出现过一批有代表性的人物,我们党的文学,也是如此。柳青同志生活在无产阶级革命的时代,是我们党哺育和造就出来的老一代作家。他的一生,也像我国许多优秀的知识分子那样,坚定不移地走在和工农兵相结合的道路上。毛主席《在延安文艺座谈会上的讲话》发表之后,他是第一批下到基层生活的作家之一。他在陕北米脂县当乡文书三年多,必然是经历了一番痛苦的磨炼,才坚持下来,并写出长篇小说《种谷记》。新中国成立以后,他又参加到第一批深入工农兵斗争生活中的作家之列,在陕西西安市长安区皇甫村,一头扎下去就是十四年。这是何等不平常的十四年呵!他以村里一座破烂的中宫寺为家,在这里扎根落户,生儿育女;在这里和社员过着一样的生活,勤苦地进行着创作;在这里和人民群众一起投入改造世界的斗争,同时也改造着自己的主观世界。他一心一意爱着皇甫村,生前几次说他死了也要埋在皇甫村。他在长安和皇甫有许多交心的朋友,他们在他逝世后写了这样的挽词:"扎根皇甫,千钧莫弯;方寸未死,永在长安。"对于柳青,没有比人民群众这样再好的赞语,没有比人民群众这样再好的褒奖!柳青的生涯,也正像他生前最后一次发表的短文里说的那样:一个作家,"要想塑造英雄人物,就先塑造自己。怎么塑造呢?在生活中间塑造自己,在实际斗争中间塑造自己"。他认为:"作家的功夫,主要在生活方面,不仅表现在他和人民群众在一块的时候,而且表现在他写作的时候。"作家的倾向、风格,是在生活中形成的,不是在写作时才形成的。他通过自己的生活和创作实践,努力把自己塑造为一个有坚强的无产阶级党性的作家,他以马列主义、毛泽东思想为指针,认真地研究生活,追求新的时代的新的思想、新的人物和新的创作手法,努力攀登文学艺术之峰。他的努力没有落空。他实现了对自己的塑造。他不愧是我们当代杰出的无产阶级作家之一。他为我们党的文艺队伍的建设,为我们时代的文学宝库,做出了具有独创性的贡献,提供了值得我们珍视的经验,他所走过的生活和创作道路,也为我们提供了一个值得学习和借鉴的榜样。

　　柳青常青!《创业史》不朽!

永远向他学习
——悼念郭沫若同志
巴 金

听完北京来的长途电话,我不相信郭老已经离开了我们。我离京的前一天(就是一个星期以前的事),我和两个同志到北京医院看望郭老。我们知道郭老的病情,只希望能站在病房门外远远地看看他。可是这个愿望也没有能实现。我们见到了于立群同志,她告诉我们,郭老病情严重,医生不让见客,不过这两天病情稍有好转,他还想到文联开会的事。走出医院的时候,我们衷心祝愿郭老早日恢复健康。这不单是我们三个人的祝愿,在刚刚闭幕的文联全委扩大会议上,同志们都说出了这样的愿望。

整整一天我的眼前一直现着郭老的笑容。我不能把死亡同郭老连在一起。在我的脑子里郭老永远是精神饱满、生气勃勃的,永远是意气风发、豪情满怀的。我最后一次看见他,还是在十二年前,在上海机场送他回北京的时候。那一个多月我们一起从北京到武汉、到上海,他始终精神焕发地活跃在亚非几十国作家的中间。他坚持战斗,坚持学习,也从未放松国际统一战线的团结工作。不少文化界、知识界的同志跟他一起参加过各种国际会议。在反帝、反殖、反修的国际斗争中,他始终坚持毛主席的革命路线,团结最大多数,受到普遍的尊敬。他那豪放、热情的谈话和演说打动了五大洲人士的心。人们常常讲:"你们的郭沫若!"我跟他一起参加过1950年在华沙召开的第二届保卫世界和平大会和1955年在新德里召开的亚洲国家会议,我因为有这样一位"团长"而感到自豪。在国际斗争的讲台上他的声音十分洪亮,在他身上人们看到了战士、诗人和雄辩家的智慧、才能、气魄、热情和谐地结合在一起。

我同郭老接触多年,印象最深的是他非常真诚,他谈话、写文章没有半点虚假。我想说他有一颗赤子之心。五十几年前我读他的《凤凰涅槃》、读他的《天狗》,他那颗火热的心多么吸引着当时的我,好像他给了我两只翅膀,让我的心飞上天空。《女神》中的诗篇对我的成长是起过作用的。

我每一次同他接触,虽然时间不同,情况不同,可是我觉得他那颗赤子之心从未改变。1966年8月亚非作家在上海举行最后一次大会,会前郭老在旅馆里关门伤了手指,他包扎后出席会议,虽然已是七十二岁的高龄,但在会上他仍然从容自若,和外宾热情交谈。最后他回北京,我们到机场送别。望着他那精神饱满的和善的笑脸,我感到依恋,这个时候我对自己未来的遭遇已有一种预感,我不知道自己还能不能再听到他那洪亮的声音,再看到他那和善的笑容,我为这个苦恼着。

这以后我就开始经历那种我做梦也没有想到的奇怪的遭遇。我真的再也听不到他那洪亮的声音,再也看不到他那和善的笑脸了。在痛苦难熬的日子里,我想到许多我所敬爱的人,我想中国还有他们在,我就应当好好地活下去。这些人中间就有郭老。

战士、诗人、雄辩家的雄姿在我的脑子里更加鲜明了⋯⋯

郭老终于离开了我们。没有能在医院里见到他,我感到遗憾。想到今后再也听不到他那振奋人心的讲话,读不到他那气势磅礴的新诗篇,我感到不可弥补的损失。但是他那精神饱满的笑容始终印在我的心上。他给我们树立了一个光辉的榜样。"伟大的无产阶级文化战士",他是当之无愧的。要向他学习,我还得走长远的路。1921年我开始读他的《女神》,1978年我最后读他的《科学的春天》。五十八年来他走了多少路程,不论是在书斋,还是在战场,不论是在中国,还是在日本,在世界各地,他的脚印都是十分明显的。五十八年来他从未停止战斗,从未放下他的笔。像这样一位勤奋的文化工作者在我国是不多见的。直到最后一息,他始终保持着那一颗燃烧的心。1920年他放声歌唱:"我飞奔,我狂叫,我燃烧。我如烈火一样地燃烧。"1978年他热情高呼:"让我们张开双臂,热烈地拥抱这个春天吧!"精力虽然衰退,热情却从未衰竭,心灵之火永远在熊熊地燃烧。在文联全委扩大会上的书面发言,应当是他的遗嘱吧。他豪情满怀地要求我们:"粉碎了'四人帮',我们精神上重新得到一次大解放。一切有志于社会主义文艺事业的文学家、艺术家,有什么理由不敞开思想、畅所欲言、大胆创造呢!"我要永远记住他的话,永远向他学习。

1979 年

安息吧，立波同志

沙　汀

　　(1979年)9月27日上午,得小严电话:周立波同志逝世了！定于28日在八宝山革命公墓向他的遗体告别,问我是否能去？因为她知道我久病初愈,医生要我全休一个时期。

　　在获悉这个噩耗时我相当平静。立波得的是不治之症,已经在三〇一医院住了将近两年了。今年初秋,我刚住进首都医院不久,他的长子周健明同志一天傍晚跑去看我,告诉我说:"我是得到父亲病危的消息从湖南赶来的;而经过抢救,病情又稳定了。"

　　健明还告诉我,他父亲已经渡过难关,情形还很不错。不仅没有那种刚被抢救转来的痕迹,同家里人谈话时还显得相当轻松。但他说着说着,却忽然哭起来。十分明显,他清楚他父亲不是不知道自己的病情仍极严重,他的毫不在意,无非既不愿让亲人们为他难受,也不愿向病魔示弱而已。

　　不错,当我得到立波逝世的噩耗时,我并没有感到震惊,更没有流泪。虽然当天夜里睡得不好,从20世纪30年代到近两年我们之间交往中的一些回忆片断,不断涌现脑际,我的情绪却也照样平静。我记得,我最后一次去三〇一医院看他,是今年9月中旬。

　　我是跟荒煤同志一道去的,那时我从首医出院才两三天。一路上我们很少交谈,彼此的心情都有些沉重。因为我们都知道三〇一医院已经做出最大努力,但无法帮助立波从死神的魔掌下脱身了！我们这次去探望立波,停留的时间比以往哪一次都短。还不到十分钟,在医生劝告下,我们就被林兰同志领出病房。不仅没有跟病人交谈一句,甚至连病人的面貌也没有看清楚！因为立波已经失掉知觉,眼目、口鼻全部捂着纱布,正在输血、输液,进行抢救……

　　尽管一夜无眠,28日晨早,不到7点我就起床了。卞之琳同志也起得早,我们27日午后就约定一道去向立波的遗体告别的。同我一道去的,还有舒群同志和许觉民同志。之琳跟他们两位都比较熟,因为久不见面,一路都在娓娓叙谈。我呢,只是木然不动地坐在一边,几乎目无所见,耳无所闻,仿佛连思想也停滞了！……

直到车子开进八宝山革命公墓礼堂前面,我才清醒过来,同时也有点儿紧张。可是,当我签过名,佩戴白花和黑纱时,手却不怎么听使唤了！还是刘锡诚同志帮我佩戴好的,而且一直搀扶着我。否则我真不知道自己能否跨上停放立波遗体的礼堂的台阶,以及怎样走进礼堂向立波的遗体告别。因为当签过名,向礼堂走去时,我恍惚觉得全身都瘫痪了！眼泪夺眶而出,无法抑制。我也不知道是怎么走出礼堂,回到汽车上的,只记得刚一坐下,就失声痛哭起来……

返回院部宿舍,是觉民同志把我扶上楼的。每上一层停下来歇气,我总忍不住要向他谈谈立波。有我自己的印象,也有旁人对他的看法。经过一次痛哭,思想好像也逐渐活跃了。直到我独自在卧室里留下来的时候,脑子还是不肯休息,越来越感觉立波的逝世是我们文学界一个重大损失。因为尽管曾经遭到"四人帮"残酷的迫害,但他仍然雄心勃勃,希望在创作上有所作为。

1977年冬,我由北京回到成都不久,立波在11月29日给我的信上说:"林兰开始写一个新的电影剧本。我想先写个短篇试试笔,此道已十余年未问津了。"他这作为试笔的短篇,就是发表在去年《人民文学》7月号上的《湘江一夜》。这个已经获得读者和评论界赞扬的短篇,真也得之不易。因为他在1978年2月5日的信上又告诉我:"我的短篇还没有做出。杂务多,客人也不少。"还有,就是他的房间兼职过多,睡觉、吃饭、工作、会客都得用它……

在这样的条件下写作,是有一定困难的。但他没有怨言,更没有抄起手等待条件改变了才动笔。他出生于旧中国一个普通农民家庭,不是在蜜罐子里长大的。青年时代,不管是在白色恐怖笼罩的上海,还是敌人的监牢和硝烟密布的战场,生活的艰苦,更加不必说了,因此他终究有办法克服困难:"用钻的精神,有一点时间就钻。"他所担心的是怕"影响作品质量"。但事实证明,这篇构思于1977年冬,完成于1978年初夏的《湘江一夜》,丝毫不低于他"文化大革命"前已经达到的创作水平。由此可以想见立波同志的饱满革命干劲和严于要求自己。

立波同志之所以把《湘江一夜》作为被迫停笔十年后的试笔,是他已经决定要写一部以抗日战争为题材的长篇。早在1953年我在作家协会工作期间,他就向我谈过这个计划了。1955年回到四川以后,每逢来京开会,在谈到他这个计划时,我总要敲敲边鼓,劝他早日动笔。因为他准备写的这部小说,是反映八路军三五九旅的一次远征:从陕甘宁边区冲破国民党的层层封锁、日寇的沿途堵截,一直打到湖南敌后;由于形势变化,随后又挥师北上。

我之一再敦促他写作这部小说,不只是因为它足以体现毛主席的战略思想和人民解放军的优良传统,最主要的,是因为他自始至终参加了这次远征。特别不像我自己跟随一二〇师进军晋西北和冀中敌后那样,是"作客"、是参观访问,立波却是作为部队的成员,直接参加了战斗的,因而感受比我深刻得多。两相比较,这是我远不及立波的地方,也是我的《闯关》没有写好的主要原因。

我深感不及立波的地方还不止此。他的才能比我强多了。"左联"时期,他曾经经常用化名在报刊上发表理论批评文章,翻译过两三部长篇和中篇外国名著。其中,基希的《秘密的中国》,对于抗战时期进步文学界兴起的散文报道,有过一定影响。而我呢,尽管搞创作比他早,解放以前也糟蹋过不少纸张,但质量都比较差。新中国成立后则只写过少许短篇小说散文,有两三篇且有错误。他却接连发表了《铁水奔流》和《山乡巨变》,虽然未见全都突破了《暴风骤雨》的水平。

我相信,凡是认识立波,看过立波的作品的同志,不管私人交往深浅如何,对于他的逝世都会感到痛惜。我们文学界的前辈茅盾同志,在一次同我谈到立波的病情时就表示过极大关注,还提出过一个民间流传的单方。巴金同志在知道立波病情严重后,今年夏天,趁他女儿小林同志来京之便,还特地打发她去医院代他探望过立波。在同辈作家中,关心他的人就多了。这说明他有才能、有成就,主要更说明他的为人深受人们尊重。我不是说他十全十美,但他对人诚恳、热情、坦率,没有架子,没有心机……

我同立波同志的交往时间较久。从他逝世以来,几乎每天总有一些往事浮上心头;但我目前还不可能把它们一一移到纸上。现在,我想起了1935年春夏之交我从上海去青岛的情形。在知道我这个打算以后,跟一位负责同志一样,他也劝阻过我,但我同样没有采纳。直到我快要动身去车站,他还又一次到我家里劝阻,力说我应该留在上海坚持工作。他们的意见无疑是正确的,但我最后还是赶往车站,决然离开了上海。

我离开上海的主要原因,是有人老爱制造麻烦弄得工作难做,文章也无法写。我那次去青岛,真是下了很大决心,而且准备长期住在那里,所以把几件破旧家具也全都带去了。但是,出乎意料,尽管一位先于我住在那里的同志经常都那样关心我,我在青岛却只住了个把月,写了一篇《祖父的故事》,就又卖掉全部家具,带着妻小,乘搭海船回上海了。因为完全没有料到,青岛对我竟是那样陌生、沉闷……

回到上海以后,组织上帮我搞了个职业谋生,在私立正风中学教点国文。后来我才知道,立波也为这件事奔走过。1936年春我们都在辣斐德路住家,两个弄堂相隔不远,所以来往也比较多。因为他一个人住,多半是我跑去看他。如果碰巧他刚写好一篇文章,我总会得到一份先睹为快的权利。有时读到一些风趣和有独到见地的段落,我会忍不住停下来提谈两句,或者望他笑笑。于是他也紧接着咻咻地笑了,眉宇间流露出亲切、朴质的喜悦。

那个时期立波只写理论批评文章,他搞创作开始于1937年离开上海以后。我在延安才读到他初期创作的短篇小说《麻雀》。这篇作品是以他的监狱生活为基础写成的,它的艺术特点一直保存在立波以后的长短篇小说中:语言生动、朴素、幽默,极少雕琢痕迹。通过一只麻雀,作者为我们展现了那些为革命遭受禁锢的人的心灵:他们坚强,乐观,对于黑暗势力报以最轻蔑的嘲笑。这也可说是立波同志自己的写照。

这里,我想起一年前去医院探望立波的情形来了。至迟,今春以来,他不会不知道他得的是不治之症。但他总是那么安详自若,看不出有什么痛苦和懊丧的痕迹。在他逝世前二十多天,当其又一次从昏迷里被抢救转来之后,他还立即口述一首七绝:《祝第四次文代会召开》。这首七绝,已经在《文艺报》发表了。而从这篇遗作可以看出,立波同志在病势垂危的时刻他心里想念的是什么,他的神志又多么清明。

而且,这一切说明,作为一个共产党人,他自信他没有虚度此生!事实也正是这样:他曾经在白色恐怖下积极参加革命活动;在敌人监牢里他经受住了严峻考验;在革命战争中他不愧是一名坚强战士;在文艺战线上他也取得了众所公认的成就!……

安息吧,立波同志!

《"雪峰寓言"插画》(木刻)　黄永玉

哭田汉同志

陈白尘

从1927年秋师事田汉同志起,我都尊称他为"田先生"或"寿昌师"。我不敢像一般朋友那样昵称他为"田老大",也不曾以同志相称。这许是我受孔孟之毒太深,尊师重道的积习未除;也许是我对"同志"两字的伟大意义理解得不够深透。可是十四年前,忽然间"同志"两字被人从他的姓名之下砍去了,却在他的姓名之上冠以种种恶毒的称谓!自然,同时遭受这样毁谤的老一辈无产阶级革命家何止千万!我悲愤,我痛哭,我才感到"同志"这两个字的千钧重量,我才在心灵深处把他们光辉的姓名和珍贵的"同志"二字牢牢地焊接在一起!

"四人帮"被粉碎以后,多少光辉的姓名恢复了名誉。而他,在十四年后的今天,千古奇冤一旦昭雪!我痛哭良师,不能不万分尊敬地称他一声:"田汉同志!"

田汉同志从五四运动起便投身戏剧事业,写下了光辉的剧作。1927年大革命失败后,他以在野者之身,腰无分文,于筚路蓝缕之中创建了南国艺术学院和南国社,从事"南国"艺术运动,特别是"南国"戏剧运动,为我国革命戏剧运动奠定了基石。他在南国社里广泛团结了当时艺术界知名人士和艺术青年,同甘苦,共患难,与贫困做斗争,与国民党反动派做斗争,使革命戏剧之花开遍中国!1929年夏南国社第二次去南京公演时,国民党反动大头目戴季陶威胁利诱,要南国社屈从于反动统治,田汉同志和他拍案相骂,拂袖而去。在他写作、演出《火之跳舞》之后,更演出新作《一致》,这幕怒吼出反抗暴君、打倒暴君的短剧,使反动派惊惶失措,目瞪口呆。田汉同志却在次年写出十万言的《我们的自己批判》,发表于封面画着斧头镰刀的《南国月刊》上,公开投入党的怀抱!"左翼剧联"便以党所领导的艺术剧社和南国社为中心建立起来了!

在党的领导下,田汉同志更是英勇百倍。他高举"左翼剧联"大旗,身先士卒,冲锋陷阵,战斗在戏剧战线第一线上。同时,他还深入电影、音乐部门,和他的战友夏衍、阳翰笙同志创建并打进了某些电影公司,使20世纪30年代的中国电影事业走上了革命道路,和聂耳、冼星海等同志建立了音乐领导小组,创作了大量的抗日救亡歌曲,鼓舞亿万人民的革命斗志,其中《义勇军进行曲》等至今还脍炙人口!戏剧、电影、音乐这影响着广大人民群众的三大艺术部门的阵地都被我党所夺取了。正因此,国民党反动派百般惊慌,狗急跳墙,乃追捕田汉同志,投之狱中!……

党中央已为田汉同志做出公正的评价,作为弟子,毋庸多作颂扬。但对于恩师田汉同志我所不能已于言者,是他对我的教育。

1927年大革命失败后,我正处于苦闷、彷徨之中时,受了上海艺术大学招生广告之骗,进了这所"野鸡大学",但也幸而受骗,才得以立于田汉同志门下。我说受骗,是这个学校校长周某因债务累累,早已逃匿无踪,他以田汉同志等人的名望招来了学生,却把所收学费等等偿还旧债,以至于开学不久,教师工资无着,学生停开"伙仓"。这时候,我们虽然赶走周某的走卒,学校却陷入群龙无首的绝境。而唯一支持我们学生正义斗争的,只有田汉同志一人。教育史上空前未有的创举产生了:我们用巴黎公社的选举方式选出校长,田汉同志便以百分之百的选票当选!

田汉同志原来虽是我们文学系主任,但我到此时才算开始认识他。那时他也不过二十九岁,也和我们一样在大革命失败后陷于苦闷彷徨之中。但他身上有一团火,在黑夜中的我们会自然地奔向他。他又如一块磁石,我们这些学生便不自觉地被他所吸引,追随他前进。他胸怀坦白、热情豪放。艺坛名流,乐与交游。他当了校长,依然身无分文。但郁达夫、徐悲鸿、蒋光赤、洪深、欧阳予倩、徐志摩、周信芳、朱穰丞等等无不热情赞助,参与学校各种艺术活动。他为解决学校经费,先筹拍影片《断笛余音》,各系的学生都自动参加,20世纪20年代的名演员唐槐秋和吴家瑾义务参加演出,化装大师和老一代演员辛汉文成为我们艺术指导,乃弟田洪担任义务摄影师……影片虽未完成,但在苏州拍外景时,演出了田汉同志当时只有腹稿的名作《苏州夜话》。

电影摄制工作中断了,因为摄影机和胶片都为学校而送进了当铺。但田汉同志又计划起"鱼龙会"的演出。原来在这之前,我们又收进了三名同学:其一,是从陕西经北平而转来上海的左明;其二,是蓄长发、持手杖远从哈尔滨跋涉而来的陈凝秋即塞克;其三是生于广东、长于苏州、住于北平而来自南京的小妹妹唐叔明。他们有共同的愿望:都是要投奔田汉同志门下;他们有共同的志趣和才能:要演戏也能演戏;他们也有共同的困难:都是不名一文,不仅交不起学费,而且还要求供给饭吃。对于他们,田汉同志毫不犹豫地说:"好,进来吧!"这三人,后来终于成为南国社一个时期的三根台柱。

"鱼龙会"是一次连续一周的话剧展览演出。主要剧本是田汉同志这时期和以前的创作和译作,如《咖啡店之一夜》《苏州夜话》《名优之死》和菊池宽的《父归》等,而殿之以欧阳予倩的新作《潘金莲》,由欧阳予倩及周信芳、高百岁等同台演出。舞台口限于饭厅两扇大门之间,不足两丈,观众座位在学校前厅里,满座也只五十人。它的演出自然解决不了学校经费的困难。但这次演出当时被称为艺坛的盛举,而且为后来南国社戏剧运动揭开了序幕,打下了基础。

寒假中,为了节省善钟路即今常熟路87号那座洋房的高昂租金,学校暂迁到西爱威斯路即今永嘉路的一排铺面房屋里。艺大前校长周某见危机已过,便卷土重来,勾结巡捕房,将全部校产教具,抢劫一空。我这个兼任校务委员、管事务、会计和誊写的文科学生,和兼任校务委员、管教务的文科学生陈明中即陈新,气得暴跳如雷,要控告周某以抢劫之罪。但田汉同志在愤怒之后,却淡然一笑,挥手说:"让他去!我们就在这儿办自己的学校——南国艺术学院!"

南国艺术学院就是在这最简陋的"家徒四壁"的铺面空房里,用我们的赤手空拳,用田汉同志在某报编辑副刊的编辑费,从北京路旧货铺里搜罗旧货,一草一木地办起来的。原来上海艺大的学生,除一些纨绔子弟外,全都宣布脱离艺大,转入南国艺术学院!连音乐系同学张恩袭即张曙和王素等,明知我们成立不了音乐系,也都转学过来,宁愿自学。

就是这样最简陋的学院,却敦请到徐悲鸿先生为美术系主任,欧阳予倩和洪深先生为新设立的戏剧系主任和教授,田汉同志自任文学系主任兼院长,徐志摩、陈子展、孙师毅、王礼锡等等都担任教授……但他们没有支取分文薪金。

就是这样简陋的学院里,却改建了一间颇为精美的画室和一间可以排练和演出的小剧场,在这里产生了不少优秀创作。

就是这样简陋而仅有半年历史的学院,却培养出像吴作人、金焰、郑君里、张曙、塞克、左明、赵铭彝、刘汝醴、马宁等优秀的文学、美术、音乐、戏剧、电影多方面的人才!田汉同志常说:"南国无以为宝,唯以人才为宝。"他就是这样为后来的南国社培养了一批骨干;在南国社时代更广泛地培养、团结更多的人才,为后来左翼艺术运动储备了骨干。在左联时期,特别是后来抗日战争时期,他更在全国范围内广泛团结戏剧界,特别是各地方剧种老艺人,引导他们进行改革,走向革命,靠拢了党,为新中国、为党又培养、团结了无数人才和干部!这一功绩是无可比拟的。田汉同志是名副其实的戏剧界一代宗师!

当时我并不是戏剧系学生,但在田汉同志身教的影响下,后来终于改行学写起戏剧来。而更重要的,是在田汉同志的身教下,我才懂得与同志共甘苦,和时代共呼吸的道理,我才跟随着他走向革命。总之,向他学习到怎样做人。

田汉同志的一生,是为建立中国话剧事业而艰苦奋斗的一生,是为团结全国戏曲艺人一心向党而始终不懈的一生。他是五四以来革命戏剧运动的奠基人,他是永远鼓舞人民斗志的杰出的戏剧家和诗人,他是使敌人望而生畏的无产阶级文化战线上的英勇战士。就是这样一位连国民党反动派极想杀害而不敢杀害的"好汉",林彪、"四人帮"及其"顾问"之流,却对他肆意诬蔑、无情打击、百般凌辱、万般摧残,经过两年多的难以形诸笔墨的折磨,终于坚贞不屈,瘐死狱中!

人生自古谁无死,留取丹心照汗青。田汉同志的一生功绩将永载史册!他的前期著作将继续鼓舞人民前进;他新中国成立后的巨著《关汉卿》《谢瑶环》等等将作为典范,长存人间。田汉同志是不死的!

我的恩师——田汉同志,你安息吧!

《大地明珠》(木刻)　莫测

1980 年

怀念小川
——《革命风云录》代序
魏　巍

杜惠同志要我为小川同志的报告文学集《革命风云录》写一篇序言。我也正想借此机会,对这位我所尊敬的战友表示深深的怀念。

小川同志离开我们已经将近三个年头了。回想三年前,当这位无产阶级的才华出众的诗人不幸早逝的时候,我国的广大群众和他的战友们,是何等痛惜呵!现在虽然过去了三年,这种痛惜之情,不仅没有为时间所冲淡,反而在我们的心头越发分明了。

我同小川相识,是解放之后他在中国作家协会工作的时期。过去,我们虽然不在一个战略区工作,但由于我们的年龄、经历相仿,特别是他那热情奔放的性格和直爽坦荡的胸怀,使我们一见如故。小川毫无架子,穿着也很随便,秋冬时喜欢戴一顶普通的鸭舌帽。他的谈吐也像他的穿着那样,毫不矫揉造作。他既无官气,也没有清高孤傲的文人习气。不管从接触中,还是从他的诗文中,我都感到有一种朝气蓬勃的革命热情。他在作协时期工作很忙,事实上只能挤出一些业余时间进行创作。由于他特有的勤奋,不仅写出了大量优秀的诗篇,还和其他同志共用"马铁丁"的笔名,写了许多富有战斗性的杂文。从 1956 年他发表《投入火热的斗争》《向困难进军》到 1966 年的十年间,可以说是他诗歌创作的黄金季节。那些诗就像喷涌而出似的,不仅写得多,而且写得愈来愈好。每当我看到他那些光彩夺目的佳作时,常常叹赏不已,衷心佩服他的革命精神和不凡的诗才。

但是,自从林彪、"四人帮"肆虐开始,我们彼此自顾不暇,就很少见面了。我只粗略知道,他随同大批文化干部到了长江边上的一座"五七干校"。此后数年,一直音讯杳然。直到 1971 年仲夏,一天,他忽然跑到我的家里来,真像从天而降似的。我凝望着这位阔别多年的老朋友,真是高兴万分。他穿着一件褪了色的灰衬衫,头发长长的,但是精神很好,神情活泼,谈笑风生,除了在南国的阳光下晒得稍微黑了一点之外,跟以往没有多少差别,简直看不出像是受了严重冲击的样子。他还兴奋地告诉我:在干校的一年半间,他的诗歌创作并没有中断,劳动之余,还写了不少诗,准备以后寄给我看。老实说,他的这种精神状态,在当时是很了不起的。那时,文艺界的许多人都处境艰

难,很少听说还有谁再拿起笔来。在我们开怀畅饮时,他还举着酒杯,满意地笑着说:

"去年我还游过了长江!"

"什么?你游过了长江?"我望着他那看来比较瘦弱的身子惊讶了。

"是的,我还写了一首《万里长江横渡》的诗呢!今年春节假期初改了一遍。"

小川经过疾风迅雨的严峻考验,仍然这样意气风发,给我留下了深刻的印象。确实,也只有像他那样具有革命浪漫主义气质的人,才会有如此浩荡的情怀!

可是,小川走后,又是很长时间听不见他的讯息。既没有看到他寄的诗来,也没有任何书简相告。后来才知道,已经宣布"解放"的他,又被送到天津附近的团泊洼"五七干校"去了。而且这一次不同寻常,还为他立了专案,进行审查。我多方打听,到底为什么,众说纷纭,没有人说得清楚。还有人说,跟他发表那篇《万里长江横渡》有关。据说,诗里有这样的句子:

望对岸:
鲜花一城
红楼千幢
绿柳万株
崭新崭新的阳光
洒进了
千家万户……

在团泊洼的这段时间,我不知道小川是怎样熬过去的。直到1975年10月中旬,我忽然接到他一封来信,约我相见。原来他已经回到北京,并且受到几位领导同志的接见,看样子是要同我谈些什么。约好时间,我就兴冲冲地到了他在天桥的家里。这是一个秋光明丽的上午,我们在四层楼上一个狭小的房间里见了面。他的这个家,我是第一次去,房间里只有几个书架,摆着一些诗集和其他的书籍;但是我们的心情很愉快。

我们从当年7月毛主席对电影《创业》的批示谈起,谈了一些文艺界"四人帮"追随者的狼狈相,谈到高兴处就哈哈大笑。小川悄悄地告诉我,对他的"审查"已经结束,他将从文化系统调到中央组织部,实际上是找了一个临时的"庇护所",以免再次受到迫害。这是我第一次听到"四人帮"这个词。因为在这之前,大家都背地里骂他们是"上海帮",是毛主席纠正说,不要叫他们"上海帮",应该叫他们为"四人帮"。小川严厉地斥责他们是反动腐朽的修正主义集团。最后,他义愤填膺,十分果断地说:"在这场斗争里,我们要坚决站在毛主席、小平同志这一边!"他的语调是那样慷慨激昂,他的姿态又是那样沉着坚毅,似乎立刻就要走上战场,同"四人帮"枪对枪、刀对刀地大干一场!

我们后来看到的小川诗歌中战斗性最强、最光辉的篇章之一《团泊洼的秋天》《秋歌》,就是他当时思想感情的真实写照。例如《秋歌》,不啻是一篇对"四人帮"的宣战词:

是战士,决不能放下武器,哪怕是一分钟,
要革命,决不能止步不前,哪怕面对刀丛。

见鬼去吧,三分杂念,半斤气馁,一己声名,
滚它的吧,市侩哲学,庸人习气,懦夫行径。

……
磨快刀刃吧,要向修正主义的营垒勇敢冲锋;
跟上工农兵的队伍吧,用金笔剥开暗藏敌人的花色皮层。

清清喉咙吧,重新唱出新鲜有力的战斗歌声;
喝杯生活的浓酒吧,再度激起久久隐伏的战斗豪情。

人民的乳汁把我喂大,党的双手把我育成;
不是要我虚度年华,而是要我参加伟大的斗争。

同志给我以温暖,亲人给我以爱情;
不是让我享受清福,而是要我坚持继续革命。

……
我知道,总有一天,我会衰老,老态龙钟;
但愿我的心,还像入伍时候那样年轻。

我知道,总有一天,我会化烟,烟气腾空;
但愿它像硝烟,火药味很浓很浓。

小川确实要拉开架势与"四人帮"决一死战了。在他停留北京的个把月中,毫无疑问,他进行了频繁的革命活动。在这些活动行将结束时,他对我说,他还要到南方各省去"走一走"。自然,我知道这个"走一走",绝不是像过去那样写几首诗,而是要以自己的行动参加写一首最壮丽的诗——有助于结束"四人帮"为期十年的动乱。

在小川南行前夕,我又悄悄到一个招待所去看望他。他的案头散乱地堆放着一些没有写就的文稿和书信,小沙发桌上放着一些吃剩下来的食物。不须多问,他又夜间进行鏖战了。我知道,在团泊洼干校,他就开始写批判"三突出"的文章了,用他自己的话说,也就是"用金笔剥开暗藏敌人的花色皮层"了。很可能是这些文章还未写成,又在继续干。因为他很想从"四人帮"这个"文艺理论"开刀,而我则认为,应先向"四人帮"的违背"双百"方针发起进攻。我们交换了些意见之后,他又谈了近几天令人气愤的事。"四人帮"的追随者被迫组织了冼星海的音乐会,然而却不给星海的夫人发票,并把光未然同志拒之门外。最后我们谈起他南行的事,他精神焕发,信心很足,说春节前后就可以回到北京。我则告诉他,情况复杂,对人说话可要看对象呵!他对此也点头称是。然而,有谁能知,我们这次的相见竟是永别!

在那个动荡的时期,一切事都难以预料。小川南行不久,政治风云就起了突然的变化。

后来周总理逝世,悲忧交集,我已无法工作。怅望南天,思念小川,又不知他身在何处。唐山地震第三天,我就到了这个被毁灭的城市。在一堆堆如山的瓦砾之中,无数人民被压在底层,有的还在呼救,有的已经腐烂,我军广大指战员一身血一身泥地在掩埋死者,挖掘生者。《诗刊》的负责人葛洛同志前来约稿,我就悄悄地把他拉到帐篷外,问起小川的情况。葛洛同志告诉我:他仍滞留在河南林县。

终于,在伟大的十月,"四人帮"被粉碎了。我很快就打电话给杜惠同志,探询小川的归期,并希望他快快回来。杜惠同志也说,他很快就要回来了。可是,谁又会想到几天之后,就传来那摧人心肝的噩耗呢!

为小川举行的追悼会,到的人很多。老老少少,男男女女,把一个大厅挤得满满的。我想,这不仅因为他在诗歌艺术上的巨大成就,而且同他生前的为人有关。他是那么热情诚恳、平易近人,所以大家都愿亲近他。当哀乐奏起时,我听见一片哭声。我也任热泪纵横,倾洒在小川的遗像之前。我哭,是哭这位我党一手培养起来的富有才华的诗人的早逝;我哭,是哭一个正直优秀的战士所遭到的无端迫害;我哭,是哭他死在捷音报晓的伟大胜利声中,我们再一次新生的祖国正等他出力报效之时……

为了纪念小川同志,为了使他的作品继续在人民中发挥战斗作用,人民文学出版社已经出版了他的诗歌选集。现在他的报告文学集《革命风云录》,也将出版。小川同志在人民日报社工作期间,曾经写了大量的通讯和报告文学作品。据我的印象,小川是很乐于从事记者工作的。由于他对火热斗争生活的热爱,由于他那强烈的革命责任感,总是想让文学武器发挥更广泛、更直接的战斗作用。因此,在他担任记者的数年间,他时而出现在炎阳如火的抗旱前线,时而出现在大雪纷飞的雪原林海,时而出现在霓虹灯闪烁的南京路,时而出现在黄沙漫漫的荒凉沙漠,工作是很紧张很辛苦的。在这期间,他所写的通讯和报告文学作品,也像他那些光辉的诗篇一样,闪耀着共产主义思想的光芒,具有很强的思想性和战斗性。所不同的,只不过是运用了报告文学这种不太拘泥的文学形式,更加实际地、更加具体地描绘了革命群众的精神面貌,当代的英雄人物和他们改天换地的斗争过程。而这些报告文学作品,除了贯穿着作者素有的革命热情外,还写得非常真实和扎实,完全是那大建设年代革命风云的真实记录。这个集子里所收的《鸟审召人——新愚公》,就是我最喜欢的一篇。它不但写得气势磅礴,而且写得具体生动,把茫茫沙窝中的英雄人民,如何艰苦创业、战天斗地,写得非常感人。这活生生的光辉灿烂的英雄谱与胜天图,充分反映了人民创造力的伟大和毛泽东思想的威力。这是一篇很有分量的报告文学的佳作。在这个集子里,还收集了《为革命,会革命》《小将们在挑战》两篇文章,一篇是讲北京积水潭医院的,另一篇是讲中国乒乓球队的,但都通过活生生的实际,宣扬了革命的辩证法,对我们是一堂生动的哲学课。其他各篇,有讲革命传统的,有讲革命风格的,也有讲边疆民族问题的,每篇都各有比较深刻的思想内容。这些报告文学作品,是作者的革命热情、沸腾的斗争生活与共产主义思想的浑然统一。它是刚刚过去的中国大建设年代的一页历史,中国人民当年那种热火朝天的干劲,至今回忆起来,仍然使人神往。今天对于全力投入社会主义现代化的人民和青年来说,无疑具有强烈的现实意义。这些报告文学作品,将同作者的诗歌一样,激励我们在新长征中奋发前进。

同志们说,出版作者的作品,是对已逝者的最好纪念。这当然是对的。但是还有一条,就是向逝者的革命品质学习。小川不但是我们诗坛的一颗亮星,而且是我们无产阶级队伍中的一个优秀战士。他确实兼有诗人和战士的崇高品格。学习他的这种革命品格,不倦地为真理而斗争,这就是我们对诗人的最好的纪念。

泥土气息与石油芳香
——怀念李季

刘白羽

《文艺报》要我写一篇悼念李季的文章,这对我实在是一个大难题。李季逝世二十多天以来,我想起来的总是活的李季,我觉得李季的声音笑貌还留在我的屋内,李季可以随时出现在我面前。对于我来说,对亲近的人的消失,我只有把它深深埋在心的深处,不去触动它、而悄悄忍受着痛苦。我只在一篇短文中流露了一点心情:"老友遽然永别固令人悲哀,但本来应当活在我们后面的走到我们前面,这简直就是一种痛苦。"这里所指的就是李季。李季长期患心脏病,引起我的忧虑,而近年来,他逐渐好起来了,在我面前总显得神采奕奕、谈笑风生,我怎样也没想到,李季会走在我的前面呀!

我和李季相识甚久,但交往亲密,和他同石油发生关系一道开始的。他原是一个有泥土气息的人,这是他纯朴的本质,正因为如此,他在风华正茂的年代,就写出了《王贵与李香香》,那是从农民心坎上发出的歌唱。但最难能可贵的,是新中国成立以后,随着祖国工业建设的发展,他立即转到石油战线。现在,我应当公允地评价,在新中国成立后,继续深入工农兵生活,在我们中间,李季是做得最好的一个。久而久之,他原来的泥土气息变成了石油的芳香。每当他从石油工地走到我这里来,他总是风尘仆仆,却豪情满怀。石油工人的蓝色粗布工衣,一直到最后,还是他最喜欢穿的服装。随着长期深入生活,石油工人深深感染了他,他已成为他们当中的一员,我发现他的思想、感情、语言、动作都改变了。他变得更加质朴、更加热情。你和他接触,从他身上总传来一种热烘烘的活的动力。正因为这个缘故,我爱李季。

想起李季,使我最难忘的,是在我最困难时他给予我的最大的支援。那是1962年,我患神经瘫痪症卧病在医院里。炎热的夏天,只有藤荫里传来摇曳的蝉声相伴,寂寞极了。有一天,李季兴冲冲跑来,坐在床边跟我谈起大庆会战。他自己就是亲身参加会战的,他说得眉飞色舞,绘声绘色。他说到大庆人头顶青天,脚踏荒原,披荆斩棘,辟莽开荒,这一切立刻吸引了我。他像一阵旋风吹来又吹走了,但他带给了我心灵上最大的鼓舞。他告诉我:彭真同志主持召开了一个大会,康世恩同志做了一个长篇报告。他说精彩极了,他临走答应把报告稿送给我。李季来了又走了,但他把一股时代的洪流引进我这寂静的病房,使我产生了一种渴望,像一个负伤的战士,想望着火热的战场。两天后,讲演稿送来了。当时,我神经情况很不好,一兴奋起来就无法抑制自己,而全身簌簌发抖,但我挣扎着、奋斗着,一点一点读完了。李季带给我精神上的治疗对我太好了。我想我不能就这样卧在病床,我应该有一分热发一分热,我还要战斗。从那以后,多少深沉的思索,多么激荡的心弦,我用颤抖的手握着笔,断断续续,写下《平明小札》一批文章,发出战斗者的呐喊与歌唱。

是的,李季是一个好的文艺组织工作者,好的编辑工作者,但在我与他相处中,话谈到深处,我总觉得他的心一直是在石油工地上。

经过十年浩劫,我还保存着李季给我的信。今天,我一面看一面热泪滚滚而下,我在这里摘录两封:

……我要向党申明:通过这一次的斗争,使我进一步认识到在今后长期、复杂尖锐的阶级斗争中,文艺这一武器的重要作用。意识到这种责任,更加坚定了我做一个党的文艺战士的勇气和信心。不因困难而逃避,不因任务艰巨而退却,力争做一名不负于党的文艺战线上的无产阶级战士。

从我对自己的这个要求出发,我请求党组织能批准我再到生活中,到社会主义建设岗位上,去工作、锻炼若干年。

具体说,希望能批准我像1952—1954年在玉门油矿那样,把家搬到石油工业的基层厂矿,挑起担子,像一个普通干部一样的生活、工作一些年。并争取在工作过程中,学会掌握一至二种生产技术,达到三级工的水平。……

这封信表现出李季对于深入生活的强烈的愿望和诚挚的理想。

不久以后,我收到他从萨尔图寄来的一封信:

……我于十四日离京,现已到达这里。

……这里的情况,比我所听到的和想象的都要好,特别是这里人们的那种朝气,真使人感奋。

年来外边的那些风,这里好像很少波及。人们既苦(居住,生活条件)且乐——在不到两年的时间里,拿下了好几个玉门和克拉玛依,他们怎能不乐呢?最近少奇、小平以及许多中央负责同志,都来参观了。虽是遍地土房,有时间的话,真该来看看。……

我爱我长期共同战斗的同志,只要他是真的战士,但我从心里特别器重李季。这不仅仅因为个人情谊,由于他不间断地深入生活,他是把知识分子习气洗涤得比较干净的一个。

当我被隔离七年之后,回到家中。一个夜晚,李季来看我,我发现,浩劫与折磨没有改变了他,不过同时我也发现他在严重病痛之中。他比从前容易激动。多少年生死两渺茫,而今有多少肺腑之言,需要倾诉。诉说中,他说着说着,就激动地从沙发上跳起来,瞪着两眼,伸着手指,他那慷慨陈词,说明他胸中压抑着无情的怒火。握别时,我勉励他:

"李季!你要保重身体,我们活着,还要战斗!"

他天真地笑起来,连声说:"还要战斗!还要战斗!"

令我永远难忘的,是1977年春天,我和李季、光年一道在华北油田过的那段生活。这一回,我亲身感到李季一种高贵的品质,他和油田指挥、工程师、工人一样,是油田的主人。他谈到石油,就像谈到自己的生命一样。他那时,笑得那样天真,眼光那样温暖。他那样熟悉,那样热爱油田上的一切。他一下出主意要我们一定到哪个大队去一下,一下又介绍一个工地指挥跟我们交谈。当那个女青年走后,他赞叹着说:"大庆会战时的小鬼,现在挑重担子了!"总之,他对油田每人每事,都是那样喜爱,是的,没有热爱生活的品质,是不能成为一个出色的诗人的。他的热情感染了光年和我。当时,冀中平原,梨花刚谢、早寒还重。但我这个似乎多年不见阳光的人,一下给强烈的阳光吸引住了。光年和我身体都还没从摧残中恢复过来,可是石油英雄战斗精神召唤着我们,我们还到了渤海,到海上钻探船和采油船各住了一个夜晚,披着海风,迎着海浪。这是我和李季共同度过的最美好的一个春天。

我跟李季接触太密切,要写的会很多很多。我今天主要写长期斗争生活的风云雷电怎样熔铸出这样一个人,他真正成为无产阶级革命战士,而后成为无产阶级革命诗人。李季是我们队伍中一个很好的榜样,他从不自浮在人民之上,而深深扎根人民之中。直至最后,他和我还盼望着什么时候再到油田去呢!

李季的逝世太突然了,对我简直是猛烈的雷霆轰击。仅仅三天前,我们还在一道开会,热烈交谈。8日下午,小为打电话给我说,李季病犯了,正在抢救……我急着问怎么样?小为说不下去了,张僖接过电话告诉我:马上送医院。谁知我赶到医院,他竟弃我而去了。我不能相信,我无法相信,而这一切一切都已无可挽回了,我除了痛哭,还能为李季做点什么呢?!使我悔恨的是近年来只为李季恢复健康而高兴,却没有想办法为他减少一点工作量,让他得到休息。李季逝世第二天,他的长男到我这里来告诉我:他心脏有时疼痛,但他总不让说。我才知道李季是隐蔽着不肯告人,而用全生命工作着、工作着,一直到他用尽最后一丝气力。李季,你确确实实做到了"春蚕到死丝方尽"！正因为如此,李季,你想过吗？你留给我们的悲痛实在太大了。我们文学战线失去了这样一个人,他很平凡,又很杰出。从泥土气息到石油芳香,就是李季一生的经历,这是我们永远不能忘却的宝贵的经历。

《荒山春色》(木刻)　杜应强

我在寻找什么?

王 蒙

1953年深秋的一个晚上,在离北新桥不远的一幢新建的二层小楼里,当时担任共青团的干部的十九岁的我,怀着一种隐秘的激情,关好那间办公室兼宿舍的终年不见太阳的小屋的门,在灯下,在一沓无格的白纸上,开始写下了一行又一行字。旁边,摆着各种工作卷宗、没有写完的汇报、总结,如果有人敲门,我准备随手把一份汇报草稿压在上面,做出一副正在连夜写工作材料的样子。在写作生涯刚刚开始的时候,我考虑的是失败和嘲笑,我感到的是力不从心的痛苦。

即使这样,当我坐在桌前,拿起笔来的时候,我意识到这是发生了一件影响我的一生命运的事情。我觉得神圣、觉得庄严,深知自己是在努力把美好的却也是稍纵即逝的生活记录下来,是在给热烈的、难以把握的激情赋以固定的形式。我真诚地认为,写在纸上的东西,也许其丰富多彩不及活生生的生活的千百分之一,然而它是热情的结晶,是生活的光泽,是青春的印迹,它比生活事件本身更永久,比生活事件本身更能为千万人所了解,它是心灵的历久不变的、行远不衰的唯一的信息。

于是我认为作家是世上最幸福的人,他能够同时与一千个、一万个、十万个朋友谈心,他永远也不会孤独,他永远和千百万人民在一起,去建立全新的、最美好、最公正也最富裕的生活。

我当时所工作的共青团区委会的院落外面,是一个新华书店门市部,我常常到那里去吸吮油墨的香味。我徘徊徜徉于书林,流连忘返,我希望有一天我的书——我的心,也能坦露在这里。

这是我写《青春万岁》时候的情形。后来,它终于出版了,不是在当时,而是在我的孩子的年龄已经超过了我当时的年龄的时候。它从写作到出版用了二十六年的时间,比四分之一个世纪还要长。1979年,它出版的时候我已经不那么激动了,我已经知道了写作需要承担什么样的责任和风险,需要付出什么样的代价——心血、眼泪、青春,有时候还包括鲜血和生命。

因为文学追求光明,向往真理,渴望发展和进步,因为文学是人学,它以人为中心,它追求人成为真正的人,它要求人和人的关系成为真正的人的关系——共产主义的关系,老吾老以及人之老、幼吾幼以及人之幼的关系。所以它要与一切剥削制度作战,要与黑暗、与愚昧,与一切反动和保守的势力和思想,与一切虚伪和谎言作战。这样,一切黑暗和反动势力不能不把文学视作眼中钉。在我上中学的时候,我已经知道了被枪杀的柔石、殷夫、胡也频……的名字。在十年浩劫期间,我每每惊异于江青一提起作家就有那么强烈的、本能的应该说是兽性的恐惧和仇恨。

我的第一个文学教师是我的姨母,1967年她来到新疆伊犁我当时的家,几天之后因为脑溢血发作而长眠在那里。我至今记得她如何为小学二年级的七岁的我的第一篇作文添加了一个警语式的结尾。那本来好像是一篇描写春风的"文章",姨母"代"我在结尾处写道:"风啊,把这大地上的黑暗吹散吧!"老师没有怀疑这句话是否可能出自一个孩子之口,她兴奋地、密密麻麻地为之加上了红圈。

是的,文学应该成为驱散黑暗的一股清风,成为催醒百花,唤来燕子和百灵的一股春风。正是为了驱散黑暗,我从少年时代便参加了当时还处于地下状态的党组织所领导的反对蒋介石国民党的人民革命斗争。我从少年时代便成为这个党的一名战士。在学生运动当中,文学是革命的号角。不但有鲁迅、巴金、丁玲的作品,而且有《钢铁是怎样炼成的》,有《铁流》和《土敏土》,有《李有才板话》《白毛女》《吕梁英雄传》《洋铁桶的故事》和《我的两家房东》,在蒋管区的青年学生中间流传。我始终认为,像《钢铁是怎样炼成的》这样的书,培养了苏联的、中国的、世界的一代或者几代革命者。

我始终认为,文学与革命天生是一致的和不可分割的。它们有着共同的目标——把旧世界打个落花流水,鲜红的太阳照遍全球。文学是革命的脉搏、革命的讯号、革命的良心,而革命是文学的主导、文学的灵魂、文学的源泉。《钢铁是怎样炼成的》所以能培养不止一代革命者,首先是因为革命的烈火、革命的理想与实践培育了奥斯特洛夫斯基和他的书。

所以,当人们用革命的名义、用辉煌的、一时难以辨认的革命的言辞向文学大张挞伐的时候,最后甚至用这种名义来强奸文学、消灭文学的时候,我感到撕裂心肝、撕裂身体和灵魂的痛苦。我的人格似乎真的分裂了:要忠于革命,必须背叛文学,而爱文学搞文学,竟意味着会变成革命阵营的可耻的叛徒。

于是,我"自觉地",努力去否定文学,抛弃文学,首先是否定自己。"你和你的作品是多么渺小,多么卑鄙!"我力图去相信批判会上的这种声音,因为它不但洪亮震耳,而且义正词严。我确实发现了文学的渺小——它连一个大嗓门的批判的气势都没有。我还希望能发现文学的卑鄙,发现以后我会心安理得地躺到人们为我指出的下榻处所——历史的垃圾堆里去。如果消灭了我所热爱过的文学以后果然产生了新兴的、"新纪元"的、可以用尽一切革命辞藻来形容的文学的话,如果我在滚进垃圾堆以后中国果然变得更纯洁、更美好、更幸福的话,我何乐而不乖乖地躺在那里?

于是我由衷地欢呼"喝令三山五岭开道,我来了!",我认真地努力去领会"冲霄汉"

"冲云天""能胜天"之类的样板状语。不怕人笑话也不怕人抓辫子,我其实觉悟得很晚,更谈不上有什么抵制,我甚至曾经努力去领会"三突出""高大完美"。尽管在我的潜意识里对此充满了厌恶,尽管我常常在睡梦中哭湿了枕头。

在这一段时期,对于我来说,神圣的、永恒的、郑重和伟大的文学确实变成了渺小的、软弱的、可怜的、任人宰割、任人驱使的文学了。它不过是舞文弄墨的雕虫小技!它不过是自欺欺人的信口开河!它不过是权力的奴婢,它不过附在大人物的皮上的一撮毛!呜呼,文学!别了,文学!

文学果然也成了卑鄙的了,它满纸谎言,它欺骗和麻醉人民,它变成了黑店人肉包子里的蒙汗药,变成了刽子手杀人时的遮羞布,变成了造谣和诽谤,变成了阴谋整人的小花招……

不仅是文学,生活里有多少咋咋呼呼,其实是渺小而卑鄙的人和事。面对这一切,我一筹莫展,我既缺乏认识,又缺乏勇气,更缺乏力量,我在苟活,我在坐待。我在1957年被指责为渺小和卑鄙以后,过了二十多年,当真感到自己是渺小和卑鄙的了!

然而与此同时,我认识了真正的伟大与崇高。在生活的最底层,在最边远的地方,与人民同甘苦,共呼吸,站在人民的立场看那些年的戏法魔术、风云变幻、翻手云雨,孰是孰非,孰胜孰败,洞若观火!

挫折和失败锻炼了、丰富了我们。于是乎,迎来了1976年的10月,中国终于发生了注定要发生的、人民期待已久的事情。历史是最无情的,历史也是最有情的。我们获得了第二次解放,因为历史的规律是人民一定要自己解放自己,一次不行就再来一次。

拨乱反正就是起死回生。党重新把笔交给了我,我重新被确认为光荣的却是责任沉重、道路艰难的共产党人。革命和文学复归于统一,我的灵魂和人格复归于统一。这叫作复活于文坛。复活了的我面临着一个艰巨的任务:寻找我自己。在茫茫的生活海洋,时间与空间的海洋,文学与艺术的海洋之中,寻找我的位置、我的支持点、我的主题、我的题材、我的形式和风格。

因为,不论我怎样欢呼这二度的青春,怎样愿意一切重新从二十三岁开始,愿意去寻觅二十四年以前的脚印,然而我的起点毕竟已经不是二十几岁而是四十几岁了。尽管回忆童年是一件美好的、撩人心绪的事情,然而人们无法重新做儿童。尽管回头看《组织部新来的青年人》以及散文《新年》使我伤感,使我含泪微笑,使我壮心不已,然而,同时也有一种麻木的隔世之感。

二十岁的时候,生活和文学对于我像是天真烂漫、美好纯洁的少女,我的作品可说是献给这个少女的初恋的情诗。初恋的情诗可能是动人的,然而它毕竟是太不够,太不够了啊！而现在,生活和文学对于我来说,已经是一个庄严、干练而又慈祥的母亲。她额头的皱纹,述说着她怎样在风暴中挺立,在烈火中再生,也述说着她曾经怎样遭受娼妓和巫婆的欺凌;她宽广而又温暖的胸膛,却仍然是那样圣洁、温柔、充溢着生命的乳汁,充溢着博大而又深远的爱。

不论有多少好心的读者希望我保持"组织部"的"年轻人"的风格,但是,这是不可能也不必要的。二十年来,我当然早就被迫离开了"组织部",也再不是"年轻人"。然而我得到的仍然超过于我失去的,我得到的是大有作为的广阔天地,得到的是经风雨、见世面,得到的是二十年的生聚和教训。故国八千里,风云三十年(八千里,指北京到新疆的距离),我如今的起点在这里。不论《布礼》还是《蝴蝶》,不论《夜的眼》还是《春之声》……都有远远大于相应的篇幅的时间和空间的跨度,原因也在这里。研究"小说作法"的人也许会摇头,然而,我无时不在想着、忆着、哭着、笑着这八千里和三十年,我的小说的支点正是在这里。

对于青春,对于爱情,对于生活的信念,革命的原则与理想,我仍然忠贞不渝,一往情深。说我的风格与以前判若两人了,恐怕不符合事实。然而,我现实得多了,我看到了生活的艰难,看到了一切美好的东西还需要成熟,需要成长,需要锻炼和完善自身,需要通过一个又一个的考验。于是,即使是浪漫和透明如《风筝飘带》,我的情歌里仍然有一种清醒和冷峻的调子。为了赞美我的伟大的,历尽沧桑仍然充满了活力的大海一样的母亲,我需要的是运用一切配器及和声的交响曲。我的歌不可能再是少年的小夜曲。

是的,四十六岁的作者已经比二十一岁的作者复杂多了,虽然对于那些消极的东西我也表现了尖酸刻薄,冷嘲热讽,但是,我已经懂得了"凡存在的都是合理的"的道理。懂得了讲"费厄泼赖"、讲恕道、讲宽容和耐心、讲安定团结。尖酸刻薄后面我有温情,冷嘲热讽后面我有谅解,痛心疾首后面我仍然满怀热忱地期待着。我还懂得了人不能没有理想,但理想毕竟不可能一下子变成现实,懂得了用小说干预生活毕竟比脚踏实地地去改变生活容易。所以我写小说的时候,比起来用小说揭露矛盾、推动社会政治问题的解决,我更着眼于给读者以启迪、鼓舞和慰安。所以,在《布礼》和《蝴蝶》里,我虽然写了一些悲剧性的事情,却不想、也几乎没有谴责什么人。《说客盈门》虽然写得刻薄,但我对"说客"们并无苛责,丑陋的宵小和曾经美貌的女演员都不是什么反面人物。我对他们仍然充满情谊。

有一个不辞万里,远道而来看我的青年读者问我:"经过了几十年,你自己就没有刘世吾的东西了吗?"我不好回答。赵慧文曾经责备刘世吾"什么都知道,什么都见过……于是他不再操心,不再爱也不再恨"。我几十年来也总算见过、知道了一些事情,我力求看问题、写小说更全面、更实际、更深沉一些,然而,我仍然在操心,仍然在爱,仍然敢于面对任何尖锐复杂的社会矛盾。

至于恨,我的恨是有限的。不滥用恨,我认为这是保持和发展安定团结的一个精神条件。但是我也并非麻木不仁,并非明哲保身,我找到的一个武器是讽刺与幽默。在《买买提处长轶事》的前言里,我把幽默视作维持生存的要素。但是那位处长的所谓"幽默"里带有痛苦的、值得同情的阿Q主义。荒诞的笑正是对荒诞的生活的一种抗议。

有一位友人表示不喜欢我的笑,认为我是用一笑了之来掩盖矛盾和痛苦,来磨光我自己。是耶？非耶？读者自明。但我真诚地认为我们哭得太多了,我们有笑的必要和笑的权利。我甚至觉得,有时笑可能是比哭更高级也更复杂的感情表示方法。动物里有会哭的(例如屠刀前的羔羊),而只有人会笑。因此,即便在我写得最规矩、最正经、最抒情的作品里,仍然不乏笑料。同样,我也追求漫画式的、闹剧式的笔法中的严肃的东西。

复杂化了的经历、思想、感情和生活需要复杂化了的形式。我尝试着在作品中运用复线条,甚至是放射线的结构,而不拘泥于一条"主线"。我试图用突破时空限制的心理描写,来充分展示前面说过的"八千里"和"三十年",展示这八千里和三十年中的不同事物之间的联系和对比。我上下古今中外以求索,求索的目的仍然是创作中的"我自己"。我不否认我有所借鉴,不仅对外国文学有所借鉴,而且还对李商隐和李贺的诗,对侯宝林和马季的相声有所借鉴,但是,我的试作的形式仍然来自我脚下的土壤,我们自己的生活。首先是我们的生活复杂化了,节奏加快了,而后我的小说才变得多线条和快节奏的。我找到了吗？我成功了吗？也许,我还是在摸索、在试验罢了。也许我真正要写的东西还在后面。也许我永远也找不到？

不要再多说了吧。"当局者迷",请读者千万不要过分相信作者自己的解说。同样,我们也不必拘泥于既定的文学模式。有作品在,解释权、解剖权属于读者,相信读者会做出自己的结论。

今年,人民文学出版社编辑出版了我1955年至1979年的中短篇小说集《冬雨》。为了避免重复,本集对于1980年以前的小说尽量少选,包括《最宝贵的》《悠悠寸草心》这样一些获奖作品也都靠边站了,好在这两篇小说翻印得也比较多。另外,本集在体裁上采取综合的办法,除评论外,收集了小说、散文、报告文学,还有一篇译作,可以在以小说新作为主的前提下包罗"万"象,更全面地反映我的文学劳作。如果再加上《冬雨》和北京出版社出版的我的评论集《当你拿起笔》,大概就可以为热情的读者、严明的批评家提供相当的解剖依据了。

亲爱的读者、批评家和同行们,请把你们的解剖结论和医疗建议告诉我,请你们帮助我!前面已经说过,我正在追求,我希望我不要成为生活和文学——这严峻而又慈祥的母亲的不肖子。20世纪50年代的小小试笔,不过是序幕罢了,近三年,确切地说,只不过两年,我的文学创作活动,才刚刚开始,刚刚起步呢!

(本文是王蒙同志为北京出版社将出版的《王蒙小说报告文学选》所写的自序)

《山区煤矿》(木刻)　张克让

1981 年

布谷鸟的歌唱

邹荻帆

想起南方,想起家乡……

那儿,当春天来时,布谷鸟是怎样在叫唤呵!在黎明,在杏花天,在烟雨中,在夕照时……那么殷勤地叫唤,衷心地叫唤,那是忠于季节的知春鸟的歌,虽然那不是流莺的婉转,雄鹰的唳鸣……而这时候,紫丁香默默地开放了!

这些都使我童年时代迷恋难忘。

我的家乡在长江分支的小河边。我出生于一个小木作坊里,和那些锯木工人、雕花匠、做桌椅床柜的、做棺材的……有过亲切的情谊。

我儿时家乡的小镇,还没有电影院。虽然"天沔花鼓"是我家乡的文艺"土特产",而我的家乡又是:

> 天门沔阳洲
> 十年九不收
> 只要是收了
> 狗子都不吃糯米粥

那是水旱虫灾连年、官府迫害无已的乡村,家乡的兄弟姊妹不得不逃亡到天涯海角,打起三盘鼓卖唱,或是"挑蚜虫"行医,或是流落为盗、为娼……

这又是农民暴动的家乡,饥饿的年月,人们喊着"吃大户",白刀子进,红刀子出,杀死地主……而后是反动派进行镇压。

我的家乡又邻近洪湖,幼年时把洪湖叫成"红湖",它与红军联系在一起,我的木工叔叔就是投到那儿去的。

……这声声的布谷鸟呵,就在我家乡叫唤,它似乎见证了这一切。而春雨中的紫丁香也绕着忧郁……

在家乡既没有电影,而"花鼓戏"也是"花雕""鼓哑"时,还有一种最简单的大众文娱,那就是小河边吊楼上的皮影戏,有"渔鼓调"也有"歌腔"。他们连台唱着《封神榜》《西游记》《七剑十三侠》《说岳》……我是曾经被师傅们带去看戏的,我还多次因为无钱买茶看戏,而甘愿充当烧茶炉子的帮手,去扇扇炉子,而能白看戏。

我把这些皮影戏当作朴素的"歌剧"和"叙事诗"。

家乡的生活,家乡的戏,都对我有过影响,使我以后迷恋诗歌,以及执着于诗歌表达的内容。

我最早发表的诗《没有翅膀的人们》(发表于《中流》)《在天门》《木厂》就是这样开始的。虽然我并没有受皮影戏形式的影响,而我却着重于总要告诉读者一点情况。甚至我在前二者的诗题下,都标明为"报告长诗"。大概正因为暴露了一些问题,《在天门》和《木厂》在国统区都受到查禁。

这也带来失之于过"实"的缺陷。在观察生活本质的深度上、艺术构思上,凝练剪裁方面都嫌不足。

但我欣喜的是当我从少年时开始学诗,不是从空洞的、自我欣赏的抒情开始,而是从生活中来的,这是基础。感情的深度,感人的深度,总是与诗人反映生活的深度有关的,这是与千千万万人的心联系得深浅的问题。

我感谢巴金同志,他最早为我印行了四册诗集。我也感谢茅盾同志,他在抗日战争初期,对一个素不相识的投稿者,就恳切提出了要求。

抗日战争初期,我曾与臧克家、黑了等同志在大别山战地生活过,接着又和金山、王莹等同志到海外宣传,随后又在战地短时期生活。我最初也曾把战争称为"神圣的抗战",但接着即使处于抗日高潮,民族矛盾处于最尖锐的时刻,也无法阻止年轻的心倾听着奔走于北方的人民战士的欢歌,抑制不住向遥远的北方致敬。

这就是《烽火集》中所选的一部分。

这以后,国民党反动派积极反共,伺机投降,制止抗日活动,扼杀民主,青年空前苦闷,人民生活穷困。这时,我在大学读书,与同学并诗友姚奔、白鲁、曾卓、冀汸、绿原等创办了《诗垦地》,发表了在国统区和解放区很多诗人的诗作。

我们是经常在一道既探讨时事,又探讨诗歌的。

那是在一位理论家和诗人看了我的一些初期的叙事诗之后,他坦率地对我说:过多地罗列事实,押韵铺叙,会使人感到疲倦。要有感情的顶点,突入现实的深度。

在那样黑暗困苦的年月,诗友的相互策励,既没有陷入为艺术而艺术,也没有陷入象征派的迷宫。

我们总是想到诗作者对社会的责任。做一条蚯蚓在田地里翻土吧,而不要做寄生的螟虫栖息在水稻上,即使后来化成了美丽的蝴蝶,也是不足取的。

也探索过诗的形式,我从来不采取某种固定的格律而作茧自缚。我也认为一个有特点的诗人,即使采取某种格律,也难于掩盖他的特色。唐诗的五、七言,也决不会使人把李白、杜甫、李贺、杜牧混为一谈。

在那样黑暗痛苦的年月,我深信一些诗友所写的诗都是情真意切的,没有真情,也就没有诗,不是讲的真话,也没有诗。情真语真是一体的。

我记得那时我写过一篇《给尼赫鲁》的诗。那正是皖南事件发生时,千古奇冤,同室操戈,抗战英雄系于狱底,民主斗士遭受毒害。此时谋求国家独立的尼赫鲁正被英国殖民者囚于监狱。在国统区无法直言皖南事件,因而借此抒发对我国无产阶级英雄的颂歌,对反动派暴行予以抗议。

我将此诗编入《诗垦地》,被重庆图书检查官拿掉了,还曾托友人带到延安去。

我写这篇诗时,确实激动得热泪纵横,是讲的心里话。但是,后来才感到有明显不足处。作为反对英国殖民者,谋求国家独立的尼赫鲁,当时有其进步作用。然而他并非无产阶级革命家,他还是印度地主资产阶级利益的代表者,而我把他当作彻底的革命者来歌颂,并借以颂扬我国的无产阶级战士,这显然是不恰当的。如果我当时的思想水平高些,认识到尼赫鲁的本质,不为一时的现象所模糊,那么,我的"真情真话"就会能深入一些,也更能达到艺术的高度。

我不得不承认要改造世界观,提高认识社会的能力。这更能使诗人具有剑胆琴心。

这个时期一部分诗,我编入《燃烧的心》中。

1948年,我被迫从内地到了香港。

这时正处于新中国成立前夕,国民党反动派穷凶极恶地做最后挣扎。

此情此景,使我在香港近一年时间写了大量的诗。有揭露反动派搞假和平的,有讽刺反动派的,有歌颂解放军和青年学生的,也有反映香港生活的。

有些诗是被政治热情驾驭,为当时当地的需要而写的。我还自费印行过一册讽刺诗集《噩梦备忘录》。

如今要编诗集时,时过境迁情况变。作为自己历程的记载,是还有意思的,读者却未必欣赏。那时写作量虽不少,收入在《浅水集》中的,则较少。取名"浅水",是因为香港有一个浅水湾,而我的诗也是很肤浅的。

但我并不失悔,也不想责备自己。我想,那些诗纵使一首也未留下来,而如果当时还真起过一点鼓吹作用,对进步事业有过一点益处,我也就感到很大的欣慰了。

"人间要好诗",一个诗人一辈子大抵也只能写出几首好诗来。在提笔前也很难预测是否好诗。写出后,又往往觉得还是一篇好诗,实际也并不是那样。但为人民、为工作而勤奋地多写一些,为任务而积极地写一些,而态度又是严肃的,这使作者能更多接触社会,扩大接触面,也还是有益的。为求"好诗"而断绝人间烟火,诗也不一定会好。

新中国成立后,我还继续写了一些诗。

初期,对新中国一举一动都予以歌颂。无疑,诗人们都是真诚地出自内心地歌唱。

这以后,政治挂帅,阶级斗争为纲,人为的运动使思想受到束缚,文艺上的框框使诗情受到冷却。随之而来的十年浩劫中,精神折磨都难以忍受,哪儿还有诗思!20世纪30年代只留了《春城飞花》中的一小部分诗稿,此外则是十年的白卷。

感谢真理标准的学习,人们思想得到初步解放,文艺上有了新的气象,取得了前所未有的新进展。最近这两三年,我也写了较多的诗。我自己认为比起我过去写的来,也有所前进,有所提高。

这是整个思想解放运动对自己的一些影响。

我仍在学习与探索中。

回顾从学习写诗到今天,集为一集时,也感到菲薄,而不无一些羞涩。

我也不过是跟我家乡的布谷鸟一样,那么不断地叫着,我迷恋那声音,我爱它,但实在那并不是怎么婉转的歌声,也不是高亢的音节,只是在那季节里唱着、叫着而已。我会不断继续唱下去的。

把诗名为《布谷鸟与紫丁香》,不过是说在那季节里曾经叫唤过,也献给那季节一束紫丁香,而希望迎接那美好的时日!

布谷鸟叫唤吧!

紫丁香,你开放啊!

(此文是作者的诗集《布谷鸟与紫丁香》的后记,本刊略有改动。诗集即由人民文学出版社出版。)

悼念茅盾同志

巴 金

　　十年浩劫之后我到北京开会,看见茅盾同志,我感到格外亲切。他还是那样意气昂扬,十分康健,不像一位老人。这是我最初的印象,使我非常高兴。这几年中间我见过他多次,有时在人民大会堂,没有机会长谈;有时在他的住处,没有干扰,听他滔滔不绝地谈话,我仿佛又回到了20世纪30年代和20世纪40年代的日子,我每次都想多坐一会,但又害怕谈久了会使他疲劳,影响他的健康,告辞的时候我常常觉得还有许多话不曾讲出来,心想下次再讲吧。同他的接触中我也发现他一年比一年衰老,但除了步履艰难外,我没有看到什么叫人特别担心的事情,何况我自己也是一年不如一年。因此我一直丢不开"下次吧"这个念头,总以为我和他晤谈的机会还有很多。最近有人来说"茅公身体不好,住进了医院"。我想到了冬天老年人总要发这样或者那样的毛病,天气暖和就会好起来,我那"下次吧"的信心并不动摇。万万想不到突然来的长途电话就把我的"下次吧"永远地结束了。

　　20世纪20年代初商务印书馆的《小说月报》改版,茅盾同志做了第一任编辑,那时我在成都。1928年他用"茅盾"的笔名在《小说月报》发表三部曲《蚀》的时候,我在法国。30年代在上海看见他,我就称他为"沈先生",我这样尊敬地称呼他一直到最后一次同他的会见,我始终把他当作一位老师。我十几岁就读他写的文学论文和翻译的文学作品,30年代又喜欢读他那些评论作家和作品的文章。那些年他站在鲁迅先生身边用笔进行战斗,用作品教育青年。我还记得1933年他的长篇小说《子夜》在上海出版时的盛况,那是《阿Q正传》以后我国现代文学的又一伟大胜利。我国现代文学始终沿着"为人生"的现实主义道路成长、发展,少不了他几十年的心血。他又是文艺园中一位辛勤的老园丁,几十年如一日浇水拔草小心照料每一朵将开或者初放的花朵,他在这方面也留下不少值得珍视的文章。

　　我不是艺术家,我不过借笔墨表达自己的爱憎,希望对祖国和人民能尽一点点力。由于偶然的机会我走上了文学道路,只好边走边学,几十年中间我从前辈作家那里学到不少作文和做人的道理,也学到一些文学知识。我还记得30年代中上海文学社安排的几次会晤,有时鲁迅先生和茅盾同志都在座,在没有人打扰的旅社房间里,听他们谈文学界的现状和我们前进的道路,我只是注意地听着,今天我还想念这种难得的学习机会。

　　然而我不是一个好学生,缺乏刻苦钻研的学习精神,因此几十年过去了,我在文学上仍然没有多大的成就，回想起来我总是感到惭愧。甚至一些小事自以为记得很牢，也常常不能坚持下去。30年代在上海看见鲁迅先生编印书刊，包封或送人或寄送，都是自己动手，非常认真，我也下决心要从小事做起。1937年"八一三"抗战爆发，文艺刊物停刊，《文学》等四份杂志联合创办《呐喊》周报，我们在黎烈文家商谈，公推茅盾同志担任这份小刊物的编辑，刊物出了两期被租界巡捕房查禁，改了名字继续出下去，我们按时把稿子送到茅盾同志家里。不久他离开上海，由我接替他的工作。我才发现他看过采用的每篇稿件都用红笔批改得清清楚楚，而且不让一个笔画难辨的字留下来。我也出过刊物，编过丛书，从未这样仔细批稿，看到他移交的稿件，我只有钦佩，我才懂得做编辑并不是容易的事。第二年春天他在香港编辑《文艺阵地》，刊物在广州印刷，他每期都要来广州看校样。他住在爱群旅社，我当时住在广州，到旅社去看他，每次都看见他一个字一个字地专心改正错字。我自己有过长期校对的经验，可是我校过的书刊中仍然保留了不少的错字。记得我在40年代后期编了一种丛书，收有一本萧乾的作品（大概是《创作四试》吧），书印出后报纸上刊载评论赞扬它，最后却来一句："书是好书，可惜错字太多。"我每想起自己的粗心草率，内疚之后，眼前就现出茅盾同志在广州爱群旅社看校样的情景和他用红笔批改过的稿件，做任何工作都是那样认真负责、一丝不苟，连最后写《回忆录》时也是这样。我尊他为老师，可是我跟他的距离还差得很远。看来我永远赶不上他了。但是即使留给我的只有一年、两年的时间，我也要以他为学习的榜样。

　　人到暮年，对生死的看法不像过去那样明白、敏锐；同亲友分别，也不像壮年人那样痛苦，因为心想我就要跟上来了。但是得到茅盾同志的噩耗我十分悲痛，眼泪流在肚里，只有自己知道。我们浪费了多少时间啊！现在到了尽头了。他是我们那一代作家的代表和榜样，他为祖国和人民留下了不少宝贵的财富，他应该没有遗憾吧。但是我呢？我多么想拉住他，让他活下去，写完他所想写的一切啊！

　　去年访问日本的前夕，我到茅盾同志的寓所去看他，在后院那间宽阔、整洁的书房里和他谈了将近一个小时。我和罗荪同志同去，但谈得最多的还是茅盾同志，他谈他的过去，谈他最近一次在睡房里摔了跤后的幻景，他谈得十分生动。我们不愿意离开他，却又不能不让他休息。我们告辞后他的儿子媳妇搀他回到寝室。走出后院，我带走了一个孤寂老人的背影。我想多寂寞啊！这两年我脑子里一直有一个孤寂老人的形象。其实我并不理解他。今天我读到了他的遗书，他捐献大量稿费"作为设立一个长篇小说文艺奖金的基金"。在病危的时候，他这样写道："我自知病将不起，我衷心地祝愿我国社会主义文学事业繁荣昌盛。"他的心里装着祖国的社会主义文学事业，他为这个事业贡献了毕生的精力。社会主义文学事业一定会繁荣昌盛。他怎么会感到寂寞呢？

还是要写人……

铁 凝

我学习写作的时间还很短,但这种学习毕竟还是开始了。仔细想想,是什么原因促使我拿起了笔——一支神圣的属于文学的笔?最近我才找到了答案:是文学作品中那些有血有肉的人物影响了我,是他们首先打开了我心灵的大门,并在一个幼小的心灵中开辟了一个新天地。

过去动荡的十年是我从一个少年变成青年的时期。那时正闹书荒,书店里是一色的"红宝书",家里只有几个空书架(书被大人当废纸卖了)。书包里除了几本政治和文化不分的"课本"外,就是那本有放光芒图案的"三合一"语录。在很长的一个时期,除了早晨上课前的"雷打不动"和上课时学写大批判稿外,我不知道天外还有天。再说,我确实觉得这一切都是应分的,没有三心二意。没有三心二意就叫虔诚吧。谁知一个偶然的机会,我从家里忽然发现两本精装的厚书,显然这是大人作为禁品藏起来的。那淡黄的封面上印着一个大胡子老人。那就是狄更斯,书名是《大卫·科波菲尔》。心跳着,打开吧,读了一页,心跳得更急了,还不愿放下。我意识到这是在做着违禁的事,可还是躲着大人的眼睛、躲着同学的眼睛读了下去。是什么吸引了我?是人,是书中那群有血有肉的活人——辟果提、海穆、爱弥丽……就这样,一群外国人钻进了心中,我不仅没有感到他们有什么陌生,相反,是他们在我心灵中开辟了一个眼前生活之外的新天地。再以后,我竟然不安于自己在学校的"革命事业"了,注意起了生活中的人和事,还总想学着把这些写下来。文学作品中的人物在读者脑子里起着潜移默化的作用,让你去认识另一个世界,大概这就是文学作品的主要功能吧。

从那时起,直到我今年参加作协河北分会办的文学讲习班,陆陆续续读了一些书,也看了不少戏和电影,头脑里自然就经常增添着一些新人:中国的、外国的、古代的、现代的都有。但真正能在脑子里留下印象的人物却为数不多。有些人物当时有印象,过一个时期忘了;有的人物则是转眼就忘。是什么原因?

我常常思考着文学就是人学这个道理。一部作品中要是没有人,是一件多么遗憾的事啊。你写东西,人家看完就忘,那自己的劳动对于社会还有什么意义呢?进而我又想到作品传世的问题。有些作品几十年、几百年传下来了,为什么?主要是作品中的人物能够活在读者心中(当然还有一些其他原因)。作品能否传世,似乎不应该是作者整天思考的,可也从没有一个作家希望自己的作品像肥皂泡一样,看来五光十色却一闪即逝啊。经常想想这个道理,会有好处。

还有,我希望从文学作品中能看到生活中那些美好的东西。善于发现生活中的美好事物,不等于歌功颂德。战争残酷吗?可战争中就没有美好的东西吗?许多写战争、写解放区艰苦生活的作品,里面有着多少美好的东西呀。我总以为越是在艰苦困难的时候,看来平庸的时候,美好的东西才显得更美。孙犁那些以战争为背景的作品有多美;高尔基写过一个叫《二十六个和一个》的短篇,写的是一个女孩子和几个面包师的平庸小事,有多美。

对美和丑的认识,也应该是我们青年作者经常思索的一个重要方面。有时候看起来是丑的东西实际是美,像丑小鸭。我没赶上1958年的"大跃进",那时我刚生下,可后来不断听说过"大跃进"中的一些小故事。我的长辈亲眼看到过一个场面:一个村子为了表示进入共产主义后的愉快劳动,让一群小脚老太太化上妆,扭着秧歌推小车送粪。这件事给了我很大刺激,因为这是丑的。可当时有多少人把这些方面作为美的事物加以歌颂啊。自然,这不能怪作者本人,只怪当时我们的政治需要这种为它服务的艺术。

一部作品中有了有血有肉的人物,又写了生活中那些美好的东西,还有人不愿意读吗?还怕人家忘记吗?至于作者用什么手法写,这还要有人来教吗?

命运的驱使

冯骥才

这是我踏上文学之路时最初的足迹。它一片凌乱、深深浅浅、反反复复,仿佛带着那样多的不情愿、被迫和犹豫不决……这究竟为了什么?

1966年的大狂乱到来之前,我的世界有如风暴前的海面,它没有丝毫预感,没察觉任何先兆,在一片出奇的静谧里,暖意的阳光躺在我柔软的、层层皱褶一般的、有节奏的生活波浪上。那时我才二十多岁!我热爱着艺术。我是肖邦、柴可夫斯基、贝多芬最驯顺的俘虏;我常常一个人在屋里高声背诵《长恨歌》《蜀道难》和普希金的《致大海》;最后,我终于以一种为美而献身的精神,决意把一生的时光,都融进调色盘里。那雨中的船、枝上的鸟、泥土中的小花小草、薄暮冥冥中一张张模糊而有生气的脸,把我牢牢地固定在画架前,再也没有想到与它分开。

然而,1966年那场突如其来的大动乱就像一个无法抗拒、从天而降的重锤,把我的世界砸得粉碎。一夜之间,千万人的命运发生骤变,千万个家庭演出了在书本里都不曾见过的怪诞离奇的悲剧。对于我,平时所留意的人的面容、姿态、动作变得毫无意义;摆在眼前的,是在翻来覆去的政治风浪里淘洗出来的一颗颗赤裸裸的心。它们无形地隐藏在人身上最不易发现的地方。有的比宝石还美,有的比魔怪还丑,世上再没有人与人、心与心的差距更为遥远的了。为了在这刀丛般的人事纠葛中间生存,现实逼着我百倍地留意、提防、躲闪。于是,往日那些山光水色、鸟语花香,美梦一般流散了。

天津海河边有个地方叫作挂甲寺。夏天里,偶然会有人游泳不慎淹死了,就被拖到岸边,等家人来认领。每每此时,我便不自觉地虚构起他们生前的故事;当然这可能是与他们完全无关的虚构,但我平日在生活中的所见所闻、万千感受却自然而然地向虚构的故事中聚拥而来。当故事形成、在心里翻腾不已时,我便有一种强烈的表现欲。

开始,我只是把这些故事讲给至亲好友们听。为了安全,我把故事中的人物、地点、社会背景全换成外国的,当作一个旧的外国小说或电影故事。我的许多亲友听过这些故事。在文化一片空白的当时,他们以听我的故事为快事。我却以讲故事来发泄表现欲,排遣郁结心中的情感。我哪里知道,这就是我后来一些作品的雏形。

一个夜晚,外边刮着冷风。一位许久未见的老朋友突然跑到我家来。他不等我说什么,便一口气讲了他长长一段奇特的遭遇。我听着,流下泪,夹在手指间的烟卷灭了也不知道。这位朋友讲述他的遭遇时,带着一种神经质的冲动,我真担心他回去后会

做出什么不够冷静而可怕的事来。他讲完了,忽然用激动得发颤的声音问我:

"你说,将来的人会不会知道咱们这种生活、这种处境?如果总这样下去不变,再过几十年,现在活着的人都死了,还不就得靠后来的作家瞎编?你说,现在有没有人把这些事写下来?那就得冒着生命的危险呀!不过,这对于将来的人总是有价值的……"

那是怎样一个时代呀!

我们都沉默了。烟碟里未熄的烟蒂冒着丝一般的烟缕,在昏黄的灯光里萦回缭绕。似乎我俩都顺着他这番话思索下去……从此,我便产生了动笔写的念头。

我把自己锁在屋里,偷偷写起来,只要有人叩门,我立即停笔,并把写了字的纸东藏西掖。这片言只语要是被人发现,就会毁了自己,甚至家破人亡,不堪设想。每每运动一来,我就把这些写好的东西埋藏在院子的砖块下边,塞在楼板缝里,或者一层层粘起来,外边糊上宣传画片,作为掩蔽,以便将来有用时拿温水泡了再一张张揭出来……但藏东西的人总觉得什么地方都不稳妥。一度,我把这些稿子卷成卷儿,塞进自行车的横梁管儿里。这车白天就放在单位里,单位整天闹着互相查找"敌情线索"。我总觉得会有人猛扑过去从车管儿里把稿子掏出来。不安整天折磨着我。终于我把稿子悄悄弄出来,用火点着烧了。心里立刻平静下来,跟着而来的却是茫然和沮丧。以后,我一有了抑制不住的写的冲动时,便随写随撕碎,扔在厕所里冲掉。冬天我守着炉子写,写好了,轻轻读给自己听,读到自己也受感动时便重读几遍,最后却只能恋恋不舍地投进火炉里。当辗转的火舌把一张张浸着心血的纸舔成薄薄的余灰时,我的心仿佛被那灼热的火舌刺穿了。

在望不见彼岸的漫长征途上,谁都有过踌躇不前的步履。这是无效劳动,滥用精力呵!写了不能发表,又不能给任何人看,还收留不住,有什么用?多么傻气的做法!多么愚蠢的冲动!多么无望的希望!而我最痛苦的就是在这种忽然理智和冷静下来、否定自己行为的价值的时候。

我必须从自己身上寻找力量充实自己。于是,我发现,我有良心,我爱自己的祖国和人民,我是悄悄地为祖国的将来做一点点事呀!我还是有艺术良心的,没有为了追求利禄而去写迎合时尚、违心的文字。我珍爱文学,不会让任何不良的私欲而玷污了它……这样,我便再不毁掉自己笔下的每一张纸了。我下了决心,我干我的。不管将来如何,不管光明多么遥远,不管路途中间会多么艰辛和寂寞,会有多高的障碍,会出现怎样意外的变故。我至今还保存一首诗,是当时自己写给自己的。诗名叫《路》:

人们自己走自己的路,谁也不管谁,

我却选定这样一条路——

　　一条时而欢欣、时而痛苦的路，
　　一条充满荆棘、布满沟堑的路，
　　一条宽起来无边、窄起来惊心的路，
　　一条爬上去艰难、滑下去危险的路。

　　一条没有尽头、没有归宿的路，
　　一条没有路标、无处询问的路，
　　一条时时中断的路，
　　一条看不见的路。
　　但我决意走这条路，
　　因为它是一条真实的路。

　　现在回想起来，这便是我走向文学之路最初的脚步了。

　　前年我在滇南，亚热带风味的大自然使我耳目一新。那些哈尼族人的大茅屋顶、傣族人的竹楼、苗族妇女艳丽的短裙，混在一片棕榈、芭蕉、竹丛、雪花一样飘飞的木棉和蓝蓝的山影之中，令我感动不已。不知不觉又唤起我画画的欲望。我回到家，赶忙翻出搁放许久的纸笔墨砚，待在屋里一连画了许多天，还拿出其中若干幅参加了美术展览。当时，一些朋友真怀疑我要重操旧业了。不，不，这仅仅像着了魔似的闹了一阵子而已。跟着，潜在心底的人物又开始浮现出来，日夜不宁地折磨我了。我便收拾起画具，抹净桌面，摆上一沓空白的稿纸。

　　是呵，我之所以离开至今依然酷爱的绘画，中途易辙，改从写作生涯，大概是受命运的驱使吧！这不单是个人的命运，也是民族、祖国、同时代人共同的命运所致。至于"命运"二字，我还不会解释，而只是深深感到它罢了。

孙犁、刘心武的通信

心武同志：

10月20日惠函奉悉。刊物亦收到。《江城》我也有，当时见到你的文章，曾函托绍棠同志，代致感谢之意，想已转达。

你的作品，除《班主任》外，还看过一些（去年《上海文学》登有一篇以业余作者访问你为题材的小说，我也看过，恕我忘记了题目）。我以为都是写得很好的。但先有概念，然后组织文章的说法，我不太赞同。等我看过《十月》及《新港》所登的，再和你讨论。我以为，风格是每人各异的，所谓艺术性，也不是划一的。每人有每人的起点，只能沿着起点前进，不必改变自己的基本东西。另约稿太多，也可适当推辞一些，我觉得你们的负荷太重，也于艺术不利。以上只是臆测之词，比较详细的意见，等我看过那两篇作品，再写信给你。我读书很慢，但读得比较认真，时间如果拖得长了，请你谅解。

我身体不好，今年又加上时常晕眩，已经不能从事认真的创作，所写杂文，有时兴之所至，也没有什么分寸，好在一些同志能够宽宏对待，还没有出什么大娄子。不过，以后就是写这种文章，也要慎重了。

你怎么不到天津来玩玩？

专此祝撰安

孙犁疢
1980年10月27日

孙犁同志：

您好！

您10月27日的来信，昨天方才看到，因为我上月底到福建去了，昨晚方回，复信迟了，请您原谅！

得知您近来身体欠佳，竟至时常晕眩，颇后悔求您读我那两篇极不精练的粗糙之作，因求教心切，使您受累，内心里的的确确非常不安，望您多多保重！

来信告诫我："每人有每人的起点，只能沿着起点前进，不必改变自己的基本东西。"这对我是极其宝贵的指示。

在读到您27日来信的同时，也就读到了金梅同志转来的您写毕于11月1日晨的

《读作品记(二)》(刊《新港》1981 年第 1 期——编者注),此文我反复读了四遍,目前还只是沉浸在强烈的感激情绪之中,尚不能冷静地细细体味,金梅同志嘱我阅后及早寄还,以便发稿,只好待刊出后,再逐段细读细想了。

总的来说,最令我有发聋振聩感的意见,是这几条,"作家不能老注视一个地方,他的眼睛应该是深沉的,也应该是飞动的","语言如果只求其流利通畅,玲珑剔透,不深加凝练,则易流于油滑一途……《花瓣》一作,实有此苗头,不可长也"(而我目前充耳之声,皆曰:《花瓣》在语言上是一大进步!),"作家个人的生活,如不能透视出时代、社会的特点,则少写为好",以及关于观念与"概念"的论述,等等。

但也有一些一时还想不明白的,如卖关子问题,亦即悬念,是否一概不必?又,关于"爱情无准则",及在爱情题材上创造新意之难,是否意味着"纯情"作品总不可能有较高之价值?

《如意》之结尾,我是想唤起人们对人性的追求(复归被异化了的人性),因评论界早有不满意于我小说中议论多的批评,所以我写时已尽可能避免议论,但写到结尾处终于又忍不住写了那么两句。这样的蛇足,使得您辗转反侧,以致失眠,一方面令我感动,另一方面也使我不安。前辈不顾念多病之躯,为我这样的后进费尽神思,我只有更努力地学习、思考、探索,争取早些成熟,才不辜负一片提携之心。

目前各杂志纷纷来找我们逼索稿件,的确是一大问题,我倒并无以"创作丰富自娱"的想法,但性格上有个弱点,就是总怕人家说我的推辞是"架子大"的表现,大杂志约稿,我推辞起来较为坚定,小杂志来坚约时,我就忍不住要答应他们,而答应了便不敢不还债。看来现在这种各家杂志忙于"拉郎配"的局面,并不利于繁荣创作,今后如能由志同道合者自己来编印刊物,不硬写,自自然然地涌出作品,那就好了,不知几时能有这么个局面?

一不控制,就写了这么多,又让您劳神了。这次务必不要回信了,您的文章刊出后,我再加体会有所领悟时,会再给您去信的。我如去天津,一定去拜望您。

敬礼

心武敬上
1980 年 11 月 12 日

痛苦中的抉择

谌 容

我从来没有想过要当一个作家。只是在一种不幸的、痛苦的遭际中，才开始了我的写作生涯。

我曾经是一个天真的女孩子，一个热爱生活的共青团员。我曾经站在柜台里卖过书，坐在编辑部里拆阅过读者来信。我曾经是新中国最早的一批调干大学生之一，我曾经在中央的大机关里当过音乐编辑，做过俄文翻译。美好的生活对我来说刚刚开始。

然而不幸，我晕倒在打字机旁，被人抬到救护车里。一次又一次，间隔越来越短，不能承担工作的担子了。于是，我被机关精简了。

对于这样的对待，我没有说一句多余的话，没有哀求，没有走后门。办完简单的调离手续，我从大机关来到中学校园。

一次又一次，我仍然晕倒在讲台上，我成了到处不被欢迎的人。别人休病假，需要医生证明。我却相反，只有医生开出证明才能安排工作。可是，没有一个医生能够证明我不会再晕倒了。

于是，我开始了漫长的病榻生涯。

病，不只能残害一个人的身体，更能摧毁一个人的意志。不能工作了，对社会不能出力了，这是多么痛苦！对于一个病人，没有幸福可言。而在这时，来自外界的不是温暖，而是冷淡；不是安慰，而是非议。那又是多么可怕！在我还年轻的时候，就处在这样一种可怕的境况中。我经历过人世的冷漠，我体会过人生的孤独。那有形无影的冷酷曾把我压倒！

我挣扎着告诫自己：决不能沉沦！决不准颓废！想一点高兴的事吧，干一点高兴的事吧，去找寻一丝快乐，去求得一缕慰藉！然而，茫茫苍宇、浮浮尘世，到哪里去找那欢快的乐章？

生活，有时是这般地无情！

遗弃自己吗？不愿意。消沉下去吗？不甘心。奋争吗？以我病弱的躯体，以我浅薄的学识，以我对世事的无知，要奋争，也很难。我啊，我，我该怎么办？

清晨，别人匆匆而去；傍晚，别人忙忙归来。我却被遗忘在小小的屋子里，与病为友，以苦为伴。一小时一小时地挨过日子，看着日影西斜，看着时光在碌碌无为中流失,看着生命在一点一滴地消逝。我忘不了那"闲"的惨痛。这实在是一个人在人生舞台上最不堪的一幕!

那似乎是一种不治之症:死过去又活过来。死过去时一无所知,活过来时却又异常清醒。精神需要寄托,心灵渴望工作。不争气的身体,好强的心,斗争着、矛盾着。我总要做一点事情呀!

我集邮。四方形的、长方形的、三角形的,各种各样的邮票,曾给我那寂寞的日子带来多么微弱的乐趣啊!那一点票面上,绘制着山水、鸟兽、英雄、伟人,展示着异国的风土人情,反映着时代的风云变迁。然而,小小的集邮嗜好占据不了我整个的空间,填补不了心的空白。

我习画。少年时代,曾在一片纯真的爱好中去画过。而病中拜师学画,完全是为求得一种解脱。病态的动机只能得来病态的效果。宣纸上的游虾,水墨丹青中的情趣,何能减少半点心中的愁苦?

我看戏。话剧、京戏、昆曲、评弹、川戏,什么都看。《一仆二主》和《骆驼祥子》,《群英会》和《玉堂春》,《牡丹亭》和《双下山》,《梅与竹》和《蝶恋花》,《燕燕》和《审瓜》,多少悲欢离合,多么激动人心。可是,我只能两小时生活在剧情里,暂时忘却了自己,而走出剧场,等待着我的仍然是病魔。

我跳舞。在轻柔的乐声中,在暗淡的灯光下,在旋转的人流里,我奢望着心灵的休息、肌体的复活。可是,舞会散了,我走上漆黑的街头,茫然想到明天,想到谁也不需要我的明天,心里更加黯然。

我操持家务。学做菜、学缝纫、学裁剪。烹调蒸煮、缝纫洗涤,都学会了。不过,这一切只是家庭的需要,并不是社会所需要的。我毕竟还是一个对社会没有用处的人!

当然,我也读书。感谢那时的空闲,我读了那么多书。外国的和中国的、古典的和现代的,吞噬得真不少。对书的贪恋,还是从儿时就有的癖好。但,细细地咀嚼和品味却是在这时。这,大概也就无形中肥沃了我后来自己写书的土壤。

不记得自己以前写过什么东西。病中无事,记过日记,搞过翻译,也写过小说,好像是写大学生活的。写了两章,自己觉得索然无味,也就付之一炬了。不过,这试验倒给我那黑暗的日子带来一点亮光。病体不能坚持八小时上班,有一小时的健康还不能写点什么?

写什么呢? 我不屑为自己的病痛呻吟。天地对我来说是这般地狭小,我不能坐在屋子里编造种种人间的故事。我觉得自己对社会生活缺乏足够的了解。对人,各种各样的人,知道得太少。我应该想办法到社会中去,到生活中去,进一次高尔基的大学。

感谢那些好心的朋友,帮我找到了一个去处,让我在吕梁山下一个小小的村子里安身。

暂别了丈夫和儿子,远离了嘈杂的城市,挣脱了无声的轻蔑,逃出了无端的诽谤,我投身到大自然的怀抱中,第一次来到陌生的北方农村。

第一次和农民们朝夕相处,日出而作,日没而息。农民们是那样的纯朴,那样的真诚。他们不追寻我的苦痛,不盘查我的遭遇,不打听我的不幸。在这里,我得到了灵魂的憩息。大城市住久了,好像太阳、月亮都看不见。一到农村,才感到初升的太阳是那么瑰丽,夜空中的明月是那么皎洁,也才感到天地的广阔,生命的活力。乡间的小路是那么宁静,田野的空气是那么新鲜。一切都是蓬蓬勃勃的、强健的、有力的。

是纯朴的乡亲们医治了我心灵的创伤,把我的精神从绝境中拯救出来。是春种秋收、循环不已的田间作物,给了我生活的希望和追求。是大自然无限的生命力,给了我新的勇气和力量。个人的不幸比起大自然的永生算得什么呢?

生活的海洋是那样广阔、那样深邃、那样奥秘。时而风平浪静,时而波涛汹涌。我在这大海中遨游,接触到形形色色的人。从农民到社队干部,从看林人到地、县书记。他们的欢欣和忧虑,他们的成功和失败,都倾泻到我的心田。我觉得自己充实起来,田间轻微的劳动也帮助我恢复着健康。一种新的力量在我血液中奔流,触发了那沉睡在我心的深处的创作灵感。于是,我开始写了……

就这样,我走上了文学创作的道路。这是一条给我以"生"的路。对我来说,这是从死到生的一个转折啊!

当我拿起笔来,我思考过的一切,我熟知的人和事,我感受到的喜怒与哀乐,统统涌流到笔尖。过去的一切,有用的和无用的,都变成了文学创作所需的养料。绘画帮我在作品里展现一幅幅清晰的画面,戏剧帮我在作品中组织一场场冲突。甚至于烹调蒸煮,也帮我在作品中丰富了细节。啊!文学是这样一种事业,它变无用为有用,它化腐朽为神奇。对于一个走上文学道路的人来说,不仅开卷有益,一切都有益!

然而,文学创作的道路又是异常地艰难。而在当时,我并不知道,这条路竟是这么坎坷、这么难行、这么劳累,这么需要我一步一滴血地往前迈。但,我并不后悔。这并非因为今天我当上了"作家",而是因为我深深地爱上这个事业。我视文学为生命。如果把文学比作地狱,我也愿在这地狱里受熬煎。

编辑同志让我写:你怎么和文学创作打上交道的?这对我是一个伤痛的题目。我本不情愿写的。但为了我的读者,我写了。原谅我写了这沉重的过去。

我是怎样走上文学道路的
秦　牧

《文艺报》出了这么一个题目给好些文学界的朋友做文章,我想这是颇有意思的。大概对于我们这样年龄的人,是想让我们回顾小结一下,而对于一大批的文学青年,则是让大家借鉴借鉴:那些白了头发的人,当年是怎样走上这条崎岖道路的?有什么经验可以供后来者吸取没有?

好些人,很清楚地记得他的第一篇作品,叫什么题目,发表在哪里。这样的事情,我的记忆可就模糊。我不能记住我的第一篇作品叫什么,发表在哪里。这大概因为我起初写杂文居多,杂文短小,也不是什么呕心沥血之作,数十年以后,就不容易记住它的题目了。再说,我从做学生的时候起,就开始写一些小文章登在当地报纸上,年代久远的事,自然也不会记牢。

虽然有人把我算作"老作家",实际上我的写作资历是比较浅的。我不能归入20世纪30年代作家的行列,严格地说,我是40年代初才跨入文学领域的。虽然30年代,我在学生时期就开始写一些东西,30年代末,抗战初期,我接近二十岁的时候还在韶关(那时是广东的省会)一家报纸担任过副刊主编,副刊上缺什么,我就写什么。但那大抵是些鸡零狗碎、不成气候的东西,并没有什么社会影响。我真正比较严肃地跨上文学道路,是40年代初的事,即在1941年太平洋战争爆发之后。那时我在桂林当中学教师。

我为什么走上文学道路呢?理由不止一端。一来,由于穷困,必须以写作帮补生活;二来,是由做出不平之鸣,抒发义愤;三来也是由于在经常性学习中,总是有些心得,有了心得,就总想发而为文。

如果我只举出三项原因中的一项两项,而不谈别的,就不全面了。当年,这各方面的原因,是都存在的。

那时,日本侵略军步步紧逼,局势艰危,日寇飞机每轰炸一次,就要死一大群人,在这些死难同胞枕藉的尸体旁边走过的时候,心情沉痛,是难以言喻的。但是在这种苦难的日子中,国民党的官僚却大做生意、大发横财、大搞摩擦,大后方的奢华颓靡的风气越来越甚。记得戏剧家欧阳予倩写了一个剧本,叫作《越打越肥》,就很好地反映了当年的景象。在这种情形下,广大群众的生活越来越苦,桂林的情形在当时的"大后方"是比较好的,但我也看到有成群鸠形鹄面被押解过境的壮丁;看到有人吃了饭没钱付账被罚举张条凳跪在饭店门口;看到在额上把三枝茄楠香插进皮肉里,血涔涔滴下面庞,以这种方式来乞怜化缘的和尚;看到密探打手之类的人物,在众目睽睽之下殴打手车工人……这种情形,使人感到不进行民主斗争,中国的前途是很可忧虑的(湘桂溃败以后,又进一步认识到非打倒国民党不可)。正是由于这样,我逐渐拿起笔来参加当时的鼓吹坚持抗战和争取民主的斗争。抗战时期的桂林有"文化城"之称。这个"文化城"的活动,事实上是30年代上海文化活动的继承和发展,许多秘密共产党人就是它的支柱。虽说在后一阶段,"皖南事变"以后,桂林文化城的光辉已大不如前,但是由于桂系人物和蒋介石的矛盾始终存在,桂林在整个国民党统治区中,相对来说,仍然是气氛比较自由一些的。因此,文化出版活动仍然比较活跃。《文化杂志》《文化生活》《野草》等杂志,《大公晚报》的副刊《小公园》,我们都可以在上面发表稿子。《大公报》本来是政学系的报纸,它那个时期对蒋介石的态度是"小骂大帮忙"。但是旧中国的报纸有一个奇异的传统,就是它的副刊常常与它的社论和整个方向步调不一,以至于背道而驰。这从20年代的北京《晨报》和30年代的上海《申报》的状况就可见一斑。《大公晚报》副刊,当时常常发表相当锐利但又转弯抹角抨击国民党腐败统治的文章。左翼文学工作者都经常在上面发表作品。我们也是它的经常投稿者。它的主编给我们很多的支持。这人叫罗孚,现在是香港《新晚报》总编辑,全国政协委员。他是我大半生中所见到的有数出色的编辑之一,我的走上文学道路,和他给我的支持和鼓励很有关系。

当时,穷困也是迫使我们不得不经常写些稿子的原因之一。抗战时期,大概在汉、穗沦陷以后,蒋管区的通货日益膨胀,"法币"一天天贬值,物价一天天上升。那个时候的币值是千变万化的,我已经记不得它的具体状况,反正生活异常困难。每月工资除了一个人的粗茶淡饭之外,大概只能再买上一双皮鞋就花个精光了。由于营养不良,知识分子当中几乎没有了胖子。当时桂林出版社虽然很多,但奉行"红烧作家肉,清炖读者汤"宗旨的可不少。有些人写了一本书,经过空头支票的拖延付款,经过货币贬值,所得总是寥寥无几。那个时期我先后到过田汉、邵荃麟、艾芜等人的家,到处都看到贫困的阴影。有一次我请田汉到我教书的学校班级给学生们做报告,事后我费了好大的劲,请他在我的房间里吃饭,也只能端出相当寒碜的两菜一汤。穷困,驱使我非得熬夜写点稿子不可,写了,就投到稿费比较有保障的报刊上面去。

1943年、1944年间,我的作品好像有一些社会影响了。因为反动派的报纸上开始在骂我,说我"不是共产党却偏作共产党"。并且,我们从甲城市到乙城市去,那些比较"中间"的报纸还在《艺文简讯》的栏目里登载我们这种所谓"文化人"的行踪消息。现在回想起来这是相当好笑的,那时,我们不过是二十多岁的青年人罢了。"文化人"

云云,实在是打肿脸充胖子。

但是唯其这样,1945年我到重庆的时候,经过朋友的介绍,开明书店竟愿意接受我的杂文集了。这就是1947年在上海出版的《秦牧杂文》,里面收的文章大抵是我在桂林时期写的。审阅和采用这部稿子的是叶圣陶同志。多年以后,当我也成为一个老人,在北京见到八十岁高龄的叶老时,我握住他的手问道:"叶老,您还记得吗?我的第一本集子是您给我出版的。"他显然还记得这桩事,不断地点头说:"记得记得。"

抗战胜利后,我到上海住了半年,在白色恐怖下,上海站不住脚了,又到香港,在那里住了三年多。华南解放前夕,才辗转到了东江解放区。我在桂林、重庆度过短期的职业写作生活,1946年至1949年,则差不多有三年完整时间,在香港度过职业写作生涯。虽说时间这么长,出成集子的却只有一本中篇小说《贱货》,现在这本书到处都无影无踪。当时为了生活,写作量是不少的,差不多天天都要写两千字,否则就无法生存。那段日子我半天从事写作,半天进行学习和社会活动,数年间写了一二百万字,因为大抵是急就章,自知并无保存出书的价值,所以随写随丢,连剪贴的事情也不愿干。这样的写作方式自然不能写出什么好作品。那个时期的作品从没结集就是一个最好的说明。但它对我的写作效率的提高起了一定的锻炼作用。现在,我在必需的时候可以写得比较快捷,和那段时期的写作生活有一定的关系。

新中国成立后,我的创作态度认真了许多,虽然十多年间我基本上都是个业余作者,但写成的作品大抵可以结集出版。粉碎"四人帮"以后,十七年间的旧作差不多都获得重版的机会。至今重版和新版的书籍共六本,数量差不多有一百万字,包括散文、小说、文艺理论、童话等等(《艺海拾贝》《长河浪花集》《黄金海岸》《长街灯语》《花蜜和蜂刺》和《巨手》)。还有两本(四川版的《秦牧选集》和广东版的《晴窗晨笔》)正在印刷中。从这一点可以看到:认真地创作和匆忙地赶写,效果是不大相同的。前者看似量少,实际影响大;后者看似量大,实际影响小。

文学工作者的队伍,"筛选率"很大,这就是说:从事文学工作而能长期坚持下来的,比例一向颇小。譬如今年(1981年)有一万新手进入文学创作领域,三年后,这一万人中继续在写的,就要减少很多,十年二十年之后,更是只存下很少的若干人在继续努力。这种状况,从近代文学史中可以看到,从我们当年周围人物后来的变迁中也可以看到。所以如此,除了认真的创作的确是一件相当艰苦的劳动以外,还有多方面的复杂原因。例如,有没有巨大的动力使这个创作者坚持不懈,锲而不舍?他是否能够过比较艰苦朴素的生活,以便他能够从事那种艰苦而寂寞的劳动?他是否能够不断地深入生活,学习和思考,使创作之泉源源不竭?在取得若干成绩之后,有了荣誉甚至某些人廉价加以恭维的时候,是否会踌躇满志,躺在成绩簿上睡大觉,不再奋勇攀登?在遭到挫折甚至受到某些人无理打击和横加践踏的时候,是否会一蹶不振,以至于垂头丧气,气息奄奄,再也鼓不起前进的劲头?我以为必须解决这类文学工作者常常难免面临的问题,才能够有数十年如一日的毅力和气魄。

最巨大的创作动力,就是对革命、对事业的责任感,只有这样的动力是可以长远燃烧,永不枯竭的。以任何的私心杂念为动力,都不可能胜不骄,败不馁。但是对革命对社会的前进具有责任感,可就完全能够做到这一步了。

脑力劳动和体力劳动一样,在合理和正常的情形下,可以取得报酬。但取得报酬是一回事,以市侩主义的态度来从事工作,一心只叨念着报酬,"金钱挂帅"是另一码事。一个市侩主义者,是不可能呕心沥血,认真劳动的,就算他在某一个时期内能够这样做,他也不能长远如此。利大大干,利小小干,无利不干的精神状态,决定了这样的人不可能有崇高的风格,作品也不可能有撼人的力量。而且,在前进的历程中,他也不可能克服见异思迁的念头。因为一个唯利是图的人,以图名图利为目的,那么,当他见到什么事情更有利可图的时候,那就必定会"跳槽",那是自然不过的事。20世纪30年代上海滩上的那一部分市侩主义文人,如张资平、穆时英以及"论语派""宇宙风派"基本人物后来的发展道路,不就很好说明了问题吗!和我们一起在40年代跨进文学领域的人物,也不乏这样的角色。他们尽管也有一定的文学才能,但是后来终归嫌这样的道路太艰苦,改行当经纪人去了,做生意去了,至今在香港成为资本家的,成为地皮商人的,也颇有人在。

一个人在年轻的时候、贫困的时候,坚持学习是比较容易的。但是在人到中年或者渐入暮年的时候,特别是生活比较优裕的时候,坚持学习,坚持和群众保持密切关联,就不是那么容易了。对物质生活斤斤计较、追求舒适不遗余力的人,尤其难以做到艰苦地学习与劳动,过着虽然朴素无华,但工作可以很有效率的生活。我想,这正是文学领域对它的从事者的"筛选率"总是那么大的原因所在。

我所以能走上文学道路和大体能在这条道路上坚持下来,不管别人看法如何,我认为,自己还算具有相当的社会责任感,是一个重要的原因。

我现在已经无须为生活而写作。老实说,假如我一个字不写,我的生活将可以过得比现在舒适。我将有较多的文娱生活和从市场采购到较多好吃好用的东西,也可以有较多的旅游活动,不此之图,而保持着比较严肃、朴素、辛勤的生活方式,正是社会责任感对自己的鞭挞和督责。为生活而写的那个因素大大降低了它的地位,读者的鼓励和社会的督责则大大提高了作为一个新因素的比重。好些科学家、艺术家的格言,也常常像革命家讲的一样,给我们以很大的鼓舞。像达·芬奇说的:"劳动一日,可得一夜的安眠,勤劳一生,可得幸福的长眠。"富兰克林说的:"懒惰,像生锈一样,比操劳更消耗身体;经常用的钥匙总是亮闪闪的。"这类的说法是我相当服膺和赞赏的。

尽管我在文学创作中谈不上有什么很出色的成绩,但是把自己跨进文学领域的"穿开裆裤的时代"和"长胡子的时代",各样的事情和思想活动,扼要说一说,我想,对于年轻的爱好文学的朋友也许是有一点儿参考价值的。不论从社会的发展和国家的需要方面来说,还是从约稿催稿的报刊函电把我们搞得头昏脑涨这些私事来说,我们都希望更多青年跨进文学领域,并且持之以恒、辛勤努力、扎扎实实地成长起来。

《社会主义好》(木刻)　李桦

1982年

来自人民，融于人民
——记作家刘知侠深入生活的片断

牟崇光

"人民的作家，离不开人民。"这是作家刘知侠刻在心上的一句话。

他曾以惊险、曲折和浓郁传奇色彩的《铁道游击队》赢得了国内外读者的好评。他的短篇也颇具特色，扣人心弦，催人泪下。这些，正是他长期与人民同舟共济的结晶。哪知，正在他年富力强、多产多收的季节，却被缚住了手脚，抛掷到污浊的境况之中。

就在"文化大革命"的年头里，他白天、晚上在想。想牺牲了的先烈，想战火中滚出来的战友，想支前的民工，想往伤员嘴里喂饭的沂蒙山区的老大娘……人民哺育了他，教育了他，他忘不了人民，他要回到人民中间，终生讴歌人民……面对着白白流失的岁月，想到他早已动笔的创作计划被无端地弃置在一边，他的心像被绞了似的发痛。

浓重的云层闪现出一缕缕亮光，他像当年迎接胜利似的跳了起来。"文革"中期，他被落实政策，摘掉了强加在他头上的一顶顶"帽子"，然而他仍没有工作。他如一条离水的鱼，急切地想游到人民的海洋中去。他非常郑重地提出，要去深入生活。谁知换来的是讥讽和嘲笑："吃一升豆子，不知腥气！""破了疮疤忘了痛！何况这疮疤还没破咧！"那时不少人心灰意懒，对前途失去信心，而他却固执地沿着自己的信念前进。

省里要组织工作组，到农村调查生产情况，他兴高采烈地报名：我算一个！他怀着久别重逢的心情，来到人民中间。使他惊讶的是，农村跟城市一样，被"四人帮"糟蹋得不成样子：生产萧条，人民生活困苦，优良的革命传统被破坏了。这更激起了知侠的创作勇气。他暗下决心：必须把党的光辉形象恢复起来，必须把革命优良传统树立起来。他酝酿已久的鸿篇巨制，不正是展现这一崇高的主题吗？他结合工作，抓住一切机会接近人民，同群众聊天、交谈，询问他们的疾苦，一起追忆往昔的欢乐和忧伤。他像蜜蜂似的在人民群众中飞来飞去，汲取营养。要知道这还是在1973年哪！

他曾高高兴兴追寻着当年的战斗足迹，访问了沂蒙山区。这里，是他与人民群众生死与共的地方。他在这里发动过群众，打过游击，领导过文工团，还带领战士在敌人残酷扫荡中突过围……他的许多篇脍炙人口的小说，如《铺草》《风雪之夜》《张大娘》《向导》等，都是这里的战斗纪实。在这里，他又见到了那些老支部书记、老房东、老游击队员和当年扛红缨枪的娃娃。他们像亲人般地接待了他。个个又喜又惊:"怎么,你还活着?"他诙谐地答:"这不是还在喘气吗?"那时候,有关他的一些吓人的传闻,不胫而走。房东老大娘拉住他的手说:"我偷偷为您掉泪。当年,生活那么苦,敌人那么凶,你们挺着身子都过来了。如今,这是怎么啦?"他爽朗地答道:"大娘,这不是挺好?正是党和人民给了我信心和力量。"人们问他:"你还想写书?不怕新账旧账一起算?"他答:"中国的历史总是要朝正确方向前进的。"知侠跟人民建立了鱼水相依的关系。战争年代,他多次被人民群众拯救过生命;十年动乱,又是人民把他从死亡线上拉了回来。他常常在心里默念着:"没有人民,就没有一切;失去了人民,也就失去了一切。"所以,他在家里有个不成文的规定:凡是老房东来了,我吃什么他们吃什么,要住多久就住多久,必须跟亲人一样对待……

青年们悄悄对他说:"没有书看,没有戏看,没有电影看……翻来覆去,尽是那么几个,枯燥死了!"知侠心里隐隐作痛:我们有负于人民啊!他的那部长篇《淮海大战》,是描写淮海战役的巨幅画卷。要不是种种原因,也许早已问世了。他暗下决心,不管前进路上有多少暗礁险滩,也要把它写出来。他如饥似渴地与亲人促膝谈心,努力丰富创作素材。

不久,在多方面的争取下,知侠又来到全省最困难的地区之一——邹平县的一个公社蹲下来,继续深入生活,构思长篇提纲。他选择这里,是因为这里比较僻静,不大被人注意。当时,政治气候极不正常,时阴时雨。有些爱好文学的青年从远地而来,要求辅导,他都热情接待,细心指点。人们不会忘记,那时的"三突出"创作理论,还红极一时,几乎取代了所有创作原则和创作方法。知侠每次总是坦诚地说:"我只能对你讲讲我自己的一些创作体会,供你参考。"对方也总是会意地点点头。

1976年,知侠为了扩大生活视野,又收拾行装,来到东海边的一个小岛上。这里有一个只有百来户人家的渔、农兼营的小村。老一辈的人,在旧社会,大都经历坎坷,逃荒躲难,来自四面八方。他来到岛上,就跟群众打成一片。筑坝、整地、植树……他跟社员一起挥镐,一起抬筐。休息时候,他被男女社员围拢起来,讲述他正在构思的长篇中的故事。他还把党支部书记杨玉娥同志的模范事迹,系统整理了一下,到党校讲给大家听。他又帮大队买电视机,教群众读书认字,由此取得了"刘老师"的亲切称呼。

有一回,他发现大队的发电机不发电了,他急忙去问原因。原来,滑润油奇缺,不仅发电机要停,连渔船也面临出不了海的危机。知侠深知渔船就是渔民的生命。出不了海,打不着鱼,全体社员的生活咋办?他挺身而出,要了只小船,跑到青岛去想办法。经他多方努力,解决了全大队的需要。群众高兴地说:"'刘老师'帮了咱急中之急呀!"

知侠热爱生活,生活为他提供创作的源泉。知侠在这个名叫竹岔的岛上,新结识了许多先进人物,从他们身上发现了不少优良品质,也汲取了勇往直前的力量。他激情满怀,创作像泉水喷涌而出。短短几年中,出版了短篇集《一次战地采访》,完成了长篇《淮海大战》第一部(五十万字),与此同时,又写了长篇《牛倌传》(已在刊物上选载)。

从1980年下半年起,知侠又担任了山东省文联党组书记、省文联副主席、省作协主席等职。在工作繁重的岗位上,他依然放不下养育过他的人民,千方百计挤出时间,出去走走、看看。1981年夏天,他身体不好,组织上安排他到青岛疗养。他刚刚住下来,熟悉的朋友和文艺界的同志还不知道他来,而青岛对面他生活过的那个小岛上的渔民和基层干部却得到了消息,撑着小船,冒着风浪,一批又一批来看望他——有的还是刚打鱼归来,连夜赶来的。见了面,无所不谈,亲如家人。与他同行的杜鹏程同志见了此情此景,大为感慨,随即挥笔写下了自己的感想。

知侠同志深为失却十多年黄金般的岁月而惋惜,但他的眼睛一直是朝前看的。他是那么自信和乐观,继续用行军的步伐,在宽阔的文学道路上迈进。

谈怎样结构长篇小说

叶 辛

怎样结构长篇小说这个题目,应该是由写过很多部书的作家来谈的,我实在不能胜任。我还年轻稚嫩,对于创作,纯在学习、摸索阶段。正因为如此,长篇小说《我们这一代年轻人》《风凛冽》《蹉跎岁月》相继发表以后,热心的读者寄来了上千封信,我只是细读、静思。有人说,写得太快了;有人说,还可精益求精,不要求多;有人说,多产,打磨不够;有人说,以情节取胜;也有人说,厚厚的一本书,几十万字,细细一读,简直就没有什么故事。当然还有很多赞扬的话。总之,五花八门、千差万别,人们各有各的见解,无可厚非,我也从未想到要去解释一下,阐述一番。如果允许我说的话,不管是赞扬还是批评,恕我直言,大多是不切实际的。只有我自己知道,我写得有多么慢、多么困难。我是一个初中毕业生,一个插队落户七年的知识青年,当纷繁的生活促使我提起笔来学习写作的时候,我走过了一段长长的弯路。我读过一些书,也爱好文学,在我的笔记本上,记着很多大作家谈小说创作的话,当我照着这些话实践的时候,我碰到的往往是失败。在插队落户那个下雨即漏、刮风就摇的茅屋里,在那天天以瓜代菜、以盐巴水充油水的日子里,我写了一百几十万字的废稿,后来我妹妹用这些废稿纸生炉子,天天烧几张,烧了一年多也没烧完。失败的次数多了,在弯路上走得久了,我开始怀疑刻板地、盲目地死记硬背名言录写作的方法了。我是在走了很多弯路之后才想到要从自己的实际生活出发的。

记得,还是在小时候,母亲逼我做读书笔记,我偷懒,说不会做。她教我,第一段写书名、作者、出版单位,接着写这本书里给你印象最深的人,写完就是一篇读书笔记。这倒很简单,因为读完一本书,书中总有我喜欢的人,有时候还不止一个呢。于是,随着岁月的流逝、年岁的增长,我的读书笔记里记下了长长的一串名单:朱老忠、梁生宝、梁三老汉、杨子荣、许云峰、诸葛亮、关云长、贾宝玉、福玛·高尔杰耶夫、邦斯、汤姆·琼斯、丽莎、玛斯洛娃、万卡、卡拉马助夫兄弟、布登勃洛克世家……这个人出生在什么家庭、爱穿什么衣服、讲话时的神态举止,他在故事里扮演了什么令人感动的角色、有什么动人事迹,后来又怎样了……我的读书笔记,写下的就是这些人物传记。

法国昆虫学家法布尔说过:"学习这件事,不在乎有没有人教你,最重要的是在于你自己有没有觉悟和恒心。"

当我在学习写作的道路上屡遭失败、走投无路的时候,我突然想到了青少年时代写下的读书笔记。那些作家为什么都能知道他写的人物的身世呢？也许他们在写书前就调查得清清楚楚吧？我为何不试一试呢！曹禺在谈到他的剧作时，也讲过搞分析人物嘛！

抱着侥幸的心理，在重新铺开稿纸学习写作以前，我不忙着写气氛、景色、矛盾冲突、环境特点了。我试着给自己的人物做分析：他叫什么名字，长相如何，服饰、声调、癖好是什么，父母兄妹都是些什么样的人，给他什么影响，他在我将写的书里做点什么，结局怎么样……写完一个，我接着写第二个，把我凡是能想到的，统统写出来，该勾勒的地方勾勒几笔，该描绘的描上几句，一个主要人物的分析，总要写到几千字甚至上万字。一般的人物和次要人物，有时哪怕只是在书中露几次面的人物，我也写一个小传，当然，写得粗略一些，仅仅有个简历，有一条大致的发展线索就成了。一本书的准备阶段，写小传总要写五六万字，上面提到的三部长篇，光人物分析就写了好几个笔记本，将近二十万字。自然，这个工作进行得那么慢、那么迟钝，因为我太年轻，要写的人，有的还不熟悉，还要接触、调查、了解。

多么笨拙的方法，多么愚蠢的起步。

我承认。不要讲别人，就是我妹妹也说："照你这么整，哥哥，你一辈子也写不出一本书。"

但是我仍旧要说，对我这个文化程度不高的初中生来说，这么做却是有益的。很小的时候，我就听过龟兔赛跑的故事，在文学创作的道路上，我不是一只跑得飞快的兔子。我只是在撞了壁之后，摸索着循序渐进。我很快尝到了甜头：在进入正文创作的时候，由于做过人物分析，我的作品中不会出现雷同的人物，不会出现可有可无的人物，不会在事件和情节中产生同义的反复，也不至于在写到某个人物时，感到笔力不逮、心中无数；要是心中无数，或者我不大熟悉的人物，早在我写人物分析时，就给剔除了；非写不可的，我也及时地做了了解调查，补救上了。

好像是车尔尼雪夫斯基说过，创造典型人物，观察和把握一个个别事物，是一个起点。对我来说，做人物分析，就是在加深我平时的观察，帮助我准确地"把握"自己将要写的人物，厘清这个人物的思想脉络。

林纾在《春觉斋论文》中说："脉者，周身无所贯者也，然而脉之一字，按之始见，不按之无见也。"

正是如此，当我写完人物分析，厘清他们的思想脉络时，我的长篇小说的结构工作，也同时开始了。往往，在写完人物分析以后，我还做一件事，那就是进一步确定这些人物之间的关系。如果说，写作人物分析，仅仅是使得我明了将写的个别人物面貌，他们可能会有些什么作为和表现的话，那么，进一步确定他们之间的关系，已经在帮助我竖起长篇小说的结构了。

我们都知道,两个不同性格的人相处在一起,对任何事物的反应也是不同的。那么更多的不同性格的人在一起,他们之间的差异就更大、更加不一样了。这种人与人关系中的差异,形成了我要写的小说中特定的人物关系。这么一群人面临着我所要表现的矛盾冲突和事件,他们的心灵、思想、脸部表情、言语对话、待人接物,会是多么丰富多彩、千差万别,那是可以想见的。加上人本身所具有的复杂性,文学作品中人物的性格就会鲜明地显示出来,人物与人物就会冲突起来。

所有这些,就是我长篇小说间架结构的基础。

举例来说,十年动乱期间泛滥的血统论,说起来是触目惊心,也是众所周知的。想写一本反对血统论的长篇小说,是我在初学写作的年代里就产生的念头。可促使我写作长篇小说《蹉跎岁月》的,却是这么一件小事:一个出身不好的姑娘,在插队落户的岁月里,和一个干部子弟爱上了。打倒了"四人帮",干部子弟抽回大城市,父母亲干涉儿子的恋爱,结果酿成了悲剧。听完这件事,回到自己房里,我在随身带的本子上写下了两句话:"这件事可以写成长篇小说,而且结局一定要让这两个人好。"

产生这个念头以后,我头脑里浮现的第一个人物,就是杜见春。这不仅是杜见春这个人物最能形象地体现主题,更主要的是,我对"她"非常熟悉。在插队落户的日子里,在我去农场采访期间,在我个人的生活经历中,我遇见过好些这样的人。我知道她们怎样说话、怎样生活、脸部表情是怎么样的,顺利的时候如何兴高采烈,逆境中怎么颓丧灰心,甚至她们爱穿什么衣服,有些啥爱好,意外情况下的眼神,我都观察到了。这些平时的积累,以往都在印象的仓库里深埋着,当我写作"杜见春"这个姑娘的人物分析时,就全部涌了出来,熔铸到了她的身上。她在我的脑子里是活灵活现的、鲜明生动的。你要问我,杜见春在逛公园时是怎么样的,我马上就能告诉你,尽管我在小说中不会写到她逛公园。

有了杜见春这个人物,还必须要有个适合总体情景的相呼应的人物。这个总体情景,我的理解就是两个主要人物之间的关系。在我的小说中,这是必不可少的,如《我们这一代年轻人》中的程旭和慕蓉支,《风凛冽》中的叶铭和高艳茹,《峡谷烽烟》中的小友蓉和白斑狼,《高高的苗岭》中的隆开和石朝山等等。有了这么一条主要人物关系的控制线,有了这么两个相辅相成的处于对立统一中的人物,我就能理出作品的主线,并靠它把其他的一切都带动起来,组织间架结构。

这不是我的发明,在我喜爱读的很多作品中,都有这种起着控制作品力量的人物,如《红楼梦》中的贾宝玉和林黛玉,《子夜》中的吴荪甫和赵伯韬,《高老头》中的拉斯蒂涅和高老头,《复活》中的聂赫留朵夫和玛丝洛娃,《奥勃洛摩夫》中的奥尔迦和奥勃洛摩夫……自然也有例外,当一条控制线不够时,作家就再设置一条,由单线发展到双轨。列夫·托尔斯泰称这种双轨控制线叫"拱形结构",他的《安娜·卡列尼娜》就是最明显的例子,安娜和渥伦斯基一条线、吉蒂和列文一条线,这两条线又通过亲戚关系像圆拱形一样连接起来。陀思妥耶夫斯基从《被侮辱与被损害的》这部书开始,到后来的《罪与罚》《白痴》等等采用的都是这种双轨控制线。泰戈尔的《沉船》用的也是这种方法。

也许是我太爱读这些书了,我在学习写作时,自然而然也想到了这种方法。我是初习写作,还没用过双轨控制线的写法,每次组织间架结构,我只采用一条控制线。

这样,在确定了杜见春这个人物以后,我很自然地想到了和她相呼应的人物柯碧舟。这个人必须和杜见春性格迥异,出身、经历都不一样。我插队落户和过去的同学中,这种人是不少的。我也很快地写出了"他"的人物分析。有了这两个主要人物,其他的人物,就不难了。我熟悉无数知识青年,要在很多熟识的人中,选出些具有特点的人物来提炼、概括,还是不难的。于是,王连发、苏道诚、肖永川、华雯雯……一个个人物都出来围绕在杜见春和柯碧舟身边了。

基本确定了我的人物,故事大致有了一个走向,这些人物在我头脑里一天比一天地鲜明起来,似乎还不时闪出些精彩的对话和动人的场面来,我进入了紧张的思考、耐心的等待阶段。

思考什么呢?等待什么呢?那就是给我的人物和作品以紧密相关的有致的情节。

阿·托尔斯泰说:"情节是一种发现,一种难得的东西。"

正因为难得,就需要等待、需要思索。不是每天都能发现珍宝、发现稀有的矿藏的,珍贵的宝藏要人不懈地去挖掘、寻找、开采,于作品有益的情节也是这样。

巴尔扎克写小说有一条准则:"要使人爱看。"那就是提醒自己时时刻刻想到读者。为了要使人爱看,许多作家都一再地磨炼自己的技巧,精心地处理情节。大仲马善于铺展故事、设置悬念;易卜生善于用"解开以往生活的谜"这种方式;马克·吐温惯常喜欢让自己的主人翁改装以变换身份,产生强烈的效果;屠格涅夫小说中的情节总是环环紧扣,从来不拖泥带水,取直线发展……

我爱读他们的书,在学习写作时,也喜欢借鉴他们的共同手法,那就是在一本书里,设置不多的几个人物,选择一个贯串全书的情节,充分地写好它(别以为大仲马的情节复杂呀,厚厚的一部《基度山伯爵》,只有报恩与报仇这一个贯串全书的情节,一拎就起来了)。

对我来说,情节的发现往往是伴随着一个准确有利的开头一起得到的。它不仅是一个故事,还是一种触发,一条能把所有想写的东西巧妙贯穿起来的铁链。

前面我说过,在产生写作《蹉跎岁月》的念头时,我就要求自己在结尾时让这两个人好。也许是我早早地定下了这么一条,在我写作人物分析、等待开头、形成总体结构的过程中,我老是在为他们的结局寻找思想基础。当所有的准备工作做完,强压下自己的创作冲动,耐心地等待了近十个月以后,排除了好几十个开头,留在我面前的有两种开头方式,一种是从打倒"四人帮"、柯碧舟与杜见春回上海探亲写起,另一种是从他们在山寨上的恋爱写起。前一种开头方式能疾速地把问题捅出来,吸引读者,揭示主题,艺术效果也强一些;后一种,处理起来就显得很平,不易抓住读者。我苦恼着、权衡着,前一种开头固然好,但故事的场景,要搬到上海,故事的进展,不能不考虑杜见春一家人的种种态度和性格发展,即使要写农村里的往事,也必须采用倒叙、回叙、插叙的手法,很大一部分要通过回忆来展示。对一部长篇小说来讲,斧凿的痕迹也太重。怎么办呢?我翻书、看剧本、看电影、在湖边散步,老在想、想……十个月以后的一天,我和一个老医生在乘凉时聊天,他讲起自己的经历,说了一句话:"一个人和另一个人的关系,总是从他们最早的那一次相识就开始了。"这句话像小锤子一样,一锤就把我敲醒了,他后来说了些什么,我一句也没听进去。我突然明白过来,柯碧舟和杜见春的故事,就得从他俩的头一次相识写起。谁都知道,恋爱着的双方,头一次相识总是留在他们各自的记忆里。平吗,平是平一些,只要生活基础厚,也能平中见奇。乘凉回到家,已是深夜了,我找出稿纸,把苦苦等待了十个月的开头,端端正正写在方格子里。开头等来了,角度找准了,我的小说一章一章顺序地写了出来。

姜夔在《白石诗话》中谈及结构时说:"波澜开阔,如在江湖中,一波已平,一波又作,如兵家之阵,方以为正,又复是奇;方以为奇,忽复为正。出入变化,不可纪极,而法度不可乱。"

我觉得在组织长篇小说的篇章连接、情节铺陈时,更应追求这个效果。前面说到我爱读易卜生的剧本,他写剧本的一个主要方式,是采用回顾式,亦即"解开以往生活的谜",运用戏剧手段,一层一层往里剥笋壳。这种方式使我入迷,我发现,用这种方式写长篇小说,同样能吸引人。卡维林的《船长与大尉》和《一本打开的书》是我在中学时代就读过的,他把过去发生的事件放在后面去写,前面设置好一系列的悬念、伏线,构成一幅扑朔迷离的人物关系画面,到高潮时才把机关捅破。书读过好多年了,但我仍记忆犹新,可见其艺术魅力。在写作长篇小说《风凛冽》的时候,我就有意识地学习这种结构方式,摊出一些悬念后,层层往里推进,在高潮时戛然而止,迅疾打住。在写作这本书时,类似的题材在报刊上发表已经很多了,很多小说都是开门见山,直接揭露和鞭挞"四人帮"及其爪牙,也有些小说用的回忆形式。这就逼得我另外找一条路子来写同样题材的东西。从发表后的一些读者来信看,读者们是喜爱和能接受这种结构方式的。

　　以上所叙,仅仅是我学习写作的短短几年中的一些甘苦得失,写给读者,只能说是一份汇报,敬望同志们批评指正。我们经常说到列夫·托尔斯泰的心灵辩证法,说到陀思妥耶夫斯基的小人物的命运,说到屠格涅夫笔下的女性,说到契诃夫的淡淡的哀愁,说到左拉粗线条的勾画。这就是说,每一个人提起笔来写作,总有他个人的情绪、角度和表达方式。对一个人来说是成功的经验,对另一个人来讲只有点儿参考价值。我初习写作后的这些点滴体会,都是一鳞半爪,不成体统的,恐连参考的价值也没有。

　　刘大櫆在《论文偶记》中说:"古人文章可告人者惟法耳,然不得其神,而徒守其法,则死法而已。"

　　读书能启发我们的思路,开阔我们的眼界,但真正地掌握要领,还需我们在实践中不断地摸索、不断地追求。

　　我愿意在今后的创作中,摸索和追求下去,争取新写的长篇小说,能在艺术上有所进步、有所突破。

毛泽东同志给文艺界人士的十五封信

（一九三九年——一九四九年）

给萧三的信

(一九三九年六月十七日)子暲同志：

(一)大作①看了，感觉在战斗，现在需要战斗的作品，现在的生活也全部是战斗，盼望你更多作些。

(二)高尔基晚会如无故障当来参加，惟这几天较忙一些。

(三)马，待查问一下看，这事倒不很容易。如你在边区范围内行动，那我可以拿我的马给你用一下，如往外边，就得另想法了。

敬复。

毛泽东
六月十七日

给周文的信

(一九四〇年十一月三十日)周文同志：

群众报及《大众习作》②第二期都看了，你的工作是有意义有成绩的，我们都非常高兴。

《大众习作》封面写得不好，请改换一个如何？

敬礼！

毛泽东
十一月三十日

给雪苇的信

(一九四一年七月十五日)雪苇同志：

来信及提纲③收读。虽然我提不出什么意见，但是赞成你写这本书。此复。致以敬礼！

毛泽东
七月十五日

给萧军的信

(一九四一年八月二日)萧军同志：

两次来示都阅悉，要的书已附上。我因过去同你少接触，缺乏了解，有些意见想同你说，又怕交浅言深，无益于你，反引起隔阂，故没有即说。延安有无数的坏现象，你对我说的，都值得注意，都应改正。但我劝你同时注意自己方面的某些毛病，不要绝对地看问题，要有耐心，要注意调理人我关系，要故意地强制地省察自己的弱点，方有出路，方能"安心立命"。否则天天不安心，痛苦甚大。你是极坦白豪爽的人，我觉得我同你谈得来，故提议如上。如得你同意，愿同你再谈一回。敬问近好！

毛泽东

八月二日

给欧阳山、草明的信④

(一九四二年四月十三日)欧阳山、草明二同志：

前日我们所谈关于文艺方针诸问题，拟请代我搜集反面的意见，如有所得，祈随时赐示为盼！

毛泽东

四月十三日

给罗烽的信

(一九四二年六月十二日)罗烽同志：

你的文章⑤读过了，今付还。

我觉得关于高尔基的一篇是好的，这篇使我读后得到很大的益处。但其余的文章，和这一篇的观点不大调和，我虽只看一遍，但觉有些是不明朗化，有些则论点似乎有毛病。我希望你用马克思主义的观点将自己的作品检查一番，对于你的前进是有益的。未知当否，请加考虑为盼！

敬礼！

毛泽东

六月十二日

给欧阳山尊、朱丹、成荫的信

(一九四二年十一月二十三日)欧阳山尊、朱丹、成荫同志：

你们的信收到了，谢谢你们！你们的剧⑥我以为是好的，延安及边区正需看反映敌后斗争生活的戏剧,希望多演一些这类的戏。

敬礼!

毛泽东

十一月二十三日

给杨绍萱、齐燕铭的信⑦

(一九四四年一月九日)绍萱、燕铭同志:

看了你们的戏⑧,你们做了很好的工作,我向你们致谢,并请代向演员同志们致谢!历史是人民创造的,但在旧戏舞台上(在一切离开人民的旧文学旧艺术上)人民却成了渣滓,由老爷太太少爷小姐们统治着舞台,这种历史的颠倒,现在由你们再颠倒过来,恢复了历史的面目,从此旧剧开了新生面,所以值得庆贺。郭沫若在历史话剧方面做了很好的工作,你们则在旧剧方面做了此种工作。你们这个开端将是旧剧革命的划时期的开端,我想到这一点就十分高兴,希望你们多编多演,蔚成风气,推向全国去!

敬礼!

毛泽东

一月九日夜

给周扬的信

(一九四四年四月二日)周扬同志:

此篇⑨看了,写得很好。你把文艺理论上几个主要问题作了一个简明的历史叙述,借以证实我们今天的方针是正确的,这一点很有益处,对我也是上一课。只是把我那篇讲话⑩配在马、恩、列、斯……之林觉得不称,我的话是不能这样配的。此外,第十页上"艺术应该将群众的感情、思想、意志联合起来"⑪,似乎不但是指创作时"集中"起来,而且是指拿这些创作到群众中去,使那些被经济的、政治的、地域的、民族的原因而分散了的(社会主义国家没有了政治原因,但其他原因仍在)"群众的感情、思想、意志",能借文艺的传播而"联合起来",或者列宁这话的主要意思是在这里,这就是普及工作。然后在这个基础上"把他们提高起来"。是否可以做这样解释,请再斟酌一下,或同懂俄文的同志商量一下加以酌定。其余没有意见。

敬礼!

毛泽东

四月二日

给胡乔木的信

（一九四四年五月二十七日）乔木：

此文⑫写得很切实、生动，反映了与具体解决了多年来秧歌剧的情况和问题，除报上发表外，可印成小册，可起教本的作用。最好把文尾附注移至文前，并稍为扩充几句，请与作者商酌。

毛泽东
五月二十七日

给丁玲、欧阳山的信

（一九四四年七月一日）丁玲、欧阳山二同志：

快要天亮了，你们的文章⑬引得我在洗澡后睡觉前一口气读完，我替中国人民庆祝，替你们两位的新写作作风庆祝！合作社会议要我讲一次话，毫无材料，不知从何讲起，除了谢谢你们的文章之外，我还想多知道一点，如果可能的话，今天下午或傍晚拟请你们来我处一叙，不知是否可以？

敬礼！

毛泽东
七月一日早

给郭沫若的信

（一九四四年十一月二十一日）沫若兄：

大示读悉。奖饰过分，十分不敢当，但当努力学习，以付故人期望。武昌分手后，成天在工作堆里，没有读书钻研机会，故对于你的成就，觉得羡慕。你的《甲申三百年祭》，我们把它当作整风文件看待。小胜即骄傲，大胜更骄傲，一次又一次吃亏，如何避免此种毛病，实在值得注意。倘能经过大手笔写一篇太平军经验，会是很有益的；但不敢作正式提议，恐怕太累你。最近看了《反正前后》⑭，和我那时在湖南经历的，几乎一模一样，不成熟的资产阶级革命，那样的结局是不可避免的。此次抗日战争应该是成熟了的吧，国际条件是很好的，国内靠我们努力。我虽然兢兢业业，生怕出岔子，但说不定岔子从什么地方跑来，你看到了什么错误缺点，希望随时示知。你的史论、史剧有大益于中国人民，只嫌其少，不嫌其多，精神决不会白费的，希望继续努力。恩来同志到后，此间近情当已获悉，兹不一一。我们大家都想和你见面，不知有此机会否？

谨祝健康、愉快与精神焕发！

毛泽东上
一九四四年十一月二十一日，于延安。

给萧三的信

（一九四五年二月二十二日）萧三同志：

你的《第一步》⑮，写得很好。你的态度，大不同于初到延安那几年了，文章诚实，恳切，生动有力。当然，从前你的文章也是好的，但是现在更好了，我读这些文章，很得益处。

为着使延安文艺工作同志们多参加群众性的集会，须关照高岗、贾拓夫、谭政、罗迈、李富春、彭真几位同志，遇有这类会议不要忘记组织文艺同志们去参加。此事请你访他们去谈谈，我有机会也将告诉他们。今年全边区性的大会少开，但地方性的，延市、延安县和延属分区的，必有许多，同县、市、分区的负责同志及宣传部讲通此事，也很必要，可否也请你去谈一下？

同志的敬礼！

毛泽东
二月二十二日

给柳亚子的信

（一九四五年十月四日）亚子先生吾兄道席：

诗及大示诵悉。深感勤勤恳恳诲人不倦之意。柳夫人清恙有起色否？处此严重情况，只有亲属能理解其痛苦，因而引起自己的痛苦，自非"气短"之说所可解释。时局方面，承询各项，目前均未至具体解决时期。报上云云，大都不足置信。前曾奉告二语：前途是光明的，道路是曲折的。吾辈多从曲折（即困难）二字着想，庶几反映了现实，免至失望时发生许多苦恼。而困难之克服，绝不是那么容易的事情。此点深望先生引为同调。有些可谈的，容后面告，此处不复一一。先生诗慨当以慷，鄙视陆游陈亮，读之使人感发兴起。可惜我只能读，不能做。但是万千读者中多我一个读者，也不算辱没先生，我又引以为自豪了。敬颂兴居安吉！

毛泽东
十月四日

给沈雁冰的信

(一九四九年九月二十三日)雁冰兄：

示悉。写了一句话⑯，作为题词，未知可用否？封面宜由兄写，或请沫若兄写，不宜要我写。

毛泽东

九月二十三日

① 指萧三写的一本诗集。其中一部分诗后来收入一九五二年人民文学出版社出版的他的《和平之路》诗集以及一九六〇年人民文学出版社和一九八一年湖南人民出版社出版的《萧三诗选》。② 群众报，即《边区群众报》，是面向工农群众的报纸。《大众习作》，主要是帮助通讯员和初学写作者提高写作能力的刊物。它们是延安大众读物社先后于一九四〇年三月和八月创办的。周文当时是大众读物社负责人。③ 提纲，指雪苇写的中国新文学史讲授提纲。作者原拟按这个提纲写一本中国新文学史，后来缩写为他的《论文学的工农兵方向》一书的首章(《新文学的历史说明什么》)。该书于一九四八年五月在大连光华书店出版。④ 毛泽东在同一天还给文艺界其他同志如萧军、罗烽写了同样内容的信。四月十七日，毛泽东又给欧阳山、草明写信说："如果你们在搜集材料，那很好，正反两面都盼搜集，最好能给我一个简明的说明书。"⑤ 指罗烽一九四一年三月到延安后写的几篇文章。其中《高尔基论艺术与思想》一文，发表在一九四一年七月一日延安《文艺月报》第七期上。⑥ 指成荫等创作的反映敌后斗争生活的《晋察冀的乡村》《荒村之夜》《虎列拉》《自家人认自家人》《求雨》等剧。一九四二年冬，八路军一二〇师战斗剧社在延安演出过这些剧。欧阳山尊、朱丹(后改名为朱丹西)、成荫当时是该剧社负责人。⑦ 此信曾在一九六七年五月二十五日《人民日报》上发表过，信中"郭沫若在历史话剧方面做了很好的工作，你们则在旧剧方面做了此种工作"一句被删掉。这次全文发表。⑧ 指由杨绍萱、齐燕铭编导，延安中央党校演出的京剧(当时称为评剧)《逼上梁山》。⑨ 指周扬为他编的《马克思主义与文艺》一书写的序言，后来发表在一九四四年四月八日延安《解放日报》上。《马克思主义与文艺》一书，辑选了马克思、恩格斯、普列汉诺夫、列宁、斯大林、高尔基、鲁迅及毛泽东关于文艺的论述。⑩ 指毛泽东《在延安文艺座谈会上的讲话》。⑪ 见蔡特金写的列宁回忆录。在一九四四年周扬为《马克思主义与文艺》写的编者序言中，有关列宁这句话的那段译文是："艺术是属于人民的。它的最深的根源，应该是出自广大劳动群众的最底层。它应该是为这些群众所了解和为他们所挚爱的。它应该将这些群众的感情、思想和意志联合起来，并把他们提高起来。"在一九五七年人民出版社出版的蔡特金《回忆列宁》中，

这段译文改为:"艺术是属于人民的。它必须在广大劳动群众的底层有其最深厚的根基。它必须为这些群众所了解和爱好。它必须结合这些群众的感情、思想和意志,并提高它们。"⑫指艾青写的《秧歌剧的形式》一文,后来发表在一九四四年六月二十八日延安《解放日报》上。⑬指丁玲写的《田保霖》和欧阳山写的《活在新社会里》两篇文章,发表在一九四四年六月三十日延安《解放日报》上。文章介绍了陕甘宁边区合作社工作中的两个模范人物。⑭《反正前后》是郭沫若一九二九年写的反映自己一九一〇年至一九一一年生活经历的作品,一九二九年八月由上海现代书局出版。后收入一九四七年上海海燕书店出版的《少年时代》(沫若自传第一卷),一九五八年又收入人民文学出版社出版的《沫若文集》第六卷。⑮《第一步》是一九四四年冬萧三参加陕甘宁边区参议会及劳模大会后写的一篇文章,主要是谈文艺工作者深入工农兵的问题,发表在一九四五年二月二十日延安《解放日报》上。⑯指毛泽东为《人民文学》创刊所写的题词:"希望有更多好作品出世。"

剪纸插画　刊于1965年第8期

1983 年

给贾平凹同志的信

胡 采

陕西青年作家贾平凹同志,1983 年 8 月曾写信给作协陕西分会主席胡采同志,谈他近期的生活和创作情况,也谈到了他对马克思主义理论学习的欠缺和"对于生活的贫乏",希望给予帮助。这里发表的是胡采同志的复信。

编者平凹同志:你好!

收到你的信,已经一个多月了。当时,我正忙于省作家协会会员代表大会的筹备工作。大会过后,又连着开了几个会,还闹过几天病,直到今天,才静下来重读你的来信。

读你的信,使我感受很多,想得也很多。

从你的来信中看到,你最近对自己的创作和生活,思考了不少问题。你提的几个问题,不仅是你面临的、正在思考的、在实践中反复经历和苦恼过的,而且也是其他不少青年作者所面临和正在思考着、谋虑着的。我们为人民写东西,为广大读者写东西,我们主观上总是希望所写的东西,很好,很美,希望对人民,对读者,对社会主义,起积极的健康的作用。这是主观设想或主观意图。如果实践证明,这种主观设想或意图,同实际效果不一致,同人民群众的意愿不一致,不符合社会主义基本利益的要求,广大读者对这些作品提出了批评意见,我们就不能对这些意见无动于衷,就应当引起我们的重视,认真对待,用人们习惯的说法,就是要进行"反思"。我认为你在这个问题上给自己提出的思考题目"这到底是什么原因,是读者错了,还是我错了?"是严肃认真的,态度是积极的,也是正确的。把创作,把发表作品,把出一本书,仅仅看成是作家个人的事情,这是不对的。作家发表作品、出书,是面向社会的,是给千千万万人看的。作品中、书中写了什么?表现了什么?思想内容是好是坏?感情趣味是否健康?艺术表现上是优是劣?社会效果究竟怎样?……对这些问题,不是我们过甚其词把它说得如何重要,而是因为它实际上是直接或间接、明显或潜移默化地影响着和作用着成千成万人的思想、心灵、情操和情趣。我认为你向自己提出究竟"是读者错了,还是我错了?"这一尖锐问题,想认真从思想上把它弄清楚,这是一个作家对读者,对社会,也是对文学事业本身具有责任心的表现。

你从"是谁错了"这个问题出发,联系自己的创作实际,还进一步考虑了"错在哪里"的问题。你说你终于一步一步地发觉了你的"根本的弱点是在什么地方了"。在什么地方?你得出的结论是:"一句话,就是生活的问题"。你并且提出了"生活的基础一定要扎实了再扎实,还要扎实"的主张。这是有积极意义的。确如你所说,在脱离生活的"空中楼阁"里搞所谓创作上的"探索",是"极容易出现偏差"的。这大约是来自你的创作甘苦之言。因此,你所说的"生活的基础一定要扎实"这句话,就显得很有分量。如何才能达到生活的扎实?你所采取的"一个县一个县走动着,了解着情况"的做法,不失为有效的方法之一。此外,也还可以参考其他作家行之有效的办法,即建立生活根据地,实行在生活问题上的"打深井"。这样做,是否更有利于较为全面地解决生活经验和生活视野的深与广相结合的问题。

我们还可以把问题再做深一层的考虑。生活的大千世界是错综复杂的。有的作家,到现实生活中去了,能感受到沸腾的生活激流对自己的冲激,能从生活的大海中拿回来积极的、健康的、生动的、有思想感情容量和富有深意的东西;而有的人却拿不回这样的东西,他们拿回来的,包括在生活中感受到的,或者太浅,太泛,太一般化,缺乏深意;或者太消极,太偏狭,典型意义不足,有的作者在生活中感受到的和拿回来的东西,同社会主义生活的主流扣不起来,同广大人民的心愿相背离。对这些问题,我们也应当问一个"为什么?"。

生活是重要的。但如何认识、理解生活,却离不开马克思主义思想的指导。生活,是作为客观世界而存在的。思想,这是作家自己的主观世界。观察生活,理解生活,反映和描写生活,是通过作家自己的主观世界来进行的,是通过他思想上对生活的观察、理解、剖析、评价,来达到反映和描写生活的目的的。如果一个作家不能在生活实践中逐步掌握马克思主义的立场、观点、方法,就不能保证他观察、理解、反映和描写生活的正确。

人们认识客观世界,认识生活,是有一个实践和发展过程的。一开始,就一切都认识得很清楚很正确,这是少见的。长期的生活实践和认识实践,会锻炼我们的思想,会纠正我们对生活的错误认识和思想上的某种偏见。所以,在这个问题上,我们一贯强调实践的重要意义。但是,我们所说的这个实践,包括生活实践和创作实践,是和思想相统一的,是思想在其中起作用的。不是这样的思想在起作用,就是那样的思想在起作用;不是正确的或比较正确的思想在起作用,就是错误的或不够正确的思想在起作用。完全没有思想或思想不起任何作用的实践,是不能想象的。当我们说生活实践会纠正我们的错误认识和某种思想偏见时，就是从实践不能同思想分离这个基点出发提出问题的。提出这个问题的目的，是想说明这样一个道理：生活是重要的，在重视生活的基础作用的同时，必须重视马克思主义思想的指导作用，只有在正确的思想指导下，才能获得对生活的正确认识和达到对生活的正确反映。当然，也只有投身到火热的群众生活实践中去，才能使自己的思想不断得到进步和发展。

以上，我所以发了这么一点议论，是想对你提出的生活的重要意义这一课题做些补充，希望把道理说得充分些、透彻些。但不知究竟说透了没有？

你从自己的创作实际出发，觉察到你的有些作品，没有"真正从生活中真切地体验出一个什么东西，而往往是将生活的材料来验证自己的一个什么思想或意念"，是符合你的某些作品的实际的。在我所看到的你的少数作品中，像《下棋》《瓦罐》等等，是否就算是这方面作品的代表？我记得是1980年或1981年，在我们举办的读书会上座谈学习心得时，你曾经谈到你当时正在思考如何在创作中表现生活哲理的问题。这引起了我的注意，意识到这是你对自己的创作提出了进一步深化的要求。当时我是表示支持你的这种努力的。我缺乏这方面的实践经验，那时对这个问题的认识也不很清楚。所以，只能从方向和原则上，提出了两点意见供你参考。你大概还有印象，这两点意见是：一、作品中抒写生活哲理是可以的，但这种哲理必须来自生活，带有生活的血肉感情和活的生活形象；二、这种生活哲理，不是勉强外加到作品中去的，而是包含在作品所描写的具体题材之中，是这种具体题材、人物、事件、情节等在矛盾冲突的发展中，所闪现出来的思想意义。我个人觉得，按照这样的思想脉络来进行创作，和用搜集到的现成材料来演绎自己先入为主的某种思想或意念，是不一样的。

用现成材料来演绎自己的思想或意念，这当然不对。严格地讲，这大约不能算是真正的艺术创作。反过来说，真正的艺术创作，反映了真实的生活内容、符合艺术规律的创作，也终于要表达作者的一定的思想或意念。或者换个说法，作品总是应当告诉读者点什么东西，对读者起点有关认识生活的作用、美感作用以及在思想、情趣和情操方面的影响与感染作用。如果不起这些作用，那它就很难算得上是名副其实的艺术作品了。所以，根本问题仍然在于：作品所起的认识生活的作用是正确的吗？它对于读者的思想、感情、情趣和情操方面的影响，是健康的吗？我曾征求过一些作家和评论工作者的意见，也看过一些他们所写的关于论述你的创作的文章，感到在你的有一部分作品中，似乎不单单是"将生活的材料来验证自己的一个什么思想或意念"的问题，同时也还存在这个"思想或意念"本身是否正确的问题。

请允许我举个例子。你在《好了歌》这篇作品中，通过刘宝成和玉玉这对夫妻因为对人生的看法不同，因而造成双方在生活上的离异，离开了而终于又"复归"到一起的分分合合的过程,所表述的那种"他们各自获得了新的观念,好了,好了,殊途同归了"的思想或意念,究竟如何?是否有点"人生不过一场戏"的味道?读者和评论界对这篇作品的意见,想来你是了解的。对这个问题,是否也应当问一个"为什么"?从思想上弄清楚究竟"是读者错了,还是我错了?"。

你在信中说,"有人传说我信奉佛教",使你"或多或少地产生过委屈的情绪"。这种传说,大概同有人认为你在一些作品中所流露的某种"出世"思想或近似"出世"思想有关。在我看来,无论佛家的"出世"思想也好,道家的"出世"思想也好,他们共同的带本质意义的东西,就是"看破红尘"。这种"看破红尘"的思想,反映到我们一般人的思想上,突出的表现就是:是非不分,把一切都看透了,对什么都是无所谓的这种处世哲学。所谓"物我一齐,是非两忘"。

我记得,在"笔耕"组讨论你的创作问题时,曾接触到"出世"思想问题。那时,有的同志说在你的有些作品中表现了"出世"思想;也有的同志说,那不是"出世"思想,那是作者在思想上"入世"深的表现。我当时曾发言说:我们今天谈"出世""入世"问题,思想上应首先明确一点,即我们所说的这个"世",主要是指社会主义生活之"世"。当我们考虑和评论某个作品所反映的生活、思想、感情时,主要应当看它是否符合社会主义社会的生活实际,看它究竟"出了"或者"入了"社会主义生活这个"世"没有。现在回过头来看,不能不说,有些思想感情不够健康的作品,除了其他原因外,其中有一个带根本性的原因是:它们或多或少或轻或重地是在"出了"或者脱离了社会主义生活基本轨道的情况下产生出来的。

也是在这次讨论会上,我听了会议结束时你的发言,你把你在创作上的发展划分为三个阶段,或者叫作三种境界。你把第一境界解释为单纯入世,意思是说这个阶段自己入世太浅,思想单纯,看事不深;这包括《山地笔记》这段时期。第二境界叫作"复杂处世",意思是说正处于社会大变革时期,各种矛盾错综复杂,所以自己的思想和创作,也不能不随着生活的发展而发展。第三境界叫"单纯处世",意思是说这个阶段的突出特点是"从复杂到单纯",这是"真正的艺术境界"。我记得你当时曾说自己目前正处于从第二境界向第三境界过渡当中。

当时,我听了你关于三种境界的分法和说法,感觉到你对于三种境界的阐述,似乎有一些问题没有弄得很清楚。

以后,经历了一段时间,在这期间,我在读别人评论你的创作的文章的同时,也找来你的少数作品读了。我把这一时期的作品,同《山地笔记》中的作品对照起来考虑问题,逐渐发现:这后期的作品,比起《山地笔记》来,在反映生活内容的广度上和艺术表现的功力上,显然是扩展了、多样化了、丰富了;但《山地笔记》中的有些可贵的值得保持和发扬的东西,属于你创作实践中称得上是好传统的东西,被你舍弃了。什么是"值得保持和发扬"的东西? 在我看来,就是《山地笔记》中所洋溢着的对山区人民、对自己父老兄弟、姐妹和孩子们的深情,对劳动人民中美好品德和美好情思的赞颂,对社会主义事业所怀有的那种由衷的热爱之情。关于这个问题,我记得,在我们两人之间,曾进行过一次深谈,其中有一段对话,我是记得很清楚的:

> "从你对三种境界的阐述以及后来的实际创作表现看,你对以《山地笔记》为代表的这个阶段的创作,从思想到艺术,在自我评价上,似乎带有某种否定的意思。是这样吗?"我问。
>
> "是有这个意思。"你答。
>
> "《山地笔记》中所描写的那些令人尊敬的和可爱的人物,他们身上那些美好的东西,都是假的吗? 是不真实的吗?"
>
> "当然不能这么说。"你十分肯定地说。
>
> "既然不是假的,既然是真实的,为什么要否定呢?"
>
> "我感到对他们的了解和描写,都有些简单。"
>
> "如果确实存在简单的问题,可以根据生活的实际加以丰富和充实。但不能把真实的、正确的东西否定掉。"
>
> "噢,是啊! 这个问题我得好好想想。"你沉思地说。
>
> "生活的矛盾冲突再错综复杂,对于劳动人民身上那些美好的事物和现实生活中那些积极、健康的东西,对于社会主义那些根本性东西,无论如何,我们是不能也不应当忽视和忘记的。"
>
> "对呀! 这次谈话如果早一两年就好了。"
>
> "早一两年,我恐怕还谈不出来。"我多少有些歉意地说。

我相信你不会忘记这次谈话。此刻重新提起,是为了加深我们对这次谈话所触及问题的记忆和思考。

这次读了你的散文集《月迹》,感到你的艺术感受能力的敏捷,语言文字的娴熟、洗练、优美,艺术表现上的功力,都是显著的。有些篇章的立意和思想上所达到的境界,也是积极、健康的。但也有不少篇章,题材、立意以及作品所表述的情怀,显得有些陈旧,对现实生活的热情不足。试从《空谷箫人》说起吧。这篇作品的主体"我",因为心情不好,带了他的箫到山里去;中途,他坐在翠竹丛旁的石头上吹奏起来。这时,他忽然听到一种什么怪异的"空! 空!"声。接着,下面有这样一段描写:

  突然间爆起了一串咯咯声,空静的山谷里,是那样响,立即撞在对面山林里,余音在四下溢流。我惊愕间,竹林里闪出一个姑娘,一捻儿的腰身,那一双小巧的脚一踮,站在了我的面前。眉眼十分动人,动人得只有她来形容了,我想,要不是《聊斋》中的那种狐女,便真要是这竹子精灵儿变的吧?

  "你?!"我恍惚中说。

  "我偷听你的箫了!"她一直在笑着,末了笑得嘎的一声。"你是城里人?有一肚子心思?"多少年来,谁这么认真地听过我的箫儿,谁又能听出它的意思呢?没想这荒山野地,一个弱小的女子,竟是我的知音!

从整个作品看,从"我"和"她"的对话看,我理解你是想通过"她"来写一个山区女儿各方面的美,通过"我"来写某些城市知识分子的生活和思想的苍白,并以此来表达你所寄寓的某种生活意念。这样写,我认为没有什么不可以。我只是想:同样是写山区的生活,同样是写山区姑娘的美好情思,但《满月儿》中的满儿和月儿姐妹的形象,《夏芳儿》和《盼水》中的夏芳儿形象,那是一种什么样的韵味!她们的思想感情和声音笑貌,是在怎样强烈地激励着和掀动着读者的心!对比之下,不能不说《空谷箫人》中的这位砍竹子制箫的姑娘,虽然美丽如画,像《聊斋》中的狐仙,情思也出奇灵秀,但总感觉到她不是从山区的现实土壤里脱胎出来的,她的形象中含有某种中国古老传说的影子。正是在这一点上,作品减少了对读者思想感情上的说服力和感染力。

再举《访兰》的例子。这也是以描写山区生活为引线的。"我"父亲喜欢兰草。在"我"的庭院中培栽了许多兰草。有一天,"我"跟父亲到山里去看野兰草。野兰草比家里的兰草生得清爽。文中,"我"和父亲的对话,是富有深意的。比如:

  "你觉得这里的兰草好呢,还是家里的那些好?"

  我说:"这里的好!为什么一样的兰草,长在两个地方就有了两个味儿!?"

  父亲说:"兰草是空谷的幽物,得的是天地自然的元气,长的是山野水畔的趣姿;一栽培了,便成了玩赏的盆景。样子似乎是美了,但美得太甜,太媚,格调也就俗了。"

下面,继续写道:

  父亲拉我坐在潭边,我们的身影就静静地沉在水里,他看着它,也在看着我,说:"做人也是这样啊,孩子!人活在世上,不能失了自己的真性,献媚处世,就像盆景中的兰草一样降了品格;这样的人是不会给社会有贡献的。"

我深深地记着父亲的话。从那以后,已经是十五年过去了,我一直未敢忘却过。

可以看出,"我"是把父亲的话作为人生的真谛来对待的。父亲的话,主要之点是两个,一是说,兰草一经栽培,成了盆景,"格调也就俗了";二是说,做人也像兰草一样,"不能失了自己的真性",失了真性就等于"降了品格"。并说"这样的人是不会给社会有贡献的"。这是把关于兰草的议论,引申到社会上做人方面来了。

对于兰草的议论,对于它的格调高低、俗不俗的议论,自古以来,可谓多矣。人们是借兰述怀。而人的怀,是有区别的。从大的方面说,有封建主义者的怀,有资产阶级的怀,有共产主义者的怀。中国传统的对兰草的议论,大多来自封建社会的文人墨客。所谓俗的对立面,就是高雅,或者叫清高。高雅的含义,大概同所说的兰草的"真性"或"品格"等说法是一致的。"俗"的含义,也就等于是指"失了自己的真性""降了品格"而言了。作为自然界的一种植物生态,兰草的真性或品格到底意味着什么,植物学家大约会做出符合实际的科学解答。如果硬要把这些属于植物学范畴的东西,引申到社会生活中和做人方面来,并继续沿用封建社会的传统观念来加以解释,企图赋予这些特定概念以广义的社会意义和社会内容,显然,这样做是不科学的,是不符合马列主义的基本精神的。封建社会的文人自命清高,如果是指不和封建统治者同流合污而言,有它一定的积极意义。社会主义的知识分子,是从共产主义的思想高度,来坚定地抵制各种不正之风的,在为人民服务、为社会主义服务这个根本问题上,他应当是义无反顾的,是自觉的和自愿的。他们的格调、品性、节操,与封建士大夫的孤芳自赏,独善其身的品格,不可同日而语。

随手写来,没想到此信竟写得这么长。

此刻,我又想到了我在为《山地笔记》所写的序中曾经说过的话:

贾平凹毕竟还年轻,摆在他面前的路,还长得很,生活广阔得很,在创作上,包括风格特点在内,还是先不忙说死吧!只要大方向对头,就让他去创吧!去继续自由驰骋吧!

说这话,已经是好几年以前的事了。现在你在生活和创作上,都有了许多新发展。我和许多年轻朋友谈起来,都深深赞佩你在创作劳动上的艰苦努力。

通过此信,我主观上是想着重谈谈有关创作大方向这方面的问题。不知谈得准不准,对不对?希望你批评。总起来,还是以前说过的话,首先是把大方向搞对头,这是前提。至于具体创作问题,还是要作家自己去实践,去创作!在社会主义的文学园地上驰骋前进!希望努力!

顺祝著安!

胡采

1983 年 10 月 20 日

《静物》(穗港澳摄影家展览会作品)　黎兆芸

他还在不停地写作

冰 心

  我把这本选集从 30 年代的短篇小说《亡命者》看起,一直看到 80 年代的散文《一封回信》,仿佛把巴金这几十年的个人和写作历史,从头理了一遍,我的感触是很深的。

  我认识巴金是在 20 世纪 30 年代初期,记得是在一个初夏的早晨,他同靳以一起来看我。那时我们都很年轻,我又比他们大几岁,便把他们当作小弟弟看待,谈起话来都很随便而自然。靳以很健谈,热情而活泼。巴金就比较沉默,腼腆而稍带些忧郁,那时我已经读到他的早期一些作品了,我深深地了解他。我记得他说过常爱背诵一位前辈的名言:

  "当我沉默的时候,我觉得充实……"

  他又说过:

  "我似乎生来就带来了忧郁性,我的忧郁性几乎毁了我一生的幸福,但是追求光明的努力,我没有一刻停止过。"

  我知道他在正在崩溃的、陈腐的封建大家庭里生活了十几年,他的"充实"的心里有着太多的留恋与愤怒。他要甩掉这十几年可怕的梦魇。他离开了这个封建家庭,同时痛苦地拿起笔来,写出他对封建制度的强烈控诉。他心里有一团愤怒的火,不写不行,他不是为了要做作家才写作的。

  40 年代初期,我住在重庆的歌乐山。他到重庆时,必来山上看我,也谈到自己的写作。他走后,我在深夜深黑的深山深林里,听到一声声不停的杜鹃叫唤,我就会联想起这个"在暗夜里呼号的人"。

  他说过:"在黑夜里我卸下了我的假面具,我看见了这个世界的真面目。我躺下来。我哭,为了我的无助而哭,为了人类的受苦而哭,也为了自己的痛苦而哭……我的心里燃烧着一种永远不能熄灭的热情,因此我的心就痛得更加厉害了。"

  他爱祖国,爱人民,爱全人类,为他们的痛苦而呼号,但"光明"是他在暗夜里呼号的目标。他说过:

  "……每一篇文章都是我过去探索中的收获,也是我一生中追求光明的呼声……我对祖国对人民有多么深的爱……我的火是烧不尽的,我的感情是倾吐不完的,我的爱是永不消灭的。"

  他终于见到了光明。中国解放了,旧制度和人民的敌人灭亡了,新中国的社会主义建设开始了,他感到了莫大的喜悦。为了这个伟大时代的来临,他贡献出了他的心,他的笔和他的全部力量。1951年我从日本回来以后,在北京,在上海就常会看到快乐的他,和他的美满的家庭。他的爱人萧珊也成了我的好朋友,我们在人民外交的国际活动中,曾一同参加过好几次"世界和平大会"和友好团体的出国访问。此外我每到上海,他和靳以一定来接我,我们一同逛城隍庙,吃小吃。1959年靳以逝世以后,他仍是自己来接我。他每次到北京自然也到我家来,除了在公共社交场合之外。在这些接触中,我觉得他一直精神饱满,作品也多,他到过抗美援朝的前线,还到过抗美援越的前线,他是个新中国的为世界和平人类进步而奋斗的勇士。

十年浩劫中,他所受的人身侮辱和精神折磨是严重的,最使他伤心的,是在他身边,多了一个他的爱妻萧珊的骨灰盒!

噩梦过去以后,我们又相见了,我们庆幸日月的重光,祖国的再造。1980年夏我们还一同参加一次赴日本的友好访问。同年秋天我得了脑血栓又摔坏了右腿,行动不便,有三年"足不出户"。巴金每到北京仍来看我。去年他也摔了腿,行动也不方便,但他在给我的信中说:

"我的情况比您想的糟一些……写字吃力,……幸而我还能拿笔,还可以写我的随想录。"

他这封信是今年7月写的,朋友从南方来都告诉我,巴金近况还好,他还在不停地写作。

是的,巴金不会停笔,他将不断地偿还他对后代读者的欠债!

巴金是一个多产的作家,这本选集不过是他浩如烟海的作品中的一点一滴。但读者可以"管中窥豹",从一斑中看到斑斓飞动的全身。

巴金自己也说过:"在中国作家中我受西方作品的影响比较深,我是照西方小说的形式,写我的处女作,以后也就顺着这条道路走去。"这是他的作品和鲁迅、郭沫若、茅盾等人不同之处。而他的思想感情和他笔下的人物,却完全是中国的。这也是读者们都能看到的。

(本文系人民文学出版社与三联书店香港分店合编的"中国现代作家选集"丛书《巴金》序)

我所认识的韦君宜同志

黄秋耘

我认识韦君宜同志,算来四十有七年了。然而,我还不敢说完全了解她。

从头说起,那就得追溯到1935年"一·二九"运动时代。当时我们都在北平清华大学读书,我是国文系一年级学生,她是哲学系二年级学生,比我高一年级,是"老大姐",其实她只比我年长一岁,我十七,她十八。我们同时参加了"一·二九"运动,同一年入党,同在一个支部里过组织生活,但我跟她并不太熟悉。她的同房王作民同学,经常因为民先队的工作要和我联系,有时我到女生宿舍静斋去找王作民,因此也就认识了韦君宜。我只知道这位戴着深度近视眼镜的"女学长"是个出色的"笔杆子",静斋壁报刊登的一些锋芒毕露、痛斥国民党反动派的文章,大都出自她的手笔。她写得很快,下笔万言,倚马可待,当壁报主编的,谁都想抓到她的稿子,她几乎有求必应,而且往往当天就可以交卷。真是文如其人,她本人也是个急性子,说话好像放机关枪似的。据说有一次她骑自行车去办事,高速度横冲直撞,连人带车闯进清华园的那条小河沟里了。这件逸事在同学们中传为笑谈。

七七卢沟桥事变爆发后不久,北平就沦陷了。清华同志大都逃出北平,分散到各地去。从此我就没有再见过韦君宜,也很少听到她的消息。直到新中国成立以后,1952年,有一次我和任以沛同志去团中央找我的入党介绍人何礼同志聊天,听何礼说,经常在《中国青年》上发表文章的那个韦君宜,就是当年我们的老同学魏蓁一,她现在是团中央宣传部副部长、《中国青年》的主编了。那天我们没有去找她,经过十五年人事沧桑,我担心她根本不记得我了,假如还得请何礼出来介绍一番,这将会显得多么别扭。

真是有缘千里能相会。1954年秋天,邵荃麟同志把我从新华通讯社福建分社调到中国作家协会工作,路过杭州,荃麟同志告诉我,他想让我到新创办的《文艺学习》杂志工作。这个刊物已经出版四五期了,主编就是我的老同学韦君宜,他相信我们将会合作得很好。我听到后也对这个新的工作岗位比较满意,不管怎么说,韦君宜是老熟人,在我的印象中,她这个人很正直,很坦率,胸无城府,很好相处。关于她的性情急躁一些,那也没有什么,我倒是最讨厌跟那些拖拖拉拉的人共事的。何况领导班子中还有一位杜麦青,也是我的老熟人,过去在地下党的同一个党小组里过组织生活,他临事总是不慌不忙、心平气和的,为人又十分老实,大可以调和和缓冲一下。

想不到刚刚开始工作不久,我就跟韦君宜闹了几次小摩擦。记得有一篇谈论《红楼梦》的文章,用了"鹡鸰之悲""棠棣之威"这两句成语,典故出自《诗经》,本来指的都是兄弟不和,但文章在"棠棣之威"后面注上了"父亲对儿子不好",这显然是错误的。我最后通读校样时就发现,但看到韦君宜已经在校样上签字付印,我就没有吭声了。刊物出版后,有些读者来信指出这一错误。在刊物检查会议上,我说这一处错误我在付印前就发现了。韦君宜很不高兴地质问我:"那么,你为什么不改正过来呢?"我说:"这份校样您已经签字付印了,我初来乍到,怎么好随便改动主编签过字的校样呢?"她听了马上就变了脸色,激动地说:"咱们是老同学了,多年不见,想不到你变得那么圆滑世故!"幸亏杜麦青在一旁急忙打圆场说:"秋耘,你就是不改正,至少也应当拿去问问君宜嘛!"我只好低头认错。还有一次,我写了一张便条给她,用"您"字称呼她,她马上拿来质问我这样写是什么意思。我说:"'什么意思'?'您'字是尊称,您是领导嘛。"她气得几乎说不出话来了:"你干吗要这样见外我,奚落我?我是领导,难道你就不是领导?我外行,你看不起我,就明说出来好了,用不着说话带刺!"现在事隔将近三十年,回想起这些往事,真是滑稽可笑,其实大家都是闹孩子脾气罢了。我这位"老大姐"啊,有她的严肃认真的一面,也有她的天真稚气的一面。

不过,时间过得长了,我逐渐发现韦君宜的文艺思想"正统"得惊人,跟我有点格格不入,她简直想拿编《中国青年》那一套来编《文艺学习》。有一次,我们谈起喜欢哪一位苏联作家的作品,我说我喜欢安东诺夫的,他那篇《雨》写得很美。她正儿八经地对我说:"你应当更喜欢波列伏依,安东诺夫的'小资'情调太浓厚了,波列伏依的《真正的人》《斯大村时代的人》《我们是苏维埃人》才是真正用共产主义精神教育人民的,不少领导同志都有这样的看法。"我没有跟她辩论,但心里颇不以为然,难道连喜欢哪一个作家都有那么多条条框框吗?难道领导同志喜欢波列伏依,我就非喜欢他不可吗?要知道,在20世纪50年代初期,大家认为每一个苏联作家都是革命的,不会有什么"修正主义分子"。

无论对于君宜还是对于我,1956年春夏之交都是一个痛苦的转折点。1956年4月下旬的一个下午,我们一起去听有关苏共二十大的传达报告。这次传达的内容涉及斯大林时代苏联肃反扩大化的许多内幕情况,都是我们从来没有听说过的。对于我们这两个有二十年党龄的共产党员来说,这次传达的内容简直赛似晴天霹雳,使我们失魂落魄,好像一下子给抽掉了精神支柱。当天晚上,我在君宜的家里谈到深夜,话题当然离不开这次传达的内容。她神色阴沉、眼睛直愣愣地望着我说:"秋耘,你能相信这一切都是真的吗?"我强作镇定地回答道:"我相信这是真的,至少基本事实是真的,多可怕啊!幸亏咱们中国没有做这样的事。"她沉默不语,泪珠却在她那副厚厚的眼镜后面转悠着,我简直不敢正视她那充满着迷惘和忧郁神情的泪光。

此后，君宜在现实生活中又碰到不少惊心动魄的事情。例如有一位她所熟悉的青年干部，由于在政治运动中不肯违背良心编造假材料来"检举揭发"自己的同志，而被逼跳楼自杀了，诸如此类的悲剧使得她的思想受到极大的震动。打从那个时候开始，君宜仿佛变成了另一个人。她提出要在《青年知识》上面转载肖洛霍夫的《一个人的遭遇》，还发表了赞扬这篇小说的文章，又组织了对王蒙的《组织部新来的年轻人》的讨论……这些不平凡的措施在一年以前简直是不可想象的。她的"非正统"思想一天天多起来了（用今天的话来说，应当是思想越来越解放了），连她的爱人杨述同志也在开玩笑，管她叫"哥穆尔卡同志"。她的"非正统"思想不但表现在编辑工作上，而且在创作上，一些"干预生活""为民请命"的作品也纷纷写出来了，例如那篇后来成为"众矢之的"的《乘公共汽车旅行记》，就是1957年上半年的产品。

反"右派"斗争一开始，君宜和我都被列为重点批判对象，那一阵子，真是"文章尔我各辛酸"。当然，我的错误比君宜严重得多，我的处境也比君宜艰辛得多，简直到了"右派"的边缘了。要是换了别人，大可以把《文艺学习》所犯的错误一股脑儿都推在我的身上，本来好些"馊主意"也都是我想出来的嘛。可是君宜并不那样做，她反而竭力替我辩护，甚至跑去跟一位领导同志痛哭流涕地说："唉，要是黄秋耘要划为'右派'，恐怕我也该划，我们的思想本来就差不多嘛！"这件事，她当然不会对我说。后来还是郭小川同志悄悄地告诉我的。小川还无限感慨地说："秋耘，你真是得天独厚，有那么一位肝胆照人的道义之交！"

在反"右派"斗争后期，君宜也受到点处分（1979年已得到改正），但使她感到痛苦的并不是这个，而是为势所逼，错划了一些明明不该划的下级为"右派分子"，其中最突出的例子就是李兴华和杨觉。她时常为此耿耿于怀，把自己折磨得很苦。前年李兴华病逝以后，她写了一篇《一个普通人的启示》的悼文，做了深刻的自我解剖。她谴责自己当时不该盲从，以致造成悲剧。其实即使她不盲从，难道李兴华就能幸免吗？在那个年代，倘若韦君宜拒绝把李兴华划为"右派"，自然会有人去划的，说不定把韦君宜也加上去呢！

到了20世纪60年代初期，我们都已经调到不同的单位工作了，但彼此还不时有些来往。我自己不争气，1957年大难不死，还是不肯接受教训，慢慢又故态复萌，不断地捅娄子，什么"中间人物"啊，"杜子美还家"啊，"鲁亮侪摘印"啊，一次比一次更加"肆无忌惮"。到了1964年，终于又受到雷霆万钧般的批判了。每一次见面，君宜总是语重心长地劝诫我，有时甚至"垂涕泣而道之"，仿佛她这个"老大姐"，有责任来管教一下我这个既不懂事又不听话的小弟弟似的。我当然很感动，痛恨自己冥顽不灵、屡教不改,害得"老大姐"替我担心。不过,有时候也禁不住会这样想,你还不是也有跟我差不多的想法,只差没有说出来、没有写下来就是了。

在十年动乱期间,所有朋友的消息全都断绝了,君宜自然也不例外。后来才听说她也按照全国一致的对待"走资派"的规格,被批斗、被示众、被隔离审查……经历了九九八十一难。幸而平时她在本单位人缘很好,和平接物,忠厚待人,因此在一定程度上受到革命群众的"宽待","解放"得也比较早,但她的爱人杨述同志被打得遍体鳞伤,肋骨折断,心脏受到严重损害,终于无法康复。她的次子在学校里被当作"狗崽子"看待,被侮辱,被殴打,以致被逼得精神失常,至今还不能正常工作。这一切苦难,她都以坚强的意志熬过来了。

1973年君宜从干校回到北京,马上就一心扑在工作上面。当时她的生活还是相当困苦,一家五口住在永定门外郊区两间仅堪容膝的破房子里,她每天要换三趟公共汽车,历时一个多钟头才能上班下班。杨述同志实际上已经病重得不能自理生活了,君宜一边要完成繁忙的编辑任务,一边还得耐心地照料着他、护理着他,毫无怨言。1980年杨述同志突然逝世,她含着眼泪写下了《当代人的悲剧》《蜡炬成灰》这两篇令人禁不住要同声一哭的悼文。但揩干了眼泪,她又全心全意投入工作了。她咬紧牙关,勤奋地干着日常的编辑工作,还竭尽所能地帮助别人。她有一种特性,总是爱给别人打抱不平,不但对于文艺界的中青年一代作家,就是对于素昧生平、毫不相干的人也并不例外。

更为难能可贵的是,她的创作又似乎比过去还要旺盛得多。这两年,先后出版了短篇小说集《女人集》《老干部别传》、散文集《似水流年》,不久以前又发表了脍炙人口、得到广泛好评的中篇小说《洗礼》(获中国作家协会第二届全国优秀中篇小说奖),和若干篇中、短篇小说和散文。翻阅全国文艺刊物,几乎每个月都可以读到君宜的一两篇新作。现在她又正着手创作一部长篇小说,已经完成了十多万字初稿。一个六十五岁的老年人,担负着繁重的行政工作(她还担任着人民文学出版社社长职务),同时还能够在文学创作上获得那样大的丰收,这不仅由于她有过人的精力和丰富的生活积累,更重要的,还是由于她对革命文学事业始终抱着鞠躬尽瘁的忠贞和至死不渝的使命感。我心折君宜的文学才能,但是更敬重她的为人。没有崇高的人格和纯洁的心灵,就没有真正的艺术,古今中外,概莫能外。文以人传,我以为是理当如此的。当然,传的因素,不是决定于作者的地位,而是决定于作者的人格和心灵。

"老当益壮,宁移白首之心;穷且益坚,不坠青云之志。"我愿以此语与君宜共勉。我们都是接近暮年的人了,但愿到了我们告辞人世的那一天,能够问心无愧地闭上眼睛。

由小道姑把玩遮阳帽谈起

张　洁

　　深入生活的必要性,已被作家的创作实践千百次地证明,但是,我常感到,我对生活的感应,远远跟不上生活的发展,捕捉不到,认识不准,挖掘不出新鲜生活中最本质的东西,为此而苦恼。

　　前些日子,到外地走了一次,承当地文学界朋友的热情款待,游览了一座名山。据介绍人说,该山除景色动人之外,还有三十多处道士、方丈住持香火的寺庙。

　　我久已没有看见这样的形象,不免带着一些好奇,欣然前往。在我的记忆里,那些地方是神秘、肃穆、冷清、阴暗的,眼前的景况却正好相反。进香的人几乎没有,像我这样的旅游者大概不少,在大殿前拍照、野餐、大声喧笑。个体商贩甚至把杂货摊子也摆在大殿阶下。我看到一位年轻的道姑,拿起小摊上一顶时髦的、颜色俏丽的女式遮阳帽把玩、欣赏了许久,和尚们并非在蒲团上敲着木鱼诵经打坐,而是坐在电镀人造革折叠椅上。这些情景,全令我感到新奇……

　　当然,我这里所说,仅仅是普通的生活一角,文学家要反映的生活,要广泛得多,复杂得多。譬如当前经济领域所发生的变化,还有深圳、珠海特区的生活,会更加使我们感到陌生,如果沿用几十年的老观念、老经验,我们能够准确清晰地反映它们吗？深入生活,是一个不断观察、不断补充的过程,不这样,我们的作品就会缺乏鲜活的生命力,缺乏时代的特征。

　　由此我想到,我们的编辑同志,我们的评论家,是否也存在一个深入生活、熟悉生活、了解生活的问题？有时我们看到,一个胡编乱造的故事得以在刊物上发表,一篇歪曲生活的作品得到评论者的赞许,除了审美标准的高下,恐怕与那位编辑或那位评论者不熟悉作品反映的实际生活也有关。

　　因此,为了我们文学事业的繁荣昌盛,让我们的作家、编辑、评论家携起手来,共同投入火热的社会主义建设生活中去吧,在那里吸取我们的营养,让我们这个队伍更健康、更壮实起来吧。

1984 年

古稀之年,壮志未泯
——记荒煤同志
文 椿

翻阅去年出版的《荒煤散文选》,"自序"中有这样一段文字:"也许到底老了,一旦病倒,不免随时都想到,能够工作的时间已不多了,要做和应该做的事情还很多。"这样的感慨在另一些场合也曾听到过。这不是悲叹人生的短促,而是在认真严肃地思考:有限的时间和生命,究竟怎样最大限度地发出余热?

前些时候荒煤同志被任命为中国电影艺术研究中心的主任。建立电影艺术理论阵地,培养一支电影理论队伍,是他多年来想要实现而未能实现的夙愿,如今总算是如愿以偿了。我本想趁此机会去拜访他,听取他对建树电影理论研究工作的设想。可他的秘书告诉我,他实在太忙,住在医院里动手术后,也没放下工作,刚出院又从早忙到晚,常常工作到深夜。我原以为他从文化部副部长的岗位上退居二线当顾问,总该超脱闲逸些吧,可没想到还是这样紧张。这使我不禁想到,荒煤同志身上的那种孜孜不倦的治学精神、认真负责的工作作风,是由来已久的。

我第一次见到荒煤同志是在 1951 年的夏天。那时,他是中南军区文化部长,我是一名普通的部队文艺工作者。在武汉举办的中南军区文艺会演的会上,我听他做《创造伟大的人民解放军的英雄典型》的报告。1953 年,他转业地方后,一直担任电影系统和中央文化部的领导工作。最初,我以为荒煤同志只是文艺界一位内行的领导和文艺评论家,后来才知道早在 20 世纪 30 年代初他就从事过小说、散文、诗歌、报告文学等创作。他的作品质朴无华、感情真挚。正如严文井同志称道他的散文时所说:"他的欢唱、惋惜或悲歌,无不发自内心,真诚而少文饰。"其实,岂止他的散文是如此,他的为人、他的谈话、他的评论文章不也是率真、质朴吗?

荒煤同志担任电影领导工作后,一直在探索一条按照艺术规律、艺术特征来领导文艺事业的正确道路。为此,他付出了心血和代价。他认为一个好的电影领导者,就是要按照艺术的规律和政治与艺术统一的原则,按照党制定的,而且经过实践证明是正确的政策——"双百"方针来领导电影工作。要实现这一切,就必须重视理论工作,承认理论对创作的指导作用。理论要为创作人员开路,如果不能为创作开辟道路,其结果就只能起阻碍作用,而阻碍了创作,也就失去了理论存在的意义。几十年来,他为了进行文学艺术理论的探索,撰写过不少评论文章,当然,这些文章和讲话中的观点很难说都是正确的,正如他自己所讲:由于马列主义水平不高,对实际工作中存在的问题不可能了解得很深透,以及在一定历史条件下受当时某些思潮的影响,因此,有的文章的观点难免有片面性、教条主义的弊病。可我觉得他总是力图用马列主义的立场观点,按照党制定的文艺方针、政策,结合工作实践来分析文艺现象,敢于面对现实提出问题、回答问题、解决问题。比如,给我印象很深的是:针对电影创作人员中受历次政治运动"左"的影响,较普遍地存在的"不求艺术上有功,但求政治上无过"的思想,针对电影创作上较为严重存在的公式化、概念化、见事不见人,简单地图解政治、政策等现象,他都有过令人信服的理论阐述。他常常通过分析古今中外各种作品,列举大量事实,反复讲,也反复写文章来阐述:文学是人学,文学艺术作品要写人,作品的思想绝不是体现为抽象的说教,而是要通过作品中人和人之间复杂的关系,通过人物的命运、遭遇和斗争去表现他们的思想感情、性格特征、道德情操……他还不断地鼓励创作人员要敢于揭露生活中的矛盾,反映生活的真实面貌,要努力塑造出社会主义时代的有血有肉的英雄形象和其他各种各样的人物来推动历史前进。不要因为反对宣扬资产阶级人性论、人道主义,因而把无产阶级的、劳动人民的人性也反掉了。

  最使我难忘的是:1958年,人们正处在"一天等于二十年"的狂热的年代,浮夸风也吹进了电影界,盲目追求数量,忽视艺术质量,粗制滥造,使影片越来越失掉观众。当时领导电影艺术创作的夏衍、荒煤等同志很着急,在周总理的亲自指导下,他们大抓提高艺术质量,抓国庆十周年献礼片的创作。荒煤同志除到各制片厂了解情况外,还在一次电影工作会议上,做了《提高质量是为了更好地跃进》的报告,在报告中,他明确提出:当前值得严肃注意的主要是一种忽视艺术性的倾向。一个艺术家描写生活,如不掌握高度的技巧,就等于战士丢掉了武器和子弹,他还能有什么战斗的力量?他说:如果要求影片只是宣传当前的某一具体政策,或是只表现现实生活中的真人真事,而不做艺术的概括与集中,不塑造艺术典型,这样下去的结果,只能使艺术创造的道路越走越窄!

  当时,在台下听报告的同志,不免为荒煤同志的讲话捏一把汗。是啊,荒煤同志讲起话来,批评起某些不良倾向时,是那样直言不讳,而倡导起什么来又是那样慷慨激昂。他最忌讳讲话、写文章四平八稳,不痛不痒,模棱两可。他说:"总是讲套话,使人听了毫无启发、毫无所获,既不能从中受益,又不能从中吸取点教训,讲它做甚,写它何用?"可是他怎么也不会想到正是这些发自肺腑、坚持党性原则的讲话和文章,在"左"倾思潮风行的年代里,给他带来了多少灾难和不幸。

从1959年开始,以后的历次政治运动,他几乎都是被作为右倾的代表人物,成为重点批判的对象。到了"文革"前夕,上海某个领导人就公然提出,文艺界存在着一条"夏、陈(指夏衍、陈荒煤)路线"。不久,果然他就被迫停职反省,调离文艺界了。记得他离京赴川的前几天,我和另外一位同志到宝禅寺他的住处去送行。他独自一人在一间昏暗、冷清的客厅里整理行装。看到他那悒郁的神色,我们一时找不出什么合适的话来安慰他。我们心里很纳闷:这些年来电影艺术事业有了较大的发展,也做出了成绩,《林则徐》《林家铺子》《青春之歌》《我们村里的年轻人》等一大批优秀的国庆十周年献礼片问世,受到中央领导肯定和广大观众欢迎,为什么参加了领导这些艺术创作的荒煤等同志却反而要遭到一次又一次的批判,还得调离文艺领导岗位呢?

荒煤同志离京后,对他的境况我知之甚少,只是偶尔听人说十年动乱期间他被揪、被斗、被关,身心受到严重的摧残,耳朵聋了,沉默寡言,一年也难得说上几句话,几乎失去用文字和语言表达思维的能力。在粉碎"四人帮"前不久的那一段时间里,他就在重庆图书馆默默地认真地整理旧书、抄卡片。1978年,荒煤同志的问题得到平反,他重返文艺战线,在中国社会科学院文学研究所工作。有一次我去看望他,请他来参加《文艺报》召开的一个电影艺术创作座谈会。他不在办公室。简陋的房间里除两张办公桌、一张旧的长沙发外,别无他物。倒是他的办公桌上一堆电影文学剧本吸引了我。我好奇地向所里的同志询问:荒煤同志不是不管电影了吗?怎么还看那么多的电影本子?他们告诉我:这是电影界的同志主动送来请他提意见、出主意的。荒煤同志在电影界工作了一二十年,和电影界的同志们风雨同舟,建立了深厚的友谊,他们信赖他、想念他,盼望他重返电影领导岗位。我想,他又何尝能忘怀电影事业和电影界的老朋友呢?当我向所里的同志打听荒煤同志的近况时,他们说:因为没有房子,荒煤同志的家还在重庆,他暂时借住在一个亲戚家,有时就住办公室。他常常挤公共汽车来上班,而且几乎天天都到得很早,来后就忙着打扫办公室……我想,这些年,坎坷的经历,痛苦的折磨,荒煤同志一定变了,棱角也一定给磨平了。

《文艺报》开会那天,荒煤同志准时到会。他很少言语,坐在沙发上专注地倾听别人的发言。当同志们请他发言时,起初,他声调很低,叙述他在昆明参加某个会议期间,主办单位组织他们畅游石林的情况。谈着谈着,由观看阿诗玛的雕像,谈到当地群众围着他关心地询问影片《阿诗玛》为什么不放映。当他讲到《阿诗玛》的作者刘澍德、李广田同志在十年动乱中被迫害致死,周总理亲自关怀过的扮演阿诗玛的白族演员杨丽坤也被折磨得精神失常的情景时,便再也抑制不住内心的激动。他为粉碎"四人帮"后长达两年之久,仍不能落实党的政策,大批冤假错案仍不能得到平反昭雪,影片《阿诗玛》仍被禁锢,感到愤愤不平。他发出了"阿诗玛,你在哪里?"的呼唤。

几十年的曲折遭际,并没有使荒煤同志失去锐气。有的同志曾劝他,言多必失,要安度晚年,还是少讲、少写为好。他却常常笑着说:党把我放在这个岗位上,要是为了怕犯错误,怕人抓辫子、打棍子,什么话也不敢讲,什么文章也不敢写,那恐怕是更为严重的错误。

党的十一届三中全会后,文艺战线蓬勃发展的大好形势,使荒煤同志感到由衷的喜悦。他正以那锲而不舍的精神在不停地讲和写。

有人说,饱经风霜的老人的心灵,经过多年的磨炼,已经像化石一样。可是荒煤同志却不同意这种说法。他认为老年人的心灵,经过几十年的斗争,渐渐被千丝万缕的欢乐、激情、悲痛、不幸所缠绕,也许会形成一层硬壳。但正如俗话所说,人心总是肉长的,它不能不随着血液的循环而跳动,它终究不能变为一块只记载历史年轮的化石。荒煤同志虽然年已古稀,饱经沧桑,但仍然跳动着一颗未泯的童心,这是一种多么值得我们晚辈学习的品格啊!

梅兰芳和高尔基
梅绍武

让我先抄下一封信来：

我刚从武汉开会回来，才看到你的信，知道外文出版社约你写一篇你父亲与国际知名文艺界人士交往的文章，甚为高兴！

回想起来，这已是四十五年以前的事啦。1935年2月21日，我随你的父亲率领的"梅剧团"乘"北方号"专轮前往苏联，3月12日到达莫斯科，苏联文艺界人士到车站热烈欢迎。关于你父亲到苏联演出的情况，我和我的叔父戈公振曾合写了《梅兰芳在苏联》一文，发表在当年的《国际周报》上，后又收在家叔的遗著《从东北到苏联》一书中，当时的一切情景，至今犹历历在目！

你问起你父亲在苏联访问时同高尔基交往的情况，并非见于高尔基的日记，而是记载在1960年苏联科学院出版社出版的《高尔基生平与创作年谱》第4卷中，其中共有两处地方：

一是第470页提到：

"3月。

接到正在莫斯科的中国演员梅兰芳赠送的照片，上有题字：'高尔基先生惠存 梅兰芳敬赠。1935年3月。'照片存莫斯科高尔基博物馆。"

另一是第475页提到：

"4月，不晚于14日。

接到梅兰芳来信，邀请高尔基在4月14日相会。

梅兰芳的信(无日期)藏高尔基文献档案中。"

这里的"相会"如直译应为"梅兰芳邀请高尔基在4月14日拜访他"，我觉得改为"相会"或"相见"较好。

查《梅兰芳在苏联》一文，你父亲在莫斯科大剧院的临别演出，是4月13日午夜，至凌晨三时毕，在观剧的人名中有高尔基，不知确否，待查。4月14日晚，你父亲假"大都会"饭店举行晚宴，答谢苏联各界人士，因此我猜想你父亲邀请高尔基在4月14日拜访他，可能是邀请高尔基参加晚宴，可惜无法见到你父亲的原信，如将来有机会到苏联查到高尔基博物馆收藏的原信,就可以解决这个问题了。又,这两次重大活动,我都参加了。

以上情况,供你写文章时参考。

此致

敬礼

戈宝权
1980 年 4 月 29 日

时光流逝得真快,近半个世纪过去了,如今知道我父亲同高尔基有过一段交往的人已经屈指可数了。戈宝权同志就是这少数人之中的一位,而且他当年是作为天津《大公报》记者同我父亲一起乘"北方号"专轮前往苏联的,亲眼见到当时一切情景,因此他这封来信洋溢着深深怀念的感情,倍加珍贵,我就一字不漏地抄录下来了。

后来,我又曾收到他的一封来信,对前信末一节做了补充。他说:"据我猜想,梅先生那封信实即他当时发出的'谨订于 4 月 14 日下午十一时半菲酌候光'的中文请帖,因为梅先生不可能邀请高尔基去拜访他,他只能去拜访高尔基,大概是俄文译者把'候光'译成'访问'了。"老学者为我提出的一个问题花费了许多宝贵的时间查找文献,并详加考证,还纠正了俄文译者的一个错误。这种治学严谨和负责的态度,使我由衷敬佩,谨在这里再次向他致谢。

父亲生前谈到他是在苏联文艺界欢迎他的招待会上见到了高尔基。在他的印象里,老作家当时德高望重,像个老长辈那样慈祥、朴实,待人亲切和蔼,没有一个大文豪的架子,而且尊重别的国家的民族艺术。他还记得梅剧团在莫斯科首先是在音乐厅演出了六场,那个剧场就坐落在一条以高尔基命名的大街上,一条十分宽敞的大街,堪与巴黎香格里榭大街、柏林菩提树下大街和纽约第五号大道相媲美。老作家对京剧发生兴趣,并亲临剧场观看,使我父亲很受感动,因此赠送照片,以表敬意和谢意。那年高尔基六十七岁,我父亲年仅四十一。从戈宝权同志的来信中知道那张照片尚在,现存高尔基博物馆内,真是一件可喜的事。

4 月 13 日午夜那场临别纪念演出改在莫斯科大剧院举行。大剧院建于沙皇时代,历史悠久,内部装潢华丽,画梁雕栋,中央为正厅,三面为包厢,共分为六层,是苏联戏剧界的最高演出场所,只演歌剧和芭蕾。当时我父亲能在该剧院上演,足见苏联剧坛给予他的表演艺术以十分崇高的地位。那天上演的节目是从他率领的梅剧团在苏联演出最成功的几出戏中挑选出来的,即他和王少亭合演的《打渔杀家》,杨盛春的《盗丹》,以及他和朱桂芳合演的《虹霓关》。据苏联报道,包括高尔基在内的文艺界知名人士几乎都到场了,盛况空前。父亲回忆当时的情景曾说他看到二楼有一个包厢里灯光较暗,不易让人看出是哪位苏联领导同志前来观剧,据他揣测可能是斯大林同志。去年,我翻阅《纽约先驱论坛报》查找别的资料,无意中发现1935年4月21日版上有一条题为《梅兰芳结束访苏演出》的报道,是该报驻莫斯科记者拉尔夫·W.巴尔纳斯发回去的消息,其中倒是提到斯大林和政治局大多数委员出席观看了,不知确否。

4月14日父亲在莫斯科大都会饭店设宴告别,请帖也发给了高尔基。席间,父亲致辞感谢苏联各界盛意接待。随后,苏联对外文化协会会长阿洛舍夫致答词说:"梅博士这一次到苏联来演剧,留给苏联戏剧界一个很深的印象,想苏联戏剧界一定也给梅博士一个深刻的印象。希望梅博士能在莫斯科多住几日,除去往各大剧院观剧之外,更可一睹苏联其他许多新事业和新建设。"

父亲在苏联逗留的一个半月里,除去演剧之外,还参观了工厂学校、名胜古迹,确实观看了许多苏联戏剧、歌剧和芭蕾,每次都是各剧院邀请的。各剧院院长还备茶点招待他,在开演前先引导他到后台参观,与演员见面,然后他再到前厅落座。而且每当第一幕幕启时,全场灯光由浅至暗,观众静下来后,便有一柱灯光直照到他的座位,同时扩音器把他介绍给观众,场内顿时掌声四起,热烈欢迎他光临。这时,他就站起来,频频点头向观众致意,待观众再一次静下来,正式演出才开始。

记得父亲告诉我,他在莫斯科看过:

(1)大剧院的歌剧《叶甫盖尼·奥涅金》和乌兰诺娃演出的《天鹅湖》,以及另一出芭蕾《三个胖人》;

(2)斯坦尼斯拉夫斯基剧院的穆索尔斯基歌剧《鲍里斯·戈东诺夫》;

(3)丹钦柯剧院的维尔迪歌剧《茶花女》;

(4)第一艺术剧院的契诃夫话剧《樱桃园》以及另两出话剧《恐惧》和《杜尔宾的时代》;

(5)第二艺术剧院的话剧《钟表匠和鸡》;

(6)梅耶荷德剧院的小仲马话剧《茶花女》;

(7)卡美丽剧院的话剧《埃及之夜》和《乔弗莱——乔弗拉》。

在彼得格勒看过:

(1)大歌剧院的柴可夫斯基的《胡桃夹子》;

(2)小歌剧院的肖斯塔科维奇的《姆钦斯克县的麦克佩斯夫人》;

（3）话剧剧院的莎士比亚的《理查三世》；

（4）小话剧剧院的《为生命祈祷者》；

（5）儿童剧院的木偶戏。

他还参观了戏剧学院、电影学院和莫斯科历史博物馆举办的苏联十七年戏剧艺术展览会等。

为了丰富知识，扩大眼界，提高自己的艺术修养，他孜孜不倦地吸收别国人民优秀的文化成果，以充实自己艺术创造的基础，正如他自己所说："我一方面是想把中国的戏曲介绍到国外，一方面也是想借此观摩吸收外国戏剧艺术，丰富我们的民族艺术。"

父亲知道高尔基不仅是个政论家、小说家、诗人，而且也是位剧作家，也知道他就在前一年（1934年）曾积极支持中国人民的革命斗争，对他是十分景仰的。新中国成立后，他再次赴苏访问，曾带回来一尊高尔基铜制浮雕像，以表示对他的怀念。我想，梅兰芳纪念馆成立后，这尊雕像应当陈列出来，就像莫斯科高尔基博物馆陈列梅兰芳的照片那样，这无疑会象征中苏两国文艺界源远流长的友谊。

新中国成立前，我国文艺界人士有幸与高尔基会晤的甚少。1934年，苏联举行第一次作家代表大会，曾邀请许多外国作家参加，其中包括鲁迅先生，但鲁迅、罗曼·罗兰、纪德、巴比塞、萧伯纳、德莱塞、艾普顿·辛克莱和亨利希·曼八位贵宾因种种原因未能赴会。1936年6月18日，高尔基就逝世了。因此，我父亲和高尔基这段交往更是值得记载下来。

至于高尔基对中国传统戏曲和我父亲的表演艺术有何看法，我在父亲生前没有详加细问，至今引以为憾，这就只有期待专家们进一步从苏联的文献资料中发现了。

他瞩望着时代
——访老诗人艾青
高洪波

"最伟大的诗人,永远是他所生活的时代的最忠实的代言人;最高的艺术品,永远是产生它的时代的情感、风尚、趣味等等之最真实的记录。"这是我在阅读艾青那本著名的《诗论》时信手摘录下的一段话,我很喜爱这段话,因为它也可印证老诗人一生的创作实践。

艾青是属于我们这一时代的无数忠实的代言人中的一员。他已是七十岁高龄的老诗人了,现在,他又在想什么?他的生活节奏是否还是那样紧张?他那支出色的诗笔仍在酿制思想的蜂蜜吗?带着这一系列的问题,我按响了艾青家的门铃。

艾青的住宅坐落于北京火车站附近的一座四合院,五十年代诗人就曾定居在这里。经过二十多年颠沛动荡的生活,不久之前小院终于迎回了迁徙外出的旧主人。院落幽静整洁,难怪老人见面就告诉我:"虽然靠近火车站,却很安静,我这是闹中求静。"

然而艾青的内心却并不平静。不久前他在《人民日报》上发表了关于抵制和清除精神污染的谈话,并提出整顿刊物的建议,竟然收到了一封嘲讽和辱骂他的匿名信。话题就围绕着这封匿名信开始了。

艾青说:"我老早建议过,全国刊物太多,应该削减。刊物一多,稿源紧张,为了拉稿,有的刊物改头换面,靠牌子唬人;有的刊物不负责任,塞进一些怪诗、让人看不懂的诗,败坏了诗的声誉。对于一些青年,我一直是关心爱护的,可是他们很固执。在我们看来很清楚的一些问题,他们不想也不愿意理解。他们对生活抱一种敌视的态度,否定一切、目空一切,只肯定自己。他们因破除迷信而反对传统,因蒙受过苦难而蔑视权威。他们寻找发泄仇恨的对象。我不过在三年前讲了《生活——网》这首诗不好理解,竟惹出了好大的乱子。他们从四面八方攻击我。他们原来是想拉我当他们的旗帜,我不上当,这就得罪了他们。"

谈到"古怪诗"的问题,艾青回顾了几年来新诗走过的道路,对这些年轻诗作者表示了殷切的希望。他说:"我只是希望青年人写得好一点,不要钻入自我的小圈子里写些谁也看不懂的怪诗,并没有其他意思。他们被'崛起论'的鼓吹者捧得太高了,目空一切,好像中国新诗从徐志摩之后一片空白,我当然就更微不足道了。就我个人而言,只不过是想反映一点时代,反映一下人民的心声,努力写好自己的诗,仅此而已。不过,那时我说这些意见,有点单枪匹马应战的味道,呼应者甚少。这也是不正常的,起码说明了文坛的软弱无力。"

艾青取出一厚本外国出版的书,告诉我这本书的作者曾翻译过闻一多与他的诗,现在却把兴趣放在那些"怪诗"身上。艾青拍拍这本书,幽默地说:"中国人不懂的诗,外国人却看懂了。"他又说,"中国诗坛的论争,其实是涉及诗歌为什么人服务的问题,是为表现自我,还是表现时代与人民的问题。它之所以引起海外的注意,也是因为这一点。目前有些居心叵测的外国人很希望中国出现持不同政见者,这场斗争由来已久,这是一场很严肃的斗争。"

话题转到了诗与自我的关系问题。因为在诗坛上曾出现过各种说法,诸如"诗的生命就在于自我","不屑于表现自我感情以外的丰功伟绩",以及"我首先记住作为一个人而歌唱"等,混乱的理论反过来干扰了创作,并且这些说法一度甚嚣尘上,颇为自得。

艾青点燃了一支烟,沉思着说:"诗是诗人写的,当然可以表现自我。但是,诗人的'我'很少场合是指他自己。大多数的场合,诗人应该借'我'来传达一个时代的感情与愿望。我曾反复说过:诗是要通向人民的,诗人绝不是孤零零的个体。他后面有更多的人,有人只写个人的短暂感觉,即使写得美,社会意义也不大,也不会成为时代的精神财富。把表现'我'强调到极端,势必导致'自我中心论'。"

听到艾青这段话,我想起他在《答〈诗探索〉编者问》时阐述的观点:"诗是要通向人民的。我们的时代常常要求诗人急迫地回答人民关心的问题。我们的时代,人民要求诗人为人民说话。如果只写自己的东西,你的作品引不起更多的人的共鸣,那么美学价值就很小了。"两段话一对照,诗人的诗歌观就十分清楚了。我以为这种明确而清醒的认识,正是基于诗人半个多世纪以来所走过的现实主义的创作道路。

任何一位诗人或小说家,都有过自己创作上的黄金时期,这又往往是在他们青壮年的时候。从诗的特性来说,更是属于青年的。然而艾青的黄金时期却比一般诗人长得多。他在古稀之年,重新步入新时期文坛以来,短短几年间又写出了几百首优秀的诗作。老诗人用辛勤的劳作,制造出一大批精美的精神食粮,这几年共出版和再版了十多本诗文集,诗集如《艾青诗选》《彩色的诗》《落叶集》《域外集》《艾青叙事诗选》,文集如《诗论》《艾青谈诗》等都受到了广大读者的欢迎。谈及诗歌创作的体会,他笑了一笑,递给我看一篇放在写字台上的即将出版的他为《艾青论创作》所写的简短的序,序中有这样一段文字:"我是从来不读什么'诗歌作法'之类的书的,我也怀疑有什么人因读了什么'作法'之类的书而成为作家的。因此,出版社几次要我对自己的文集写一篇序言,我一直感到为难。

"我认为创作的最重要的基础是作者的生活经验的积累,这种积累以作者本身的经验为主,其次才是以书本或他人的经验作为补充;如果没有自己的经验,就很难吸收别人的经验。

"所有的经验都必须经过自己的思想感情熔炼而成为自己的东西才有价值。生活的积累是每个人都不一样的,因此才能形成各人不同的风格。每个人都必须有自己独特的风格。"

采访结束前,艾青还泄露了一个"秘密":他要发表一批反映军垦农场生活的小说,总标题是《绿洲笔记》。艾青在写小说,倒真是个新闻! 一问才知道,这是诗人早在1961年就开始动笔的作品,写到1966年被迫中断,反映的是新疆石河子军垦农场的生活,共有几十篇作品,最长的六万字,最短的几千字。艾青谈到这批小说时,很高兴地说:"我当时费了大力气进行创作,人物都是熟悉极了的人,故事都是生动极了的故事,我想写出一种精神,一种白手起家与天奋斗的革命者精神!"

听着老诗人的谈话,看着他那饱经忧患的脸上流溢出的喜悦,我深深地被感动了。尽管我还没有看到《绿洲笔记》中的任何篇章,却触摸到了它的作者那颗炽热的诗心。我渴望着、期待着《绿洲笔记》早日问世。

1985年

三毛其人及其作品
姚雪垠

一

星岛初亲才女面,台湾喜见出琼英。
一支彩笔横机趣,万里青春任旅行。
大漠荒凉留旧影,神州壮丽负平生。
忽然痛洒炎黄泪,碧海苍山无限情。

今年1月上旬,我在新加坡认识了台湾女作家三毛,回到北京以后,写了上边这首诗,以抒我对她的怀念之情。由于我国人民对于住在海峡彼岸的炎黄子孙怀着强烈的同胞感情,也由于祖国的统一是历史的潮流和人心所向,这首诗并非由于我自己的安排,相继在各种报刊上辗转刊登,而我与三毛女士在新加坡的一段故事也通过新闻记者的报道,在中国香港地区、南洋以及中国内地许多报纸上发表。我的这首诗没有写好,但是新闻报道的故事本身感动了海内外不少读者。

三毛的本名叫陈平,和西汉的一位开国功臣同名。她的性格中带有一种浪漫主义精神,喜爱旅行,更正确地说,喜欢浪迹漫游的生活,所以她受了《三毛流浪记》的影响,用三毛作为自己的笔名,带着她的富于异国情调的散文登上了台湾文坛,并且在国际华人读者中受到欢迎。

除亚洲之外,三毛曾经在美洲和欧洲留下了她的足迹,或者说打发了她的少女的青春。不知怎么,她同一位名叫荷西的西班牙人发生了恋爱,经过七年的时光,终于随荷西到了非洲,在撒哈拉大沙漠中的一个小镇上结了婚,暂时定居,一切从无到有,建立了她和荷西的小家庭。他们为什么要到撒哈拉沙漠生活?一不是为生活所迫,二不是为赚大钱,三不是为至亲好友向他们殷殷招手,一句话,是因为在三毛的血管里奔流一股浪漫精神!

正如三毛自己所说的,在她的青年时期(她自己称作前半生),她漂流过很多国家。高度文明的社会,她住过,看透,也尝够了。对于这样的社会,她不是没有受感动,实际上,她的生活方式也多多少少受到了影响。但是说来奇怪,她始终没有留恋过一个固定的地方,将她的心留下来给她居住过的城市。她不记得在哪一年,无意间翻到了一本美国的《国家地理杂志》,在那一期里,正好有一篇介绍撒哈拉沙漠的文章。她只看了一遍,仿佛勾起了梦一般的回忆,又似是淡淡的乡愁,从此便把她的渺茫的情思毫无保留地交给了北非洲那一片陌生的大地。为什么会产生这样的心理现象?三毛没有用她的优美的散文回答读者,只说她"不能解释"。但几年之后,她浪迹西班牙,与荷西萍水相逢,发生了爱情。当时撒哈拉沙漠的西北部分,西临大西洋,面积大约有28万平方公里,是西班牙的属地,即现在的西撒哈拉。三毛曾经两次到西班牙居住。当第二次到西班牙居住时,她已经同荷西恋得火热。她又一次兴起了奔往撒哈拉沙漠的梦想,这种渴望甚至成为一种痛苦缠绕着她。荷西了解她的心情,既不反对,也不劝阻,反而自己甘愿为爱情吃苦,默默地收拾了行李,先去西撒哈拉沙漠的西班牙磷矿公司找到了工作,安顿下来,做好准备,等待着三毛前来。

三个月以后,三毛乘飞机到了西撒哈拉沙漠的小镇阿雍。荷西在机场迎接她。由于沙漠中生活严酷,在三个月中荷西的外貌变了。他的双手粗糙不堪,头发、胡子上盖满了黄色的尘土,脸孔被沙漠的旱风吹得焦红,嘴唇干裂,眼神中似乎含着受了创伤的隐痛。从飞机上下来的旅客也很少,已经走光了。正是黄昏,落日的光辉将沙漠染得血红,凄艳而令人恐怖。近乎初冬的季节,大地是一片苍凉。无边的、寂寞的黄沙上有呜咽的大风吹过。天是高旷的,地是博大、雄壮而安静的,然而三毛的心却是激动的。荷西望着她说:

"你的沙漠,现在你在它的怀抱里了。"

三毛点点头,心情激动,想说话,但喉咙突然被热泪堵塞住了。

没有汽车。从飞机场到荷西在阿雍小镇外租的一间小房屋有一段相当远的路程。于是荷西扛着她的大箱子,她自己背着背包,提着枕头套,跟着他迈步走去。从这里开始,她走进西非洲撒哈拉沙漠生活,过了一段时间,她又通过一篇一篇充满异国情调和妙趣横生的散文走上台湾文坛,走进广大读者的心灵。

二

住在撒哈拉沙漠中的土著居民叫作撒哈拉威人。他们一代代居住在几乎与文明世界隔离的大沙漠中,以游牧为主要生活方式,生活十分贫困,自然环境十分严酷,加上殖民主义的长期统治和宗教加给的精神枷锁,使撒哈拉威人表现为十分贫穷、落后、愚昧、迷信、肮脏、自私。三毛出身于生活比较富裕的家庭,又在美国和欧洲生活很久,突然进入撒哈拉威人中间,定居下去,并不是一件容易的事。三毛到撒哈拉沙漠中定居,和我们常常为完成某一创作任务下去"体验生活"的性质不同。她当时的兴趣只是生活,没有考虑创作,没有别的任务,所以她在阿雍小镇旁边生活得很安心,很愉快,同撒哈拉威人们建立了十分亲密的关系。她在西撒哈拉沙漠中大概生活了三年。假若不是撒哈拉威人为反对西班牙殖民主义而组织游击队,在阿尔及利亚的帮助下进行武装斗争,西撒哈拉沙漠局势大变,她同荷西大概还会居住下去。由于局势突变,西班牙政府将军队撤走,而她丈夫是西班牙人,所以他们丢掉了在阿雍家中的许多东西,仓皇逃走,逃到了西属大西洋中的加纳利群岛。

三毛为什么能够在沙漠中生活得很愉快?我没有当面问过她,但是我从她的作品中读出来一个道理:她有一颗"很大的爱心"。她热爱生活,在生活中她享受到无穷无尽的兴趣。她对于各种接触到的生活总是充满新鲜感,不肯放过。也可以说她总在好奇,好奇就是热爱生活,对她所不曾熟悉的事物充满新鲜感。撒哈拉威人三四年不洗一次澡。她偶然知道小镇上有一个供人们洗澡的地方,上午女人洗,下午男人洗,尽管那地方肮脏,气味难闻,一进去就使她作呕,她还是花了四十元进去了。她的目的不在洗澡,而在她要亲眼看一看,亲身体验撒哈拉威妇女们的洗澡生活。她听说撒哈拉威人的洗澡不仅像她所看见的那样用石头刮皮肤上泡湿了的灰垢,而且还在大西洋的海滩上洗身体里边的灰垢,每天洗,需要洗一个星期。她要荷西带她去大西洋海边寻找这个地方,汽车要在沙漠中奔驰两百里才能到达。到了这个地方以后,却不知道哪儿有路径下到海滩。他们夫妻用大石头挡住车轮,将粗绳子拴在汽车上,然后冒着危险,抓住绳子从悬崖上下到海滩,躲在岩石背后,饱看撒哈拉威人如何用海水灌洗肠胃的奇异现象。当撒哈拉威人发现了他们,他们赶快逃跑,抓住粗绳子逃上悬崖。她曾经不止一次同荷西开汽车深入沙漠,有一次几乎死去。

这是一种可爱的积极的浪漫主义精神,而这种精神促使她深入了西非洲沙漠的生活现实,于是就产生了她的极有个性的生活追求和生活经历,又从而产生了她的独具特色的作品,既忠实地反映她在非洲的生活,又充满浪漫情调。

三毛热爱生活是她的"爱心"的一个方面,还有一个方面是爱普通的人。不管阿雍镇上的撒哈拉威人多么肮脏、愚昧、自私,她还是能同邻居妇女们热情相处,尽她的力量帮助她们。阿雍镇上虽然有西班牙政府设立的医院,免费为撒哈拉威人治病,但是由于医院的医生是男人,终日藏在面纱下面的撒哈拉威的妇女宁肯病死决不去看医生。起初有邻居妇女因为头痛向她要止痛药,果然药片奏效,于是传开了,四周的妇女总是来找她看小毛病。好在她自己是经常吃药的人,纸盒中有不少必备的药品,可以有求必应。特别令那些求药的妇女高兴的是,她在给药之外还会偶尔送她们一些西方的衣服,这样一来,找她的人更多了。幸运的是,被她给过药的妇女和小孩,百分之八十是药到病除。于是她这个从来没有学过医的人渐渐地胆子大了,有时居然还会"出诊"。荷西常常为她捏一把汗,生怕她弄出事故,认为她是乱搞。可是她自己认为,这"乱搞的背后存在着很大的爱心"。

邻居姑卡是一个刚刚十岁的小姑娘,再过半个月就要出嫁,不巧在一边大腿内侧生了个疖子,起初像铜钱大,肿、硬、发红,疼得要命。姑卡的母亲请她去诊治。她给姑卡涂抹消炎药膏,服用消炎的特效药,全不管用。她劝说姑卡的父母赶快将姑卡送到医院找医生看。姑卡的父母坚决不同意,说医生是男人,而大腿上的地方更不能给医生看。三毛没有办法,只好试一试中国民间的单方。家中还有一点黄豆,她赶快回家将黄豆捣碎,和成糊,倒在小碗内,拿到姑卡家,涂在红肿的疖子上,盖上纱布。第二天她去看,疖子变软了。再用黄豆糊涂了一次,第二天有黄色的脓从皮肤下露出来,第四天下午流出了大量的脓水,然后出了血。她替姑卡涂上药水,没几天就完全好了。

有一天,三毛的邻居哈蒂耶陀来找她,说她的表妹从大沙漠里来,快要死了,又不知生的什么病。三毛正想前去,忽然荷西大声说道:"三毛,你少管闲事!"三毛悄悄告诉哈蒂:"过一下我再去,等我先生上班去了我才能出来。"荷西在屋中骂她:"这个女人万一真是死了,还以为是你医死的。有病不去看医生,病死了也是活该!"三毛胆怯地强辩说:"她们没有知识,很可怜。"哈蒂的表妹骨瘦如柴,眼窝深陷,躺在地上。三毛问她什么不舒服,她说不清楚,要哈蒂用阿拉伯语替她翻译。她的眼睛慢慢看不清,耳朵里一直在响,没有力气站起来。三毛灵机一动,向哈蒂问:"你表妹住在大沙漠的帐篷里?"哈蒂点点头。三毛又问:"吃得不太好?"哈蒂说:"根本等于没有东西吃!"三毛赶快跑回家,拿来了十五粒最高单位的多种维生素,交给哈蒂,问道:"哈蒂,杀只羊你舍得吗?"哈蒂赶紧点点头。三毛说:"先给你表妹吃这维生素,一天两三次,另外你煮羊肉汤给她喝。"没过十天,那位快要死去的姑娘恢复了健康,居然来到三毛的家中。荷西回来看见了,笑着问:"怎么,快死的人又治好了?什么病?"三毛回答说:"没有病,极度营养不良嘛。"荷西又问:"你怎么判断出来的?"回答:"想出来的。"诸如此类的小故事都流露出她的智慧和风趣,富于幽默感。这种幽默不是肤浅的,不是表面的,而是包含着撒哈拉威人生活中的深深痛苦,是含着同情之泪的幽默。

三毛的文章中写了大沙漠中撒哈拉威人的一些落后和愚昧情况,例如写撒哈拉威人害怕照相机,认为是摄走魂灵的机器,而看见镜子时比照相机更害怕。三毛写她在大沙漠中如何设法使撒哈拉威人对这两样东西由惧怕到不惧怕,读起来趣味盎然。她没有嘲笑,而只有善意的幽默。

三毛有一个人道主义的胸怀,看来这是她能够成为文学作家的一个重要条件。当然她是有才华的,但是她的才华从属于她的独特生活经历和她的思想感情,也就是她对普通人民的"爱心"。

三

三毛在台湾出版了十来本书,我只读过三本。仅从我读过的作品中,我已经看出来她有丰富的生活,有人道主义胸怀,而且还很有才华。她的才华表现在两个方面:一是她对日常生活和她所接触的人和事很敏感,观察得很细致;二是她的文笔富于感情,也富于机智和风趣。她的第一本书是《撒哈拉的故事》,于1977年5月在台北出版,一个半月之内印了四次,足以证明读者对她的作品如何欢迎。机智、幽默、风趣这三者在她的作品中随处可见,表现出她的才华,也是她的性格和气质的自然流露。例如关于夫妻生活,她同荷西的爱情一直是浓烈的,但是她能够用风趣的笔调写出来独特体会,例如她写道:

> 一个做太太的,先拿了丈夫的心,再拿他的薪水,控制他的胃,再将他的脚绑上一根细细的长线放在她视力所及的地方走走;她以爱心做理由,像蜘蛛一样地织好了一张甜蜜的网,她要丈夫在她的网里面唯命是从;她的家也就是她的城堡,而城堡对外面的那座吊桥,却再也不肯放下来了。

像这样富于风趣的文字,反映出一个女作家的细致心思和年轻妻子在爱情生活中获得胜利的喜悦。但是三毛的风趣表现在各种不同的人事上,包括有些十分严肃的生活内容。

三毛同荷西在沙漠结了婚一年之后,夫妻俩飞回马德里探望父母。公婆家大小共有三十多口人,她带着东方女性特有的心理状态进入婆婆的大家庭,事先就将婆婆看作她的"假想敌",挖空心思对付,正如她自己在心中嘱咐自己的话:

> 在婆婆家做客,你不要做一个不设防的城市。你虽是客人,却也不要忘了,你也是媳妇。早晨你听见婆婆起床上浴室了,你马上也得爬起来,穿衣、打扮、漱洗

之后,不等敌人抢到抹布、扫把,你就先下手为强,抢夺过来。家中清洁工作,你要做得尽善尽美(不可给敌人捉到小辫子!)。

但是不管她如何小心谨慎,累死累活,担负起全家的清洁卫生、洗衣、做饭工作,却没有得到一句好。后来她同荷西逃到加纳利群岛,公婆带着一群家人来到加纳利群岛儿子儿媳的家中做客,又使三毛竭尽力量,忙得要死。三毛写了两篇散文,都是用诙谐的笔调写出婆婆一家人的冷淡、贪婪、不近情理。在这种家庭中,人与人的关系是资本主义性质和封建主义性质的混合体。作者没做任何分析,让读者自己体会。

但是三毛也有毫不幽默的作品,读之使人惊心动魄。《哭泣的骆驼》是写撒哈拉威人进行武装斗争而受挫牺牲的事。还有一篇《沙巴军曹》,写一个西班牙的军曹,十六年前军团驻扎在沙漠,在撒哈拉威人的突然夜袭中几乎全被杀光,沙巴幸而没有死。经过十六年的仇恨,最后因看见一群撒哈拉威小孩误拾一个装地雷的盒子在玩,他跑去救小孩子,地雷在他的手中爆炸,牺牲了。读了这篇作品,我只觉心情沉重,没有看见幽默。

在三毛的作品中所写的生活和人物是多方面的,我不能一一介绍。她写了一个少年,对长期患病的养父母无微不至地关心和照料,直到他们相继死去,我读过后心情久久地不能平静。她写她在马德里读书时候,因为女院长瞧不起她是中国人,她一怒之下将一盆脏水泼到院长的身上;在美国读书时,一对美国老夫妇待她非常好,后来提出来要她做他们的义女,可以承继他们留下的遗产,但她要答应一辈子不结婚,陪着他们生活,她听了后立刻告别,再也不去见那一对夫妇了。读了这些散文,我看见了中国人的硬骨头,在心中引为同调。

我曾用较多的笔墨谈三毛作品中的机智、幽默、风趣,含着闪光的文采,但不是全部如此,还有感情和笔墨较为凝重的作品。这样看,就全面了。

三毛是以沙漠生活成名的,我祝愿她今后能继续开拓新的生活领域,获得更大成就。

四

三毛有一颗炽热的爱国心,有民族自豪感,这种思想感情使她同我在心灵上发生了联系。在新加坡时由于我们都很忙,没有机会多谈话,但同样的民族感情会忽然爆发出灿烂的火花。1月8日晚上,新加坡东道主举行送别晚宴。宴会将结束时,我走到三毛身边向她问道:

"三毛,你明天几点钟飞回台北?"

三毛突然站起来,扑进我的怀里,小声要求说:"姚先生,你亲亲我!"

我立刻抱住她,在她的两边脸颊上亲一亲。她忽然哭了,哽咽说:"我只是反对共产主义,可是大陆也是我的父母之邦,是我的祖国,我至今还不能回去看看!"接着,她不禁痛哭起来。

几个记者立刻举起照相机要抢拍这个镜头。三毛不愿拍照,用装文件的大纸袋遮起她大半脸孔。我大声说:

"三毛!这是民族的眼泪,崇高的眼泪,放下纸袋,让大家照吧!照吧!"

宴会结束后,在返回我们下榻的阿波罗酒店的路上,三毛坐在我的旁边。我看见她的泪痕未干,对她说:

"三毛,明晨我用宣纸信笺写几句话,你作个纪念。"

她伤感地说:"姚先生,您年纪大,今天又累,明天您晚点起床,字不要写了。"

第二天早晨,我按照多年习惯,仍然很早就起床,摊开宣纸水印笺纸,先写了王勃的两句诗:

> 海内存知己,天涯若比邻。

我因为三毛是一个充满浪漫主义精神的人,就用另外一张笺纸写了一首1961年旧作七绝:

> 浪漫精神是耶非?梦乘彩笔九霄飞。
> 云霞绮丽兼奇伟,随意采来补我衣。

我又用另外一张信纸写了一封简短的信,大意说:"希望你到美国检查身体以后,务必回大陆看看。只要你愿意回去,我就请中国作家协会向你发出邀请。动身回大陆前,请将到北京的日期电告我。我虽是七十多岁的老人,也将到机场接您。"早餐时候,三毛尚未起床,我将诗和信装进一个信封,从门下边塞进三毛的房间。早餐后,我因事外出。十点回来,打开我的房门,看见三毛留给我一纸,像诗一样精练而有感情:

姚先生:

> 不会忘记别时流下的眼泪,但愿今生今世能够再见。数日相处,一刹永恒。

谢谢赐字,一定永远不会丢掉,而且珍存。

明日彼此便是天涯了。比邻同胞,血胜于水。旅途劳累,回家好休息。

晚辈三毛敬上

三毛今年(1985年)四十二岁,她的西班牙丈夫不幸于六年前潜海时死去,她至今未再结婚。今年(1985年)3月下旬,一天晚上,《浙江日报》编辑部忽然来长途电话,说三毛已经死了,问我知不知道。我说不知道。我认为这是误传。倘若三毛死了,香港的报纸上会有消息的。但愿人长寿,海峡两岸月常圆,两地作家终有一天可以自由来往,相对论文。

《湘西渡口》(木刻)　易振生

陈伯吹老人和猫的故事

晓 蓉

向陈伯吹老人告辞时,我到底还是问起了那只猫。我知道,除了他,有关的事,很多人都忘记了。

他惊喜地收住脚,问我:"你还记得它叫'雪里拖枪'?"

"怎么会不记得!一身雪白的毛,拖着长长的黑尾巴,很会抓老鼠呢。"我兴奋的声音低了下来,"可惜,我直到现在也没见到过它。"

"你这孩子!你戴红领巾时,我就说过了呀,早在1954年我来北京住之前,它就死了。"他的声音很轻,有一种难以体察的感情……

是的,他是说过。可我和海妮不相信,还偷偷地扒过他家的门缝呢。

那年,电台正在连续播送陈伯吹的中篇童话《一只想飞的猫》。景山东街45号大院里的几十个孩子,天天都按时守在收音机旁,听得如醉如痴。其中,就有我和吴伯箫的女儿海妮。在我们的小脑瓜里,陈伯吹是一位"黑发的安徒生",手里举着一根魔术棍,点着什么,什么就焕发出异彩,叠印出一长串极好看的故事来。

那是我们最富于幻想的年代,如高尔基所说,我们那时的"天性是追求光辉的不平凡的事物"。传说、童话和科学故事,特别能激发我们的奇思妙想,在我和海妮最喜欢的一批书中,就有陈伯吹翻译的《小夏蒂》(瑞士)、《绿野仙踪》(美国)、《兽医历险记》(英国)和《吉诃德先生的冒险故事》(苏联)。一天,海妮还书时神秘地告诉我:"知道吗?那'飞猫'的作者,就住在咱们后院呢。"

哈,原来这"黑发的安徒生",就是那小个子、戴眼镜的伯伯呀!这一发现,使我们欣喜雀跃。

45号大院是当年中国文字改革委员会和人民教育出版社的办公处及家属区,相传,曾是哪个朝代的公主府。陈伯吹就住在旧时"公主楼"楼下。那个小院,是大院较为僻静敞亮的地方,和我家只隔着一个月洞门。我们常去他家门前玩"跳房子"。他每次见到我们,都笑眯眯地点点头,或站在一旁,出神地看着我们玩,却很少说话。所以,我们也不曾特别地注意过他。

《一只想飞的猫》的问世,不仅使陈伯伯赢得了45号大院孩子们的爱戴,而且也赢得新中国第一代儿童的信赖。许多中小学邀请他参加"书节"活动,还有不少"红领巾"

从老远地方列队到45号来访问。孩子们送他自己画的书签、珍藏的画片和用心写的读书笔记。陈伯伯宝贝得不得了,称它们是"珍珠似的墨宝",装在一个大红纸的封袋里,珍爱地存进他的书柜。

我和海妮曾经拿着个小本子,正儿八经地对他进行过一次采访。现在想起来,那些提问都很幼稚,比如:那只爱吹牛的猫,如果它不能"一爪子逮住十三个耗子",那能逮几个呢?它想飞有什么不对呀?倒栽着摔下来,伤不轻吧?以后,它还骄傲吗?……

我当时怎么也不会想到,三十年后,我"正儿八经"地当了一名记者,又去采访他了。他看着我用橡皮筋胡乱扎起的马尾头,指指我说:"你那时梳着两根小辫子,编得整整齐齐的,和海妮在一起,缠着我照相、讲故事、念作品。还记得荷花池吗?"

荷花池是45号大院最清丽的角落。在我们童年的记忆里,它的黄昏和假日,似乎因为有了陈伯吹,一草一木都变得绚烂神奇了。孩子们不会忘记他的有求必应,他的和善耐心,还有他那越发安详慈爱的微笑。那只"想飞的猫",也深深印在了我们心里。每当看到谁扬扬自得,或是不红脸地吹牛,许多孩子就会不约而同地一齐叫起来:"飞猫!飞猫!!飞猫!!!"要是我稍稍流露一点自以为比别人高强的神色,弟弟就要对我说:"当心哟,你又想飞了!"

哎,我真懊悔!如果我后来不把它仅仅看作是童话就好了……

这以后,我们渐渐长大了,读起了成人的书,但仍很注意少儿书讯。每当看到陈伯伯的名字,总是兴冲冲的。瞧瞧,他写得真不少呢,童话《幻想张着彩色的翅膀》、小说《中国铁木儿》、散文集《从山冈上跑下来的姑娘》、诗集《礼花》……后来,我很晚才知道,这是陈伯伯一生中非常愉快的工作时期。他当了三年半的专业作家,却没有拿国家一分钱的工资。创作之余,还去大学教授儿童文学课。这时,他已经是五十开外的人了,还觉得自己"余勇可贾",立志做一个坚守儿童文学园地的"小兵丁"。他在自己的故事和散文中,为50年代的少年人绘制了许多生气勃勃的画像,他是那样热烈,袒露着一片真情。前不久,我读这些作品时,禁不住眼角湿湿的——多么纯洁晶莹的心灵啊,这些少年人,果真是三十年前的我们吗?

我从心里觉得对不住陈伯伯。

因为,不知道从什么时候起,我们之中许多人开始变得并不纯洁了。比如我,就曾真的像那只"想飞的猫"昏头昏脑地从树上倒栽下来。

平心而论,在那潜移默化的熏陶中,我并没有觉出有什么不正常。连我的父母也对我放心极了——全五分的"三好生",没退队就入了团——他们夸还夸不过来呢。可是,那使人眩晕的焦灼的气流,终于龙卷风般地袭来了!

1958年的一天,我和几个同学很奇怪地想起了陈伯吹。那是北京"全民除四害"高潮时,我们师大女附中被分配在汽车局后的河边"轰麻雀"。近千名"祖国的花朵",被编成密密的"人墙",敲锣打鼓、声嘶力竭地闹腾了三个整天。战绩果然"辉煌"!眼见着那些麻雀无处停歇,一只只累得跌落下来。满腔热情响应号召的我们,于筋疲力尽之时,还在生发着一个又一个的奇想。我那胖墩墩的"同桌"突然对我说:"那童话作家陈伯吹,他干吗不写篇《飞不动的麻雀》呢?"好主意!我回家就去"公主楼"找陈伯伯。可是,他的房子已经换了主人,新主人说,他已离开教育出版社,专业搞创作,搬到中关村去住了。

我们等啊,等啊,以为陈伯伯定会和我们想到一起去,写出一篇《飞不动的麻雀》来。但是,我们失望了。

这失望,确实潜伏着危机。

直到十几年后,我从"文革"最初的狂热中沉静下来,才逐渐想清楚了许许多多本来并不难懂的道理。比如,"想飞的猫"和"飞不动的麻雀"之间,有着某种奥妙的关系;又比如,大人们早该读一读《一只想飞的猫》,那其实也是他们人生教训的总结啊!

我不敢肯定地说,爸爸妈妈看过《一只想飞的猫》,就一定会阻止我披星戴月地"轰麻雀",但我可以肯定地说,如果他们当时像弟弟一样提醒人"当心哟,你又想飞了!",那么,多半没有好下场。1959年爸爸的错误,就是太像弟弟,结果差点被开除党籍。第二年,陈伯伯在上海深入生活时,也受到了批判,说他写的是儿童的身边琐事,不重视大题材,是为艺术而艺术。还有什么"童心论""本位论"之类一大堆帽子。

现在想起来,一些大人对童话的理解,有时还不如孩子。也许,他们压根儿就那么认定,童话只是为了骗骗孩子的吧?

可我直到现在还认定,陈伯伯是用一颗爱我们的诚心来写童话的,是为我们不栽跟头而写"飞猫"的。如果早知道像他这样谦和宽厚的好人,也会在"文革"中被打成"反动学术权威",要受那么多的磨难,我们还会毫不犹豫地去冲锋陷阵吗?

当我的女儿也长到看童话的年龄,我才重见到陈伯伯。他那一头银丝,告诉我逝去了多少宝贵的年华。我的几经搓揉的麻木的心,正在慢慢地复苏。1977年底的一天,我见到报纸上刊登了陈伯吹的一篇小散文《米泔水》,写他在上班途中,如何发现上海的小学生往学校集中米泔水,为的是支援国家养猪。他很受鼓舞,却不知道"米泔水"为何物。他把牛奶、豆浆、蜜柑水,还有橘子水,如数家珍地一股脑儿都数到了,就是数不到"米泔水"。为此,他竟会十二分地难过,责问自己"忘记的究竟是什么"。我看后心头一热,才发现自己"忘记的"原来比他还要多!

他开始不断地从上海给我女儿寄书。科学童话《十一个奇怪的人》,散文集《摘颗星星下来》,早年写的再版中篇童话《阿丽思小姐》和《波罗乔少爷》……竟有厚厚的一摞!

女儿今年寒假去上海采访了陈爷爷——恰好是我当年第一次采访的年纪。她的采访提纲,是我帮助拟的,其中一条是:"您把五万五千元的巨款捐献出来,作为'儿童文学园丁奖'的基金,究竟是为了什么?"女儿回来对我说,陈爷爷捐了那么多钱,家里却俭朴得很,连录音机也不是高级货,所以录音磁带效果很不好,什么也听不清。但陈爷爷对这个问题的回答,她却牢牢地记住了:"为了孩子们,为他们能读到更多的好作品。也是我兴趣上的满足,思想上的安慰。"她把这些话,一字不落地写进了她的第一篇"采访记",结尾是这样写的:"我觉得,陈爷爷虽然已经七十九岁了,他的心,还是和我相通的!"

在中国作协第四次会员代表大会驻会采访期间,陈伯伯送了我一本他的序跋集:《他山漫步》。我只粗粗翻了一遍,就被深深感动了。这位六十三年前江苏朱家宅十六岁的穷先生,因讲故事远近闻名之后,第二年就开始了他的创作生涯。他为儿童、为书籍的一生,犹如一条源头远久的长河,撒满了各色各样的花朵:写书、译书、编书、出书、评书、教书……没有人比他更爱书了!近几年来,他牺牲了自己的创作,去各地指导儿童文学创作,从长白山麓到南海之滨,从云贵高原到辽东半岛,不辞辛苦,孜孜不倦。与此同时,他还仔仔细细阅读了近七百万字的作品,为儿童文学创作新秀的集子,写了六十多篇序和跋。作家贺宜曾说:"在我们中国,从古到今,将六十年岁月全部奉献给儿童文学事业,陈伯吹可算是第一人。"

我相信,对这一评价,不会有人不心悦诚服的。

我没有读过陈伯伯在 1982 年发表的童话《骆驼寻宝记》,但我看到张锦江、任大霖在评介它的文章中,都怀着敬意想到了陈伯吹"寻宝"的一生。

在跋涉了半个多世纪之后,他光荣地成为一名共产党员,当时已是七十七岁高龄。

他希望"飞猫倒栽"的悲剧不再上演。他希望有更多会捉老鼠的小猫长大。他说,他家中那只"雪里拖枪",其实是只能干的好猫,辛劳了一辈子,也很有人情味。后来,它老了,抓不动老鼠了,就自己找了个角落,悄然无声地死去了……

我听了,鼻子酸酸的。

本来,我想向他痛痛快快地倒倒自己的委屈,诉说命运有过的不公。可是,最后什么也没讲。

我怕那成人少有的纯真的微笑,从他皱纹不多的脸上消失;我怕他一生探寻稚美的双眼,为我蒙上伤心的泪水;我更怕他一颗童心的熠熠光亮,照见我的心在衰老。

伯伯,我惭愧。

《春早》(木刻)　彰飚

快乐的死亡

陆文夫

作家有三种死法。一曰自然的死,二曰痛苦的死,三曰快乐的死。

自然的死属于心脏停止跳动,是一种普遍的死亡形式,没有特色,可以略而不议。快乐的死和痛苦的死不属于心脏停止跳动,是人还活着,作品已经或几乎是没有了!

作家没有了作品,可以看作是个人艺术生命的死亡、职业的停顿。其中有些人是因为年事已高,力不从心。这不是艺术的死亡,而是艺术的离休,他自己无可自责,社会也会尊重他在艺术上曾经做出的贡献。

痛苦的死亡却不然,即当一个作家的体力和脑力还能胜任创作的时候,作品已经没有了,其原因主要是由于各种苦难和折磨(包括自我折磨)所造成。折磨毁了他的才华,苦难消沉了他的意志,作为人来说他还活着,作为作家来说却正在或已经死去。这种死亡他自己感到很痛苦,别人看了心里也很难受。

快乐的死亡却很快乐,不仅他自己感到快乐,别人看来也很快乐。昨天看见他在大会上做报告,下面掌声如雷,今天又看见他参加宴会,为这为那地频频举杯。昨天听见他在高朋中大发议论,语惊四座,今天又听见他在那些开不完的座谈会上重复昨天的意见。昨天看见他在北京的街头,今天又看见他飞到了广州……只是看不到或很少看到他的作品发表在哪里。

我不害怕自然的死,因为害怕也没用,人人不可避免。我也不太害怕痛苦的死,因为那时代已经过去。我最害怕的就是那快乐的死,毫无痛苦,十分热闹,甚至还有点轰轰烈烈。自己很难控制,即很难控制在一定的范围之内。因为我觉得喝酒不一定完全是坏事,少喝一点可以舒筋活血,据说对心血管也是有帮助的。作家不能当隐士,适当的社会活动和文学活动可以开阔眼界,活跃思想,对创作也是有帮助的。可是怎么才能不酗酒、不做酒鬼,这有益的定量究竟是多少呢?怕只怕三杯下肚,豪情大发,嘟嘟嘟,来个瓶底朝天,而且一顿喝不上便情绪不高,颇有怨言,甚至会到处去找酒喝。呜呼,快乐地死去!

世界需要我睁大眼睛

贾平凹

世界真大啊,似乎是越来越大了!这种感觉一日强出一日地令我吃惊,每于走近那一张书桌摸笔取纸的时候,就充满难以适应的惶惑,手脚颤抖,如恐惧鬼神。文学到底是干什么的,到底什么是文学?写龄已过十年,却从没有像今天这么自我责问,莫能作解。当一个人在子时的夜里,默坐静想,思过检点,一种对自己以往作品极羞耻的情绪咬啮于心,狠命地吸烟,烟再从口鼻喷出,人真如炼丹的炉了,熬煎难受。我承认着我的太小,我得"蜕变",冲破自己多年来构造给自己的那个还"感觉良好"的硬壳。世界需要我睁大一双眼睛,重新去认识,重新去在认识中认识到我。

多年来读大家的作品,确实在苦心研习着他们的技艺,诚然技艺是一个作家其所以为作家的基本原因,遗憾的是仅仅在技艺上研习,却终未能知晓大作的精髓,被不知所以然的茫然围拢。把斧子拿到班门上弄去,我的蠢相就出来了,十足的一个乞丐,可怜可悲的乞丐小儿!

现在文坛上已经有了许多雄才大略之士,"欢呼成熟文学"的声浪已经不绝于耳。"成熟"的标准是什么,各人都在竭尽解数地为寻找文学的灵魂、文学的根而努力;文坛的浩浩之列中,我总在企图挤进一只脚,也总在企图抬着头往前边看,看到的是前边的人的脊梁和肩头,也透过肩头看到前边的路的朦胧的轮廓。我明白了我的孱弱所在是胸腔太窄,没有呼吸到广大世界的空气,眼睛也太小了,全然是在月光之中。古往今来的大家们,他们的心胸是博大的,他们博大的胸怀在充满着博大的爱欲,注视着日月、江河、天堂、地狱,以及这种爱欲浸润下的一草一木、飞禽走兽、鬼怪人物,这种博大使他们天地人合而为一,生死荣辱,离愁别恨,喜怒哀乐,莫不知之分明、萦绕于心,使他们面对着这个世界建立了他们特有的意识和特有的形式。他们有自己的体系,一整套的关于政治的、经济的、社会的、文化的、哲学的、美学的。

我是太贫乏了,贫乏到一种自大,无知到一种无畏。著书立说,书是著了,说却未立。我得从头开始,去做功夫(这种"从头开始"我不知说过多少次,但每一次懊丧上一次),博大的艺术,何时亲近到我呢?哪一日才能蜕去小家子的硬壳啊,我的上帝!

又见香雪

铁 凝

我的短篇小说《哦,香雪》写于 1982 年,香雪是小说女主人公的名字。

1985 年在纽约一次同美国作家的座谈会上,曾经有一位美国青年要我讲一讲香雪的故事,我毫不犹豫地拒绝了他。原因有二:一是我认为我的小说无法当作故事讲;其次,在我的内心深处,觉得一个美国青年是无法懂得中国贫穷的山沟里一个女孩子的世界的。然而这位美国人把持着话筒再三地要求我,以至于那要求变成了请求。身边我们那位读过《哦,香雪》的美国翻译也竭力撺掇着我,表示他定能把我的故事译得精彩。于是我用三言两语讲述了小说梗概,我说这是一个关于女孩子和火车的故事,我写一群从未出过大山的女孩子,每天晚上是怎样像等待情人一样地等待在她们村口只停一分钟的一列火车。

我没有想到在场的人们竟为这小说兴奋不已:主持会议的作家马拉默德为我鼓起掌来;两个不修边幅的大学生走上来拥抱并且吻我;一家名叫《毛笔》的杂志的主编对我说:"你知道你的小说为什么打动了我们?因为你表现了一种人类心灵能够共同感受到的东西。"接着他又问我是否读过肯尼迪总统的就职演说,我说很抱歉我从未读过。他说肯尼迪在演说里就向人们描述过他当年是怎样从家乡小村里走出来第一次坐上火车的,肯尼迪的内心感受令人泪下。我没有过多地关注肯尼迪的感受,令我留意的是主编前边那句话:"你表现了一种人类心灵能够共同感受到的东西。"与其说我因为这句褒奖而获得了虚荣心的极大满足,不如说这句话使我忽然有点明白我为什么要写小说。细细地去想,这又是一句多么苛刻的咒语——我觉得事实上我是终其一生也未见得能够到达这一境界,或者我愿意终其一生去追逐这种苛刻。

上述一切仿佛是旧话重提了。所以重提旧话,是因为 1989 年中国儿童电影制片厂将《哦,香雪》拍成了电影。

可以想象把《哦,香雪》拍成电影是怎样艰难。这个没有故事的故事不仅使人在将来的上座率、拷贝数上为之伤神,导演和摄影也对它望而却步。你怎样奈何一群大山、几个女孩、两根冰冷的铁轨和一列黑沉沉的火车呢?若是讲究迷信,《哦,香雪》则更是一个不吉祥的剧本了——曾经有两个"妄想"拍摄它的摄制组在选景的路上翻车,一辆车上的导演、演员脸部受伤,另一个摄制组的车轧死了一位捡粪的老乡。第一个摄制组以青年电影制片厂导演郑洞天为首(我在这里向郑洞天先生表示深深的歉意),第二个摄制组即是由北影女导演王好为为首的。

继郑洞天先生的拍摄计划夭折之后,王好为导演在1989年初冬时节终于完成了她几年以来的夙愿。作为原著和编剧的我,曾经和王好为共同感谢过"儿影"的慷慨,是他们在金钱上的慷慨使香雪有了与观众谋面的机会,使那些永远沉默的山河有了表现自己的可能。

日子定在晚秋,我重返九年前曾经住过的那个小村苟各庄,当年它是河北涞水县较穷的村子之一。《哦,香雪》的拍摄点就在这村子附近——北京房山与河北涞水交界处的十渡风景区。我记得那年也是晚秋,我在苟各庄下了火车,站在高高的路基向下望去,就看见了路基下村口那个破败的小学校:没有玻璃、没有窗纸的教室门窗大敞着,一群衣衫褴褛的小学生正在黄土院子里做着手势含混、动作随意的课间操,几只黑猪白猪在学生的队伍里穿行……土地的贫瘠和多而无用的石头使这里的百姓年复一年地在困顿中平静地守着自己的一份日子,没有怨恨,没有奢求,没有发现他们四周那奇妙峻峭的大山是多么诱人,也没有发现一只鸡和一斤挂面的价值区别,于是就有了北京人只需乘二百华里的火车,用一斤挂面到这里换一只鸡的怪事。几年前一个奇异的外部世界到底冲破了这里的困顿,人们才发现这里原本有着奇珍异兽出没的原始森林,有着可与非洲白蚁媲美的成堆的红蚁,有着气势磅礴的百里大峡谷,有着清纯明净的拒马河,还有我的香雪。

如今的苟各庄已是河北省著名的旅游风景区野三坡的一部分了,从前的香雪们也早已不再像等情人一般地等待火车,她们有的考入度假村做了服务员、导游,有的则成了家庭旅馆的女店主。她们的眼光从容、自信,她们的衣着干净、时新,她们的谈吐不再那么畏缩,她们懂得了价值,她们说:"是啊,现在我们富了,这都是旅游业对我们的冲击啊。"而仅仅两年前,她们还把旅游说成"流油"——真是一桩流油的事哩!

摄制组正在离苟各庄两站远的十渡火车站拍摄最后几个镜头,我乘了一辆面包车,去看那天他们最后的拍摄。一位在野三坡度假村当客房服务员的苟各庄姑娘小玉,因了对拍电影的好奇,也和我一同前往。一路上小玉不知为什么总是"咯咯"地笑着,一只项链式电子表在她胸前荡来荡去。九年前小玉还只有七八岁吧?七八岁的孩子是不引人注目的,她说她也不记得村里曾经来过一个我。

在十渡站下了车,我看见白色站牌已换成小说中的站名:台儿沟。这是一个卧在大山之中的山区小站,几条单薄的铁轨寂静地伸向远方。此时没有火车通过,站台上也没有旅客等车,只在候车室那扇小小的绿色门前,并排挤着四五个拿着荆编篮子的半大女孩,篮子里有核桃和大枣。坚硬的山风把她们的嘴唇吹得发紫,她们把双手袖在薄棉袄的袖筒里,脚上是家做的花布单鞋。

哦,香雪!

我认出了她们,也认出了饰演香雪的薛白。读者对薛白不会陌生,她因在电影《黄土地》和《三家巷》中扮演女主角而拥有了许多的观众。现在她分明是个苟各庄姑娘了,如同九年前我熟识的那些女孩子一样。

这时与我同车来的小玉发现,原来站台上这几个装束寒酸的女孩便是电影演员了。"像!"小玉说。她望着面前的薛白们,眼光有点惊奇,有点兴奋,还有点居高临下:"真像!"小玉又说,"和早先我们穿得一样。"她对"早先"二字加重着语气。

那么香雪仿佛是个早先的故事了,仿佛已是小玉们依稀可辨的一个遥远,又仿佛是个无中生有的存在。一瞬间我几乎有点为香雪、为导演、为摄影师、为我自己感到沮丧:日子果真是那样地多变吗?香雪已不复存在,为什么人们非要钻进这大山,苦苦地制造一个香雪出来?

然而香雪分明地站在我的眼前,她挎着一篮核桃,是要卖给火车上的旅客的,可是她还不会讲价钱,只会说:"你看着给吧!"我想起我所尊敬的一位老作家曾经说过:"女孩子们心中,埋藏着人类原始的多种美德……"我明白了,香雪并非从前一个遥远的故事,并非一个与小玉的"早先"衣束相像的女孩,那本是人类美好天性的表现之一,那本是生命长河中短暂然而的确存在的纯净瞬间。有人类就永远有那个瞬间,正是那个瞬间使生命有所附丽。

最后几个镜头已拍摄完毕,为摄制组送饭的130卡车也已开来。导演、演员、摄影师站在卡车旁,就着冷风吃米饭和素炒蒜薹,他们的脸上都蒙着黄土,他们都吃得很香……

我深知这一切都是因了我的无中生有,虽然香雪的确是我在那个小村苟各庄的发现。

我想无论对于小说还是电影,懂得艺术来源于生活并不困难;但要明白无中生有对小说和电影的意义,就似乎不太容易。而我所说的无中生有,恰恰是指作家对生活和生命本身更深层次的总体把握与判断。你理应知晓生活是创造的源泉,你更应懂得无中生有对于创造的重要性。

我越来越觉得因了我的无中生有,香雪才获得长久存在的意义;因了无中生有的香雪,才有读者觉出她表现着人类心灵能够共同感受到的东西。

桥洞里长出红萝卜

莫　言

　　十五年前,我有幸在一个修桥工地上做过三个月小工,起初是跟女人们一块砸石子,后来被"提拔"到铁匠炉里拉风箱,从 8 月拉到 10 月。铁匠炉安在旧桥的桥洞里,浓烟烈火,终日不断,把桥洞熏染得黑黑白白;锻打钢铁的声音铿铿锵锵,震动得石头都索索发抖。石匠、铁匠、小工、干部,在桥洞里出出进进,谑骂打逗,亦庄亦谐,令人难忘。十五年后,当我得到两年的机会专门学习搞文学的时候,忽然想起了这个桥洞,十五年的岁月化成一大片淡薄的烟雾,笼罩着桥洞,白烟红火,变成了翠羽丹霞;粗男拙女,俱有了仙风道骨,这种虚幻缥缈的奇异感受,不懈地纠缠着我,如同缓慢的流水,把生活中那些尖刻的棱角全给磨平了。它虽没有改变生活的意义,但把生活的形状改变了。我努力亲近着这种感受,想把这种感受渗透在小说的字里行间,创造出一种具有一定超越性的意境。事实证明,这种想法不一定不好,但要完成这种想法非常难。

　　我笃信在某种意义上文学是写人的学问。我想起了桥洞,就把一个黑孩子塞进桥洞里。小说发表后,同学们以"黑孩"谑我,我感到荣幸,只可惜我自小虚胖、软弱无能、胆小怕事,没生一根黑孩的骨头。十几年前,我的家乡倒是能够见到这种黑孩式英雄的。何止是深秋呢,寒冬腊月(当然是那时),只要你到我们村里去,你总能看到几个黑孩,穿着单薄如纸的衣服,赤着脚,在冻得裂缝的街上追逐着,欢笑着。你也许担心他们寒冷,但他们确实不寒冷。你无法不为他们顽强的生命力感叹,无法不感叹人类伟大的适应恶劣环境的能力。"狼孩""熊孩""黑孩",但仅仅写一个寒冬腊月不穿衣服的黑孩确实不行,人家也许会写一个抗严寒化冰雪的火孩呢。由此,你无法不去思考这种打败寒冷的英雄行为后面所隐藏着的巨大的悲剧成分。贫穷塑造了黑孩的抗寒能力,那么昏暗的政治、动荡的岁月、残破的家庭、失爱的童年,对一个孩子的心理会产生什么样的影响呢? 一个冬无衣而从不知寒的孩子的性格能与正常生活的孩子一样吗? 答案是否定的。这个孩子特殊的生活经历肯定会在他的灵魂上打上某种深刻的烙印,肯定会使他具有某种超常的性格特征,他对待痛苦与欢乐、友谊和爱情、善恶与美丑,一定有他的评判标准。他虽然不说话,但他的心里明白,他的一切特异的心理素质必定外化为他的行动,外化为他的一些莫名其妙的、违反人们正常思维逻辑的奇怪举动。

我力图用细笔写出黑孩的奇异举动,把我所看到的传达给读者,然后让读者根据自己对人生的理解,去解释黑孩的奇异举动,去分析黑孩奇异的性格,去寻找塑成黑孩奇异性格的原因。该歌颂什么,该鞭挞什么,读者自有道理,无须作者代庖。作者能做的,也许就是"借给读者一双观察世界的眼睛"。

更进一步想,岂止是黑孩呢,大千世界,人如蚂蚁,攘攘成群结队,之所以不会混淆,除了肉体上的特征之外,性格上的特征,是不是也起着一定的作用呢?这种性格上的特征,对于弄文学的人来说尤为重要,即便是大家的作品中的人物相貌也是模糊的,但性格却是鲜明的。一个能潜心研究人性中的特异成分,并运用独特的手法表现人性中的特异成分的作者是美丽的作者,我不得不承认我是丑陋的。

在坚硬的、冰冷的特异心理成分外边,施放上虚幻的、温暖的感觉的烟雾,是否能使小说具有某种怪味呢?作者远远地躲进云里雾里,能否获得某种更大的表现自由呢?我真的在瞎想。

文章写到这里,回头一看,原来说三道四,尽是拾人牙慧;变态心理学用科学把我嗤笑了,大家就容忍了吧。

追念侯金镜同志

康　濯

湖南的盛夏热得出奇,每年 8 月,总盼着秋凉来到。今年一入 8 月,我不禁难过得心头紧缩。正是整整十五年前的那个 8 月,在林彪摔死的前一个月零四天,侯金镜同志因为偶然一句对林彪稍稍不恭的话,竟被迫害而含冤辞世。

这不能不又使我想起三十二年之前,暑热刚过,我和侯金镜、秦兆阳同志在当时正紧张的文艺形势下,受命主持《文艺报》的工作。这个夏天同十五年前"文革"中的那个夏天有着内在联系。到编辑部工作我们都是突然而仓促上阵,接手便要批判《红楼梦研究》的所谓错误和检查《文艺报》自己的工作。好不容易勉强结束了这两件事,在 11 月发完年底一期稿件后,就转入了明年第一期开始的对胡风文艺思想的批判。那时秦兆阳被分配了个题目赶写批判文章,不久他又调至《人民文学》;我四处开会、组稿、访问,包括征求胡风同志本人意见,具体编辑工作便大半落到侯金镜头上。他把第一期大致编好,我除了已看过的批判稿外,又看了几篇作品评论,然后同他商量道:

"你看稿件中还有没有庸俗社会学?"

"难!"老侯说,两眼在眼镜后面半开半闭,眉头紧皱,右手三个指头使劲掐捏着眉心,好像头疼得很厉害。"稿件都尽量改过了,可谁能说已没有了一点机械论?反正我不敢说!"

由于胡风常说过去一些文艺论文中庸俗社会学和机械论不少,而从周扬同志直到我们也都认为确有此类毛病,因此当时我们都特别注意这一点。然而正如老侯所说,当时谁又能为此绝对保证?更不用说今天回头来看,这方面的问题只怕还是够多了。

我无言回答,便又问:"一期稿件就这些了吗?"老侯反问道:"这个这个,你还要什么?"我说:"学术性要强一点的啦,或是外国文艺方面的啦!"

他打开抽屉,拿出一篇显然是准备好的翻译稿给我。我马上就看。这是《文艺报》过去约请苏联芭蕾舞大师乌兰诺娃所写,谈芭蕾表演技巧、舞蹈语言和人物塑造的文章,我看完不觉喊道:"好,发!"他调整目录后,和我会心地对望了一眼,眉心舒展些,并终于忍不住说出了互相心照不宣的话:"是不能搞得火药味都那么重嘛?!"

我们这样编了几期,原想刊载胡风《我的自我批判》和有关材料后,就逐步结束这一任务。后在 5 月初发生了大家已熟知的突然变化,批判性质从文艺思想急剧发展成政治问题。对此,我和老侯都不大通,却也只能责备自己,并尽量跟上。在我们正全力抓政治批判的时候,一天,我和老侯在同一间办公室埋头改稿,忽然感到老侯竟对着稿件不断唉声叹气。我没理会,最后他却到底激动得对我喊出声来了:"喂喂,这个这个,怎么办? 文章都没法谈学术观点了,每一篇全是骂'恶毒''阴险',此外再没词儿了! 其他编辑也来诉过这种苦了!"

我忙说:"还可以骂'凶狠''毒辣''险恶'啊!"其实我也莫奈何地早在为此发愁了。他又说:"这不行! 最多搞两期,要不然,谁看?"就这样,后来我们也确只批判了两期。

在批判高潮时,《文艺报》聘请的通讯员中,有一位大连工人作者来信,反映他发表的一篇写青年工人爱情生活的小说,正受到市里报刊的批判,说是资产阶级情调,不健康,同时附来了有关材料。侯金镜认真读了作品和材料,很干脆地立即认为作品没问题,批评得不对。我和老秦看了部分材料后都同意他的意见,于是由他负责,用我们三人名义回信支持了那位工人,但我们的信并没解决问题。当时文化部副部长钱俊瑞同志正在大连,他了解详情后带回了全部材料交给周扬同志,并表示他同意我们的复信。为此,周扬同志建议我们写篇文章发表。后来该文在文艺青年中影响颇不小,但也有认为右了的反映。对此,老侯说:"讲我们右也可以嘛!《文艺报》又不是最高裁判所!"

在当时形势下,侯金镜的这一态度自是难能可贵。否则,那一"左"得发热的环境,将会使我们更不清醒。也正因为如此,1955 年错误地批判胡风之后,1956 年《文艺报》为贯彻党中央刚提出的"双百"方针,决定公开讨论朱光潜同志美学思想的时候,因为朱的著作新中国成立后很少印过,对于如何向读者提供讨论材料,有的同志就主张仿照批判胡风开始时,刊物印发胡风言论作为附册的措施办理。我对此颇有考虑,便问侯金镜,他也认为那样怕不好。于是我们只在内部发了点参考资料,而不公开刊用朱光潜过去的文章,以免在读者中引起类似批判胡风的联想。其次,尤其是在我准备去邀请朱光潜本人参加这一讨论时,老侯还提出了朱对黑格尔的美学很熟悉,外文又很好,可不可以同时约请他翻译黑格尔的美学并予出版。这一精彩建议很快得到中央有关同志的肯定,不久我去朱光潜家拜访时,不仅邀他参加讨论本人美学思想一事得到他高兴的允诺,而且对约请翻译也欣然同意。现在这部八十万字的美学名著译作早已出版了,由此又不能不勾起我们对今年 3 月刚刚去世的朱光潜同志不尽的哀思。

在《文艺报》的共同工作中,我感到侯金镜颇为难得地冷静、清醒,不论是在会议上或是与少数人的个别交谈中,编辑部同志几乎都很愿意倾听并尊重他的意见,其中秘诀,就是如同对待上面种种问题的态度一样,他总紧紧把握着实事求是的精神。他既有学识而又勤奋求知,抓住一切空隙看作品、读理论,找一切机会同编辑部和文艺界同志聊天、谈话。谈创作总是从作品本身的实际出发,绝不主观臆测作品中不可能涉及的事,并总尽量设身处地地考虑作者写作时的具体情况和意图。因而在批评家和作家之间的联系一般都不大密切的文坛,他却至少是同作家关系交好的范例之一。至于谈理论他也总把每个观点都理析得层次、脉络分明和确切具体,决不搞含糊的一套,更不简单、生硬。他也有激动和发倔的时候,那往往是对别人的不实事求是尤其是简单粗暴表示不能容忍,从而又显露了他高度的热情。只不过他常是寓热情于冷静之中,有时大家越争论越吵得凶,他可还不动声色。你埋怨他置身局外吗?且慢,他会指出争论双方或是各有哪一片面性,或是把某一起码的原则给忘了。"你们怕是拿感情代替科学了!"侯金镜亲切地说。于是哄堂大笑,并有人跟他开玩笑:"老侯总是别人皆醉他独醒!""哪里哪里!"他答道,"只怕经常是别人皆醒我独昏呢!"

不是故意谦虚,而是经常衷心地表示自己的不足,甚至还把自己说成"浅薄"。因此早在战争时期部队整风中,他曾主动到阜平县下乡两年,扎扎实实了解农村情况,并抓过群众业余创作和农村剧团的工作。1946年在刚解放的张家口,他也离开部队到过我工作的工会,深入工厂了解情况和推动业余文艺活动。这样便积蓄了对工农兵群众的淳厚感情和深切了解,也不断帮助、培养了不少文艺人才。解放初期还为北京军区文工团招收过新团员,并在办训练班时,硬要拉我去讲讲我多年前参与过的晋察冀边区农民的文艺活动和创造。就是说,侯金镜始终不忘人民群众,这当然也正是他实事求是精神的根源。

老侯还有着文艺界难得多见的对工作高度负责的精神。我对文艺评论工作就缺乏耐心,大半是不得已而为,或灵感式的兴趣。他搞评论则既专业,更表现了对这一事业罕有的热情和责任感。他少年早熟,1939年我们在从延安到晋察冀的路上认识并一起工作后,曾见过他保存的十六岁时用"樊字"的笔名在天津《大公报》副刊上发表的文学论文剪报。但他的才能不只是评论,在陕北公学分校时,还执笔改编过高尔基的《母亲》为话剧并演出。1941年在晋察冀又重改《母亲》并演出,老侯也参加了以沙可夫同志为主的改编工作。以后他还写过散文和报告文学。我至今还保存了1946年他在张家口写作和出版的记述拥军模范事迹,书名为《母亲们和年青的子弟兵》这样一本散文集。由于他从1940年开始便没有一天离开过繁忙的行政领导和文艺组织工作,因而他才不得不服从需要而丢弃了写作。

从少年时期开始搞评论的才能甚至也没有更好地发挥,他太忙了。但仍留下了一本张光年同志写了序的文艺评论选集,其中不少是他在新中国成立后文艺批评史上所留的宝贵遗篇。像王林同志的长篇小说《腹地》遭受过不公正的批评,而这部作品本身又颇复杂,要再发评论是谁也不写却非要他写,以致他不断拿手指捏着眉心,感到为难之至;不过终于还是写了,也写得各方大都能接受。

1962年大连农村题材小说创作会议之前,老侯到各地了解情况,也到保定参加了河北小说座谈会,做了很好的报告,同我更有几次长谈。二十多年中我们每次都谈得融洽、畅快,特别对我的作品,连我不想让他看的他有时也看了,长处、短处更往往看得比我自己还透彻。文艺观点我们也总较接近。"文革"中劫后遗留的一个笔记本上,就记了我很赞赏的侯金镜在大连会议上的发言片段:"现在作家们都在深入思索生活,感到对生活中的困难一定要估计足,也要有勇气,有主见。""写人必须深入挖掘,不能拔高,不能离开生活基础硬找浪漫主义。浮夸根本不是浪漫主义。没有现实主义就没有浪漫主义;有了现实主义,也不一定有浪漫主义,但可能有。如果为了追求浪漫主义而牺牲现实主义,那就两者都丢掉了。"

这便是当年批判过的"现实主义深化论"所含观点一二。这些观点在当时是何等难得,即使今天不也仍是切中时弊的吗!

可见侯金镜同志是思想不老,智力常新的。1971年刚刚五十年华,竟过早地死去。不过他的精神、丰采和影响,十五年来显然仍在我们文艺界徜徉。过去常新的思想在以后也总是亮光不灭的,因为这不论多么点滴而总会汇入人类文明的智力库。今天我这点匆匆的忆念,就也感到自己在对逝者默默垂思之际,内心又有所充实了。

1986年

旧人新时期

林斤澜

汪曾祺、邓友梅、高晓声,三位都是我的老熟人,他们都在1957年"蒙尘",新时期"出土"。重理旧业,出手不凡。门庭或冷或热,或有冷有热,或时冷时热,对久经沧桑的人,这些都淡薄一些了。只是各行其是,越见偏执。

谈新时期文学,是否应以新人为主?不过旧人新作,也是一席之地。

我曾分别与邓友梅、高晓声说起"汪曾祺的行情见涨"。这两位立刻首肯,可见亦有所闻。过后又都补充一句,大意是"那是一派"。这也是实情,喜欢汪的,言谈中都捧出"仙风道骨"这样的"匾"了;不喜欢的,说是"70、80年代,出现了一个20世纪30年代作家。"这句话"贼",过磅才知斤两。

汪曾祺年长,文学经历上又"长"一个年代,他40年代就出过小说集子。遇见比我年轻的汪"派",我常说汪有两条:一是语言功力;二是六十大几的人,艺术感觉还这样敏锐。这两条都很难得,真真算得一个作家。

不久前,在《收获》二期上读到汪曾祺的《桥边小说后记》,有些感想。他说"我要对'小说'这个概念进行一次冲决……""冲决"两字,读来戳眼。论他的为人,似是"冲淡";论他的年纪,又不宜"冲刺"。"冲决"和"冲刺"当然不同,但六十大几,"冲决"就差不多是"冲刺"了。

一个"冲淡"的人,老年发作"冲刺"似的"冲决",我想这正是新时期的"生态",或是生动的心态。邓友梅、高晓声都曾指着他们最见功夫的作品,以为发表前是不会去写,写了也不能发表,发表出来也只有倒霉。文论更不消说,"冲决"?"冲"着什么来"决"呀?岂敢岂敢。

汪曾祺要"冲决"的是:"……小说是谈生活,不是编故事;小说要真诚,不能耍花招。小说当然要讲技巧,但是修辞立其诚。"

这里说的"真诚",有人说作"真情实感",着重指明感情范围。意思大致一样。文论纵有千言万语,真诚是灵魂。山不在高,有诚则灵。

不过真情实感还要化作艺术,若不,就不是作家该干的事。"化"的中间,也可以"编故事""耍花招"。如果抬杠,绝对不"编"不"耍"还要是好小说,能举举例子吗?但,没有真诚的"编"和"耍"绝不是艺术。有一些真诚,太"编"太"耍"倒把真诚磨灭了,这也是"流行性感冒"。

"……这样的小说打破了小说和散文的界限,简直近似随笔。结构尤其随便,想到什么写什么,想怎么写就怎么写。我这样做是有意的(也是经过苦心经营的)。"

看见最后打上个括弧,写上"苦心经营",不觉微笑。我主张写小说要练两个基本功:一语言结构。汪常说结构不要严谨啦,结构要随便啦,他尤其反对戏剧性结构,以为那就把小说弄假了。我说小说若真"散",那是一盘散沙,无艺亦无术。散文化小说,是散而不散、外散内不散。金派评注家点出来的"珍珠穿线""草蛇灰线""横云断山""天马行空"……点的也是"散不散"。汪曾祺的"散",一见就是他的,不会和别人混杂,可见此"散"自有他的"散法"。此"散法"我曾找寻"规矩":"明珠暗线"一也,"打碎重整"二也。

不过这些还都是小事,有比这要紧的是我觉着不易入境。

"……但我以为小说是回忆。必须把热腾腾的生活熟悉得像童年往事一样,生活和作者的感情都经过反复沉淀,除净火气,特别是除净感伤主义,这样才能形成小说。但我现在还不能。对于现实生活,我的感情是相当浮躁的。"

"小说是回忆",这句话耳熟。正当急急忙忙下乡下厂,炙手可热"写中心"的年头,亲耳听见汪的老师沈老,用提问方式悄悄说起。沈老责备自己,"现在我不会写小说了,过去我也只会写回忆……"接着对下厂下乡如何写成小说,提出一串问题请教年轻人。其实"写回忆"的几句话,对头脑发热的年轻人,是清凉剂。不过当年清凉了一下,却不可能真的走向清凉之境。

1987年

老舍延安之行
艾克恩

冯玉祥将军在七七事变之后，题赠老舍先生"丘八诗"一首："老舍先生到武汉，提只提箱赴国难；妻子儿女全不顾，蹈汤赴火为抗战！"

老舍"为抗战"的爱国热忱和老舍"蹈汤赴火"的献身精神，确以他的行动，昭然于世，甚为感人。

1939年6月，以周恩来为副主任的国民政府军事委员会政治部，组织全国慰劳总会，分赴各地慰劳浴血奋战的民族解放将士。身任中华全国文艺界抗敌协会常务理事的老舍积极参加了北路慰问团的活动。他身着"清道夫"服，跟随慰问团由重庆出发，途经成都、宝鸡、西安、潼关、洛阳、南阳、襄阳，再回西安直奔延安、榆林等地，历经五个多月，行程两万余里，日夜颠簸，艰苦备尝。他说："我永远不会成为英雄，只求有几分英雄气概。"

慰问团9月9日抵达革命圣地延安后，受到了延安各界盛大欢迎。中共中央主席毛泽东、中央统战部副部长柯敬史、八路军政治部副主任谭政、后方留守处主任萧劲光、政治部宣传部长萧向荣、边区政府副主席高自立、秘书长曹力如、保安处长周兴、延安卫戍司令滕代远、建设厅长刘景范、教育厅长周扬、银行行长曹菊如、公安局长王卓超、延安市长高朗亭、抗大三分校校长许光达、鲁迅艺术学院院长赵毅敏、女大代表林纳、边区文协代表艾思奇、西北青年救国联合会黄华、《新中华报》总编辑李初

1939年9月22日，老舍为延安《中国青年》杂志社题词。

梨、新华社社长向仲华等人到延安南门外迎接。

第二天,毛主席在边区招待处设宴款待慰问团全体成员。他高兴地举杯为老舍祝酒。老舍激动地讲:"毛主席是五湖四海的酒量,我不能比;我一个人,毛主席身边是亿万人民群众啊!"话音刚落,大家欢迎老舍出个节目,毛主席也站起来同大家一起鼓掌。老舍推辞不得,即兴来了一段京戏清唱。宴毕,毛主席陪同客人来到中央大礼堂,出席延安各界举行的欢迎会。毛主席号召继续巩固民族统一战线,"做亲者快仇者痛的事,而为亲者所痛仇者所快的事一件也不做"。老舍先生也即兴讲了话。他的讲话,《新中华报》做了突出报道:"文学家老舍先生也被请登台讲话。他特别提到文化人在团结抗战中所起的伟大作用和他们在'文章下乡'这个口号下所获得的成绩。"

晚会最后,冼星海指挥鲁迅艺术学院演唱《黄河大合唱》,民众剧团演出马健翎的《查路条》。老舍在稍后写的一首长诗中,真实地再现了他的感受:"听,抗战的歌声依然未断,在新开的窑洞,在山田溪水之间。壮烈的歌声,声声是抗战,一直,一直延伸到大河南岸!"

老舍暂别延安北上榆林后,在给周扬的一封长信中写道:"在延安见到先生与艾思奇、李初梨、萧三诸同志实在给我莫大的欣慰!可惜,因为急于北上,未能见到丁玲、何其芳、沙汀三先生和其他文艺工作同志们,深感抱歉!"他尤其重视文协总会与分会的团结:"我们团结了,我们团结得好,""分会才在精神上有所归依。"他还建议:"总会与分会应在工作上竞争,目的在于尽力于抗战,互相策励,取得抗战中应得到的光荣。"

从榆林返回延安后,边区文化界及各文艺团体、报刊联合召开大型座谈会。延安知名人士何思敬、艾思奇、赵毅敏、萧三、李初梨、曹若茗、张庚、柯仲平、马达以及国际友人斯诺等七十多人出席。老舍就大后方文艺活动情况做了详细介绍,既交流了情况,又交换了意见。进餐时,毛主席又一次与老舍及其他成员频频举杯谈叙,场面甚为热烈。

老舍两次来延安,还先后参观了抗日军政大学、八路军总政治部、鲁迅艺术学院、女子大学以及风景秀丽的名胜古迹清凉山万佛洞,并应延安《中国青年》杂志社的请求,挥笔写下"以全力打击敌人"的题字。几次文艺晚会的演出,抗战的主题、民族的形式、欢快的情绪,给他留下了很深的印象。他在一首诗中这样赞道:"到延安,又在山沟窑洞里备受欢迎;男女青年,谐音歌咏,中西乐器,合奏联声;自制的歌,自制的谱,由民族的心灵,唱出抗战的热情。为了抗战宣传,话剧旧剧并重,利用民歌与秦腔,把战斗的知识教给大众。"

老舍延安之行,虽然前后仅有三天,但恰如他讲:"真是大开眼界,也大开心窍呀!"他写的四万言长诗《剑北行》,被朱自清誉为抗战诗坛"有意在使诗民间化"的代表作。他写的三篇观感长文《西北归来》《归自西北》《西北是块宝地》,反响强烈。

《北海之冬》(木刻)　古元

内山完造与内山书店

萧 军

和内山完造先生相识,是在1934年11月30日以后,虽然在这以前我们认识他,但他不认识我们(我和萧红)。

1934年秋季间,我给鲁迅先生写了第一封信,以致后来在上海所有寄给鲁迅先生的信,以及鲁迅先生给我们的五十三封信和其他书物,也全是经由内山书店转给的。——这,我永远感念着。

1935年"奴隶社"的三本书:叶紫的《丰收》、我的《八月的乡村》、萧红的《生死场》先后"非法"出版之后,在上海没有一家书店敢于冒风险公开摆出来发卖,而在内山书店却赫然摆在了售书台上。这是何等的胆量,何等的气魄,又是何等的友谊! 内山先生岂不知《丰收》《八月的乡村》《生死场》是反抗什么,反抗谁? 他是日本国民,书又是摆在国民党特务鼻子底下的,这少不了威胁和警告,但他不以为意,岿然不动! 不独这三本书,凡属当时左翼"非法"出版的书和画以及刊物,如鲁迅先生所译的《毁灭》、曹靖华所译的《铁流》等等,全是在鲁迅先生授意下,由内山发卖,由内山传播的……这只是我所得知的大概。"内山"那时几乎成为左翼文物唯一的公开"发行点"。这,我永远感念它,这不是单纯地为了一点有限的钱!

据我所知,在上海凡属要和鲁迅先生接头的人,多半要经过内山书店,特别是从日本来的客人们。我的记忆中和我接头的有小田狱夫和矢崎弹……他们后来有的翻译过我的作品,有的写过关于我的文章,可惜如今他们全谢却人世了。

即使是逝世不久的日本作家鹿地亘和他的夫人池田幸子,也是间接由内山先生介绍的。

1936年鲁迅先生逝世时,内山先生是治丧委员之一,我是当时治丧办事处工作人员之一。有些遇到难于解决的事,由于许广平先生身心交瘁,我不忍去找她,和内山先生商量一下就解决了。当时,我是把他看成鲁迅先生"家族以内的人",事实上他也如此自任着。鲁迅先生临终写的一封信,也是给内山先生的。

从1937年中国抗日战争全面爆发后,秋季间我和萧红去了武汉。从此一直到他逝世就再没见过面,到今天已整整四十八年。1949年他来到中国,应邀参加新中国十月开国大典,不幸竟于9月21日与世长辞了。

他的大半世生活工作在中国,生命的终结也在中国,骨灰一半埋在了中国的土地上……

他是中国人民不可多得的朋友!他是中日两国人民伟大友情的象征和存在!

偶成小诗四章,用以纪念内山先生一百周年诞辰,兼以庆祝内山书店在日本建业五十周年:

一

一衣带水海天深,文史昭垂何太真!
历尽劫波兄弟在,江南塞北共秋春。

二

人海兴亡一逝波,强强弱弱待如何?
春花开罢秋花落,结子行看各几多。

三

大智无欺大勇忠,无求无惧寸心通,
茫茫天地曷私载,算尽机关反误卿。

四

午夜临窗惊骤雨,万端心事忆匆匆;
生离死别寻常事,坐对青灯听到明。(注)

(注:此指鹿地亘和池田幸子故事也。)

深入生活

梁　斌

1942年,准备"五一"反扫荡,我和四个同志到了深北县。"五一"反扫荡的前一天,我们通过饶阳县,越过滹沱河,回到献县的岳家庄。当天晚上,日寇十万鬼子兵,开始了对冀中抗日根据地的大扫荡,滹沱河的大堤上,十步一岗,五步一哨。灯笼火把,包围了饶阳县。

我们不得不离开这里,穿过肃河公路,到了肃北。刘纪同志带着段森回到里县。我带着陈春耀和王敏同志,远走任(邱)河(间)大(城),兜了一个大圈,通过一个个的岗楼群,回到蠡县老家。老家的村北有个岗楼,蠡县成了游击区,在大扫荡中,是个空隙地带。在老家听到县长林玉青的噩耗,亲爱的老同志,他死在日寇的屠刀之下了,我流下了眼泪。

7月,我们和"火线"的同志,到白洋淀集中,暗夜里走上千里堤,走到大水刘庄,在村西里休息。交通员说,前几天的一个晚上,有几个"火线"和"新世纪"的同志,在这里与敌人遭遇,洛品和"火线"的导演路苓同志牺牲在这里。

在苇塘里爬了几天,老同学李跃之同志带部队护送出了淀,一夜之间,通过漕河东站和封山沟,以一百四十里的行程,到了义县的北水峪。

到了冀中后方留守处,休息了几天,我把同志们送到华北联合大学文学院。我回到边区文联,沙可夫同志接待了我,我想在这里休息下去。

我住在牛棚村的小屋里,这间小屋,有门,没有窗子。有一张桌子,一个凳子。我睡在小屋中,听得门外小河的水,哗哗地流着。

我休息不下去,桌上有纸笔,我开始构思,想把《三个布尔什维克的爸爸》,写成中篇。

当我正在写着,沙可夫同志来看我。他哈哈笑着说:"咦!休息几天吧,你们辛苦了!"他抬起头,看了看小屋,说:"咦,山里的房子,也就是这个样子!"

他见我不抬起头来,招呼他坐下,又说:"你要写东西,你就写吧!"他在屋子里转了一个小圈,把一册小书搁在我的桌子上,又悄悄地走出去了。我才抬起头来看,是一册油印的小书。拿起来一看,是毛泽东同志《在延安文艺座谈会上的讲话》。这本书吸引了我,我放下笔,把全副精神集中起来看。

我走出来,坐在河边的大石头上看书,直到日已西山。我抬起头来,仰看青天,有白云飞驰。对过山坡上的柿子树,柿子红了。这时,我进入另一个境界里,自言自语:"好书,这是一本新颖的书。"我把两只脚伸到河水里,让它叫河水冲刷得干干净净。

我反复地看这本书,觉得毛泽东同志给文学创作很多新东西,好多新鲜的问题。首先提出语言问题,再就是和工、农、兵相结合的问题,深入生活和参加火热斗争问题,社会主义现实主义等,很新鲜,异常新鲜,因为过去的人们不是这样谈的,在过去的《文学概论》上,不是这样谈的。当我十七岁,读着美国作家辛克莱的《屠场》时,这部书是写的屠宰厂的工人生活,觉得很新鲜,我为它所感动,我捧着这部书,找到我的老师丁浩川,说:"这部书很好,我很受感动!"

他拿起这本书看了看,又放在我的手上,说:"《屠场》是一本好书!"又说,"辛克莱是一个资本家的儿子,他还到工厂矿山去观察生活,为了写东西,写书。"

他提出"观察生活",使我开窍了。我说:"噢,书是这样写成的!"

他说:"是。想写文章,就要观察生活!"

当时我说:"我要当作家,要观察生活!"

丁川老师又拿起这本书看了看,说:"是一本好书,你读吧!"

过去,我只接受了"观察生活",而在目前,在毛泽东同志写的这本书上,《在延安文艺座谈会上的讲话》提出的"深入生活,参加火热的斗争"含意不同了,观察只站在一边看,"深入生活"是深入生活里边去,去"参加火热斗争",参加工、农、兵的斗争,成为战斗的一员。在实际生活中,成为战斗的一员。这里存在着和实际相联系,和工、农、兵相结合,吸收工、农、兵的新鲜语言,才能写出新鲜多彩的文章。毛泽东同志提出的几个问题,是相互联系的。

过去,我只是观察,观察实际,观察工、农、兵广大人民群众,我的思想规律、思想方法不能得到改造,我的立脚点不能转移过来。虽然参加了工作,参加了运动,而我并未和工、农、兵交朋友,我的感情没有起变化。我过去写东西,只是居高临下,概括的社会面小,我的文章不能升华。

我把我自己写的东西,把我的思想解剖了一遍,这使我动了激情,我接受了毛泽东同志的意见,我把这本小书搂在怀里,久久而不能平静。"我要深入生活,参加火热斗争!""冀中广大人民群众在战斗中,我不应该躲到山里。"

可是,文章得写完。晚上的小油灯光线太暗,我看不清楚,只在白天趁着门外的阳光写,一直写了几天,才把文章写完。又抄了一遍,一边抄,一边改动,改定送给孙犁同志。在刊物上连载时,他把题目改成《父亲》。

交了稿子,天也就冷了,我为了穿棉衣,回到后方留守处。路上走着,心里想着:冀中人民在战斗中,我不能躲在山里,我不能放弃战斗生活,我要深入战斗生活,参加火热斗争。

我走着山路,路旁的枣树,枣儿已经通红了。

回到后方留守处,穿上棉衣,遇到朱自强同志,我说:"我要回去!"

他睁了一下眼睛,说:"怎么？你要回去?"

我说:"我要回去,我要写文章!"

他又追问一句:"写文章,为什么要回去?"

现在,我想不出,我是怎样离开他。

第二天中午,我看见九地委书记吴立人同志,他说他过路来汇报工作,我说好跟他一块回去。他同意了,并约我到九地委工作。

在一天下午,我随他走到一个山边的小村。路上,他叫我给他讲故事,我给他讲了两个《聊斋》上的故事,他很高兴。1936 年,在北平的时候,我们见过面,他是育德中学的学生,他很同情二师的学潮斗争。

在这个小村里住了一天,当天晚上,由两个交通员带领,午夜时分,到了保定附近,四下里黑暗,有狗的叫声,很是瘆人。南大桥上有一个很小的明灯,交通员领我们在南大桥下穿过,住在保定城东边十几里的麦洼里。麦洼里当然没有被褥,夜间有风,很冷。天将黎明,听到北边有汽车疾驰而过,那是一条敌人的公路。太阳出来了,地上有霜,身上也有霜。看见南边不远的地方,有一个岗楼,伪军们下来捉兔子。顷刻之间,毛骨悚然。我合紧眼睛等待时间的裁判,我又睁开眼睛,那些伪军又回去了。我们还是不能动,怕敌人会发现我们。一直伏到太阳平西,才开始向东移动。

东边正是一条小河,我们脱下棉裤,把脚伸到水面,水面已经结下薄冰,用脚跟砸破薄冰,涉水过了小河。第二天早晨到了白洋淀,九分区司令部还在苇塘里,他们用苇席搭起一个个的窝铺过夜,已经是北地玄冰了。

司令部找了一个老者,送我回到老家,我在后院挖下地道,坐在地道口上读书、写文章,继续记录当时的故事、情节、人物和语言。

东风不与周郎便。老同事吕金亮在日本宪兵队当了特务,老同学王士奎在日伪县政府当了宣抚班长,他们在寻找我。在对过胡同里住的农会主任常瑞林,被特务们抓了一次,因为常瑞林的躲避,没有抓到。我把一个个的村干部、特务的脸谱画在小本子上,我懂得了"典型环境里的典型性格"。

这个问题的启示,我不得不到九地委参加工作,九地委给分局组织部拍了电报,说:"梁斌因躲避特务的抓捕来到分区。"我在当地的区里,和李悦农同志一起,参加了第三次政治攻势:昼伏夜出,在乡村里演讲,发动群众到岗楼边去喊话,告诉他们蒋介石的摩擦罪行,他已经发动皖南事变了。

回来的时候,在路上遇着《翻身纪事》里的女自卫队长李固大嫂,我把她记录在小本子上。自此我参加了"火热斗争。"

我经常住在高佐村,猛然我想起老同学马永龄,他的家就在高佐村。打听别人,说他只剩下老父亲和年幼的弟弟,我走到他的家里,和老父亲促膝相谈,老父亲流下眼泪说:"他已经牺牲了!在他参加高蠡暴动之后,暴动失败,他被捕了。押在保定蒋介石驻保行营里,当我去看他,他已经被禁在铁栅中。后来,他被暗杀了。"1935年,由于我的感情激动,写出短篇《夜之交流》,老牛就有马永龄同志的影子。当时,我还不懂得"深入生活",文章写得生分,是洋味的,连语言都是洋味的。

1945年,我做中共蠡县县委的宣传部长,翌年做了副书记,开始参加火热斗争。

1947年,我参加了冀中区博野十二村土改试点,做北淹村的土改队长、支部书记。在七十天的战斗生活中,我记录了众多的人物和故事,反面人物和正面人物,突出了典型性格。

1948年,我南下新区工作,在襄阳地委做宣传部长。带土改队下乡,做了刘爷庙土改试点。直到"文革"后期,我用两个村的斗争和生活写了《翻身记事》这本书。本来要写两本,因为我的年老,我的病情,只写下一本书。

1952年,我在《武汉日报》工作。1953年休假,在北京的碧云寺,写出《烽烟图》原稿,独坐古刹,耳旁松风鹤鸣,我集中精神沉入"创作生活"中,笔下琉璃,走笔如龙。写文章就不那么生分了,写得很快。两年完成原稿。

1955年,我用我童年生活和少年时代的战斗生活写出了《红旗谱》这部原稿。1956年,写出《播火记》原稿。有了生活,写起来,并不费劲。

这时,我经过几十年的文学创作生活,有了深刻的感受:灵魂的工程师,光"观察生活""拥抱生活"不行,不入虎穴,焉得虎子,必须"深入生活,参加火热斗争"。大量地阅历人物、故事、情节,把典型环境里的典型性格、人物、故事、细节记录下来,才不会堕落成为"空头文学家"。各种生活,多种生活细节,会使你的文章丰富多彩。那时,将感到和工、农、兵交朋友,和科学家、研究工作者交朋友,感情起了变化,把立脚点转移过来,会使文章站立起来。缺乏生活,使你主观编造,导致"公式化""概念化"和"想当然"的文章。

小说文章化,是缺乏生活的表现。

在深入生活、参加火热斗争的同时,记录大量典型化、性格化的语言。新鲜的语言,来自群众。不能造词,造词会使文章生涩。大量生活细节,大量新鲜的语言,会给文章带来新意,光在形式上做文章不行。

《红旗谱》的第一句,是从苏联小说《成吉斯罕》来的。春兰说的:"晨挑菜,夏看瓜,春种谷,夏收麻。"来自元曲马致远的《汉宫秋》。运用了大量的群众语言。

《红楼梦》用北京官话写了贵族生活。

《水浒》用的是山东的群众语言。

《金瓶梅》用了当时大量的市井语言,概括了明朝的社会、市井生活。

《西厢记》运用了大量的群众语言。

运用群众语言,作品会叫群众看得亲切,才能深入群众。光用"黄色生活"吸引群众不行,会给我们的民族带来不幸。

谈作家的手稿

白小土

中国现代文学馆成立了,听说除了搜集、收藏作家的出版品之外,还收藏作家的手稿,是件值得称赞的好事。出版品到底有复本,手稿则是地道的"孤本",现在再不搜集,对于某些作家来说,怕为时已晚了。

过去,我们没有搜集作家手稿的习惯和制度。稿子经过印刷所排印,每每是满脸油渍,回到编辑部便束之高阁,或者当作废纸处理掉了。据我所知,文学期刊只有《收获》等少数几家是将用过的原稿寄还作家的。

现代文学馆如果能向各文学期刊编辑部主动搜集,不失为简单易行的办法。

更重要的是:对于作家的手稿如何进行研究?如果说"文如其人",文章的风格可以体现作家的风格的话,则这"文"就不应该仅指文章的内容,也该包括这份手稿的外形在内了。

我做过好几年报刊的编辑,接触作家的手稿不少。当你还没有读文章内容的时候,就会产生一种感觉:"稿如其人"。比如说,茅盾的文稿"貌不惊人",却有朴实之感:他一般不用稿纸,用的是某些打印稿的反面;他惯用毛笔,工整地在白纸上随意书写,但每行的字数相等。写稿如此,写信也大都如此。我没见他用过文化部的信笺信封,虽然当时他是文化部部长。

不用稿纸的还有一位老作家,就是《大波》和《死水微澜》等名著的作者李劼人。他的文稿是写在毛边纸上的,纸的大小如一般五百字的稿纸,他却工工整整地写上两千多个蝇头小楷,每行的字数也都相等。而他当时是成都市副市长,过去是嘉乐纸厂的董事长,并非没有纸。

叶圣陶和老舍两老的文稿有共同之处,都是写得异常工整,一笔不苟,连标点都不马虎,是当编辑的最欢迎的。不过,老舍先生最高兴的是读他自己的稿子。我有幸听他读过《正红旗下》的第一章,真是最高的享受!可惜那时他不同意发表。冰心的手稿同这两位老人的相似,而多娟秀之气。

田汉和洪深是一对最要好的朋友,他俩在戏剧界的合作被传为佳话。但这两人的文稿大相径庭:田老的字龙飞凤舞,洪老的字却笨拙如小学生,而又一笔不苟。介乎二者之间的是夏衍的字:它既工整又飘逸。而这三人的墨迹也体现出三人在戏剧创作上各自的风格。我想这不会出于偶然。

　　赵树理的文稿是极其整洁的,字也写得好。但他在某一篇小说原稿上给编辑出了难题:他把应该提行的每句对话,连对起来写,有如通俗小说那样的。我问他:"干吗这样写?"他说:"提行排,空白多,好比酒里掺水,不是欺骗读者?"这倒使我想起有些诗人把一句诗分写成几行的事了,无辞以对。

　　沙汀的文稿看起来没有什么特色,但当编辑的要注意:当你收到他的稿子以后,最好不要马上送排字房。因为在第二天他会写信给你,说某页从某行到某行修改如下云云。你帮他在原稿上改了,也不忙发排,说不定第三天又有信来要修改另一段了。

　　杨朔的散文是美丽的,极受读者的欢迎。但他的字很怪:每个字的末笔要变调:如果以人的形体来比拟,就是耸起左肩而缩起左脚来,在稿纸上站不稳。这表示作者的一种什么心理呢?我猜不透。

　　在稿纸上形成鲜明对比的,还有刘白羽和骆宾基。前者喜欢用五百字的大稿纸,后者则每每用三百字的小稿纸。刘白羽的每个字只占一个格子的三分之一到二分之一,像个小人儿在一间屋子里。骆宾基的字则相反,铺天盖地地爬满了一方格之外,还上下左右地越出边界,像一个大人爬在婴儿的床上。前者给编辑以充裕的地盘,后者则不容编辑以插足之地……

　　有趣的例子还很多很多,留给现代文学馆的同志们去研究吧,不过有位大作家忘了说,那就是郭沫若郭老。郭老是当代书法家,他的字到处都有,毋庸多说了。而且新中国成立后郭老的文章多半是打印稿,也很难看到他的亲笔了。

我生长在一个编辑的家庭里

叶至善

  我生长在一个编辑的家庭里。我的父亲叶圣陶，大家都说他是文学家、是教育家、是语文学家，其实他当编辑的时间比干什么都长，花在编辑工作上的心力比干什么都多，就是没有人说他是个编辑家。1923年我父亲进商务印书馆工作，开始正式当编辑，到1966年离开人民教育出版社，这四十三年间，他几乎没有放下过编辑工作。而实际上，我父亲干编辑工作的时间远远不止四十三年。进商务前一年，他跟朱自清、俞平伯、刘延陵三位先生一起创办《诗》月刊，这是五四以来最早的一种新诗刊物，既发表创作又发表理论，编辑工作主要由我父亲担任。如果把在学生时代编辑油印刊物也包括在内，还得往前推移十一年。1966年以后，我父亲不再担任编辑了，还经常帮人家编稿子，短篇的，长篇的，甚至整本的都有。编编写写几十年，他的眼睛受了损伤，视力越来越衰退，到后来最深的老花镜也不顶事了，得加上放大镜，可是只要有人托他，他还是仔仔细细地看，一个标点也不放过。最后一部是周总理的《论统战工作文集》，是统战部理论研究室要他看的，他还对文集的体例和注解认真地提了意见。那是1984年冬天，后来他就病了，在医院里住了一年半，没法再看稿子了。如果从1911年编油印刊物算起，他连头带尾，一共做了七十三年编辑工作。我的母亲也是当编辑的。1929年，她帮我父亲编《十三经索引》，1931年进开明书店，做我父亲的助手，还点校过一部《六十种曲》。新中国成立后，她在出版总署担任校对，后来调到人民文学出版社当校对科科长，1957年她就过世了。她虽然过世得早，算起来也做了二十八年的编辑工作。我生长在这样一个编辑的家庭里，从小看惯了编辑工作。

  抗日战争后期，那时我家在成都，生活很困难，父母不得不应承一些额外的编辑工作，我就在业余帮他们编编写写。后来，开明书店在内地成立了编辑部，由我父母主持工作。父亲的几位朋友看他实在忙不过来，知道我文字还清通，懂得的东西比较多，撺掇我辞掉了教员，帮我父亲编辑新创办的《开明少年》。那是1945年8月，我二十七岁。《开明少年》是给初中学生看的综合性月刊，内容很庞杂。其中的自然科学部分主要归我编，有许多文章是我自己写的，因为那时候，给小孩们写科普读物的作者不太好找。抗战胜利后回到上海，那时候反内战、争民主，我父亲的社会活动多得不得了，《开明少年》就主要由我负责，每期定了稿，还要父亲看过之后才发排。因为我编写的讲自然科学的文章比较多,大家把我当成科普编辑,其实我什么都编,什么都写,连音乐美术也不例外。咱们希望孩子们全面发展,《开明少年》是综合性的,当然什么都不能少。要编好这样一种期刊,我自己也非得来个全面发展不可。

从1945年8月到现在,足足四十一个年头了,我还没有放下编编写写的工作。我想把我父亲的著作全部整理一下,字数在一千万以上,需要花很多时间和精力,此外,我还想编一些写一些多年来想编想写的东西。我得督促自己抓紧一切空隙,见缝插针,称我的心,最好看见有条缝就插进一根大棒去。长期的编辑工作,又养成了事事自己动手的习惯,甚至编完了一篇稿子,或者写成一篇稿子,最好能亲自交到出版社或者杂志社去,好当面再交代上几句。别人说我自讨苦吃,我却乐在其中。不论编成一本稿子还是写完一篇稿子,总是实现自己的一项愿望,检验自己的一项设想。何况每编写一本稿子,多少可以得到点儿长进,或者在知识方面,或者在编辑技巧方面;每写一篇稿子,总可以把原来是朦胧的模糊的一些想法,想得明白一点儿,理得清楚一点儿,这不是最大的乐趣吗?

我做编辑工作是从编期刊开的头。要把期刊编得像个样子,绝不是把手头的一些文章收集在一起,凑足了两个印张或者四个印张就算完事。为什么这些文章非刊载在这一期上不可,应该能说出个道道来。咱们的感觉得随时保持敏锐。咱们得注意看报纸,注意听广播,注意新出版的书,还要广交朋友,凡是跟咱们编辑的期刊有关的信息,咱们最好一点儿也不漏掉。没有大量的新鲜的信息,咱们定选题就没有依据,编出来的期刊就缺乏时间性。要是这个月出版可以,下个月出版也可以,甚至今年出版可以,明年出版也可以,这还成个什么期刊呢?但是信息还不是选题,咱们还得根据得到的信息,结合自己编辑的期刊的方针任务和读者对象,来提出和确定合适的选题。因而咱们思路一定要开阔,思想一定要敏捷,要以广博的知识作为基础。跟自己编的期刊直接有关的知识,咱们必须非常熟悉;跟自己编的期刊并非直接有关的知识,咱们也得尽量吸收。有同志说,编辑应当是"杂家",这句话说得非常之对。如果咱们要当一个有见解、有眼力、有主见、有决断的期刊编辑,光凭几条原则是不够的,要是没有广博的知识,咱们就不能在原则的指导下,编出有自己特色的期刊来。编辑期刊迫使咱们养成事事处处为读者着想的习惯,养成事事处处依靠作者和专家的习惯。就说读者来信吧,期刊编辑部收到的读者来信就比图书编辑室不知多上多少倍。读者的大量来信,咱们非得仔细阅读,认真思考,每信必复倒不一定;每信必复固然好,就怕没有那么多的时间,但是读者的意见一定想方设法在期刊的版面上反映出来。譬如说,根据哪几位读者的意见,咱们的期刊做了哪些改进,新添了哪些栏目,发表了哪些文章,有意见还可以摘要在期刊上发表,或者作公开答复。读者看到他们的意见受到了重视,才能把咱们的工作当作他们自己的事,把咱们编辑当作他们的知心朋友。咱们还要接待来访的读者,还要到读者中间去做调查研究。通过阅读来信,接待来访,到读者中间去做调查研究,咱们就能了解他们的知识水平和理解能力,熟悉他们的阅读兴趣和思考问题的习惯,咱们的期刊就会越编越好,受到读者的欢迎。

咱们编辑期刊,还不能不跟作者、跟专家打交道。咱们得了解他们的专业是哪一行,他们有什么专长,有什么特殊的成就;了解他们正在干些什么,研究或考虑什么问题;了解他们擅长写哪一路的文章,最主要的是了解他们的文章是否合乎咱们所编的期刊的要求,能不能为咱们的读者所理解,能不能引起咱们的读者的阅读兴趣。编辑期刊,如果是月刊,一年就是十二本,一本期刊就有十来篇或者二三十篇文章,就得跟几十位作者和专家打交道。咱们有更多的机会向作者和专家学习,从他们那儿学到更多的知识,得到更多的信息,使自己越来越充实。咱们只有不断地充实自己,才能做好咱们的工作,才能编好咱们的期刊。

编辑期刊还迫使咱们非养成勤快的习惯不可。期刊是不能脱期的,脱期就失信于读者,到了每期期刊出版的日期,咱们的读者都在巴望着呢,咱们怎么能让他们失望。还有发行部门、邮递部门、运输部门,他们都是有计划的,咱们一脱,就把他们的计划打乱了。编辑期刊还迫使咱们非自己动笔不可。编后记总得咱们编辑自己写吧,咱们得把咱们的编辑意图告诉读者,告诉他们这一期为什么要刊登这些文章,下一期将要发表哪些文章。有的文章得加上按语,向读者说明刊登某篇文章或者一组文章的用意所在,这"编者按"总得咱们自己写吧。有的文章得加些注释,这注释也得咱们编辑自己写。还有补白,如果某篇文章后面留下一块空白,咱们编辑就得写一篇短文给补上。补白要写得好可不是件容易的事,字数不多,又要言之有物,生动活泼。有时候,期刊缺了一篇非有不可的文章,急切找不到作者,咱们编辑就被逼上梁山,非得自己写不可。凡此种种,都是咱们练笔的好机会,而且下笔还得快。期刊的编排一般说来比图书复杂得多,咱们还必须学会编排技巧,掌握制图、排版、印刷等等印制方面的知识。编辑期刊对一个编辑来说是全面锻炼,好处是说不完的,各位在工作中间想必随时有所体会。

我为什么写《三寸金莲》

冯骥才

泰昌：

你出这个倒霉题目还加劲催我写，真有点逼供味道。我迟迟不写的原因是——轮到作者自己出来说话，是评论的悲哀。若不是你逼我，我真不愿加重这悲哀。

我承认，这是我做小说以来争议最多的作品。在西德讲演，总有汉学家提出它和我讨论。在香港见到一些评论，褒贬皆有，反对者到了冒火动肝气吹胡子瞪眼的地步，说就差写阉过了的太监了，不知人家怎么琢磨出来的，愈想愈好玩。在国内，我似乎还得了"莲癖"的雅号。幸亏我是80年代写的，若倒退到世纪初，真会被当作嗜弄小脚的狎邪男人。当然我还听到一种严肃的规劝，仿佛我由"现实主义"坠落下来，从紧皱眉头的忧国忧民忧吃忧穿忧分房忧不正之风，沉沦到为有闲者解闷解乏找乐写一种赚钱盈利沽名哗众的玩意儿。

其实这么闹闹并不错。过去我总巴望作品出来，赢得齐声叫好。现在咱改了，一些人激烈反对，一些人激烈赞成，反使我得劲上劲来劲。因为我终于把这东西撂在不同人不同认识层次不同审美标准的交叉点上，终于拿作品发起挑战。我事先看准了，没避开，而是迎上去。尽管有人并不自觉，我却十分自觉。所以我不怕误解曲解臭骂隔靴搔痒，却怕讨论只停在"他是不是展览大便？"这种"见与儿童邻"的表层上。我等着强有力的反挑战，高明或至少不糊涂的对手，一直等了半年，不幸不巧不走运不知为什么没遇上。

说这小说先要说它产生的背景。

这两年文化热闹得快开锅。在大文化含义上看，文化是无所不在的，思想信仰道德风俗环境建筑服饰饮食语言乃至心理等等。无文化也是一种文化。我们无时无刻无处不受自己创造的文化所影响所限定所制约，然而老祖宗给我们留下的不完全是美德美食美服美文。这文化长期处在封闭状态中，好像一个裹得紧紧又死沉死沉的包袱从来不曾打开。历史上我们有过几次同化入侵民族因而盲目深信自己文化的强大。同化主要是文化的力量，其实这是我们的本土文化强于入侵民族文化的缘故。可是1840年后就不同了。西方入侵者的文化带着猛烈的冲击力，古老中国的稳定感受到从未有过的震撼与威胁。从万古不移万古不变万古长存的酣梦中惊醒。具有系统性完整性顽固性的传统文化的第一反应是排外。自成体系的都具有排他性。排外心理就自然纳入我们民族心理结构中,就成了五四以来社会变革的巨大障碍。一百年来先进的知识分子,一方面致力于介绍西方文化,另一方面致力于对民族文化进行自省反思批判。在文学上,鲁迅先生最早地把敏锐的思维触角深入文化深层。他主要通过对民族文化心态(当时称作国民性)的剖析与揭示,做出对当时中国社会痼疾的本质性解释。这就使中国文学达到前所未有的深刻的现实性,同时使五四以来新文学的内涵,远远超出维新运动时期文学直露地反传统的呼叫变革的浅显的思想层次。

新时期文学发展到近两年,作家们文化意识的自觉,正由于我们再次经历重创与巨变,再次吞食传统文化的恶果,再次感受传统文化压抑下密不透气的悲剧性氛围,再次面临社会生活的需要大变革,所以,必然要对社会的深层结构(特别是文化结构)进行比鲁迅先生更进一步的反省和反思。这是文学趋向成熟的表现,是文学与改革事业同步在更高层次的表现,也是作家对这场广泛深刻的社会变革的一种积极配合意识的表现。文化反思是带有强烈社会性和现实性的,是对社会问题开掘的再深入,绝不是回避疏离逃跑。

现实问题不是皮肤病。

同时,我不同意把"寻根文学"归入文化反思。尽管寻根文学常常表现某一历史时期某一地域的文化状态,但它只是迷醉于再现这一文化状态辄止,应属于复古思潮。当然,复古与守旧不同。守旧是担心恐惧拒绝现代文明,复古则是现代人充分享受现代文明之后,回过身向历史寻求精神弥补;是在现实眼花缭乱的急进中,回过身向历史文化寻找重心。因此在"寻根"热潮中,传统文化重新显示它无穷的魅力。可是这个含有文化复归意味的思潮,是现代人心理的一种走向,是时代的一种必然。所以我把"寻根"归为现代思潮。寻根文学和新潮小说是一张脸上左右两个耳朵。

文化反思与寻根不同,它是另一种眉眼容颜骨架魂灵脉搏脾气。自打鲁迅开端以来,它有三个特点。第一点是注重宏观地把握民族文化特征。比如写鲁镇,不为鲁镇的地域文化状态所囿,不止于把这种状态升华为一种审美内容。地域文化特点只是作为他艺术个性的要素。民族文化特征才是要牢牢抓住的。作品的思想是超地域的。第二点是注重紧紧对准现实。用刨祖坟的法子给予彻底的批判,对传统文化有强烈的批判性。无情撕掉"子不嫌母丑""家丑不可外扬"的遮羞布。从民族文化心态中寻找障碍前进的心理因素,这一切都尖锐针对世态世人,以唤醒民族的自我反省,推动民族的自我拯救。第三点是注重写"文化人",即塑造特有文化铸成的特有性格。"文化人"强调性格中的文化因素,以使人物的灵魂投射,对历史对民族对文化有深广的思想覆盖。应该说这是鲁迅先生对中国乃至世界文学的特殊贡献。在我国古典小说中,贾政、薛宝钗、贾宝玉、宋江、范进等形象都含有文化因素。鲁迅先生对"文化人"形象的创造却更明确更自觉更富有目的性,更推向性格极端,更注重对现实的参照价值,比如阿Q等。新时期文学中,我以为陈奂生、那五、朱自治、周姜氏等都是作家有意塑造并获成功的文化人形象。可惜还没见到哪位高人打这角度给予评价。大概都忙着朦胧虚幻荒古怪诞晦涩现代意识和神经错乱去了。

在上述这个状态中,我为自己设计大致用六部至八部中篇构成的一组文化反思小说,总名叫作《怪世奇谈》,《神鞭》是打头的一部。关于这部小说的思想把握,我曾写过一篇长文发表在《光明日报》上,这文章你肯定读过了。《神鞭》仍是沿着鲁迅先生对民族劣根性批评的路走。我称之为文化的惰力,辫子是个象征。20世纪30年代以来文化反思小说大多着眼着意着力于这点。可是打这儿再往前探一步,问题就出来了:既然民族文化深层有这样的劣根这样的惰力,为什么如此持久顽固,五四新文化的洪流非但不能涤荡,反而在60年代恶性大爆发,并成为今天开放的坚固难摧的屏障?我看这不是单纯一种惰力,传统文化有种更厉害的东西,是魅力。它能把畸形的变态的病态的,全变为一种美,一种有魅力的美,一种神奇神秘令人神往的美。你用今天的眼光不可理解不可思议,你看它丑陋龌龊恶心绝难接受甚至忍受,但当初确确实实是人们由衷遵从、奉为至高无上的审美标准。就像将来人对"文革"的荒诞愚昧疯狂难以理解,当时千千万万人却感到辉煌崇高伟大壮美激动万分。一个美国人在西湖看盆景,面对一株盘根错节扭曲万状的古柏,忽然大哭,叫着:"痛苦死了。"可是经我们的园艺家头头是道一讲,讲神讲气讲势讲高低讲繁减讲刚柔讲枯荣讲苍润讲动静讲争让讲虚实讲扬抑讲吞吐讲险夷讲阴阳,照样见傻。中国文化高就高在它能把清规戒律变成金科玉律,把人为的强制的硬扭的酿成化成炼成一种公认的神圣的美的法则。当人们浸入这美中,还会自觉不自觉丰富和完善它,也就成为自觉自愿发自内心而不再是外来强加的东西了。由外加的限定变为自我限定,由意念进入潜意识,文化的力量才到极限。在一所大学讨论这部小说时,有位学生问我,你写众莲癖谈小脚时,有没有卖弄学问的意思?我说,你知道"品头论足"一词的由来吗?那时小脚是要"论"的。"论"就是小脚的文化。它包含着小脚赖以在中国大地长存千年的文化依据。没有土,哪来的土豆?审美价值一旦被确立,便是一种价值观念的形成。换一种价值观念、一种审美、一种文化,谈何容易?人们很难咬破紧套在自己生命之躯的这结实的厚茧,挣脱出去。从清末到北伐,缠足和放足经过怎样痛苦激烈反复殊死的斗争。直到拒不缠足的一代天足者长大,这斗争的程度才渐渐消淡。单靠缠足者放足,无法战胜缠足。传统文化惰力之强,正因为它融进去魅力。这惰力与魅力好像一张纸的两面,中间无法揭开,它们是一对孪生子。今天社会变革遇到的困难,更关键更难突破的实际在我们自身,在我们内心。纵横的锁链都是彩带,花墙柳岸全是栅栏。真正可怕的是我们对这种文化制约并无自省。真正的文化积淀是在我们心中。我称之为:中国文化的自我束缚力。我必须打开文化的这一层。

你知道,当我找到"三寸金莲"时多得意!上面那些长久积存心中的思索突然找到一个奔泻口。大脑里的雾一下子凝聚起来,就变成这一双双怪异平常丑陋绚丽腐臭喷香普通奇诡的形象。它的繁缛拖沓压抑皎洁华美神秘,它神圣的自戕,它木乃伊式的永恒,它含泪含血含脓的微笑,它如山压顶的悲剧感,正是我对传统文化和中国社会的全部感觉。即使感觉最深最细最微妙而难以形诸文字的部分,也被它轻快鲜活一带而出。在老祖宗留下的遗产里,我再找不到别的更适合我借以打开文化内涵的这一层面,即上述的那种自我束缚力。当我写起来,进入状态氛围情景形象创造时,不断发现还有那么多东西可供挖掘象征比喻影射。创造的快乐是过程中的冲动。这你深知,还记得你写短篇《月光会照亮路的》时半夜叽哇喊叫给我打电话来吗?

有位记者问我,你是不是有赞美和鼓吹小脚的意图?我说,如果哪位女人看了拙作开始裹脚,算我鼓吹;至于赞美,我想反问一句,如果我不写它的"美",只写丑写苦,年轻人会问我,这么苦这么丑,中国妇女为什么裹了一千年?我正是要写这个问题。甚至反对裹脚,这已经不是我们这代作家的职责。《黄绣球》那时代早写过了,中国人不再是放脚,而是放脑子。因此我只是借用小脚而已。正像《神鞭》中借了辫子。这书开宗明义,我就说"小脚里头,藏着一部历史",你拿这路子悟悟去。还有人问我,你为什么写"国耻"?我笑着说,你再来一部写"国荣"不就平衡过来了?再说小脚算什么"国耻"?它是种文化现象。一个民族特殊的文化发展到某一地步,就会有某种特产出来。三寸金莲正是中国文化某一特性发展到极端的表现。要说"国耻"应当说是"文化大革命"。

算你看透了——这是一部外表写实,实则荒诞的小说,与《神鞭》刚好相反,《神鞭》是外表荒诞,内里写实。小脚内含的荒谬正是中国文化的荒谬。我故意含而不露地用了荒谬象征隐喻变形,把冷峻的批判挖苦嘲弄影射,透入一片乱花迷眼的外观。这么写,因为内涵复杂,说明了,就全没了。还因为中国小说审美有个经验,就是靠读书人去悟。这就看读者的能耐了。这次看来。有趣的是对这个小说深层内涵有所悟者更多则是大学生和肯思考的青年。也许他们与小脚的生活距离远,反而会无牵无挂站到另一思考角度看作品。你是评论家,我也给你出个题目。《三寸金莲》出笼后,那么多不同乃至相反的意见。不少"家"照老习惯只盯作品,不盯读者。读者一乱起来,是研究社会心理结构变化的大好机会。我们研究问题为什么总是一个角度,为了一致的结论?

关于这小说的手段招数文字津味等等,这里全不想说,也不是你出这个题目和逼供的内容。唯一想说的,是我极自觉清醒地想创造一个新的样式。既写实荒诞浪漫寓言通俗黑色幽默,又非写实非荒诞非浪漫非寓言非通俗非黑色幽默。来个四不像模样。接受传统又抗拒传统,拿来欧美又蔑视欧美。我既不想转手舶来品也不想卖古董卖遗产卖箱子底儿,只想自己吃自己。我又并非硬造出这东西,依据是出于对历史对现实对文化对人也对小脚外在和内在的一种总体的异样的感觉。我致力做的是把这感觉变成艺术。不知何故,总觉得评论家们对我这玩意儿"无处下嘴"。一部作品的产生带着它专有特有独有的审美尺度。大概寻这尺子需要点眼力功夫能耐学问时间,不如拿朦胧谈朦胧,拿云山雾罩谈云山雾罩,拿梦谈梦更省劲。现在评论界的现代派的水平真高过了创作界的现代派,就不知谁比谁更清楚,或者更糊涂了。可是如果拿我这玩意儿当作一般历史小说,当作中国妇女苦难史来读,再生气愤怒冒火就不干我事了。

我把《怪世奇谈》头两部——《神鞭》所写的文化的惰力和《三寸金莲》所写的文化的自我束缚力,合起来叫作可知文化。下一部正在着手,叫《阴阳八卦》,写中国文化不可知的部分,即民族文化黑箱,或即神秘性。我已经谋到一招法,想把这玩意儿玩绝。待这部脱手,就该写东西方文化碰撞问题了。其实这些问题还都是当今的现实问题。表皮看不出地放到大背景上透视而已。作为朋友,我对你泄露这盘计划只能止于此。当然这只是我创作规划中的一条路,我说我至少有三条路。一边还在写什么高女人矮男人,写《一百个人的十年》。我从来不打算在一棵树上吊死,或吊得够劲儿了再换一根绳子一棵树一个地界儿。作家一方面要敞开自己的世界,另一方面别叫人摸着底,随随便便被划分到哪一派去。总得引着读者走进一个又一个独自打开的新的艺术空间。当然这挺费事儿,可是没这空间先憋死自己。艺术这东西好比十字架,扛起来就得直走到死,累死完事,别想安生。

今儿算跟你把《三寸金莲》的底泄了。好在这东西是已经完成的,撂在人们眼皮子底下,无秘密可言。相信不少东西你也早看破。你是能人,我也不笨就是了。

我写信,向来不白写。或是得换来感情或是得换来高见。这封信只要换你些有见地的话就心满意足,你可别亏了我。

此祝

                  笔健 大冯

忆旧添新

宗　璞

绿丝绦般的垂柳,六面玻璃罩路灯,小径弯曲,极似燕园一角。这是原华文学校旧址。20世纪50年代初,前楼、东楼、西楼由文化部使用。西边并排三个月洞门,内有三座小楼,由三位长者居住。南为茅盾,北为周扬,中间是阳翰笙,当时他任文教委员会秘书长。

可能因文委宿舍拥挤,翰老慷慨地在二号小楼中腾出一室,辟作女生宿舍,有四个女青年迁入。当时我经统一分配在文委宗教事务处工作不久,也是其中之一。照整栋楼房屋布局,那房间应是饭厅,窗外有一大株连翘,春来满眼金黄。从此翰老一家就在过道用餐了,使我常感不安。约在一年之内,那三位女同志有的调走、有的嫁出,只有我无由移动,死守那株黄灿灿的连翘。

转眼便是四年有余。

想来这也是一种机缘。因常在二号小楼出入,翰老知道有这么一个文学爱好者,又无慧根,不愿与高僧周旋,于是在重建中国文联时,把我调去。若无此调动,我可能要摒弃文学,专心于宗教工作。因为那时改造思想的决心非常之大,自己不允许有业余爱好,现在想来,有些吓人。到文联后不同了。既在文艺团体,爱好文学可谓大方向对头,不算非分。

在文联工作时,看演出的机会很多。我生长在郊区,是个乡下人,艺术知识缺少。这时在艺术圈子里,受些熏陶,自觉很是滋润;也不时追随翰老夫妇看川戏。散戏归来,吃一点泡饭,写作到深夜。饭当然是阳家的。中篇童话《寻月记》便是那时夜班所得。

"文化大革命"后期,曾到和平里看望。翰老夫妇还是那样安详慈和。他们知道我的怅记,也知道我的遭遇。那种时候,一点怅记于事无补。翰老说:"这就很不容易。"几个字显示了对人情的透视,凝聚了睿智和宽厚,也使我感到一种悲凉。后来春回大地,大家心上平安。阳府乔迁后,我便疏于问候。前辈们于文艺事业,或于文艺外更大的事业建树宏丰,非我所尽知,不敢置词,只对二号小楼,未曾忘记。翠柏识暖,人寿可期。未来的灿烂时光,正在小楼旧主人前面。

忆赵树理

昌 沧

三十一年前,深秋。

我在《中国青年》杂志社当文艺编辑。为深入生活,我来到山西省潞安县的踞寨乡。

一进寨,乡亲们听说我是北京来的,都向我打听赵树理同志。乡亲们都亲热地叫他"老赵"。大伙说老赵夏天总是一顶布帽,一身同俺们一样的裤褂,冬天他喜欢戴顶小毡帽,着件旧棉袍,大襟掖在腰带里,兜里常揣着形影不离的小烟袋、琉璃嘴、铜烟锅,也同俺们的一样。他喜欢串门,东家西家的,无拘无束,炕头一坐,腿一盘,谁也不把他当外人。他见了老哥俩,能说古道今,见了老姐妹,能唠扯家常,小伙子争着找他出主意,小两口拌嘴,找他断"官司",小娃娃见了他,就围着不让走:"跟俺们讲古!""跟俺们唱曲儿!"………

盛夏的一个深夜,大雨滂沱,平地起水。乡里的老支书苟佩芳同志顶着风雨,挨家挨户地查看群众的房屋,怕坍塌砸人。在五保户侯大娘家大门口,只见一个大个儿正蹲在门内舀水。

原来老赵见铺天盖地的雨水,怕把土墙泡塌,砸了大娘。老支书走近一看,侯大娘盘腿坐在炕上,头上还支撑着老赵的雨衣;而老赵呢,浑身上下湿漉漉的……

沉沙固土,改变山区面貌。老赵同乡队干部一道,踏遍了周围的奇峰峭壁,沟峪洼壑,提出了造林保土、蓄水灌地的规划。随后,老赵又同群众一道,日日夜夜地战斗在工地上。晨曦里刨鱼鳞坑,皓月下担水库土。老赵的汗珠,浇灌了坑里的树苗,汇入了水库的碧波里。

农忙季节,老赵也是个大忙人。

一天,老赵从东头侯家门前过,听到屋里孩子哇哇地哭。从门缝往里一瞧,发现他们家刚满周岁的儿子,在地上爬滚着。

老赵连跑带颠地找到地里,噙着热泪,嗔怪又心疼地从小夫妻俩那儿要来钥匙,头也不回地又往村里颠。老赵轻轻地把孩子抱起,弄水给他擦洗干净。

老赵身上又添了一串一串的钥匙。后来,乡队干部一看老赵实在忙不过来,就赶忙发动群众,成立了农忙托儿所。

收秋了,老赵更是没日没夜地与大伙滚爬在一起。他是一个打场的好把式,同时可以赶几套磙子。大伙吃饭了,他就主动地留下看场院。临分配时,他又帮小会计定分配方案,记账,打算盘,掌秤。群众称老赵是"铁算盘",准确、利索,又称他是"公平秤",不管是谁,一视同仁。

我到踞寨时,眼见田野里,高粱火红,谷子金黄,苞米甩大棒,秃岭上遍地幼树娉婷,水库里鹅鸭繁星似的,嬉波戏水,生机勃勃。

一片喜人的丰收景象。难怪乡队干部和群众一劲地叨念着老赵啊!

我认识赵树理同志,是从读他的《李有才板话》开始的。那是 20 世纪 40 年代的后期,我在上海念书。书是一个同学从苏北带来的,还是油印本。

有机缘见到老赵,亲聆教诲,那还是解放初期。

在北京东城的煤渣胡同,一个普通的四合院里。老赵刚从山西来。

从寒暄,到组稿,我们一见如故。他给我的印象是身材魁梧、衣着俭朴,慈祥而又亲切。他说话乡音很重,风趣幽默,旷达淳朴,使我很自然地联想到他那风格独特、精练质朴,富有浓郁生活气息和民族风采的作品。真是文如其人。

当我问到赵师母好时,他高兴地给我谈了一段他们老夫妻俩的逸事。

解放军要进城了,他老伴曾一再动员他在城里娶一个合适的人。他没有理睬。最后,他老伴向他提出离婚。他说:"当时我吓了一大跳,问她为什么,你瞧老伴咋说:'俺是个土包子,年纪又大了,在山沟里待惯了,哪儿也不想去,不要给你耽误了。'树理同志以他素有的幽默,说:'你别瞎扯了,咱俩好有一比:我是二黑哥,你是小芹妹嘛,不同的是他们先恋爱,后结婚;咱们是先结婚,后恋爱。美满的一对呀!咱们可不能闹资产阶级喜新厌旧的那一套。'"

谈到这儿,把我逗笑了。老赵却深情地说:"咱们共产党员不能把自己的幸福,建筑在人家的痛苦之上。你想,要是我同她离了婚,再娶一个,好像我是'幸福'了,可她就痛苦死了!"

在女英雄刘胡兰就义十周年时,编辑部又要我向树理同志组稿。

那时,他又回山西了。我专程到了沁水。他的家乡是个依山傍水、景色秀丽的偏僻山村。

一进门,看到树理同志盘坐在炕上,正在"喝饭"。这是山西特有的"馅子饭",用小米、黄豆、杂面条加陈醋熬的稀粥。炕桌上放了一碟咸萝卜丝。这是当地一般农家常见的菜饭。他妹妹张罗着要为我单独做点好吃的,我婉言谢绝了。老赵就爽快地说:"好,给客人来碗咱家乡饭吧!"

我喝了一口,酸唧唧的;就了一口萝卜丝,咸得发苦。我手捧老赵的家乡饭,联想到《李有才板话》给我的启示,浮想联翩。面对着吃得很香的老赵,我不禁肃然起敬!他就是这样常年生活在基层的……

本来,老赵饭后要到邻村去看上党戏的。我知道他对地方戏有着特殊的爱好,便说:"咱们一道去!"

"走了一天的路,还是歇歇吧。"他笑着摇摇头,带我上了阁楼。

一句简朴的话,有说不完的体贴、真诚,虽然我旅途疲乏,竟然没有一丝睡意。

春华秋实,星移斗换。忆往事,树理同志永远活在我们的心里;看今朝,他所实践的道路,给我做出了楷模。我想,对我们大家也不无借鉴吧!

《盖大伙儿的食堂》(木刻)　黄永玉

战火中的孩子剧团

丁　宁

一

我两臂合抱着一筐乱铺草,正下楼,有人站在楼梯顶上,居高临下地喊:"上来!"

我立刻放下筐子,转身回到四楼。在一个房间,我看见两条陌生汉子。一个黑脸,一个黄脸,他们面前放着两个脏腻腻的帆布包,看样儿可能是从外地来的。旁边一人作陪,他就是刚才喊我的本机关的小矮个儿。

"你在孩子剧团待过吗?"黄脸汉操着江南口音,先开了腔。

我毫不犹豫地回答:"是的。"

"那就老实回答,你们那些团员,谁是国民党员?"

我一听,有点发蒙。"你是问谁是共产党员吧?"

"放老实点!问你谁是国民党员!"

这太荒唐!我们孩子剧团的孩子,在抗战年代,一直在共产党哺育下,艰苦奋斗,流血牺牲,哪有什么国民党!于是我坚决地回答:"我们孩子剧团,只有共产党,没有国民党。"

不想,这么一说,更激怒了他们。本机关的矮个儿忽地站起,猛敲桌子。"好大的胆子,你从前隐瞒,现在还敢隐瞒!"

这不着边际的逼供,动乱以来,我已领教过多次,不以为奇了。忽然想起,他们可能搞错了……

只听黑脸又问:"听说你们这里有个叫林犁田的,你认不认识?"

他们问的林犁田那个孩子剧团,在抗战时的国统区,众所周知,也是我党领导的。林犁田就在本机关,但他早已改了名字,看来矮个儿并不知道是哪一位。我何必又给他人找麻烦,便说:"我不晓得这个名字。"

他们又一阵咆哮。黑脸声调稍稍和缓:

"今天不是批斗你,只要你提供真实情况。你先说说你们在武汉那一段,国民党市党部给你们的任务……"

我简直忍不住要笑了。"我们孩子剧团从没有到过武汉。我们是胶东抗日根据地的。"

黄脸立刻做惊讶状。"什么！哪里蹦出个根据地?"黑脸继续追问,"你到底在上海、武汉和重庆待过没有?"

我懒得再磨牙了,便直截了当地指出,他们说的孩子剧团和我待过的孩子剧团,虽然同名,却不是一码事。本机关的矮个儿还不肯罢休,他希望从这个题目中抓住我一点什么,便厉声命令:"就按你自己说的那个'根据地',那个'孩子剧团',做出交代,限你明天写出详细材料!"

回到"牛棚",我伏在桌上,根本不去理会那个"交代",脑子里却浮现出一群战火中的孩子,男孩,女孩,一张一张被风雨吹打得黧黑的小脸。同时又听到那脆朗的歌声:

> 咱们是一家,咱们是一家,
> 咱们都在革命摇篮里长大。
> 共产党是咱们的保姆,
> 咱们生长在红星旗下。
> ……

我也情不自禁地加入了合唱。声音轻轻地,却在斗室中发出强大的共鸣,以至掩盖了外面高音喇叭震耳欲聋的吵闹。

二

胶东孩子剧团,在全国是鲜为人知的。但是,战争年代曾在胶东生活和战斗过的老人,常常提起,都说那是烽火中的一朵奇葩。

抗日战争初期,胶东半岛迅速燃起烽火。学校纷纷停课,许多老师流着眼泪讲完都德的《最后的一课》,便脱下长衫,奔赴战场。

> 向前走,别退后,
> 生死已到最后关头。
> 同胞被屠杀,土地被强占,
> 我们再也不能忍受,
> 我们再也不能忍受……

救亡的歌声,唱得人们热血沸腾,也唤醒了甜梦中的孩子。当中国共产党在胶东半岛建立了自己的武装之后,不久就有一批孩子,怀着深刻的民族仇恨,背井离乡,投奔到革命队伍,成立了胶东第一支少年先锋队。小的孩子只有十一二岁,大的不过十四五。到1938年,这支队伍便发展到一百多人。孩子们活泼、机灵,能吃苦,爱学习,听指挥,守纪律。不管严冬酷暑,跋山涉水,到农民中间,宣传抗日,组织儿童,发动青年参军。他们化装表演,在街头上演出《放下你的鞭子》。他们还担负着后方机关的警卫工作,有的腰间插着勃朗宁手枪,有的挂着左轮或大刀,马枪、步枪、手榴弹,应有尽有。武装起来的孩子,威风凛凛,充满战斗豪情。那时,他们最爱唱的一支歌,是内战时期翻译苏联的《少年先锋队歌》:

走上前去啊,曙光在前,
同志们奋斗!
用我们的刺刀和枪炮,
开自己的路!
勇敢向前,稳着脚步,
要高举我们的旗帜!
我们是工人和农民的少年先锋队!

战火锤炼出来的孩子,既单纯,又早熟。小小年纪就熟读马列主义经典著作,爱文学,爱艺术,有的十二岁就加入中国共产党。就是在这基础上,1939年的七八月间,成立了孩子剧团,由胶东"青联"直接领导。从此,胶东半岛又活跃着一支文艺新军。孩子们高举鲜红的团旗,踏遍了半岛的山山水水。

将近半个世纪了。如今,当年最小的孩子,也早过了知非之年。不少人成了著名的音乐家、戏剧家、文艺理论家、哲学家和表演艺术家。1985年5月间,年届古稀的老团长王顾明同志,发出一封公开信,号召孩子剧团的老孩子们,写一点回忆文章。信中写道:"我们都是在战争烽火中流血牺牲锤炼出来的,每人都有一生难忘的可歌可泣的经历。"她希望把回忆文章编辑成册,留给今天的青少年。

我在胶东孩子剧团的时间不长,但那一段生活和斗争的情景,至今常在梦中萦回。

山间蜿蜒的小路上,孩子们背着从老乡那里借来的沉重道具,疾速行进。"我们都是神枪手,每一颗子弹消灭一个敌人,我们都是飞行军,哪怕那山高水又深……"昂扬的歌声从这山头飞到那山头。

夜晚,在星光闪烁的露天舞台上演出。竖杆子、挂幕布、点汽灯,都是孩子们自己动手。演出时,前台后台,变换布景、化装、调音响,忙得没有喘息的时间。戏剧、歌舞,一幕接一幕,直到午夜。戏收场了,参星落了,老乡们还恋着不走,小伙子和闺女们拥上来,有的拽着团员的衣角,要求跟着剧团走,有的要求把他们带到前线。深夜归来,没有夜宵,孩子们饥肠辘辘,一头扎在铺草里,响起震耳的鼾声。

有一次演出给我印象极深。那是一个深秋之夜,刚拉开大幕,广场上就飞沙走石,接着风雨大作,幕布狂飞,灯光摇曳,台上四角的立杆也晃动欲倒。场上的战士和农民,却纹丝不动。那天演出的节目,恰是《黄河大合唱》,演员都觉置身于惊涛骇浪之中。"怒吼吧,黄河!……"高昂而强烈的激情,终于镇住了漫天风雨。

从战争中走过来的幸存者,怎能忘怀牺牲的烈士。残酷的战争,造成多少人间悲剧!未成年的孩子,刚踏上人生之路,又猝然夭折。十五岁的少年宋刚夫,读了很多书,人称"小马列",不幸落入敌人的魔掌,被狼狗撕咬得血肉模糊,书包里的书籍,全染红了。他威武不屈,临死前,振臂高呼:"打倒日本帝国主义!""中国共产党万岁!"小画家王广汉,画了很多很多画,他的油画、连环画和招贴画,深受战士和农民的欢迎。剧团演出《黄河大合唱》的背景画,是他天才的创作,画面上,巨浪滔天,气势磅礴,大大增强了演出的气氛。他被日寇俘虏,用绳索拴在马后,活活拖死。这个孩子牺牲时,也是15周岁。

孩子剧团早期的指导员滕吉俊同志,也在战争年代牺牲了。孩子剧团的创始人、胶东"青联"主任林江同志,1942年在反"扫荡"中壮烈牺牲,一个多才多艺的青年运动领导者,那时才二十四岁!

三

今年4月,文化部教育局原局长许翰如同志到我家来,他就是前面提到的那个林犁田,当年国统区孩子剧团的活跃分子,如今却是一个精干的小老头儿。还没有落座,先拿出一个16开黄封皮的本子给我。他是诗人,我以为是他新出版的诗集。翰如兴奋地说:"这本资料,使我又回到孩子时代,你看看,也会回到孩子时代。"我接过一看,是1986年出版的《孩子剧团史料专辑》,前几页是孩子们和周总理、邓大姐等一起合拍的照片,还有郭沫若、茅盾、沈钧儒等人的题词。郭老的题词是:"宗教家说,'儿童是天国中之最伟大者',我敢说,'儿童是中国之最伟大者',因为他们的爱国是全出于热情……"茅公的题词是:"谁对于民族前途抱悲观的,请看看这一队冲开了敌人的炮火的勇敢、天真、活泼的未来的中国主人。"

我看着，心里非常激动，只觉照片上的孩子，就是从前的我们，那些题词，也是给我们孩子剧团题的。

翰如走了，我掩卷沉思。我的确又回到血与火的孩子时代，我又想起牺牲的同志。如今的人，好探讨人生的价值。对那些无私地献出自己宝贵童年和青春的先烈，当如何评价？

时代不同了，现在的孩子们是难以想象昨天的孩子们为了正义与理想，付出何等的代价！昨天发生的一切，已成为陈旧的历史故事，但我相信，对于今天的孩子，它仍然是新的。我多么希望胶东孩子剧团的老孩子们，动手写出自己的回忆，它将是留给我们子子孙孙的一份值得纪念的礼物。

《森林之路》 黄永玉

中秋随笔
黄　裳

斗蟋蟀的书

近来在报上常常看到蟋蟀的消息,说是什么花鸟市场出现了蟋蟀摊,有值百元的一头。又说沪杭线上因捉蟋蟀的人大量出现,对铁路造成了损害。因此想到过去看到过的有关蟋蟀的一两种书,找出旧笔记来,因摘记如下。

二十多年前在图书馆看到一册怪书,是讲斗蟋蟀的,很有趣,也是很难得的本子。书是明刻本,但并非什么"家刻""官刻",而是所谓"坊本",也就是说是当时杭州书坊出版的一种通俗书,对象是一般市民,而非什么大人先生。自然,这和一些牛经、马经或医病便方之类的小册又不同,它的对象总是有闲阶级,玩得起蟋蟀,有闲而又有钱,可以利用这种小虫进行赌博的人物。因此,从这种出版物的出现可以看出当时社会上有着这样的市民阶层,也是很有意思的。

书名先就很怪。《鼎新图像虫经》。共二卷。看版式,大约是万历或较后杭州地区的书坊刻书。卷首属名也是出人意料的,"宋平章贾秋壑辑　明居士王淇竹校"。

正像木匠祖师是鲁班,剧班祖师是唐明皇一样,斗蟋蟀者也找到了他们鼎鼎大名的"当然祖师"。尤妙的是把"平章"的官衔也抬了出来,而且不用"似道"原名,这都可以看出书坊编辑先生的并不高明,看来他是熟读了《红梅记》的。至于用"居士"对"平章",那自然也是很妙的。

但这还是翻版。那祖本是明代徽藩所刻。卷首还有嘉靖丙戌仲春下浣吉旦徽藩芸窗道人的序。提起明代的许多藩王,他们在疯狂地享乐之余,也喜欢刻点书。不同藩王也都有不同的好尚,有的刻曲子,有的刻医方,有的刻乐律舞谱,有的就刻诗文类书……自然也刻道家释家的书。这本"虫经",不用说是王爷闲暇无事,斗蟋蟀耍子,积累了经验,编了起来的。贾秋壑之名,我怀疑只是书坊的假托。这位贾平章未必会有兴致写这样一本著作。

这书是巾箱本。七行,十六字。板心上有"凤梧堂板"四字,下面是"虎林元板"四字。有图,刻的是种种不同的蟋蟀和养虫所用的盆罐。前有扉页,大题"促织经"三字,当中是图案,两边有一副对联,"石岩调舌,金风不住催人织;□□□□,玉匣争强适主情"。书后还附有一卷《樗蒲谱》,是一种赌经,也有图,则是骨牌的花色,由此可见,这个小册子实在是赌徒的读物,可能还有其他名目,也许是一种小丛书。

明代的蛐蛐罐也是有名的。宣德时苏州制品极精,雕镂人物、妆采,十分精巧。大老官讲究集二十四罐做一桌,每罐养蟋蟀一枚,有的一养就是数十百桌。新制成的罐还要埋在地下,去火气,使不伤虫。雇专人饲养。后来斗虫发展成为大规模的赌博,那气势就更大,也更豪华。

我另外还藏有一册《功虫录》,是光绪中的木活字本,也很少见。作者是"无闷道人"秦偶僧。他将平生所蓄的"名虫"一一著录,那名望如"真黑青""侯字青大头""珠顶白""青麻头""金背长衬衣""值年五色""铁色红牙青"……不一而足。每名下还记着年份与出处,以及重量,最重的一枚是"杭码九厘"的"大黑黄","光绪元年出长安张小和尚"。每虫必详细描写形状,并战斗实况。如记"乾青大头"云:

"交肩即胜。如遇名将,辄一口嚙住,翘首前行,而敌虫并不能跳跃。比至放下,其虫已僵。宛如两将交锋,照面即生擒活捉。是即传说所称李存孝等类,其勇猛无可比方也。"

又记"真黑色白牙"曰:"自庚申乱后二十年,此虫猜放最大,得彩最多。是为功虫第一。"这位心禅居士写到这里真是眉飞色舞,他的所以念念不忘这些小虫,"云台绘象,青史标名",大概也是因为它们在赌场中给他赢得了无数银子的缘故吧。

奔月及其他

梅兰芳曾编有《嫦娥奔月》,是他早年著名的新戏之一,后来就不大演出了。三十年前曾听梅的老朋友回忆,这戏的开始编写,不过是一时酒筵上扯起来的。当时想准备中秋的应节戏,而传统的《天香庆节》又太不像样,恰好梅先生当时正起劲地编排新戏,于是就临时凑了一个提纲,不几天就编好了。临时排演,就借在冯耿光先生京寓的大厅上,拼起了十来张大方桌,权作舞台。当时还利用电光照出了一轮圆月。果然上演之日,观众都觉得新奇,大受欢迎。这在当时京剧的装置、切末的改革上,自然也是一件创造性的举动。

但其实在三百年前的明末,就已经有了精彩的月宫戏。那详情记在张宗子的《陶庵梦忆》里。题目是《刘晖吉女戏》,戏目是《唐明皇游月宫》。叶法善作法,张岱写道:

"场上一时黑魆地暗,手起剑落,劈里一声,黑幔忽收,露出一月,其圆如规。四下以羊角染五色云气,中坐常仪桂树吴刚,白兔捣药,轻纱幔之,内燃赛月明数株,光焰青黎色如初曙。撒布成梁,遂蹑月窟。境界神奇,忘其为戏也。"

这真是极好的戏剧史料。早在三百年前,中国戏剧家就已利用当时可能的条件,如烟火(赛月明就是一种烟火品种)、灯彩……演出了精彩的戏,想起来未必比梅先生的新戏有太多的逊色。晚明的士绅也真是会玩,会享受,果然,不用许久就把朱明王朝玩掉了,但在戏剧史上留下了一条可贵的史料。

《金沙江畔》(木刻)　江敉

1988年

《十月》十年
张守仁

《十月》自1978年8月问世,到今年8月,已创刊整整十年了。

1976年10月粉碎"四人帮"之后,经历了曲折遭遇和深重磨难的作家们、知青们,迫切想把积累多年的生活感受熔铸成文学作品喷发出来,以打破当时文坛上荒芜、沉闷的局面。因此,动乱之后开辟的第一块大型文学园地——《十月》,立即得到全国各地作家的欢迎。文学巨匠茅盾在创刊号上撰写了文章,为新时期的文学事业指明了发展趋向。第一期出版后,新华社发了通稿,首都几家大报刊登了消息,一时成为文学界奔走相告的喜讯。翌年,《收获》复刊,《当代》创刊。之后,大型文学刊物如雨后春笋般相继涌现,为中篇小说在我国的崛起和繁荣,提供了广阔的园地。

十年来《十月》共出版了五十八期,发表了一千多篇各种体裁的文学作品。在全国长篇小说、中篇小说、短篇小说、报告文学、剧本等评奖中,共有31部作品获奖。文艺界根据《十月》上发表的小说改编成了电视、电影、话剧、广播剧、歌剧、舞剧、曲剧、连环画。改编的电影、电视还荣获了金鸡奖、百花奖、飞天奖。至今每期发行近20万份,在国内外的读者中获得了较高的声誉。

《十月》有今天,我们首先要感谢全国老、中、青作家的大力支持。老一辈作家如巴金、冰心、叶圣陶、丁玲、艾青、曹禺、艾芜、沙汀、陈荒煤、冯牧、萧军、骆宾基、端木蕻良等,都为《十月》写过稿。一大批著名的中青年作家成了《十月》的挚友。他们纷纷将自己的佳作交给《十月》发表。是作家们一篇又一篇好作品,给《十月》带来了朝气、生气和活力。

刊物离不开读者。读者是编者的"上帝"。十年来,我们接到了数以千万计读者的来信。我们从这些热情洋溢的来信中,感受群众的情绪、兴趣、爱憎,汲取工作的智慧和力量。在《十月》创刊十周年之际,我们谨向读者们致谢。

1978—1988年,这十年间,中国大地上的巨变,有目共睹。《十月》试图像一面聚光镜似的将中国人民在这十年中所关注、所感受、所沉思的心声凝聚起来,又折返给社会。我们与小镇上的将军、鸡窝洼的农民、展开沉重的翅膀立志改革的开拓者、绿化树下的中年知识分子、热带大林莽中的迷途者、北方河流上的河路汉、中学里读书的红衣少女、在晚霞消失的时候冥思的人以及高山下花环覆盖的士兵之魂一起——与祖国人民一起,共同走过了这难忘的十年。

我们努力把《十月》开垦成一块百花齐放的园地。这里既有芬芳的鲜花,也有带露的碧草,同时让带刺的仙人掌也有自己的位置。我们不敢懈怠,也不敢偏爱。我们挥锄在这里,汗水滴落在这里。每当我们倚锄擦汗,抬头望见《十月》这株文学之树上又开出了新花,枝头又结出了佳果,便与读者一起分享喜悦。但在这十年难忘的岁月里,并非一直是晴朗的天空。每当乍暖还寒,或者惊雷震响,我们常为园中花草担忧。我们的心情并不轻松。但风风雨雨过去之后,我们仍执锄耕耘,不因为道路之泥泞而停止跋涉。

我们在创刊之初,就注意扶植新生力量。十年来,先后在《十月》发表处女作的青年作家,其中一批人已成为驰骋文坛的骨干力量。但我国文艺刊物已有六百多个,而我们作家的数量,与十亿多人口相比,实在太少了。动乱之后复出的那批有才华的作家以及新时期十年中成长起来、那时是青年现已进入中年的作家们,正处于约稿编辑的包围之中。有些人又为新担任的行政职务、作家进修班的学业和众多的社会活动所困扰。在此情况下,继续发现新人,扶植新人,让文学人才辈出,从而扩大创作队伍,就成为我们的当务之急。

目前,我国文学遇到了严重的挑战,遇到了来自读者、电视、通俗文艺以及经济等方面的挑战。文学界正在探索,如何能摆脱艰窘之境。正在世界范围内掀起的调整大潮,国内经济、政治、科技等体制深层改革的推进,必将引起世态的多样化、复杂化和人们心理上的巨大震荡。对于以直面人生、反映心态为己任的文学来说,目前的种种挑战,未尝不是一种难得的机遇。攻坚者只要坚忍,必将走出峡谷,迎来坦途。

我们相信,文学界不会忘记崇文门外东兴隆街51号。那个诞生了《十月》,出版过"北京文学创作丛书""希望丛书"的古色古香的小院,也诞生了一批作家。在"文革"后期和十一届三中全会前后的日子里,那个狭仄、精致、永远飘着中药香(对面是中药公司)的院落里,曾经有过多么热烈的争论、多么和谐的气氛,曾经有过多少个传抄天安门诗文、围炉通宵畅谈的夜晚。刘心武、理由、陈祖芬、陈建功、郑万隆、母国政、李陀、韩静霆、田增翔、陶正、刘树声等,在那里写出了他们第一批作品。他们互相帮助,互相切磋,互相补充,像一片茂密的树林似的成长起来,各领风骚,各具丰采,各得其所,朝气蓬勃地登上文坛。王蒙、刘宾雁、邓友梅、从维熙、刘绍棠、浩然、白桦、张洁、谌容、李国文、张弦、黄宗英、宗璞、李准、徐怀中、蒋子龙、古华、张一弓、张贤亮、叶楠、朱春雨、李存葆、戴晴、张抗抗、叶文玲、王安忆、铁凝、中杰英、陈冲、高行健、达理、戈悟觉、张承志、叶辛、贾平凹、陈世旭、孔捷生、矫健、肖复兴、韩少华等（恕我不能列举更多的人名），都在那里留下了他们的足迹。如今《十月》编辑部虽已迁出那个狭小的院落，搬到如今的新址，但我们永远不会忘记作家们留存在那里的音容笑貌，不会忘记弥漫在那个院落里的团结、探索、进取的氛围。

现在，离20世纪末只剩下二十年了。在未来的岁月里，我们仍将以清明、宽容的眼光，去选择富有生气、新颖、博大的作品刊登在我们的刊物上，竭诚为广大读者服务。我们仍将与兄弟刊物一起，走在文学潮头的前列，不断推出佳作。这样，当又一个十年纪念日和二十一世纪来临的时候，我们也许可以自慰地说："在20世纪最后二十年里，《十月》为中国文学做出了绵薄的贡献。"

《作家与生活》（幽默画）吴伟程

创作生涯

艾 青

我诞生于1910年3月27日。是清王朝末年,辛亥革命前一年。

我念小学的时候,爆发了1919年的五四运动——由爱国主义开始,到科学民主的启蒙运动。马克思主义传播到中国。

我少年时酷爱绘画。

我念初级中学时,受民主思想的冲击,和同学一起上街游行,喊口号,砸烂卖仇货的商店,捣毁"禁烟督察署"——公开卖鸦片烟的地方。

1928年中学毕业那一年,北伐军路过金东口,我们到郊外去迎接,在操场上举行军民联欢会。不久,革命被出卖了,学生领袖被砍头,轰轰烈烈的运动被镇压下去了。

1928年夏天,我考入杭州的西湖艺术院绘画系,念了不满一个学期,院长看了我的画,说了两句关键的话:"你在这里学不到什么,到外国去吧。"

1929年春天,我就随同几个同学怀着浪漫主义的思想,像从家里逃跑似的,到法国巴黎去了。

最初家里还可以接济,不久就断了支援。我在一家中国漆的作坊找到工作。有时工作半天,就到蒙巴纳斯一家画室画素描,而我早已爱上后期印象派的画家们了,看不起学院派的绘画。

我曾经说,"我在巴黎度过了精神上自由、物质上贫困的三年",但是我亦没有饿过肚子。我阅读了一些批判现实主义的作品,也读了些哲学书籍,文学读得比较多的是诗,我就像水上漂浮的草随波逐流。

1931年9月18日,日本侵略军轻而易举地占领我国东北的土地——民族危机一天天地深重了。

在巴黎,我参加了反帝大同盟的一次集会,我的第一首诗《会合》就是这次集会的记录。

一天,我在巴黎近郊写生,一个喝醉了的法国人走过来,向我大声嚷嚷:"中国人!国家快亡了,你还在这儿画画!"一句话,好像在我的脸上打了一个耳光。

1932年初,我因家里几乎断了接济,准备回国,而日本侵略军进攻上海,激起我国军民的抵抗,1月28日正是上海爆发战争的日子,也是我从马赛上船的日子,经过一个月零四天的时间,到上海,战争已经结束。国民党和日本签订了《淞沪停战协定》——妥协投降了。当我看到闸北一带的断墙残壁时,我几乎要哭了。

我沮丧地回到家乡,住不到一个月就出来,在杭州遇到一个同学,他说上海有一个中国左翼美术家联盟。5月到上海我就参加了,和几个美术青年办了一个"春地画会";6月在八仙桥举行一次展览会;7月12日晚上,正在楼上念书的时候,突然上来几个法租界巡捕房的密探,把我和十二个美术青年一同逮捕,经过审讯,十一个都释放,我和那个同学被关起来。从此,我与绘画绝了缘,就在狱中写诗。

我写了一首《芦笛》,前面引了现代派诗人阿波里内尔的话:

当年我有一支芦笛
拿法国大元帅的节杖我也不换。

我把芦笛象征艺术,把元帅节杖象征不正的权力,诗里骂了法国的白里安,骂了德国俾斯麦。而且说我将像1789年似的向巴士底狱伸进我的手去,而这个巴士底狱不是巴黎的巴士底狱。

这样的一首诗,不知道是监狱方面看不懂,还是他们根本不看诗,就寄出去发表在《现代》上。

每当不眠之夜,借铁栅外的灯光,我在拍纸簿上写诗,有时把两句叠在一起了,等天亮把它们拆开重抄。这些诗,署上莪伽的笔名,通过探监的人带出去发表。

1933年初,一个下雪的日子,我从碗口大的窗户看着雪,想起了我的保姆,我写了《大堰河——我的保姆》。为了避免监狱方面的注意,我改用了一笔名,由律师带给一个朋友,由那个朋友转给《春光》发表。

这是我第一次用了新的笔名:艾青。

我在狱中关了三年零三个月,出狱回家。

有一次,在赶集的路上,我的父亲说:"你写的那也是诗吗?——听说你写诗还出了名。"他不以为我写的是诗,他认为诗只能是五个字一行或七个字一句的。但他也知道他已不能干预我写诗了。

1936年上半年,我在常州武进女子师范教了一个学期的书,又失业了。

我在上海的亭子间里继续写诗。

一首《春》,写的是1931年国民党在龙华枪杀五个革命作家的记忆。最后问:

人间,春从何处来?
我说,来自郊外的墓窟。

另一首《煤的对话》,最后问:

你已死在过深的怨愤里了吗?
死? 不,不,我还活着——
请给我以火,给我以火!

我把从1932年开始到1936年写的诗,选了九首,自费出版了第一本诗集《大堰河》,想不到引起评论界的注意,后来终于由巴金收进文化生活出版社出版了。

1937年7月7日,抗日战争爆发。前一天,7月6日,我在沪杭路上写了一首《复活的土地》。诗的第四段里,我写:

就在此刻,
你——悲哀的诗人呀,
也应该拂去往日的忧郁,
让希望苏醒在你自己的
久久负伤着的心里……

渴望已久的抗日战争真的来了。10月,我从杭州到金华,由金华满怀兴奋地到武汉。

12月28日晚上,我写了《雪落在中国的土地上》。这首诗,我是以悲哀的心情写的,因为在战争到了危险的时候,国民党内投降派又主张和谈了。

在这首诗中我写了自己:

——躲在时间的河流上
苦难的浪涛
曾经几次把我吞没而又卷起——
流浪与监禁
已失去了我的青春的

最可贵的日子……

从我十九岁到二十五岁,是在流浪与监禁中度过的。这个年龄正是最可贵的。诗的最后,我写:

中国,
我的在没有灯光的晚上
所写的无力的诗句
能给你些许的温暖吗?

第二天,纷纷扬扬地下起了大雪。我对一个朋友说:"今天这场雪是为我下的。"这个朋友说:"你这个人自我中心太厉害了,连天都听你的指挥的。"他不知道,人是有预感的。

1938年,我从武汉到山西临汾,一路上写了《手推车》《乞丐》《补衣妇》等短诗和长诗《北方》。临汾吃紧,我从山西到武汉,写了长诗《向太阳》;我又从武汉到桂林,写了一些短诗和长诗《吹号者》《他死在第二次》。

从1938年到1939年,我写了一些论文:《诗与宣传》《诗与时代》《诗的散文美》以及《诗论》和《诗人论》。

1940年初,我在湖南新宁衡山乡村师范教了半年书,写了些短诗和长诗《火把》。下半年,从湖南到重庆,认识了周恩来同志。记得第一次是在北碚会面的。

1941年初,发生皖南事变——新四军往北撤移的时候,受到国民党部队突然袭击。往后重庆笼罩着恐怖,我的身后有特务盯梢。

我由周恩来同志帮助,和几个人化装为国民党的官僚,一路上经过四十七次的岗哨检查,终于安然到达延安。

7月的一个晚上会见了毛泽东同志。

我根据一个年轻记者的叙述,写了一匹马的故事《雪里钻》。

1942年3月我为《解放日报》的《文艺》百期纪念写了《了解作家、尊重作家》一文。

5月,我参加以毛泽东同志的名义召开的"延安文艺座谈会"。从此,我写了一些比较大众化的作品,歌颂了工农劳动模范。我也写了长诗《我的父亲》,这是作为刻画一个典型写的。这时,听说我的父亲已去世,随之不久,母亲也去世了。我写了《献给乡村的诗》。

我曾随一个运盐队到三边——靖边、安边、定边,收集了定边的一个土地革命的材料,想写长诗《白家寨子》。但是,等我从三边回来,延安开始了"一场不流血的战争"——接连三年的整风运动,为打败日本侵略者和国民党反动派打下了思想基础。

1945年8月,经过了十四年的浴血抗战,日本宣布无条件投降。中国人民胜利了。

8月我随同一个文艺工作团到张家口,这是在关内解放的第一个大城市,我写了《人民的城》。

我当了华北联合大学文艺学院副院长。这是我做行政工作最长的时间,除了组诗《布谷鸟集》之外,我很少写诗。由此可见,写诗与行政工作是有抵触的。

1949年1月北京解放,我又一度回到美术工作上来——作为军代表,接管中央美术学院。但是,为时不久,我又回到文艺界工作。

1950年秋天,我到苏联访问了四个月,写了组诗《宝石的红星》,居多的是浮泛的颂词。

这一年由开明书店出版了我的第一个选集《艾青选集》。

1953年回到离别了十六年的家乡,住了一个星期,我家的旧房子被日本人烧了,现在的房子是新盖的。写了长诗《双尖山》和另一首浙东游击战争的叙事长诗《藏枪记》。这首诗我以不很熟练的民歌体写成,是我写作中的一次失败。

1954年7月,受智利众议院议长的邀请,经欧洲到南美洲。在巴西写了《一个黑人姑娘在歌唱》;在智利写了《礁石》《在智利的纸烟盒上》,又写了长诗《大西洋》《智利的海岬上》。

从南美洲回来,访问了舟山群岛,根据民间故事写了叙事长诗《黑鳗》。

1957年4月,我到上海收集大量材料,想写帝国主义对中国的经济侵略,未成,5月返回北京,因接智利的聂鲁达、巴西的亚马多到昆明,由昆明飞往重庆,由重庆坐轮船顺流而下。写了《长江行》。

不久,一次大规模的运动开始了。

在众所周知的情况下,我被划为右派。我成了痰盂。一切谩骂都是判决。

我必须到新的环境里接受改造。我得到一个将军的帮助,到东北黑龙江的北大荒国有农场生活了一年半,又调到西北新疆生产建设兵团锻炼。

我沉默了二十一年之久,最初的一段时间,我生活得还很平静。1967年,"文化大革命"中,我家首先被冲击,许多稿件被抄走,其中有《长江行》以及写上海的《外滩》、写北大荒的《踏破荒原千里雪》《蛤蟆通河上的朝霞》以及在新疆写的大量的诗。许多重要的信件、资料也遗失了。从"低头认罪,打翻在地,踩上一双脚,永世不得翻身",

"三忠于""四无限"、游斗、示众,一直闹到1971年9月,林彪叛国潜逃丧命之后,我才算松了口气。我被允许到师医院看病,才知道我的右眼已经完全失明了。

1973年我被批准到北京治眼疾。

1975年,我再次到北京治眼疾。1976年10月,作恶多端的江青反革命集团垮台了,万民同庆。

又经过约两年的时间,有人鼓励我重操旧业——写诗。

上海《文汇报》终于发表了我的一首诗《红旗》,随之又发表了《鱼化石》。读者才知道我依然活着。

1978年11月,我写了长诗《在浪尖上》。

同年12月,我完成了长诗《光的赞歌》。

1979年2月至3月,我随一个访问团到海南岛、湛江、广州、上海。

我在政治上得到平反,恢复名誉,恢复党籍。我随中国人民对外友协代表团,访问欧洲三国。

在西德,我访问了法兰克福、汉堡、特里尔、哥廷根、慕尼黑、波恩……在访问西柏林时,我写了一首《墙》——柏林墙。

奥地利维也纳是我在1954年到南美洲时曾经路过,而且住过几天的地方,那时我把它形容为患了风湿症的妇人,而现在,经过了二十六年之后,它变得像欢乐的少女,容光焕发了。我还访问了林茨、萨尔斯堡、巴登。

在意大利我访问了都灵、热那亚、米兰、威尼斯、罗马。我写了长诗《古罗马的大斗技场》。

我在新疆农场时,曾读了一点历史,对古罗马多少有一点了解。在《古罗马的大斗技场》里有一段写蒙面斗士的,影射"文化大革命"中互相冲杀着的人被蒙上眼睛,胜利是盲目的,失败也是盲目的。

1980年6月,我受法国波利尼亚克基金会和巴黎第四大学的邀请,参加"抗日战争时期的中国文学"国际会议,我写了《中国新诗六十年》。

我和巴黎已阔别四十八年之久,我曾住过的玫瑰村已经不见了,经过第二次世界大战,连街道也改变了,都是新盖的房子;我到拉丁区去找我住过的旅馆,旅馆还在,但门面焕然一新了。

有人问我:"你离开巴黎这么久了,你看它有什么变化?"我说:"凯旋门,巴黎圣母院,铁塔依然如故。但是,十三区盖了许多高层建筑,还有戴高乐国际机场,蓬皮杜文化中心,高速公路,汽车也增多了;街上有许多穿喇叭裤、戴黑眼镜、骑摩托车的青年男女。巴黎大变了。"

访问了尼斯、戛纳、蒙地卡洛,写了《巴黎及其他》组诗。

从尼斯飞罗马,我第二次到意大利。

同年9月,受爱荷华国际写作中心主持人聂华苓的邀请,在美国四个月。到得梅因、芝加哥、费城、纽约、华盛顿、波士顿、印地安纳、旧金山、洛杉矶等地访问,我也写了一些诗。回来路经香港写了《香港、香港》。

1981年,我写了长诗《面向海洋》和纪念周总理的长诗《清明时节雨纷纷》。

1982年4月,应邀参加在日本举行的联合国教科文主持的亚洲作家会议,讨论"民族文化与民族特性"。我在会上发了言,中心思想是:"茶叶和咖啡当然可以并存;鸦片与大麻则必须禁止;科学与迷信应该区别。"

会议在东京、京都举行;还访问了奈良。

5月,杭州为纪念我创作五十周年举办学术讨论会,我趁此机会回到家乡去,见了我的保姆大堰河的第二个儿子蒋正银——大堰河有五个儿女,死了四个,正银是篾工,比我大五六岁。

1983年1月,我被邀请参加新加坡的"国际华文文学营"会议。

1983年1月号的《十月》杂志上发表了我的长诗《四海之内皆兄弟》。

老实说,经过了多少年的动荡不安之后,我的心情是极平静的。正如我1979年12月写的《虎斑贝》里写的:

要不是偶然的海浪把我卷到沙滩上

我从来没有想到能看见这么美好的阳光

我是乐观的,也是达观的

一辈子不知道摔过多少跤

摔倒了自己爬起来,拍拍身上的灰土就完了

我即使一边流血,一边也还笑着——

1954年7月25日,我在智利海边看着礁石,我写了:

一个浪,一个浪

无休止地扑过来

每一个浪都在它脚下

被打成碎沫,散开……

它的脸上和身上

像刀砍过的一样

但它依然站在那里

含着微笑,看着海洋……

许多比我年轻的死在我前面,我却还活着。要是在七八年前死了,和死了一条狗没有什么两样。

从1932年发表《会合》开始,到今天已度过半个多世纪了。这就是我的创作生涯。有时,真相穿过一条漫长、黑暗而又潮湿的隧道,自己也不知道能不能活着过来,现在总算过来了。

《渔光曲》(塑料版画) 莫测

担任代主任后二三事

沙 汀

可以说是出乎意料。我同何其芳、卞之琳两位到延安,原是希望从延安转赴华北八路军敌后抗日根据地的,住上三五个月,写一本像立波的《晋察冀边区印象记》那样的散文报道,借以进一步唤醒国统区广大群众,增强抗战力量。

只有之琳一人被批准了立即去晋东南,后来写了《七一五团》及其他诗文,宣传八路军在抗日前线的功勋,歌颂了我们党和毛主席。而且,约莫三个月,他就从太行山回到延安,随又几乎如期回到了大后方,也就是国民党统治地区。而我同何其芳同志,则一直到鲁艺文学系第一期学员结业,才同部分同学到敌后深入实际,体验战地生活。

鲁艺创办文学系的时间,比较迟于戏剧、音乐、美术三科。在我同意和其芳留下来后,周扬同志要我做系主任,我辞谢了。一则由于学识有限,无力承担;二则担心从此难于有机会到敌后去。最后,只好请求在系主任名义上加上一个"代"字。

我同其芳初到鲁艺时,院址在北门外旧文庙后面,有窑洞,也有一些平房。宿舍和教室都相当散漫。南方人大都不习惯于住窑洞,幸而我住的是山坡下的平房。我记得,蔡若虹同志因为到得比我们晚,平房没有了,就被分配在窑洞里,但那眼窑洞已经出现了裂痕,可能崩塌,当时他又病了,由于初到,也不便于向组织请求调换……

两三个星期后,若虹同志的爱人夏蕾想和我一道去延安,已经在抗大学习的黄玉颀透露了他们碍于出口的隐衷。于是我立即向沙可夫同志、李伯钊同志汇报,要求组织上对这位在国统区有一定名望、热情奔赴革命圣城、愿对抗战效劳的专家给予必要照顾。他们两位当时都是负责鲁艺日常行政组织工作的主要成员,政策水平也高,于是很快就给若虹夫妇调换了宿舍,解除了他们的隐忧。

我和其芳是1938年8月到延安的,一个月后就到鲁艺文学系工作。当时物质条件同国统区比起来十分艰苦。没有固定的教室,一般都头上戴顶草帽,在露天里上课。遇到落雨,就挤在一眼较为宽敞的窑洞里进行学习。同学们一般只有用三块木板做成的简易矮凳,双腿上则放块较大的木板,权当书桌。尽管如此简陋,但精神很愉快,因为这种艰苦朴素的作风,已经遍及全边区了。

课程呢,我主要是讲述基希的《秘密的中国》,此书早已由立波同志在上海翻译出版了。而在抗日战争爆发前夕,夏衍同志的《包身工》发表后,所谓报告文学就在上海进步文学界流行起来。在我参加《光明》的编辑工作时,宋之的同志所撰《一九三八年春在太原》的发表,更引起文学工作者和读者的普遍重视。而《晋察冀边区印象记》引起的反响更大,因为它及时反映了当前有关祖国命运的伟大斗争,鼓舞士气,振奋民心,宣传我们党在敌后根据地创建的人民民主政权的优越性,借以促进国统区的改革。

当时国际上一些进步作家撰写的反映西班牙革命战争的通讯报道,有时也结合我国一些实际情况作为教材。而目的则照样是让同学们能够掌握这种新出现的轻骑兵式的艺术样式,使之能为抗日战争和与之相适应的政治上的改革服务。因为在到延安以前,乃至20世纪30年代中期,特别经过"两个口号"论争,我在上海就学习过党中央、毛主席的有关指示了。

在我们刚到鲁艺不久,以文学系同学为主,成立了一个文艺社团,名叫"路社"。因为要出墙报,同学们曾经写信要求毛主席给以指导。毛主席在回信上提出:"反映人民生活和写抗日的现实斗争。"而周扬同志还向我和其芳追述过当年初夏,在一个原本是短期训练班基础上扩建为鲁迅艺术学院的典礼会上,毛主席就明确指出过,文艺是团结人民,打击日本帝国主义的武器;文艺要为工人、农民服务,要到现实斗争中去学习。因此,应该说,我们的教学工作,正是根据党中央和毛主席的指示精神安排的,而且就在当年,我们同一部分文学系同学和一两位美术系同学,前往二十里铺参加秋收之前,经过计议,就决定把这次参加秋收作为深入人民生活、进行创作实习的大好机会。于是在院部领导同志和党组织同意后,我们就向那批将同我们一道去二十里铺的同学宣布,发动他们进行讨论,最后一致同意这样一项具体要求:返校后每人必须写一篇文章。

大家不仅同意完成这一任务,并且还把完成这一任务必须注意的事项做了具体、详尽的规定。首先,同学们应该分散居住,与农民共同生活,共同劳动。而且选择一个、两个有代表性、又有特点的农民作为自己向之学习,进行深入了解的对象,而这些农民也就是将来写文章的主要内容。由于他们大都是南方人,一直都在大城市上学,即或对农村生活有一定认识,但要写出已经翻身做主的陕北农民,任务就更重了。

我和其芳当然也不例外。归根到底,我们反复强调,这次参加秋收,是一项十分严肃的学习任务,而将来文章写得怎样,即是否真实地或相当真实地写出了已经翻身做主的陕北农民和农村生活,将是考核我们学习成就的标准。讨论以后,其芳同志还把所有一致同意的各项要点,一条一款整理油印出来,分发给所有参加秋收的成员,随身携带下去。

我们参加秋收的时间不长,只有一个星期,可这是最紧张的一星期。因为每天收工、晚饭以后,我同其芳还要分头去一些同学居住的老乡家里,探询他们当天在劳动和生活中,对于他们各自选择的对象有些什么了解,有时候还要请他们把所选择的对象介绍给我们,进行一次短暂接触和交谈。而在临走之前,则同他们进行一些推敲、建议,力求他们能进一步认识和理解他们各自的对象,以利于将来进行写作。

最后,事实证明,只要你认真领会毛主席在鲁迅艺术学院建院大会上所做的指示,深入革命斗争中去,并向人民学习,就会取得成果,而绝不至于深入宝山,空手而归。这次,我们在生产战线上尽管只有一个星期,返回院部以后,同学们终于凑合着写成一本小书,题为《秋收一周间》。

在我残留的印象中,《秋收一周间》有十篇左右的散文报道,在一定程度上反映了当时延安近郊的农村面貌和新型农民,可是这本小集子至今下落不明!因为当时在作了一些必要安排后,我和其芳都忙于教学工作,而且就在当年11月,按照院部的规定,我和其芳就同文学系部分同学以及其他系少数同学,随贺龙同志一道到晋西北和冀中抗日根据地实习去了。其时荒煤、严文井两位已先后到鲁艺文学系任教。

按照院部预计,实习时间是三个月,而实际上我们直到次年7月才回到延安。而且,由于部队急需文艺工作者协同作战,各系都有同学留在一二〇师。我记得,留下来的同学,有文学系的非垢、莫耶,戏剧系的成荫。美术系也有人,可我记不起是谁了。我们返回延安不到一月,大约8月初旬,鲁艺就从北门外旧文庙后面搬往延安东面,位于宝塔山与清凉山之间、延河之滨的桥儿沟。

由于边区以及一切敌后抗日根据地,尊重劳动可以说是新的社会风习特点之一,全部搬迁工作都是由教职员工和同学负担。我们不仅搬运自己的行李、用具,对于公用的笨木器,大家都欣然献出自己的劳力。我记得,在搬迁结束后的总结会上,我和其芳还曾受到过表扬。而杜矢甲同志的坦率则引起一阵善意的哗笑,因为他直言无隐、措辞幽默地宣称:他做了一回哥萨克,路上摘了老乡的番茄吃!

桥儿沟离城区较远,半山腰的窑洞也修建得不错,山下边有一座天主教堂,可以利用起来召开全院教职员工和学员的大会。当然更可为一些艺术表演提供场地。我从冀中返回延安以后，搬迁前夕，就曾经在那里为冼星海同志的《黄河大合唱》的演出而感到自豪。我同一般教员住的东山，与冼星海同志算是近邻。正中一排窑洞前面有一块好几十米宽的场坝，他有时就在那里指挥学员组成的乐队进行训练。教员中一些小型座谈会也在那里举行。

搬到桥儿沟后，就由其芳同志做文学系主任了。我呢，教学工作也减轻不少，主要是撰写《记贺龙》，实际是整理我随同他离开延安，直到由冀中敌后返回延安前我随手记录的有关他的战地生活和谈话。而在这年冬天，完成《记贺龙》后，因为黄玉颀病了，又想念留在国统区的老母幼子，我就离开了延安，前去重庆，编辑主要由鲁艺供稿的《文艺战线》。

《卡尔纳克庙之夜》　阿尔杜勒·舍里夫

悼念企霞同志

唐达成

企霞同志去世了,心里感到说不出的难过。

企霞同志一生历经坎坷,长期蒙受不白之冤,遭受了种种风雨的冲击,直到十一届三中全会以后,才获平反。在历史造成的不公正待遇和逆境中,他意志坚强,对革命的信念始终没有任何动摇,即使在林彪、"四人帮"那样疯狂肆虐的日子里,他也不为那些人间丑类的淫威所屈服,表现了一个老战士的硬骨头精神。"文革"浩劫后,他的工作单位杭州大学,曾对他作了如下的评语:"在'文化大革命'中,所有调查材料都实事求是,没有假证,从未冤枉一个同志。"疾风知劲草,烈火见真金,寥寥数语,显示了企霞同志不畏强暴、坚持真理的革命气节,令人肃然起敬。

我认识企霞同志,是1950年。那时我在企霞同志领导下的《文艺报》编辑部工作。记得那时编辑部只有十来个年轻人,工作热情极高,除了少数同志较有编辑经验外,大部分都没有编过文艺期刊。而读者来信来稿相当多,当时企霞同志立了一个规矩:每信每稿必复。他认为只有这样,才能取得读者的信任,并迅速和读者、作者建立亲密的联系。根据他的要求,我们绝大部分人,都以很大精力投入了这项工作,读者提出的问题可谓包罗万象、五花八门,工作量很大,我们常常为了准确回答读者的问题,绞尽脑汁,有时不得不到图书馆去查书。企霞同志自己也很严谨,每天上午都到编辑部来审阅复信,凡有不妥者,或加以修改,或退回编辑重写,而复信写得好的,他就在会上加以表扬,或选出在《读稿随谈》栏中发表。久而久之,不仅取得了读者对刊物的信赖,后来还建立了文艺通讯员网,随时都可以了解到各地的文艺动态,而日积月累,我们自己也因此锻炼了思考能力、写作能力,还增加了不少知识,培养了工作责任感。现在回想起来,企霞同志的做法很有点像现在大学的"咨询开发中心",他通过这种方式,既开展和推动了工作,培养和发现了人才,也锻炼了工作人员,使我们受益匪浅。

在我当年的印象中,企霞同志原则性强,比较有个性,甚至有点傲气,不像另一位副主编肖殷同志那样平易随和,但是,这只是一面,他的另一面,是对文学青年的爱护备至。他曾在华北联大任过文学系主任,也在中央文学研究所讲过课,培养了一大批文学青年,这些青年后来都成长为文学战线上的骨干力量。记得50年代初,徐光耀同志根据他参军后的实际斗争经验,写出了小说《平原烈火》,企霞同志读到初稿后异常兴奋,认为这是反映冀中斗争的一部力作,是革命文学的重大收获,不仅尽力协助光耀同志出版了这部书,还在《文艺报》上发表文章,作了很高的评价。如果我没记错的话,这部小说大概是光耀同志的处女作,一个文学青年,得到了这样有力的鼓励与支持,给他的鼓舞,以及对他后来的成长将会有多大影响是不言而喻的。

企霞同志不仅很有群众观点,而且也相当善于接近群众。有一件事给我印象很深,那是我和他都挨了整,被打发到国营农场劳动的时候。那年秋天,农场的水稻获得了大丰收,每个队都要统计总产和亩产,企霞同志自告奋勇来打算盘。当时农场工人都没想到这个大知识分子还会干这个,我们也将信将疑。谁也没料到,这次,他还真露了一手。他一面听着工人报着数字,一面打着算盘,只听噼噼啪啪,算盘连珠炮似的在响,你念得急,它也响得快,念完打完,连续两次,精确无误,大伙都看呆了。后来才知道,企霞同志青少年时,在上海谋生,曾当过学徒,那时的艰辛生活就已迫使他学会打算盘了。农场工人很佩服企霞同志的这手本领,对他也更亲切了。

企霞同志历来办事认真,粉碎"四人帮"后,他回到北京,重又恢复了文艺工作。首届茅盾文学奖的评奖工作,就是在他的领导下进行的。因为要对一个时期的长篇进行评选,工作任务十分繁重,经他亲自阅读过的长篇小说就达几十部。然而他毕竟年事已高,又经历了多年的坎坷,精力已大不如前,这样超负荷的阅读和评选活动,几乎把他累垮了,他眼睛的视力也因为过度劳累而大大减弱。他对于工作的认真与热忱,于此可见一斑。但他仍常常感叹自己为党工作得太少,在他病重期间,他曾向家人叮嘱:多年来,他对革命贡献不大,他去世后,如果他的遗体有解剖价值,他愿意献给医院,也算他为人民事业做的最后一点贡献。他垂危时这些赤诚的嘱托,表现了一个共产党人的奉献精神和博大胸怀,令人感动。

企霞同志是个有多方面才能的人,如果不是长达二十多年的不公正待遇,他本来是可以做更多工作,有更大贡献的。这当然是令人遗憾的,但这样的憾事曾发生在多少人身上!但愿我们能总结历史教训,不要再重复这样的遗憾了。

关于文艺工作团的回忆
荒 煤

我是 1938 年秋到延安去的,开始在戏剧系工作,后来,因沙汀、何其芳同志在第一期文学系同学毕业之后,带领同学随贺龙同志去晋西北,文学系缺乏教员,就又转到文学系工作。

我先后在文学系工作了七年——其中有近一年的时间(1939 年春—1940 年春)则带领一个文艺工作团体在晋东南活动。在日本投降后不久,就离开延安。

我原来从事文学创作,到延安去的目的,也还是继续搞创作,没有想到要做教育工作。当时鲁艺也是一种短训班性质,每期学习几个月,然后到前方实习一个时期再回来进修一个短时期才算毕业。可是事实上,同学们到前方实习后大都留在那里工作了。例如,文学系一期随沙汀、何其芳同志到晋西北去的同学大多数没有再回延安来。

我和严文井和屈曲夫(笔名)到文学系工作时,当时招进的同学,大概是第二期,好像只有二十多位同学。

1939 年春,鲁艺组织了实验剧团去晋东南前线,到八路军总部和 129 师去进行慰问演出。于是,我就到中宣部找到当时的宣传部长罗迈(李维汉)同志,建议文学系也应该组织一个文艺工作团到前方采访,报道八路军作战的情况。

中宣部很快做出决定,通知鲁艺沙可夫同志,让我组团和实验剧团一同去晋东南。

我记得,参加文艺工作团的同学都是文学系第二期的同学,即黄钢、梅行、葛凌、杨明、乔秋远五人。

当时延安有一个炮兵团开赴前方,鲁艺实验剧团和文艺工作团是和这炮兵团一同到晋东南去的。实验剧团的负责人是王震之同志。

当时除了从西安到潼关过黄河前这一段是乘火车之外,其余都是和部队一同行军走到长治的。

尽管我和王震之都还是二十六七的青年人,却也是生平第一次长征。

我还记得最后一天到达长治的时候,要先联系我们两个团的驻地(已与炮兵团分开了),我和震之两个人打前站,这一天黎明就从高平市出发,一共 120 里,到天黑了才找到部队的兵站。我们吃了饭,一听站长告诉我们,我们休息的村子还在 6 里地之外,我和震之两个人都发愣了,因为腿都发软,站都站不起来了,只好老老实实把情况告诉站长。站长也笑了,才派了两条小毛驴把我们送走。震之一路上还直叹气,笑着问我:

"为什么这6里地就是走不动了呢?"……"真是个考验!"

我没有回答,但我心里想:"在战争环境里,走路,就真是一个考验!"

也可想而知,剧团的同志到部队演出的辛苦了。行军,到了部队驻地又要忙于搭台准备演出,演出完了,又要行军……

文艺工作团几位同学到前方后就分别到129师和385旅各团去活动。我原来留在总部协助刘白羽同志收集材料,和朱德总司令谈话,为准备写《朱德传》进行访问。后来反"扫荡"开始,我也就到了386旅陈赓部队做随军记者进行采访,直到1940年春才又返回延安。

在这一年里,我不知道全团一共写了多少报道和报告文学。

我个人在前方写的和回到延安写的报告文学也不过是十来万字。

黄钢同志在延安写了一篇《雨》,还得到了毛主席的称赞。

我的报告文学集,取名《新的一代》,1943年就寄到重庆排印准备出版。可是一直没有付印,直到1951年2月才在上海海燕出版社出版。

尽管新中国成立后,我没有机会专门从事创作,可是在我短短的创作生涯中,这可是一个重要的转折点,这本小册子的确展现了新的世界、新的人物、新的心灵。特别是在参加延安文艺座谈会之后,更深刻地体会到毛主席所讲的"必须和新的时代相结合"的意义。即使是到今天,这短短一年里的所见所闻,也是不能忘怀的。

因此,回到延安之后,我就向周扬同志建议,要保留文艺工作团,把应该写的东西写下来,更重要的是经常组织这样的团体到前线、到群众中去采访、去生活,比较及时地反映新的事物。

所以,后来就长期建立了一个文艺工作团,下面有两个创作组,即美术创作组和文学创作组。这两个创作组有多少同志参加,我现在记不太清楚了。

整风之后,我写了报告文学《模范党员申长林》和独幕剧《我们的指挥部》,与姚时晓、张水华等同志合作写的多幕剧《粮食》,都是下乡、下党校采访而后写作的。但是,后两个剧本实际上都有在前方部队生活中的一些亲身感受。

我记得美术组也曾到绥德一带去举办年画展览,受到群众热烈的欢迎。

总之,用文艺工作团这样一种方式,保持一部分得力的创作人员,经常到群众中去进行采访,或担任一个时期的部分工作(我记得孔厥、葛洛等都在乡政府里担任过工作,我在延安县委也参加了工作组的工作),以便及时报道一些新的事物,同时也为创作不断积累更多的资料,现在来看,也还是值得艺术院校参考的一种经验和方式。

1945年后我在晋冀鲁豫工作时,比较注意农村戏剧运动,派遣创作人员到部队担任记者工作,以及新中国成立之后在中南支持者群众中发展文艺通讯员运动,在四野部队开展创作运动,提倡表现新的英雄典型,我也亲身参加前线采访,以记者身份写通讯报道,这实际上都是我在晋东南活动所得到的深切感受,再根据新的形势加以发扬而已。

文艺工作团不是文艺工作者深入生活的唯一形式,但至少是一种比较好的和新的群众时代相结合的方式与渠道。

我以为,在今天,各种艺术院校从毕业的学生中挑选部分优秀生组织近似文艺工作团这种性质的创作室或创作组,不断地到群众中去进行一些实验性的创作活动,不断总结经验,不断进行探索创新,不论是对理论研究、对创作、对教学是都有好处的。当然,也可在假期组织学生进行一些这样的活动,或者在学生毕业前组织一两次这样的活动。

回忆鲁艺文艺工作团的活动,我感到这个经验在现在还是很有参考价值的,所以,我愿意把这点感受写出来,供大家参考、研究。

《秋收速写》(国画)　叶浅予

黄　昏

冯　牧

从1939年底到1943年,我在延安的鲁迅艺术文学院(后来被简称为"鲁艺")生活和学习过四年左右时间。那时,我是一个刚过二十岁的、一脑子朦胧的幻想而又正在选择自己打算为之献身的生活道路的小青年。鲁艺那时刚从延安的北门外迁移到延安东郊四公里处的一个叫作"桥儿沟"的地方。这是一个只有一条小街道和几十户人家的小镇,然而却有着一座用花岗石建造的哥特式风格的天主教堂。那时,这座教堂大约是延安方圆几十里内的最为辉煌的建筑物了。鲁艺的校舍便设立在这座教堂以及它附近的一片地区内。我在这里要特别提到的是:它就地处在当年流水量还很大的、常常也是很清澈的延河之滨。

我发现,我很快便喜欢上了这个地方;我也发现,当时和我同时在这里生活和学习的许多同龄人和同代人,也都很喜欢这个地方。我说的同代人,也包括了当时的学校负责人和教师们,虽然当时他们已经是我的前辈,但其实也都是只有三十岁左右年纪的年轻人。我认识当时鲁艺的副院长周扬同志的时候,我感到他是一位十分严肃的学者和领导人,其实他那时只有三十一二岁。而当时的文学系主任何其芳同志,也只有二十七八岁。

鲁艺的生活给我留下了许多美好的、丰富的甚至是甜蜜的回忆。那里有着一种宁静、和谐、热烈、纯净、友善和好学的气氛。这种能够对知识青年产生相当强烈的精神感染力量的文化氛围和艺术气氛,是我在别处很难看到的。鲁艺有一个藏书相当丰富的图书馆,这一点,至今对我说来都是个谜。在那样边远偏僻的山沟里,居然拥有即使是现在看来也应当算是相当完备的关于文艺方面的藏书。你在那里几乎可以找到当时国内已经出版的大部分的新文学书籍和报刊,包括20世纪二三十年代出版的许多最早的新文学刊物。

书很多,但要看书的人也很多。于是,那时占据了我们相当多时间的工作,便是抄书。我们每个人都有许多笔记本,在那上面用蝇头小字抄满了自己所喜爱的、但是图书馆里只有孤本的一些文学名著。我曾经有一个时期想钻研一下散文写作,于是我便把当时可以找到的堪称散文范本的一些散文:从法国的蒙田、美国的爱默生到西班牙的巴罗哈和阿左林的散文代表作,都抄在本子上。朝夕讽诵,我曾经有一本手抄的梅里美的散文《西班牙书简》(全文大约有五万字)和都德的《磨坊书简》的选本,直到解放战争期间才遗失掉。这完全是个笨办法,但是,我必须说,我从这种笨办法当中获益良多。至少,它帮助我克服了我少年时期的那种虽然喜欢广览群书却常常满足于浅尝辄止的毛病。

延安的桥儿沟在延安是个有名的地方,然而却没有什么值得观赏的风景。它的两面都是布满了蜂窝似的土窑的荒山。但是,我在静静地流淌的延水之滨所度过的无数个黄昏,却是我一生之中所度过的最美好的最难忘的黄昏。

除了夏天山洪暴发的时候,延河水都是平静清澈的。在大部分地段,河水不深,人们常常可以涉水过河。但在桥儿沟西边不远的一座山崖前,延河形成了一个水湾,这里的水很深,我们游泳的时候甚至可以从岸上做跳水动作。平时,我们在延河边洗衣服、洗脚;夏天,我们在延河里洗澡和游泳;冬天,我们在延河上滑冰。延河成了我们生活当中不可缺少的伴侣。因此,我对于延安的回忆,对于桥儿沟和鲁艺的回忆,总是同延河联结在一起的。

我时常动情地亲切地回忆起延河之滨的黄昏。是的,不是清晨,也不是夜晚,而是黄昏。

除了下雨天,几乎每一个黄昏,我都会和几个知交朋友和同学相约到延河岸边去做长时间的散步,一直到暮色四合,天边出现了星星,才回到我们居住的窑洞中去。那时,在桥儿沟的小街和延河之间,曾经有过一片相当开阔的绿色田野。每当一天的工作和学习完毕、吃过晚饭以后,我几乎都要约约伙伴穿越田间的小径到延河边去,在延河边的岩石上闲坐谈天,或者是沿着河边来往反复地漫步。我们四面,往往会有许多青年男女像我们一样,把这片田野看作是可以使自己获得休憩和愉快的所在。在那里,沿着浅绿色的蜿蜒东流的延河向西望去,可以隐约看见遥相峙立的清凉山和宝塔山;往东看去,则是一片伸向远方的在陕北地区难得见到的平川。除了潺潺流水和被小径分割开成块的瓜田和谷地之外,这里可以说没有什么足以使人流连的景观。但在我的记忆里和梦境中,这片田野却永远是一个美好的具有无限魅力的天地。在这片田野上的每一条小径和河边的岩石上,几乎都留下过我的足迹。我在那里和伙伴们认真地谈论文学,谈论理想;我在那里向我所信赖的同志倾诉自己的希望和苦恼;我在那里和朋友们畅怀地吟诵、歌舞,尽情地享受着青春的欢乐。我甚至还相当清晰地记得河边一块平整如石凳岩石的形状,我曾经长久地坐在这块石头上读书,把双脚放在流水中,或者望着夕阳,任凭自己的幻想驰骋。也是在这块石头上,我秘密地写下了第一张入党申请书……

我和许多我的同代人,就是这样在延河边度过我们的无数美好的黄昏的。无论是那时候还是现在,我都觉得延河边黄昏的空气是最清新的,气氛是最和谐的,我所遇到的每个人的脸孔神情都是友善的,真诚的。有一次,我和一位比我小一岁的同学在河边漫步,他挽着我的手臂,向我倾诉着他的艰难而痛苦的少年时代生活,并且和他现在正在得到的新的生活相比较,不禁激动地流下了眼泪,使我第一次知道了什么叫作幸福的眼泪。他微笑着,眼中闪着泪花,向我低声吟诵着他刚写成的一首虽然不免幼稚,却是十分真诚的诗。其中有几句的确也拨动了我的心弦,那几句诗的大意是:

> 我在延河边走过来,走过去,
> 我向人们用微笑表达我的心意,
> 我想向每一个遇到的人打招呼,
> 不论是我认识的,还是不认识的……

大约是在同时,有一天,何其芳同志为做我的思想工作找我在延河边散步。不知为什么,他总觉得我有一种忧郁的倾向。为了说服我接受他的思想,他掏出小本来,一边走一边向我朗读起他刚刚写完的一首诗,诗中有这样的句子:

> 轻轻地从我琴弦上,
> 失掉了成年的忧伤……

我现在还记得,我当时确实是被触动了,就好像是心中确实有一根弦被一只轻柔的手拨动了。这首诗后来发表了,题目是《我为少男少女们歌唱》。我所以要在这里提到这首诗,是因为我觉得它确实非常真实而确切地表达了当时像我这样一代人的心灵和感情。当我们漫步在延河之滨的黄昏时刻,我心中充溢着的,就是这样一种心境,一种绝对真挚的心境。是什么因素使我以及许多同我年龄相近的青年人产生了这样一种略带感伤色彩的幸福的感情呢?这一点,直到现在,我才逐渐为自己得出了一个比较明确的回答——这个回答是我在努力回忆青年时期生活的过程中得到的。我时常怀着一种甜蜜的心情回想起生活在鲁艺的那些日子。我终于发现,桥儿沟和延河边的黄昏漫步所以始终使我不能忘怀,是由于它是我在鲁艺度过的四年生活的一个缩影或者侧影。将近半个世纪以前,我是一个不知世事却又有着一种执着追求精神的少年,用高尔基的话说,是一个"饥渴于人间爱"的人。我幻想着能够进入一个人与人之间能够互相关怀、互相友爱的社会,然而在我前进的道路上却长久得不到它。但是,我终于在延安的窑洞里,在黄昏的延河边,在鲁艺的"教堂"中发现:这正是我所苦苦追求和朝夕寻觅的地方。我在这里感到温暖,我在这里受到哺育,我在这里能够和人们像兄弟姐妹、像真正的同志那样相互看待。

我找到的答案的另一点是：这是一个真正能够满足我的求知欲的地方。在我的少年时期，从来没有被看作是一个有才华的人，但是我是一个有着永无止境的求知欲的人。在这一点上，我感到鲁艺是一个能够满足我的理想和愿望的地方。在那些岁月里，在鲁艺的精神食粮比物质食粮要丰富得无可比拟的环境里，我有一种如鱼得水的感觉。我用珍惜每一分钟时间的精神来学习，来阅读，来充实自己的文化素养。而在延河之滨的黄昏时刻，正是可以激励、切磋、提高和检验这种文化素养的最好的最生动的也是最自由的环境。

对于一个心地单纯的二十岁的青年来说，这一切就足够了。

上面所谈到的，已经是四十几年前的事情了，听说，桥儿沟的延河之滨的那片田野也早已被洪水冲没了。在这漫长的年月里，有许多也许还很重要的事情在我的记忆中已经淡忘了，但是，一想起延河之滨的桥儿沟的黄昏，历历往事就清晰地在我头脑中显现，而且总是伴随着一种混杂着淡淡的感伤的甜蜜而幸福的感情。我不愿意对我青年时代的有着理想主义色彩的幼稚的精神境界加以苛责，因为，它毕竟为我多少照亮了可以向前迈进的道路。

也因为，从那时我才开始真正懂得：有只热爱生活，才能够创造生活。

鲁艺五十年之忆

康 濯

延安鲁迅艺术文学院创办于1938年4月,当时只有戏剧、音乐、美术三系。7月,这三个系第二期招考,并增开文学系,我就是这时考入的文学系第一期学员。当时学院工作由副院长沙可夫同志主持,院长则是毛泽东同志,直到1939年下半年毛泽东同志才没再兼任。

我入学不久,就在延安城内的大会上听过毛主席讲话。以后又听说主席几次到过学院,也几次见到主席在剧场里看学院实验剧团的演出。最使我难忘的是,1939年3月,我同毛主席还有过一次间接联系。

那年2月间,按照学院规定,我从前方部队里生活和实习三个月之后,又回到学院,在文学研究室当研究生,同时被选为学院业余文学团体路社的副社长,社长是诗人天蓝同志。我们路社的墙报不仅贴在院内,同时也贴在北门城楼的门洞上;因此参加的社员除了学院的同志,学院外的也有。3月,我们决定召开一次全体社员大会,筹备时天蓝提出,会要开得隆重,要给毛主席写封信请他参加。我表示赞成,可又感到为这么点事儿去打扰主席,好吗?但天蓝坚持,于是我们仔细斟酌、修改着措辞,工工整整写去了一封信。

老实说,发信以后,我并没抱什么希望。可谁知没过几天竟接到了主席的亲笔回信!这封信在八行红直格的土质信纸上写了满满三页毛笔字,说已收到了我们的信,这几天因为忙,不能参加我们的会。"不过我对文艺有个意见,就是现在有些文艺作品,老百姓看不懂。这个问题希望你们加以研究,求得解决。"这封信当然极大地鼓舞了我们的大会。会后,这年7月我上前方时,天蓝让我把信抄了一份,装在写着"即送鲁迅艺术学院,沙可夫同志请转,路社负责同志启,毛缄"的原信封内,由我带走了。我一直珍藏着,但在1941年为粉碎日寇大"扫荡"时,把信封和信连同机关一批机密文件,埋在一个山沟里的三尺土层下面坚壁起来,然而以后这批东西却始终没找到,主席的原信是天蓝保管,新中国成立后见到他时我曾问及,他也摇头叹气,说是审干时没收了他的许多材料,连同那封信,后来竟再没找到。回思及此,十分难过。

鲁艺于1939年4月庆祝建院一周年,毛主席来参加了大会。当时会场第一排来宾席上坐了一些中央首长,记得主席是几次被请可都不去第一排,说他是"自己人",坐在第二排内。后来请他讲话也一直不讲,直到大会结束,大家围住了一定要他指示,他才

要来纸笔,题写了两句话:

"抗日的现实主义,革命的浪漫主义。"

可见后来在1958年主席提出的革命的现实主义和革命的浪漫主义,是早在二十年前便已在思想上酝酿成熟,并实际提出了的。

我们文学系主任当时由周扬同志暂兼,他是陕甘宁边区政府教育厅长,直到1939年上半年才调鲁艺任副院长。在文学系,他每周讲授《文艺论》和《新文艺运动史》两门课,每课每次三小时,全院各系学员都来听。记得讲到生活和文学的关系时,周扬从马恩列斯直到别林斯基和鲁迅,引经据典,结论则是:生活比艺术更伟大,艺术比生活站得更高,因而也更突出、更典型。这当中,显然已包含了后来毛泽东同志《在延安文艺座谈会上的讲话》(简称《讲话》)一文论及生活和艺术之间的关系所阐述的若干观点。

周扬讲课中还有不少观点至今使人难忘。当时我都尽可能详细地做了笔记。到晋察冀边区以后,又利用余暇,把这两门课的笔记进一步整理、誊抄了一遍,共有近四万字。可惜这两份笔记也和毛主席那封信一起丢失。直到1984年春天我去看望周扬同志,那时他的文集第一卷出版不久并送过我一本,谈话中便曾问我对这卷文集的意见,我表示鲁艺的讲稿没收进去,太可惜了,并告诉了我将记录整理稿丢失的事。周扬同志好像被提醒了似的探身问旁边的苏灵扬同志:"我们的稿子是不是也都丢了?好像……"苏灵扬想了想说:"好像是还有一份。"我当即催他们快找,不久果然找出了一份,交陈荒煤同志送给《文学评论》连续两期刊载了。这以前,荒煤还问过我是不是要看看,我说发表了再看吧。后来看到比我记录的要丰富和深刻得多,可惜这只是一门课的讲稿,另一门可再也找不到了。

文学系的《创作实习》一课是沙汀、何其芳同志担任的,但在他们到延安之前,也曾由周扬同志代理过。第一次,我们共五十名学员交了六七十篇习作。当时学员中有的早已是发表过作品的青年作家,最年轻的只有我和另一女同学十八岁。听理论课有时还不大懂,我先看了几个同学的习作,感到有的写得很好。对自己一篇题名《哨兵》的散文,真觉得自惭形秽。不久,周扬同志全部看完后专门讲评了一次,他先对所有习作做了几点总的评价和分析,然后提出八篇进行了表扬,其中我那篇《哨兵》竟摆在了第一位!我立刻心跳剧烈,惶惑不止。慢慢听下去才知道,原来几十篇习作中只有我一篇写了陕甘宁边区的新生活,其余都是写大后方或旧社会,我描画的则是我们几个青年步行来延安的路上。头一脚踏进边区的土地,碰到一个老汉查路条的情景。他红缨枪刀尖雪亮,查看盘问都十分严格,但在完全证实我们的身份后,又十分热情地接待了我们。周扬同志认为老汉的形象是比较生动的,作品感情还真挚。其实不过如此而已,比起许多习作实在还差得多。不过由此发端,我才开始懂得了文学创作应主要关注新的人物和新的生活,也就是主席后来在《讲话》中所说的要努力表现新的世界、新的人物,由此所得的教益,我自是终生谨记。

在鲁艺,我听过沙可夫、沙汀、何其芳同志的课和成仿吾、丁玲、徐懋庸等同志的课程或讲话,也旁听过外系冼星海、吕骥、张庚等同志的课,并得到过本系、外系不少同学的帮助,由此值得回忆的事很多。当时文学系我们同期的学员中,在1979年全国第四次文代会召开的时候,我受托邀约了外地来的和在北京的代表天蓝、萧殷、田蔚、莫耶、那沙、周游,连我共七人聚会了一次,并合影留念,照片以后我也各寄了一张。然而曾几何时,天蓝、萧殷、田蔚、莫耶又已相继逝世。那么,活着的不是完全应该尽量多留下点有关我国文艺的史料和往事记录吗?但愿关于鲁艺的回忆我这只是个人的开端,今后还能写一点,再写一点。

《老羊倌》(木刻)　杨永青

叶圣陶先生不朽

吴祖光

老前辈离开我们的日渐增多了,尽管这是不可违抗的自然规律,但是事情的发生总教人心中酸楚。

近年来每逢春节,我总会陪同常病的妻子去看望叶圣陶老人——这位当之无愧的一代完人、万世师表。就在节前那两天我们还在商量着是初一去,还是初二、初三去?我们一起出门不容易,凤霞半身行动不便,这样的相访就需要调令一个儿子背她上车、下车、过几道门槛才得相见老人。当然我们总忘记不了叶老每次看见我们时慈祥的笑容和给我们的温暖和激励,虽然也使我们感到,老人一次比一次明显地衰老。最后一次见到他老人家是去年秋深,他刚从医院回家不久的时候,已经是眼睛看不清楚,耳朵也听不清楚了。而就在这个丁卯年的除夕,我接到一个传来噩耗的电话,《文艺报》吴泰昌同志告诉我:叶老在上午八时二十四分病逝。就差了十几个小时,老人未及赶上龙年的来到。

尽管应当是意料中事,但仍是意外的悲伤。骤隔人天,情何以堪,对我们说来,这个春节笼罩了一层忧郁,霎时间往事都汇心头:1938年距今整整半个世纪以前,我初次见到叶圣陶先生是在抗日战争进入第二年的战时陪都重庆的中央戏剧学校。那年我只有二十一岁,叶先生应校长余上沅的邀请到校担任国文写作课程,那时我在学校担任校长室秘书的职务,虽然不是学生,却震于先生的声望,溜进教室去旁听过几堂讲课。先生讲一口苏州官话,有些北方学生听来吃力,但我虽然生长在北京,由于听惯了祖母和父母亲的常州话,而感到格外亲切。我听课只不过两三次,留下的印象却是十分深刻,使我至今不忘,先生反复申述文学写作的真谛是一个"诚"字。我想,是这一个字指引我走了一生的道路。

在见到先生的前一年,纯出于爱国主义的激情,我学习写了第一个话剧剧本《凤凰城》,得到在当时的前线和后方以至东南亚的演出的机会。在这以后的十年当中,我一共写了十个剧本,除去其中三个剧本之外,先生主持的开明书店出版了我的七个话剧本,头一个剧本是我在1939年写的《正气歌》,以下是《风雪夜归人》《牛郎织女》《夜奔》《少年游》《捉鬼传》和《嫦娥奔月》。使我在当时也感到意外的是,在重庆和战时"孤岛"的上海同时出版的这七个剧本都加上了《吴祖光戏剧集》总名,作为一个只有二十几岁的青年作者来说,我自己也感到是过分了。

1945年日寇投降，我于1946年去上海，上述的几个剧本有已经出版的，有是我到了上海之后出版的，我至今记得多次得到通知去上海开明书店签订"出版权授予契约"的情景。开明书店创立于1926年，是一家专为出版文学创作和青年读物的书店，她在事业上的成就和对中国知识界的作用至今还在发挥巨大的影响。每次到开明书店，走进福州路那条小巷，走上两层小楼见到主持开明书店的几位前辈时，都不由得从心中涌起一种"孺慕"的心情。我到上海不久，著名的夏丏尊先生便已过世，我见到的除叶老之外，就是徐调孚和范洗人先生，他们都是朴实持重的蔼然长者，每一次都是谦虚地亲切地接待我这样的年轻后辈。使我最为留恋的是我在开明书店出版的七个剧本，从来没有发生过一次由编辑先生提出过任何一个意见和任何一字的修改。编辑对作者表现了一种绝对的、全面的信任，对年轻的作者说来是最大的鼓励。

在重庆和在上海的两年多时间里我也做过报纸副刊和文艺刊物的编辑，我向敬爱的叶老、徐老、范老学习，也从来不改作者辛劳写作的成品。使我感觉难过和遗憾的是近几十年来的一种普遍现象：不修改、不删削作者的文笔似乎就不成其为编辑。虽然我知道，今天的编辑很难当；他们有时要承担某些本不应当由他们承担的责任，但我宁肯像过去很久的习惯那样：文责自负。

经过十年"文革"的灾难，我的傻妻子——纯粹民间艺人出身的评剧演员新凤霞，在新中国成立的初期基本上还是一个大字不识的文盲；又由于"文革"的摧残，在这场灾难行将结束的前夕，被折磨成左肢偏瘫。但她不停地顽强地看书识字，从20世纪70年代后期起写了几十万字的、没有系统的、也难以分类的、关于她半世生活的全方位的回忆录，并且得到发表、成书，可说是误打误撞地闯入了文坛。她写的这些生活小品引起了叶老的注意，就像五十年前对我的爱护和培养那样寄予这个极其特殊的初学写作者以重大的关怀。在她的第二本回忆录香港三联书店版《艺术生涯》（中国戏剧出版社版《以苦为乐》）里写了一篇热情洋溢的序言《我钦佩新凤霞》。我记得当凤霞读到叶老这篇文章时，不知是悲是喜，她笑啊，笑啊，笑得流了眼泪。叶老给她的更大鼓舞是和严文井同志一起介绍这个民间艺人参加了中国作家协会。我想在中国作家群中这是个异数，很可能不仅空前，而且绝后。因为今天的戏曲演员都是学校培养出来的知识分子，"民间艺人"已成为历史陈迹。

叶圣老著作等身，文章道德震烁当代，并发现、提掖、培育了几代作家，包括可称为文豪和大匠式的人物。而今天凡曾经接近过他、并留下他的音容笑貌的人们必将牢牢记得他那种谦虚、朴质、亲热、宽厚的形象，促使我们更应向他学习，继承他的无私美德，和对后辈作家强烈的责任感，把我们的事业继承、发扬下去。

过了1957年的"反右"和后来的十年"文革"，历经抄家和频频劫掠，至今我居然奇迹般地保留着四份当年在上海40年代开明书店和我一同签订的《出版权授予契约》,上面有叶圣陶、范洗人、徐调孚的亲笔签名。看到已经先后过世的三老笔迹,就勾起我昔年受教的无限深情。

郑板桥诗云:"新竹高于旧竹枝,全凭老干为扶持。明年再有新生者,十丈龙孙绕凤池。"这也是叶老的愿望,伟大的文学家教育家叶圣陶先生为后代子孙树立了榜样,他是不朽的。

《凤埔乡风景》(中国画)　林容生

中国作家的语言意识

汪曾祺

中国作家现在很重视语言。不少作家充分意识到语言的重要性。语言不只是一种形式，一种手段，应该提到内容的高度来认识。最初提到这个问题的是闻一多先生。他在很年轻的时候，写过一篇《庄子》，说他的文字（语言）已经不只是一种形式、一种手段，本身即是目的（大意）。我认为这是说得很对的。语言不是外部的东西。它是和内容（思想）同时存在，不可剥离的。语言不能像橘子皮一样，可以剥下来，扔掉。世界上没有没有语言的思想，也没有没有思想的语言。往往有这样的说法：这篇小说写得不错，就是语言差一点。我认为这种说法是不能成立的。我们不能说这首曲子不错，就是旋律和节奏差一点；这张画画得不错，就是色彩和线条差一点。我们也不能说：这篇小说不错，就是语言差一点。语言是小说的本体，不是附加的，可有可无的。从这个意义上说，写小说就是写语言。小说使读者受到感染，小说的魅力之所在，首先是小说的语言。小说的语言是浸透了内容的，浸透了作者的思想的。我们有时看一篇小说，看了三行，就看不下去了，因为语言太粗糙。语言的粗糙就是内容的粗糙。

语言是一种文化现象。语言的后面是有文化的。胡适提出"白话文"，提出"八不主义"。他的"八不"都是消极的，不要这样，不要那样，没有积极的东西，"要"怎样。他忽略了一种东西：语言的艺术性。结果，他的"白话文"成了"大白话"。他的诗："两个黄蝴蝶，双双飞上天……"实在是一种没有文化的语言。相反地，鲁迅，虽然说过要上下四方寻找一种最黑最黑的咒语，来咒骂反对白话文的人，但是他在一本书的后记里写的"时大夜弥天，璧月澄照，饕蚊遥叹，余在广州"就很难说这是白话文。我们的语言都是继承了前人，在前人语言的基础上演变出来的。很难找到一种语言，是前人完全没有讲过的。那样就会成为一种很奇怪的，别人无法懂得的语言。古人说"无一字无来历"，是有道理的。语言是一种文化积淀，语言的文化积淀越是深厚，语言的含蕴就越丰富。比如毛泽东写给柳亚子的诗：

"三十一年还旧国，落花时节读华章。"

单看字面，"落花时节"就是落花的时节。但是读过一点旧诗的人，就会知道这是从杜甫的《江南逢李龟年》里来的：

"岐王宅里寻常见，崔九堂前几度闻。正是江南好风景，落花时节又逢君。""落花时节"就含有久别重逢的意思。毛泽东在写这句诗的时候未必想到杜甫的诗，但杜甫的诗他肯定是熟悉的。此情此景,杜诗的成句就会油然从笔下流出。我还是相信杜甫所说的"读书破万卷,下笔如有神"。多读一点古人的书,方不致"书到用时方恨少"。

这可以说是"书面文化"。另外一种文化是民间的,口头文化。有些作家没有受过完整的教育。战争年代,有些作家不能读到较多的书。有的作家是农民出身。但是他们非常熟悉口头文学。比如赵树理、李季。赵树理是一个农村才子,他能在庙会上一个人唱一台戏——唱、表演、用嘴奏"过门",念"锣经",一样不误。他的小说受民间戏曲和评书很大的影响(赵树理是非常可爱的人。他死于"文化大革命"。我十分怀念他)。李季的叙事诗《王贵与李香香》是用陕北"信天游"的形式写的。孙犁说他的语言受了他的母亲和妻子的影响。她们一定非常熟悉民间语言,而且是很熟悉民歌、民间故事的。中国的民歌是一个宝库,非常丰富,我曾经想过一个问题:中国民歌有没有哲理诗?——民歌一般都是抒情诗,情歌。我读过一首湖南民歌,是写插秧的:

"赤脚双双来插田,低头看见水中天。行行插得齐齐整,退步原来是向前。"这应该说是一首哲理诗,"退步原来是向前"可以用来说明中国目前的一些经济政策。从"人民公社"退到"包产到户",这不是"向前"了吗?我在兰州遇到一位青年诗人,他怀疑甘肃、宁夏的民歌"花儿"可能是诗人的创作流传到民间去的,那样善于用比喻,押韵押得那样精巧。有一回他去参加一个"花儿会"(当地有这样的习惯,大家聚集在一起唱几天"花儿")和婆媳两人同船。这婆媳二人把他"唬背"了:她们一路上没有说一句散文,——所有的对话都是押韵的。媳妇到一个娘娘庙去求子,她跪下来祷告,不是说:送子娘娘,您给我一个孩子,我给您重修庙宇,再塑金身……而是:

"今年来了,我是跟您要着哪;明年来了,我是手里抱着哪,咯咯嘎嘎地笑着哪!"这是我听到过的祷告词里最美的一个。我编过几年《民间文学》,得益匪浅。我甚至觉得,不读民歌,是不能成为一个好作家的。

有一首著名的唐诗《近试上张水部》:

"洞房昨夜停红烛,待晓窗前拜舅姑。妆罢低声问夫婿,画眉深浅入时无?"这首诗没有说这位新嫁娘长得好不好看,但是宋朝人的诗话里已经指出:这一定是一个绝色的美女。这首诗制造了一种气氛,让你感觉到她的美。

另一首有名的唐诗:"君家何处住,妾住在横塘。停船暂借问,或恐是同乡。"

看起来平平常常,明白如话,但是短短二十个字里写出了很多东西。宋人说这首诗:"墨光四射,无字处皆有字。"这说得实在是非常好。

语言的美,不在语言本身,不在字面上所表现的意思,而在语言暗示出多少东西,传达了多少信息,即让读者感觉、"想见"的情景有多广阔,古人所谓"言外之意""弦外之音",是有道理的。

国内有一位评论家评论我的作品,说汪曾祺的语言很怪,拆开来每一句都是平平常常的话,放在一起,就有点味道。我想任何人的语言都是这样。每句话都是警句,那是会叫人受不了的。语言不是一句一句写出来,"加"在一起的。语言不能像盖房子一样,一块砖一块砖垒起来。那样就会成为"堆砌"。语言的美不在一句一句的话,而在话与话之间的关系。包世臣论王羲之的字,说单看一个一个的字,并不怎么好看,但是字的各部分,字与字之间"如老翁携带幼孙,顾盼有情,痛痒相关。"中国人写字讲究"行气"。语言是处处相通,有内在的联系的。语言像树、树干树叶、汁液流转,一枝摇了百枝摇,它是"活"的。

"文气"是中国文论特有的概念。从《文心雕龙》到"桐城派"一直都讲这个东西。我觉得讲得最好、最具体的是韩愈。他说:

"气犹水也,言浮物也。水大,则物之轻重者皆浮。气盛,则言之短长与声之高下皆宜。"

后来的人把他的理论概括成"气盛言宜"四个字。我觉得他提出了三个很重要的观点。他所谓"气盛",照我的理解,即作者情绪饱满,思想充实。我认为他是第一个提出作者的精神状态和语言的关系的人。一个人精神好的时候往往会才华横溢,妙语如珠;疲倦的时候往往词不达意。他提出一个语言的标准:宜。即合适,准确。世界上有不少作家都说过"每一句话只有一个最好的说法",比如福楼拜,韩愈则把"宜"更具体化为"言之短长"与"声之高下"。语言的奥秘,说穿了不过是长句子与短句子的搭配。一泻千里,戛然而止,画舫笙歌,骏马收鞭,可长则长,能短则短,运用之妙,存乎于心。中国语言的一个特点是有"四声"。"声之高下"不但造成一种音乐美,而且直接影响到意义。不但写诗,就是写散文,写小说,也要注意语调。语调的构成,和"四声"是很有关系的。

中国人很爱用水来做文章的比喻。韩愈说过,苏东坡说"吾文如万斛泉源,不择地而出","但行于所当行,止于所不可不止"。流动的水,是语言最好的形象。中国人说"行文",是很好的说法。语言,是内在地运行着的。缺乏内在的运动,这样的语言就会没有生气,就会呆板。

中国当代作家意识到语言的重要性的,现在多起来了。中国的文学理论家正在开始建立中国的"文体学""文章学"。这是极好的事,这样会使中国的文学创作提高到一个更新的水平。

1991年

往事悠悠
——创作随想

杨 沫

一

十八岁时以"小慧"为笔名写出《热南山地居民生活素描》，以后写出小说《苇塘纪事》《青春之歌》，直到最近问世的《英华之歌》……

五十余年悠悠岁月就那么悄无声息，以令我不及回首的速度，在战争的轰轰烈烈与和平岁月的平平安安中蓦然而逝了。每每夜静更深，思维的屏幕也会如过电影镜头般推出已逝的日月：少女的我，在风沙弥漫的北京街头为觅得一个家庭教师、书店店员的糊口之地而奔走；青年的我，于1936年寻找到党，成为中国共产党的一员，我便抱着这纯正的信仰，在抗日战争的炮火中，为这信仰而征战。短发，灰布军服，小包袱里一柄上了子弹的"小橹子"——那是我。这样一过，那样一过，我想可以为我生命的历史，在年过七旬垂垂老矣的此刻，说一句话，并在此一句话后面，画上一个句号了。

革命加文学。

是的，作家都有自己不同的生活历程，而我的历程确是"革命加文学"。

二

就那么停停写写，写写停停。为了自己的信仰去打游击、搞土改、做宣传，为了是一个女人而要做妻子带孩子理家务，这些没有使我放弃对文学创作的热爱和实践。就这样停停写写了五十余年。奇怪的是，和文学相恋相伴五十多年，若自己问自己或别人问自己："文学是什么？""创作的心得体会是什么？"我还是有点儿糊涂，真的。

显然，作为社会科学的文学课题比之自然科学课题的答案，要来得有弹性。

我常常苦于对文学命题的理论的解答，却又觉得因为它难于解答，正增加了对它探索的兴味。

三

人老了，记忆力差了，问我昨天前天干什么来，我或许好一阵儿答不出。而在往昔的"陈芝麻烂谷子"中,却反而有永志不忘的片断,那样新鲜、清晰,那样铭心刻骨地镌写在自己的生命之中,成为我以后创作的心源。

我还只有十一二岁,读小学,一个夜晚,家里来了个年轻的大学生,神态飘逸,谈吐文雅。因为是父母的湖南同乡,他常到我家来。那天晚上,我一觉醒来,发觉他在和父母谈话。又睡去,又醒来,他还在。这么晚了,他怎么还不走呢?两天以后,《顺天时报》上登出了他的名字。方伯务,他被捕。又过了些天,我又在报上看到了他的名字,他和李大钊等二十位革命同志被军阀张作霖绞死了。

这个消息给孩子的心灵多大的震动呀!他是那么美好,那么谦恭,他会是杀人放火的强盗吗?

共产党员的崇高形象就此烙印在我的脑海中,这种烙印的力量是如此巨大,它奠定了我一生信仰的基础。

又一个难忘的夜晚,是在十余年后我踏上抗日民族解放的战场。那一晚,我偶然得到一本名叫《牺牲》的革命书籍,书的封面上印着殷红的滴滴鲜血,血滴把封面分为两部分。上半部是彭湃、赵世炎、张太雷、向警予、罗亦农、王荷波……这些革命烈士英俊、豪迈、栩栩如生的生前照片,而就在这照片和血滴的下面,即是他们被枪杀后躺在棺材里的场景,如此悲壮,如此惨烈!我忍不住哭了。

我该怎样把我的感受告诉世人?让他们同感这悲壮惨烈,而和我们一道去努力推翻那致烈士于死地的恶势力呢?我意识到完成这些事只有文学能给我以帮助。

四

记得一位青年作家曾坦诚直率地告诉我:《青春之歌》的是一个"表达既定概念的作品"。这句话很使我费了一阵思索。我最后对这个评价的解析是:《青春之歌》的作者的目的是宣扬革命,为图解"知识分子必须走革命道路"这一概念,而创作了《青春之歌》。

青年作家的话值得思索。因为从我来说,真是那么回子事儿!青年时代使我铭心刻骨的不是花前月下与情人卿卿我我,不是某某女士嫁了阔佬一身绫罗绸缎。使我动心使我震慑的是方伯务被绞死,是《牺牲》那悲壮惨烈的画幅,是无数为中国人民的解放事业而奉献的在世和不在世的战斗者。

没有办法,我以我的人生观,我的喜怒哀乐所编织成的小说,就带有我的一切:就带有我的命运经历——革命是必不可少的主题了。

五

文学手法是没有禁区的,文学题材也应是不设禁的。

我以为新中国成立以来,我们党对文学的指导,从这方面做了努力。文学题材的开拓,文学手法的探寻,在三中全会以后,很是红火。无数雨后春笋般破土而出的中青年作家,他们令人目不暇接的好作品,令我又欢喜又望而自惭,却也不气馁。给我鼓舞的是:文学应该是,你走你的阳关道,我走我的独木桥,百花齐放嘛。

以革命为题材为主旨写作品,即使在90年代的今天,也可以照写不误。

改革是革命。向大自然斗争也是革命。与腐败、官僚主义做斗争更是革命。

文学可以有儿女纯情缠绵的爱,可以有西部式粗犷豪迈的情;可以写发财、写破败、写义气好侠、写复仇惊险;写正人君子,写畏葸小人……都有上乘之作,也都有败笔。

革命题材的文学,以它必然具备的热血和牺牲,以它必然具备的慷慨悲歌,以它必然具备的豪壮和激情,也会永远赢得读者的垂青。

《青春之歌》自出版至今,国内已印刷了数百万册。先后被翻译成十六七种文字,受到这样多国内外读者的欢迎,是我也始料不及的。几个南京的女学生来信说,她们几次到雨花台去寻找卢嘉川的坟墓,非常遗憾没有找到。人们喜爱敬仰我所塑造的革命英雄人物,这对我是多么巨大的鼓舞。

这就是面对新人、新潮我既自知不足却也不气馁的原因。我走我的路,依旧怀抱着我的信仰,握住我的笔!

六

还经常遇到这样一些读者的询问:"林道静是不是你呀?那么卢嘉川、江华、林红、余永泽又是谁?"

文坛常常忌讳对号入座。是的,我的小说中人物没有一个是生活的本来。比如我就没有作品中林道静美丽。我愿意她美,就刻意地使她美,这道理仅仅是文学的基本常识。然而我又以为再荒诞的小说也会有作者的形影和感受,包括童话。

显然,没有我生活历程中那许多刻骨铭心的感受,我就写不出《青春之歌》,即使写出一本什么书,林道静也将不是现在模样的林道静。

作家总是写自己最熟悉、感受最深刻的事。

大约这就是文学创作必须植根于生活的理论的印证,由此我也赞成现实主义创作方法具有永恒的生命力的这种呼声。

说到现实生活,每个人都生存于社会现实之中,为什么有人可以抓住生活的脉搏,又快捷、又准确、又有感召力地以文学作品的方式把生活再现出来,而有人却不能去写或写得不那么好呢？我以为这原因可以归结为三个方面:对生活感知的深度;对生活观察和把握细节的程度;驾驭主题和文学技巧的力度。

　　我是从许多青年作家和青年文学作者的作品中,从我自己最近出版的《青春之歌》的续篇《英华之歌》中体会到这几点的。那是我和当前活跃于文坛的新进作家的差距。——《英华之歌》,我曾热烈地企盼它出世。写这本书如同写《青春之歌》一样,缅怀我在抗日战争中牺牲的战友,追忆我当年的战斗生活,书中人物流淌的是我胸中的热血。我写林道静的成长,写她的曲折命运,写她感情的离合悲欢,我又倾注了我的全部……

　　书,终于问世。轻松、欢悦地握住这一册书,激动得落下热泪。它当是我的又一个珍爱的婴儿！每个作家拿到散发着油墨味儿的自己的新作时,相信都会有这样的一刻。这一时刻我并没有忘记:写《英华之歌》比之写《青春之歌》时的三十多岁的我年迈了四十岁。人老了,笔钝了,我不能活跃于生活的风口浪尖,我缺少能量向生活、向现实多多地参与……

　　悠悠岁月带给我许多,也拿走了我许多。

　　未来属于青年。青年一代的作家、作者,正在深入、快捷、准确地用他们的笔描绘中华民族的变革。

　　在文学的大道上我正迈开衰老、滞重的腿脚,紧跟他们前行。

最后一件工作
——巴金与现代文学馆
刘季星

1978年7月中旬,巴金开始写他的《创作回忆录》,两年半之后,他写完了预定的十篇,意犹未尽,决定再写一篇,这就是第十一篇——《关于〈寒夜〉》。在此文结尾,仿佛是神来之笔,他突然提出了建立中国现代文学馆的建议。这是1980年12月27日。第二天,他为《创作回忆录》写后记时,重申了他的建议,并希望这个文学馆早日建立起来。

看来似乎突兀:回忆早年的创作生活,怎么提出创办文学馆的建议来呢?其实这是合乎逻辑的发展。因为回忆创作的历程,本身就是在向读者提供可作了解和研究的资料;而资料应该有专人搜集,有专门的地方保管。在过去,这一类搜集保管工作太受轻视,资料被任意毁弃不以为意;尤其是十年浩劫时期,许多珍贵的资料在熊熊烈火中化为灰烬随处可见,保存资料反被视为怀有不良企图而遭劫难,历史的教训和现实的需要都汇聚在巴金笔下呼唤着现代文学馆的出现。

对巴金来说,并非在写作《关于〈寒夜〉》时才想到创办一所文学馆的。他自称在1979年中期即已有了这一想法。但据别的文章记载,这个时间还可以再往前推一年。1978年3月,巴金在北京,他应几个朋友之邀去一家饭店进餐,在路上闲谈时提到他手头保存着几封罗淑的信,这时他已觉得"应该有个什么单位来搜集这些东西,还有别位作家的,都放在一起,好让人们来研究"。他认为这些东西倒不一定在报刊上发表,"只要有人管起来就好"(见姜德明的散文集《相思一片》)。

但他还没有完全想明白由什么单位来管。按照他在50年代的做法,很可能把它们送进哪家图书馆收藏。这样一来,保管是没有问题了,而要让人们来研究,那就十分不方便,这也许是促使他另想办法的原因。

1979年春天开始,他三次出国,感受到了人们对中国现代文学的重视和研究的热情。那些不起眼的东西在国外却被当作珍贵文物大力收集,在有的国家还设立了专门机构加以保存,并已形成了资料中心,这使他深为感慨。同时他又读到一篇文章,了解到日本的作家已建立了一所设备相当完善的近代文学馆,还有个别作家的纪念馆,也尽力保存并利用文学资料,于是他的想法成形了。

1980年11月15日,即在写作《关于〈寒夜〉》之前的一个半月,他开始透露自己的设想。他给姜德明写信,在结尾时也是笔锋一转,显得十分突兀地问道:

创办一所现代文学资料馆,您感兴趣吗?(见《文汇月刊》1990 年 1 月)

这是不是巴金想试探朋友们的反应呢?谢谢姜德明,他在建立文学馆的事业中是出了大力的热心人,他怀抱的不是冷水,而是烈焰。他回信表示"当然同意",并建议巴金写一篇文章交给他发表。巴金没有听从,但一个半月后就写了《关于〈寒夜〉》,说不定其中的神来之笔就是姜德明的劝告在隐隐起作用吧。

姜德明的反应是热烈的,巴金觉得应该做进一步的说明,于是他在另一封信中简略地描画了创办文学馆的蓝图,我们不妨把它看作是他在心中最初的酝酿:

我认为由作协来办最好,房子向政府要,资料由大家捐献,经费也可以由作家和文学出版社捐赠,过一两年便可以自足自给。我愿意为它的创办出点力,而且相信肯出力的人一定不少。您觉得怎样?

这是日本近代文学馆的模式。巴金看过的那篇文章不知内容如何,但据 1982 年 12 月赴日本考察归来的罗荪、李枫一行的报告,这所文学馆可说是白手起家的,建馆的情况大致是这样:1962 年间有一百多位日本作家组成了它的筹备委员会,第二年成立财团法人"日本近代文学馆",举行了成立大会,组织多次演讲,并举办了一个叫作"日本近代文学史展览",引起社会上的很大反响。文化界、经济界的人士以及东京都政府都表示愿意提供帮助。于是开始广泛募集建馆基金。1964 年他们即借用别人的房子因陋就简先行对外开放。1965 年选定馆址,破土兴建,一年竣工,耗资四亿余日元;其中一亿元为都政府拨款,一亿元为经济界捐赠,另外二亿则是娱乐业(如赌博业等)协会所资助。日本作家由于收入菲薄,捐款数量微不足道。

至 1982 年年底,他们收藏的资料总数为七十余万件,其中绝大多数也是外界所捐赠。馆用经费是自给自足,它的财源来自它的各种服务性活动。一是书刊阅览,读者限定年在十八岁以上,每人每次交纳阅览费三百日元。二是举办展览,发售门票。三是出租礼堂和供写作、研究之用的房间,大小不同价格亦不等,租金按日或按小时计算。租者大多是学者、教授及大学生,他们贪图文学馆丰富的馆藏资料和安静的环境。

但最大的一宗收入是供应多种复制件,主要是图书杂志,尤其是久已绝版的第二次世界大战前的文学名著和报刊,利用先进的技术提供精美的印刷质量,同时保持原书最初版本的风貌,赢得普遍欢迎。复印书刊委托出版社制作,销售发行则依靠一个热心的推销机构,它在全国各地拥有千余名业余推销员,可以保证脱手,不致积压。

日本近代文学馆的模式使巴金为之怦然心动。他想移植他们的经验在自己的国土上开花结果。他认准了三个关键:房子,请政府拨给一所;经费,自给自足,但开始时先由作家和文学出版社捐赠;资料,也由大家捐献。他相信日本作家已经办到的事中国作家也一定能办成。他很乐观,他鼓起勇气和信心主动承担责任来开拓这一事业,在一个月之后的那篇《关于〈寒夜〉》里,就公开提出他的倡议了。

1981年1月21日,巴金给罗荪写信,告诉这位老朋友他的一件心事,即"在搁笔之前还想促成中国现代文学馆的建立",请他鼓吹一下。这时罗荪正在北京主持《文艺报》的编辑工作,对巴金的设想有深得我心之感。巴金也明白罗荪的态度,在信中还告诉他想要向未来的中国现代文学馆捐献资料,并第一次提出"还可以捐点钱"。他的建馆蓝图经过了反复考虑,早已成竹在胸。他改动了一处日本近代文学馆的经验,要求有个单位出来领导。他是作家,办的又是作家的事,他自然想依靠中国作家协会。在给朋友的信中他多次认为中国作协要负起责任来。他觉得由中国作协来领导最好,它可以成立一个委员会负责筹办。文学馆的人员倒不在于多,他们的工作是保管并搜集资料,所有作家的资料都收,不加评论地向中外研究人员提供,收取手续费,作为自给自足经济的一个补充。经费还可以通过募集的办法增加来源,唯有房子别无妙计,只能仰仗政府。因此他希望政府拨一所房子,文学馆有了栖身之地,才能生存并开展工作。

他似乎只为房子而苦恼,在其他方面都充满信心,充满希望。他要为文学馆的诞生而奋斗。于是他又寻求曹禺、李健吾等老朋友的支持。罗荪也专为此事拜访了茅盾。茅盾听说之后非常赞成,愿意把自己的全部创作资料提供给文学馆,包括他的长篇小说《子夜》的手稿。罗荪还从叶圣陶、夏衍、冰心等老作家处得到对巴金创议的"热烈支持"。这些消息使巴金深受鼓舞,他再次觉得促成文学馆的建立是大有意义之举,用他的话来说,无论"收也好,放也好,这样的资料馆什么时候也需要。它只是一个资料中心,对哪一派都无妨碍。而且有了它对旅游也有好处,还可以吸引外国的研究者"(1981年2月15日致罗荪信,见《巴金书信集》)。这个话说得非常恳切,非常沉重,袒露了一个老人的苦心。他认为自己除了向文学馆捐赠资料之外,也已到了捐钱的时候了,数目"大约10万吧"。这表明他下定了决心,要把晚年的精力奉献给这一事业。

《关于〈寒夜〉》及《创作回忆录》的《后记》于1981年2月14日同时在香港《文汇报》上发表。3月12日,《人民日报》第八版转载了《后记》及《关于〈寒夜〉》的最后一段。巴金读到后十分高兴。3月14日,他对来访的陈丹晨说:"我最近反复在想一件事,《人民日报》已经把我的想法在编者按语中引述了。不过我还要再讲讲,希望大家都关心。这就是关于建立中国现代文学资料馆的问题。""我年纪大了,我没有别的任何想法,只想切切实实做几件于人民有益的事情。如果我能在北京看到这样一所资料馆建立起来,这将是我晚年的最大幸福。我愿意尽最大的努力促使它的出现"(《文艺报》1981年第9期)。

从 3 月下旬至 4 月初,《人民日报》先后发表了罗荪、臧克家、曹禺和唐弢的文章,响应巴金关于建立中国现代文学馆的倡议。朋友们的同情和支持使他心情振奋。4 月 4 日,他写了那篇《现代文学资料馆》一文。他承认他的"力量有限,但决心很大",他愿意带个头向文学馆交出自己收藏的书刊资料,"还可以捐献自己的稿费"。这是他第一次公开表态,多时暗中下定的决心变成了明确的宣告,他要付诸实施了。他仍然认定日本近代文学馆的经验是可行的。他在文章中反问道:"日本作家办得到的事,难道我们中国作家就办不到?"

他设想中的文学馆是一个资料中心,"它搜集、收藏和供应一切我国现代文学的资料,五四以来所有作家的作品,以及和他们有关的书刊、图片、手稿、信函、报道"等等。他相信他的创办文学馆的梦景会成为现实,对文学馆的前途表示乐观,并预言十年以后欧美的汉学家都要到北京来访问它,"通过那些过去不被重视的文件、资料认识中国人民优美的心灵"(《随想录·真话集》)。

《人民日报》上发表的这一批关于建立现代文学馆的倡议和响应的文章,惊动了社会各界。国家档案局立即表示支持,并愿意尽力相助,使它早日建成。中国革命博物馆主动来介绍建馆经验,提供参考资料。清华大学建筑系师生自告奋勇愿为建筑馆舍承担设计任务。北京有两位教师联名写信给巴金提出了六个方面的建议。有的读者甚至开始向尚不存在的文学馆捐赠钱物了。

转眼到了 4 月 24 日,中国作家协会召开主席团扩大会议,议题之一是讨论筹建现代文学馆。参加会议的有周扬、夏衍、丁玲、冯至、艾青、刘白羽、沙汀、张光年、陈荒煤、贺敬之等人,他们"热情赞同建立现代文学馆,认为这项工作很重要,很需要,希望及早成为现实。巴金在会上提出,他准备献出稿费 15 万元作为建立现代文学馆的基金,并愿意捐出自己的全部手稿和有关资料"(见《文艺报》1981 年第 9 期)。

会后即向上级呈递建馆的报告,不久获得批准。10 月 13 日,中国作协主席团会议决定设立现代文学馆筹备委员会,由巴金、冰心、曹禺、严文井、唐弢、王瑶、冯牧、罗荪、张僖等九人组成,以罗荪为主任委员,下设办公室,即日开始工作。10 月 15 日,巴金给党中央领导人写信,请求帮助解决馆舍的建设以及过渡用房问题。

然而困难不少。巴金后来在《再说现代文学馆》一文中有比较详细的记述。这里用得上一句成语,即"道路是曲折的,前途是光明的",经过种种努力,在中央、中央军委及解放军总政治部和北京市的领导人的关心和帮助下,中国现代文学馆筹备处从沙滩中国作协的防震棚迁进了西郊万寿寺的西院。这一天是 1982 年 10 月 16 日,还举行了隆重的典礼,中共中央政治局委员、书记处书记胡乔木应邀出席,为文学馆筹备处挂上了长匾。

万寿寺西院是明清时代的遗物,曾为慈禧的驻跸之地,园林式的多重院落,占地近一万平方米,建筑面积为五千平方米,而使用面积又递减一半。房屋是砖木结构,刚经历了一场焚去三座大殿的大火,断壁残垣,枯树荒草,令人触目惊心。院内有几处用房尚被占住,麻烦层出不穷。文学馆的第一批工作人员在各方面的支援下挺身去应付面临的重重困难和考验了。

他们清除火灾遗迹,修缮房屋,购置设备,财政部为此拨出专款二百万元。

文学馆筹委会提出了工作纲领,要把文学馆建设成为资料中心和研究中心;要尽快报请国家有关部门将馆舍建设项目列入首都城市建设规划,并逐步进行基金的募集。

继第一笔捐款15万元汇到之后,巴金捐赠的第一批手稿和资料三千余件也运抵文学馆。决定建立"巴金文库",专门收藏巴金的捐赠。

中国现代文学馆成立了,它的生命刚开始,似乎即已登上了它的发展的高潮。

1985年1月,中国作协举行第四次会员代表大会期间,宣布中国现代文学馆正式成立。3月26日开馆典礼,巴金致辞希望大家共同把这个文学馆办得更好。他可以工作的日子不多了,但只要一息尚存,他愿意为文学馆的发展出力。胡乔木在致辞中代表党中央表示:"在文学馆今后的工作当中,凡是需要党中央帮助的地方,我们一定给予无保留的支持。"

巴金可以站在文学馆的门前观看人们有说有笑地进进出出而微笑了。这里面有欧美和其他地区最著名的汉学家,他的预言已提前五年实现。这也不是梦境,这已经成了现实。他也许体验到了他所期待的喜悦,但他是清醒的。

文学馆使用的房屋虽然美丽得如同宫殿,毕竟只是一种过渡性的安排,是受到极大约束的暂时的寄住之所。它需要自己的安装着防火、防虫、防湿、防尘等等设备的钢筋水泥的大楼。为此要争取列入国家的建设项目;要选择馆址,征购地皮;要筹集建馆资金,要申请成立基金会,筹划募集的活动。

文学馆刚成立,馆藏空虚、经费短缺、工作方针不明。他并不过问文学馆的具体事务,但他不可能超然于一切之外,袖手旁观。他同文学馆仿佛已被连成一体,谈文学馆不能忽略巴金,他本人关心文学馆也胜过关心自己的家。他不断地向它输送资料,捐赠稿费以及其他收入。他宣称文学馆是他"一生最后一个工作"(致杨苡信,《雪泥集》第94页),别的活动他不能参与,唯独文学馆,他"还能帮助做些事"(与鲍昌的谈话,《文学报》1986年5月8日)。不过他不愿就文学馆的工作发号施令;当朋友来闲谈时,也顺便说一点自己的看法。1984年12月初,姜德明在上海与巴金谈起文学馆,巴金曾说文学馆目前不必急于开展研究工作,主要应积极搜集资料,整理资料,向社会提供资料(见《相思一片》第233页)。但说过了也就算了,他主要关心的自然还是房子的事。他早就预见到房子是关键,为它殚精竭虑。但除了政府扶助之外,又能有别的什么办法呢?

1985年11月上旬,中共中央政治局委员习仲勋、乔石在上海看望巴金,巴金向他们二位提出中国现代文学馆建设新馆舍的事,请求考虑于近期内解决,并希望向党中央转达他的要求。

以后,他每见到一位中央的领导人都为文学馆的馆舍呼吁。他相信他们都能体恤文学馆的艰难困苦。终于,馆舍问题得到了初步解决。

大楼诚可羡,小院亦宜人,风光旖旎,中外人士无不赞叹:好一个安乐窝!

巴金安慰自己:既然文学馆已有地方安顿,暂时只能这样对付着了。虽然他仍然心存不安,应该说,他为建设文学馆所设计的蓝图,它的第一项的实现还算是顺利的。皇家的园林是简陋的地震棚无法相比的。

第二项的实现虽然远离他的目标,也应该值得庆幸。文学馆已作为社会主义建设的一项事业在享受着国库的供给,有稳定的财源,不必要也不可能为自给自足经济发愁。每年领到的经费足可苟全生命,也大可不必担心它的倒闭。向社会上募钱必须有勃勃的雄心和强大的竞争力方能奏效,在这方面进行角逐,文学馆暂时似乎缺乏应有的品格。

至于资料的捐赠,倒是相当踊跃,甚堪告慰。秀才人情,毕竟不同凡俗。这篇文章不是调查报告,因此不在这里列举许多数字和百分比来说明中国现代文学馆几年来所取得的成就和所拥有的支持。巴金的"最后一件工作"还在进行,瞻望它的前途和回顾它的历程同样是很有意义的。巴金的一些设想和付出的努力,应该加以尊重和珍惜。

据说日本近代文学馆的经济状况也相当拮据,处境并不甚佳,但它坚持下来了。那么,中国作家的这所文学馆,应当怎样坚持下去呢?它将怎样走它的路呢?

1992 年

聆听西藏
扎西达娃

太阳

冬天的上午,西藏高原万里无云,蔚蓝色的天空阳光炽烈。一群群的人在屋外坐着晒太阳,无论你形容他们呆若木鸡也罢,昏昏沉沉也罢,憨头憨脑也罢,他们并不理会外人的评价。重要的是,你别站在他们面前挡住了阳光。

沐浴在阳光下,人们的脾气个个都很好,心平气和地交谈、闲聊,默默地朗诵着六字真言,整个上午处在一种和平宁静的状态中。这个时候似乎不太可能发生暴力凶杀交通事故婚变什么的要紧事,那一切都是黄昏和深夜留下的故事。现在只是晒太阳,大家脸上都那么安详、平和、闲暇和宁静,仿佛昨夜的痛苦和罪恶变成了一缕神话,遥远得像悠久的历史,而面对一轮初升的太阳,整个民族在同一时刻集体进入了冥想。

西藏人,这些离太阳最近所以被阳光宠坏了的人,在创造出众多的诸神中,却没有创造出一个辉煌的太阳神,这使他们的后代迷惑不解。

坐在太阳下静默地冥想,没有动感、没有故事情节,然而却包含着灵魂巨大的力量和在冥想中达到的境界。也许他们并没有去思索命运,但命运思索他们的存在。梅特林克在《卑微者的财富》一文中阐述了在宁静状态下呈现的悲剧性远比激情中的冒险和戏剧冲突要深刻得多。然而西藏人对于悲剧的意义远不是从日常生活而是从神秘莫测的大自然中感悟出来的。在严酷无情的大自然以恶魔的形式摧残着弱小的人类的同时,大自然宝贵的色彩投在海拔很高空气透明的高原上又奇妙地烘托出一种美和欢乐之善;这种大自然的光明与黑暗、善与恶的强烈对比,是形成西藏佛教的重要因素之一。西藏人在冥想中听见了宇宙的呼吸声,他们早已接受人类并不伟大这一教义,以为人类的出现并不是最终目的,不过是在通往涅槃的道路上注定要成为一个不算高级的生灵。

我相信这个非人类的伟大思想是我们的祖先在晒太阳时面对神秘的宇宙聆听到的神的启示。

黑夜

坐在深夜的灯光下,面对万籁俱静的黑夜,有一种唯我独醒的超然。长年与黑夜为伴,渐渐进入了一个鲜为人知的时空,黑夜有它独特的声音和气浪,它像一具有生命的躯体在悄悄蠕动;它给我灵感和启示,我总是能聆听到一支神秘的圣歌在天际罩着我的整个身心,使我在脑海中涌现出刻在岩石上的咒语,在静谧的微风中拂动的五色经幡旗,黄昏下金色的寺庙缓缓走过一队步态庄重的绛红色的喇嘛,一个在现代城市和古老的村庄中间迷失方位的年轻人等等一切发生了怪诞的变形。什么是真?什么是假?时间是怎样发生的?空间是怎样呈现的?我进入了一个扑朔迷离的世界。

黑夜是我灵感的源泉。

有时也破门而出到外面的世界走上一遭,没有动机没有功利没有目的地走向村庄,走向草原,走向戈壁,走向森林和海滨,回来后不写任何游记散文。仿佛梦游一般地回来了。一路上所见所闻,感受到的激情和想象出的情节通通抛在脑后。我相信一个人眼睛和其他器官接收到的任何信息都被储存在容量无限的大脑中,忘记是不存在的,它无非是潜藏在记忆库的深处,如果需要它随时会蹦出来,如果蹦不出来就表明你其实并不真的需要它,尽管你有时自以为很需要而干着急,但这不过暗示着这种需要并不是灵魂中所真实的需要。

像深藏在地窖里的酒一样,将外部世界的感受储藏在大脑中,时间一长就会发生质的变化。有时灵感赋予的一个个栩栩如生的细节、奇妙的人物、甚至不可思议的情节,我已无法辨认究竟是出自生活的原型还是想象虚构的产物。总之,真实和幻想被混合被浓缩而变形了。

小说源于生活,但它是另一种意义上的生活。

夏日辉煌

我发现冬天是个写作的好季节。寒冷的天气使人头脑清醒、思维活跃。在过去的一年即将结束和准备迎接新的一年来临的冬季,会使人产生许多新的想法。

冬夜里,一阵阵狂风呼啸而过。到半夜,又变得很静谧。风疲倦了,人们也进入了梦乡,我开始缅怀夏日,向往夏日,那是一个躁动的季节,一个辉煌的季节;在那个季节发生的故事最让人难忘,随着时间的流逝,这些故事渐渐凸现出来,显示它的意义。

西藏的冬天,最令人振奋的是一年一度的祈愿大法会,万人空巷,场面壮观,弥漫着浓烈的宗教气氛。这个被西方人称之为"西藏的狂欢节"的盛大节日,是为了迎接未来佛的早日降临。根据西藏的经书记载:只有当 1008 尊佛(又称千佛)全部降临后,人类才能得到最后的解脱,到那时世界将是一片和平的净土,再也不会有六道轮回,不再有转世无趣(畜牲道、饿鬼、地狱)之事。佛祖释迦牟尼不过是千佛中的第四位,在他之后的57000万年时,第5位尊佛慈尊弥勒佛(这个时代所呼唤的未来佛)降临人间。那么到第6尊、第7尊……第1008尊最后名叫人类导师遍照佛(又称燃灯佛)的全部降临,还需要多长时间呢?这是一个无限庞大的天文数字,是一个无限漫长令人绝望的过程。然而西藏人是乐观的,他们对人类的未来充满了信心而从来没有丧失信仰,满怀虔诚地在每年的祈愿大法会上一遍遍呼唤着未来佛的早日诞生。当法会结束,人们离开圣城拉萨上路返回远远近近的家乡的时候,你可以听见人们充满自信地不断重复这样的口头禅:"拉萨的祈愿法会结束了,慈爱之王(未来佛)也请来了。"藏族,这个居住在地球之巅的民族,是正在被人们神往还是正在被人们遗忘?

　　我的笔能够写出一个民族的历程和光荣的梦想吗?

　　我感到迷惘。

亲切的关怀
——忆邓大姐

草 明

1992年7月17日,虽然我从八宝山告别邓大姐回来,看到了她那安详酣睡似的遗容,但我脑子里总觉得她并没有离开我们。她对党无限忠诚,对人民鞠躬尽瘁,对国家功勋卓著,这样的人是永生的。

我在哀思中往事如潮地涌上心头。我与邓大姐初次见面是1941年1月中旬在重庆。那时蒋介石军队突然袭击皖南新四军,发动了震惊中外的皖南事变,党决定送一批干部回延安,其中有烈士子弟、部分女作家、党外人士等。我也在其中。我带了小儿子、箱子通过宪兵的重重检查,来到了重庆曾家岩八路军办事处候车出发。到了曾家岩,正在开饭时候。一位三四十岁的女同志亲切地接待我,她用地道的广东话对我说:"祝贺你,你转正啦,你已经是正式党员了。"我听了一激动,顾不上打量这位陌生的女同志,便一手攥着她的手说:"真的?"

她笑笑,略带严肃而又温婉地说:"办事处直属党委通过的,候补期三个月已满,你已是个共产主义战士了。今后,工作起来就更有成效了……"说完她领我去饭厅就餐。她安排我坐下,我正想打听她是谁,到过延安没有?但她被别人叫走了。

"小超大姐,董老有请。"

我望着她的背影,尽量向脑袋中搜索:小超是谁?董老又是谁?我知道这儿有位董必武,有位邓颖超,可没有"小超"。我急不可待地要搞清通知我这个喜讯的人是谁,便问身边的一位女同志:

"那位小超是谁?"

"她是邓颖超——"她看见我有点怀疑,便解释说,"周公叫她小超,我们便顺口叫她小超大姐了。"

哦,邓颖超原来是这样质朴的一个人。是的,我想起来了,不久前周公建议我们加入中国共产党。那是1940年8月间,我们住在重庆近郊南温泉的时候,有一天沙汀同志来我家,对欧阳山同志说:"周公说你们参加'左联'多年,做了很多革命工作,他建议你们加入共产党,入了党,在复杂的情况下能更好地战斗。"

欧阳山立刻写了自传送到重庆曾家岩去。过了几天,我也写了自传,就近送到在南温泉养病的何凯丰同志住处去。何凯丰同志还找我详细地谈过话。他很喜欢孩子,拿了许多吃的招待我那个十八个月的儿子;小儿子也并不客气,拿了一块饼干就吃。

这时,我完全理解共产党的领导人是如此质朴无华、实事求是、亲切热情,像水晶一样通体透明。

时间又跨过了五年。

1945年11月,抗日胜利后,老红军军事干部响应朱老总的召唤,一马当先地到前线去了,地方工作干部也纷纷走向新区,我也决定赶赴东北地区去。临行前我要和邓大姐辞行。在延安五年,虽然有机会见到她,但多在三八国际妇女节纪念会上。她不常在延安,即使回到延安也很忙,我不便去打扰她。

这回正好她在窑洞里。她住的窑洞也不比我住的宽多少。听说我要到东北,她很高兴。她可能看出我经过这五年的学习和锻炼,比在曾家岩那会儿老练一些,便指点我说:"到了新区,一是情况较复杂,工作较紧迫繁重,要有精神准备。二是不管什么工作,需要你去做的就去做;不论在什么岗位,你都要关心妇女和儿童。你须知,妇女占人口的一半,什么事没有妇女参加是办不好的,一定要提高她们的觉悟。只要她们觉悟了,干起来不比男人差。我有这个经验……"

我问她为什么广东话讲得那么好。她笑一笑,说:"我在你老家工作好几年哩。大革命那一阵,办了妇女学习班,学员精神提高了,你要她们赴汤蹈火她们也敢去。那年月她们为国民革命军做了多少军服和鞋子啊!广大群众不愧为国家的主人翁呢。你们广东人特别豪爽,像何香凝,你是知道的啦,她是那时国民党的妇女部长,她也热血沸腾地拨款出来办妇女讲习所呢。你去吧,到群众中去吧!"

我听得很有味道,急忙应道:"在座谈会上毛主席也反复叫我们深入工农兵的斗争生活中去。"

邓大姐特别强调毛主席《在延安文艺座谈会上的讲话》的重要意义。她说:"你是作家,相信你们会这样做的。"

饭菜已摆开,邓大姐让我一起吃晚饭。

饭后,我不失时机地要求邓大姐引我去见毛主席。她高兴地带我去……

我到东北后,真如邓大姐说的,什么地方需要我干我就去干。我参加过多方面的工作,比方参加哈尔滨市的街道妇女斗恶霸,参加接收哈尔滨市邮政局和创建东北邮电局,后来到镜泊湖去当工人的文化教员,回来写了《原动力》这部中篇小说。不久,蔡大姐要我去参加东北局妇委的宣传工作。

1950年,我国人民刚刚喜气洋洋地度过中华人民共和国成立的喜庆,就派出了一支以郭沫若为首的庞大的代表团出席国际争取和平第二届大会。我是其中的代表之一。出发前,邓大姐亲手把一个小钱箱交给我,对我说:

"这里头是交给国际妇联的会费,你要保护好它,到达大会后交给国际妇联就成。"

一路上,我像保护一个吃奶的婴儿似的抱着那个钱箱,生怕丢失了它。终于完成了任务。

1954年我落户鞍钢的时候,忽然接到全国妇联召开第二次代表大会的通知,便到了北京。这次又见到邓大姐。我想简单地向她汇报一下这几年的工作情况。谁知道她笑着摆摆手说:"我早就从蔡大姐那里知道你的行踪了,你的《原动力》我们不少人都看过。你深入工厂很好;写吧,反映新中国的新成就,反映我国工人阶级的英雄面貌吧。我们就缺少这个……"

她的称赞实际上增加了我写作的压力,也可以说她的话更鼓起我一心一意地深入工人中去写他们的动力。

人所共知的"四人帮"作祸,占去了我们十年的宝贵光阴。一直到1985年,我的《神州儿女》才问世。我送了这本长篇小说请邓大姐指教。后来在全国政协开会期间,赵炜同志陪同邓大姐到妇女组来看望我们,我高兴地上前与她拥抱。她高兴地说:"你的书我收到了。要是有意见我会告诉你的。"她说完被大家拥到沙发椅子上去了。

真没有想到,这是邓大姐最后一次对我的殷切关怀!

深切的怀念

沙 汀 晓 钟

去年(1992年)11月我从北京回成都定居以后,尽管眼睛看不见了,心里却总惦记着一件事:郭沫若诞辰100周年纪念快要到了。和郭老相交几十年的深厚情谊,常在心中涌起不尽的思念之情。

"文革"后期,我走出成都昭觉寺里的牛棚,行动仍不自由。独自待在家里,从抄家后的废纸堆里找到几本漏网的笔记本,便悄悄写中篇小说《青松坡》。完稿以后寄到人民文学出版社。当时饱受摧残的作家很少写作,出版社负责人看到稿子十分高兴,立刻来信要我去北京商谈修改出版事宜。费了几多周折,才同意我去北京。

到北京以后,我第一个想看望的就是郭老。他在"文革"中受了很大冲击,我很想知道他现在怎样了。结果一打听,才知道郭老洗手时不小心摔了一跤,有点像半身不遂,行动很困难,健康状况很不好,住在医院里,想见一面很不容易。我急于想见到郭老,找臧克家帮忙联系。于立群知道我和郭老的友谊非同寻常,她说:"见吧!现在是见一面算一面啰!"我在病房客厅里坐下,郭老由秘书扶着从病房慢慢地走出来。他人很枯瘦,身体十分衰弱,说话都有困难。看到郭老这个样子,我心里很不好受。郭老见到我很高兴,交谈了一会儿,我不忍心让他为我多受罪,起身扶着郭老进里面休息,顺手轻轻地把门拉上,向秘书了解一些情况便离开了。

我又去看望周扬,"文革"中数他受的冲击最大,劫后余生,身体也垮了,当时连个家都没有,栖身在一个干部招待所里。我向周扬谈起刚见过郭老的情形。我对郭老说:"你不仅为中国革命做出了很大的贡献,还创作、翻译了许多优秀文学作品;开创了学术研究的新领域,你这一生真是硕果累累。"郭老摇摇头说:"十个指头按跳蚤哦!"他的意思是十个指头按跳蚤,一个都没按着。周扬马上截断话题说:"不能这样讲,郭老涉猎的各个方面都取得了很大的成就,每个指头都按住了的。"

那天,我和周扬从五四到"左联"、从抗战到解放,谈论了许多郭老的往事和友谊。

见过郭老和周扬之后,我的心情好长时间平静不下来。我认识郭老是从他五四时期的新诗开始的。是他的《女神》唤起了我文学的觉醒。那时我在四川省立第一师范读书。每每星月流辉,从南门大桥的府河边上走过的时候,我便情不自禁地吟诵起《女神·光海》来:"山在那儿燃烧/银在波中舞蹈/一只只的帆船/好像是在镜中跑/哦,白云也在镜中跑/这不是个呀,生命的写照。"

郭老给我印象最深的,还是他的讨蒋檄文《请看今日之蒋介石》。那时我已加入中国共产党,在家乡做农村工作。1927年重庆"三三一"惨案发生了,杨闇公等许多共产党人倒在血泊之中,白色恐怖笼罩着四川。我在家乡也站不住脚了,一时弄不清是怎么回事。这时我看到郭老声震中外的讨蒋檄文,才认清国民党反动派背叛革命、屠杀共产党人和革命群众的反动真面目。从此,郭老对我的影响就不仅仅是文学了,更重要的是政治思想方面的了。

大革命失败后,郭老被迫流亡日本。但是他的心和国内革命斗争紧紧地拴在一起。30年代初,我在"左联"当秘书,经常收到郭老从日本寄回来的文章,为党领导下的左翼文艺运动冲锋陷阵。尽管和郭老一直无缘谋面,但仰慕之情与日俱增。七七事变抗战全面爆发,郭老被秘密接进中国驻日使馆,他来不及向妻子儿女告别,穿着一身和服,当晚秘密上船启程回国。7月27日郭老到达上海,政府抢先安排他住进中山饭店。郭老通过公开的《光明》杂志找到沈起予。沈起予夫妇一面领郭老到南京路买西服,一面通知周扬、我和其他左联作家到饭店慰问。这是我第一次见到仰慕已久的郭老,那种心情很难用语言来表达。我们用熟悉的乡音摆起龙门阵。郭老谈到杰克·伦敦的小说《阿Q的阿Q》,写东南亚的殖民主义者要砍一个中国人的头示众,由于名字的读音相近,把人搞错了,那些殖民主义者却说:管他那一个,只要是中国人就行。日本侵略,民族危亡的紧急关头,郭老的激愤之情像火山一样喷涌而出,使我们身上燃起民族救亡激情。"八一三"日本侵略军进攻上海,原左联盟员和进步作家纷纷走上街头宣传、募捐,慰问前线将士和伤员。随着形势的恶化,郭老劝我们回到各自的家乡,动员人民把抗日救亡的热潮掀起来。我回到成都,在党领导下开展救亡宣传和统一战线的工作。1938年夏我到了延安,随贺龙深入晋西北和冀中抗日前线。后来回到重庆,在南方局直接领导下,担负大后方文化界的联络统战工作。这样我又能经常见到郭老了。

那时,郭老已经辞去蒋介石政府的挂名差事,住在天官府集中精力从事创作和历史研究。郭老从日本回国不久,于立群经人介绍跟郭老学书法。我到重庆再见到他们,已经同居多时并有了小孩。我对郭老开玩笑说:"哦!娃娃都这么大啦!"郭老凑近我的耳边小声说:"上个月又扯地皮疯呢!"意思是郭夫人又有受孕的征兆,结果虚惊一场。当时郭老在大后方的名气很大,找他的人也很多。好在有于立群为他挡驾,用种种借口推谢那些不相关的人,使郭老在艺术上出现了以历史剧为代表的又一个创作高峰。和郭老在一起的时候,我曾谈到成仿吾在延安的情况,他们是创造社的老朋友了。郭老听了之后十分关心成仿吾的身体健康,托我找南方局去延安的便车给成仿吾带去御寒的毛衣、围巾、鞋袜等等。皖南事变之后,组织上安排我回乡隐蔽,在睢水关一待就是将近十年。直到新中国成立以后,1952年我出访原民主德国,到了北京才又见到郭老。

我与郭老的关系,先是文学上的,后来主要是革命斗争方面的了。在我的人生历程中,他给我很大的影响和鼓励,是我终生难忘的老师。现在我的眼睛已经看不见了,无法查阅许多材料,仅就记忆所及,请我的秘书记录整理下来,作为郭老百年诞辰的纪念。

《喂鸡》(木刻)黄永玉

我看父亲的画

铁 凝

  我是父亲的孩子,从小就看父亲作画。

  在中国,拥有自己画室的画家是不多的,父亲的画架常常随意支在家中的某个角落。我在油画颜料清苦的气味中看父亲怎样把空白的画布铺满颜色,当父亲擦笔的废纸撒满地板如一朵怪异的花时,我就知道他又完成了一张新作。在文化萧条的时代,父亲的油画大都背朝外地靠在墙角,而水粉、水彩则被平铺在褥子底下。至今我还记得,当友人前来看画时,母亲是怎样协助父亲掀开厚厚的褥子,再由父亲小心翼翼地抽出他的一沓沓小画和大画。那时父亲的一双大手托着他的作品,脸上满是宁静的疼爱之情。或许正是父亲的这种表情最初启迪了我的心智,当我对绘画一无所知时,就忽然明白了艺术的魅力。我想,假若一个人找到了他面对世界的表达方式,便不会轻易舍弃,因为这种表达本身即是他生命形式的一部分。父亲无疑将绘画视为他生命的一部分,他的每一个画面,又好比由他的生命派生出许多永恒的瞬间。

  父亲的画,就因此弥漫着一种可以触摸的激情。即使面对着他的静物,我也会生出快乐的不安。于是我想,什么是静物呢?照字面的解释,静物就是安静的东西。但是山川树木不也安静着吗,它们进入画家的视野,可被称作风景,静物实际也是风景的一种呵。在画家的笔下,一只花瓶的呼吸与一条河流的沉默本无须界定,它们都是有形的生命。还有人,人在父亲的笔下不也是静穆着的自然吗。作为观众的我,才会在雨后的村边读出许多北方的故事;才会在被薄雾打湿的无名花瓣上感应到世界的庄重和俏皮;才会在娇艳欲滴的红土堆上发现令人惊惧的美丽;才会在蓬勃茁壮的人体上领受到自然的恩赐;才会在黑的山白的树身上悟出喜悦人生的明媚。

  终于有一天父亲要编辑自己的画集了,许多新画被堂皇地排列起来,但父亲依旧不忘他的老画。他把它们一张张托出来,老画们好像还带着棉花的气味和人的体温,父亲已有了白发。面对从前这些被棉花和人体焐过的画,我很想放声大哭。父亲这一代人,经历了战乱、饥荒和文化的浩劫,经历了那么多悲凉和孤寂的时光。是什么使他挽留住了直面人生的一片童真?在父亲的画里,最少有的便是世故。他固守着自己的灵魂所感知的世界,他又用颜色和笔触为观众创造出充满流动感的新奇,使我每每温习生命的韧性和光彩。假如人生犹如一幅幅风景,父亲的风景线上,处处是烂漫的真情。

并不是每一位人过中年的艺术家都能挽留住这一份烂漫的童真,这童真的冶炼,就始于艺术家在他的作品被压在褥子底下几十年之后,对日子依然的不倦。

我是父亲的孩子,从此更加渴望理解父亲的风景。当我到了父亲的年龄,在我的风景线上,能够挽留住什么呢?

《野塘初夏》(木刻) 孔塞

延吉风情

季羡林

  延吉是一个好地方,好到难以想象;但又是一个怪地方,怪到不易理解。
  天好,地好,人好,一切都好,难道还不是一个好地方吗?这个一说,大家就懂。
  但是为什么又怪呢?这里必须多啰唆几句,否则别人会觉得,不是地方怪,而是我这人有点怪了。
  延吉是一个非常小的城市,人口只有30万,远远赶不上我所住的北京的海淀区。但是这里的出租汽车有1200辆,在所有的马路上,风驰电掣,一辆接一辆,多似过江之鲫,人均占有量占全国第一。这难道还不算怪吗?但是怪劲还没有完。你站在马路旁一秒钟,最多一分钟,不用思索,随意一招手,必然会有辆出租车停在你眼前。二话甭说,开门上车,不管路远路近,只要不出市区,一律5元。路近,司机(其中有不少是妙龄女郎)当然不会厌烦;路远,司机也处之泰然,不说半句怨言,连眼都不会眨一眨。司机从来不问是到什么地方去。一上车,座客指挥,司机遵命,一言不发。一下车,5元钞票一递,各走各的路,仍然是一言不发,皆大欢喜,天下太平。
  说到乘出租汽车,我也可以说是一个老行家了。在许多城市,我都乘坐过出租车。香港是规规矩矩的,无可指摘。在深圳,在广州,在北京,你有急事,站在马路旁边,"望尽千车皆不是,市声喧腾单车流"。偶尔有空车驶过,如果司机先生想回家吃饭,或者有别的公干,或者兴致不高,你再怎么拼命招手,他仍置若罔闻,一溜烟驶了过去。忽然有车停下,你正心花怒放,在深圳和广州,有的司机可能问你是付人民币还是付港币。如果是前者,他仍然是一溜烟驶走。有的司机先问到哪里去,太近不行,太远也不行。不远不近,得乎中庸,勉强成交,心中狂喜。如果你真有急事,急得像热锅上的蚂蚁,又适逢非中庸之道,或者时间不合适,则你无论怎样向司机恳求,也是无济于事,"禅心已作沾泥絮,不逐车风历乱飞",司机都成了参禅的大师。勉强上了车,有计程器,偏又不用,到了目的地,狠狠地敲你一下竹杠。老百姓的口头语说,"听诊器,方向盘,人事干部,售货员",都是惹不起的人物,难道其中就没有一点道理吗?
  反观延吉的出租汽车,你能说他们的道德水平不高吗?可是,在"滔滔者天下皆是也"的氛围中,你能说他们不"怪"吗?
  但是,我凭空替他们担起心来。人口这样少,而汽车又这样多,他们会不会赔钱呢?我怀着疑虑的心情,悄悄地问过一个出租汽车司机,每个月能挣多少钱。他回答说：“三四千元。"我相信他说的是真话，说不定还打了点埋伏。

接着又来了问题：1200个出租汽车司机，每人每月挣三四千元，加起来是一个相当庞大的数目。延吉人能出得起这么多钱吗？延吉朋友告诉我过，这里工业并不发达，农业也非上乘，按理说延吉人不应该太富。可是，你别慌，这个朋友一转口又告诉我，延吉人几乎口袋里都有钞票。这就够了。若问此钱何处来？据说都是正当途径，详情就用不着我们多管了。反正延吉人口袋里有钱，这是事实。

他们有钱，还表现在另一个方面。30万人口的一个小城，竟有卡拉OK120家，还有20家在筹建中。另有人告诉我，城中类似卡拉OK的茶馆、咖啡馆之类，有400家。不管怎么说，延吉在这方面又占全国第一了。朝鲜族十分重视文化教育，文化水平可能列全国榜首。他们能歌善舞，闻名华夏神州，他们据说又善于花钱。不是有人提倡过能挣会花吗？我认为，延吉人算是做到了。由于以上种种原因，延吉卡拉OK人均数在全国拿了金牌，不是很自然的吗？

与上面说到的两件事有联系的，延吉人还有一个全国第一，这就是喝啤酒。喝啤酒原是欧风东渐的结果。啤酒这玩意儿大概真是有不可思议的魔力。一传到中国——世界其他地方也一样——立即以排山倒海之势独占酒类鳌头，人们饮之如琼浆玉液。全国皆然，非独延吉。然而别的地方喝，论杯，论"扎"，至多论瓶。在这里则是非杯、非"扎"、非瓶，而是论箱，每箱24瓶。看了这情况，即使是酒鬼的外乡人，也必然退避三舍，甘拜下风，而非酒鬼如我者竟至舌翘不下，眼睁不开，吓得魂儿快要出窍了。我在世界啤酒之乡德国待过10年。那里的啤酒不比水贵多少，人们喝起来皆比喝水多得多。我自以为天下之最盖在此矣。这次到了延吉，才知道自己竟是一只井蛙。

我们在天山宾馆吃晚饭时，邻近有一桌客人，男的六七个，女的三四个，说中国话，并非老外。我们进去的时候，他们已吃喝起来。我们吃完走时，他们还在吃喝。喝啤酒时真是"饮如长鲸吸百川"，气势磅礴。桌上酒瓶林立，桌旁空箱两只。喝到什么时候，地上空箱摞起多高，只有天知道了。我做了一夜啤酒梦。

我在上面讲了延吉的三个全国第一。你能说这不"怪"吗？

但是，"怪"字是一个中性词，绝不等于"坏"在延吉，我毋宁说，这里怪得可爱，怪得可钦可敬。有的地方怪得简直像是小说中的君子国。我觉得，这三怪的背后隐藏着一种非常深刻的意义，它们是与我开头说的"好"字紧密相连的。这里的人热情豪爽，肝胆相照。我走过全国不少的少数民族地区，一般说起来，汉族同当地人相处得还不错，有的好一点，有的差一点，可是达到水乳交融水平的，毕竟极为稀见。一到延边，我就向几个朝鲜族朋友问起这个问题，他们说毫无问题，汉、朝两族毫无芥蒂。我又向几个汉族朋友问起这个问题，他们也说毫无问题，朝、汉两族亲如兄弟。尽管语言不同，绝大多数的人都使用两种语言。彼此共事,民族界限早已泯灭,他们只感到同是中华民族,而不感到是朝鲜族或汉族。

我们此行虽然短促,但确实交了许多朋友。在我的潜意识里,只有朋友,而没有什么汉族朋友、朝鲜族朋友之分。延吉这个地方,我永远不会忘记。延吉的朋友们,我永远不会忘记。我遥望东天,为他们虔诚祝福!

我开头说,延吉是个好地方。谁还会怀疑我这句话的真实性呢?

《公社的鸭苗肥又壮》(木刻)李锦堂

文艺报70周年精选文丛

文艺报 70周年
精选文丛（7卷，12册）

《时代之思》（理论卷）（上、下）

《文学天际线》（文学评论卷）（上、下）

《艺术经纬》（艺术评论卷）（上、下）

《世界的涛声》（外国文学卷）（上、下）

《彩练当空》（作品卷）（上、下）

《未来永恒》（儿童文学评论卷）

《文学之思》（对话卷）

文艺报 70 周年精选文丛

CAILIAN DANGKONG
ZUOPIN JUAN XIA

彩练当空

作品卷 下

文艺报社 ◎ 选编
梁鸿鹰 ◎ 主编

时代出版传媒股份有限公司
安徽文艺出版社

图书在版编目（CIP）数据

彩练当空：作品卷：上、下/文艺报社选编；梁鸿鹰主编.
—合肥：安徽文艺出版社，2020.12
（《文艺报》70周年精选文丛）
ISBN 978-7-5396-6989-2

Ⅰ．①彩… Ⅱ．①文… ②梁… Ⅲ．①中国文学－现代文学－作品综合集②中国文学－当代文学－作品综合集 Ⅳ．①I216.1

中国版本图书馆CIP数据核字(2020)第108815号

出 版 人：段晓静
出版统筹：刘姗姗　宋潇婧　周　康
责任编辑：汪爱武　张星航
特约编辑：明　江
装帧设计：张诚鑫　吴　臣

出版发行：时代出版传媒股份有限公司　www.press-mart.com
　　　　　安徽文艺出版社　www.awpub.com
地　　址：合肥市翡翠路1118号　邮政编码：230071
营 销 部：(0551)63533889
印　　制：安徽新华印刷股份有限公司　(0551)65859551

开本：710×1010　1/16　印张：46　字数：900千字
版次：2020年12月第1版
印次：2020年12月第1次印刷
定价：156.00元(上、下)

（如发现印装质量问题，影响阅读，请与出版社联系调换）
版权所有，侵权必究

目 录

梁鸿鹰:回望如歌岁月　开创全新境界——《〈文艺报〉70 周年精选文丛》总序 / 1

上

1949 年

郑振铎:"中国人从此站立起来了" / 1

黄志　于永清:冰河夜渡 / 4

黄药眠　凌鹤　陈中凡　吴天:参观东北归来 / 9

唐　因:访鲁迅先生故居 / 13

叶　丹:工人说我演得不像 / 16

柯仲平:铁打的英雄 / 18

白　艾:我们的铁骑队 / 19

严　辰:我们是光荣的中华人民共和国的主人 / 25

马思聪:游苏联印象 / 29

1950 年

孙伏园:三十年前副刊回忆 / 32

巴　金:一封未寄的信 / 34

1951 年

唐　因:他们在艰苦中前进——朝鲜通讯 / 38

任迁乔:我走了弯路 / 42

〔苏联〕雅可夫列夫 撰稿　郁洁 译　刘辽逸 校:新中国的印象 / 45

1952 年

吴祖光:生活给了我教育 / 49
巴 金:我们会见了彭德怀司令员 / 53
曹克英:我是怎样学习写戏的 / 56
常香玉:永远记住这一天 / 59

1953 年

艾 青:白石老人 / 62
菡 子:回到祖国的怀抱——访首次回国的志愿军病伤人员 / 65
菡 子:使人们得到幸福是最高的道德标准——颂《婚姻法》/ 68

1954 年

李 纳:工厂的女孩子们 / 71
艾 芜:美好的日子 / 74
〔朝鲜〕洪淳哲 撰稿 李春柏 译:平壤的一天 / 76
茅 盾:斯德哥尔摩杂记 / 82
老 舍:提高质量 / 85
梅兰芳:我在平壤的时候 / 87
夏 衍:在欢乐的日子里 / 90

1955 年

唐 诃:浙东前线散记 / 92
艾 芜:田野在欢乐地笑着——家乡散记 / 97

1956 年

秋 耘:从契诃夫劝人坐三等火车说起 / 100
萧 乾:大象与大纲 / 102
小 牛:关于抄袭 / 107
邵燕祥:看苏联马戏 / 109
司徒乔:鲁迅先生买去的画 / 111
〔日本〕内山完造:思念鲁迅先生 / 113
袁鹰 马铁丁 袁水拍:作家们,掀起一个创作的高潮!——"万象更新图"解说诗 / 117
李霁野:忆在北京时的鲁迅先生 / 121

1957 年

杨　朔:把生命发挥得最有用 / 126

陈伯吹:父母们,乐观起来吧! / 128

1958 年

何其芳:悼念郑振铎先生 / 130

徐　迟:人民的歌声多嘹亮 / 132

1959 年

李　乔:创作的源泉——生活,生活! / 135

冰　心:关于散文 / 139

赵树理:下乡杂忆 / 141

李　季:我和三边、玉门 / 143

1960 年

老　舍:谈读书 / 145

1961 年

冰　心:玉工的启发 / 147

1978 年

李若冰:悼念柳青同志 / 149

巴　金:永远向他学习——悼念郭沫若同志 / 152

1979 年

沙　汀:安息吧,立波同志 / 154

陈白尘:哭田汉同志 / 158

1980 年

魏　巍:怀念小川——《革命风云录》代序 / 162

刘白羽:泥土气息与石油芳香——怀念李季 / 167

王　蒙:我在寻找什么? / 171

1981 年

邹荻帆：布谷鸟的歌唱／177

巴　金：悼念茅盾同志／181

铁　凝：还是要写人……／183

冯骥才：命运的驱使／185

孙犁、刘心武的通信／188

谌　容：痛苦中的抉择／190

秦　牧：我是怎样走上文学道路的／193

1982 年

牟崇光：来自人民，融于人民——记作家刘知侠深入生活的片断／198

叶　辛：谈怎样结构长篇小说／201

毛泽东同志给文艺界人士的十五封信／207

1983 年

胡　采：给贾平凹同志的信／214

冰　心：他还在不停地写作／222

黄秋耘：我所认识的韦君宜同志／224

张　洁：由小道姑把玩遮阳帽谈起／228

1984 年

文　椿：古稀之年，壮志未泯——记荒煤同志／229

梅绍武：梅兰芳和高尔基／233

高洪波：他瞩望着时代——访老诗人艾青／237

1985 年

姚雪垠：三毛其人及其作品／240

晓　蓉：陈伯吹老人和猫的故事／248

陆文夫：快乐的死亡／253

贾平凹：世界需要我睁大眼睛／254

铁　凝：又见香雪／255

莫　言：桥洞里长出红萝卜／258

康　濯：追念侯金镜同志／260

1986 年

林斤澜:旧人新时期 / 264

1987 年

艾克恩:老舍延安之行 / 266
萧　军:内山完造与内山书店 / 269
梁　斌:深入生活 / 271
白小土:谈作家的手稿 / 276
叶至善:我生长在一个编辑的家庭里 / 278
冯骥才:我为什么写《三寸金莲》/ 281
宗　璞:忆旧添新 / 286
昌　沧:忆赵树理 / 287
丁　宁:战火中的孩子剧团 / 290
黄　裳:中秋随笔 / 295

1988 年

张守仁:《十月》十年 / 298
艾　青:创作生涯 / 301
沙　汀:担任代主任后二三事 / 309
唐达成:悼念企霞同志 / 313
荒　煤:关于文艺工作团的回忆 / 315
冯　牧:黄昏 / 318
康　濯:鲁艺五十年之忆 / 322
吴祖光:叶圣陶先生不朽 / 325
汪曾祺:中国作家的语言意识 / 328

1991 年

杨　沫:往事悠悠——创作随想 / 331
刘季星:最后一件工作——巴金与现代文学馆 / 335

1992 年

扎西达娃:聆听西藏 / 341
草　明:亲切的关怀——忆邓大姐 / 344

沙汀　晓钟:深切的怀念／347
铁　凝:我看父亲的画／350
季羡林:延吉风情／352

下

1993年
高　平:1954:侯宝林在西藏／355
程步涛:苍然晚晖／357
侯宝林:毛主席听我说相声／361
朱子奇:缅怀阳翰老／363
凌行正:哦,飞鱼!——南沙纪行／369
王朝柱:潘汉年与左联／372
李　琦:我画毛泽东／383
罗　加:忆父亲罗广斌／386
吴洋锦:最高的奖赏——路遥逝世以后的点点滴滴／392

1995年
方　成:大师走了／395
艾克恩:丁玲:抗日潮头一女杰——"今日武将军"率西战团出征记／397
何立伟:马原这个人／401
郑荣来:做了北京人／403

1996年
龙汉山:《诗刊》复刊片忆——怀念李季同志／405
贺抒玉:柳青的幽默／408
苇　岸:我的邻居胡蜂／411
资华筠:我的散文世界／413
玛拉沁夫:想念青春——文学回忆录片断／416
乔　迈:指间老茧渐退时／426

1997年
敖德斯尔:乡情／427
尧山壁:忆贾大山／429

1998 年
艾克拜尔·米吉提:读书漫笔／432
萧　耘:父女恳谈录——萧军说萧红／435
冯其庸:看就是学／450
苇　岸:去看食指／453
新凤霞:我是戏包袱(续)／457
苏叔阳:心灵的放飞／459

1999 年
马　烽:缅怀老舍先生／463

2000 年
马丽华:在西藏写作／468

2001 年
梁晓声:北京人速写之一／470
肖　杰:取经与贾大山／474
扎拉嘎胡:脚下的巨大移动／477
叶广芩:山乡的日子／479
吴泰昌:盛会之际忆茅公／481
何　申:文人相重——"三驾马车"中的你、我、他／486
方青卓:我的文学情结／489
周　明:一封"遗书"／491

2003 年
吴泰昌:巴金亲临现代文学馆／495
吴泰昌　祖忠人:巴金与《文艺报》／498
端木蕻良:我和萧红在香港／506
毕淑敏:假如我得了非典／509

2004 年
徐光耀:我所知道的胡可／511
叶多多:怒江的期盼／516

陈忠实:柴达木掠影／519

2005 年
石　湾:陆文夫掘《井》／522
李　瑛:怀白羽／526
孙幼军:从听故事到写故事／532
红　柯:另一种生活及无限可能／534
阿　来:我是一个用汉语写作的藏族人／535
李健鸣:关起门来听／537

2008 年
李　瑛:生命的尊严如此美丽／539
阎　纲:《文艺报》的老师们／543
陈忠实:我的秦腔记忆／548
阿　来:一本书与一个人／552

2009 年
洪　烛:叔叔／555
乐黛云:魂归朗润园／557
雷抒雁:十月,祖国! 不仅仅是在十月／559
邓友梅:中国作协引导我走上文学之路／566

2010 年
黄毓璜:怀念高晓声／569
王安忆:回忆文学讲习所／572
曹文轩:美比深刻更重要／574
王　蒙:秋水的余响／576
胡殷红:忘年之交吴冠中先生／579
陆天明:我和我的父亲和我的文学三十年／583
丹　增:笑脸与笑声／586
林那北:有一条路在内心蜿蜒／590
刘醒龙:在母亲心里流浪／593
葛水平:归于静的写作方式／595

鲁　光:苦禅先生送我一幅鹰／597

2011 年
顾　农:怎样为小说里的人物写诗／600
陈晓明:高考作文的人文情怀在哪里／604
张瑞田:老舍这个"画儿迷"／606
吴为山:我这个老人美在哪里——追忆费孝通先生／609
峭　岩:坐在沙滩晚照里／613

2012 年
贺捷生:1927:贺龙辗转香港途中／614
苗得雨:故乡的"李有才"／620
刘亮程:后父／623
王　彬:贾母拜月／626
鲁　敏:老宅里的庄市／629
张瑞田:牛在笔下／631
杨肇林:情系三沙(二)／633
王巨才:沉重的负债／635

2013 年
叶　梅:黎明穿过岗巴拉山口／639
陈建功:在汪曾祺家抢画／642

2014 年
陈世旭:避免抬杠／644
冯　艺:《文艺报》与文学梦／646
束沛德:一路相伴／649
黄传会:一不小心,我侵权了／653
王宗仁:冰天雪地芳草地——我和《文艺报》的 49 年交往／658
铁　扬:往事今事　长话短说／661

2015 年
鲍尔吉·原野:课堂的母亲／665

李　冰：马识途的文学情怀／667
彭荆风：攀上哀牢山——边地生活记事／670
李　冰：说说杨绛的刚强／676
任溶溶：说一个句子的翻译／678
何　申：县城记忆／679

2016 年
陈众议：杨绛：永远的女先生／683
金炳华：回忆陈忠实同志／687

2018 年
赵德发：沟里沟外／690

2019 年
汪　砚：《文艺报》试刊十三期回顾／695
肖复兴：投稿记／700
蒋原伦：让时光停留在那些日子／704
杨匡满：我心目中的《文艺报》"三驾马车"／707

编者的话／711

1993 年

1954：侯宝林在西藏
高 平

相声艺术大师侯宝林同志走了。在人生八十已不稀奇的今天,他还是走得太早了。沉痛缅怀之际,不禁忆起我和他唯一的一次短暂相处。

1954年春天,全国人民慰问人民解放军代表团赴康藏分团进入藏区。我记得团长是裴光同志,我的《打通雀儿山》就是他首先引用到他的汇报文章中发表于《人民日报》的。当时他并不知道作者是谁,是视为进藏战士诗抄录的。我还记得慰问团的团员中有远从朝鲜赶来的志愿军模范女护士张丽人同志,还有著名艺术家侯宝林、魏喜奎。我们坐着一大队军用卡车浩浩荡荡沿着刚刚通车的川藏公路东段向西进发。我只知道侯宝林同志就在队伍之中,却不认识是哪一位。因为当时我国还没有电视,我也没有机会亲自看过他说相声,无缘识其真面。

在到达昌都(察木多)之前的一天,在宿营地吃晚饭。在那里,下午六七点钟太阳还很高。因为没有饭堂,没有桌椅,酷似野餐。大约八人凑一"桌",席地围坐成一圈,饭菜就放在中间土地上。在等菜的时候,我见对面有位客人盘腿坐地,像一尊佛,面容特别和善且富有幽默感。我悄悄问身边的熟人:"盘腿坐在我对面的是谁?"盘坐者的耳朵和眼睛都很灵敏,不等别人回答我,立刻用食指按着自己的鼻子尖儿,冲我一笑,自我介绍说:"侯宝林!"我惊喜非常,也立刻回了一句:"啊,大名鼎鼎!"我们就这样认识了。饭后,我们攀谈起来,他比我年龄大得多,但十分亲切随和,热情真诚,毫无瞧不上小字辈的意思。他对我说:"你在西藏工作,有生活,请给我提供些创作相声的素材,宣传西藏部队的业绩。"我愉快地答应着。我说:"你亲自来体验,不也有生活了吗?"

我们睡的全是帐篷,床是用木棒扎成的。战士们为了让亲人们睡得舒服,特意从远山砍了许多松枝背回来铺到"床"上。我们筑路部队都把它叫作"钢丝床"。第二天早起,我问侯宝林同志:"昨夜体验了一下钢丝床,睡得怎么样?"他捶着后腰眼儿说:"我身子底下正好有一根特粗的枝子,一夜没睡着,真可以编个相声。"但他马上又补充纠正自己,"不能,这可不能编到相声里去,不能讽刺我们的战士,人家是一片好心啊!"我说:"但也粗心。"当时,我作为被慰问者之一,深感抱歉,同时也深受感动,他自己受了委屈,但热爱战士的感情是不含糊的,爱憎的位置是绝不颠倒的,立足点是正确的。这对于一个文艺工作者来说,永远是一个值得注意的问题。

在昌都的坝子上,侯宝林为西藏部队举行演出,成千上万的官兵和藏胞挤在广场上翘首以待,目睹慕名已久的相声艺术大师的风采。侯宝林出场了,正如他几天前对我说的,"我往那儿一站,一句话不说,你就得笑",果然,他往台口一站,沉默不语,表情严肃。台下响起了一片笑声、掌声。突然,他大声"命令"观众:"不准笑!"表情更加严肃。台下爆发出一阵更响的笑声。当他说到"今天我的报告很重要,能记笔记的尽量记笔记,回去以后分组讨论"的时候,听众无不捧腹。笑声回荡在雪山环抱的古城的夜空,盖过了昂曲与杂曲二水在此汇流为澜沧江的浪涛的轰鸣,使汉藏军民的心融合在一起。

38年过去了,我始终没有能够为他提供写相声的素材,如果他始终没有忘记我的承诺,我会倍感惭愧。38年过去了,我也始终没有听到他创作的宣传西藏部队的相声。他的这一愿望没有实现,却也留下了一条文艺经验(如果不能称为规律的话):题材和体裁是要相互选择的。如漫画和相声恐怕不适于正面歌颂。

侯宝林同志走了。他的音容笑貌与高级幽默永远留在了千万战士的心中,映照着西藏的山山水水。

苍然晚晖
程步涛

  从来没有见过那么辉煌的晚霞,夕阳迅疾地滑没于海中,刹那间,水与云被烧着了,那雾岚是烟,而那火,从海天交际处猛烈地卷过来,千万簇火苗欢快地跳动着,狂热地舞蹈着,直到把这长长的海岸、海岸上并不太高的山峦、山峦上黑苍苍的松林也烧着了,把我们这群怔怔地站在坑道口的军人烤得浑身灼热起来。

  这是1976年9月9日的傍晚。两个多小时以前,中央台播发了毛泽东同志去世的消息。

  晚霞退去,四野闭合,天便黑了下来。

  那年,农历闰八月。9月9日是头一个八月的十六,一轮皓月孤寂地悬在遥远的天上,海面泛着一片片银白的光斑,和着涛声风韵,给这个特殊的夜晚蒙上一层浓浓的寒意。坑道里点着一只马灯,主任就着火苗给大家读根据录音整理的《告全党全军全国人民书》,读着读着便抽泣起来,大家也跟着哽咽起来。不知怎的,那马灯的灯苗晃了几下,倏地灭去,一下子,大家沉入无边无际的黑暗中。天塌了!多少年后,我们回忆起那天晚上的情景,都这么说。

  我们是执行因毛泽东同志去世而下达的战备命令进入坑道的。这是我们团战时的指挥位置。这天中午,我们刚刚在饭堂里坐下来,紧急集合号响了。参谋长大步跨进来,严峻得可怕地喊道:"不要吃饭了,除了留守人员,其他人回去携带战备用品准备登车!"我们刚跑出饭堂,运输连的车已驶进了大院。谁也不知道发生了什么情况,好在那时候战备弦绷得紧,按不同方案准备的作战用品都是现成的,背上就走。几分钟后,团机关成了一座空营。

  那时候,海防守备部队装备极陈旧,运输车多是苏联的嘎斯51,加上数十辆车编队开进,从团机关到战时指挥所不足50公里,却开了两个小时。

  下午两点,通信连接通和所里的电话。团长铁青着脸拿着话筒,作战参谋们忙着展开图板悬挂地图。我们这些干事则坐在自己的背包上一声不吭。大家心里却在打鼓,这次行动不同于以往任何一次演习,从团领导的严肃程度便可感觉出来,莫非战争真的爆发了?会是哪个方向?行进中路过海岸炮连的阵地,那几门终年藏在坑道里的笨重家伙也被拖了出来。想到这里,心猛然跳得剧烈起来。忽然,团长呜呜地哭起来,把大家全哭傻了。好一阵,团长大概想起来还没向大家传达消息,便止住哭泣,断断续续地蹦出一句话:"毛主席他老人家去世了!"我们一个个僵住了。坑道里的空气压抑得几乎使人窒息。电台呜啦呜啦响起了信号,杂音过后,传出一个声音:四点钟听广播。

我们是国庆节后从坑道里撤回营房的。没几天,便是那个让所有中国人永远难以忘怀的金秋,万人空巷,酒香四野,热烈了许多天后,人们渐渐接受了一个伟人离去和随着他的离去共和国所发生的诸多骤变的现实。当又一只巨手擎起中国的天空时,人们已经开始思索共和国走过的道路,思索在这段路程中,我们整个民族所付出的昂贵代价。

两年后,按照上级指示,全团各连队和个人收藏、陈列的毛泽东像章及各种塑像陆续送到我们宣传股的办公室。十多平方米的房间显然放不下,便搬到了礼堂的后台。收送工作十分迟缓,因为大家并不情愿上交。这些曾被虔诚收藏,并视如生命的物品,怎么能说收就收而且还要销毁呢?

这项工作前后拖了半个月才告一段落。我当初便认定,大家并没有全交上来,特别是像章。也许今天,那些像章收藏者都明白,他们珍藏的是一段历史,而当初更多的是尊重自己的感情而已。

团长和政委在礼堂后台站了好半天,从一纸箱一纸箱的像章到数百尊大小不一的塑像,逐一地看过,说:"晚上吧,晚上影响小一些,塑像一定要弄碎,万不可完整地掩埋。"

那晚上有星星也有月亮,有风,有秋虫的唧啾声。在我的感觉中,这些都是眼睛,在注视着我们。像章好销毁,都是铅质的,熔点低,放进炉火不久,便成了一个个坨坨。塑像却难了,无论石膏的还是陶瓷的,都极坚硬,一下砸不碎,第二下往往就下不去手了。砸着砸着,有一人说道:"当年红卫兵砸菩萨时比这容易多了。"一直在现场的主任严肃地批评:"不能这样比。"大家便再不说话,闷着头执行着这特殊的使命。

全部处理完已到了午夜时分,一堆堆碎块倒进白天在当院挖好的大坑里。填平土后,又夯了一遍。事毕,大家坐在礼堂台阶上,谁也不说话。说不定,什么时候人们会挖出这些碎片,那时,人们会做怎样的揣测呢?

夜色很凉,月亮隐去之后,风大了起来。主任站起来,拍了拍身上的灰,说:"回去休息吧。"稀疏的星光下,那片新土显得潮潮的。我在心里念叨,最好再也别动这块土了,那下面埋着我们这些人永远难以梳理的情绪,埋着我们这些人心中的隐秘——自己毁掉了自己的塑像,这,也是历史的必然吗?

这年冬天,轰轰烈烈的思想解放运动,以其对所有生长在这块土地上的人们彻底的震撼,拉开了我们民族命运之旅的新序幕。我们的思想、情感,我们的道德观念、价值标准,接受着这场风暴的冲击与洗礼,接受着这场风暴孕育的刻骨铭心的否定与再生。当共和国以崭新的姿容易新世界耳目之时,毛泽东来到人民中间。我们可以讨论他的伟大,也可以讨论他的平凡;可以讨论他的丰功伟绩,也可以讨论他的历史局限。也就是在这时候,我们痛苦地发现,我们曾宗教般虔诚地投入的那场史无前例的革命,原来是荒唐的。我们最早义无反顾迈出的步伐,竟然是荒诞不经的。一个旧我彻底地被粉碎了。

1981年6月,党的十一届六中全会通过《关于建国以来党的若干历史问题的决议》时,我正在一个海滨城市。一个傍晚,我登上市中心公园一座小山,这是这个城市的制高点。我又看到了灿烂无比的晚霞,那霞火漫过海面,涌上海岸,涌上城市上空。一瞬间,城市的灯火被晚霞点着了,一片一片连成闪闪的灯海,当晚霞消融之时,这灯海的光芒又向海上涌去,把本来就美丽无比的城市装扮得更加鲜亮娇艳。凌晨,我又登上山顶,我期待的情景果然出现了。随着夜色的淡去,城市的灯火渐渐向海上燃去,海烧着了,变亮了,变红了。云彩也烧着了,烧成绚丽的幅幅云锦。有无数强烈的光箭从水中射出,海动荡起来,摇晃起来,一种力量在突起,在爆发,终于,一团金红拱了出来!云锦淡了,淡成无边的湛蓝。那团金红则越升越高越升越高,新的一天开始了。

蓦地,我醒悟了:晚霞与灯火、灯火与朝阳交接得竟如此惊心动魄,这,不就是我们所经历的历程的象征吗?一下子,我对过去走过的道路,道路上那些欢乐、痛苦、犹疑困惑、坎坷崎岖,以及深深埋在自己心中的隐秘与苦衷有了全新的认识——"以不息为体,以日新为道""苟日新,日日新,又日新"。这道理,古人原来早就道明了呀!缘何现在才明白?!

对于缔造了共和国并开创了一个新纪元的毛泽东,今天,我们能说些什么呢?毛泽东是最具民族特色的领袖,毛泽东是我们的历史。生前,他理所当然地得到了我们母语所能构成的所有表达赞美的词汇;身后,他同样理所当然地收到了我们丰富绝伦的母语对其功过的最无穷的阐释与评说。于是,毛泽东完整了。由于毛泽东的完整,我们的那一段历史,我们那一代人也完整了。还有我们的心,我们今天的一切,不都是在他的基础上开始了新的进军的吗?!

日前,我在一部名为《大势中原》的报告文学中看到这样一段描述:"蒋介石说:'中国的天空不能有两个太阳。'毛泽东笑了:'好嘛,中国的天空将对这两颗太阳做出选择。'"这是何等气干云天的对话啊!中国的天空做出了选择!中国的天空选择了毛泽东!于是,中国弯曲了近百年的脊梁挺直了,中国紧蹙近百年的眉头展开了。这部书的作者是一对伉俪,我不知道他们如此描述是否有什么依据,但无疑这段对话是可以载入经典的。中国选择了毛泽东！历史和未来都将这么说。

　　读完《大势中原》的时候，晚霞又一次抚摸着我的窗棂。凭窗眺去，亚运村那一片美丽的现代化建筑群正沐浴在一片金红中。明天又是好晴天，家乡民谚说得好：天上火烧云，地上日头新。

《夕阳中的重庆山城》（国画）　李可染

毛主席听我说相声

侯宝林

毛主席听我说相声不是进城以后的事。那时在香山,还没搬进城里住呢。每次开会几乎都有晚会,有时在东交民巷。当时还是木板条儿的大椅子,只有中间第三排放两把藤椅,是为主席和朱老总准备的,因为全国正在打仗,还是"战犹酣"的时候。朱老总是很少来的,可主席每次都来。我记得头几次在我演出时,中央首长都在,那时任弼时同志很瘦,还没去苏联养病呢。后来他从苏联回来,我见到他在天安门城楼上,胖多了,可精神了。

那时我的相声节目有点特殊,就是说不论什么晚会——歌舞晚会、杂技晚会,还是戏曲晚会,都加我一场相声,大概因为毛主席爱听相声吧。好像是在1950年,杨尚昆同志(当时他还是中央办公厅主任)见我去了,他非常高兴,说:"哪一个人能使我们的主席这样高兴?只有侯宝林,侯宝林是我们的国宝。"当然,这可没有文字记载啊。

那阵儿,彭真同志是总提调,所有的晚会都归他负责。当初北京还没有文化局,叫文艺处,刚进城叫文管会,后来成立了文艺处,张梦庚任处长,后改局了,他就升为局长,他也是主席很喜欢的一个演员。有一次,我和他商量:"今晚有两个晚会怎么办?"他说:"你先到那边儿去,让车跟着你,你那边儿下台,大褂别脱,就跟车回来。"回到这边儿,梅兰芳的戏刚完,大伙儿正不知怎么办呢,我告诉检场的:"你搬着场面桌,顶着走,别等梅院长下来,你就把桌子摆上。"我就跟着上了。那时候没有报幕员,不像后来,每场节目都有报幕的。那时就只有听我指挥了,等梅先生快走到下场门儿,主席站起来,把风衣往胳膊上一搭,就要走。桌子搁上了,主席不明白是怎么回事儿,怎么梅兰芳演完还搁个桌子呀?我们跟着就上了,主席笑了,放下衣服,坐下来听我们说相声。那时节目都长,一段相声至少是25—30分钟,尽管已经很晚了,主席还是从头到尾听完了这个节目。

主席听我说相声,喜欢用拳头打拍子,这个细节我注意过。主席擅长诗词,人所共知,那几年刚进城,是他精力最旺盛的时候,写字也是那几年的特好,诗词也写得多。当我在相声中提到诗词时便立刻引起了他的注意。那天,主席刚到还没坐下,站着脱风雨衣,一听我说到诗词,马上转过头来给了耳朵(注意听)。我就说最近作了一首诗,其实,诗是引用老昆曲《昭君出塞》中王龙的词儿,后来被评剧借过去了。一般主席乐的时候,就是脸憋得红红的也不出声,只有这一回张开嘴哈哈大笑。这四句诗是"胆大包天不可欺,张飞喝断当阳桥。虽然不是好买卖,一日夫妻百日恩",大概是这第四句词儿太出乎他的意料吧。

一次在晚会上,我被人硬拉着跳舞,边跳边说,精神不集中,一不小心正撞在主席身上。我当时很紧张,心想糟了,那种心情不亚于契诃夫笔下谨小慎微的小公务员伊万·德米特里奇·切尔维亚科夫。要知道在半个多世纪里,他毕竟是中国九百六十万平方公里土地上最具权威的大人物啊!当我怀着忐忑不安的心理看主席时,发现他笑了,目光是那样慈祥,全然没有动怒的迹象。这件事,这令人难以忘却的目光,几十年来一直留在我的记忆中。《关公战秦琼》是主席喜欢的节目之一,他听我说相声没点过,说什么,听什么(他喜欢的节目还有一个叫《字意》),怎么知道主席重视《关公战秦琼》呢?是因为当时有好几个人跟我说,比如马专员,当时最高法院院长,也就是老区常说的马专员,《刘巧儿》里还提到过。他说:"你写,写官僚主义。"习仲勋同志也说过,中央提出反官僚主义。当时我们就搞了《关公战秦琼》,讽刺瞎指挥。这个段子后来被许多人引用,老舍先生和夏衍同志都在《人民日报》上发表过文章。1960年我们在广州开创作会议,第一个引用的是陶铸同志,他说:"我们不要做韩复榘父亲那样的人,瞎指挥。"第二个人是陈毅,陈老总,他是1962年讲的。主席当时听了这个段子很高兴。几天后我正在表演,刘主席夫妇抱着一个孩子来了,主席把刘主席叫到身边,让我说《关公战秦琼》。这是主席唯一一次点节目。可见这个节目在当时影响不小,惊动了大人物。

1975年主席养病期间,特意要我为他录了10段相声,这十段相声是:《醉酒》《婚姻与迷信》《改行》《串调》《关公战秦琼》《买佛龛》《汾河湾》《戏剧与方言》《卖包子》《阴阳五行》。这些节目有时电视台还放。这就是毛主席最后看到的我为他说的相声了。一晃儿,毛主席离开我们已16年了,可每年12月26日有不少人家仍保留吃"寿面"的传统。

(作于1992年7月,转自1993年10月29日《发展导报》,此文在"毛泽东与我"征文中获一等奖)

缅怀阳翰老

朱子奇

一

6月8日一早,我接到阳翰笙同志女儿晓华的电话后,立即和草明同志赶去翰老家。我久久肃立于他在花丛中微笑的遗像前,含泪低头三鞠躬,向这位老前辈、老领导告别。

一个人,活过九十,就是一位世纪老人了。漫长曲折的路,无私无畏的奋进与考验。白色恐怖黑狱,红色革命冤狱,一坐三年又九年,"铁窗久系心难系,遥想当年入党时"(翰老诗句)。入党誓言,是算数的、不能忘却的,是要一一兑现的。出生入死,武场加文场,奉献复奉献,收获多辉煌。若将他的30余部历史感强、思想性高、生活气息浓、又具独特艺术魅力的作品,展开排接起来诵唱,就会奏出那个时代宏伟交响乐的主旋律。他的一生更是:目标始终如一,好事一做到底。乱云飞渡,逆流涌来,仍从容,仍清醒、乐观。又独立思考,反"左"反"右",实事求是。不随波逐流,不放弃责任,不计较得失,顾全大局。真不愧是一位名副其实的老共产党员、不倦的新文化艺术先驱。他拥有的知音与朋友,是那样众多、那样广泛,又那样全把他看作是可敬可亲可信赖的长者和引路人,都称呼他"翰老"——温暖如春的名字!

我与翰老相识较迟。1949年夏,在首届全国文代会上第一次见到他,听了他代表大后方文艺界的报告,内容丰富多彩、深刻、新鲜,给我留下了难忘印象。1950年在他领导下,我做过一段国际文化交流工作,记住他常强调的两句话:"送出去,要选好的;拿进来,也要选好的。"自从1980年我到作协工作后,见面交谈较多起来。但从他的作品中受益,则是比较早的。

那是在延安时期。当时的同志现在还会记得,翰老的历史名剧《李秀成之死》和反映我国兄弟民族团结奋斗的另一名剧《塞上风云》的公演,曾引起轰动。我当时在中央军委直属政治部做文艺工作。我住的文化沟山上的窑洞离演出的八路军大礼堂很近。延安各机关学校新队的同志,顶着寒风,踏过冰河,远道踊跃来观看《李》剧的情景,我还清楚地记得。又正遇皖南事变,更具有现实意义和针对性。这位太平天国革命运动后期的领袖和功臣,不为统帅洪秀全信任,又丧失警惕,被奸人叛徒告密受害,悲壮牺牲,给后人在政治上军事上以血的教训和启示。我是随军委秘书长李涛同志去看演出的。中央领导同志很称赞演出的成功,朱总司令说,演这样的戏好,以史为鉴,以史育人嘛!我们政治部还举行了座谈会。其他解放区也相继上演了。这可算是毛主席在延安文艺座谈会上讲话之前,"古为今用"最早的一个成功范例。

周副主席、邓颖超大姐,每次从大后方回延安后,几乎都应邀向干部作报告,我们最喜欢听。常常要谈到为大家关心的文艺界人士在危难中苦斗的感人事迹。也提到翰笙同志,说他一面紧张写作,一面积极做文艺界的疏导工作,开展统战,还要"为延安服务",沟通国内外文化信息。我们第一次看到的苏联影片《列宁在十月》《虹》等,和苏联新书报及一些英美文化资料,不少是由翰笙同志利用他的身份,即国民政府文化工作委员会副主任(主任郭老)、中华抗敌文协和中苏文协的公开职务,设法取到材料带回延安的,柯涅楚克的《前线》,是由萧三同志译出上演的,周副主席还参加了定稿会。苏联新国歌和一批反法西斯诗歌的翻译工作,我也是参加了的。我们还组织讨论和分写评论文字。这些作品,对我们当时的斗争和创作都起了很大的鼓舞和启迪作用。

阳翰老历来默默工作,不求名利。他有一个功劳,恐怕知道的人至今也不多。抗战时期,在周副主席指示下,团结日本进步人士(为鲁迅旧友鹿地亘等人),出色地完成了一件有历史意义的工作:成功地创建了日军战俘中的"反战同盟"。这个组织的活动,对从内部瓦解日本侵略军士气,起了特殊作用。这项工作的实际领导人就是翰笙同志。延安也成立了相应的组织。1938年底"抗大"还特办了一个"敌军工作队"(我当时在"政工训练队"学习,也学日文和准备开展敌军政治工作)。延安诗人还创作描写反战日俘在延河里愉快捉鱼以改善生活的街头诗。一大批反战盟员胜利后回到日本,成了日中友好运动的积极分子和骨干。50年代,我们多次访日时,常受到他们的热忱相助。有的成员,还一直与翰老保持联系(我曾荣幸地为他们捎过书信),感激当年对他们的拯救,使他们认识到发动侵华战争的日本法西斯,是中日两国人民的共同敌人,从而走上新生之路。

二

翰笙同志在文化艺术界的统战工作方面,作出了公认的特殊贡献,受到党内外普遍称赞。他善于将各方面人士团结和吸引到党的旗帜下来,特别是在国统区革命文艺队伍的建设和发展壮大方面功绩显著。

阳翰老对人诚恳、谦虚、尊重,有广泛同情心,不盛气凌人,并周到细致地从政治上生活上关心、帮助人。但在原则问题上毫不含糊。他常提醒,应牢记周总理的话:没有鲜明的旗帜,就没有统战工作。这也是对党外朋友的一种爱护。否则,就可能统到错误方向上去,对大家都不利。翰老把原则性与灵活性结合得很恰当,掌握得很有分寸,执行党的政策全面,使人心悦诚服。这正是周总理的作风在他身上的体现。

想起一桩往事:1950年,我们应捷克斯洛伐克共和国之邀,筹组一个综合的,也是新中国成立后第一个文化艺术展览会,送往布拉格展出。有一件重要的展品,是美术大师徐悲鸿先生新创作的一幅高大的毛主席全身油画像。面部威严慈祥,眼神有力,凝视远方,很有气魄,色彩也鲜艳和谐,只可惜姿态不像毛主席,对送出国展览是否妥当,看法不一。翰老听了汇报,立即亲临现场,仔细审看后明确表示:悲鸿先生是当代大画家,又是我们的老朋友,这样快完成了这幅毛主席全身油画,表现了他对人民领袖的热爱,是件重要的事。画笔雄健,气势非凡,颇具艺术魅力。只是下身不太像,走了样,拿出去展览似有不妥。他指出:这首先是我们工作上的疏忽,未能及时关心帮助徐先生。他说,请示周总理后再定。

想不到的是,周总理得知后,当天就坐车来到我们工作的小胡同,亲自认真观看,连声赞叹徐先生的美意和大手笔。但他同意翰笙同志的意见,认为头部胸部都像,就是下身不像,一只手插在裤袋里,潇潇洒洒,倒像我们这些人。还批评说,应该在画前去关心徐先生嘛!又指示,以后多安排徐先生去中南海,以便从近处观察毛主席多角度的全身活动形态与神情。翰老邀戏剧家洪深先生(1950年是对外文化联络局副局长)和我(当时是该局苏联东欧处处长)去登门拜访徐悲鸿先生,转达总理的意见。翰老自己还曾陪同徐先生去中南海看过毛主席,徐先生很受感动。

洪深老和阳翰老,都是我国早期著名戏剧电影大家,又是同时代人。但洪老很敬佩翰老。他对我说,他自己和很多文艺家,都乐意与翰老合作和受他领导。还讲了不少关于翰老带领进步文艺家在恶劣环境下,团结奋斗和对他本人关怀帮助的感人事实。发生过一桩有趣的事件:1930年,上海大光明影院放映了一部有侮辱中国人民内容的美国滑稽影片《不怕死》。他看后极为愤慨,想去影院"闹一番"。翰老知道后很支持,但主张不要简单"闹",而要有准备有策略地"反击"。与田汉同志共商后,决定由金焰、张曙、廖沫沙三位文艺家同去助威。当侮辱镜头一出现,洪深就站起来慷慨讲演,激起观众义愤,高呼"打倒美国辱华影片!"。当洋经理跑过来追打洪先生时,就被准备好的四位中国年轻文艺家狠揍了一顿。"洋大人"的大鼻子都红肿了。观众拍手叫好。上法院前,又动员了舆论配合。结果,美国派拉蒙影片公司,被迫停演了《不怕死》,还公布了主要演员罗克的道歉信,使轰动一时的"洪深大闹大光明"的斗争,取得了全胜。洪深先生说:翰老使他懂得了"有准备有策略的斗争,才能取得胜利"的道理。后来,翰老还曾赋诗赞洪深:"怒斥罗克传四海,辱华影片敢重来?"

三

许多文艺工作者的成长和成名,都得到过阳翰老的耐心帮助和热忱鼓励。我这个剧本创作外行也不例外。有两件事我是记得牢的:

一件是,1950年1月间在莫斯科。周总理有一次对我们说,中苏两大国人民间的深厚友谊值得歌颂。但所看到的文艺作品,不论中国的还是苏联的,多半只写苏联援助中国,而中国援助苏联则很少提,或不提。这不符合历史嘛,也不是列宁思想。列宁很重视中国革命同志当年为苏联革命流血牺牲,他还亲自接见过其中的优秀指挥员及烈士家属。现在,更是相互支援了。他要我去有关博物馆调查一下,并设法访问几位老战士,回国后,找阳翰笙同志他们谈谈,可否物色一位剧作家写部电影。正好,苏共中央派人把保存了多年的几本中国同志的日记,送来给任弼时同志,说,原物应归还烈士本国的党组织。其中,有的就是在列宁格勒和西伯利亚前线牺牲的烈士写的,也有的是在长征中入苏联境内后病亡的指挥员写的,记录了大量生动的战斗友谊事迹,都是很珍贵的革命文物。

我4月间回北京后,遵照任弼时同志的指示,把日记本交给了中组部部长安子文。又特去向翰笙同志转达了周总理的意见及有关情况。翰老听后十分兴奋,表示完全同意总理的看法和建议。未想到的是,他要我动笔先写剧本,再找个好导演。我说我不会写电影,只能参加讨论。他鼓励我说,我比较了解情况,又有一定生活感受,不要怕,他可帮助我。"帮助",这句话,不是壮胆,是实实在在的。见我答应试试看,就多次约我长谈。先决定主题是"列宁、斯大林、毛泽东缔造的伟大事业与友谊代代相传",并把故事人物、情节、分场、矛盾、高潮、爱情插穿、抒情诗引入,以及运用自白、旁白,甚至部分对话,都作了安排和提示,还结合他的丰富经验,把创作电影剧本的全过程给我认真讲了。他看了我的修改稿说:站住脚了,放手写吧!可是,因我出国任务紧和后来中苏关系的变化,这件事未做成。但翰老在百忙中那样热心助人,他的高度思想性和艺术修养,更增加了我对他的了解和敬佩。而且我的创作也从中受益不少。

翰老指导、帮助我的另一件事,是做成了的。那是1958年12月,为欢迎志愿军归国,为中央新闻纪念电影制片厂的大型纪录片《凯旋》写说明词的事。中央指示,要大力宣传,不可一世的美国帝国主义的侵略是可以击败的,亲美、崇美、恐美思想是应当破除的。轻视人民的力量是错误的,志愿军的凯旋,具有国际意义。抗美援朝总会主席郭老答应亲自写,但因工作忙,他与翰老商量后决定要我写(我当时在总会工作,翰老是总会委员),还希望我写首诗在欢迎会上朗诵。翰老用车把我接到他家,拿着我的草稿,一边讨论,一边改写,很多地方是他的主意和语言。但他不同意署上自己的名。

我的诗《迎亲人》,也是他定的名,朗诵和发表(《诗刊》1959年1月号)后,产生了一定影响。《凯旋》大型纪录片的放映,引起广泛重视,国际上也有好评。德国诗人、和平战士古尔巴,还作诗称赞。当然,这主要是影片本身的内容丰富生动和艺术感染力强,再现了这场反侵略的正义之战,显示了和平的力量,鼓舞了亿万人民。

四

由于阳翰老的作品和活动的影响,他在20世纪30和40年代,就是一位享有国际声誉的文艺家。他的名作《李秀成之死》《塞上风云》《三毛流浪记》《日本间谍》《一江春水向东流》和《华汉三部曲》(华汉是他的一个笔名)等,都有好几种外文的翻译和评介。他还曾多次率领我国著名文艺家代表团访问过日本、苏联、东欧国家,结交了不少知名作家、艺术家。

在《阳翰笙诗稿》的137首诗里,有相当一部分是与国际题材有关的。主要又是在狱中为怀念一代日本社会文化名人内山完造、松本治一郎、西园寺公一、松山树子、清水正夫夫妇、宫琦世民等老友而无声吟成的(牢房不给笔墨纸)。其中有两首是1973年因想念著名作家、中日文化协会首届会长中岛健藏而作的,感情深沉,尤为动人。诗曰:"白发不知添几许,总为交流操碎心。"这与翰老成功地主持十年之久的中日文化交流工作有关。凑巧的是,中岛老在东京也不约而同地写了思念翰老的诗。当中日文化界两老,互吟互赠诗句时,都不禁潸然泪下,感慨不已。1981年翰老访日,还特赴豪德寺谒扫中岛墓,又呈献悼诗一首,在日本发表后,引起好评。

还应特别提到的是,诗集里收入了一首1975年翰老刚跨出冤狱门槛后不久,就用残伤的手写成的《春夜有感》:

几经生死几安危,
赢得今朝半残身。
曙光在前驱暗夜,
决把残生应新生!

这是一位不倒的老战士的新誓言。以"今朝半残身",迎向明晨"驱暗夜"的曙光,决心再把晚年奉献给党的新事业,接受新考验。

有一次,翰老问我:子奇,莫斯科怎样了?老朋友怎样了? 他说,不坚持社会主义,就垮了嘛!文艺界就大乱了嘛!痛心呵!又说,我们有小平同志提出的建设中国特色社会主义理论,搞改革开放,是幸运的。还是毛主席那句话:"道路是曲折的,前途是光明的。"但光明要靠我们一代代人去开拓,去献身,才能创造出来。

翰老晚年写了一批很有史料价值,又有深刻政治内容和文笔流畅的纪念文。7月11日,《人民日报》发表了他去年缅怀张西曼先生的文章《英勇无畏的文化战士张西曼》,透露了许多鲜为人知的事,回忆了这位著名的国民党左翼文化人士,如何一直宣传马列主义、推动国共合作,在白色恐怖下的南京创立中苏文化协会,公开亲苏亲共,与国民党内部投降派、反共派斗争的感人事迹及所作出的重要贡献。也可看出,这与党的政策影响和翰老他们长期艰苦的工作是分不开的。翰老这篇最后的遗作,也是他给我们留下的一份珍贵的遗言。

历史是要发展要开拓创新的。但是历史是不能割断的,创造历史的无畏的英雄伟人们是不应被遗忘的。割断历史,遗忘过去,哪有多彩的今天,哪有更加灿烂辉煌的明天?!

让我们踏着先行者们的足迹往前走去吧!

让我们携手去完成他们未完成的伟业吧!

《书记和我们在一起》(木刻) 赵明远

哦，飞鱼！
——南沙纪行
凌行正

关于飞鱼，过去知之甚少。从小上私塾时，读西晋文学家左思的《吴都赋》，其中有这么一句："文鳐夜飞而触纶"。又说，"文鳐"者，善飞之鱼也。直到前些年，又听说过什么飞鱼式导弹，这些年又听说过飞鱼牌的某种商品，但从来没看见过实实在在的飞鱼是什么样子。

这次我们乘坐的远洋科学考察船"向阳红5号"，驶离海口市马村港之后，穿过琼洲海峡，便掉头向南，在南海上已经航行两天两夜了，它经过了西沙群岛、中沙群岛，进入了南沙群岛的海域。只因风浪太大，无法换乘小艇驶上礁盘，于是临时改变了计划，先奔曾母暗沙而去。

东北季风越刮越猛，天气时阴时晴。铅灰色的浮云低低地压着海面，斜斜的雨丝抽打着汹涌的波涛。由于航线逐渐接近赤道，舱室里非常闷热，我一直在甲板上兜风，任那凉丝丝的雨点打在脸上身上。

我抬眼朝远方望去，咦，只见一个黑点，在阴沉沉的海面上划了一道弧线，便不见了。不一会儿，又有一个黑点，照例划了一道弧线，又消失得无影无踪。这是什么呢？自从进入南沙群岛以来，这些天就没有看见一只鸥鸟。可是，那不是鸥鸟又会是什么呢？

这时，有位海员走过来，我问他那是什么鸟。他笑了笑说："那不是鸟，是鱼，是飞鱼！"

飞鱼？真的有飞鱼呀！我多么想看看飞鱼究竟是什么样子！那飞鱼在海上像一道闪电，稍纵即逝，在船上如何能看清楚它的模样呢？不仅如此，等我再定睛向那远方看时，连那个黑点也不再出现了。

入夜，"向阳红5号"在海上漂泊。

夜空中，几颗亮星在神秘地闪烁；海面上，除了我们这艘航船之外，没有任何灯光。在看不见的地方，只听涛声轰隆震响；在幽暗的苍穹，可闻天风呼啸嘶鸣。这时候，很容易相信水下有一座龙宫，也很容易幻想在黑黢黢的海面上是否会出现水妖。

第二天早上，在餐桌上传来一条新闻：昨晚，一条飞鱼从船的舷窗飞进了刘卫东将军的住舱里。刘卫东将军是海军某基地副政委，现在就坐在我旁边那张餐桌上用餐。我忙扭过头向他问道："刘副政委，真的吗？"他笑着点点头，边喝稀饭边说起来："昨晚上，住舱里闷热得很，我就把舷窗推开，想吹吹风，降降温。吹了一会儿，我就在小桌前坐下来,打开台灯,准备再查看一点资料。就在这时候,嗖的一声,一个黑家伙从舷窗外飞进来,当时吓了我一跳。我低头一看,原来是条飞鱼,还正在地板上扑腾呢!"我说:"吃完饭,我到你舱室里看看。"他问:"你看什么?"我说:"看飞鱼呀!"他叹了口气说:"嗨,早叫人拿到厨房里烧汤喝了……"

当然,对于经常在南中国海航行的人们来说,飞鱼是他们常见的,算不了什么。而我,却感到十分遗憾。看来,想一睹飞鱼模样,是相当困难的了。

第三天黎明,我醒了。因为今天就要到达我国海疆的最南端曾母暗沙了。我年轻的时候,曾经到过祖国西南边陲的喜马拉雅山,那里的冰雪、严寒、峭石、阳光,组成了我青春岁月的一部分;今天,在我步入老年之际,又来到祖国最南端的曾母暗沙,那烟波浩渺的南中国海,必将把它的浑厚、坦荡、旷达注入我的情怀中。我带上照相机,走出舱室,沿着船舷走到前甲板。呵,黎明时的海洋多么美呵!我曾经看见过雪山的黎明、草原的黎明、江河的黎明、戈壁的黎明,我敢说,最美的还是这海洋的黎明呵!也许,正是这海洋黎明的美,才带给了那雪山、草原、江河、戈壁的黎明的美吧……

我正陶醉在黎明时海洋的怀抱里,突然,在前方不远的海面上跃起一个黑点,它在空中划了一道优美的弧线,又消失在汹涌的波涛中。飞鱼!我高兴得差点喊出声来!没等我再做出进一步的反应,在船的右舷海面上又弹射出一个黑点,它像一颗小小的迫击炮弹,正命中在我站着的前甲板上。我喊叫一声:"飞鱼!"便扑了过去,弯腰就把它捉住了! ——差一点把照相机摔到了海里!

我兴奋得喘息不已。我借着些微晨光,细细地打量着这位得之不易的海洋朋友——它细长身材,约有一市尺①,嘴小而尖,一双美丽的眼睛又黑又大,长着燕子式的剪形尾巴,但下面的一叶比上面的一叶长出许多。最为奇特的是两个前鳍,又长又宽,展开来就像一双透明的翅膀。大概,它就是借助这对奇特的前鳍而飞翔的吧!

我正欣赏着飞鱼,有个人走到我的身边。回头一看,是同船的海南大学生物学教授张本先生。在登渚碧礁时,我就见他提着个红色塑料桶,在礁盘上搜集着各种鱼类,然后返回舱室制作标本。在他的小本上,记满了什么银鲈、侧牙鲈、锦鱼、天竺鲷、单鳍鲀等等鱼类的名字。于是,我把对飞鱼的一连串疑问向他提了出来。他说,飞鱼在水里游动时,有时尾部加速摆动,产生很强的推力,把自己弹射出水面,然后展开两个前鳍进行滑翔,一般可以飞行百米以上,入水后,还可连续再次飞行。这种鱼类多生活在热带和温带海洋中,在我国南海也把这种鱼叫燕鳐、文鳐,有弓头燕鳐鱼、尖头燕鳐鱼等等,到春季可形成鱼汛,捕之可供食用。

---

① 一市尺 = 33.3……3 厘米

我指着手上的飞鱼问道:"你看我这一条属于哪一类?"

他以他那双深度近视的眼睛辨认了一会,说:"这是尖头燕鳐。"

斯时,朝阳冲出云隙,大海抖着金波。前甲板的栏杆上类似霜花一样的一层盐霜,在阳光照耀下晶莹闪烁。我捧着飞鱼,顿时浮想联翩:本来,在空中飞者为鸟,在水中游者为鱼。谁料,鱼也有能飞者,鸟也有能游者。能飞的鱼,仍然属于鱼类,而会游的鸟也不失为鸟族。既然如此,那鱼儿为何不生出双翼,飞翔他一番呢?这飞鱼大概就是这样想的吧。你看,当它跃出水面那一刻,它享受着其他鱼儿所享受不到的空气、阳光,它观赏到其他鱼儿所观赏不到的海上世界,它还能飞越过其他鱼儿所难以飞越的狂涛巨浪……

我把这条飞鱼拿回到舱室,放在舷窗口上让海风把它吹干,就用这种土办法把它制成标本,准备带回北京去,作为珍贵的礼物,送给我那即将出世的小外孙(也许是外孙女),因为,我们一家人都已商量好,不管这孩子是男孩还是女孩,我们都起名叫他(她)飞飞……

《傈僳姑娘》(木刻)　江碧波

潘汉年与左联

王朝柱

> 提起左联,读者就会想到鲁迅、冯雪峰、周扬、夏衍、阿英等人的名字。但是,由于历史的原因,还有一位发起左联的主要负责人被遗忘了。
>
> 他就是潘汉年同志。
>
> ——作者题记

一

潘汉年生于1906年,故乡宜兴素有"文化之乡、教授摇篮"之美誉。潘氏是宜兴陆平村的望族大户。曾祖父潘亭山是清朝道光二十年的举人;祖父潘元燮是清朝咸丰九年的举人;其父潘莘华仅在清末年间考取一名秀才,科举制度遂废弃,故断其仕途,只能在故里当私塾先生。辛亥之役后弃学从政,先后出任乡董、区董、县议员等职。不久,因涉足政坛,染上吃喝以及吸食鸦片等恶习,遂家道中落,入不敷出。这就是潘汉年自称出生在"没落的封建官僚地主家庭"。也正是这种书香遗风的熏染、父亲的严教,为潘汉年打下了较好的旧学根底,使之在未成年之前就能写一手好文章,并能熟练地驾驭古体诗词歌赋的写作。

潘汉年的亲生母亲叫巫大宝,是父亲潘莘华纳的小妾。因此,潘汉年虽然在潘家行三,却是为妾的母亲的长子。他母亲那种"吃苦在先,享受在后"的品质,一直影响着他的成长。他今后能够适应错综复杂的人际关系,并在异常艰苦的环境中做出惊天动地的事业,不能不说是归功于母亲的心血。同时,为妾的母亲那种特有的畏首畏尾、忍气吞声、不敢冒犯一家之主的性格弱点,也为潘汉年的悲剧性格植下了一颗不敢犯颜直谏的种子。

潘汉年成长在旧中国行将完结、新中国尚未建立的动荡时代,因而辛亥之役的枪声,五四运动的风潮都在推动着潘汉年向前猛进,投进大时代的风雨中,接受各种不同性质的革命洗礼。1925年的初春,刚满十九岁的潘汉年毅然走出宜兴,来到东方冒险家的乐园——上海。在五卅运动的冲击之下,他逐渐朝着一个新的人生之路大步走去。翌年3月1日,他参加了以郭沫若为首的创造社出版部的工作,自称是"创造社的小伙计"。同年11月,在阮仲一和王弼二位同志的介绍下,潘汉年正式加入中国共产党。从此,"在长期的革命斗争中,他忠实执行并多次出色地完成党交给他的任务,对党的文化工作,统一战线工作,特别是在开展对敌隐蔽斗争方面,曾经做出了重要贡献,是有很大功劳的"。

潘汉年是创造社里很能干的小伙计,为《洪水》半月刊的编辑和发行出力最多。是年伊始,潘汉年收到郭沫若、李一氓联袂署名的邀请信,请他到国民革命军南昌政治部工作,负责编辑《革命军日报》。当时,郭沫若任国民革命军总政治部副主任,并代行南昌政治部主任之职。

得到组织批准,潘汉年走马上任,出任《革命军报》总编,并很快打开工作局面。

上半年,政治形势突变,南昌政治部由九江到安庆,准备进到上海、南京,因蒋介石叛变革命,半路又由安庆折回九江。

潘汉年随政治部大队人马顺江东下,直驶上海。船到南京后,潘改乘火车到上海与先期到达的李一氓同志会见。数天后,李一氓告诉潘汉年,乘船到上海的总政治部人员全部被扣,党组织已决定总政治部的革命同志,分别转移到武汉继续工作。

潘汉年西去武汉。到武汉后,径直赶到设在武汉的国民革命军总政治部报到。

"七一五"事变以后,郭沫若任张发奎部政治部主任,李一氓就任政治部秘书长,潘汉年出任宣传科长。不久,张发奎亦猝然向右转,南昌起义在即。

未能参加南昌起义的潘汉年同志率当时在政治部工作的共产党人全部撤回上海。

南昌起义以后,郭沫若、李一氓等同志也潜回到上海。

二

郭沫若、成仿吾等创造社的元老相继回到上海,重新握笔杀入文坛,这无疑对潘汉年是重大的激励。

也就是在这同一时期,党内的不少人不承认革命已经转入低潮,面对反革命的紧张气焰,出于对敌人疯狂屠杀的狂热的复仇心理,以及由此而形成的急躁和冒险情绪,遂一味地要求不断进攻,强调不断地把革命推向高潮,从而形成了以瞿秋白为代表的盲动主义。潘汉年受此"左"倾盲动主义的影响,"在他所主编的刊物上和他自己所写的文章中,便也如连珠炮似的不断发起攻击,咄咄逼人地向反动势力开火,并且也不大讲究斗争策略了,不时仍有扩大打击面的偏颇。"

那时,潘汉年明明知道他主编的刊物,很难见容于反动的当局,但他为了表示自己的英雄胆识——或曰不示弱于敌人,公开撰文告诉反动当局,不怕查封《幻洲》,而且还堂而皇之地写了如下这段文字:

"小小的半月刊——《幻洲》,事实上不能容纳大家呐喊几声,我们觉得在这个青年被杀的革命时代,虽含痛殊深,但说话的机会总该有一个,所以我们又决定在泰东书局出版一个为我们青年说话的周刊叫《战线》。"

1928年1月,二卷八期《幻洲》出版以后,便被当局加以"反动"罪名而查禁了!为此,潘汉年又借题发挥,大做文章,继续向反动当局发起辛辣的进击。

《幻洲》是较有影响的一种期刊。早在创刊的初期,就受到远在厦门大学执教的鲁迅先生的注意,并给予积极的评价,称它是当时上海的杂志中"较可注意"的一种。随着《幻洲》半月刊影响的扩大,鲁迅先生也公然宣称:"最风行的"是《幻洲》。

话再说回来,虽然反动的当局扼杀《幻洲》是迟早的事情,但如果能根据形势的变化讲究一些斗争策略,或许《幻洲》这块阵地还能继续发挥一些作用。因为任何一种期刊的初创时期,都不能有"最风行的"《幻洲》有那么多的青年读者群。

然而怒火正旺的潘汉年——或许是受"左"倾盲动主义影响的缘由,他认为旧的阵地丢失了,其对策是再建一个更大的新的阵地。这就是继《幻洲》半月刊被查禁之后,又很快创办了《战线》周刊的原因。由于他办刊的思想没有变化,遂又在《战线》周刊的开场白中,以更加激烈的措辞直指反动的当局。

就在《战线》创刊的前后,上海文坛爆发了关于"革命文学"的论争。潘汉年受着这种特定的偏颇思想的主宰,也挥笔上阵,参与了攻击鲁迅先生的论战。由于这场有关革命文学的论争前后历时达一年多的时间,而且在中国现代文学史上占有很重要的地位,加之潘汉年也是在这场论战中逐渐认识到鲁迅先生不可替代的旗手地位,并进而身体力行,促成了"中国左翼作家联盟"的成立。

在这场关于"革命文学"的论战中,潘汉年的偏颇思想也充分暴露出来。他和其他"创造社"中的激进的青年作家一样,对鲁迅先生也同样地不够理解和尊重。在他主编的《战线》第一期上就发表了攻击鲁迅的文章,竟然在"态度、气量和年纪"方面说三道四……建国以后,他回忆起这场对鲁迅先生的错误围攻,十分沉重地说了如下这段话:

"可惜一直到左联成立之前,没有被'左翼'文坛所认识。说明那时'左翼'文坛不仅马列主义理论基础薄弱得可怜,而且是如何粗心浮躁,好长一个时间把鲁迅当作斗争的对象,当时身历其境的文化工作者(如我自己),今天认真学习与研究鲁迅的思想,进行检讨,提高认识,是有重大意义的。"

与这场革命文学论争的同时,潘汉年的战斗精神和活动能力,逐渐地为更多的同志所了解和赞赏。

阳翰笙同志回忆说:"创造社是一个很有影响的文艺团体,但党员很少,郭老又要离去,党的力量显得薄弱。在'四一二'之后,国民党反动派的白色恐怖很厉害,在这种条件下,公开的宣传活动有困难,周恩来同志看到了这个问题,就指示郭老,应该在创造社中加强党的力量,多调些人去,把党的组织发展起来,使之成为一个坚强的战斗堡垒。"而郭老又把周恩来交办的这项重任交给了潘汉年、阳翰笙和李一氓。

潘汉年为落实周恩来同志的这一重要指示,首先和阳翰笙、李一氓成立一个党小组,以此为核心,在创造社内有意培养和发展中共党员。像创造社中的冯乃超、李初梨、彭康、朱镜我、李铁声、王学文等同志入党,都凝聚着潘汉年的心血。

这时,太阳社中的蒋光赤、阿英、殷夫等二十余名党员编为两个党小组。由于创造社和太阳社及出版部都在北四川路一带,很多文化人——包括鲁迅先生和赴日前的郭沫若都住在附近,因此,区委遂将这三个党小组编为第三街道支部,潘汉年出任支部书记。时年只有二十二岁的潘汉年把这几十位党员团结在一起,并较好地完成了上级交给他们的有关工作。

早在潘汉年在南昌主编《革命军日报》的时候,李富春同志在南昌任第二军党代表,在党内则是南昌军委书记。那时,李富春同志不仅和潘汉年时相过从,而且还高度地评价了《革命军日报》。大革命失败以后,李富春同志出任江苏省委书记。由于当时的上海在江苏省委的管辖之内,李富春同志对潘汉年所领导的第三街道支部的工作是知道的。不久,"区委觉得他们领导文化工作有困难",李富春同志遂决定收归省委领导,并把第三街道支部改为文化支部,仍由潘汉年担任支部书记。从此,潘汉年在李富春同志的直接领导下,负责沟通同文化界各方面的组织及成员之间的联系,以贯彻党的思想文化路线和方针政策。不久,李富春同志根据上海文艺界形势的发展,决定在省委宣传部下面成立一个文化党组,并指定潘汉年为文化党组书记,全面担负起团结和领导"左翼"文化界的重任。诚如史家所评说的那样:"作为第一任党组书记的潘汉年,曾多次召集会议,研究工作,开创了'左翼'文化工作的新面貌。"

正当潘汉年在政治上飞速发展的时候,他个人的家庭生活却是非常失败的,使他陷入了极大的痛苦中。潘汉年这种不幸的家庭生活,几乎影响着他的前半生——并由此引发出了和董慧同志长达数年的爱情纠葛。

潘汉年的原配夫人许玉文,是在潘十八岁那年由母亲做主结婚的。潘汉年在五四风潮影响下步入文坛,而后又投笔从戎、弃文从政,很快又成为我党30年代闻名上海的思想、文化战线上的组织者和领导人。他不仅有着远大的革命志向,有着超乎常人的组织能力,而且一直崇尚个性解放,并极富有叛逆性格。他理想的伴侣,绝不是许玉文这样封闭的农村妇女。因此,从他结婚伊始就埋下难以为继的悲剧种子。

许玉文也深知潘汉年不爱她,但她是在传统的东方道德中长大成人的,所谓"嫁鸡随鸡,嫁狗随狗""从一而终"的封建观念根深蒂固。作为一个女人她如何获得情感的需要和解脱呢?唯有在冰冷的夫妻生活中向潘汉年寻衅和渲泄。这样,就必然陷入了夫妻吵架的恶性循环中。就在他们结婚不久,潘汉年把许玉文带到上海的时期,他们

之间就吵得不可开交了。对此,沈松泉先生作了如下记述:

> 潘汉年在宜兴的夫人也来到上海,他们夫妇住在海宁路附近一条里弄内。不知为什么他们夫妇俩经常吵架,我记得有一次他的夫人还跟踪潘汉年闹到光华书局来,还有一次我曾去他们家劝架,一对年轻夫妇,经常吵架,对彼此来说都是痛苦和不愉快的事。

诚如前文所述:潘汉年是受五四风潮的影响,从封建家庭的束缚下杀入社会的。因此,他的思想和情感无不打上这一特定时代的印记。他一方面有着向封建堡垒宣战的大无畏的勇气,另一方面又很难和传统的伦理道德一刀两断。反映在他和原配夫人许玉文的身上,也必然是双重的人格:他一面不爱这位没有情感做基础的妻子,另一面作为孝子又不敢悖逆母命,断然和妻子离婚。其精神痛苦可想而知!随着他的学识的增长、地位的升迁,其精神会越来越痛苦!

然而,潘汉年作为一个矢志向前走去的革命者,他虽然从形式上难以割舍由母亲包办的这桩婚事,但他的灵魂必然是本能地要飞离自己的躯壳,寻求一种精神上的满足。这就是时人——尤其是姚蓬子对潘汉年的私生活颇多微词的原因。

这时的潘汉年有没有婚外恋呢?至今尚未查到有关这方面的证据。但是,远在他初到上海谋生的时期,就有精神中的恋人了。对此,尹骐先生在其专著中作了如下记述:

> 这一年的初夏,潘汉年得到一个偶然的机会去了一趟北京。原因是他的一个表妹中学毕业了,要到北京去考学校。姑母不放心年轻的女孩单身远行,便写信让潘汉年送她去北京。潘汉年向中华书局临时请了半个月假,专程伴送表妹赴京。这是一件使潘汉年很高兴的事,也是他终生难忘的一件事。直到他晚年身处逆境时,还没有忘却他最早所经历的这一次初恋的浪漫故事。原来他同这位表妹自小就熟悉要好,可以说是青梅竹马,情投意合。虽然潘汉年遵母命结了婚,但在感情上一直恋着这位表妹。在潘汉年离开宜兴到上海来之后,他和这位表妹仍有不断的书信往来,互相倾诉心情和情思……他把她送到北京后又在那里陪伴着玩了一些日子,他们几乎是形影不离,卿卿我我,如痴如醉。但这只是他们追求的一种单纯的所谓的精神恋爱,事实上都还受着家庭、礼教的管束,不过是一种明知不可为的暂时陶醉罢了。

这就是潘汉年的性格。一方面,他有着和敌人抗争到底的气魄和聪明;另一方面,他又没有和自己灵魂深处的传统道德决裂的勇气和决心。更为严重的是,他并没有在多年的革命生涯中磨掉性格中的软弱方面,相反,随着他的地位的改变,这种软弱的性格又被他自己巧妙地保护起来,尤其是在对待自己工作中的失误——如在别人有意整他而施加压力时,他就会"瞻前顾后,甚至患得患失,畏首畏尾,委曲求全"了。潘汉年这种性格悲剧的发展,必然导致了他家庭悲剧的发生;加之时代悲剧的推衍,终于导致了潘汉年的政治悲剧。

潘汉年在这种双重性格的支配下生活着。他全身心地投入到党交给的工作中去,同时,他又借用小说的形式抒发自己情感深处的痛苦。他在这一时期写过不少小说,他自己很喜欢其中两个短篇:《离婚》和《求爱》。

在这期间,令潘汉年伤痛的事实在是太多了!尤其是他看到昔日的战友消极了,叛变了,或充任了反动当局攻击共产党人的工作,他内心的伤痛是难以言喻的。例如"创造社的小伙计"之一的周毓英投奔了张资平,并在《乐群月刊》上发表《忠诚的批判》,大骂共产党人是"内奸",诬蔑无产阶级革命是由外面冲进中国的。而这时有关革命文学的论争也日趋尖锐、对立,各种思潮风起云涌,一时好不热闹。他既为了回击曾是文友的周毓英的进攻,同时也为了阐述自己对无产阶级革命和无产阶级文艺运动的关系的论点,在他和叶灵凤合编的《现代小说》第三卷四期上,发表了《内奸与周毓英》一文,写下了这段文字:

> 假如中国本身的经济社会没有变革的必然性,是不会产生革命浪潮的,现在中国产生无产阶级解放的革命运动,他的动力不是外国"冲进"来的,是中国的现存生产关系,对于无产阶级的生产力,起了不可抑制的冲突,遂有无产阶级的革命运动,因为这一关系,无产阶级的革命意识,不可免的要反映到文艺上,于是不可免的产生了中国的无产阶级的文艺运动。

这时的创造社和太阳社的骨干成员,多是一些共产党人,并在潘汉年这位文委书记的领导下开展工作。自然,也包括了和鲁迅、茅盾等有关革命文学的论战。加之,当时中共中央主要负责人瞿秋白、李立三等人相继推行"左"倾盲动主义,不仅使得中国革命遭受大的挫折,而且打击报复,宗派主义也开始抬头。这必然也要影响到革命文艺运动的正常开展。潘汉年历过深思熟虑,实事求是地指出:"在目前中国无产阶级文艺运动的状态中,自然不免有许多错误及不正确的倾向,确是很要以批评的手段来指摘这些倾向。"他还明确地指出:"一个真正的马克思主义者,最能够接受正确的客观的批判。"很明显,潘汉年又走在了"左翼"文化人的前面!

潘汉年敏锐的思想和组织才能,被更多的中央负责人所了解。到1928年冬天,中共中央决定:将原属江苏省委宣传部的文化党组划归中央宣传部直接领导,仍由潘汉年担任党组书记。也就是从这时起,"潘汉年的组织关系转到了中央的一个直属支部。他的生活费用也改由组织直接供给,从而成了一个名副其实的职业革命者。"

越年——1929年,六大以后当选为中央政治局候补委员的李立三回到上海,分管中共中央宣传部工作。他根据形势的发展,遂将隶属宣传部的文化党组扩大为"文化工作委员会",依然任命潘汉年为"文委"第一任书记。

时年不足二十四岁的潘汉年,肩负着党的文化工作的重任。正当他以"正确的客观批判"态度进行自我批判,并思索和鲁迅先生这场有关革命文学论争的失误的时候,李富春同志告诉潘汉年:党中央准备过问文艺,请潘先做必要的情况汇报。

三

中共中央为什么在1929年夏秋之交突然过问文艺呢? 夏衍同志作了如下回忆:

> 1927年到1929年冬,上海进步文艺界之间发生过一场剧烈的论战。不少现代文学史研究家都简单地把这场论战说成是创造社、太阳社同鲁迅先生及文学研究会之间的争论,其实,这之间也还有创造社和太阳社的论争,以及创造社的内部分裂。当时,我们党还在幼年时期,这场文艺论争开始的时候,正是工农红军在闽赣界一带战争紧张的时候,也正是中央同"托陈取消派"斗争最剧烈的时刻,因此,文艺问题还排不上党的主要议事日程。所以在我记忆中,这场论争开始的时候,党没有进行干预和加强领导。直到1929年夏秋之交,在上海闸北区的一次支部会上,洪灵菲才告诉我们,说党中央已经决定,要党员作家和党外革命作家停止论争,"共同对敌"。

关于党中央是如何决定干预文艺的,迄今未见到原始的史料。只有从散见于有关人士的回忆录中推断出这样的结论:"直到1929年的夏秋之交,党才对这场论争进行了认真地考察和研究,并且得出了论争双方都是要坚持革命的,在方向上并没有原则分歧的正确结论。于是决定运用党的力量进行干预,要求从党员作家做起,停止论争,并进一步争取把所有'左翼'文艺界的力量团结起来,共同对敌。"至于时任"文委书记"并已经兼任中央宣传部干事的潘汉年所起的作用,由于"潘案"所累,他自己没有留下文字记述。自然,由于年代久远,当事人相继谢世,生前谁也没有说到潘汉年在这一重大决策中的作用。但是,根据一般的常识——以及潘汉年贯彻中央这一重大决策所做的工作,谁也不能否认潘汉年参与了党中央的决策会议,并依然由他出面负责向有关人士传达落实这一决策。

党中央决定"以党的力量进行干预"的具体内容是什么呢？为了惜墨存史,现把当事人吴黎平、阳翰笙、冯雪峰三人的回忆摘抄如下：

时在中央宣传部供职的吴黎平同志在《长念文苑战旗红》一文中说："大概是在1929 年 11 月间,李立三同志到芝罘路秘密机关来找我把中央的这些意思告诉我：

一是文化工作者需要团结一致,共同对敌,自己内部不应该争吵不休；

二是我们有的同志攻击鲁迅是不对的,要尊重鲁迅,团结在鲁迅的旗帜下；

三是要团结'左翼'文艺界、文化界的同志,准备成立革命的群众组织。

李立三同志要我和鲁迅先生联系,征求他的意见。"

阳翰笙同志在《中国左翼作家联盟成立的经过》一文中说：

"1929 年秋天,大概是 9 月里,李富春同志给我谈了一次话。地点是在霞飞路一家咖啡馆。李富春同志先问我：'你们和鲁迅的论争,党很注意,现在情况怎样了？'

"我简要地叙述了一下情况。我说鲁迅近来翻译和介绍了不少苏联的文艺理论、普列汉诺夫、卢那察尔斯基的著作,这是很好的；现在的论争已经缓和下来,不像去年那么激烈了；有些同志自己也感到与鲁迅争论是没有意义的。

"李富春同志说：你们的论争是不对的、不好的。你们中有些人对鲁迅的估计,对他的活动的积极意义估计不足。鲁迅是从'五四'新文学运动中过来的一位老战士、先进的思想家,站在党的立场上,我们应该团结他,争取他。你们创造社、太阳社的同志花那么大的精力来批评鲁迅,是不正确的。这是第一点。第二点,我约你来谈话,是要你们立即停止论争,如再继续下去,很不好。一定立即停止论争,与鲁迅团结起来。第三点,请你们想一想,像鲁迅这样一位老战士、一位先进的思想家,要是站到党的立场方面来,站在'左翼'文化战线上来,该有多么巨大的影响和作用。你们要赶紧解决这个问题,我相信你们也会解决的,然后向我来汇报。"

冯雪峰同志在回忆潘汉年的谈话中说：

"据我所知,1929 年下半年,潘汉年是做党中央宣传部干事,到 1930 年春天他还兼任文委书记。记得是在 1929 年大概 10 月 11 月间,潘汉年来找我,要我去同鲁迅商谈成立左联的问题。他同我谈的话,有两点我是记得很清楚的：一、他说党中央希望创造社、太阳社和鲁迅及在鲁迅影响下的人们联合起来,以这三方面人为基础,成立一个革命文学团体。二、团体名称撰写为'中国左翼作家联盟',看鲁迅有什么意见,'左翼'两个字用不用,也取决于鲁迅,鲁迅如不同意用这两个字,那就不用。"

潘汉年是一位组织原则很强的同志,他历来对党中央的决定坚决付诸实施。现在党中央又做出了成立左联的决定,他身为文委书记,更是责无旁贷地贯彻执行。他除去请有关人士向鲁迅先生传达党中央的决定,并征询其意见外,他还分别做创造社和太阳社有关同志的工作。对此,冯雪峰同志曾回忆说:"这时候,据我所了解,创造社方面,潘汉年主要是找冯乃超,在太阳社方面,则找阿英(蒋光慈好像还在日本);同时潘汉年也找夏衍、洪灵菲等人谈。"

为此,阳翰笙同志也作了如下回忆可以佐证:

"李富春同志和我谈话后的两天,我见到了潘汉年,他说他已经得到了这样的通知。于是我们俩经过商量,先开个党员会,传达李富春同志的指示。当时决定找的人是:夏衍、冯雪峰、柔石,创造社方面的冯乃超、李初梨,太阳社方面的钱杏邨、洪灵菲,另外还加上潘汉年和我,一共九个人,这些都是当时党内的负责人。开会的地点是在一家咖啡馆。会议是潘汉年主持的,他说李富春同志和老华(我当时用华汉的笔名)谈过一次话,现在请他向大家传达。我传达完了之后,很多同志都拥护李富春同志的意见。有的同志还作了自我批评,说自己对鲁迅态度不好……也有个别的同志不表态,说鲁迅是一个激进的民主主义者,不是马列主义者,为什么不可以批评呢?……但到最后,经过反复说明团结的意义,会上的意见一致了。"

就在这次会上决定:创造社、太阳社所有的刊物一律停止对鲁迅的批评,即使鲁迅还批评我们,也不要反驳,对鲁迅要尊重。

再一个决定,就是派三个同志去和鲁迅谈一次话,告诉鲁迅,党让停止这次论争,并批评了我们不正确的做法……鲁迅对于年轻人的做法,是谅解的,表示愿意团结起来。

潘汉年清醒地认识到:如果把论争长达近两年的几个文学团体凝聚在一起,组成一个进行反文化"围剿"的战斗集体,必须首先在思想上真正做到放弃偏见,团结对敌。而若想做到思想上真正的统一,必须进行自我批判,心悦诚服地多做自我批评。为此,他带头在《现代小说》三卷一期上发表了《文艺通讯》一文,对文艺与政治的关系,革命文艺家应该写哪些题材,坦诚地发表了意见。

经过一段思想清理和组织准备——当然包括得到鲁迅先生的赞同之后,"潘汉年同志代表中宣部召开了一个包括创造社、太阳社、冯雪峰、我(夏衍)以及党外的郑伯奇同志等在内的座谈会,这是1929年10月中旬在北四川路的一家咖啡馆楼上召开的。潘汉年主持会议,传达了中央对这场论争的意见,认为主要的错误是教条主义和宗派主义,要求立即停止对鲁迅和茅盾的批评……同时还对自己的没有及时发现问题,作了自我批评。也就是在这次会议上,推定了包括鲁迅、郑伯奇在内的十二个人,作为左联的筹备工作人员。当郑伯奇问'鲁迅先生会不会同意参加'时,潘汉年同志说,中央已经有人和他谈过,他同意参加并赞同'左翼作家联盟'这个名字。"

还是在这次会上，潘汉年传达"中央并指定这个小组的任务是，尽快拟出两个文件：一、拟出左联发起人名单；二、起草左联纲领。会上决定这两个文件一拟出了初稿，就先送鲁迅审阅，得到他的同意后，再由潘汉年转送中央审查。这个会开得不长，我的印象却很深，大约不会记错。我还记得潘汉年说，中央负责同志和鲁迅谈话的时候，鲁迅说他不一定参加筹备小组的工作，他可以挂名，不能每次会都参加，有必要的、非他参加不可的，他可以参加。潘要我们把每次筹备会的情况，通过冯雪峰、冯乃超和我（夏衍）经常向鲁迅报告。"

自此以后，中国左翼作家联盟遂进入了筹备成立的时期。潘汉年由于还要联系成立其他革命的社团组织，没有参加左联筹备组的具体工作。但他作为中共中央宣传部的代表，曾多次与会指导整个筹备会议的进行。有关左联的纲领、发起人名单、组织关系草案拟出之后，他不仅亲自审阅，提出意见，而且还派专人报请鲁迅先生审定。当他听说鲁迅先生不同意封给他的"主席"或"委员长"这类名称，只是"做力所能及的工作，尽力多做"以后，遂和左联筹备组的有关人士商定，设执行委员会，实行集体领导；当他听说鲁迅先生看见左联发起人名单中没有郁达夫的名字，并获知郁达夫最近情绪不好，也不经常和一些朋友来往后，不以为然地说："那是一时的情况，我认为郁达夫应当参加，他是一个很好的作家。"他当即表示同意鲁迅先生的意见，并请有关同志去商请郁达夫参加。总之，潘汉年为中国左翼作家联盟的诞生，真可谓竭尽忠诚和力量。

1930年3月2日，"中国左翼作家联盟"在中华艺术大学宣布正式成立。虽说由于防止敌人捣乱和破坏，没有更多的人参加大会，但它却永载中国现代文学史册，因为它标志着党的文化工作进入到一个新的时期。在左联成立大会上，鲁迅先生发表了有名的演讲：《对于左翼作家联盟的意见》；潘汉年也发表了事后发在《拓荒者》上的文章《左翼作家联盟的意义及其任务》。这篇文章对左翼文化界提出了中肯的要求，是一篇研究左联的十分重要的文献。

与此同时，潘汉年还亲自领导成立了"社联""剧联"等革命的社会团体。

我们可以想见，时年刚满二十四岁的潘汉年，在不到半年的时间里，就通过具体而又细致的思想工作和组织措施，使文艺界互为对立的社团化干戈，紧紧地团结在党的周围，把斗争的锋芒对准共同的敌人，是需要付出何等多的心血！他这种忘我的工作精神和非凡的组织才干，受到了党中央负责同志的赞赏，也赢得了同志们的敬服。

潘汉年说过这样的话："我喜欢写作，但我不想成为什么家。"党中央的负责同志也知人善任，有意拓宽潘汉年的工作范围，就在左联成立的前夕，党中央指示潘汉年发动鲁迅、郁达夫、柔石等文化界的知名人士，成立了"中国自由运动大同盟"，他先后被选为执行委员和宣传部的常委；是年春夏之交，潘汉年又根据新的江苏省委书记李维汉同志的指示,很快把"中国自由运动大同盟""左联""社联""剧联",以及上海的"工联",一起联合起来,成立了"中国反帝大同盟",并出任"中国反帝大同盟"的党组书记。

由于党内受斯大林肃反扩大化的影响,普遍执行"残酷斗争,无情打击"的错误方略,在他主管的部门中——几乎集中了极有个性的民族精英,却很少执行"残酷斗争,无情打击"这一套。无论是从现存的历史文献中,还是从当年身临其事的学者、名流写的回忆录中,都很难找到潘汉年打击迫害文友和同志的例证。即使像茅盾这样的文坛巨匠,在他回顾这段错综复杂的历史的时候,也只是著文反对飞行集会,从未指责潘汉年的个人品质。潘汉年从1930年10月调离文委,先后到中共中央办的地下报纸《红旗报》、党刊《真理》等喉舌机关工作。也就是在这段时间的工作之中,他得以结识李立三、关向应、王明、博古等中央负责人,并给这些中央负责人留下了很好的印象。待到1930年1月7日,中共中央六届四中全会召开,在共产国际代表米夫的支持下,王明等人夺权上台以后,潘汉年遂被任命为江苏省委宣传部长。从此,他从一个激进的左翼作家,完全地变成了一位职业的革命家。

《歌》(木刻)　杨永青

我画毛泽东

李 琦

我画过9幅有关毛主席的画。第一幅是在1950年,题为《伟大的会见》,题材是毛主席与斯大林在克里姆林宫。第二幅是《毛主席和朱总司令在井冈山会师》。这两幅都是我和夫人冯真同志合作的。第一幅受到周总理的称赞,并获文化部颁发的年画奖。第二幅受到徐悲鸿的夸奖。

《主席走遍全国》是1960年画的。我还清晰地记得创作它的经过:1958年,修十三陵水库的时候,我随首都文艺大军在那里劳动,体验生活。一天,毛、刘、周、朱等中央领导同志都来了。毛主席周围人山人海,无法靠近。我就背着大画夹上了小山包,准备登高一望。没想到毛主席竟走到这小山包下面来了,我立刻顺坡滑下去,刚巧落在毛主席和警卫人员的小圈圈里。他们看我背着画夹,误以为是随行记者,所以竟没有人干涉我的行动。我跟在毛主席身后看得可仔细了。群众向他欢呼,他不时用湖南口音回应:"人民万岁!"激动的人群把主席的鞋踩掉了,警卫员要帮他提上,主席摆摆手,自己弯腰把鞋穿好。天热,主席穿的衬衣后背都湿透了,我就拿自己的草帽给他扇着。我跟在主席身后半个多小时,见他走到彭真同志身边,拿起铁锨铲土。人群中有人递毛巾给主席,他接过来就擦……我1959年创作的国画《在十三陵水库工地上》,就是根据这次劳动中的观察和感受作的。画面上的题诗是:"同铲一筐土,共用一条巾。敬爱的毛主席,和咱心连心。"这幅画1959年在世界青年联欢节上获奖,但我自己却觉得没能把主席的风采和自己的感受充分表达出来,应该冲破具体的场面、情节的局限,用最简洁的语言准确地表现一位平易近人、胸怀广阔的人民领袖,来到人民中间,时时关怀着祖国的南北东西,无论是工厂、农村、部队,到处都有他的足迹。我回想起自己童年时的生活,感到我见过的、接触过的中央首长,无不慈祥可亲,普普通通。给我印象最深的是彭德怀同志,他把我抱起来,问长问短;毛主席摸着我的头问几岁了?上过学没有?在延安的9年里,无论是在延河边,在文艺晚会的大礼堂里,在看大戏的露天广场上和跳舞厅、篮球场上,当我们这些小孩子故意碰碰毛主席,挨挨朱老总时,得到的回应,总是爽朗而亲切的一声:"嗳!这些小鬼!"我总觉得主席的气度很美,闭着眼睛都能显现出来,但用什么办法表现出来呢?这个想法一直憋在心里。

1960年夏天,中央美术学院组织师生为建造中国美术馆义务劳动。老教授们和学生一起热火朝天地干起来,我感觉又回到了延安,忽然脑子里闪出了毛主席的形象,他风尘仆仆地走来,头发被风吹起,被风吹动的草帽带……毛主席习惯叉腰,他正眺望着祖国的山川大地,热气腾腾的人民在建设着祖国,他看着工厂、农村、军营,也看着你和我……于是,当晚回到宿舍,我顾不得劳动的疲乏,铺开大纸,用木炭打了一个大稿。当时我很激动,画得比我还大的毛主席矗立在我面前看着我呢!他是我朝思暮想的活的毛主席……我没想到这张画的影响这么大,当时报纸、电台、课本、戏剧舞台、广场大街的大牌子、机关的会议室、礼堂、平民的住宅,到处都贴着这幅画。徐悲鸿夫人廖静文女士说:"主席走遍全国,这幅画也走遍全国了。"

1961年的一个晚上,王光美同志邀我带着这幅画的印刷品去中南海,见到了毛主席。毛主席两臂撑着沙发站了起来,并用宽厚温暖的大手紧紧地握着我的手,亲切地唤了声:"李琦同志。"并谦虚地说:"一个绘画,一个雕塑,我都不懂!"当得知我还画了另一幅《伟大的会见》时,他又亲切地说:"噢,这也是你画的?画得很好呵!"(当时正是赫鲁晓夫反斯大林时期)当我讲起这幅画是我同爱人冯真合作的,她是冯乃超的女儿时,毛主席又说:"冯乃超同志,知道,知道,他现在中山大学……"我又提到在延安时常见到毛主席,进城后就很少有机会了,毛主席讲:"那你常来呀!"在这次中南海会面中,毛主席问我:"你多大岁数了?"相隔25年之后,我又一次重温童年在延安时的幸福!但更重要的是,毛主席和延安在我心中种下了一粒生命常青的种子——艺术要为人民服务。

这里,我讲个小故事:

1942年,我们延安抗战剧团住在与鲁艺为邻的桥儿沟西山坡上。一个晴朗的上午,有人发现沟口有些异常,我们跑出窑洞站在崖畔上往下看,清楚地看到毛泽东同志迈着稳健的步伐走进鲁艺校门。过了一阵,鲁艺的钟声响了,我们剧团也集合下山到鲁艺操场,听毛主席做报告。大家席地而坐,毛主席站着讲话。那时我不到14岁,还不懂讲话的确切内容。主席讲的是一口湖南话。几十年后,我还清晰地记得他讲话时的手势动作:他往一头走几步,双手往后拍拍屁股;又往另一头走了几步,又拍拍屁股……这是什么意思呢?后来我慢慢才弄清楚,毛主席是要搞文艺工作的同志向工农兵学习,把自己的立足点逐步移到工农兵这一边来。要大家从小鲁艺毕业后到大鲁艺去,大鲁艺就是工农兵群众的生活和斗争。而工农兵就是大鲁艺的老师,要向工农兵学习,要把自己的人生观、世界观改造得适应革命的需要……

我自认自己的屁股是坐在人民群众这一边,一心想着为人民做些什么。早在建国初期,我和冯真同志就接到许多志愿军官兵的来信,他们说《伟大的会见》被他们贴在战壕里,给了他们冲锋杀敌的力量。我还画了《毛主席领导我们建设祖国》招贴宣传画。当时,在水库建设工地,在抚顺露天煤矿,还有许多大城市的中心广场,都矗立着巨型的复制画。不少群众来信说,这些画给他们提了神了。直到现在,我还经常收到来自祖国各地(包括海外侨胞)的信,年长的有八十多岁的老中医,年幼的有小学生,他们都不约而同地认为我的作品给了他们精神鼓舞。当然,我并不认为我的作品就那么完美,主要是因为我多少表达了人民群众敬仰、热爱的人物,还能把他们敬仰的人物的风度神采如实地再现出来。我历来认为我这种侧重教育功能的作品,只是百花园中的一个艺术品种。早在1958年大跃进年代,我就在各种会议上为山水花鸟画鸣不平,反对"题材决定论",反对美院学生下乡实习写生的时间太少的教学安排。记得在1959年全国第一次艺术教育会议上,我同艺术院校个别领导人的极左观点展开了激烈争论,这在会议简报上曾有记载。使我高兴的是,后来林默涵同志在大会总结发言中,肯定了我的观点。

近几年来,我因写了几篇对某些文艺观点表示难于苟同的文章,在美术界掀起了个不大不小的波澜。有不少同行来信说,我讲了他们心里想讲的话;同时,也接到了骂我的匿名信。我个人挨骂倒也无所谓,感到心寒的是文艺界、美术界出现的一些怪现象。近日,我在太原美术界朋友中听到一桩事:一些青年人买了50辆旧自行车,用压路机压扁,然后说这就是一件大型作品。怪的是有的报纸居然用大篇幅刊登报道。我说,这种宣传不是害了青年人吗?

现在有种说法:只要不违反宪法、法律,就不要横加干涉。人家自己出钱买自行车,自己压碎了,当然不算犯法,但是否需要对青年人做些必要的引导,使青年们可贵的精力,用到有利于社会、有利于人民的精神生活的方向去呢?对文艺探索横加干涉这种做法当然要不得,任何时候用高压手段对付人民内部问题,都是错误的。但是当那些在社会上起消极作用的作品过多了、过滥了,作为在意识形态领域负有责任的部门,是否可以想办法引导一下,或正面提倡、扶植一些能在社会上起积极作用的文艺创作?目的也是百花齐放。现在的情况是:有的部门对文艺创作放弃引导责任,对一些不健康的作品还推波助澜,拍手助威,谁吭一声谁就被戴上一顶"极左""保守"的帽子。还有一种说法是:文艺死不了人。真的死不了人吗?一个国家中人民的精神面貌对这个国家的强盛或衰微真的就没有影响吗?前不久,南京电视台对青少年做过一个调查,他们心目中最崇拜的英雄,有5个是港台歌星,这说明什么问题?幸好第6个是雷锋,这也说明我们国家的正面教育还有影响。

邓小平同志说过,这些年最大的失误是教育。我们再也不应重蹈覆辙了。

忆父亲罗广斌

罗 加

　　1961年,中国青年出版社出版了只有父亲与杨益言叔叔署名的以重庆"中美合作所"集中营共产党人的革命斗争为题材的长篇小说《红岩》,很快就成为畅销书,先后发行七百多万册,在国内外产生了广泛的影响,各地掀起了《红岩》热。它曾被改编成电影、戏剧、曲艺,还被翻译成英、法、德、日、俄、朝等19种不同文字出版。虽经十年浩劫,但它在人们心目中仍然保持着经久不灭的艺术魅力。1981年,全国中学生开展评选"我所喜爱的十本书"活动,《红岩》是被评选出来的十本书之一。《红岩》的影响如此广泛和深远,这说明《红岩》的生命力和它自身的杰出成就是联系在一起的,才能如此之强地吸引千百万读者。

　　1924年11月,父亲出生在成都一个官僚地主家庭。祖父罗宇涵是满清秀才,祖母罗蕴山是位有名望的中医,也曾任过中学校长。伯父罗广文在日本士官学校经过严格的科班训练,回国后曾任教于黄埔军校。他治理军队有一套严格的办法,蒋介石和陈诚把他领导的部队视为嫡系,他从上海抗战时的一个旅长升到军长、兵团司令。父亲出生在这样一个显赫的家庭里,他幼年的生活是优裕的,在他就读成都建国中学时,苦难的旧中国的种种矛盾,才开始闯到他眼前来。他曾因和一个女工的女儿要好,被祖父囚禁,使父亲开始重新认识这个家庭。他立志去昆明投奔正在西南联大读书、从事地下工作的世兄马识途。出于父亲坚定的决心,加上祖父和马伯伯的父亲是世友,两家就住在成都柿子巷六号和七号,门对门。祖父自知马识途为人正派、学习勤奋,把父亲放在他的身边,对学习会有好处的,因而同意了父亲的想法。当时的西南联大,是由北京大学、清华大学和南开大学合组而成,有很高的学术水平,祖父、祖母及伯父都希望父亲能在那个高等学府里得以深造,为今后出国留学奠定基础,回来大振家声。

　　1944年初,父亲以高分考入联大附中高一班。性格开朗、直率的他,在联大党支部书记马识途的引导下,很快就和许多革命青年、共产党员交上了朋友,著名教授闻一多和华罗庚的女儿都是他的同班同学。崭新的天地,使他很快地和伟大的爱国学生运动紧密地结合在一起。1945年,在震撼大地的"12·1"学生运动中,他被选为联大附中罢课委员会主席。1947年,在重庆学生"反内战"运动高潮中,他是西南学院学联会主席。以后,他又听从党组织的安排,到过滇西建水县健民中学、盘溪民建中学,以及川东秀山县中学,以教书为掩护,开辟武装斗争据点。父亲就像一团火,他走到哪里,就会把火燃烧到那里。1948年初,由中共重庆地下学运领导人江竹筠介绍他参加中国共产党,并在她的直接领导下进行对敌斗争。同年8月,重庆地下组织遭到破坏,由于当时的重庆市委书记刘国定(《红岩》中甫志高的原型)背叛出卖,江竹筠、刘国志(《红岩》中刘思扬的原型)被捕后,父亲也在成都被捕,并先后关进了重庆歌乐山下的"中美合作所"渣滓洞监狱。

父亲在那所人间地狱里被关押了一年多,在那里他继续坚持公开和隐蔽的对敌斗争。监狱的岁月是漫长的,度日如年,但是父亲生性活泼、开朗、刚毅,在狱中教难友唱《国际歌》和《囚歌》,用黄泥和草纸制作象棋和扑克,组织篮球比赛,鼓舞难友斗志。尤其是在放风坝上的那场春节联欢会,他戴着沉重的脚镣,为难友表演了别开生面的踢踏舞。打那以后,父亲的双脚又增添了一副沉重的脚镣,此后又以"不服管教、违犯所规"之罪名,被转移到"白公馆"监禁。从此,父亲又与关押在"白公馆"里的张学良的部下黄显声将军以及许晓轩、刘国志、陈然等继续与敌特做斗争。徐远学只好把祖父请来劝降,谁知父亲从此与祖父脱离了关系,坚定地回到了"白公馆"。

1949年11月27日,父亲在"白公馆"和难友趁特务增援渣滓洞的大屠杀之时,争取了看守杨钦典,使狱中幸存的19名政治犯全部逃出了虎口,为党保存了可贵的一份力量。正是这段狱中的亲身经历,为他以后写《红岩》奠定了基础。重庆解放后,党组织便派父亲、刘德彬、杨益言三位先后从集中营脱险出来的同志到烈士追悼会去工作,参加编辑《如此中美特种技术合作所》一书。他们收集、整理了300位烈士的小传,积累了相当多的有关"中美合作所"的资料。

解放初期,父亲在重庆市团委工作兼统战部长。这期间,他在四川许多地方作过成百上千次报告,揭露"中美合作所"的罪恶,宣扬革命先烈的英雄事迹,父亲口才很好,感染力极强,受到广大青年和群众的热烈欢迎。父亲也常常给我和妹妹讲述江竹筠、陈然等烈士的事迹以及狱中的少年英雄,鼓励我们向先烈学习,珍惜今天的幸福。但他从未提到过他自己,要不是与父亲同狱的刘德彬叔叔告诉我们一些情况,我们真还不知狱中"绣红旗"的一幕,原来是父亲把自己的红被面拆下来和难友们一起绣的。

1957年底,党号召知识分子劳动锻炼,改造思想。当时属于年轻知识分子干部的父亲,积极响应号召,怀着自我革命的急切心情来到了长寿湖水库,组建渔场,组织上决定他任渔场场长兼团委书记。不久,周总理、李富春、李先念等中央首长到长寿湖视察,总理听了父亲和党委书记向洛新伯伯对渔场的设想和远景规划后,十分高兴,并命笔题词:"为综合利用四川水利资源树立榜样,为全面发展四川经济开辟道路"。父亲下决心一定要把长寿湖建成一个渔乡。在他的带领下,不到三个月修建了养鱼池,建立了造船厂,成立了捕鱼队。父亲对渔业一窍不通,但他意识到养鱼要懂科学,不懂得科学养鱼就不能领导好生产。他刻苦学习《鱼类学》《池塘养鱼学》等大量专业书籍。重视专业人才，成立水产试验室，亲自出课题，制规划。时隔一年，他就很快地变成了养鱼内行，在养鱼的科研上推翻了日本水产专家川本信之经过十年研究得出的草鲢鱼不能在内湖繁殖的结论，取得了重大渔业科研成果，受到当时的科学院院长郭沫若同志的赞扬。

离开渔场以后，父亲仍然热爱养鱼，竟然在家里养起了热带鱼，两个透明的水族箱里安置了电热棒加温的越冬设备，那黑里透红、黑白相间的鱼儿，给我们的家增添了生气。就是他的这点对长寿湖的怀念，对鱼的深情迷恋，"文革"中又成了他的一条罪状。

1958年10月，当时四川文联负责人沙汀，怀着极大的兴趣，把重庆市文联寄去的庆祝建国十周年的献礼计划中关于父亲、刘德彬、杨益言写的反映"中美合作所"狱中斗争的长篇作品，推荐给中国青年出版社社长朱语今，他们也被作品里的真情实感深深吸引。在中国青年出版社、四川省文联以及重庆市委的大力支持下，1959年1月，《红岩》小说的写作揭开了序幕。

我怎么也忘不了父亲创作《红岩》的那些日日夜夜。长篇小说《红岩》的写作是一件相当艰苦的工作，父亲为此真不知付出了多少艰辛的劳动。那时，我们一家四口住在团市委院内的一间仅仅十来个平方米的平房里，狭小的屋里摆了两张床和一张书桌，那就是父亲写作的小天地。他习惯于夜间写作，上午休息，下午锻炼，每到夜深时候，我常常会被他浓烈的"大前门"香烟味熏醒。盛夏的山城，又闷又热，家中没有电扇，父亲又胖，成天浑身上下冒汗，他只好不断冲澡，在室内洒冷水降温。父亲为人热情坦诚，他的朋友很多，家中客人从未间断。《红岩》在创作过程中，许多人物情节，常常是在朋友们的摆谈中得到充实完善的。江姐是父亲的入党介绍人，他对她有着特殊的感情，所以在小说中用了更多的笔墨来描绘这位女英雄。

为了写好小说《红岩》，父亲还去过北京的战犯所、贵州的息烽监狱、南京档案馆等处提审战犯，收集素材。他东奔西走，很少在家，根本照顾不了家庭。记得有一次，我生病了，家中的保姆错把"脚气水"当"止咳糖浆"喂给我吃，烧烂了我的嘴巴，幸好母亲回来碰上，急忙给我灌进牛奶，才没惹出大乱。

父亲写作忙，母亲也有自己的工作，我和妹妹自幼被送进幼儿园。每到周末，小朋友早就盼着家里人来接，可我们常常盼来的是失望，成了幼儿园的常住户，就连上小学时，学校离家不足半里地，我们仍然成了住读生，一年到头和父母在一起的时间屈指可数。小时候，只要和父亲在一起，就会感到无比的欢乐，有时又很紧张，他要定时检查我们的作业，还常常让我们背唐诗，孩提时记的东西，到现在也难忘却。父亲还常让我和妹妹去挑煤，我在育才中学上学，离家足有二十来里地，他始终坚持让我步行回家，锻炼我的意志。在父亲写作期间,我们几乎见不到他睡觉,他屋里的灯整夜整夜地亮着,他渐渐地消瘦了,双眼布满血丝,可他仍然废寝忘食、夜以继日地写。1961 年 3 月,在小说完成第三稿后,和编辑部的同志共同讨论书名,先后提出了十多个,如:《地下长城》《红岩朝霞》《红岩巨浪》《红岩破晓》《万山红遍》《嘉陵怒涛》《地下烈火》等,经过反复比较讨论,决定取名《红岩》。随后又进行第四、五稿的改写。11 月,《中国青年报》连载《红岩》中描写许云峰的章节,《中国青年》选发《红岩》中描写白公馆的章节,陕西省《延河》刊出了《红岩》中描写江姐的全部章节。12 月,废弃原稿达二三百万字,最后留下 40 万字的长篇小说《红岩》正式出版问世。这部形象地进行革命传统教育的优秀作品,立即在国内外广大读者中产生了巨大影响。此后,中共重庆市委为更好地发挥父亲的聪明才智,将他调到市文联,专门从事文学创作。

父亲是一位党性极强的共产党员。在那个"左"的年代里,他一直受到无休止的审查,政治生活受到不明不白的限制。1963 年,以全国青年联合会的名义组织了一个访日代表团,团中央考虑到《红岩》一书在日本青年中影响很大,提出让父亲作为代表参加访问。当时重庆市的个别当权人竟以历史问题未查清而坚决不同意。1964 年共青团召开第九次全国代表大会,团中央领导和许多同志都认为父亲可以做团中央委员候选人,也因为同样的原因而未能实现。可是父亲坦然地接受这一切。

父亲对人热心、诚恳、耿直,谁有困难他就慷慨无私地接济,从未想过让别人报答。小说出版后,父亲他们将所得稿费,除留下为写《红岩》续集搜集素材所需的费用,其余的钱全部交了党费。

父亲兴趣广泛,爱好游泳,擅长篆刻,喜欢打桥牌,市青年排球队比赛也少不了他。少年时代他还获得过全国航模冠军呢!记得赵丹来重庆拍摄《在烈火中永生》影片,有一次休息时,父亲穿着背心短裤,和赵丹进行了一场激烈的乒乓球赛,瞧着父亲那连蹦带跳的劲头,哪像快四十岁的人哟!

1965 年 1 月,江青先后两次把父亲叫到北京谈话,一谈就是八九个小时,她要另搞一套情节,把《红岩》中的江姐改成她讲的"模特",为自己树碑立传。江青无耻的企图,怎能让受过江竹筠烈士教育,与江姐有着血肉相连的革命友谊的父亲接受?父亲没有接受江青的无理要求,留下了后患。

《红岩》小说出版后,父亲的创作生涯并未结束。精力旺盛的他,仍然东奔西跑,收集了许多素材,准备继续写作新的长篇小说。谁曾想到,一夜间风波骤起,一刹那阴云密布。家中遗稿被抄,飘零殆尽。江青竟丧心病狂地诬陷"川东地下党没有一个好人""华蓥山游击队都是叛徒",说"罗广斌是罗广文的弟弟",硬是要将父亲置于死地。原川东地下党的同志也几乎无一例外地遭到"四人帮"的残酷迫害。《红岩》被打成"叛徒文学"。

至今我还难忘1967年那特别寒冷的冬天。2月10日的早晨,一个我永远忘不了的时刻,母亲和我们刚刚起床,一阵急促的敲门声,震动了我们仨的心,造反派来通知:"罗广斌跳楼自杀了!"这突如其来的噩耗,犹如霹雳一般,震得我们许久才清醒过来。我不敢相信自己的耳朵,更不愿相信这就是事实。父亲离开我们还不到五天呀,就在前一天,母亲还接到他要粮票和衣物的亲笔信啊!谁能相信就在这一夜之间,一个从美蒋屠刀下冲出来的共产党员,真的会惨死在解放后的今天?一场浩劫,夺去了我那永不疲劳的父亲的生命。爸爸呀,当时您才四十二岁啊!正是创作的盛年,但您却含恨、背负不白的冤屈被人杀害,真令我们全家痛断肝肠。可在那个岁月里,哪有我们说话的权利?由于母亲坚决要求查明父亲的死因,找出凶手,造反派把母亲也关进了牛棚。有一次,我去给母亲送饭,她对我说:"孩子,你父亲虽然离开了我们,但你要坚信他是一个好人,一个真正的共产党员。如今,我也生死莫测,你要好好把妹妹带大,要相信党组织,总有一天会搞清你爸爸的问题。一定要找到杀害你爸爸的凶手。"我没有哭,我不愿再增添母亲的痛苦,但我暗自下了决心:一定要救出妈妈,一定要找到杀害父亲的凶手。

那晚深夜,趁着看守打瞌睡的时候,我帮着妈妈从白天观察好的窗口爬出来,窗下不远就是一堵墙,足有两米高,母亲上不去,我试着让她踩着我的肩膀上。那时,我虽已十三岁,可又瘦又小,结果和母亲一起摔下去,在那种情况下,也顾不得伤痛,鼓足劲又爬,终于和母亲逃出了虎口。我们徘徊在公路上,在那个受牵连的日子里,我们去找谁呢?可时间不容我们过多思索,母亲带着我悄悄地登上了南去的列车。在贵阳,我们找到了《红岩》中华子良的原型韩子栋伯伯。韩伯伯真是一位和蔼可亲的长者,尽管他当时的处境并不比我们好,但他仍然热情地收留我们。没过几日,追捕母亲的通缉令发向了全国,为了不给韩伯伯增添麻烦,我们只好离开他家到北京。母亲托人将妹妹从重庆送到了北京。从此,我们兄妹俩跟着母亲流落他乡足有两年多时间。母亲已没有任何经济来源,我们三人全靠一些亲戚朋友接济度日。使我难忘的是在成都的一天晚上,为了不牵连亲友,母亲硬是带着我们兄妹俩流浪在街头。蓉城的深秋之夜真冷啊!在街边,我们依偎在母亲的身旁度过了那个令人不忍回忆的漫长之夜。

流浪了两年多,母亲终于把我们带回重庆,回到了那个日夜思念的家。父亲的遗物已被夺走,留下来的就只有"叛徒""特务"等一顶顶无比沉重的帽子压在我们幼小的心灵上。母亲也被强加了各种莫须有的罪名。我和妹妹在不到下乡的年龄就被迫先后到农村去了。母亲经受了那么多的打击,又面对着两个幼小无知的孩子远离她而去,实在撑不住了,终于在一阵剧烈的头痛之后,她听不到我们呼唤她的声音了。母亲患了"脑出血",多么可怕的病魔呀,我们趴在她耳边大声呼唤:"妈妈呀妈妈,我们已经失去了爸爸,再不能失去您了。快醒醒吧,妈妈……"也许上苍被我们的呼唤所感动,在昏迷了六天以后,母亲居然奇迹般地醒来了,她坚强地活了下来,为了我们,也为了等到父亲平反昭雪的那一天。

粉碎"四人帮"以后,1978年,父亲的沉冤终于得到昭雪。现在,我有一个幸福的大家,也有一个温暖的小家。但是,多少年来,每当门前响起重重的脚步声时,我常会按捺不住自己激动的心情想去迎接父亲的归来。我多么希望至今摆在母亲床头的那张父亲面带微笑的照片中,那年轻而精力充沛的面容能变为现实啊!

父亲的一生是短暂的,但他热血澎湃,献身革命,讴歌革命的一生,给我留下的记忆却是永久的。

《香蕉园》(木刻)　马克

最高的奖赏
——路遥逝世以后的点点滴滴

吴洋锦

那年,路遥找省里领导批了一笔钱,给我们这幢宿舍楼安暖气设备。5月就安装妥了,望着那银色的管道和暖气片,大伙心里可安逸了,于是该添烟囱的也不添了,该换炉子的也不换了,就等过着一个温暖如春的冬天。谁知到大雪纷飞时管道还是冰凉的,大伙忍不住了,路遥更是天天催问具体负责的同志。后来请来了烧锅炉的师傅,但也不是有了师傅马上就能送暖气的,得烘几天炉子,得把硬水化为软水……送气前的准备工作多着呢!路遥一天去几次锅炉房,看着师傅操作,他感叹地说:"那么复杂!大概跟发射导弹也差不多了。"盼了几天终于送暖气了,路遥高兴了,他说:"我们这儿熬夜的多,这下好了,再熬也不冷了。"他又说,"我洗了鞋子,搁在暖气片上,第二天就能穿了……"可是路遥才享受了三个冬天……

去年,路遥逝世的噩耗传出后,几天内来陕西作协送花圈、送挽幛的人络绎不绝,唁电、唁函像片片含泪的雪花从祖国的四面八方飘来。在这些致哀者中,有党政领导,有著名人士,有路遥的读者、朋友。为了表示感谢和纪念,陕西作协在《陕西文学界》上,公布了致哀单位和致哀者名单,32开的开本足足登了七个页码,同时还登载了挽联题词选辑。当我在整理选辑时,一封署名"密云县一个普通农村青年"的悼念诗特别引起了我的注意。尽管作为一首诗它还有需要推敲的地方,但它所流露出来的感情却是十分真挚的。原诗较长,当时选用了几小节:"我不知/拿什么献给您/一切的一切/都太菲薄//平凡的世界上/存在着您和我/是您告诉了我/什么叫生活//路遥啊!/遥远的征程您孑然独行/但愿此去您能轻松//不管您能否羽化登仙/在我心中永远有您/最神圣的祭坛"。刊物出来后,我想如果能让这位农村青年看到,给他留个纪念该多好!但他没留姓名,幸好信封上的地址还较详细——密云县半城子乡西坡古村,于是我给村委会写了封信,将信、刊物连同原稿一起寄给他们,请他们按原稿的笔迹寻找作者,并把刊物送给他。真得感谢村委会同志认真负责的精神,我很快收到了作者的回信——原来是位姑娘,叫彭亚兰。姑娘说:"悼念路遥老师的几句话能有回复,我太激动了。路遥老师是我最敬重的作家,我曾想以后一定去陕西看看他,没想到今生却再无此缘了。我和妹妹知道路遥老师病逝,相隔几百里却都彻夜未眠。她写了一篇祭文,烧掉了。而我想应该让那片黄土地知道:在遥远的小山村有人永远记着他的儿子。他的儿子不会死,永远不会……"我为姑娘的真诚所感动。姑娘还告诉我:她1986年初中毕业,几经辗转,现在在家务农;她妹妹是师范学院的学生;她父母亲都是农民,但都喜欢读书;她和妹妹在一起时,常议论《人生》,议论《平凡的世界》,她说:"我刚走出校门时,是《平凡的世界》伴我认识了生活、社会,真的,因为有了《平凡的世界》我才不甘于平庸,一步一步思索着走到了今天⋯⋯《平凡的世界》教会了我思索,教会了我怎样做人。"她渴望得到一套《平凡的世界》。当她从《陕西文学界》上,看到《路遥文集》(五卷本)已经出版的消息后,恳求"我一定要买一套《文集》,不论多少钱,这也算是纪念吧"。我给姑娘寄去了路遥的创作谈《早晨从中午开始》,这本书也可算是路遥的绝笔,我想姑娘是会喜欢的。果然姑娘收到后马上就看了,她说:"我为路遥老师的早逝而悲哀、痛惜,也被他对事业的执着所感动,我想人生应该有执着无悔的精神。"

在我和姑娘的通信中,我发现姑娘看过的书真不少。在信里我们也交换一些对作家、作品、文学、人生的看法,姑娘说:"我更喜欢文以载道的宗旨,更想从书中受到教益。我的生活环境是狭小的,思想是浅薄的,如果不能从当中汲取博大,汲取深沉,我又怎样去理解生命呢⋯⋯"姑娘还说:"我也喜欢路遥老师对生活严肃认真的态度,作品的高格调⋯⋯路遥老师的作品贴近生活,贴近平凡人。"她说:"从路遥老师的笔下,我看到了平凡生命的不平凡的生命历程⋯⋯虽然我不可能伟大,但至少我超越了低级趣味。"看了姑娘的这些来信,我深受教育。我想今天的山区农村姑娘彭亚兰,不仅和我20世纪五六七十年代见到的农村青年不同,恐怕跟80年代的农村青年也不同,这不仅是他们大多数已摆脱了"青黄不接"的熬煎,而更重要的是他们是有文化、有思想、有追求的年轻人,这不正是我们这个时代的骄傲吗!尽管彭亚兰姑娘目前的处境还不很好,但我想:只要她有一颗像刘巧珍那样的金子般的心,像孙少平那样的抗争精神,那么不管干什么,她都会有无悔的人生!

路遥离去后的一天,一个农村姑娘找到我们这幢宿舍楼,传达室师傅告诉她路遥不在了。她说,"我知道路遥不在了,我就想看看路遥住过的地方,想和他的邻居聊聊",师傅让她上去了。其实此时路遥家里早已人去楼空,对门正巧也没人居住,姑娘上去后会什么也看不到的,什么也听不到,也许她只能从那紧闭的门,从那零乱的楼道,从那落满尘埃的扶手,去想象她心中崇敬的作家,在想象中寄托她的思念。

又是路遥离去后的一天,已是仲春天气了,在大门口我碰到一位衣着上像是从外县来的中年男子,他说他找路遥,我一愣⋯⋯我问他是从那里来的?有什么事?他说他是从兰考来的,是个教师,他写了一部小说,想请路遥看看⋯⋯望着他熬红了的眼睛,望着他热切的神情,我不知道该跟他说些什么才好!

路遥的读者和朋友对他的关心和挚爱从他的生前直到他离去,但可惜路遥自己太不珍惜自己了。在《人生》带来的巨大的荣誉面前,路遥曾在不同的场合对青年作家说过意思大体相同的话:"我们一个作品写完了,陶醉的时间较长,这是大敌,可以高兴几天,但不要只看到自己的作品,要很快否定掉这一切,在自己面前又竖起一堵墙,想办法越过去。在某种程度上,作家是苦行僧,他需要牺牲的东西很多。"他又说,"你不能对自己太温情,要求要严格些,就像踢足球那样,哪怕一脚踢过去腿都折了。"路遥是这样说的,也是这样做的,而且做得彻底、决绝。他谢绝了一切可以游览、休养的邀请,倾尽心血,历时六载,完成了百万字的长篇小说《平凡的世界》。这部著作让路遥得到了荣膺茅盾文学奖的殊荣,但也给他本来就不强壮的身体留下了难以根除的隐患。

路遥,读者和朋友对你怀着深深的爱:这里有明知你已离去,却仍执意要上楼去找你的姑娘;这里有怀着热望风尘仆仆来向你求教的兰考老师;这里有闻听噩耗彻夜难眠的燕山山村的彭氏姐妹……路遥,如果你能看到,在你离去后,有那么多人为你失声痛哭,你是否会后悔呢? 你是否会后悔不该把自己的生活搞得那么糟? 你是否会后悔不该把那么多遗憾留给大伙儿?

1990 年,当"意大利之夏"接近尾声时,路遥不无遗憾地说:"四年才能看一次,太急人了!"我心想:路遥你急什么,你还年轻,你会有许多足球比赛可看。可谁能想到,当明年十五届世界杯足球赛在美国烽烟再起时,荧屏前竟会少一个痴迷的你!

每年的 11 月 17 日是路遥的忌日,这也正是西安地区取暖季节的开始,可是,当锅炉又一次点火送暖时,路遥,你在哪里?

1995 年

大师走了

方 成

我是画漫画的,我建议:从事漫画创作的人,赶紧去买一本叶浅予著《细叙沧桑记流年》。书中记述这位老漫画家数十年学习和艺术实践过程,写得幽默又生动感人。从中可见中国漫画发展史的一个片段,更重要的是,可见一位真正的艺术家的学习和实践的经历,他的思想、情感和对艺术的见解与追求。这都是帮助漫画艺术家学习的好教材。有文有画,可读性很强,比看什么艺术理论、漫画理论都有趣又有实效。现在这本书在郑州的三联书店郑州分销处有卖。

写的时间是 1993 年 6 月 23 日。我读了这本书,很受感动,真是欣然命笔一口气写出来的。

叶浅予先生是有很高声望的一位先辈漫画家,我还在上学时候就爱他画的连环漫画《王先生和小陈》,大约在 50 年代才有幸和他相识,见过几次,一直尊他为师,同时又看成朋友。虽然他比我大十岁,但我也随着他的几位老朋友直呼其名:浅予!因为他太像个朋友了。他是那样正直、那么可亲,地位那么高而不摆什么架子。我深爱他的画,求他画一幅,他送了我两幅,其中一幅还挺大(可惜被火毁于"文革")。我带着仰慕他的朋友去求画,他立即提起笔,结果我顺手牵羊又得了一幅。

现在,画值钱了,为要钱而不要脸的人越来越多,仿名家造的假画充斥各地市场。我说过:造假画本事再高,想造叶浅予的假画,他没那本事!叶先生在中央美术学院任国画系主任,他画的国画里,除传统绘画技法之外,有漫画和速写的深厚功底,仅凭一般国画技巧是仿不来的。他是真正的艺术家,全心都献给了艺术,献给他深爱的祖国。他教过的学生多得很,他没教过而仰慕他的学生也多得很。称他为大师,在人品和画品上都称得上是大师。

今年 3 月下旬,包立民和我去看望叶先生。他仍习惯地伏在画案上看书,他总是离不开他的画案的。比上次见他时又瘦了些,却仍显得神态安详,不停地和我们谈话,一个多小时不显倦容,讲的还是艺术和教学中的事,他一心想的就是这些事。多么可敬可爱的艺术家呀!

乍一听到他不幸去世的消息,我不觉一怔。心情怅惘,手拿着电话,呆呆地站着。我知道他还有个创作计划,但现在不得不停止了。他为我们留下不少珍贵遗产,供我们学习,好更有效地为祖国、为人民服务。

《干部和农民》(木刻)　古元

丁玲:抗日潮头一女杰
——"今日武将军"率西战团出征记
艾克恩

被毛主席誉为"昨天文小姐""今日武将军"的著名女作家丁玲,在抗日存亡危急关头,以她那"文小姐"的才华和"武将军"的气质,毅然组织和率领西北战地服务团奔赴前线,宣传抗日,动员群众,激励斗志,做出了突出贡献,美名传扬中外。

西北战地服务团成立于1937年8月12日的延安。当时正值卢沟桥事变不久,全国人民万众一心,同仇敌忾,遍地燃起熊熊的抗日烈火。正在延安抗日军政大学学习的丁玲、吴奚如等同志,出于一片爱国热忱和奉献之心,积极组成以抗大文艺青年为主干的十八集团军西北战地服务团。他们决心以很少的人,花很少的钱,走很多的地方,写很多的通讯,开赴前线进行抗日宣传。

党中央十分重视和支持丁玲等人的行动。毛主席对丁玲讲:"这个工作重要,对你也很好。到前方去可以接近部队,接近群众,宣传党的政策,扩大党的影响。""宣传上要做到群众喜闻乐见,要大众化。""你是写文章的,不会演戏,但可以领导,没有搞过,可以学会。"

民族大业,责无旁贷;革命重任,义不容辞。这位来自大城市的"文小姐",深知面前有困难,自身有弱点,但她态度坚定,信心十足,性格倔强,情绪乐观。在一篇日记里,她就这样表示:"当一个伟大任务站在你面前的时候,应该忘却自己的渺小。不要怕群众,不要怕群众知道你的弱点。要到群众中学习,要在群众的监视下纠正那致命的缺点……对人要和气,对工作要耐苦,斗争要坚定,解释要耐烦,方式要灵活,说话却不能随便……我不愿以我的名字领导他们,我要以我的态度去亲近他们,以我的工作来说服他们。我不是一个自由的人了,但我的生活将更快乐,而且我在一群年轻人的领导之下,将变得比较能干起来。我以最大的热情去迎接这新的生活。"

丁玲和她的战友们还为西战团撰写了成立宣言。宣言说:"现在大规模的抗战已经开始了。我们愿赴疆场,实行战地服务。我们愿意以我们的一切贡献于抗日前线,与前线战士共甘苦,同生死,来提高前线战士的民族自信心和民族牺牲性,唤醒、动员和组织战地民众来配合前线的作战。"这宣言既是他们的行动纲领,也是他们的共同誓言。

为了适应战时环境和斗争需要,他们有严密的组织和严格的纪律。朱光代表中宣部宣布:丁玲为主任,吴奚如为副主任。陈克寒为通讯股长,陈明为宣传股长,李唯为

女战士丁玲，1937年于延安。

总务股长。成员大多是一二十岁的热血青年,有王玉凌、戈矛(徐光霄)、张天虚、高敏夫、吴坚、陈正清、李劫夫、苏醒痴、朱焰、夏草非、洛南、张可、朱慧、宋千友、王钟、林国权、天山等。随后还有周巍峙、塞克、邵子南、史轮、田间、朱星南、杨伍城、余建亭、王洛宾、袁勃、戈焰等。团内还建立了以吴奚如为书记的坚强的党支部。并制定十五条"规约",要求"一切行动听指挥""对民族利益要忠实,对群众利益要爱护""养成自我批评、互相规劝的美德""生活起居遵守时间""不准酗酒及一切不法行为"等等。

西战团出发前的准备也相当充分。他们邀请了中央和有关同志作专题报告:莫文骅的《战时的政治工作》,何长工的《行军须知》,李富春的《战时的地方群众工作》,凯丰的《统一战线》,李凡夫的《中日问题》,毛泽东的《大众化问题》等。这对提高大家的形势认识和对党的方针政策的理解颇有好处。在节目上的准备主要是强调抗战的内容和民族形式。从未写过剧本的丁玲,出于工作急需也操起写小说的笔赶编出《重逢》和《河内一郎》两剧,由吴奚如、陈明、王玉清、夏草非等演出。张天虚写的有钱出钱、有力出力的《王老爷》一剧,由丁玲扮演八路军的政工人员,据说演得挺不错。毛主席看后惊喜地讲:"啊,丁玲也上台演戏了,好呀!"丁玲一听,满脸发红,好在她脸上涂的油彩也是红色的。节目还有独幕剧《保卫卢沟桥》《汉奸的末路》,歌舞《送郎上前线》,曲艺《劝夫从军》,快板《大家起来救中国》,以及杂技、相声、双簧、绘画、街头诗等等,短小精悍,灵活多样。

8月15日,延安各界举行欢送晚会。毛主席致辞说:"战地服务团是一件大工作,因为打日本在国内在世界都是一件大事。你们要用你们的笔,用你们的口与日本打仗,军队用枪与日本打。我们要从文的方面、武的方面夹攻日本帝国主义,使日寇在我们面前长此覆灭下去。"丁玲表示:"战地服务团的组织虽小,但是它好像小河流水一样慢慢地流入大河,聚汇着若干河的水,变成一个洪流,把日寇完全覆灭在我们的洪水中。"

正在延安访问的美国作家海伦·斯诺,得知丁玲即将整装出发时,特地访问了她。当谈到西战团时,丁玲说:"我们的工作是通过宣传帮助战士,使战士、干部更加感到我们民族的自主自信和牺牲精神。""在这个时候,一切中国人都必须放弃平静的生活。我们的服务团将不同于一般的宣传队,它要为战争胜利的未来而斗争。"斯诺深深被丁玲的言行所感动,不禁写道:"丁玲是一位体魄健壮、刚毅不屈的妇女,富有天生的指挥才干和领导能力。她并非一个无足轻重的人。她有着惊人的毅力和诱人的品格。"

9月20日,西战团一行四十多人,高举鲜红的战旗,浩浩荡荡地告别延安,飞渡黄河,向东进发。他们个个都像威武强壮的战士,背着行李、挎包、背着乐器、道具,炊事员还背着铁锅,挑着餐具,有时还带着死沉的备用粮食。日夜兼程,一路歌声。顶烈日,冒严寒,爬高山,过大河,甚至还得严防敌机的空袭,偷渡敌人的封锁线。丁玲跟大家一样,同甘共苦,劳心费神。带兵、开会、弄粮草、找柴火;搭台、卸台、装箱……样样她都想得到,说得到,做得到。西战团不愧为一支军事化、战斗化、群众化的文艺轻骑队。他们用"笔",用"口",用一切形象化的武器,走一路宣传一路,驻一村宣传一村,在晋西、晋北、晋东逗留六个月,途经十六个县和六十多个村庄,辗转三千余里。丁玲在接受记者采访时说:"我们除了公演,还经常到各学校、剧团、战时工作团、军队和伤兵医院,教唱歌或帮助排戏。"10月13日,丁玲在太原大礼堂的一次演讲,宣传党的抗日主张,呼吁各界支援前线,获得极好效果。她还在戎马空隙中,奋笔写下二十多篇速写。所有这些,对控诉敌寇暴行,动员群众抗日,鼓舞军民斗志,均起了很大的作用。

1938年3月初,遵照中央指示,西战团直挺西安。在八路军驻西安办事处的协助下,他们广泛结成统一战线,取得各界同胞的同情和支持。聂绀弩、端木蕻良、萧红还协同塞克赶写出《突击》一剧,在易俗社上演后,获得好评。同时,西战团以"战地社"名义,在西安进步报刊广泛传播革命文艺,使其成为激发抗日救国的舆论阵地。在此期间,丁玲先后写成《我们抵陕后的公演》《勇气》《西安杂谈》等十余篇散文。并由丁玲主编出版了一套战地丛书,有《西线生活》《一年》《战地歌声》等八九本集子。西安生活书店在向读者推荐这套丛书时说:"丁玲女士是当代中国最勇敢的女战士之一。自全面抗战爆发以后,她组织了西北战地服务团,辗转在山西等前线,作艰苦的斗争。她们这样为国效劳的精神使我们感奋。本书的内容,就是他们在战地的各种工作各种生活的反映。这里面有血有肉,有歌有颂。"

不久,世界学联代表团来华考察。丁玲在陕西省妇女界欢迎代表团茶话会上应邀讲话。她着重讲了西战团女同志在前方的斗争生活,以显示全团同志那种威武英姿和战斗风貌。她说,西战团女同志完全和男同志一样,爬山,放哨,警戒,每天要走六十至一百里路程,途中还要进行宣传。这些女同志都是未过二十的女孩子。有一个叫罗兰的,十八岁在军队里当团长;有一个叫张桂的,在游击队里当队长;另一个十三岁的女孩子,在游击队里教歌舞。除了分遣出去外,团里还有七个女同志,大多的时间和农民在一起,经过我们的宣传,有很多人参加了义勇军。

西战团近一年的驰骋,扩大了我党我军的政治声威,名震中外。丁玲的名字也受到中外人士的注目,同声赞扬这位"昨天文小姐""今日武将军"的卓越功绩。不少人还为她添彩立传,诸如《最近的丁玲》《丁玲在西北》《丁玲在前线》《丁玲领导的战地服务团》《和丁玲一起在前线》等。看得出,丁玲声誉的得来,不光由于她早在文坛享有盛名,而主要由于她在国难当头之际挺身而出,不畏艰险,舍己为公。

1939 年 7 月 20 日,周恩来副主席在延安中国女子大学开学典礼会上就盛赞中国妇女在伟大的抗日战争中的作用。其中特别讲到"丁玲等所组织的战地服务团,在前线艰苦奋斗,获得全国人民的称颂"。

马原这个人

何立伟

都说马原这人很怪,很狂。我也见识过马原的怪和狂。我觉得这没有什么不好。马原的怪与狂,其实是愤世嫉俗,是一览众山小。这也许说明了马原的孤独。马原作为一个新进的文体作家,没有几个人能真正了解他。即使他在西藏时最要好的文友扎西达娃也同他推心置腹地说:"马原,我一直没能读懂你的小说。"扎西是我们这个时代最有灵性的作家之一,并且同马原还有过相当密切的过从,他尚作如是说,就遑论其他了。我一直喜欢马原的作品,但是,我也不能说我就如何懂得马原。喜欢是一回事,懂得是另一回事。不过有了前者就够了。懂得,何必呢?要懂得卡夫卡,必须有卡夫卡的沉痛的灵魂,要懂得马原,至少要有马原小说的智慧。许多评论,一家伙把马原捧红了,也一家伙把马原捧死了。马原有些口吃地说:"这是我——吗?"

我十年前认识马原,之后,很有缘分,隔上三两年就遇见一回,很亲切,很轻松,很随便,很愉快,互相捶捶肩,"又见上啦?""又见上啦!""你现在在哪里?""在西藏。""你现在在哪里?""在辽宁。""你现在在哪里?""在海南。"不知道下一回问马原时他会说他在哪里。别人不知道,他自己也不知道。马原是一个懂得并且舍得放弃一些东西的人。"立伟,"有一回,马原问我,"你就没有想过要挪动一下地方吗?"而我是一个旧事旧物的眷恋者。我的生活的半径非常之小。我的翅膀仅仅是想象。我为苏维埃节约了许多鞋子。我只有希特勒那么高,所以同马原说话要仰着头。这时我希望马原坐着,我站着。实际上这是让鹰保持一种鸡的姿势。马原一开口谈小说就让人尴尬,因为你永远没有读过那么多的作品——尤其是长篇。马原是我见过的作家中读长篇小说最多的一位。世界经典小说大凡有中译本的,几乎他都读过,而且说来头头是道。虽然马原的表述能力从来都很笨拙,但笨拙得精辟显得更为锐利。我在几次座谈会上听马原聊小说,聊着聊着马原就说:"这个话题,我说不好。"而实际上他把他要表达的意思都混混沌沌地说出来了。但马原的意思总是让人产生歧义,于是十年前一个很重要的文学会议上一个很重要的人物就同马原争论起来了。马原不是辩家。马原是小说的禅师。"你要那么理解,你就那么理解好啦。"针尖对麦芒,对着了是斗争,对不着是误会。"这是我——吗?"这就是误会的结果。马原似乎特别喜欢霍桑,喜欢大仲马,喜欢有广泛读者的作家和风格特别的作家。风格特别不是怪异,倒是平实。马原还似乎很看重情节。对于小说的叙事性,马原有很多很传统的观点。听马原谈这些观点,你会以为马原一点也不新潮,或至少不摩登。我就想,一个作家,谈观点是一回事,写小说是一回事。我见过不少能从口袋里掏出一把新观念的人,但这种人能不能写出像他的观念那么新的小说来,我很怀疑。小说就是小说,若把小说目为观念的载体,那恐怕写出来的就不是小说——按马原的话说,那就是"狗屁不是"了。

我同马原在一起待得最长的一次是1986年夏天在长白山,参加《作家》的一个笔会,有十来天。那时马原带了一个很好的尼康相机和一个更加好的老婆。在路上,他还带了些长篇小说在读。我印象里,他几乎一个晚上读一本。老婆,也就是冯俐,也就是皮皮,也一个晚上一本。我觉得皮皮非常聪明,她应该是马原交谈长篇的唯一对手,至少在当时那一堆人里面。

待得次长的一次就是前些天,马原到长沙来,住到我们共同的一个朋友家。我们在一起玩和聊,在一起深刻和肤浅,有个把星期。在此之前,一年前马原也来过,是为了拍他的那个"中国文学梦",拍了残雪和我。后去了广东和海南。再后来就留在海南了,并且怀抱了一个什么影视传播公司。数月前韩少功告诉我,说马原是"海口唯一骑单车上班的老总"。但是这一回马老总说他终于有一辆"皇冠3.0"了。"还好,只跑了五万公里,"马老总说,"有一边车门打不开。"他的"中国文学梦"长达90多个小时,后期制作尚需大量资金。马老总说:"我是打算干它五年,现在是第二年了。"我们说,马原你不写小说多可惜呵;我们说,老总成千上万,而你马原只有一个呵;我们说,唉,你这个马原啊。马原说:"只打算干五年,只打算干五年。"这么说话时很多东西都离他而去了,包括皮皮那么好的女人;这么说话时他仍像流浪汉而不像一个老总;这么说话时是在我们共同的一个朋友家的地铺上,蜷在被筒里聊天,因为马原害怕长沙冬天寒冷。马原在被筒里说:"我今天就在附近转悠,发现拐角的那个小腊味店里有一个女孩,真是很好看。湘女真是好看。我上午买了一堆腊味了,下午又去买了一堆腊味。腊味是很好吃的。"我们就真的看到墙上挂的一大堆腊味了。

马原又要同我们分手了,让人想起徐志摩的那句什么"匆匆"的诗。我们晚上就去陪马原聊天。我们说,不回去了,打牌打牌,马原,你睡。马原不睡,一会儿看书,一会儿凑过来看牌。马原说他不会玩牌,但是马原会在你的身后忽然说:"不打这张,打那张!"后来,看着看着书,马原睡着了。睡得很香。蔡测海一面看手中的牌,一面问:"你们说马原这会子是不是在做'中国文学梦'?"大家就笑,然后就感慨。这时天亮了。几小时后,马原就会摇晃着他的大个头出现在海口的街上,被人称为什么老总,而不是什么作家了。

做了北京人

郑荣来

于阴差阳错中,我做了北京人,而且一做就是30年。

30年前立秋处暑时节,宣布分配名单那天,系主任跟我开玩笑说:"你是抢人家饭碗去的。"真的是如此。我如今效力的单位,那年一改往年的惯例,没有向母校的新闻系要人,却要了我们读中文的毕业生。

不怕见笑,我那时对北京所知极少,不知有王府井,更不知它是首都最繁华之所在。初来乍到,北京的物事,多有陌生、不习惯,乃至隔膜之处。更有一件麻烦事,便是出门采访问路,指点迷津者,都以"向东""向西","往南""往北"相告。晴天还可以,碰到阴雨天和夜晚,我这个惯于以前后左右认路的南方人,可就犯难了。

终于,我得到了一个熟悉京城的机会。领导让我跟随一位老同志,到各单位去看大字报,寻找报道素材。我们每天一早骑自行车出门,中午在街上吃饭(没有补助),傍晚回来汇报。如此十几天,走了许多相互平行或垂直的道路,对北京总算略知其大概,明白了北京人何以称东西南北。

做了北京人,便有被外地朋友羡慕的地方。记得来京工作半年后,我去了趟上海,住在新华分社。一位朋友问:"听说你们在单位里,市内电话随便打,不用交钱是吗?"我一愣,觉得奇怪,反问:"你们要交钱? 北京都不要。""唉,每次四分钱。"

有一段时间,北京有两样食品供应,颇让外地人眼热:一是猪肉,二是黄花鱼,都可以随便买。于是,临近春节时,便出现外地人特别是东北人大量捎肉北上的现象。北京有关部门曾有限购的动议,听说周总理不同意,说北京靠全国支援,人家想买就让人家买吧。于是,偶有亲友来京,我便热情帮忙购买熟鱼熟肉。我岳父母大人在东北,我甚至给捎去过烧鸡一类肉食。那时的邮局、车站,常有我和我的永久牌自行车的足迹。

最让外地人羡慕的,莫过于见毛主席。我尊敬的继母大人是生产队长,属村干阶层,不认识字,知道我到北京工作却很高兴,说:"好,好! 散步都见得到毛主席。"而"文革"中来北京串连的同学,见面总有这句话:"你见过毛主席吧?!"问话中带有肯定的感叹。头两三回,我愧然、歉然地实告:"还没有。"终于有一天傍晚,我到天安门采访,在金水桥上,忽然"红太阳"从城楼上下来,就在我跟前走过,要不是保卫人员的推搡,我几乎达到可以和"红太阳"握手的距离。让我更加高兴的还是第二天,单位里的摄影记者王兄打电话给我:"来一下,有张照片里有你!"我跑去一看:特写大镜头前是毛主席,镜头远处有个小小的我。从此,再有红卫兵同学来问,我便欣然、坦然地换了两个字:"见过。"

那时,外地人最不羡慕的,大概就是北京人的住房。我一家在9.36平方米的斗室里蜗居了9年多。不过亲友并不嫌其小,时有不远千里而来的拜访者。

1976年春末的一个晚上,已是10点多,我们刚躺下,一位女士叩门,是妻几年前的同事,在唐山市工作。一进门就说:"我们是老同志了,今晚就在你这儿住一宿。"好友兼大姐的口气,不待回话,便拉灭了电灯,脱去外衣。妻当然表示亲热,欢迎她住下。于是,一张双人床,三人横着睡,三双脚悬在床外,如同东北人睡炕铺。她们那边畅叙别后种种,我这边却拘束不已。三个月后唐山大地震,这位三十多岁、极有表演艺术才华的女士,不幸遇难!于痛惜之中,我们心中感到一点宽慰:"9.36"曾经热情接待过她!

做了北京人,不曾怠慢过外地亲朋,却干过愧对北京的事情。一次是在王府井扔冰棍棒被罚五毛钱,另一次是骑车带人被警告。那天,我从住处煤渣胡同骑车,带着两岁的儿子去王府井取东西。闷着头往前骑,在协和医院西门到王府井的路上,忽然传来一声吆喝:"下来!"我一看,坏了,是警察!我立马停车,抱着儿子过去。"你也太不给我面子了,居然在我们门口骑车带人!也不瞧瞧这是什么地方!"我一看,哎呀,糟糕!是交通队!我自知罪加一等,赶忙认错,赔不是。还好,这位年轻警察挺和气,再没训我,也没罚钱。"我看你态度还行,不罚了,填张单吧!"我填了张违章骑车的登记表,算是立了存照,他便放我走了。

我真是真心诚意想做个好市民,即便不能给首都争光,至少不要给它抹黑。不过,这需要做出极大的努力。有句俗话说:"京官难当",难道京民就易做吗?近年来,北京的马路上,车水马龙;商店里的顾客,摩肩接踵,磕磕碰碰时有发生,一声"对不起",一笑了之。而北京的女性服务员,偶尔失误,便给外地顾客留下不好印象,有的"民间诗人"便写出顺口溜加以编排,正是京民难做之证明。那些一年365天时时刻刻笑脸相迎百问不烦百拿不厌者堪称伟大,那些敬业经年偶有大意小有失误忙中失语者也不失为优秀。

在北京,当好老师不易,当好清洁工人不易,当好售票、售货员更不易。他们即使没有戴上红花,对首都也是有功的。他们为着首都建设而劳动,给首都奉献着崇高,为首都塑造着伟大。

做了北京人,便渐渐地理解了北京人。尚未理解的物事当然也还有,例如清清的汤,何以要勾芡,把它煮成糊状?

1996 年

《诗刊》复刊片忆
——怀念李季同志
龙汉山

《诗刊》在停刊了 11 年之后,于 1976 年 1 月复刊,至今已 20 年了。在筹备复刊的过程中,主编李季同志给我留下了终生难忘的印象。

1975 年 9 月 22 日,出版局(现国家新闻出版署)召开出版系统大会,由徐光霄同志传达毛主席 9 月 19 日关于同意《诗刊》复刊的批示。当时我在人民文学出版社诗歌散文组工作,参加了这次大会,听到这个消息心里非常高兴,盼望《诗刊》早日与广大读者见面。10 月 15 日我刚从外地出差归来,我们组长张庚午同志就找我谈话,说经过组织研究决定,让我参加筹备《诗刊》复刊的具体工作,并且明天就去出版局参加开会。当时我问老张:"还有谁去?"他笑着说:"听说是李季同志负责,具体参加工作的还有谁,我不知道。"于是第二天吃过早饭就去出版局。在有关同志的带领下,我找到了李季同志,在座的还有原来《诗刊》的副主编葛洛同志。这两位文学战线的前辈,我是不熟悉的,李季同志的名字虽然早已听说,但见到本人还是在 1975 年夏天的事。记得有一天中午在人民文学出版社食堂吃饭,一位同事告诉我,那就是《王贵与李香香》的作者李季同志,我这时才认识他:中等身材,四方脸,高颧骨,一双炯炯有神的眼睛,留着寸发,穿一身石油工人的工装,肩挎一个很旧的黄色帆布书包,这身打扮很难与我想象中的著名诗人联系起来。他边排队买饭边聊天,一口河南腔,不时发出朗朗的笑声。相比之下,葛洛同志就更陌生了,就连葛洛同志的名字也是通过写在纸上才知道是哪两个字,但在编辑室里,听到同志们介绍,才知道葛洛同志是《诗刊》副主编,在文学战线上长期默默无闻地工作着……

我们就在这间不足 13 平方米的简陋平房里,召开了《诗刊》复刊的第一次碰头会。李季同志主持会议,他说:"主席批示同意《诗刊》复刊,这是文学界的一件大喜事,是全国广大读者早已盼望的。出版局要我和葛洛同志来筹备,任务是很光荣的,当然也是很艰巨的。现在我们什么也没有,两手空空,但石油工人说得好,有条件要上,没有条件也要上,我们三人先干起来,边干边创造条件。"葛洛同志也说:"就是嘛,任务重、时间紧,不能拖,先做起来。"紧接着,李季同志就详细地设想了《诗刊》复刊第一期的整体面貌和具体栏目内容的安排,在整体上,他胸怀全局、把握形势;在具体工作安排上,他计划周密、有条有理,再加上葛洛同志的补充,使这次会议开成了编前会,为两个月的筹备工作打下了坚实的基础。

会后,李季同志日夜奔忙,如向中央打报告索要毛主席未发表的诗词,拜访在京的部分编委,到各单位调人组建编辑部,筹备第一次编委会,等等;而刊物版面的具体工作,葛洛同志虽然全部承担下来,但在当时严峻的政治环境中,李季同志还是十分小心,生怕哪一点考虑不周而招来莫须有的罪名。所以,从组稿、编稿到发稿、校对都亲自过问,亲自下厂校对,而且还亲自撰写韵文形式的约稿启事。如 38 页的《小启》就是李季同志以"本社资料室"的署名而写的,共八句,现抄录如下:

> 广大业余作者,
> 以诗作为武器,
> 写诗千首万首,
> 发挥战斗威力。
> 厂矿农村部队,
> 文化馆站单位,
> 印有传单诗选,
> 万分欢迎惠寄。

李季同志对工作人员要求也十分严格,制订了一条不成文的规定,就是"本社人员一般不准在本刊发表作品",一直是编辑部共同遵守的规则。另外,他要求全体人员争分夺秒地工作,他经常说的一句话就是"月刊当成日报办"。凡是他布置的工作,都及时检查,没有结果绝不罢休。所以,只要他一到编辑部,就能听见他一连串的发问,有时真是回答不上来,真佩服他的这种一丝不苟的工作作风。

由于李季同志忘我的工作和全体工作人员的努力,加上出版局的直接领导和关怀,到 12 月 18 日为止,基本完成了筹备工作,第一期的稿子全部备齐,尤其是毛主席同意在《诗刊》第一期发表《词二首》,给我们极大的鼓舞;已配备编辑干部 8 人(包括正副主编)、出版行政人员 6 人;出版局还尽量腾出了数间办公室,为《诗刊》的准时出版提供了物质条件。在这种有利形势的鼓舞下,中央批准刊期由原定的十日提前到元旦。大家在李季同志的带领下,一鼓作气,使《诗刊》于 1976 年 1 月 1 日准时出版发行,与广大读者重新见面了……

1980年3月8日李季同志因劳累过度导致心脏病突发,与我们永别了。他的两句诗:"就是在心脏停止跳动时,也将是人有尽时曲未终",就是他的一生的生动写照,他的崇高品质和优秀的编辑作风永远留在我的心里。

《读报》(木刻)　吴强年

柳青的幽默

贺抒玉

20 世纪 50 年代初,我到西安作协,柳青是西安作协副主席。我参加筹办《延河》时,他是《延河》编委,而且当时主编尚未确定,由他负责终审前几期稿件。

柳青个子不高,皮肤又黑,平日衣着十分简朴,还喜欢穿中式大褂,完完全全是一个普通人的形象(他自己常开玩笑说:"我又瘦又小又黑"),唯有一双明亮的眼睛里发射出犀利的目光,仿佛能穿透人的胸膛。

平日只要他从皇甫村来到机关,我就愿意听他闲聊,或者提出些问题,请他解答。因为我觉得他的语言很富有幽默感,他的回答常常言简意赅,一针见血。

我国开始设立专业作家制度的时候,"专业作家"简直成了不少人望眼欲穿的宝座,当然仍有极少数人轻易拿到了这顶桂冠,而不珍惜自己的劳动。有一次作协党内开会,柳青在会上讲了一席话,他说:"作家就和司机一样,司机坐在车上开车,人们才承认他是司机,如果不开车走在路上,谁认得他是司机?作家如果没有作品,谁承认他是作家?不下蛋的母鸡,就应送进厨房宰掉吃了……"

他这番话,无形中刺伤了个别多年不写作的同志,但多数人都听得十分开心。当时发言的人很多,但只有他的话让我过耳不忘。

柳青的长篇巨著《创业史》第一部出版之后,北京某杂志发表了一篇批评文章,后来柳青把他写好的反批评一文拿到《延河》来发表,我当时有些不理解,认为此文也应拿到北京去发,虽说我和同志们竭尽全力办好《延河》,但总觉得《延河》是省级刊物,影响小了些。为此事我曾问过柳青,他笑眯眯地说:"这你就不懂了,你想想,娃娃们打起架来是不是喜欢站在自己家门口?"

他的话把我逗笑了。柳青的《创业史》就是在《延河》上连载的,连载过程中编辑部的同志,经常到他家去谈意见,商量版面安排。从《延河》创办以来,柳青就十分关心刊物工作,多年来我们和柳青成了忘年之交,建立起较深的友谊。

他的《创业史》无论从思想尝试还是典型人物塑造等方面大大超过了前两部长篇。柳青那时憋着一股劲,要把第二部第三部写得更好,还打算完成一部"艺术论",总结他一生的创作经验。他把《延河》比成自己的家门口,的确是他的心里话,同志们都很理解。

没料到,天有不测风云,人有旦夕祸福。十年浩劫中,柳青在皇甫村生活了 14 年的家被抄了,按他的话说,造反派端了他的窝。他全家只好来到作协新搬迁的大院里,我们成了邻居。

我见柳青出入总是低着头,显得忧心忡忡,趁院子没人时,就去看望他。见柳青独自坐在沙发上,低头沉思,并不时用喷雾器向喉头喷射药物,控制他的哮喘病。一见我他就问:"你还敢来?"

我当时虽被打成"保柳派",但心中并不在意,《延河》和作协内许多正直的同志都被说成"保柳派"。我不过是《延河》的一名副主编,能把我怎样?!我只是为他担心,便开门见山地说:"柳青,你怎么搞的,运动已到这种时候,人人都贴大字报,你连一张大字报也不写,不是等着挨整吗?"

柳青略带忧郁的眼睛望着我,慢腾腾地说:"你不晓得,我是谁也惹不起,比方说我去赶集,肩上挑着一担鸡蛋,人家谁都敢碰我,可是我连谁也不敢碰一下,只能躲着、绕着走。"

"啊呀!都啥时候了,你还放不下你的《创业史》!"话虽这么说,可他的话又把我逗乐了。在那么沉重的日子里,他还如此镇定自若,用这般幽默风趣的话表达自己的心情,既扫除我心头几多阴云,又使我佩服他对文学事业的那份执着。

也许他觉得自己是身体力行毛主席的教导长期深入生活、安家落户的作家,他的作品也是经得起历史的检验,他既相信党又相信自己,虽被抓去游了几次街,仍然临阵不乱。为了保持自己的创作心境,他真的成了"老好人",谁也不惹,就连造反派拉他游街时,有人压着他的头,让他低头认罪,他为了表示不对抗,游街回来说:"多亏了那只手压着我的头,我才没有感冒!"就因这句话,又遭到了造反派的大声训斥。那时候挨整的人们左右为难,说什么话都要挨批。柳青的幽默也成了"罪过"。造反者要砸烂他的"臭鸡蛋",把他的《创业史》也批成"大毒草"!

"文革"后期,我们又从大房子搬到了小房子,柳青和我家仍住在一起。柳青已被折磨得瘦骨嶙峋,失去了正常生活的能力。他的老伴马葳又在"文革"中被逼致死,双重打击使他身心受到极大的摧残。有一天傍晚,我见他躺在门口躺椅上,就问他近来如何?他长长的一声叹息,使我倍感凄凉。他说:"有人说这场运动收获最大最大最大,损失最小最小最小,我可是损失最大最大最大,马葳一走,好像抽了我的筋,我已是家破人亡了!"

柳青的处境真让人痛心,一个忠心耿耿为人民写作的优秀作家,竟然落到如此地步!

我们下放回来之后,一批一批的青年作家,又要求听柳青的讲话。柳青已卧病在床难以到会了,他专门为会议录了音,把磁带拿到会场,大家听到他语重心长、有气无力的声音,无不动情。

　　每每想起柳青的幽默,不免有些感伤。他走得太早了,才六十三岁。今年 7 月是柳青八十诞辰纪念,我只能写下这篇短文来纪念他。

《间歇》(套色木刻)　天石

我的邻居胡蜂

苇 岸

在一篇同题散文里,我已经写过它们。现在,我之所以重复写下这个题目,是由于它们今年再一次以一种奇迹,与我比邻而居。

还是在我的书房窗外,上次的空巢,依然悬挂在一角,这次它们将巢筑在了外面窗顶的中央。这一次,我更清晰地目睹了它们的整个建设过程,及它们灿烂辉煌的一生。

与上次一样,它们的创业,起始于6月。它们具有一种足以令它们在我面前倍感骄傲的建设速度。到了6月的下旬,它们建设中的新巢,已同那只空巢一般大小。

它们真正的建设奇迹,出现在7月中旬至8月初这段时间里。这个期间,它们源源不断扩充的建设大军,使巢以每天1厘米的速度向外围推进。7月19日,隔着玻璃,我首次用尺量了它们的巢,此时巢的直径为13厘米。到了8月3日,巢的直径已达28厘米。8月3日后,它们的建设便骤然终止,这个尺寸,保持至今。尽管我拥有18岁前宝贵的乡村见闻和经验,但如此巨大的蜂巢,我还是第一次看到。

在它们半个月的建设高潮期,我多次计数了,巢上每分钟至少有八九只蜂返回或飞离。它们采集巢材、猎食、取水,各司其职,往来不息。它们天一亮即开始工作,直到天黑才会停止。最后回来的蜂,往往已不能准确找到巢的位置。即使一般的阴雨天,也不能把它们的热烈工作中断。

出猎归来的蜂,行程非常沉重。它们抱着比它们的头部大得多的猎物(一般是由青虫构成的球),艰难地盘旋上升。到了五楼的巢上,它们将猎物分给在家的留守者,由这些蜂逐穴饲喂幼蜂。而它们稍事休整,两只前足捋捋触角,便再次离巢远行。

我长时间地盯过一只取水的蜂。它的上升,是直线的;口衔的水珠,晶莹耀眼。它上升、降下,一刻不停地往返于巢与楼下雨后的水洼之间。过度的辛劳,使它负重上来时,有时不得不先落在巢下的窗上,然后再爬行完成它的工作。这个动人的情景,使我猛然想到一件我早应为它们做的事情。我拿来一个盘子,盛上水,放在外面的窗台上。但直到傍晚,没有一只取水的蜂走这个捷径。

一天上午,我正在书房读一本小书,是里尔克的《给一个青年诗人的十封信》。忽然,窗外传来一阵翅膀的声响,一只灰鸽前所未见地落在了我的窗台上。它收翅站定,仰头看了看窗顶,当它发觉我正在注视它时,便马上飞走了。此时,我才注意蜂巢,我看到全巢的蜂,双翅展开,触角直挺,一动不动:群起而战的自卫,瞬息间就要发生。尽管鸽子已经离开了,但它们这种令人震慑的临战姿态,依然保持了数分钟。

自8月23日起,接连几天,巢上都有尚未羽化的乳白色幼蜂掉下。这些脱离襁褓的生命,不久即通体变为一种黑色焦状的东西。起初,我有些不解。当我发现它们出巢的频率显著减少,我才恍然明白:它们对节气的神秘感应,已指引它们全面停止饲喂幼蜂。而这一天,8月23日,恰是"处暑"。

它们不再饲喂幼蜂,也早已终止筑巢,它们自己食用很少。因此,每天除偶有个别蜂出行,它们只在巢上嬉戏打闹。它们不时纠结一团,随后像一滴水那样,重重地摔在窗台上。坐在书房里,我时常会听到它们摔下来的声响。它们松开起飞的样子,很像一群满身泥土的乡下儿童。是的,它们的童年,在它们完成一生的使命后刚刚出现。

到了10月9日,这天,风和日暖。午后,我发现许多蜂意外地起飞了,我明白,这意味着它们告别的日子已到。在恋恋不舍地环巢飞舞后,第一批蜂开始离去。接着,10月13日、19日和22日,都有蜂离巢。它们挑选的,全是好天。而最后的几只蜂,在渐渐进逼的寒冷中坚守着家园,一直坚持到了10月31日。

它们全部离去了,我不知它们去了哪里,不知它们与上次那群蜂是否有亲缘联系。我不想向昆虫学家请教,也不想查阅有关书籍,我愿意尊重它们对我保守的所有秘密。它们为我留下的巢,像一只籽粒脱尽的向日葵空盘(也可说像一顶农民的褪色草帽),端庄地高悬在那里。在此,我想借用一位来访诗人的话说,这是我的家徽,是神对我的奖励。

我的散文世界

资华筠

我不是作家,但是发表过的文字中,确实以散文居多——不仅不少于舞论、舞评,而且二者往往相交相融。许多人对此不大理解,尤其是去年《华筠散文》问世后,不少朋友问我:你哪儿来那么多的闲心写散文?是啊,在一般人眼里,一个大半辈子用人体语言"讲话"——"四肢发达"的专业舞人,此后,又在艺术理论研究领域半路出家,需要刻苦研修的课目有那么多,怎么会有"闲心"写散文呢?于是,我扪心自问:散文是用"闲心"写的吗?

我至今不知道该怎样给散文定义。不是没有接触过"定义",而是极少刻意依循什么"定义"。因此,我记不得自己的第一篇散文是什么,或者确切地说,记不得我的哪一篇短文,最早被确认为"散文"。曾记起 1956 年正值舞蹈生涯的旺季,边演出,边在北京师范大学中文系进修时,第一篇散文习作是自拟题——《妹妹的喜讯》,内容讲的是:妹妹(资民筠)以全优的成绩高中毕业,被选拔去苏联留学(在那个年代,对于一名高中生来说,这是令人羡慕的一种机遇),由此而生发起我童年的回忆:多病而好强的妹妹,怎样对付我这调皮而不善谦让的姐姐……妹妹的顽强努力终于赢得了成功。

这篇习作得了"优",老师的评语是"主题积极,真实,生动……"。我因受到导师的热情鼓励而准备以此投稿,但因中苏关系恶化,妹妹的留学很快取消。文章的核心事实不存在了,我的心情也发生了变化,再读这篇散文,一切都显得虚假,遂打消了投稿的念头。不知,这是否可以视为自己的"散文传统"?要写,就要动真格的。

此后,或许因为我从事的艺术事业和经历,容易使人发生兴趣,或许不拘一格的文风带给读者某种新鲜感,报纸、杂志常约我写稿,而且往往顺利刊用。然而,这并未使我感到写作很轻松,不敢有丝毫的马虎、懈怠。在相当程度上,我把写稿当作"功课",视为提高文化修养的重要途径,编辑则是我的良师益友。初期的作品大都是"出国演出散记""下乡随笔"或"艺术札记"之类,记事为主兼有抒情,回想起来,自觉不自觉遵循的写作方法,不外乎中学老师言简意赅的启蒙教育:"照实写,力求生动",它确实使我受用终生。

五六十年代的文章,我从未有意保存过,主要是自己没看中,不认为它们有什么保留价值。偶尔留下的几篇,"文革"中也被抄去当了批判材料,当时曾暗自庆幸多亏没有多保存什么文稿……

第一篇入选《当代作家散文集》的作品,是"文革"后不久,我发表在《光明日报》《谈艺录》专栏上的一篇短文——《每当我想起烛影下的舞蹈》(选入上海文艺出版社出版的《八十年代散文集》),这要感谢当时与我素不相识的《东风》版编辑宫苏艺,我不知道他对我的兴趣和信心从何而来?一而再、再而三地催稿,并且要我撒开了写!我的理解,就是不一定局限地"谈艺",而注重于人生实践与体味。提起笔,很自然地回忆起"文革"中的一段特殊经历:在我被批判、剥夺了舞台生命的艰难时节,从农场接受再教育回来,到工厂去帮助业余宣传队搞节目。一天,工人师傅忽然把门锁起来,"逼"我给他们表演自己的保留舞目——已被列为"毒草"的《孔雀舞》。在盛情难却又万般无奈的情况下我勉强起舞,感到浑身不对劲……忽遇中途停电,工人师傅以一人一支蜡烛,聚光照舞影……正是在那一瞬间,我的身体像触了电一般,忽然感到"舞魂附体",似乎重新接受了一次舞蹈的洗礼——回忆起自己对于艺术的艰难求索……我确信:人们需要舞蹈。自己还有用,一旦获得"解放"——重返舞台,我将懂得如何带着更深刻的人生体味去舞蹈,这是多年来苦苦求索而难有所悟的,"烛光"将永远照耀着我的舞蹈……

文章被选登在哪里其实并不重要,这篇"谈艺录"确实使我多少体会到散文写作的某种感觉——于真实的叙述中,随思绪与心绪而走笔,突破了自己惯用的"平铺直叙+热情感受"模式。由此,也使我悟出了散文写作与舞蹈创作的共通之处——呈现"浓缩与升华"了的情感世界。从此,我产生了"非功课"式——如鲠在喉,不吐不快的写作兴致,或许,这可视为一次质的飞跃。

不过,我的散文写作,长期以来基本上处于非自觉的状态,不懂得雕琢,事后也很少回味、钻研。1994年赴香港进行舞蹈讲学期间,意外地被澳门大学写作协会邀请去讲"散文写作经验"。我毫无思想准备,不知从何说起,只能以自己的作品为例,逐渐理出一点写作体会:"……初期的作品是以照实写,力求生动为主要追求目标——它也是自己始终遵循的写作原则,舞蹈演员的动态思维,多少帮助了生动性的体现……"我也只能是"照实说,力求生动""……渐渐地,我似乎懂得了如何提炼题材,尽力摆脱平铺直叙地讲述事件和人物……"我写了《每当我想起烛影下的舞蹈》《眼泪是甜的》《南海一滴水》等,竟鬼使神差地总结出散文写作的"第二种层次":注重于情感的浓缩与升华,赋予作品以浪漫气息……

突然,我又想起不久前发表的一篇反响较大的散文《永远追求不到的情人——我心中的舞蹈》,不仅多刊转载,广播电台配乐播出后,又应听众要求予以重播……与此同时,我收到了不少读者来信,无论其本人是否搞艺术,大都感到这篇作品在"人生哲理"上对于他们有"启迪",不约而同地谈道:"……任何人,都难有永恒的辉煌,应该适时地退出'舞台'……"虽然在我写作的时候,并未意识到什么"哲理化",行文中也没有读者总结的那些字样,但是这篇散文确实凝聚了自己几十年来对于舞蹈艺术以及自己的艺术生涯的体味与思考——美好而残酷！于是,我讲道:"可以不可以这样说,读者的来信帮助我提炼了散文写作的'第三种层次'——于遐想中注入人生哲理的思考","不过……",我又很快地补充说,"这种'哲理'还是'隐蔽'一点为好,让读者自己去体味吧。"

我不知道这种即席讲课会起多大的作用,但是,这次意外的文学活动确实促进了自己写作的自觉意识,在此后发表的文章,文风反倒淡泊了些。

不论怎样,我将永难割舍散文的写作,因为它对于我是一片清新的世界、一块心灵的绿洲、一个特殊的思维空间……

想念青春
——文学回忆录片断
玛拉沁夫

每个作家走上文学道路的历程,都是不尽相同的。我呢,开头只是为了学文化,学汉文,才读文学作品的。读得多了,便喜爱了文学,进而在读他人作品时,常常联想起自己的一些感受,萌发出创作的欲望,欲望又变为实践,写来写去,就走上了文学道路。

1930年,我生于原内蒙古卓索图盟吐默特旗,现为辽宁阜新蒙古族自治县的一个边远贫穷的山村。我小学没毕业,由于一个偶然的机会,就上了中学。那是一所蒙古中学,用蒙语授课,不学汉文,读了三年中学之后参加革命时,连自己的履历都不会用汉文填写。

参军不久,我跟随一位叫乌兰的蒙古族女司令,在热辽前线活动。这位女司令,在内蒙古东部和热辽地区,是家喻户晓的风云人物。她正式职务是内蒙古骑兵第十一支队政委。但当地老乡弄不明白政委是干什么的,认为最大的官或他们心目中的英雄,就应该是司令,所以就称她为司令。乌兰,在蒙古语中即红色,都称她为"红司令"。当时她25岁,我15岁,她是我的司令,我是她的通信员。白天行军中,红司令骑在马上给我讲述革命的道理和英雄人物的故事,晚上在油灯下,把着我的手教我学汉文,这位身穿紫红色蒙古长袍的妇女,看上去跟普通牧妇一样,但她的经历却与众不同。她讲一腔纯正的北京话,在北平读过书,又在平津一带搞过党的地下工作,后赴延安,现在她是我们这一支强悍的蒙古骑兵部队的"司令"。她个儿不高,长得很结实,打起仗来英勇无比。后来我读过一本苏联小说《夏伯阳》,若称她为中国的女"夏伯阳"是很贴切的。1946年4月的一天,她跟我说:"你在我这儿工作得很好,但你年纪还小,应该去学习。"她把我送到设在赤峰的内蒙古自治学院。我离开乌兰司令时,心里很难过,她鼓励我说:"等你毕业后,再到我这里来,我们还可以在一起战斗。"我跟随红司令那一段战斗生活是难忘的,她不但是一位战将,还具有很高的文化素养,读过许多文学名著。很多年以后,我们又都到北京(她任全国总工会书记处书记,我任中国作家协会书记处书记),经常见面,所谈的话题还是文学。我深深敬爱她,我成为作家后,在我的几部主要作品中,都曾以她为人物原型创造过多个不同的艺术形象,如长篇小说《茫茫的草原》中的苏荣,电影《祖国啊,母亲》和短篇小说《踏过深深的积雪》中的洪戈尔等。

我在内蒙古自治学院学习时,一位领导说:"你这个小鬼挺活泼,到文工团工作去吧。"就这样我转到内蒙古文工团。艺术表演行当中,我什么也不会,帮着打打击乐,也常常打不到点儿上。不久我们开赴前线,为了及时反映战地生活,团里成立了创作通讯组,我跟着一位文化比我高、年纪比我大的女同志搞战地采访,写些通讯报道什么的。干这份工作,我很高兴,一来在采访中可以接触各种人物,二来通过写通讯报道提高自己的汉文水平。那时我才十六岁,日后的事情想得很少,更没想到这就是我后来成为作家的起点。

我们这一代青年是早熟型的。我有幸参加了我们党领导的我国第一个民族区域自治地方——内蒙古自治区建立前后的激烈阶级斗争和东北——内蒙古地区解放战争的全过程。那些不平凡的战斗经历,使我们心中燃烧着一团火,在我们心海中涌动着强烈的创作欲望,仿佛只要我们坐下来一提笔,就会写出点名堂来。其实事情绝非这么简单。1946年秋后,我们行军千里撤退到内蒙古敖汉旗沙漠中一个比较安全的地方进行休整,闲暇中我提起笔来打算写点什么,这时我才感觉到若要搞创作我还缺少一个十分重要的条件,那就是文化。在这里所说的文化,既不是广义上的也不是狭义上的文化概念,而是约定俗成层面上的那个文化,即文字。许多汉字,我都不会读,不会写,更不会用它作表述。目前首先要过好文化关。以汉语为母语的人,很难体察汉语汉文是多么深涩与深奥。比如在我们蒙古文中任何一个单独的字(字母),在与其他字联结或拼合之前,完全不包含任何语义,而且还具有可变的多义性。不是以汉语为母语的人,真正把汉文学到家,熟练地变着法儿发挥其意义性的特长与潜能,把文章写得活灵活现、出神入化、精细深通、光芒四射,那可就实在太难了。然而,你若想用汉文写作,就必须具备这样条件,这还用说吗?由于历史原因,古今中外文学作品,我不是用母语而是通过汉文写作。在这种背景下,提高汉语汉文水平,和学习与提高文学创作技能,在我身上得到了统一。从那时起,我整整用了五年时间(1946—1950),在工作之余,集中全部精力,开始利用时间去读书,读书,读书。就像是疯了,走火入魔了。当时我是个十几岁的愣头青小伙子,身体壮得像头小牛犊,浑身是劲,废寝忘食,从不感到困倦。我的正式职务是内蒙古文工团创作组组员,也叫创作员,领导上考虑到创作人员的工作特点,没有叫我们住集体宿舍,这就使我有了彻夜不眠地读书的条件。每天天亮后,吹起床号前,我只要打一会儿盹就行了,一天都不困。在战争年代,在我们那个小地方,没有图书馆,没有藏书室,只能靠自己到处去找书,找到什么就看什么,一无选择性,二无规律性,三无系统性,饥不择食,根本不考虑这本书或那本书是谁写的,写的什么,写得怎么样。书读得很杂,读了很多可读可不读的书,浪费了很多宝贵时间和与时间同样宝贵的灯油。但话又说回来,所谓书读得杂,也可以说是书读得面比较广。对一个文学创作的学徒来说,这不一定是坏事。广泛地涉猎各国各民族各个时代各种风格流派、思想倾向、艺术兴味的作家们的作品,就有比较宽阔的艺术视野,对文学的理解也比较深一些。在那五年多时间里,我读了许多古今中外作家的作品。阅读过程中,我的文化水平得到迅速提高,竟然悄悄地写了一些只供自己阅读的作品,小说、散文、诗歌什么都有。为了完成团里的工作任务,还写了六部剧本(其中两部与人合作),居然有两部剧本还在团里排练、演出了。这给我带来了些许欢悦与快慰。

1951年,我参加工作队,到科尔沁草原做群众工作,那里是我读中学的地方,比较熟悉,它美丽、富饶、辽阔,任谁到了那里都会不由得产生一种写诗的冲动。我们到那里不久,草原上发生了一件轰动一时的事情:一位叫塔母的休产假的牧民妇女,发现一个越狱罪犯之后,有智有勇地与之周旋与搏斗,最终捉拿了罪犯。整个草原上掀起了向女英雄塔母学习的运动。我们工作队也积极参加向群众宣传塔母的英雄事迹的活动。这时有些报刊配合对塔母的英雄事迹的报道,约我写一些介绍女英雄塔母日常生活的短文,我答应了下来。在进一步了解塔母这个人物时,我改变了主意,想以塔母的英雄事迹为生活素材创作一篇小说。经过一段时间的准备,在当年秋季,我一气呵成地写出了一篇四万二千字的小说。自我感觉很好。我把它读给工作队员们听,也读给老乡们听,他们都说写得不错,同时也提了一些具体意见。我正在准备进一步修改这篇小说的时候,偶然读了一部外国小说,作者谈他的创作经过时说,原来写得比较长,书中的情节发展时间跨度为三年,后来他把时间跨度压缩成一年,在修改中又压缩为一个月,最后定稿时终于把整部作品的情节时间跨度压缩到了一个星期。这位作家这段话,对我极有启发。我这部小说的情节时间跨度是四天四夜,如果压缩一下,字数可以减少,篇幅可以缩短,枝蔓可以剪掉,在艺术上会更加简洁、精练。人家能把三年的事压缩成一周,我为什么不能把四天四夜的事,压缩成一天一夜或更短一些呢?我开始重新安排情节,组织结构。原稿放在案头,说"重写",实难做到,提起笔来写不下去,就又将原稿拿过来翻阅,结果哪一段也舍不得删掉,写了好几天仍然在原稿的框架内打转,没有新的突破和进展。那是在10月下旬的一个雪夜,融融的炉火闪着忽明忽暗的光,我呆望着炉火,心烦意乱,甚至对自己能不能重写那篇小说有些怀疑了。年少气盛,我一气之下,把四万多字的原稿一下投进炉火之中。与我同住一室的一位姓武的汉族同志,在睡梦中闻到异常气味猛醒过来,急忙问我出了啥事?我没有回答,他看见我两手空空地呆望着炉中正在燃烧的稿纸,惊愕地问我:"怎么,你把稿子烧了?"……

我原以为烧掉了原稿,就可以逼自己义无反顾地写出新的稿来,然而烧掉了原稿我还有什么?一时间我后悔、惊恐、不知所措,那天夜里一个字也没有写。人把自己逼到这种地步,也就确实没有再退的余地了。我渐渐从痛苦中解脱出来,重新提起笔来。这一回,我已决意去拼,要在重写作品中把我几年来苦苦自学得来的本事全用上!很快我把原来那篇四万二千字的中篇小说,压缩成为一万四千字的短篇小说,把长达四天四夜的情节跨度,改成为从黄昏到黎明短短一夜的时间。在重写时,我的笔好像特别听使唤,越写越顺,一些生动情节前挤后拥似的自己往外跳,漂亮的文辞像泉水一样向外喷涌,我终于把那篇小说重写完了,取名为《科尔沁草原上的人们》。

我有一种预感:这次可能成功。这是心中的秘密。我跟所有初学写作者一样,不敢随便把这种感觉溢于言表。有一天我以一种漫不经心的语调,对跟我在一起工作的安柯钦夫同志说:"哎,我这写了这么一个玩意儿,你给我看看,它算不算是小说?"第二天,安柯钦夫看完后对我说:"大概算是小说。"他的语调里带有某些保留,但"大概算是小说",对我已是莫大鼓励了。当天我就把小说投寄到北京《人民文学》编辑部。大约过了十几天,收到编辑部一封信,我没拆阅就感到这是不祥之兆,肯定是退稿信。拆开一看,一张便笺上写有一行比电报简短的字句:"大作已阅,拟留用。"不是退稿信。但是那个"拟"字,让我傻了半天,赶忙翻开字典查阅,"拟"者,打算也。打算,带有不确定性,叫我放心不下;不过后头那两个字"留用",倒是含有肯定意味的。唉,听天由命吧。这大约是1951年11月的事情。

那个年代,很多刊物都是提前出版。12月下旬的一天,我收到《人民文学》编辑部寄给我的一本刊物,打开一看,是墨香浓浓的《人民文学》1952年1月号。顿时,我的心脏猛跳,双手发抖,莫不是我的小说发表出来了?我急忙从刊物的最后一面往前翻阅开来,这是一种下意识的动作,像我这样一个初学写作者的作品如在《人民文学》上发表,肯定是排在后头。一本刊物快翻完了,还没有看到自己的作品,心凉了半截。然而,就在这时,忽然看见那篇题为《科尔沁草原上的人们》的小说,竟以特号字体作标题,在头条位置上发表出来了!……四十多年后的今天,写到这里,回忆起当年那幕情景,我依然心跳加速!

《科尔沁草原的人们》发表后,在全国引起了轰动,《人民日报》《人民文学》《新观察》以及诸多省市报刊都发表评论或全篇转载,给予很高的评价。我在成功的喜悦中迎接了1952年新春佳节。

新年过后不久,有关领导告诉我,北京来人了,让我把小说改编成电影。写电影,我没有想过,贸然去干,行吗?好在北京来的那位导演,我认识他,当他约见我时,我很高兴地就去了。导演跟我谈得很投机,又有一点叫人纳闷,他根本不提写电影的事,倒是问了许多有关我的生活经历、文化水平、创作情况等,他问什么,我答什么,我好似在接受上级组织部门考核。临近谈话结束时,导演从文件袋中取出一本新出版的《人民文学》翻到我那篇小说的页码,说:

"这篇小说写得很好,影响很大呀!"

我赶忙谦虚地表示:"我初学写作,请……"

他没有让我把话说完,轻轻拍了拍我的肩膀,微笑着问我:"这篇小说是你写的吗?"

这话问得让我噎得慌,我只点了点头。

"你这篇小说投到编辑部之后,他们修改多不多?"

我一时想不起编辑部做过哪些修改,支吾了半天,没有作答。

"你留有原稿吗?"

我立马回答:"有。"

"可以让我看看吗?"

"可以。"

"等我拜读完你的原稿,咱们再聊聊。"

我从他那里告辞出来,心里实在不是滋味,真想随便找一个人狠狠吵一架。

在言语之间,导演明显地表露出对我的创作怀有疑问,他不相信像我这样一个20岁的蒙古族小伙,能写出那样一篇作品来;在他看来,即便是用我的名字发表的,恐怕也是由编辑部的高手"修改"成的。他还细心到这种程度,要用原稿与发表的成品进行对照,以验证有无伪诈。当我完全弄明白他的用意时,反倒冷静下来,这位老导演,对人对事认真负责,他并不是成心要伤害我。当天下午,我就把《科尔沁草原的人们》的原稿送了过去,他很快就看完了,当他把原稿退还给我时充分显出了他的老成,他只字不提曾经对我有过什么怀疑,而是把话题转入正面,他说:"你写的这篇小说在思想上艺术上都是成功的,你这么年轻,很不容易。"看得出,我的原稿已经使他信服了。从此以后,我十分注意保存自己所有的作品的原稿,后来我听说伟大的肖洛霍夫就是因《静静的顿河》第一部原稿在战争中遗失,也曾被人诬传过许多流言蜚语。太年轻时不要写太好的作品;如若偶一不慎写出了太好的作品,在这儿我提个醒,请你千万保存好原稿。看来文坛不是好去处,没等进门,就叫你学会防身术。然而,我很幸运,于1952年2月被中央电影剧本创作所聘为特邀编剧调到北京,与海默、达木林合作把小说《科尔沁草原的人们》改编成为电影《草原上的人们》。影片由长春电影制片厂拍摄上映,也受到好评,并在全国获奖。该片中的两首插曲,一直唱到今天,一首是由我的合作者海默同志作词的《草原牧歌》,一首是由我作词的《敖包相会》。每当听到《敖包相会》歌声时,总是引起我一丝青春的回忆。我写这首歌词时,正与一位女舞蹈演员热恋,在歌词中写出"只要哥哥你耐心的等待哟,你心上的人儿就会跑过来哟嗨"的美好意愿,然而生活并不像歌词中企盼的那样圆满,我与那位舞蹈家保持了多年的友谊,但我们终究没跑到一起来。

1952年8月,当时文艺界领导人之一、著名作家丁玲同志约见了我,她对我在文学创作上表现的才气,说了许多鼓励的话,并同意我到她任所长的中央文学研究所学习,入学后,又得到她的厚爱。在那儿有很好的条件和充裕的时间,进行系统的学习,同时也结识了文学界的许多良师益友。从那时起,人们称我为作家,但我清楚自己的斤两,我只不过是一个只写过一篇作品的蒙古小伙子而已。然而值得我引以为荣、引以为自豪的是像我这样一个蒙古穷孩子,在中国共产党的培养教育下,终于成为得到广大读者认同的新中国建立后出现的第一代少数民族作家之一。

《科尔沁草原的人们》发表以后,受到褒奖和好评,增强了我对文学创作的信心,看来这条路是要走下去了。创作成功的快意与喧嚣很快过去,我沉静下来开始对文学进行较为深层的思索,我有一种新的感悟,即一个成功的作家,似乎都是不可或缺地寻找到属于自己的两种东西,一个是艺术感觉,一个是艺术方位。作家的艺术感觉,起初抑或是朦胧的,稍纵即逝,然而如果能及时地捕捉住它,对它加以理性的催化,那么它就会逐渐形成一个具有强大生命力的存在。作家以他独特的艺术感觉去体验、认识和反映生活,当这一切都充分地展现于他的作品中时,他在文学世界中所占有的方位,自然得到确认。人们常说,作家的艺术感觉是非常个性化的,作家的艺术位置是谁也取代不了谁的。或许道理就在于此。

我跟所有的搞创作的人一样,一直在寻觅自己的艺术感觉。我来自蒙古草原,作品中描写的也是草原,我的人生旅程与文学生涯都与草原紧密相连,因而,我的艺术感觉和艺术方位自然也离不开草原。我作为一个文学学徒,总想找到在艺术感觉上与自己相近的一位先师,学习他、借鉴他,从他的作品中求得描写草原生活的启迪。然而,在中国文学史上,草原还是一片未开垦的处女地,在伟大、辉煌的中国文学中,还未曾出现描绘草原生活的大手笔。在寻找先师的路上,我游荡了很久、很久……

在我学习文学创作之初,刘白羽、华山、西虹等在《东北日报》上发表的一整版一整版的战地特写,和周立波、严文井、陆地等描写北方生活的小说,我篇篇都读,爱不释手。这些作品的剪报,至今我已保存了几十年。这些同志都是我文学上的老师。但是,如果我学着他们的文学路去写作,我作品中的"草原绿"可能都变成了"高粱红"了。在世界上诸多作家中,我特别敬重鲁迅、但丁、雨果和陀思妥耶夫斯基,他们的作品强烈地震撼过我的心灵,当时我太年轻了,理解的层面很浅,对他们那伟大的冷峻与深邃,我感到敬畏与陌生,我与这几位大师的艺术感觉相隔很远,命里注定,我崇拜他们,但在艺术上接近不了他们。福楼拜、夏洛蒂、曹雪芹的作品,令多少读者着迷。我的导师丁玲曾经给我讲述过她少女时如痴如醉地整夜偷读作为"禁书"的《红楼梦》的趣事。这些大家的作品,我也非常喜爱,但一联系到我自己正在酝酿要描写的那些蒙古大草原上的男男女女时,不论是曹雪芹还是福楼拜就都与我有些疏远了。我开始写作时,解放区文学界都在学习赵树理,"赵树理方向"的口号提得正响亮,有谁不读赵树理的作品呢?但是老赵笔下的那股纯正的山岰情味,跟我笔下的塞外旷野的韵调很难糅合到一起。初学写作者在文学领域中寻找到一个与他人合适的契合点是很难的,但在自觉不自觉中总是有几位作家使你产生特殊的亲切感,他们的作品对你格外有吸引力,读起来既投入又着迷,这时候请你留意,或许你与他们在文学的某一契合点上相遇。经常有人问我,你最喜爱的作家是哪位?这是很难回答的问题,首先要弄明白什么叫喜爱?广义而言,所有伟大作家都令人喜爱。但亲切感就不同了,只有在艺术感觉相近的作家之间才会产生亲切感。最早使我产生亲切感的作家是:惠特曼、杰克·伦敦、屠格涅夫和萧军。

惠特曼,这个连中学都没上过的,当过木匠的美国农民的儿子,是世界诗坛上少有的奇才。他的诗不是涓涓细流,而是奔腾的大海;不是絮絮私语,而是恢宏的乐章。它那激情的汇流,一泻千里,无可阻挡。惠特曼的诗是火山爆发,不受任何清规戒律的束缚,没有固定的章节,不求整齐的句式,长短句的对比和感情跳跃的反差极大,他那种无拘无束的潇洒,特别使我着迷。郭沫若称赞惠特曼的诗是火山的喷火口,我却认为是一匹不可驯服的草原野马。惠特曼传授给我的艺术就是:文学不能没有激情,没有激情便没有文学。我是写小说的,所以另外一位伟大的美国人,对我的影响就显得更为直接一些,他就是受过阿拉斯加荒原冻土洗礼的杰克·伦敦。我没有去过阿拉斯加,但是杰克·伦敦笔下粗犷、凝重、神奇的北方大自然的氛围,以及人与自然,人与野兽同在"活下去"的欲望中迸发出来的超凡意志和力量,跟我所熟悉的草原生活太接近了。与惠特曼狂奔的激情和杰克·伦敦野性的粗犷迥然不同的俄罗斯贵族家庭出身的屠格涅夫的秀笔所展示的悲凉与辉煌,也深深地感染了我。屠氏写过不少长篇巨著,但唯独他的散文体短篇集《猎人笔记》那浓郁的抒情笔调和体察大自然精微变幻的功力,从一个侧面启迪了我的文路。少年时代,我生活在属于东北范围的内蒙古东部地区,由于这番地缘关系,描写东北地区生活的作品,我大多都读过,对我的创作影响最大的是萧军的《八月的乡村》。东北,是我国诸多少数民族的摇篮,鲜卑人、契丹人、女真人、蒙古人都从这个摇篮中成长起来,一个跟着一个地走向历史大舞台。正是因为有这样一种缘分,包括汉族在内的东北各民族人民在心理上、性格上都有互相融通之处,壮阔的土地质朴的民风,造就出一代代倔强、坦率、在苦难面前无比刚毅的北方儿女。萧军以他天才之笔,在《八月的乡村》中,将这一切表现得淋漓尽致,鲁迅说过,《八月的乡村》的"作者的心血和失去的天空、大地,受难的人民,以至失去的茂草,高粱、蝈蝈、蚊子,搅成团,鲜红地在读者面前展开,显示着中国的一份和全部……"以我的理解,鲁迅先生首先肯定的是萧军作品的历史真实与生活真实的巨大力量。综上所述,惠特曼的狂热与激情,杰克·伦敦的粗犷与野性,屠格涅夫的精微与抒情和萧军对生活原汤原汁地真实描绘,使我对文学加深了理解和认识,在这几位文学大师的作品影响下,我逐渐接近了属于我的一种艺术感觉,虽然还不十分清晰,还需要继续寻索,但是有那么一种感觉确已萌发。就在这时,另一位文学巨人站到了我的面前,他就是苏联作家米哈伊尔·亚历山大罗维奇·肖洛霍夫。他那部世纪性史诗《静静的顿河》超越时间与空间,征服了我们这个星球上的无数文学学子,其中,也有我。

肖洛霍夫的《静静的顿河》一经发表,世人为之愕然,人们被他超凡的艺术才能所折服,法国人称他是"俄国的巴尔扎克",英国人称他是"俄国的狄更斯",其实还是肖洛霍夫的同乡人,德高望重的顿河老作家绥拉菲莫维奇说得对,他称赞肖洛霍夫是个"非同凡响的,同谁都不相像的,具有自己独特面貌的作家。"也有些人不敢相信甚至不相信《静静的顿河》这部惊世之作、传世之作是出自一个年仅二十二岁的 顿河青年作家之手。《静静的顿河》以它恢宏的构思,多层面的生活,深邃的内涵和强劲冲击性的表现力,给我们展示了一幅崭新的顿河草原历史生活与风土人情巨大画卷,我们闻到了顿河草原泥土和花草的芳香,看到了在动荡中翻腾如潮的顿河社会生活,结识了一群为了情与爱而冲破一切阻碍,乃至赴汤蹈火在所不辞的顿河儿女们。肖洛霍夫在世界文学史上开创了"草原文学"之先河,他以自己的创作为我们提供了"草原文学"的经典式的范例和经验。

我是写草原生活起家的初学写作者,《静静的顿河》的成功经验经过咀嚼、消化、扬弃而进行学习和借鉴,对一个青年作者却是绝对必要的。从1952年秋我开始酝酿创作一个多部头的反映草原人民生活斗争的长篇小说,后来这部小说写成了,名为《茫茫的草原》。一听这书名就会知道,肖洛霍夫《静静的顿河》对我的影响有多大了。诚然,我和他一样,都是写草原生活的,但中国的内蒙古草原与俄罗斯的顿河草原,不论是历史人文背景,或是自然环境、生产生活条件等,都不是完全相同的。所以在创作上不能搞硬搬照抄,我们所说的学习,就是借鉴范畴。

为了创作《茫茫的草原》,我以虔诚学习的态度读了三遍《静静的顿河》。我着力研究肖洛霍夫观察捕捉大草原最富有光泽、色彩、诗意与个性的人物、事物、景物的本领,研究他深层地揭示人物内心的情与爱,并将这一切通过宏观构架与细节描写的艺术组合,和运用具有民族特点的语言渲染绘声绘色地表现于自己作品之中的功力。

如果说,惠特曼、杰克·伦敦、屠格涅夫和萧军,使我逐步接近了我自己的艺术感觉的话,那么,肖洛霍夫以他强大的推进力使我找到了自己的艺术感觉。

到了1954年,我已把长篇小说《茫茫的草原》的大纲拉好了。我急于踏上这部"草原文学"的创作征途。当年4月,我由北京返回内蒙古。我没有到内蒙古自治区首府呼和浩特市居住,而是直奔察哈尔大草原,到明太旗长期挂职深入生活去了。我在明太旗担任旗委常委兼宣传部长,一待就是3年。

我们这一代作家,或者说像我这样的作家是在毛主席《在延安文艺座谈会上的讲话》的指引下成长的,我们相信毛泽东同志提出的作家艺术家要走与人民群众相结合的道路和生活是文艺创作的唯一源泉的理论是完全正确的。在过去几十年创作生活中,我每当有重大创作计划时,首先就去深入生活。没有察哈尔草原的3年生活,就不会有《茫茫的草原》这部长篇小说。1956年底,当组织上调我回呼和浩特筹备成立中国作家协会内蒙古分会时,《茫茫的草原》(上部)初稿早已完成,翌年5月,内蒙古自治区成立10周年,我把《茫茫的草原》作为献礼作品,奉献给内蒙古人民,在内蒙古自治区文艺评论奖中获得文学创作一等奖。

1958年,我又到包头去挂职深入生活,担任白云鄂博铁矿主矿车间党总支书记,在那里我又生活在大草原上,结识了许多工人、牧民新朋友,我还学会开电铲车。在挂职深入生活期间,创作了反映包钢建设的电影剧本《草原晨曲》,还写些短篇小说,结集为《花的草原》,于1962年出版,令我永生难忘并引以为荣的是文学巨匠茅盾先生为我这本短篇小说集写了序言。他写道:

从这个集子,我们看到了玛拉沁夫的短篇小说具有下列的显著的特点:

1. 行文流利,诗意盎然,笔端常带感情而又十分自在,无装腔作势之病。

2. 民族情调和地方色彩是浓郁而艳丽的,不但写牧民生活的作品如此,写矿山工人生活的亦复如此。

3. 不以复杂曲折的故事强加于人物,换言之,即是不借助于复杂尖锐的矛盾、冲突来刻画人物的性格,而是只抬出最有典型意味的情节,又辅之以抒情的叙写,来表现人物的性格。

4. 自然环境的描写同故事的发展有适当的配合,结构一般都严谨。我以为上述各点在玛拉沁夫的作品中,可以说已形成风格,十年来始终一贯。

玛拉沁夫富有生活的积累,同时他又富于诗人的气质,这就成了他的作品的风格——自在而清丽。

茅盾先生出于对一个少数民族作家的关怀和鼓舞的作品写了这么多过誉的话,我是受之有愧的。在这里使我感到敬佩的是茅盾先生以那样简洁的评语,准确地概括和认同了多年来我所苦苦寻索的属于我的那种艺术感觉和艺术方位。具体地说:属于我的那种艺术感觉就是流动于我作品中的草原生活的独特韵味;属于我的那个艺术方位就是在中国文学的广袤沃原上拓植一片"草原文学"的天地。为了取得这一点点成果,我度过了5年(1946–1951)的创作准备期,和10年(1952–1962)的创作探索期,用了整整15年的时间。诚然,这一切都是初步的、初型的、初期的,让"草原风格"成熟起来,让"草原文学"繁荣起来,还需要用我们的心血乃至生命去铸造。

《汲》(国画)　邵声郎

指间老茧渐退时

乔　迈

　　指间老茧渐退时,我也差不多就从劳动者演变成了贵族阶级。

　　我的手本来长得还顺溜,后来不知不觉间,右手中指末关节处慢慢生成了一个小疙瘩,并且由小到大,由软及硬,终于成了我手上不可缺少的一部分;与此同时,这只手的食指和拇指肚凹了下去,只是凹了下去,到底各自形成了一个长年以来永不消逝的巨大的肉坑,肉坑周围一律硬硬的触之如刀——使我轻易不肯亮出这只手去示人。

　　我这只手的畸形发展变化是我长期使用劳动工具辛苦劳作的结果。毛泽东曰:"人猿相揖别,有几个石头磨过,小儿时节。"不过,我使用的不是新石器或旧石器,它们是现代人用的笔,我用笔写作。古人有管写作叫"笔耕"的,今人或戏称之为"爬格子"。还是古人的说法好,那张稿纸放大了看,真就像坐飞机看大地,横横竖竖恰好就是阡陌纵横。我开始时候用水笔,后来有人发明了圆珠笔我就用圆珠笔,我写东西的时候喜欢捏紧了笔用力在纸上画,画到自己得意处越发用力,这就好比老农铲地,铲着铲着高兴起来就把锄杆子舞成了花暴土扬尘——我的辛苦劳作在本质上与老农也相去不远。自然有比我更辛苦的,我们这里的张笑天即被有的人揶揄为"写作机器",新时期以来他已经写了八九百万字,我知道他不仅指间有老茧,而且整个右小臂下边触及桌面的部分都是老茧。

　　我手上的老茧自前年以来开始渐退。那时我揖别了圆珠笔把只使用三个手指劳作鞭打快牛改为实行平均主义让十个手指都不许消闲大家一齐参加干活,不过不是拿笔而是敲打键盘。人少好吃饭,人多好做工,这样一来,那三个手指的劳动被分散了,养尊处优,而且不用使劲捏笔杆画纸,慢慢地,那个小疙瘩由硬变软变无在即,巨大的肉坑旋被新肉填平,周围不再硬硬的如刀,整个手渐渐恢复了原先的顺溜模样,看上去就像遭演变的新贵族阶级。

　　但我并没有把圆珠笔扔到垃圾桶里,我这个人虽是缺点太多却也有个长处,就是念旧。我很喜欢圆珠笔,我几乎就是一位圆珠笔收藏家。我写字台的抽屉里有一把一把的圆珠笔。偶尔看看它们,仿佛敲打键盘时也有情绪似的。

　　我所在这个地方偏居关东一隅,人心保古成风,像我这个年龄段的作家很少有像我这么勇于扔掉圆珠笔敲打键盘的,张笑天整个右小臂下边都是老茧了,还只是说"不换笔,不换"。谁不换谁吃亏,自己知道。

1997年

乡 情

敖德斯尔

我又回到了离别多年的家乡。

在这灿烂、明净的秋日,美丽的赛汗乌拉山更显得苍郁挺秀。它像一位威武的将军,骑在高头骏马上,凝视着周围的山山水水,耸入云端的群峰及莽莽苍苍的林海绿涛吸引着朵朵云彩和蒙蒙细雨。汗山四周百里山川是永远不会遇到干旱的。汗山脚下的蒙古族牧民世世代代把汗山当作"圣山"崇敬。

家乡的每一个山头和每一条河流,对我来说是何等的熟悉而又亲切啊!这里的沟沟坡坡上都有我骑着骏马纵横奔驰或放牧跑过的足迹。

小时候,在离家二三十里的塔子小学念书,每天傍晚时分走出学校大院,长久地瞭望落日余晖下雄浑的青山、绮丽的草原。那里有我家的蒙古包和牛羊啊!后来,我去更远的王爷庙(现在的乌兰浩特)上中学了。殖民统治下的学校生活艰辛,使我倍加思亲,可又有什么办法呢?这是我自己选择的。

参加革命的时候,我已经是二十岁出头的小伙子了。暴风雨的年代,轰轰烈烈的革命事业的召唤,使我走向浪迹远方天涯。骏马在充满希望的原野上飞驰,生活的大河滚滚向前,时而涨潮,时而水落,把我带到更远的彼岸。

不知是什么时候,童年梦幻般美丽的家庭逐渐失去了魅力,我的家庭观念发生了变化。从富有的热闹的老家转移到一个极其简朴的小屋。这十多平方米的小屋,我很满足,它成了我温馨的港湾。

然而,家乡毕竟是自己生长的摇篮。我曾多次体验回乡时心中带点苦涩的甜蜜。

半个世纪过去了,父母及老一辈的亲人相继过世,自己长年在外,为未能好好孝敬老人而愧疚。原来的房屋、蒙古包和庭院均已无存,连个废墟都不见了,不免感叹人生匆匆,心中产生一种难言的遗憾和忧郁。

如今,家乡日新月异的发展与变化,使我苍老的心灵无比兴奋。过去的破烂土房和黑色毡包不见了,取而代之的是亭亭而立的树林中一幢幢崭新的砖瓦结构的建筑。农牧结合,养畜与种田并重,加上现代科学在生产中的运用,使牧民尝到了甜头,生活水平大幅度提高。家家户户都安上了电灯,电视机、洗衣机等家用电器走进了牧民家。

乡亲们欢迎的笑脸,热情的问候,热烈的握手,不断拥进来的大汗淋漓的人们,使我沉浸在同老家人团聚的极其温暖的气氛中。我不停地打听每一位进来的年轻人是谁,经他们的父辈介绍,我才得知与年轻一代的血缘关系。这一切都说明,每个人的"老家"都已被"新家"代替了。

太阳悄悄落到山后,夜的来临,给牧村带来了一片光明。新盖的房子里挤满了人,炕上炕下坐得满满的,不时爆发出爽朗的笑声。

古老的、巴林故乡的酒宴开始了。首先由代表我们家族的年轻的主人,给我献了一碗带着哈达的新酿的奶酒。住在城里好久没喝过奶酒的我,接过来一饮而尽。

牧区简陋而又富于草原特色的凉菜摆了几盘,接着就端来了放进大铜盘里的全羊。

歌手们唱起了古老的民歌。妇女们都穿上了镶着金缎边的色彩鲜艳的衣服,男人们倒不怎么讲究,大部分都穿着平时穿的衣服。浑厚、嘹亮、甜润的歌声越来越高亢而又悠扬,分外动人。几位上了年纪的乡亲频频举杯,祝愿我晚年幸福!宴席上的人们个个容光焕发,随着歌手们唱起了民歌。参加唱歌的人越来越多,还有不少小男孩和女孩们钻进来,站在他们的母亲和婶婶嫂嫂们前面,昂着头,拿出浑身的力气使劲地唱着。我看着这一情景,不由想起了家乡的一句谚语:三个巴林人中两个是歌手。我看应该是:三个巴林人中三个都是歌手。家乡动人的歌声,把我引向了对孩提时代无穷无尽的怀念之中。

在我们马背民族后代的血液里,蕴含着先人开拓这片野草丛生的荒芜之地的勃勃英气,同时也包含着游牧民族特有的风风雨雨带来的多愁善感的气质。也许大自然的沧桑和人世的相融,使我对这个曾经是战马飞驰、鼓声响彻的辽阔大地和生活在这里的人们有着特殊的感情。

　　　　鹿花斑的云青马哟,
　　　　　腾云驾雾,四蹄如飞。

啊!《云青马》,这首古老的民歌,使我顿时激动万分!我的眼泪不由自主地流淌下来。我似乎听见了母亲的歌声。我的母亲最爱唱这支民歌,而且唱得最好。她是远近闻名的歌手,常常被邀请去参加婚礼,连续唱几天几夜,绝不会唱哑嗓子的。

泪流满面的我,也随着歌手们唱起来。看见我流泪,乡亲们的眼睛也湿润了。家乡的民歌,穿透历史的空间和生活间隔,把我和家乡重新融合在一起了。

啊!亲爱的家乡!

忆贾大山

尧山壁

结识大山是在 70 年代《河北文学》复刊后。那时李满天正在正定深入生活,兼任县委常委,他之所以选择正定,很重要的原因是那里有个贾大山。他们友情的纽带是小说,是对农村生活的热爱,经常摞着光膀子一起下地干活儿。对阳光的反映,李满天是黑,脸上背上一层黑釉,戏称黑非洲。贾大山是红,背上脸上一色紫红,自称印第安。幽默更是他俩友情的黏合剂,只要碰到一起就会笑话连篇。李满天说起来眉飞色舞、指手画脚,贾大山说起来不动声色、慢条斯理,活像一对相声演员。所以周围常有许多凑热闹的,我便是其中之一。

我与大山的共同点是戏剧,戏迷的友谊。我写过剧本,大山写得更多,《向阳花开》《一篮苹果》《年头岁尾》曾经轰动一时。我是在乡村戏台子下学的,高粱地里喊出来的,大山是县城戏园子熏陶的,出口字正腔圆,有板有眼。我只会青衣、小生,大山生旦净丑全活儿,还会翻筋斗。正定梆子团主演苏金蝉是大山的偶像,而苏早年是从我的故乡唱红的,所以苏派艺术往往是我们共同的话题。兴之所至也对唱几口,《打渔杀家》他的萧恩,我的桂英,李满天的丁郎。《沙家浜》一个刁德一,一个阿庆嫂,李满天的胡传魁。别看李满天是领导,他光唱配角。

习近平、吕玉兰主持正定县委工作期间,搞了一个庞大的顾问团,除了工农科技专家之外,还有几个文人,黄绮、田辛甫和我,每月接来一次,大会之后分头到对口部门,到了文化馆我就说,眼前有景道不得,只因大山在前头。大山周围聚拢着一批业余作者,写诗的、写小说的、写剧本的,一个个把着手教。县里办了个油印刊物,他是主编。主编之外群山环绕,形成了一派文学风景。

大山一向安贫乐道,淡泊名利。《取经》获全国首届短篇小说奖之后,他名声大噪,地区文联、《河北文学》几次想调他去,都被拒绝了。可是 1982 年底他一反常态出任县文化局长,我大感不解找上门去。他说:"你有所不知,我视文学为生命,但不以此为职业,对赵云的常山、白朴的真定有特殊的感情,当文化局长不是为做官,而是想为家乡干点事,有大量的工作去做。"果然在他任内,报批了中国历史文化名城,完成了落架重修大悲阁、开元寺钟楼等重要工程,成为河北省著名的文物和古建专家。每次来了省外境外的作家,我都带他们去正定,每次都是大山亲自出来解说。我发现大山的历史和佛学知识与日俱增,隆兴寺、临济寺诸多文物,一砖一瓦一草一木他都知根知底。历史沿革,科学考据,稗闻野史,融会贯通,从他嘴里流出来的就是一篇生动优美的文章。一位台湾友人说,周游世界大山先生是最优秀的导游。大山对出版界有些人唯利是图、要作者自己积资敛钱出书极为不满,作协几次想给他帮忙都被拒绝,以致这样卓有成就的作家临终还没有自己的一本小说集。但是为了修缮大悲阁,他认真地撰写了一篇《募捐启》,情理并重感人肺腑,在当地乃至港台引起强烈的反响。去年8月《当代人》把它发表了,成为脍炙人口的一篇范文。

虽公务繁忙但心态宁静,大山很少出来参加文学会议和一些活动。1993年,省作协在北戴河召开散文会,几经动员他才出山。大山第一次见到大海,异常兴奋。大家在歌舞厅里热闹,他一个人坐在礁石上为大海相面,一坐就是两个钟头,第二天说了一句话:唯有大海是真。会上默默地听,说话不多。会外却是中心人物,时刻有三五成群听他妙语连珠,多有禅意。台湾一位出版家马先生与他同居一室,佩服得五体投地。

也是在这次会上,发现大山忌了烟酒,很是让我吃惊,曾几何时他还是烟不离口,颇有酒量。在正定每次相见,他都以好酒招待。记得一次李满天不想喝了,说热酒伤肝冷酒伤胃,免了。大山说无酒伤心,何必。喝起酒来,脸越发的红,成了赵云的二哥关公。有酒助兴他语极惊人,有酒润嗓他京剧唱得更漂亮。而此时的大山不仅烟酒不沾,连肉也一起戒了,绝对严格的素食,咸菜里一点腥油都很敏感,引起一番腻烦。不过馒头米饭吃得很多,身体也很健壮。

年初听说大山动了食道手术,去看望,他还不大显病态,握手很有劲儿。到了夏天已经可以骑车满城转悠,以为这一关他闯过去了,想不到病情恶化得这么快。省作代会我们前去看他时,他已经卧床很久十分消瘦,腹内常常隐隐作痛,怕疼就少吃,愈加消瘦。因为烦闷,烟又复辟了,脾气也大起来,为此弟妹常常暗暗落泪。可是我们一去,他就像打了兴奋剂一样,坐起来谈笑风生,复原了本来的一个贾大山。

主要话题谈完之后,大山深情地看了我一眼,兴致地论起了京剧,唱了几段马派《空城计》,从西皮三眼"我本是卧龙岗散淡的人",到二六"我正在城楼观山景",唱后问我感觉如何,我觉得飘逸不如马前(期),苍劲倒似马后,更接近暮年诸葛的性格了。他说久病在床,常常一个人念戏,品味剧情唱段,理解人物性格,还真的有所发现。你说司马知道是空城不?知道。列举了一些道白对话后说,只不过心照不宣,两个高人知己知彼,也包括互相敬重,这也和《华容道》一样,只不过司马比曹老到一些。听得我茅塞顿开,连连点头。到底是小说家,剖析人物都深入到骨子里了。此时我嗓子眼儿直痒痒,真想像20年前一样陪他再唱一回。只是看到他形容枯槁的样子,不忍再让他激动了,只有心里默默祝愿他早日恢复健康。不想从此再也听不到他的唱了。

大山一生在小说艺术的蜀道上艰苦攀登,走着一条独异的路。他从戏曲和民间文学中汲取营养,广泛涉猎,多才多艺如赵树理,又喜欢读《聊斋》和《阅微草堂笔记》,形成独特的风格,不山药蛋也不荷花淀。他的作品与人品一样高尚,绝无媚俗,从不逐潮,在乡土和幽默中完成一个作家的社会责任和美学追求。30年只写了几十个短篇,连一个中篇也不曾有,然而他艺术的分量大大超过许多大红大紫、"著作等身"者。

大山不假,中国当代文学的一座大山。

《掰玉米小队》(石版画)　耿少琨

1998 年

读书漫笔

艾克拜尔·米吉提

有一次,一位文友到我家来,见我正在阅读《新唐书》,有些费解地说,"你读这些书干吗?这是我们汉文化中最腐朽的一些东西,我是一概不读这些玩意儿的。"

他这是一种地道的东方式幽默和自谦,其实他未必就不读或不喜欢读史籍,或者当真就把这些史籍当作腐朽的糟粕来看待。但阅读史籍或杂书,对我来说是一种享受、一种乐趣。这种阅读带来的收获,远胜于阅读那些苍白、乏味儿的小说,或佶屈聱牙、故作深奥的诗作。

我常常游历于中外史籍中。这种阅读往往让人思绪在无限的历史空间自由翱翔,使心灵获得一种升华,获得一种恒久的激情。而激情也是需要积淀的,积淀得久了,便化作一种沉静、一种自信。倘若蕴藏于字里行间,自然而然地流露,那便是一种凝重、一种魅力所在。

对于一个作家来说,缺少历史的眼光,那将是最大的缺憾。在精读经典文学作品,广泛涉猎文学新作,及时了解文学发展态势的同时,多读一些史籍杂书,可以开阔视野,活跃思路,获得一种从历史角度冷静观察、审视和把握事物发展本质和活生生的人的最佳视角。

其实,经典史籍本身就是优秀经典文学之作。比如司马迁的《史记》,有些章节迄今被文学史家们奉为短篇小说的典范。当然,这种注脚有时不免有些牵强,但《史记》对人对事栩栩如生的刻画,的确摄人心魄;对历史事件的忠实记载和历史细节的真实描写,以及简洁凝练的笔法、冷静超然的叙述,均让今人折服。

被称之为"历史之父",也是"散文之父"的古希腊史学家希罗多德的不朽之作《希罗多德历史》,让人眼界豁然开朗。他在这部著作中开宗明义地说道:"不管人间的城邦是大是小,我是要同样地加以叙述的。因为生前强大的城邦,现在它们许多已变得默默无闻了;而在我的时代强雄的城邦,在往昔却是弱小的。这二者我之所以要加以论述,是因为我相信,人间的幸福是绝不会长久停留在一个地方的。"言辞间透着一种沧桑、一种豁达、一种客观冷静的叙事心态。这不只是一部史书,而是一部最古老的文学作品之一,一部鸿篇巨著。什么是结构、什么是铺垫、什么是叙述、什么是衔接、什么是转换……在这部产生于2500年前的著作中,十分完美地展现在眼前。整部作品气势恢宏,具有一种睿智的洞察力,笔调有如行云流水。

更让我惊讶的是,作品描述的巫女佩提亚谜语般的预言,聪明的国王自作聪明的行为,及至最终铁一般冷酷的现实应验,是那样自然而然地从字里行间流泻出来。我曾为马尔克斯的《百年孤独》中那部无人读懂的羊皮纸书的情节设置折服——当最后的子嗣已经读懂这部尘封的羊皮纸书时,与书中预言的一样,老布恩地亚家族业已走向毁灭。然而,早在2500年前,希罗多德便已运用了这种令当今世人倾倒的"魔幻现实主义"手段。你瞧那个忠于主公的巨吉斯,为了表示对主公的忠心耿耿、百依百顺,在主公再三要求下窥视了妃子的裸体,结果激怒了妃子,最后他不得不在妃子的要挟和唆使下,在她卧榻上亲手杀死熟睡的主公坎道列斯,坐上了吕底亚王国的王位。当时那位传达神托的女巫佩提亚就曾预言,巨吉斯的第五代子孙将受到海拉克列达伊家的报复。实际上,在这个预言应验之前,无论是吕底亚人还是他们的历代国王根本没把它记在心上。然而当巨吉斯家族在位181年,到第五代孙克洛伊索斯时,最终被波斯人居鲁士所灭。果然有如女巫佩提亚所预言的一样。只是由于洛克西亚司神(阿波罗神)的怜悯,才使吕底亚王国的陷落推迟了3年。

女巫佩提亚在回答克洛伊索斯的王国国祚是否长久时,曾隐喻道:"一旦在一匹骡子变成了美地亚国王的时候,那时你这两腿瘦弱的吕底亚人就要沿着沿岸多石的海尔谟斯河逃跑了。"而克洛伊索斯却为这个回答大喜过望,他认为一个骡子是绝对不可能替代他做美地亚国王的,因此他认定他的后裔永远也不会丧失主权。

只有当他最终做了居鲁士的阶下囚,险些被活活焚死时,他才想起那个直言不讳的漫游者梭伦曾对他的一番忠言,他茕茕孑立于已经燃烧的薪堆上呼喊梭伦的名字,引起居鲁士的注意并给予宽容,方幸免于难。那个女巫佩提亚说道:"他甚至不懂得洛克西亚司(阿波罗神)给他的关于骡子的那个最后回答。因为那骡子实际上指的是居鲁士。居鲁士的父母属于不同的种族,不同的身份;他的母亲是一位美地亚公主……但他的父亲是个美地亚人治下的波斯臣民。"

所有这些,应当说对《百年孤独》是一种遥远的启示,而这仅仅是《希罗多德历史》冰山的一角。由于他忠实地记录了他那个时代及在他之前的每一个重大历史事件和历史人物,所以,构成这些历史事件的每一情节是自然发展的,毫无矫饰;活动着的每一个人物行为真实可信,命运各不相同。这一切都立体地、活灵活现地展示在读者面前。希罗多德认为:历史不只是一些突出的、并不相互连贯的事实的排列,在它表面上的混乱下边,必然有一种统一性和连贯性存在,历史家的职责就是区别比较重大的事实和比较细小的事实并以适当的顺序把它们联系起来。他从那些被看作历史的大量杂乱无章的素材中,构思出有条有理的故事。希罗多德深深感到那种"历史的庄严高贵"也使他成为一位道德家。在他的整个叙述中,展示了他那个时代的人类智慧,并以历史实例进行教诲。

  应当说,这也是文学的最高境界。只是似乎文学自身有时正在逐渐淡忘、偏离本属于它的最本质的特征。这也许是我们过于急躁,过于热衷于"标新立异"的结果。于是我们往往沉浸在狭小的生活空间,津津乐道于向世人展示一己的内心体验,既不知过去,也不思将来,支离破碎,迫使读者纷纷远离文学。恍若燥热的季风,将拥挤的文学"标新立异"者,有如蒲公英羽冠般吹拂得到处飞扬,轻飘飘的甚是茫然。我以为静下心来多读一点书,尤其抽空读一读那些文学以外的各类书籍,可能会给你带来别一种感觉,别一种心境,别一种视野,别一种思路。同时,可以让你摆脱艺术上的盲目和盲从,真正用自己的头脑来思考、来写作。因为,最新的东西不一定是最好的,速成的东西往往也容易速朽。文学作品毕竟不应成为流水线上的快速生产品、批量组装物。不要最终"生产过剩"又轮回到高尔基曾说过的制造大量的"语言的垃圾"。尤其在世人竭尽全力清除"白色污染"的今天,更应该保持清醒,摆脱浮躁,努力静下心来,潜心阅读,深入思考,精益求精,面向新世纪多拿出一些艺术精湛、内容健康向上、风格独特的作品来。

父女恳谈录
——萧军说萧红

萧 耘

一

父亲和我都不是萧红研究专家。对于萧红的事,也没有更为周密的"考证"或"专著"……只是因为不愿忽略萧红与萧军曾有过六年的共同生活并同时得到了鲁迅先生的关怀。而这段"偶然"的姻缘无论是对于萧红还是萧军,都是难以忘怀且刻在心版上的纪念。尽管他们彼此分了手、告了别,却在内心深处常常牵挂着、关注着——无论是生活上还是事业上……那一份真情使得我这作为晚辈的人极为感动,也极为敬重。更幸运的,是我曾在各样的场合接触了诸多位他们的"生前友好"、同学、老师、亲属……继而聆听到各位的回忆和论谈,有人甚至将有关萧红的纪念物品真诚地送给了我,使我对作家萧红的了解和理解多了一些全方位的认识,对她的作品也更有了兴趣。仅仅为了如此众多的萧军萧红同时代友人视同子侄般待我的亲情,我也不应该忘记她这本应当是"家族以内的人"……

自然,与我最近、最亲切且不厌其烦地待我的当属父亲——萧军。特别是夜阑人静,每每见他衔了烟斗独坐阳台沉思,我和建中陪他说话的时候,父亲又多了一颗年轻的心,使他沉郁的情感平添了些许清新。他随时回答着我们一个又一个的问题,不管这提问是多么的幼稚浅嫩甚至是无知。

在我为父亲誊抄《萧红书简辑存注释录》的文稿时,读到了这样一段文字:"……在这封信的前面,应该还有一封信,因为这里剩下一只空封筒……邮票也不知被什么人剪去了。我发现有一些邮票大部分是被剪去了的,这是淡红色,标着'叁钱'的日本邮票。"——天!我的心震颤了一下,那铸下不可弥补的过错的人会是我吗?父亲从1948年至1980年这三十几年期间,由于政治上的遭遇,经济上,自然也是一贫如洗,他艰辛地支撑着家。当年十来岁的我与同龄人一样迷恋过集邮,我没有钱购买那些诱人的纪念邮票,就到家中的旧信中搜寻积攒过时的废邮票。孩子的痴迷往往是无所顾忌的,我径自去问父亲:"爸,您有旧邮票吗?……""干吗用?集邮?""嗯。"我执着地点点头。父亲即刻放下手中的事,抽出那只硕大的破皮包……

难道少年萧耘竟把萧红30年代与"三郎"的总共几十封通信的邮票几乎是统统地

彻底剪走了?! 我和父亲都无从忆起。经过了那场浩劫，包括"集邮册"在内的种种珍藏早已荡然无存……而封筒上留下的那一个一个方方的"洞"却永远无法复原，而这便恰恰成了父亲与我们漫谈萧红的缘起……

这不仅仅是一般的父女间的个人对话，父亲把我们当作他的"忘年交"，坦诚地从大局、从历史、从整体、从一个艺术家的角度谈及萧红这颇具才华而英年早逝的女作家，也同样珍惜着她对民族对国家和人民的贡献。从广义上讲，这是两代人对于一位共同关注的已故女作家生活、创作等诸方面的交流与对话，它不属于我个人。

萧红和萧军到底是为什么而分手的呢？他们看上去是那样幸福而天造地设的一对儿，又是经过了那样生活磨难的事业上的伙伴，那样彼此深知体性和秉性，又都是那样地有才华，鲁迅先生那样地器重他们，他们又同是东北老乡……还能找到比他们的结合更使人羡慕的夫妻吗？可是却分手了！实在是让读者想不明白、想不通，最深的感受是觉得"太可惜了！"这也正是我想明了的。有一次，我终于把这个问题直言不讳地向父亲提了出来，并且直愣愣地问他：

"爸，您自己怎样来解释读者们的这许多遗憾呢？"

晚年的父亲性格依然刚烈分明，而谈及这样的事他就显得平缓许多，他坐在阳台那把旧式的靠背椅上，烟斗中青烟袅袅逸散……

他说，其实生活中、世界上，每时每刻、每分每秒都有男人女人在分分合合、合合分分……而萧红和我的离异所以会引起人们的关注，并且几十年议论纷纷、说什么的都有，那可能是由于我和萧红全是从事文学写作的人，发表过文章、出过书……大小有点儿影响，拥有些读者，所谓名人吧！人们对

萧军、萧红送给鲁迅先生的第一张照片，1934年于哈尔滨。

于有些"名气"的人在私生活方面的琐事,常常是怀有着一种近于天真的好奇心,这也是可以理解的。记得鲁迅先生曾经说过类似这样的话:任何伟大的人如果就其吃喝拉撒睡……的诸方面来观察,他和普通人并无不同的(大意如此吧),我们也不例外。痛苦和幸福,一般来说这是属于主观范畴方面的东西,也多是在别人眼里想当然的东西。它们常常是和实际情况并不相符的啊!就像俗话讲的"谁的鞋挤脚,只有脚趾头儿知道!"。也正如老托尔斯泰在《安娜·卡列尼娜》的一开头说过的"幸福的家庭是相同的,不幸的家庭各有各的不幸!"。幸福,在别人的眼睛里,而痛苦却是在自己的心里……说出来如此,不说出来也如此,它是客观存在的。

我与萧红的结合,纯属是偶然的。

可以这样说——我们是偶然地相遇、偶然地相知、偶然相结合的偶然姻缘!如果不是在那种特定环境中,如果她还是大家闺秀,如果我没有看见她写的那些个诗:"这边树叶绿了/那边清溪唱着/——姑娘啊/春天到了//去年在北平/正是吃着青杏的时候/今年我的命运/比青杏还酸……"我们是绝对不会成为一对恋人的!以萧红当时的情况——怀着身孕即将临产;花白的长发无血色的脸;一件洗褪了色的蓝布长衫穿在身上,开衩一直撕裂到近乎腰际;赤着双脚趿拉着一双被踩到了后跟帮的鞋……丝毫无美丽可言!但是当我一下子看到了她随手放在床板上的诗,即刻感到世界在变了,季节在变了,人在变了,当时我认为我的思想和感情也在变了……出现在我面前的是我认识过的女性中最美丽的人!也可能是世界上最美丽的人!她初步给我那一切的形象和印象全不见了,全部消泯了……在我面前的只剩有一颗晶莹的、美丽的、可爱的、闪光的灵魂!我马上暗暗决定和向自己宣了誓:我必须不惜一切牺牲和代价拯救她!拯救这颗美丽的灵魂!这是我的义务!我这样做了。

当时唯一能救萧红的办法,只能是救她出去,和她结婚、同居。为此,我还和最好的朋友夫妇吵崩了。他们替我惋惜,认为我太傻气,不该背上这样一个沉重的包袱,而且还是一个怀着别人的孩子的女人!他们可以无私地帮助我、容忍我,但他们却不肯容忍萧红。为了爱的缘故,我毅然地带着萧红出走了,因为当时如果我不救她,等待萧红的命运只有一个——那就是仍被作为人质押在旅馆,最终沦落到被卖的地步,成为妓女!骗了她的那个男人,是一去不回头的……

仅为此我请教了父亲的老朋友。

"舒群叔叔,当年既然您和方伯伯都与萧红交往,友情不错,怎么就没想到同萧红结合呢?"

他笑一笑,率直地回答:"我们当时都是光棍汉、穷光蛋,没有固定的职业,自己都养不活,顾上顿没下顿的,又怎么能养得起一个女人——更何况,我们虽然穷,却都是很年轻啊!谁又愿意娶一个怀着别人孩子的女人做老婆呢?!当时萧红的形象又是那副样子……这样的'傻事'只有你爸爸萧军他才干得出,也只有他才具有这样的豪侠胆量和勇气哇!……"

听说了这番话的父亲颇有些自豪:"所以,我至今也觉得满意。"他耸耸肩,继续着关于萧红的话题:

至少我发现并拯救了一个未来出色的女作家!但是1938年我们永远分离的历史渊源早在这相结合的开始就已经存在了。首先,我从来没有把萧红作为一个大人或妻子那样看待和要求,一直是把她作为一个孩子——一个孤苦伶仃、瘦弱多病的孩子来对待的。尽管我是个性格暴烈的人,对于任何外来的、敢于侵害我的尊严的人或事常常是寸步不让,值不值得就要以死相拼的;但对于弱者,我是能够容忍的,甚至容忍到使自己流出眼泪,用残害虐待自己的肢体(例如咬啃自己)来平息要爆发的激怒……这痛苦,只有自己知道,有时也会不经意地伤害到她或他们,而事后憎恨自己的痛苦也只有自己知道。

第二,我是一个皮粗肉糙冷暖不拘的人,出自农村,六个月就没有了母亲,我是吃着乡亲们的百家奶长大的野孩子。18岁当兵,受过若干年严格的军事训练,从10岁多就开始练习各种武艺,什么饥寒劳碌穷苦……可以自豪地说全经历过!我从不诉苦、不发牢骚,我不愿向任何人谈论自己的病痛或伤害,我以为那是无益也无用的,是伤害自尊的事!我相信一切靠"力量":什么战胜什么?谁战胜谁?!即使是战败了,也不哼一声;不要显示任何软弱和多情,不流一滴眼泪……这,才像条汉子!由于我的体格健壮,有着使不完的劲儿,又从小没人疼我爱我,我便知道不能心疼自己、可怜自己,所以我永远是心胸开阔斗志坚强无畏与乐观!而萧红则不然——她精神上是被摧残的;感情上是被伤害的;人格上是被侮蔑的;肉体上是被伤毁的……孤独和寂寞确是时时在侵蚀着她。她的思想时常是很烦乱的,感情也是极易被伤害,敏感而凄楚的。同样的一种打击,一种生活上的折磨……在我是近乎"无所谓",而在她却要留下深深的难于平复的伤痕!比如蚊子咬了她叮肿了一个大包,钢笔灌不进去墨水等等这样的小事,她也会想得出引申出许多命运的不公平来,甚至独自落泪、感伤……她的精神生活是病态的,以致"自尊"得到了病态化的程度,有时又陷在了深沉的几乎是难以自拔的痛苦的泥沼之中!表面上却又好矜持逞刚强,这便苦了她自己,往往成了一个两重、三重甚至多重性格的人,活起来实在是很吃力。陷在了感情的危机当中,我有勇气和力量杀得进也杀得出,而她却不能。她往往是"知恶恶而不能去,知善善而不能从"!在她对几次婚姻的处理上就是明显的例证。这对于几千年封建传统观念的"大男子世界"的男人来说不算什么大事,对萧红来说,真是损伤惨重。

第三,她羸弱多病,又时常处在身心不安、矛盾、焦烦,以至不能支持的地步。而她又是以自己的生命来对待自己的工作,毫无松懈,这也是很快地熄灭了她的生命之火的重要原因之一。她在由日本给萧军的信中说:"……你亦人也,我亦人也,你则健康,我则多病,常有健牛与病驴之感,故每暗中惭愧……"你想想看,健牛和病驴如果是共同拉一辆车,在行程中或最后的结果总要有所牺牲的——不是拖垮了病驴,就是要累死健牛,很难两全!若不然就是牛走牛的路,驴走驴的路……

夜,已经很深了,话题打住,旧事重提别又扰乱了老人家心中的宁静……

二

有关萧红的各样评说文字,父亲平日不大翻看。前面讲过,父亲和我都不是"萧红研究专家"。父亲有他自己的工作:抓紧时间编辑好约600万字的《萧军文集》,他想将这"毕生"不易的劳动成果留给他挚爱的祖国和人民。他不无惋惜地慨叹:"如果不被耽搁那三十几年的话,或许留下的还更多些……"他甚至希望能将自己"文集"的稿酬设立一个奖项——专为奖掖"有民族气节的革命的"青年作家而立——这也正是作为"鲁门小弟子"的萧军对恩师鲁迅先生当年倾力扶植、引导、教诲他和萧红这对热血的东北文学青年的一种真实的感激与纪念。

1984年于新疆石河子水库(萧耘摄)。

自从上次冒冒失失地向父亲提了一问之后,几天来我一直心中惴惴,尽管言犹未尽却也暗下决心绝对不再打扰老人家的宁静……然而,夜阑人静坐在家中那极富诗情的"银锭桥西海北楼"宽敞的大凉台上,又禁不住地跟父亲攀谈起来……这,几乎形成了"习惯"——此时的父亲摩挲着他的烟斗也似乎在享受着一种天伦之乐以外的情感交流。

"爸,骆宾基叔叔写的《太平洋战争爆发之后——我的回忆》您看了吗?萧红去世前对骆老讲了许许多多的往事,他是这样写的,我念一段给您听听吧!……萧红也谈及在哈尔滨市立第一医院生过孩子,因不能交费出院而受到院方的债主式冷视,甚至患了重感冒而主治医生也不加闻问。因为她欠着他们的住院费,分文未付!这样就激起了萧军的愤慨,去亲自找那主治医生,声称:'如果我的病人出了问题我不但要宰了你,也要杀掉你全家!'以致那个胆怯的主治医生不得不收起了傲然之态,乖乖地丢下手里的棋子,去给她打针;而且为了能在病人的丈夫面前很快显出效果,竟例外地用了珍贵的国外进口的针剂。萧红回述这种关于过去的事,不仅仅是意欲说明作为丈夫的萧军,当时是怎样爱护自己,也反映了她对萧军的默默的遥远的怀念!……"

父亲不语,思绪仿佛又牵回到他泅着洪水去拯救萧红的那一幕了。

"爸,其实……萧红始终是惦记着您的!您说过她的手很巧,针线活儿也好,你们第一次去赴鲁迅先生宴会的礼服不就是她不吃不喝地抢时间赶缝出来的吗?您还说她的葱油饼、俄罗斯大菜汤都做得很地道,朋友们干脆管那叫'萧红汤'了!《八月的乡村》手稿要不是萧红为你抄清,鼓励您寄给鲁迅先生看看,您说它早被您给烧掉了……""我没说她不爱我啊!"一直沉默着的父亲像受了委屈似的"申辩"着,引得身旁一向拘谨的建中都忍不住地笑出了声。

"萧红的感情有时极为细微,"父亲讲道,"她爱我便常常关心得太多——这使得我这个流浪汉式'大兵'出身的人很不舒服,以至厌烦。比如她不让我夜间吃夜宵说这习惯不符合生理卫生啦……吃一个鸡蛋不够要吃两个啦……喜欢睡硬枕头容易伤害脑神经啦必须改正啦……等等,等等,而我从小就枕惯了瓦筒和木段段!这也是我们常常闹小矛盾的原因之一。我是一个不愿可怜自己的人,也就不愿别人'可怜'我!在萧红看来,我这也许就是'好心当成了驴肝肺'不知好歹吧?!也许伤害了她的一片爱心……"

"都说女人的心思难捉摸,要我看,男人的心思也很让人猜不透。你对他好吧,他说你太烦,管头管脚的;你随他去吧,他又说你不知道温存……"我瞥着建中信口嘟哝了一句。父亲翻了我一眼,继续着他的观点:

萧红是一个时常需要人给予鼓励和打气的人,有时候还表现出一种孩子气的天真和无忌、单纯、倔强和淳厚。我爱她但她不是"妻子",尤其不是我的!在她的身上没有妻性,所有的只是母性和女性。因为爱她就是说我可以迁就。我像对一个孩子似的对她保护惯了,而我也很习惯于以一个保护者自居,为她遮风挡雨、奔东奔西……尽量使她生活得快活、安定,这使我感到光荣和骄傲!

萧红曾这样讲过:"灵魂太细微的人同时也一定渺小,所以我并不崇敬我自己,我崇敬粗大的、宽宏的……"

我的灵魂比她当然要粗大、宽宏一些。她虽然崇敬,但我以为她并不爱具有这样灵魂的人。相反地,她会感到这样的灵魂伤害到她的灵魂的自尊。因此,她可能还憎恨它,最终要逃开它。她曾骂我是具有强盗一般灵魂的人!这确是深深地伤害了我——而如果我没有类于这样的灵魂,恐怕她是不会得救的!一个连树叶落下来全怕砸到自己头上那种绝对利己的所谓老鼠一般的人,是不会冒着任何可见的损害和危险而去救别人的——虽然敢于杀人的人,不一定就是肯于救人的人!

后来,当萧红给她的朋友李洁吾看了我的照片,李断定我是"很厉害的人物,并且很有魄力……"时,她很替我高兴!但我知道,萧红她也不真正欣赏我这个厉害而很有魄力的人物,而我也并不喜欢她那样多愁善感、心高气傲、孤芳自赏、体弱力薄……的人。这是历史的错误!历史又做了见证。终于各走各的路,各自去寻找自己所要寻找的人!

我认为,如果我还爱着她,面对她不再爱我或不需要我了,我就一定请她爱她所爱的去,需要她所需要的去,绝不加以纠缠或阻拦!我虽然喜欢她,也许还有感情,但我宁可到没人的地方用眼泪去抹脚后跟儿,我也绝不表现、表示出我的软弱!如果我不爱她了,她爱爱谁就去爱谁。不管她此后把自己的身体和灵魂交给天使或魔鬼,这完全是她自己的事。说句实质性的忠告:一般夫妻间的事情只有他们自己去解决。别人,最好管住你自己的舌头!

当然,萧红作为一个六年文学上的伙伴和战友,我怀念她;作为一个有才能、有成就、有影响……的作家,不幸短命而死,我惋惜她;如果从妻子意义来衡量,她离开我并没有什么遗憾之情!也可以这样说:在文学事业上,她是个胜利者;在个人生活意志上,她是个软弱者、失败者、悲剧者……

在于我,主导思想是喜爱恃强,而她是过度自尊。因此,我是不能具有像托尔斯泰那样基督徒式的谦卑,说"一切都是我不好";我也不能责备或诬枉已故之人,说一切都是她不好,这是有悖于一个作为人的动物起码的品质和道德的!

尽管萧红在临终之前曾说过这样的话——"若是萧军在四川,我打一个电报给他,请他接我出去,他一定会来接我的!……"但是,即使我得知了,我又有什么办法呢?

那时,她在香港,我却在延安……不过,有她这一句话也就够了,说明她还是很明白我的为人。

所以使我感动的是尽管他们已经分开了多年,可是在人们的观念上还是认为他们没分开! 对于萧红的事父亲也就尽心尽力,因为这不属于是"她"或"他"个人的事。

一个时期以来,随着海内外读者、学者情有独钟的"萧红研究热",竟使父亲也由不得地格外忙碌起来。"萧红迷"们询问的信函、电话……几乎是天天不断。几乎每一次的讲演会,"萧红"成了必问的条目。对于有志于研究的人们,父亲总是有问必答不厌其详。他并不因自己年龄老迈而稍有懈怠;也从不因事隔久远且萧红早已另嫁旁人非属"家族以内的人"而置若罔闻;更不因萧红已去世多年死无对证而编故事……父亲是以一个作家对一个作家事业的责任感和一个朋友对一个朋友的友情而力所能及地做他该做的一切。自然,对于那些随着"萧红热"泛起夹带而来的所谓"知情者""钩沉者"以至仅凭捕风捉影、道听途说而杜撰的"传说""轶闻""故事新编"之类,也曾感到无聊或可悲。这些东西就如同苍蝇和蚊子,总在你身边转转悠悠嗡嗡嘤嘤的,冷不丁还叮咬你一口! 你和它认真吧,它会说你小气,也真不值得! 你不理会它吧,虽造不成什么大害却一个劲儿地骚扰,也搅得你很觉得麻烦哪! ……

在我的手边存有一部分萧红的著作,我也曾精心地整理和刊发过她的著作年表,该如何评价萧红的作品呢? 我极想听一听父亲的见解。

他告诉我,评价一个作家不能像有些人那样单纯从生活枝节去评,而性格也不是决定一切的标准,关键还是要从作品来看。如果说我的作品是"力"的文学,她的作品就是"情"的文学,打个比方说——月亮也能给人光亮、清澈的感觉,但是缺乏一种热力。萧红的作品最终的结果是给人一种消极的阴暗的感觉,对人生是"失败主义",就像俄国陀思妥耶夫斯基的作品一样。她的作品缺乏阳刚之气,缺乏一种斗争的、积极的生存力量。这和她的性格也有关,她很忧郁,像是一支小提琴演奏的一首小夜曲——萧红的文学写作生涯仅仅十年,为我国文学事业——无论是质或量、社会意义、艺术造诣——都留下了不能抹杀、不可磨灭的业绩。应该严肃地、认真地进行一项研究和探讨工作,我是赞成的。但是对一个作家的评价是应该从他(或她)的具体作品的效果和意义而衡量、而产生的,而不是别的什么属性。因此,我建议你们对她的作品本身多做具体系统的分析,全面的综合……而获得一个相应的结论,来启示读者、教育读者……正如你说的那样,萧红是一位很值得研究的作家,无论她的作品还是她的人生。而对于她生活方面的一些琐事不必过多注意、过多探求……否则将会遇到一些难于通过的死角,这是无益而浪费精力的事。她是消极的浪漫主义、唯美主义、个人主义结合的混合体,"唯美主义"就是只是以"美"为前提,一切都不管,具体产生了什么效果她也没去注意和考虑。

"萧红拥有那么多的读者,与她英年早逝大家痛惜她的才能而同情她有很大的关系吧?"我问。

父亲回答道:"这只是一个原因。主要是她的文笔是超脱的、不俗的,如同秋季草叶上的露珠那样晶莹与剔透……在读者中类似于她那样心理的男人、女人也不少哩!"

无意中,我发现喜欢萧红作品的人就心态而言有的人很像萧红——比如台湾的作家三毛——无论从外貌形象到神态感觉都很近似萧红呢!当我把这有些怪异的念头讲给父亲听的时候,他只是如同一个预言家般的淡淡地说了一句:

"三毛的结局不会好的。闹不好要自杀!"

"您何以有这样的预感?!"

"终日生活在自己制造的幻想和浪漫之中,一旦落了地自己也骗不了自己的时候,不死等什么呢?……作为一个读者,他需要什么便会找来什么样的书读,他也才会喜欢什么样的作家嘛!就如一部《红楼梦》,有的喜欢林黛玉,有的喜欢薛宝钗,有的喜欢尤三姐……对作者也就喜欢,因为书里有他们喜欢的人。所以,一个作者各有各的读者群,谁也不要企图取代谁!"

"萧红的读者群还是不俗的。"

"是啊,因为她的作品本身很淡雅,是很抒情的'写意画',不是那种火爆的、波澜壮阔的东西。即便是大部头的作品本身也还是抒情小品的味道。这里添一笔就添一笔,那里去一笔就去一笔,完全是那种很自然的想到哪里就写到哪里的感觉。她的可贵也就在这里。"

"萧红前期作品中写得最成功的作品您认为是哪些?"

"从社会意义上讲,从文艺完整的角度来讲,《王阿嫂的死》《手》《生死场》价值是很高的。《商市街》只是记录了一些生活的过程,说明对待人生的态度……"

"我相信很多人喜欢《商市街》。"

"因为它很有人情味,没有教条儿。"

"还有她那篇《回忆鲁迅先生》,我也很喜欢。"

"确实写得很精彩,而且有独特的见解,有一种深刻的感情,这都是她的长处,她观察很锐敏。"

"可是……"我突然犹豫了片刻,让心中的一个"结"倏掠过去后继续问道,"应当怎样评价这位您的同时代作家呢?"

"首先还是应当看重她的社会意义,看她对社会起到了什么样积极的作用;其次,看她的艺术成就;再次看她的生活深度、思想深度;最终要看的,是你读了她的作品之后给你了什么影响？是向上的吗？还是消沉的？这才是分水岭。你读了这部作品是感觉人生无奈，就是那个样子，就'拉倒'了——还是什么别的？这样的作品也有写得好的。一种作品是读过之后人生虽然使人感到'绝望'，但仍然是有希望的，仍要奋斗下去的……如果评价萧红，写《萧红传》，必须要全面地仔细地读她的作品，进行研究、思索，再读、再研究、再思索，才能够提出纲领来。如何写法？从哪里开始写？她的思想本质是什么？……这可是下苦功夫的事。一个作家的才能也正显示在这里。你看看那些个'传记'，能活龙活现地抓住思想本质而又写得生动的'传记'真不多！"

"我们很喜欢您写的那篇'亮相'散文——《我们第一次应邀参加了鲁迅先生的宴会》。文章不长，就是把名字遮住也能从字里行间看到萧红是一个什么样性格、什么样性情的人。人物是活的，可近、可信，而且真实，您为什么会这么写呢？"

"一、我熟悉萧红；二、她的特点我知道……"父亲停顿了一下，磕了磕烟斗中的灰烬看着我们不无庄重地讲道，"比如你们将来写《萧军传》的话，会比别人不同——因为你一闭眼活生生的形象就在那里，根据这个形象描下来就行了。而旁人是概念性的、想象的，从社会意义概括出来的。没有一种生活实际的体验，感性知识不足、不够，直觉的知识也不够。仅仅从理性的、平面的，而不是立体的写一个人的'传'是不会生动感人的！假如我写我自己的话，我是把'我自己'放在那里，以'第三人'——旁观者的角度来看待'他'，不是作为萧军来写'萧军'，否则是写不好的。把'萧军'放在历史的框框、社会的框框里来分析、来看待。可以这么讲：不是个有才华的作者，是写不了《萧红传》和《萧军传》的。一般'例行公事'式的抄抄写写那不行，那不是艺术品，也绝不感人！……"

从父亲的眼神中，我体会到一种信任和期望，不自觉地手心里竟攥出了汗……

三

关于"萧红和萧军"，我总希望得到一个更理念化的结论，而老辈的朋友们几乎众口一词："萧红和萧军在一起，可以说什么都不必忧愁，萧军都挡了。就因为他这个人太刚强。太强了，自觉不自觉地使萧红感到受压抑，伤到了自尊，'伟大不起来'……萧军一直就想去磐石参加游击队打日本，如果他去了，丢下了萧红，那萧红她就完了！……萧红她自己也知道的。"

不经意中翻检到一封信的底稿，那笔迹和语气分明是我的……

……您知道，由于某些人的"偏爱萧红"或者"热爱萧红"，给我的父亲带来了不知多少干扰！有的是无知，有的是误解（道听途说），而有的确是很"恶毒"！

为了萧红，几十年来，父亲真是从年轻到年老，花去了若干精力和感情，而仍然遭到某些小人的诽谤和中伤,这又使得萧军的"崇拜者"们也十分苦恼!

我喜欢萧红的作品,我对萧红并没有任何成见或挑剔……但,每当我听到一些人提出了很不够尊重别人感情的、无知而又无聊的问话,心中确实感到一种说不出的悲凉!——难道一个作家,对人民有过贡献的作家,他(她)就没有再值得后人研究的价值了吗?结婚,离异;爱,不爱;婚生子,私生子;有几位男友、女友;同居,分居……"干卿底事"?!谁都不是"完人",这好比是水晶矿,你尽可以先取它最有用、最闪光的那部分去为人类所用就是了。

我充分体会您工作的艰苦,也请您谅解我的工作之艰巨!作为女同胞,我们自有我们需要忍耐和克服的重重困难,祝您和我都顺利……

上面的文字,是我回复一位香港"萧红迷"的信文中的一部分。我说了,我"感到一种说不出的悲凉",确又道出了我们"需要忍耐和克服重重困难"的一段"共识",这是因为萧红的缘故。

完全是为了一种责任,在人海茫茫的北京城我竟找到了萧红青年时代的好朋友——"有恩于萧红"的李洁吾老人!此时的他是一位退休了的中学校长,在东城飞龙桥的一处静谧的小院里,我拜访了这位谦谦长者。他热忱、诚恳地把我让进了他那间向阳的小屋,我蓦然间感到了一种亲情。他讲了同萧红的交往和友情,讲了萧红在哈尔滨以及几次到北平求学的情况,并亲自带我走访了萧红在北京读书和居住的几个处所……在接触中,我渐渐产生出一种奇特的想法:这是一位被冤枉了几十年的好人!随后,我请他撰文在哈尔滨的报刊上发表,为研究萧红早年学习、生活的情况充实了一个很重要的内容。我也陪同李洁吾老人拜访了著名作家《萧红小传》的作者骆宾基。

有一次我问他:"在萧红与骆宾基的谈话里,您是作为一个浪漫性人物出现的……您怎么看这件事呢?"

老人微微地笑了笑,缓缓地对我说:"这——我也不知道萧红为什么要这样说,也许她又是在编故事吧!哈哈哈……她平时是很会编故事的,也爱联想……不过只要有人纪念她,并把她描写得很'像她',性格是她的性格,语言是她的语言……就很好。至于其他,倒是无足轻重的事……"听他这样讲,我真的颇多感慨!这是一位多么心地宽厚而善良无比的老人啊!

那是一个落雪的下午,我匆匆赶回后海北沿那木质的旧式小楼,父亲在等待着我的"禀报"。

听完了我所讲到的一切,父亲起身望着窗外飘飘洒洒的雪片,沉思片刻后对我说:"李洁吾是萧红在哈尔滨读书时的好朋友,我们虽未见过面,但我对他印象不错。

经过萧红介绍,我们曾通过信,那时他在北京东城的一处小学教书。萧红过去曾常常提起他,在印象中那时他可能还是一位中共地下党员……李洁吾为人很方正,很严肃的,待人也很讲义气,很真诚的。我第一次去'东兴顺旅馆'看望萧红的时候,她还以为是李洁吾派来援救她的人呢!……"父亲停顿了一下,然后近乎肯定地讲道:"李洁吾和萧红没有爱情关系。"

对萧军心仪已久的李洁吾是带了"礼物"来见几十年不曾谋面的"老朋友"的。他特意将1937年萧红到北京时留在他家的两个嵌玻璃的画框带过来,将这精心保护了近半个世纪的"萧红遗物"还给萧军。萧军接过镜框,又递到李洁吾的手上,作为一种"回赠"仍然请他保存、珍藏……霎时间的推让在"情"和"理"的轨迹上滑动,历史的沧桑感与凝重感把屋里的气氛裹得浓浓的,让我们这些晚辈人看得直想落泪!

找到了李洁吾,我心里踏实了许多。

对萧红的事,父亲不但自己尽心尽力地做,还鼓励我们也做,鼓励一切热心于萧红的人去做……而萧红在他们分手之后所写的文章里都有意识地避过了萧军以至萧军的朋友们的名字,无论如何,至少有过六年的友情,有过共同与鲁迅先生的交往吧。这一切她为什么要抹得不留丝毫的痕迹呢?这是使我很费解的一个心结,也总是欲言又止,不好向父亲提问,唯恐说不好反而伤了老人的心。

"那就是为了忘却吧!"父亲深深地吸了一口烟,平和地对我解释着。

"真忘得了吗?"我说,"《回忆鲁迅先生》那本小册子写得很好,我喜欢,仔细地读过几遍,我发现根本没有提到您,我想这就是她想忘却过去的一切的一种心态吧!换了您换了我都不会这样做的。这使人读起来很不好受……您写《鲁迅给萧军萧红信简注释录》和《萧红书简辑存注释录》,可以说篇篇都写到萧红,而且真情实意不计前嫌……您说历史就是历史,无法抹去,不能成爱人最好也不要成仇人!更何况与鲁迅先生交往的那段历史是你们二位最最幸福的一段时日——还是先生本人,无论是你们,就连当年的小海婴都为了你们到来,他有了新朋友而兴奋无比呢!萧红为什么要在她的文章中抹得那么干净呢?!虽然我始终喜欢萧红的作品,也很同情她的种种坎坷和不幸,但是我不喜欢她这种待朋友的辜情和薄幸!当然,为了她的事我还是情愿去做的——萧红毕竟是对祖国和民族有过贡献的人。她有女性的弱点,不太敢于正视自己的缺点和失误……"

父亲笑笑说,男人也有这样的弱点,不敢面对现实,不敢认错。

我知道父亲是在告诉我人的通病,为了自尊心难于承认自己的错误。他说他不怕,什么都敢讲。他说:

我的日记,如果我死了之后你要发表的话不要改动!那就是我。无论是伟大也好,无论是渺小也好,无论是高尚也好,无论是卑鄙也好……我就是我——一个作家真情实感的记录,没有这点勇气还想当作家?还能当作家?!一位唐山的青年女读者问我干吗要写得那么真实,别的作家可不都是那样的坦白啊!我说事实如此,我为什么不如实写呢?我不能因为萧红去世了,死无对证就把什么过错都怪到死人头上啊!当初怎么好来着?分手嘛,也得讲点气派吧!

听着父亲的谈话,在我却感觉到萧红与他分手还有一个不便说的原因:那就是萧红人生当中最不想让人知道的阶段——"东兴顺旅馆"被困的狼狈与窘迫——却都被萧军看见了,而且又是萧军救了她……一种下意识的阴暗而不够光彩的压抑不时地袭扰着她。特别是后来当她成了名,红起来之后,这段往事与经历更使她的心态难以平复,以至《萧红小传》的作者在她病床前听她倾谈后竟误以为她在哈尔滨生下的那婴儿是萧军之女!他根本不知道,在结识萧军之前还有一个"汪某"——即萧红那个在呼兰有名的地主家庭为之包办婚姻所订的"未婚夫"。因为萧红"……却避开了或疏忽了在与萧军1932年秋,第一次于道外那个二层楼的旅馆相遇时,已经是一个待产的孕妇这一情节……"(见骆宾基《太平洋战争爆发之后》)世界上有哪一个女人不想在自己所钟爱的男人心里永葆一个"完美无瑕"的形象呢?

即使萧军从没有意识到以什么姿态"自居",而男子汉保护式的"大丈夫气"和英雄主义的一举一动都会有意无意地让敏感的萧红受到伤害。一位年轻的学者曾这样写道:"此时此刻的萧红如果说她有满腹经纶和旷世奇才的话,那也只能说是潜在的。""正是萧军给了萧红做人的尊严,生活下去的勇气,开创了新生活的希望……"萧军是她那段历史的见证人,这是事实。她羸弱的身体更使她自卑,久而久之产生一种孱愁情绪和复杂的心理状态,就是"恩深不报反为仇"!

父亲说:"其实我丝毫没有想图报的意识,我只是喜欢萧红这个才,怕她因无人相助而沦落……当我们决意分手的时候萧红对我说:'三郎,咱们竞赛吧!'我说:'好哇!'但她很快又说:'……我怎么能竞赛得过你呢!'而实际上萧红心里就已经闪空了一大块,已经没有把握了,她知道她自己的力量不足……"

"从她和聂绀弩讲话的时候'声音都是颤抖的'(见聂绀弩《在西安》),就是说心灵空了,自己觉得难以把握了。"我说。

"是的,"父亲接着我的话说,"我是务实的,而萧红是太浪漫又太空想了——空想到脱离实际的生活。心里明白吗?明明白白。但是一碰到现实就如聂绀弩讲的那样:'那大鹏金翅鸟被她的自我牺牲精神所累,从天空,一个筋斗,栽到'奴隶的死所'上了!'——自己,毁了自己!牺牲,也得牺牲得值当才行啊!萧红的三十一年的生命,是一个悲剧的命运,我同情她,但也无可奈何。

"这是她的致命本性所决定的。就如我前边所讲的'知善善而不能从,知恶恶而不能去'!由于她太弱、太可怜自己了,所以她总想找一个能依靠的地方歇歇,但总是没找到。

"总之,一个人为个人活着,总是没有出路的;为大家而活着,总是有奔头的。萧红把自己圈在'象牙塔'里出不来,别人又能如何呢?短短三十一年的人生过程中,所谓真正的'幸福之光'、人间之爱并没有照临过她,沐浴过她……我之所以支持你热心地去做萧红的事,我自己也在不断地为她做,就是觉得她还值得我们为她去努力!

"我时常比喻夫妻就像一对儿刺猬,太靠近了彼此扎得慌;离太远了,彼此又感到孤单……人生就是如此。远远近近,近近远远,合合分分,分分合合……直到走到了尽头。所以终生不要做后悔的事!这,才是生路,才是正路。"

随着谈萧红,我问父亲他如何评价自己的贡献?父亲很自信地一笑。

"我客观地来看一看,评价一下我自己的贡献,不必虚假客气——当初东北如果没有我这样一个人在哈尔滨以及闯入上海文坛遇见了恩师鲁迅先生,可以说,'东北作家群'根本就不会存在的!这绝不是狂妄。以我那样的年龄,以我所处的那个年代,无论是用笔、用口、用手乃至用枪……凡是我能做的、我该做的,我都做了,而且成绩不算差。所以,我并没有什么骄傲,也无什么遗憾!因为我始终没有忘记过我是人民的儿子,我从来没有动摇过自己的初衷,没有后悔过,没有气馁过,勇往直前在所不惜……所以我还满意我自己。这就是实事求是的态度,符合马列主义辩证法,符合鲁迅先生的精神。舒群就讲过这样的话,他对我说:'跟你在一起,我就觉得没什么可怕的!'我也曾经有自知之明地评价过自己——我是一柄斧头,在人们需要使用我时他们会称赞我,当用过之后,就要抛到一边儿,而且还要加上一句这样的诅咒:'这是多么蠢笨而野蛮的斧头啊!……'"

讲到此处,父亲的神情很是沉重而悲怆!后来关于这"斧"的自喻,我们读到了他的又一段心声:

"只有真实的,不怀着其他目的而为人生合理方面不倦工作的人,他才永久健在,永久像一柄得用的手斧似的被人爱惜着。它不会因为锈蚀而失了价值,也不会为了过度菲薄而半路就把自己崩折了。它永远是那样一斧一斧地斩削着人生的那些结瘤和弯曲,也就是一斧一斧地把那光洁的坦直的人生建立起来……一直到它应该休息、应该完结的时候,就自自然然地完结了。同时就把剩余的钢铁,加进了新的斧头,而继续地执行着它们永久的工作……"

这,就是人生!

行文至此,仍觉得有些该说的话还没有讲完。父亲在1932年以《寄病中悄悄》为题写了三首七言诗给萧红,"悄"即"悄吟",萧红早期写文章用的另一个笔名。那时萧军常用的笔名是"三郎"。一年之后,他们就用三郎和悄吟的名字出版了他们的合集——《跋涉》。我将这三首诗抄录出来,奉献给关爱着萧军和萧红的读者们,权作本文的结束吧!

（一）
浪儿无国亦无家,只是江头暂寄槎;
结得鸳鸯眠更好,何关梦里路天涯?

（二）
浪抛红豆结相思,结得相思恨已迟;
一样秋花经苦雨,朝来犹傍并头枝。

（三）
凉月西风漠漠天,寸心如雾复如烟!
夜阑露点栏干湿,一是双双俏倚肩。

这无声的文字,凝聚着殷殷的情思,以它独有的诗话讲述了20世纪30年代苦难的中国一个凄婉的悲欢离合的故事,印证着一对青年爱国者燃着自己的青春与生命在文学的殿堂里祭奠过美好的人生追求,无怨无悔……祈愿生者珍重,逝者永生。

看就是学

冯其庸

  我从小喜欢书画,也喜欢读书,是受了什么影响,我自己也说不清楚。那时正是抗战时期,家庭贫困,小学五年级就因日本鬼子侵占家乡无锡,我就失学在家种田。我到处借书看,一有时间就写字,所以那时就读了不少书(比起同龄的孩子来说),也写了不少字。写过的字都一堆堆地堆着。

  我高中一年级是上的"工专",学的纺织,主要是学印染,课余的时间都拿来看书和写字学画。有一次与一位朋友在无锡公园喝茶,遇见了那位朋友的老师,他就是当时著名的画家诸健秋先生。诸老见到了学生就坐下来,无意中看到他学生手中的一把纸扇,上面画了几笔山水。诸老拿过扇子仔细地看了,问这是谁画的?我的朋友就指着我说,是他画的。哪知诸老随口就说:"他比你画得好。"于是就详细问了我的情况。他听说我家境贫困,就对我说,"你如喜欢学画,就到我画室去看我作画,看就是学。"我知道诸老的画室平时是不让人去打扰的,今天他特许我去看他作画,那真是格外的爱护了。从此我每隔一两天,就去他画室一次。诸老是山水画的名家,是已故的大画家吴观岱先生的弟子。我第一次看作山水画,就是在诸老处看到的。我眼看着诸老山石树木,小桥流水,人物房屋,笔笔有序地画着,而我也明白了一幅山水画是怎么一点点地在纸上凸现出来的。我连续看了半年,正在我看得入迷的时候,暑假到了,我要回乡间了,而且因为家贫,下半年就上不起学了,因此我也不能再去看诸先生作画了。

  我人虽然不能去诸先生的画室,但他说的"看就是学"却给了我无穷的启发。以后,我只要遇到有机会看画,就把它作为一次学习的机会。记得有一次我在无锡公园饭店看齐白石、吴昌硕的画展,那是1943年,我第一次看到这两位大师的作品。当时给了我极大的震动,使我惊叹世间竟有这么震撼人心的艺术!屈指至今55年了,我仍然记忆犹新。那次参观,我就仔细寻求白石老人每幅画的下笔处,研究他每幅画的结构章法,乃至于题跋印章,从中寻求大师的轨迹,以求得入处,求得对他画的心悟。之后我每看一次画展或书画作品,都细心地寻找各人的起笔落笔,以为取法。

  后来,我在看古人的墨迹时,也常留心他们笔墨的起落,当然有些结构复杂庞大的作品,是不易找出他们笔墨起落的,但也可以看他们的用笔用墨用色和整体的气势韵味,从这方面来心领。之后,我每每游名山时,即与看到的名画相印证;而当我看名画时,也常常与我游历的名山相印证。例如我看沈周的《庐山高》巨构时,常常想起我游庐山时的种种幽境奇景,觉得沈周此画不仅是笔墨结构好,而且是雄奇幽险,能得庐山之神韵。我看黄大痴《富春山居图》时,觉得大痴笔墨清逸秀发,淡雅轻灵,真能得富春之神。如果画富春江而用荆(浩)、关(仝)、李(成)、范(宽)的北派山水笔法,我敢说肯定是不能合拍,因为江南山水的结构与西北的华山、终南、太白、秦岭不同,而荆、关、李、范的笔法,主要是根据西北的山水总结出来的。

我在看古人的书法时,也常常寻求其笔墨的起落,寻求其用笔的转折顿挫,寻求其构字结体的特色。我曾为看王珣的《伯远帖》,多次去故宫,一看就是数小时。那时故宫每到秋季,总要展出历代名迹,这时就是我最好的学习机会。看过真迹后,我又买影本回来,以作案头研摹之用。

70年代以后,我常与大师游,经常看到他们作画,有时他们还与我合作,实际上是他们教我作画。最早是许麟庐、周怀民二老。80年代,启功先生与我合作过一幅葡萄,由启老收拾和题词,我从中学习了启老的示范。1992年秋天,唐云先生和周怀民老一起到我家来,唐老兴致很高,要我准备好纸让他作画,他开头以后,又请周怀老画,怀老画了远山,然后,唐先生就一定要我作长题,要我立刻落笔就写。现在我每一展示此图,觉得唐、周二老的笔墨都是给我的无穷取法。1993年11月我去香港,到海棠阁看望刘海老,海老还记得1989年约我合作画画,后因临时有事未成,这次他说一定要合作,就定第二天11月4日上午到他住处,合作画画,结果画了一幅六尺的大葡萄,由海老亲自题字。海老让我先画,实际上是照顾我由他来收拾全局,为画定型,这样凡我笔墨不到之处,都由他大笔弥补了。这正与1980年启老与我合作由启老收拾一样。

我看朱屺老作画的机会也是很多的,屺老大笔淋漓的气势给我很大的感染,尤其是他一丝不苟的精神,令人敬佩。他给我画了一幅《邓尉寻吴梅村墓》,寄给我后,又写信给我说这张画不好,要重画,隔了些时又寄来一张大的,其实这两张都是好画,从我本人的感受来说,屺老寄给我的不仅仅是两幅画,更可贵的是他这种永不自满的精神。

70年代,许麟庐还为我改过画,一次是我在他画室画一幅山水《剑门关》,我画得差不多时,许老忽然提起大笔,在我的画上纵横挥洒,结果上部添了一排远山,下部加了几树苍松,于是画面就顿时不一样了。还有一次是我用大笔画墨荷,刚画了几笔,他忽发奇想,拿起笔来,顷刻间变了一幅水墨淋漓的山水。周怀老也是如此,有一次我画满幅的水面和一叶扁舟,我请问周老是否如此,周老说不错。说着他拿起笔来,蘸了淡而又淡的墨水,随意地上下涂了几笔,顿时水波的动态就加强了,我深深感到失之毫厘、差以千里的道理。

我深感诸健秋先生教我的"看就是学"这句至理名言,50多年来这句话使我受用不尽。上述这许多前辈先生,不仅让我看,还教我画,我近年来略有所悟,是与以上诸位大师的熏陶不可分的。但愿从现在开始,我可以通过"入学考试"。

《磨镰刀》(木刻)　程中岳

去看食指

苇 岸

　　就像位于法国南部阿尔地区的圣雷米精神病院因凡·高而闻名于世,位于北京北郊昌平县沙河镇的北京市第三社会福利院,因其收治的"开辟一代诗风的先驱"诗人食指(郭路生),也正渐渐被中国的文化界和热爱诗歌的读者所知。

　　第三社会福利院是一家公立的以收养无依无靠、无经济收入和复员、退伍军人中的精神病患者为主的精神病医院。食指最初是在部队患的精神分裂症(1972年,入伍的第二年),因病退伍后,根据病情显隐主要在北医三院间歇治疗,也住过安定医院。1990年5月第三社会福利院建成开院,食指便转院住进这里。

　　我在前面所以提到凡·高,除了作为艺术家他们二人都与精神病院有关外,主要的还由于作为一个个体他们在精神上显现的类同性。昌平与沙河的距离,使我能够常去看看食指。当我了解了食指得到病院中病友、医护人员及门卫普遍尊重后,我首先想到的即凡·高,特别是他早年在比利时南部贫贱的博里纳日矿区"传教"的经历。

　　《在精神病福利院的八年》是食指今年写的诗,带有"自传"色彩。病院本不安排病员值日,一种强烈的"人总要有益于世"的意识,使食指每天自愿擦楼道并为病区餐厅承担了清洗50余名病员餐具的工作。因其腰疾,院方曾多次劝阻,他仍坚持了数年,直到餐厅添置了洗涤餐具的设备和他离开病区到病院的"职工之家"做管理员方终止。病院根据病员的经济状况,将伙食标准分为三档,食指执意选择了最低一档。他说:"我不能搞特殊化。"他清楚中国还有八千万农民尚未脱贫,并熟悉这些农民的生活状况,他曾为我学过早年在农村目睹过的农民的一餐:一手一口红薯干,一手一口大蒜(这点很像二战时在伦敦刻意减少进食的哲学家西蒙娜·韦依,她说:"我无权吃得比留在法国的同胞们更多。")。由于经常熬夜写诗,这样的伙食使他的身体每况愈下,最后家人与院方不得不采用欺骗办法,称他患了肝炎,必须改善伙食恢复身体,否则会传染别人,食指才同意接受。食指在二病区是"民选"区长,使他赢得病友尊敬和拥戴的,是他处处想着他们。病院"三无"病人约占40%,他们没有亲友来探视,也无钱购买其他物品。每次家人或朋友来看食指,他都要将带来的食品、水果和烟等分给他们。他常用自己的生活费和偶尔收到的数目不大的稿费给病友们买东西。例如一次买上百斤西瓜或每个病区分一条廉价烟(他平日即吸这种烟)。出于关心,院方曾以发烟等于害他们为由劝过他。为此他对我讲:"你说怎么办呢?"他描述那些捡拾烟头吸的"三无"病人,怎样将烟头吸到从嘴上拿不下来,然后吞下去的情形。对食指在病院的做法,我曾询问二病区主任朱美兰大夫,是否与其病有关。朱大夫认为没有什么关系,因为同样的病人收到食品会很快藏起。食指早年的朋友对他患病前的回忆,支持了朱大夫的观点。

朱大夫是病院开院后从湖南株州市精神病院引进的专业医务人员,一直负责食指的诊治,现在已是病院最受食指信赖的医生和朋友。据朱大夫讲,食指进院时病症是较重的。经过审慎、有方的治疗,他的病情逐步减轻。我第一次随朋友去病院看食指,是在1994年,当时即感觉他并无什么异常。后来的单独接触,除了两三次他表现出"妄想"外,我觉得他各方面都很正常(思路清晰,谦逊平易,出入总赶在前面为你开门,走路会提醒你注意脚下井盖)。当院方渐渐得知他是诗人后,便在许多方面给予他特殊照顾,特别是朱大夫、马玉河大夫、梁泽勇护士长及护士李静华等,尽可能为他在病院的写作创造条件。在管理过一段时间病区图书室后,两年前食指被安排离开了嘈杂的病区,到病院的"职工之家"做了一名管理员。

作为开辟一代诗风的先驱,尽管食指后来主要生活在严酷的精神病院,但他并未终止写作。他说:"在精神病院所受的苦难使我终生难忘,但它也使我的诗提高了一大块。"从最近出版的《诗探索金库·食指卷》所附"食指诗歌创作目录",可以看到自1965年至今,食指几乎每年都留下了诗歌作品。关于食指呈现给我们的迥异于今天的诗歌时尚的作品,除了时代背景——当年对他影响最大的诗人,是他直接接触的何其芳和贺敬之。前者使他的诗歌形式呈现为新格律体,后者在语言上"要求我语言明快"——和他的特殊境遇因素,我觉得他的诗在本质上与凡·高的绘画也有某种类同性:食指不是一个艺术型或思想型诗人,而是一个圣徒式的诗人;他的诗蕴含的不是知识或机巧的现代技法,而是热血与燃烧的"由于人类的苦难而受伤"的灵魂。

在封闭的精神病院中生活,时间对食指来说几乎是终止的。他每天通过报纸了解着外面的变化,也渴望能与朋友探讨目前的诗歌问题。我曾请他谈过对当代诗歌现状的看法。他说:"首先一点,诗歌是中国的强项,这有一个继承问题、传统问题。古人讲炼字,现在的诗人炼炼句、炼炼意总可以吧?所谓炼句是诗不要太散文化了,要讲究点声音、韵律的起伏和变化;炼意就是要让人知道你写的是什么,想表达什么。另外一个就是口语化问题,我们应该要让人听得懂,看得懂。诗歌的趋势是走向口语,但诗歌语言又不同于口语,而是从口语中提炼出来的。为什么我在语言上这样强调呢?因为中外诗歌的发展都证明了这一点。中国诗歌从唐诗、宋词到元曲,即体现了这一不断口语化的趋势。"对于诗人在社会中意味着什么,他说:"首先我要说诗和诗人应该是一致的,至于说诗人在社会中的角色,用波德莱尔一首诗说:母亲说怀上一个诗人是罪孽;爱人说诗人的爱人要穿金戴银;上帝说我把痛苦赐予你。这就是诗人在社会中的位置,什么都不属于诗人,只有痛苦是属于诗人的。而诗人的痛苦,用别林斯基的话说,都是扎根在人民的土壤中的。"

对于孤寂中的食指来说,朋友的探望和关心是一种慰藉,也是一种潜在的创作上的动力。特别是林莽,作为同代诗人,多年来为不使食指完全隔绝于国内的诗歌环境和使外界了解食指,做了许多事情。从"食指诗歌创作目录"可以看出,自1993年起,食指的创作又进入了一个高潮,每年他都写出10首左右的作品。这一现象与1993年5月《食指黑大春现代抒情诗合集》的出版,及同期北京作协诗歌委员会召开的食指作品研讨会的激励有关。现在,酝酿、准备了三年的《诗探索金库·食指卷》出版了。为编辑此书,林莽不仅写了长文《食指论》,经过广泛走访和查询后还详尽地撰写了近万字的《食指生平年表》,并将食指现存的全部诗歌作品按年代顺序编排了"食指诗歌创作目录"。我曾对食指说:"你有林莽这样的朋友是幸福的。"对此,他感到非常欣慰。

附食指诗一首——

    相信未来
  当蜘蛛网无情地查封了我的炉台
  当灰烬的余烟叹息着贫困的悲哀
  我依然固执地铺平失望的灰烬

用美丽的雪花写下：相信未来
当我的紫葡萄化为深秋的露水
当我的鲜花依偎在别人的情怀
我依然固执地用凝霜的枯藤
在凄凉的大地上写下：相信未来

《捉麻雀》（套色木刻） 肖林

我是戏包袱(续)
新凤霞

　　著名评剧艺术家新凤霞逝世后,本刊曾发表了记者包立民的《最后的合彩》及新凤霞的遗稿《我是戏包袱》。原以为这篇写于3月29日(离她逝世只有7天)的小文,是她应本刊之约写的生前最后遗稿。最近新凤霞家属在整理遗物时,从抽屉里找出了另一篇遗稿,从行文时间来看写于《我是戏包袱》之后,是应约而写的又一篇"说戏"文稿。本报乐于刊发,以飨读者。——编者

　　我自从不能唱戏了,电视是每天晚上最好的娱乐。我和小阿姨吃完晚饭后就要坐在一起看电视,新闻是雷打不动必须看。在看电视中也长了知识,知道了国内外大事,了解了各界的大事小事。

　　看电视剧是我最大兴趣。因为自己是演员,看到古装剧我总是有看法,挑三指四:身上不好看、形体没有时代感、化妆不对等等。我说给祖光听,他总是批评我:"保守、有成见,你们戏曲是虚拟的,电视电影是写实的……"

　　比如我看了《三国》《水浒》中的人物,都看着太假,都是耍大场面,人山人海造气氛,花钱太多。比如人物要靠演员下苦功、有绝活,不能当人样子———一种形,演什么人,首先要让人物活在自己心中,举手抬足都要自己心中有人物。我们演戏要知道人物的"戏胆"是什么,要自己设计贯穿动作。李雪健同志是个好演员,我爱看他的戏,可是这次他演的宋江我觉得有点亏了,第一他吃了个头不够高的亏,第二他的扮相没有找准,最后穿上了肚袄好了些。好在他咬字功夫好!

　　宋江在舞台上给观众留下很好的形象:及时雨,人好,有文有武。记得周信芳先生演《坐楼杀惜》,杀惜时用手拿刀动作就表现出宋江是个善良的好人。像周信芳先生演杀人拔刀时的一个动作就表现出了人物整个身心。

　　我认为李雪健同志能演得更好些,再放开些,再夸张点。戏曲演员个子小动作要放大。如程砚秋先生个子大,就要收敛些,"存腿亮相"。怎样用自己的条件演戏,缩短自己和剧中人物的距离是不容易的,尤其电视剧导演是很重要的,演员要照导演的规定去演,这对演员是个难事。

　　记得我1950年演《祥林嫂》时有很多条件不够。我瘦小,个头不高,从十几岁演到满头白发,当中还要几次赶装,我却想出办法换好。这赶装是戏曲舞台经常有的,必须

和化装师、服装师配合好。我看李雪健同志在这方面没有化好,主要人物一定要在众人之中突出,不能一道汤。再写实,还是艺术哇……有时本人很漂亮,为了写实却要化得很黑很不可爱!我从六岁唱戏,60多年的舞台生活,从不让化妆师给我化妆。拍电影时长春制片厂的老化妆师杨世亚,他叫我自己化好了,因为自己可以做出哭、笑、不高兴等动作,对镜子照,看好了才能定妆。我记住了老师说的话:"你自己找到扮相了,也就会唱戏了!"

虽然原著的人物和咱们演员相差远些,但一定要想到演给大多数人看,有几个看过原著的观众?

还有李雪健同志双手垂下,就看他的肚子了,走路也不好看。导演应该给他几个典型动作和好看的亮相。

我们戏曲演员从小踢腿甩膀子是有道理的。我看李雪健走路不好,膀子和手太板,上下身不合适,与缺少这方面的训练有关。

武松在舞台上是很帅的英雄,可是在电视里看不出来,如穿薄底鞋踢大带这动作是很能表现英雄动作的,可以结合生活用上,可电视上看不出来。

舞台上"戏叔"一段在电视里也看不出来,有这场戏才引出了潘金莲和西门庆的勾结。这里我想起欧阳予倩先生给我编导的潘金莲"戏叔"念白:"奴家潘金莲原是张大户一名丫头,那张大户看我有几分姿色,就要收我做妾,我不答应,张大户羞恼成怒,把我许配一个阳谷县有名的又矮又丑、不成人形的武大。我本想一死,又看到武大十分勤劳可怜,我不忍死去,认命求生助武大生活,我千忍万忍不想从天上来了一个打虎的英雄武松!那武大又丑、又笨,可那武二那样好汉连虎都能打死!他们本是一母所生,怎么就天地之别?但等武二回来我备好酒菜下点功夫与他便了……"

这场戏英雄武松一表人才和能干美丽的潘金莲都很突出,使观众看来印象深刻,可在电视剧中看不出来。

心灵的放飞

苏叔阳

　　1974年,我在北京中医学院任教,在我教过书的三个高等学府中,这段教书的日子是我最愉快的时光。这时,我写了一部电影剧本《战马驰骋》,寄往北影。

　　北影的编辑田庄一眼便瞧出这剧本的实质是"不写走资派",而活动在前头的又是个活蹦乱跳的小战士,满篇满嘴"辩证法",颇可混迹于"革命文艺"之中。真是心有灵犀一点通,前辈作家梁彦,资深编辑施文心、陈瑞晴一齐出动,力争将这个本子改好。于是派年轻的剧作家徐子衡和我一道,去骑兵部队体验生活,修改剧本。这主意是1975年左右定下的,1977年我和子衡终于在明媚的春光中踏上了北去之路,到赤峰(昭乌达盟)北京军区独立骑兵团去体验生活了。

　　那真是一次压抑得太久的身心的放飞呀!

　　"忆我往兮杨柳依依"!离京时正是杨花似雪的时节,到了赤峰却依旧要穿上绒衣。

　　我们和战士们一道生活,出操、上课,只是不会骑马。白天,战士们教我们骑那要退役的老马,说是老实,不会摔人。战士告诉我们,骑马之初"马架子"(坐姿)尤为重要,不然就难以改正,没法子在马上做动作,更甭说挥刀杀敌了。这好比学拉小提琴,一开始手法不对,以后就难以成才。白天练得腰酸腿软屁股疼,晚上子衡给我讲电影编剧法。我没上过电影文学系。所以,我的电影编剧课开蒙教师是徐子衡,课堂是军营宿舍,虽然他比我年轻。

　　我俩以不熟的马架子,骑着已经懒得快跑的老马随战士们到桦木沟林场拉练。一路上战马成阵,战士成行,军旗飘,军歌壮,头上蓝天白云,脚下绿草鲜花,那份儿威武与昂扬的气派,想起来就自豪。

　　战士们都是年轻小伙子,爱开玩笑,一位战士纵马从我们坐骑边上飞驰而过,故意用靴子蹭一下我坐下的枣红骠马。此马虽老,但当年的雄心壮志仍然在胸中奔腾,而且战马都有个脾气,绝不容别的马跑在自己前头。我的这匹宝马见有人从旁挑逗,霎时火起,噌噔一下儿,撒开四蹄去追那匹年轻的调皮马驹子。这可把我吓坏了,前仰后合,抓缰绳踩马镫,越急越出错儿,脚从马镫中脱出,做悬空舞,脸色必是豆瓣儿绿色,叫也叫不出来。只听身后指导员在喊:"苏编剧,蹬住马镫,弯下身子,抬起屁股,轻拉缰绳!""不要紧,不要慌,保持好马架子!"其时,我早就懵懵然,哪里管得住马?连我自己都管不住了。这时候前面有一道小沟,我想,坏了,这次要飞身落马滚进小沟了。却不料那马冲下沟去,又跃上沟来。我伏在马脖子处听凭命运处置,全身下冲复又上身跃起,仿佛腾空而飞,那滋味儿一生从未尝过。恰在此时,连长赶马而来,侧身拉住我那匹老而不衰的宝马的缰绳,我才从危难之中解脱。事后,连长好训了那小战士一顿。我觉得颇不过意,而且回味骑马狂奔的感受,又喜又怕,真想再尝尝那滋味,可又怕万一掉下马来,折了胳膊断了腿。

  我们终于到了桦木沟林场。我不知道那山有多高,沟有多深,我单知道那林子有多密。走进林子,脚下踩的是积年的腐叶,叶下是黑水——必是化了的雪水——前面是密匝匝的树,后面是密匝匝的树,左右也都是密匝匝的树。头上是网一样的树叶,阳光被撕成一小点一小段,密麻麻地漏下来。我们进林子是为了打狍子。通往林场的小路,一下雨便不能走汽车。战士们的给养一时便送不上来,肉食与青菜供应不足,只好去打狍子。

  打狍子是有秘诀的。老猎手带着战士们去打狍子。伏在树后,猎手吹着哨像是小狍子在呼唤妈妈。于是傻乎乎的狍子就从树丛里探出头来,于是将自己作为佳肴奉献给人们。

  我和子衡不打狍子,而是去采黄花和蕨菜,满坡是鲜嫩的黄花,脆生生的蕨菜。都说野味好吃,可是接连一个星期的黄花、蕨菜、狍子肉,调料只有盐与五香粉,也让你吃得胃口不佳。况乎"胡天八月即飞雪",桦木沟是六七月下雨便须着皮大衣的。我们穿着军人的皮大衣还让冷风灌得胃疼。吃起狍子肉来不大受用,那滋味并没有什么诗意的。学者说鲜黄花有毒,不可多吃。那年我们不知道这知识,吃了不少。我今天仍旧弄不清许多事理,大约和那年吃鲜黄花太多,毒糊涂了脑筋有关。子衡是东北人,抗毒力比我大,对山林的认识与感情比我深厚得多。所以,他的剧本《最后八个人》拍成影片,那山、那林、那雪、那人,都生动而结实,而我写的《密林中的小木屋》就幼稚得多。想来不是住过几天木屋,进过一两次密林,采过几天黄花与蕨菜,吃过几天狍子肉,就可以大写特写山林、山人、山神的。

  那些日子留给今天的回味是——当兵真不易。甭管你来自山南海北,城市农村,只要一穿上绿军装,便会被一种神圣的力量所约束。哪怕你只身在孤岛、在荒原,和周围的一切断绝了联系,在你绿军装覆盖下的思想和意志,都会命令你执行那份属于你的职责。这战士的神圣感甚至带有某种神秘的因素。人类创造了军队创造了战士,也塑造了军队、战士的精神与灵魂。古往今来的军队都具有这种精神上的魅力。或许是我孤陋寡闻,描写这种神奇魅力的战争军事文学作品我还没有读到过(并不是说没有这种作品,只是说我尚未读到过)。纪律、理想等等,当然是一支军队精神力量的客观基础,但军队这个人类史上特殊的组织是否营造出了特殊的精神与文化,形成了特殊的魅力,酿造出某种人类共有而又极具个性的精神力量,是值得深刻总结的。或许早就有这种研究的著作只是我没有读过罢了。

从桦木沟林场出来(住了半个多月)我们到了长春,与另一位剧作家顾笑言会合,沿嫩江而行,走访了农村、矿山,来到白城子,再和年轻潇洒的剧作家李杰见面。

顾笑言如今极胖,自称"中国最有分量的作家",其体重为0.11吨。二十多年前的他没有这么胖,是个身材适中,说话与办事都快捷并且时常有才智的火花迸发的人。我们坐吉普车在地毯般的草原上驰过。他的诗句如流水般地从嘴里飞出,让蓝天、绿草、多彩的花与多彩的思绪都化成诗句。诗如草叶,草叶如诗,再加上徐子衡常常灵气十足地编织出的情节,让我这个初入电影界的教书匠仿佛踏入了新天地。真的,我领受电影界的灵性飞扬的氛围是从那时开始的。草地、河流,长天轻云和两位才华似火的剧人,给我无形的滋润是我永难忘怀的。我想,体验生活,更重要的怕是要体验生活环境中独有的氛围,让你笔下的人与事都染上那洗不掉的印痕,从生活中找故事找情节当然也有必要,但那是浮浅的,我以为。

在嫩江之畔,我造访了子衡的家,他的老父比我的父亲待我要亲近得多。我自小缺少父爱,父亲宽厚又严厉的慈爱我只在梦中寻得。这一次我实实在在地领受了。他父亲领我们到嫩江捕鱼,将最好的鱼做成滋味美极了的生鱼片放到我们面前,用殷切的目光看我们吃下去,那双眼睛让我终生难忘。可惜,后来一直没机会再去拜望他老人家——我年轻时是多么不懂事啊。我和子衡曾经乘一条旧船在寂静而广阔的嫩江上飘荡。在河边,躺在船底晒太阳,让风在耳边无尽地吟唱。在城市(特别是"文革"中的城市)文明中浸染得麻木复麻痹的心身在大自然的抚育下复苏,我几乎要流下泪来。那一次的体验生活,真是从心底受到生活的浇灌。

我们又去了一座矿山,百废待兴,而一群年轻的矿工那生龙活虎、无忧无虑的样子让我们精神振奋。顾笑言后来写了一部电影剧本描写这群矿工,那影片的插曲流传至今:"漂亮的姑娘十呀十八九,年轻的小伙儿二十刚出头……"

在白城子我们见到了意气风发的李杰。他那时正掌管着一家刊物。厚实的生活底子,活跃的思维,扎实的功夫,让他后来写出了令剧坛轰动的"黑土地三部曲",成为声望颇高的优秀剧作家。如今他是吉林省文联主席。

从矿山到白城子,从草原到林场,我和子衡一直在构思一部戏。以那矿山为背景,以周恩来总理逝世前后的"斗争"为经,写出"四人帮"阴影下反抗的工人和知识分子。我俩一起拟好提纲,然后分工,他写电影剧本我写话剧。后来我们合作的电影剧本写出初稿,交给北影厂,不知什么原因始终未见回音。那让我们来此体验生活的《战马驰骋》,也不知所终。然而,这一趟心灵的放飞,这一次实战型的训练,让我从子衡、笑言处学得了很多宝贵的知识,成为日后写作《丹心谱》的准备,成为我走上专业编剧岗位前的一次基础培训,这是不可忘记的。

　　生活给我们的恩泽不只是具体的知识,更重要的是心灵的陶冶,情操的锤炼。那种到生活中找素材,"拿来就用"的所谓"体验生活",只是一种说法。我们对哺育我们的生活真的应当报一种膜拜与敬畏感,我们的知识同生活相比真的如沧海一粟。那心灵放飞的快感永远使我神往。我祈求上苍,再降给我一次无忧无虑超越生死的灵魂漂游。

《吉塞尔》的一场　郁风

1999 年

缅怀老舍先生

马 烽

今年二月三日,是老舍先生诞辰一百周年纪念日。老舍先生离开我们已三十多年了,但我常常想起这位德高望重、平易近人的老作家。记得十多年以前,根据他的长篇小说《四世同堂》改编成的电视连续剧,在中央台播出的时候,无论是在城市还是农村,都引起了极大的轰动。有些文艺界以外的老同志,知道我五十年代曾在中国作协工作过,有时碰到一起,难免要向我打听一下老舍先生的情况——他的为人,他的作品,他在中国文学界的地位,以及在"十年动乱"中不幸的结局等等。我只能就我个人所了解的一些点滴情况,加以解答。有一次,一位同志向我提出了这样一个问题:"老舍给你最深的印象是什么?"我只说了四个字"平易近人"。这不仅是指他待人接物,同时也包括了他的作品给我的印象。早在四十年代初期,我在延安学习的时候就读过他的一些小说。那时候我的文化程度不高,但他的作品全都能看懂,首先是语言文字通俗流畅,幽默风趣。从头到尾没有那种颠三倒四疙里疙瘩的长句子,读起来使人觉得朗朗上口,津津有味。从那时起,老舍这个名字就深深印在了我的脑海中。

1944年秋天,我调到《晋绥大众报》任记者、编辑。我们的社长周文同志是三十年代的老作家。他在上海时期就认识老舍,他也很欣赏老舍的文采。他还把保存的老舍一本小说集借给我阅读。他认为老舍写的最好的是那些反映北平市民生活的作品。日本投降后,周文被调到重庆《新华日报》任副主编,临走时把匆匆印出来的半本《吕梁英雄传》也带去了。后来蒋介石撕毁和平协议,挑起大规模内战。《新华日报》撤回延安,周文同志又调回了晋绥边区。听他说:《吕梁英雄传》在重庆《新华日报》连载后,颇得读者好评,也受到了一些老作家们的赞许。其中也说到了老舍先生。抗战时期,老舍一直在大后方主持中华全国文艺界抗敌协会的工作,曾率领战地慰问团访问过延安。他对解放区的文艺创作十分关心。特别喜欢那些通俗化、大众化的作品。他对赵树理的《小二黑结婚》《李有才板话》给予了很高的评价。对《吕梁英雄传》也说了一些鼓励的话。听了周文同志的介绍,更加深了我对老舍先生的印象。

1949年夏天,全国第一次文代会在和平解放后的北平召开。我被调去参加大会的筹备工作,担任大会组联处科长。会议期间,由于工作关系,我认识了不少全国著名的作家、艺术家。当时我很想认识一下老舍先生。代表名单上倒是有他的名字,可惜他并没有来开会,春天就到美国讲学去了。我的希望也就落空了。

文代会后,我留在了新成立的中国作协(当时称文协)工作。这年秋末冬初,在北京市委宣传部倡议下,由李伯钊同志牵头成立了一个"大众文艺创作研究会"。在解放区时候就从事大众文艺创作的赵树理、苗培时、王亚平、辛大明、沈彭年、康濯和我都应邀担任了发起人。这是一个群众自愿参加的组织,主要是团结本市以往写章回体小说的作家,及曲艺界的朋友们,另外也吸收了部分爱好文艺的青年学生。会址设在东单三条一幢旧二层楼里,有不多的几个工作人员。主要是利用星期日开展活动。学习毛主席《在延安文艺座谈会上的讲话》,探讨大众文艺创作中的一些问题。这年冬天,老舍先生从美国回到北京后,李伯钊同志坚持让位与贤,于是老舍就成了我们的首领。我就是这时候才认识了这位仰慕已久的老前辈。当有人把我介绍给他的时候,他边和我握手边随口说道:"久仰!"紧接着他又笑着说,"这是句说惯了的客套话。其实我只看过你的半本书。"我知道他指的是在重庆《新华日报》上连载的那半本《吕梁英雄传》。我本来在这样一位老作家、大学教授面前有点拘束,经他这么坦率风趣地一说,心情也就不那么紧张了。

老舍先生有时星期日也来参加我们的讨论会。在会上,他从来不板着面孔讲道理,更不做慷慨激昂的演说。而总是像和老朋友们坐在一起拉家常一样说他的见解。语言浅显,见解深刻。有时还夹一点小幽默,这就引起了与会人员的很大兴趣。他和谁都能谈得来,好像一见如故。由于他在群众中有一定的威望,再加上他这种平易近人的作风,每逢他来参会,会场上就显得特别活跃,参会的人数也与日俱增。

北京市委宣传部为了发挥"大众文艺创作研究会"的作用,特批准创办一个通俗刊物。大家给刊物起了个刊名《说说唱唱》,并一致推举老舍兼任主编,赵树理任副主编。我们这些发起人都被聘为编委。创刊之前,有的同志提议要老舍先生请毛主席题写刊名。我不赞成。理由有二:一是刊物能否办好,很难预测。贸然请国家主席题写刊名,假若刊物办砸,有损主席威望;二是万一主席婉言谢绝,有损老舍先生的面子。当时不少人同意我的意见,这事就过去了。会后老舍先生握着我的手说:"你替我解了个围。"可见老舍先生也不赞成这一提议。经过很短时间的筹备,《说说唱唱》就和读者见面了。编辑部的日常工作,主要是由辛大明、沈彭年和几位青年编辑负责,其余的编委也并不是仅仅挂名,而是常常要传阅一些重要稿件,有时还要帮助修改。而且每个月至少要召开一次编委会,总结上月刊物的优缺点,研究下月刊物的编排计划。同时也是大家在一起交流创作经验的一个好机会。实际上是大家都想听听老舍、赵树理的真知灼见。那时每期刊物出版后,都有一点编辑费,这点钱就成了编委开会时的聚餐费。钱有限,只能去中等而又著名的饭馆。老舍先生是老北京,我们就恭请他挑选适当的馆子。每次他总是挑选物美价廉而又有特点的馆子,在这些馆子吃饭,有时还可以从附近的饭摊上要点北京的小吃,什么豆汁、爆肚之类。那时,饭馆服务质量都很好,特别是一听说老舍先生来吃饭,就更加周到。穿着蓝布大褂的掌柜、二掌柜等人,都是到店门口迎接,一直迎进餐厅。服务员(那时叫"跑堂的")就不要说了,有时连炊事员、账房先生也借故到餐厅来一睹老舍先生的风采。老舍先生对这些人像对文艺界的友好一样:一视同仁,握手言欢。由此也可看到老舍先生在普通群众中的威望,以及他那种平易近人的作风。我最感兴趣的是在吃饭期间或茶余饭后听老舍先生闲谈。谈北京的民情风俗,谈北京的历史掌故,谈北京人的方言土话……无形中使我们增长了不少知识,加深了对北京的了解。当然有时候也会谈到文学创作问题。前些年,我在一篇文章中提到过这么一件事:有一次饭后闲聊,我向老舍、赵树理提了个问题,我说:"假如你二位所描写的题材调换一下,结果会怎样呢?"老舍先生笑了笑说:"那,我俩就全玩完喽!"很显然,老舍之所以成为老舍,是因为他熟悉北京市各种各样的居民;赵树理之所以成为赵树理,是因为他熟悉太行山区各种各样的农民。我这问题本来就提得愚蠢,但老舍先生答得很巧妙,言简意赅。从这句话里也可看出,老舍先生坚信"生活是创作的唯一源泉"这一真理。

1950年夏天,北京市成立了文联。老舍先生被选为主席,大众文艺创作研究会的工作并入了市文联。从此以后,我和老舍先生的接触就少了。

1953年秋天,作协领导要我负责接待民主德国来访的两位作家。因为1952年冬,我与沙汀去民主德国访问时,曾见过这两位作家,算是熟人了。在和他们谈参观访问日程的时候,他们提了这样一个要求:希望能亲眼看看齐白石的作品,很想知道中国画是怎样画成的。中国作协派人去和齐白石老先生联系,被婉言谢绝了。原因是老先生岁数大了,不愿意参加社会活动。当时我想起老舍先生曾经说过,他和齐老先生有交往,他夫人胡絜青是齐老先生的弟子。我想通过这个关系,也许有可能达到目的。拿现在的话说就是通过关系"走后门"。我抱着"宁可碰了也不要误了"的心情,贸然就跑到了老舍先生家。当我说明来意后,他沉思了一会儿说:"这事难哪,试试吧!"当天晚上我就接到了老舍先生的电话,他要我第二天下午三点,陪同外宾直接去齐老先生家。我真有点喜出望外。为了隆重起见,我特意邀请艾青、冯至同志陪同前往。因为外宾中有一位是诗人,而冯至又是专门研究德国文学的,可以直接和他们交流。当我们按时到了西城一座小四合院的时候,只见有两位中年国画家已经等在那里了。这间客厅不算大,陈设也极简朴,最显眼的是当地摆着一张铺了绿呢绒的大桌子。白宣纸已经展开了,四周摆着砚台、笔洗、笔筒、颜色碟子等物件。我们去了不久,由一位中年妇女把齐白石老先生从里屋搀扶出来,经过简单的介绍,寒暄几句之后,他就挥笔作画。大约用了不到二十分钟,宣纸上就出现了五六只栩栩如生在水中游动的大虾。两位外宾看得都出神了。在回去的汽车上,他们对中国画那种精练的表现手法,对齐老的生花妙笔赞不绝口。没等我们解释,他们已经说了这样一个意思:中国不愧是具有几千年历史的文明古国;齐老先生没有数十年的磨炼,那支笔是不会如此出神入化的。今天的参观给他们留下了难忘的印象。

这件事给我印象最深的还是老舍先生的为人。当时他并不是中国作家协会的负责人,连作协理事也不是。因为他没有参加第一次文代会。对他这个"局外人"来说,明明白白是一种额外的负担。当我向他提出这一请求的时候,他几句话就可把我打发走。谁都不会责怪他。可他没有那样做。既没有婉言谢绝,也没有大包大揽,而只是说了句"试试吧!"。在这个"试试吧"的背后,他显然是费了一番周折的。我懂得,他所以这么做,并不是看了我个人的面子,而是从接待外国友人、宣扬中国文化这个角度考虑的。

据我所知,凡是和老舍先生打过交道的人,对他都有这样一个印象:实实在在,平易近人。我发现,老舍先生对比他职位高、名声大的人,不卑不亢;对比他年轻的无名小辈,从来也不盛气凌人,而且同样显得亲切。我觉得这绝不仅是个待人接物的方式方法问题,而是有其内在的深刻原因。我认为老舍先生所以能如此,最根本的原因就是他把所有的人都摆在平等的地位上,因而就能一视同仁。他尊重别人的人格,尊重别人的思想感情,自然就受到了大家的尊重。我们从老舍先生的笔下也可体会到这一点。他曾写了许多生活在旧社会底层的小人物,诸如:洋车夫、小贩、巡警、流浪艺人、被迫出卖肉体的妓女等等。他对他们充满了同情,为他们的悲惨命运愤慨,向社会大声疾呼。如果他不尊重这些人的人格,就不可能熟悉他们,不可能理解他们,也就不可能在文学作品中塑造出这许多有血有肉的典型人物来。这是很值得我们学习的。

同年冬天,中国作协召开第二次会员代表大会。老舍先生不仅被选为理事,而且被选为副主席,这是众望所归,大家意料中的结果。1955年秋天,作协机关内部进行机构调整,为了加强对青年作家的工作,建立了一个青年部,由老舍先生兼任部长,我被任命为副部长。这样我和他的接触又逐渐多了起来。我曾请教过他今后工作怎么办?他笑着说:"好办。我挂名,你干事。这不就结了。"这虽然是带点开玩笑的话,事实上也只能如此。主席团请他兼任青年部部长,显然是为了提高青年部的声望。当时青年部的主要任务是为召开全国第一次青年作家代表会做准备,日常事务的具体工作,只能由我承担了。每隔一段时间,我总要到他家,向他谈谈工作进展情况。他家住在灯市口附近一条叫迺兹府的胡同里，是一座北京普通的四合院。院子不大，房屋也陈旧了，但收拾得非常整洁。院里摆满了花盆，栽种着四季花草，给人一种清爽别致的感觉。北房是卧室和客厅，客厅里陈设很简单，除了一套旧沙发外，有几个书柜，墙上挂着一些字画。脚地不是花瓷砖，也不是硬木条，而是墁着古旧的大块方砖，也不铺着地毯，显得既朴素又大方。那时候，老舍先生有坐骨神经疼的毛病，行动不十分方便，而工作又非常忙碌，除了领导市文联外，社会活动很多，来拜访他的人也不少，有时还要在这里接待外宾。而他是作家，还要挤时间进行创作，写小说，写话剧，写一些不得不写的短文。我不想侵占他宝贵的时间，每次去了，总是简单扼要地向他汇报一些情况就离开了。有时他也提一点建议，要我转告作协党组，我都照办了。

第二年，也就是1956年春夏之间，全国第一次青年作家代表会终于顺利召开了。会议结束后，我很快就调回了山西。从此和老舍先生的接触自然也就稀少了。不过我倒是常常怀念他。当我在刊物上读到他的长篇新作《正红旗下》的部分章节时，由衷地感到高兴。他的年岁虽已迈入老年，但笔力更显得炉火纯青。后来，在"文革"中，听说老舍先生忍受不了那种屈辱、污蔑的折磨，悲惨地与世长辞了。当时，我虽然也在挨批挨斗，但对这样一位德高望重、平易近人的老作家的结局，不能不感到异常悲愤！不能不感到惋惜！这是中国文艺界的一大损失！

老舍先生离开我们已经三十多年了。他给我们留下了一笔宝贵的财富，这就是他用心血凝结成的著作。他的这些作品，不仅在文艺界有深刻的影响，就是在普通读者中也广为流传。特别是根据他的小说、话剧改编成的电影、电视剧，如:《我这一辈子》《龙须沟》《茶馆》《骆驼祥子》等，更是家喻户晓。最近听说影视界又有人准备拍摄他的《二马》，这不能不说是一大喜讯。

愿老舍先生的作品，与世长存。

2000年

在西藏写作
马丽华

我早就不再渴望苦难了,我渴望幸福。

除了几个要好的作家和编辑外,我与国内文学界的交往并不多。其中有自视偏远且疏于联络的缘故,也由于一时说不清楚的许多原因。相反地,倒与藏学界、考古学界、西藏各地基层,近年间又与自然科学界联系密切。

细想起来,我的确是一个特化严重的作家。不仅以西藏人自居,且仅仅擅长于西藏题材。除了西藏,家乡不愿回,国外不肯去,任何的风景名胜对我毫无吸引力,自称走遍西藏,曾经沧海了。我说我要在藏工作到退休,退休以后去哪里?我们单位有两位老画家,今年六十岁需办退休手续,两位先生不约而同地提出申请,经单位研究,决定继续留任三年。这一点可以说明问题,西藏已成为我们的生活方式。

至于写作,尽是西藏题材。西藏确实有写不完的题材。从1996年至今的五年里,我已写出大大小小六本书,出版了三本,另三本今年底可望问世。不过遗憾的是,后来的书都不及《走过西藏》反响热烈。不可比之处在于,再也没有采写《走过西藏》时的心态和时间:心态和时间的从容不迫。而且自那以后,个人的兴趣似乎转移了,从文化人类学领域逐步转向了应用人类学领域。这也似乎是过于关心某一地区某一人群顺理成章的结果。为此不免使一些读者失望,确也听到了一些批评。要是他们得知我一年到头都在忙些什么,还会继续理睬我才怪呢。

这且不去说它,这里只说与文学有关的事情。我之所以很少写短小文章,与个人经验有关。不是不写,是每写就后悔。要知道那些短文多与一己情绪、一己感悟有关,而情感式的东西往往稍纵即逝,永远是昨是今非。例如《且歌且行》《自在》那几篇,还没等发表就改变了看法;勉强结集出版了更加汗颜,恨不能从未写过。还有那篇《渴望苦难》,被不下十家转载和要求转载,我只好说,我早就不再渴望苦难了,我渴望幸福。就在今天,我还接到天津某家出版社函,要求在某散文大系中收入此篇,在下正准备如是回复。少写短文,与价值判断和取向有关。我所依托的西藏,是如此的博大精深;我所面对的群体,是如此的稳固坚实,即使多年来的写作沿着自己的思想轨迹,前后有所不同,评价中也有昨是今非的成分,但那来自理性,从无悔意。所以这类取舍是自己做出的。虽然我是个随意性较强的人,只听凭了我心告诉我的。

对于这种特化和异化,也并不见得心安理得:太经常地发现自己处于"边缘人"的角色,尤其对于国内文学界的不参与,觉得自己才真正是一个"另类作家"。每每看到报刊上的热闹,例如谁谁骂了谁谁,骂人的谁谁又被谁谁骂了,等等,如同隔岸观火。有时也私下发表意见,骂得有理与否公平与否,但毕竟事不关己。在这里,空间距离成为心理距离,不参与的结果是不被注意。不被注意就不注意吧,毕竟作家还得拿自己的作品说话。我现在正在专心致志地做老编辑的工作,异常投入地做着"西藏网",并且不时地在网上首发我的新作——写导语并一些写别人的短文,关心我的读者不妨上网看看。

这样表述我的心迹,其实并无委屈感。要是有人看出其中的某种得意,似乎也有道理。

2001 年

北京人速写之一
梁晓声

这一个北京人,是北影人。青年时期就进北影厂子,现在快六十了。究竟多大年龄了,其实我也不清楚。因为我与他交谈中,他曾说过他是穿长衫上完小学的。我想解放以后的小学生不时兴穿长衫了,便断他起码比我大五六岁。那可不就快六十了吗?

他在北影也算是名人。不认识他的人很少。尽管他非什么"大腕",只不过是"老灯光",或"老剧务"。嗨,我连他具体是干哪一行的都不知道。

但我们的关系竟特别的好。

是土城的小树林使我们的关系亲密了。近年中国电影业处于低谷,我每天早晨散步就常常遇见他了。我倒是希望不常遇见他,那也许证明他又上戏了,那我将多么为他高兴。

他是那类看去不太容易猜出年龄的男人。中等偏高的身材,一张国字脸棱角分明,脸有豪侠之气,证明他骨子里有与众不同的男人血性。如今神貌中有此特征的中国男人不多了。肯定和他少年时练过摔跤、习过拳脚功夫有关。如今他肩宽胸阔的,从哪个角度看都仍是个强壮汉子……

起先我们遇见,只不过客气地彼此点点头。后来就一块儿散步。再后来熟稔了,每是我挽着他臂,那样可使他走慢点儿。

关于他,有些事儿特好玩儿。

比如有次,他和另一个北影人在早市上被卖狐皮的吸引了。自然是假狐皮,假得比真的还让人动心。要将以假乱真的东西卖出手,"托儿"是少不了的。我也每被吸引,不是准备上当,而是看"托儿"们的"表演"。他们有时"表演"得相当投入,都是"演技派",像拍街头戏。我想他之所以被吸引,也肯定是出于对表演的职业兴趣。

那另一个北影人则不同,真的被骗迷糊了。不但要买,且要买两条。身上没带钱,竟邀卖假狐皮的跟随到家里去取钱……

于是他就不能袖手旁观了,将对方扯到一旁劝阻:"哎,你不能买啊,那明明是假的呀!"

人家说:"我看是真的。"

他说:"我有看皮的经验,那是碎狗皮角拼对成的。"

人家说:"你别管!"

而卖的人,包括"托儿"们,皆不拿好眼色瞪他。分明的恨极了。

倘我,该说的说了,必会转身而去的。他则不。他不是我啊。他显然是个不能眼看着别人上当的人。他的北影同仁"率领"一干人等往北影自己的家走;他则抄近道一路跑回北影,跑至那位的家里。那位的夫人不在,在班上。他又一路跑到车间,找到相告:"快回家,你那口子要买两条假狐皮,正将些个骗子往家领,多不安全!"

于是为妻的匆匆赶回家,在家门口将丈夫和那些个骗子们堵个正着——那丈夫挨了夫人一顿狠训,一桩买卖眼瞅着成了,因他而没成。

为妻的女人自然特感激他;为夫的男人却老大不悦,几天不理他。

他呢,很欣慰,仿佛使骗子们的骗局没有得逞,使就要上当的人没有上当,是他的第二职业,有成就感似的。

多可爱的"大老爷们儿"!

还有一次,两个正当年的扒手,发现了他兜里揣着手机,遂将他当成伺机下手的目标,暗暗跟踪他到一菜摊前,一左一右挤住他,开始作案。

他呢,早有察觉。实际上是他不动声色地将两个扒手引到了菜摊前。

扒手之手刚入兜儿,他忽然伸展双臂两厢里紧紧搂住了两个扒手的肩。也是仗着自身的强壮,他一点儿都不怕两个正当年的扒手。

两个扒手难免心虚,其中一个说:"大哥,这是干什么呀?"

他冷冷地说:"不干什么,喜欢你俩。"

又对摆菜摊的外地小姑娘说:"买菜,十斤黄瓜、十斤柿子、十斤蒜苗、十斤荷兰豆……"

专拣时令贵菜,各要十斤。

摆菜摊的外地小姑娘看着他那"严肃"的样子,呆,怯。

他催促:"别发愣,称啊!"

两个扒手挣扭了几次身子,又哪里能摆脱他"亲爱"的臂膀!并从他的搂势中领教到了他这个男人的强壮,乖乖不敢造次。

菜——称好了。

他命令两个扒手:"掏钱。"

一个扒手说:"大哥,别开我们玩笑。"

另一个扒手说:"大哥您看,兜里钱都掏出来了,不够一样菜买十斤啊!"

他说:"钱放摊儿上。"

又对小姑娘说:"点点,可着这些钱买!"

小姑娘被搞蒙了,几乎要哭。

他笑了:"你怕的什么劲儿啊?没听他俩都叫我大哥吗?这个主我能做。"

于是菜被重称过,装了满满的两大塑料袋儿。加起来至少也有十五六斤。而两个扒手兜里,是一个钢镚儿也没有了……

望着两个扒手各拎一袋儿菜走远的背影,他笑了,就变成另一类男人了,特随和的那一类。

他最后说:"这么冷的天,也卖出了不少,收摊吧!再不收摊,一会儿管摆摊儿的人来了,你该赔了。"

望着小姑娘已收摊儿走远,他才从容踱开,悠然散步,似乎什么异常之事也没发生……

某天,我看到他在与人聊天,就站在不远处等他。我几乎已习惯了与他结伴散步。

不料他虽也看到了我,却说起来没完。

我就冲他喊:"嗨,汇报工作哪?!"

他朝我望一眼,仍不走来。

我只好自己识趣儿地离开。

片刻他赶上我,我问:"什么人?"

他说:"咱们北影的。"

一副心事凝重的样子,还长叹。

我说:"什么要紧的话,聊个没完?"

他说:"那人好哇。"

久未听过这种话了——如今仿佛是个流行说"那人很坏"的时代。仿佛通过说一切的人都很坏,才能间接地证明唯自己好。而且,对于某些人,几乎是剩下了这么一种能证明自己好的方法。

我不由得问:"怎么个好法儿?"

他说:"他年轻时妻子就瘫痪了。他服侍了妻子三十余年,无怨无悔。他为此上戏很少,业务成就也没什么积累……前几天他妻子去世了,我在安慰他……"

我真没想到他那么样的一个"大老爷们儿"竟会安慰别人。可惜我一句也没听到他是怎么安慰的,连想象也想象不出。

我不由得又问:"你们是朋友?"

他回答:"谈不上朋友。同一茬的北影人而已。"

分明的,他对自己的回答不满意,沉默片刻,又说:"他是好人,像他这样的丈夫不多,我愿意安慰一个好人。"

我站住了,凝视他。

轮到他问我了:"你这么看着我干什么?"

我当时很想对他说:"你也是一个好人。"

但没说。

看到被晨练的人们攀压断了的树,他心疼;看到早市管理人员粗暴地对待摆摊人,他说情;他竟兜里装了小米,撒在林间喂麻雀,怕新出生的一代小麻雀营养不良……

今天早晨,我们又一起散步。

我说:"我出新书了,想送你一本。"

他从未开口向我要过书。但我知道他是个喜欢看书的人。

他说:"不用,我去买,我买过你不少书。"

我说:"不许买。以后出一本送你一本。"

我对人有好感,也只有送书表达而已。

我想,我该背地里打听一下他姓甚名谁了,好写在书上。

……

现实生活中因有了一些大人物、名人,而热闹,而喧嚣,而忽风忽雨的;也因有了他这样一些普普通通,个性可爱的人,而有不矫饰的真情,而有暖意,甚至,而有意思……

取经与贾大山

肖 杰

我的挚友——作家贾大山离我们而去已四年多了,但他精心创作的《取经》《小果》《花市》《梦庄纪事》等许多小说,至今读来仍光彩夺目,具有经久不衰的生命力,是新时期文学创作累累硕果的一部分。依我看,贾大山也应该是在新时期文学史上有一定地位的作家。

最近,看到《文艺报·作家论坛周刊》上《新时期文学一日》栏的文章,突然想起当年贾大山创作《取经》的情况,不由得我思绪万千。二十多年前的情景仍历历在目,恍然如昨……

《河北文艺》于1972年复刊后,我一直在编辑部分管小说。1976年粉碎"四人帮",举国欢腾,万民同乐。在这个重大历史转折时刻,编辑部收到的小说稿件明显减少,好像作家们的情思突然止了弦,都在等待观望,盼着创作上有什么"新精神"。刊物却要按期出版,可用稿件又很少,我们当编辑的思想压力可想而知。虽说给不少作者发了约稿信,可收效不大。这时,我想到了贾大山,自1975年我俩相识后,关系非常密切,除不断书信来往外,还经常见面畅谈。他朴实厚道,聪明绝顶,善说健谈,诙谐幽默,常常妙语连珠,令人捧腹。他在农村生活多年,有深厚的生活积累,且目光敏锐,善于观察捕捉生活中细小而有意味的东西。过去我曾编发过他的几篇短小作品,谈不上什么规模,却常含有几笔朴素、含蓄、纯真、清新的特色,给我印象很深。曾给他写信约稿,可一直没有回音,所以,我决意到正定找他面谈,试试看。我当时的想法是,"上面"的等不来,那就"下去"找吧。

1977年1月3日,那天奇冷。我到他家后,他极为热情地买来卤煮鸡,炒了两盘菜,我俩边吃边谈。

我问他最近写东西了没有,他说:"啥也没有写,到农田基本建设工地去了一段时间,也没顾上给你回信。在工地这些天,知道了不少稀罕事儿。"接着,他一边喝酒,一边海阔天空地说起来。他兴致勃勃地说着粉碎"四人帮"后,工地上的许多见闻。谈得最多的是一位支部书记的事情(那位支书我也认识,前年我在党校学习时曾在他那个村劳动了一个月,那位支书头脑灵活,伶牙俐齿)。大山对那位支书了如指掌,说起来滔滔不绝,有故事,有情节,形象鲜明,生动逼真,有几处相当精彩,富有情趣。他口若悬河一直讲了一个多小时,酒喝了大半瓶子,只见他脸膛紫红,兴致极高。他讲得绘声绘色,活灵活现,我也听得津津有味,如临其境。我真叹服大山的本事,他竟然能把在实际生活中看似平常的事情讲述得如此美妙、精彩。言谈话语中,他对流行多年的极"左"的一套农村现状不满,对实事求是的农村干部充满了同情心,这在当时只能算是"私房话"了,须知:"文革"还没有被上面彻底否定啊!

最后,他身子向我靠了靠,说:"你看我说的这些事儿能不能写成小说?"我说:"把你刚才讲的故事原封不动记录下来。"他说:"那我就琢磨琢磨写写试试,不过,你不能逼我,啥时写出啥时算。"我说:"你是业余作者,不能耽误正常上班,只能在晚上写。你写东西又慢,这么着吧,你争取一个月之内把稿子给我送去。"

1月30日是个星期天,天快黑的时候,贾大山急匆匆地把稿子送到我家。他说:"稿子写完后,压在褥子底下,想放几天认真想想再改改,怕有些地方吃不准。接你信后,我熬了两夜把稿子改出来了,行不行你先看看吧,我这可是按期交稿。"我要留他吃饭,他说啥也不肯,说天快黑了,赶回家再吃吧。临走他说:"我有两句话,一、要是你觉着有点意思,你就看着改;二、要是不行,就不要让别人看了。"说完站起来,拱手告别,"拜托了,拜托了!我明天还得去工地。"

大山走后,我就迫不及待地展开稿子看,标题是《取经》,稿子是在稿纸上抄写的,蝇头小楷,一格一字,一笔一画,工整秀气。当中偶有改动的字句,则用小刀抠掉,另贴上稿纸,再写上所改的字句。从中足见他对创作一丝不苟、精雕细刻的认真态度,这在我做编辑工作几十年经历中是绝无仅有的。

我一口气看完稿子,真有说不出的兴奋。那新颖的结构,鲜明的主题,活生生的人物,浓郁的乡土气息,质朴幽默的语言,含而不露,耐人回味。内容和情节虽说还是他讲的那些素材,但构思新巧,取舍得体,对人物的思想挖掘得更深了,可见他是下了一番功夫的,也充分显示出他创作的潜力和才能。特别是这篇作品摆脱了"帮八股"的框框,突破了以往的创作桎梏,从实际生活着笔,提炼出生动情节,着力于典型人物,读后感到无比畅快,令人耳目一新。我作为编者和读者,也感觉到进入了一种新境界。

第二天到编辑部我又仔细看了一遍,只改动了个别字句,在稿签上签署了意见,就立即送给当时主持刊物工作的张庆田同志,并向他说了我的看法。过了不大一会儿,庆田就把稿子给我送回来了,他连声夸好,当下拍板作为重点作品在头条发表,还特地在稿末写了"三言两语"加以推荐介绍。他说:"这篇小说的人物很有典型意义,不光农村基层干部有,各条战线都有这样的随风倒人物。"

庆田素有"老坚决"之称,他下了决心的事情就好办了。于是,这篇具有久违了的文风的小说,就在《河北文艺》月刊1977年第4期发表了出来。随后读者反应很强烈,很多作家也大为赞赏。不意《人民文学》转载了《取经》,影响就更大了。后又被评为1977—1978年全国首届优秀短篇小说奖。贾大山由此声名大振,成了新时期里的文学创作上的第一批领路者,朝着新时期文学的巍巍群峰走去……

可惜了,他竟在英年早逝。

《引水上山》(国画)　姚有多

脚下的巨大移动

扎拉嘎胡

我出生于1930年。世纪之交恰好进入古稀之年。站在七十岁的门槛上，听到的是中国就要加入"世贸"组织的鼓点，看到的是西部开发的滚滚春潮。七十年的上上下下不寻常，如同大梦一场之后方知脚下是风起云涌的巨大移动。故乡，是人的生命的摇篮。任何时候任何情况下，人是不可能忘记自己故乡的。我的故乡是内蒙古科右前旗南部一个旱涝保收的山村，村名叫斯力很。故乡的奇景异事，至今历历在目。孩提时代的记忆如此强健，我有时感到莫名其妙。我家西院有一座废弃的兵营。这兵营何年建起何年废弃的，我们这些村里的小孩一概不知，也不闻不问，但都愿意到这个独一无二的"大景点"玩耍。我们选择的这个"大景点"，引起了家长们的极大恐慌。他们劝阻我们不要到兵营里玩耍，理由是从房檐里会掏出潜伏在窝里的蛇来；更为可怕的是在兵营里居住着黄大仙（黄鼬），一旦冲撞了黄大仙，黄大仙就会显灵实施报复，全家不得安宁。鉴此，大人们只准我们到炮台玩耍，因炮台坍塌后成了一堆土丘。尽管蒙古人信佛不信黄大仙，但面对现实，也都觉得多一事不如少一事，也就随从了汉族的这一信仰习惯。我们村与村西的敖包山之间有一条王爷庙（今乌兰浩特）通往白城（今吉林省）的公路。我和我们村的人长时间把这条路叫电车道。我上中学多年之后，才把电车道改称为汽车公路。可怜农村和农村出来的学生，连个电车与汽车都分不清。我小的时候，视吃大米白面为无上高贵的事。有的人家过年（春节）吃上一顿大米白面，那就算是上档次的一种享受。

时隔五十多年，我六十多岁重返故里。村西的敖包山依然高高耸立，村东的洮儿河依然静静流淌。当年我所熟悉的一切几乎全都消失。昔日的村景街貌无影无踪。举头一望：当年的兵营、炮台、土坯房屋荡然无存，全新的砖木砖石结构的民房代替了早年的兵营、炮台和土坯房屋。过去全村称为电车道的那条公路，已被新建的绿树成荫的柏油路国道——乌（乌兰浩特）白（白城）线所取代。此线设在斯力很村东，而旧时所谓的"电车道"成了乡间公路的主要干线，连接起了乡乡村村的交通线。我惊奇地目睹了往日的荒山秃岭长满了浓密的绿树。洮儿河水灌溉的稻田一望无际一片金黄。今日拥有如此壮观稻田的乡亲们，吃大米白面肯定不再是过去那种尴尬的局面了。

我于1955年（二十五岁）到呼和浩特。我在呼和浩特告别了青年，送走了壮年，迎来了老年，一生的大半时光消耗在呼和浩特。这呼和浩特自然是我第二个故乡了。我刚来呼和浩特见到的,小城向中等城市迈进的艰难情态随处可见。那时新城的城池、城阙、鼓楼还在。出新城东门,荒野上只有一座艺术学校和一座国民党时期的简易机场。机场常年不用,只有一座灰色建筑整日陪伴。40年代日本侵华年间建造的呼和浩特车站,低矮得好似无颜见纷纷拥来的乘客,常常表现出手足无措的样子。那年月一直有一种说法,呼和浩特地面不能建造六层以上楼房。此一说法,在六七十年代我是当真对待的,也向别人宣扬过这种论调。

　　到70年代末期,我五十岁左右,呼和浩特突然长高长大了,几乎是一天一个样。大型国际机场——呼和浩特白塔机场建成后,每天运送着成千上万国内外乘客。呼和浩特车站投入运营后,以崭新面貌迎接客人,吞吐着大批量货物。机场和车站的现代化,使得呼和浩特的"肺活量"加大,与全国的前进步伐息息相通,为内蒙古的全面振兴带来了生机和活力。标志之一是近二十年来,呼和浩特六层以上高层建筑鳞次栉比,大都会的风光显赫人间。

　　我接近而立之年,恰遇60年代"文革"动乱。在住"牛棚"、关"内人党监狱"中间,一天从外边捡来一张《参考消息》上读到,外国作家用电脑写作,说这是作家的堕落。因对电脑一无所知,我完全接受"作家的堕落"这一观点。大概也就在这张《参考消息》上读到,西方国家电视进入家庭。读到此,认为电视离我们太遥远,像我这样年岁的人这辈子不可能碰上。

　　就在我们的脚下,世界移动之快、速度之猛令人眼花缭乱。曾几何时认为作家用电脑是堕落的我,如今也用上了电脑。三十年前还认为看电视是中国的"天方夜谭",而今家家户户拥有了电视。这世界刚刚熟悉过来,新花样又呈现在眼前。脚下这变化层出不穷,无尽无休。

山乡的日子

叶广芩

这两年,我一直在秦岭腹地一个叫作"老县城"的村落里住着,说是挂职锻炼,其实只是读书和休息。我想,在写作告一段落之后,调理一下自己的思想和身体,舒缓一下精神和心境,是很有必要的,有些事放一放,回过头再看会有感受和理解,就像我们对待一部作品,撂段时间再改,会事半功倍。我的老师杜鹏程生前曾反复跟我说过,要沉下去,静下来,认真地思考些事情,否则一切都是浮的。那时年轻,对这些理解不深,现在有了一把年纪和阅历,开始慢慢地品出了味道。喧闹的城市,让人时常感到疲惫,感到烦乱,人也变得浮躁又张扬,五光十色中,我没有陈忠实那种大隐于世的功夫,也没有贾平凹云间野鹤般的超脱,我是个俗人。所以我提出住到乡下去,得到了西安市委的批准,当了周至县的副书记。一个既没有权也不管事的书记。

并不是要在山里憋什么"大部头",我什么也不想写,也未必写得出来,只是体验一种陌生的生活,一种与京城大宅门和域外经历反差很大的境地,换言之是一种更为直接的朴实与自然。我来到了厚畛子乡的老县城村,这座道光五年建筑的小城至今还没有通上电,也没有任何通信设备,手机一进山就变成了哑巴,一切现代设施在这里戛然而止,全部退让给浓郁的森林。谁有了急病得用担架抬着翻山,着了山火得派人到四十多里外的乡上报告……光绪至民国期间,两任县太爷被土匪追得"不知所终",两任县太爷被杀害在城后财神岭,一任县太爷被土匪绑了票,热闹极了。后来再没人来上任了,城就空了,熊猫来了,金丝猴来了,羚牛们也来了,这儿成立了野生动物保护区。现在城里有九户人家,三十多口人,有能耐的都出去了,剩下的是半城的老弱病残和一城的断壁残垣。有时我站在高大的文庙古柏下,面对着半截的石碑,看着上面若隐若现的文字,听一声悠长的鸟啼,唤起许多思古的幽情,那感觉,颇为奇妙。山里的日子闲淡而舒展,我今天帮王家收麦子,明天帮张家扬场,吃李家的饭,喝牛家的汤,久之,跟村民们混熟了,大家戏称我是老县城的新县太爷,走在村街上,常有小孩子在后头喊"叶书记!叶书记!",我一回头,都藏了。有时候有老农拦住我,说些莫名其妙的话,让我回味很久,也悟不出前因后果。大概是老人思考了一辈子的哲理,单等着说给他认为"听得懂、用得上的人"听。有一天,有个人对我说:"你看茅坑里的蛆,拿尿浇它,它还使劲往上爬哩,逆境知奋进容易,难的是得意不忘形。"他的比喻虽然粗劣,却很生动,也很深刻,说给我听是希望我能写到书里,他并不知道我刚从绍兴领了"鲁迅文学奖"回来……这一切都是巧了。

在山里,能见到一些动物,它们跟我一样,闲散地游动于这片山林中。有时候小松鼠会大模大样地上屋里来串门,也有时候熊猫进了老乡的猪圈,羚牛肆无忌惮地蹿进农家的场院,狗熊掰棒子是常事,猴子偷庄稼也不新鲜。我对一切动物的事情都有兴趣,跟着保护站的人钻老林,想方设法地见到它们……在山里,没有电,用不成电脑,我用久违多年的圆珠笔和稿纸,写了老虎和熊猫,写了狗熊和山鬼,都是随手拾来的见闻,写得很随意,产量不高,更不惊心动魄。

全国第六次作代会开会的消息辗转地传到了我耳里,情景颇像古代六十里快马驿站传递,我收拾行装上京开会,路过荒败的城门,衰草寒烟中似有人问我:"你啥时候回呀?"

《女测量员》(天成铁路隧道工地速写) 吕琳

盛会之际忆茅公

吴泰昌

中国作家协会第六次全国代表大会召开这几天,北京天气虽说严冬,但会内会外,并不使人感到寒冷。来自祖国各地的几代作家在这里再次相聚,彼此激动、兴奋,热气腾腾,话语不止。此时此刻,此情此景,面对新世纪祖国更美好的未来,极容易使人回忆、沉湎起半个世纪的风雨历程。特别是怀着无限崇敬的心情怀念中国作家协会第一任主席和《文艺报》的创始人茅盾。

在全委会上,见到从江苏来的陆文夫,我问他还喝不喝酒,文夫摇摇头,他的身体已经不允许他豪饮了。我认识他在20世纪70年代末,那时他是中年作家,但我最初读他的作品时,他还是青年作家。1964年,我来《文艺报》工作,最新读到的是6月号的刊物,那上面就有茅盾《读陆文夫的作品》及《陆文夫给〈文艺报〉编辑部的一封信》。茅盾自20世纪50年代中期以后,常以文学评论方式,推出文坛新人新作,小说家陆文夫的作品就是他热心推出的一个。会上我又见到王安忆,祝贺她刚当选上海市作协主席,由她我又想起了她的母亲、过世了数年的小说家茹志鹃,茅盾称赞过她的短篇。从茹志鹃,我又忆及1977年底《人民文学》杂志社召开的茅盾等出席的短篇小说座谈会时,我去北京火车站接她的情景,我们初识,她住定就关切地询问起《文艺报》副主编侯金镜在"文革"中被迫害惨死的详情。金镜同志很认真地写了《创作个性和艺术特色——读茹志鹃小说有感》,发表在《文艺报》1961年3月号上,茹志鹃一直很感激金镜同志对她创作的理解与帮助。

参加作家自己的会议,作为一名老编辑,我想起了自己在《文艺报》近四十年的日日夜夜。

1999年,受文艺报社委托,我主编了《〈文艺报〉创刊50周年纪念图集》(作家出版社出版),走访了文联和作协一些老领导,询问《文艺报》一些老人,翻找了一些有关资料和图片,使我对《文艺报》的历史有了较多的了解。在作协第六次代表大会的会场上,我不止一次地涌起先辈们开拓道路、后来人不断前进和"前人栽树、后人乘凉"的情怀。

中国作协第一任主席、《文艺报》《人民文学》的创始人、伟大的革命文学家茅盾去世已整整二十年,我们在心里永远尊称他为"茅公"。

1949年2月1日,北平解放,2月下旬茅盾到达北平。3月,各解放区和国民党统治区及香港的文艺界人士陆陆续续汇集北平。3月22日,郭沫若、茅盾出席华北文化艺术工作委员会和华北文协举办的招待茶会,郭沫若提出发起召开全国文学艺术工作者大会以成立新的全国性的文学艺术界的组织,全体到会的文学艺术工作者都热烈赞成。3月24日,筹备委员会宣布正式成立。筹备会委员由郭沫若、茅盾、周扬、叶圣陶、郑振铎、田汉、曹靖华、欧阳予倩、柳亚子、俞平伯、徐悲鸿、丁玲、柯仲平、沙可夫、萧三、洪深、阳翰笙、冯乃超、阿英、吕骥、李伯钊、欧阳山、艾青、曹禺、马思聪、史东山、胡风、贺渌汀、程砚秋、叶浅予、赵树理、袁牧之、古元、于伶、马彦祥、刘白羽、陈荒煤、盛家伦、宋之的、夏衍、张庚、何其芳等42人组成。郭沫若任筹委会主任,茅盾、周扬任副主任。就是在这次会上,决定出版周刊《文艺报》,并由茅公负责筹划。

1949年5月4日,《文艺报》第一期出版,至7月28日第十三期,在文代会筹备和大会召开期间总共出了十三期,除第一期外,余均为周刊。1—8期编者署名为"中华全国文学艺术工作者代表大会筹备委员会《文艺报》编辑委员会",9—13期署"中华全国文学艺术工作者代表大会《文艺报》编辑委员会",由于版权页上未公布《文艺报》编辑委员会的人员,所以,长时期以来,少有人知道创办《文艺报》时期《文艺报》编辑委员会的带头人就是茅盾。据《中华全国文学艺术工作者代表大会纪念文集》载:"《文艺报》编辑委员会委员是茅盾、胡风、严辰(厂民)。"茅盾当时是文代会主席团副总主席、文艺作品评选委员会主任,胡风是筹委会委员、大会主席团成员,严辰是诗歌组委员。

茅盾为《文艺报》的诞生费尽精力,大小事多亲自过问。出版《文艺报》用纸,茅盾甚至惊动了周恩来。1979年第四次全国文代会和第三次全国作代会召开前夕,文联及各协会恢复筹备领导小组负责人冯牧、张僖曾派我和刘梦溪去茅盾家取回他改定的在第三次全国作代会上作的题为《解放思想,发扬文艺民主》的报告稿。茅公顺便询问起会议准备的一些情况,他感慨地说,现在客观条件好多了,第一次文代会用纸,包括《文艺报》用纸,都得去麻烦总理解决。阿英1949年5月13日的日记中有一段记载可以印证茅盾的记忆:"晚8时,(袁)牧之来车,同去中南海。(潘)汉年、夏衍、许涤新、周扬、沙可夫、萨空了、茅盾、何其芳,亦先后至。22时许,恩来同志来。首先谈文代会问题,次新闻纸问题,又次上海文化工作问题,第二部分谈完后,夜饭,旋继续谈至三时半完。"

茅盾强调版面上要促进文艺界在为新中国基础上的广泛团结,在遵循党的文艺方向上的思想统一,他善于用交流的方式实现这个意图。1949年5—6月,《文艺报》曾召开三次文艺界座谈会,茅盾主持过两次。第一次出席有冯至、臧克家、柯灵、杨晦、黄药眠、卞之琳、钟敬文、张骏祥、焦菊隐、杨振声等。第二次座谈会的主题是《关于新文协的诸问题》,出席的有张瑞芳、白杨、赵沨、许广平、徐悲鸿、郑振铎、曹禺、戴爱莲、田汉、骆宾基、舒绣文、戈宝权、葛一虹、洪深、凤子、马思聪、蒋牧良等。座谈会发言经记者整理后,茅盾亲自仔细改定,详细报道。

茅盾为《文艺报》撰写了多篇文章。如代编委会起草了《发刊词》,《发刊词》中说:"多少年来,从事文学艺术工作的朋友们都希望有这么一个定期刊物,作为交流经验、交换意见、报道各地文学艺术活动的情况,反映群众意见的工具。然而由于客观形势的阻隔,此种希望,迄今未能成为事实。现在,全国文学艺术工作者代表大会即将召开,各解放区以及解放区以外各地的文艺工作者陆续来到北平,对于这样一个小型的定期刊,固然更其感到需要,而出版这样一个刊物的客观条件也大体具备了。这便是全国文学艺术工作者代表大会筹备委员会决定要改进这一个《文艺报》的原因。"5月26日出版的第4期发表了茅盾5月23日赶写的《关于〈虾球传〉》。第11期头条发表了茅盾《为工农兵》。

茅盾还在百忙中多次写信为《文艺报》约稿,或者帮助编辑部年轻编辑考虑合适作者。如6月30日出版的第9期庆祝文代会召开的专栏中,叶圣陶的《划时代》、赵树理的《会师前后》、柯仲平的快板《文代会上〈数来宝〉》。编委胡风的《团结起来,更前进》在本期头条发表时,标以副题"代祝词",代表《文艺报》对文代会召开的祝贺。

关于《文艺报》报头设计,茅盾用心选定。创刊号报头是茅盾让严辰去请画家丁聪设计的,第2—8期,《文艺报》题头是茅盾亲自书写的,第10—13期,正值大会期间,报头又改用铅字。1949年7月19日文代会结束后,《文艺报》作为全国文联机关报9月25日正式创刊,报头系集鲁迅字体,一直沿用至今。《文艺报》报头用鲁迅字体这个主意,也是茅盾建议并最终被采用的。鲁迅是我国现代新文化运动的伟大旗手,第一次文代会会标上就镌有毛泽东和鲁迅的头像。

1949年7月19日,中华全国文学艺术工作者联合会(全国文联)宣布成立,郭沫若当选全国文联主席,茅盾、周扬当选副主席。7月23日,中华全国文学工作者协会成立(1953年改称中国作家协会),文协主席茅盾,副主席丁玲、柯仲平。1949年9月25日,全国文联机关刊物《文艺报》正式创刊,10月25日,中华全国文学工作者协会机关刊物《人民文学》杂志创刊,茅盾任主编,艾青任副主编。

茅盾在《人民文学》发刊词中指出:《人民文学》的主要任务,是"通过各种文学形式,反映新中国的成长,表现和赞扬人民大众在革命斗争和生产建设中的伟大业绩,创造富有思想内容和艺术价值,为人民大众所喜闻乐见的人民文学,以发挥其教育人民的伟大效能"。同时,《人民文学》还要在"培养群众中新的文学力量""建设科学的文学理论与文学批评"等项工作中起到与其所处地位相应的积极作用。为此,他呼吁"站在毛泽东旗帜下的全国文艺界的朋友们,请一齐来负起这个庄严的责任,使本刊一期比一期更精彩"。在《人民文学》创刊号中有周扬的专论《新的人民的文艺》,何其芳抒写开国大典的诗歌《我们最伟大的节日》,巴金、胡风等纪念鲁迅的文章,刘白羽、康濯、马烽反映解放战争与农村现实的小说。

虽然1949年10月19日茅盾已出任文化部部长,加上创办《人民文学》,工作骤忙,但《文艺报》1949年9—12期实际上仍由他在兼管。这几期《文艺报》版权页上编者仍署"中国文学艺术工作者联合会《文艺报》编辑委员会"。在《文艺报》正式创刊号上,茅盾改定了社论《庆祝中国人民政协》,并发表了《一致的要求和希望》,他指出,在革命彻底胜利,新中国即将诞生的新形势下,文代会几百件提案表示了文艺界同仁的一致要求和期望,归纳起来是:(一)加强理论学习;(二)加强创作活动;(三)加强文艺的组织工作,强调文艺组织工作和理论工作与创作活动同样是文艺运动的主要工作;(四)继续对封建文艺及买办文艺、帝国主义文艺展开顽强的斗争。他还要求文艺理论工作者以新的观点来研究编写《中国文学史》和《中国新文艺运动史》,并把它们提到工作日程上来。在正式创刊号上,茅盾还决定发表《全国文联关于出版〈文艺报〉致各地文联及各协会的通知》。到1950年第一期《文艺报》才公开亮出主编丁玲、陈企霞、萧殷的名字。丁玲当时任中宣部文艺处长、中华全国文学工作者协会副主席。1954年,全国文联决定委托中国作协主办《文艺报》,后来才逐渐明确《文艺报》由中国作协主办并成为中国作协机关报。可以说,茅盾是新中国最早诞生的两大文艺报刊《文艺报》和《人民文学》的创办者。

1953年7月,茅盾不再兼任《人民文学》主编,作为全国文联副主席和中国作协主席,他对《文艺报》《人民文学》既是领导又有特殊的亲情。新中国成立后,他的一部主要文艺理论著作《夜读偶记》就是1958年1月起在《文艺报》连载的。他的长篇文学评论《一九六〇年小说漫评》也是在《文艺报》1961年4—6期上连载。1963年,为纪念曹雪芹逝世200周年,茅盾在《文艺报》发表了《关于曹雪芹》。1965年6月,《文艺报》被迫停刊。1977年底,他在刚复刊的《人民文学》召开的一次座谈会上,公开以中国文联副主席和中国作协主席的身份讲话,他说:"'四人帮'不承认文联和作协,我们也不承认他们的反革命决定。"他建议尽快恢复全国文联和各个协会的工作,并建议《文艺报》复刊。1978年5月底,茅盾出席全国文联第三届全国委员会第三次扩大会议,他在大会上庄严宣布:

"中华全国文学艺术工作者联合会、中国作家协会和《文艺报》,即日起恢复工作。"

晚年多病的茅盾,从1978年起,在着手写长篇回忆录《我走过的道路》的同时,不忘给《文艺报》多方指导和积极支持。他在《文艺报》1978年8月刊发表了《培养新生力量》,同年11月发表了关于"坚持实践第一,发扬艺术民主"的文章。1979年12月,又发表了庆祝建国 30 周年的纪念文章,这是茅盾 1981 年 3 月 27 日辞世前,为《文艺报》撰写的最后一篇文章。

每天开会回到房间,都能看到一张当天出的《文艺报》,彩色印刷,琳琅满目,比起当年茅公创办《文艺报》时还要为纸张找总理解决的情形,现在的条件要好多了。特别是从报纸上看到很多介绍青年作家的文章,我就想到茅公编《文艺报》时对文学新人的关怀和扶持,茅公的思想和精神还在新出版的《文艺报》上传承。新世纪之初,我们相聚在北京,共商文学大业,要为发展和繁荣有中国特色、中国气派的社会主义文学的新局面而努力。茅公还健在的话,一定也会感到欣慰的。

《晨》(木刻)　傅文淑

文人相重

——"三驾马车"中的你、我、他

何 申

这些年每到除夕夜,我们三个人都要打电话互相拜个年。有时是才分手没几天,但这个电话还是要打。打时心里就觉得又有好多话要说,就盼着再相聚。说来有些不好意思,都是四五十岁的人啦,可每次见面,那心情那笑脸,就活脱脱地像三个半大孩子。

在人们常说的"三驾马车"里我年龄大,谈歌次之,关仁山小。有一年辽宁一位导演来河北找我们,来了惊道:原来你们还是生活在三个不同地方呀!在他们印象中,有如此亲密关系的朋友,必然是朝夕相处抵足而眠。实际上,直到今天我们仍分别居住在承德、保定、唐山三个城市,相隔数百里,见一次面起码要在路上奔波半天、一天的。

一九九二年冬一个大雪天,省里在廊坊的固安县召开我与何玉茹的作品讨论会。在会上我认识了关仁山。仁山年轻英俊,非常谦虚,我们很谈得来。转年春天在石家庄开他的讨论会,我亦专程前往。可能因为仁山年龄还小,发言中批评的话越说越重,我知道人家说得有道理,却担心仁山能否吃得消。不安中我忙抢着发言,或多或少把调子往另一边扭扭。会后我问他怎么样,他说还行。

那时我与谈歌尚不熟悉,但我俩的作品在反映现实生活上有着惊人的相似。九四年省里开会时,戴着大眼镜子的谈歌与我一见如故。聊天时仁山谈他的"雪莲湾系列"想告一段落,我和谈歌说:"赶紧上岸,写你的冀中平原吧。"仁山聪明,新作很快就出来。而后一段时间里,我们几个分别有一批中篇小说在各大期刊上露面。不经意间,也就形成了些气势,产生了一定的影响。

一九九六年八月下旬,《小说选刊》与我们省委宣传部、省作协在北京召开我们三人作品研讨会,当时称为"河北三作家",但会后不久,"三驾马车"的称呼一下就叫开了。那年秋天,我们第一次结伴参加《芳草》的笔会,这才有了一年多朝夕相处的时光,彼此了解得更多了。谈歌是从工厂矿区长大的,性格豪爽,爱说爱逗。他好喝白酒,还喜欢大口喝,喝得高兴就唱段京戏,身上便显出些绿林好汉的影子。仁山初始属文静型,不喝酒也不唱,后来有很大变化,能喝几盅白酒,还能唱评剧《列宁在1918》。因为他是唐山人,剧中的道白是唐山味,对他非常合适。

一九九八年夏天,鲁迅文学院办研究班,我们三人都去了,住在中国作协,每人一个房间。条件很好,我们学得也很认真。在那之前,我们出了《三驾马车·中篇集》,每人一本。这时,我们又商定每人写一部长篇,并定下出版社和交稿时间。学习期间,我们应邀到省电视台做《燕赵之子》节目。七月的石家庄,就是个大火炉,可制片人说这个节目要晚些时间播,你们得穿深颜色的衣服。老天爷呀,那时穿短裤背心还热呢,哪来的深色衣服。没法子,我在地摊上买了件蓝色长袖棉毛衫,谈歌穿件夹克,仁山穿上西装。摄影室里没有空调,又有那些灯照着,结果把我们"三匹马",热得快晕过去了。一说结束,拔腿就奔火车站去北京。北京比石家庄要凉快一些。叶广芩的一位亲戚窦先生喜欢我们的小说,听说我们在这儿,非让去他家吃顿饭。盛情难却,只能随叶广芩去。窦先生的家住一老四合院,屋内隔断还是木雕的板壁,但地面已铺了光亮的瓷砖。窦先生很热情,拿出珍藏多年的茅台招待我们。我和仁山喝了一点就换啤酒,谈歌则一个人干下多半瓶。那日尽欢而归,我和仁山上七楼活动室打乒乓球,谈歌晃着也来,打不着球。后来他就坐电梯下楼了。过了半个多钟头,人们发现谈歌还在电梯里待着,问他干啥呢。他说想到外面凉快凉快,怎么出不去呢?原来,他迷糊中把一楼按成负一,电梯自然到了地下室,里面黑咕隆咚,他转了转又坐电梯回到七楼,又再回到地下室,就一直这么折腾,找不到出路。

  过去总讲文人相轻。但我们三人相处这些年,甭说相轻,连脸都没红过。仁山对外交际广,朋友也多,有些事都是由他牵头,比如谁谁要稿子,仁山就打个电话给我,我肯定答应并按时交稿。谈歌有时喝酒喝忘了,我就再给他去个电话,他也就抓紧写了。但谁写什么,我们互相都不过问,各有各的天地。自从"三驾马车"叫开以后,围绕着由我们和其他作家引起的"现实主义冲击波",曾出现了挺激烈的争论。不少编辑想把我们引进去争一下。我和仁山不善争斗,退避三舍,谈歌跃马横刀,上阵与人拼过几个回合。后来我们对他说算啦,咱们还是只写别说吧,谈歌也就忘了那些事。

  我基本属于性情平和的,还能在场合上讲几句话。有一阵总让我代表他俩讲,我心里很过意不去。我觉得他们二人无论在作文还是做人,都有许多值得我学习的地方。仁山爱帮助旁人,看人家出了成绩,他真心地笑;看旁人为难,他跟着着急。他的电视剧《福镇》拍摄时,他家甚至成了拍摄场地,家中衣物尽数拿出来供摄制组使。他不觉得麻烦,反倒很开心。他年轻时曾出过一本通俗小说,书商没钱付稿费,给了一车面粉。正巧肉联厂做肠子需要面粉,仁山就满身白粉跟着往车间扛。人家厂长还挺重视这车面,站在车前问作家在哪里,仁山把小白脸抹抹说:"我在这儿,有啥事咱扛完了再说吧。"

  谈歌非常孝顺。有一阵他岳母动大手术,花费较大。谈歌使劲写,挣了稿费就交医疗费。情急之下,便想写电视剧。还真有人来跟我们仨签了约,每人二十集,每集几千。签完了我们三人这叫高兴,一下逛到雍和宫,看人家都买香进去,我们说咱有那么多电视剧,咱也舍得点,也烧他十块钱的。卖香的笑道十块钱还叫舍得呀。我们心里说不是还没挣到手吗。可进去一看麻烦啦,雍和宫烧香有规定,为防污染,每回每人只许烧一两根香。我们买的又是那种细香,少说也得有百十根,如此慢慢烧,还不得烧到天黑。于是,只好趁工作人员不注意,多弄些插上去。我说今天咱们得有个共同的词儿。谈歌说一集几千少点。仁山说好好干,争取将来一集一万。我说行啦,今天的词儿就是"一集一万"。于是,我们就从前殿开始,"一集一万,一集一万"向后烧去。只见游人们交头接耳,不知我们三人说的啥。

后来别说一集一万,连签约的一集几千我们也没挣着。因写长篇,实在没精力,我跟人家说干不了,把预付的一点订金寄回去。他俩也没写成,但把订金给花了。前些日子我们一起到省里开会,又说起此事,仁山说花了人家的钱,今年咋也得给人家写啦……

我的文学情结

方青卓

儿子今年上四年级,有一天我在辅导他作文的时候,突然想起我上四年级的情景。那是妈妈辅导我作文,题目叫《与长辈比童年》。当时妈妈耐心地给我讲了很多我所不知道的东西,我也有很多感悟,那篇作文写得不错,被当作范文在年级朗读,我心里得意极了,甚至野心勃勃地决心成为一个大作家。那时我们的作文大多是命题作文,比如《暑假中的一天》《一件好事》什么的,我总是要求自己写得与众不同,希望自己做到最好。

说到我的文学情结,我的父亲是一个著名的作家、诗人。我从小就在作家圈里长大,周围的叔叔、伯伯都是作家。他们常常聚在我家里畅谈文学,经常督促我看一些文学书籍,很多书至今都让我难以忘怀。我外婆是俄罗斯人,妈妈曾是俄文翻译。在妈妈小的时候,外婆给她讲了很多俄罗斯童话故事。我出生后,妈妈又一遍遍讲给我听,我常常沉醉在那些美丽的童话世界中,幻想自己的故事。

妈妈现在已经70多岁高龄了,很少像从前那样给我写长长的信。但她经常给我寄来各种各样的照片,并且在照片后面写下她的感受,非常幽默、富有童心,常常让我忍不住笑出声来。受她的影响,我也喜欢收集照片。现在我已经有几千张照片,原来觉得是一些珍贵的纪念,现在看来快成为一种"灾难"了。等我不演戏的时候,我会把它们重新整理一番,因为每一个美好的瞬间都有可能点燃我创作上的火花。

妈妈常年坚持订一些品位比较高的报纸杂志,看到好的文章或段落就会摘抄下来,寄给我看。记得自己刚到北京当个体的时候,各方面条件都不是太理想,创业也很艰难。妈妈在《读者》上找到一篇很好的小短文《等待三天》,大意说一个生活艰难的老妈妈在巷口卖冰棒,可是每天她脸上都带着灿烂的笑容,日复一日。一个苦闷的女孩问她为什么总是那么快乐,老妈妈微笑着回答:有什么事情会过不去呢?只要等待三天,一切都会好起来……从那时我开始明白"坚强"两个字并不是敌人皮鞭下的江姐才有的,它是你内心的一种感受。从那时起我开始学会对任何事情都泰然处之。在工作拍片大家已经很疲惫很烦、情绪非常低落的时候,我会告诉自己也告诉大家,本来拍片就是一件很苦的事情,只要我们始终保持灿烂的笑容,再苦再累也是可以承受的。或者干脆鼓动大家和我一起大声唱:"抬头望见北斗星,心中想念毛泽东……"所有的不愉快都随着歌声、随着大家的笑声,如轻烟般散去。

现在,我已经有了自己的事业,有了美满的家庭。我和丈夫的"北京君和文化公司"也成立五年了。我们陆续拍了《父亲是个变色龙》《一乡之长》等电视剧。最近还拍了一部戏——《换个活法》,就是希望当人们遇到不如意的时候能够调整心态,换个活法。

我从小在一个有浓厚文学氛围的环境中长大,妈妈一直身体力行地教我"真、善、美"三个字,我也像她一样善良,一样重感情,愿意去发现生活中一些生动的、闪光的东西,并且把它们记录下来,哪怕只是一些微不足道的小事情。

最近在收拾东西的时候,儿子吃惊地叫道:"妈妈,70年代的日记您还有!"其实不止是1970年的,我始终有坚持写日记的习惯。小时候爸爸告诉我:好记性不如烂笔头。甚至半夜冒出一个有意思的想法,我也会立刻爬起来把它们记录下来,也许什么时候会用得着。

就这样,我三十岁的时候发表了第一篇小说:关于母爱的《细雨濛濛》,是我30岁时送给母亲的礼物。年轻时我还喜欢写歌词,20世纪80年代上影厂《绞索下的交易》主题歌《我从梦中醒来》、珠影厂《在这块土地上》主题歌《晨光》,歌词都出自我的手笔。后来还陆续发表了《无花果》《那年我十五岁》等几篇小说,因为常常忙于拍戏,写作时间不多,所以更多是写一些小散文。在四十岁那年我又出了两本书,一本是我主编的《中国影视圈》,是为纪念中国电影诞生九十周年、世界电影诞生一百周年。那次是我第一次尝试当主编,这本书花了两年才做完,真的很辛苦。不过当我拿到样书,看到封面上印着"方青卓主编",心里非常有成就感。另一本书是散文集《红蝴蝶》。这本书发行不大,因为当时出版社希望我能抽出几周时间,在周六、日和他们一起去各地做宣传。但我是一个孩子的母亲,那样我就要放弃周末和孩子在一起的时间。因为拍戏我已经失去了很多和孩子在一起的机会,只有放弃宣传。

后来在作家出版社一个朋友的鼓动下,我在拍《一乡之长》的间隙写出了那本《我眼中的同行》。这本书的风格与我从前的文章有了一些变化,它更接近我的性格和本色。

现在,这三本书沉甸甸地摆在我面前,让我感到在生命中,写作是如此吸引我。虽然我现在是个演员,但我最大的愿望是当作家。希望将来等我老了,不拍戏了,儿子也满18岁可以自立、属于另一个女人了,我能有更多的时间投入到写作中去,直到像父亲说的那样"稿子与人一般高",我就能成为一个真正的作家了吧?!

作家万岁!

一封"遗书"

周 明

3月的北京,在中国现代文学馆的一次学术讨论会上,满头银发的作家黄宗英和同样银发满头的生态学家徐凤翔,共同出现在会议上,亲亲热热地坐在一起。令人一看就很醒目。徐凤翔,是位长期奔波在西藏的高山大川、深林密谷、原始森林里的女科学家,也就是近二十年前的黄宗英那篇轰动一时的报告文学《小木屋》的主人公。

黄宗英为了采访徐凤翔,为了写《小木屋》,从1982年的57岁起,到69岁的1994年,竟三次进西藏,与徐凤翔同吃同住同行,风雨同舟,休戚与共,成为情同手足的亲姐妹、好伙伴。徐凤翔忘记了黄宗英是个作家,黄宗英更不觉得徐凤翔是位科学家,她们只知,一个共同的目标,一项崇高的事业,将彼此紧紧地联结在了一起,打成了一片,结为生死之交。因此才有了作家黄宗英的动人之作《小木屋》,才有了徐凤翔梦寐以求的西藏高原生态研究所。

蓦然间,面对黄宗英,我的思绪回到了那个遥远的1982年……

那年的9月,我们作为中国作家协会派出的第一个进藏的作家访问团,在黄宗英的率领下访问了藏区一个多月。那是我一生中难忘的日子。

去西藏,当时是我们大家共同的向往。西藏文联来电通知,凡进藏的同志一律都要进行体检,如患有严重心脏病或高血压者不得进藏。说实在的,我们谁也不愿意因为体检被刷下来。当时,由于北京没有直飞拉萨的班机,必须在西安中转,我们的体检只有在西安进行。

当时,黄宗英还在日本。是去出席她参演的电影《没有下完的一盘棋》在东京的首映式。但是,她怕误了去西藏的日程,在东京,当日本首相接见完中国代表团,她就匆匆飞回北京,又赶到西安,和我们愉快地会合了。在西安,体检的结果,我们大家平安无事,却唯独黄宗英心脏有些疑点,医生叮嘱她千万注意。她说:"我皮实,没事儿。"到达拉萨后,果然当天晚上,大伙都说头有点晕。黄宗英乐呵呵地说:"我也头晕。不过,在北京,在上海,我也有头晕的时候,谁知现在是不是高原反应?管他呢,明天,咱们就开始活动吧!先游览一下市容也好哇。"结果五天后,当我们在山南地区的琼结县参观藏王墓时,黄宗英突然脸色发青,头晕恶心,且呕吐不止,出现了高山反应。西藏的朋友立即把她送进了当地的驻军医院输液、休息。但当她在病床上知悉,第二天我们要去25公里之外参观沃卡电站时,她却躺不住了,一定要去!

这时,西藏的朋友和我们大家都好心劝她不要去,好好休息。当地朋友还告诉她,这个电站规模不大,仅四台机组,一百来人的小电站,不能和内地比。而且,去沃卡,要渡过雅鲁藏布江,还要通过一段险峻的山间简易公路呢!不去也行。宗英却急了,她说:"这些我都不怕,怕的就是你们好心不让我去。我一定要去!我要亲眼看看西藏同胞自己自力更生建成的电站。"就这样,她带病和我们一道去参观。当听说西藏水源充足,但是没有煤,又缺电,迫切需要电力!而沃卡电站正是在藏汉同胞团结奋战下,用四年光景在这深山荒坳中建成时,黄宗英动情地说:"应该为沃卡电站工人谱写一曲赞歌。"

黄宗英,就是这么一个人,她对生活、对科学、对科学家、对那些为祖国建设事业做出了贡献的人们,总是充满了感激之情、热爱之情!

毕竟我们只是一次访问,一个多月后就要返回各自工作岗位了。大家都有些恋恋不舍。没想到,临行前的头天晚上,我们正在忙碌整理行装时,突然,领队黄宗英变卦了!她告诉我说:"我要退掉飞机票!"我奇怪地问:"为什么?"我想好不容易弄到回程的机票,怎么不走了?领队丢了,回去怎么交代?

她说:"我要留下来,跟一位女科学家到原始森林去!"

我更是丈二和尚摸不着头脑。怎么,哪儿又冒出个"女科学家"?我说:"这究竟是怎么回事?"

平静下来之后,她这才慢慢地对我叙述清楚了,原来今天下午,她在招待所院里散步时,意外地碰到了四年前在成都旁听一个学术会议时所认识的一位女科学家——南京林学院的生态学学者徐凤翔。这位女学者在发言中提出:建议在全世界建立起几个森林生态定位考察站,可因陋就简盖一座"小木屋"进行工作。徐凤翔表示,她愿长期参加这一工作,把自己的一切献给西藏的大森林!徐凤翔的发言,深深地吸引了也打动了旁听席上的作家黄宗英。黄宗英说,从那以后,她已向往那个考察和研究祖国边疆生态环境、自然资源的前哨阵地——西藏大森林里的"小木屋"了。今天又正巧碰上这位要进林区的女学者了,这个机会多么难得!她怎么能错过呢!

天哪,这真是我们意想不到的事!谁知她铁了心,执意要退票,要去原始森林!我真急了,也"火"了,而她,也急了,激动地说:"周明!你我是老朋友了,别人不理解,你应该理解我呀!应该支持我呀!想想,我这份儿年龄,还能有几次进藏的机会啊……"

我为她的诚恳和真诚深深感动了。这是我和她结识近二十年来头一次遇到的"不愉快"情况。我懂了,她是为了事业呀!一项极其特殊而有意义的事业。我和同行的朋友们只好妥协了。她高兴得跳起来,连连拱手说:"够朋友,够朋友!"

第二天黎明,我们乘车去机场。当拉萨城还沉浸在夜梦中,布达拉宫上空闪烁着冷峻的晨星时,我们的车子徐徐启动了。就在汽车开动的前一分钟,为我们送行的黄宗英突然塞给我一沓要邮寄的信,嘱咐我带到成都去发出。但她特意从中抽出一封递给我,悄声说:"这封,给你。保留下。现在不必看。也不许在路上偷看。到北京后,如有万一情况就……"

原来她写了一夜信。这些信,有给老朋友的,有给她儿女的,有给她哥哥弟弟的,也有给她所在单位同志的。

我们就这样暂时分手了。

到达成都后,我遵嘱将她托付的那一厚沓信件一一寄出。我忽然想起她要我保留的那封信来。一看,是她写给她上海所在单位同志的。信封上用红笔特意写明:"周明保留。留底。"——这引起我的伙伴们的纷纷猜测。都说咱们打开看看。我有些犹豫。因为她有交代,这封信保留着,遇有万一情况,再发出。伙伴们坚持说,已经到成都了,不要紧的,打开吧!看看究竟是怎么回事儿。

天哪!这竟是一封类似"遗书"的信。

现在,事情已经过去若干年了,由于当时和后来也没有发生"万一"的情况,我一直"保留"着,也不曾发出。恕我在这里抄录出来,可见黄宗英当时是下了多么大的决心!

……

此刻,10月3日晚上10点钟,中国作家协会赴藏参观访问团,已完成任务,整装待发——乘明晨往成都的飞机返程。而我一个人准备留在这里继续深入生活。

1979年,我碰到援藏女教师——南京林学院的副教授徐凤翔同志,她在援藏期满调回后,曾到科委、林业部去请求建立西藏森林考察队,她愿意继续在西藏工作。后经科委与林业部商讨,成立考察人员编制、经费等都有困难;但对她的态度表示支持,批准她个人继续入藏考察的计划和经费。几年来,她每年都来西藏一趟,三四个月吧。带一个助手,钻深山密林。我曾与她相约,候机会随行。现在我们在拉萨碰面了。三四天后将雇车前往林芝、波密、昌都,历时一个半月。进林区后,宿帐篷,进行考察,然后乘车由雀儿山往成都。徐已经五十二岁,患关节炎。我想科学家能去的地方,我这个文学家也是去得的。你们了解我,也一定支持我的。仅此汇报,并致

敬礼!

黄宗英

1982年10月3日于拉萨

她在同一封信中的另纸又写道：

……

此行多艰难,万一发生意外,作为共产党员,是无憾的。一个党员作家,首先要有热情把自己贡献给美好的、有希望的、有利于人民和祖国的事业。

作为母亲和妻子,有几件家务事,请求组织照顾之,并协助安排:(以下为七件具体交待的事,略去)

黄宗英

匆匆含笑留言1982年10月3日,拉萨

我想读者朋友读过这几封信后,一切都会明白了。

后来,她便跟随女科学家徐凤翔历尽千辛万苦,冒着生命危险,钻到西藏高原深山密林去了!一去将近两个月!四位藏人,五位汉人,在海拔三千米的深山密林里支起三顶帐篷。黄宗英还担任临时炊事员。面对高原缺氧的空气,面对这种血管性头疼患者所畏惧的海拔高度,黄宗英满不在意,毫无惧色,依然是整天乐呵呵地充满乐观主义精神。

在荒芜人烟的大森林里整整生活、工作了两个月后,她跋山涉水返回成都。本来讲好要来北京的,给我们谈她一肚子的生活感受和感人的故事,可她不巧在成都崴了脚,只好先回上海治疗。然而,这时《小木屋》已在她的脑海中逐步酝酿形成。

1983年的除夕夜,她铺开稿纸,奋笔疾书,从夜晚一直鏖战到大年初一拂晓。就在那个晨光熹微中,她孕育已久的报告文学《小木屋》诞生了。

2003 年

巴金亲临现代文学馆
吴泰昌

1985 年 3 月,巴金来京出席第五届全国政协会议期间,他特意安排时间,3 月 26 日亲临中国现代文学馆。

当我提前到达北京饭店巴老的住房,他衣着整齐地靠在沙发上,情绪格外好,他是否在想这个日子终于来到了。

1981 年他写过样的话:"倘若我能够在北京看到这样一所资料馆,这将是我晚年的莫大的幸福,我愿意尽最大的努力促成它的出现,这个工作比写五本、十本《创作回忆录》更有意义。"经过 4 年多的筹备,中国现代文学馆终于开了馆,并且在这么一个又大又静的院子里。

当时文学馆的临时馆址坐落在北京西郊古刹万寿寺西院。万寿寺,清朝的时候曾是皇帝的行宫,慈禧太后到颐和园去时,要半路上到这里歇脚,休息足了再登上龙舟顺长河而上,所以,这里有她的寝室、御厨房、御茶房。昔日帝王家,今日成了作家文物的安放地。

上午 9 时,巴老乘车出发,李小棠和我陪同前往。当巴老抵达文学馆大门,馆长杨犁等已在迎候,巴老下车后,众多人先后抢来搀扶他跨门槛、下台阶。

出席开馆典礼的有胡乔木、邓力群和著名作家夏衍、林默涵、沙汀、胡风、臧克家、林林、陈白尘、姚雪垠、骆宾基、周而复、唐弢、盛成、王蒙、唐达成等 20 余人。

中国作协主席、中国现代文学馆名誉馆长巴金主持了开馆典礼。在热烈的掌声中,他讲了话,他激动地说:"中国文学队伍是一支强大的力量,中国现代文学馆的成立将会证明这一点。""我相信中国现代文学是一股强大的力量,文学馆的存在和发展就将证明这个事实。我又病又老,可以工作的日子也不多了,但是只要我一息尚存,我愿意为文学馆的发展出力。我想,这个文学馆是整个集体的事业,所以是人人都有份的,也希望大家出力,把这个文学馆办得更好。"胡乔木同志代表党中央向巴金表示感谢,并祝愿中国现代文学馆越办越好。王蒙在致辞中希望现代文学馆能被更多的人了解、支持和利用。巴老已有 3 年未到北京,这次见到许多朋友很高兴。因巴老行动不便,

1985年3月26日,巴金出席中国现代文学馆开馆典礼。

他们一个接一个过来看望巴金,巴金与他们一一握手。胡风夫人梅志陪胡风过来看望巴金。梅志指着胡风问巴金:"你还认得他吗?"这是1955年以后俩人第一次见面。次年,巴金在《怀念胡风》文章中写道:"他完全变了,一看就清楚他是个病人,没有什么表情,也不讲话。"

在开幕典礼上展出的陈品中,巴老见到他这次开会带来的赵树理书赠萧珊的一条横幅。赵树理和萧珊在十年浩劫中先后含冤而去,巴老在观看这件展品时,停了下来。

开馆仪式结束后,巴老直接去了冰心家。

4月4日上午,巴老由李小林陪同又一次亲临文学馆,巴老这次来主要是看望馆里全体工作人员,并参观了部分陈列室。杨犁一直陪着巴老,当天中午,杨犁同我详细地谈起巴老今天在文学馆的活动情况,他说这是他们全体人员感到最高兴的一天。

巴老进馆在会议室一坐下来,就从怀中掏出钱来,说:"这是我最近收到的一笔稿费,120元,交给你们吧。"

自从1982年他向文学馆捐赠15万元稿费作为建馆基金以来,每发表一篇文章,每重印一册旧作,所得的稿费,不论十元或千元,他全部寄给了文学馆,真可谓"点滴归宿"了。他曾在一篇谈版权的文章中说:"我决定,在所有的旧作上面,不再收取稿费,我要把它们赠给新成立的中国现代文学馆。""我愿意把我最后的精力贡献给中国现代文学馆。"他是在默默地朴实地实行自己的心愿。

11月25日,是巴金老人的百岁华诞。巴老用笔记录下了一个世纪的风风雨雨,无数的有心人也用自己的镜头记录下了巴老精彩辉煌的世纪历程。

1982年10月,现代文学馆筹建处成立。"我愿意把我最后的精力贡献给中国现代文学馆。""我已经看到了文学馆的明天。这明天,作者和读者人人有份。"

《学习》(木刻) 李唤民

巴金与《文艺报》

吴泰昌　祖忠人

万万没想到,我从校门进入社会,就跨进了《文艺报》门槛,开始文学期刊编辑工作,一干就干了三十多年。1949年5月4日,《文艺报》在北平创刊,9月25日正式创刊,先后是中华全国文学艺术工作者代表大会筹委会和大会、中国文联、中国作协机关报。《文艺报》所经历的半个多世纪的风风雨雨,也正是我大部分生命所走过的道路。风雨中,有泥泞,有坎坷,自然也有成就事业的受益和欢乐。更有难忘的经历,几代文艺界的领导和作家、艺术家、评论家、文学艺术组织工作者长期对《文艺报》的关心支持时时活跃在我的记忆里。在郭沫若、茅盾、周扬等辞世后,我们更加珍爱,自《文艺报》诞生起巴金所给予的多方面的热心关注和巨大支持,巴金与《文艺报》的友谊最长远。

1949年6月27日,巴金从上海到北平出席中华全国文学艺术工作者代表大会(后称第一次全国文代会),当选为中国文联全国委员会委员、中华全国文学工作者协会(后改为中国作家协会)常委委员,1953年当选为中国作协副主席,1960年在第三次全国文代会上,当选为中国文联副主席。中国作协主席茅盾逝世后,1983年4月在中国作家协会主席团扩大会议上被推选为中国作家协会主席团代理主席,1985年在全国第四次作代会上当选为中国作协主席,1996年在第五次全国作代会、2001年第六次全国作代会上,又蝉联中国作协主席至今。巴金作为领导和作者,与《文艺报》的密切关系,难以详尽细说。1982年,他在捐赠给中国现代文学馆的解放后四份文艺期刊中就保存有《文艺报》的全套。

我在《文艺报》做编辑工作虽然多年,但所知有限,本文所记叙的是我确切了解的和亲身经历的,于巴金对《文艺报》的关心和支持,只是点滴。

一

巴金和《文艺报》的创始人茅盾有着密切关系和深厚友谊。《文艺报》初期,巴金不断用作品支持《文艺报》。1952年4月,《文艺报》刊发了他的散文《我们会见了彭德怀司令员》。巴金以巨大的政治热情迎接新中国的成立,真诚地表示要用自己的笔去努力反映新的伟大的时代。他在第一次全国文代会作的题为《我是来学习的》大会发言中说:"好些年来我一直是用笔写文章,我常常叹息我的作品软弱无力,我不断地诉苦说,我要放下我的笔。现在我发现确实有不少的人,他们不仅用笔,并且还用行动,用血,用生命完成他们的作品。那些作品鼓舞过无数的人,唤起他们去参加革命的事业,它们教育着而且还要不断地教育更多的青年的灵魂。"

巴金"用行动、用血、用生命完成"自己的创作愿望,有了实践的机会。1952年,党中央号召广大文艺工作者深入生活,全国文联立即在全国范围内组织了第一批作家深入部队、农村、工厂。《文艺报》发表了社论《长期地无条件地全身心地到工农兵群众中去》。据《文艺报》报道:"第一批的作家中赴朝鲜的有巴金(组长)、古元、葛洛、白朗、菡子、立高、西虹、黄谷柳、罗工柳、王希坚、李蕤、王莘、逯斐、辛莽、高虹、寒风、西野、伊明;下工厂的有曹禺、艾芜、井岩盾;下农村的有马加、贺敬之等。"

巴金等作家在赴朝鲜前线前订立公约,保证不要求生活上的特殊照顾。作家们对于这次出去体验生活,抱有很高的热情,决心克服过去单纯收集材料的错误想法,而强调在斗争中自我改造,并保证坚决完成创作任务。

《文艺报》对巴金一行在朝鲜前线深入生活积极采访作了跟踪报道。1952年4月10日出版的《文艺报》反映了各地群众欢迎作家们深入生活创作的动态,又及时刊发新华社朝鲜前线报道:中国人民志愿军领导机关曾举行盛会,欢迎由巴金率领抵达朝鲜前线的十七位文艺作家。巴金代表全体赴朝作家、艺术家向志愿军指挥员、战斗员致敬。他说:"全国人民都以志愿军作为自己学习的榜样。有了你们,祖国人民才有了两年来的幸福生活。我们来朝鲜前线就是要向你们学习,要把你们的斗争报告给全国人民。"

巴金于3月20日抵达朝鲜前线。3月31日,创作组抵达平壤,受到朝鲜政府、朝鲜各界人民和我国驻朝大使馆的热烈欢迎。朝鲜内阁首相金日成将军在4月4日接见了创作组的同志。同日,朝鲜文学艺术总同盟举行座谈会,欢迎创作组。

在巴金等赴朝前夕,《文艺报》主编冯雪峰希望巴金以最快的速度给《文艺报》以支持。巴金答应了冯雪峰提出的要求。由于当时通讯不便,巴金在朝鲜采写的稿子只好通过新华社用电报发回,冯雪峰叮嘱《文艺报》总编室与新华社保持密切的联系。

1952年3月22日上午,中国人民志愿军彭德怀司令员会见了巴金等17位文艺家。受创作组委托,3月25日晚,巴金在坑道掩体里完成了《我们会见了彭德怀司令员》初稿,即写信送彭德怀同志,彭德怀复信巴金,"巴金同志:'像长者对子弟讲话'一句,改为'像和睦家庭中亲人谈话似的'。我很希望这样改一下,不知允许否? 其次,我是一个很渺小的人,把我写得太大了一些,使我有些害怕! 致以同志之礼! 彭德怀3月28日"。巴金改定文章后交新华社发回北京,《文艺报》拿到这篇文章已是4月初,因《文艺报》当时是半月刊,为了等候巴金等在朝鲜深入前线采访的图片,只好安排在4月25日出版的刊物上以显著的位置发表。据当年《文艺报》总编室主任唐因回忆说,巴金从朝鲜回到北京后,《文艺报》编辑部曾向他说明,等了多日他们的照片,都没拿到,巴金说:"你们文章上配了彭德怀司令员的照片就不容易了,我们在前线深入生活、采访时的一些照片当时我也没有见到,你们从哪里去弄?"《文艺报》在发表《我们会见了彭德怀司令员》之前,在3月25日出版的第6期上发表了巴金在朝鲜前线翻译的巴西乔治·亚玛多的随笔《在保卫和平斗争中拉丁美洲的作家和艺术家》。

二

1966年6月,《文艺报》被迫停刊。1977年12月,在复刊不久的《人民文学》编辑部举办的一次座谈会上,茅盾宣布以中国文联副主席和中国作协主席的身份讲话,他说,"四人帮"不承认文联和作协,我们也不承认他们的反革命决定。他建议尽快恢复中国文联和各个协会的工作,并建议《文艺报》复刊。1978年5月27日至6月5日中国文联第三届全国委员会第三次扩大会议在北京举行,宣布经党中央决定,中国文学艺术界联合会、中国作家协会、中国戏剧家协会、中国音乐家协会、中国电影工作者协会和中国舞蹈工作者协会正式恢复工作。《文艺报》立即复刊。巴金从上海到京出席了这次重要的会议。

1977年5月,巴金结束十年的沉默,应上海《文汇报》的一再要求,为纪念毛泽东《在延安文艺座谈会上的讲话》发表三十五周年写文章。他5月27日写的《第二次解放》载6月11日《文汇报》,巴金回顾从事文学工作"两次解放"的经历:第一次是"光辉的《讲话》把我从旧思想的泥泞中解放出来";第二次是"打倒'四人帮'",又得到了解放。表示要"拿起笔,为这个伟大的时代和英雄的人民献出自己的全部力量"。同日巴金在致静如的信中说,今日写的文章"讲出了心里的话","感到痛快","最近两周我常常工作到深夜,十二点甚至一点",而且"做事不习惯找助手"。

巴金正是怀着"第二次解放"这种振奋的心情表示愿为复刊的《文艺报》再贡献自己的力量。

1978年6月初,《文艺报》开始紧张筹备复刊,决定7月正式出版。编辑部决定请几位知名作家对复刊的《文艺报》提出希望和建议。首先想到的就是巴金。编辑部分配我与巴金联系。很快收到了巴金6月9日写的《我的希望》,并附给我一封短信。巴金希望复刊后的《文艺报》是一个"战斗的刊物",他说:"《文艺报》复刊是广大读者盼望了好久的事情。事情本身就是对'四人帮'的严正批判。复刊后的《文艺报》一定会以新的面目出现。刊物的一个任务就是:肃清'四人帮'的流毒,改变他们遗留下来的文风,把'四人帮'搞乱了的思想彻底澄清,把他们颠倒了的是非颠倒过来。这是一场严肃的长期的战斗。《文艺报》应当是一个战斗的刊物,它的战斗性要强。在文艺战线尖锐复杂的斗争中,刊物要高举毛主席的伟大旗帜,勇敢地战斗;要坚决贯彻'百花齐放,百家争鸣'的方针。要真正做到立场坚定旗帜鲜明。少登不痛不痒、四平八稳的文章;批评不怕尖锐,但思想要明确,也要实事求是;批评要以理服人,不能以势压人,绝不搞'四人帮'那一套。有批评也要有反批评。不能一个人说了算,一篇文章就是结论,不准别人碰一下。要鼓励大家进行热烈的讨论。文章不一定太长,要说老实话。至于把'成套设备'一齐用上,把大家常说的全照搬,就是不讲出自己真正的见解,这种文章读者不喜欢。我这样想:只要不违背六项政治标准,敢想、敢写,都是可以的,而且应当受到鼓励,刊物也要敢于发表。"他说:"闯将是不能缺少的,要是没有人敢于一马当先飞奔向前,大家都看风色、看行情,袖手旁观,那么就绝不会有新的气象和新的局面。"他希望《文艺报》在这方面也起带头作用。

由于刊物组版时,文艺界发生了两件大事,一是中国文联主席郭沫若同志逝世,二是三届中国文联全委会第三次扩大会议召开,版面临时作了重大调整。巴金在《文艺报》复刊号上有怀念郭沫若同志和《迎接社会主义文艺的春天》两篇文章,经编辑部同巴金商量,巴金同意暂不发表《我的希望》。巴金的《我的希望》虽然没有在《文艺报》复刊号上刊出,但《文艺报》编辑部在《致读者》中吸取了巴金希望复刊后的《文艺报》办成战斗的刊物的思想,《致读者》中说,《文艺报》复刊之后要做些什么呢?"第一要斗争",我们要同全国文艺界和全国广大群众通力合作,共同打好批判林彪、"四人帮"炮制的"文艺黑线专政"论这一场"大硬仗";"第二是要斗争!要为彻底粉碎'四人帮'设置的重重精神枷锁,完全解放文学艺术的生产力,为繁荣社会主义的文艺创作而斗争";"第三还是要斗争!要为培养文学艺术的新生力量,发展壮大无产阶级的文艺队伍而斗争。"《我的希望》不久收入四川人民出版社出版的《巴金近作》。

三

1978年6月12日,郭沫若同志逝世,为缅怀郭老,《文艺报》编辑部请巴金写纪念文章。巴金12日在上海获知郭老辞世的消息,14—15日,在他17日赴京出席郭沫若追悼大会前为《文艺报》赶写了《永远向他学习——悼念郭沫若同志》,发表在7月15日出版的《文艺报》复刊号。巴金在文章中赞郭老"真诚""有一颗赤子之心",虽然辞世,"战士、诗人、雄辩家的雄姿""更鲜明",巴金说,在刚刚召开的中国文联全委扩大会上,郭老在书面发言中豪情满怀地要求我们:"粉碎了'四人帮',我们精神上重新得到了一次大解放,一切有志于社会主义文学事业的文学家、艺术家,有什么理由不敢开思想、畅所欲言、大胆创造呢!"巴金认为郭老这段话应当看作是他的"遗嘱","我要永远记住他的话,永远向他学习。"

1981年3月27日晨,茅盾同志逝世。27日下午3时25分,巴老在寓所突然接到北京长途电话,巴金十分艰难地一句一顿地说:"很吃惊,很难过,他是我尊敬的老师,几十年如此……"当时,我出差在上海,巴金接电话时我正在场,晚上回到住处,编辑部来长途电话让我恳请巴老写缅怀茅盾的文章,一定要设法完成这个任务。巴老当时很疲惫,正准备去杭州休养。第二天上午,我去巴老家,转告了《文艺报》对他的这一请求。巴老沉默不语。29日上午,巴金之女李小林突然将巴老已写好的这篇文章交给我,小林说:"爸爸是清早起来为你们写的。"巴金在《悼念茅盾同志》中深切怀念与茅公的友谊,自云"始终把他当作一位老师",回忆他工作"认真负责,一丝不苟"及文学创作、编辑工作、评论、培养青年等方面的成就,称茅公是"我们那一代作家的代表和榜样""为祖国和人民留下了不少宝贵的财富"。

四

巴金在《文艺报》复刊后,十分重视《文艺报》就文艺思想、文艺工作等重要问题举办的座谈会和笔谈。

1978年10月上旬,《文艺报》编辑部在京邀请部分文艺工作者就"实践是检验真理的唯一标准"这一重大的马克思主义基本问题进行座谈。编辑部特别希望茅公、巴老出席。茅公因身体不适,临时决定不能出席,但他作了《作家如何理解实践是检验真理的唯一标准》的书面发言,巴金从上海寄来了《要有个艺术民主局面》的书面发言稿。茅盾、巴金发言稿全文和与会的部分人士发言摘要,于1978年10月15日出版的《文艺报》以"坚持实践第一,发扬艺术民主"为栏题加以发表了。巴金在文章中鲜明地指出,实践是真理唯一标准问题的讨论"不是一般学术观点的讨论","是思想战线上的一场重要斗争","这场斗争关系到整个国家的前途,关系到新的长征能否取得胜利,四个现代化是否能顺利完成,关系到揭批林彪、'四人帮'的斗争是否能进行到底,关系到各条战线的工作和每个人的工作"。他认为我们文艺界当前的重要工作是发展和繁荣社会主义文艺,要实现这个目的,就得按照文艺发展的规律办事。首先还是要解决实践的问题。他说:"社会主义文艺事业是亿万人民共同的革命事业",他希望让"大家多讨论,多发表意见,用集体的智慧做好工作,前途是无限光明的"!

1980年10月,《文艺报》开辟《怎样把文艺工作搞活》专栏,编者按:"文艺工作者如何总结过去三十年的经验教训,适应新的形势变化,新的社会生活的需要,坚决贯彻党的文艺方针政策,加强和改善党对文艺的领导,改革文艺工作的体制,把文艺工作搞活,这是当前文艺界和广大人民群众所关心的问题。"巴金以《多鼓励少干涉》为题参加了这组笔谈。参加笔谈的还有叶圣陶、夏衍、林默涵、贺绿汀、刘白羽、王朝闻等。巴金在文章中说:"我觉得要重视文艺,文艺的作用是潜移默化,培养崇高的心灵,树立为国家、为人民的理想。要认真贯彻双百方针,文艺工作者应当受到重视,给他们安排一些好的工作条件。我主张多鼓励,少干涉。"巴金的这篇短文是编辑部根据他在五届人大会上的发言整理出来的,巴金同意《文艺报》发表后,又作了认真细致的修改,再从上海寄回编辑部。

五

1981年4月13日,上海《收获》编辑部在京召开座谈会,和在京文学界人士就目前文学创作的成就以及如何办好大型文学期刊交换意见。

应邀出席座谈会的老中青作家、评论家共30多位。《收获》邀请了《文艺报》的人最多,除主编冯牧、孔罗荪,还有四五位。《收获》主编巴金始终在聚精会神地听大家的发言,韦君宜、王蒙、邓友梅、林斤澜、李国文、从维熙、刘绍棠、谌容、张洁等17位发言者一致肯定了《收获》自1979年1月复刊后在发表优秀作品,培养、扶植中青年作家等方面所取得的显著成绩,并提出进一步办好《收获》的一些建议。

巴金在听取了大家发言后作了即席发言,他说:"现在文艺界的成绩已超过三十年代了。这两年来,出了很多好作品、好作家,尤其是中年作家很有成绩。时代的规律就是这样,必定一代胜过一代,我对社会主义文艺非常乐观。"他希望大家坚持"二为"方向和"双百"方针,通过作品展开竞赛,促使社会主义文艺出现一个更加繁荣的局面。巴老语重心长的言辞,令大家兴奋鼓舞。

座谈会结束后,巴金虽很疲倦,但还是单独和与会的《文艺报》的同志作了短暂交谈。罗荪同志请巴老就《文艺报》工作给大家讲点话。巴老说,没有更多的话好讲,创作要上去,大家齐心协力,多做点实事。巴老还关切地询问《文艺报》人员情况和工作条件,他说:"你们人手少,工作又紧张,担子不轻,要尽力安排好。"

会后,巴金和与会的《文艺报》人员合影留念。

六

1984年初冬,中国作协党组正在酝酿,将《文艺报》月刊改成报纸。冯牧同志去上海看望巴金,组织上安排我陪同前往。冯牧其时是中国作协副主席、中国作协党组、书记处主要负责人之一,又是《文艺报》主编,他向巴金汇报了中国作协工作后,谈到了《文艺报》改报问题。巴老谦虚地说,他没办过报纸,只办过杂志,这方面没有经验,《文艺报》改报纸的事由党组去决定。但他希望决定前多征求一下文艺界各方面的意见。他说,要改成报纸,就要像报纸那样去办,办好。冯牧回京后,根据巴金的建议,除分别去征求文艺界一些老同志的意见外,《文艺报》编辑部还在11月26日,借纪念《文艺报》创刊三十五周年之际,邀请了首都部分评论家、作家座谈改进《文艺报》工作。主持人副主编唐达成虽然在会上没有透露中国作协党组正在考虑《文艺报》改报的问题,但与会者的发言,除了侧重在内容方面,同时也指出目前《文艺报》的篇幅和出版周期不太适应目前文学艺术的发展变化。

1984年冬,第四次全国作代会前夕,中国作协党组决定《文艺报》由月刊先改成报纸周刊。1985年4月20日出试刊号,7月《文艺报》正式出报。巴金3月23日来京参加全国政协会议,在这次会议上,他当选为全国政协副主席。除了会议之外,他还抽空看望老友,出席中国现代文学馆开馆活动,日程安排非常紧。也正在他繁忙中,《文艺报》又去麻烦他,请他为报纸试刊号赐文。4月7日下午5时半左右,我去北京饭店他的住处,他正与曹禺夫妇交谈,我转告了编辑部的这个希望,巴老说:"我这些年讲了不少,写了不少,没有什么新鲜的话好为你们写。"经我们一再恳请,出于对《文艺报》多年的关心和支持,巴老在10号离京返沪前,终于为《文艺报》写了《少说空言,多做实事》。由于这一期试刊号发行极少,很多读者难以寻觅,巴金所说的许多意见,尤其是关于评奖问题,至今仍具有强烈的现实意义,故全文引述如下:

> 现在不少人在谈论我们的文学创作攀高峰问题。攀高峰,这很难说。我觉得作家还是应该少发空言,多做实事。过去我们空话说得太多,这有什么意思?我们现在空话还是太多,这是个大问题,写文章也是套话不少。我个人的意思,不要讲什么"攀高峰",每个人把自己想写的写出来,认真地写出来,很好地写出来,是不是高峰,读者会评论的。
>
> 我们说我们要走在世界前列,要面向世界,向世界宣传中国现代文学。现代文学是一股强大的力量,要实事求是地宣传,要让别人知道、别人了解,所以,我们首先自己要重视,自己要尊重它、重视它。
>
> 整个社会要爱惜作家,要造成一种空气。这同我们整个社会要尊重知识,尊重人才的空气是一致的。作家也要意识到自己的责任。还有评奖问题。评奖是个好办法,对鼓励创作,促进繁荣有好处。但要把评奖的威信树立起来。评奖就是奖励好作品,多就多奖,少就少奖,实事求是,注重质量。不一定要平衡,更不要照顾。要严、要精。我特别感到高兴的,是青年作家一个个出来,一批批地出来,形成了一个竞赛的局面。这不是哪个人培养的,这是生活本身培养出来的。

1985年7月20日,报纸《文艺报》正式出版,编辑部很想知道巴老对报纸的印象,上海朋友寄来巴老在家中正在看报纸《文艺报》的照片。我们很高兴,并将它发表在《文艺报》上。

在新世纪之初,我回想起了文艺界众多前辈对《文艺报》的关心、爱护和支持。在落实党的十六大精神,实现全面建设小康社会,振兴中华民族新的伟大征途中,我们更加珍惜巴老和许多老中青作者长期来支持和期望,把《文艺报》办得更好,办得更符合时代发展和人民日益增长的精神需求。

《川西风光》(版画)　王德昱

我和萧红在香港

端木蕻良

战争一爆发,我和萧红就想趁日本人还未到香港,从九龙到深圳回内陆。当时《时代文学》有我一个助理编辑叫袁大顿,他家在东莞,我们计划出九龙到东莞,万一出不去,可住他那儿。可是当时他已回家结婚。原以为他会很快回来,所以也没留下地址。我们不会说广东话,脸型、习惯也不像广东人,若去找他,万一找不到,就暴露在外,这是很危险的。另外,日本人行动很快,没等我们动身,东莞已失陷,我们就困在九龙,涧上水乐道十八号,现在是恺悦大酒店。已能看到日本人的铁丝网。日本人步步逼近,我们就回到香港。先住在思豪大酒店,那是张学良弟弟张学明在那儿开的长期房间。当时空着,我们就住在那儿。不久,思豪大酒店中弹,人家都跑到地下防空洞,但萧红走不动,整个楼里只有我们俩人,这样又得搬家。搬到哥罗斯达大酒店,但日本人一上岸,就把它接管了。这样,我们又搬了几次,等到25号圣诞节,港英政府投降与日本人签订占领和约,我就上街找医院,但都不营业。当时香港的港币、美金都不能用了,只有日本的叫军票,我们哪有军票?当时大街上到处都是兑军票的,一块钱最通用,十块钱就不行,香港叫税值。我找到养和医院,这是私营里最好的医院,玛丽医院是公家最好的医院。医院最好的大夫叫李树魁,只有他还在开业,我接触的是他弟弟李树培,现在大概不在了。这个人我估计他就是要骗钱。因为当时最需要军票,因此他说,"我可以给你介绍一个房间,但不要美金、港币,只要军票。"当时我哪有军票?即使找朋友能借到金子,银行也冻结了。我连斯诺夫人邮来的稿费都取不出来。在香港,你得先付医院手续费和一星期住院费,还需要付一星期的特别护理费,我得把这些钱都准备好,人家才允许萧红住院。特别是护士费,是一天,昼夜,一个夜班要加25块钱。养和医院多半是外国护士,看护萧红的可能是个波兰人。

经检查,李树培说萧红气管里有瘤,要开刀,我知道有肺病的人开刀不易封口,我二哥患脊椎结核,在协和医院开刀,结果在医院躺了八年,还是孟继懋开的刀。因此在这种情况下,我不同意开刀,但李树培说:"你是听我的,还是听你的!"我们当然也要听大夫的。萧红说我:"你不要婆婆妈妈的,开刀有什么了不起。"但我有这个经验,我二哥那时还未起来床呢。可是萧红性格很倔强,她自己签了字。她一签字,医院就不理我了。手术很快做好,我看手术流血不多,手术还是很利落的,就比较放心了,萧红被送进病房很快就恢复了,当时还很高兴,认为麻醉技术也高。但萧红对我说,她声音很低:"我胸疼,是不是我的胸?"我说:"对……"(语咽)这时,我又想起二哥的病,都是结核,但二哥还可以在北京协和的西山安静休养,可香港现在没有这个条件,大夫又……(哭泣)到最后,医院说他们束手无策了。这时你跟他们交涉没有用,一没时间,二没精力,我又找到玛丽医院。因为已经熟了,他们答应收留萧红。香港这时交通已断绝,从玛丽医院到城里来回80里路,有汽车是很方便,可当时就靠我一个人走路,萧红怎么送过去?我想找辆汽车。那时汽车都被日本人征用,要找汽车只有找日本人去。日本人也分两种,一种是军阀武士道,一种可能还有人道主义思想,如记者,万一有肯帮助我们的。当时只想快把车解决了,是什么后果就难说了,因为这样我就要暴露我的身份。我看到两个日本记者在用英语交谈,我就上前用英语说我是端木蕻良,不想他们知道、了解我的要求后,他们说好,于是一位把我带到他的办公室。他带记者臂章,记不清是什么社了(这次南下,杜宣说是朝日新闻社的),反正是随军记者。他找来车,把萧红送到玛丽医院。玛丽医院很快就被军管了,我又送萧红到法国医院,法国医院和大夫人非常好,我以前还记住他名字。后医院又被军管,法国大夫在圣士提反教会女校设立个临时救护站。我问他:"萧红还有希望吗?"他说:"在这个情况下,我很难说这个话,假使在正常的情况下,她是有希望的,我可以保证这点。现在这个情况,我一点办法也没有,只能维持现状。我尽量把现有的好药都拿出来,使出我最大本事。"这样使萧红维持了一段时间。

这期间,那位日本记者表现得很亲近,我就问他名字,叫小椋,在萧红最后的时刻,他也去看过萧红。他也说,看萧红这样,希望不大了。我说都是养和医院开刀缩短了她的寿命。他说,不是开刀,也活不很长。我想至少能维持几年,他这么说无非是想减少战争的罪恶。但他本人还是帮一些忙。萧红一死,我就把那个日本记者甩掉了。

萧红临死有这样的一个遗言:要葬在鲁迅墓旁。但当时情况做不到,我说只有将来办到了。她说:"那你把我埋在一个风景区,要面向大海。"这样我选定了香港风景最好的浅水湾。骆宾基根本不了解这情形。当时日本人军营,死人很多,都是乱七八糟地埋在一个公墓,我当然不能让萧红埋在那里,将来根本无法辨认,成了万人坑了,日本人就搞这种万人坑。我去找管理的人,他也是高级知识分子,懂英文,我用英文跟他说,他很高兴,他问葬在哪儿,我说葬在浅水湾,他也不知浅水湾是哪里,因为那里根本不能葬人,但他批准了。我当时没有用他的车子,要甩开他们,我是抱着骨灰瓶走去的。

我想立墓牌在当时没有条件,就找了一块木板,写了"萧红之墓"。当时连锹都没有,是用手或拿石块挖的,那是人家的一个花坛(在当时的丽都酒店前方),面向大海,路上一个人也没有。埋她,我心里很不放心,我知道香港是一定要收回的,但这个墓会不会保存呢？将来英国人是不会保存这个墓的，因为这不是埋人的地方。因此处理骨灰时，装了两个骨灰瓶。那时候，买不到骨灰盒，是敲开古玩店的门，买的古玩瓶，一个埋在浅水湾，一个后来埋在圣士提反女校中。

浅水湾埋了萧红后，我住在香港大学文学系马季明家里。他对我很好，劝我在他那儿住，恢复一下。他家住半山，我把另一只骨灰瓶也带去了，在中国来讲，这是犯忌讳的。我想这个骨灰瓶要找一个不同于浅水湾的地方，这样毁了一个，还能保存一个，因此把它埋在圣士提反女校。

不久，我们坐日本船"白银丸号"离开香港，我们买的票是去广州湾。但那儿已被日本人控制。澳门有画家黄新坡，我南开中学的老师田聪，我们在香港见过面，于是从澳门下船，辗转回到内地。

（2004年是萧红逝世62周年，我们特选编《端木蕻良文集》中回忆萧红的一篇，谨表纪念）

假如我得了非典

毕淑敏

假如我明天得了非典,我该如何?实在不愿这样设想,生怕轻声的诵念也会把那魔鬼引入家门。我逼迫自己认真筹划,既然有那么多人已悄然倒下,既然我不想在懵懂无备中进入灾难。

假如我得了非典,我不会怨天尤人。人是一种生物,病毒也是一种生物。根据科学家考证,这一古老种系在地球上至少已经滋生了20亿年,而人类满打满算也只有区区百万年史。如果病毒国度有一位新闻发言人,我猜它会理直气壮地说,"世界原本就是我们的辖地,人类不过是刚刚诞生的小弟。你们侵占了我们的地盘,比如热带雨林;你们围剿了我们的伙伴,比如天花和麻疹。想想看,大哥岂能坐以待毙?你们大规模地改变了地球的生态,我们当然要反扑;你们破坏了物种之链,我们当然要报复。这次的非典和以前的艾滋病毒,都还只是我们派出的先头部队牛刀小试。等着吧,战斗未有穷期……"人类和病毒的博弈,永无止息。如果我在这厮杀中被击中,那不是个人的过失,而是人类面临大困境的小证据。

假如我得了非典,我会遵从隔离的法律。尽管我一直坚定地主张人应该在亲人的怀抱中离世,让死亡回归家庭。但面对大疫,为了我所挚爱的亲人,为了我的邻里和社区,我会独自登上呼啸的救护车,一如海员挥手离开港湾,驶向雾气笼罩的深洋。

假如我得了非典,即使在高烧中,即使在呼吸窘迫中,面对防疫人员,我也会驱动疲惫的大脑殚精竭虑,回顾我最近所走过的所有场所,把和我面谈过的朋友名单一一报出,祈请他们保持高度警惕。

假如我得了非典,我会接纳自己最初的恐惧。这毕竟是一种崭新的病毒变种,人类对它所知甚少,那个戴着荆棘冠冕的小家伙,凶残而强韧。但是,我不会长久沉溺于孤独的恐惧,因为它不是健康的朋友,而是衰朽的帮凶。我珍爱我的生命,当它遭遇重大威胁之时,我必将集结起每一分活力,狙击森冷的风暴。无数专家告诫,在病毒的大举攻伐中,机体的免疫力,是我们赤胆忠心的卫士。只有平稳、坚强必胜的心理,才能让身体处于最良好的抗击姿态,才是战胜病毒的不二法门。我不会唉声叹气,那是鼓敌方士气灭自己威风的蠢举。我不会噤若寒蝉,既然此病有九成人员可以逃脱魔爪,我激励自己相信概率。

如果我的病情不断恶化,到了需要切开气管的时候,我衷心希望医护人员做好防护,千万不要为了争取那一分钟半分钟的时间而仓促操作,威胁自身安危。致命的感染常常在这时发生。如果因此推延了抢救,我无怨无悔。医生护士的身上承载着更多重托,他们的生命不仅仅属于自己。我即使逝去,也会为最终没有带累更多的人而略感宽慰。

假如我得了非典,将携书同行。一些名著百读不厌,一些忙碌中买下的册子至今未翻。我已将它们归拢到书架某层,像一小队待发的士兵。如果我赶赴医院,这些刀枪不入的朋友,将一道踏入病房。一本女法医的探案集,只看了多半,特地留下悬念,预备着万一昏迷了也会念念不忘。为了得知谁是真凶,我一定要坚持醒来。

假如我得了非典,离家时千万要带上手机和充电器。估摸病房里不一定有电话,病重气短时也走不到公共通话间。我平日不喜欢这如同蟋蟀一样无所不在的器具,自此却刮目相看。我会不断向亲朋报告讯息,直到我康复的那一天。如果我已无法回答,请相信我依然在用心灵祈祷大地平安。

假如我得了非典,我会积极配合医生护士的治疗,我知道他们已太累太乏。我努力做一个出色的病人,不论我活着还是我死去。

终于要说到死了。既然想到过一切,自然也想到了死。死于一场瘟疫,实在始料不及。但人生没有固定的脚本,大自然导演着多种可能性,以人必有一死的不变法则来看,这黑色幽默也不算太唐突。如果能对传染病学有所裨益,我同意解剖尸体。如果作为芸芸死者,没什么特殊价值,请留我完整化烟。缘于耿耿于怀的仇隙——凭什么我死了,那个肆虐的杀手还在实验室里养尊处优地繁衍?与之共焚,也算雪恨。

假如我得了非典,我会在踏入救护车的那一瞬,尽我最大的努力,操纵我凄迷的双眼和抽搐的嘴角,化作粲然的回眸一笑,向我的家人和小屋致谢,感激他们所给予我的快愉和暖意。我必定还会回到这里,无论是在阳光下还是在睡梦中,无论是我康宁的身体还是我飞翔的灵魂。

2004年

我所知道的胡可
徐光耀

一次,在饭桌上与胡可、杜烽边吃边聊,我忽吐出一句杂感,说:"京剧有点怪,有时故意往别字上念,比如,常把'脸'念成'减'。"杜烽接过去说:"不,我小时候上学,老师就教我们念'减'。"胡可听了,很不屑地"哼"一声说:"什么你的老师!"杜烽见他这样,马上睁圆眼睛:"我的老师,怎么了?"胡可把脸再沉一沉,才说:"你的老师是个戏迷!"我"噗"的一声,几乎把饭喷在桌上。

这是1957年上半年的事,我们同住在北京大耳胡同15号。那时,胡可给我的一个很突出印象,便是活泼。我交朋友的范围很窄,且拘谨而挑剔,但与他交往,最为放松,很容易亲近起来。与他聊天,有很大的愉快。他说话的姿态丰富而生动,眉眼手势随情达意,机变灵活,极有情趣。像"戏迷"这样的玩笑,是俯拾即是,随时都冒出来的。与这一点紧相联系,他又特别喜欢相声和各种喜剧,侯宝林的名言警句,常常被他意想不到地打进话题,那时,戏剧小品还不多,而于古今中外的讽刺喜剧,他是由衷喜爱和向往的,连品评人事,也常引入喜剧话题。与这样的人为邻为友,总是放心而快活的。

我们也说些怪话、黑话。有一次,我读到一篇批人骄傲的文章,忽起反感,愤愤然说:"老是骄傲骄傲,我觉得我还骄傲得不够哩!"他大吃一惊,顿时把眼睁得老大:"什么?你还骄傲得不够?"我自知失言,忙说说错了。他见我涨红了脸,也就一笑而罢。其实,我之反感屡屡批人骄傲,是因自己出了一本书之后,经常动辄被训诫:"不要骄傲啊!别翘尾巴啊!"弄得日夕警惕,低眉顺眼,凡事缩手缩脚,很伤了自信心和主动性、创造性,自觉已成一种心病。所以在他面前憋出这句词意不大相符的气话来。后来反"右"时候,我几个月提心吊胆,生怕胡可把这句话揭出,倘一揭,必会引起公愤而致"罪"升级,弄我个"极右"都是可能的。但胡可始终没有揭,说明他凡事是心中有数的。

活泼和心中有数,应该是胡可的两个根本性性格特点。他从抗战一开始,便参加了晋察冀部队的文艺工作,是大名鼎鼎"抗敌剧社"的台柱子,是最具喜剧色彩的主要演员。很奇怪,这一点现在很少有人说起,连他自己也不大提了。他演过很多像《日出》中"胡四"这类角色,演过大量反面人物,他创造的"丑角"形象,在根据地几乎是妇孺皆知的。建国初期,侯金镜和杜烽都跟我说过:"胡可演的日本鬼子,那是一绝!目前影片和舞台上的'鬼子形象',都没有他那两下子。"这是个人闲聊的话,绝无吹捧之意。

当然,胡可也演过不少正面人物,包括正得无法再正的《李国瑞》中的指导员。远在1940年初冬,我就有幸看过一次胡可的戏,剧名《王老五逛庙会》,是个仓促赶制的"活报剧"。内容是宣传边区政府刚刚出台的"双十纲领",举凡"二五减租""统一累进税"……等等总共二十条,都要通过演员之口,用不同曲艺形式,把剧情一一串连,逐条给观众讲解明白,使之懂透。就在这样一个枯燥透顶的宣传剧中,胡可扮演了中心人物"王老五"。而戏,不但能把观众聚拢不动,反映还相当热烈。那年我十五岁,在锄奸部受训,文艺欣赏水平很低,但事情过去64年了,那个目不识丁、幽默好奇的"王老五"依然活在我的心中。凭什么?就凭胡可亦庄亦谐、浑身是戏的精彩表演啊。那时我还不知道那就是胡可,上世纪50年代住进了大耳胡同,才知道是他,也才知道那个演唱京韵大鼓的漂亮女演员就是胡朋。

这么一个喜剧特色很浓、有无限发展前途的演员,后来渐渐变成了剧作家。把革命武装斗争凝结成戏,将战争大规模地搬上话剧舞台,逼真而传神地写"兵",在胡可,都可说是前无古人,他的剧作成就,在这方面几乎是无与伦比的。抗日战争期间他也多次参与剧本写作,应无署名,不去说了。单是解放战争时期的多幕大剧,他便有《战斗里成长》和稍后的《英雄的阵地》两部,皆发生过重大影响,远近闻名。还有个独幕小戏《喜相逢》,更是流传广远,成为当时根据地大小剧团的保留剧目,至于抗美援朝时的《战线南移》,再后一点《槐树庄》,都称得上表现一个时代之精神风貌的代表作品,当之无愧地具有"红色经典"的资格。他还另写过一批反映战士生活的纯部队独幕剧,被政治机关刊印下发,号召普遍排演,以辅助思想政治工作的深化。所有这些,都实实在在显现着当时当地最真切、最丰厚的革命运动的历程和命运,其语言,其生活,无一不来自祖国大地的心底,吐自广大群众的肺腑心声。若论其政治的文化的社会的意义,论其历史价值,论其泥土气息、生活根基,纵使今天看来,也会令人惊叹的。

我无意评价胡可在文艺活动中的历史地位,我只想略略提一提他对戏剧事业的严肃和迷恋。抗日战争最残酷的1943年之后,他曾冒着生命危险,深入被敌人切割而去的原根据地边缘区,换穿便衣,钻入敌之"爱护村"的农户里,下地道,睡凉炕,在碉堡群中往来穿梭,连夜奔走,以鼓舞与体验人民群众顽强坚韧的搏斗生活。新中国成立几十年之后,我们才见到他这段经历的《沟里日记》。所谓"沟里",就是指被敌人用封锁和无数岗楼切割去的"敌占区"。去"沟里"而记日记,这在当时并不算太特殊,文艺战士同战斗部队一样,无后方而打游击,经常钻入炮火纷飞的火线是家常便饭,大家都不把冒生命风险当成一回事。顺便拿胡可的妻子胡朋做个例子：一个大剧社的女演员，竟两次摔倒在战场上：一次，在对敌政治攻势中，被子弹打穿了脚底，致使小战士抱了她的腿直哭；一次，大"扫荡"被敌寇追堕崖坡，摔"死"过去。作为男同志的胡可，怎么逃得过枪林弹雨的洗炼呢？寻常提到战争，"出生入死"四字都说烂了，可真能体会其滋味的，又有几人？而胡可，就是在这样的环境中"练功"的啊。

还是在大耳胡同，有一次我看了京剧《凤还巢》，傍晚忽发狂兴，在院里大叫一声："非也——我拿鸟枪打你！"这完全是无意中的纵性胡喊，不料背后正倒水的胡可接过去了："精彩吧？京剧里的台词，经过多少代艺人的创造呀！"我转过身来，见他一脸倾心的郑重，一句狂喊，竟又吸他入戏了。后来，他劝我："徐光耀，光写小说也单调，写写剧本吧。"我问有什么好处，他说："你瞧，你写的一句句话，能在舞台上由别人说出来、演出来，你在下边看着、听着，那滋味儿，很值得去体味体味。"他神情的沉迷由不得使你也沉迷了。

日后在保定，我被迫真的写起剧本来了，开头时之所以情绪还好，就因为胡可的这几句话。后来，由于政治风云变幻，文坛上血雨腥风，使我这摘帽"右派"心下着忙，把持不定，就把剧本《起凤庄》初稿寄他请教。寄后我才想，贸然把"右派"之作硬塞给他，不是难为他吗？然而，隔了一段时间，忽接来信，蝇头小字写了7页，洋洋近四千言，除给了我很大鼓励，竟把《起凤庄》条分缕析，掂斤播两，好坏两方面都予以细审细评，最后还写来六七条修改意见，正儿八经抵得上一篇剧评。热心、血心、精诚之心，给了我极大的鼓舞和感动。

可惜呵，阶级斗争连续猛烈地打上文坛，我的剧本被折腾得无一是处，触处皆成陷阱，连我自己都觉得又快成为"反动派"了。正自做入狱噩梦的时候，胡可又来信，问："你的剧本快要公演了吧？"使我差点儿哭出来。

至今，我仍常常碰到一些曾经写过剧本但又未显大名的人，他们每提到胡可，总是啧啧称赞不已，举出很多亲受细雨温润的事实来。胡可是个大戏迷，他自己又演又写，忙个不迭，却对业余作者尽心尽力，精心辅导。即使已到八十余高龄，依然到处看戏说戏，写文章，发议论，至成作品，提携后进，没有个要安度晚年的样子。

然而，有个小细节，曾长期萦绕在我内心深处。也是在大耳胡同，刚看过喜剧《抓壮丁》，回家来大家谈那可悲可笑、酸辣钻心的感受，谈到兴头上，胡可忽地使劲搓着双手，慨然叫道："嗨，哪一天，咱也写部喜剧来给人看看！"他这个猛然的激情勃发，明显是蓄积有年的，也是他本真性情和天然趣味之表露。我猜想，在他开阔活泼的思想中，一出喜剧题材的戏，已在勃动了，这或许是他即将为自己打开的一片新天地。从那天起，我一直怀着很大兴趣，等待观看他的喜剧。然而可惜，在连续压来的波谲云诡的政治运动中,我的希望越变越小,终至淡成绝望。胡可毕竟是人,时代环境的压力太大了,压灭了他心灵中具有天才却又易惹风险的这部分东西。我看不到他的喜剧了,这使人多么遗憾啊!

近日看到了胡可新出的一部杂文集,其中讲到他的往事以至今日的一些活动,虽珠玑满纸,但内容丛杂,当不得自传看的。然而却加深了我的一个印象:老年的胡可,越来越老成持重、严肃规矩了,就是说,更多的显现了他的德高望重和政治成熟。年轻时的活泼、开朗、机敏、幽默,都已难得找见。或许,这就是我绝望于他的喜剧剧作之新依据吧。

"文化大革命"后期,忽听人讲起,说胡可成为文化部艺术局筹备小组的负责人了,着实让我吃了一惊,我立即想到了往日的两件事:一是,我跟他学说一位同学好友,同一位有夫之妇好上了。我因同情这位同学,把那场恋爱说得特别动情,我以为胡可一定会被打动的。可他听完,悻悻然阴沉着脸说:"这两个人都不可爱!"我还想说服他:"他们的感情多么真挚!"可他说:"真挚也得分怎么看,一个馒头,你也想吃,我也想吃,我不管你饿不饿,先抢来吃了,这也是真挚?"我红着脸无言以对。又一次,我要给新生的女儿找个奶母,条件之一是,人要长得漂亮一点。胡可问:"为什么?"我答:"据说,人长丑了,一吃奶,孩子也会跟着变丑。"胡可问:"那喂牛奶的,就会变成牛了?"

那年初冬,我为一项任务出差北京,任务办完,恰恰路过黄宗江的门口,便走进去打个招呼,顺便问问他见过胡可没有。黄宗江轻轻一笑说,胡可住院了,几天前自己刚去病房看过他。我问什么病,黄说,大概是心脏什么的吧,我又问情绪如何,黄说也看不出什么来。但他眼神一闪,神秘地补充说:"我出来的工夫,他送我到大门口,说了一句话——"我问什么话,黄说:"他说得非常恳切:'宗江,这回,我可是真病啦!'""咻"的一声,我俩都笑出来。回保定路上,一直十分畅快,他的心中有数还保持着哩。

回想"反右派"运动,虽然基本上没有动着胡可,但对他灵魂的冲击之大,是可以想象的。读过《昨夜西风凋碧树》的人当记得,他一面参与"斗争"别人,一面却汲汲于"梳辫子",居然替自己找出了"八条罪状",他的潜台词肯定是:"斗完了徐光耀,差不多就该轮到我了。"请承想,那会是怎样的日夜煎熬,胆战心惊啊!一个谨细敏感的人,不必棍子打到头上,自会从"八条罪状"中总结"经验教训"的。在如此心境中,还有什么喜剧材质,能够萌发生长呢?

人,就是在这类的"顺应"潮流、潜移默化中,悄然改变了性格的啊。

然而,本质地看,胡可依然是胡可。去年,他读了我的一本小册子,其中有些文章曾谈到时代的苦难,于是他写信给我说:"读这些文章,每每是被牵着一起来回忆、来沉思,有时还要接受历史的拷问:当时你在做什么?"这个"拷问",是很残酷,很苛刻的,一个老共产党员的良知良能,在凝重深沉的自省中,澎湃着激情和泪水,它们在我眼前闪闪发光……

在战争年代,在根据地,在穷困艰苦的山沟里,走出来一批文艺知识分子,他们在枪林弹雨、荆天棘地中浴血奋战,对革命,对党,对人民事业,抛洒苦汗热血,经受难以想象的罪戾苦痛,表现了钢铁般的意志和火热的忠心,称得上是无私无畏的英雄。然而,他们成长的条件太简陋、太寒苦了,尽管全身披挂着丰富宝贵的战争生活,但多数未能尽善尽美地奉献艺术;或者虽然奉献了,却又流于粗疏,遭人小觑。这是他们的悲哀,更是他们的遗憾。而胡可,却是他们中的佼佼者,是最典型的代表人物之一,他现在80多了,精神依然矍铄,仍在执笔为文,只是患有肺气肿,冬天十分痛苦,令人每想到"硕果仅存"四字,不是欣慰,而是不免酸酸的了。

纵观胡可的一生,若不做超乎时代的苛求,他是近乎完美的,也是很幸福的。这个大戏迷,演了那么多戏,很够了;写了那么多剧本,很够了;临老临老,仍在培育新人,活跃于剧坛,举手投足,仍在戏中,尤其够了。人之一生,能为自己的事业信念和爱好,如此地一以贯之,还求什么呢?我唯一为之祈福的一点是,再不要用自身去"演"那不是喜剧的喜剧——

"这回,我可是真病啦!……"

怒江的期盼

叶多多

我是 7 月中旬到怒江州的基独罗去的。

从乡政府到基独罗,我和乡里的政法干事迪阿鲁、怒夺村委会支书和邓华沿着雪山下的一条河整整走了四天。

河的两岸大都是悬崖峭壁,山路像一根绳子往那一吊,晃晃悠悠,人像草一样战战兢兢地紧贴着地面走。山风凄厉,刀刃一样切割着山谷。有一段根本就没有路,人只能壁虎一样吸附着山体爬过去。基独罗至今都没有水牛这样的大牲口,牛是无法过得去的。

7 月的大地,犹如怀孕的母兽,丰实肥硕。不要说我居住的昆明,就是怒江的大多数地方也是一年中最实在的季节,太阳让鲜花长满了大地。而基独罗仍然是那副四季不变的面孔:荒凉。

那是永恒的荒凉。

我们到达基独罗的时候,已是下午。峡谷里暗暗的,上面依然布满阳光,火焰般寂寞。这是一个傈僳族山村,也是怒江州兰坪县最偏远的一个自然村,属于中排乡怒夺村公所的领土。基独罗是傈僳语"麂子叫的地方",说是山村,其实只是在碧落雪峰下海拔 3000 多米的几条褶皱里,棋子一样散落着一些人家。斑驳的木楞房依次建在陡坡上,房子的下面大都用水桶粗的木头撑住。由于接近雪峰,经年不息的寒风已经把岩石表面剥落,贫瘠的地表布满了酥碎的索脚石。雪水顺着夹缝砸向谷底,终日滚雷般震响。

基独罗是大地一块伤痕累累的皮肤。

抬眼望去,布满石头的山地里稀稀拉拉挣扎出一些洋芋和荞麦,在带毒的阳光下开着白白红红的小花。产量有限的荞麦和洋芋是这片山地唯一的食物,而这样的食物大多数时候也只能维持大半年。还好,山里出产药材黄连和天麻,山民们有了生存喘息的救命草。只是,连年掠夺性的采挖,药材越来越少,人们整天篦虱子一样,一遍遍仔细地梳理着大地,结果大多数还是空手而归。只好把眼光投向国家保护植物兰花,哪怕是拇指大的小芽也绝不放过。兰花也快要绝迹了。

人为了让生命存活所忍受的苦难是难以揣测的。这同人性的贪婪、同环境保护没有任何关系。

基独罗是1960年才被发现的村庄,全村17户人家,共有77人,每户年收入不足400元。与世隔绝的生活带来的不仅仅是贫困,更可怕的是不识字。如果按照教育局现行的政策,每个村必须满10个适龄儿童才能派一名教师去办学,基独罗人几乎是没有指望的:17户人家很难同时凑齐10名适龄儿童,这是常识。但也有例外,比如今年,正好有10个孩子,按说基独罗可以实现零的突破了,事实是这里依然没有学校,孩子们唯一可做的还是代代相传的劳作。

突兀的愤怒涌了上来,我有些狠狠地问和邓华:"真的差一个也不行吗?现在不已经有10个孩子了吗?"

有些木讷的和邓华一脸的委屈和难过:"我请求过多次了,上面说,拿不出钱给老师发工资。"看来,这不是和邓华的错。

第二天早上分发礼物的时候,衣衫褴褛的人群中有七八个孩子,怯生生地盯着我。和邓华说,这里50多年从没来过生人。其中一个十一二岁的小姑娘吸引了我,这是一个极清秀的女孩,一件长及膝盖的旧军衣罩住她小小的身子,没有裤子。我看见她裸露着的小腿,就像被褐色的油彩涂过,阳光、泥土在上面留下了宽广的色彩。她赤脚站在凸凹不平的山地上,刚刚下过一场雨的山谷里飘荡着阴冷潮湿的气息,她把手插在那宽大的口袋里。

全村人都聚在这里,她背着弟弟惴惴地站在远处,脸上弥漫着一种孩子不应该具备的忧郁。任凭和邓华怎么招呼,她只是静静地站着。当我捧着东西一步步走向她的时候,一刹那,她的眼泪无声地流了下来,她放下弟弟,转身向远处跑去。我捧着衣服浑身战栗,一种说不出的东西犹如墨汁浸润着宣纸,慢慢在心底弥散。我体味了她的颤抖,这是一种成人式的颤抖,这种颤抖是广大的。

还有五岁的阿南恰,她正要去给洋芋地锄草。她的脸上有炊烟的痕迹,年仅五岁,她的母亲已经把那片洋芋地交给了她,她走得很慢,但轻快。我一直目送着她,直到她的身影消失在很远的浓雾里。

还有瘫痪了5年的老肯朋迪。他从四岁就开始下地干活了,一次又一次,他试图在山外寻找自己一生的位置,从此,他从未错过每一次同风雨彩虹的相遇,然而,他始终还是没有能够改变自己的命运——如今,他以种地打猎开始的人生已经到了八十岁,他依然被无尽的群山所环绕,他的生命依然活在黑暗的山里。

我想起了地理。如果没有一种根本性的改变,这样的山谷将永远黑暗下去。

我还想起了路上曾经休息过的吾甫中小学。这是我见过的最幽暗的教室。吾甫中村同基独罗一样,是怒夺村公所的一个自然村,它无声无息地躲在一个山坳里,有80

多户240多人，年收入400多元。学校只是一间20多平方米的教室，坐落在村子的中间，是那种傈僳族传统的木楞房，没有窗子，学生借着木缝里的光亮写字。教室里用木板搭了八套无形无状的课桌，十多个大大小小的孩子正在上课。靠门的地方用木头架着一块用黑油漆刷的黑板，上面写有简单的汉字，黑板后面的墙上钉着作息时间和课程表，作息时间依着山里的习惯。那个面色岩石一样的硬朗的傈僳汉子，是学校唯一的老师。他穿着一件已看不出颜色的难民西装，脚蹬解放胶鞋。如果走在乡街子上，我会觉得他和那些山民没有任何区别，他确是一位老师，一位山村老师。据他介绍，这个学校有十六个学生，按年龄大小分为两个年级。一个年级的孩子上课时，其他孩子就趴在教室外面的地上做练习，如此轮番教学。学生入学时都不会说汉语，学校实行双语教学。打开孩子们的书包，所有人的文具都仅仅是一根小小的铅笔，有的只有香烟头那么大，得绑根棍子才能使用，作业本正反面都写满了字。教室左边的木楞房是老师宿舍，中间有一个火塘。墙是黑的，桌椅是黑的，茶壶是黑的，杯子是黑的，人在里面也是黑乎乎的，坐下要好一阵才能适应。

七月的山谷，依然阴冷。孩子们穿着五花八门、各式各样显然是捐赠的衣服，挤坐在黯淡的教室里，只有一双双亮晶晶的眼睛，给周围的世界带来一抹亮色。去年吾甫中小学仅有两名学生上了乡中学，其他年份的情况也大致如此。据和邓华介绍，山里孩子如果上乡中学，一个孩子每月最少的生活费得50元，再加上书本学杂费，对贫困的山民来说，无疑是个天文数字。

今年吾甫中小学在乡里统考排名倒数第一名，这样的成绩是不足取的，我从这位老师眼里看到了忧伤和无奈。但对于这位每月仅靠250元养活全家5口人的民办教师来说，满怀信心地坚守在这里已属不易，他已经尽力了。我想他有多少知识并不重要，重要的是他还在守候，还在憧憬。

我们临走的时候，这位有点局促的教师突然有些激动，他眼圈一红，哽咽了一阵才说："我个人一辈子待在这里也没有什么，只是这些孩子……"

我一句话也说不出来。

今天，在基独罗、在吾甫中、在怒江，孩子们仍在盼望。我记得有位行者曾经说过："我们不需要寺庙，不需要复杂的哲学，自己的头脑、自己的心就是我们的寺庙，我的哲学是善心。"我想，如果每个人都能打开自己的心，让慈悲从里面流露出来，然后把这种慈悲延伸到一切众生，人类必定能避开那个无限循环的圈套，而在浩荡无边的慈悲中得到解脱。

柴达木掠影

陈忠实

  出敦煌城,满眼都是变幻着色彩的沙子。无边无际的沙丘、沙漠和沙地,金黄金黄的,灰白灰白的,淡青淡青的,铺天盖地的沙漠没有期望里的变化,仅仅是沙子的颜色淡淡浓浓在变幻着。进入祁连山,沟底和山坡上有绿草生长,尽管可以看出干旱施虐下存活的艰难,毕竟是绿色生命,毕竟带给人一种鲜活。远处的祁连山是凛凛的赤裸的峰峦和沟壑,有几处可以看到峰顶上闪闪发亮的积雪。翻过祁连山,又是砾石堆积的戈壁,零星的骆驼草顽强地在这里宣示着生命。偶尔可以发现一只小小的蓝底白翅的小鸟,从这蓬骆驼草飞到另一丛,使这无边沉寂的漠地有了一点灵动。

  进入柴达木腹地,便进入生命的绝地。一株草、一只蠓虫都绝迹了。地表是如同刚刚得到细雨润湿的黑油油的土,踏上去竟然坚硬如铁,这是经过盐渍造成的奇异景象。薄薄的土层下,是青石一般坚硬的盐层,深不知底。柴达木在蒙语里的意译是盐渍。性能精良的越野车,在沙漠戈壁行进了整整九个小时,陪伴左右的祁连山隐去了,阿尔金山扑入眼来了,白雪皑皑的昆仑山让人生出走到天尽头的错觉。我已经知晓,1954年早春,在西安组建的第一支石油勘探队从敦煌开始行程,用脚步并借助骆驼横穿过沙漠和戈壁,历时半月,到达我们即将抵达的尕斯库勒湖畔。他们吃自己背着的干粮。他们走到哪儿就在哪儿的沙地上挖坑(地窝子)夜宿。在关中已经是柳絮飘飞的春景,柴达木依然是严寒的冬天,夜晚沙坑里彻骨的冰冷是可以想见的。最严酷的是根本找不到淡水。我从当年那些首闯绝地的勘探者所写的回忆短文里,首先感动的是朴实无华坦诚平静的叙述,对于任谁都可以想象的绝地里的困难,绝无渲染之词。这样的叙述反倒令人感受到创业者的豪迈和威势,读来令人产生对某种远逝的纯情的怀念。

  我已经看多了造型各异令人眼花缭乱的高楼大厦,看多了越来越精致的城市绿地和花卉,越变越华丽越雅致的地毯和壁饰。我现在置身于寸草不生蠓虫不飞严酷到连一口淡水也找不到的柴达木。把赤裸的祁连山、赤裸的阿尔金山、冰雪闪亮的昆仑山揽入视野纳入心胸,对我的心境和心态是一种无可替及的良好的调节,起码不至于仅仅把眼光流连在人工制造的草地花丛、地毯壁饰的色彩和图案上,人的情趣需要带着严酷意味的荒漠群山的调节。

远远便瞅见昆仑山脚下尕斯库勒湖蓝幽幽的好水。人在干枯单调的荒漠里整整走过八九个小时,对眼前突然出现的这一湖好水的亲近是强烈的,况且是融雪汇聚成湖的纯净的水,绿色就环绕着湖水而蓬勃生气了。我们来到一座高耸的碑塔前,这是柴达木打出第一口油井的井址,站在这个碑塔下,感知那种令人肃然起敬的创业者的神圣和尊严。

花土沟是发现油砂石的地方,在连绵不断的如同被大火燎烧过的群峰之中。汽车在山间盘旋而上,残破的山梁残破的沟坡残破的山峰,在见惯了黄土高坡的我的感觉里,仍然是不堪。就在这样的沟壑间山梁上,这里那里都竖立着正在掘进的井架,悠悠然有节奏运转着的抽油机,黑色的输油管或凌空飞架或顺地铺设,我可以想象技术人员和工人完成每一道工序的艰难,更感佩把石油采出的意志力。

花土沟山顶上立着一块石碑,铭记着这里是首先发现油砂石的地方。1947年,一支仅剩下三个人的石油勘探队,几乎是在绝望中听到一个什么人说这儿有一种可以点燃起火的石头,欣喜若狂,立马赶到这里,发现了山峰和山沟里裸露着的油砂石,这是潜藏石油最可靠的资料了。石碑上镌刻着那三个发现者的名字。这块石碑,完整了柴达木石油勘探开采的历史,一种令人敬佩的科学态度。我接受了油田一位朋友随手捡拾的一块油砂石,尽管早已干涸,仍然可以闻到一股油腥气味,颜色是被石油浸渍过的紫黑色。我在看着摸着嗅着这块来自地心的不寻常的石头时是平静的,不过有一点好奇,却可以理解那三位勘探者抓到它时的狂欢,那对他们来说是发现,是求证的证据,是理想的实现。也可以理解1954年的勘探队在此打出第一口油井的狂欢,应该是献给刚刚建立不久的新中国的一份厚礼。从那时开始,到我以参观者的身份到这里来的时候,整整经过了50年,新的井架还在搭建,油井还在出油,新的年生产指标还在提升。一茬接一茬的石油人在这里付出了汗水心血和青春,又一茬年轻人继续活跃在平日里和沟壑间,依然是热情洋溢,依然是一丝不苟地全身心投入,仍然是对戈壁所有艰辛的顽强和乐观。

还有开创者的诗性情怀。他们为柴达木取下一批极富诗意的地名,这是这些处女地自形成以来的第一次命名。花土沟是依山峰和沟坡的颜色命名的。冷湖这个名字取得多么别致,怕是大学问家也未必能推敲得到。还有一个南八仙,就不仅仅是文字上的光彩了,而是一种虔诚的缅怀。一个由八位女子组成的勘探队,走出营地后消失了,无影无踪地消失在柴达木荒漠上,一缕布条、一页纸片都没有残留。战友们在搜寻的绝望之时给她们失踪的地方命名为南八仙。愿她们怀着报效国家的美好心愿,化为天仙。

自柴达木一路走来,超绝想象的大自然的严酷,对我发生着连续的冲撞;传说的和墨写的开发柴达木的英雄业绩,对我也发生着令人由衷感动感叹的冲撞;眼见的正在掘进的钻机和悠然运动的抽油机,穿着溅有油痕制服的技术人员和工人,一张张自信而又鲜活的脸孔,有一种更富活力的冲撞。接受这样的冲撞,会使我增强一种心理的质感。尽管我不可能加入这种环境下的这一群劳动者的行列,却乐意接受这种冲撞,增强精神和心理的钙质,更踏实更从容地面对生活。

《早晨》(木刻)　杨维功

2005 年

陆文夫掘《井》
石 湾

20世纪80年代,是中篇小说最风行的年代。可以说,那时的中篇小说创作成就,在新中国文学史上,是一个从未有过的高峰。当时的文学期刊,均以发表优秀中篇小说为荣。如《收获》《当代》《十月》《花城》,都是因为推出了轰动一时的中篇小说,被誉为期刊界的"四大名旦"。因此,在《中国作家》创刊之前,编辑部定下的硬任务,就是一定要组到一流作家打得响的中篇小说稿。如果创刊号上发不出反响强烈的中篇小说,也就难以奠定《中国作家》在文坛应有的地位。成败在此一举,每个编辑身上,都感到有一种巨大的压力。而作为《中国作家》的始作俑者,这种压力就更使我产生了一种不成功便成仁的感觉。

我原在《新观察》杂志社当编辑,由于在工作中对主编屡有冒犯,闻讯作家出版社要恢复,就动了调动的念头。而编辑部主任张凤珠与主编的关系也日趋紧张,就与我一起去找当时兼任作家出版社总编辑的中国文联书记处书记江晓天,提出调入作家出版社的请求。获江晓天首肯后,我就向拟任作家出版社副总编的张凤珠提出建议:"作家出版社应利用恢复建制的机会,创办一个大型文学刊物。刊物创办成功,就树起了一面旗帜。然后再招兵买马,恢复出书……"张凤珠觉得这是个好主意,问我取个什么刊名好呢?我说,出版社隶属中国作家协会,就叫《中国作家》岂不很相称吗?但张凤珠赴任之后,《新观察》主编却迟迟不放我走。直到《中国作家》申办下来,定于1985年元旦创刊,才在主编、中国作协党组副书记冯牧的干预之下,使我终于得以调离《新观察》,于1984年8月到《中国作家》编辑部报到。离创刊号发稿仅剩几个月时间了,巧妇难为无米之炊,作为主持工作的副主编,张凤珠心里自然很着急。她采取的果断措施是,把仅有的几个编辑都派出去,手持冯牧的亲笔信,向圈定为"种子选手"的著名作家约稿。派给我的任务是去华东,这条线路上的头号"种子选手"是陆文夫。张凤珠知道我早就与陆文夫结识,因此,就对我的华东之行,寄予了厚望。

我的第一站是南京,先拜访了胡石言、顾尔镡、高晓声和张弦,他们对冯牧亲自挂帅创办《中国作家》,都感到很振奋,并表示要全力支持。第二站就到了苏州。一见到陆文夫,我就郑重其事地掏出了冯牧的亲笔约稿信。陆文夫接过信一看就笑了,说:"冯牧同志那么忙,你来约稿,怎还劳驾他亲自给你写介绍信呀!"我说:"冯老板出任主编,不是挂名,对组稿工作抓得很紧。出来之前,我们都是立了军令状的,组不到创刊号用的好中篇,就得'提头来见'!"陆文夫随即说:"办《中国作家》的事,前些时我就听说了。正好我手头有一个没写完的中篇,叫《井》。等写完了,就给你。兴许能赶上你们的创刊号。"我真是大喜过望,觉得自己太幸运了,仿佛他的这口《井》,是专为我此行而开掘似的。他告诉我,其实这个中篇原先是应百花文艺出版社《小说家》杂志写的。《小说家》别出心裁,约了一批作家搞同题中篇小说大赛,定题为《窗外》。因为临时忙别的事情,未等他准备参赛的这部中篇写完,大赛截稿期就过了。于是他就决定将题名由《窗外》改为《井》……按原先的计划,我还要去上海和杭州组稿,因约到了陆文夫的《井》,创刊号的头条就基本有了着落,考虑到创刊前还有许多繁杂的工作急需去做,我就提前由苏州回了北京。

回京后,冯牧、张凤珠听了我的汇报,都非常高兴。陆文夫是个严谨的现实主义作家,虽产量不高,但写一篇是一篇,无不脍炙人口。1977年复出之后,除以其《献身》《小贩世家》和《围墙》,三获全国优秀短篇小说奖外,还以《美食家》得了全国优秀中篇小说奖。这位从小巷深处走出的文学"探求者",其目光始终"盯着生活的底层和深处",是市井小说的代表性作家,这次他以《井》为题写作中篇,无疑又将为他的小巷系列人物画廊增添新的典型形象。我们热切地期待着他创作成功的消息。张凤珠关照我说:"你写信告诉陆文夫,等他的《井》一旦完稿,就拍个电报来,你亲自去取,免得邮寄误时或遗失。"可见她对《井》有多看重!

然而,一波三折,此后的事情很不顺遂。先是我写信催陆文夫,说编辑部希望他最迟也得在11月上旬交稿。他在10月25日回信说:"看样子无论如何也赶不上了,十一月上旬是写不好的,返工很大,而且越是急越是写得不满意。第一期赶不上了,赶第二期吧。我知道你们有一定的困难,但是也没有办法,我不能给你们一个自己也看不下去的东西。实在抱歉。"虽说他讲得很有道理,但编辑部仍希望《井》能赶上创刊号。于是就将创刊号头条的版面预留下来,宽限20天,请他务必在11月底完稿。11月21日,陆文夫又复信给我,他写道:"因为《钟山》和《雨花》举办笔会,邀请了一批作家来苏州,后来又有全国作协组织的访问团来江苏,韦老太(韦君宜)带队,我不能不陪同。花去了十多天的时间,所以中篇泡汤了。本月底怎么也写不出来。现在刚刚拾起笔来,不知道到12月底是否能写好。12月下旬要来北京开会,看起来危险。不要等我了,能发第二期就算是不错的了。"

陆文夫在信中说到的"要来北京开会",是指出席第四次全国作家代表大会。他来京开会时,果然如他所料,未能将《井》写完。创刊号没赶上,连赶第二期也危险了。原先是要我作为大会工作人员驻会的,为了盯住这篇稿子和向一些重点作家约稿,编辑部就改派我为驻会记者,以便与陆文夫等作家保持密切的联络。就在这次作代会上,陆文夫以高票数当选为中国作家协会副主席。因此,编辑部就更加看重他的《井》了。但他在当选为中国作协副主席后,就无可避免地被创作以外的杂事缠住了身。这是件无可奈何的事情,他迟迟交不了稿,我当然是很能理解的。可编辑部还是坚持等他的《井》来发第二期的头条。张凤珠很严肃地找我谈话,说:"你再不把《井》催要到手,就只能换责编了。"我当即表示:"我不能再催他了。换人当《井》的责编,我没意见。"随后,编辑部就以冯牧的名义,向陆文夫发了一个电报,要他从速交稿,赶发第二期。未承想,陆文夫收到冯牧的催稿电报后,并没回电给冯牧,而是给我发来了电报,要我转告冯牧,他近期无法交稿,详情将随后来信说明。信依然是写给我的。这就是说,他根本不知道,编辑部已经决定换人来当《井》的责编了。

转眼到了1985年4月初,中国作家协会在南京举行新一届优秀短篇小说、中篇小说、报告文学评选颁奖大会,编辑部派我作为记者赴会,顺便盯着陆文夫把《井》写完,拿回来赶发第三期的头条。我一到南京,陆文夫为让我放心,就把未完成的《井》稿给了我,说:"你先抽时间看看,出点主意。还有三两千字就能写完了,等开完会,给我三天时间好吗?"中国作协的颁奖大会,文坛名家云集,是首次在省会城市召开,作为兼任江苏作协主席的陆文夫,当然要尽地主之谊,忙个不亦乐乎啦!

就在大会安排游览南京名胜的那一天,我留在宾馆的房间里,一口气读完了《井》的未完成稿,面对沉淀于生活深处、渗透于灵魂内层的可怕的封建霉菌,美丽善良的女主人公徐丽莎辗转挣扎、近乎绝望的悲惨命运,令我不禁毛骨悚然,久久不能平静,感到这又将是一部对于百姓生活独具洞察力的市井小说力作。晚上,在把原稿送还给陆文夫时,我问:"最后,徐丽莎是否投井自杀了?"他回答:"是的,她已经走投无路。"我感慨地说:"也只有这样写,这悲剧才能产生具大的震撼力。"第二天,在去扬州参观的途中,与我同车的峨眉电影制片厂文学部的一位女编辑,问我组到好中篇没有,是否适合改编成电影?我就把《井》的故事悄声给她讲了一遍,她竟感动得直掉眼泪,并表示这故事很适合拍电影,要我帮她找陆文夫,把电影改编权卖给峨影。我说,估计陆文夫不可能亲自改编,你不妨找一下他的好友张弦。她说:"太好了,张弦的《被爱情遗忘的角落》就是峨影拍的,他与我们合作得很愉快……恰好张弦也在会上。"就这样,虽《井》尚未完稿,但改编成电影的事,却已基本敲定(后来由潘虹主演的《井》,也确实产生了预期的轰动效应)。

颁奖会一结束,陆文夫就直接回了苏州。为不打搅他,我先去常州、无锡转悠两天。第三天上午到了苏州，下午他就把刚写完的稿子交到我手里。我注意到，稿末注明的写作日期是"一九八五年二月至四月"。这分明是说，此《井》他是几经返工、重择泉眼后，才奋力开掘而成。真是来之不易啊！傍晚，我给编辑部发了个电报，就乘车返京。第二天下午，编辑部主任贺新创来接站，他二话没说，抓过《井》稿就直奔印刷厂付排。因为第三期的稿子已进入三校程序，单留下近四万字的版面给头条位子的《井》。所以，编辑工作我是在回京的火车上匆匆完成的。像这样稿子未进编辑部的门，就先发排的情形，在我几十年的编辑生涯中，可谓空前绝后。由此，当年大型文学期刊竞争的激烈程度，也便可见一斑。

《井》发表后，报刊争相转载，果然反响不俗。《中国作家》当时开有一个《文学对话》栏目，我约中国作协党组书记、文学评论家唐达成（唐挚）写了一篇评论：《从〈井〉看封建心理积淀——致陆文夫的一封信》。8月末，我将此稿复印件寄给陆文夫，希望他以复信的形式谈谈《井》的创作体会，一并发表。我很快就收到了他的回信。他在信中说："关于达成的那封信，我本来是准备作复的。无奈最近坐不定。10月2日又去香港，目前写不成了，以后再说吧。这样的文章很难写，达成写得很好，我马虎了也对不起他。"看，他连写篇创作谈也绝不马虎从事。这一次，编辑部就按他的意见办了，于第5期单独将唐挚的文章在《文学对话》栏目里登了出来。达成担任作协党组书记后公务繁忙，花心力写这样长达5000字的评论真是难得，足见他对《井》的赞赏热诚之高，与陆文夫的文学情谊之深。

吃水不忘掘井人。《井》的发表，使《中国作家》在文坛的影响力大为增强。第二年，《中篇小说选刊》评选出的1985年度十佳中篇小说，《中国作家》就占了两篇，即《井》和创刊号的头条《感谢生活》（冯骥才）。而这两个获奖中篇的责编都是我。但是，不知何因，作家出版社却没有让我去福建出席颁奖会。而是莫名其妙地由一位刚调入《中国作家》编辑部的女编辑去领回了奖金、奖杯，奖金大部分提留给了编辑部，而《井》的奖杯，因上面有烫金的"责任编辑石湾"字样，就只得交给了我。岁月悠悠，二十年一晃而过，我珍藏的这只沉甸甸的奖杯依然油光锃亮，惹人喜爱。每当我捧起它，都会想起陆文夫的掘《井》精神：创作上绝不马虎，绝不急于求成，更不把"自己也看不下去的东西"拿出去发表……作为一个文学编辑，我有幸遇上这样可敬的名作家，真是终身受益，如井水之不尽。

怀白羽

李 瑛

  白羽同志走了,噩耗竟是这么突然,实在使人难以相信。前段时间,我去人民大会堂开会,曾特意绕到他家去看望他,刚到楼下,就听说他不在家,住院去了,我只好悻悻而返。近年来,和同志们一谈起他,有人说他在家,又有人说住院了吧。在我的印象里,他有时在家,更多的时间是住院,但住院不久就又回家了。以一位年近九旬高龄的老人来说,他的身体还是不错的,万万没有想到,现在竟猝然离去了。

  我最初见到白羽同志,是在1949年1月下旬,当时我还在沙滩北京大学读书。记得那时,由于大家已在传说北京即将和平解放,学生们一个个再也坐不住了,人人都兴奋得疯狂般的又唱又跳;一些学生社团提出组织各种活动:出墙报,写标语,糊小旗,练唱歌,准备迎接解放。记得一天,我们十几个男女同学正在练打腰鼓,忽然走过来两个穿美军大衣的人,他们把大衣脱下一甩,要和我们一起跳舞,大家看他们露出的解放军军装,顿时惊讶地把他们团团围住,七嘴八舌地问这问那,觉得又新鲜,又兴奋,又亲切,像见到久别的亲人一样。接着,大家就一边鼓掌一边唱起来了《解放区的天是明朗的天》。后来才知道一个是华山,较高的一个是刘白羽。我们看过他们的战地通讯,知道他们的名字。自然,他们都不认识我们。后来没过两三天到月底,北京就正式宣布和平解放了。

  北京解放后,四野组织南下工作团,号召京津大学生报名参加。组织上对我说:"你们大四学生不用写毕业论文了,改为学习文件,学完就毕业了。你是地下党员,已读过那些文件,可以直接分配工作。现在就征求你的意见,是愿意参加军管,还是愿意随军南下?"我毫不犹豫地说:"我愿南下打仗。"这样,我就报名参加南下工作团,学习了不到一个月,团里组织南下新闻队,要选调二十多人随军进行采访报道工作,并任命我为队长,带领我们的就是当时作为新华社派驻四野的特派记者白羽同志。据说,这是当时四野陶铸同志给他的任务。这时我才真正接触到白羽。

  3月底,新闻队奉命出发。我们到北京货运车站搭上一列临时编成的军车,两辆三等客车供队员使用,几节铁篷车拉的是辎重和给养,还有两辆平板车,车上拉着配给白羽同志的一辆小吉普,司机用铁缆把它牢牢地拴在平板车上;后边一辆中吉普是配给当时任四野宣传部副部长陈亚丁和他带的四野宣传队的。白羽同志来我们车厢,有时就坐在小吉普的座位上。初春的风吹得车篷的帆布嘭嘭地响,他裹紧披着的美军大衣,有时看书,有时记些什么。他说:"你们到部队后要分头采访。采访,要问仔细,不要客里空,除写新闻战报外,还要写点通讯,写通讯要有文采,有感情,使人爱读。"

火车缓缓地向前行驶,由于要特别警惕敌机轰炸扫射,伙房还要选地方埋锅做饭,所以总是走走停停。期间还作了一次紧急疏散的演练。

春天的祖国大地,溪水刚刚解冻,麦苗已经返青,车窗外大路上走着一队队南下的部队和一群群支前的民工,歌声阵阵,这种生机勃勃的景象感染了他,对我说:"你看!这充满力量的热气腾腾的生活,你在学校能看到吗?!"

车到德州,列车停驶,他让司机开下小吉普,拉了我和他一起到城里转了一圈。街上比较萧条,商店有的开门,有的没开,我们顺路走进一家小书店,他说,要看这个城市的文化水平就看书店。店里没有多少书,很杂乱,他翻着翻着竟发现一本华东解放区出版的他写的《无敌三勇士》,他兴奋地向我一扬说:"你看!"这本薄薄的小册子使他十分惊喜,便立即买了回来。

之后,列车进河南,经漯河,大家换乘大卡车随部队进军武汉。这一带,四五月间,雨水不断,人人周身溅满红色的泥浆。5月中旬,武汉解放,全队便立即分散到休整的部队进行采访。我和孙景瑞被军管会分配带着十几条大木帆船沿汉江襄樊一带去采购粮食。一个月后完成任务带船返回武汉后,部队和新闻队员已经分头出发离开武汉,嘱我从速追赶南下的队伍。我即去江西,准备进军广东,解放广州。之后就再也没见到白羽同志。听说他已另有任务。我们新闻队就由四野宣传部和新华社四野总分社领导了。

1950年秋末,我被调回北京,那时解放军总政治部刚成立不久,我被分到文化部任秘书,这时才知白羽同志和西蒙诺夫合作的《中国人民的胜利》影片完成后,也刚分配到文化部任副部长(陈沂同志任部长)。我们从武汉阔别后一年多,重新相逢,都十分高兴,他便拉了我到北海仿膳去吃杏仁豆腐和豌豆糕。一边吃一边说:"你看,烽火连天的岁月,生活有多么丰富!"

不久,新组建的总政委派一个工作组去朝鲜战场,主要是了解志愿军出国作战中的政治工作,同时写些报道加强宣传,并请白羽同志带队,我有幸又和他一起走向战场。

1月底的北方,天气极寒,满眼冰封雪裹。他仍穿了那件美军大衣,警卫员背了一支卡宾枪和一支短枪,我们乘了一辆罩了伪装网的吉普车驰向边境。临近丹东,到处显出战争的氛围。夜晚,由于两岸灯火管制,一片漆黑,倒是莽莽的鸭绿江还未完全封死,黑暗的江面上不时闪射出一层层白光。驶过鸭绿江铁桥,穿过扬起的横杆,我们已踏上朝鲜的国土。这时他拍了我一下,满怀深情地回望了一眼说:"你看! 我们的身后就是祖国!"我知道,这一时刻他一定是激情满怀,一句简单的话蕴含了多么深厚真挚的爱国情意,致使我至今难以忘怀。祖国,在一个战士心头有多么大的重量呵!

汽车在暗夜中前进,崎岖颠簸,一堆堆废墟,一个个弹坑,我怀疑这是不是道路呢!当司机偶尔停车寻路的瞬间,白羽就打开手电记些什么。在朝鲜战场上,我们从东线到西线,从志愿军司令部到朝鲜劳动党党部,从志愿军部队到朝鲜人民军连队,从废墟中的老阿妈妮家到堑壕中的单人掩体,后来又在深夜进入汉城(现首尔),望着探照灯不住横扫着漆黑的水面,唯恐有人偷渡。不论在怎样危险的环境中,他总是不断地提出采访目标,不停地记这记那。记得一次深夜行车,突然敌机飞过山头,便向我们的汽车俯冲扫射,子弹扑扑地泻下来,打穿了车棚,待我们的车灯熄灭,敌机飞走,大家才跳下车来互相亲昵地张望着,白羽同志说:"都没事吧?这就是战争!"

在前线,度过了硝烟弥漫火光闪闪的三个月后,我们回到了祖国。他写出了一本《朝鲜在战火中前进》,文章发表后又出版了单行本。之后,为了写一部电影他又一次深入朝鲜战场。

1953年,他调去作协工作,离开了部队文化工作领导岗位。之后,很长时间没有联系,我屡遭审查,心存疑虑,不愿多和外人接触,和白羽就极少见面了,但经常想起他,怀念他。

1958年,陈沂部长被打成"右派",于3月送往北大荒,我则被下放福建前线基层,戴了一顶船形帽,当一名列兵。这期间正值炮击金门(单日打炮),我在前线连队里,着着实实地度过了一段紧张激烈的有声有色的战斗岁月。后来听说白羽同志也到福建前线采访,不过我没有见到,一年多后我回到北京,才读到他的充满战地激情的报告文学《万炮震金门》等一系列作品。我就想,他虽已离开了部队,但他的心总有一半仍和战士们在一起,一打仗,他就又重新入伍了。

1959年春我回到北京,不到两年,又被派往大连大孤山海防线上当兵;接着,又两次被派去农村参加社会主义教育运动。这些年,大部分时间不在北京。想起熟悉的两位老领导陈沂同志和白羽同志,不知他们如何,情况不明,也不愿联系。后来就是十年浩劫,漫漫风雨总算过去。直到十年浩劫结束,他走出囚禁七年的监狱。1997年,白羽同志又回到部队文化工作岗位上。我在复刊后的刊物编辑部工作,见到他时,确感到他苍老不少,但精神很好,他对重新主持军队文化工作十分兴奋,也充满信心。上任不久,就召开了一个军事题材文艺创作座谈会,接着又率队从长山列岛到海南岛,深入了解海上部队文化工作情况,后又去西部,从瀚海戈壁到新疆边陲,考察高原部队文化工作问题,并制订出一系列加强和改进工作的方案。他特别致力于文学创作队伍的建设和培养,认为这是产生文学精品的关键。为此,他倡议作协成立一个军事文学委员会,他亲任主任。他提出为开拓作家视野,每年由地方和军队各组织一个作家访问团,分别互访;针对部队作家普遍学养有欠深厚、理论和读书不足的现状提出在军艺增设文学系,给学员创造读书的条件,并着重研究军事文学;他指示解放军文艺社创办大型文学期刊《昆仑》,作为作家发表作品的园地,我请他写创刊词,他不肯,一再坚持要我写,我便写了一则《献词》;他号召作家深入生活,并订成制度,各军区、各军兵种的作家也可以相互交换访问;等等。1979年3月,自卫反击保卫边疆的战斗打响后,他立即提出动员全军文艺创作人员到前线这一绝好的大课堂去经受锻炼,接受洗礼;也欢迎地方文艺创作人员去战场访问。他说我们长期处在和平环境,现在有这样的机会太难得了,太可贵了。记得当时动员到前方去的文艺创作人员不下三四百人。部队作家从前方回来,他尽可能一个一个地听取汇报,谈感受,定选题,有的还提出修改意见,使后来在文学艺术各个领域都创作出不少精品。他说,军事文学作家的岗位就是在前线,即使写不出作品,去看看那里的战斗生活,去了解一下那里的人民和战士,也会使自己毕生的生命得到营养。

1984年10月,他已离开工作岗位,仍始终关心军事文学创作。刚过完国庆节,他便提出要到老山、者阴山去,要去看看那里的战士和在那里采访的作家们。我们当然希望他能去,前线的作家也希望能见到他,但又担心他的身体,毕竟已是近七十岁的老人了。大家说不过他,在他执意坚持下还是成行了。我和部里的范咏戈等同志一起从北京先抵昆明,军区张司令员、黄副司令员前来看望,一再说,到前边看看就行了,不能上山。他哈哈大笑说:"我这个人命大,在朝鲜战场上吉普车翻了都没有死。"我们乘了一架直升机,先到麻栗坡,然后便去了老山。在山脚下,山上的战士来接,先是搀扶着他,他不让扶,战士便给他折了一根树枝做拐杖。尽管我们走走停停,仍一个个汗流浃背,气喘吁吁,直到山顶坑道里。白羽同志坐在战士的床沿上,四下打量着这个不寻常的地方,紧握着战士的手谈这谈那,然后又沿着弯曲的堑壕走到者阴山顶。白羽同志和我各拿起一架望远镜,眺望着远远近近,眼前鹰击蓝天,脚下绿林掩映。但这里绝不是宁静的地方,仔细搜寻,就可看见那掘起的弹坑,那炸开的崖壁,那坍塌的废墟,以及不时从哪里响起一声尖利的枪响,寂静里为你讲述着这里发生的一切。之后,我们又乘直升机飞返昆明。到老山、者阴山采访结束的二十多位部队选出的作家,正集中在这里进行采访总结和创作构思。白羽同志又是一个个的听取汇报,然后又做了一个题为《努力建设我国新的历史时期的社会主义军事文学》的长篇报告,我则做了一个较长的总结性讲话。

白羽同志是一个无限热爱祖国、热爱人民、热爱战士的人,他怀着崇高的使命感,带着他永不疲倦的笔从东北战场到华北、华南战场。在他一生中,哪里有硝烟炮火,他就要奋不顾身地到那里去,不迟疑,不犹豫,实实在在是一个杰出的当之无愧的战地记者和优秀作家。他以自己如火的激情,及时地向人民、向读者报告时代前沿发生的一切,传达历史的声音,鼓舞和帮助人们创造、劳动和斗争;他的极具个性的小说,他的大量出色的散文,既具结实的思想,又富浓重的诗情。他始终强调深入生活,他号召别人,他也身体力行。他走遍祖国的山山水水。在祖国兴起大规模建设的历史新时期,他从华北油田到大庆,从鞍钢到宝钢,直到八十高龄仍然不顾危险,到新疆号称"死亡之海"的塔里木油田采访,并写出一篇篇报告文学。即使在他陆续住院期间,仍然坚持写作,以致医生不得不限制他每天不得超过五百字。就是在这种情况下,最后竟奇迹般地完成了一部八十五万字的长篇小说《风风雨雨太平洋》。

白羽同志读书写作极为刻苦,走到哪里记到哪里,在行军途中,在战场掩体。他的字又小又清秀。记得在朝鲜战场上,一次,他点着蜡烛整整写了一个通宵,我睡去又醒来,他仍在记录什么,直到天亮,使我这个年轻人感到惭愧。他对我说:"我没有什么超人的天才,但我还算勤奋。年轻人要刻苦,刻苦比天资更重要。"他常和我谈起他所读的苏联卫国战争时期的军事文学作品,谈起西蒙诺夫、爱伦堡、波列伏依等等,他认识他们。他们都做过苏德战场上的记者。他说:"相比之下,我们中国作家写我们中国人民革命斗争的文学作品还是太少。"

他对青年人总是充满关怀和期待,不住地劝人读这读那,写这写那。他每见到我,总是先问我又读了什么,写了什么,或是说他读到我的诗了,很好!他不时地关切一些部队作家,向我打听他们的情况;还征求过我对《人民文学》的意见,他说他是挂名不干事的;我说让年轻人干吧,这不是干得很好嘛!其实他们也都不很年轻了。

几十年来,白羽同志给了我多方面的教益,以他的政治品格、他的严于律己、他的坦荡襟怀、他的勤奋刻苦。本来他是我的前辈,但他总是既把我当成工作中的同志,又把我看成文学界的朋友,既严格又亲切,帮助我成长。确实,他的外表过于严肃,使人感到不易接近,甚至使人害怕,令人敬畏;但他内心充满温情。他常常自责,他常说:"我犯过许多错误,'右'的,'左'的,都未能免。社会生活、人和事物太复杂了,我的心是清白的。"他说:"如今,时代前进,我已经老了。我很羡慕年轻人。新时代的年轻人,敏锐、聪慧,多么有朝气,希望在他们身上。"他说这些话是真诚的,他以他对祖国、人民和战士的纯洁的爱,教育和影响着我们认识自己、生活和未来。

就是这样一个把自己的命运,和祖国和人民的命运紧密联系在一起的战士,却猝然离去了;就是这样一个创作意识何等明确、责任感又是何等强烈的作家,却猝然离去了;就是这样一个把自己的身心全部献给时代的人,一个极具充沛活力、有着崇高精神和丰富内心世界的人,带着他正直的品格,也许还有被人误解的委屈,连同他的愧疚、欢乐和痛苦,猝然离去了!

本来,他还有许多工作没有做完,他未读完的书、他一直使用的笔,都仍静静地置在案头等待他们的主人,但他永远离去了。生活和时代中的种种谬误,使他得以认识了真理。一个曾经经历了充满苦难,参与了解放斗争和民族振兴伟大时代的生命,一个以自己的思想、智慧和一颗红玛瑙般的心不倦地工作的生命,证实了一个共产党人的真正价值。他没有愧对时代和历史。他应该是骄傲的。

对于这样一个明澈的人,我们将永远怀念他。

《杨家岭的春天》(套色木刻)　杨青

从听故事到写故事

孙幼军

我叫孙幼军,男,1933年6月23日生于哈尔滨。一辈子干的三件大事是淘气、读书和教书。

我的学前教育几乎是以童话为教科书的。第一位老师是我姥姥,一个来自呼兰农村的老太太。她是家庭里唯一一位任凭我淘气而不予谴责的人。但她最怕我因淘气被爸爸惩处。每逢我挨打受罚,她就心疼得独自躲进厨房里哭。为让我少闯祸,她凭借的手段就是讲故事。她的故事都很神奇,而且极多,能一个接一个,讲好长时间。长大以后,我在民间文学工作者搜集的故事集里见过情节极相似的篇章,显见她讲给我听的并非全属她的杜撰。

我的第二位老师是我爸爸。我是长子,他对我很严厉,同时又懂些学前教育,常设法弄来些现在称为"低幼读物"之类的东西给我看。那些书的图画都很漂亮。爸爸读的是"白俄"办的小学和中学,俄文极好,又曾留学日本,还懂英文,所以也找到些外文的童话书给我。对我来说,这些读物同中文的也无大区别,反正文字统统不认识,全靠他讲给我听。这使我能在很小的时候就接触到一些世界童话名著。

后来就轮到我讲故事了。我有三个弟弟一个妹妹,每天晚上入睡前大家挤在一个被窝里讲故事是一种乐趣。开始时我主要是"兜售"从姥姥那里贩来的"货色",后来我自己的童话藏书逐渐增多,讲的内容也日益丰富。我爸爸在三十九岁时就去世了,当时我最小的弟弟才五岁。给他们讲故事哄他们安静下来似乎成了我的一种责任。讲书上的故事本来容易走样子,含有我编造的成分,讲到没东西可讲时,我更是胡诌一气。现在想想呢,那也许可以算我最早的"童话创作"。

讲故事讲出毛病来,所以等我长大,不管走到哪里,身边常有一群孩子听我胡吹。1960年,我给分配到外交学院教书,大院里几个低年级娃娃一放了学就找我。《小布头奇遇记》里若干片断,就是当时讲给他们听的,书中有些孩子的名字,是他们的真实姓名。我已经学会了边讲边演。一回讲到大老虎,我张牙舞爪。时至今日,当年一个小女孩子,现在已经三十好几了,见了我仍然喊我"大老虎"。我一听到,也顿时觉得自己年轻了,弯曲了十指瞪大眼睛向她叫:"啊——呜!"

听我故事最多的自然是我的孩子。姐弟俩相差八岁,使我讲故事的时间持续得相当久。到给他们讲故事时,内容几乎全是我编造的了。其中有些,我写成童话,但绝大部分变为失传的"民间口头创作"。

《森林小学》 黄永玉

另一种生活及无限可能

红 柯

写作的意义是什么？这确实是个问题。我小时候是个很让大人头疼的孩子,爱惹祸,惹了大祸,就提前结束童年,变得内向孤僻到处找书看,中学时校长都要找我借书,当时粗算一下约2000多本。上大学就感到很轻松,大二就把图书馆文科书读完了,光笔记就有几大箱子,都是文史哲,包括少量的文学书。大三时跟哈姆莱特一样在考研与创作之间痛苦地抉择,那股野性的力量控制了我,我还是适合搞创作。我的生存方式是这样的:笨拙内向不修边幅,很不成熟,在20世纪80年代大学生中显得很没有个性,直到现在40出头了有时还天真如幼童。妻子从不让我笑。我不笑,一脸严肃挺吓人,一笑就显孩童本相。我远走新疆,大概是偏远地区单纯朴实、阳光灿烂的缘故。评论家李敬泽先生说我笔下的新疆是"红柯的新疆",与我的本性相符合。文学是需要童心的。写作至少恢复了我童年时代的一些珍贵的东西,更重要的是它使我拥有了有别于现实生活的另一种生活,一种气象万千的想象的生活。现实中的红柯是循规蹈矩温良恭俭让五讲四美三热爱绝对一大良民君子,夜幕降临,繁星闪耀,或风高月黑或电闪雷鸣,另一个红柯展开纸笔粉墨登场天马行空直至鸡鸣星落,鬼魅消遁……写作丰富了我的生命,扩大了我的精神空间,尤其是小说。小说是个野性的东西,不那么优雅文质彬彬,小说更本质的力量在于它是所有文体中最有效的进入他人世界的东西。东方文明是农业的、封建的、诗歌的,也是封闭的。小说是交往的、开放的、杂交的、宽广的,如此才有可能"道听途说,街谈巷议"。小说的大忌是封闭,是地头蛇主义。小说就是交往,就是四海之内皆兄弟,欢乐颂,对生命的大悲大乐,也是最具有人类精神的文体,可以给梦想穿上衣裳的文体。也是让我可以自由生活的领域。1995年冬天离开新疆时,我突然想起祖父曾在蒙古草原生活10年,父亲在康藏10年。我的故乡岐山是很有意思的地方,周秦先民在这里结束了漂泊的游牧生活变为农耕民族。我在小城奎屯10年,小城宝鸡10年,四十岁了,住进省城西安,丝绸之路的起点,你可以想象红柯的样子,我就是那个在小街小巷里晃来晃去的家伙。写《金色的阿尔泰》时我才意识到红柯是一棵树,树不动,但根在动,在延伸,不断地延伸。地球是一只鸟,在生命树上叽叽喳喳。

我是一个用汉语写作的藏族人

阿 来

　　从童年时代起,一个藏族人注定就要在两种语言之间流浪。在就读的学校,从小学,到中学,再到更高等的学校,我们学习汉语,使用汉语。回到日常生活中,又依然用藏语交流,表达我们看到的一切,和这一切所引起的全部感受。在我成长的年代,如果一个藏语乡村背景的年轻人,最后一次走出学校大门时,已经能够纯熟地用汉语会话和书写,那就意味着,他有可能脱离艰苦而蒙昧的农人生活。我们这一代的藏族知识分子大多是这样,可以用汉语会话与书写,但母语藏语,却像童年时代一样,依然是一种口头语言。汉语是统领着广大乡野的城镇的语言。藏语的乡野就汇聚在这些讲着官方语言的城镇的四周。每当我走出狭小的城镇,进入广大的乡野,就会感到在两种语言之间的流浪,看到两种语言笼罩下呈现出不同的心灵景观。我想,这肯定是一种奇异的体验。我想,世界上会有越来越多的人加入这种体验。

　　我想,正是在两种语言间的不断穿行,培养了我最初的文学敏感,使我成为一个用汉语写作的藏族作家。

　　从地理上看,我生活的地区从来就不是藏族文化的中心地带。更因为自己不懂藏文,不能接触藏语的书面文学。我作为一个藏族人更多是从藏族民间口耳传承的神话、部族传说、家族传说、故事和寓言中吸收营养。这些东西中有非常强的民间立场和民间色彩。藏族书面的文化或文学传统中,往往带上了过于强烈的佛教色彩。而佛教并非藏族人生活中原生的宗教。所以,那些在乡野中流传于百姓口头的故事反而包含了更多的藏民族原本的思维习惯与审美特征,包含了更多对世界朴素而又深刻的看法。这些看法的表达更多地依赖于感性的丰沛而非理性的清晰。这种方式正是文学所需要的方式。通过这些故事与传说,我学会了怎么把握时间,呈现空间,学会了怎样面对命运与激情。然后,用汉语,这非母语却能娴熟运用的文字表达出来。我发现,无论是在诗歌还是小说中,这种创作过程中就已产生的异质感与疏离感,运用得当,会非常有效地扩大作品的意义与情感空间。

　　在我的意识中,文学传统从来不是一个固定的概念,而像一条不断融汇众多支流,从而不断开阔深沉的浩大河流。我们从下游捧起任何一滴,都会包容了上游所有支流中全部因子。我们包容,然后以自己的创造加入这条河流浩大的合唱。我相信,这种众多声音的汇集,最终会相当和谐、相当壮美地带着我们心中的诗意、我们不愿沉沦的情感直达天庭。

佛经上有一句话,大意是说,声音去到天上就成了大声音,大声音是为了让更多的众生听见。要让自己的声音变成这样一种大声音,除了有效的借鉴,更重要的始终是,自己通过人生体验获得的历史感与命运感,让滚烫的血液与真实的情感,潜行在字里在行间。

《小林的早晨》　徐起雄

关起门来听

李健鸣

　　前几天,从电视里知道英国的滚石乐队要来中国演出,这使我想起不少往事,简直是浮想联翩。20 世纪 80 年代初,我曾在西柏林看过他们的演出,那是我第一次看这么大规模的摇滚演出,台下的观众都发疯似的喊叫,空气中弥漫着烟草发出的特殊气味。朋友告诉我,60 年代,当滚石乐队第一次到西柏林演出时,那些无法控制自己情绪的观众冲上台去,把台上所有的东西都砸了。从某种意义上来说,甲壳虫和滚石这两支乐队吹起了 60 年代西方学生运动的号角,这两支乐队的音乐不仅开创了大众音乐的先河,而且以一种巨大的反叛精神影响了当时的年轻人,决定了他们的审美观念、生活态度和价值取向。同其他艺术类别相比,似乎只有音乐能产生如此强烈的冲击力。看一下西方"波普"文化的历史,就可以了解流行音乐的威力。几十年过去了,西方的流行音乐虽然失去了其强烈的反叛性,但保留了大众性,而且成为一门巨大的产业。中国也不例外,流行音乐的萌芽、成长和壮大伴随着中国改革开放的整个过程。尽管中国的流行音乐并不是以摇滚乐为主,更多的是软绵绵的情歌,但就是这些软绵绵的情歌,二十年前也几乎是地下歌曲,人们只能关起窗户来听,心里还带点负罪感。

　　"文化大革命"结束后不久,邓丽君的歌就悄悄地从广东流入内地。当时,只有极少数的人有录音机和磁带。有些想买录音机的人只得通过广东的熟人,冒着犯法的风险,买到走私的录音机。我的一个女友就是因为买了一个走私进来的录音机,在单位被批判得抬不起头来。

　　我是在一个朋友家里第一次听到邓丽君的歌的,听的时候,窗和门都是紧闭的,而且声音也很小,就怕邻居听到,告发到居委会。我第一次听邓丽君的歌,心中确实有许多感动,因为她那种真情流露的歌声是我们久违的。不过,我并没有成为她的歌迷,一是因为小的时候听过周璇的唱片,所以不觉得特别新鲜;二是因为那个时候,更让我着迷的是我们的外籍教师带来的音乐:甲壳虫乐队、滚石乐队、Bob Dylen 等人的作品。他们的歌曲不仅深深地打动了我,更重要的是在他们的音乐和歌词中,我寻找着一种对情感、对生活和对社会的理解。

　　也许就是因为在国内接触了这些西方六七十年代的音乐,所以当我第一次去德国,面对我所接触的知识分子,我一点也不感到陌生,很可能是因为我了解他们喜爱的音乐,我也知道他们的价值取向。在一定程度上,是音乐帮我适应了一个新的国度。

音乐就像一种国际语言,帮助人与人之间的交流,消除生活习惯、待人处事的方式以及思维习惯的不同带来的隔阂,使不同肤色的人走到了一起。

我曾经以为,我所喜欢的这些音乐在中国也会赢得不少听众,但实际情况却不然,随着改革开放,最先进来的还是港台音乐,这些音乐更多的是抒发个人感情,并没有多少社会内容。到了20世纪90年代,西方青年一代的口味也已有很大变化,在富裕和安定的环境中成长的这一代,无法理解其父母辈有过的思考和忧虑。中国那时引进的西方音乐也符合中国新一代的口味,对这一代人来说,他们更向往的是拥有,而不是"一无所有"。有很长一段时间,我一直在思考这样一个问题:为什么中国的摇滚乐不那么受年轻人欢迎呢?我曾问过我的好些学生,他们的回答都是"太闹了"。也许是因为他们在娘胎里听厌了乱世的噪音,也许是越来越快的生活节奏使他们需要一种缓和,世事和人的心态都可以从音乐中表现出来。

现在,已经没有人管我们在听什么音乐了,这真是社会的一个大进步,把音乐视为"封、资、修"产物的时候已经过去了。然而,我还会常常想起那个时代的种种弊端,不过,不是为了诉苦和抱怨,而是想知道,人们为什么惧怕得连"美"都不敢承认了呢?大气候固然是个原因,但失去个人独立思考的能力亦是个很重要的原因。

《学文化》(剪纸)　李唤民

2008 年

生命的尊严如此美丽

李 瑛

唐山是我的老家,1976 年大地震后 3 天,曾前往那里采访,大悲中难以下笔;1996 年地震 20 周年时,写了一首 500 行的长诗《寻找一座城》,发表在当年 7 月 27 日的《光明日报》上。如今,四川汶川又发生了大地震,其惨烈程度甚至更超过唐山,连日来夜不能寐,悱恻不去,难以抑制,书此,以寄哀思。

  他和孩子
  隔烟云,急匆匆
  奔向几千里外的水湄山坳
  他听见孩子撕心的哭声
  我听见他急促的心跳

  瓦砾下活泼的生命
  都是他的亲人,此时
  校铃再唤不来孩子们
  音乐算术都长出了野草

  他是父亲,是爷爷
  冒大雨走进帐篷
  鼓励受伤的孩子
  让他们听见花开的声音
  大地滚动的余震里
  他搂紧幼小的身体
  像护卫惊恐的小鸟

他蹲在断壁间,向空隙
焦灼地喊话,寻找
再没有一颗发光的星星
只有死寂的夜,没有喧笑
像一个幸存者
他摇遍每扇地狱的门
唤他们站起来
回到父母身边去,回到学校

倾斜的废墟上,他寻到
谁留下的鞋子、书包
巨大的悲痛几乎使他晕倒
他看见他们的遗体
压在大地尽头
他向他们深深地三鞠躬
他们熄灭了,身后却有
痛苦和爱在燃烧

流自他心底的真诚的自责
使我们每个人
都深感悔恨和愧疚
苦难会使生命变得成熟
一个咬紧牙关的民族
人比天高

从不吝流汗流血的他
望着孩子们抽泣的脸
反复叮咛:不要哭,不要哭
他滚烫的泪珠却流下眼角

书包
一个个红色的绿色的

书包,乖乖地
排列在小学操场上
这些从瓦砾下挖出的
书包,惊惧地排列在这儿
它们不知道这里
发生了什么,只在早晨
还负在孩子稚嫩的肩头
一蹿一蹿地走在上学的路上

书包装满课本、铅笔
阳光、灯光、哭和笑
男孩的调皮,女孩的天真
也许还有未吃完的饼干
也许还有未喝完的瓶水
当然,更有不同的闪光的理想

红色的绿色的书包
是一个个如花的生命
还能感到他们的体温
还能看到他们的眼睛
还能闻到他们的气息

此刻,静静地排列在这儿
再等不到自己的小主人
只待他们的父母领回
去做撕心裂胆的
最后的纪念,谁都相信
它们装有一颗颗旺盛的
怦怦跳动的心脏

也许有些始终没人领走
就让它们沉沉地压在

中国北纬31度、东经103.4度的交叉点上
压在
一个民族滴血的心头
成为永恒

一名幸存者
轻轻地割开水泥板块
飞快地切断钢筋
他被从断壁乱石下拉出来
一个被黑夜吞噬七十小时的生命
被毛巾蒙住眼睛,抬上担架

他已极度衰竭、气息微弱
可他突然挣扎着扯下毛巾
断续地喘息着说
我要看看救我的恩人
我可爱的家和亲爱的祖国
好永远永远地记住他们

《文艺报》的老师们

阎 纲

1956年,我踏进鼓楼东大街"《文艺报》编辑部"的门槛,一座简陋的院落。马路对过的大门楼挂着醒目的牌子:"文学讲习所"(丁玲在那里主事);咫尺西邻,是高耸着的鼓楼,朝朝暮暮盯着我们。张光年、侯金镜、唐因、唐达成以及理论家敏泽、作家宗璞、闻一多的得意门生闻山,都和我们平起平坐,小院像个和睦的大家庭。我们新来的一批,对于时常在文坛发难的《文艺报》敬畏备至,愿为《文艺报》而献身。我兰大的同班同学谢永旺在迎新会上的讲话,博得全场一片掌声。他说:"当我离开人世的时候,我要像别林斯基一样,将我的《现代人》和《祖国纪事》——《文艺报》枕卧在棺材里。"

1957年,《文艺报》连同东总布胡同22号的中国作家协会一起,迁入王府井大街64号中国文联大楼(一直到"文革"下干校,整整十年,文联大楼里硝烟弥漫)。年底,《文艺报》的春节联欢会上,我临时动议张光年朗诵他的《黄河大合唱》,全场沸腾。"黄河啊,多么伟大、坚强!"——衣服被浪花打湿的诗人同黄河融为一体。

为了呼唤诗神,1961年,张光年给《文艺报》、作家协会以及人大中文系的青年朋友讲解《文心雕龙》。四十八岁的光年英姿勃发,浮现出当年朗诵《黄河大合唱》的情景。特别是吟哦到《神思》篇时,诗人激动起来,神采飞扬,那迷醉,那潇洒,那错落有致的铿锵和不加掩饰的得意与满足!

张光年温文尔雅的诗人气质,谆谆教诲的学者风度,热情洋溢的演说才能以及刚劲秀美的书法艺术,都是那么清晰和美好。

《文艺报》的主笔们,敬业、爱才,我们一批年轻人蒙受他们的荫庇;他们甚至将编辑部的重点拟题交由我们撰写,不怕人说助长名利思想。在作家协会的几个刊物中,如《人民文学》《诗刊》《文艺学习》《世界文学》等,哪个都没有像《文艺报》这样放手鼓励写作。侯金镜对我说:"你自己有了写作实践,方知评论的甘苦,约稿时就有了共同语言。""我要让你的专业相对地固定下来,长期不变,争取在一领域有自己的发言权。"

侯金镜手把手教一个成分不好的人怎么阅读作品,怎样发现问题,怎样撰写评论文章,教我一丝不苟,要我"有胆有识"。他批评人不留情面,表扬人不顾虑出身,爱憎分明却"敌我不分"。他在创作情况汇报的材料上,几次表扬胡德培和我。为了我的一篇《刘树德论》的文章,他连夜修改,眼睛网着血丝,满纸红笔点点,仍不能起死回生,他竟然向我表示歉意。文章报废了,但他奖掖后进的不遗余力,凝重严谨的学风文风,时不时拿左手捏着眉心以减轻头痛的神态,以及那双高血压患者布满血丝的1000度近视但异常明亮的眼睛,给一个受惠于他的年轻人留下终生难忘的印象。

当代文学史上素有"三红一创"的美誉,"三红一创"的流行,与《文艺报》特别是侯金镜指导下的规模性的评介有着直接的联系。在他的部署下,我们多次拜访梁斌,组织对于《红旗谱》全方位的,包括它的人情、人性描写的研究和评论。我们约请冯牧及时撰写《初读〈创业史〉》,并以《创业史》为例,多次举办关于革命现实主义和革命浪漫主义的大型学术讨论。我们深入部队座谈《红日》,由侯金镜编发闻山和我合写的评论《红日》的文章。对于《红岩》的座谈,声势更为浩大。其实,《文艺报》推出的重头作品岂止"三红一创",此外还有:杨沫的《青春之歌》(《文艺报》上连篇累牍地讨论,知识男女几乎人尽皆知)、曲波的《林海雪原》(侯金镜亲自执笔撰写富有艺术说服力的评论呼唤"引人入胜"的新的大众文学)、孙犁的《风云初记》(黄秋耘散文诗般的评论充分发掘其阴柔之美),以及特约冯牧重点撰写的《一部具有革命风格的作品——读〈在和平的日子里〉》《坚实的道路,淳朴的诗篇——试谈李季的叙事诗新作》等。冯牧的《〈达吉和她的父亲〉——从小说到电影》和《略谈文学上的"反面教员"》具有反潮流的勇气。《文艺报》对于《达吉和她的父亲》历时不短的讨论,欧阳文彬和侯金镜关于茹志鹃小说的争论,侯金镜评论王愿坚小说"向纵深发展"的文章《结结实实的人物形象》和评论赵树理针砭时弊的新作《实干家〈潘永福〉》,等等,其对抗公式化、概念化的倾向十分明显。一时间,评论的身价提高,审美的意识增强,一种艺术多样性的、个性化的批评风气逐渐在《文艺报》上露头。

早在1956年,侯金镜就尖锐地指出:教条主义倾向在过去几年已经成为"有很大影响、发生了很大危害性的一种思想潮流",其表现之一,"就是向简单化、庸俗化的极端上去发展,和武断、粗暴的批评方法相融合,形成一种专横的批评风气,在文坛上高视阔步,四处冲击"。他批评说:"有的文章干脆抛开对作品的分析,直截了当地对作者的立场宣布可怕的判决"。这种风气在全国泛滥成灾,致使作家"手足无措""战战兢兢""如履薄冰"(《也谈〈腹地〉的主要缺点以及企霞对它的批评》)。在文学史上这不寻常的日子里,他敢顶"左风",为收有萧平、王愿坚、李準、杜鹏程、陆文夫、王蒙等人作品的《1956年短篇小说选集》撰写序言,序言的题目赫然在目:《激情和艺术特色》。序言大声疾呼"充分保证个性和想象力在宽阔而自由的天地里发展",鼓励作家"彻底地冲垮公式化、概念化的堡垒"!所以,到了三年困难时期,文坛依旧反右倾、一步步走进死胡同的当口,侯金镜写成《创作个性和艺术特色——读茹志鹃小说有感》,又是"创作个性",又是"艺术特色",支持作家"反映人们多样化的感情生活",空谷足音,让作家看到希望。

1961年底,侯金镜带我到颐和园云松巢阅读全年的中长篇小说,朝夕相处,边读边议,耳提面命,帮助我提高鉴赏水平和分析能力。今生最忆云松巢!

侯金镜给我们带来部队的好作风,像指挥战斗似的沉着冷静,像跟士兵拉呱儿掏心窝子那样知己,工作时专心致志,一头埋在书本稿纸里,聊天时笑语欢声,一点架子也没有,站如松、坐如钟、行如风,名副其实的"团结、紧张、严肃、活泼"。

在阅读全年长、中篇小说的过程中,侯金镜一有发现,便到我的房间向我推荐,要么上厕所路过,在我的窗外喊上一声,《红岩》就是他最先喊出来的。我要是读过作品,他便帮我分析思想和艺术,引经据典。只要论及鲁迅和苏俄文学,他的话匣子就关不住了,对托尔斯泰、果戈理、别林斯基如数家珍。我发现在他的文艺思想里,有一条十分明晰的红线,就是现实主义!就是直面现实的现实主义和干预生活的批判现实主义!侯金镜为人处世的实事求是作风(其一),为文衡文的现实主义精神(其二),加上严谨周密的卓识锐见(其三),颇得鲁迅之阃奥,因此,在不到一年的"大连会议"上,他犯了天条,被"念念不忘阶级斗争"击倒。

侯金镜喜欢散步,白天阅读,饭后散步。他喜欢颐和园以西倚长堤而卧的各色桥涵,人迹罕至却别有风味。我们沿长堤、跨桥梁,有时过十七孔桥到龙王庙,有时兴起,寻找园子紧南端孤零零的玉带桥,这是宗璞在《红豆》里情人约会的地方。宗璞也在《文艺报》,反"右"后讨论她入党时,支部指定我发言批判《红豆》。

散步途中,大摆龙门阵,侯金镜说话最多。他经常重复的一句成语是"胶柱鼓瑟",经常强调的四个字是"有胆有识"。他说,"文似看山不喜平",写文章和发言,要有曲有直有张有弛,不能"一道汤"(戏曲名词,意指平铺直叙单调乏味。1963年,《文艺报》的同仁观看豫剧《朝阳沟》,他使劲地鼓掌,转过身子对我们说:看人家一波三折,"辫子上都有戏!")。他对于1958年《文艺报》召开的有老舍、赵树理等二十多人参加的"反对八股腔,文风要解放"的"文风座谈会"极感兴趣,津津乐道;对毛主席提出的"观点和材料的统一"的开会方法和"准确性、鲜明性、生动性"三性统一的文章作法推崇备至。他也敬重鲁迅不但和读者交心,而且幽默风趣,嬉笑怒骂,皆成文章。他无所不谈,包括生活小事,说他也不爱洗澡和理发,而且对出国不感兴趣,但是,侯金镜的审美倾向相当鲜明,就是讥讽、打破流行一时的舆论一律和风格单调。

我清楚地记得,当他发现罗广斌、杨益言合作的《红岩》以后欣喜若狂的情景。他提醒我说:现在是困难时期,要把好作品献给人民。我们需要革命的浪漫主义,尤其需要革命的现实主义,要拿实实在在的生活真实做基础。毛主席说"无冲突论"不好,"无冲突论是形而上学的"。绝不能回避矛盾、拔高人物。"在当前的社会环境下,宁肯牺牲浪漫主义,也不能牺牲现实主义"!在侯金镜的鼓励下,我写出了《1961年中长篇小说印象记》，重点推出《红岩》。一天，《人民日报》李希凡来看我们，得知《红岩》如何激动人心之后，立即向我们约稿，侯金镜指派我执笔撰写。他一再叮嘱我说："现在是困难时期，人民群众的物质生活匮乏，我们要把好的精神食粮送给人民，艰苦奋斗，渡过难关。""讲思想，也要讲艺术。"我当夜写出《共产党人的正气歌——〈红岩〉的思想力量和艺术特色》，指出作品将敌我冲突推向生死关头，烈士们的革命牺牲精神，给人的心灵以剧烈的撼动。文章在《人民日报》上发表后，引起反响，《红岩》大量出版。事隔一月，在中宣部一次文艺理论家纪念《讲话》发表二十周年的筹备会上，侯金镜对《红岩》进行了深入的分析，引起周扬等与会者的重视。会议期间，侯金镜组织了一次讨论会，共五人：王朝闻、罗荪、王子野、李希凡、侯金镜，由我记录整理，《文艺报》发表，题为《〈红岩〉五人谈》，一时间，全国掀起"《红岩》热"，当年全国的报纸副刊被称为"《红岩》年"。

侯金镜提醒我们在分析作品时，一定要抓住人物的个性特征，正如毛主席说的，要注意矛盾的普遍性，更加重要的是注意矛盾的特殊性。但不能把个性绝对化，恩格斯曾批评过拙劣的个性描写。他说，你仔细地分析一个鼻子，但要精确地分析这是长在什么脸上、什么人的脸上的鼻子，而人，又是历史的，是社会关系的总和。侯金镜的"鼻子"说，我迄今不忘。

1962年，鉴于老作家李劼人自《死水微澜》重印以来，一发而不可止，仅仅六年时间，卷帙浩繁的连续性历史小说继《暴风雨前》后的第五部《大波》已经在读者中流传开来。这是一部历史的大书，急需评论却难以下手。张光年和侯金镜放手让我们一起完成一篇不大不小的文章。一个年轻的老人在我眼前活跃起来，仅用了一个通宵，我将文章赶出，题为《绘声绘色的〈大波〉》。文章说："我身入大伽蓝中了，它那样宏丽，观之心神飞越。然而，它太大了，全面而切实地估价五部作品，对于我们不可想象。""历史上的重大活动，距今五十年矣，竟然这样有声有色，连他们的陈设、礼法、一举手、一投足也无不栩栩如生且切合时尚。""对重大事件和人物作侧面的烘托，在紧锣密鼓中腾出手来描摹几幅可人的风俗画，语言准确生动富有浓烈的时代色彩，都是作品出色之处。""历史长篇小说到底怎样处理写人与写事的关系，怎样艺术地塑造真人的形象，可以在李老的大书中寻求答案。"过不几天，张光年告诉侯金镜说，他见到周扬，周扬说："评李劼人的这篇文章难写，这样写很好嘛。"

在侯金镜的指导下，我遍览全年的中长篇小说，继《1961年中长篇小说印象记》之后，连续三年，对当年的中长篇小说进行综述。

《李自成》第一卷于1963年出版，侯金镜和冯牧一致称赞，认为它在当时无疑是鹤立鸡群。经过商议，同意在我起草的以本刊记者名义发表的《1963年的中长篇小说》一文中加以推荐,同时嘱我,现在大讲阶级斗争,眼睁睁地盯着"右派"的翻案活动,下笔要注意分寸,不可过分突出。粉碎"四人帮"之后,姚雪垠几次见到我都要提及此事,说当时一片沉寂,唯有《文艺报》一家公开表态,他特别感动。

侯金镜教我重视原作,适时地对创作做出评述的那份认真,我一直继承下来。1977年底,复刊《人民文学》,我写了《粉碎"四人帮"一年来的长篇小说》,复刊《文艺报》,写了《谈长篇小说的创作》《长篇小说印象》《日趋繁荣短篇小说》和《中篇小说的兴起》。

不论是非功过,《文艺报》认真阅读作品、及时推荐新人新作,以及热情鼓励年轻编辑自己写文章的好风气源远流长,我终生受用。20世纪80年代参加梁衡散文的讨论会,亲见冯牧戴着老花镜一字一句艰难地引用原著时,我想起《文艺报》的日子,几乎掉下泪水;20世纪90年代以后参加研讨会,亲见一些发言只知"内容提要"、不顾文本本身,又想起《文艺报》,不觉悲从中来。

侯金镜走了,但是埋在了人们的心里。在《文艺报》的报史上,他将永存;在中国当代文学批评史上,他将永存。

张光年文质彬彬,侯金镜凝重严谨,冯牧敏锐热情,黄秋耘简约精当,我们应该恭恭敬敬地称他们为自己的老师。愿他们的灵魂安息!

我的秦腔记忆

陈忠实

在我最久远的童年记忆里顶快活的事,当数跟着父亲到原上原下的村庄去看戏。

父亲是个戏迷,自年轻时就和村子里几个戏迷搭帮结伙去看戏,直到年过七旬仍然乐此不疲。我童年跟着父亲所看的戏,都是乡村那些具有演唱天赋的农民演出的戏。开阔平坦的白鹿原上和原下的灞河川道里,只有那些物力雄厚而且人才济济的大村庄,不仅能凑足演戏的不小开销,还能凑齐生、旦、净、末、丑的各种角色。我们这个不足40户人家的村子,演戏是连想也不敢想的事,我和父亲就只有到原上和原下的那些大村庄去看戏了。

不单在白鹿原,整个关中和渭北高原,乡村演戏集中在一年里的两个时段,是农历的正月二月和伏天的六月七月。正月初五过后直到清明,庆祝新年佳节和筹备农事为主题的各种庙会,隔三岔五都有演出,二月二是传统习惯里的龙抬头日,形成演出高潮,原上某个村子演戏的乐声刚刚偃息,原下灞河边一个村子演戏的锣鼓梆子又敲响了,常常发生这个村和那个村同时演出的对台戏。再是每年夏收夏播结束之后相对空闲的一个多月里,原上原下的大村小寨都要过一个各自约定的"忙罢会"。顾名思义,就是累得人脱皮掉肉的收麦种秋的活儿忙完了,该当歇息松弛一下,约定一个吉祥日子,亲朋好友聚会一番,庆祝一年的好收成。这个时节演戏的热闹,甚至比新年正月还红火,尤其是风调雨顺小麦丰收家家仓满囤溢的年份。

我已记不得从几岁开始跟父亲去看戏,却可以断定是上学以前的事。我记着一个细节,在人头攒动的戏台下,父亲把我架在他的肩上,还从这个肩头换到那个肩头,让我看那些我弄不清人物关系也听不懂唱词的古装戏。可以断定不过五六岁或六七岁,再大他就扛架不起了。我坐在父亲的肩头,在自己都感觉腰腿很不自在的时候,就溜下来,到场外去逛一圈。及至上学念书的寒暑假里,我仍然跟着父亲去看戏,不过不好意思坐父亲的肩膀了。

同样记不得跟父亲在原上原下看过多少场戏了,却可以断定我那时候还不知道自己看的戏种叫秦腔。知道秦腔这个剧种称谓,应在20世纪50年代中期离开家乡进西安城念中学以后,我十三岁。看了那么多戏,却不知道自己所看的戏是秦腔,似乎于情于理说不通。其实很正常,包括父亲在内的家乡人只说看戏,没有谁会标出剧种秦腔。原上原下固定建筑的戏楼和临时搭建的戏台,只演秦腔,没有秦腔之外的任何一个剧种能登台亮彩,看戏就是看秦腔,戏只有一种秦腔,自然也就不需要累赘地标明剧种了。这种地域性的集体无意识就留给我一个空白,在不知晓秦腔剧种的时候,已经接受秦腔独有的旋律的熏陶了,而且注定终生都难能取代的顽固心理。

在瓦沟里的残雪尚未融尽的古戏楼前,拥集着几乎一律黑色棉袄棉裤的老年壮年和青年男人,还有如我一样不知子丑寅卯的男孩,也是穿过一个冬天开缝露絮的黑色棉袄棉裤,旱烟的气味弥漫不散;伏天的"忙罢会"的戏台前,一片或新或旧的草帽遮挡着灼人的阳光,却遮不住一幢幢淌着汗的紫黑色裸膀,汗腥味儿和旱烟味弥漫到村巷里。我在这里接受音乐的熏陶,是震天轰响的大铜锣和酥脆的小铜锣截然迥异的响声,是间接许久才响一声的沉闷的鼓声,更有作为乐团指挥角色的扁鼓密不透风的敲击声,板胡是秦腔音乐独有的个性化乐器,二胡永远都是作为板胡的柔软性配乐,恰如夫妻。我起初似乎对这些敲击类和弦索类的乐器的音响没有感觉,跟着父亲看戏不过是逛热闹。记不得是哪一年哪一岁,我跟父亲走到白鹿原顶,听到远处树丛笼罩着的那个村子传来大铜锣和小铜锣的声音,还有板胡和梆子以及扁鼓相间相错的声响,竟然一阵心跳,脚步不自觉地加快了,一种渴盼锣鼓梆子扁鼓板胡二胡交织的旋律冲击的欲望潮起了。自然还有唱腔,花脸和黑脸那种能传到二里外的吼唱(无麦克风设备),曾经震得我捂住耳朵,这时也有接受的颇为急切的需要了;白须老生的苍凉和黑须须生的激昂悲壮,在我太浅的阅世情感上铭刻下音符;小生和花旦的洋溢着阳光和花香的唱腔,是我最容易发生共鸣的妙音;还有丑角里的丑汉和丑婆婆,把关中话里最逗人的语言作最恰当的表述,从出台到退场都被满场子的哄笑迎来送走……我后来才意识到,大约就从那一回的那一刻起,秦腔旋律在我并不特殊敏感的乐感神经里,铸成终生难以改易更难替代的戏曲欣赏倾向。

我记不得看过多少回秦腔戏了。有几次看戏的经历竟终生难忘。上学到初中三年级,学校在西安东郊的纺织工业重镇边上,住宿的宿舍在工人住宅区内。晚自习上完,我和同伴回宿舍的路上,听到锣鼓梆子响,隐隐传来男女对唱,循声找到一个露天剧场,是西安一家专业剧团为工人演出,而且有一位在关中几乎家喻户晓的须生名角。戏已演过大半,门卫已经不查票了,我和同学三四个人就走进去,直到曲终人散。无论从哪方面说,都比乡村戏台上那些农民的演出好得远了,我竟兴奋得好久睡不着觉。第二天早上走进学校大门,教导主任和值勤教师站在当面,把我叫住,指令站在旁边。那儿已经站着两个人,我一看就明白了,都是昨晚和我看戏的同伴——有人给学校打小报告了。教导主任是以严厉而著名的。他黑煞着脸,狠声冷气地训斥我和看戏的同伙。这是我学生生活中唯一的一次处罚……

二十多年后的1980年,我被任命为区文化局副局长的同时,新任局长就是训斥并罚我站的教导主任。我和他握手的那一刻，真是感慨"人生何处不相逢"灵验了。从和他握手直到我离开这个单位，始终都不曾提及此事。他肯定不记得这件事了，他训斥过可能就置诸脑后了，又忙着训导另一位违纪的学生去了。不过，这个时候的他，已经半老，依然严厉的脸上总是洋溢着微笑，大笑的时候很爽朗。一张棱角严厉的脸无论畅怀大笑还是微笑，尤其生动感人，甚为可爱。

还有一次难忘的记忆。这是"四人帮"倒台不久的事。西安城里那些专业秦腔剧团大约还在观望揣摸文艺政策能放宽到何种程度的时候，关中那些县管的也属专业的秦腔剧团破门一拥而出了，几乎是一种潮涌之势。他们先在本县演出，又到西安城里城外的工厂演出，几乎全是被禁演多年的古装戏。西安郊区的农民赶到周边县城或工厂去看戏，骑自行车看戏的人到傍晚时拥满了道路。我陪着妻子赶过20里外的戏场子。我的父亲和村里那几个老戏友又搭帮结伙去看戏了。到处都能听到这样一句痛快的观感："这才是戏！"更有幽默表述的感慨："秦腔到底又姓秦了！"这种痛快的感慨发自一个地域性群体的心怀。"文革"禁绝所有传统剧目的同时，推广十个京剧"样板戏"，关中的专业剧团和乡村的业余演出班子，把京剧"样板戏"改编移植成秦腔演出，我看过，却总觉得不过瘾，多了点什么又缺失了点什么。民间语言表达总是比我生动比我准确："这是拿关中话唱京剧哩嘛！"还有"秦腔不姓秦了"的调侃。

到20世纪80年代中期，我的经济状况初得改善，便买了电视机，不料竟收不到任何节目，行家说我居住的原坡根下的位置，正好是电视讯号传递的阴影区域。我不甘心把电视机当收音机用，又破费买了放像机，买回来一厚摞秦腔名家演出的录像带，我不仅把包括已经谢世的老艺术家的拿手好戏看了个够，我的村子里的老少乡党也都过足了戏瘾，常常要把电视机搬到院子里，才能满足越拥越多的乡党。我后来又买了录音机和秦腔名角经典唱段的磁带，这不仅更方便，重要的是那些经典唱段百听不厌。大约在我写作《白鹿原》的四年间，写得累了需要歇缓一会儿，我便端着茶杯坐到小院里，打开录音机听一段两段，从头到脚、从外到内都是一种无以言说的舒悦。久而久之，连我家东隔壁小卖部的掌柜老太婆都听上了戏瘾，某一天该放录音机的时候，也许我一时写得兴起忘了时间，老太太隔墙大呼我的名字，问我"今日咋还不放戏？"我便收住笔，赶紧打开录音机。老太太哈哈笑着说她的耳朵每天到这个时候就痒痒了，非听戏不行了……在诸多评说包括批评《白鹿原》的文章里，不止一位评家说到《白鹿原》的语言，似可感受到一缕秦腔弦音。如果这话不是调侃，是真实感受，却是我听秦腔之时完全没有预料得到的潜效能。

我看过、听过不少秦腔名家的演出剧目和唱段，却算不得铁杆戏迷。不说那些追着秦腔名角倾心倾情胜过待爹娘老子的戏迷，即使像父亲入迷的那样程度，我也自觉不及。我比父亲活得好多了,有机会看那些名家的演出,那些蜚声省内外的老名家和跃上秦腔舞台的耀眼新星,我都有机缘欣赏过他们的风采。然而,在我久居的日渐繁荣的城市里,有时在梦境,有时在一个人独处的时候,眼前会幻化出旧时储存的一幅幅图景,在刚刚割罢麦子的麦茬地里,一个光着膀子握着鞭子扶着犁把儿吆牛翻耕土地的关中汉子,尽着嗓门吼着秦腔,那声响融进刚刚翻耕过的湿土,也融进正待翻耕的被太阳晒得亮闪闪的麦茬子,融进田边沿坡坎上荆棘杂草丛中,也融进已搭着原顶的太阳的霞光里。还有一幅幻象,一个坐在车辕上赶着骡马往城里送菜的车把式,旁若无人地唱着戏,嗓门一会儿高了,一会儿低了,甚至拉起很难掌握的"彩腔",在乡村大道上朝城市一路唱过去……

秦人创造了自己的腔儿。

这腔儿无疑最适合秦人的襟怀展示。

黄土在,秦人在,这腔儿便不会息声。

一本书与一个人

阿 来

想当年加入"文学新星丛书"时,那些与我同列这个名单上的大多数人,都是相当有名的青年作家了。而我这颗"新星"还是非常喑哑的。只发表过很少一点作品,而且都是在一些无名的杂志上。不要说在全国,就是在省内,数上十个青年作家的名字,我的名字仍在孙山之外。

20世纪80年代的文坛是多么喧哗啊!那时我写诗。诗坛的喧哗是集团性的喧哗,革命和造反的喧哗。革命总跟激情与野心有关。就是在这个时候,我慢慢离开诗歌,悄悄转入小说写作,一来,是不想加入某个团体去拥戴充满领袖欲望的人;二来,喧哗太甚的结果是,主张太多就失去了主张,标准太多就失去了标准,诗歌从看似的繁盛开始失序与凋落。革命的成果如何不重要,革不革命更加重要。新创的标准符不符合根本的诗学原则不重要,重要的是能不能提出几条大胆的标准。我写得不多,都发在很不重要的刊物上。没有参加过像样的文学集会与活动,没有打算去那些文学重镇去认识文坛上的重要人物,就是默默读书、写作。我的写作像是对于文坛的逃离,而不是进入。我想进入吗?也许,真要逃离吗?也许。

偶尔参加一次文学集会,最讨厌正走红或自认走红的新秀大谈文坛逸事,大谈和一些文坛重要人物的交往。无论如何,最后还是进入了。而且是自愿进入。那一年,看到一个四川省作家协会的通知,说是要与北京某杂志开笔会,在全省征集短篇小说,经过初选的作家有机会参加这个笔会。当时手头正有两个短篇。其中一篇是写当时一伙人半夜爬上马尔康镇北面的山头去等待彗星出现。为什么要看彗星呢?所有看彗星的人都不是天文爱好者。所以要去看,是因为那颗彗星叫作哈雷。每76年出现一次。也就是说,下次它再出现时,这伙二十多岁还觉得前程茫然的人都早不在这个世界上了。从某种程度上说,当你身处在像马尔康那样一个僻远的所在,也就跟不存在于这个世界上一样。彗星终于出来了,人们却什么都没看见,没有观测器材。然后,一群人带着一身尘土,或者失望,或者仍然兴奋着回到了山下那日复一日的生活中了。

我把两篇小说寄给四川作协。信是春天寄出的,秋天得到通知去参加这个笔会。寄信人是四川作协的领导之一、当时很有名气的作家周克芹。那时,看过他的小说改编的电影,没有看过他的小说,但知道他的名字。从一个农民到一个名作家,他是媒体上宣传的用文学改变命运的一个传奇。

信写得很平和、很节制,有限度地表扬我很有小说感觉。并且说,如果有机会去成都,希望见面谈谈话,如果不愿意到单位,请到他家里去。后来,我们若干次见,都是在他家里。谈读什么书,读书的大致感觉。我觉得这个朴素的人,给我的好感比他小说给我的好感更多。我也谈一些关于写作的想法。那时,一个少数民族身份的人写作,总被认为有很多优势,但我并不这么认为,我谈用汉语表现非汉语生存与思想的困窘。

　　参加那次笔会是我和克芹老师第一次见面。北京杂志来的人,自信得有些傲慢。这也阻碍了和他们正常的交往。后来,我被告知,两个短篇都被留用了。散了笔会,坐长途车回家。记得公路经过的大山上已经积雪了。雪下露出未被完全覆盖的秋草,很萧然的样子,心境差不多也是一样。当然,也一直盼着那本杂志发表我的小说。那两篇小说没有在这本杂志上发表。而且,这两篇手写的没有复本的小说再也不会回到我手中来了。编辑部总被受宠的作者描绘成温暖的摇篮,须知很多时候,也可能是座用偏见构建的坟场。我有远不止一篇东西沉没于不同的编辑部,再无消息。

　　有了这次经历,克芹老师再告诉我,他推荐我的小说进入作家出版社的"新星丛书"时,我不抱什么希望。但为了不拂他的好意,也为了一点不肯熄灭的希望,把当时得以发表的小说汇集起来,寄给了他。没想到,这书真的得到了出版,而且,还意外地看到了他写在书前的序。其间,我们见过一面,但他并没有提起写序的事情。那次,是到西昌市参加一个他主持的省内文学会议,那个晚上,在晃晃荡荡的卧铺车厢里,他说了很多的话。他一直在谈他构思中的短篇小说。这个谈到生活常常会陷入沉默的人,谈到工作时总有些无奈的人,这时却生动起来。直到今天,想起这个真心帮助过我的人,就是两个形象。一个是他在抽烟,再一个就是谈自己小说时顿时生动起来的人。也许,我们的小说是不大一样的,我们对生活与文学的理解也不大一样,但这两个形象,可能也是我容易留给别人的印象。

　　这个逝于盛年的人,我并不常常想起他。想起他时,曾经想也要像他一样对待和帮助后进的作家。一起谈谈文学,感到无话可说的时候,就一起把脸藏在烟雾后面。但我承认,我没有做到。书里遇到的不算,克芹老师是我青年时代唯一遭逢的著名作家。但我去看他,只是要谈谈小说。他帮我出版了第一本小说,而我从来没有提过这样的要求。他替我写了序,我也没有提过这样的要求。我没有做到像他对待我那样对待后进的文学青年。不是说我没有遇到。我遇到过很多。只是今天的文学青年有些不一样了。如果有人找你,不是要跟你谈谈文学。大多数人都省掉这个环节,直接要你写序言,让你介绍出版。现在更直接了,序那么长的东西都不要了,就要腰封上那句表扬话,那些表扬的话大多是过头的。现在这个社会有一种病,就是怕青年人不高兴。我也染了这种病。所以,我也写一些这类话,真诚的不到两三本,真想表扬的也就这两三本,其余都是扯淡。我不止一次检讨自己。警告自己在这些方面要检点。但是,警告总是不能奏效。即便如此,我在很多人眼中,还是一个很不通人情世故的人。前些日子,收到一个作者责怪我的短信,说:"从此不喜欢你了,你太骄傲了。"其实我就是想对自己稍稍严格一点。一张嘴巴说话多少有人听时,还是稍稍把紧一点。这跟骄傲有什么关系呢?其实,骄傲一点有什么不好呢?这样人至少可以有点自重,有点自尊。所以,今天来回忆自己第一本书的出版,其实就是回忆一个人,回忆一种风范,一种文人之间互相交往的方式:不计功利,回味悠远。

　　克芹老师逝去后,又过了些年,一次在青城山下一个常开文学会的地方,午睡的时候,我梦见了他。他还是那副有些心事的样子,场所也很真实,就在房间外面的花坛旁边。我醒来,走出屋外,那花坛的青碧与梦中所见一模一样。我燃了一支烟,放在青草之上,一丛栀子花前,我自己也点了一支,烟雾升起来,模糊了视线。如果这算是一次祭奠,那也是唯一的一次。但这并不表示我不在怀念。我只是不愿仪式性地频频显现自己的此时与往事的关联。

2009 年

叔　叔
洪　烛

我听见那么多孩子
用四川话喊:"叔叔!"
从童年的视角,我发现了
最有中国特色的称呼

不同的废墟里,发出同样的呼唤
"叔叔救我——"叔叔是解放军
叔叔是消防队员
叔叔是警察,叔叔是志愿者……
这么小就知道喊叔叔
比喊上帝要管用
连那位被救出的口渴男孩
嘴都很甜:"叔叔,我要喝可乐。冰冻的。"
他们相信:不管认识还是不认识的叔叔
会奇迹般满足自己的要求

恍然想起:我也是边喊叔叔边长大的
譬如,曾经喊雷锋为叔叔
这一代孩子或许不知道雷锋是谁
却知道自己有数不清的叔叔

在四川采访,沿途给近百位学童
赠送了新书包,听见或惊喜或羞怯
或清脆或沙哑的童音:"谢谢叔叔!"

我要走了,孩子们又会
很懂礼貌地打招呼:"叔叔再见!"
我骄傲自己是他们的叔叔
又很愧疚:没法提供更多的帮助
不要怕,叔叔来看你们了
别担心,叔叔会帮你们的
快点长大,就能像叔叔一样有本事
总有一天,你们也会成为别人的叔叔……

我听见大地上那么多孩子喊叔叔
甚至空中,也有孩子用四川话喊:"叔叔——"
唉,叔叔刚才还劝你们别哭呢
自己却也哭了

《平息叛乱,建设幸福的新生活》 黄胄

魂归朗润园

乐黛云

季羡林先生终于离开了他久住的医院,平静、安详,没有痛苦,也没有现代各种医疗器械的折磨!我私心总以为先生是重返他住过几十年的朗润园13公寓旧居,又再与我为邻。我总觉得先生和过去一样,正漫步在那条美丽的湖畔幽径,悲伤地凭吊那棵无端被拦腰劈断的老紫藤;我仿佛又看见先生坐在湖边家门前那张简朴的长椅上,时而和邻家重孙辈小孩儿嬉笑,时而远眺夕阳,默默沉思。他热爱这周遭的一切,特别是春日沿湖盛开的二月兰。二月兰,联系着先生的生命体验和他的哲思。先生写道:"二月兰一怒放,仿佛从土地深处吸来一股原始力量,一定要把花开遍大千世界,紫气直冲云霄,连宇宙都仿佛变成紫色。"每当读到这里,我就不禁想起鲁迅写的:"猛士出于人间""天地为之变色",想起在各种逆境中巍然屹立的伟大人格,也仿佛看到了先生的身影。先生曾在二月兰花丛中,怀念早逝的爱女,目送她"穿过左手是二月兰的紫雾,右手是湖畔垂柳的绿烟,把我的目光一直带到湖对岸的拐弯处",也曾充满爱怜地回忆"一黑一白,在紫色中格外显眼"的"我的小猫——虎子和咪咪"。先生赞美二月兰说:"应该开时,它们就开,该消失时它们就消失。它们是'纵浪大化中',一切顺其自然,自己无所谓什么悲与喜。我的二月兰就是这个样子。"先生将自己的人格和灵魂移情投射到平凡美丽的二月兰之中。他曾在这开满了二月兰的湖滨,满怀深情地咏叹着那种淡定而美好的生活:"午静携侣寻野菜,黄昏抱猫向夕阳,只道是寻常。"这一切曾经是"寻常",又是多么"不寻常"啊。

今天,先生亲手播种的荷花(季荷)正在盛开,比往年都开得多而鲜艳;远来的白鹭和野鸭在沿湖沼泽中低回,仿佛在等待什么人;柳树丛中的杜鹃,声声呼唤着"归来"。我和他们一样,平静地等待着先生魂归朗润园!我总觉得我一定会在哪一个拐弯、哪一张长凳上与先生突然相遇!

先生一直十分关爱我,是我的最后一个父辈。一个人,不管年纪多大,只要有一个真心视为父辈的长者在身边,就会觉得自己还是孩子,可以犯错误,可以"童言无忌",直抒胸臆。30年过去,先生就是这样,耳提面命,时而批评,时而表扬,带我一路走来。

记得是1980年的一天,先生突然对我说起,应在北京大学成立比较文学学会和比较文学中心,经过讨论,他担任了两个新组织的领导者,我则充当了跑腿的马前卒。那时,正在编撰的《中国大百科全书·外国文学卷》原没有"比较文学"这个条目,先生坚持必须加上,并命我撰写。这就给了我一个全面研究这一学科的机会,从此走上了比较文学的不归路。先生一再强调"有了比较,多了视角,以前看不到的东西能看到了;以前想不到的问题能想到了,这必能促进中国文学的研究,而且,更重要的是,要让世界比较文学界能听到中国的声音。这一件事情的重要意义,无论如何也绝不能低估"。当遇到困难时,先生总是鼓励我们:"中国比较文学学者的脚底下,从没有现成的道路,只要我们走上去,锲而不舍,勇往直前,在个别时候,个别的人,也可能走上独木桥,但是最终会出现康庄大道。这一点我是深信不疑的。"1985年,全国36所大学和研究机构联手策划成立中国比较文学学会,因为是"全国",又是"跨省组织",我们碰了许多钉子,都无法获得批准。最后先生亲自找了胡乔木和体改委,学会才成功地在深圳如期成立。先生在会上强调比较文学所要探索的就是文学方面的文化交流,明确指出中国比较文学的第一个特点是以我为主,以中国为主;第二个特点是把东方文学纳入比较的轨道,以纠正过去欧洲中心论的偏颇,为中国比较文学的健康发展指明了方向、奠定了基础。我沿着先生指示的方向前进,任何时候都感到背后有先生强有力的支持。

先生对我的指引,远不止于学术。2000年先生主编《当代中国散文八大家》,命我编选《季羡林散文精选》。我有幸阅读了先生的绝大部分散文。我认为对广大人民群众来说,先生的影响远不止于他的学术,而是他数量极大的散文和透过这些散文所表现出来的理想追求和人格魅力。和先生商量,我把这本散文集命名为《三真之境——真情·真思·真美》。使我感动至深的首先是先生对祖国的一片深情,这种深情早已超越一般理性,化为先生自己的血肉,化为发自内心的纯情。以这样的热忱作为生活的动力,生活就会色彩烂漫而又晶莹透明。古今多少文字"灰飞烟灭",唯有出自内心的真情之作,永世长存,并永远激动人心。如郭店竹简《性自命出》所说:"凡声,其出于情者信,然后其入拨人之心也厚。"正是心怀这样的挚情,人就可能于绝处逢生。记得先生的一小段散文是:"这枯枝并不曾死去,它把小小的温热的生命力蕴蓄在自己的中心,外面披上刚劲的皮,忍受着北风的狂吹;忍受着白雪的凝固;忍受着寂寞的来袭,切盼着春的来临。"这些话给过我那么多亲切的希望和安慰,助我度过严冬。事隔四十余年,我至今仍难忘怀。"爱国、孝亲、尊师、重友",这是先生所有散文最根本的主题。先生临去前一天接见一位拟编《少年季羡林》的编辑时,曾将这八个字接连重复了三遍。这是先生心心念念要传之后辈并流传永远的嘱托。

七月流火,朗润园处处洋溢着先生移情寓意于二月兰的那种"要把花开遍大千世界,紫气直冲云霄"的蓬勃生命力。我和朗润园的大自然一起敞开心扉迎接先生归来。

十月，祖国！不仅仅是在十月

雷抒雁

一

总是白鸽
唱醒十月的第一个早晨
我知道，这是一个庄严的日子
从大兴安岭密林里
最小的山村
衣履普通的村民
到西沙群岛
白浪簇拥的哨所
着装严整的士兵
都会早早醒来
为了这个日子
擦拭得闪闪发光的铜钗
皮面在火堆上烤得紧绷绷的大鼓
以及弯曲如蛇的圆号
都将以同一张乐谱
演奏欢庆
给祖国
大地，也不例外
天然的色彩
早已编织出祥瑞的图案
枫叶铺展红绸
金菊拥抱
点缀起硕大的五星
那些善于歌唱的鸟儿
像画眉、云雀、夜莺

甚至连跳跃在草丛间的蟋蟀
都一概地亮起歌喉
表达欢乐

二

夜晚,焰火从天空
徐徐散落
狂欢之后舞蹈也已停歇
只有星群俯视大地
华灯绽放,如不眠的眼睛
站立在空阔的广场
你会听见有一种声音
震撼心灵
不是秋声
那不是苍凉的风
穿过黄叶发出的凄厉
也不是七月既望
赤壁之下,舟子
悲怨的管箫
吹奏的孤独
我知道那是汉白玉的基座上
浮雕的历史发出的声音
那些不曾写出名字的献身者
面对梦想与光荣
发出的赞叹
十月,生者与死者共有的季节
绵延的奋斗
是生长着的事业与情爱

三

可是,祖国啊
我日日夜夜挥汗如雨的祖国啊

我年年月月美艳如玉的祖国啊
十月,又不仅仅是在十月
你让我们激动不已
烟雨三月,在江南
我醉心于柳丝后
你朦朦胧胧的面容
当油菜的花朵
镀金大地
我愿是一只小小的蜜蜂
穿行在你的花丛
我的长江,我的黄河
一遍遍歌唱过你的壮美
歌唱白帆如鸟
在你的碧波里
振翅飞翔
可是,纵然是洪水泛滥
你的浊浪你的愤怒你的泥泞
同样是我的歌我的激情
我的赤裸的双脚
奔驰在你的泥水里
我以赤裸的肩背
扛起一袋袋泥沙
垒筑意志与坚定
那一刻,和你的亲近
使我想起祖国、人民
我们共同的家园
共同的呼吸
共同的命运
十月,当然不只是在十月
即使大雪封门
泥炉旁,对一壶烈酒
我与李白共饮

陆游失约,披一袭斗篷
在南方,他正骑驴
笑对雪里红梅
宽宽窄窄的板桥
深深浅浅的诗句
中国,诗意弥漫着
你的每个季节
银杏树扇形叶片下
永远缀满
黄金的果子

四

祖国,我分分秒秒的祖国啊
穿过城市,你以高楼的身影
你以汽笛的鸣叫
你以车水马龙的热闹
甚至以少女时尚衣裙的鲜艳
以小贩们嘈杂的吆喝
争斤论两讨价还价的世俗
让我感受到
你的心跳与活力
而在田野,无论是等待收割的
麦浪
还是刚刚插满绿秧的稻田
发芽与落叶
开花与结果
都很平常,一切的过程
都应和着你,祖国,你匀称的呼吸
黄黄绿绿,阴阴晴晴
去去留留,来来往往
没有什么能使你的脚步
停滞

一千年又一千年

从古老走向年轻

从印满绳纹的灰陶

一步步走向每秒百亿次的

计算机

从龟板上艰难地刻字

和柔软的羊毫写下的

刚劲笔锋

到键盘敲打出的

块垒文章

我的方块字的中国啊

你五千年的恬静创造

今天,成了智慧疾速的闪回

与跳动

五

沉睡,或猛醒

摒弃,或张扬

低吟,或长歌

彷徨,或疾行

我的祖国啊,你的一枝一叶

都牵动着我的情感

牵动着我的歌唱和吟咏

牵动着我的神经

我和考古学家一起

深深发掘

轻轻拂去历史灰尘

探寻你既往的奥秘

和建筑工一起

我们层楼更上

攀立在时代制高点上

瞻望即将到来的

你的世纪

熟悉而又陌生的祖国啊

熟悉了的你的落后你的羸弱

你的迟滞的步履

今天已变得陌生

陌生过的你的繁荣你的强大

你的疾飞的超越

今天又变得这样熟悉

六

祖国,拥有你的每一年每一月

每一天

我的幸福都难以诉说

可是,十月,仍然是十月

这个季节里的黄金

使你变得辉煌、灿烂和芳香

十月的第一天

我会如此悠闲地

躺在草坪上

享受阳光

风吹过耳旁,送来欢笑、歌声

以及鼓乐的震响

桂花浓郁的气息

让我感受到生活的芬芳

随手折断一枝草叶

我在嘴里吸吮泥土和露珠的

清甜

蒙眬的眼睛望着

白色云朵

在空中随意变幻

鸽群掠过,清脆的哨声

诉说和平

我说:鸽子
请重新衔上这枝草叶
告诉世界
有一片希望
在东方
叫中国!

《四个渔民》(木刻)　张波

中国作协引导我走上文学之路
邓友梅

今年是中国作家协会成立 60 周年,也是我获得文学生命一甲子。我的文学生涯,是和中国作协紧密连在一起的。

1949 年真是天翻地覆慨而慷的一年。元旦我们华东野战军文工团还在战壕里为战士们唱歌贺年,春节就在徐州市为淮海战役胜利庆功了。随后向南进军,百万雄师过大江,战上海驻南京。在欢呼胜利的笑声和大步前进的歌声中穿过了由战争转向和平、由农村进入城市的转折点。这一年我刚满 18 岁,在欢庆胜利的同时,我心中也升起一缕愁思:入城之后,在战场上数快板、编话报那套本事用不上了。我连四年小学都没上完,以后该往哪方面发展呢?

正在这时,中国文协(中国作协前身)成立,新出版的会刊《文艺报》上登出了"我怎样做文工团员"的征文启事。我从小在文工团长大,又在班长茹志鹃的带动下养成写日记的习惯,看到启事后就把淮海战役中写的日记整理一下寄了过去。不久在《文艺报》第八期上,作为征文的首篇发表出来,文章前边有一长段"编者按",对该文加以肯定和赞赏,并向战斗在前线上的文工团员们表示敬意。战友们看到后纷纷向我祝贺,并鼓励我在写作上努力。这篇稿子发表,也大大增强了我的信心。觉得只要用功读书,埋头苦写,总会练出点成绩来,从此就把业余写作定为工作一部分。

是中国作协的报刊,引导我走上文学之路。

开头的两三年,诗歌、通讯、文艺评论、大鼓词、小说,我什么都写。《说说唱唱》《人民文学》,哪里能发往哪里投。虽没什么出色东西,总算略有表现。1953 年中国作家协会文学研究所(后改为"文学讲习所")招收第二期学员。就靠这点表现,我被录取了。"文学讲习所"是专门为来自解放区和部队、有写作表现但没受过系统教育的作者创办的。在两年时间内系统学习中外文学史和阅读各类名著。课堂上请各门类的权威专家上课,课外有丁玲、艾青、张天翼等老作家做导师,辅导学员在思想修养、感情培育、观察生活、塑造形象等多方面进行自我培训。每天至少要读五万字以上的经典名著,读后要写学习笔记,每过一段时间做一次创作实习。同学间友好交流也很重要,像白刃、张志民、玛拉沁夫、苗得雨等同学,都已写作多年,闲谈中各自把经验和体会摆出来与大家共享,使我很有收获。两年下来,我由自发的写作爱好跨入了自觉追求文学理想、把写作作为人生理想的意境,并练会了记生活笔记、磨文学语言等基本功。

是中国作家协会的培训,为我走文学之路打下了坚实基础。

毕业后为了全心全意深入生活,我要求到北京建筑公司担任工地干部,直接参加新北京的建设。工作之余,依两年学习对创作的新体会,写了篇爱情小说《在悬崖上》,寄给同学赵郁秀,在《鸭绿江》上发表了。发表后引起读者欢迎和文学界的关注,中国作协的刊物《文艺学习》予以转载,并请导师张天翼写了评论。从此我就跟在刘绍棠等青年作者之后,成了北京市文学界最受关注的新生力量。随着他们参加各种讨论会、座谈会、鸣放会,受到不少老作家、老领导的指教,令我对文学现状和艺术追求有了更多更全面的思考,使我对文学事业更有信心。

中国作协对青年作者的关心与扶持,使我这文学新苗绽开了第一枝花朵。

但是历史进程是复杂的,我们在摸着石头过河的进程中,总会有掉进水中淹到脖子的可能。风光了还没两年,"反右派运动"开始了。

丁玲是文学界"反右"的一个焦点,她是文学讲习所所长,我是讲习所的学员;北京青年作家是一个较显亮的群体,这些人经常聚会,谈天说地难免有语无伦次之处;更何况,《在悬崖上》写的是爱情故事!有了这几条,我被错划成"右派"就在所难免了。

此后二十多年虽然没有再动笔写过文学作品,但革命战争令我形成敢于面对困境的性格,文学讲习所使我养成了观察生活、思索素材的习惯,我停止了写作但没停止文学思考。因而十一届三中全会刚开完,我就能重新执笔,试写了停笔22年后的第一篇小说《我们的军长》。

又是中国作家协会主办的《人民文学》,在1979年举办了第一届"全国优秀中短篇小说评奖",并把《我们的军长》评为一等奖,使我获得文学生命的复活。

在党的拨乱反正、改革开放的政策鼓励下,在中国作协的支持鼓励下,我怀着死而复生的激情,一篇篇写了下去。以《追赶队伍的女兵们》《话说陶然亭》《那五》《烟壶》连续五年获得了"全国优秀中短篇小说奖"。

广大读者和作协领导对我的鼓励,使我坚定了革命意志,树立了以更好的成绩回报人民的决心。但也带来严格的考验:1984年第四次作家代表大会上,我荣幸地被选入了理事会。同时领导找我谈话,说调我到作协机关负责对外交流的工作。这真是给我出了个难题,当时是我写作能力最旺盛、灵感如井喷的时期。若改做行政工作,就意味着要中断写作,还可能招来"因想当官放弃写作"等闲话。但是领导谈话时也诚恳地告诉我需要调动工作的原因。是拒绝组织调动坚持写作呢,还是以党性原则服从组织调动呢?

经过几天几夜思想斗争,我决定宁可减少甚至暂停写作,也要按党性原则办,服从调动,这样才问心无愧。

到作协外联部之后我才知道,中国作协作为党和作家之间的联络纽带,除为繁荣文学创作、多方面为作家服务外,还担负着民间外交的重任。早在新中国成立初期,我国遭到西方国家围堵之时,中国作家牵头在北京召开了"亚非作家紧急会议",并成立了长期联络机构。在中日两国建交之前,巴金等同志就访问过日本,和日本友人展开定期友好交流活动;很多国家在和我国建交之前,我们作家之间就在海外建立了友好联系。巴金、刘白羽、杜宣、韩北屏等老作家在这方面做出过重大贡献。我到作协时,友好交流已到成熟期:组织中国作家与美国、德国、法国、意大利、南斯拉夫等国作家互访;请港、澳、台作家来内地(大陆)寻根,陪同和协助前美国作协主席索尔兹伯里采访中国农村,接待日本名家水上勉、黑井千次、宫本辉到川、陕、桂、沪采风,帮助琼瑶、林海音、陈映真、黄春明等台湾地区同行来大陆忆旧寻根,请香港地区武侠小说大家梁羽生、金庸来内地参加作家代表大会,等等,中国作协都付出了最大努力。回忆起这一幅幅相互了解、友谊情深的画面,我不后悔为此出力而减少了自己的作品。因为这也是我为人民服务的一种方式。

谢谢中国作家协会给了我第二次文学生命,也给了我更好的为人民服务的机会。

《古长城外的新长城》 振峰

2010 年

怀念高晓声

黄毓璜

高晓声去世已然十二个年头,我时时会想起他,并非因为关系有多密切,而是他确实是我接触不多却印象最为深刻的一位作家。

20 世纪 50 年代我还是懵懵懂懂的中学生,那时好读却热衷于经典,还没读到高晓声作品,知道其人只是因了他是"探求者"事件中蒙难者之一。听说被发配回乡的日子过得极苦,冤案固属最冤,婚姻也属最惨,加之疾患缠身,肋骨也折去了两根,形体上便出现了两个肩胛一高一低的倾斜。

到了 20 世纪 70 年代末第一次见到他,果然就是这个样子。其时作协寄居在"总统府"内,我因从小城来宁参加《雨花》的一个会议,会后留下为编辑部起草一篇文稿,住在门楼上的"招待所"。那日他跟陆文夫同来入住,该是刚刚"出土",感到其"土得掉渣"不足为怪,外貌上要比彼时的农人更像农人是不难理喻的事。他不可能认识我,只是淡淡地打了招呼,悠悠地从老棉袄的口袋里掏出一个皱巴巴的烟盒,默默地递给我一根。记得接过烟时一阵心酸,很想抚摸一下那被历史定格了的倾斜的肩胛,这是因为其时已读过他早年的《解约》《不幸》等短篇,感受到眼前之"人"与昔日之"文"的反差——这个形容憔悴的苦人儿,就是那个曾经以富于才气、不失"洋气"的笔致传导出了人物心理深度的高晓声吗?

应该说,生活让他付出沉重代价的同时,也给予了丰厚的报偿,二十余年跟农民的相濡以沫,成全其可以把他们"从呼吸声中一个个辨别出来",成就其复出以后很快进入一个创作上的井喷期,那瘦弱的躯体内似乎有释放不完而亟待释放的生命潜能和创造活力。

先期推出的《李顺大造屋》问世那阵,我正应邀在北京参加一个长达一个多月的文学活动,其间,在新侨饭店的一次座谈会上,公刘先生义生题外地谈起这篇小说,并"提请注意"高晓声这颗"新星";冯牧先生在充分赞赏之余还说,这期评奖如让自己投票,"第一票将会投给《李顺大造屋》"。此后,如同文学界都注意到的,从《79 小说集》开始,他连续多年地一年一本小说集问世,特别是随着《漏斗户》主》中的"陈奂生"一步一步地往前走,这颗"新星"的亮度与日俱增起来。

后来,我跟他住进了作协宿舍的一个单元,进进出出间见到他倾斜着肩胛走路,心理上关心他受过重创的身体要超过关注其写作。或许因为如此,多少年来从未跟他谈及写作,偶尔扯扯生活起居,知道他注意规律却不善治理生活,吃喝方面称不得在行却也有些招数,还给我介绍过一种鲫鱼的烧法,那烧煮的程序过分特殊而闻所未闻,至今不愿如法炮制。偶尔也跟他开开玩笑,比如就其一成不变的浓重乡音说,"阁下的常州话比常州还常州呢"。记得那年他应邀出访美国,预定半年,不想老先生三个多月便提前回来了。我便跟他打趣,说亏他早年还是学经济的,即便仅仅从多挣一点美元考虑,也不该早早回来的。想不到他认真地说:"你晓得吧,在那里做点讲学一类事体,能讲出多少东西不说,往往还得请上两个翻译,先让一个懂常州话的翻成普通话,然后再让翻译译成英语。拿点钱付给两个翻译的工资还不晓得够不够。"记得那年他的一本散文集《寻觅清白》刚刚出来,送书时不说别的话,只说"请你帮我写篇评论发发,好让书能多卖出一点"。老高就是这样,生活中的谈吐总是那么认真坦直,朴实得近乎拙讷,比较其文字的书写上随处可遇的涉笔成趣幽默风生,可谓判若两人。这大概也正从一个方面揭示了"真"与"美"的内在辩证。

同住一个单元近十年,却不曾有过互相串串门的事。有一次他来我家小坐,为的是向我当医生的妻子咨询服药的事;至于我为他带过一件东西,也只在门口交接,并未进去过。唯其交往如此寡淡,他那年南下病发前不久,忽有电话打到我家,邀约"有空下来坐坐吗?没有什么事体,喝点黄酒",当下就不能不感到有些意外。不巧其时正准备出发去南大南园看望北京来的一位友人,只能表示歉意。事后又未能主动再约个时间聊聊,更没料到后来就在外地听到他去世的消息。至今想起来还难以释怀:既然彼此从未有过两人"对饮"的事,那回的邀约,必定有些什么要说说的事,可不得而知了,成为永久的遗憾。

一般人会以为高晓声有点傲气,比如为坚持自己的文学观点而不惮让别人难堪,比如从不肯为他组织时兴的作品研讨会。其实,他不是一个不介意读者和评家的人,他甚至说过,一部作品的价值,是作家跟读者共同创造出来的。那一年和老高一起在友人家吃饭之间,他突然对我直呼"理论家",说他去年连出了两部长篇,"怎么一点反应也没有呢?"是感到"寂寞"了,还是有了点责怪的意思?未便接话。后来想想其时不该不置可否,内心便不免又生出几许歉意。

在江苏的"齐名作家"中,高晓声跟陆文夫是一对。老陆以"小巷文学"名世,老高则以"小村文学"蜚声。从他的"陈家村系列"走出的"李顺大""陈奂生"们,在当代小说人物形象中是有数的重量级人物。老高去世以后,老陆婉拒了组织上为他出文集的打算,说自己留了二十万元让女儿去张罗了,却带着病弱之身,为给《高晓声文集》的编辑出版尽心费力,并两次当面要我为《高晓声文集》写篇序言。我说如要写序,也该他写,或由其他健在的同辈好友来写,我资历浅,让我做这事非所宜当。他却坚持说"老高是有分量的作家,你从评论的角度写得详尽些"。直到付印前,几次三番让人来催促。我最终还是应命勉力,是却不过一种信托,也还搭进了借此顺表对老高心存的歉疚不安。

  这其实也就成了自己回顾老高其人其文的一次机会。依我看,高晓声不是一个严谨于结构、满足于出示"场景"的作家,他叙事上的随机性,他的意到笔从的散漫铺陈,正是一种过多的心理郁结需要不断寻求释放的表征。他不是一个热衷教育的作家,不是一个激情的现实批判者,在其对现实的认同中,分明有着对现实的抵抗,在其无奈的顺应中,分明有着凛然的对视。乖张的世情以及荒怪的心理,一旦进入其描述,常常切中时代与人生的症结。从这个意义上说,高晓声是一个坚执于自我感受方式的、主观抒情性很强的作家。对于在客观必然性上封杀自我的作家来说,他是"张扬"的;对于倾泻激情的作家来说,他又是"节制"的。他就是在这张扬与节制中协调出了自身。其作品算不得黄钟大吕,其所以能赢得读者,不只是因了艺术的独特性,更因其思想、情绪的独步、独到,启迪并接通了最为广泛的普通人共同的思索和共在的心声。

  私下以为,十多年来,当文坛历经几度转折变幻,文学历经几番不失成效的开拓和不无莽撞的奔突之后,会出现一种反照——我们回过头来缅怀当年的高晓声,反而更加清晰也更加充分地理解了他,感受到他的价值所在以及他的创作可能给我们留下的启示。

回忆文学讲习所

王安忆

我们那时候,鲁迅文学院是叫"文学讲习所",没有自己的校舍,临时设在朝阳区党校里面。党校周围空落得很,出了院门,走一段,才可抵达一个勉强可称为"街"的地方。那里有一个烟杂食品店,小是不小,可里面也是空落落的。因是早春乍暖还寒的天气,商店门口挂着一幅厚重的棉帘子,粗蓝布,绗着线,就像一床农家用的被子。路对面,还有一个小小的邮局。边上呢,是18路公共汽车终点站。就这些,也够了。生活起居就是这样简单,大约过了一个月的光景,党校周围的草木绿了起来。不是像江南地方的葱茏的绿,因为地方大,气候又干燥。但树身是高大的,枝叶错乱着伸展得很开;草呢,七高八低地冒了出来,就有了一种庞大和杂芜的春意。吃过晚饭,我们成群结伙,在党校后边散步。记忆中,那里有一二幢住宅楼,兀立于空地上的大树,一道丘陵般起伏的土岗子,岗上有杂树林。但要我进一步地描述出位置、方向和具体的环境特征,就做不到了。它的面积似乎相当大,漫无秩序,并且终究有些单调,没有特别的景物作参照。我们散步过了,回到党校,各自用功去了。

宿舍是四个人一间,我们仅有的五个女生,住走廊尽头的一大间。原先班上只有三个女生,这样不是要浪费一个名额了?校方又从地域出发,觉得上海这个城市只有竹林一个学员似乎委屈了,便委托少年儿童出版社再推荐一名女生。恰巧我正开始写儿童文学,又不像其他几名候选人(比如王小鹰那样)在大学本科就读,于是,就这样,我乘虚而入,进了讲习所。在我来了之后,北京却又将一名男学员换成了女学员刘淑华。所以,老师们有时会和我开玩笑:"要是刘淑华先来,你就来不了了。"这真是万分幸运的事,想起来都有些后怕。我将进讲习所看得很重大,我也知道并不是所有人都这么看的,不是有人不来吗?可这也影响不了我。讲习所是生活的转折点。

我们才来不久,就搬了一次家,从走廊那端的四人间搬到这端五人间。后窗正对着后院,院里有一浴室,每周六烧锅炉供热水。先是女生洗,再是男生洗。浴室很小,不晓得出于什么样的原理,它就像一个共鸣箱,将声音放得很大,然后从顶上的小气窗送了出来。所以,坐在我们的房间里,哪怕关着窗,浴室里的声音也清晰入耳。并且,很奇怪的,他们男生进了浴室,都喜欢唱歌。像贾大山这样平时缄默的人,也放开嗓子唱起来,唱的是他们那地方的戏曲吧,很高亢的声腔。等洗澡的喧哗过去,后院便静了下来。

课堂是兼做饭厅的。前面是讲台和黑板,后边的角落里有一扇玻璃窗,到开饭时便拉开来,卖饭卖菜。里面就是厨房。所以上课时,饭和馒头的蒸汽,炒菜的油烟,还有鱼香肉香,便飘出来,弥漫在课堂上,刺激着我们的食欲。1980 年的北京,吃,还是一个问题。饭票是分作面票和米票的,十斤全国粮票只能换四斤米票,其余六斤是面票。到现在还记得米票的样子,是一分钱纸币的大小,牛皮纸的颜色,用黑色的墨印着"米票"的字样,四两为一张。这样的比例的米票,对于吃惯面食的北方人来说,正够调剂口味,而南方人可就苦了。那时候,油粮都是定量供给,一个人一个月的地方粮票,要搭上一人一月的油票,才可换上三十斤全国粮票。我要是多向家中要全国粮票,就等于克扣家中的吃油了。所以,我无论如何也不能花费超出定量的饭票。越是这样米票紧张,越是能吃米。四两一满碗的米饭,一眨眼就吃下去了。与此同时,是对面食不恰当的厌恶,以致到了后期,闻到蒸馒头的酵粉微酸的蒸汽,就要作呕了。可是没有办法,还是要吃。别人似乎多少有些办法,在北京有一些关系,可多得几张米票。他们也会匀给我几张,虽然有限,但聊胜于无。有一回,我在卖饭的窗口,与里面商量,能不能用面票当米票用,只此一次。那食堂工作人员很和气,却很坚决地不肯通融。排在我后面的吉林作家王世美目睹了这一情景,二话不说,从兜里拔出一捆米票,唰,唰,唰,抽出一堆米票放在我面前。

不开课也不开饭的时候,我们会到这里来写东西。东一个,西一个,散得很开,各自埋头苦作。遇到不会写的字了,就转过身去问:"陈世旭,'兔崽子'的'崽'怎么写?"越过几排桌椅,远处的莫伸则插嘴道:"安忆也要用这样粗鲁的字吗?"有一些小说就是这样写出来的。环境是杂一些,可心都是静的。

当时进讲习所,我可实在是没本钱,倘若不是前面说的那个偶然因素,我是进不来讲习所的。周围的同学们,我只在杂志上读到他们的名字,都是我羡慕和崇拜的人,然而,大家都对我很好。我得到了许多真诚的关爱。我觉得他们都很像我的兄长,一点不嫌弃我,在我最需要帮助的时候,提携了我。

美比深刻更重要

曹文轩

长期以来我是一个非常孤独的人,我的创作在整个文学语境里是非常特别的,所以我经常怀疑我的文学选择,怀疑我的文学思想,甚至怀疑我的智力是不是出了问题。这绝不是夸张的说法,实际上我经常地发问:当大家都不谈美的时候,当整个社会都不谈美的时候,你为什么独自矫情地大谈特谈那个东西?你是不是太可笑了?

我有一个雄心,一直想在理性的王国中为我所有的文学主张进行一个理论平台上的建构,后来我发现在目前的理论高地去建设这样一个体系是根本不可能的。然后我就学会了一个最简单的、最朴素的、最原始的方法,这就是回到最常识的问题上来进行发问。我常常发问,文学的标准究竟是由谁建立的?我在中日作家、中韩作家的论坛上都进行过这样的发问。这个标准是韩国的?日本的?还是中国人建立的?都不是,是西方人建立的。西方文学演进到今天,实际上只剩下一个标准,那就是思想,深刻的思想。可是大家有没有想过,中国古人经过数百年数千年建立的美学体系里面,"深刻"这个词是没有的。中国评价一首诗、一部作品所使用的范畴是格调、雅趣、意境、境界这种范畴,尽管在中国的诗歌里面,在中国的文章里面我们的深刻是西方难以企及的,但是我们的范畴确实没有"深刻的思想"这一个范畴。可是我们今天诺贝尔文学奖的唯一标准就是深刻,掌握着舆论话语权的西方人的唯一标准也就是这一个。难道有人证明过思想的深刻就一定比意境要高?没有一个人能证明。而且我有时候在想,我能达到你的深刻,你未必能达到我的意境,所以我喜欢 19 世纪文学对各种维度的完美平衡。

我又有一个发问:如果川端康成在大江健三郎的时代写川端风格的作品,大江在川端的时代写大江风格的作品,请问这两个人还能得诺贝尔文学奖吗?答案几乎是肯定的——不能。因为文学的标准改变了,到了大江的时代,川端康成命根子的美已经被文学排挤出去了,这时只剩下一个维度,那就是思想的深刻。

我又有一个发问:如果没有某些所谓深刻的作品,我们是不是生活得更好一些?奥地利女作家埃尔弗里德·耶利内克获得了诺贝尔文学奖,看完她的《钢琴教师》后,我想吐。作品写到女主人公拿一个锋利的刀片切割自己的阴部,并对此进行细致的描写。我看完以后想,如果这一天我不看这部作品,我是不是生活得更美好一些呢?这是我最简单的发问。还有一个发问,就是作品如果牺牲一个国家、一个民族甚至整个人类最起码的体面,去获得一个奖牌,去获得一大堆美金,这是不是我的选择?我的回答是:不是,肯定不是。也许多少年后我才领悟了,"深刻"才是文学的大词,我也会后悔的,也会悔过自新的,因为我是一个与文学打了几十年交道、耳鬓厮磨了几十年的人,那个"深刻",它的奥秘,它的路数,它的诀窍,我是心领神会的,说不定那时候我做起来也是非常非常深刻的。

剪纸插画　刊于《文艺报》1965年第8期

秋水的余响

王　蒙

　　庄子与惠施同游于濠水的桥梁之上。庄子说："这里的鲦鱼上上下下、从容不迫地游着,这里的鱼儿是非常快乐的呀。"

　　惠子说："你又不是鱼,从哪里或如何能知道鱼的快乐呢?"

　　庄子说："你又不是我,从哪里或者又如何能知道我不知道鱼儿的快乐呢?"

　　惠子说："是的,我不是你,也就不能了解你、知道你,那么你不是鱼,你也不可能知道鱼、了解鱼,这个道理不是很完整很清晰地已经展现在这里了吗?"

　　庄子说："让我们从头捋起:你问我,你哪里会知道鱼儿的快乐,你这样问,就是已经承认我是知道了鱼儿的快乐的了,知道了我知鱼,你才会问我从哪里知得鱼嘛。很简单,我就是从我们脚底下、从濠水之上知道的。"

　　同游于濠上,同谈论鱼的快乐,这本身就够快乐的了;庄子的辩才,庄子的花言巧语,庄子的从来不会理屈词穷,是令人快活的。其实讲究一下白话文,"鱼之乐"也许应该译成"鱼儿的快活",用快活一词比快乐更生动。

　　当惠子质疑庄子,说你不是鱼,如何能知道鱼儿的快活呢? 庄子显然有点急不择语,他立马用惠子的论据搞一场"以子之矛攻子之盾"的游戏,就说你不是我,你怎么知道我不知道鱼儿的快活呢? 这样一来,可就进入了循环论证的怪圈:子非鱼,安知鱼之乐? 子非我,安知我不知鱼之乐? 底下惠子完全可以说,子非我,安知我不知子不知鱼之乐? 庄子则可以继续说,子非我、安知我不知、子不知、我不知鱼之乐? 然后如此循环下去,以至于无穷。当然,这是诡辩。

　　其实当惠子说到我非子,故不知子,而子亦非鱼,固(自是、自然是、本来也就是)不知鱼之乐,而且是全矣(齐啦),庄子已被驳倒了。庄子所以能咸鱼翻身,全靠死讹与诡辩。惠子讲你不是鱼就不一定能够知晓鱼儿的快活,这是假定物种的不同会成为相知的障碍。庄子匆匆中急不择语地用同样的论据回答,说你不是我你也就不知道我,那就不仅物种不同是相知的障碍,个体不同也会不相知。反过来更证明了他的鱼乐说并无客观根据与判断真伪的可能,反过来证明了惠施说他非鱼,不知鱼之乐是无法驳倒的论断。

　　这时,庄子异军突起,说请循其本,请溯其源。你问我怎么会知道鱼之乐,从哪里知道鱼之乐,说明你已经承认我知道了鱼之乐。此话本来无理,因为所谓知道鱼之乐是庄周自己宣布的,惠施不认同,才提出"安知"的质疑,这哪里是什么"既已知我知之而问我"呢?这明明是"不相信我知之而问我"吗?好一个庄周,绝处求生,硬辩强求,先说是你知道我知道了鱼之乐了嘛。好一个庄周,嘴硬嘴快,直如变魔术一般,手疾眼快,先把惠施坐实,令惠施只剩下了翻眼的份儿,转瞬间着了庄周的魔术的招子,却不知道自己是在哪里落入了陷阱。

庄子这里的对答能说明他的机敏利落,却不能说明他的在理。庄周的核心手法在于利用古汉语中"安"字的多义性,进行概念的偷换。安知,就是哪里会知道,从哪里知道,怎么会知道,如何能知道,岂能知道;用英语来说,就是"How could you know that……"。这里的"哪里会知道""从哪里知道",仍然是"如何可能知道"的意思,而不是"从何地何处知道的意思"。这是汉语"安"的含义宽泛的一个特点,安既是"哪里",也是"如何";既是"where",同时又是"how"。而惠子说的安知,哪里知,正是如何可能知的意思,而不是何处何地知的含义。正如那个关于没有学好英语的故事,说一个讲英语的人对一个华人说:"你太太真漂亮呀!"华人说:"哪里哪里。"翻译给翻成了"where, where",即何处何处呢,当然只能闹笑话。这里的华人对于自己的妻子的形象的谦辞"哪里哪里",含义是"怎么会呢,不可能吧"之意。这正是惠子质疑于庄周的。而庄周,翻手为云、覆手为雨,立马将惠施的话解释为何处何地知道了鱼之快活,并自搭台阶,自行滑落,说是我就是从这儿,濠水之上、桥梁之上知道的嘛。好一个巧舌利齿的庄周!

然而,这样说是不是老王有点得理不让人,有点过于偏执,有点乘机卖弄非压庄老师一头不可了呢?请想想看,本章名为秋水,秋水宜人,两个学问家同游于濠梁之上,看到了鲦鱼出出入入、上上下下,快乐欢愉,被秋天的大自然所感动,信口一说,鱼儿是何等快活呀,有何不可?有何不妥?倒是惠施,没事找事,没茬找茬,意图用机锋压庄周一把。在全无准备的情况下,庄周顺手绰起葫芦就是葫芦,绰起瓢儿就是瓢儿,一阵抵挡,一阵忽悠,哈哈一笑,至少没有当场认输,举起白旗,也就行了。这是书生意气,挥斥方遒啊;这是鹰击长空,鱼翔浅底呀;这是同学少年或非少年,叫作同学中年、同学老年……风华正茂,或风华犹茂、风华未凋啊,老王又没有受到惠施的委托,惠施的那一套又从未引起老王的迷恋或敬意,何必那样起劲地驳斥庄周呢?让我们放庄周一马,共同欣赏这个千古佳话,这个秋水与知鱼的美丽而又糊涂的话题,共同欣赏濠上的秋天风光,共同欣赏名嘴斗嘴的快乐吧。即使是嘴皮子的智慧,也比愚蠢更美好更可贵,更何况庄子的通盘智慧,硬是比惠子那一套强多了呢。是的,大智慧者也可能有借重要嘴皮子的时候,而只会耍嘴皮子的人,是永远达不到大智慧的。这同样是鹰有时飞得与鸡一样低,但是鸡永远不可能飞得与鹰一样高。

如果编导生产一部以庄子为题的电视连续剧,《秋水》肯定是最美丽的一章,知道鱼的快活是美丽的,不知道鱼是否快乐而假设它们是快活的,也是美丽的。驳倒鱼儿不快活,或人们,包括我们无法断定鱼儿是否快活的断言也是美丽的。两个思想者斗嘴,凭空讨论一个鱼儿是否,即你是否能确知它们是否快活,这也是美丽的。知、安知、乐、不乐,这本身就充满了灵性,充满了生活气息,充满了神性,因为它们无法用计算、实验、解剖、挖掘、考证与严格的逻辑论证来证明或证伪,它们是如此生活、如此世俗,又如此空灵而且神秘。似争非争,似议非议,似谈鱼与庄非谈庄鱼。庄周与惠施在濠上讨论鱼儿的快乐,这比蒙娜丽莎的微笑更雍容,比李白的邀月饮酒更俏皮,比英国的爵士贵族还要高贵,比"深巷明朝卖杏花"(陆游诗)更挥洒自如,甚至于我要说,比宗教膜拜还要与天合一、与神合一、与圣合一,直达最高最全能最永远最根本。为什么要从濠上得知鱼儿的快活呢?为什么要有个什么途径、什么逻辑的依据去了解、去评估鱼儿是否快活呢?普天之下,普地之上,哪里的秋水不明洁?哪里的野生的鱼儿不快活?哪里的人士见秋水与鲦鱼或别的品种的鱼而不赞美?哪里的辩论、机锋不有趣?它们互争高下而并无赢输。这就是生命的快活、天地的快活、自然的快活、大道的快活,这是先验的与不需要证明、不需要制图、不需要列出式子的知——论断。包括惠子能对庄子的鱼乐说提出可爱的质疑,这也是美丽的、空灵的、放松的与享受的。是为艺术而艺术、为快活而快活、为辩论而辩论,因而也是不需要论辩的,不需要结论与不必分胜负。这是不争的快活,是永远的与绝对的对于秋水的享受啊!

老王说:秋江秋海,浩浩汤(读商)汤,言道论天,一片汪洋。无内无外,宇宙玄黄。千姿千态,文理辞章。大小贵贱,苍苍茫茫。哀乐鱼我,熙熙攘攘。俯拾尽是,何必端详?纵横捭阖,势如流光。鹓雏腐鼠,神龟吉羊?讳穷求通,夫子主张。妙哉庄周,共舞堂堂!

附原文(选自《庄子》外篇《秋水》):

庄子与惠子游于濠梁之上。庄子曰:"鲦鱼出游从容,是鱼之乐也。"

惠子曰:"子非鱼,安知鱼之乐?"

庄子曰:"子非我,安知我不知鱼之乐?"

惠子曰:"我非子,固不知子矣;子固非鱼也,子之不知鱼之乐,全矣。"

庄子曰:"请循其本。子曰'汝安知鱼乐'云者,既已知吾知之而问我,我知之濠上也。"

忘年之交吴冠中先生

胡殷红

　　谁都知道世上没有卖后悔药的,但我却常常为寻找后悔药纠结不已。我和吴冠中先生同住一个小区,去年我要迁新居,在最后准备拔掉电话机的刹那,想到和吴冠中先生辞行,说我会常来看他,说希望他保重。他说他身体还好,就是吃四片安眠药也只能睡三个小时,很痛苦。我问他还在创作吗,他说很困难。电话里他说了很多,好像不是我要搬走,倒像他要远行。我说搬走也会常来看他。但我确实没想过他已年过九旬,总觉得有的是时间。听到老人去世的消息,我简直悔绿了肠子。

　　回想起前年春节我最后一次去给吴冠中先生拜年。和往常看望他时一样,我除了带去一张会说拜年话的嘴,仍旧空着两手。但当我们双手握在一起时,我是那样真切地感受着两手空空的温度和那颗彼此装得满满的心。

　　虽说是过年,他的家新年和旧年一样没有任何形式上的变化。他的生活多年来一如既往,没有任何实质的改变。小画室不到10平方米,面朝阳,画案旁的餐桌上已摆放好午餐:一只盘子般的大馒头、一盘水煮蒜苗、两碗多种豆类煮制的粥。吴先生和夫人正准备就餐。先生说,他们请了一位下岗女工帮忙做一顿饭,其余两顿自己做,基本吃剩的。我注意到吴先生好像是刚刚理了发,就问:"还是街边师傅的手艺?"吴先生显得挺高兴,说:"街边理发的师傅们搬进理发室,不用站街啦。"很多年以来吴先生总在街心公园的林荫小道边,花两元钱找个"蹲摊"的理发师傅"剃头"。每次我遇见,就会开他的玩笑说:"这么有价值的脑袋怎就这么廉价地'处理'一下?"吴先生扭过头说:"剃头师傅是'行为艺术',我是纸上谈兵,我们工作不同,价值一样。"凡到这时,他的脑袋会被剃头师傅"无情"地归位。他只得低头喃喃:"我这时候的价值就相当于一个等待削皮的冬瓜。"剃头师傅遇到这样情景,就会神气地哈哈大笑说:"那你们先聊会儿吧,我等着。"玩笑间,吴先生总会有意无意地谈到他的"创作观点"。每到这时,我都觉得他很孤独,他期望别人的理解。

　　有一阶段,社会上对吴冠中先生的一些观点有些非议,我知道吴先生有很多话要说,我也知道吴先生也有很多话不愿说。因此,我在动员吴先生正式接受我采访时有言在先:我们不谈友情,只谈观点。我是记者,职责所在,有言必录。他是受访者,完全自愿,实话实说。

　　吴先生是位率性而坦诚的人。以往,无论是他的学生还是朋友抑或记者来访,他从没有要求对所写文章在发表之前过目。可他对我提出了"我看过再发"的要求。以往,也许由于记者的误解,也许由于记录词不达意,也许由于截取只言片语,或是其他的原因,发表后给吴先生本人及社会、学术界引来一些不必要的矛盾和误会。所以吴先生严肃地对我说:"发表前我本人要看一看,我要对我的话负责。不能再上朋友的当!因为是朋友,才信任,才会上当。朋友在变,我也在变,没有不变的人。漫漫人生路,每一阶段都会有朋友和知己。过了这村便没有这店,朋友和知己很难与自己结伴同行。分手了,真诚的朋友留下怀念,并非真诚的朋友留下遗憾。我当了数十年教师,对自己的学生一向不说假话、空话,在学术钻研上绝对用科学的解剖刀,六亲不认。对学生,对朋友的坦诚几乎成了行为的习惯,对并非真诚的人也以坦诚对待,对有目的的人毫无防范,于是被利用,被断章取义的教训不少。这样的人和事不仅影响我个人的情绪,对社会对学术界也起了很坏的作用。"

面对这位学贯中西,虽已白发苍苍,却又不谙世事单纯如儿童的老艺术家,我没有不知天高地厚地说出"我文责自负"那句常说的话。因为,我实在找不出理由拒绝老人家的要求。那次采访很深入,他的情绪一直很激动,但很清醒、很有条理。后来我的专访《吴冠中有话要说》在《文艺报》整版发表后,吴先生收入了他的文集,我们的友情也从相识而跨向更高的境界——忘年交。

我和吴先生比邻而居十几年,那几年他每天都会沿着小区转圈散步,时间宽裕时会一大早敲敲我家门,如我还没去上班,就会来坐坐。赶上我正好出门时,他会叫我一起和他徒步到离我们小区三四公里、他儿子为他准备的大画室去看他的"大画"。去那儿要走40分钟,他想画"大画"时就一早过去,带些饼干、面包当午餐,晚上再步行回来。夫人身体好时,他们也会到那里住几天,创作完成后再回到家里。吴先生说,近年画"大画"少了,所以去那里也少了,主要原因是不想重复自己,没有新意、没有激情的作品不想画,另外精力、体力也觉得差了些。尽管如此,在这近十年里老人家的画展不断,世界各地及国内不少博物馆收藏他画作的报道也不断。他说他希望把自己认为的精品都捐给博物馆,不愿流落民间被人转手,由拍卖行拍来拍去。他说,无论拍卖的价多高都和他本人没丝毫关系,送出去的画就是别人的了。唯有伤心的是,本意送给友人的念想要是都卖了,还不如捐赠美术馆或博物馆呢。

吴先生常说:"反正我现在画得也不多,就像女人过了四五十岁怀孕困难了,没有怀孕就不可能分娩,我又不想克隆以往的东西。绝不愿意重复,再画第二张雷同的。有的作品经过多少年后觉得不满意了,重画,没找到缺陷就不再重复了。我现在画得少,是因为老的东西画完了,新的感觉来得少。我要求自己每一幅画都有新意。我老伴是我的第一个观众,她说有点新的东西了,不一样了,那我就觉得有些意思,很愉快。

否则就撕掉,就连素描我都不会随便画一张送人。"

吴先生八十岁以后,户外写生就少了,主要靠反刍。他说:"当年积累、吸收的大量素材没能表达完整,现在又从心里溢出来新的感觉,只要有新感觉我就画。这是个抽象和提炼的过程。人老了,各种诱惑和顾虑都消退了,青年时代的赤裸与狂妄倒又常常蠢蠢欲动,能够把真诚的心声表达出来,就是莫大的慰藉了。只要想画,这就是我一天中放在第一位的事。"

记得2001年我去吴先生家那次,他的家与往日稍有不同的是窗台上多了一个小罐头瓶插着的红色康乃馨,书桌的花瓶里是带有绿叶的金色郁金香。这使我忽然想到,今天大约是吴先生的生日。那两束淡雅、朴素、没有任何装饰的鲜花,一定是他的儿孙或熟悉他的朋友、热爱他崇拜他的弟子悄悄送来,以表心意的。吴先生一辈子从来没为自己张罗过生日,也坚决不主张任何人为他过生日。因此,我不知道哪天是他的生日,他只说:"我是老羊,你是小羊,我们都属羊。"他随口问了我这只羊的生日。突然有一天他散步时又到我家,高高兴兴地祝我生日快乐,送给我一幅他写的字:"羊生日,见日出,殷红色。"我们相识多年,我从未张口向他求过一幅字画,这一突如其来的珍贵的生日礼物让我特别兴奋也特别惭愧。因为,我从未给我的这位忘年交祝贺过生日——无论是他在艺术创作默默无闻的时候,还是他在国内外声名显赫的时候,但他却把我这小字辈的生日放在心上,那年他82岁。

那时的吴先生清瘦单薄,但绝不失精气神,耳聪目明、行走轻捷。尽管他常年睡眠不好,但他天天是六点钟起床,洗漱后下楼散步,八点钟左右吃早餐:一碗稀饭、一杯牛奶、一只鸡蛋、少许小菜。早餐后大部分时间翻书、翻资料,处理往复信函。年事已高,很少接待来访,实在不能推托的朋友、同事、弟子以及朋友介绍来的媒体,也在上午接待。一般不参加外界应酬,几乎不在外就餐。午饭是两位老人自己动手,一两个青菜,少许主食。午间摘掉电话,一般下午三点左右打开,晚上九点多钟再摘下来。每天下午四点,一位相处多年已像亲人一样的"小时工"到家里来帮助处理家务,清洁住室,做一顿"像样"的晚餐,间或烧一小条鱼、一个青菜、稀饭。夫人午睡时,吴先生便坐到那张皮面斑驳、木架陈旧的沙发上读报,十几份报纸一一读罢,见到熟悉的朋友的文章或他喜欢的文章单独拿出来,空闲下来老人家会主动打电话给朋友探讨文中涉及的话题,热情、坦率、真诚,有时仍会对一些不实之词表示些许"愤怒"。

我一直在想,吴先生这些年来引起许多人的误解,这一定与他独特的思想有关。也许,随着中国美术的发展,我们将越来越认识到吴先生观点的意义与价值,误解也会随之消除。

吴先生和这个世界永别了,我这个没心没肺的人竟然没在搬家的一年里去看望他。而今,把他老人家送给我的那套精装本《吴冠中文集》摆放在我的桌上,点燃一支蜡烛,在幽幽的烛光中怀念这位杰出的画家、文学家,他送我书时说的话言犹在耳:"文是画之余,是画之补,是画到穷时的美感变种。只可惜,我如今已是白发苍苍的风景画家,不能互换,是文是画,只求表达真性情吧!"

老人的话在我心里生根,老人的身影在我脑海里驻足。我把老人那颗不再跳动的心安放在我的生命中。

《生产鼓动者——业余广播员》(木刻)　李祖贻

我和我的父亲和我的文学三十年

陆天明

上小学三年级时,写作文《我的理想》,我说我要当作家。病中的父亲看到了,感慨万端。那时候,还不到三十岁的他,被多年的肺痨病折磨得几近失去最后一点生活希望了。他年轻时的理想就是要当个作家。但他是巴金笔下"觉新"式的人物,一个大家庭的长子,战乱离难贫困拮据中,他只有屈服于生活,放弃自己的理想。三年后,他死了,死于肺痨,死的时候刚到三十岁。

很长一段时日里,我并不知道从来只以商人面貌示世的父亲也有过这样一种当作家的"浪漫",当然也更不能领会在那个阴暗潮湿的傍晚,他站在写作文的我身后,所发出的那一声喟叹里所包含的全部感伤的意味。一直到那一年的那一天,我"热血沸腾"地和十万上海知青一道奔赴大西北农场去"战天斗地",母亲把父亲十九岁时发表的一些诗歌和小说,还有在抗战初期他流亡昆明一路所写的日记当作唯一的"遗产"放进我那十分简陋的行装里,我才震撼般地意识到,文学对一个真诚的人,确实并不只意味着青春期的理想和个人的浪漫。

我一直特别喜欢惠特曼的诗,尤其喜欢他的这一首诗:"我听见美国在唱歌……"它让我突突心悸。多年来我也一直在追问自己:你倾听中国在歌唱吗?你听见中国的歌唱了吗?你明白中国的歌声里所包含的那全部感伤和沉重、幽思和期待吗?惠特曼在另一首诗里写道:"一只沉默而耐心的蜘蛛/我注意它孤立地站在小小的海岬上/注意它怎样勘测周围的茫茫空虚/它射出了丝,丝,丝,以它自己之小/不断地从纱锭放丝/不倦地加快速度"。我愿意做这样一只文学的"小蜘蛛",去网罗"中国的歌声",去描画"中国的歌声",并放大"中国的歌声"。有人告诉我,一个作家和一个民族的文学创作,真正成熟的标志之一,应该是既被自己的人民认可,又能在文学史的进程中有创造性的突破;既创造性地形成作家鲜明的艺术个性,又能在国家和民族的文明进程中发挥它能够发挥的和应该发挥的那一点作用。它应该是既深刻,又好读;既文学,又大众;既充满着深层次的形而上的意味,又洋溢着鲜活的生活气息;既有作家独特的个性魅力和独立思考的张力,又具有涵盖时代和历史的广度和深度……而要做到这一些,最起码的一条就是,要和自己的人民在一起,去面对他们正在面对的和必将面对的一切。真正的文学也就产生在和人民一起为争取更美好的未来的巨大努力之中……这也就是在文学概论中经常要说到的"艺术良知"和"作家的真诚"。而真要去实践这个了,我才知道,这等于把自己送进了一个巨大的"历史烤箱"之中。或者还可以说,就像是在风雪弥漫的冬夜里,把自己放在露天地里的一个大火堆旁,面对隐隐闪烁的星空,在极度灼热和极度寒冷的双重刺痛中,追索明日的朝霞,完善一个"自我幻觉"似的终端呈现……

为此,几十年来,我走过许多弯路,也曾真诚地放弃过自我,又曾极其痛苦地去寻回那文学创作中绝对不可或缺的"自我",然后在新遭遇的困窘中去拷问:你寻找回的那个"自我"到底是什么样的"自我"?一个作家到底应该拥有什么样的"自我",才能有助于敞开自己灵魂慧知和激情的窗户,去倾听捕捉中国亿万民众发自心底的"声音"?……

为此,几十年来,我也经受过许多的质疑,甚至屈辱。十几年前,我尝试写的《苍天在上》产生了为许多人也包括我自己预想之外的轰动效应后,一个平日里比较相知的朋友却以一种很不屑的口吻问我:"陆天明,你觉得你这个东西能在中国热三个月吗?"当时我真的不知道该怎么回答她。我自己确实不知道三个月后中国还需要不需要这样的作品。还有个别从未写出过一本理论专著的"理论权威"打电话来,以当面污辱的方式,来表示对我和我这一类作品的轻蔑。

都是成年人啊。当时在我心底造成的刺痛至今仍是无法言说的……

我知道这些作品都还有许多不完善的地方,自己也还没有写出最想要的那一种作品。但是,路,必须继续走下去,也需要有人继续走下去。就像惠特曼当年在诗里写的那样:"每个人都唱着属于他或她而不属于任何其他人的歌。"况且,中国的巨变还在进行之中。对于"匹夫之责",即使是作家,又岂能顾左右而言他?但文学毕竟只是文学,作家也毕竟只是个"作家"而已,面对急需和永恒之间的龃龉,谁又能避免了"小屋如渔舟,蒙蒙水云里"的惆怅和"年年欲惜春,春去不容惜"的无奈呢?

这些年,我常常深夜扪心自问:天明,你在变吗?你变了吗?是的,我在变。我变了。我不断地在变。我不能重复自己,不能原地踏步。我必须变。但我又没有变。我要求自己不变。不变的是,我希望自己永远能够以一个"热血青年"的面貌,出现在中国文坛上,出现在自己的创作中,始终那样真切地关注着,并全身心地融合到自己的国家自己的民族自己的人民(当然也包括自己的家人)为争取更加美好未来的奋斗中去,虽然我必将不可挽回地衰老下去……一天比一天地更衰老……

前年,我回老家南通,到墓园看望了父亲。一个六十岁的儿子去祭扫三十岁的父亲。看着极其简陋粗糙的水泥墓碑上他那极年轻极清瘦极忧郁极聪慧又极无奈的神情,我哽咽了。我该对他说些什么呢?"父亲,你儿子终于成了一个作家了"——这话好像30年前就该说了。"我还会写下去说下去的,直到把心里要说的那些话都写出来说出来为止"——这话好像也不准确:只要你关注人民的命运,心里的话有说得完写得完的那一刻吗?"我知道自己还没写出最好的作品,为此,我将不懈努力"——几十年了,还用得着来对父亲表这个态吗?三十岁的父亲早就了解自己这个六十岁的儿子:两代人的文学梦,两个世纪的生存努力。我和我妹妹,我和我儿子,我和我的作家朋友们,我和我那些亲爱的读者,我和所有还活着的中国人、中国的平民大众……我们不曾放弃,也不会就此止步,为了两代人的强国梦,为了那两个世纪的复兴之路……我将持续地用我固有的那种倔强和愚拙写下去,而不管别人会说些什么。

《到生活中去找灵感》 林奇峰

笑脸与笑声

丹 增

  云南"三江并流"区域腹地的"丙中洛",藏语意思是"有寨子的地方",是祖国西南边陲云南省怒江傈僳族自治州一个偏远的乡镇。这里世居的傈僳、怒、藏、白、普米、汉等十多个不同民族和睦相处,互助互济,亲如一家。这里随处能听到会讲六种语言的老人,随处能碰到六种民族组成的家庭,随处能见到信仰四种宗教的村寨。这里的人脸上没有不挂笑容的,说话没有不带笑声的,可想而知他们的幸福指数有多高。

  一个樱花怒放的时节,我行走在丙中洛的小街上。小街是丙中洛的唯一街道,而夹道盛开的樱花却不是本地土生品种。丙中洛自己的花有油桐花、桃花。油桐花洁白如玉,在每一座神山的心上幽然吐芳;桃花艳如朝霞,在怒江一个个温柔的转身处灼灼闪烁。丙中洛还有栗子花、核桃花、缅桂花、杜鹃花,这里的花到处"随便"开,花开花落,雪山依旧,江水滔滔。

  唯有这铺满了一条小街的樱花,是从遥远的日本引进来的。来自异域的樱花,一树树地站在那儿,美目盼兮,巧笑倩兮,对陌生的丙中洛不疏离,不拒绝;恰如我这个异乡游子,踏上丙中洛便有一种回到了魂牵梦绕的故乡的感觉。

  我忽然听见一片清纯的笑声,似樱花瓣漫天飞舞、摇曳生辉。

  我一时愣住了:难道树会笑?

  当然,在有十座神山相拥、被十道神瀑洗涤的人神共居的丙中洛,如果有一棵会笑的树,也许并不新奇!可我这个被科学异化了的人偏有疑惑,循声而去。走近一家小商店,"嘻嘻嘻嘻……",一阵抒怀的笑声又扑面而来。五个女孩,围坐在一张矮矮的方桌前,正在叮叮当当地干杯,笑得前仰后合。

  我也无法判断这些女孩子是藏族、怒族,还是傈僳族、汉族。在丙中洛,因为文化的融合,不同的少数民族在日常起居中都一副汉族打扮,不同的少数民族在公共场合都能讲一口流利的汉语。我的目光扫去,看见小方桌上有红有白有黄——不多不少地放着五瓶酒。

  "姑娘们,你们有什么喜事啊?太阳还没有露脸,就喝起酒来了。"

  "嘻嘻,喝早酒嘛!"分不清楚是谁回答的,只见一个个又花枝乱颤地笑作了一堆。

  "你们店铺……几点开门营业?"

  "随便!"一个女孩豪爽地一挥手,一副指挥千军万马的派头。我被惊住,踌躇了一下,又问:"那,一个月能赚多少钱?"

"随便。"回答得利索。

我瞪着她们暗暗在想:这么做生意,能赚钱才怪呢。

"哈哈哈哈!"笑声冲天而起,似在释我心中疑窦。"大哥,你也来喝一杯嘛!"又一个爽快的女子竟殷殷地倒了一杯酒端过来,拍拍身边的小板凳,邀我坐下,"大哥是从很远的地方来的吧?一定辛苦了,喝好了早酒一天干活不累,来,干杯。"

我见女孩子们个个都笑靥如花地望着我,眼里流露的是一脉纯纯的暖意,我的心被深深地撼动了。虽然我只是一个过客,但我就像回到了某个熟悉的地方。我似乎已经嗅到了长久以来一直梦里依稀的乡情。

怀揣这样的暖意和乡情,我来到了丁大妈家。

丁大妈是开旅馆的。那是一排石片盖顶、原木为墙的房子,远山起伏绵延,尽收眼底。

这是丙中洛的第一家旅店。她开旅店的初衷,也跟那几个喝酒的女孩子开商店一样,是跟着感觉走,"随便"开的。丙中洛曾一度是怒江边上高黎贡山和碧罗雪山拥抱着的娇女儿,藏在深闺人未识。改革开放了,这雄奇、神秘和美丽得让人失语的地方便来了游人。游人要问路,丁大妈便带着他们走;走一圈累了,要住宿,丁大妈又将他们带回自己的家里。

丁大妈对那些身背行囊、又疲惫又高兴的游人充满了同情。住下了,要吃喝,丁大妈也招待。可想喝啤酒,没有!"但我家有咕嘟酒。"什么是咕嘟酒?丁大妈告诉我,咕嘟酒是苞谷发酵做出来的,有点甜又有点酸,好喝。烤了石板粑粑,宰了大公鸡,做了琵琶肉,一样一样端上来,咕嘟酒就一杯接一杯"咕嘟"到客人的肚子里去了。"咕嘟"醉了的人,围着火跳舞,跳得七荤八素才倒下,丁大妈夫妇俩就把他们一个个弄到床上去。

客人一觉醒来,梦里不知身是客,朝丁大妈笑笑,洗把脸又上路了。

一拨走了,一拨又来了。丁大妈觉得,这些行色匆匆的人好可怜啊,就想,干脆办个旅馆吧,让他们来了随便有地方住,有东西吃,吃好睡好才能出去尽兴地玩嘛。

旅馆办起来了,住过的人喜欢丁大妈,就在网上发布了消息。

网络时代,信息像光速,来的人就更多了。人多住不下,丁大妈只好把女儿女婿赶到仓房里去睡。可总不能让他们天天睡仓房,丁大妈决定扩建。现在这长长的一排石片房就是这么建起来的。房子跟前还有院子,院子不似城里人的别墅那样,用砖块围起巴掌大一小块,而是连着山,连着水,有菜地,有果园。好在土地政府不拍卖,不收税。丁大妈院里的果子,客人来了随便摘。吃不完就落地上,烂了,种子会在泥土里发芽。

丁大妈一年要接待数百名游客,其中还有高鼻子黄头发的洋人。可丁大妈不管你鼻子高不高,头发黄不黄,来了,一视同仁,都当作自己的孩子招待。洋人走了,也丢下点钱。丁大妈收钱,也是丙中洛风格——比较"随便"。可洋人的钱怎么跟人民币不同?心里便有些疙瘩,会不会是假币啊?疙瘩归疙瘩,到底抹不下脸去问。可收得多了,终于沉不住气,便给在泸水县当副县长的大女儿打电话,说:"外国人欺负我,给我的都是假币。"

女儿匆匆回家,看着妈妈捧出花花绿绿的"假币",哈哈大笑:"妈妈,这不是假币,这是美元、欧元、日元,还有英镑。"

眼下,丁大妈已经有些富有了。俗话说:人为财死,鸟为食亡。若将此话说给丁大妈听,定叫丁大妈笑掉那几颗不多的大牙。丁大妈从未追求过财富,可一不留神,财富就来了,但她也不在意。

丁大妈是藏族,汉名俞秀兰,老伴是怒族,汉名丁四方。于是人们便按汉族习惯叫她丁大妈了。丁大妈夫妇养育了五个子女,子女自然都随父亲姓丁。而五个子女已各自婚嫁,对象也是不同民族。一个家里便有了藏、怒、白、汉、独龙、纳西六个民族。

有六个民族的大家庭,过年时聚在一起,对外,一致讲汉语;关起门来,便是"百花齐放"。谁在家主事,便讲谁的语言,而不管哪种语言,彼此都能沟通。

丁大妈的子女也各有信仰。大女儿是领导干部共产党员;可另有两个女儿信天主教,丁大妈自己也是虔诚的天主教徒,而她的老伴则信仰藏传佛教。丁大妈家旁边有座天主教堂,钥匙就在丁大妈手里。教堂里的活动,丁大妈都要去操持。离她家几公里,便是藏传佛教普化寺,丁四方每月逢五、十六,都要去烧香点灯。

这天,丁大妈兴冲冲地带我去参观重丁天主教堂,还在圣母玛利亚的神坛前唱起了圣诗。丁大妈歌喉嘹亮,神态虔诚,《圣经》是藏文,唱的是藏语!丁大妈的藏语圣诗,如一条高贵洁白的哈达,在怒江的雪山峡谷间悠扬飘荡。

我问丁四方:"为什么你们生活得如此快乐满足?"他说因为他和老伴都有信仰。他还对我说,信仰是人的灵魂安放的地方,人有了信仰就有了主心骨。没信仰的人是可怕的,就像他们家的花豹(狗名):它嫌贫爱富,看见穿得漂亮的游客摇尾巴,看见穿得破烂的人汪汪叫;现在它竟也与时俱进了,看见丰田小车里出来的人就上去摇尾乞怜,见开手扶拖拉机的就上去叫……

听了丁四方的话,我感叹和赞美这里人的精神没有被商品社会污染。我十分赞同他们关于信仰的朴素理念。我说,是啊,有了信仰,人才会有宽容和爱心,有节制与和谐。

丁大妈听了,"哈哈哈……",自顾手蒙着没了门牙的嘴笑得头朝后仰过去,一如那几个光顾自己喝酒、不思赚钱的商店小姑娘。

在丙中洛,客栈房价、饭菜不标价格,商店里也看不到几件商品名码标价,本地人互助互济、合作交换、借贷钱物,都没有协议,没有契约,没有借条之类的商用凭据,只凭一种诚信的默契——"随便"。在我们的客栈门口不远,有个早餐店,卖的是大饼、米粥,我早晨路过门口,人头攒动,老板摇勺加粥,烧火切肉,忙得不可开交。钱箱是一个纸盒子,放在没人守的柜台上,客人吃完就自己往里扔钱,票面大的,扔进后自己找零,老板看都不看一眼。我在一旁静静地观察了好多人,终于发现一个人喝完粥就走了,于是我像逮到小偷似的向店主揭发:"刚才那人吃饭没给钱。"谁知老板头也不抬,笑嘻嘻地丢了一句:"人家没带钱,明天会补上的。"反而弄得我这个都市文化人有些无地自容,羞愧难当地离开了。返回途中,我看见一个小药店,正好想买点药,可店里没人,我站了一会儿,旁边一个店主走过来问我想买什么,我说创可贴,他说:"主人不在,你先拿去用,回头再来交钱。"我也就很自然地"随便"了一次,打开药柜取了一包走人。第二天抽空过来还钱,标价2.6元,我递上5元,老板找了我3元,我认真地说:"你找多了。"老板不假思索地哈哈一笑:"我们这里都不算零钱的!"弄得我又一次面红耳赤。

待我回过神来,只见丙中洛的笑声、江声和鸟鸣声与洁白的云雾一起,在圣洁的雪峰之间轻快地飘荡。

有一条路在内心蜿蜒

林那北

终究是要行走的,在城市或者乡村。

年纪一点点大了之后,脚步渐渐就缓了下来,对世界敬畏愈来愈深而渴望却越来越淡,终于有一天,心一松,把自己宠好的念头就狠狠生出。父母已经老去,子女尚未长成,所以只能以日益凋零的体温苟且宠住自己。为什么不呢?对着阳光笑一笑,然后心平气和地把羽毛缓缓梳理,像一朵枯而未凋的花,只绽放给自己观看。年轻时,骄傲是我理想的一部分——骄傲地仰望、骄傲地蔑视。一滴水都可以不屑一片汪洋,一片叶也可以承载整个春天。

人的内心波动是会渗透于外的,凝聚点可能是容貌也可能是那一身裹住躯体的衣服。

我曾经放肆追逐过各色服装,而且以稀奇别致为上。在庞杂物流中与某件蓦然邂逅,肩宽袖长腰围竟还那么契合,就有一种命定的感觉涌上来,如果又是腰包中的银子所能够接受的,就更是一种前世之缘了。世界那么大个体这么小,历史那么长生命这么短,爱的人爱的事以及爱的某种机遇与某个境界,哪一个能随心所欲轻易获得?能够瞬间在握的服装,便抚慰了这份无奈。它们轰隆隆轮番登场,带着我单薄动荡的身体箭一般刺穿生活——只是试图刺穿罢了,那一份喧闹和躁动,反而搅起更多的尘土,终究把自己先累倒了,然后归于平淡。

一切都渐渐地淡。这是一个过程,一个退缩与自省的过程。肯定还有俗事,俗事萦绕纠缠久久不息,连俗欲都不时涌起。只是我已经愿意找寻后退半步的秘籍与捷径。欲望是一种与硫酸类似的东西,有呛鼻的恶臭,会透彻地腐蚀。当站在伸到半空的阳台上,俯瞰街头的喧哗再仰望天际的悠远时,会知道,心灵最大的愉悦是来自最深的静谧。

这个世界不属于自己的好东西那么多,它们纵横各处,时时闪烁绿光发出诱惑。不要不切实际地流口水是人生一条很好的座右铭,能够将它收入视线,并且渐渐贴近它的人,必定比那些章鱼般四处伸出大手试图打捞名利的家伙活得更环保与健康。同样以站立的姿态生存于土地上,树却比人有更多凛然的尊严与安详,它们静静伫立,有多大能耐,就长多高多壮,每一岁都有根有据地一枯荣,即使枝丫互侵也光明正大地公然于阳光下,那么坦然,那么骄傲。骄傲是对自己的尊重与爱抚。

"刻意"是个令人生厌的词语,刻意地拒绝与刻意地迎合应该同样摒弃。那首歌唱得好:"让它淡淡地来,让它好好地去。"做到很难,但可以努力。

我女儿在成长过程中,两耳堵满刀光剑影的人间丑态,是我屡屡从滔滔不绝的报纸电视以及道听途说的新闻中,捡出一堆负面的喂给她。不是要让她内心阴暗,而是为了防御。她这个年纪,丰衣足食,终日沉浸在夸张惊乍花里胡哨的动漫故事里,双脚始终没有踩到现实的地面。如果太平有序,还可以有风和日丽的日子。可是世界如此不尽如人意,人心如此复杂难测,无边的天真与单纯,就恰如手无寸铁地站在乌黑森严的枪口下了。即使五脏六腑,也需要有一片软弱的肚皮去保护啊。所以得把真相和盘托出,然后指望她开始锻造筋骨,并竭力自塑一个丰盈妖娆的心灵——一个庇护所而已,可以将自己的灵魂安顿进去,否则失望就来临了,虚无、落寞、沮丧也会陆续到来。

有时候,我会把小说看成自己的庇护所。

每看到有人扬言要把文学当成什么武器时,我的心总不禁陡然一紧,随后又释然了。无论他们所说的是自欺欺人,还是为了打造一副强大的盔甲,这个世界反正是需要一些志向宏大的人,那么硬朗地宣告出来,至少鼓舞了自己,其实也没什么不好。我却只有卑微的理念,不过将一部小说看成是某种精神疼痛或焦虑或躁动或渴求的隐秘地图,经线纬线的走向,都藤蔓一样沉默。在键盘上敲击着一个个汉字时,我成了他或者她。他们附体而来,让我凭借这些与我生活迥异的场景与素不相识人物,表达了,释放了。

释放不一定让人愉快,有时因为那么血淋淋地逼近了一下,就如一星烛光闪现之后,黑反而更浓更墨地降临了。这时内心就开始新一轮的起伏,于是另一篇小说可能就因此隐约显出了端倪。

其实一篇小说写作的时候我常夜不能寐,某一瞬间甚至满眼盈泪,然而在画过句号之后,涌动的潮往往就迅速退去,仿佛演出完毕,谢幕就不可抗拒了。等到它们挤进某本杂志变成铅字公之于众,有时就连再看几眼的力气都丧失殆尽。许多时候我甚至发现一些小说不知去向,是否发表过或者发在哪方地盘都记忆模糊,那些样刊或原稿也许已经永远消失在废品站和电脑病毒后的空白中了。这样不好,以后得改一改。只要用心,给自己当好秘书并不是太难的事,难的反而是留不住跟在句号之后那一份退却的激情。为什么?我不知道。几年前当我心虚地把这个现象对一个编辑说出时,遭受到她语重心长的批判。我在电话这一头语塞,一时也不免后悔。哪怕装一装城府,也未必实话实说呀。人家会因此发现你是肤浅的,是胸无气象的,是缺乏文学气质的。

可是我仍然一如既往地写作着和丢弃着。那些臆造出来的故事,我相信无论被如何冷落,它们都依旧在日升月落中径自把生活情节顽强地延续下去;而那些被我起了名字、赋予社会关系的一个个人物,他们也始终脚步匆匆地行走在一条特别的小路上,这条路蜿蜒于我内心,我的悲与喜、疼与痛,都与他们相关,都切切实实地来自他们躯体的某一角落。

他们将同我一起祈祷树常青、花常艳;祈祷鸟健康地飞,水洁净地流。

祈祷给生命以自由和安宁,盎然如水草。

《学习》(木刻) 徐匡

在母亲心里流浪

刘醒龙

去丽江,不管是何种年龄,一定要去听一位歌手的歌。即便是与音乐最无缘,也能因为他的那个令人奇怪的姓氏,而多一些对这个世界的好奇。

在丽江小住,因为过年,现代情感与传统情绪纠结得格外深,以至于意外得出一种与历史社会无关、纯属个人的结论:这座在文化上只配与茶马古道共存亡的小城,能够在航天时代大张旗鼓地复活,应是无限得益于那些从来不缺少才华、也从来不缺少浪迹天涯情结的知性男女。

那天下午,从客栈里出来,随心所欲地沿着小溪将自己散漫到某条小街。清汪汪的流响若有若无相伴着。水声之外,其余动静亦如此,不到近处,不用心体察,皆不会自动飘来。就这样我走进一所"音乐小屋"。十几年前我写过一篇也叫《音乐小屋》的小说。眼前的小屋似乎有某种默契,我在小板凳上坐了下来,听着弥漫在四周的歌唱,有一句没一句地与那位开店的彝族姑娘搭着话。最终,我从她手里买走了一大沓歌碟。虽然歌碟有些来历不明,那些歌唱却真情感人。据说,在这些本地制作的歌碟背后,漂泊着许多比音乐还自由的自由歌手。

小街的青石,光滑得像是从沧桑中溜出来的一页志书。小街的板房,粗犷得像是垂垂兮长者在守候中打着盹。小街的空旷,幽幽地像是明眸之于女子越情深越虚无。

这时候,还没想到,再过几小时,就会遇上一位自由歌手。

在这段时间里,首先,天黑了,肚子饿了。接下来,在爬到一所餐馆小院的二楼上看古城灯火时,因为限电,身边一带突然了无光明。不得不离开时,我们还是不想选择灯光通明如长安街的四方街等,偏要沿着背街深巷,在青石板成了唯一光源的暗夜中缓缓潜行。当光明重新出现时,正好看到一处可以推门进去的酒吧。坐下后,那位男歌手为着我们这种年纪的人唱了几首老歌。突然间,酒吧里也停电了。

点蜡烛时,聊起来,了解到他叫丑钢。我忍不住问,这是你的艺名吧?丑钢却说是本名,而姓丑的都是满族人,还说自己曾经是银行职员,做歌手已经十几年了。过年的丽江,一限电就是两小时,这一次我们不想刚坐下就走。而丑钢也拿起一把吉他,唱起他自己写的歌——《老爸》。只听他唱了一段,接下来我们就能跟着唱:"爸爸,我的老爸爸,那天你突然病倒了。我说爸爸,我的爸爸,你不要离开我和妈妈!"这样的歌唱让人心动,其理由自不待言。

接下来,他唱起《老了》:"老了,真的感觉老了。一切都变化太大,再不说那些狂话。老了,纯真的心灵老了,不过仅仅二十几岁嘛,却真的感觉老了。我真的老了,我已付出太多代价。天真离我越来越远,我却根本留不住它。我真的老了吗,看到打架我好害怕。生存,说白了更像一种挣扎。执着,其实只是没有办法。理想,我已差点忘记了。对不起,我不能再唱。我感到饿了,妈妈……"

听这一曲,恍若在小街拐弯处,与命运撞了一个满怀。

不是能否躲得开,而是这一头撞得有多重。是翻出几个跟斗,或者几个踉跄,再不就是满脑门金星灿烂?老了是一种命运。从年轻到老了是一种命运,刚刚年轻就觉得老了也是一种命运,只有年轻而却没有机会老了更是一种命运。谁想反其道而行之,从老了再到年轻,无论如何,都是痴人说梦,而不可能是命运。

曾经听过别人说,丽江必须靠自己去甚至是无人的小街上寻找,才能发现。客栈老板亦说过,有美丽女子三年当中十几次投宿门下,所要做的便是满街寻找。不晓得她找到"老了"否?想来能够让人一生中寻找到老的,除了命运,不可能有其他。

小街与我共有过的"音乐小屋",何尝不是某种命运!在找到她之前,丽江小街是别处的一种言说。一旦命运撞将过来,这些便顺理成章地有了事实发生。不仅仅——不仅仅是某种新艳际遇,那些太微不足道了,就像一张小面额纸币,能在小街上买到扮酷的帽子与秀美披肩。重要的是在哲学辨察、史学明鉴和文学感怀之上,用双手实实在在地抚摸到一生中无所不在的命运,顺便掂一掂其重量。

在丑钢的自由歌唱下,从忧郁到安宁只有一步之遥。作为一名从长春到北京,再到深圳,最后来丽江并爱上丽江,不肯再走的歌手,他比自己姓氏更奇怪地从没有用"流浪"一词来形容自己。

到了需要我们离开酒吧时,被限制的电一直没来。于是非常情不自禁地想到:面对黑夜,无法流浪。除非流浪的人和灵魂,揣着一粒烛光。然而,有着烛光一样的理想,就不是传统的流浪了。

离开丽江,回到武汉,收到丑钢的短信。回复时,我形容他是在母亲心里流浪。实际上还想说,能在母亲心里流浪,最轻微的歌唱,也会是最深情的感动。一如普天之下,每个人都曾想到并说过的:我饿了,妈妈……

归于静的写作方式

葛水平

我无法对当下众多的写作方式去思考,我只是我,热眼冷心。

我的情感的那一根结一直系在乡村。

在乡村,大片小片的树林依然保持着季节特有的苍黄;在乡村,空气就像滤出林间的泉水,透彻明亮;在乡村,人的身体披满了干细的黄土,幽旷出一种自在的洁净;在乡村,一颗焦虑烦躁之心会归于平复。当我回到城市的时候,我旅途中的情感常常无从放置,我知道,当我有一天"弄不出东西来"的时候,我一定得置身于乡村。

这是我归于静的一种写作方式。

我在乡村见到第一个移民到太行山的山东人。他说:"我的爷爷是大清国年间给人当挑夫走上太行山的,看到这地方好,有白馍吃,第二年回来,一头挑着锅碗家什,一头挑着我奶奶,出门的时候是大清国,走到邯郸成了民国。我爷爷说,这块裸露的土地啊,变化快!"

越是变化快的日子,越需要耐性地去琢磨。

乡村给我田园牧歌的情调和安谧宁静的气息。

天下事原本是大地由之的,大地上裸露的可谓仪态万千,因天象地貌演变而生息演进的乡村和它的人和事,便有了趣事,有了趣闻,有了进步和谐的社会。乡村是整个社会的缩影,整个社会得益于乡村的人和事,而繁荣、兴盛。乡村也体现了整个历史深重的苦难,社会的疲劳和营养不良,体现在乡村,是劳苦大众的虚脱。乡村活起来了,城市也就活了。乡村和城市有多种艺术技法,她可以与城市比喻、联想、对比、夸张,一个奇崛伟岸的社会,只有乡村才能具象、多视角地、有声有色地展现在世界面前,并告诉世界这个国家的生机勃勃!乡村的人和事和物,可以纵观历史,因此,对于乡村,我是不敢敷衍的。

太行山的褶皱里藏有多少乡村?中国博大的土地上藏有多少乡村?乡村是丰腴的,尤是披挂了山峦的乡村,而我们太行山的乡村,它的壮烈和博大,远古和悠久,深沉和多姿,典雅和俊秀,尤是风骚天下。

青山绿水是靠人来养衬的。母亲说:村大了才叫村,三五户人家只能称庄,山庄小户人家出来的人胸怀也不大,眼窝浅,要去看外村人的活,活人就是要爱人,体面地活人,心间就应该唤醒良善,良善是人活下去的光明。母亲是小学教师,惨淡经营一生,总结了自己的经验,告诉了她唯一的闺女:善是一个人的气场。

母亲的话渗透在我的骨子里,让我生出一种眼光,我再不愿意为了一个空洞的乌托邦或大而无当的理想牺牲自己的清高了,我喜欢生活,我热爱我所追求的方向。

想想看:一个大村,100多年的历史,让不同地域的人走在了一起,这不仅是一个融合的过程,还应该有着一个凝聚的气场,在这个关键的链条上,卑微的乡间人恰恰是最看重的。这是心灵契合后新垦的处女地,也是相约、相知、相信、相诚以待的情感积聚地。我之所以喜欢走进去,就是想了解他们活过来的100年历史,了解望不尽的村庄无限伸展着的大爱。乡间人以一颗爱心和同情心活着并同我交往,我是乡间走出来的,没有一株青草不反射风雨的恩泽,我爱乡间就是爱我自己。虽然,他们的生活条件未必比我好,也许会相差很多,他们说:"干农业活计的人比干脑袋活计的省心,想着你们文化人金贵,其实,知道了,你们活着,天天往出憋字,可怜得还不如种地人消停。"

我一直觉得"可怜"不是一个贬义词,它包含着对一个人的怜爱,就像冬日有人送了一件御寒的棉衣。

乡间可活着的人往往有一颗承载苦难与负重之心,苦难与负重、快乐与苦涩,在乡间可生活着的人看来都是充实的。乡间生活的人们对我来说是六月天的甘霖对久旱不雨的庄稼的滋润,我就是那庄稼,是乡间生活的人们给了我养分。这个社会上如果我活着不能做些有益的事情,我就愧对了这片厚土!

生活不能被简单化的是细节,写作不能面对的是热闹,丢不下,不舍得。学会屏蔽一些人和事,已是我逐渐明白的道理。英国著名哲学家卡尔·波普尔在《通过知识获得解放》一书中写道:理解我们自己的世界和我们自己还不够,我们也想去理解柏拉图或戴维·休谟,或伊萨克·牛顿。

好的写作者会增强阅读好奇心,我首先面对的是,我必须谦卑地读书,阅读出好的作品给予我的精神指向。同时,我还要对今天的生活和精神有崭新的发现。

对于文学,因为热爱,如饮醇酒,我愿长醉不醒。对于写作,亮瓦青天之下,没墙没盖的热闹,我愿我心寂寞。对于乡村,我愿做一棵树,把根扎下去,扎得深些,再深些,再深些,我好用乡村的人和事和物,换取我小说读者的承认和青睐。我深知,乡村,是我小说(文学旅程)的精魂所在。

苦禅先生送我一幅鹰

鲁 光

1980年10月29日,晨6时20分起床,蹬车一个多钟头,去三里河拜访苦禅先生。

根据上次的走访,为一家出版社赶写了一篇《丹青话延年》的文稿。我带着此稿,请苦老审阅。

尽管门上有告示"上午有事",但事先电话约好了的,所以7点50分就敲开了李宅的门。

吃过早餐,李先生和夫人李惠文在画室落座。我将带来的稿子念了一遍。他对文稿很满意,说:"你很有才华,写得生动,联想也好,记性好,跟我说的一样。"

9点半,他站到画案前开始作画。

画就一幅四尺鹰之后,苦禅坐在藤椅上小憩。他说:"你要我画画,随时说话。"

20世纪60年代初,我常去王府井和平画店看画。当时,齐白石的画五六十块一幅,李苦禅、李可染的画二三十块一幅。我真喜欢,但要养家糊口,挤不出钱购买。只好老跑去饱饱眼福。自从我结识苦禅先生后,好友刘勃舒多次提醒我:"你与苦禅先生那么熟,还不求他一幅墨宝。他轻易不给人画鹰,你就求一幅鹰吧!"但我这个人脸皮太薄,万一被谢绝了,多难堪呀!有心求画,但没有胆量开口。今日苦老主动想送画,机不可失,我终于鼓起勇气说:"我早就想求一幅画。但你的画,那么贵,怎么好开口呢?"

苦禅喝了一口茶,说:"讲钱不是朋友,朋友不讲钱。你就点吧,画什么?"

周恩来总理曾赞美苦禅为人民大会堂画的巨幅竹子,说"苦禅的竹子画得好。"我本想求一幅竹子,但说出来的话却是,"苦老,您老随意吧!"

"鹰画得熟些,就画鹰吧!"苦禅站了起来,又补充了一句,"我的鹰在日本、欧美都有影响……"

他叫李惠文铺纸,问我:"画多大?"

我只想有幅苦禅先生的画挂,所以说:"小的,家里好挂的。"

苦禅要了一张四尺三裁的长条形宣纸,拿起一支长毫笔,在一块圆形砚台里蘸足浓墨。先从背部画起,以排墨法只几笔就写出了鹰背,然后以侧锋勾出翅和肩,接着抹出下面的飞羽,再以较干的浓墨抹出尾部。稍停片刻,李先生拿起一只小勺,舀了一点清水,放到笔肚上,把墨调淡,抹出胸部,抹出大腿。画成鹰的身体之后,换成小笔。苦禅先生持笔打量画面,稍作思索,就勾鹰嘴。鹰嘴呈方形,用"金石味"的笔法一笔一笔勾写出来。然后,用淡墨画头部和颈部。画颈部是用笔连续横扫数笔,顿时,颈部的动感跃然纸上。最后,又用"金石味"的笔墨一笔一笔写出足爪,爪子画得长直而厚重。鹰伫立的山石,用的是拖、侧笔,有时还用几笔逆锋,并用"斧劈皴"笔法皴出山石的质感,墨色深浅不一,以增加山石的体质感和厚重感。用清水调色,用色极省,嘴、爪染淡花青,山石染赭色。

画了个把钟头,画成后,等待墨色干了染色,苦禅坐了下来,继续聊天。

他说起了人格与画格。

"我说画格就是人格。没有人格就没有画格。一个品格不好的人是画不出好画的。秦桧写的字很多,他是大奸臣,千人骂万人唾,字也没人要,流传不下来。商人是只讲钱,一个艺术家却要讲究艺术,光顾做生意,就把艺术庸俗化了。一个艺术家太富就没有艺术了。'文革'后,把抄没的字画退了回来,有一包字画是李可染的,退到我这里来了。我急忙叫燕儿给送还可染……"苦禅先生谈兴很浓。

这天是个阴雨天。画不易干。李惠文拿来一只电吹风,小心翼翼地吹画。

说起画竹,苦禅先生给我讲述起郑板桥的传闻轶事。

苦禅说:"郑板桥不为权贵画竹。在扬州时,一个盐商要做寿,请板桥画竹。板桥谢绝了。这商人设了一计,叫一位老人在板桥常去游玩的山上搭了一个草棚,煮上狗肉,温上好酒。老人挥毫作画,画的全是竹子。板桥果然上山来了,看见草棚,便走过去看看。板桥见一位老者在画竹。老者对板桥说:'我学板桥的竹……'板桥见老者画得不像,便拿过笔,为他画了几笔。老者直摇头:'比郑板桥老爷的差远了。'后来,老人拿狗肉好酒招待板桥。板桥乘兴挥毫,一口气画了30多幅竹子,而且都是精品。商人做寿那天,挂出了几十幅郑板桥的竹子画。朋友们指责板桥为商人作画祝寿。板桥说他没有为商人画过画呀。他跑去看了一下,果然,挂的全是他的画。他顿足叹道:'我受骗了!'我们画画的太实在,容易上当受骗呀!"说到高兴处,苦禅先生禁不住哈哈大笑起来。

李惠文已经把画吹干。苦禅略染颜色后,就题款盖章。

他盖章时,我提起他对齐白石说过一句话,"画不惊人死不休"。因为这句话,齐白石专为他治过一方"死无休"的印章。

"把老师的这枚给我找出来。"苦禅对夫人说。

李惠文找了一会儿找不到。苦禅走过去,一下子就将那枚印找了出来。他亲自将这个印章钤到送我的画上。他指指"死无休"几个字,对我讲:"这是信。"

这是我有生以来头一次亲眼见到一位大师挥毫泼墨。丹青成熟在老年。这时的苦禅老人的画技正炉火纯青。他一边挥毫,一边与我神聊,聊了那么多有意思、有价值的东西,真有听他一席话胜读十年书之感。

"画得一般,留个纪念吧!"苦禅送我出门时谦虚地说。

我将苦禅的"鹰"精裱之后,挂在我的"五峰斋"墙上,朝夕观赏。每次观赏时,苦禅先生"这是信"的声音,总在我耳畔回响。

《孩子和大木头》 张钦祖

2011年

怎样为小说里的人物写诗

顾　农

唐代是诗歌创作极其繁荣的时代，文人几乎没有不写诗的，他们写小说的时候也往往夹些诗进去，假托是故事中人物的大作。赵彦卫《云麓漫钞》卷八云："唐之举人先藉当世显人，以姓名达之主司，然后以所业投献，逾数日又投，谓之'温卷'，如《幽怪录》《传奇》等皆是也。盖此等文备众体，可以见史才、诗笔、议论。"小说里如果没有诗，则作者的诗笔就无从表现，难以获得最佳的露才扬己之效果。

代替小说里的人物写诗，同平时自己写诗很有些不同，这里要切合故事中人物的身份和围绕着他的环境、气氛。所以作者单是会写诗还远远不够，他还得有明确的小说文体意识和恰当的艺术处理。不错，中国古代诗歌中早已有所谓"代言体"，即不以自己的口气写而装着代替别人来写的诗，但这同为小说中的人物捉刀仍然很不同，因为在"代言体"诗中代什么人立言由诗人自己决定，因此比较自由，而且所代替的对象又往往是不需要有多少个性的比较类型化的人，例如男性诗人用思妇的口气写诗之类，抒情主人公只要像个害相思病的妇女就行，在此前提下他代替她怎么说话都可以；到小说里就不同了，这里的人物有特定的身份、具体的个性和设定的情节，要代替这样的人物写诗，不免限制很多，要想获得成功非克服这些困难不可。

可惜有些作者未能注意及此，他们只顾显示自己的诗笔而忘记是在写小说，这有点像是演员不肯进入角色却在那里表现自我。我们可以看到，不少唐传奇文中的诗歌未能完全贴合"这一个"人物，例如《游仙窟》里男女主人公的诗就是如此；《莺莺传》的作者元稹是大诗人，而他这一名篇中的诗在某种程度上也是如此。

《柳毅传》的作者李朝威在这一方面高出流俗多多，《柳毅传》中有三首骚体诗，都达到很高的水平。这三首诗是分别代小说中的三个人物洞庭君、钱塘君和柳毅来写的。

洞庭君的小女儿龙女遭到她那移情别恋的丈夫泾川君次子及其父母的虐待，被迫牧羊，日子很难过；一位经过此地的书生柳毅为之传书，龙女被叔叔钱塘君救回，洞庭君父女得以相聚，于是设宴招待柳毅，表示衷心感谢。席上洞庭君首先"击席而歌"曰——

> 大天苍苍兮大地茫茫,人各有志兮何可思量。
> 狐神鼠圣兮薄社依墙,雷霆一发兮其孰敢当。
> 荷贞人兮信义长,令骨肉兮还故乡,齐言惭愧兮何时忘!

音节安详,措辞妥当,他虽然强烈谴责他那品性不端的女婿,但并没有说什么狠话,只道是"人各有志",有些事情实在不容易理解;他更反感的是亲家公泾川君,斥之为"狐神鼠圣",但也没有再多说什么。小伙子不像话,责任在他老子。洞庭君蔼然有长者之风。歌的后三句以受害者家长的身份向恩人柳毅表示衷心的感谢,同时也做了一些自我批评。古代的婚姻出于家长之命,自己当初看走了眼,这才让女儿所适非人,受这么大的委屈,严于责己的洞庭君深感惭愧。小说的前文写到,当洞庭君刚刚听说女儿遭殃时就已经自责说:"老夫之罪,不诊坚听,坐贻聋瞽,使闺窗孺弱,远罹搆害。"诗为心声,这里三句朴实的诗句进一步写出了他慈爱谦和、善良持重的君子之风。

龙女的叔叔钱塘君完全是另外一种风格,此君是个火暴性子,豪放得近于粗鲁,先前就曾因为行为过激受到过天帝的处罚;他一听说侄女的不幸遭遇就气炸了肺,立刻"擘青天而飞去",直奔泾川,对仇家实行报复,伤人六十万,伤稼八百里,吞食无情郎,救回亲侄女。这样一位神中豪侠的诗,自然不能没有他的特色——

> 上天配合兮生死有途,此不当妇兮彼不当夫。
> 腹心辛苦兮泾川之隅,风霜满鬓兮雨雪罗襦。
> 赖明公兮引素书,令骨肉兮家如初,永言珍重兮无时无!

他这首诗的命意和结构同洞庭君的那首几乎完全一样,但调子很不同。洞庭君从容安详,出之以比兴;而钱塘君则开门见山,直抒其情,言辞粗率。他说当初本不该把好姑娘嫁给那混小子,那家伙根本没有当丈夫的资格。这话何等干脆,也不管他的老兄乐意不乐意听。接下来他完全不提自己去救龙女的事,只道是小丫头在那边受够了罪,实在可怜。如此立言,大气而得体。最后对柳毅表示感激的话,分量很重,一派好汉的口吻。

与钱塘君之豪放相映成趣的是,柳毅唱的一首洋溢着一股充满正义感的书生气。他给小龙女传书无非是出于真挚的同情,助人为乐,不负重托,并不指望从中得到什么。现在人家如此隆重地来感谢自己,反倒不好意思了,于是这样来回答他们——

碧云悠悠兮泾水东流,伤美人兮雨泣花愁。

尺书远达兮以解君忧,哀冤果雪兮还处其休。

荷和雅兮感甘羞,山家寂寞兮难久留,欲将辞去兮悲绸缪!

风流儒雅,文质彬彬,这与他在宴会上"扨退辞谢,俯仰唯唯"的谦谦君子风度完全一致。先前他对龙女的不幸非常同情,现在则为她的得救而深感欢欣;面对主人过于热情的款待,他及时地提出告辞,同时也表达了对这一家人难舍的友情。才情清雅,一派书生本色。

唐朝人写诗,多为乐府、古风和近体的律绝,古老的四言和骚体诗都很少有人从事,所以后来按体编选的唐诗选本大抵不列骚体一目。而李朝威却在这里安排了三首骚体,这显然是经过仔细考虑的。确实,在这篇充满浪漫色彩的传奇故事中,如果用长篇的五言、七言古诗或格律森严的近体诗,则均与浪漫离奇的故事、瑰丽的水下宫殿以及规格甚高的宴会不那么合拍,这里只有用富于浪漫主义激情的骚体才最为合适。

鲁迅先生说过:"小说亦如诗,至唐代而一变,虽尚不离于搜奇记逸,然叙述婉转,文辞华艳,与六朝之粗陈梗概者较,演进之迹甚明,而尤显者乃在是时始有意为小说"(《中国小说史略·唐之传奇文(上)》)。这种文体的自觉表现在许多方面,包括文中插入诗歌这一端。六朝小说往往情节甚简,更不大有诗夹在其中;唐人小说则既安排曲折有致的情节,又设法调动种种手段来增加其文学性,为人物安排一些诗作也正是其中的一条。

以诗入小说后来有了长足的发展,至《红楼梦》而达到极致,在曹雪芹笔下,小说里不但有十分精彩的诗词歌赋,连灯谜酒令之类也帮着发挥作用,都带有强烈的个性色彩或象征意味,给读者留下极深的印象和审美的愉悦。到现代,钱锺书先生的小说《围城》里也颇有绝妙的诗篇。

不过以诗入小说并非直线发展的,其中多有起伏变化。唐人小说中后来有两篇模仿《柳毅传》的,即《灵应传》(《太平广记》卷四九二)和《三卫》(《太平广记》卷三〇〇),都只是仿其故事,没有学到运用诗歌来表现人物的妙处。《灵应传》也写水神家族的故事,女主人公是洞庭君的外孙女、普济王的第九个女儿,男主人公则是来给她帮助的军官郑承符。这篇龙女与凡人交往的故事叙事框架明显模仿《柳毅传》,其中九娘子还特别提到"妾家族望,海内咸知。只如彭蠡、洞庭,皆外祖也……顷者,泾阳君与洞庭外祖世为姻戚,后以琴瑟不调,弃掷少妇,遭钱塘之一怒,伤生害稼,怀山襄陵。泾水穷鳞,寻毙外祖父之牙齿。今泾上车轮马迹犹在,史传俱存,固非谬也"。所谓"史传"

正指《柳毅传》。可是正如许多续书一样,续作者的见识与才情皆不够,寄人篱下,食其余沥,艺术上远不能说是成功的。再往后,在《红楼梦》前后,则有一大批小说中诗词过多过滥,作者的叙事本领很一般,却大大地借诗词来卖弄才情,过犹不及,效果亦复不佳,例如《花月痕》就是如此,鲁迅评为"文饰既繁,情致转晦"(《中国小说史略·清之狭邪小说》),所谓"文饰"即包括作品中塞进了大量不大相干、不起作用的诗词。

一般而言,在叙事性的作品里,作者应该由所写的对象退居后台,在对象里看不到他。所以不安排诗词便罢,如果安排,应当做到真像是出于小说中人物之手,不仅符合情节发展的逻辑,而且有助于表现人物、传达情致,绝不能是哗众取宠吸引读者眼球的手段。否则,将欲益反损,有不如无。

《藏区公社五谷香》(木刻)　朱冰

高考作文的人文情怀在哪里

陈晓明

从高考作文题目的设置或选择,可以看出一个省份的语文教学导向。从今年的情况来看,应试教育的趋势有增无减,不重视高考作文的人文情怀,不重视学生个性的发挥,主要还是考道德思想的正确和社会陈见道理,令人惊异的是,这么多搞中学语文教育的人,难道不明白作文题目要与思想品德正确与否的考核区别开来,与政治或文综考试区别开来,考学生的语文修养、阅读面、人文情趣、语言个性?

现在高考题目有一个明显的误区,不知道作文到底要考什么。大部分的作文题目,其主题题意落在社会的大是大非问题上,或者是社会常识,如诚信、公平、公正;或者是道德意识很强的命题。这些大道理无疑极其重要,在中学教育中是最基本、最基础的观念和知识。但高考作文如果主题偏向这方面的话,那对考生就是一个严重的限制,因为这些大道理的基本框架给定,迄今为止,相关的学术著作和论文,社会流行见解,都不知多少人说过多少遍。中学生怎么可能说出什么惊人之论?这些大道理、大是非、常识,对于中学生来说,只能重复说些老师们说的话,老师们也是重复书本上说滥了的话。比如全国卷给出的材料题,虽然可做一定的发挥和延伸,但空间有限,终究还是围绕诚信发言。再如"期待成长"这类老生常谈的话题,不知说过多少遍,没有新鲜感。

高考作文的着眼点,一定要定在能与中学生的切身体验、个人经验结合在一起的主题,但又不能落入流行俗套。比如湖北的题《旧书》就很好。孩子们都有此类经验,读到高中,总有几本旧书。怀旧的情感也是古往今来文学的重要主题之一,文学性也很强。当然,这个题目可能限于写成记叙文,而记叙文已经是高考中少见的文体了。

江西的《孟子三乐》也是我所欣赏的题目。能把中国古典文学文化教育延伸到高考作文命题中,同时与青少年的人文价值关怀、与他们身处的家庭以及人生的责任结合起来,我觉得每个孩子都有话可说,都会说出自己的独到体验。

议论文占据主导,说明高考语文教学已经严重偏向于实用性。与其说是议论文,不如说是概括归纳政治常识、道德共识、流行新闻。这极容易形成学生的语文学习、文章写作模式化和格式化。

另外,今天读到某报纸的一篇文章,说是高考"作文题应离现实近些",网上还予以重点推介。写这种文章估计有点投机取巧的心理,对中学教育中的文学教育一无所知,对当今语文教育的根本问题毫无关切。文章所分析的问题几乎是概念先行,不顾逻辑。今年高考题,哪个省的不是贴近现实?什么叫现实?只有与《新闻联播》、网上热帖相关的问题才是贴近现实?在文化界从20世纪80年代以来就有不少人以此为口号,作为一个标签,作为一种优先性的招牌。现在的作文如此靠近现实,太现实了,还叫不贴近现实?高考作文都成了政治课的附庸,还嫌不知足?要高中学生学习语文干什么?要读那些文学经典干什么?要人文情怀干什么?持此论调的人可知文学的"现实"为何物?可知青少年的"现实"意味着什么?我们现在的高考命题,似乎就是要让高中学生对成人的所有自视正确的各种观念概念、各种规则表示认同赞赏,其他别无所求。

当今中国的高中生不是不关心现实,而是他们太贴近现实,每日里被新闻中的所有的现实包围,被网上没完没了的现实困扰。对付高考作文题,都不用学什么古今中外文学名著,只要把政治课本背熟,再加上记住最近半年报纸的头条新闻,基本上就可以对付了。

本人认为,高考作文是检验中学语文教学的一块试金石,它应该对中学里讲授的古今中外名著负责,这是留给中国中学生少之又少的人文教育的一点地盘,它要在人文的、文学的、美学情趣的框架里来命题;在合乎青少年健康自然成长天性的前提下来命题;能写出少年独有的心理、独有的经验、独有的记忆、独有的爱与恨、独有的语言、独有的文章,这才是少年中国的文章,才是中国文化有真的现实、有真的未来的文章。

老舍这个"画儿迷"

张瑞田

陈丹青对鲁迅的美术修养褒奖有嘉,在他的眼睛里,鲁迅几近美术界的行家里手。可是,对鲁迅同时代的作家或晚一辈作家的美术眼光不看好,甚至说茅盾、巴金、曹禺、老舍等人不懂画。

茅盾、巴金、曹禺似乎不懂画,但老舍不然,老舍是一个十足的画儿迷。我曾与舒乙谈老舍,最愿意谈的是他的戏剧,还有,就是老舍对画的那份热心。

翻《老舍全集》,能看到许多篇谈画的文章,如《观画偶感》《观画》《沫若抱石两先生书画展捧词》《桑子中画集序》《假如我有那么一箱子画》等,文字朴实,直观而细心地表达自己对画家、对画的见解。我喜欢老舍的文字,绅士般的幽默和佛经一样的静谧,总是让我体会到汉语的伟大。开始,我注意到老舍的书法,并在一篇谈论作家书法的文章中把他看成书法家。的确,人们对他的书法不陌生,有北碑的框架,有经书墨迹的简约,有文人的情趣。这份小说、戏剧、散文以外的才情,常如一只温暖的手,抚摸着我荒芜的心灵。

书画同源,渐渐地,老舍谈画的文章引起我极大的兴趣。哦,这个满族老头儿,这个能写流芳千古的文章的老头儿,又是一个地地道道的"画儿迷"。我不禁笑起来,很像青年时代在北京人艺门前买到一张《茶馆》的戏票一般开心,觉得一个秘密在幕布拉开的时候就揭晓了。

老舍不愿意炫耀自己的多擅与才能,他极其认真地说,自己不懂画,只是喜欢看画。喜欢看画的人一开始可以不懂画,久而久之,就一定懂画了。老舍的夫人胡絜青说得更明白:"他自己作画水平不及一个幼儿园的孩子,却偏偏有一双鉴赏家的眼力……家里常常画家如云,墙上好画常换,满壁生辉。"

"家里常常画家如云,墙上好画常换",再次说中了老舍懂画的道理。与画家谈画,可以从未知到有知,"墙上好画常换",说明了老舍藏画的眼力和实力。

有三张画,在老舍的一生中起到了重要作用,即《王羲之爱鹅》《舞剑图》和《列女图》。老舍在少年时代,看到了父亲钟爱的画《王羲之爱鹅》。这是一幅行儿画,不过,画中的人物和故事让他知道了中国一位伟大的书法家和生活中的美。《舞剑图》是老舍与同学合作编印的体操教本,时间是 1921 年。合作者叫颜伯龙,后来成为中国赫赫有名的画家。《列女图》是东晋画家顾恺之的作品,被英国人抢去,陈列于大英博物馆。

1929年，老舍到英国任教，他看到《列女图》，很震惊，遂下了定义："每一笔都像刀刻""画得硬""举世钦敬的杰作"。不懂画，能说出如此内行的评语吗？

从20世纪30年代到40年代，老舍发表了几十万字的小说、散文。他怀着对中国大地的忧虑、对中国人痛楚的体验所塑造的人物形象，照亮了中国现代文学史。关心现实，是老舍作为作家的责任。这种情怀也影响到他对美术作品的品评。老舍认为，优秀的艺术作品，一篇文章或一幅画，能够给人以审美启示的，基本上都包含对时代、对人生的洞察和对人的深刻认知、对现实的冷静思考。因此，老舍在写于20世纪30年代的谈画文章中，矢志不渝地鼓励画家们走向社会，走入民间，走向大自然，广览祖国山川美景，以获得创作的素材和灵感。在《观画》一文中，我们看到老舍对李可染的评价："今天，他几乎没有一笔不是极大胆的，可是也没有一笔不是'指挥若定'了的。他的画已完全是他自己的了，而且绝不叫观者不放心。他的山水，我以为，不如人物好。山水，经过多少代的名家苦心创造，到今天恐怕谁也不容易一下子就跳出老圈子去。可染兄很想跳出老圈子去，不论在用笔上、意境上、着色上、构图上，他都想创造，不事模仿。可是，他只做到了一部分，因为他的意境还是中国田园诗的淡远幽静，他没有敢尝试把'新诗'画在纸上。在这点上，他的胆气虽大，可是还比不上赵望云。凭可染兄的天才与功力，假若他肯试验'新诗'，我相信他必会赶过望云去。"

这段话中的"田园诗"和"新诗"是什么关系，值得我们思考。

吕千秋是老舍话剧剧本《归去来兮》中的一个人物形象，是视艺术为生命的画家。日寇的侵略、坎坷的生活，让他意识到自己的薄弱，几笔丹青何尝能够让我们得到尊严。于是，在一个早晨，他奔赴抗日前线，描绘硝烟弥漫的战场，刻画英勇的战士。吕千秋，就是老舍心目中的画家。

在为冯玉祥泰山石刻所作的序言中，老舍说："从历史中的事实与艺术家的心理，我得到一些答案：原来世上的名山大川都是给三种人预备着的。头一种是帝王……第二种是权臣富豪……他们用绘画或诗文谀赞山川之美，一面是要表示自家已探得大自然的秘密，亦是天才，颇了不起；另一方面是要鼓吹太平，山河无恙；贵族与富豪既喜囊括江山，文人们怎可不知此中消息？桥头溪畔那一二老翁正是诗人画家自己的写照，夫子自道也。于是山川成为私有，艺术也就成了一种玩意儿。"老舍反对"艺术成为玩意儿"，他一直以高度的社会责任感写作。

老舍写了多少篇谈画的文章，有多少画家朋友，庋藏了多少幅画，姑且不论。具有象征意义的是，他的夫人胡絜青也是一位画家。从新婚开始，老舍的美术人生就拉开了帷幕，直到在一个绝望的暗夜，他离开这个越来越看不明白的世界。

"变而不幻，新而不怪""功绩不是在画了鱼、虾、螃蟹，而是在于他画出了前无古人的鱼、虾、螃蟹"。这是老舍眼中的齐白石。在我看来，老舍的价值不在于他论述了多少画家，藏了多少好画，而在于他如何从中国现代作家的视角看中国画和中国画家。

当下，"画迷儿"如过江之鲫，官人、富人、名人列坐其中。他们不会像老舍这样看画，因为他们大多都是"财迷"，对画的感情隔了一层难以穿透的屏障。基于此，老舍的意义更非同寻常。

《热闹的装车场》 蒋正鸿

我这个老人美在哪里

——追忆费孝通先生

吴为山

"费老走了……"

当我接到费老费孝通先生家人的电话时,一片茫然。

2004年年底,我在北京参加民盟中央委员会,已准备去医院探望费老,可因时间误差,未能成行。巴望着春天赴京再拜望,并幻想:春阳和煦,透过窗户,洒在费老那丝丝银发上,我在倾听他老人家的教诲……

真没想到,2005年春天,费老走了。

无限遗憾,无限怀念,使我不禁沉浸于对往事的追忆中。

那是1995年3月19日,我接到民盟中央宣传部周昭坎先生的信,费孝通副委员长可安排于两会开幕前夕接见我。自那次赴京见到费老并聆听老人家教诲至他去世有10年,在10年中我数十次拜望费老,他睿智的谈吐、爽朗的笑声、儒雅的风度时时出现在我的精神生活里。

1995年我为费老塑了一尊头像,先生题道:得其神胜于得其貌。

2001年杨振宁先生在《人民日报》撰文中有:费孝通是国际知名的社会学家,我多次听过他的课和演讲,吴为山所塑的《费孝通》比真人费孝通似乎更像费孝通,开朗的面貌、幽默的谈吐和乐观的精神都给刻画了出来……

这尊青铜塑像自1995年问世后,曾去过美国、欧洲和我国香港、澳门特别行政区巡展,而今永久陈列于南京博物院"吴为山文化名人雕塑馆"。我与费老的交往,就是从这尊塑像开始的。

那是在20世纪80年代末社会转型期,价值取向多元,年轻人崇拜大款、歌星,而那些为人类进步、社会发展做出过杰出贡献的思想家、科学家、文学家、艺术家却被忽略。有感于此,我试图以创作中国历史文化名人系列雕塑来引导年轻一代的价值观,当时已塑过鲁迅、陶行知、齐白石、徐悲鸿等。曾经推荐我为吴作人先生塑像的周昭坎先生建议我为当代杰出的社会学家费孝通塑像。当然,这是我极为乐意的。我父亲听到这消息后,也多次打电话嘱咐我要认真研究费孝通先生,因为费老是中国当代知识分子的代表。他的学术、他的社会贡献、他的经历都与中国社会发展的状态有着密切关联。他的城镇建设理论推动了整个中国社会经济改革的进程。我父亲是一位普通的教育工作者,他对费老的了解和评价也反映了人们对费老的崇敬。记得1995年3月,我接到周昭坎先生的信后就去了北京。3月的京城依旧寒冷如冬,而费老家中却春意浓浓。费老那谦和的笑、那长者的慈祥使我感受到大家风范,感受到一个融通中西古今的现代知识分子的精神面貌。

费老说:"塑像,要抓住神。所谓神是指一代人的精神面貌。孔子时代、苏东坡时代、鲁迅时代和我们这个时代的知识分子都有不同的特征。这就是时代精神在具体个人上的反映。"费老对"神"的理解超越了个人特征,上升到人类历史、哲学的高度,这使当时习惯了在个体"神态""神气""神情""神韵"层面探索的我,茅塞顿开。中国历代画论都把"传神"作为表现人物的第一要点,其要旨是表现特定人物的个性及其在特定情境下的神韵。而费老的"一代人的精神风貌"则更为宏观,是站在相当的高度对文化的归纳、概括与总结。费老接着说:"对于历史来讲,我个人算不了什么,当年刘开渠先生欲为我塑像,我也是这么想。"

在谈话中我深深领会到他对自己"形"的忽视:"人总是要走的,我走了,问不了那么多事,我的像后人去评。"

渐渐地,我们似乎把握到什么,费老的笑中蕴含着宽广与豁达,随和恬淡而进入化境。在倾听费老谈话的过程中,我眼前幻化出一尊巨大的青铜头像,微笑着,头略仰,仿佛在社会调查的田野望着巨变中的中国乡村城镇,又在思索着富民强国的新问题。

费老谈兴正酣,深情地讲到姐姐费达生:"她一生是为人民的,我在《做人要做这样的人》一文写道,她把自己的一生都献给了中国的蚕桑事业……"从费老的话语里我能体会到他对姐姐的感情不仅是亲情,更多的是老一代知识分子对国家民族的那份共同感情。临别前,费老握着我的手说:"一个人一生中做一件事,把这件事做好已经很不容易了,望你长期做下去。"

不久,费老的塑像完成,我着力刻画了他的"微笑",那是一个相当微妙的感情形象。那是嘴唇正吐言或者处于停顿之时的特有的表情,我观察过,先生那停顿的瞬间,往往闪烁着思想的光芒,而后先生妙语连珠,令人叫绝。当费老看到自己的塑像时,拉着我的手说:"不简单,不容易!"而后亲笔书就"得其神,游于艺"以赠。

费老的认可令我何其鼓舞,对一个年轻人是多么的重要!我越来越觉得所从事的创造性工作的重要。这对于我后来创作的杨振宁、吴健雄、陈省身、钱穆、钱伟长、匡亚明等一系列杰出人物多有帮助。我回想起费老在我母校南京师范大学的一番话:"为山要以我为模特儿塑像,其实,我不重要,重要的是给年轻人一个发展的空间。现在大家追求美,很多杂志以美女做封面,我这个老人美在哪里?我不知道。为山塑我,我知道他喜欢知识分子的味道……"费老的话意味深长。带着对费老的敬意,也带着对费老多次谈话里和文章里所推崇的人物费达生的仰慕,在做好费老的雕像后,我又准备为费达生老人塑像,因此我去吴江拜见了这位百岁蚕桑专家。老人整天手扯蚕丝,还纺丝织布,这位早年呕心沥血致力于中国蚕桑教育的专家,其生命与事业是连在一起的。后来,我塑的《费达生》铜像落成时,费孝通先生和费达生先生均亲临仪式,一代中国优秀姐弟知识分子与铜像在大学校园里、在秋阳的映衬下更显学术之树的常青。在致辞中,我写道:

> 我深深地被费达生老人高洁的人格、纯美的性灵和无私的敬业精神所打动,她具有典范意义,是我们做人的楷模。历代传说及文学的加工,使得黄道婆原型之上更多地具有了人们想象的光环,而费达生老人的业绩是可见可感的。她是我们时代的黄道婆!因此,我又生发出用雕塑手法来表现这位令人崇敬的长者形象的念头,这也与费孝通先生的愿望不谋而合。在世纪之交,这一愿望化为艺术,铸成青铜,并连同圣洁的汉白玉底座永远耸立于苏州大学这片人文精神丰厚的绿土上。

关于这尊像,我先后创作有三种不同的模型:其初稿是一件模糊的泥塑,但神韵气息我更觉得是费达生先生;第二稿是比较写实的,费孝通先生曾在泥塑下方用刀刻字;第三稿就是后来落成的塑像。因第一尊鼻眼模糊,我未曾请费老看,只是印在我的雕塑集上。可费老翻阅画册时,突然若有发现,也许是作品中传达的那股神气吸引了他。他激动地指着画册那一页:"这是我姐姐!"他是更认可这件模糊的作品。2001年秋,吴冠中先生看到这本雕塑集时对这件作品也予以高度赞赏,台湾画家刘国松认为这件作品是传神的代表作。他们均未见过费达生,但那"神"的真切也许正像费老所言"一代知识分子的精神风貌"。正如王安石诗云:人生如春蚕,作茧自缠裹。一朝眉羽成,咬破亦在我。

从形向神的飞跃就是"咬破"的过程。一般地讲,看自己亲人的塑像,大多拘于细节;而费老对姐姐模糊塑像的看法,体现了他对艺术的大悟。

2000年,我被聘任为香港科技大学包玉刚文化讲座教授,正逢费老到香港中文大学讲学,我得知后,由九龙清水湾驾车前往港岛费老住处。不可忘记的是,1979年香港回归时费老曾作为接收香港的代表团成员来香港的情景。这次见到费老,他的精神更爽健。我向他老人家汇报了在香港创作的《母与子》系列雕塑作品。其创作灵感来自母文化情结。费老听后若有所思。是啊,九十高龄再度来香港,不正是为着母文化的光大而来吗?费老的文化胸怀是宽广的,他因研究人类学、社会学,所以在历史的纵向、社会的横向坐标上能博采众长,对艺术学的问题也有精辟见解。形与神是相辅相成的。费老在扬眉吐气的瞬间把两者的关系已道得淋漓尽致。这正如他常论的"各美其美,美人之美,美美与共,天下大同"的化境。

费老没有走!

他那尊陈列于北京大学、南京大学、南京博物院的扬眉吐气的塑像在我们心中,在历史中……

《挤鹿奶》(版画) 布和朝鲁

坐在沙滩晚照里

峭 岩

假若我是孩子
我愿一千次一万次下海
手捧舒心爽目的浪花
被拍打海岸的涛声追逐
我奔跑,我呐喊
追回我童年的爱情
此时,我不下海
把欢乐与新奇留给少男少女们
就端坐在沙滩的寂寞处
夕照的金黄里
镶嵌着我的微笑
一任排浪涌来又退去
却浇不灭我晚风中的心火
这时,我不要太多的陪伴
只需涛声一缕
夕阳一抹
笑声一捧
爱情一闪
还有遥远的金鱼与渔夫的传说
伴我数完最后的一朵浪花

2012 年

1927：贺龙辗转香港途中
贺捷生

1975 年，在我父亲贺龙的骨灰安葬仪式举行之后，我怀着难以平复的哀痛，适时踏上了寻访父亲的战斗足迹、抢救性收集革命文物和代表父亲的在天之灵看望老区群众的旅途。那时，我们多灾多难的国家尚处在动乱之中，大批惨遭迫害甚至蒙冤离世的老干部，依然背负着莫须有的罪名。当时我想，这场史无前例的运动折腾了近十年，不仅父亲无以取代的历史功绩和名誉遭到了粗暴践踏，就连与他相关的那些革命旧址、旧居及历史文物，也被糟蹋得破败不堪。哪怕我不是贺龙的女儿，仅仅作为一名普普通通的历史工作者，也有责任为父亲这一辈老革命家伸张正义，还历史以本来面目。

促使我匆匆上路的，还有一个原因：曾跟随我父亲几十年浴血奋战的许多老战友、老部下，尚有不少人还健在，但经过那场既触及灵魂也触及皮肉的动乱，他们满是枪伤弹痕的身体又遭受到不忍回首的摧残，有的人已到了风烛残年。我必须趁着他们一息尚存，把他们亲身经历的那些往事搜集起来，记录下来。如果等到历史醒悟的那一天再去做这件事，那就晚了，只能仰天长叹了。

就是在这次寻访中，我在故乡桑植找到了在南昌起义前后作为父亲的警卫员，在那些日子与父亲形影不离的贺学栋大哥。他是父亲的堂侄，当年只有十八岁。父亲因在相互残杀的旧军队的时间太长，对近前跟随自己的人保持高度警惕，尽量把贺家和桑植子弟放在身边。贺学栋就是其中的一个。这些人对父亲忠心耿耿，不图升官发财，飞黄腾达，也没有其他非分之想，有一碗饭吃已心满意足。

在劫后余生中见到我这个同样从桑植走出去的贺龙大女儿，六十六岁的贺学栋痛哭失声，泪流满面。他死死抓住我的手说："捷生妹妹，你应该来找我啊。你父亲领导南昌起义的事世人皆知，但潮汕失败后，他同谭平山、彭湃等人如何去的香港，却无人知晓。因为谭平山、彭湃早早地牺牲了，当时一行 8 人中，也许就剩下我还活在世上。可我只是个随从，又离开队伍回老家几十年，没人知道。对你父亲这段艰难的日子，别人可以不当回事，但我们贺家子孙应该记在心里。"他还说，用古书上的话讲，我父亲那段日子是败走麦城，几十年辛辛苦苦拉起的队伍突然只剩下身边的三两个人。但正因为起义军被打散了,他还坚持去找组织、找党,更说明他对党痴心不改、梦牵魂绕。

面对这位憨厚的、即使回归乡土几十年仍想着念着我父亲的贺家兄长,我陪着他哭,陪着他流泪。我说:"学栋大哥,你说吧,我就是你盼望的那个贺家子孙。我此次回故乡,正是奔你而来的。"

学栋大哥擦去泪水,像一座雕像,陷入了对往事的追忆。他说,南昌起义的第三天,也即1927年8月3日,起义军大队人马南下广东,但因受到官军和沿途军阀的围追堵截,一路苦战,伤亡惨重。由于宣传工作没跟上,老百姓对起义军不了解,队伍更是孤立无援;南方的8月又异常炎热,部队病号急增,不少人在途中开了小差。汤坑一仗,起义军损失过半。剩余的部队在奔向海陆丰途中,被陈济棠的人马彻底冲散。起义军领导人回天无力,最终决定分散行动。

会议决定我父亲去香港。在与刚刚共过生死的周恩来挥泪别过后,父亲同从上海前来领导起义的中共领袖谭平山、彭湃,还有他的爱将卢冬生等8人,一起上路了。父亲字文常,以文姓化名,大家都叫他"文先生"。几个人在整整一个月的转战中,脸被晒得黝黑,身体已极度疲惫。父亲因高大魁梧,身材板正,很容易被人认出来,只得把蓄了好些年的胡子剃掉。这时他身着长衫,手里拿一把伞,路过村镇和集市,总是用伞遮住面容。南京政府正四处张贴布告,严令捉拿起义军领导人,父亲的头像被绘在最突出的位置,悬赏10万大洋。为防不测,他们夜行昼伏,专拣人迹罕至的山路走,从不敢在客栈投宿。但是,路越往前走,太阳越毒,即便穿着单薄的汗衫,汗水也止不住唰唰地往下流。出汗多了,不仅容易疲劳,而且饿得也快,走在路上脚是软的,身体发飘,必须打起十二分精神。

这样走了十几天,他们实在饿得不行了,始终跟在我父亲身边的贺学栋对父亲说:"大叔,想办法弄点吃的吧?"他在父亲的眼里还是个孩子,虽说小时候也吃过苦,但从没有吃过这般苦。父亲慈爱地望着他说:"栋啊,忍一忍吧,还是赶路要紧。"贺学栋不敢再说什么,低下头继续走。此时他们正走在一条羊肠小道上,抬头望去,四处没有人烟,想停下来找东西吃也找不到。听见肚子在咕咕叫,贺学栋用拳头狠狠地擂了几下,边擂边说:"看你还叫唤,看你还叫唤!"父亲看着堂侄带着几分稚气,风趣地说:"栋呀,肚子想造反了,镇压它一下吧!"说着,从口袋里掏出一块饼干递给他。那饼干被父亲的汗水泡胀了,一碰就掉渣。贺学栋宝贝似的捧在手里,奇怪地问:"叔,你怎么还有这种东西呢?"父亲说:"昨天出发时你给我的呀。"

原来头天动身时,贺学栋在父亲的衣兜里装了几块饼干,未想忍饥挨饿了这么多天,父亲还留下了一块,而且自己不吃给他吃。也是饿得太狠,贺学栋一口吞下饼干,才想起父亲不仅是他的堂叔,还是他的上司,脸上顿时露出羞愧之色。父亲笑了,反过来安慰他说:"栋呀,把牙紧咬些。叔当年赶马的时候,还没有你大呢,挨饿是天天的事。但把裤带勒紧一些,照样能爬山过坳,走几十里山路。困难就这么欺软怕硬。"听父亲这么一说,贺学栋再不说那个"饿"字了。

临近正午,太阳照在头顶上,像要把人往泥土里砸。这时前方出现了一个小集镇,贺学栋想,自己还吃了大叔留下的一块饼干,可大叔和另外几个领导人什么都没吃,该想办法给他们找点吃的了,就对父亲说:"大叔,镇上肯定有人卖东西,我过去看看吧!"

父亲停下脚步,把伞移开,朝小集镇看了看,只见镇子里人来人往,便锁着眉头说:"栋啊,镇上人多,情况复杂。"

贺学栋说:"叔,你已经把胡子剃掉了,没人能认出你。"

父亲想了想,觉得此处偏僻,是个天高皇帝远的地方,不妨进去看看。他征求谭平山、彭湃的意见,两人也都同意。

到了镇口,迎面是家小饭馆,里面没什么人吃饭。一行人走了进去,只见一个青年男子正在喝酒。他一副本土打扮,头发很长,眼里布满血丝,衣服背后破了个大洞,露出油光发黑的肌肤。贺学栋觉得此人与众不同,走过去拍拍他的肩膀:"老乡,酒味好吗?"

青年男子没有回答,却痴痴地向我父亲这边眺望,脸色逐渐在发生变化。看着看着,他把手中的筷子啪地放在桌子上,嘴唇在微微哆嗦。我父亲同时发现这个人在注意他,故意把脸扭向一边。青年男子忽然站了起来,走到我父亲面前,似乎想看个究竟。贺学栋疾步插在我父亲和青年男子之间,把青年男子挡住,以防他的过当之举。他却绕过贺学栋,一把拉住我父亲的衣角,劈口说:"没错,你是贺龙!"

众人吓了一跳,不知青年男子想干什么,为何有此举动。贺学栋赶紧一把拽开他,怒斥他说:"你胡说什么!他是我叔。"

青年男子没理睬贺学栋,又蹿到我父亲面前说:"你一定是贺龙!"

贺学栋急了,指着青年男子的鼻梁:"你胡说个甚?我们是买卖人;贺龙是个大人物,怎么会到这里来?"

谭平山、彭湃坐不住了,开始向我父亲身边移动。卢冬生三两下把汗衫撸上肩膀,露出粗壮的胳膊。彭湃是广东人,在青年男子被贺学栋逼得步步后退之际,走上前用粤语对他说:"你不要随口乱说,现在官兵正悬赏通缉贺龙,你说我们这个买卖人是贺龙,那还了得!"

我父亲说:"小伙子,你说我是贺龙,是不是想抓我去发大财呀?"

青年男子见对方人多势众,本想全身而退,一听我父亲说他想抓住贺龙发大财,连忙否认:"不,我不是想发财,我是要找贺龙。"

"你找贺龙做什么？他与你有何相干？"贺学栋追问道。

青年人支支吾吾，想什么终没有说出来，一副无辜的样子。

我父亲阅人无数，凭青年的做派和表现，当即看出他血气方刚，绝非蝇营狗苟之辈，忽然说："小伙子，算你有眼力，我就是贺龙！"

青年男子哎呀一声，两手一揖说："你真是贺龙？看着就像！我找你好久了，总算把你找到了！"又说，"那些坏东西悬赏10万大洋，到处张贴布告抓你，我看见布告就撕下来，一路不知撕了多少。"还说，"我是看了你们发的布告，才知道你们是穷人的队伍，是好人，立刻来找你。因为我就是一个穷人，被财主逼得家破人亡。"

我父亲走到青年男子面前，重重拍了拍他的肩膀："小伙子，你都看到了。现在我贺龙成了孤家寡人，既没有队伍，也没有枪，还受到官府通缉，你这个时候来找我，不是自讨苦吃吗？"

"我愿意！"青年男子说，"反正我没有退路了。"

我父亲说："小伙子，现在还不是投我的时候。这样吧，你先回家去，什么时候听到我贺龙有新的动静，再来投我不迟。"

谭平山不想拖延时间，提出马上离开，大家同意。但他们抬脚往外走，青年男子也跟着走，怎么劝也不离开。磨到最后，他说："我不碍你们的事，让我送一程总可以吧？"我父亲想了想，觉得他没有恶意，又是当地人，熟悉路，便同意了。

青年男子一直把我父亲一行送到海边，看着他们一个个登上小船并驶离岸边，才恋恋不舍地离去。

我父亲到了香港后，和卢冬生各买了副墨镜戴上，开始单独行动。第一天他们去海岸看了一处炮台。炮台保存完好，炮台上的炮还挺新的，父亲抚摸着沉默的炮管，回头对卢冬生说："该死的反动派比豆腐还软，可惜这样好的炮台拱手送给了帝国主义。但是，等着吧，总有一天我们要把这炮台连同香港一起拿回来。"

为防意外，谭平山、彭湃两位中共领袖一到香港，就与父亲他们几个起义军人分开了。父亲和卢冬生也与几个随从分开住，父亲和卢冬生住南京大旅社21号，贺学栋和一位姓张的随从住在一个小店里。父亲交代贺学栋，就在小店里待着，不可踏进南京大旅社一步。

置身于人生地不熟的繁华香港，第一次离开我父亲的贺学栋，心里忐忑不安，只好四处找报纸看。他知道敌人在千方百计地抓我父亲，他一旦遭遇不测，报纸上就会登消息。第二天早上，他看到报纸上的大标题赫然写着"贺龙已逃入香港"，不禁大吃一惊，心想香港也不是一个太平世界，还不如留在广东山区安全呢。无奈父亲有交代，绝不能去南京大旅社找他，贺学栋一时不知如何是好。

第三天报纸上登出的消息更吓人,说我父亲被捕了。贺学栋扔下报纸,不顾一切地往南京大旅社跑。到了门口犹豫了片刻,还是硬着头皮往里闯。一个穿西装留分头的人突然蹿出来挡住他,问他找谁。他张口结舌,不敢说出我父亲贺龙的名字。那人又问:"你到底找谁?没事赶快离开。"贺学栋便说:"我找文先生。"那人仔细看了他一眼,说:"你是贺学栋?"他惊奇地看着这个人,好像见过。那人也再不问什么了,对贺学栋说:"跟我来吧。"

贺学栋断定那人是自己的同志,进了门,小声地问:"我大叔贺龙被捕了?"那人一笑,露出雪白的牙齿:"报纸就会吹牛,贺龙坐船去上海了。是我亲自送他上的船。他吩咐我在这儿等你。"听说我父亲去了上海,贺学栋既为他安然无恙高兴,也为自己独自留在香港着急。父亲这一走,他在香港举目无亲,无依无靠,就像断了线的风筝。他连忙问那个人他该怎么办,那个人说:"你也去上海吧。"

走出南京大旅社,贺学栋才意识到自己太马虎了,竟没有问那个人去上海怎么找我父亲。回头再去找他,已经不见了。没有我父亲在上海的落脚地和联络方式,怎么找得到他?思考再三,贺学栋决定回武汉,去汉口贺公馆找我父亲名义上的妻子向媛姑婶婶。他想到去参加南昌暴动前,我父亲把亲人全部聚集在汉口的公馆里,他们中有我的姐姐贺金莲,父亲的堂弟贺干成、小妾胡琴仙等。父亲还留下跟随他多年的亲侄贺学祥负责他们的安全,以便风云突变时迅速转移。

贺学栋有所不知的是,南昌起义虽然失败了,但入党才几十天的我父亲,却以在暴动中对党的赤胆忠心,被中共高层视为知己。他发现我父亲在香港失踪的头一天,我父亲和卢冬生在大街上意外遇到了郭沫若。而共同参加了南昌起义的郭沫若,此刻正是受命来接应我父亲的。郭沫若告诉我父亲,起义革命委员会的人都到了上海,要他也马上去上海。我父亲和卢冬生马不停蹄,当即买船票离开了香港。

确信我父亲离开香港后,贺学栋置了一套洋装,把自己打扮成少年模样,坐上一艘开往内地的客船,当天也离开了香港。

十几天水陆兼程,贺学栋回到汉口。不料敲开贺公馆的大门,走出来的却是一个妖艳女人。问她贺家人的下落,回答得驴唇不对马嘴。贺学栋这才猛醒:经过南昌起义,我父亲成了当局追逃的要犯,自然要连累家人。如今贺公馆物是人非,不知道向媛姑她们是落在了敌人手里,还是躲出去了。想到这,他慌忙退出去,找了一个小旅店住下来。

以后几天,贺学栋每天去街头转悠,希望能碰上贺家的人。有一天,在一个小水果摊上,还真遇到了向媛姑。他没有吭声,跟着她进了一个极隐蔽的住所。原来南昌起义的消息刚传开,向媛姑带领全家及时搬出了贺公馆。此后敌人到处搜捕她们,逼得她们搬了十几次家。但报纸上有的说我父亲被捕了,有的说他被炮弹炸死了,弄得一家人忧心忡忡,不知下一步往何处飘零。

贺学栋告诉向媛姑我父亲既没有被捕,也没有死,而是去上海与中共高层秘密会合了,让这个为贺家含辛茹苦的女人喜出望外。

贺学栋在汉口待了几天,转身回了湘西桑植老家。

我父亲从香港到达上海后,党中央决定派他去苏联学习军事。是他的领路人加挚友周恩来亲自向他传达这一决定的,并说同去苏联的还有刘伯承、林伯渠。我父亲诚恳地说:"恩来,我连中国字都识不了几个,那洋字码就更认不得了,还是让我回湘西拉队伍吧。"几天后,中共中央同意了他的要求,决定由他、周逸群、郭亮、柳直荀和徐特立5人组成中共湘西北特委。任务是在湘西北发动群众,建立工农革命军,创建革命根据地。1928年1月,我父亲贺龙、周逸群和卢冬生等10余人,在上海秘密登上一艘江轮,逆水而上,直奔汉口。

不出一个月,桑植发生年关暴动,我父亲在湘鄂西创建红二方面军的伟大历程,由此拉开了序幕。

故乡的"李有才"

苗得雨

在往年我们熟悉的乡间里,几乎每个村庄都有擅长顺嘴溜、顺嘴唱的口头文学作者。他们的作品创作在口头上,发表在口头上,流传在口头上。民间一些歌谣,有许多就是这种人物创作的,或以相同的方法,你一句我一句溜出来的,当流传开来,便成了没有具体作者的民间歌谣。自从赵树理写了一本《李有才板话》,人们又叫这种人物为李有才式的人物。"板话",有板有眼之话也,是口头话,但有了"板""眼"。是什么"板""眼"?研究透了,可以大体知道什么是歌谣的特点。

每想到这种人物,我都为他们风趣、诙谐的性格特点而发出会心的微笑。

我的故乡,邻村郭家庄有个郭宗廷,石门亭有个胡家清,本村有个邱西文,都是李有才式的人物。胡家清我没见过,他的歌谣,当时在县里工作的刘衷远曾在报纸上介绍过;郭宗廷,我常见;邱西文,是邻居,曾有多年的直接接触。他们都比我大二十来岁。

郭宗廷家很穷,扛过活,做过小买卖。那小买卖就是卖豆腐,他挑着豆腐挑儿,卖到哪,唱到哪。有一年我回家,他正在村头卖豆腐。我们一搭话,他就是全带"板""眼"的词:"我这个人,啥不行,起名就叫郭宗廷!"他是这样谦虚地介绍自己。他接着说:"编快板儿,唱快板儿,是我自己不要脸儿!"这里是说他喜欢这种样式,创作说唱,是他自己不怕献丑。他又接着说:"没学习,没锻炼,我自己觉得怪难看!"再次表示他的谦虚。

农村旧集市上有说莲花落的,即兴说唱:"你那里称,我这里算,二十四两是斤半""掌柜的给钱扔得高,好像张飞战马超""掌柜的给钱扔得矮,好像八仙来过海"……还有年除夕送"财神"的,"财神财神进门来,又添人口又添财""财神财神落了座,家有银钱两大座"……郭宗廷的"板话",有这种味儿,但更多时候是歌谣。

每次他同我说话,没有一句不带韵。"今天赶集不算孬,买了二斤红辣椒!"他是赶集回来由此路过。他看天色不早,接着唱道:"日落西山黑了天,郭宗廷腿里发了酸。别看累得淌大汗,如今我还没吃饭。没吃饭,喘粗气,因为上级是包干制。两天挣了三千元,不能喝酒解解馋!"他讲到有一次与邱西文一起出夫,邱西文担任炊事员,把饭做煳了。"顶上生,当中烂,底下是那煳焦炭。队长不喜吃,班长瞪眼看,只因俺五嫂,头回做饭没经验。"他说的"五嫂",就是邱西文,邱西文排行老五,外号也叫邱老五。老伴已死,身边只有一个小女儿,家中全部活儿他一人承担,当了男的,又当女的,性格也有老嫂味道,所以郭宗廷亲昵地称他"五嫂"。"五嫂"头回做大锅饭,没经验,做坏了。

此时,人们越围越多。有人招呼道:"来了?宗廷!"郭宗廷连忙答道:"来了来了又来了,还是当年那一套,身穿破棉袄,头戴破毡帽,腰里别着个莲花落!"

有一个老年人隋化盛走过来。郭宗廷唱道:"我这个人,不中用,迎头碰上隋化盛!"隋化盛被他的诙谐风趣逗笑了。他又接着唱道:"隋化盛,你甭喜,喜来喜去还是你!"

郭宗廷有个多年以讨饭为生的老妈妈,他二弟在山西,他和老伴有两个孩子,生活不管在解放前、解放后,都一直很紧巴。谈到国民党反动派来进攻时,他唱道:"那年过了个困难年,只因遭了还乡团。还乡团,是虎狼,进庄他就只管抢!"解放后,安宁了,但也仍有困难,他也能实话实说:"咱这里说了无其数,耽不了明日早晨卖豆腐!""咱这里说了一大掐,耽不了回家扒豆渣。"

卖豆腐是仅仅能糊口的营生。人们买豆腐,有时可以用豆子换,关于这种交换法,郭宗廷介绍道:"粮也换,草也换,就是不换沙石蛋!"为了把事情说得更分明,他还讲了有过一次换沙石蛋的事情:"那年换了块沙石蛋,挑着沉,走得慢,压得淌了一头汗。他到了家,爹也嫌,娘也怨,气得老婆不办饭!"他爹早已不在,这一段的整个内容显然是虚构,是为了说明不换沙石蛋的道理,听来有趣,不是抽象地讲道理,是形象的故事,讲得夸张,这样效果就有了。这就是艺术的感染力与说服力,是艺术的手法,歌谣的手法。

郭宗廷讲完豆腐生意经,叹道:"三山六水一分田,什么也不如种菜园!"他觉得比较起来,种菜园更有利钱。

说着说着,天色更晚,他边卖边唱:"忙走路,快动秤,我这个豆腐卖不净!""别看日头不大高,我那豆腐还一大包!"边唱边走,出村登上了回家的道。

邱西文家中生活也很穷,而且也卖过豆腐。人问:"你卖豆腐是什么利钱?"他答道:"渣顶柴火皮顶油,还挣赚个热炕头!"豆渣与烧柴相抵销,豆皮与油相抵销,净赚的,唯有个热炕头,也好嘛! 1944 年春,附近的日本鬼子据点拔除后,第一次赶苗家曲集,他唱道:"辛集上,没汉奸,赶个苗家曲集尝尝鲜,买粉笔,置仿圈,成立夜校识字班!"根据地的夜校、识字班,在这时候开始建立起来,在此前,鬼子年年"扫荡",整个山东与华北都是这样,我们在反"扫荡"中开辟与扩大根据地,至 1943 年下半年起,才有了条件。解放战争时间,国民党军队对解放区搞点线占领那段,邱西文刚没了老伴,女儿还小,每晚转移外村,一副担子,一头行李,一头小女儿。他边走边唱:"国民党,光打枪,挑着小挑下官庄;下官庄,住着满富廷家的大厅房,大厅房、大厅房;四面使那玻璃镶……""大厅房"是个很大的屋框子,"玻璃镶"是四面露天。这里是以风趣的手法描绘荒乱年月生活的艰苦。解放后生活好了,他娶老伴,在挑选红高粱秸,准备扎帐子打床笆时,人问:"娶个什么样的老伴啊?"他边忙边唱:"红秫秸,打床笆,不是娘俩是娘仨!"

后来,有二十几年,我没再见这两位老朋友。我有一次回家,人们谈起他俩,说他俩还像当年那样,见事就说顺嘴溜。邱西文曾有歌谣讽刺"文革"中那"左"的一套;郭宗廷有这样两段:"沙子坑,没财发,破铜破铁破锅碴!""青石蛋,烂石渣,小孩和小孩他妈!"我不明白"沙子坑""青石蛋"指什么,大概是那些"大搞""大干"、穷得叮当响之类的事情。除了"小孩和小孩他妈",还有什么?

歌谣,歌谣,生活之谣,只要有生活,就有生活之谣。有人提起民歌,往往想到它是一种旧东西。它有旧,也有新,新的能流传就不旧,旧的至今流传也仍新。关键它是歌谣。只要按照它的特点创作的,就有流传的可能,不管在文化不普及的过去,还是在文化普及的今天。我们明确了眼前生活中流传的这种东西原来就是歌谣,如"三个公章,不如一个老乡",如什么干部"坐的两头平",什么干部"坐的帆布篷",什么干部"坐的130",什么干部"坐的放屁虫"……倘若注意一下,恐也会发现不少李有才式的人物。生活中若没有这类人物,可就太枯燥了。

后　父

刘亮程

　　我们家住的地方有一条金沟河,民国时"日产斗金"。现在却很少有人来淘金了,上游河岸千疮百孔,到处是淘金人留下的无底"金洞"。我们住在下游,用淘洗过金子的河水浇地,也能在河边的淤沙中看见闪闪发亮的金屑。这一带的老户人家,对金子从不稀罕,谁家没有过成疙瘩的黄金？我们家就有过一褡裢金子。听我后父讲,他父亲那时也去上游的山里淘金。麦收之后,地里没啥活了,赶上马车,一人拿一把小鬃毛刷子,在河床的石头缝里扫金颗粒,几十天就弄半袋子。

　　我们家那一褡裢金子,后来不知去向。后父只是说整光了。咋整光的,就没说了。有几年他说自己藏有金子,有几年又说没有了。我们就在他的金子谎话里,过了一年又一年。到现在,家里再没有人会相信他藏有金子了。

　　但我们家确实有过一褡裢金子。我后父也确实是一个有过金子的人,他说起金子来,一脸的自足和不在乎。

　　我们家邻居也有过一褡裢金子。那家的王老爷子,却从来不提金子的事。后父说,他们家的金子,在解放前"三区革命"逃战乱时,过玛纳斯河,家里的马不够用,把一褡裢金子交给本村的一个骑马人,过河后就失散了。

　　多少年后,王老爷子竟然找到了那个人,他就住在河对面的玛纳斯县,那个人也承认帮别人驮过一褡裢金子,但过河后为了逃命,就把金子扔了。

　　"命要紧,哪能顾上金子？"那个人说。

　　王老爷子开始不信,后来偷偷打探了几年,这家人穷得钩子上揽毡,根本不像有金子的人家,后来就不追要了,而王老爷子也再不提金子的事了。

　　那我们家的金子呢？后父闭口不说。早先我们住在他的旧房子,他有时给我母亲说金子的事。我们隐约觉得他藏有金子。他是这里的老户,家底子厚。啥叫家底子？就是墙根子底下埋有金子。听说村里的老户人家都藏有金子,但却从来不说自己有。成疙瘩的金子埋在破房子底下,自己过穷日子,装得跟没钱人似的。我母亲也半信半疑地觉得我后父有金子,他不拿出来可能是留了一手。

　　我们家搬出太平渠村那天,有用的东西都装上拖拉机,包括那几只羊。母亲想,这下后父该把金子挖出来了吧。我们要搬到元兴宫去,这个旧院子也便宜卖给了村里的光棍冯四,他不会把金子留给别人吧？可是,后父只是磨磨蹭蹭在他的旧院子转了几圈,捡了几根烂木棒扔到车上。然后,自己也上到车上。

这地方的有钱人,有过很多金子的人家,突然全变成了穷人,留下的全是有关金子的故事,不知道金子去了哪里。

二十世纪七八十年代,经常有人到我们这地方来挖金子。有一年大地主张寿山的孙子带一帮人,在他们家的老庄子上挖了三个月,留下一个大坑。另一年中地主方家的后人又在自家的老房子下挖了一个大坑。最大的一个坑是小地主唐人田家羊倌的后人挖的。羊倌曾看见唐家的人把一个坛子埋在羊圈下面。坛子由两个人抬,里面肯定是贵重东西。羊倌夜里睡在羊圈棚顶,看得清清楚楚。敌人打来时,唐家人仓皇逃跑,没顾上把东西挖出来。后来也再没有唐家人音信,可能没逃掉,全被杀死了。

那个坑是三台推土机挖的,挖了两年。头一年挖到冬天停工了,第二年开春又挖了一个月。金子真是贵重,一点点东西,就要人挖这么大的坑。听人说,金子在地下会走动。但人又不知道金子会朝哪个方向走动,一年走几步。几十年来,可能早已离开老地方,走得很远;也可能会朝下走,越走越深;或朝上走,走到地面,早被人拾走。所以,人在埋金子的羊圈棚下挖不到金子,便会把坑往大往深挖。这个坑一旦开挖了,便不会轻易罢休。因为挖坑要花钱雇人雇车,还要向当地的土地爷交土管费。假如花一万块钱还没找到金子,他就会再投五千块。这跟赌博押宝一样,总不甘心,金子会在下一铲土里,下一铲就会推出那个装金子的坛子。结果坑越挖越大,直挖到河边,挖到别人家墙根。往往是坑挖得越大,越证明没挖到东西。

在我们村边,那个挖得最深最大的坑,已经被当成水库,我们叫它金坑水库。另几个小一点的坑被村民放水养鱼,有叫金鱼塘的,也有叫金塘子的。这些土坑纷纷被村民承包,合同一订60年。那些人都鬼得很,借养鱼的钱把坑又往大往深挖,说是整理鱼塘,其实想侥幸找到金子。找不到也不要紧,养着鱼,占着坑,反正有一坛金子在里面呢。这里的老户人,都相信金子没有走远,好多走远的人又回来,守着早已破败的老房底子。从没听说谁挖到或拾到过金子,但埋金子的地方会被人牢牢记住。多少年后谁做梦听到黄金的动静,这地方又会无端地被挖一个大坑。

我后父的旧院子,以后会不会被我们挖成一个大坑呢?

我有时候想,后父可能真的藏有金子呢。他经常回太平渠村去看他的老房子,早年家里有马车时赶着马车去,后来我们家搬到县城,马车卖了,他就坐班车去,说是去要账。那院老房子作价450块钱卖给冯四,只给了200块,剩下的钱一直要不回来。冯四没钱,一年四季都没钱。他是五保户,不种地,村里救济一点口粮。冯四不可能把口粮卖掉还我们家的钱。后父知道这些,但依旧每年去要,去了就跟冯四一起住在老房子里。我们就想,他可能打着要钱的幌子,去看他埋的金子。这么多年,他反反复复地去太平渠,可能已经把金子挖出来了,但挖出来会藏在哪儿呢？可能已经埋到我们现在的房子底下。

也许他没挖出来,那金子依旧在太平渠的老房子底下。也许后父把它埋进去时就没想过要挖出来,他是留给自己的。留到最后,不知道会以什么样的方式传给我们。也许他隐约说那一褡裢金子的时候,就已经把它给了我们。后父现在有八十岁了,因为年龄大,这几年去太平渠少了,金子的事也说得少了。但经常说起村里的老房子,说冯四的钱还没给,说要把老房子收回来。后父这样看重他的老房子,总让我们觉得那个老房子底下真的埋了金子。

将来有一天,我们会不会真的相信了那一褡裢金子的事,兄弟几个,雇一台推土机,轰轰隆隆地开进我们的老院子？

贾母拜月

王 彬

中秋是我国传统节日。贾府中人如何欢度这个节日,或者说,在彩云初散、皓月当空的时候,《红楼》人物做了哪些事情,说了些什么话,吃了哪些食品,是一个值得讨论的话题。

我们先从宁府谈起。第七十五回,贾珍准备过中秋,但又夹杂顾虑,原因是父亲贾敬新丧,不好过节,想了想让侍妾佩凤告诉妻子尤氏说:"咱们是孝家,明儿十五过不得节,今儿晚上倒好,可以大家应个景儿,吃些瓜果酒饼。"提前一天在会芳园丛绿堂中摆下酒席,然而这一晚过得并不高兴,将近三更时分,正"添衣饮茶,换盏更酌之际,忽听得那边墙下有人长叹之声"。大家不禁"悚然疑畏"。贾珍厉声叱咤,喝问:"谁在那里?"连问数声,没有人回答。尤氏解释肯定是墙外奴仆家里有人叹气。贾珍哪里相信,斥责尤氏胡说,"这墙四面皆无下人的房子,况且那边又紧靠着祠堂,焉得有人!"一语未了,只听得一阵风声飘过墙外,恍惚之中"闻得祠堂内隔扇开阖之声"。贾珍等人只觉得"风气森森""毛发倒竖"。贾珍的酒惊醒了大半,虽然比别人"撑持得住些",但心内也十分疑惧,勉强坐了一会,匆匆散了酒席,回房安歇去了。

第二天,贾珍起来,带领子侄打开祠堂"行朔望之礼"。朔,是初一;望,是十五,这两天都要举行祭祖的仪礼。贾府当然也是这样,而且中秋祭祖,当会更为隆重。祭祖的时候,贾珍仔细查看祠堂,并没有什么怪异之处,认为是酒后自怪,也就作罢了。晚饭后,贾珍夫妻来到荣府看望贾母,贾母感谢他派人送来的月饼和西瓜,称赞月饼好,西瓜看着好,"打开却也罢了"。贾珍笑道,月饼是新来的厨子做的,这个厨子专做点心,试试果然做得好,才敢做了孝敬;西瓜呢,往年都还可以,不知今年怎么就不好了。贾政代其解释"大约今年雨水太勤之故"。听了他们的话,贾母笑道:"此时月已上了,咱们且去上香。"说着便扶着宝玉带领众人来到大观园里的嘉荫堂。

北京旧俗,中秋要从十三过到十五。贾珍因为是孝家,不好在正日过而提前一天,是符合礼仪的。而在十五这一天,则有供月、拜月、赏月和吃月饼的习俗。清人富察敦崇的《燕京岁时记》云:"京师之曰八月节者,即中秋也。每届中秋,府第朱门皆以月饼果品相馈赠。"贾珍派人把月饼和西瓜送给贾母便体现了这一风气。在这一晚间,人们要在庭院西侧,朝向东方置一矮桌——当然也可以是八仙桌,作为供桌,在供桌后面竖立木架,悬挂月光马儿,有的还把一只大月饼插在月牙形状的木托上做神主。在供品的外侧设有香炉、蜡扦和花瓶。香炉里焚香;蜡扦上插红烛,下压敬神的钱粮、黄纸、元宝、千张之类;花瓶一只插鸡冠花,象征广寒宫里的树景;一只则插带叶子的毛豆枝,作为献给玉兔的供品。供品之中,西瓜是绝对不能少的,而且要把西瓜参差切之,切成莲花瓣的形状。贾珍送贾母的礼品除了月饼之外,还有西瓜就是这个道理。至于月饼,一般购自外面,贵族府第也往往如此,宁府自制则是十分奢华了。作为神主的月饼,分大小两种,大者直径一尺以上,厚二寸;小者直径五六寸,厚一寸。在月饼的正面用模子印上广寒宫、桂树和一只捣药的大兔子——号称长耳定光仙。而月光马儿——也叫月宫纸,是旧时供月的神像。有了这些元素,便可以供月了。晚明之际的北京也已然如此,竟陵派的刘侗和于奕正在其合著的《帝京景物略》中,便这样记述:

八月十五日祭月,其祭果饼必圆,西瓜必牙错瓣刻之,如莲花。纸肆市月光纸,绩满月像,趺坐莲花者,月光遍照菩萨也。华下月轮桂殿,有兔杵而人立,捣药臼中。

月光马儿有红、黄、白三种颜色,其中一种,即《帝京景物略》所云趺坐莲花的月光遍照菩萨,这是佛教形式的,刻印在黄纸上;再一种作道教中太阴星君的形状,刻印在白纸上;还有一种,在红纸上刻印关帝与财神。这三种月光马儿虽然用途是一样的,但仍有细微之别。前两种用于住户,后一种用于商家,当然也有不挂月光马儿而望空对月设供者。贾府大概就是这样,只是"焚着斗香,秉着风烛,陈献着瓜饼及各色果品"而已。瓜是西瓜,饼是月饼,果品呢? 没有交代,想来不外是北地出产的葡萄、苹果、枣儿、鸭梨、青柿、石榴、桃子之类。有无大月饼呢? 也没有交代,应该会有吧。溥杰回忆醇王府当年过中秋,是在祖母的院子里摆一架木屏风,"挂有鸡冠花、毛豆枝、鲜藕之类",也没有悬挂月光马儿。待月亮初升之际,由"祖母起依次向月饼烧香叩头",不如贾府风雅远矣。在贾府,是在嘉荫堂前的月台上,"铺着拜毯锦褥""贾母盥手上香,拜必,于是大家皆拜过"。在中国传统文化中,月亮属阴,因此谚云:"男不拜月,女不祭灶",但也不是绝对,即如贾府与醇王府的做法,由女性家长先拜,之后依次拜。拜过之后再由女性家长把大月饼切开,分给家人,一人一块,过一个团圆节。贾府是否也这样做呢?

之后就是赏月了。贾母说赏月山上最好,于是来到凸碧山庄,一边赏月,一边击鼓传花,"若花到谁手中,饮酒一杯,罚说笑话一个"。传到贾政,贾政说:"一家子一个人,最怕老婆的。"大家因为"从不曾见贾政说过笑话",听他这么一说不免都笑起来。贾政说这个人在朋友家喝醉了酒,次日回到家中,老婆正在洗脚,对他不依不饶,说:"既是这样,你替我舔舔就饶你。"那男人只得给她舔,恶心要吐。他老婆恼了,说:"你这样轻狂!"吓得那男人连忙跪下求说:"并不是奶奶的脚脏,只因昨晚吃多了黄酒,又吃了几块月饼馅子,所以今日有些作酸呢。"贾政是个不苟言笑的人,为了讨贾母的欢心而不得不讲了这么个酸腐故事。故事讲完了再次击鼓,传到贾赦手里,讲了一个偏心的故事。再传,传至宝玉与贾环手中,二人没有讲笑话而分别作了一首诗,贾政看了贾环的诗说他与宝玉"可见是弟兄了。发言吐气,总属邪派,将来都是不由规矩准绳,一起下流货"。而贾赦却不这样看,对贾环的诗大加赞赏,说是不失侯门之风,"以后就这么做去,将来这世袭的前程,定跑不了你袭呢"。听了这话,贾政忙说:"不过他胡诌如此,哪里就论到后事了。"贾环这个人物猥琐荒疏,一向为贾政所不喜,他作了什么诗,书中虽然一字未提,却折射出贾赦的态度。联想中秋前一天贾珍的表现与再早的行为——以习射为名而招人赌博,他与贾赦是《红楼梦》中多被讽喻的人物,再想到贾政讲述的故事,在原本以女性为主导的节日里,却反而描写了贾府三位男性,是十分怪谲的。

老宅里的庄市

鲁 敏

各地的城市,要比新鲜、比富丽、比阔气,那真是永远都比不完的,这里有五星饭店,那里有超五星;这里有八车道,那里有双向十二车道;这里有高铁,那里有机场;这里有市民广场,那里有城市客厅,总之到最后全是了不起的高大展馆、玻璃幕墙、音乐喷泉、花坛与雕塑以及装装样子的露天咖啡座(那越来越糟糕的空气,谁还能坐在露天里啊)……这其实跟一个人是一样的,有钱未必要镶几颗金牙,有才未必就要戴副眼镜并拿两支钢笔插在口袋里。一片地域,一方水土,其真正的根基与底气,并不在门面上,反而是在弯弯绕绕、青苔丛生的小巷深处,在老街与年深日久的旧宅里。

譬如宁波,要到它的市中心去,楼宇煌煌、华光灼灼、流金淌银、人车拥堵,似也没什么特别,但是往下面走走,往边上走走,往深处走走,到了镇海,到了庄市,异处才慢慢显现出来。

庄市是个小地方,早先就是一处临海的小镇,就算到现在,户籍人口也就两三万,方圆不过25平方公里,可是,仔细一看,不得了,这个地方实在是太大了。所谓"无宁不成市"的"宁波帮",就是发源于庄市:首建电厂水厂的宋炜臣、为国人带来火柴、美孚灯、食品罐头、船舶制造的五金大王叶澄衷、世界船王包玉刚和董浩云、影视巨子邵逸夫、建筑泰斗叶庚年、荣华纺织创始人赵安中……这些商业奇才都是从这个小镇一步步走向全球的。庄市的儿女都有拳拳赤子之心,发达之后,竞相反哺乡里,立志公益,先后捐建有崇正书院、叶氏义庄、"江南第一学堂"中兴学校、私立轫初国民学校、同义医院、菱漕小学、宁波大学等,祖荫浓厚、墨香流传,小小庄市而今竟"出产"了六位两院院士……这样的渊源与传统,成为庄市老屋的一个很重要的背景——走进叶氏义庄、中兴小学、包玉刚故居、庄熙英旧宅、大夫第、沈家大屋、叶家小洋房、龙头老屋等处,都有着一个共同的特点:端正不俗、简洁实用,精致而绝不奢靡。尤为可贵的是,这些老屋都保存得当,物以致用,以一种从容安详的姿态在现代都市中与光阴一起呼吸。要知道,在许多的古城,为着所谓快速发展之需,对老街旧宅大肆拆迁重建、在保护的名义下毁坏、修旧不如旧的商业包装等等,已成为令人心痛的一大怪圈,以此观照庄市老屋,更是令人感慨。

我们随便走进一家老房子。这处庄熙英旧宅始建于20世纪30年代,两间两弄两层,占地500多平方米,其屋主人曾在沪上创建华中银行、上海银行,后在上海任行政官员……进得庄宅,两位一口宁波方言的老人家正坐在正屋的廊下逗弄笼中鹦鹉,这个长而宽大的旧屋廊,跟《镇海文物大观》上的图片几乎一模一样,可见保存之完好,也足见当初工艺与材质的精当。笼中鹦鹉活泼地跳动,为表欢迎,老奶奶上前,以宁波话逗弄,鹦鹉果然清晰地开口:"你好你好",接着它又以宁波方言叫唤一个小孩的乳名……主人引我们进堂屋,只见长条桌、清供、条屏、太师椅、圆桌等居家物品一应俱全,虽然古旧,但自有光泽,墙上还插着拂尘与鹅毛扇,散发着大户静宅的气息。堂屋中悬有一匾为"积善堂",几步之外的院子门头上另刻着"积善迎祥"四字,足见屋主人宅厚仁心的旨趣所在。而今的后人也是一样,两位老者必已多次接待访客,但热情之态依然自如,浅笑着耐心回答众人南腔北调的各式问题。

前院子里,有旧时用来防火的储水大缸两只,另有大小石权十来只,随意置于墙根,因年日深久,上面的花纹已被蚀平,或许是祖上用来作为盐粮出入的计量工具,或者是某辈里曾有几个习武的兄弟在晨间用来练功,光是这些石权,简直就可以写上几部短篇小说……最可喜的是几缸荷花,缸器或是长方或是椭圆,材质有瓷有石或是瓦,皆是浮萍密密,荷叶带珠,衬着墙上的小青砖与地缝间自在生长的野蔓,朴趣天成,一种江南宅第特有的温润清雅之气,纯正得简直令人伤感……

另一拨人却在厨房里喷然惊叹不已。庄屋的厨房十分宽敞,约莫有五六十平方,"新旧"两套体系并存,旧的这边,大的风箱土法灶台,很讲究地镶有一圈木边,中间安放着三口大锅,半空吊装着木质架子,收拾得十分洁净。老人说,到过年时蒸包子做年糕,还是要用的;但平常饮食所用,则是旁边这一套完全现代派的蓝色整体橱柜。不过,这两者并置于一屋,毫不冲突,反而像老祖宗带着小孩子似的,自有谐趣,也可能因为新式灶与老式灶之间有个过渡:倚墙而建的架子上,自上而下,整整齐齐放着各式餐具与器皿,十几只造型各异的水壶、五六只大小不同的铝锅、七八只颜色热闹的热水瓶,最下边则是剥好了的两箩筐蚕豆,大约就是晚上用来做菜的……这种家常的富足与烟火气,实在可爱极了。老人家步子迟缓地扶着家具走进来,表情平静地对着相机的镜头,她的眼神比最先进的尼康镜头要深远得多,那里面,有着整个庄市的历史——这间老屋,以及庄市的许多老屋,在极速变幻的世道面前,正以宁静的方式守护并延续着民间的雅正与朴素。

牛在笔下

张瑞田

鲁光画牛,由来已久。鲁光画牛,独辟蹊径。鲁光画牛,得意忘形,形在意中。与其说鲁光画画,毋宁说鲁光画心,画他的意念,画他的思想,画他的经历,画他的未来。

壬辰初冬,没有落雪的北京有一点灰暗,好在绿意未退的落叶在脚下翻滚,城市的趣味增添了许多。我是从中国现代文学馆的后门步入展厅的,悄然面对一幅幅画作。笔触沉郁,线条生动,墨法自如,似乎看见鲁光的心动、鲁光的情涌。

眼前这100多幅新作,有花鸟、动物、人物。抢眼球的通红通红的红蜡烛,照耀着我们。那通红通红的光芒,洒在我们的身上,温馨又温暖。我愿意把这道光芒看成鲁光的生命神采。

牛呢?牛则是鲁光生命的感叹、生命的寄托。相比较而言,我更喜欢鲁光的牛,牛在笔下,拟人化了,对象化了,亲切得如同与人对晤。

鲁光作画的题材广泛,只是他的笔端一旦与牛联系,不管那头牛昂首挺胸,还是垂首沉思,艺术的光芒就会如晨曦一样,渐渐明亮,最后普照山河,遍布田野。

我喜欢鲁光的牛。

鲁光自嘲作画"得意忘形"。其实,这是文人画的审美目标。文人画是中国画领域中独具特色的风格体系,左右着我们对中国画的理解。文人画强调诗书画印的结合,推崇画作的艺术个性和文化修养。对此,陈师曾说:"何谓文人画?即画中带有文人之性质,含有文人之趣味,不在画中考究艺术上之功夫,必须于画外看出许多文人之感想,此之所谓文人画。"这是文人画的基础,想得妙处,需要人品的支撑、学问的养成、才情的展现、思想的深邃。

鲁光"得意忘形",得的是生命之意、自然之意、感觉之意。牛入画,是有历史的,史前的岩画、壁画,敦煌石窟,唐宋元明清,都能看到牛的身影。不是图腾的图腾,牛一直是中国人心中勤奋、厚道、淳朴、坚韧的代名词,对中国人的人格构建起到了特殊作用。作为对中国历史和现实有着独到思考的作家,作为拥有高超驾驭线条和笔墨语言能力的鲁光,他愿意静静地看牛画牛,以自己的方式,思考牛的命运、牛的品性。不管是独牛还是群牛,不管是被人牵引,还是茕茕独行,鲁光体会到人的命运、人的际遇。于是,在浓淡轻浅的笔墨演奏中,饱经世事的鲁光,把自己丰富的情感、真实的思想,附在牛的身上。快乐的牛、郁闷的牛、耕地的牛,还是不久于尘世的牛,形象地述说一己的悲欢。"四爱诗文书画,一生苦辣酸",写牛,也是言己。这样的感受,成为画作的长跋,真情毕露、拙朴坦率的书法,意新语俊、参悟思辨的词语,把观众带入一种境界,入世而不庸俗,出世又体察万物。

苏东坡谈画马,说过一句意味深长的话:"观世人画如阅天下马,取其意气所到,乃若画工,往往只取鞭策皮毛,槽枥刍秣,无一点俊发,看数尺便倦。"牛在鲁光笔下,克服了画工"鞭策皮毛,槽枥刍秣,无一点俊发,看数尺便倦"的局限,而是如阅天下牛,"取其意气所到"。这种本领,没有文学涵养是难以完成的。为此,苏东坡道出真谛"诗画本一律,天工与清新"。这句话,鲁光真懂了。懂了,才能下笔自如,才能得意忘形,形在意中,赋予牛以人性,以人情。

《"牛耕图"》(漫画)　丁聪

情系三沙（二）

杨肇林

那年夏天，"银帆奖"颁奖大会在民族文化宫举行，丁玲同志欣然应邀出席，她要求详细介绍征文的缘起和结果，和刘白羽、王蒙一道为获奖者颁奖。因为她有紧要的事情中途退席。上车前，她站在剧场外太阳地里又问道："征文中反映西沙群岛打仗的文章有多少？古代边塞诗，脍炙人口。中国历史上，文人、作家非常关心国家、民族命运，投身军旅，远涉边疆。陆游就留下了'万里觅封侯，匹马戍梁州'的名句。应该有今天的王昌龄、岑参、高适！"

当老人听说有许多知名作家都先后去过西沙群岛，羡慕地说："只要身体好，我也去！听说1974年收复西沙群岛那一仗打得很漂亮，是吗？"

我简要说："实际上是中国被逼着打了那么一仗。南越西贡集团的阮文绍错判形势，派4艘美国制造的军舰，总吨位大约6000吨，侵入西沙群岛的永乐群岛海域。而中国海军当时在战场的只有4艘猎潜艇、2艘扫雷舰，总吨位不过2000吨，三与一之比。为了维护祖国领土主权，遵照毛主席决策，中国海军自卫还击，打沉西贡集团一艘炮舰，打伤另外3艘，俘虏了窃据珊瑚岛的西贡集团军队，还俘虏了一名美国顾问，结束了近代以来法国人、日本人、越南人先后窃据西沙群岛的历史。但是，南沙群岛还有一些岛礁仍然被外国军队蚕食、侵占。"

丁玲同志听得很专注，说道："另找时间请你详细谈收复西沙、南沙的故事。我年轻时候，向往大海，有许多浪漫的情思，青年人大多如此。应当唤起青少年关注海洋，热爱海洋。毛主席号召海军战士'爱舰、爱岛、爱海洋'，你们可以多组织写海军、写海洋的作品，《中国》杂志支持你们，愿意为中国海洋事业做贡献。"

我听到一个老战士、一个老作家的心声。她曾经以湖南人特有的敢为天下先的勇气，冲决罗网，投身战斗。虽经许多磨难，仍然坚守自己的精神家园，信仰弥坚，关注国家、民族命运，始终雄心未已，期待着有一天，"收拾旧山河，朝天阙"。

1985年年初，我写了一篇散文《海滩上一片青青树》寄给《中国》杂志社，编辑部杨桂欣同志在5月3日给我写信说，他按照丁玲同志的意见，提出了修改意见，"稿子的前半，写得很好……相形之下，后半显得落套了，难以给人以艺术上的新鲜感。请一定要把修改稿寄来，并请代为组稿。"我似乎又听到丁玲同志当面的嘱咐。1986年《中国》第3期刊出了修改过的《海滩上有一片青青树》。而这时,丁玲同志已经重病住进了协和医院。我随中国作家协会创作联络部关木琴主任、吴桂凤副主任去看望她。我们走进病房,只听她正在高声说话,听得出她对军队里一位青年作家很欣赏,但对某些评论有保留,语重心长地说:"对青年作家要鼓励,要爱护,不要一棍子打杀,也不要捧杀,这样才有利于作家成长。"当她讲话停顿的时候,我们问候她,她连连说:"谢谢!"还问我说:"海军作家又有什么新作品呀?"

不久,丁玲同志因病逝世了。我想起了她要去西沙群岛的意愿,不由得记起她提到的陆游的《诉衷情》,当她离去的时候,也怀着类似"心在天涯,身老沧州"的憾意吧。

《今日盘古》 吴耘

沉重的负债

王巨才

春节到了,对母亲的追念如期而至,寻寻觅觅,无计排遣。

我是在还没到满月的时候,由养母从生母怀里抱走的。此后我一直把养母叫母亲,把生母叫阿姨。

养父母成家十多年,生过的孩子都没活。他们焦急万分,担心自己命里就没带来儿女,到处求神算卦,延医问药。我出生不久,母亲刚生的一个孩子又夭折了。她捶胸顿足,如疯如魔,成天痛哭流涕,加之奶水正旺,胀痛得难受,就到乡下找她的亲姐姐哭诉命运的凄苦。进门见到襁褓中的我,一把抱过来,解开衣襟就把奶头往我嘴里塞。据说那时我吮吸着母亲充足的乳汁,像一匹小狼,兴奋得咯咯直叫,嘴巴急不可耐地把奶水顶得满脖子满脸。那贪婪蠢笨的样子,让母亲顿觉通身舒坦,脸上漾开少有的笑容。临走时她央求姐姐,让孩子跟她吃几天奶吧,没等回话,便不容分说地把我抱回城里。

30多年后,阿姨说,当时见她脸色蜡黄,做姐姐的能不心疼?说是抱几天,谁知就抚育上身,再也要不回来了。阿姨连我先后生了5个男孩。我问:"您那么多'光葫芦',光景又苦焦,有什么舍不得的?"她怯怯地笑笑说:"你哪里懂得,都是心上的肉,越生越亲,哪有多余的。"

在那个年代,对一个家庭来说,膝下荒凉真算是天大的事了。抱养人家的,一辈子总提心吊胆,生怕长大后不挨身。母亲脾气不好,人厉害,故而邻里邻居知道根底的都小心翼翼,从不敢提及。

我被抱走后,轮到阿姨疯魔了,白天晚上心神不宁,吃不下饭,睡不着觉,几次借故进城,都被母亲挡到门外。阿姨性情慈蔼,人长得俊俏,针线活又好,出嫁后跟姨父享过几年福。胡宗南进攻时,姨父开的商号被洗劫一空,全家沦落到乡下,靠种地、养猪、推磨卖油为生。我外爷去世早,母亲是阿姨拉扯大的,从小好强,动不动使性子,阿姨总也忍让着几分。那些日子阿姨心慌得不行,就打发我的两个哥哥天黑进城,到墙外偷听,看我晚上会不会哭闹,睡觉安稳不安稳,有没有感冒咳嗽,闹肚子拉稀。我家院子大,巷子里听不清,哥哥们得爬到墙头才能探听清楚,而母亲见有响动,就知道来的是谁,每次都朝窗外恶声恶气一通喝骂,让他们铩羽而回。

我上到小学三年级的时候,母亲生的孩子终于成活了,且接二连三,一生就是5

个,直到不堪劳累,不愿再生。周围的人说,这全凭人家王乡长(我父亲是不脱产的城关乡乡长)为人老实厚道,又几次给先人迁坟,把风水占好了。这自是无稽之谈,但父亲对这种说法深信不疑,因此,逢年过节,带领我们上坟祭祖,就成了他生活中须臾不可马虎的头等要事,终其一生,未曾耽搁,直到去世的头年春节,还以病弱之躯,要我们搀扶着涉水爬山,去烧了最后一炉香,祈祷先人保佑子孙平安,瓜瓞绵延。

对风水之说,阿姨一家并不反对,但他们更多地认为是因为抱养了我,才给家里带去了好运,带出那一连串子女。据我体察,父亲对此也是深以为然的。因而在兄弟姐妹中,对我总是格外呵护,言谈举止,甚至能觉出某种感恩的意味。母亲一辈子争强好胜,她的能干与她的坏脾气一样有名。遇到不顺心的事,也常拿我们的某些过错撒气,稍加反抗,更会惹得火冒三丈。这对弟妹们也就罢了,若是对我过分,父亲便会出面干涉,甚至会由此引发一场"战争"。有次争吵中父亲一句"人不能坏良心",惹得母亲号啕大哭,躺在炕上好几天,摆出一副"这光景没法过了"的样子。

母亲对这句话如此敏感,是因为这正触到了她的心病。母亲很爱面子,很看重社会评价。邻里们说,她脾气不好,但做事精明,心肠很软,给她三句好话,就恨不得把心掏给人家吃。尽管家里日子紧巴,见到讨吃要饭的,从没让人家空手离开过。父亲的老家在乡下,庄里的人进城赶集,顺便带把苦菜野蒜来,四婶子四奶奶地叫几声,就非得留人家吃饭,哪怕是向邻居借两碗面,也要做一顿像样的待客吃食。自生下5个弟妹后,她很留心别人的看法,生怕说她厚此薄彼,三等两样。在我们那地方,对一个女人若有这样的微词,便等于"一票否决",等于说这人品性坏到极点。母亲那次的过激反应,正是怕那句话被别人听见,有损名声,同时也给全家一个下马威:自今往后,不论何种情况,谁都不能碰这个雷。

与母亲同样害有心病的,是阿姨。家里添丁加口以后,阿姨来得勤了,说是来做针线,帮锅灶,实际在察言观色,看我受不受气。一天,母亲上街买肉,阿姨把我妹妹抱在膝上,一边给梳头,一边爱怜地说:"阿姨生了那么多小子,就缺个闺女,难怪你妈金贵你,打扮得这么整齐。"旋又看我一眼,说,"看看你大哥,头发那么长了,像个野人,也不去理一理;袖口磨破了,也不提醒你妈缝一缝……"谁知这话正好全被街门外的母亲听到了,她品出了其中的醋意,遂将大门哐啷一把推开,怒气冲冲进来说:"姐姐你要不放心,干脆领回去算了,省得你老是防贼一样提防我。"阿姨自知失言,连忙赔不是,说她不就唠叨两句,哪有责怪的意思,便借口家里牲口没人喂,眼泪汪汪地走了。母亲拦不住,赌气说,肉都买了,你要走,以后别再来。阿姨径自嘟囔说:"不来就不来,但你可要把心放平;我原是为你好,现在反倒成罪人了。"阿姨走时委屈的样子,看着真是可怜,让我难受了好几天。

不来哪可能呢？毕竟是亲姊妹，遇有小病小灾、急事难事，相互跑得比谁都欢。那年母亲攒够了钱，动工修三孔窑洞，阿姨一家全来帮工，烧火做饭，挑土背砖，挖地基垒院墙，4个月下来，硬是耽搁了一茬庄稼。但眼看我家日子越过越红火，都打心眼里高兴，干得既卖力又兴奋，像自家办喜事一样，满脸光彩。

平心而论，母亲并不像阿姨担心的那样。她虽然相信韩非子那句"慈母有败子"的浑话，对我近乎苛刻，但生活上一直是关心备至、体贴入微的。小时我身体弱，不好好吃饭，她十分熬煎，为此想尽了法子。医生说鸡蛋营养好，就专门喂了一窝鸡，每天早晨上学前，一碗加了红糖的开水冲鸡蛋，非得看着我喝下去不可，多年如一日，从没间断。即便这样，我仍是小病不断，动不动感冒。而一旦生病，她就方寸大乱，又是请巫婆驱邪送鬼，又是跑医院求医买药，整夜整夜地守在身旁不合一眼。母亲说过，每次放学，只要老远望见我皱着个眉头，她心里就直打哆嗦。这句话，几十年来我一直记得，一辈子都不会忘记。我上学爱去书店，爱订报刊，开口要钱，母亲从不为难。至于衣服鞋袜，新的旧的，单的棉的，全是她按最时新的式样剪裁缝制的，比裁缝铺做的一点不差，同学都很羡慕。母亲的针线手艺和阿姨一样，在瓦窑堡很有名气，凡是像样人家，娶亲嫁女，都得请她们出马。

阿姨和母亲，这两个原本相互体恤、相濡以沫的骨肉至亲因我而产生的复杂微妙、纠结不清的恩恩怨怨，直到我参加工作、结婚生子以后，才如同春打河开，风吹云散，自然化解。

大学毕业回到延安时，从部队复员的二哥已担任部局级领导，他把全家户口转过来，一家人总算团聚。但生活相当困难，老老少少八九口子，就靠他40多块钱工资。我和妻子大学毕业，工资加起来也不到100元，加之孩子放在子长老家，每月得捎钱回去，也没能力接济他们。有时去二哥家，掏出十块八块的给阿姨，她都坚决不要，推来让去，怎么都塞不到手里，说："我有你二哥呢，不要你操心，有点零钱别乱花，捎回子长，你爸你妈养活一大家子不容易，要好好心疼他们，人不能没良心。"二哥的同事从乡下捎来土豆南瓜萝卜，一时吃不了的，她都要用布袋装好，等在公路边托认识的司机捎给子长。母亲因家里拖累大，身体后来也不好，很少来延安，每次我们回去，提起阿姨，她都泪眼婆娑，说那么大年纪了，看了大的，还要看小的，受了一辈子罪，没享一天福。走时，总要取出早就备好的一两块的确良或卡其布衣料，让捎给她的老姐姐，说她爱好，自己做的她看不上。母亲晚年，把二嫂叫来，当着我们兄弟姐妹的面，取出平生积攒的几十块银圆，每人分给一份，给二嫂的那份，又比我们多了一些。母亲说："你二哥二嫂心忠，对你阿姨孝顺，我心里常记着的。"

孩子们常问我，姥姨和奶奶，我究竟看着谁亲，这让我每次都窘迫语塞。我似乎从来没想过这个问题。我只是知道,这两位境遇不同、性情各异的女性,几十年来牵肠挂肚,担惊受怕,为生我养我、拊我畜我、顾我复我竟日操劳,夙夜忧叹,可谓操不完的心、受不完的累、流不完的泪水,以致每一想起,都让我感到一种永远无法偿还的精神欠债,一种永远报答不完的情感重荷。如果说,这样的歉疚感每个人都有,那么我自己则因为她们之间曾经有过的猜度、怨望而更觉加倍的深刻、加倍的沉重。我有时感叹,我这个人真是罪孽深重得很,孩子们不理解,笑我是故作深沉,为赋新诗强说愁,也难怪他们。

现在我的两个母亲和两个父亲都已先后离世。我常能梦见她们。一次,阿姨托人捎话说,如手头宽松,就寄点钱来。这让我大感不解,一个多么谦和自尊的人,会有这样的话吗?妻子说:"你不是经常念念叨叨,说阿姨生前没花过你一分钱吗,日有所思,夜有所梦呗。"又一次,母亲嗔怪我抽烟太多,说:"从小身体那么个样子,还不赶快戒了,你究竟要让人操心到什么时候才行!"

醒来,眼角仍留着潮乎乎的泪渍。

子欲养而亲不在。这人世间最令人伤怀的追悔,注定将伴随终老。我现在能做的,只是每年春节前后,都带着孩子们回到老家,去相距不远的两处祖坟,给他们献上同样等份的奠礼,同样虔诚的祝福。

2013 年

黎明穿过岗巴拉山口

叶 梅

头一天,我们从拉萨来到日喀则,是在一片阳光之下,田野里略带浅黄的青稞,还有怒放的油菜花。沉默的山冈上也是一片苍翠,哪怕是在接近5000多米的岗巴拉山口,顶上是终年不化的冰川,但缓缓行驶不久,便是绿色植被覆盖的山峦了。

因此,印象中去往日喀则的一路是温黄、平和的,有高原浑厚的阳光,以及墨绿深红的色彩,与之相应的还有沿途穿着藏袍的女人孩子的红脸颊和雪白的牙齿。

但车开进日喀则市区时,天色逐渐暗了下来,一场颇有南方味道的细雨,就在这时淅淅沥沥地飘洒开了。一时间,街面上的房屋仿佛改变了色调,有了暗暗的水墨之色。吃过晚饭之后,我很想在这个向往已久的城市里走一走,地上汪着水,天还不停地下着雨,头发一会儿就湿了,但我们仍在雨中走了一回。

雨中好奇的行走只是转过了两个街角,再往前似乎仍然是闪烁的灯火,看不出什么特别,便带着些许遗憾回到了宾馆。我们在日喀则的停留只有这么一会儿,第二天凌晨便要出发回到拉萨,直接取道去往机场回京。开大巴的司机再三强调要早走,他说翻越岗巴拉山的这条路上会堵车,如果误了飞机,那就麻烦了。商量了好一阵,定在凌晨四点半起床,五点开车。

实际上,早在四点之前,人就醒了。凡是遇到这种搭车乘船的事,人都不会太安逸,还没等约定的叫醒时间,大家都纷纷拉着行李走出了房门。坐到车上时,四周还是一片漆黑,大巴在清冷的雨中缓缓驶出了日喀则,这座远离京都的边城。我们还没来得及好好看清她的模样,即或再睁大眼睛,但除了车前一圈黄色的光晕,其他什么也看不清。

车行走了一段,坐车的人都打起了盹儿。我依稀记得昨天走过的路,要从一片田野中穿过,道路两旁有很壮很密的树林,那附近还有一座非常有名的老庄园,庄园几代主人的传奇故事在中国印度两国之间流传。又走了一段,只觉路开始向上攀缘,突然就觉得空气中有了异样的清新。"下雪了!"谁在车上惊呼了一声,大家一个个都跟着叫起来:下雪了!

这时窗外已有一片朦胧的淡白,恍惚间只见大朵小朵的雪花在窗外飞舞,上下旋转,飘浮着,犹如布达拉宫悠然升起的桑烟;又像一个个玲珑的小人儿,或者就是洁白的天使,飞来飞去,轻盈地拍打着车窗,舞蹈着,带着无言的微笑以及神秘的寓言,翩翩飞翔,临近又远去。人琢磨着,但找不出答案。

黎明就在这时来临,非常清淡的晨光之中,渐渐显出雪山巍峨的轮廓,即便我们极力仰视,也难以从车窗里看到它的全貌,只能惊叹它的雄壮无比、顶天立地的腿柱,惊叹它雨雪中的神秘巍然。车速慢下来,似乎就在一瞬间,我们进入到一座天地间无与伦比的圣殿,顿时让人震撼无语。

实际上,在此之前,我们应是知道你的,岗巴拉山,位于西藏山南地区浪卡子县和贡嘎县之间,山口海拔4990米,在岗巴拉的怀抱里,有一座美丽的羊卓雍错湖。我们在来的路上已经观赏到她的碧水,那是一种深深的碧绿,淳厚洁净的高原之水。羊卓雍错,一定是阳光和雪山的女儿,她安静得几乎一动不动地等待着什么,那时我尚未意会,但在这个黎明,在俊朗而又威风凛凛的岗巴拉山口,我突然明白,羊卓雍错湖的一切情意,都来自岗巴拉山啊。

这时,围绕雪山的云雾越来越浓了,层层叠叠,上下翻卷,仿佛一道道厚重薄透不一的帷幕,告示着山的庄严;又仿佛一道道柔软坚硬不一的盔甲,装扮着勇士的身躯。昨天温和的阳光下,经过时匆匆一瞥,几乎没有多么深刻的印象,以为岗巴拉只是道旁的村夫,今日的飞雪下,才知道它是上天的娇子。昨日青翠的山峰,此刻全在银装素裹之中,这样的冰清玉洁,凛然挺拔。

从山底到岗巴拉山口几十里,下山也是如此,一边是悬崖,一边是峭壁,螺旋形的公路沿着山脊盘旋而上,又将盘旋而下,有着连续的陡坡和急弯。雪越下越大了,车前不到10米几乎全是白茫茫一片,看不清道路。大巴司机脸色严峻,车上的人早已不再高声言语,起初还小心翼翼地将心中的惊叹化作一声声简短的"啊!啊!",接下来便是冰冻一般的沉默,车上人能听见彼此的呼吸,甚至连呼吸也不敢用力,屏住了气息,似乎一用劲就会加剧车的不稳定。我凝视着车窗外,感觉眼眶发热,岗巴拉,我生命的一个黎明,岗巴拉,你让我真正感觉到敬畏!

上天带来的雪花与我们的车一路随行,车慢得不能再慢,四周弥漫着最纯净的亘古的气息。人类进入这样的环境,或许本来就是一种冒犯,如果说在此之前,我向往喜爱着雪山,而此时心中只剩下敬畏。我只能说,我走近了你,反倒觉得了陌生。原来你并不是我想象中旅行者的乐园,而是无比神圣的地方。岗巴拉,你和你的雪山兄弟们显然都是天神的化身,你们完成了上天与这个地球最直接的连接。你的宽容让我们在你的臂膀间穿行,你的坚实宏大使我们感觉到自身的渺小,你的开阔淡定使我们感觉到平庸和羞愧。

　　不知道过了多久,时间在这个黎明凝固了,仿佛是一生。但就在大巴缓缓行走的一个瞬间,眼前突然出现了一个黑点,继而是一对,三个,然后是一群,走近些,原来那是一群散淡的黑牦牛,长长的毛发,硕大的牛角。它们或昂首,或低头寻觅,这些与人亲近的高原动物,原来是岗巴拉忠实的朋友。再往前些,一片绿色的树林扑入了眼帘,八月飞雪,在这一刻悄然远去。

　　天真正的亮了,高原的阳光炽热地射进了车窗,回首望去,岗巴拉山口,已在云雾中。

《塞上夕猎》(木刻)　苏朗

在汪曾祺家抢画

陈建功

  过去我家离汪曾祺家很近,大概还不到一站地。离得近,且共同的话题不少,有时专程去看他,向他请教,有时在自由市场就碰上了。有一天清晨,在自由市场看到他在巡视,问他所为何来,他说:"找牛尾呢,中午想喝牛尾汤了!"类似这种场合,请教的,就是关于"牛尾汤"的问题了。当然,生活方面的问题,还有喝酒、品茶。汪老是品味生活的大师,讲起来,不光头头是道,而且津津有味。他知道我亦有此好,时不时也提携我一下,比如某日批评家何镇邦率领某位美籍华人女作家"杀"上门去,汪老亲自下厨煎炒烹炸,没忘了来电邀我前去大啖,遗憾的是,那次我家也有客人,只好辞谢。向汪老请教的问题,也有文学的,比如我问过他:"您作品的语言节奏怎么拿捏得那么好?"他笑道:"别无他法,多读而已。我曾把晚明小品熟读于心,读到最后,内容可能都忘记了,节奏倒留在潜意识里了。写文章写到某处,多一字必删,少一字则必补,不然永远觉得系错了扣子,一天过不舒坦……"短短数语,即令我如醍醐灌顶,豁然开朗。

  我和汪老混得这么熟,竟未能求得一幅他的字画,不能不说是一个极大的遗憾。每到文友家中,看见他们把汪老的书法或水墨写意悬于堂上,总是提醒自己再见汪老时一定莫忘求字求画,然而直到我搬了家,也没好意思张口。

  大约是1996年春节过后的一天晚上,张锲来电话相约去看望汪老。那时我已经调到中国作协来工作,因为俗务忙碌,也的确很久没有看望他了。听说他搬了家,且曾对北京作协的朋友"骂"我:"建功这家伙,忙什么呢,这么久没跟我联络了!"汪老的家搬到了虎坊桥附近,即他儿子所在单位的家属房里。既是出谷迁乔,是不能不参观一下的。没想到张锲和我随着汪老看他的新居时,还是几位陪同前来的年轻同志发现了宝贝——他们从汪老的字纸篓里找出了几团宣纸,抹平,如获至宝地跑过来道:"汪老!您画废了的,我们可要了!"汪老还是一如往常的神态,先是很平和地瞟去一眼,随即粲然地笑起来,说:"哎呀,都是烂纸,你们真能翻!"他不再说什么,走到画案前,从一个角落里掏出一卷纸来——大概都是他近期的画作。年轻人有足够的机敏,他们竟欢呼起来,一张一张展看时,这个说:"汪老,我要这张!"那个说:"这张是我的!"我这才恍然大悟,原来汪老是让我们挑画。张锲乐呵呵地说:"你们这哪是挑画?你们这是抢画来啦!"嘻嘻哈哈中,每人各执所爱,请汪老一一题签。我选中的,是《升庵桂花图》——虬曲而上的枝丫顶部,盛开着黄灿灿的桂花。环绕画面的,是汪老的题诗:"桂湖老枝发新枝,湖上升庵旧有祠。一种风流谁得似,状元词曲罪臣诗。"诗后加注曰:"升庵祠在新都桂湖　环湖皆植桂　1996 年新春　是日雨加雪　　持赠建功　汪曾祺"。四川新都的桂湖公园我是去过的。这里是明代杨慎(升庵)的故居旧址。杨升庵于明正德间高中状元,授翰林修撰。嘉靖时因"议大礼"而罹祸,谪戍云南永昌,流放终生。据《明史》载,明世记诵之博,著作之富,推慎为第一。诗文外,杂著、散曲,皆有成就。"一种风流谁得似,状元词曲罪臣诗"之感喟,即由此而发。据说,现新都桂湖,"环湖皆植"之桂,即为当年升庵所植也。8 月时节,桂花盛开,香气袭人。品画赏诗,当时便与汪老相约,何时随他新都重游？汪老莞尔一笑,说:"你太忙。"

2005 年岁末,我再游新都桂湖时,汪老已经去世了。新都区政府在桂湖公园碑林举行了一个作家和读者见面会,川外作家有王蒙、舒婷、叶兆言和我,成都作家有魏明伦等出席。主办者请我主持会议。从北京启程时得知这一消息,我特意带上汪老所赠画卷与会,主持之始,即先行展示之。

此时回想起当年抢画情景,不由得你不感叹唏嘘。

2014 年

避免抬杠
陈世旭

两个人争论不休,各持己见,谁也不肯服输。俗谓之"抬杠"。

固然,"真理愈辩愈明",但在我们的日常生活中,经常遇到的争得面红耳赤,甚至口角相加,断绝来往的,却往往是一些鸡毛蒜皮的小事。

喜欢争论的人,大多数有些情绪化、非理性。某年出差,车上一人对接待方迎来送往皆警车开道的官僚和形式主义很是反感,但当别人举出更多类似的例子附和他的时候,他却又说那也还是必要的,要不你会高兴吗?这样的出尔反尔,一下噎住了附和者。还有一个更难以理喻的例子,某人妻子红杏出墙,他又不愿离异,只恨声不绝。朋友顺着他的心思好心劝慰:如果嫂夫人与那人并无感情,只是一时冲动出轨,原谅也罢。不意某人作色:这是什么话!她与那人若有感情我还能理解,没感情那叫什么事?呛得劝他的朋友瞠目结舌。

两个例子都只说明一点,有些人并没有既定的原则,如果有,那就是永远要显得与人识见不同,永远要高人一筹。与这样的人根本就没有争论的必要。每遇这类仁兄,我的做法是立即免开尊口,噤若寒蝉。有个笑话说:古时有甲乙二人争论,甲说四乘七等于二十七,乙说四乘七等于二十八。争到最后去找县太爷论理。结果说四乘七等于二十八的人挨了板子。县太爷的理由是:一个人竟然蠢到和以四乘七等于二十七的人争论,岂不欠揍?

无谓的争论永无胜者。其所以"蠢",蠢在只会使事情愈来愈糟,既提升不了自己也改变不了别人。有理的一方若纠缠不休,便是愚不可及。卡耐基说:"你赢不了争论。要是输了,当然你就输了;要是赢了,还是输了。"富兰克林说:"如果你总是抬杠、反驳,也许偶尔能获胜,但那是空洞的胜利,因为你永远得不到别人的好感。"无谓的争论不仅不能解决问题,反而容易让对方当成冒犯,将双方观点上的冲突转变为维护自尊的冲突,也就注定了没有哪一方能赢。你也许赢了一场争论,却因此失去了一个朋友,甚至树立了一个敌人,岂非得不偿失。

"抬杠"的出处在丧事,被借用作无谓争论的代词本身就有一点隐喻在其中。我们常常在生活中看到,有人能力很不错,却因为争强好胜喜欢争论而与同事和朋友相处不好,也得不到上司赏识,因而感叹怀才不遇,却不知祸根是自己种下的。

既是争论,那就是双方的事。你想避免无谓争论,而对方却强蛮挑战,这就需要有良好的自控能力,冷静,克制,尽力保持理智。生活中总是温和友善者受欢迎,倘以温和友善待人,则对方"一个巴掌拍不响",也就无法争吵。进一步想,既然对方肯花时间对你表达不同意见,也就和你一样对同一件事情表示关心,你也就犯不着因为他的意见与你不合而懊恼了。处理得好,把"反对"升华为友谊,那才叫一个高明。

永远不和别人做无谓的争论,应该当作一种社交准则来遵循。在美国总统林肯看来:"任何决心有所成就的人,绝不肯在私人争辩中耗费时间……无谓的争论,对自己性情不但有所损害,还会让人失去自制力。在尽可能的情形下,你不能过分张扬自己,要学会放弃。"卡耐基则说得更精辟:"有一种方法能得到争辩的最大利益——那就是避免争辩。避免争辩就如同躲避响尾蛇和地震一样。"

古话说:"天下事,何时了;有些事,不了了;一定了,不得了。"许多事是在"不了"中"了"的。偶然发生的不快,无关宏旨的分歧,非要弄个水落石出,效果只会与愿望相反。反过来,学会小事糊涂,避免无谓争论,也就能不受制于他人的负面情绪,从而不为外界所累。这是一种生存智慧。

《文艺报》与文学梦

冯 艺

1979年,一次偶然的事,让我与《文艺报》结缘35年。

彼时,我来到中央民族大学上学。那时,国家还不富裕,我们这些从边地来的学生口袋没多少钱。班里要搞活动,凑点班费很不方便。于是,就有机灵同学发现魏公村邮局正在处理过期杂志,一毛钱一本,何不把这些杂志要过来,同学两三人一组,拿到周边学校和相关单位摆摊出售,每本可以卖两至三毛钱。那时候还没有城管,既可勤工俭学,又可解决窘况。这个主意得到大家的赞同。于是,有钱的同学先垫上,壮实的同学到食堂借上手推车,三下两下就把杂志拉回了教室。这些杂志里有《大众电影》《航天知识》等,五花八门。大家一见到那么多的杂志,很兴奋,纷纷解开捆绳挑选,恨不得先睹为快。

忽然,我眼前一亮,看到两捆《文艺报》,心中不由得一动。那时《文艺报》刚复刊不久,16开,月刊,白色的封面简单图案,五色刊名。翻开扉页一看,"中国作家协会主办",一种神圣感油然而生。在我心目中,"中国作家"这一称号离自己是那样的遥远,有种不可企及的感觉。但是,在那个万物复苏的年代,人人都以"爱好文学"为荣。文学刊物成了抢手货,就连征婚启事里都要特别注明自己是文学爱好者,文学一度成了中国婚姻的必备品质。在这样的大背景下,"中文系"是一个美好的名词,同学们个个都想把文学梦变成现实。面对这两捆《文艺报》,大家各自抢挑上几期,放到书桌,坐下来迫不及待地读了起来。最后,谁都舍不得把手中的《文艺报》拿去"练摊"。

正值改革开放之初,人们摆脱了压抑而获得了精神的自由。《文艺报》全新的话题,视角多样独到、文笔精美圆润,语境深幽洞明,论述深入浅出,使我深深震撼。它像是文坛的百科全书,让我感受了这座殿堂生发的独特魅力。上大学之前,我在农村插队和在工厂当工人时,曾经在省市报刊上发表过几首诗歌,虽还存着,以示来路,但已不忍卒读。加上孤陋寡闻,偶尔得以一见刚复刊的《文艺报》,哪怕它已经过期了,但其中的一篇篇文章都在洞悉着彼时文坛的信息,涌动着新时期文学的春意,每每耳目一新。尤其一些质朴平实却又别有韵味的散文,都是大家手笔,真是一种美好的享受。

于是,这两捆过期的《文艺报》就像上帝送给我的一份圣礼。一份报刊,能不能获得读者,就看这份报刊好不好看,个性强不强,品格高不高。好的刊物是润物细无声的营养,是心灵的家园。这样的相遇,我立马喜欢上《文艺报》了,闲时常拿来翻翻,《文艺报》便这样进入了我日常阅读的视野。魏公村邮局没有处理的旧杂志了,我就挎起书包,夹着坐垫,早早地来到图书馆,首先借阅的便是《文艺报》,才读罢这期,又再期盼下期。这种享受丰富了我的世界,它让我生涩的笔得以滋润,心情得以放飞。当然,心头也会掠过一念,会有这么一天,我也能成为其中的作者?

相遇成了我写作的动力,成了我们课余的一个话题。同学间常议文坛的盛事新书,有时为某部经典或新作争论到面红耳赤。时代给了我们全新的平台。于是,我们再也按捺不住激情和冲动,拿起笔,写起自己的作品。我们创作的热情得到了家住学校的冰心老人的支持。每次前往老人家中请教,她都亲自为我们泡上一杯清茶,拳拳之心,谆谆嘱咐。她鼓励我们在作品中表达真实的情感,既要爱这个世界,又要讲真话,敢于鞭挞社会的不良现象和人性的丑恶,要百花齐放;她还亲自为我们系的文学刊物《百花》题写刊名。白崇人、吴重阳、陶立璠、苗林老师是当代少数民族文学的专家,对少数民族文学有深情还有研究。又时逢师生相融,教学相长。正如北大学子黄子平所说的那样:"教的人和学的人,心里都揣着一团火,共患难的人生遭逢,铸成此前此后都再难复现的师生情谊。不是通常所说的传道授业、教学相长,而是使老师成为真的老师、学生成为真的学生的互相认同。尘封的讲稿与新辟的专题齐现,严格的考核与宽松的讨论并存。老师们周末到学生宿舍,一间一间闲坐聊天。"这种情形至今仍历历在目。说说笑笑中,老师对我们的写作提出很好的意见,有时甚至动笔为我们修改。

这时的我们就好像黑夜里的孩子忽然见到一抹亮光,这种文学的温暖,激励着我们在课余时间,在闷热的寝室里赤膊上阵,潜心写作。于是,收获的喜讯纷纷传来,今天班里谁谁在《星星》发了诗歌,明天谁在《青春》发了小说。后来又有同学陆陆续续在《民族文学》《十月》《钟山》《飞天》等刊物上发表作品,我们都为之兴奋,相互祝贺。这些历练为很多同学后来成为作家打下了基础。毕业不久,我们30多人的班级,就有了7位中国作协会员。像哈萨克族的叶尔克西·胡尔曼别克、藏族的吉米平阶、回族的高峰等同学都成了本民族代表性的作家。

这样的文学行走虽然清苦、寂寞,但是当看见自己的作品变成了铅字是多么激动和欣喜。这就是文学的魅力。毫不夸张地说,《文艺报》曾经领着我们一步步前行,以至我也竟敢给《文艺报》投稿。记得我第一次给《文艺报》投稿时,编辑老师给我写了退稿信,信中对我的写作表示鼓励,对文稿不成熟的地方提出了看法,并说明了为什么要改,希望我修改后再寄来。尽管作品不能付梓,我并不气馁。能看到编辑老师的回信,我已满足了,何况他还在信中对我提出希望。于是,我赶紧修改再寄。然后,便是一天天的期待,终于在那飘着油墨清香的版面上,看到了自己的名字,那一刻,还以为是梦。

文学为我们的人生掀起了一个崭新的广角。大学毕业时,因为我在学校时曾有在报刊上发表作品的优势,承蒙中国作协和《民族文学》杂志社的抬爱,录用了我。后来,由于别的缘故我离开北京回到了家乡,还是在出版社做文学编辑。我想,这是因为我与文学有缘,从心底里热爱它,文学的魅力是迷人的。每当阅读到作者的好书稿,感觉是那么欣喜,每当能提出对书稿的修改意见,内心是那么充实。曾经是文学青年的我,也曾受惠于编辑,我不想在我手上漏掉一篇好稿或一本好书。

编辑之余还有《文艺报》相伴的日子,分外充实。《文艺报》朴实而带有质感的文字向我们传递了中国文坛瞬息万变的信息,它没有围小圈子,没有恶搞俗炒,团结各民族作家,既注意名家效应,更注意发现和培养文学新人,推出精品力作,着力培育一个作家、批评家、编辑与读者互动共生的文学生态,令我感受了文学的滋养,又让我以平静的心境细读,这些对于一个出版人是多么需要。当然,写作属于我生活的一部分。《文艺报》更是我投稿的园地,从诗歌到散文,还有评论、访谈等等,我力求把自己心底最真实的感受写出来。《文艺报》给了我不少的勇气和信心,正是有了《文艺报》的扶掖,让我以情为笔,以心为墨。作品一次次见报,使我对自己的文字越来越自信。我把在《文艺报》上发表的许多散文分别收入我的几部散文集里,有几篇还分别获得了第四届和第八届全国少数民族文学创作"骏马奖"。我内心的喜悦应该与《文艺报》一起分享。

1997年,我奉调广西作家协会工作,与《文艺报》有了更多的接触。新世纪之初,广西文学创作出现颇健的势头,为了加快广西文学创作走向全国的步伐,扩大广西青年作家在全国的影响力,在上级的关怀下,广西作协举办多种形式的研讨活动。在这一系列的文学活动中,我每每联系《文艺报》,都得到了他们的鼎力支持,并用大量的文字和篇幅,推介广西的青年文学创作,广西文学创作引起了文坛的关注。此间,《文艺报》也常常向我约稿,这是《文艺报》对我的厚爱,更是对广西民族文学发展的支持。

每一代人都有一代的担当和追求,深深浅浅的脚步有仓促也有从容。在35年时光轨道中,像我这样的少数民族作家,能走进文学的殿堂,并坚持走到今天,而且还要走下去,与《文艺报》给予的帮助是分不开的,包括为文做人;与《文艺报》从相遇到相知,心中唯有感激。尽管如今《文艺报》已向中国作协全员免费赠送了,但那份对于《文艺报》的期待与等待丝毫未减,有时,我的《文艺报》被别人拿走了,我心中就有点不舍和惦记。因为,我珍惜上苍给予我的这种缘分和精神财富。

一路相伴

束沛德

《文艺报》诞生于新中国成立前夕。从它诞生之日起,我就是它的忠实读者。多少年来,在为繁荣文学跑龙套的路上,《文艺报》与我牵手同行,是我情投意合的旅伴。

1949年9月25日是《文艺报》正式创刊之日,正好是我迈入大学门槛之际。那时尽管囊中羞涩,但还是省吃俭用,挤出一点钱订阅了一本《学习》杂志和一本《文艺报》。在大学期间,我曾写信给《文艺报》《文艺信箱》专栏,反映自己在习作中遇到的题材狭窄贫乏、语言枯燥无味的苦恼。时隔不久,就收到编辑用秀美的文字写来的两页回信,引导我更多了解、熟悉自己周围的人和事,并多读中外文学名著。

大学毕业前夕,我填写的工作志愿:一是文学编辑,二是文艺理论研究,三是党的宣传工作。《文艺报》是我心驰神往的一个去处。最后我被分配到全国文协,恰好和《文艺报》是一家人。我们同在东总布胡同22号的会议室开会、听报告,同在22号地下室的一个食堂用餐,也在同一个党、团支部过组织生活。这样,《文艺报》一些年轻编辑很快成了我新结识的朋友。

跨进文协门槛,我从1952年冬开始为《文艺报》写稿。开头是结合我参与的工作、文学活动写一些消息报道,如《全国文协组织第二批作家深入生活》《全国文协组织社会主义现实主义学习》;同时也写了《作家应当关心当前的作品》等短评。当时我所在的创作委员会秘书室担负着阅读新发表、出版的作品,定期(每季度一次)向作协主席团汇报当前创作情况的任务。我在阅读、研究中发现了新人佳作或值得探讨的创作问题,就写成评论文字送到近在咫尺的《文艺报》编辑部。得近水楼台之便,那几年我先后在《文艺报》发过评介闻捷的特写、何为的散文、张有德的短篇小说的文章。特别是1956年、1957年先后在《文艺报》发表的题为《幻想也要以真实为基础——评欧阳山的童话〈慧眼〉》《情趣从何而来——谈谈柯岩的儿童诗》两篇文章,使我与儿童文学结下了不解之缘。前一篇文章引起了有关童话体裁中幻想与现实关系的讨论;这场讨论持续了两年之久,多少活跃了当时儿童文学界学术论争的空气。后一篇文章得到评论界、儿童文学界很多朋友,包括作者柯岩在内的肯定和鼓励。当年《文艺报》副总编辑侯金镜对我说,文章写得不错,从作品的实际出发,作了比较深入的艺术分析,抓住了作者的创作特色。他鼓励我沿着这个路子走下去。有的评论者认为,此文对儿童情趣的赞美和呼唤,"深深影响了一代儿童文苑"。由于这是最早评论柯岩儿童诗的一篇文章,又被评论者认为是"有一定理论水平的作家作品论",因而它不仅被收入《中国儿童文学大系·理论(一)》《中国儿童文学60年》等十多种文集或评论选集;而且时隔半个多世纪,在柯岩逝世后,那份《柯岩同志生平》中仍然提到我"当时就对柯岩的儿童诗给予了很高评价"。这是我没有料想到的。

正因为发表过这两篇多少有点影响的文章,当我进入作协领导班子后,1985年初作协书记处在研究工作分工时,由于班子成员中没有专门从事儿童文学创作、评论的,时任常务书记的唐达成在会上说:"沛德50年代就在《文艺报》发了一些儿童文学评论,近些年仍然关注儿童文学,由他分工联系这方面的工作比较合适。"同事们都表示赞同,这样就把我推上了儿童文学组织工作的岗位。1986年至2007年,我当了20多年作协儿童文学委员会负责人,为发展儿童文学略尽绵薄之力,这不能不感激《文艺报》发的两篇文章给我带来的机遇。

我不能一味讲成功和机缘,避而不谈失误和挫折。我在"反右"斗争中的表现和遭遇,也是与《文艺报》紧密相连的。1957年整风运动开展后,在"大鸣大放"高潮中,我在《文艺报》发了一篇访问长春几位老作家的长篇报道。这篇批评文艺领导存在教条主义、宗派情绪,表达了作家心声的文章,在"反右"斗争中却成了我"替右派鸣锣开道"白纸黑字的证据。原本被看作患有"右倾顽症"的我,当"反右"狂风袭来前后,又随波逐流,在《文艺报》发了两篇批判文章:一篇批秋耘的评论《刺向哪里》;一篇批丁玲的散文特写《记游桃花坪》和《粮秣主任》。在大风大浪中的左右摇摆,正像前些年我在《我也当过"炮手"》一文中所反思的:"私心杂念不可有,看风使舵不可取,违心之事不可为,明辨是非最可贵。"每当想起自己当年也曾加入挥舞棍棒的行列,至今依然感到深深的愧疚。

十年浩劫,《文艺报》被迫停刊。待到1978年7月《文艺报》复刊后不久,随着作协恢复工作,我也由河北调回中国作协。此时,曾有一次到《文艺报》工作的机会与我擦肩而过。事情是这样的:我回到作协,冯牧找我谈工作,说是决定让我到《文艺报》阅读、研究作品,拟一些选题,组织评论文章,自己也可动手写一些文章。说实话,这是符合我的心愿的。当然,也有点忐忑不安,毕竟业务荒疏了多年,归队不久,能否胜任,不太有把握。冯牧觉察出我面露难色,当即热情地鼓励我:"你50年代就为《文艺报》写文章,还是有基础的,熟悉一段情况,是不难胜任的。"正当我准备到编辑部上班时,事情发生变化,组织上突然通知我先参加一段中国作协落实政策的复查工作。待开完三次作代会,中国作协成立了创作联络部,时任中国作协党组副书记的李季斩钉截铁地对我说:"同冯牧商量了,决定让你到创联部工作,去《文艺报》工作的事以后再说。"没有商量余地,去《文艺报》的愿望终于化为泡影。我是学新闻的,又爱好文学,《文艺报》

似是最适合我的工作岗位。多少年来,我注意到《文艺报》造就出一批又一批能干、出色的编辑、记者、评论家,那可真是一个出人才的地方啊!我这辈子没能去《文艺报》,至今还引以为憾哩!

没能如愿去《文艺报》,但改革开放以来,特别是我分管儿童文学工作后,与《文艺报》的联系却越来越密切了。

1986年6月,中国作协主席团通过的《关于改进和加强少年儿童文学工作的决议》中提出:希望各文学创作、评论刊物经常选发一定数量的儿童文学作品及有关儿童文学的评论文章。中国作家协会主办的《文艺报》《人民文学》等刊物在这方面应起带头作用。在这之后不久,儿童文学作家刘厚明当面向我建议:"听说《文艺报》明年要扩版为周报八版,该建议他们每月拿出一块版面出儿童文学评论专刊,千万别错过这个机会!"他的倡议与我不谋而合,在党组、书记处会议讨论《文艺报》改版计划时,我一再申述出这么一个专刊对推动儿童文学理论批评的好处,此事得到了包括《文艺报》主编谢永旺在内的中国作协领导班子成员的一致支持。当1987年1月《文艺报》扩版为周报八版,并开始标明报纸为中国作家协会主办时,1月24日由冰心老人题写名称的"儿童文学评论"专版就应运而生了。在第一期上我还写了题为《窗口·桥梁·苗圃》一文,表达了我对专版的期望。从创刊至今,27年间,这个专版已出了300多期。该版出满100期之际,我曾写过一篇《十年辛苦不寻常》。诚然,在它的成长道路上曾遇到这样那样的困难、麻烦,特别是在市场化大潮的冲击下,一度萎缩,陷入困境。但《文艺报》历任总编和编辑部同仁坚韧不拔,攻坚克难,还是苦苦支撑下来了。我也曾为它的生存、发展,在一些场合不止一次地呼吁过。尽管人微言轻,也还是多少起了点作用。如今它每月两期,按时出刊,占一整版,作者也有不少新面孔,可说是处于历史上最好时期。这个专版是儿童文学园丁十分珍惜、勤于耕耘的一块园地。

在我的文学生涯中,可说是对儿童文学情有独钟。《文艺报·儿童文学评论》专版的问世,给我为儿童文学鼓与呼提供了一个颇为难得的平台。这么多年,我在专版上发表过或长或短的文章可能有三四十篇。其中有宏观扫描的,如:《新景观大趋势——世纪之交我国儿童文学扫描》《为新中国儿童文学勾勒一个轮廓》等;也有对金波、樊发稼、刘先平、曹文轩、秦文君、郑春华、黄蓓佳等作家评论。还有回忆、怀念儿童文学前辈或兄长张天翼、陈伯吹、严文井、金近、郭风、刘厚明等的散文。近些年我差不多已养成一个习惯:每当写出有关儿童文学的文章,总要考虑一下是否先投寄《文艺报》。发出稿子时,也总要向编辑表明:能登就登,千万不要勉强,让你们为难;如不合适,告诉我一声就行。有时为避免近水楼台、频频亮相之嫌,我有意识地把一些自我感觉还不错的稿子投向其他报刊了。《文艺报》的历任编辑,在交往、合作中,我深切感受到他们的敬业、热情、平易与细致。

我不是那么勤奋,也没写出什么有特色、有分量的文章。但《文艺报》编辑部对我的写作成果,可说是一向关注、支持的。每当我出版一本新书,总会发消息或评论。早在90年代初,就在显著位置发过彭斯远的《批评是为了发展——束沛德儿童文学研究漫议》,对我的评论见解和特色作了简洁的概括。当我的散文集《岁月风铃》、评论集《束沛德谈儿童文学》出版后,《文艺报》不仅及时刊发了召开座谈会的消息,还发了多篇评论文章。评论家陈辽就先后写了题为《束沛德的岁月风铃》《儿童文学园地里的守望者》的文章。散文集《龙套情缘》、评论集《守望与期待》、随笔集《红线串着爱与美》问世后,吴然、李东华、陈中天等都发过评介文章。两年前,《文艺报》还发了史伟峰写的专访《乐此不疲地鼓与呼》,记述了我从事儿童文学评论的历程和感悟。朋友们热情评说,为我鼓劲、加油、激励、鞭策我在文学路上继续前行。

岁月如梭,转瞬之间,迎来了《文艺报》65周年华诞。我面前放着一本封面发黄、书页上水渍斑斑的《文艺报》(1—13期)合订本,周刊16开,每期12—16页,那是1949年5月4日至7月28日作为全国文代会筹委会和一次文代会的机关报出版的。我清晰地记得,在上海上大学期间,星期天到福州路逛书店,无意中发现了这本刊物。这个合订本留下了《文艺报》呱呱坠地的身影。当年它并不引人注目,如今已成为稀缺的、弥足珍贵的资料。我的一个书柜和书房一角还堆满了从创刊至今的全套《文艺报》。多少年来,生活动荡,工作调动,经历了几次举家大搬迁,不少心爱的报纸杂志都先后忍痛处置了。唯独这份完整的《文艺报》,我始终爱不释手,难舍难分。

面对今日的《文艺报》,我想,这份历史悠久、传达文学界声音的报纸,同样面临一个与时俱进、开拓创新的问题。如何使之更好地顺应时代大潮、贴近文艺实际、满足读者需求,努力做到坚守文学品质又富有鲜明特色,丰富精粹又生动亲切,是必须要面对的课题。作为一个老读者、老作者,我默默地、真诚地期待着、守望着。但愿它越来越为广大读者所接受和喜爱。不管怎样,我始终不渝,会让这个真挚的旅伴,陪我一起走完漫长而平凡的人生路、文学路。

一不小心，我侵权了

黄传会

拙作《中国新生代农民工》获第六届"鲁迅文学奖"，自然是高兴的。然而高兴劲儿还没完，星期一刚上班，本书责任编辑打来了电话，来不及寒暄，她便严肃地说："你的大作侵权了！"

"侵权了？我侵什么权？"我疑惑不解。

编辑说："我们接到一位农民工的短信，说你在《中国新生代农民工》一书中，引用了他的两首诗，既没得到他的同意，也没付给他稿酬，他要讨个说法，准备跟出版社和作者打官司。"

我愣了十几秒之后，赶紧翻开书，一找，发现确实在第四章《皮村文化》里引用了这位青年农民工的两首诗。

那是2009年岁末，我正在高密度地采访新生代农民工。为了了解他们的文化状态，我找到了京城东郊一个叫皮村的地方。在皮村这个与大都市紧密依存的"打工者部落"中，有他们自己的子弟学校、艺术团，还有他们创建的打工博物馆。在采访艺术团负责人时，他送给我一本《打工者之歌》小册子，这是他们自编自印的，内容有歌曲、诗歌、故事、小话剧等，都是反映农民工生活的。尽管作品还比较粗糙，但都是农民工自己创作的，因此显得特别鲜活，特别有生活气息。后来，在写作《中国新生代农民工》时，我在书中引用了几首农民工的诗作，包括这位准备与我们打官司的小伙子写的两首。坦白说，当时在引用时我压根儿没有想到著作权的问题。

放下电话，心情有些沉重，搞了30多年创作，从来没侵过权，没想到这部写农民工的作品，却因为引用了农民工的诗作，被诉侵权了。

不过，我心头又升起一团疑雾——我侵权了吗？没错，我是引用了他的两首诗作，但我署上了他的名字啊。如果这算侵权，那么以后在作品中要是引用鲁迅、郭沫若的诗，引用艾青、贺敬之的诗，算不算侵权呢？如果都是侵权，那可麻烦了。

我觉得当务之急必须弄清楚到底是不是侵权的问题。

我把第一个求助电话打给了时任中国作协创研部主任的梁鸿鹰，他一听，马上说："兹事体大，关系到著作权问题。你应该请教法律专家，作协不是有个权益保障办公室吗？它是专门负责维护作家著作权益的，你可以找他们咨询。"

我也想起来了，中国作协是有个权益保障办公室，只是因为从来没有遇到什么官司,所以从来也没与他们联系过。

电话拨到权益保障办公室,接电话的是吕主任。听完我的叙述,她第一句话就是:"你侵权了!"

我不明白为什么会侵权。

吕主任问我:"我们办公室经常赠送给作协会员一些有关著作权知识的小册子,你看过吗?"

我不好意思地说:"翻过,但没认真学习。"

吕主任开玩笑说:"你看你看,平时不注意学习法律常识,遇到问题了吧!"

吕主任解释说:"著作权法规定,所有的自然人在去世50年后,他们的作品便进入了公有领域,在尊重著作人的精神权利前提下,即尊重作者的署名权和作品的完整权,可以自由引用。但引用去世不到50年的及在世的自然人的作品,必须征得其本人或其继承人的同意。如果引用的部分不构成引用者作品的主要部分或实质部分,并且量和比例也适当,才算作'适当引用',可以不经授权。你在《中国新生代农民工》中,引用了别人的两首诗,都是全文引用,且未经本人授权,也未付稿酬,当然是侵权。"

我真侵权了!我呆愣在办公桌前,脑子有些发蒙,想不到,不经意间竟会侵权了。

侵权了,怎么办?

我对责编说:"我们侵权了,应该怎么办?你去征求一下你们出版社法律顾问的意见。"

律师的意见是此事已过了诉讼期效,可以不予理睬。

我刚轻松了片刻,却又陷入矛盾之中。不理睬是最省事省心的,但可以不理睬吗?我一直认为农民工是当今社会的弱势群体,却苦于手中无权无钱,不能给予什么实质性的援助,只能用自己手中的笔,从道义上为他们鼓与呼。特别是对社会上一些人无视农民工权益,我总是心怀不平。现在,我自己侵犯了一位地位卑微的青年农民工的著作权,我能借口因为自己是无意的而原谅自己吗?不行,我不应该原谅自己,错了就是错了,必须承认自己的过失。尽管已经过了诉讼期效,仍然必须赔礼道歉并赔偿对方的损失。当然,期望能友好协商解决,最好别打官司。

吕主任嘱咐过,如果自己难以处理,也可以授权由权益部帮助解决。我思考再三,觉得解铃还须系铃人,既然是由于自己的无知惹下的"祸",还是应该自己亲自去解决。

我拨通了那位小伙子的手机:"你好!你是某某吗?"

对方应答:"我是某某,您是谁?"

我说:"我是《中国新生代农民工》一书的作者黄传会。"

隔了几秒钟,小伙子有些警惕地问:"你要干什么?"

我说:"你发给出版社编辑的短信,我看到了。我想再听听你的意见,怎么才能把这个问题友好解决了。"

小伙子问:"你们打算怎么解决?"

我说:"首先,我要诚恳地向你表示歉意,在没有得到你授权的情况下,引用了你的作品,侵犯了你的著作权;同时,我愿意按照国家的规定,双倍付给你稿酬,你觉得怎样?"

又沉默了片刻,小伙子说:"你让我想想吧,明天答复你。"

第二天,我又拨通了他的手机,这回小伙子口气明显变得缓和了,他说:"黄老师,我同意您说的解决问题的办法。"

我高兴地说:"那好啊,感谢你的理解和支持。"

小伙子说:"黄老师,别客气!"

我说:"你的诗歌写得很不错,一看就是从生活中来的,也挺有文采,现在还写吗?"

小伙子说:"基本不写了,实在是没时间,忙不过来!"

我鼓励说:"你应该坚持写下去。我虽然不写诗歌,但有写诗的朋友,你如果有作品需要请老师指点,我可以帮你介绍。"

小伙子感激地说:"谢谢黄老师!"

两天后,我将拟好的《友好协议书》寄给了在湖北的小伙子。

《友好协议书》上写的双方友好协商决议如下:

1. 黄传会郑重就自己的侵权行为向××致歉;
2. 黄传会愿意按照国家规定的稿酬标准的双倍付给××这两首诗作的稿酬;
3. 鉴于《中国新生代农民工》是一部宣传农民工、歌颂农民工的非营利性质、公益作品,在黄传会做出上述两条举措之后,××对此事表示谅解,以后不再就此事追究作者和出版社的责任。

一个星期后,某某将签了名的《友好协议书》用快递寄给我。里面还夹着他写的一封信:

尊敬的黄传会老师:您好!

拜读了《中国新生代农民工》一书,(后记)里讲到您在去湖北天河机场途中被农民工司机撞伤却未索要任何赔偿,我内心被感动,我可能永远达不到您的境界。

我读书少,初中未毕业即出外打工,在北京打工9年,通过自考获得文学学士学历,有幸进入文学媒体工作。因有四岁小孩的压力,写作时间少,但仍坚持在搞创作,但量少。

本来,以我个人狭隘的思想,以为"版权索要报酬"之事,可能"得罪"了您这位大作家,但看了您的书和您亲自致电给我这个小辈后生,言辞恳切谦和,无愧将军的胸怀。

斗胆写这些掏心窝子的话,希望以后在文学之路上,有机会得到您的指教和点拨。

祝您身体安泰,再创大作!

信写得很真诚,充满着宽容与理解,看得出小伙子是通情达理的,我为问题得到圆满解决而高兴。

小伙子在信中提到的"您在去湖北天河机场途中被农民工司机撞伤却未索要任何赔偿",事情的原委是这样的:

2009年7月6日清晨6时,细雨蒙蒙。结束了在武汉采访农民工的工作,我搭乘一辆吉普车去天河机场。

"嘭!"我已记不清当时是否听见了这一声巨响,可能是在失去知觉几秒钟后,我本能地用双手捂住正在流血的左脸。此刻,整段马路已经乱成了一锅粥。我蹲在马路牙子上,只见中间的隔离墩被对方的小面包车撞裂开十几米,小面包车斜横在马路中央,肇事司机飞出驾驶室仰面瘫在路面上。

第一辆救护车鸣着笛声疾速驶来,我冷静地对救护医生说:"先拉那位司机,他快不行了。"

第二辆救护车把我送到同济医院急诊室,外科医生在缝合我左额上的13个伤口时(都是被粉碎性车窗玻璃击伤),我听见他与护士在轻声议论:"这位军人命够大的,这个伤口离左眼只有半厘米,再近点,这只左眼就没了。"

我既后怕又庆幸,还好,没伤着眼睛。

后来,我听说那位肇事司机只有二十三岁,也是个农民工。那天清晨,急着将一批服装送到批发市场,路滑,车速太快,出了事故。他在急救室里昏迷了三天后,才醒了过来。

听处理事故的同志讲,对方很担心我会提出什么过分的索赔要求。我说:"算了,农民工兄弟,还能要求他赔偿什么?我担忧的是他会不会伤残,以后还能不能工作!"

我把这段经历写进《中国新生代农民工》后记里，没想到小伙子看到了，还被感动了。

读着小伙子的信，我暗自思忖，小伙子这9年的打工生活是怎么过来的？他初中都没读完，是怎样完成大学学业，而后又怎样进入媒体的？这一切我都特别感兴趣，于是，我又拨通了他的电话。

这是一次真诚交谈，这是一次倾心交流。

小伙子1983年出生于湖北孝感农村，家里实在太穷，只能勉强供一个孩子读书，作为哥哥，他把这个难得的机会让给了弟弟。辍学那年，他才16岁，极不情愿地扛起犁耙跟在父亲身后学耕地播种，混混沌沌地过了两年。他不想重复祖父、父亲那样的生活：种地，娶媳妇，生娃，然后渐渐老去。他渴望新的生活。

十八岁那年，小伙子离开了家乡和土地，外出打工，他干过建筑工、流水线工人、推销员、保安员。8小时之外为了打发时间，大量读书，他记得离开保安岗位去国家图书馆退借阅证时，卡上显示竟然借阅了900多本书籍。这期间，他还参加了北师大继续教育学院中文专业自学考试，5年中通过了24门课程，拿到了大学本科自考文凭。而后，被一家媒体聘用。小伙子说，每当面对挫折时，他总是哼着郑智化的歌：风雨中这点痛算什么，擦干泪不要怕，至少我们还有梦！

小伙子的经历让我感动，我们相识太晚了，否则，他一定也会被我写入《中国新生代农民工》书中。

片刻，小伙子又说："黄老师，发生了这件事，我，甚至所有农民工，都给您留下了不好的印象了吧？其实，我并没那么坏，我也根本没想要讹您的意思，主要是农民工一直不被社会所承认，心里多多少少总有一些怨气……所以当发现我的诗歌被您的大作引用时，我才采取了那样的行动。其实，从我内心说，您引用了我的诗作，是对我的肯定，也等于为我作了宣传，我还应该感谢您！请黄老师谅解和理解……"

我连忙说："我理解，我完全理解！"

小伙子已经成家，并有了一份稳定的工作，他说不管干什么，都会像农民伺候土地一样认真。他还说：生命因着期盼而活跃，日子因着活跃而明朗。

不久，小伙子寄来了几首诗，诗写得真不错，带着土地的芬芳和青春的思考，我觉得有责任将它推荐给报刊。

因为侵权，我增强了著作权、版权意识。处理这件侵权事件，我感悟到在当今这个充满着矛盾的世界里，只要你真心、真诚，许多问题都是可以化解的。

由无意间侵权而带来的后续故事，令我三思，又让我感到非常温暖……

冰天雪地芳草地
——我和《文艺报》的49年交往
王宗仁

  生活中总有一些期待,在突然降临时,你才明白多么需要它来满足自己精神上的饥渴。我就是这样邂逅《文艺报》的,缘于49年前与李瑛的一次见面。

  1965年初夏,我身上带着昆仑山的雪迹,到北京参加总政举办的第九期新闻班。一天下午,趁着学习的空隙,我带着自己的一组诗稿和李瑛的诗集《红柳集》,到定阜街解放军文艺出版社送稿。说是送稿,其实在我心里比这更看重的是让李瑛给《红柳集》签名。在我的文学生涯中,他的诗对我影响很大,尤其是那些西北题材的诗。我来到李瑛和纪鹏合用的一间窄小的办公室,他接过我的诗就看起来,还不时用铅笔在诗稿上画一下。我坐在他对面,无意间看到他的桌子上放着一本《文艺报》,好奇,还有这样的报?我便顺手拿起来翻阅。真开眼界,张光年、冯牧、李准都在上面写了文章!李瑛很快就看完诗稿,说"可以留用"。他见我拿着《文艺报》在看,就说我们在高原那个地方比较偏僻,交通不便,据说当天的报纸20天以后才能看到。我告诉他,这个《文艺报》我还从来没有见过呢!这真的不奇怪,常见在边疆跑车的汽车兵,就是《人民日报》也难见到。李瑛说,从事文学创作一定要多读书,这个《文艺报》不能不看,你要是喜欢它就拿去看吧!

  临别前,李瑛再次让我选几本《文艺报》带走,说着他又从书橱里拿出几本放到我面前。我不好意思多选,只带走了1965年第5期《文艺报》。这一期有部队作家林雨写的创作体会《在实践中学习,在斗争中成长》,还有别人评论其小说的文章。从那个年代过来的人,大概都会记得林雨这个名字,他当时创作的军事题材小说《刀尖》《五十大关》在全国引起广泛好评,我很想知道他的创作秘诀。那次我返回高原,读《文艺报》上那篇林雨小说的评论,我摘录下一段文字,那是在说林雨在创作《五十大关》时是怎样"想"的:"由于作者在生活中'想'得深,'想'得广,'想'得远;从个人想到集体,从连队想到全军,从国家想到世界,从军事训练生活想到创造四好连队运动,想到大兴三八作风……因此作品反映的生活面比较广、比较深厚。所以,不同地位、不同生活经历的读者,可以从各个角度去感受,接受不同的启发与教育。"今天重读我抄下的这段文字,觉得它仍然对文学创作、对人生有宝贵的启示。

  那次进京,两大收获,一是见到了想见的诗人李瑛,二是结识了一个文学益友《文艺报》。当然也有遗憾,没有得到李瑛的签名。弥补这个遗憾是在32年后,1997年11

月,我找李瑛请教创作的问题时,拿出《红柳集》,说出缘由,让他签名。他接过诗集,想了想,在扉页上写下一句话:"这是一片枯萎的叶子。"我一直回味不出这片"叶子"的蕴含。到哪儿寻找一片树林?从何处得到一方青草?就从珍爱这片"枯萎的叶子"起步吧!我还想说的是,我这大半生在青藏高原的雪山冰河奔波,与《文艺报》相交差不多半个世纪,它也是滋养我文学人生的冰天雪地里一片蓬青的丛林、一方温馨的芳草地!

什么时候你如果觉得生活或写作不愉快了,就抬头望望窗外,有无限风光。此后,《文艺报》渐渐成为我的良师益友,我就理所当然地把它比作窗外的阳光。其实,所有的阳光都在自己的汗水里。我从《文艺报》吸收的营养自然是文学,但我更看重隐藏在文学后面的做人的营养。我尤其关注老一辈作家、艺术家、编辑的文章或别人介绍他们的文字,真情实感,口心一致。因为这个时候的我已经懂得了,其实现实生活中有不少虚假的东西。一些人谈自己或借别人之口谈自己的文章,言过其实,水分过多。老一辈作家、艺术家们则不然。在"文革"结束不久以至此后较长的一段时间里,人们要珍惜一张报纸或一本刊物不容易,而要忽略它们太容易了。《文艺报》一直是我桌上、枕边的读物。

1989年8月,我的第10本作品集《昆仑山的爱情》由四川大学出版社出版。我从未谋面的四川大学教授曾绍义写了一篇评这本书的文章,他寄给我并附一信,希望文章能在《文艺报》发表。我自然和曾教授怀有同样的发表欲,可是当时我在《文艺报》没有一个熟人。无奈,我将文章转寄报社,并附上曾的信。说我那时没有期盼那绝对不真实,但是在人生地不熟的时候,我只能选择等待。让我料想不到的是,没出半个月,这篇评论刊登出来了。这就是发表在《文艺报》1989年12月30日文学评论版的《评王宗仁的散文报告文学》,3000多字的篇幅真不算短。我知道文章的责任编辑是孙武臣时,事情已经过了6年。当时在中国现代文学馆的一次文学会议上,偶尔遇到孙武臣,他主动找到我,我们才相识。这时孙已调到鲁迅文学院。从此我们常有来往。两年前,他还把自己出版的一本谈论散文创作的书赠予我。生活中虽有偶尔,但它昭示的却往往是必然。没过一个月,1990年1月28日,《解放军报》也刊登了一篇评《昆仑山的爱情》的文章——《镌刻在昆仑之巅的碑文》,作者是刘业勇。我们也是互不相识。两年后刘业勇调到解放军报社工作,我才知道他原来是第二炮兵下属一个基地的宣传干事。

我真的好感慨:看明世事透,认得当下真;名利可轻抛,事业净千斤。

如果说我还有期待的话,就是希望我周围还有许多业余作者能从《文艺报》汲取文学力量。应该说,进入90年代后,《文艺报》与我所服役的总后勤部作家们的来往空前频繁。时任总后勤部政委周克玉多次强调在军队的思想政治工作中要加大文化的含量。他要求后勤要建立一支自己的文学队伍。总后政治部文化部长卢江林就是中国作家协会老会员,创作过长篇小说和电视剧,抓文学创作自然是内行,很得力。领导掬取天池水,洒向作家都是情。再加上周大新、马泰泉、王宏甲、曹岩、烈娃、咏慷这样一批卓有成就的专业作家的引领,我呢,作为创作室主任就是具体来落实。天时地利人和,总后的业余作者队伍如雨后春笋,充满活力,富有激情。我们每年都要组织一到两次文学笔会,两年一届的总后军事文学奖一直坚持至今。我们的作品多次亮相在《人民文学》《中国作家》《诗刊》《当代》《十月》《解放军文艺》等报刊。我们申请经费为11位业余作者出版了他们第一部作品集。《文艺报》对总后这支创作队伍多次报道和给予评论。据我的记忆,李瑛、张锲、陈建功、高洪波、雷达、朱向前、黄国柱、张志忠、丁临一、周政保等作家评论家,都在《文艺报》发表过评论总后作家作品的文章。有一件事让我难忘。有一次,当时在《文艺报》工作的贺绍俊参加我们在京郊举办的文学笔会,他深入到与会作家之中,和他们做朋友,推心置腹地交谈,了解了这些业余作者艰难成长的历程。笔会结束后,他把我作为穿针引线的"中间人物",写了一篇长篇通讯《双重的神圣——王宗仁和青年作者的故事》,在《文艺报》头版头条发表,还配了几张图片。这篇通讯引起了广泛关注,它的影响延伸到了部队的基层单位,青藏高原一些团队在他们的政工简报上还作了介绍。

  我曾经在全军一次创作会议上,介绍总后业余文学队伍的成长时,表达过这样的意思:领导的重视,诸多评论家的扶持,还有像《文艺报》《解放军报》这样媒体的助推,无形中给总后这支文学队伍筑起一道温馨的围墙,抵挡并消散生活中常常遇到的冷意或者阻力。我们知道,业余作者成长的道路大多数不是一帆风顺的。

往事今事　长话短说

铁　扬

那年我十五岁,从被称作革命摇篮的"华大"来到省会保定,正式进入文艺圈。我报到的单位是河北省文工团。这个新建单位是由原来的冀中、冀南、冀东几个文艺团体合并而成,被安排在保定大纪家胡同一个老商号的下处内。这个老商号的下处由几个院子组成,院子套院子竟然容纳了两三百人的工作和居住。我被分配在一个院子的一间屋子内,这屋子和当地民房没什么两样,一明两暗,方形窗棂的窗户,屋内还有一盘炕,炕上睡人,炕下"办公"。炕下四边不靠地摆着一张三屉桌,桌上散落着几本书籍和杂志,杂志中有一本叫《文艺报》。这是《文艺报》的第一卷第一期:十六开本,淡黄色民间剪纸图案做底的封面,左面竖排着三个红色大字"文艺报"。同志们常坐在桌前翻看,我看到它时已被翻动得成了旧书。

我进入神秘的文艺圈,已经是个"一不小心",专业文艺圈之于我本来就是一个神秘王国。先前,我看过有出叫《白毛女》的歌剧,现在这些演"白毛女"的人就在你眼前,这位就是"喜儿",那位就是"黄世仁"……在"华大"时,我们也演过一出小歌剧,剧本上印着作者和曲作者的名字,现在这两个人就和你一同排队打饭。那时我觉得能用铅字印在书报上的人物都是大人物,原来我所在的神秘王国是如此使人眼花缭乱。

我坐在办公桌前翻看这本《文艺报》,原来这才是一个更高级的"王"的世界。这里用铅字显现的人物可不同于和我朝夕相处的那些喜儿、黄世仁们,他们是茅盾、胡风这样的大人物。原来这些文艺大家、巨星也不再距我千里之外,他们的高论正直接引导着我去认识我所从事的事业——文艺,我也更"神圣"了。

后来在单位资料室翻看《文艺报》成了习惯,我从这里得知丁玲和周立波得了"斯大林文学奖",巴金在朝鲜见到了彭德怀,常香玉为抗美援朝捐了一架飞机,苏联作家爱伦堡来了……借助这一本本杂志,你不仅可以"听到"这些名人的"声音",了解他们的文艺主张,有时,你还可以借助照片看到他们的模样:茅盾蓄着解放后已不多见的上髭,丁玲披着大花丝巾(俄罗斯的吧)灿烂地笑着,胡风是一位谢顶总显得与众不同的中年人,郭沫若、周扬、郑振铎、陈企霞、刘白羽、王朝闻……由于经历不同,各自的气质也不同。有时从中还可以了解到那些"不在位"但名声更显赫大家的足迹:齐白石、徐悲鸿、马思聪、俞平伯、吴作人、欧阳予倩……有位叫冯法祀的油画家后来竟成了我的油画老师。

在我的印象中,那时的《文艺报》好像总处于政治运动的风口浪尖,它的编辑部也在不停地更换"主官",差不多两年一换,有时一年。于是作为年轻文艺工作者的我们,似乎就在《文艺报》领导更换的同时也被卷入一场场运动的旋涡。那时由于自己的"政治、文艺"修养浅薄,常陷于运动的迷雾中。有两位年轻作者刚对俞平伯"红楼梦研究"提出质疑,由此就引出了一场文艺整风。电影《武训传》《清宫秘史》受批判了,我们也必得坐在那张办公桌前守着几本《文艺报》做自我批判。你说你处于迷雾中,不行。你眼前不是有《文艺报》做引导吗?于是你便找到了你那问题的根源。1951年中国文联通过《文艺报》就向文艺工作者发出过通知,开宗明义指出"在文艺界整风运动期间,《文艺报》为指导这一运动的主要刊物"。

随着文艺整风的深入,我也开始寻找自己的问题。庆祝新中国成立一周年时,领导分配我去画作为游行用的毛主席巨幅画像。当时,参与者共三人,工作开始后,我却被分配去调颜色和只画领袖的领子和扣子。我要求画脸,主画者请示领导后,领导不同意,说我不会带着阶级感情画领袖,怕走了样。我快快不乐地只画了一个领子和两个扣子,便表现出对领导的不满。开会时有人提出了我的表现,我才开始认识我的问题,因为我出身成分高,阶级感情不纯,很容易把领袖画走了样,我作了检讨。

那时我做舞台美术工作,有时帮助灯光组开灯,一次我开错了灯,把红光打在了"蒋介石"身上,蒋身上本应该打属于阴冷色调的蓝光。那束红光应属于英雄和领袖的。这次的问题严重,于是我便自告奋勇地作为重点人供大家进行批判。开会时,一位同志信手从桌上拿起一本《文艺报》,拍打着说:"你也整天看《文艺报》……立场哪去了?"我虚心地接受着批判,以《文艺报》上的精神虚心接受着。

1955年至1960年,我是中央戏剧学院的本科生。在中戏的大资料室里翻看《文艺报》,仍然是我的习惯。这5年随着我国政治生活的大起大落,《文艺报》对自己的把握也显得慌忙不迭,时而欢腾雀跃,时而低沉忙乱,有时还会处于被动挨打的状态。一时间,各派势力的刀光剑影,也都散见于《文艺报》上:丁玲、陈企霞倒了,冯雪峰、艾青倒了,丁玲、王实味、萧军在延安时的老账该清算了,胡风已是一只死老虎……有人虽然没有倒,但也常处于摇摇欲坠的境地。谁主张要写中间人物了,谁提出现实主义道路广阔论……直到再后来对文艺作品更广泛深入的清点,也像是开始于《文艺报》:从对电影《林家铺子》的批判,到对《海瑞罢官》的大批判。自此《文艺报》像是一只断了线的风筝消逝了,刊停人散12年吧。

在10年的政治动乱中,只在我遇到那些曾在《文艺报》上显现过模样的人时,也才想起当年的《文艺报》。1968年,我在五七干校遇到和我一起劳动的田间和梁斌。他二人抬着一只大筐,筐里是盖房用的石灰。二人头上都包着羊肚手巾,手巾上脸上都淌满石灰。当时我们在为自己盖房,我是个收砖收石灰的,他们是运石灰的。看到他们二人蹒跚着来交石灰,不由得想起田间在《文艺报》上的豪言壮语,"让风暴更大些"以及梁斌的"平地一声雷"(《红旗谱》语)。那些风声和雷声,此时就像飘浮在五七干校这个前不着村后不着店的旷野上空。

12年没有见到《文艺报》,再见到它已是"文革"之后,那时我从干校回到旧时的省城保定。一次在天华市场闲逛,看到一个旧书摊上摆着一摞旧《文艺报》,大约有几十本吧,我拿起一本看看,封面上有原书主的签名,主人叫夏昊,名字以下还恭恭敬敬地落着名章。每本杂志不卷边,不折角,保存完好。夏昊是谁,我很熟,先前在文工团做演员,是南方人,因为能写,被调到省文联的刊物做编辑。因为能写,1957年大鸣大放时,写了一篇叫《并非一切都是七级》的杂文。说的是有位剧团领导,级别虽属文艺七级,但文艺水平实在不够七级,且充满指挥欲,还闹出过不少笑话,比如把五线谱叫有线谱,把简谱叫无线谱,在总结会上说:"我们的乐队也有进步嘛,过去演奏用无线谱,现在用有线谱。"有位演员要演一位高层领导,去问这位团长到哪里去体验生活,团长说:"就体验我吧。"夏昊的杂文内容真实,这位团长也就是只让我画扣子的那位。但杂文的发表,使夏昊以污蔑党对文艺的领导为罪名被定为极右派,下放劳改,很晚才摘帽回城。卖《文艺报》当然是他的生活所迫而为吧。我翻动着夏昊这摞珍藏的旧刊物,决定将它买回,但自己现钱不够,便急忙骑自行车回家取钱,回来后摊主收摊了。后来几次寻找,终未得见。我和旧《文艺报》的"交往"历史,随着这次的买书事件也就这样结束了。

"文革"后复刊的新《文艺报》随着新时期到来终于诞生了。

到书刊报亭买《文艺报》仍然是我的习惯,一次一不小心,我在一本《文艺报》中发现了铁凝的名字,她的一个中篇小说获奖了,那是1984年的事,这又是我和《文艺报》不寻常缘分的开始吧。之后随着铁凝的名字在《文艺报》上的出现,突然间我和《文艺报》的关系更直接起来,竟然见到编报的"真人"了。

那几年,新时期的文学界格外热闹,读者百姓们对作家们也格外看重,由此带来的是出版和报刊业的大繁荣,一时间在家中接待找铁凝约稿者竟成了我家庭生活的一部分。在接待事务中,我的任务有三项:接站、做饭、买烧鸡:骑自行车去接站,让客人坐在后车架上……许多客人都夸过我做饭的手艺(有位女编辑说我炒的洋白菜颜色漂亮得像"塑料"一般)。客人离开时送只烧鸡,也算是一片心意。在我们所处的城市保定,能拿出手的礼品大约也只有马家老鸡铺的烧鸡了。

一次吴泰昌来了,当时他是《文艺报》的副主编。接完站、吃完饭(那次还买了保定自产的散啤酒)去买烧鸡。泰昌要和我一起逛保定,但走在街上,一不小心他把脚崴了,且崴得不轻。回京后他打电话时还说:"铁扬啊,肿得穿……穿不上鞋了。"泰昌快人快语,性情随和,说话稍有口吃。我们年龄相仿,相互都直呼其名,那次他的脚崴得不轻,许久才痊愈。

我自己在《文艺报》的"亮相"是1999年,那年是《文艺报》50周年华诞,报社编了一本大型纪念画册,其中要收录一些与刊物有各种性质联系的人物。在一个栏目内,我便作为"家属"和铁凝一同出现在本栏目内。看到自己的形象,感慨万千,原来《文艺报》把我也当自家人了。

或许因了我和《文艺报》这些千丝万缕的故事,在我所敬重的大型文学刊物中,《文艺报》在我脑海中始终是凸显着的。2000年以后,作画之余,我陆陆续续地写了点散文,寄给谁呢,首先想到的还是《文艺报》。那时它开辟了一个《新作品》版。我把一篇叫《缅怀纯洁》的散文作为投稿寄了出去,蹊跷的是,很快栏目的主持人就打来了电话说:"铁叔,散文收到了,我们准备用。"还夸了我那点文字。原来这位主持人不是别人,是冯秋子。她呀,我接过站,吃过我做的饭,好像也为她买过烧鸡。那时她尚在作家出版社。自此我和《文艺报》的交往,又是一个新的开始,为我后来的写作也带来了勇气。

后来冯秋子调走了,走后仍关心着我的写作,以及我和《文艺报》关系的延续。于是我便又得到新的编辑、记者的呵护和关心,连我在美术界的活动也得到关注。很具专业的编辑、记者每次都义不容辞地出现在我的艺术活动中。接受赠寄报纸也一直在继续,每每接到报纸,我都郑重其事地翻看每个栏目的文字,说不定还能找到自己的名字。最近我在云南认识了普米族诗人鲁若迪基,在路上急就了一篇《巧遇鲁若迪基》的散文,寄给了《文艺报》。几天后鲁若迪基先看到报纸,打电话告诉我说,他看到了文章,还说高兴地喝了三天三夜的酒,说了一些那篇文章的好话,就拐到了《文艺报》上,说:"《文艺报》那可是大报啊……"

大报《文艺报》风雨兼程走过了65个年头,虽然它不再是指导什么运动的主要刊物,它"平民"了,亲切了。围绕文艺这个难以纠缠的现实,在这里你可以尽抒己见。总有明白人的真知灼见,使你的认识更接近于文艺。

2015 年

课堂的母亲
鲍尔吉·原野

我来的这个苏木叫"乌兰扎德噶",意思为红色的扇形地带,是西拉沐沦河的一小块冲积平原。像扇子一样打开的平川叫扎德噶,乌兰是"红"的意思。村里居民大部分是蒙古人,也有汉人和朝鲜人。到朝鲜人家里做客有趣,他们用清漆把炕油得亮光光的,我们坐在炕上喝奶茶,边喝边吃朝鲜辣白菜。喝酒时,朝鲜人唱蒙古人的鄂尔多斯祝酒歌——赛洛日外冬赛;而蒙古人用蒙古语唱"桔梗谣",是长调的唱法。我觉得古代的蒙古人和高丽人便如此对饮。

我住到了税务所的宿舍,公社干部按次序上我房间问候。承担后勤的副苏木达(副乡长)吉雅泰送给我印着鸳鸯图案的红毛巾、牙膏和牙刷、一个鸭蛋大的小镜子,还有搽脸的雪花膏和搽手的香脂。

干部们看望过我,离开房间都说一句"慢慢休息吧",这句话特逗。"慢慢吃"好理解,慢慢休息是怎样休息呢?睡觉不能太快吗?

汉语说慢慢走、慢慢喝,实为礼貌的敬语,意谓安泰由之。他们说的"慢慢休息",意思是"享受",沉静下来歇息。我学会之后,向他们打趣:你们慢慢笑。

有一天逢集市,我和送我小镜子的吉雅泰到集市转。我见到了多少年没见到的东西:钐刀,带黄油和新鲜皮革味的马笼头,一窝粉色的小猪在阳光照耀下的大筐里睡觉,爪上拴绳的大公鸡睥睨四方,白兔在笼子里急匆匆吃菜叶子。半大姑娘小伙儿甩着腕上的手机播放流行歌,有个小孩子拿手机给毛驴照相,驴温良地摆出侧脸。

有一个蒙古女人坐在扣过来的筐上,面前放了一个笸箩,里面装着女人的长发,一束束用绳系着。有女人走过来,从兜里掏出一束头发扔笸箩里。她们笑笑,什么也没说就走了,都是蒙古女人。

这是怎么回事?我记得收头发要给钱,怎么扔进去就走了呢?又有几个女人把纸包的、布包的头发扔进笸箩里。看笸箩的女人只笑,啥也不说。

我问吉雅泰,这是怎么回事?

噢,这几个村的女人有倡议,逢集把自己的头发捐出来。

捐出来干吗?

嗨,她们打电话让人来收,换钱买黑板。

买黑板?

噢,学校的黑板是水泥的,墨汁老是掉色。她们要买玻璃钢黑板。已经买来两个了,一会儿我带你看去。

进入小学校,这里只有三间教室。进了屋,老师停止讲课,小娃娃们背着手瞪大眼睛看我们。吉雅泰像进了自己家一样,走上讲台,摸着深绿色的玻璃钢黑板说:"这是她们的头发换来的,你摸摸。"

我摸黑板,质地光滑沁手,像女人们的头发。

"你写几个字,"吉雅泰说,"这比水泥黑板好多了,还好擦。你写几个字。"

我犹豫。吉雅泰说:"鼓掌,欢迎老师给我们写字。"

我抓起粉笔,心里怦怦直跳。写什么呢?这相当于在她们的头发上留言。说女人伟大或头发伟大都不对路。我写下两个字:母亲。

下讲台,学生们鼓掌。我回头看"母亲"两个字太孤单,又添了几个字——课堂的母亲。

学生们又鼓掌,我觉得这回是为黑板和头发鼓掌。那些我没有见过面的女人,她们乌黑光润的头发里面藏着密密麻麻的字,她们的孩子慢慢都会读出来。

马识途的文学情怀

李 冰

马识途同志是 1938 年入党的老革命。他曾领导学生运动,相继担任中共鄂西特委书记、滇南工委书记、川康特委副书记,新中国成立后担任四川省厅局级和省部级领导职务。马识途同志是 1935 年开始发表作品的老作家,《马识途文集》12 卷记录了他半个多世纪的文学创作成就。一些年轻人可能原本不熟悉马老的作品,电影《让子弹飞》让他们记住了原著马识途的名字,认识了他的《夜谭十记》。

记得汶川地震一周年时,中国作协组织了 20 多名作家去灾区采访采风,我和高洪波同志带队,我借机拜望了马老。马老精神矍铄,声音洪亮。一番寒暄之后,话入正题,我问马老有何困难,有何指教。马老看来是有备而谈,他反映了关于巴金文学院的事情。

原来,四川作协建了一个文学院,因为巴金先生是四川成都人,文学院便以巴金先生的名字命名,马老曾是巴金文学院院长。巴金文学院 1983 年创建,2003 年巴金先生百岁华诞前夕正式建成,冰心先生亲笔题写了院名。那是一片占地 22 亩、建筑面积 4500 平方米的川西民居风格的建筑,白墙青瓦,斗檐回廊,绿树成荫。巴金文学院是作家进行文学创作和研讨的基地。巴金先生在世时非常关心文学院的情况,经常过问。就是这样一个文学基地,在省里整顿清理资产时,被政府部门收走了。后来,有人将房产租去搞起了经营。马老说到此激动起来,他说:"文学院门口立着提供卡拉 OK 和洗脚服务的广告牌,有辱斯文啊!我很有意见,强烈要求把巴金文学院归还给作协,继续开展文学服务。不把文学院要回来,我死不瞑目!"我赶忙拦住话头,说:"马老,莫出此言。我们还盼您长命百岁呢!"当时马老九十五岁。过后,我把此事向当时四川省委的主要负责同志做了汇报,省委很重视,经各方协调,过了不太长的时间,问题解决了,巴金文学院重新归四川省作协管理使用,遂了马老的心愿。2014 年,中国作协还借用这方宝地办了全国少数民族作家培训班,有 17 个民族的 52 位作家前去深造。

2014 年,是马老百岁寿辰。我本打算代表中国作协专程去成都为马老祝寿,马老坚辞不准,省作协搞的祝寿安排也统统被马老简化了。倒是在成都,举办了一个马识途书法义展,义卖的 230 多万元全部捐给了四川大学文学与新闻学院。后来,我们商议,春暖花开之时,在北京举办马识途百岁书法展。

去年 5 月,书法展开幕的前几天,马老在亲友的陪同下从蜀地来京。他住在女儿家,我登门去祝寿。马老还是那么硬朗,行走稳健,起坐自如。我与马老促膝相谈近一个小时。马老又是有备而谈,他谈了两个话题。首先说起电影。马老说:"在20世纪这100年里,我所见所闻、所思所感很多,是很好的创作素材。我已经没有能力写了,但有能力讲故事。我想把脑子里的这些故事告诉年轻人,也许他们能从中得到一些素材和启发。"马老接着说,"我最近在《光明日报》发了一篇文章,叫《我也有一个梦》,讲的是过去在西南联大,我们和十几个美国飞虎队队员结成了朋友,情谊很深。70年后,我们还是朋友,我们的后代和他们的后代也是朋友。现在,其中很多老人去世了,还剩下三个,一个在昆明,一个在上海,还有我。我想把这个中美两国人民之间的友谊佳话拍成电影。这些真人真事,曲折生动,内容丰富,我曾试着写过故事框架,起了个名叫《飞虎奇缘》。此事希望中国作协助力。"

对于马老提出的希望,我们认真进行了研究。《中国作家》有影视版,艾克拜尔·米吉提同志在组织影视剧创作方面很有经验,我们指派艾克拜尔负责与马老联系,落实此事。艾克拜尔已带着几位有实力的编剧先后去四川拜访马老,具体商谈。一切正在进行中。

马老谈的另一个话题是网络文学。马老对网络文学很关心、很支持。他读过《明朝那些事儿》,认为不错。他看过电视剧《甄嬛传》,认为也不错。马老说,一些网络作家很有才华,但路子要走正。过去,文学太多为政治服务,这个路子有问题;现在文学太多服务于金钱,这个路子同样有问题。马老对新事物充满热情和兴趣,一点也不保守、不落后。据说,70岁后,他开始学习操作电脑,用电脑打字录入,成为中国作家中年龄最长的"换笔人"。他30万字的电视剧本《没有硝烟的战线》,就是他自己用电脑打字完成的。

几天后,马识途百岁书法展开幕了。开幕那天,高朋满座,各方来贺。马老的书法以隶书为主,它们多变,或古朴,或轻灵,充满活性,前来参观的专家多有点赞。马老自谦地说,"虽然我习隶多年,迄未得法,从未以书法家自命。无过人天资者、无钻研耐力者、心思浮躁者,很难成为书法家。至于欲以书法作敲门砖,求名得利者,更无论矣。"他还说,"书贵有法",必须学习历代传统书法,锲而不舍,打下坚实基本功,始可有成。不可未学爬便学飞,自以为龙飞凤舞,其实是鬼画桃符,绝不可取。马老的这番话,实为金玉良言,针砭时弊,告诫后生。

马老的书法出众,撰联更是精妙。在开幕式上,王蒙同志的致辞别具一格,他说:"我见过很多寿星,但没见过像马识途前辈、马识途老师、马识途大哥这么滋润,这么匀称,这么舒服的老人。我不懂书法,但马老的隶书充满活力和趣味。马老撰的对联,我五体投地,了不起,我服您了。"他还选了几副联念给大家。致辞引来一片掌声,这掌声是给王蒙的,也是给马老的。马老自撰的对联内容深刻、工整,道出了人生真谛。略举几例:"与万卷诗书为友,留一根脊骨做人""为天下立言乃真名士,能耐大寂寞是好作家""与有肝胆人共事,于无字句处读书""无穷岁月忙中乐,有味人生苦后甜""闭户读书忘岁月,挥毫落纸走云烟""何畏风波生墨海,敢驱雷电上毫颠""一生苦穷双手白,终生夸富半楼书"。马老撰的联三句话不离本行,多与读写有关,足可当青年作家的座右铭。这等真文字谁见了谁都会跷大拇指!

  马老举办书法展之事,我向刘云山、刘奇葆同志报告了。他们对马老很敬重,刘云山同志让我转达他的问候和祝贺,刘奇葆同志抽暇亲来观展。刘奇葆同志与马老在四川就相识,话很投机,两人逐幅谈论,不知不觉个把小时,马老始终相陪,未见倦意。当初我们曾为马老准备了轮椅,累了可以坐坐,马老不肯,说轮椅是病人坐的。他还不让人搀扶,他一手提杖,一手牵着五岁的重外孙女。如此潇洒,茶寿可期也。说到长寿,马老幽默而又不无自豪地用四川方言说:"不晓得是咋个搞起的,我忽然就混到一百岁了。我哥哥已经一百零三岁,还头脑清楚,写小字手都不抖。我弟弟九十几岁了,还骑电动自行车满街跑,自称一定可以活到一百岁,创我家三个百岁老人的奇迹。"瞧这一家子,多让人羡慕!我们真诚地为马老一家祈祷和祝福。

攀上哀牢山
——边地生活记事
彭荆风

海拔约3166米的哀牢山,满布着稠密的原始森林。如果不是20世纪50年代末,人民解放军一支小分队去森林附近巡逻,发现了有人走过的痕迹而跟踪寻觅,是难以知晓森林深处还藏着几千名裹兽皮、吃野果兽肉,长期过着野人般生活的苦聪人。

军队和地方政府组成的工作组,几经曲折才找到苦聪人,并帮助他们迁移到原始森林外边定居。

一

1962年4月,我曾攀上哀牢山,去了解寻找苦聪人的过程。

我渡过红河去到金平,与曾经参加寻找苦聪人的武装部干部鄢国平会合后,就一起去往勐拉坝,准备从那里攀爬哀牢山。

勐拉坝是藤条河边一块较平坦的坝子,居住的全是傣族人。竹林、大青树、杧果树围绕着村寨,很是美丽、幽静。

这里原没有旅馆和招待所,只有几家供马帮歇宿的、茅草顶竹篾墙的马店。那年月,城乡物资缺乏,来往的马帮也少;马店的管事人抱着大竹烟筒坐在门口的大青树下"咕咕"地吸着水烟,神情很是落寞。

我们只好歇脚于区政府里。那是一座古老的傣式木楼,年代过于久远了,一有人走动就会发出不胜负荷的"吱嘎"响声。

在区政府我们遇见了年轻的哈尼族女干部普秀英。几年前她也参与了深入原始森林寻找苦聪人的工作。听说我们要去金竹寨,她说,她已经好几年没有见到那里的苦聪人了,愿意和我们同行。

鄢国平也说:"她比我还熟悉苦聪人,苦聪话也说得好。有她去更方便了。"

第二天中午我们上路了,还有一位翁当乡的女文书黄翠花与我们同行。这是个身材小巧、出生于勐拉坝的傣族女子,热情、能干,对沿途村寨也熟悉,边走边向我介绍这一带的人文地理,使我获益不少。

过了藤条河往山上走,中午的太阳正辣,我用一条湿毛巾搭在草帽上,走上一段路就被晒干了,只好又到路边水沟里去浸湿。

这段时间,本来不适宜爬山远行,但是黄翠花、普秀英说:"如果不尽快上路,就难以在今晚赶到这次行程的第一站、位于半山腰的翁当寨。"

山越来越高,转身往下看,那本来宽阔银亮的藤条河变得又窄又细,似乎也在火热的太阳照射下缓缓地被烤干了。

我们在荞菜坪吃过晚饭,又继续在夜色迷茫中赶路。普秀英不主张停歇,她从风向和云彩中看出,今夜可能有暴雨,我们必须抢在大雨前赶到翁当寨,不然一下雨,山路就泥泞难行了。

不过夜间赶路却很凉爽,山风腾起,把白天的暑热都驱走了。

群山黑黝黝的,又常常需要穿林过涧,我是难辨南北,好在有普秀英她们引路,我只要跟着走就行了。

半夜,我们才摸到翁当寨。这是乡政府所在地。黑暗中,我只觉得这寨子似乎建在一大堆大大小小石头之间,走几步就会碰撞到石头上。

我被领进一间漆黑的房间,用手电筒照射着找到了一张床铺,又去屋后边的溪水里洗了脸脚,就睡下了。

半夜,果然下起了大雨,雷鸣电闪,粗重的雨点似乎要把这小木屋击穿震碎。

我很庆幸听了普秀英的话,路上没有停留,如果半途遇雨,那才狼狈呢!

第二天早上,风停雨住了。我在寨子里转了转。这确实是座建在大石头之间的寨子,住的都是哈尼人。妇女们美丽、修长、和善,见到我们都很亲切有礼。

我们在这里停留了一天,走访了一些人家,获知了不少她们过去与苦聪人来往的事。

第三天一早,山野还被浓厚的白雾笼罩,我们就上路了。

山更陡,路也更窄小了,几乎都是在悬崖绝壁间绕行。普秀英为我削了一根手杖。我自感身体好,使用手杖太老气横秋了,推辞着不肯要。

她却用命令的语气说:"拿着,有用呢!"

等我走了一段路,才明白,如果没有这根手杖,我是爬不上那高悬于云端的金竹寨的!

我们爬过了一座山头又一座山头,累得直喘气,但是普秀英告诉我,离金竹寨还远呢!加紧走,也得走到夜间才能到达。

我们只好尽量少停留,除了在途中的新安寨吃了顿午饭外,也没有多休息。

可能是苦聪人很少下山来,也就没有人来修山路,我们走着走着却没有路了,只见悬岩间都是大树藤条。我还以为是撞进了原始森林呢!幸好普秀英、鄂国平记忆力好,能从几棵形状特异的大树、几块不同于一般的大岩石,辨认出该怎么往金竹寨方向走;遇见陡峭的悬岩,我们就手脚并用地往上攀爬……

傍晚时分,我们才爬上了金竹寨。

二

金竹寨,这是多么美丽的名字,在我的想象中,一定是大片的金色竹林围绕着村寨,闪烁着金色的光辉。但是这周围却是一片光秃,连一棵小树都没有。刚从原始森林里出来的苦聪人,还不懂得保护居住的环境,把那些金竹当烧柴砍伐完了。

寨子里约有二三十户人家。壮年男女都进原始森林里去打猎、挖药材了,只留下了一些老人守家。

苦聪人的房屋都是棚屋样式,低矮、窄小。我们几个人,只能分往三家住下。我已经走得脚瘫体软,似乎再挪动一步都难了,就找了个藤条编织的小矮凳坐在棚屋外歇息。

爬了一天山路,如今停下来,只觉得全身的血都在往上涌,脸颊如同火烫一般,尽管山间的凉风阵阵扑来,还是长久难以消退。我想,如果不是我身体还结实,一定会因此得脑溢血。

9时左右,天色才完全转入昏暗,飘浮在山脚下的白茫茫云雾也更浓厚了,如同一大片银白的大海,把山间的森林、峡谷全都淹埋到底下,只有几座过于高耸的山峰像孤岛般兀立在云海外边。

过了一会儿,只见云雾下边有团东西在晃动,并悄然地向上拱……我还以为有条大鱼在翻腾,但是又不见鱼的头尾,也就更用心观察,只见那团东西经过一番推挤后,一只闪亮的巨大"银盘"露出了海面,滚动在银色的波涛上。

这是一轮满月。月亮会出现在山脚的云海里,也表明这金竹寨所处的山岭够高耸了。

这只"银盘"在云海上飞快地滚动了几下后,也不知是凭借强劲的山风,还是自身的弹力,陡地以一种炮弹出膛的急遽速度跃起,转瞬间就升到了寨子的上空,把它那难以计量的银光倾泻下来。山野顿时变得更加明亮、柔和了。我也被这月色浸泡得遍体柔软,脸上没有先前那样火辣疼痛了。

这天晚上,我住在李老二家。他夫妇俩带着小孩进老林去了,只留下一个老母亲守家。

小棚屋低矮、简陋,除了火塘上有口小铁锅,旁边摆着几只土碗外,别无他物。真是四壁萧条。

李老二的床是用几块大竹片组成,离地仅十来厘米,床上什么都没有,御寒的毡子已经被他带进原始森林了。我把自己的被褥铺在他的矮床上,也没洗脸洗脚就睡下了。

走山路很累,倒下就睡着了。但是一会儿就被许多虫子咬得全身奇痒难熬,我用手在脖子上一搓,再用手电筒来照看,竟搓死了7只跳蚤。我忙找出一盒清凉油来涂抹。这高山大岭上的跳蚤可能是第一次遇见这种药,全都闪开了。我才得以入睡。

下半夜两点后,突然几道惨白的闪电把山野照得雪亮,接着是一阵阵炸雷响声,随同狂风扫来的是粗大急骤的密集雨点……小棚屋的茅草屋顶,经过冬春的风吹日晒,都干枯得收缩了,也就难以抵挡这第一场大雨。雨水迅速灌入屋内,一会儿就遍地是几寸深的水,淹到了床沿。我像个"乘槎浮于海"的人,黑暗中慌了手脚,不知道该怎么办。更担心从四面八方涌过来的水流会连人带棚屋冲下悬崖深谷。

我正无所适从时,睡在屋子那一头的普秀英却腾地跳了起来。她不愧为久在山区生活的能干女子,抓过一把锄头冲往外边的大雨中,把棚屋前后的水沟挖开疏通,不让水再往里涌,又把屋顶茅草摊开理平,雨水也就不再漏进来了。不过我的被褥、衣服全都淋湿了,火塘里也浸满了水,难以燃火来取暖,只好坐听那风雨的狂啸等待天明……

普秀英说,这是大山上雨季前的头阵雨,过几天还会天晴的。不过这场雨一下,那些进老林的苦聪人都会回来了。

三

第二天,去老林里的苦聪人都被昨天晚上那场大雨赶回来了。寨子里有了年轻男女,也就热闹起来了。

我住的这家男主人李老二,约二十五六岁,干瘦、精悍,妻子娜娃却高大、美丽。见我们住在他家,很是高兴,连声说:"有远处的客人来了,真是太好了!"

我不能再占着他们的床铺,准备另找住处。李老二、娜娃却不肯放我走,把我的行李又搬回他们的床铺上。那天晚上,他们夫妇就在床铺前的潮湿泥地上铺了块兽皮睡下。这使我又感动又不安,但是又拗不过他们,不过我却许多天都睡不安稳。

这寨子里有个常驻的工作干部黄振中。他是藤条江边的傣族人,也参加过寻找苦聪人。在边地工作多年,对哀牢山、藤条江两岸的哈尼族人、瑶族人、傣族人、苦聪人的情况都很熟悉,给我讲了许多这些民族的过往历史和有趣故事,对我后来写作长篇小说《鹿衔草》很有帮助。

这5月初,时晴时雨,大雨天,我们就在火塘边与苦聪人聊天。苦聪人是拉祜族的支系。我1952年至1955年在澜沧和西盟的拉祜族地区做过民族工作,听得懂一些他们的话,再有黄振中、普秀英他们帮助翻译,也就更方便交流。

邻居家有个叫叶妹的七八岁女孩,很是聪明,也很好奇,我们聊天时,她经常凑过来听,听到有趣的事就会哈哈大笑。

　　有一天,我正在刮胡子,她站在后边看了很久,对我手里的小镜子很感稀奇,要我借给她玩玩,然后拿着小镜子飞快地跑往外边去了。过了好久不见她送回来,我走到外边去找,才见全寨子的小女孩都聚集在一起,排成了一长列,逐个传递着那面小镜子来照看,有的还会伸伸舌头、抓抓自己的头发,看着小镜子里的自己大笑。

　　我才知道走出原始老林不久的苦聪人,还没有用过镜子。这个小叶妹后来也成了我的长篇小说《鹿衔草》中重要人物之一茶妹的原型。

　　天晴时,黄镇中、普秀英就带着我们进原始老林去寻觅苦聪人从前生活过的地方。寨子离老林不远,往上走两个小时就可以进入。

　　这滇南边地的初夏,穿件单衣都很热,老林里却是寒气沁骨,我穿上带来的棉衣还觉得冷。想到那些只有粗糙的兽皮可披、近于半裸的苦聪人,就那样熬过了一代又一代,真是够艰难的。

　　原始森林里的空气并不清新,腐烂的落叶和鸟兽粪混杂在一起,散发出如同沼气般的气息,呛得人头晕。

　　我问普秀英:"老林里空气这样恶劣,苦聪人从前怎么能长久生活下去?"

　　她说:"苦聪人也是从山沟里树林较稀疏的地方走,还会砍开一片林中空地建立村寨。他们也有通往外边的森林小道,不过这些年没有人走动,又被新长起来的树木、藤条、乱草封死了。"

　　那天,我们还想再往里走,突然树林深处传来一阵狂野的吼声,虽然被密集的树枝叶阻隔,还是很令人心颤。我惊恐地问普秀英:"这是什么声音?"

　　她也被吓住了,说:"不是老虎也是豹子!"

　　黄振中说:"像是老虎!"

　　我们5个人只带有一支手枪、一支猎枪,若是撞上老虎、豹子这些凶猛的大野兽还是很危险的,就急匆匆往外走。

　　这样在金竹寨生活了近一个月,雨水越来越大了,几乎是如同天河开了闸门似的日夜倾泻。黄镇中说:"得赶紧下山了。再下几天大雨,山里的小溪都会变成浊浪翻滚的大河,既不能涉渡也没有舟船可渡,那只能困处于大山上。"

　　我们只好匆匆告别金竹寨的苦聪人往山下走。

　　李老二冒着大雨、难舍难分地把我们送到了山下的新安寨。分别时,这个平日都是笑眯眯的汉子却哭了,我也掉下了眼泪。

　　在泥水里连滑带跌地走了三天,才下到藤条江边的勐拉坝。在大山顶上住久了,又来到这平坝子上,却觉得这勐拉坝比过去宽阔多了。

许多天没有洗澡了,我放下行李就往藤条江边跑。跳进水后,脱下短裤一看,又淹死了几个从山上带下来的跳蚤。

几天后,我们又沿藤条江南去,在驻金水河的边防连队生活了一段时间,并在这连队里开始写作长篇小说《鹿衔草》。

这样在生活当中酝酿、构思并写作的习惯,也是我从青年时代养成的,不过这要体力较好,才能适应边地的艰苦生活。

我把书名定为《鹿衔草》,是因为有一次李老二和我谈了许多在老林里抗拒伤病的事。他们没有医生,只有祭祀鬼神的毕摩,但是人人都会找草药。他们特别称道一种能够消炎止血的"鹿衔草",被野兽咬伤后,找来这种草药口服、外敷,多数能转危为安。

他也叹息,草药虽然好,却无法改变他们的苦难,幸好解放军把他们找到并带他们出了原始森林……

这就启发了我用"鹿衔草"作书名。

说说杨绛的刚强

李 冰

久仰杨绛先生大名,如果我不是调到中国作家协会工作,恐怕无缘结识杨绛先生。杨绛先生喜好清静,不便多打扰,但每年春节前是一定要去拜年的。拜年与铁凝同去,因为不少人想去看望杨绛先生都被老人婉谢了,而杨绛先生特别喜欢铁凝,对铁凝提出的拜访几乎是有求必允。我们去拜年,老人都迎在门口,冬天风冷也不免礼,而告辞时老人又起身送到门口,并与铁凝拥抱。

杨绛先生是大才女,曾随夫婿钱锺书赴英、法留学,回国后在清华大学等学府任外语教授。杨绛先生著作等身,大家熟知的有散文《干校六记》和《我们仨》、小说《洗澡》、剧本《称心如意》和《弄真成假》,有译著《堂吉诃德》《小癞子》《吉尔·布拉斯》《斐多》等等,另有不少颇具创见的文学研究论文。杨绛先生学识渊博,文字清秀灵动,是我极敬佩的那种。

杨绛先生的住宅是一栋老式的红楼。若在几十年前,这楼的质量算是相当好的,主要分配给领导干部和各界名人,可现在无论是建筑材料还是房间格局都显得"落伍"了。杨绛先生的室内好像从来就没有像现在流行的那样大动干戈地装修过,仍保持着"老模老样""原汁原味"。墙是白灰粉刷的,地是水泥抹平的。家具很简单,客厅里没有太多的陈设,最显眼的是墙上挂的七言条联,上联"二分流水三分竹",下联"九日春阴一日晴",是清代吴大澂的篆书。吴大澂的篆书很有名,小篆与金文融为一体,古拙洗练,工整精绝。壁有名联,室内顿生高雅之气。另一个显眼的是,书柜上摆着钱锺书先生的照片。看着照片,我羡慕钱锺书先生的才学,也同情杨绛先生晚年的际遇。"文革"中的苦难自不必说,更让人难以忍受的是这对文坛伉俪的温馨之家在两年内破碎了。杨绛先生在《我们仨》里写道:"1997年早春,阿瑗去世。1998年岁末,锺书去世。我们三人就此失散了。……现在,只剩下了我一人。"丧女之痛、丧夫之痛铭心刻骨,杨绛先生却叙述得如此超然。这是心在流泪后的一种常人难以做到的刚强。在那单薄的身躯内竟有如此坚韧的力量,直令我等须眉自愧不如。后来,读了杨绛先生的《一百岁感言》,才领悟老人的境界。她写道:"一个人经过不同程度的锻炼,就获得不同程度的修养、不同程度的效益。好比香料,捣得愈碎,磨得愈细,香得愈浓烈。我们曾如此渴望命运的波澜,到最后才发现:人生最曼妙的风景,竟是内心的淡定与从容。"

杨绛先生的刚强只要你留心,在很多小事上都能感受到。在杨绛先生百岁寿辰时,我和铁凝去祝寿。杨绛先生听力不太好,视力却奇好,看书不用戴眼镜,特别是思维仍很清楚。老人见了铁凝相谈甚欢。她谈起五四运动爆发时,她才8岁,跟随游行的学生去东交民巷,走到天安门广场附近,遇到军警,队伍被冲乱,她躲到了水沟边的土坎后面。讲起当时的细节,杨绛先生记忆犹新,脸上泛出兴奋的红晕,被铁凝称为"婴儿红"。还是铁凝细心,她发现天花板上有几个手印,就问了一句。杨绛先生的回答让我们着实吓了一跳。老人说那是她换灯管时按下的。杨绛先生家里用的是半个世纪前普遍使用的棒状日光灯。有一次灯管坏了,老人家便挪来一张桌子,高度不够,又叠加一把椅子,然后爬上去换灯管。无处可扶,只有用手撑住天花板以求平衡。老人登那么高,还要一只手把坏灯管用力抽下来,其惊险和难度不亚于杂技里的高空椅子顶。我猜想,老人身边当时可能再无旁人,否则谁肯让老人冒险呢?身边无人保护,万一失手摔下来怎么办!等别人来更换不行吗?也许老人急需光亮,特别是晚上要读书写字。可家里其他房间灯也坏了吗?想来想去,一个个假设的理由都不成立,唯一的解释是,老人刚强,内心里不服老,一些事要自己动手做。

  2013年,杨绛先生打了一场官司,是著作权纠纷官司。钱锺书、杨绛、钱瑗与香港一位出版杂志的文人当时是朋友,有书信往来,该文人那里有钱家三人的书信手稿百余件。在名人书信手稿可兑换成钱的驱使下,不知怎么这些书信手稿就流入某拍卖公司的手上,行将开拍。一生心静如水的杨绛先生愤怒了。她毅然上诉,要以百岁之身走上法庭,维护自己及家人的著作权、隐私权。人们震惊了。我和铁凝内心很急。官司的输赢在我和铁凝的心里是第二位的,第一位的是担心影响到老人的健康。我们一面安慰老人,一面帮助做沟通工作。经多方共同努力,最终法院判决杨绛先生胜诉,停止了侵害书信手稿著作权的行为,赔偿经济损失和支付精神抚慰金共20万元,而这笔钱听说老人都捐出去了。在这场书信手稿拍卖案中,杨绛先生表现出铮铮硬骨的一面,没有半点柔弱,有的只是刚强。

  去年年末,我听说杨绛先生病了,住进医院。我和铁凝赶紧打问,准备去探视。铁凝的秘书小丁给杨绛先生身边的吴阿姨打电话,吴阿姨回话说:奶奶说,谢谢,先不要来了。吴阿姨还说,有人来探视,奶奶都要脱去病号服,换上平时的衣装,梳洗一番,然后才见人。听了这话,我不禁感叹:老人病时,还这么刚强!我们不能到病榻旁去问候,只有请吴阿姨转达心愿:祝老人早日康复,寿比南山!

说一个句子的翻译
任溶溶

新中国成立前我曾住在上海市四川中路北京路北首的腾凤里。腾凤里西边弄堂口斜对着马路对面当时的青年会(今浦光中学)。青年会大门两边分别有两块石碑,一块上面刻着英文"To serve, not to be served",另一边的石碑上刻着这个句子的译文"非以役人,乃役于人",是文言句子,但这文言怪怪的,给我的感觉就像鲁迅先生在香港看见的标语"若要停车,乃可在此"。我想这译文虽怪,一定有出处。果然,这句英文原来出自文言本《圣经·新约全书·第二十章》:"非以役人,乃役于人"。我又查了后来白话文译本《圣经》,译文是"人子来,'不是要受人的服事,乃是要服事人'。""服事"就是"服侍",广州人常用,想来这些译文当时是广东人译的,所以我会想到香港那条标语。

后来进入翻译这一行,老想着那几个英文字,一个 serve 的自动词,一个 serve 的被动词,加个 not,简单至极,照今天译法,这个句子该怎么译呢? serve 译成"役"和"服侍"在今天都是不合适的,虽然 serve 的原义是"服侍",故从 serve 来的 servant 是"仆人"。今天应该译成"服务","为人民服务"的"服务"。那么这句话应译成:"要为他人服务,而不要他人为自己服务。"但这就加上许多字,不能如英文表达那么简洁了。

可我最近发现,报上"被"字用得很广泛,如"被离婚""被出诊"等等。那么,这个英文句子不就可以干脆简单地译成"要服务,不要被服务"吗?大家说呢?

县城记忆

何 申

讲用会

1970年夏天,县里开下乡知识青年"讲用会"。大队干部说:"你表现不错,去参加吧,回来别忘了给你婶(他老婆)捎一斤果子(点心),要雀酥雀酥的。"我连声应下说:"二斤二斤。"名单报上,别人都通过,我因春天在公社当广播员时犯了"播出电台"的错误,公社特意请示县革委政治部,问此人可否参加政治活动。答复可以,但不要出风头,这才最后一个通过。多悬呀,小小年纪,差点弄出个政治问题。

大山里的县城也是县城,虽然只是沿着公路有三四里地的一条街,没有城墙,也没鼓楼,但比起公社还是热闹得多。县革委和生产指挥部两个大院门对门,左右有百货、五金、新华书店、大众食堂、旅馆、招待所、文化馆、电影院(露天)、中小学、礼堂等等。到招待所报到,见当院水池子有自来水,忙洗头洗脸,然后换上干净衣服,相互招呼:"走啊,上街!"

晴空白云,三五一群的男女知青,往街上一走,大声说着天津话,就引得当地人好一阵子观看。这县知青80%都是我们天津三十四中的,三十四中地处"五大道",不少女生原本是大家闺秀,下乡来泥头土脸只能忍了,这会儿环境一变,本性萌发,梳洗打扮,头发乌黑,明眸玉齿,不想招摇也招摇。卖柴的老汉说:"自打光复见过日本娘们儿,这回是第二次开眼。"

这一下出了麻烦。有领导讲:"接受再教育的积极分子,应该是脱胎换骨、头上顶着高粱花,脚下踩着牛粪。这些知青可好,细腿裤,白塑料底黑面鞋,女的还抹得雀白的脸,这哪能行!"

马上决定增加会议内容:吃忆苦饭。四天会,一天一顿。先上糠面团子,吃了,说味还行;第二天吃杂交高粱干饭,噎人,吃完有的胃疼;第三天,阴雨凉风,早上就吃,排队喝红高粱碾碎半带壳子稀粥,一人一大碗。这可要命了,上午才开上会,肚子就闹腾起来,一个接一个上厕所。礼堂座椅是那种三合板活动椅,人一起身,椅板叭地就立起来。叭,这边一声,叭,那边又一声。叭叭叭……会议主持人说:"这是演数来宝呀!咋都坐不住呢?各带队的要负责任,不许走动!"

我们战区(几个公社为一战区)总带队的是区武装部部长,后腰吊三号驳壳,没枪套,枪苗露出衣襟一寸。虽是老枪,也挺神气的。开始还警告我们要忍住,一会儿他自己放个屁,感觉不对劲,俩腿夹着就奔了厕所。那天早晨他做表率带头喝了两大碗。

带短枪上厕所是有讲究的,得先摘枪,人蹲下,枪抱怀里。关键是起来时,须一手提裤一手抓枪,离开坑再收拾。那天部长大意了,起来时忘了抓枪,人站起来,枪没跟着起来,出溜——啪叽!枪没影了!部长当时就喊:"俺的娘呀!"我们过去看,麻烦了,礼堂厕所是深坑,又不是冬天冻着,这会儿黄酱汤一潭……

部长傻了,只好出去找根竹竿绑个铁钩钩,钩呀钩,钩不着,我们几个男知青也帮着钩,搅得臭气进了礼堂,连主持人都受不了啦,喊关门关门谁这会儿淘粪。后来有个知青说这样不行,出去找了个破笊篱绑上,捞来捞去,最终捞了上来。

因不敢出风头,那天早饭我也晚去,前面表现积极的太多,轮到我时,忆苦粥喝得剩没多少,就喝了小半碗,结果未闹肚子。会散时,大家说这破会以后还是少参加为妙。至于部长的驳壳枪,用好几桶清水冲了又冲,按说没事,但后来见到部长,他说:"不行,总卡壳,打臭子。"

挣补贴

就在这次会上,"县安办"(知青安置办公室)老主任叫了七八个知青在一间屋里抄材料。老主任念过私塾,抽个小烟袋,来回走走看看。我从小临帖写大字,又练过钢笔字,老主任最终站在我身后说:"你的字写得不错呀。"会散了,通知我留下,在安办帮几天忙。

天大好事!能挣"误工补贴"。当时"误工补贴"一天是五毛钱,我在生产队一天满10分才三毛五。但这钱挣得也挺不容易:得极认真地干活,埋头抄材料,少说话,更不能逛街。否则,就打发你走人,连临时工都不如。

头一天抄到天黑,有人领我进厢房,屋里迎面一铺炕,炕头有套铺盖,最下一层是二指厚的毡子,毡子上铺混纺棉毛毯,毯子上是两层棉褥子,布单,被子卷着,两个枕头。这套行李,在当时是相当高级的。我还以为是给我预备的,刚要说谢,一条薄被递过来,指着炕梢的炕席说:"你睡那边。"

天大黑,那套行李的主人未归,我可得睡了。两个大院,一条县街,一个熟人也没有,连个枕头也没处借。不过,《创业史》帮了我:小说里的梁生宝买稻种在车站地上铺麻袋睡,比起他,我的条件好多了。于是高兴起来,到院里借着月光找了块新砖。新砖让太阳晒了一天,散着热土气,回屋把衣裤卷了垫在砖上,枕头这就有了。被子则要横着用,一半当褥子,一半当被。只是我个子大,上身和两条腿都有半截露在外边,好在月光洒在炕上,就且当阳光吧。那次,我在这炕上睡了10天,得5块钱补贴,我每天吃三块,剩了两块。那套铺盖的主人一直没露面,偶尔半夜醒了,真想上去躺一会,忍忍,就又睡着了。

县城里有好多"老五届"大学生,我挺喜欢和他们接触,听他们讲些啥,这对我很有益。于是,一有机会,我就想着法在县里多待上几天。安办、报道组、文化馆、广播站,我都去写材料,写故事,写新闻稿。但有时两部门用人之间要空两三天,回村又白搭路费,我就可怜了,在街上逛到天黑,还不知到何处过夜。月光下,行人稀少,高音大喇叭播着河北梆子《龙江颂》,"抬起头,挺胸膛,高瞻远瞩向前望……"

我也望,望着闪闪灯火,那里有欢笑与温暖。而这一夜,我将住宿何处?二十岁的小伙子,忽然想起家想起父母,有点心酸,但没有眼泪,数年间所遇的艰辛早已磨得我无所畏惧。怕什么?不就是一夜吗?书包里有好几本搜罗到的旧书,有一本《铁流》,烧剩下半本的《复活》,快翻烂的《水浒》和《说唐》。也罢,索性找个地方看一宿。班车站关门,但门洞子有灯,没有人,静静的,正好看。看到半夜,来了两个小痞子找碴儿,县街上也有这种人的。我不怕,要钱没有,打架咱找地方,把他们吓走了。但来了一群戴红袖箍的,人太多,不行了,只能跟他们走。到了什么地方,问你带着这些反动书籍干什么?没法子,只好瞎编说文化馆谁谁抽我去搞创作,这是批判用的素材。他们立刻派人去找,过了一阵儿,文化馆"老五届"的朋友气喘吁吁地奔来,说大伙等着你呢,你怎么在这儿,快走吧,把我领走了。那后半宿我睡在床上。天亮,他埋怨我:"你呀,带着这些书,多悬呀!"

考大学

我很想读书,表现又不错,1972 年公社推荐我上大学。正月里,冒大雪从天津奔县城,体检人群里,左找右看,就我一个知青。

回了村里,社员问你咋回来这么早,我不敢说,忙烧火做饭下地干活。往下多少次夜里做梦,来了入学通知书,教室铃声响,惊醒,是队长敲钟喊下地干活了。到了夏天,还没消息,那天,队里派活给猪打防疫针,我负责抓猪按倒。干到傍晚霞光灿烂了,公社文教助理骑车路过,实在忍不住上前打探,他说:"你傻老婆等汉子呀,人家春天就入学了……"

我的天呀!那一瞬间心似刀绞。问题不光是我在苦等,远在千里之外年迈的父母更是食不甘味地在盼望。可这又不能跟任何人说,转回身,我把一腔怨气全撒在猪身上,专拣大个的抓。正巧遇一大公猪,劲大,没抓住,我脚下一滑,一头撞在猪圈石墙上,眉角破裂,流了血,半个脸都染红了。还不错,没把眼珠撞出来。也没上药,抓把烟沫子糊上,一个人默默走了。

我太知道问题出在哪里:政审!转年在县安办,我在一堆旧报纸和废材料中,竟意外见到几份头年的上学推荐表,其中就有我。要去的是天津医学院,果然,政审没过关。我父亲从小在商号学徒,熬来熬去,在一个分号熬成了掌柜的……

1973年令我们兴奋,邓小平同志复出,我决定当年大学考试入学。虽然碰破过头,但面对考试,我又有了信心,一边干活一边复习。复习很艰苦,从春到夏,经常是晚上收工后吃口饭就奔8里地外的公社中学,找"老五届"的大学生请教,半夜回村,眯一小会儿就下地干活。因为上面讲,不参加劳动者,就不推荐去考试。

那年倘若不考学,还有一条路。大队书记找到我说:"你考虑一下,如不去考学,就发展你入党,先提拔为大队副书记,往下还可能当公社副书记。"我从大队部出来没走20步就返了回去,说我考虑好了,我还是去考学吧。书记说如考不上,一切可就耽误了。我说那我就安心当个好社员。

盛夏火热,人到县城。考生在招待所点名,排队去设在中学的考场。当地考生360人,知青只有36个。一双双布鞋胶鞋哗啦啦走在沙土道上,荡起一片黄尘。有人说笑,与路边的熟人打招呼。我无言,神情严肃,暗暗告诫自己:你只有这一次机会,一定要好好把握住。又祈求上苍:你睁睁眼吧,给我一条生路吧,自"文革"以来,多少人都像我一样,活得太不容易了……

连考3天,我考了全县第一。填表时,我犯了难。安办老主任知道我头年的遭遇,叼着小烟袋寻思了一阵问:"你爷爷在老家是什么成分?"我说:"是贫农。"他说:"那就填贫农吧,可千万别报天津的学校。"

然后又回村里等,等了一个来月,什么消息也没有。我想这回上不了学,也就死心了,再过个一年两载,就找个对象结婚,彻底扎根。到时候,除了挣工分,隔一段我出去挣点误工补贴,她在家喂口猪养点鸡,日子还能过下去。

有一天下午收工回来,房东女儿是大队妇联主任,她举个打开的信封和一张纸说:"你看,录取通知书,河北大学中文系。"

我不敢相信,拿过来连看三遍,有红印章,是真的!按说应该激动一下,但不行,往下还不少具体事呢!包括开各种信件证明,收拾行装,还有我头年的剩余工分,都让生产队平摊在几户困难的社员家(即本来该分给我的钱,替他们交了口粮款,等于借给他们,这样生产队的账是平的),我去要,人家说你都上大学了,算了吧。能咋办?只好算了。

我上学了。5年的插队生活,也结束了。

2016 年

杨绛:永远的女先生

陈众议

杨绛先生离开我们已有数天。读者的叹惋和哀悼仍在继续,媒体的追询和惊爆已渐趋平允,而我也从悲痛和忙乱中缓过神来。自先生病重住院到弥留之际再到起灵往八宝山浴火重生,我见证了几乎每一个细节。这是我幼年送别祖母以来第一次全程参与,甚至可以说是受命主持的一桩后事。可它是怎样的一桩后事啊! 它是我国现代文坛最后一位女先生的后事。它意味着一个时代的结束,一代大师的远去。

有关先生的报道已经很多,我似乎再也说不出什么"新鲜"的话来。但近 20 年因工作关系与先生接触的点点滴滴却不断浮出脑海,挥之不去。从这个意义上说,她并没有离开我们。

我们知道,先生是在痛失爱女和丈夫之后的近 20 年间再度为社会所广泛关注的。在此期间,她排除所能排除的一切干扰,信守诺言。那是她作为一位贤妻对丈夫的最后承诺:"你放心,有我呢!"须知钱锺书先生是在爱女钱瑗去世后一年多撒手人寰的。他罹患重病期间一直惦念着久未露面的女儿,无如之下杨先生只好以各种借口搪塞、隐瞒、安慰,并用那简单而有力的诺言让钱先生安心离去。然后,作为一位成名远早于丈夫的才女,她还有自己的使命。她在无比悲伤和寂寥的一个个漫漫长夜和一个个茫茫日子里,翻译了柏拉图关于灵魂的《斐多》,创作了《从丙午到流亡》《我们仨》《走到人生边上——自问自答》和《洗澡之后》,主持编辑了《杨绛全集》,主持整理了《钱锺书中文笔记》(凡 20 卷)《钱锺书外文笔记》(凡 48 卷)。这些先后由北京三联书店、商务印书馆和人民文学出版社付梓出版。其中据不完全统计,《我们仨》在海内外累计印刷 40 余次,发行数百万册(还不包括大量盗版),成为当代传记文学不可多得的范例。先生以一贯的平和、翔实、婉约和纯真,再造了女儿,唤回了丈夫,展示了三口之家鲜为人知的寻常的一面、快乐的一面、亲切的一面、素心的一面。小钱瑗画父亲带书如厕,可谓童趣横生。它让我想起了杨先生对坊间关于其丈夫"过目不忘"的回应。她说:"锺书哪里是过目不忘? 他只不过笔头较常人勤快、博览强记罢了。"皇皇 68 卷中外文笔记印证了杨先生的说法。这些笔记见证了钱先生是怎样大量阅读、反复阅读各种经典的。许多中外名著出现在他的读书笔记中,可谓经史子集无所不包;但稍加留意,我们就会发现一些奥妙或规律,即钱先生的阅读习惯:一是读名著,尽量不把有限的时间浪费在闲杂无聊的消遣书上;二是他每每从原典读起,并且反复阅读,而后再拿注疏、评述和传略来看。

钱杨二位先生藏书不多,他们的取法是借书读。用杨先生的话说,个人藏书再多也不过沧海一粟。因此,他们是图书馆的常客,无论国内国外,所到之处概莫能外。过去,我所在的中国社科院外文所就曾留下了钱杨二位先生的大量手迹。当时,每一册图书的封底,或内或外皆有一只小纸袋,里面装着一张借书卡。每次借阅,须在卡片上签个姓名、写上日期。书借走,卡片留下。我初到外文所时,许多图书的卡片上都有二位先生的签名。而且,从年长一些的前辈、同行口中得知,钱先生一直是图书馆的义务订购员。他为外文所和文学所图书馆订购的图书不计其数,荫庇数代学人并将继续惠及后人。在钱杨二位先生看来,所谓学问,无非是荒江野老屋中三两素心之人商讨培养之事。而图书馆便是这个荒江野老之屋,前人通过自己的爬梳、阅读和著述传承经典、滋养后学、培植德性。

杨先生还时常提到钱先生和她自己的译得。她关于翻译的"一仆二主说"脍炙人口,谓"一个洋主子是原文作品,原文的一句句、一字字都要求依顺,不容违拗,不得敷衍了事。另一个主子就是译本的读者。他们既要求看到原作的本来面貌,却又得依顺他们的语文习惯。我作为译者,对洋主子尽责,只是为了对本国读者尽忠"。钱先生称这种"一仆二主"是化境,即既要忠实原著的异化,又要忠于读者的归化。这自然是很不容易的,有时甚至是矛与盾的关系,但杨先生在其《堂吉诃德》《小癞子》《吉尔·布拉斯》等译作中努力做到了。要说杨先生年届六旬开始自学西班牙语,那是何等毅力、何等勇气。适值"文革"如火如荼,先生却躲开睽睽众目,利用有限的间隙偷偷译完了《堂吉诃德》。一如钱先生所译德国大诗人海涅的感喟,杨先生认为《堂吉诃德》实在是一部悲剧。是啊,在强大的世风面前,堂吉诃德那瘦削的身躯是多么羸弱,生锈的长矛是何等无力。还有那一往无前的理想主义,简直是不合时宜!但杨先生就是那个不合时宜的高古之人。

此外,她翻译的《小癞子》虽是另一种文学形态,却一样传递了先生的问学之道。下笔前先竭泽而渔,了解相关信息。且说《小癞子》原名《托尔美斯河上的小拉撒路生平及其祸福》,实在冗长得很。杨先生之所以翻译成《小癞子》,是因为《路加福音》中有个叫拉撒路的癞皮花子,而且"因为癞子是传说中的人物……"在此,我们不妨稍事逗留,将杨先生的考证摘录于斯,以飨读者:早在欧洲13世纪的趣剧里就有个瞎眼花子的领路孩子;14世纪的欧洲文献里,那个领路孩子有了名字,叫小拉撒路……我们这本小说里,小癞子偷吃了主人的香肠,英国传说里他偷吃了主人的鹅,德国传说里他偷吃了主人的鸡,另一个西班牙故事里他偷吃了一块腌肉。伦敦不列颠博物馆藏有一部14世纪早期的手抄稿《Descretales de Gregorio IX》,上有7幅速写,画的是瞎子和小癞子的故事。我最近有机缘到那里去阅览,看到了那部羊皮纸上用红紫蓝黄赭等颜色染写的大本子,字句的第一个字母还涂金。书页下部边缘有速写的彩色画,每页一幅,约一寸多高,九寸来宽。全本书下缘一组组的画里好像都是当时流行的故事,抄写者画来作为装饰的。从那7幅速写里,可以知道故事的梗概。第一幅瞎子坐在石凳上,旁边有树,瞎子一手拿杖,一手端碗。小癞子拿一根长麦秆儿伸入碗里,大约是要吸碗里的酒,眼睛偷看着主人。画面不大,却很传神。第二幅在教堂前,瞎子一手拄杖,一手揪住孩子的后领,孩子好像在转念头,衣袋里装的不知是大香肠还是面包,看不清。第三幅也在教堂前,一个女人拿着个圆面包,大概打算施舍给瞎子。孩子站在中间,伸手去接面包,另一手做出道谢的姿势。第四幅里瞎子坐在教堂前,旁边倚杖,杖旁边有个酒壶,壶旁有一盘东西,好像是鸡。瞎子正把东西往嘴里送,孩子在旁一手拿着不知什么东西,像剪子,一手伸向那盘鸡,两眼机灵,表情刁猾。第五幅是瞎子揪住孩子毒打,孩子苦着脸好像在忍痛,有两人在旁看热闹,一个在拍手,一个摊开两手好像在议论。第六幅大概是第五幅的继续。孩子一手捏住瞎子的手,一手做出解释的姿态。左边一个女人双手叉腰旁观,右边两个男人都伸出手好像向瞎子求情或劝解。第七幅也在教堂前,瞎子拄杖,孩子在前领路,背后有人伸手做出召唤的样儿,大约是找瞎子干甚事。同时,汉语里的癞子也并不仅指皮肤上生有癞疮的人,而是泛指一切混混。残唐五代时的口语就有"癞子"这个名称,指无赖;还有古典小说像《儒林外史》和《红楼梦》里的泼皮无赖,也常叫作"喇子"或"辣子",跟"癞子"是一音之转,和拉撒路这个名字也意义相同,所以杨绛便巧妙地将书名译作了《小癞子》。

近十年,先生逐渐双耳失聪,最后必得与人笔谈,还须目不转睛地看着对方的表情和口型。我颇为着急,多次劝先生配一副好一点的助听器。她原是有一副助听器的,但质量不好,戴上它嗡嗡地似有发动机在耳边轰鸣。即使如此,每每提起新助听器,她就一再摇头说算了,"不必浪费,我能看书、写字就可以了"。后来,我偶然得知有位邻居叫张建一的,是协和医院的耳科专家,便再次劝先生配助听器。她依然不肯。我和张大夫都以为她心里装着"好读书奖学金",舍不得花钱。于是,张大夫经与协和医院领导商量,准备替杨先生免费配一副最好的助听器,结果还是被先生婉言谢绝了。我们这才明白,她是不想浪费资源,以便多一个"更年轻、更需要的人"去拥有它。而实际上先生又何尝不需要呢?近年来,其实总有领导和各方人士前去探望,可她却宁可自己将就。

说到"将就",那也是应了先生的性情。她固爱清静,但更想着不麻烦别人。因此,她最近十来年也着实谢绝过许多热心读者、媒体,甚至领导的造访。这又使我想起了钱先生的逗趣:喜欢吃鸡蛋,又何必非要认识下蛋的鸡呢。

如今,先生驾鹤西去,"丧事从简,不设灵堂,不受赙仪,不留骨灰",但她的作品早已为她铸就了丰碑,而她的德行便是那不朽的铭文。"不说违心的话,不做违心的事,一生只靠写作谋生。"这便是先生对自己的写照,而钱先生对她的赞美却是"最贤的妻、最才的女"。作为一位著作等身的知识分子,她的同人、晚辈则将一如既往地尊称她为先生。

《草原的春天》(木刻)　布和朝鲁

回忆陈忠实同志

金炳华

虽然一直听说陈忠实同志身体不好,但真的得到他去世的消息,还是感到非常突然,十分难过。他生于 1942 年,长我一岁。作为一位作家,七十多岁,依然是创作的黄金时期,无数的读者都在期待他继续寻找属于自己的句子,把深厚的文化积淀、丰富的生活体验、崇高的人生情怀、娴熟的表现能力,化作一篇篇、一部部属于陈忠实的精品力作。然而,这一切的期盼与祝愿,都被无情的噩耗所阻断。

当得知忠实同志去世的消息后,我怀着十分悲痛的心情,立即委托中国作家协会办公厅送了花圈,对忠实同志不幸逝世表示深切哀悼,并向他的家属表示慰问。5 月 2 日,忠实同志的告别仪式在西安举行。看到新闻报道中,无数普通的读者从四面八方自发赶来,手里举着印有忠实同志照片的报纸,汇成了肃穆的人海。这动人的情景,让我十分感动。一位当代作家,为何能受到读者和人民如此的怀念和爱戴?我认为,答案只有一个,就是习近平总书记强调指出的,坚持以人民为中心的创作导向,创作出无愧于时代与人民的精品力作。作家心中装着人民,人民心中敬着作家。

早在上海工作时,我就对忠实同志闻名已久,记得 1993 年他的《白鹿原》一书刚出版,我就买来阅读,至今还一直珍藏着。可惜到中国作家协会工作之前,无缘一见。及至见面,才发现真是名如其人。后来接触得多了,对他更加了解,友谊也在加深。一次,我开玩笑说:"忠实忠实,忠厚老实。"他抽着一支雪茄呵呵地乐了。

我在中国作家协会党组书记、副主席的岗位上工作的 8 年多时间里,组织召开过许多次中国作协主席团会和全委会,忠实同志是到会率最高的人之一。平时开会他言语不多,即使发言也是朴实、简洁、明了。中国作协开主席团会或全委会,副主席会轮流主持会议,轮到他时总会笑着推辞说:"我的普通话讲不好,还是让其他同志主持吧。"但当向他说明理由后,他也乐意地接受了,并且事先会把主持词念几遍,非常认真。忠实同志用又浓又纯的关中话发言,刚开始,我不是完全能听懂,次数多了,感觉他就应该说那样的话,应该那样说话,如果突然讲起一口标准的普通话,反倒不像他了。斯人虽已殁,千载有余情,此时回想忠实同志,我觉得,他的品格可以概括为五个词:忠厚、善良、正直、谦逊、大度。孟子云:知人论世。作家创造作品,自己本身也是一部作品,而且是立体的、丰富的、多侧面的、有表有里的作品。创作《白鹿原》时,忠实同志立誓,死了垫枕头也要有一部作品。如今,忠实同志枕着《白鹿原》走了,我觉得,他枕着的,不仅有优秀的作品,还有崇高的人格!

  2005年5月23日,是毛泽东同志在延安文艺座谈会上讲话63周年,中国作家"重访长征路,讴歌新时代"纪念红军长征70周年采风团从江西出发,时任江西省委书记的孟建柱同志会见了采风团全体成员。作为中国作协副主席的陈忠实当时已六十三岁,也欣然担任一个团的团长。在出发仪式上,忠实同志动情地说:"我心中有两座最崇高的山、最神圣的山,一座是井冈山,一座是宝塔山。但我六十多岁还没到过井冈山这个神圣的地方。井冈山在我心中有着割不断的情缘,井冈山是长征的出发地,延安是长征完成的地方。我是陕西人,延安宝塔山去了许多回,但我总有一个心愿,就是到长征出发的地方看看。这样,长征在我心里也就完整了,也就实现了我的一个心愿。"听到他朴实的陕西口音,我十分感动。一个老党员的精神境界,一个党员作家的自觉追求,跃然而出。《白鹿原》以深厚的传统文化内涵而为人称道,但触动忠实同志最初创作灵感的,却是他发现自己的家乡是西北最早响应革命的地方之一,有着光荣的红色基因。《白鹿原》中,以大量篇幅描写鹿兆鹏、白灵、黑娃等革命者。忠实同志工作的一生、创作的一生,何尝不是一次伟大的长征呢?当时刘云山同志看了《文艺报》有关中国作家"重访长征路,讴歌新时代"采风活动的系列报道后,专门批示要我转达他对重走长征路各位作家的敬意和问候,并对中国作协组织"重访长征路,讴歌新时代"采风活动给予了充分肯定和鼓励。11年后的今天,中国作家又开始重走长征路,忠实同志的发言犹在耳畔,充分体现了一位作家肩负的责任和使命。

  这段时间,我看了许多怀念忠实同志的文章,不少人亲切地称他为"老汉"。我在北京工作多年,知道在北方话里,"老汉"指年纪大、受人尊敬的普通男子,要得到这个看似平凡的称呼,其实是不太容易的。忠实同志是中国作协副主席、陕西省作协名誉主席,是茅盾文学奖获得者,曾任陕西省作协主席,应该说是有身份、有地位的人,但他给读者、给大家的印象,不止是主席、也不只是个著名作家,而是一个"老汉"。不错,忠实同志忠厚大度、平易近人,但更本质的,是他终其一生,都把根牢牢地扎在陕西关中的平原上。不少人请忠实同志写字,他总是谦虚地说"我不会写字",但又总是认真写好,尽快寄出,他每张字的落款都是"原下 陈忠实"。他一生甘做白鹿原下人,愿永远向群众学习,向生活致敬!

  忠实同志说:"我的写作是生活的附属物。生活对我来说是决定性的。生活与作家创作的关系是一个根本的关系,这是个很简单的道理。""生活是创作的源泉这个真理永远不会过时。"忠实同志是这样说的,也是这样做的。在成为专业作家之前,他的大半生都在自己老家度过。从儿时上学,到后来当民办教师,在公社工作,又调到区文化局,从未离开过那一方土地。在公社工作时,30多个自然村,他不知跑了多少回,有好几个村子一住就是大半年。忠实同志非常感激农村的生活经历,他说:"这些经历让我对农村和农民世界有了理解,对我后来的创作非常珍贵。当老师、做乡镇干部让我对中国乡村有了体验、理解以及生活积累,成为后来重要的创作基础"。他1979年荣获全国优秀短篇小说奖的《信任》,就正面表现了当时历史条件下的乡村矛盾。他的短篇小说集名叫《乡村》《到老白杨树背后去》,散文集是《原下的日子》,一笔一画描绘的,是真实的中国农村。正是有这样深厚扎实的基础,才能诞生《白鹿原》这样代表新时期文学高峰的杰作。而创作《白鹿原》时,忠实同志住在乡下亲戚家的小屋里,一张小饭桌,一个板凳,绘就了中国现代风云际会的大历史。

陈忠实同志不仅是一位有着杰出成就的作家,而且是非常优秀的文学组织工作者和领导者。我觉得,陕西当代文学之所以在全国有重大影响,新人新作不断涌现,文坛长者的引领示范带动作用不可忽视。柳青、杜鹏程、王汶石、路遥、陈忠实、贾平凹、肖云儒等,作为陕西文坛的中坚,挺起"陕军"的旗帜。1993年,忠实同志担任陕西省作协主席,2001年当选中国作协副主席,为陕西省作协和中国作协的工作,付出了很多的心血。忠实同志把很多时间和精力放在关心基层文学爱好者、发现和培养中青年作家上,为他们的成长给予积极帮助和支持,得到了陕西省中青年作家和文学爱好者的广泛好评。2006年11月,中国作家协会召开第七次全国代表大会。这是巴金主席逝世后召开的一次全国作家代表大会,会上还要选举产生中国作协新的领导班子。对主席人选,广大作家和社会各方尤为关注。中央高度重视,有关领导部门在充分发扬民主、广泛听取意见的基础上,又在中国作协召开主席团扩大会议的时候,再次个别听取中国作协副主席、主席团委员、各省区市作协负责人和作家代表的意见。主席团扩大会议期间的一次中午饭后,忠实同志和我从餐厅出来,边走边聊,在快到房间时,他停住了脚步,郑重其事地对我说:"金书记,听说也有人推荐了我,但我觉得铁凝更合适。"忠实同志没有多说什么,还是一贯朴实的关中话,但他的真诚态度和思想境界让我感动,令人敬佩。

2008年4月,北京十月文艺出版社和中国现代文学馆联合召开《白鹿原》创作20周年暨荣获茅盾文学奖10周年座谈会,忠实同志专门来电话请我参加。因我当时在云南西双版纳主持召开全国少数民族文学翻译工作会议,未能到会,写了一封贺信,在信的末尾"祝忠实同志取得更大的创作成就!"忠实同志逝世后,我把这封信从电脑里找出来,看了许多遍。一边看,他的音容笑貌,像过电影一样从我的脑海里闪过。忽然想起,2008年"5·12"汶川特大地震全国哀悼时,忠实同志"一个人在书房里,起立默哀",今天也是5月12日,我在书房里写下上面的字,深切缅怀作为作家、同志、朋友的陈忠实。

2018 年

沟里沟外

赵德发

将网上的卫星地图放大到 1 厘米等于 5 公里时,长白山恰似一只巨人的眼球,在中国东北的半边绿脸上突兀而出。当年岩浆流淌的痕迹,是眼球的血丝;蓝色的天池,则是瞳仁。

搓动鼠标滑轮,继续将地图放大,会看到长白山周围,一道道山脉像绿蜈蚣,一条条山沟像白蜈蚣。我在安图县城西南方向找到一条白蜈蚣,确定我和妻子的目的地就在它的一条爪子上,便坐上 K1450 这列绿皮火车出发了。在日照时,日在中天,到那里已是次日晚上。

早先与亲戚通话,听他们频繁说到"沟里",以这个词语指代住地,到那里一看,果然。两边是山,中间是沟,沟畔是一个屯子。头顶,则是干净无比的星空。银河高悬,从西北到东南,与这条山沟的走向一样。

亲戚们早就聚在表妹郑爱芬家里等候我俩。握手寒暄,满耳朵都是莒南口音;正冒热气的豆腐豆脑,让我想起了母亲的手艺。被领到里屋脱鞋上炕,我才意识到这里与家乡的重大区别。

火炕真够大,占了屋子的三分之二面积,烤得人周身发暖。不只东屋有,西屋也有一盘,也是同样大小。众人到炕上坐齐,妻子说:"俺来晚了,早该来看看你们的。"二妗子将头一低,汪然出涕。

沉默片刻,妻子又问:"当年来这里用了几天?"她说:"用了五天,可费事了。先是步行 18 里去坐汽车,再到临沂转车去兖州。在那里上火车,我背的几个干瓢都挤碎了!上了车连个座都没有,咣当到长春,再咣当到安图,我呕了不知道多少回,那个难受呀,死的心都有了。下了火车,老郑家的人赶着牛车来接俺,一出县城就往山沟里钻。雨下得唰唰的,牛车咕噜咕噜,咕噜了大半天还没到恁大舅那里。俺跟恁二舅说,这是什么地儿,怎么除了山就是沟呀?咱是哪辈子伤了大理,撇家舍业往这里跑?"

我在一边听得伤感,抬眼打量这一家人。这是妻子的二妗子,两个表弟一个表妹,还有表妹夫和表弟媳妇。三表弟在吉林北安大学任教,去南方出差,没能回沟里与我们见面。第二天,我们又见到了大舅的儿子儿媳、女儿女婿,见到了村东山坡上的三座坟,那里埋着姥娘、大舅夫妇和二舅。至此,我才将这个大家庭的主要成员数算清楚。

上坟时已近黄昏,夕阳落在大沟西头,冷风飕飕,草木啾啾。品字形的三座坟墓,在我看来,全由苦难筑成。

这些坟,本该筑在山东省莒南县相沟乡圈子村。或许,两个舅舅至今还没入土,依然健壮地生活在那个盛产花岗石的村庄。是1960年的那场大饥荒,给这一家的苦难历程拉开了序幕。没有粮食,吃糠咽菜,许多人担心活不下去,便扶老携幼逃往东北,大舅一家也在其中。这些人被叫作"盲流",意思是盲目流动人员。但其实他们的流动并不盲目,而是有着明确的目的:找个地方活命。来到长白山下,进入一条条大沟,随便刨出一片黑土地,就能种出粮食;到山里走一走,还能捡到各种木耳、蘑菇等山货,偶尔还能挖到人参。大舅觉得东北好,衣食无虞,一再给守寡多年的母亲写信,让她也去。母亲贪恋故土,下不了决心。等到"文化大革命"闹起来,她因为是富农出身,要经常戴着高帽子挨批斗,还要天天早起与"四类分子"一起扫大街,为逃避屈辱,才让大儿子回来带她走了。与大儿子在一起,却又想念小儿子和两个闺女,就在1975年回来,想住一段时间再走。然而只住了一年,噩耗传来:大儿子给生产队打石头,因为塌方事故去世。老太太一路痛哭赶回去,二儿子也带着全家随后去了,因为他要担负起赡养母亲、照顾哥哥一家的重任。去后第五年,老太太还是思念闺女,又回了老家。在家住了半年,又一封电报拍来,二儿子因为车祸丧生。两个儿子,死时都不到四十。老太太回到东北,守着两个寡妇儿媳和孙子、孙女,整天以泪洗面。回老家一趟,就死一个儿子,她认为罪在自己,从此不敢回去,最终死在这里,没能与年轻时死在圈子村的丈夫合葬。

在这个叫作福利村的屯子里逛游,遇到的人都是说临沂话。他们都是"盲流"后代,有20世纪50年代来的,有20世纪60年代来的,有20世纪70年代来的。大舅家表妹夫叫袁久胜,也是圈子村的,他父亲当年是教师,1957年被打成"右派",便带全家到了东北。这位教师先在黑龙江伊春林场伐木,后到吉林安图投奔老乡,与我妻舅同住一条山沟,两个屯子相距3里。袁久胜高中毕业,连续参加四年高考,终于没能考上,却得了个绰号叫"秀才"。经人介绍,他与住福利村的郑爱梅成亲,才知道两家原先在圈子村住对门。二舅家表妹夫叫王世华,家是临沂河东区重沟村,他爷爷逃荒到了东北,如今已经有了第四代传人。

那个年代,往东北跑的人像蚂蚁一样络绎不绝。吃不上饭的穷汉,娶不上媳妇的光棍,政治上受压制的人员,都把东北当作了世外桃源。先安下家的,每家都要经常接待来自老家的人,无论是否沾亲带故,因为都是天涯沦落人,便惺惺相惜,尽力帮忙,大炕上经常住得满满当当。帮他们建起房子,让他们单独居住,又有人风尘仆仆赶来,填充大炕上刚刚腾出的空间。表妹说,她那些年整天织毛衣,不知织了多少。那些光棍子,想让身上暖和,又想打扮自己,一个个买来毛线去求她,她也不好意思推辞。光棍汉在沟里干上几年,攒了点钱,就回老家找媳妇。手脖子上戴一块表,胸兜上卡几支钢笔,穿皮鞋披大氅,几乎是百分之百的成功率。因为家乡人活得艰难,姑娘们都把嫁给他们当作改变命运的契机。那时家乡流传一句话:"黑不黑,东北客(临沂话,读音为kēi)。"意思是不管人长得是黑是白,只要是东北客就可以嫁。还有人唱出这样的歌谣:"大嫂大嫂你甭愁,找不着青年找老头。不管老头黑不黑,只要领你闯东北。"每有一个山东大嫂跟着"东北客"下火车,沟里就又多了一个家庭。

长白山下,安图一带,曾被清王朝奉为满族远祖降生圣地和天朝帝国龙脉根基,划为皇朝封禁地,禁止民间开拓200余年,以求"安龙脉、图兴昌"。后来因为朝鲜半岛的战乱与饥荒,大批朝鲜人到这里垦荒定居。福利村,原来就有好多朝族人。山东老乡来后,与他们同烧一山柴,共饮一沟水,农业集体化期间,还在一起干活。临沂老乡都会说几句朝鲜话,朝族人也学会了常用汉语,却都带着临沂腔。临沂人闯东北,背去了鏊子,妇女们烙出一张张像纸一样薄的煎饼,会送给朝族人品尝。她们还向朝族人学会了打年糕,学会了制泡菜。临沂老乡一边讥笑"朝族人大裤裆",一边喜欢起了"辣椒面子狗肉汤"。两个表妹上学时,学会了不少朝鲜族歌舞,至今能唱能跳。表妹招待我们,就拿出了朝族人做的米酒。

然而,从半个世纪以前开始,汉族人在沟里越聚越多,朝鲜族人不习惯了。他们陆续搬家,去了一些本民族的聚居地,让这条沟里只剩下说山东话的人。

后来,这里就不只听到山东话了,还有普通话,还有其他地方的方言。表弟表妹来后,因为受过正规教育,都会讲普通话,但在亲人和老乡面前依旧说家乡话,即使在沟里出生的也是如此。说其他方言的,有从云南贵州一带来的女人。30年来,世事变迁,光棍们回老家找媳妇越来越难,因为山东大嫂已经有了更高的择偶标准。无奈之下,沟里的光棍汉只好去别的地方找。大舅家的大表弟,就通过中介找了个云南媳妇,而且是傣族。这女子上过高中,吃苦耐劳,来后将小日子过得一五一十。因为身材壮,她的大姑姐夫开玩笑,说她是哈密瓜族。这个"哈密瓜"很有善心,又回云南领来几个"哈密瓜",给沟里青年解除光棍之苦。其中一个给了小叔子,可是小叔子不会处事,他娶的"哈密瓜"就不像嫂子那么安分,生下两个儿子之后又和别人好上,导致家庭破裂。

说到这件事,表妹说,要是不进城,也许就不会生出这些风波。这10来年,沟里刮起了进城风,年轻人都想到城里安家。堂弟是嫌沟里收入少,一家四口进城租房子住。堂弟结交了一些社会底层的人,有人很不厚道,就拐走了他的傣族媳妇。

我和妻子在安图下火车时,二舅家二表弟郑安记接站。我们到了出站口,见他一家三口笑脸相迎。离开车站不远,母女俩却在一个小区下了车。原来,他们也早在县城买房安家,孩子在这里上学,表弟媳妇长期陪伴。郑安记开着轿车,沿着去长白山的203省道走过一段,再拐进另一条山沟,将当年父母坐牛车走过的60里路碾压一遍,只用了半个多小时。他一边开车一边说,与30年前相比,沟里的优势荡然无存。种地不赚钱,虽然家家苞米篓子装满了玉米,可是一斤才卖五六毛。要是把地转让给别人种,一亩只能收100多元租金。因为人多眼杂,山货也越来越少。他养了几年鹿,又养了几年木耳,都没有多少收入,只好到外面打工。安记表弟说,从沟里往沟外走,就是今天的大趋势,谁也挡不住的。沟里青年想找媳妇,如果不在城里买下房子,那是痴心妄想。

早在沟里安家的,则希望孩子走出去。绰号"秀才"的袁久胜,一边当村医、当村长,一边望子成龙,费尽心血。儿子在县城上中学,他隔三岔五就要跑去,向老师打听情况,勉励儿子一番。儿子也争气,考上一所军医大学,毕业后到郑州一家部队医院当外科大夫。"秀才"亲眼看到儿子早上查房,身后跟了一帮人,对他唯唯诺诺。"秀才"感到无比自豪,说:"我一个在东北山沟里种地的,把儿子培养成这样,真够意思了!"后来听说儿子升了军衔,相当于副团级,他有一天在村里看见一位镇干部下来对老百姓摆架子,就瞪眼说道:"你得瑟什么?俺儿是团长,官职比你大10倍!"

二舅家表妹,孩子也都在外面,延吉两个,昆明一个。在延吉的小女儿听说我们来了,一家三口专程回来看望我们,还带来了延吉特产明太鱼片和甜梨。让我们惊讶的是,小两口颜值之高,极其罕见,而且都有一份体面的工作。帅哥的祖籍,是武松的家乡山东阳谷县。外甥女用手机和我们一群人玩自拍,竟然装着我从没见过的广角镜头。

年轻人走出山沟,走到关内,近年来在整个东北成为普遍现象。今年8月底,我到中国检察官作协在黑龙江伊春市办的作家班上讲课,听当地人介绍,伊春市区在册人口为11万,实际上只有9万,有两万去了内地。我到吉林走亲戚,途经老家莒南县,一个精干的小伙子上车,与我们同在一个车厢。经交谈得知,他在北京工作,回莒南看罢老奶奶,要去敦化看望父母。他爷爷当年闯关东,在敦化的山沟里落户。他父亲目前还在那里种地、捡山货,去年与几个人花38万包下一片山,打松子卖钱,承包期7年,头一年就把本钱挣了回来。但打松子很危险,要穿着特制的"铁鞋"爬到高高的树上,一边将松塔敲落,一边折断松枝梢,让其来年发杈,结出更多的松塔。干这活经常有摔死摔伤的,一天发1000元也很难雇到人。这小伙也学父亲打松子,爬上去吓得发抖,父亲就坚决不让他干了,让他到外面打工。他就跑到北京,在一家名牌地板企业搞推销。

我说:"看媒体报道,延边一带有人打松子,用氢气球把自己吊到半空,没把气球拴牢,飞到了天上,飘了上百公里才落下。"小伙子听了说:"我可不让父亲买气球,要是飞走了,到哪里找去?"

我和妻子在表妹家住了两宿,原计划第三天要去"秀才"家里看看,但是早上起来,天地皆白,延吉的小两口正发动车子,准备回城。我见雪花还在纷纷飘落,怕被堵在沟里误了回程,便决定提前离开。二表弟郑安记送我们去安图,大表弟郑安伦和大舅家的大表弟也坐车同行。他们三兄弟要去离县城不远的龙林村吊孝。那里一个姓郑的去世,次日出殡。同是圈子村的人,虽然住在不同的山沟里,彼此联系依然密切。当年大舅和另外几家的房子失火烧掉,在各条山沟里的郑家人都去帮忙,为他建了新房。今天,龙林村这位姓郑的死去,大家也从四面八方赶去,帮忙治丧,送他上路。郑安伦已经在福利村当了多年的党支部书记,可是遇到红白喜事,依然遵守着老一辈从山东带来的风俗习惯,如礼如仪。去年我岳母去世,收入并不高的他,竟然和三弟一起坐飞机回去,就为了赶上大姑出殡的时间。龙林村到了,郑安伦和堂弟在岔路口下车,我看着他们的背影,看着他们在雪地里踩出的脚印,心中涌出深深的感动。

郑安记说,他早已和一位伐木场老板定好,第二天要去那里干活。我说:"这样的雪天,还能去吗?"他说:"开着四轮子(拖拉机),没事。我不去挣钱,拿什么供孩子念书?"第二天得知,他果然去了延吉北面的一条山沟,路上走了6个小时。他要在那里干上一个冬天,每日冒着零下十几度甚至几十度的严寒,在林海雪原里开拖拉机拉木头。

在这个雪天里,两位表妹则在打点行装,也准备出门。她俩都是给儿女看孩子,一个去郑州,一个去昆明,撇下两个老男人看家护院。"秀才"不只是看家,还要继续履行村医职责。不过,他们家中都装了网络,功能强大,与远方的亲人通视频,一点儿也不卡。

福利村前有一条河,河里的水千折百回,最后流入松花江,汇入黑龙江。我去的第一天早晨出去闲逛,发现河南岸有一棵孤零零的老树,树干斑驳,有好几搂粗;枝杈遒劲,直刺蓝天。我被它的沧桑模样震撼,回来说起它,亲戚们讲,这是棵老榆树,有好几百岁,是福利村的一个标志。这些年,经常有原来住这里的朝族人成群结队回来,到老榆树下唱歌跳舞,哭哭笑笑。我说:"这树寄托着他们的乡愁呀。"表妹说:"也寄托我们下一代的乡愁呢。孩子们住在城里,经常说,想念沟里这棵老树。"

我们离开这里时,老榆树承接着漫天飘落的雪花,每一根树枝都是半黑半白。

坐火车回日照,途经莒南,车窗上恍然出现一双泪眼。那是二姈子的。年事已高无法回乡的她,为我们送行时老泪纵横,那副悲伤的面容让我回想了一路。

2019 年

《文艺报》试刊十三期回顾

汪 砚

今年是新中国成立 70 周年,也是《文艺报》70 华诞。《文艺报》创刊于新中国成立前夕的 1949 年 9 月 25 日,这个为文学界所耳熟能详。但是它发刊于 1949 年 5 月 4 日,在创刊前已发行了 13 期,这个则鲜为人知。

1949 年 3 月 24 日,中华全国文学艺术工作者大会筹备委员会成立,决定编辑出版《文艺报》,作为大会筹备期间的会刊。4 月 15 日,茅盾在筹委会上宣布,出版机关刊物《文艺报》,编辑为茅盾、胡风和严辰。

1949 年 5 月 4 日,由中华全国文学艺术工作者代表大会筹备委员会《文艺报》编辑委员会负责编辑的《文艺报》第一期出版。《文艺报》为周刊,每星期四出版,每期人民券(人民币的前身)15 元。刊名集鲁迅的字,在首页上刊登了《发刊词》。

《发刊词》首先介绍了发刊的缘由:"多少年来,从事文学艺术工作的朋友们都希望有这么一个定期刊,作为交流经验、交换意见、报道各地文学艺术活动的情况,反映群众意见的工具。然而由于客观形势的阻隔,此种希望,迄未能成为事实。现在,全国文学艺术工作者代表大会即将开会,各解放区以及解放区以外的文艺工作者陆续来到了北平,对于这样一个小型的定期刊,固然更其感得需要,而出版这样一个刊物的客观条件也大体具备了。这便是全国文学艺术工作者代表大会筹备委员会决定要发刊这一个《文艺报》的原因。"

随后,《发刊词》介绍,除了交换经验、交换意见、领导各地文艺活动、反映群众意见等经常目标而外,特别希望做到下列几件事:"一、随时报道筹委会工作进行的情形,并十分希望筹委会以外的文艺界朋友们随时多多给我们意见,使我们的工作做得更好些。二、对于将来的全国性的文艺作家协会,它的任务、组织、工作方式、会员成分等等,文艺工作的朋友们一定十分关心,而且有很多意见;我们希望朋友们把意见写出来,交给本刊发表。三、为了推荐近五六年来优秀的文艺作品,筹委会已有评选委员会之设置,并分诗歌、小说等五组。同人们见闻有限,而搜罗书刊亦苦难齐全。我们知道,这一件事若要做好,多听各方意见(尤其群众意见),是必要的。因此也十分盼望文艺界朋友及广大读者群多提意见,本刊自乐于发表。"

《发刊词》表示欢迎下列各种稿件:有关文艺各部门的理论、批评介绍、研究讨论、经验总结;有关文学艺术工作者代表大会的各个问题的商讨;全国各地文艺运动的综合或专题的报道;工厂、部队、农村及各团体的文艺活动情况等。末尾还留了通讯地址:北平邮政信箱四十号《文艺报》编委会。

正如《发刊词》所提到的,《文艺报》会随时报道筹委会工作进展,听取对成立全国性文艺作家协会的意见。《文艺报》第一期就刊登了茅盾《一些零碎的感想》,作为《发刊词》的补充。

关于新的全国性组织的方式,茅盾介绍,新的全国性的组织,或将命名为"中华全国文学艺术工作者协会"。新组织将包括文学与艺术各部门的工作者,将来可能会设综合性的各级组织(全国性的总会与地方分会)和单一艺术部门的各级组织。这些都希望大家来讨论。

关于大会代表的产生办法,茅盾说,最好自然是由各地会员开会选举,但是目前还办不到。"所以大会的代表,一是以各地文协的理事及候补理事(有监事者再加监事)为当然代表;二是为了照顾到各方面,当然代表之外再加上邀请代表。邀请代表可以由各地文协推举,亦可由个人推举,而由筹委会做最后决定。"

茅盾还介绍,筹委会秘书处正在草拟一个比较详细的报告,将在本刊本期发表。这个报告实际刊登在《文艺报》第二期上,标题为《文代筹委会近况》,在第三期又刊登了《文代筹委会近况——之二》。

从第一期开始,中华全国文学艺术工作者代表大会筹备委员会陆续刊登征集文学艺术作品、美术展览品等启事,其中第五期刊登了《中华全国文学艺术工作者代表大会筹备委员会启事二则》,主要内容一是延长征求文艺作品期限,二是征求推荐作品。

中华全国文学艺术工作者代表大会开幕后,《文艺报》连续发表大会概况、参会代表感言等。7月19日,大会闭幕,通过了大会宣言。7月21日出版的《文艺报》第十二期刊登了《全国文代大会宣言》。

宣言指出,从五四以来,中国新文艺运动已历时三十年了,在人民革命斗争中起了很大的作用。特别是1942年延安文艺座谈会以来,中国的文艺工作者,尤其是解放区的文艺工作者开始和广大的人民群众相结合。文艺工作者和劳动人民结合的结果,使中国的文学艺术的面貌焕然一新。宣言强调,我们的文学艺术既然是为人民服务的,我们的目的也就是使人民能取得胜利与巩固胜利。一个名副其实的真正爱国的民主的文学家与艺术家,就必须掌握正确的世界观与人生观,只有这样,他才有可能正确地了解中国社会的阶级关系,表现中国人民中新的英雄人物与英雄事迹,也才有可能使自己的作品富有思想性,也才有可能有效地正确地为人民服务,发扬文艺的伟大教育效能。

7月28日,《文艺报》出版了第十三期即创刊前的最后一期。由上可见,在全国文代会召开前后,《文艺报》确实发挥了"筹委会的公报"的作用。

《文艺报》第一期除了刊登《发刊词》和茅盾的文章外,还发表了许多名作家的文章,如范文澜的《急起直追参加革命建设工作》、王朝闻的《为政策服务与公式主义——致友人书之五》、阳翰笙的《略论国统区的戏剧运动》、王亚平的《关于推陈出新》、荒草的《东北人民解放军的演唱运动》、罗英的《热烈开展中的"兵演兵"运动》。

《文艺报》发刊之初,就提倡关于大会各方面问题的商讨。在第二期刊登了羽山的《意见两三点》,在第三期刊登了安蓝的《热诚的希望——供文代会的代表们参考》。《文艺报》还特意召开了三次座谈会,讨论关于新文协的若干问题。6月2日出版的第五期上刊登了《〈文艺报〉第一次座谈会:新文协的任务、组织、纲领及其他》,6月9日出版的第六期上刊登了《〈文艺报〉第二次座谈会:关于新文协的诸问题》,6月23日出版的第八期上刊登了《〈文艺报〉第三次座谈会:关于〈文艺报〉、民间艺术等》。

《文艺报》还大量报道了当时的各地文艺动态,并发表了郑振铎的《记苏联作家协会》、叶圣陶的《划时代》、黄药眠的《香港文坛的现状》、钟敬文的《请多多地注意民间文艺》、萧三的《普希金与中国》、萧殷的《我们需要文艺批评》等内容广泛的文章,也发表了巴金的《我们会见了彭德怀司令员》等散文、报告文学。

在大会召开前夕,《文艺报》向参会代表约稿,截稿日期是6月26日,自第八期陆续发出。如胡风的《团结起来,更前进!——代祝词》:"就这样,把新旧文艺工作者团结起来,把星星似的散布在劳动人民里面的全国文艺工作者团结起来,把星星似的从劳动人民里面开始成长的文艺工作者团结起来,在实际工作里面团结起来,为了更坚强更健康而团结起来,为了更深入地更广泛地和人民结合而团结起来,为了文艺工作更光辉地发展,一步一步清洗掉半封建半殖民地的反动文化影响而团结起来。团结起来,更前进!"这篇代祝词写于6月25日夜。

柯仲平的《文代会上"数来宝"》写于6月25日。柳青的《转弯路上》,末尾署"一九四九年六月廿六日匆草于北平"。碧野的《在实际斗争中改造自己》,末尾是"一九四九、六月二十五,于华大三部"。马健翎的《我对于地方剧的看法》写于6月26日。林山的《略谈陕北的改造说书》写于"1949年6月北平"。此外还有李束为的《民间故事的采集与整理》、董均伦的《赵树理怎样处理〈小二黑结婚〉的材料》等等,以上约稿陆续刊发于第八期至第十一期。

《文艺报》创刊时,即制定如下方针:准备情况,帮助学习,交流经验,研究问题,展开批评,推进工作。这六项又是根据下面一条总方针出发的,那就是:通过各种具体问题来宣传毛泽东的文艺思想与新现实主义的创作方法。《文艺报》确定了作家及文艺工作者为主要对象,然后逐步扩大到文艺爱好者中间去。

《文艺报》发刊之初,就提出它不仅是文艺工作者的刊物,而且也是群众对文艺工作发表意见的园地。为了加强与广大群众的联系,及时了解各地群众文艺运动的情况,以便交流经验,发现问题,展开讨论,曾先后向全国各地发出广泛征聘文艺通讯员的启事。在启事发出后的半个月内,就得到各地同志热烈的响应。由于许多人对于《文艺报》的性质、内容和写稿的范围都不够了解,寄来许多不适合《文艺报》性质的稿件,所以《文艺报》特发了一封信。

在《文艺报》正式创刊前,9月16日,《文艺报》编委会刊发《给愿意做文艺通讯员的同志们的信》:"《文艺报》是文艺工作与广大群众联系的刊物。它用来反映文艺工作的情况,交流经验,研究问题,展开文艺批评,推进文艺运动。内容包括文学艺术的理论研究、批评,各地文艺工作动态,作品评介,书报推荐,出版消息,及群众对文艺工作与作品的意见等。"

密切联系群众,这是《文艺报》继承延安文艺座谈会之后解放区文学一贯重视苏联文学与文艺思潮的传统。《文艺报》的发刊与创刊,同苏联《文学报》有着密切关系,参照了苏联文学体制中的相关内容。1934年,苏联作家第一次代表大会召开,正式成立"苏联苏维埃作家联盟"。苏联苏维埃作家联盟创办了自己的机关报——《文学报》。1948年底,丁玲访问苏联,其中一个重要任务就是学习苏联的文艺界的领导方式和文学体制。当时的苏维埃作家联盟主席法捷耶夫曾向丁玲建议,"最重要的就是报纸,这是教育作家、教育读者的最好的工具"。

丁玲本人曾经主编过上海左联机关刊物《北斗》,对办刊物有一种情结。1941年5月16日,党中央在延安创办《解放日报》,丁玲出任《解放日报》文艺副刊主编,编辑还有陈企霞、黎辛。当时,所有不用的稿子都退还作者本人,并写信给作者提意见,作为培养文艺新人的工作。丁玲在《解放日报》文艺副刊出满100期后离职,后由舒群任主编。

当1949年第一次文代会结束后,有人建议把《文艺报》和《人民日报》副刊合并,丁玲坚持把《文艺报》办下去,她本人也成为1949年9月25日正式创刊的《文艺报》主编,任期为1950年1月至1952年1月。此后,丁玲因去大连养病辞去主编职务,由冯雪峰继任,任期为1952年1月至1954年8月。在丁玲担任主编期间,还有陈企霞、萧殷两位主编,顾问是阿英。

《文艺报》虽名为"报",实则为刊。直到1985年7月6日,《文艺报》正式改刊为报(周报,对开4版),成为名副其实的"报"。

《哥哥修椅子,我们修鸭子》(套色木刻)　何艳荣

投稿记

肖复兴

说来难忘,我是 78 级的大学生。那一年,报考中央戏剧学院,考戏剧文学常识和写作两门,前者试卷上有一道解词的题:"举国欢腾"和"百废俱兴"的"举"和"俱"各自的词义。我答对了后者,却答错前者。这两个成语,具有特殊年代感,和我完全个人化的考试记忆,竟然如此密切地联系在一起。

在中华人民共和国 70 年的历史中,有些年月,千载难逢,不同寻常,无论对于历史,还是对于个人。

70 年代末,就是这样的一段年月。

那时候,"四人帮"刚刚被粉碎,国家和民族正处于历史的转折关头,才忽然觉得悲尽兴来、物转星移,才一下子觉得报国有门、济世对策,也才真正明白了"举国欢腾"和"百废俱兴"是什么意思,仿佛天都格外地蓝了起来。

彼时我在北京郊区一所中学里教书,业余时间到丰台文化馆里参加文学活动。文化馆里聚集着一群爱好文学的志同道合者,其中有后来成为报告文学家的理由、小说家毛志成、儿童文学家夏有志,不幸英年早逝的评论家张维安……不过三尺微命,都是一介书生,在此之前,大家并不认识,却仿佛惊蛰后的虫子一下子冒出来似的,相逢何必曾相识一般聚在了一起,坚信东隅已逝、桑榆未晚,将一份几乎丧失殆尽的文学旧梦,像是普希金童话诗里那条小金鱼一样,让渔夫撒网般终于捞了上来。

我们一起编了一本叫作《丰收》的内部文学杂志,和那个"百废俱兴"的氛围是如此吻合,在那间也就 10 平方米的小屋里,激情和想象驰骋,争吵与辩论共存。或是剪灯听雨、拍窗对月,或是清茶浊酒、白雪红炉,或是干脆吃着 5 分钱一个的烧饼,喝着白开水,润着早已争执得沙哑的嗓子,将我们彼此写的小说或诗歌,像在舞台上一样充满感情地朗诵着,然后相互毫不留情地批评,突然冒出的好建议和噼噼剥剥的煤火一起蹿起来。我们甚至为文章里多了几个"的"字到底要不要而激烈争论,仿佛哈姆雷特在追问"是生还是死"一样认真而执着。

我们也常常结伴,骑着自行车,一列长龙浩浩荡荡地从郊区出发,把车铃转得山响,一路迤逦而来,杀向王府井的新华书店,不惜排着小半天的长队,为了买那些重见天日让我们渴望已久的古今中外名著。那时,托尔斯泰的《复活》1.85 元一本、雨果的《九三年》1.15 元一本、两本《古文观止》才 1.50 元……

文化馆的文学组组长是理由,他大我整整十岁,为了能够让我抽出一段时间专门到文化馆里安心创作,他骑着破摩托车跑到我们学校里,磨碎了嘴皮子,找校长为我请假。他还骑着那辆破摩托车大老远地找到我家,为的是带上我风驰电掣地穿过半个北京城,跑到小西天的电影资料馆去看一场当时的内部电影。而在大雪纷飞的春节头一天,张维安一身雪花像雪人一样推开了我的家门,为了只是因文学而联系在一起的情感,还有一点点当时他那么坚定的希望,他总是果断地鼓励我说:你行,一定能行!

我对自己的写作并没有信心,而且,投稿对于我来说更觉得山高水远,烧香找不到庙门一样渺茫,心里充满忐忑,却莽莽撞撞地开始了我投稿的生涯。那时候,投稿很简单,将稿子塞进一个牛皮纸的大信封里,在信封的右上角剪下一个三角口,再在信封上写上"稿件"二字,连邮票都不用贴,直接扔进信筒就行了。至于稿子是一去豪门深似海,泥牛入海无消息,还是幸运地得以刊用,全凭稿子的质量,再有就是运气了。

我底气不足,投寄进绿色信筒里的第一篇稿子,并不是我自己寄的,而是我的中学语文老师田增科。我写了一篇纪念周总理的2000多字的散文《心中的歌》,先拿给田老师看,他觉得写得可以,便替我做主,装进信封,写上地址,在信封上剪下一个三角口,投寄给《北京日报》。投寄出去,我心里依然没有底,本是抱着出师未捷身先死的想法,没有想到很快就刊发在报纸的副刊上。那时,报纸刊物没有如今遍地开花这样多,几乎每个单位都订有《北京日报》,看到的人很多。2000多字的文章,不是"豆腐块",占了报纸老大的版面,很是醒目。

我清楚地记得这篇散文的稿费是6元钱。稿费单是寄到我教书的中学里的,学校里的老师和我一样都是第一次见到稿费单,很好奇,事情便像新闻般传开了。有一天,校长特意把我叫到他的办公室,因为当时我和年迈多病的母亲相依为命,生活拮据,每年过春节的时候,学校会给我一些补助,这一次校长笑着对我说:"你有稿费了,补助就给你一半吧,免得老师们有意见。"我们的校长是西南联大毕业的,他送我出校长室的时候,又对我说,"稿费每千字3块钱,太少了,还不如我们在昆明时候呢。"不管多少,这是我得到的第一笔稿费。事过多年之后,田老师替我打听到了,刊发我这篇散文的编辑是赵尊党先生。

初次试水,出师告捷,给了我一点儿信心。1977年底,我写下我的第一篇小说《一件精致的玉雕》,文学组的同伴看完后觉得不错,像田老师一样,替我在信封上写下地址,再剪下一个三角口,寄到了《人民文学》杂志。《人民文学》是和共和国同龄的老牌杂志,是文学刊物里的"头牌",以前在它上面看到的尽是赫赫有名的作家的名字。那时候,刘心武的小说《班主任》刚刚在《人民文学》上发表,轰动一时。如果不是文学组好心的伙伴替我直接寄出了稿子,我是不敢的。

没过多久,学校传达室的老大爷冲着楼上高喊有我电话。电话是一位陌生的女同志打来的,她告诉我她是《人民文学》的编辑,小说收到了,觉得写得不错,准备刊用,只是建议我把小说的题目改一下。他们想了一个名字,叫《玉雕记》,问我觉得好不好?我当然忙不迭地连声说好。能够刊发就不容易了,为了小说的一个题目,人家还特意打来电话征求一下你的意见。光顾着感动了,放下电话,才想起来,忘记问一下人家姓什么了。

1978年的第四期,《人民文学》杂志上刊发了这篇《玉雕记》。我到现在也不知道打电话的那位女同志是谁,不知道发表我的小说的责任编辑是谁,那时候,我甚至连《人民文学》编辑部在什么地方都不清楚,寄稿子的信封都是文学组的伙伴帮我写的。一直到20年后我调到《人民文学》,我还在打听这位女编辑是谁,杂志社资格最老的崔道怡先生对我说,应该是许以,当时是她负责小说。可惜,许以前辈已经去世,所以我连她的面都没有见过。

如果说文学作品有"处女作"之说,投稿也应该有属于自己的"处女投"。真正属于我的"处女投",是寄给《诗刊》的一组儿童诗。说是一组,其实统共就两首,完全仿照泰戈尔《新月集》写的。大概前面两次投稿都还顺利,壮了我的胆的缘故吧,在信封上写上寄《诗刊》编辑部收,把稿子装进去,再在信封右角剪了一个三角口,就扔进了邮筒。这是我第一次自己往外寄出的稿子,感觉真有些异样。那时候,大街上的信筒是老式的,绿色的,圆圆的,半人高,以前也曾经不止一次往里面投寄信件,但都贴上了邮票的,这样不贴邮票,就剪下一个三角口,能寄到吗?我随后又马上打消了自己这样的小心眼儿的念头,以前两次寄出的稿子,不是都寄到了吗?你的手气就这么差?

那时,《诗刊》编辑部在虎坊桥,我每天从学校下班都要路过那里倒车回家。在他们编辑部的门口有一块大玻璃窗,每一期新发表的诗,他们都选出一些,用毛笔手抄在纸上,贴在玻璃窗里,供过往的行人观看。玻璃窗前总会围着好多的人,一行一行把诗看到底,那时人们关心诗,就像如今人们关心橱窗里的时装秀一样,文学离人们那样近。有一天黄昏下班路过那里,我忽然看见我的那两首诗居然墨汁淋漓地抄写在玻璃窗里,题目改成了《春姑娘见雪爷爷(外一首)》。题目下面就是我的名字。最后一行,写着"选自《诗刊》1978年第6期"。我的心跳都加快了,玻璃窗里我的那些幼稚的诗句,好像都长上了眼睛一样,与我对视。这是我第一次发表的诗,也是我唯一一次发表的诗。

对于我,"处女投"和"处女作"的作用与意义相同,让我有了信心,也让我见识了世道人心,那些根本就不认识的编辑,让人触摸到并不敢忘怀的文学的良知善意。

就在我对投稿有了一些信心的时候,投稿开始不再那么顺风顺水。我写了第一篇报告文学《剑之歌》,是写当时在马德里世界击剑锦标赛上负伤勇夺银牌的击剑女将栾菊杰的教练文国刚。寄给几处,不是退稿,就是石沉大海,这让我对这篇报告文学的质量打了问号。还是丰台文化馆文学组的同伴不服气,把退回的稿子换了个信封,转手要寄给《雨花》杂志,说栾菊杰和文国刚都是南京人,《雨花》也是南京办的,可能会认的。我拿过信封,自己给《雨花》杂志寄了出去。反正也不用贴邮票,就是在信封上剪个三角口嘛。或许,真的会是东方不亮西方亮。

那一年冬天,我考上了中央戏剧学院。第二年春末的时候,我接到《雨花》杂志的一封电报,要我速去南京改稿。因为正在上课,学校不准请假,只好熬到放暑假动身去南京。我到南京的那天是清晨,路上行人甚少,只见有一些老人躺在马路边的凉椅上乘凉。刚刚下过一点小雨,地上有些湿润,风很清爽。我按照地址找到《雨花》编辑部,站在大门口,怎么看怎么面熟,好像在哪儿见过。想了想,是在电影里,这不就是当年蒋介石的总统府吗?心想《雨花》编辑部真会找地方。

接待我的是《雨花》时任主编顾尔镡先生。我知道,他是位著名的剧作家,写过话剧《峥嵘岁月》。他是粉碎"四人帮"后我见到的第一位作家,身材魁梧,仪表堂堂,面容可亲。他出现在我面前的样子,给我印象太深:穿着一条短裤衩,一件和尚领的大背心,摇着一把大蒲扇,和我在街上见到的那些躺在凉椅上乘凉的老人没什么两样。他让编辑先安排我住下,就住在编辑部旁边的招待所里,招待所旁边就是太平天国天王府的西花园,热是热了点儿,风景却十分不错。下午,顾尔镡先生来看望我,对我说这房间太热,你晚上要是改稿子就到我们编辑部,那里电风扇多,也凉快些,便让编辑给我一把编辑部房门的钥匙。

那年夏天,南京非常热,每天趴在桌子上用两台电风扇一前一后吹着改稿、听顾尔镡先生摇着大蒲扇说些和稿子有关或无关的事情,然后到新街口闲逛、到鸡鸣寺吃小吃或到天王府的西花园散步,这确属我有生以来过得最惬意的一段日子。它让我不仅学会了文学上的许多东西,更让我感受到由文学的真诚所弥漫起的平和与温馨的氛围。1979 年 10 月,我的这篇在顾尔镡先生指导下修改的报告文学,发表在《雨花》杂志的头条位置上。

有意思的是,我从南京修改《剑之歌》回到家后的第三天,我的儿子出生。如同小鸟啄破蛋壳似的,他睁大了一双明亮的眼睛,望着对于他陌生的世界,和对他对我们一样崭新的时代。

让时光停留在那些日子

蒋原伦

我踏进《文艺报》的时候,她已从刊物模样改为报纸。我印象中觉得,还是原先那刊物模样的《文艺报》有派,有厚度,也雅致。如果让《文艺报》停留在那个时代多好呀!但是想来,如果不是这一改变,如果不是扩充版面要增加人手,自己就不可能和这张报纸有缘分。然而离开《文艺报》20多年后,回想起来,如果时光停留在我刚进《文艺报》的日子,那是最完美的。自己上山下乡、返城读书,一路走来,人生的目标一直在朦胧的前方,只是到了《文艺报》,才有让时光停下的感觉,有点像歌德笔下的浮士德。

1987年至1988年,是新时期文学井喷10年的尾声,当然处于尾声的我,并不知道一个时代行将结束,还以为这种情形会一直持续下去。其时小说、诗歌、散文、报告文学的繁荣如鲜花锦簇般绚烂,全国各种文学评奖活动方兴未艾,将文学从一个高潮推向又一个高潮。一时间,全国优秀人才似乎全部集中到文学领域,年轻的作家和诗人如雨后春笋般涌现。早晨起来,中央人民广播电台在7点钟的《新闻联播》中,会把得奖者的名单和篇目播送到全国,那是何等的荣耀。这也给我天大的错觉,以为凡是有思想、有才华的人一定是文学精英,而不关心文学或不从事文学的都是庸人。后来才渐渐弄明白,原来全国各行各业的工作者,有着同样的才华和高尚的趣味。现在想来,在那个特定的年代,人们的思想解放首先表现在文学上是有其内在成因的。文学作为一面旗帜,一度聚集了那个时代最有热情、最有梦想的人,虽然不是全部,也是绝大部分。

由于在《文艺报》工作要约稿和取稿,自然能见到许多全国第一流的作家和学者,与他们有短暂的接触和交往。颇为可惜的是,当时没有记录下来那些点点滴滴,现在回想起来有一种似是而非的茫然感。当然有些事情还是留下深刻印象,如拜见杨宪益就是一例。老先生住在外文局的宿舍,在不大的客厅见到他,他热情健谈,见面落座寒暄几句,就拿出一瓶啤酒,让我自己倒上,他也是以酒当茶,和我边喝边聊。他是《红楼梦》的英译者,让我吃惊的是他对《红楼梦》的评价居然并不高。这是我第一次听到这种评价,简直不相信自己的耳朵。可惜那时只顾惊讶与诧异,居然忘了追问为何对这部自己亲手翻译的古典名著没有高看一眼?从杨先生家回来,别人告诉我著名作家谌容的中篇小说《散淡的人》中主角的原型就是他,记得以前读过呀,赶紧重新翻看。不过小说中那傲气、睥睨周遭一切的酒仙形象和我直面的那位老人有点对不上。

还记得在一个饭店采访过现代文学大师王瑶,王老师体格敦实、亲切平易,说话中气很足。忘了是在什么语境下,谈到了闻一多,他说闻一多从国外回来,在清华教课,学生们不满意,喊出"打倒不学无术的闻一多"的口号,这又使我惊掉下巴。是的,伟大的学者不是一开始就那么伟大,但是那走麦城的情形还是令我大感意外。

当编辑免不了要校对稿件。有一次校对王蒙的大作《文学:失却轰动效应以后》,发现有地方文字不通,赶紧核对原稿,原来排字的工人师傅将第3页排在了第2页的前面,这才找到了问题的症结。此时,王蒙在文化部部长任上,小样一出,已经有专人取走,他要亲自过目。第二天王蒙的小样回来,他只是在原稿上不通顺的地方动了几处,照样又是一篇雄文,实在令我十分佩服。

希望时光停留在那些日子,不完全是因为文学,还因为《文艺报》是我进北京后第一个工作单位,同事与同事、普通员工和领导之间的关系特别融洽。同事之间的争论往往是文学方面的争论,有时候也剑拔弩张,好像不把这些问题讨论清楚,文学发展的道路就此走偏。这是一个可以专注于读书、思考和写作的年代,似乎不必太注重人际关系和社会世故,也表明那时报社小环境的和谐与领导们的宽容。

引荐我进《文艺报》的是何孔周,接着拜见了陈丹晨、谢永旺和办公室主任顾瑾。领导们对我语重心长的嘱咐今天虽不全记得,但是记得他们的风范。谢永旺作为主编,上下班骑一辆自行车,而他是可以享有报社的专车接送的。在京城,换过几个单位后越发感到他的正直、清廉和待人诚恳,实在是难能可贵。与谢主编相比,丹晨多了几分幽默,这几分幽默或许是他青春永驻的秘诀。由于丹晨直接领导我们理论部,接触较多,恍惚间与他没有年龄和职位上的差别,一直到今天,我仍叫他丹晨。那时在老谢、丹晨、泰昌和钟艺兵面前,什么意见都可以表达,也都能得到善意的回馈,或许这就是古人追慕的可"直道而行"的"三代之风"。

除了讨论文学,还有共同进餐,我们经常光顾沙滩附近的小馆子,互相付账,那时不怎么流行AA制,印象中我的小领导潘凯雄最大方,请客的次数最多,刚领了一笔稿费,立马请客。虽然记不得凯雄穿过什么名贵的皮鞋,但是每回他领到一笔稿费,总说可以买一只皮鞋,不等他第二只皮鞋的稿费到,大伙已经把第一只皮鞋的钱吃掉了。

胡吃海塞、开怀畅谈的日子是最愉快的。文学创作需要慎独,但文学评论和编辑常常与吃饭联系在一起,多少能吃出一些灵感来,在这个吃饭群里出现的评论家,除了潘凯雄、贺绍俊、张陵、朱晖和后来的王干,当然还有经常来报社串门的作家和批评家加入。除此之外,还有应红、于建、侯寰、张瑶、寒小凤、杨海涓、曾莉等同事,吃得欢快热闹。

我的知青战友们一直在回忆上山下乡那段辉煌而苦难的岁月,30 周年聚会如此,40 周年乃至 50 周年的聚会也如此。然而在我的记忆中,《文艺报》的那段日子是我青春岁月的延续。那是我人生中最自由欢快、不知天高地厚的日子,两年多的时光也不算短暂,但是在记忆中只是昙花一现。回望往事,苦难的日子或许更有追忆价值,正如悲剧比喜剧有价值,但是于我,情感上最认同的仍是初进《文艺报》的那段欢快的日子。

《拔野草长鲜花》(剪纸)　林曦明

我心目中的《文艺报》"三驾马车"

杨匡满

我走出校门、走向社会的第一站就是《文艺报》,在这里,我有幸接触了很多品格高尚、学问深广的前辈,他们是我人生道路上的引路人,也是我事业上的引路人,与《文艺报》的这份感情是永远不可能割舍的。

在正式谈"三驾马车"之前,我想先提到一个人,这个人身上体现出文人的修养、宽厚、善良,毫不逊于张光年、侯金镜和冯牧三人,他就是黄秋耘。黄秋耘在清华大学外文系念书时是韦君宜的同学,曾经参加过"一二·九"运动,也是"中间人物论"的代表人物。《文艺报》正式为我下达调令的时候是1964年夏天,而黄秋耘早在1、2月份的时候已经提前到北大学生宿舍了解情况,可以说,把我"圈"到《文艺报》来的第一人就是黄秋耘。正是因为这样的机缘,我与黄秋耘有了一些联系,也曾经在很长一段时间内帮他给家人递送工资。尽管我后来离开了《文艺报》,他也回到广东从事出版工作,我们仍然保持着很密切的交往,他是我与《文艺报》结缘的开始。

理所当然的"老大哥"张光年

《文艺报》是我从大学走向人生的第一站,我也没想到这一站会如此漫长。1964年8月24日,我被分配到中国作家协会《文艺报》工作,当时我是有些惊讶的。因为我是个肺结核病患者,尽管传染期已经过去了,但身体还未完全康复。1971年在五七干校的时候,听谢永旺谈起往事,我才知道当时张光年过问了我的事情。原本希望把我先送到亚洲学生疗养院疗养,再投入到工作岗位中去。当时打电话到学校去的时候,正好是夏收期间,接电话的青年教师谢冕告诉对方,我随班长等同学一起下乡捡拾麦穗、参加劳动,对方一听我既然已经能参加劳动,想必身体是恢复得差不多了,因此我也就顺理成章地来到了《文艺报》。

从毕业来《文艺报》工作到进入五七干校的这段时间里,《文艺报》给我印象最深刻的就是"三驾马车",这"三驾马车"的老大哥是张光年。他在十几岁的时候就参加过国民革命,在缅甸、东南亚一带从事过地下抗日工作,既有着革命的情怀又有着诗人的气质,他的学识也非常渊博,不仅写过关于《文心雕龙》的专著,而且对于外国文学、马克思主义等专著也熟稔于心。我刚刚到《文艺报》的时候,他还在乡下搞"四清"运动,等他回来以后不久《文艺报》就停刊了,所以,我们真正意义上的深度接触主要是在五七干校的那段日子,我有幸与他同屋相处,前后差不多有一年左右的时间。当时,他的胳膊因从马背上摔下来而落下旧伤,但仍然拎着铁铲,十分吃力地与我们一起铲土、修田埂。由于睡眠困难,每天晚上中央专案组给他发两粒"安定"。但我记得很清楚的是,无论白天劳动再辛苦,晚上他都会点一盏小马灯看书,也建议我可以读一读马克思的《1848年至1851年的法兰西阶级斗争》《路易·波拿巴政变记》以及歌德的《浮士德》、莎士比亚的《雅典的泰门》等。当时干校没有《浮士德》,我回到北京以后从他家拿到了这本书,但非常惭愧的是,我一直没能啃完这本书,感到很对不起他。

尽管当年张光年是中央专案组的审查对象,但我们两人还是建立了深厚的友谊。很多年以后,单位同意他回北京探亲,我数次去他家中看望,他那已经80岁高龄的老母亲还亲自下厨为我炒了四个菜,郑重地感谢我在干校时期对光年的照顾,现在回想起来仍然十分感动。张光年对我的潜移默化的教育和影响作用是很大的,可以毫不夸张地说,在我的人生道路上他是重要的引路者之一。

侯金镜:"理论家"兼"组织家"

当年包括我在内的10个大学生进入《文艺报》工作时,张光年任主编,侯金镜和冯牧担任副主编。侯金镜既是理论家,也是《文艺报》的组织工作者,非常遗憾的是,他去世的时候还不到五十岁,但他却给我留下了兄长一般亲切的印象。最让我感动的主要是两件事情。

第一件事情是他帮助解决了我们新入职学生的宿舍问题。当时10个大学生住得很分散,我因为肺病可以一个人住,但要自己生火取暖,而且采光很差,部分学生的生活习惯也与同住的作家、诗人有一些差别。我将住宿的困难向侯金镜反映后不到一周,单位就在和平街附近一幢有暖气、有煤气的住房中拨出了三个单元,把我们这些年轻人的宿舍问题解决了。

第二件事情发生在《文艺报》的杂志阶段,原计划刊发一篇关于中国电影发展史的批判文章,但侯金镜并不满意,于是找到写过新人新作短评的我,给出一星期的时间让我重新写一篇文章。我只用了一天半的时间就交了稿,还因此受到"年轻人有闯劲、有拼劲"的口头表扬。尽管在特殊的时代历史环境下,这一篇文章是化名发表的,但当时的我既不熟悉书的作者,也不了解电影发展的历史,仓促写就的文章对作者造成了很大的伤害,至今回想起来仍觉十分惭愧,半个多世纪过去了,我依然要向被我批判的作者表示深深的歉意。但是,从这件事情中可以看出,在《文艺报》的工作中侯金镜为我们这些年轻人充分创造了锻炼和尝试的机会。

也正是《文艺报》对待年轻人的态度影响着我以后很长一段时间的工作方式,我在人民文学出版社、《华声报》等单位任职的时候,都非常注意锻炼新人。正因如此,70年代末到80年代初,从《文艺报》走出来的写作者是最多的。同时,《文艺报》在培养青年编辑骨干、文艺骨干方面贡献颇为突出,我们10个大学生刚刚进入《文艺报》的时候,和我在一个团支部的青年编辑阎纲不过30出头,他撰写的中长篇小说评论文章已然名声在外,我想,这一方面是青年英才的个人能力使然,另一方面也归功于报社领导对年轻人的信任和提携。

冯牧:"救火队长"兼"一号伯乐"

我初到《文艺报》时分配在作品评论组,参与的栏目叫《新人新作短评》,当时这一组由副主编冯牧负责。冯牧是这"三驾马车"中的"笔杆子",有时候报社遇到比较急迫的重要选题又找不到合适的作者时,需要内部人员来完成写作任务,冯牧常常就像团队中的"突击手"和"救火队长"一般,承担起撰写文章的重任。尽管他是我的领导,但正如冯牧自己说过的那样,他是"最没有架子的",平时我也经常去他的家中闲聊、谈心。

在五七干校的时候,冯牧是住在我和张光年隔壁的邻居,也是经常与我促膝长谈的朋友,我们聊得很交心,甚至还聊到他的恋爱经历、婚姻体验和爱情观念。有一次,我在与其他人聊天的过程中,很随意地提起美国的报纸可以批评总统,结果一个在场的干部批评我犯了思想原则上的问题,要向上级报告。冯牧出面说服了他,也保护了还是青年的我。

在"文革"后期,冯牧因身体原因获准提前回到北京,当时我拜托他帮我买一些书寄回来,比如《天演论》《巴黎公社史》以及摩尔根学派的专著之类。我在散文集《感恩的翅膀》中,曾有两篇文章怀念在《文艺报》时期与冯牧的交往,以及在五七干校与他一同看守草料场的日子。在这段时间内,我们曾有过很多通信,郭小川、张光年等人与我的通信都是拿信纸一板一眼、工工整整地写,而冯牧则是拿香烟纸非常随意地给我写信,我在信中称他为"冯先植同志"。后来我回到北京以后,也经常去他家蹭饭、闲谈,有时候"没大没小"地互相寻开心,成为平淡生活中一点难得的乐趣。

冯牧的家里总是高朋满座,不仅有部队里的故交,也有地方上的作家,甚至还有京剧演员。客人离开以后,冯牧总是一个人静静地读书,直到深夜。冯牧可以说是作协领导中阅读作品最多、扶持作家最多的人,因此旁人都说冯牧是"秀才不出门,全知天下事"。张守仁曾撰文将冯牧称为"文坛一号伯乐",我认为这种评价并不夸张,因为他以独到而敏锐的眼光在文学界发现、培养、扶植的文艺新人数量最多,其中很多人后来都成了当代文学写作团队的中坚力量。

为什么称张光年、侯金镜、冯牧为"三驾马车"？因为我发现他们身上体现了老一辈知识分子的人格和道德魅力，他们三个从来没有互相揭发或在背后说坏话的时候，在那样特殊的时代环境下实属难得。《文艺报》的这三个人，一个老大哥张光年在前面驾辕，后面跟着侯金镜和冯牧这两匹骏马，这就是我心目中的"三驾马车"。

我希望文艺报社后来的年轻人们能够记住他们、怀念他们，这样的话，才有可能在一个新的时代和新的环境下把报纸办得更好，对得起广大的读者，对得起历史。

插图　刊于1963年第6期

编 者 的 话

一张报纸最唯美和深情的文字,总是在文学作品这片天地。

《文艺报》70年精选文丛:《彩练当空》(作品卷),从1949年9月25日创刊至2019年整整70年的作品类文章中,收入了大量耳熟能详的名篇,包括散文、随笔、诗歌、纪实文学等等。新中国70年历史上让人高山仰止的诸多文化巨匠、文学大师、艺坛大家,都在作品园地留下了厚重的文字。这里有作家、艺术家和文化界人士对生活的记录与感怀,有文艺界诸多的逸闻趣事与人生追忆,更有对文艺创作的思索、对人生理想的畅谈和对友情、亲情、爱情的回望。这一篇篇大师笔下的文章,绝不仅仅是文学作品,更是新中国70年文艺创作历史的真实记录,是70年风雨兼程的作家、艺术家们奋斗人生的深情再现。

回想在文艺报社的资料室,戴着口罩和手套翻看《文艺报》不同历史时期的版本时,那种新奇、激动和无限感怀的心情至今记忆犹新。尤其是一页页翻看当年繁体竖版的杂志版和早期报纸版本时,那些曾经耳闻的新中国文艺史、那一个个如雷贯耳的名字、那些记录着历史的生动文字,就这样一页一页呈现在眼前,如生动的纪录片一般扑面而来,人生、命运、信念……这些感怀的词汇反复在脑中盘旋。

因此,这也不得不是一本遗憾之书,因为珍贵的文字数不胜数。尽管从最开始的计划编选40万字增加到了80多万字,挑选出来的作品仍然远远超出编选字数,只能一再忍痛割爱。只能说,70年的《文艺报》拥有的精神财富远远不止文丛这些篇目,因为自诞生之日起,《文艺报》就得到毛泽东、邓小平等党和国家领导人的重视与关怀,得到文艺界人士的大力支持。这些文学财富,是《文艺报》前辈们辛苦耕耘的成果,更是文艺界厚爱的见证。

作品卷选择的篇目大多是在中国现当代文学史上产生过重要影响的大家名家,这些或记录当下生活,或回忆文学好友,或讲述创作历程的文字,包含着重要的历史价值,尤其在新的时代重读这些文字,不仅具有重要的人生启示意义,更是研究当代作家难得的珍贵资料。对于当下中青年作家的文学作品,选集亦有关注,意在呈现70年跨度的整体风貌。在早期的《文艺报》版面中,刊登了大量优秀的版画,《彩练当空》(作品卷)刊登的插图均选自这些版画。

此次编选是《文艺报》首次跨越70年时间进行编辑整理,时间紧、体量大,难免挂一漏万,早期的繁体竖版在电子化过程中较难鉴别,加之编者水平所限,错漏之处敬请广大读者谅解、批评。

编　者

2020年7月